MW01599572

Anonym

Sitzungsberichte der Philosophisch-Historische Classe der Kaiserlichen Akademie der Wissenschaften

43. Band

SALZWASSER
VERLAG

Anonym

Sitzungsberichte der Philosophisch-Historische Classe der Kaiserlichen Akademie der Wissenschaften

43. Band

Unveränderter Nachdruck der Originalausgabe von 1863.

1. Auflage 2022 | ISBN: 978-3-37502-569-4

Verlag: Salzwasser Verlag GmbH, Zeilweg 44, 60439 Frankfurt, Deutschland
Vertretungsberechtigt: E. Roepke, Zeilweg 44, 60439 Frankfurt, Deutschland
Druck: Books on Demand GmbH, In de Tarpen 42, 22848 Norderstedt, Deutschland

SITZUNGSBERICHTE

DER KAISERLICHEN

AKADEMIE DER WISSENSCHAFTEN.

PHILOSOPHISCH-HISTORISCHE CLASSE.

VIERUNDVIERZIGSTER BAND.

WIEN

1863.

SITZUNGSBERICHTE

DER

PHILOSOPHISCH–HISTORISCHEN CLASSE

DER KAISERLICHEN

AKADEMIE DER WISSENSCHAFTEN.

———

VIERUNDVIERZIGSTER BAND.

JAHRGANG 1863. — HEFT I BIS III.

(Mit 1 Tafel.)

————◦◦◦⬞◦◦◦————

WIEN.

1863.

INHALT.

SITZUNGSBERICHTE

DER

KAISERLICHEN AKADEMIE DER WISSENSCHAFTEN.

PHILOSOPHISCH-HISTORISCHE CLASSE.

XLIV. BAND. I. HEFT.

JAHRGANG 1863. — OCTOBER.

SITZUNG VOM 7. OCTOBER 1863.

Vorgelegt:

Beiträge zur Kritik des L. Annaeus Seneca.

Von dem c. M. Dr. Karl Schenkl,

k. k. o. ö. Professor an der Universität zu Graz.

I.

Die sogenannte Apokolokyntosis ist, wenn auch die kleinste unter den Schriften des Seneca, doch gewiss ihrem Werthe nach nicht die letzte. Nicht blos, dass uns in ihr das einzige Beispiel eines libellus famosus aus dem Alterthume vorliegt, das noch dazu die anziehende Form der satura Menippea an sich trägt [1]), sondern es gewährt auch dieses Werkchen einen ziemlichen Einblick in die

---

[1]) Vergl. Bücheler im Rh. Mus. XIV, S. 419 ff. und Baumstark, Phil. XVIII, S. 544 ff. Baumstark hat allerdings darin Recht, dass Bücheler in seiner Vergleichung der Varronischen Satura mit der Seneca's zu weit geht, besonders wenn er aus dem ludus des Seneca auf den durchschnittlichen Umfang der Varronischen Satura schliessen will. Aber andererseits ist es unzweifelhaft richtig, dass Seneca den Varro als Vorbild benützt hat und dass die Composition, die Behandlung, der Stil eine bedeutende Ähnlichkeit mit den Resten der Varronischen Dichtung offenbaren. Es liegt auch hierin ein Beweis für die Abfassung jener Saturen in Prosa mit eingewebten poetischen Stücken, welchen die Bemerkungen Röper's, Phil. XVIII, S. 443 nicht zu entkräften vermögen. Grund genug für die sehr bedeutenden Kritiker, die sich mit der Wiederherstellung dieser Bruchstücke befassen, dabei mit der grössten Behutsamkeit vorzugehen und ihnen, wo nicht sehr deutliche Spuren vorliegen, die metrische Form nicht willkürlich aufzudrängen. Dagegen hat.Röper a. a. O. richtig bemerkt, dass es die altväterische Form mit ihrer gemüthlichen Breite war, was jene Dichtungen trotz ihres unleugbaren poetischen Werthes so bald dem Kreise der Gebildeten entfremdete. Baumstark hat gewiss Unrecht, wenn er S. 547 aus dieser Vernachlässigung folgern will, dass Varro in seinen Menippeen sich nicht nur nicht als genialer, sondern auch nicht einmal als wirklicher Dichter gezeigt habe.

Verhältnisse jenes Zeitalters und ist auch für die Beurtheilung der
damaligen Stellung des Philosophen und seines Charakters von nicht
geringem Werthe. Bedenkt man noch, dass es dem kleinen Gemälde
durchaus nicht an Wahrheit und Leben fehlt, dass es in allen Einzelheiten mit scharfem, treffendem Witze ausgestattet ist, so kann
man wahrlich nicht begreifen, wie man dieser Schrift Witz und
Geschmack absprechen, sie des Seneca unwürdig erklären und
schliesslich sogar an ihrer Echtheit zweifeln konnte [1]). Freilich eine
vollständige Ehrenrettung des Seneca wird immer eine Unmöglichkeit bleiben; an den Hofmann, der sich geschickt den Verhältnissen
anzupassen wusste, und wenn auch höher stehend als die meisten
seiner Zeitgenossen, dennoch von den Lastern jener tief gesunkenen
Zeit nicht frei geblieben war, darf man nicht den Massstab legen,
der nach den in seinen philosophischen Schriften ausgesprochenen
Grundsätzen erfordert würde.

  Doch wir haben hier nicht die Aufgabe darüber zu sprechen,
in wie weit dieses Buch als Kunstwerk einen gewissen Werth hat,
und wie sich sein Inhalt mit Äusserungen in anderen Werken unseres
Philosophen vereinigen lässt. Unser Zweck ist blos, eine sichere
kritische Grundlage für den Text dieses Werkchens herzustellen und
im Anschlusse an diese Untersuchung einige Beiträge zu seiner
Emendation und Erklärung zu liefern.

  Der Text dieser Schrift beruhte nämlich bis zur neuesten Zeit
im Ganzen auf der editio princeps und wurde von den verschiedenen
Herausgebern vielfach in eigenmächtiger Weise behandelt und
umgestaltet. Eine sehr bedeutende Förderung erhielt er durch die
freilich nicht ganz vollständige und genaue Collation des Sangallensis, welche Orelli in der epistola critica ad J. N. Madvigium (vor
der Ausgabe des Orator, Brutus und der Topica des Cicero, Zürch,
1830, p. XLI—XLVII) mitgetheilt hat. Aber diese vortreffliche und
in ihrer Art einzige Quelle fand in der sonst so verdienstvollen Ausgabe von Fickert nicht die verdiente Würdigung; noch weniger
konnte die gleichzeitig mit dem dritten Bande der Fickert'schen

---

[1]) Vergl. Diderot, Essai sur les règnes de Claude et de Néron, Tom. I, p. 52 ff., II,
  p. 188; Ruhkopf opp. Sen. vol IV, p. XXIV sq.; Fr. Lindemann, Emendd. ad Sen.
  ludum (Zittau, 1832), p. 3 sqq.; L. Schusler, Specimen lit. continens Sen. Apocol.
  (Traiect. ad Rh. 1844), p. 9 sqq.

Ausgabe erschienene Recension von L. Schusler befriedigen, in welcher nicht selten die besten Lesearten vernachlässigt und an ihrer Stelle verfehlte Conjecturen in den Text aufgenommen sind. Mit richtigerem Tacte und grösserer Consequenz verfuhr der um Seneca hochverdiente Fr. Haase; er selbst aber fühlte recht wohl, dass mit seiner Recension die Sache nicht abgeschlossen sei und noch eine eingehende Behandlung des Gegenstandes erfordert werde, wie dies aus der Bemerkung in der Praefatio zum ersten Bande seiner Ausgabe p. VIII erhellt: „Ludum non ausus sum ad solos codices vetustissimos Sangallensem et Valentianensem recensere, praesertim cum de illius scriptura aliquotiens non constet; pertinuit autem dubitatio mea non tam ad verba singula, quam ad totos locos, qui illis desunt; qua in re nolui media illa via ingredi, quam Fickertus elegit, qui cum plurimos ex illis abiiceret, alios tamen retinuit; scilicet nondum exploratum est, quae sit eorum origo et sitne omnium cadem, an habeant nonnulli fontem vetustiorem; quare quoniam tutum non erat omnes abiicere, satius visum est pariter omnes retinere uncis inclusos, quamvis probabile sit, eos nihil aliud esse nisi supplementa Nodotianis similia, seculo XV confecta, quae in paucis haud inficeta iudices, sed maximam partem frigida et sine idonea causa conficta". Den hier gestellten Forderungen glauben wir nun vollständig entsprechen zu können. Wir wollen demnach zuerst über die editio princeps und die allmähliche Fortbildung der Vulgata sprechen und dabei den Beweis liefern, dass diese Einschiebsel fast durchaus nur jener Handschrift angehören, aus welcher die älteste Ausgabe geflossen ist; dann wollen wir eine genaue Collation des codex Sangallensis geben und nachweisen, dass er die älteste und reinste Quelle für den Text bildet und seine Lesearten daher vor allen anderen in Betracht gezogen werden müssen.

Wie schon früher bemerkt wurde, beruht die Vulgata auf der editio Romana (vgl. Ebert, allgem. bibl. Lexikon, S. 760, n. 20879), die wir, da sie Fickert in seiner Ausgabe nicht benützt hat (vergl. Praef. vol. III, p. IX), im Folgenden ausführlich beschreiben wollen. Sie ist, wie dies aus der Unterschrift der Vorrede erhellt, zu Rom im Jahre 1513 erschienen, umfasst 24 kleine Quartseiten und führt den Titel: „Lucii Annaei Senecae in morte Claudii Caesaris ludus nuper repertus". Den Herausgeber lernen wir aus der Vorrede kennen, welche in Form einer Widmung abgefasst ist, mit der Aufschrift:

„Alberto Pio Carporum principi illustrissimo, Imp. Caesaris Maximiliani Augusti legato, C. Syluanus Germanicus salutem" und der
Unterschrift: „Romae quarto Nonas Augusti MDXIII". An diese
Dedication, die jenen Albertus mit ungemessenen Lobsprüchen
erhebt, sonst aber nichts Bemerkenswerthes bietet, schliesst sich
ein eben so unbedeutendes und nichtssagendes Epigramm, in welchem
ein gewisser Mariangelus Accursius den Herausgeber und das neu
aufgefundene Büchlein feiert. Nicht unwichtig aber ist die kurze
Ansprache an den Leser, die p. 24 nach dem Texte folgt: „Qualem
hunc mecum e Germania ludum attuli uisum est aedere atque impertire studiosis, ut nostrum est ingenium prodesse uelle plurimis. Quae
autem mendosa uidebantur paucula pudore nostro non corrigimus,
tum spatium ad excribenda graeca quae desiderabantur linquimus:
ut integrum sit bono cuique meliora et aducere et instaurare". Daraus ergibt sich nämlich, dass die Handschrift, welche Sylvanus
benützte, von ihm in Deutschland aufgefunden wurde, dass sie, wie
auch die folgende Collation zeigen wird, statt der griechischen
Stellen Lücken im Texte hatte, endlich dass sich der Herausgeber
mit einem getreuen Abdrucke derselben begnügte, ohne sich auf eine
Recension des jedenfalls sehr verderbten Textes einzulassen. Wir
geben nun eine genaue Vergleichung dieser editio princeps mit dem
Texte der Fickert'schen Ausgabe. Inscr. Lucii Annaei Senecae in
morte Claudii Caesaris ludus. I, 1 caelo. — tertio eidus Octobris,
Asinio Marcello Acilio Auiola Coss. Anno. — inicio. — uel] nec. —
quaesierit. — si uoluero. — 2 exigit. — 3 Tamětsi. — autorem. —
caelo. — 4 posteaquam] ex quo. — caelum. — ascendentem. —
illi tam. — nuncio. — quid] quod. — affirmauit. — uidisset occisum. — quaecunque. — affero. — II, 1 hyems. — uisoque] iussoque.
— 2 intelligo. — dies quintus eiusdem octobris. — tibi certam. —
philosophos. — acquiescunt oneri poetae. — At] Jam. — cursu. —
III, 1 de tribus. — eduxit. — femina. — pateris? Nunquam meritum,
ut tam diu cruciaretur. Annus. — 2 Quid huic inuides. Et respondit: Patere. — postquam] ex quo. — errant. Horam. — ipsum
natum putauit. Tunc ille. Fac. — faciundum. — 3 Cloto. —
mehercle. — adiicere. — Hyspanos: Brytannos, Sauromatas et si
qui ultra glacialem Boream incolunt barbari, togatos uidere. — tunc.
— tres. — Badae. — 4 treis. — millia. — IV fufo. — Et] At. —
subtegmine uellera. — assumpserc. — praecioso. — faelicia. —

implere. — distendunt] descendunt. — Titoni. — uultu. — lapsis] lassis. — aspicit. — Aspiciet. — Uultus et effuso. — annos donat. omnes (Lücke). Et ille. — et desiit uiuere. Expirauit. — Ue me. — Quid autem] Quod an. — concacauit. Nec post boletum opipare medicamentis conditum plus cibi sumpsit. V, 1 Quae postea in terris sunt acta. — excidant memoriae quae publicum gaudium impresserunt. — caelo. — acta sunt. — autorem. — 2 Nunciatur. — quendam. — assidue. — quaesisse cuius. — illum nescio] nescio. — intelligere. — 3 Juppiter. — totum orbem. — aspectu. — timuerit] domuerit. — belluis. — implicatam. — Diligentius autem intuenti. — 4 ait (Lücke). Ubi haec. Claudius. — hystoriis — ait (Lücke). Erat. — Homericus (Lücke). — VI, 1 Et imposuerat Herculi minimo discrimine fabulam nisi. — ipso tot. — annos uixi. — municipem audis. — a Uienna natus est. — coepit. — ego reddo tibi Lugduni. — ubi L. Licinius multos annos. — 2 Quod diceret. — intelligebat. — illos esse. — VII, 1 tu et desine. — excutiam, dicito. Et. — 2 exprime. — sed qua. — dicas] cluas. — occidas. — praefatu. — regna uidi tergemini longinqua. — imminens. — alluit. — 3 Nichilominus. — timet (Lücke). Claudius. — illicque non. — intelligi. — affuturum. — contulerim. — et diem] diem. — stercoris expurgare. — VIII Sed non miror quod impetum in curiam fecisti, quoniam uolo, nihil tibi clausi est. — uelis (Lücke) non potest esse (Lücke) stoicus. — preputio. — me Hercules. — celebrauit. Saturnalia eius princeps. — Illum deum a Joue qui quantum. — Syllanum generum. — Oro perque sororem. — quam quoniam omnes. — tantum] enim. — studere] stude. — inquis. — faciat ego nescio. — caeli. — nunc] hunc. — orant. IX, 1 Tandem. — Uolo seruetis. — existimauit. — in Calé. Julias. — homo quantum uia sua fert qui uidet. Is. — 2 non fero. — quam quae. — fama minimum fecit: et iam pestiferum quemque illum affectare. — non iure] non in rem. — qui (Lücke) aut ex his quos alit. — 3 Qui. — dedo. — Sed] et. — noxios autoratos. — in nepote] Uicae potae. — numulariolus. — et uendere] uendere. — Ad hoc uelle. — ei] illi. — 4 Itaque in haec uerba censet. — ad diuum. — mortales. — sitque necesse e R. P. esse. — feruentia reparare. — 5 deus fiet. — metamorphoseos. — adiiciendam. — deinde si. — X, 1 Tum. — disseruit. P. C. uos. — uerbum me. — negocium. — Sed] et. — compescui. — ornaui. Et quid. — Messallae disertissimi. — 2 P. C. hic. — canis

frustum abscidit. — de tot actibus iuris dicam. — deplorare] deflere.
— illas] illa. — 3 Nam etiamsi (Lücke) Graece nesciat. — ego
scio (Lücke). Iste. — rettulit. — duas auias suas proneptes. —
alteram fame, alteram ferro. — Syllanum. — Juppiter. — an in tua
certe mala uenit: si hic inter nos futurus est. Dic. — quenquam. —
agnosceres. — hoc fieri solet in caelo? non fit. — XI, 1 Juppiter. —
Uulcano, — fregit et in Lemnon caelo deturbauit: non extinxit. Iratus fuit. — nunquid. — Dii. — istud. — nescio quam. — occidisti.
Iste C. Caesarem. — prosequi. — 2 hic generum. — C. Caesar. —
Bassioniam: Assarion. — cupiat. Principes pietate et iustitia dii
fiunt. Scilicet hic pius et iustus, quoniam Dryudarum perfidae gentis
Gallicae immanem relligionem, a qua ciues submoueram, prorsus
exstirpauit: ut Romae nuptiarum sacra essent, quibus ipse cum sibi
Agrippina nuberet, XXX Senatoribus: innumeris Eq. Rom. mactatis:
principium dedit. Hunc nunc. — diis. — uerba dicat. — 3 credet
in eum? denique dum. — deos credet. — Summam rei. — durus.
— 4 consocerum. — Syllanum. — Pompeium Magnum Antoniae ex
Petina: L. Syllanum Octauiae ex Messallina: Socerum. — Messalli-
nam uxorem suam et caeteros. — inueniri] iniri. — exportari caelo,
intra dies XXX excedere. — terras] tertium. — ad inferos a caelo:
unde. — quenquam. — XII impensa. — plenum] plane. — omnisque
generis sonatorum. — conuentus. — tanquam. — habentes animam.
— tanquam. — tum maxime. — Ingenti enim uoce (Lücke) cantabatur anapestis. — aedite. — fingite mugitus. — uulnere. — Moedi
— Brytannos. — littora. — Brygantes. — cathenis. — ocius] citius.
— caedet. — cedite. — uos in primis. — XIII, 1 Iniicit. — Tal-
tibius. — nuncius. — compendiaria uia Narcissus libertus dominus
domini. — balinee. — 2 dii. — praecedito inquit] inquit. — nuncia. —
impulit. — quanuis. — uelut ait Oratius. — bellua. — subperturba-
tur: ut illum uidit canem nigrum. Nam albam canem in deliciis habere
consueuerat: ille autem totus informis est: nec quem uelis. — 3 et
magna: inquit: uoce Claudius Caesar uenit. Ecce extemplo cum
plausu. — cantantes (Lücke) Hic erat Cos. desig. Junius. — Trallia-
nus. — Heluius] M. Heluius. — Coriotectus: Ualens. — Fusidius.
Eq. Ro. — noster] Mnester. — 4 Nec non Messallinam] Ad Mes-
sallinam. — Conuolarant primum. — liberti Myron: Ampyronas:
Ampaeus: Pheronas: Possides hasta pura insignis, Felix cum Palante
fratre: Harpocras: Polybius: quos omnes Claudius Quaestoriis

Praetoriisque muneribus ubi impertitus esset. — Ruffi us. — Luscus — Celerasinus. — 5 exclamat, quomodo. — XIV, 1 ante] ad. — siccariis. — recipit. — aedit. — Eq. Ro. CCCXV atque plures. Caeteros CCXXI (Lücke). Exterritus. — undecunque. — 2 P. Petronius] patronus. — uetat illum loqui. Altera. — ait (Lücke). Ingens. — attoniti. — unquam. — 3 si minus dii laturam fecissent. — nonunquam. — Sisiphum. — ullis] ulli. — unquam. — excogitare] constitui. — instituendum] excogitandum. — irritum. — spes sine fine effectus. — percusso. — tesseras semper. — XV Jam] Nam. — quoties. — Decoepere. — assiduo. — Irrita Sisiphio. — Apparuit. — C. Caesari illum Aeacus donat. Is. — abesset] esset.

Diese editio princeps ist nun wiederholt in der Ausgabe des Beatus Rhenanus (Basel, 1515, bei J. Froben), welches Büchlein nach dem Titel neben dem ludus L. Annaei Senecae de morte Claudii Caesaris nuper in Germania repertus cum scholiis B. Rhenani noch zwei andere Schriften, nämlich Synesius Cyrenensis de laudibus caluitii, Joanne Phrea Britanno interprete, c. schol. B. Rh. und Erasmi Roterodami Moriae Encomium cum commentariis Gerardi Listrii, trium linguarum periti, enthalten soll. Doch in dem mir vorliegenden Exemplare (62 Quartseiten) ist das letztgenannte Werkchen nicht zu finden. Aus der Widmung an Thomas Rappius, Badensis, liberalium artium professor, ersehen wir, dass Rhenanus bei dieser Ausgabe nur die Absicht hatte, das kürzlich aufgefundene Büchlein in aller Eile durch einige Anmerkungen, welche er aus Suetonius und Tacitus schöpfte, zu erläutern. Bei der Ergänzung der griechischen Stellen war er, da ihm keine Handschrift zu Gebote stand, auf blosse Vermuthungen beschränkt; und so kann es uns denn nicht Wunder nehmen, dass er nur einmal, nämlich IV, 5, wo er das Homerische „τίς πόθεν εἰς ἀνδρῶν" κτλ. herstellte, das Richtige getroffen hat, die anderen Conjecturen aber sämmtlich verfehlt sind. Die Abweichungen vom Texte der editio princeps sind entweder Verbesserungen von Druckfehlern, wie I, 3 Tamen si, II, 2 philosophos, IV fuso u. dgl., oder Berichtigungen der Orthographie, wie I, 1 saeculi, 3 coelo, 4 quaecumque, III, 3 Clotho, Hispanos, Britannos u. ä., oder endlich Conjecturen an solchen Stellen, die Rhenanus als verderbt erachtete, wie I, 1 *tertium [1]), 2 *exegit, 4 qui] quod, certa claraque, V, 1

---

[1]) Die Stellen, wo Rhenanus die richtige Leseart hergestellt hat, sind mit einem Sternchen bezeichnet.

impressit, VII, 2 *Exprome, *sede qua, *profatu, VIII Oropenque,
IX, 2 *non refero, pessimum] pestiferum, *in rem] iure, X, 3 amitas]
auias, *cognosceres, XI, 3 *durius, 4 *Cyllenius, XII luctus] mugitus,
*citius] ocius, XIII, 1 rectam, XIV, 3 *dilaturam (im Commentare vor-
geschlagen), excogitari. Daraus ergibt sich nun, dass manches, was
bisher als handschriftliche Leseart galt, nur auf einer Vermuthung
des Rhenanus beruht. Zwei Monate nach dem eben besprochenen
Buche erschien bei Froben die erste Ausgabe der Werke des M. und
L. A. Seneca von Desid. Erasmus, welcher p. 608—629 jene Recension des Rhenanus fast ganz unverändert einverleibt ist. Denn ausser
einigen orthographischen Abweichungen, wie IV precioso, XI, 4
Messalina, XIII, 4 Posides, Pallante, finden wir nur zwei Besserun-
gen, nämlich VII, 2 genitum statt genitus und XIII, 4 richtig Ruffus
statt Ruffius. Bedeutender sind die Veränderungen, welche der Text
in der zweiten Ausgabe des Erasmus (Basel, Froben, 1529, p. 649
bis 669) erfahren hat. Denn obwohl Rhenanus auch diese Recension
in aller Eile besorgen musste und daher die Lesearten des Weissen-
burger Codex und seine Conjecturen meistens nur in den Anmerkungen am Schlusse des Buches mittheilen konnte, so hat er doch eine
Reihe von Stellen theils auf Grundlage jener Handschrift, theils durch
eigene Vermuthungen zu emendiren gesucht. Derlei Veränderungen
in dem Texte der ersten Auflage sind folgende: II, 2´ Jam] At. —
III, 2 illum unquam. — Tum ille. — faciendum. — 3 treis. — 4 At]
Et. — *descendunt 1). — dimitte. — *lassis. — *affuso. — annos
de suo donat. — omnes χαίρειν (Lücke) Et. — et eo desiit uiuere
uideri. — ante] autem. — V, 1 fides autem] fides. — 2 quaesisse
se. — 3 totum orbem terrarum. — ait Τίς . . . τοκῆες; — VI, 1
cepit. — 2 illius. — *regna tergemini petens. — 4 *Augiae purgare. — VIII *Sed quoniam uolo. Non mirum, quod impetum in
curiam fecisti; nihil tibi clausi est. — *ἐπικούρειος θεός. — *οὔτε...
παρέχει. — inquit mures. — IX, 1 *uidet ἅμα . . . ὀπίσσω. —
2 qui ά. x. ἔδουσιν. — alit ζ. ἄρουρα. — 3 *dedi laruis. Sed. —
*nouos. — Nicepotae. — Hic quaestu. — 4 Claudius diuum. — sitque

---

1) Diejenigen Veränderungen, welche Rhenanus ausdrücklich als Lesearten der Weis-
senburger Handschrift bezeichnet, sind durch ein Sternchen angedeutet. Doch
beruhen, wie dies die Vergleichung der anderen Codices zeigt, weit mehrere derselben auf handschriftlicher Gewähr.

e. R. P. — *feruentia rapa (uorare) — metamorphoseis. — X, 2
Messallae Coruini. — hic, P. C. — *quam caneis excidit. — ille. —
3 Nam τῆς ὀργῆς aegre senescit ἡ νόσος, πυργοπολινίχης iste, quem.
— XI, 1 *fregit quem ῥίψε . . . Θεσπεσίοιο. Et iratus. — 2 Assa-
rionem. — 3 credet? denique (om. *in eum). — deos esse credet.
— 4 inferos a coelo. — XII aeneatorum. — enim ἐπιτάσει χορικῶς
nenia cantabatur. — Brigantes. — XIII, 3 canentium turba Nestor. —
4 Nec non ad Messalinam. — exclamat (Lücke). Quomodo uos huc.
— Caeteros CCXXI ὅσα . . . τε. — XIV, 2 poenae disputatum est. —
3 ulli. — pertuso. — semper tesseras. — XV Nam. Nach diesen
Collationen kann man ohne Schwierigkeit die Entwicklung der Vulgata verfolgen und die Überlieferung von eigenmächtigen Besserun-
gen unterscheiden.

So viel nun über die ältesten Ausgaben; wir gehen sofort zur
Besprechung der Handschriften über. Dieselben stammen sämmtlich
aus einem Codex, der sich, von den übrigen Werken des Seneca
getrennt, in einer Miscellanhandschrift erhalten hatte. In derselben
fand sich zwischen dem siebenten und achten Capitel eine bedeutende Lücke; sonst aber war der Text ziemlich rein und unverfälscht
überliefert. Ein getreues Abbild dieses Stammcodex liefert der Sangallensis aus dem zehnten Jahrhunderte; in allen anderen Handschriften aber ist der Text durch Fehler aller Art, willkürliche
Correcturen, eigenmächtige Umstellungen und mannigfache Interpolationen entstellt; auch sind die griechischen Wörter sehr verderbt oder sogar ganz weggelassen. Freilich sind von diesen Codices
nur wenige näher bekannt, wie der Valentianensis (vgl. Fickert,
praef. vol. III, p. VIII) 1), der Guelferbytanus (ibid. p. IX), der
Wissenburgensis des B. Rhenanus und die Handschrift, aus welcher
die editio Romana geflossen ist; aus anderen sind nur einzelne und

---

1) Der Val. ist, wie seine Aufschrift (vergl. Fickert, p. VIII) und die Vergleichung der
beiderseitigen Varianten zeigt, derselbe Codex, welchen Hadr. Junius öfters unter
dem Namen liber St. Amandi citirt. Dabei ist es nicht uninteressant zu sehen, wie
die Gelehrten jener Zeit ihre Handschriften benützten. Denn abgesehen davon, dass
Junius eine gute Anzahl trefflicher Lesearten dieses Codex nicht anführt, finden wir
in seinem Commentare mehrere Varianten verzeichnet, die nicht in dieser Handschrift vorkommen, sondern blos Conjecturen sind, z. B. I, 2 iurato res; VII, 2 sede
qua; IX, 7 In tantum, 2 vivat; X, 3 soll in diesem Manuscripte „satis evidenter“
geschrieben sein: „Nam etiamsi φόρμιγγος nescit, ego scio, ἐντύνων τὸ Καλλί-
νιχε Ἡραχλῆς u. dgl.

zum Theile sehr unsichere Lesearten mitgetheilt, wie aus den eilf
codices Parisini (vgl. Ruhkopf, Vol. IV, praef. p. XVII), bei denen
Ruhkopf die flüchtigen Excerpte Bredow's in ganz ungehöriger
Weise vermengt haben muss, die sechs libri des N. Faber, der cod.
Tristilus des Dalechampius, die codd. Curionis [1]), Ruhkii, Lipsii und
der Harlemensis des Gronovius, wobei wohl manche Handschrift
doppelt gezählt sein mag [2]). Einige sind bisher nur dem Äussern
nach bekannt, wie ein Venetus und vier Vaticani (vgl. Ruhkopf,
p. XX). Alle diese Manuscripte gehören, mit Ausnahme des Valentianensis, der angeblich im neunten Jahrhunderte geschrieben sein
soll, einer späteren Zeit, nämlich dem 13.—15. Jahrhunderte an.
Dass sie gegenüber dem Sangallensis eine Familie bilden, möge aus
folgendem Beispiel erhellen. Cap. III, 1 überliefert der Sang. richtig:
„Quid huic et reip̄. (rei publicae) inuides? Im Val. ist jenes reip̄.
durch ein Missverständniss in respondit verderbt (vgl. Orelli, Epist.
crit. p. 44), was dann in allen anderen Handschriften die Umstellung:
„Quid huic inuides? Et respondit“ und dann die Interpolation: „Tunc
(Tum) ille“ in den codd. Parr. α a b g h und der ed. Rom. nach sich
gezogen hat. Doch steht in dieser zweiten Classe der Val. wieder
für sich allein da und bildet eine eigene Species; so hat er z. B.
c. VI, 1 mit Sang. die zwar verderbte, aber noch nicht weiter ver-
fälschte Leseart minime fabro gemein, während in allen anderen
Handschriften minime in minimo verwandelt und dann neben dem
Einschiebsel discrimine noch Correcturen aller Art, wie fabros,
febres, fabulam in den Text gesetzt worden sind.

   Aber wenn auch der Val. dem Sang. am nächsten steht, so
bleibt er doch an Reinheit des Textes weit hinter demselben zurück.
Zwar hat auch dieser seine Fehler, wie II, 3 suam, III, 1 Num,
IV stamine, V, 1 illuminari, respondisse se, VI, 2 debes multa
(om. „et“) u. dgl., wo Val. überall das Richtige bietet; VII, 1

---

[1]) Was die Lesearten dieser Handschrift anbetrifft, so bemerkt Fickert (p. IX) nicht mit
   Unrecht „si fides haberi potest Curioni“. Denn dass der Codex IX, 1 In tantum (eine
   Conjectur des Junius); X, 3 duas Julias amitas suas (duas auias suas ed. Rom., duas
   amitas suas ci. Rhen.) u. dgl. wirklich in seinem Texte hatte, ist schwer zu glauben.
   Eben so unwahrscheinlich klingt es, wenn Dalechamp VI, 3 domuerit, Lipsius IV
   fecit et plena orditur manu, IX, 1 mera nupcialia in einer Handschrift gefunden
   haben will.

[2]) So ist z. B. der eine Codex des N. Faber wahrscheinlich kein anderer, als der Par. B,
   da beide III, 1 die gleiche Leseart bieten: „nec unquam tam cruciatus esset“.

(Exprome) hat Guelf. die echte Leseart erhalten, während Sang.
und Val. „Exprime" überliefern; ja auch die ed. Rom. hat an
manchen Stellen das Ursprüngliche bewahrt, wie z. B. I, 3 agantur,
XIV, 3 ueteranis, wo im Sang. aguntur und ueteribus gelesen wird.
Aber mit Ausnahme solcher im Ganzen wenig bedeutender Fehler
gibt der Sang. den reinsten Text, die richtigste Wortstellung und
überliefert auch die griechischen Stellen in ziemlicher Correctheit.
Wir geben nun im Folgenden eine genaue Collation dieser wichtigen Handschrift mit der Fickert'schen Ausgabe, woraus sich ergeben
wird, dass Orelli gar Manches übersehen und Einiges unrichtig als
Leseart des Codex angeführt hat. Derselbe, n. 569, im zehnten Jahrhundert auf Pergament in Quartform geschrieben, ist eine Miscellanhandschrift. Er enthält nämlich 1. eine uita S. Ambrosii; 2. Uita
S. Siluestri Papae; 3. Passio S. Miniatis martyris; 4. Passio
S. Alexandri Papae; 5. Uita S. Nicolai Myrae; 6. Passio B. Uictoris
et Ursi; 7. Homelia in festo eorundem; 8. altera passio eorundem;
9. p. 243—251 unsere Apokolokyntosis, die mit ihrem unheiligen
Inhalte wenig in solche Gesellschaft passt; endlich einige Gebets-
formeln und Recepte. Was die Schreibweise anbetrifft, so finden
sich nur wenige und zwar die ganz gewöhnlichen Compendien;
ae ist bald ausdrücklich geschrieben, bald durch ẹ oder blosses e
bezeichnet; die Assimilation der Präpositionen ist überall beobachtet,
z. B. affirmauit, assidue, imminens, compendiaria u. dgl. Nicht selten
ist die Verwechslung von v und b, z. B. iuuet statt iubet, oder von
d und t, z. B. inquid statt inquit. An einzelnen Stellen trifft man
Correcturen über den Zeilen, die aber sämmtlich von derselben Hand
herrühren.

Inscr. Diui Claudii incipit ΑΠΟΘΗΟCΙC Annei Senecẹ per sati-
ram. I, 1 caelo. — octobris. — saeculi. — nec offense. — 3 que-
rite. — caelum. — celo aguntur. — 4 celum. — affirmauit. — quae
tum audiui. — cẹrta. — II, 1 suam. — cinthia. — hiemps. —
bacho. — 2 octuber. — octob. — cetam (corr. certam). — filosso-
fos. — poete. — conuenti. — phẹbus. — III, 1 cẹpit. — eximium
(corr. exitum). — Num. — seducit. — unquam („nec" supra lin.).
— diu] dirus. — esset] cesset. — rẹi p̃. — 3 inquid. — grecos. —
bade. — 4 inquid. — tres. — circumfuso. — IV stamine. — comes.
— subtemine (corr. -na). — moderata (corr. moderanda). — Assum-
psere. — implere. — letus. — cytharam. — Saecula prestabit. —

aspicit. — Aspiciet. — fecid (corr. fecit). — ΧΑΙΡΟΝΤΑΥϹΕΥΦΗΜΟΙ
(corr. Τ) ΝΤΑΙϹΕΚΠΕΙΝΑϹωΕω. — expirauit. — ue me. — conca-
uani. — concauauit. — V, 1 que. — que. — quendam. — illuminari. — assidue. — quesisse. — respondisse se. — grecum. —
note. — 3 iuppiter. — qui totum. — aspectu. — timuerit. — impli-
citam (corr. -catam). — 4 greculo. — ΤΙϹΠΟΘΗΝΕΙϹΑΝΑ (P supra
lin.) ωΝΠΟΙΗΠΟΛΙϹΗΔΕΤΟΚΗΕϹ. — filologos. — ΙΑΙΟΘΕΝ. — ΚΙΟΝΕϹϹΙ.
— ΕΓω] ἐγὼν. — VI, 1 fabro] uafro. — tum illo. — caeteros. —
luguduni. — coepit. — luguduni. — 2 lugudunenses. — debes
multa. — iuuebat. — manu] unum. — VII, 2 Exprime. — sed
qua. — capud. — potens] petens. — imminens. — foebus. —
ΑΛωΡΟΥΠΛΗΓΙΝ. — rome sibi parem. — non haberes eodem gratie,
sterquilino. — hercule. — si qui. — notoreïm. — nominaturis
(corr. -rus).— contulerim. — quod] quos. — uideris (corr. -earis).
— auge. — VIII Nach uolo kein Zeichen einer Lücke. — clausi. —
ΕΠΙΚΟΥΡΗΟϹ. — ΕΧΙΕ] ἔχει. — capud. — mense in toto. — celebrauit saturnalia eius princeps. — non tulisset illum deum abiouem
qui quantum quidem in illos fuit. — incesti siluanum. — per quid.
— quero. — Romae, inquis. — caeli. — brittania. — nunc] hunc.
— ΜΟΡΟΥΕΥΕΙΛΑΤΟΥΓΥΧΗΙΝ. — IX, 1 morentibus. — existimauit. —
designatur.—k̄l.] Kal. — consul] Cos. — quantum uia sua fert qui.—
ΠΡΟϹϹΟ. — 2 uulgo. — iam famam mimum. — ΑΡΟΥΡΗϹΚΑΡΠΔΟΥϹΙΝ.
— auᵥ] aut („v" in ras.). — 3 senatus consultum. — nice pote
filius. — nummariolis (corr. -lus). — questu. — uelle. — 4 mortales sapientiam. — e r̃ep.—ueruenti (corr. feruenti). — uti diuus.—
ut iam te eum. — moetamorfosis. — ouidi. — adiebat. — X, 1
grauorem (corr. grauiorem). — 2 indignatione. — om. „a me". —
sententiam: Pudet imperii. — hec referam. — sormea graece. —
ΕΝΤΥϹΟΝΤΟΝΥΚΝΝΛΙΗϹ. — om. „senescit". — pronepotes. — iuppiter. — si aecuos futurus es dic. — antequem (corr. -quam). —
caelo. — XI, 1 iuppiter. — ΘΕϹΤΟΤΟ] Θεσπεσίϱιο. — dii. — 2 c.
crassi filium uefuit. — tristionias. — om. „Cogitate—cupiat". —
3 gressi. — nulla (corr. nulli). — clarius] durius. — 4 grassum. —
dare. — caelo inter. — ad inferos a coelo. unde negant. — XII, 1
tubicinum. — senatorum] aeneatorum. — conuentus. — tanquam.
— et tenebris.—reuiuescerent. — ΜΕΓΑΛωΧΟΡΙΚω nenia. — anapestis. — Die nun folgenden Verse sind als monometri anapaestici
geschrieben. — om. „fingite luctus". — illicitato. — celeris. —

uulnere. — fugicis (corr. fugacis). — Brittannos. — qui non alius.
— Potuit („t" in ras.). — Saepe neutra. — Cretea. — maiestis. —
fritillo. — XIII, 1 talthibius. — compendiaria. — balineo. — 2 om.
„Ille — inpulit". — oratius. — om. „sese — excutiens". — pusillum
perturbatur sub albam. — EIPHKAMENCYNXAIPωMEN. — Hic erat c̄.
consilius consul. — uiniu („s" s. l.) praetorius. — sex. trallus. —
tettius (tectius?) ualens. — fabius eques R̄. — miron, arporas,
ampheus. — pheronaotus. — nec ubi imparatus. — rofius (corr.
rufius) pomfilius. — saturninus lusius. — Quomodo huc uenistis
uos? — stellas. — XIV, 1 eacii. — querebat. — suscriptionem. —
R. Cl.] R. CC. — om. „exterritus — defenderet". — 2 eacus. — et
illum] illum. — ΔΙΚΕΤΤΔΙϹΤΔΕΡΕ϶ΑϹΔΙΚΗΕΤΟΙΑΤΕΝΟΠΟ. — attoniti. — magis iniquum. — poene. — 3 si uni diu laturam. — suc-
curretur (corr. succurreretur). — om. „non unquam — releuari". —
ueteribus. — irritum. — spes] species. — om. „fine et". — figien-
tes. — XV missurus fratre sonante. — sisyfio. — apperuit. — pro-
ducere. — eaco donatis Menandro. Subscr. Diui Claudii explicit
apotheosis Annei Senecae per saturam.

Es wird nun unsere Aufgabe sein zu zeigen, welcher Gewinn
für die Herstellung des Textes aus dieser Collation zu ziehen ist,
wobei wir uns aus den schon früher bezeichneten Gründen an die
Ausgabe von F. Haase anschliessen wollen. Zugleich werden wir
einige Stellen, die in allen Handschriften verderbt überliefert sind,
zu emendiren suchen.

Schon bei dem Titel der Schrift begegnen uns Schwierigkeiten. Mit Ausnahme des Sang. führen nämlich alle anderen Codices
die Aufschrift: „L. Annaei Senecae ludus de morte (oder in mortem)
Claudii" mit dem Beisatze Caesaris oder Neronis, welche aber dem
Inhalte des Buches in keiner Weise entspricht. Denn die wenigen
Worte über den Tod des Claudius bilden nur eine Einleitung zu dem
eigentlichen Inhalte des Werkchens, nämlich zur Schilderung dessen,
was bei der Ankunft des Claudius im Himmel erfolgte (vgl. Schusler,
prooem. p. 8 sqq.). Viel passender ist der Titel, welchen der Sang.
in seiner inscriptio und subscriptio bietet, nämlich „Diui Claudii
apotheosis", und derselbe müsste auch unbedenklich angenommen
werden, wenn uns nicht bei Dio Cassius l. LX, c. 35 eine dritte
Aufschrift überliefert wäre. Συνέθηκε. so heisst es dort, μὲν γὰρ
καὶ ὁ Σενέκας σύγγραμμα, ἀποκολοκύντωσιν αὐτὸ ὥσπερ τινὰ

ἀπαθανάτισιν ὀνομάσας. Was nun dieses Wort anbetrifft, so kann es, wie die Analogie und schon das daneben stehende ἀπαθανάτισις zeigt, nur die Verwandlung in einen „Kürbis" bezeichnen, und zwar muss hier κολοκύντη (κολόκυντος), wie dies schon Heinsius richtig bemerkt hat, offenbar als Sinnbild der Dummheit gebraucht sein. Während nämlich sonst bei Vergötterungen dem Volksglauben zufolge die Seele des Verstorbenen in einen hellglänzenden Stern überging, wie man denn das Erscheinen eines Kometen bei der Consecration Cäsars in solcher Weise deutete [1]), so würde hier spottweise einer so herrlichen Erscheinung die Verwandlung der Seele des blöden Claudius in einen faden, geschmacklosen Kürbis gegenübergestellt. An einen Irrthum von Seiten des Dio ist schwerlich zu denken; aber eben so unwahrscheinlich ist es auch, dass jene Aufschrift im Sang. auf einer willkürlichen Erfindung beruht. Unter solchen Verhältnissen darf man wohl die Vermuthung wagen, dass die Schrift einen doppelten Titel, nämlich einen lateinischen „Diui Claudi apotheosis" und einen griechischen „Ἀποκολοκύντωσις" führte, welcher durch seinen Contrast mit dem ersteren eine komische Wirkung hervorbringen sollte. Dann wäre es auch begreiflich, dass sich in der Stammhandschrift blos der lateinische, bei Dio blos der griechische Titel erhalten hätte [2]). Nach dieser kurzen Erörterung gehen wir nun zu den einzelnen Stellen über.

I, 3 bietet der Sang. „Ab hoc ego quae tum audiui", und so wird wohl auch im Val. stehen, obwohl Öhler hierüber nichts bemerkt hat, da Guelf. „Ab ego quem tu audiui", Wiss. „Ab hoc ergo quae tum audiui" überliefern. Dafür hat man nun bisher die Leseart der ed. Rom. „quaecumque audiui", welche eine blosse Correctur zu sein scheint, im Texte beibehalten. Aber jenes „quae tum audiui" wird sich wohl mit Rücksicht auf die Worte: „Hunc si interrogaueris, soli narrabit" ganz gut rechtfertigen lassen: „Was ich damals, als er mir allein die Sache erzählte, von ihm erfuhr".

II, 1 wäre mit Fickert die Leseart des Sang. Val. Guelf. cod. Cur. „iussoque" statt „uisoque", was Haase aufgenommen hat, in den

---

[1]) Vergl. Ovid. Met. XV, 846 (mit der Anmerkung Burmann's); Verg. Ecl. IX, 47; Georg. I, 32; Hor. Od. I, 12, 47; Luc. I, 46. Auf diesen Volksglauben spielt auch unser Schriftsteller deutlich an IX, 5 „eamque rem ad metamorphosis Ouidi adiciendam".

[2]) Vergl. Bücheler im Rh. Mus. XIV, S. 420.

Text zu setzen. Denn einmal ist an iussoque, das mit Beziehung auf regnum im Vorhergehenden gewählt zu sein scheint, nichts auszusetzen; sodann beruht uisoque blos auf der Gewähr der ed. Rom. und vielleicht eines oder des anderen Pariser Codex [1]); endlich ist wohl eher daran zu denken, dass iussoque in uisoque, als dass uisoque in iussoque verwandelt wurde.

IV, 4 schreibt Haase: „Nimis rustice adquiescis. nunc [adeo] omnes poetae u. s. w., was freilich eher eine Interpolation, als eine Emendation sein dürfte. Viel einfacher ist es wohl, mit Ruhkopf nach rustice ein Ausrufungszeichen zu setzen, dabei aber die Leseart der besten Handschriften „omnes" statt der Correctur der ed. Rom. „oneri" festzuhalten. Dann steht acquiescunt nachdrücklich dem transibis im Folgenden gegenüber.

III, 1 lesen wir in allen Handschriften, mit Ausnahme der ed. Rom., in welcher die überlieferte Leseart willkürlich emendirt ist: „nec unquam tam diu cruciatus esset". Die Conjectur Orelli's (Epist. crit. p. 44), die auch Fickert und Schusler in den Text gesetzt haben „nec unquam tam dirus cruciatus cesset", entspricht wohl dem Sinne, weicht aber doch zu viel von dem überlieferten Texte ab. Leichter ist die Vermuthung Haase's „nec — exiet"; dagegen bleibt es fraglich, ob man sich exire so ohne alle nähere Bestimmung gebraucht denken kann. Daher möchte ich eher dem Vorschlage des Junius: „nec unquam tandem cruciatus cesset" beipflichten, der dem Sinne wie den Zeichen der Überlieferung in gleicher Weise entspricht. Im Sang. ist nec über der Zeile geschrieben; wollte man darauf ein Gewicht legen, so könnte man sich vielleicht: „nemo u. t. diu cruciatus est" als die ursprüngliche Leseart denken; doch ist dies kaum wahrscheinlich.

V, 3 wird man mit Sang. „qui totum" statt des gewöhnlichen „quia totum" herstellen müssen. Dieselbe Vermuthung hatte schon Q. Sep. Flor. Christianus (vgl. Sen. opp. Paris. 1627, p. 959) ausgesprochen. Eben daselbst sind die Worte: „ut qui etiam non omnia monstra timuerit" unzweifelhaft verderbt. Die Handschriften bieten sämmtlich die gleiche Leseart, mit Ausnahme des cod. Dalechamp.,

---

[1]) Denn dass alle codd. Parr., wie Ruhkopf angibt, „uisoque" bieten sollen, ist schwer zu glauben, und daher hat auch Fickert diese Angabe mit einem Fragezeichen begleitet.

der angeblich domuerit im Texte hat. Dies haben nun Douza, Faber und Lipsius aufgenommen und neuerdings auch Lindemann, Emendd. p. 8 gebilligt. Fickert empfiehlt: „ut qui tantum n. o. monstra domuerit", Gronov mit ziemlich weit gehender Änderung: „utcumque etiam Junonia monstra domuerit". Aber nach dem vorausgehenden perturbatus est erwarten wir eher einen begründenden als einen concessiven Satz; der Gott, der sich auf Erden genug geplagt hat und nun im Himmel der Ruhe geniessen will, erschrickt bei dem Gedanken, dass ihm auch hier noch neue Mühen drohen sollen. Hiefür spricht auch der folgende Satz und besonders der Schluss desselben: „putauit sibi tertium decimum laborem uenisse". Aus demselben Grunde muss ich mich auch gegen Haase's Vorschlag: „ut quem iam non omnia monstra timuerint" erklären, zudem würde derselbe auch sonst dem Sinne wenig entsprechen. Viel passender ist die Vermuthung von Orelli: „ut qui etiam noua Junonia (oder Junonis) monstra timuerit", die dem Sinne nach vollkommen befriedigt, sich aber zu sehr von dem Buchstaben der Überlieferung entfernt. Daher dürfte es gerathener sein, mit leichter Änderung zu schreiben: „ut qui etiam nouicia monstra timuerit". Da nämlich omnia in den Handschriften häufig abgekürzt „oĩa" geschrieben und ausserdem nouus und nonus öfters verwechselt wird, wie denn auch in unserer Schrift I, 1 cod. Wiss. nono statt nouo bietet, so kann man wohl annehmen, dass nouicia durch ein Versehen in nonɔĩa verderbt wurde.

VI, 1 ist homini, das auch im Sang. fehlt und seinen Ursprung blos einer Conjectur des Junius verdankt, aus dem Texte zu entfernen. Eben daselbst wird die Form Luguduni besonders durch die Rede des Claudius gerechtfertigt, wo sich nach Alph. de Boissieu (vgl. Tac. opp. ed. Orelli, ed. II, vol. I, p. 341 ff.) col. 2, lin. 29 Luguduno geschrieben findet. Einige Worte später hat Haase die Conjectur des Rhenanus „Munatii" in den Text aufgenommen, was ich nicht zu billigen vermag. Denn mir scheint es vielmehr glaublich, dass Seneca hier einen damals lebenden Menschen, vielleicht von der Sorte des Augurinus (III, 4) bezeichnen wollte und dass „municeps" hier in der Bedeutung von: „Landsmann" zu nehmen ist. Dass wir nicht weiterhin bestimmen können, wer dieser Marcius gewesen, darf uns nicht befremden, da wir ja auch über den früher erwähnten Augurinus nichts Näheres anzugeben wissen.

Endlich mag noch bemerkt werden, dass in demselben Paragraphe
wohl Licinus statt Licinius zu schreiben ist, worüber nach der Erörterung bei Madvig Opusc. acad. alt. p. 202 ff. kein Zweifel obwalten
dürfte [1]).

VI, 2 berichtet Orelli (Epist. crit. p. 45) fälschlich, dass cod.
Sang. „et" vor „ad hoc" auslasse. Da nun in den Worten „ad hoc
unum satis firmae" nur eine nähere Bestimmung des vorausgehenden
„solutae" enthalten ist, so bietet die Verbindung durch „et" keinen
Anstoss dar.

VII, 3 darf die handschriftliche Leseart ΑΛωΡΟΥ kein Bedenken
erregen; denn VIII, 3 ist eben so im cod. Cur. μωροῦ in ΑΛωΡΟΥ
verderbt. Weiterhin gibt Fickert in seinem Commentare fälschlich
an, dass Sang. mit Val. Guelf. die Wortstellung sibi Romae parem
überliefern, da Orelli in seiner Collation richtig: „Romae sibi parem"
verzeichnet. Und dies wird ohne Bedenken aufzunehmen sein, da
die nachdrückliche Stellung von Romae ganz passend jener von illic
im Folgenden entspricht. Endlich ist noch die Variante sterquilino
im Sang. sehr beachtungswerth; auch Phaedr. III, 12, 1 findet sich
diese Nebenform sterquilinum.

VII, 5 hat man die sinnlose Überlieferung der Handschriften
„contulerim" nach einer Vermuthung des Gothofredus in „pertule-
rim" umgeändert, was freilich sehr zweifelhaft ist. Da nämlich con
häufig abgekürzt c̃ geschrieben wurde, so ist es nicht selten durch
ein Missverständniss Verben vorgesetzt worden, und es könnte somit
wohl tulerim die ursprüngliche Leseart sein. Im Folgenden könnte
vielleicht doch die Leseart von Sang. Val. Guelf. „quod" statt der
in der ed. Rom. überlieferten „quos" beibehalten werden; quod
würde sich dann natürlich auf den ganzen vorhergehenden Satz
beziehen. — Zwischen diesem Capitel und dem folgenden muss, wie
schon früher bemerkt wurde, ein bedeutendes Stück ausgefallen sein.
Der einfache Hercules lässt sich von Claudius bereden, und zwar um
so mehr, als er sich selbst einmal in einer ähnlichen Lage befunden
hat, und es daher für ihn nur erwünscht sein kann, seine Stellung im
Olymp durch andere neu aufgenommene Götter zu kräftigen (vgl.
IX, 6 qui uideret ferrum suum in igne esse, und später: mea res
agitur). Mit raschem Entschlusse dringt er in Begleitung ·seines

---

[1]) Auch Suet. Aug. 67 hat Roth nach der Vermuthung des Torrentius „Licinus" statt
des überlieferten „Licinius" hergestellt.

Schützlings in die Curie ein; hier aber treten ihm, wie es scheint, mehrere Götter entgegen, die sein Vorgehen missbilligen und ihn mit herben Worten angreifen, bis endlich Jupiter dazwischen tritt und Frieden stiftet. Die erhaltenen Reste dieser Scene scheinen, wie aus der folgenden Darstellung erhellen dürfte, blos die Rede eines Gottes zu enthalten. Wer aber der Sprecher ist, das lässt sich durchaus nicht enträthseln. Man hat an Momus gedacht; aber da Seneca sonst lauter italische Gottheiten auftreten lässt, so ist diese Vermuthung sehr unwahrscheinlich.

VIII, 1 wird doch das „clausi" des Sang. dem „clusi" im Val. und Guelf. vorzuziehen sein. Im Folgenden haben Fickert und Haase nach dem Vorgange Gronov's die handschriftliche Leseart beibehalten, wornach die Worte: οὔτε αὐτὸς κτλ. ohne alle Verbindung an das Vorhergehende angeschlossen werden. Aber dies gibt jedenfalls einen schiefen Sinn, da man als Subject von ἔχει dem Zusammenhange nach eher Claudius als Ἐπικ. θεός ergänzen wird. Desshalb hat Fromond „ὃς οὔτε" vorgeschlagen, was ich nicht billigen kann, da mir die Verknüpfung des Satzes durch ein griechisches Wort bedenklich erscheint. Eher liesse sich daran denken, dass die ursprüngliche Leseart „is enim οὔτε κτλ." lautete; is enim (isem geschrieben) konnte leicht nach dem vorausgehenden esse ausfallen. Warum ferner Haase ἔχει τι statt des überlieferten ἔχει (denn etwas Anderes ist auch in der Corruptel des Sang. EXIE nicht enthalten) geschrieben hat, ist nicht recht abzusehen; denn auch bei Diog. Laert. X, 31, 139 lautet der Sstz: τὸ μακάριον καὶ ἄφθαρτον οὔτε αὐτὸ πράγματα ἔχει οὔτε ἄλλῳ παρέχει. Endlich noch einige Worte über die Stelle: „quomodo potest rotundus esse, ut ait Varro, sine capite, sine praeputio". Wir haben hier ein Fragment aus einer Menippeischen Satura, und zwar, wenn man eine Vermuthung aussprechen darf, aus jener, die den Titel Γνῶθι σεαυτόν führte (vgl. Vahlen Coni. in Varr. Sat. Men. rel. p. 49 ff.). Varro spottete daselbst in ganz ähnlicher Weise, wie Seneca selbst Epist. 113, 22 über die theologischen Lehrsätze der Stoiker und insbesondere über ihren runden Gott, der natürlich weder ein caput, noch ein praeputium haben könne. Dem Varro gehören die Worte: rotundus, sine capite, sine praeputio an [1]). Diese benützt nun Seneca, um daran den

---

[1]) Vgl. Phil. XVIII, S. 419.

beissenden Witz zu knüpfen: „Est aliquid in illo Stoici dei, iam
uideo: nec cor nec caput habet". Indem er nun so indirect andeutet,
dass es dem Claudius an einem praeputium nicht gefehlt habe, womit
er auf dessen Ausschweifungen in der Wollust anspielt (vgl. Suet.
Claud. 33, Dio Cass. 60, 2, 6), bezeichnet er zugleich dessen
μετεωρία und ἀβλεψία (vgl. Suet. Claud. 39).

　　VIII, 2 ist in alle Handschriften das Glossem „Saturnalia eius"
eingedrungen, über dessen Entstehung der Sang. Auskunft gibt. Da
nämlich ursprünglich durch ein leichtes Versehen „mense in toto
anno" geschrieben war, so wird es begreiflich, dass man zu celebrauit ein Object verlangte und daher Saturnalia eius einschob. Auch
im Folgenden scheint sich in der corrupten Leseart des Sang. „non
tulisset illum deum abiouem qui (abiouẽq) quantum", wofür Haase
mit Recht die Conjectur Gronov's: „non tulisset illud, nedum ab
Joue, quem quantum" in den Text aufgenommen hat, ein Rest der
ursprünglichen Überlieferung erhalten zu haben. In demselben Paragraphe hat man in neuerer Zeit allgemein die Conjectur von Lipsius
„Oro propter quid" statt des überlieferten „Oro per quid" angenommen, und es lässt sich nicht leugnen, dass propter (ₚpter geschrieben) leicht in per verderbt werden konnte. Aber auch per quid
dürfte sich rechtfertigen lassen; man vergleiche Hand, Tursell. IV,
p. 445, 11. Die folgende Stelle hat vielfache Erklärungen und Ver-
mutbungen hervorgerufen, auf die wir hier nicht weiter eingehen
wollen. Wir begnügen uns damit, selbst einen Vorschlag zur Lösung
der Schwierigkeiten beizubringen, indem wir, theilweise nach dem
Vorgange von Lipsius, schreiben: „Quare, inquis: quaeso enim,
sororem suam . . . !", was wir so wiedergeben würden: Du sagst:
Warum? Bedenke doch, seine Schwester (hielt er einer Gattin
gleich). Daran schliesst sich ganz gut der Satz: „Stulte, stude!
Athenis dimidium licet, Alexandriae totum", dessen Sinn ist: Thor,
forsche doch nach, in Athen ist es zur Hälfte erlaubt, in Alexan-
dria unbedingt. Weiterhin schreiben wir mit Sang.: „Quia Romae,
inquis. Mures molas lingunt. Hic nobis curua corriget?" d. h.
Weil zu Rom, sagst du (die Sache nicht erlaubt ist). Die Katze
lässt das Mausen nicht. Der wird uns das Krumme gerade
machen. Das muss offenbar der Sinn jenes Sprichwortes sein,
wie dies schon daraus erhellt, dass in der Batrach. v. 29 eine
Maus unter dem Namen Λειχομύλη eingeführt wird, welcher

ohne Zweifel den vorangehenden Ψιχάρπαξ und Τρωξάρτης gleich-
kommt [1]).   Daran schliesst sich nun trefflich: „Quid in cubiculo
suo faciat nescio", womit keineswegs, wie Schusler meint, der
Ehebund des Claudius mit Agrippina bezeichnet sein kann, da dies
der ganzen Tendenz der Schrift widersprechen würde. Vielmehr
bezieht sich dies auf das Verhältniss des Claudius zu seiner Nichte
Julia, von welchem Dio Cass. 60, 8, 5 berichtet: αὕτη (Messalina)
μὲν γὰρ τὴν Ἰουλίαν τὴν ἀδελφιδῆν αὐτοῦ, ὀργισθεῖσά τε ἅμα ὅτι
μήτε ἐτιμᾶτο ὑπ' αὐτῆς μήτε ἐκολακεύετο, καὶ ζηλοτυπήσασα ὅτι
περικαλλής τε ἦν καὶ μόνη τῷ Κλαυδίῳ πολλάκις συνεγίγνετο, ἐξώρι-
σεν, ἐγκλήματα αὐτῇ ἄλλα τε καὶ μοιχείας παρασκευάσασα, ἐφ' ᾗ
καὶ Σενέκας ὁ Ἄννιος ἔφυγεν, καὶ ὕστερόν γε οὐ πολλῷ καὶ ἀπέκτεινεν
αὐτήν. Es ist ganz bezeichnend, dass Seneca den Verdacht der
Buhlschaft, dessenwegen er unter der Regierung des Claudius so
lange im Exile schmachten musste, auf den Cäsar selbst zurückzu-
werfen versucht.   Gleich darauf hat Haase trefflich „et iam" statt
„etiam" geschrieben, wie er denn auch am Schlusse richtig μωροῦ
εὐιλάτου τυχεῖν hergestellt hat.   Vielleicht wäre noch zu schreiben:
„colunt ut deum et orant", wodurch erst ein befriedigender Sinn
hergestellt würde.

     IX, 1 ist ut ausser Klammern zu setzen, da es im Sang. Val.
Guelf. überliefert ist.   Überdies hat Haase richtig „tandem" statt
tantum, dicere non licere (nach dem Vorgange Faber's) und im folgenden Paragraphe uiuat statt iuuat hergestellt.

     IX, 3 hat man allgemein die Vermuthung Orelli's: „Jam, fama,
mimum fecisti", welche sich auf die Leseart des Sang. „iam famam
mimum fecisti„ und die Emendation von Rhenanus „iam fama mimum
fecit" begründet, in den Text aufgenommen. Haase hat wohl später
seine Zustimmung widerrufen, indem er in der Praefatio zu Vol. III,
p. XXV bemerkt: „magis nunc placet sic scribere: iam fana [2])
mimum fecistis". Vielleicht ist aber doch die Leseart des Sang. mit
einer kleineren Änderung „iam famam mimum fecistis" beizubehalten,
wenn man sie so erklärt: „Ihr habt durch eure allzu grosse Frei-
gebigkeit es dahin gebracht, dass der Ruf, unter die Götter aufgenommen zu sein, zu einer reinen Farce herabgesunken ist".

---

[1]) Vgl. Plaut. Pers. I, 2, 6 Quasi mures semper edere alienum cibum.
[2]) Fana hatte schon Q. Sep. Flor. Christianus vorgeschlagen (p. 959).

IX, 4. Wir kommen nun zu einer offenbar verderbten Stelle, die aber in leichter Weise zu heilen ist. Es sind dies die Worte: „Proximus interrogatur sententiam Diespiter, Uicae Potae filius". Was hier der Diespiter, der Licht- und Schwurgott (vgl. Preller, röm. Myth. S. 218 ff.), thun soll, und wie dieser dazu kommt, ein Sohn der Uica Pota zu heissen, hat noch keiner der Herausgeber zu erklären vermocht. Die Uica Pota (vgl. Preller, S. 609) war eine Art Glücksgöttinn. Wie nun bei Phaedr. IV, 12, 5 Plutus der Sohn der Fortuna genannt wird, so kann an unserer Stelle nur Dispiter oder Dis pater entsprechen, wofür schon der Umstand spricht, dass dieser Name gewöhnlich mit diues in Zusammenhang gebracht wurde; man vergleiche Cic. N. D. II, 26, 66 terrena autem omnis uis atque natura Diti patri dedicata est, qui Diues, ut apud Graecos Πλούτων, quia et recidant omnia in terras et oriantur e terris. Denn obwohl eigentlich Diespiter, Dispiter und Dis pater ein und dasselbe Wort sind, wie dies schon Varro l. l. V, 66 richtig erkannte, so schied sie doch der Sprachgebrauch dahin, dass Diespiter den Lichtgott, Dispiter und Dis pater den Herrscher der Unterwelt bezeichnete. So heisst es in dem Bruchstücke aus dem Euhemerus und Ennius bei Lactantius Div. Inst. L. I, c. 14 „Pluton Latine est Dispiter" und auch an der eben erwähnten Stelle des Varro dürfte nach den Spuren der Handschriften „Idem hic Dispiter dicitur" herzustellen sein. Eben so muss nun auch an unserer Stelle geschrieben werden. Für den Dispiter passt es ganz gut, dass der Autor ihn als Sohn der Uica pota, als designatus consul numulariolus bezeichnet und hinzufügt, er befasse sich gleich seinem Schützlinge damit, Bürgerrechte um Geld an Fremde zu verkaufen. Denn eine Capelle dieses Gottes war neben dem Altare vor dem Saturnustempel, also in der Nähe des Marktes, gelegen (vgl. Preller, S. 412), so dass derselbe gewissermassen die Aufsicht über den Markt mit dem Saturnus theilte.

X, 1 hat Haase statt des überlieferten „sententiae suo loco dicendae": „s. causa l. d." geschrieben, offenbar weil ihm dieser Dativus des Zweckes befremdlich erschien und er ihn durch kein entsprechendes Beispiel zu belegen wusste. Obwohl nun auch ich keine vollkommen gleiche Stelle aufzuweisen vermag, so bieten sich doch so viele Analogien dar (vgl. Krüger, §. 366), dass ich Bedenken trage, die Überlieferung zu ändern. Sodann würden wir „suo" sehr ungern vermissen. Augustus wartet ruhig ab, bis an ihn, den Letzten, die Reihe gekommen ist; man vergleiche im unmittelbar Folgenden: „uos testes habeo, ex quo deus factus sum, nullum me uerbum fecisse" und XI, 4 „si honeste me inter uos gessi".

X, 2 sind die Worte: disertissimi uiri, welche auch der Sang. hat, ausser die Klammern zu setzen. — X, 3 hat Haase die Leseart des Val. Guelf. und anderer Handschriften „quam canis excidit" in den Text aufgenommen, worin ich nur eine Correctur der ursprünglichen, im Sang. erhaltenen Leseart: „quam canis adsidit" erkennen kann. Aber schwerlich wird dies, wie Schusler meint, so einfach zu nehmen sein, sondern es ist wohl eher hier ein derber Witz zu erwarten, so dass man „ad cacandum" in Gedanken ergänzen muss. Wie sich ein Hund ohne weitere Umstände niedersetzt [1]), so machte auch er keine Umstände, wenn es galt, einen Menschen zu verurtheilen.

Eine der verderbtesten Stellen in dem Schriftchen sind die Worte X, 3 Nam etiamsi sormea Graece nescit, ego scio ENTYCONTONYKNNAIHC, deren Besserung nur die älteren Herausgeber, freilich ohne Erfolg, versucht haben, während die neueren sich blos damit begnügten, die Stelle als corrupt zu bezeichnen und ihre Heilung einem „feliciori ingenio" zu überlassen. Obwohl wir nun keineswegs auf ein solches Anspruch machen, so wollen wir doch, selbst auf die Gefahr hin einen Missgriff zu thun, eine Emendation dieser Stelle versuchen. Was nun zuerst das Wort Graece anbelangt, so hat Fromond, wie mir scheint, richtig bemerkt, dass es eine Anmerkung eines Abschreibers sei, der in seiner Handschrift ein griechisches, ihm unverständliches Wort fand und dasselbe, wie dies häufig geschah, in lateinische Zeichen übertrug. Jenes sormea aber (denn so liest der Sang., nicht formea oder Phormea, wie die übrigen Handschriften) dürfte aus „ὁ μωρός ea" entstanden sein. Nehmen wir an, dass in dem Stammcodex OMOPOCea geschrieben stand, so kann dies leicht in sormea verderbt worden sein [2]). In den folgenden griechischen Zeichen scheint ein Satz enthalten zu sein, der das vorausgehende ego scio bekräftigte, etwa mit dem Sinne: „Es ist mir

---

[1]) Für den Hund gilt nämlich das bei Tage, was Aristophanes seinen Blepyros Eccl. 321 sagen lässt: ἢ πανταχοῦ τοι νυκτός ἐστιν ἐν καλῷ.

[2]) Für den Gedanken vgl. XI, 1 Nescio inquis? Di tibi malefaciant: adeo istuc turpius est, quod nescisti quam quod occidisti.

wohl im Gedächtniss". Daher vermuthe ich, dass die Worte eine Anspielung an den Homerischen Vers: μὴ δή τοι κεῖνός γε λίην ἐνθύμιος ἔστω enthielten und ursprünglich lauteten: „ἐνθύμιον τὸ κείνου λίην", was von den Zeichen der Überlieferung nicht allzu stark abweicht. Übrigens kann man sich nicht genug verwundern, wie in allen neueren Ausgaben hinter jenen griechischen Zeichen noch immer das Wort „senescit" erscheint, das doch in keiner Handschrift überliefert ist und rein der abgeschmackten Conjectur des Rhenanus: „Nam τῆς ὀργῆς aegre senescit ἡ νόσος. Πυργοπολινίκης iste" seinen Ursprung verdankt. Daraus hat sich nun die ganz willkürliche Textgestaltung gebildet, welche zuerst in der Ausgabe des Muretus erscheint und dann in alle folgenden übergegangen ist.

X, 4 berichtet Fickert fälschlich, dass cod. Sang. „si aecuos futurus est" überliefere, da Orelli in seiner Collation richtig „si aec. f. es" verzeichnet. Und diese Leseart kann auch beibehalten werden, wenn man nur eine entsprechende Interpunction einführt und also schreibt: Uideris, Jupiter, an in causa mala (eum occiderit oder damnarit); certe in tua, si aequus futurus es. Dic mihi" etc. Dadurch sind wir der Conjectur Fickert's: „Uideris . . . mala, certe in tua sit aequus futurus, et dic mihi", welche auch Haase aufgenommen hat, überhoben.

XI, 3 sind die Worte: Cogitate, P. C., quale portentum in numerum deorum se recipi cupiat", welche im Sang. Val. Guelf. fehlen und von demselben Interpolator, wie die unmittelbar folgenden Sätze „Principes . . . dedit" herrühren, aus dem Texte zu entfernen.

XI, 5 haben Fickert und Haase die ältere Schreibweise und Interpunction: „Crassum, frugi hominem, tam similem" etc. beibehalten. Doch mit der Erklärung, die Fromond gibt „ad Crassi cognomen alludit; vocabatur enim Crassus Frugi" wird man sich schwerlich zufrieden stellen können. Es ist offenbar zu schreiben: „Crassum Frugi, hominem tam similem etc., vgl. Suet. Claud. 17.

XII, 1 lesen wir im Sang. „tubicinum", während die anderen Handschriften „tibicinum" überliefern. Ersteres entspricht ganz gut dem folgenden „cornicinum"; auch werden die tubicines" nicht selten bei Leichenbegängnissen erwähnt, vgl. Kirchmann de funeribus Romanorum l. II, c. 4, p. 135 ff., wo noch Gell. XX, 2, 3 erwähnt werden konnte. Wir sehen, dass also auch hier der Sang. die ursprüngliche Leseart erhalten hat. Eben daselbst haben alle Handschriften senatorum, mit Ausnahme der ed. Rom., in welcher sonatorum überliefert ist. Obwohl nun dieses Wort sich sonst nicht belegen lässt, so ist es doch der Analogie nach gebildet und entspricht auch ganz den Zeichen der Überlieferung. Ich würde daher kein Bedenken tragen, es mit Sonntag der Conjectur des Rhenanus aeneatorum vorzuziehen und in den Text zu setzen.

XIII, 2 ist die Leseart balineo im Sang. beachtungswerth.

XIII, 4 ist mit Sang. und den übrigen Handschriften „ueniet" zu schreiben, wie dies auch Fickert gethan hat. Orelli berichtet fälschlich, dass im Sang. uenit et gelesen werde.

XIII, 6 muss nach Sang. „Quomodo huc uenistis uos?" geschrieben werden.

XIV, 1 überliefert der Sang. mit den anderen Handschriften „equites R. CC., ceteros CCXXI ὅσα" κτλ., mit dem einzigen Unterschiede, dass die Zeichen CC in Cl. verderbt sind. Der Schreiber scheint hierin eine Abkürzung für Claudius gesehen zu haben, wie schon daraus erhellt, dass er den ersten Buchstaben, wie er es bei Personennamen zu thun pflegt, mit Roth auszeichnete. Die Stelle ist offenbar entweder verderbt oder lückenhaft. Ersteres ist viel wahrscheinlicher; da nämlich die Abschreiber bei ceteros eine bestimmte Zahl vermissten, so übertrugen sie die Ziffer CCXXI nach ceteros und schoben eine niedrigere Zahl (CC) nach equites R. ein. Ich würde daher kein Bedenken tragen, die Conjectur des Rhenanus equites R. CCXXI, ceteros ὅσα κτλ. aufzunehmen.

XIV, 3 ist die Wortstellung des Sang. „magis iniquum" statt „iniquum magis", wie die anderen Handschriften lesen, im Texte herzustellen. In demselben Paragraphe hat Haase, theilweise nach dem Vorgange des Curio, „si unius diei dilaturam fecissent" geschrieben, was mehr einer Interpolation als Emendation gleichen dürfte. Im Sang. ist „si uni diu laturam fecissent" überliefert, was sich mit Junius leicht in „si uni dilaturam f." emendiren lässt. Der Sinn ist: Einige meinten, wenn man einmal von dem strengen Gebote abweichen und nur einem von den ewig Verdammten, Erlösung gewähren wolle, dann werde Tantalus verdürsten, falls man ihm nicht zu Hilfe käme, und dann müsse man doch einmal dem Rade des unseligen Ixion einen Hemmschuh unterlegen. Endlich können wir es nicht billigen, dass Haase in demselben Paragraphe die interpolirte Leseart: „alicuius cupiditatis speciem sine fine et effectu" aufgenommen hat; denn die Worte „fine et" fehlen im cod. Sang. und mit richtigem Urtheile hat schon Fromond, ohne von der Leseart des Sang. etwas zu wissen, in fine eine Dittographie, entstanden aus dem vorhergehenden sine, erkannt. Zugleich könnte man auch die Leseart aller Handschriften „spes", wie Schusler richtig erkannt hat, gegenüber der Conjectur von Scheffer „speciem" festhalten. Der Sinn ist: Hoffnungen, die aus irgend einer Begierde entstehen, ohne je ihre Erfüllung zu finden.

Wir haben nun noch über die zahlreichen Interpolationen, an welchen die Vulgata unserer Schrift leidet, zu sprechen und, so weit dieses möglich ist, ihren Ursprung zu erforschen. Dieselben zerfallen in zwei Hauptclassen. Einige derselben haben nämlich die Aufgabe, die Darstellung auszuschmücken, einzelne historische Thatsachen zur Erklärung beizubringen und den Zusammenhang zwischen den kurzen, oft nur lose verbundenen Sätzen näher zu vermitteln. Die anderen sind mehr dazu bestimmt, grammatische Fügungen zu ergänzen, oder sind ganz willkürliche Correcturen des verderbten Textes, welcher dem Abschreiber vorlag. Wir müssen bei dieser Gelegenheit nochmals an das erinnern, was wir schon oben bemerkt haben, nämlich dass wir nur von vier Handschriften ausreichende und genaue Collationen besitzen, während aus den anderen nur einzelne Lesearten bekannt sind. Obwohl nun bei solchen Verhältnissen eine vollkommen endgiltige Entscheidung nicht möglich ist, so kann man doch mit sehr grosser Wahrscheinlichkeit behaupten, dass die Handschriften der bei weitem grössten Zahl nach von den Interpolationen der ersteren Classe frei sind und dieselben, so viel man bis jetzt sehen kann, sich meistentheils blos auf den Codex, aus welchem die ed. Rom. geflossen ist, und vielleicht noch den cod. Cur. beschränken. Es scheint somit im XIV. oder XV. Jahrhundert irgend ein homo doctus, der mit den Biographien des Suetonius und den Satiren des Juvenalis bekannt war, eine Überarbeitung des Textes vorgenommen zu haben, die sich dann in einigen Exemplaren fortgepflanzt hat.

Zu der ersteren Classe gehören folgende Interpolationen:

I, 1 Asinio Marcello, Acilio Auiola coss., genommen aus Suet. Claud. c. 45. Die Worte fehlen im Sang. Val. Guelf. cod. Parr. α a b, cod. Trist. (Dal.) und finden sich sicher nur in der ed. Rom. — III, 3 Sauromatas et si qui ultra glacialem boream incolunt barbari,

nur auf Gewähr der ed. Rom., während Sang. Val. Guelf. Wiss. die
Stelle nicht haben. Als Vorbild konnte dem Interpolator vielleicht
die Stelle Sen. Diall. I, 4, 14 dienen. — IV, 3 nec post boletum
opipare medicamentis conditum plus cibi sumpsit, ausser der ed.
Rom. noch im cod. Cur., der angeblich nach „concacauit" hinzufügt
„plus cibi sumpsit", während Sang. Val. Guelf. Wiss. diese Stelle
nicht enthalten. Genommen sind sie, wie dies schon Fromond
erkannte, aus Suet. Claud. 44 und Juv. Sat. V, 146—148 Uilibus
ancipites fungi ponentur amicis, Boletus domino; sed quales Claudius
edit Ante illum uxoris, post quem nil amplius edit. — IX, 3 etiam
pestiferum (pessimum ist nur eine Conjectur des Rhenanus) quemque
illum affectare, nur in ed. Rom., nicht in Sang. Val. Guelf. Wiss. —
XI, 1 (fregit) et in Lemnon caelo deturbauit, non extinxit, nur ed.
Rom., während Sang. Val. Wiss. richtig fregit quem ... ϑεσπεσίοιο
dafür lesen. Es ist dies ein kecker Versuch, die Lücke auszufüllen,
die statt der griechischen Worte in der Handschrift vorlag, wie sich
eine solche Lücke auch im Guelf. findet. — XI, 3 Cogitate, P. C.,
quale portentum in numerum deorum se recipi cupiat. Principes
pietate et iustitia dii fiunt. Scilicet hic pius et iustus, quoniam Dryudarum perfidae gentis Gallicae immanem relligionem, a qua ciues
submoueram, prorsus exstirpauit: ut Romae nuptiarum sacra essent,
quibus ipse, cum sibi Agrippina nuberet, XXX Senatoribus: innumeris Eq. Rom. mactatis principium dedit. Dieses ungeschickte
Machwerk ist aus Suet. Claud. 25 und 29 zusammengesetzt, wobei
noch zu bemerken ist, dass der Interpolator an der letzteren Stelle
in seinem Texte eine falsche Interpunction, nämlich: Die ipso Claudii
et Agrippinae nuptiarum in quinque et triginta senatores etc. vor
sich hatte. Daraus erklärt sich jene sonderbare Nachricht, dass Claudius seinen Hochzeitstag mit einem solchen Gemetzel feierte. Was
die Anzahl der gemordeten Senatoren anbetrifft, so wich der Interpolator desshalb von Suetonius ab, um nicht mit unserem Autor
(XIV, 1) in Widerspruch zu gerathen. Dieses Einschiebsel beruht
allein auf der Gewähr der ed. Rom., im Sang. Val. Guelf. Wiss. ist
es nicht zu finden. — XI, 5 (Pompeium Magnum) Antoniae ex
Petina: (L. Syllanum) Octauiae ex Messallina kommt eben so blós
in der ed. Rom., nicht in den genannten vier Codices vor; als Quelle
ist leicht Suet. Claud. 27 zu erkennen. — Älter als die bereits
erwähnten Interpolationen ist XII, 2 fingite mugitus (denn luctus ist

nur eine Conjectur des Rhenanus), welches in der ed. Rom. Guelf. Wiss. vorkommt, aber in Sang. Val. cod. Cur. fehlt. — Die nun folgenden Einschiebsel dominus domini und Ille autem patrono plura blandiri uolebat. Quem Mercurius iterum festinare iussit et uirga morantem impulit (XIII, 2), sese mouens uillosque horrendos excutiens (XIII, 3), womit auch eine bedeutende Umarbeitung der folgenden Stelle verbunden ist, Caesar und Ecce extemplo (XIII, 4) dienen nur dazu, die Darstellung auszuschmücken und einzelne Stellen durch lebhafte Farben hervorzuheben. Sie haben durchaus die ed. Rom. zur einzigen Gewähr und fehlen im Sang. Val. Guelf. Wiss. — XIII, 5 Possides basta pura insignis, Felix cum Palante fratre ist aus Suet. 28 entnommen und dabei die vorangehende Stelle überarbeitet; ebenso ist im folgenden quaestoriis praetoriisque muneribus aus Suetonius eingefügt und necubi imparatus esset in ubi impertitus esset verändert worden. Alle diese ἐμβλήματα finden sich blos in der ed. Rom., während die oft erwähnten vier Codices davon frei sind. — XIV, 1 lesen, wir in der ed. Rom. die Worte: Exterritus Claudius oculos undecumque circumfert, uestigat aliquem patronum, qui se defenderet, die nichts anderes als ein ausmalender Beisatz sind und in Sang. Val. Guelf. Wiss. fehlen. — Noch eine Interpolation findet sich XIV, 3 non unquam Sisyphum onere releuari, welcher Satz gar nicht in die Construction passt und offenbar dem im folgenden Capitel vorkommenden Verse: Irrita Sisyphio uoluuntur pondere collo seinen Ursprung verdankt. Auch hier ist die ed. Rom. die einzige Gewähr, während die vier Handschriften die Worte nicht enthalten.

Aus allen diesen Angaben können wir nun folgende Schlüsse ziehen: So weit wir die Handschriften kennen, finden sich von diesen Einschiebseln nur zwei in anderen Codices, alle übrigen aber allein in der ed. Rom. Der Bearbeiter des Textes, wie er uns in dieser Ausgabe vorliegt, benützte hauptsächlich den Suetonius, um aus dessen uita diui Claudi an geeigneter Stelle einzelne Nachrichten einzuschieben; ja er übertrug sogar einzelne Ausdrücke hie und da in seinen Text, wie er denn z. B. XI, 2 aus Suet. Claud. 29 consocerum statt socerum geschrieben hat. Wo seine allerdings beschränkte Wissenschaft ausreichte oder wo ihm der Text leicht Gelegenheit bot, suchte er Lücken der Handschrift, die besonders da vorkamen, wo eine griechische Stelle im Texte stehen sollte, möglichst zu verbergen; man vergleiche XI, 1 und XIII, 6, wo die Worte: quomodo uos huc uenistis unmittelbar an exclamat angeschlossen sind. Die beiden Codices Sang. und Val., welche dem X. Jahrhunderte angehören, sind von allen diesen Einschiebseln frei, und da die anderen Handschriften sämmtlich aus dem XIII.—XV. Jahrhunderte stammen, so kann man die Zeit, wo diese ἐμβλήματα entstanden sind, im Allgemeinen angeben. Der Herausgeber der ed. princeps ist nicht der Urheber dieser Interpolationen, um so mehr als aus seinem Nachworte erhellt, dass er blos einen Abdruck besorgte, ohne sich um die Emendation des Textes zu kümmern.

Die Einschiebsel der zweiten Classe wollen wir nur kurz bezeichnen. Es sind folgende: III, 1 meritum ut (ed. Rom.); III, 2 Tunc (Tum) ille (ed. Rom. codd. Parr. α a b g h), worüber wir schon gesprochen haben; V, 2 (respondisse) illum (ed. Rom.); V, 4 Ubi haec (ed. Rom.), welche Worte, wie Orelli Epist. crit. p. 45 erkannt hat, aus dem letzten Worte des vorhergehenden griechischen Verses τοκηεϲ entstanden sind; VI, 1 discrimine (alle codd. mit Ausnahme von Sang. Val.): VII, 1 dicito· (ed. Rom.); VII, 2 regna uidi (ed. Rom.); VIII, 2 Saturnalia eius (in allen Handschriften), dessen Ursprung wir oben erklärt haben; X, 2 a me (alle Handschriften, mit Ausnahme des Sang.); X, 3 frustum (ed. Rom. cod. Cur.); X, 4 suas (ed. Rom.), inter (ed. Rom. Guelf.); XI, 4 in eum denique (ed. Rom.); XI, 6 a (e) caelo (alle Handschriften) [1]); XII, 2 uoce (ed. Rom.); XIII, 2 uia (ed. Rom.), praecedito (ed. Rom.); XIV, 2 loqui. Wir sehen also, dass auch die kleineren Glosseme sich grösstentheils blos in der ed. princ. finden und der cod. Sang. am meisten davon frei ist [2]).

II.

Im cod. Sang. 878, einer Miscellanhandschrift, welche im Jahre 821 geschrieben ist und unter Anderem das berühmte von J. Grimm

---

[1]) Statt dieses offenbaren Einschiebsels hat man seit Gothofredus mit Ergänzung des Catullischen Verses (III, 12) „illuc unde" etc. geschrieben. Vielleicht dürfte es doch gerathener sein, statt eines förmlichen Citates eine einfache Anspielung anzunehmen und blos unde negant etc. zu lesen.

[2]) Die Verbesserungsvorschläge, welche W. Wehle im Rhein. Mus. XVII, S. 622 ff. mittheilt, scheinen mir sämmtlich unbegründet. Gleich am Eingange befremdet uns die Bemerkung, dass im cod. Valentianensis die älteste Überlieferung dieser

herausgegebene Runenalphabet enthält, findet sich fol. 348—350
ein Bruchstück des 120. Briefes von Seneca, nämlich die §§. 1—14

Satura vorliege, da man doch, wenn man den Sangallensis mit dem Valentianensis unbefangen vergleicht, schwerlich daran zweifeln kann, dass ersterer die
Hauptquelle bildet. Oder man möge doch nachweisen, was der Valentinanensis vor
dem Sangallensis nur irgend voraus hat, und dann in Betracht ziehen, worin er
ihm offenbar nachsteht. Warum weiterhin c. 10 pudet, wie im Sang. überliefert
ist, unpassend sein soll, ist nicht abzusehen; im Gegentheil sind gerade die
Worte: pudet imperii als der Ausdruck des höchsten Unwillens im Munde des
Messalla ganz bezeichnend. Vergleicht man nun das unmittelbar Vorhergehende:
„omnia infra indignationem verba sunt"; so wird man wohl eher pudet als per-
taedet erwarten, wie Wehle vorschlägt, und müsste vielmehr das letztere, wenn
es überliefert wäre, als matt und frostig bezeichnen. Übrigens lässt sich ganz
gut begreifen, wie pudet in praecidet verderbt werden konnte. Cap. 11 sollen
die Worte ad inferos gestrichen werden; dieselben sind allerdings befremdlich,
wenn man mit den neueren Herausgebern Illuc — quemquam schreibt; dass dies
aber seine Bedenken hat, ist schon oben bemerkt worden. Eben so werden c. 6
die Worte iusserat illi collum praecidi als eine müssige Wiederholung bezeichnet.
Es ist hiebei übersehen, dass diese Worte mit dem nächstfolgenden Satze zu verbinden sind und wir so zwei coordinirte Sätze haben, während der erstere sub-
ordinirt sein sollte. Cap. 4 wird die seit Orelli aufgenommene Leseart des Sang.:
„fecit illud" beanstandet und dafür „fecit filum" vorgeschlagen, was schon an
und für sich bedenklich wäre. Übrigens weisen die Worte „Haec Apollo" so
bestimmt auf das vorhergehende: „Ne demite Parcae, Phoebus ait" zurück, dass
die Beziehung des illud nicht zweifelhaft sein kann. Cap. 11 schlägt der Verfasser
einen doppelten Ausweg vor, nämlich die Leseart des Sang. clarius entweder in
acrius zu emendiren oder auch ungeändert beizubehalten. Letzteres bedarf eigentlich keiner Widerlegung; was aber acrius anbetrifft, so weicht es von dem Buchstaben der Überlieferung noch mehr ab als die Conjectur des Rhenanus durius,
die auf der Leseart der ed. princ. und des cod. Guelf. „durus" beruht. Cap. 15
wird der Vers: „Lusuro similis semper semperque petenti" als unecht erklärt;
denn einmal sei die Bezeichnung lusuro similis unpassend, da ja Claudius eben
ein lusurus sei, sodann sei das absolut gesetzte petenti befremdlich. Aber lusuro
similis ist sehr bezeichnend gesagt und deutet das an, was oben c. 14 gesagt
worden ist „alicuius cupiditatis spes sine effectu"; zu petenti aber ergänzt sich
leicht aus dem unmittelbar vorhergehenden mittere talos das entsprechende Object.
Cap. 3 wird nec . . . dimittam beanstandet und dafür ne . . . dimittam vorgeschlagen. Kann denn aber nec nicht für atque non stehen? Vgl. Hand, Tursell. IV,
p. 103. Endlich billigt noch Wehle den Vorschlag von Bücheler, Rhein. Mus. XIV,
S. 447, wornach c. 5 die Worte aeque Homericus als eine Glosse beseitigt werden
sollen, und bemerkt, dass ihn die Vertheidigung Baumstark's, Phil. XVIII, S. 543 ff.,
nicht überzeugt habe. Wir hingegen erklären uns mit der zweiten Interpretation
Baumstark's vollkommen einverstanden: „es war aber der darauf folgende Vers
wahrer, welcher eben so homerisch ist, wenn doch homerisch geantwortet werden sollte". Der Autor verspottet nämlich durch uerior das Ἰλιόθεν in dem
vorhergehenden Verse und deutet an, dass Claudius viel eher von seinen massen-
haften Hinrichtungen, als von seiner vorgeblichen Abkunft aus dem Geschlechte
des Aeneas sprechen sollte, wobei sich dann für ihn, den Ὁμηριχώτατος, eben
jener Vers am treffendsten darböte.

(omnium animos). Obwohl nun dieses Fragment kaum einen nen-
nenswerthen Beitrag zur Kritik des Textes darbietet, so ist es doch
nicht ohne Interesse, eine Handschrift von diesem Alter kennen zu
lernen, um den Zusammenhang der einzelnen Codices näher bestimmen zu können. Was die Schreibweise anbetrifft, so findet man
immer e statt ae, adicere, tamquam, numquam geschrieben; die
Assimilation der Präpositionen kommt selten vor, z. B. collatio,
dagegen gewöhnlich inponunt, adtendere u. dgl. Wir geben nun die
Collation dieses Bruchstückes mit der Fickert'schen Ausgabe. Eine
Aufschrift findet sich in dem Manuscripte nicht. §. 1 aliquid. — hoc
de diuitiis. — §. 2 inter istas. — om. „bonum“. — §. 3 scientiae
non scientiam dedit. — nos innocentiam. — obseruatione collegisse.
— §. 4 puto in ciuitatem suam redeundum. — §. 5. facta. — Pyrri.
— cauere. — §. 7 donec inuoluit ingenti. — legitque se. — §. 8
eiusmodi facta. — om. „nobis“. — et contrario. — §. 9 om. „coepimus“. — adnotare ut quis. — §. 10 laudamus. — ac (corr. „et“)
priuata. — et in his. — §. 12 consortia. — §. 13 Hoc qualecumque inquit est. — habemus operam. — §. 14 om. „fecit“.

Darnach kann man nun den Schluss ziehen, dass das Exemplar,
aus welchem dieses Bruchstück abgeschrieben ist, den besseren
Handschriften der Epistulae morales angehörte. Die Varianten stimmen am meisten mit dem Palatinus 869 (II, vgl. Fickert Vol. I,
Praef. p. XXIV) überein, so §. 1 aliquid, in sordida usque, 2 om.
„bonum“, 4 cogitauimus, 5 cauere, 7 et iam diu, legitque, 8 obtu-
lere, dann die Lesearten, welche zwar nicht ausdrücklich aus dem
Palatinus angeführt werden, aber doch höchst wahrscheinlich in
demselben zu finden sind, wie §. 3 nostri intellectum, 6 in hostes
nefas. Gemeinschaftlich mit cod. Ottob. 2090 (σ, vgl. Fickert p. XXV)
hat er die Varianten §. 3 obseruatione, in ciuitatem suam redeundum (σ liest verderbter in ciuitate suum rediendum), 10 deesse et
in his und 13 habemus. Vereinzelt sind §. 1 hoc de diuitiis (ed.
Rom. 1475, vgl. Fickert p. XXVII), 5 facta (Bamberg. n. 1088, vgl.
Fickert p. XX), 8 eiusmodi (in den codd. Vat. α γ δ ζ, vgl. Fickert
p. XXIII). Eigenthümlich hat die Handschrift nur drei Lesearten,
nämlich §. 3 scientiae, non scientiam dedit, was allerdings gut angehen würde, aber doch nur eine Correctur zu sein scheint, 8 imagi-
nem ostendere om. „nobis“, worin aber der Codex schwerlich Glauben verdient, da er auch sonst nicht selten Wörter auslässt, z. B.

coepimus, fecit, 13 Hoc qualecumque inquit est, wo aber die Wortstellung in den anderen Handschriften ohne Zweifel vorzuziehen ist [1]).

III.

Unter den kleineren Schriften des Seneca befindet sich auch eine Sentenzensammlung, die man gewöhnlich mit dem Titel „liber de moribus" bezeichnet. Diese Aufschrift findet sich erweislich erst im XII. Jahrhunderte (vgl. Vinc. Bell. Spec. hist. IX, 102), kann aber ursprünglich nicht so gelautet haben; denn die beiden Sangallenses, von welchen wir gleich sprechen werden, haben als Überschrift einfach liber Senecae ohne jeden weiteren Beisatz. Dass uns nun hier keine Schrift des Philosophen selbst vorliegt, hat man schon frühzeitig erkannt. Der cod. Vratislaviensis IV aus dem XIV. Jahrhunderte, den Haase benützte (vgl. III, p. XX), hat von jüngerer

---

[1]) Bei dieser Gelegenheit sei bemerkt, dass sich in der Bibliothek des Metropolitancapitels zu Prag eine Pergamenthandschrift in Kleinfolio (L, 94) befindet, welche dem eilften Jahrhunderte angehört und ausser den Quaestiones naturales des Seneca noch das Buch Hermetis Trismegisti Asclepius enthält. Der Text der Quaestiones naturales stimmt im Ganzen mit dem Bambergensis n. 1089 (vgl. Fickert, Vol. III, Praef. p. VI), seltener mit dem Guelferbytanus n. 765 (vgl. Fickert, Vol. I, Praef. p. XX) überein. Wir geben als Probe eine Collation von 13 Paragraphen des Prologes, wobei wir die mit dem Bamb. übereinstimmenden Lesearten durch ein Sternchen bezeichnen. Inscr. Prologus Anneç Senece Cordubensis in librum de naturalibus quaestionibus ad Lucilium. §. 1 phylosophiam (so immer). — *et illam quae. — *et pulchrius. — *om. „tantum". — celo. — 2 *ambigua uitae in quae uolutamur caliginem excedit. — an et ad nos. — 3 *om. „enim". — minus est liber aut potens. — cibum. — impleatur. — et mortem. — 4 colluctamur. — *portenta superamus. — quod suspicimus. — inter uires interest. — compositus. — turpiter spargens. — 5 nichil. — affectamus. — consortium deo. — consumatur. — om. „omni" ante „malo". — *om. „seruat. — auaricie. — 6 contempnere. — *aere fulgentia. — *diriuata. — *mari et ea parte qua exstat. — *aut adustum. — 7 histrum. — *exeat Istmium samotraces. — eufrates. — arenarum multa. — illam unam. — 8 *Certe si illam ut magnam sustuleris. — *sub multis ire. — lateribus effusum. — *in quo regantis colitis et minime cum illis („colitis" Bamb. m. 2). — occeanus incurrit. — 9 leuis ac. — *alter crescit. — om. „uelut". — 10 sed interest ut suis. — ostendit. — *quo cursus. — descendit. — 11 *Quamdiu quaerit. — littoribus hyspaniae. — spacium. — impleat uentus. — 12 *om. „demum". — omnia et opus suum intra. — 13 *pars melior. — neque tispositius. — *aeris ac terrae uicina. — *contigit. Bei der eben nicht grossen Anzahl von Hilfsmitteln, die uns für die Texteskritik der Quaestiones naturales zu Gebote stehen, dürfte eine Vergleichung dieser Handschrift vielleicht nicht ohne Werth sein.

Hand die Anmerkung: „Non est hic dicendus liber: recollectae enim
sunt quaedam ab aliquo excerptae ex libris Senecae“; Erasmus
bemerkt schon in seiner ersten Ausgabe gleich beim Eingange dieser
Schrift: „Apparet hunc libellum non a Seneca fuisse conscriptum,
sed concinnatum a quopiam illius studioso et sententiis gaudente.
Nam deprehenduntur quaedam alibi a Seneca scripta“, und in der
zweiten Ausgabe heisst es noch viel bestimmter: „Gnomologia et
haec est, non ex Seneca tantum. Insunt mimi et Pythagorae quaedam, postremo fit mentio diaboli. Uidentur quaedam decerpta ex
prouerbiis Solomonis“. Als späterhin bekannt wurde, dass das Buch
'de quattuor uirtutibus oder de formula honestae uitae , welches man
im Mittelalter dem Seneca beilegte, eigentlich dem Martinus Dumiensis (um 560) angehöre und nur, nachdem die Widmung an den
König Miro verloren gegangen, irrthümlich dem Seneca zugeschrieben worden sei, betrachtete man diesen Martinus auch als den Verfasser jener Spruchsammlung. So erscheint dieselbe in der Ausgabe
des Seneca von Gothofredus und in der Bibl. Patr. ed. Lugdun.
Tom. X, p. 385 unmittelbar vor oder nach jener Schrift des Martinus Dumiensis; in gleicher Weise sprechen sich Fabricius (Bibl.
lat. ed. Ernest. II, 119) und Orelli (Opusc. Graec. sent. I, p. XVI
und 269, P. Syri sent. p. IV) aus und auch Bernhardy (Röm. Lit.
S. 725, 3. Aufl.) scheint dieser Ansicht beizupflichten [1]). Mehr Wichtigkeit hat dieser Schrift Haase in seiner Ausgabe beigelegt; er
vermuthet nämlich, dass uns hier Bruchstücke aus verlorenen Werken des Seneca erhalten seien. Desshalb hat er sich auch die Emendation des sehr verwahrlosten Textes angelegen sein lassen, wobei
ihm aber, wie er selbst sagt, ausser den alten Ausgaben nur der
oben erwähnte cod. Vratislaviensis zu Gebote stand, der übrigens
nur ein Bruchstück ist und mit sent. 49 endigt. In der Vorrede zum
dritten Bande p. XX ff. deutet er einiges über die Zeit der Abfassung
und die Quellen der Sammlung an und schliesst dann seine Erörterung mit den Worten: „Sed de fontibus huius libri non est hic

---

[1]) Wenn Goldast in seiner Collectio paraeneticorum ueterum (Lindau, 1604, p. 214)
irgendwie zu trauen ist, so hatte ein alter Codex des H. Stephanus, den Goldast
bei seiner Textesrecension benützt haben will, die Aufschrift: „Incip. Annei Boetii
liber de moribus per sententias“. Übrigens enthielt dieses Manuscript, nach den
. angeführten Lesearten zu urtheilen, nicht sowohl den liber de moribus als vielmehr die prouerbia Senecae.

dicendi locus; est enim difficilis quaestio ac digna, quae separatim et accurate instituatur". Einiges dafür bietet Jordan Rh. M. XIV, S. 279 und besonders Wölfflin Phil. VIII, 184 ff., IX, 680 ff., wo richtig bemerkt wird, dass diese Frage erst mit jener über die Spruchsammlung des Syrus ihre endgiltige Lösung finden könne. Da mir nun die Collation zweier Sangallenses zu Gebote steht, die für die vorliegende Frage manche nicht unwichtige Aufschlüsse gewähren, so will ich hiemit einen kleinen Beitrag liefern, den dann Andere in ihren weiter gehenden Untersuchungen nach Bedarf verwerthen mögen.

Vor Allem handelt es sich darum, welcher Zeit diese Sammlung angehört. Haase meint, dass sie schon im Jahre 567 in dieser Form vorlag, da in dem 14. Kanon des zweiten Conciliums von Tours, das in diesem Jahre abgehalten wurde (vgl. die Ausgabe von Labbé VI, 358) die 35. Sentenz dieser Schrift unter dem Namen des Seneca angeführt wird: „sicut ait Seneca pessimum in eo uitium esse, qui in id quo insanit ceteros putat furere". Und dies hat allerdings viel für sich; denn in diesem Citate ist durch einen offenbaren Gedächtnissfehler die 35. Sentenz „Hoc habet omnis adfectus, ut in id quod ipse insanit, in idem putet ceteros furere" mit der 36. „Maximum in eo uitium est, qui non uult melioribus placere sed pluribus" verschmolzen. Es standen also schon damals diese beiden Sentenzen neben einander, und daraus können wir mit grosser Wahrscheinlichkeit schliessen, dass die Sammlung in der vorliegenden Gestalt schon zu jenen Zeiten vorhanden war.

Fragen wir weiter nach den Handschriften, so dürfte, in so weit dieselben bekannt sind, der Sang. α so ziemlich der älteste sein. Dieser Codex (n. 238), welcher neben einem Vocabularium Excerpte aus Hieronymus, Isidorus und p. 396—414 die Schrift de moribus enthält, ist eine Pergamenthandschrift und angeblich von Winithar, der im Jahre 767 Decan des Stiftes zu St. Gallen war, geschrieben (vgl. Hänel, p. 680). So lautet allerdings die subscriptio; aber die Handschrift, die uns vorliegt, ist wahrscheinlich nur eine Abschrift jenes Codex, den Winithar eigenhändig geschrieben hatte [1]. Dafür spricht der Umstand, dass die Schriftzüge nicht einer, sondern mehreren Händen angehören und dass diese Schreiber sehr unwissende

---

[1] Gleiches vermuthet Böcking von dem bekannten Sang. 899, der die Mosella des Ausonius enthält; vgl. Jahrb. d. Vereins f. Alterthumsfr. im Rheinl. VII, Aus. S. 3.

Leute waren, was man wohl jenem Decane nicht zutrauen kann.
Denn der Text wimmelt von groben Verstössen gegen die Grammatik, welche deutlich zeigen, dass die Abschreiber einerseits die
ihnen vorliegende Handschrift nicht richtig zu lesen vermochten und
andererseits in der lateinischen Sprache nur unvollkommen unterrichtet waren. Doch kann diese Handschrift, nach der Form der
Buchstaben zu urtheilen, nicht lange nach 767 gemacht sein und
gehört unzweifelhaft dem IX. Jahrhunderte an. Aus derselben
Zeit stammt auch die andere Pergamenthandschrift n. 141 (β),
welche neben einigen Schriften von Kirchenvätern und mittelalterlichen Autoren p. 62—70 die genannte Sammlung enthält[1]). Der
Codex stimmt mit dem früher erwähnten so ziemlich überein, aber
an nicht wenigen Stellen hat eine zweite Hand, die auch dem IX.
oder X. Jahrhunderte angehört, die ursprüngliche Schrift ausgekratzt
und dafür ihre Conjecturen ohne weiteres in den Text gesetzt. Es
ist daher begreiflich, dass wir im Folgenden uns darauf beschränken,
blos das Wichtige aus den Lesearten hervorzuheben, das Unwichtige
aber einfach übergehen.

Beide Handschriften schicken dem liber de moribus eine ziemlich gleichlautende Einleitung voraus, welche die Überschrift führt:
„Incipit prologus libri Senecae". Es soll dies, wie es scheint, entweder eine Nachahmung des Prologes zu den Quaestiones naturales
oder jenes zu dem Ecclesiasticus sein. Aber dieser Prolog ist keineswegs eine Vorrede zu jener Spruchsammlung, sondern enthält
nur einzelne Bemerkungen über das Leben des Seneca, wobei der
Verfasser die Stelle des Hieronymus in dem Catalogus sanctorum oft
wörtlich benützt hat, dann über Zweck und Bedeutung der angeblichen Schrift u. dgl. Dabei offenbart der Verfasser in mehreren
Puncten eine klägliche Unwissenheit, wie er denn sein Machwerk
gleich mit den Worten beginnt: Lucius Annaeus Seneca de Graecis
fuit". Wir geben somit aus dem Prologe nur diejenigen Stellen,
welche für die Ansichten der damaligen Zeit in Betreff unserer
Schrift massgebend und so von einigem Werthe sind: „Seneca
scripsit hunc librum. Qui Paulo apostolo epistolas misit et Paulus

---

[1]) Dieselbe hat auch in diesem Codex einfach die Überschrift „liber Senecae", nicht
aber, wie Hänel p. 674 fälschlich angibt, „libellus conflictus uirtutum et uitiorum",
da sich diese Bezeichnung vielmehr auf die folgende Schrift, ein Werk des Ambrosius Autpertus, bezieht.

similiter illi. Et hic biennio antequam Petrus et Paulus coronarentur, periit incisione uenarum et ueneni haustu. Quid efficit scripcio huius libri et ob quam causam scripsit? Aperitur et ostenditur libertas arbitrii; testatur liberum arbitrium opus esse ad omne siue bonum siue malum. Explicit prologus. Incipit ipse liber". So werthlos nun auch dieser jedenfalls viel später abgefasste Prolog ist, so gibt er doch einige ganz brauchbare Andeutungen. Einmal ist es gewiss kein Zufall, dass an der Spitze der Sammlung gerade eine Sentenz steht, in welcher das liberum arbitrium so besonders betont wird. Sodann ist auch die Erwähnung jenes Briefwechsels zwischen Paulus und Seneca nicht ohne Bedeutung, da, wie wir späterhin sehen werden, unsere Sammlung mit demselben in einem gewissen Zusammenhange steht.

Weiterhin enthalten die Handschriften nicht die gleiche Anzahl von Sentenzen, wie sie uns gegenwärtig in den Drucken vorliegt. Es fehlen nicht blos in beiden die Pythagoreischen Sprüche n. 144 und 145 am Schlusse der Sammlung, sondern auch in dem Corpus selbst ist, wie aus dem Folgenden hervorgehen wird, hie und da eine Sentenz ausgelassen oder eine eingefügt; auch ist nicht selten die Reihenfolge der einzelnen Sprüche verändert, was alles hinreichend beweist, dass die Form der Schrift mit den Zeiten mannigfache Umänderungen erfahren hat. Der Codex α gibt übrigens p. 406—414 nach sent. 143 noch einen Anhang von mehr als hundert Sprüchen, die zum Theile wieder aus mehreren Sätzen bestehen und durch ihren Inhalt öfters zu grösseren Gruppen vereinigt sind. Dieselben rühren ohne Zweifel von einem christlichen Verfasser her, wie dies ihr Inhalt, der häufig mit dem liber proverbiorum und dem Ecclesiasticus übereinstimmt, und die eingestreuten Bibelstellen beweisen. Da es natürlich nicht meine Absicht sein kann, diese ganze Sammlung hier abdrucken zu lassen, um so mehr als man mit derlei Dingen oft genug Zeit und Papier verschwendet hat, so beschränke ich mich auf einige Proben, um Inhalt und Form dieser Sentenzen einigermassen anzudeuten. So heisst es gleich Anfangs: Esto in cunctis casibus firmus, patienter tolera omnia. Respice similes aliorum casus. Dum tibi aliena pericula memoras, mitius tua portas; aliorum enim exempla releuant dolorem, einige Zeilen später: Nullus te casus imparatum inueniat. Sic alienam miseriam tamquam tuam luge. Sapiens uerbis paucis utitur. Quod ad te non pertineat, noli

quaerere. Sapientia dando largior fit, retinendo autem minuitur. Dum
iudicas, causas adspice non personam, endlich am Schlusse: Uide
ne, quod legendo respicis, uiuendo contemnas. Gratias deo. Finit
liber Senecae. Man sieht, dass manche dieser Sätze, was Gedanken
und Sprache anbelangt, sich von jenen in dem Buche de moribus
nicht besonders unterscheiden; auch stimmen mehrere mit den
Sprüchen in dem Annulus aureus des Rufinus überein. So findet sich,
um nur ein Beispiel anzuführen, die oben erwähnte Sentenz: „Sapiens paucis uerbis utitur" ganz ähnlich bei Rufinus n. 134 (Orelli I,
p. 255) „Sapiens uerbis innotescit paucis".

Wir geben nun die Collation der beiden Sangallenses mit der
Ausgabe von Haase in der oben angedeuteten Beschränkung und
fügen zugleich unter dem Texte die Schriften, aus denen die einzelnen Sprüche entlehnt, oder die Sätze, nach denen sie gebildet
sind, so weit sich dies erkennen lässt, in aller Kürze bei. Dass
hiefür die Bemerkungen der älteren Herausgeber, eines Scaliger,
Gruter u. a., eben so wie die der neueren, Orelli, Bothe, Ribbeck u. a.,
gebührend benützt worden sind, bedarf keiner besonderen Erwähnung. Um ferner das Verhältniss unserer Sammlung zu jener, die
unter dem Titel Proverbia Senecae oder Sententiae P. Syri geht,
näher zu bestimmen, haben wir bei den Sentenzen, die sich eben so
in dieser wie in jener finden, die abweichenden Lesearten der letzteren verzeichnet. Der Kürze wegen bezeichnen wir mit Or. den
P. Syrus in der Ausgabe von Orelli, Leipzig 1822, mit R und B die
Sammlung in den Reliq. com. lat. von O. Ribbeck und den Poet. lat.
scen. fragm. Vol. V, P. II von Bothe; G ist Gothofredus, F der cod.
Frisingensis (jetzt Monacensis lat. 6292, vgl. Wölfflin Caec. Balb.
p. 16 ff., Bernhardy S. 339), Gr. der cod. Gryphiswaldensis, VBh
und VBd Vincentius Bellovacensis in seinem Speculum historiale und
doctrinale (nach dem Texte der undatirten ed. princ., vgl. Ebert 1,
1032 ff.), P und S der cod. Paris. 4841 und Sorbon. 280 (vgl.
Wölfflin Phil. VIII, 184; IX, 681). Mit V ist eine alte Ausgabe (s. l.
et a.) bezeichnet, die ich bei Ebert nicht angeführt finde [1]); dieselbe
(14 Blätter in 4⁰.) enthält ohne allen zusammenfassenden Titel:
p. 1—16 die prouerbia Senecae, 17—20 das Buch de moribus, und
21—28 die Schrift de quattuor uirtutibus; Vp bedeutet die proverbia

---

[1]) Das Exemplar befindet sich auf der Innsbrucker Universitätsbibliothek.

in dem genannten Büchlein. Mit E und Ep bezeichnen wir die Schrift de moribus und die proverbia in der Ausgabe von Erasmus; da die erste und zweite Augabe nicht selten von einander abweichen, so gebrauchen wir in solchen Fällen auch die Zeichen E_1, E_2, Ep_1, Ep_2.

1 omne quod uoluptarium est. — excusacionem.

2 facit et ad id uiuit unusquisque quod didicit. — Bene facias bene loquere α, Bene loquere bene facere β.

3 uicium est α, uitiosum („est" s. l.) β. — quod facta β.

4 nulla enim.

5 om. „alter" α.

1 Tolle excusationem VE. Omne peccatum est actio. Omnis actio est uoluntaria tam turpis quam honesta (tam h. quam t. Ep). Omne ergo peccatum uoluntarium est. Omitte excusationem: nemo peccat inuitus Vp. Omne p. actio est. Omnis autem actio uoluntaria, tam h. quam t. Omne è. p. u. est G. Omitte . . . inuitus F. Die Quelle scheint Seneca Ep. 66, 16 zu sein: „Omne honestum uoluntarium est . . . Non potest honestum esse quod non est liberum" verbunden mit Lact. Div. Inst. IV, 24. Richtig ist excusationem „die stehende Entschuldigung", nämlich Inuitus feci oder wie Lactantius a. a. O. sagt: „Itaque ducor inuitus et pecco, non quia uolo, sed quia cogor".

2 facit et id (om. „et uiuit"; om. „Bene . . . facere) VE. Educatio et d. m. facit et id sapit quisque quod didicit. Bona itaque consuetudo excutiat q. m. i. VBh IX, 102. Utilis educatio et disciplina mores fucit. Unde bona consuetudo excutere debet quae m. i. Vp Ep (Ep₂ Unde et bona . . . incussit). Mit Vp übereinstimmend GF, nur dass sie eductio und induxit lesen. Vielleicht ist doch die Leseart der Sangg. richtig; „ad id" würde dann „nach dem Masse dessen, gemäss dessen" bezeichnen, vgl. Hand Turs. I, 110. Die angehängte Sentenz erscheint hier in ihrer ursprünglichen, sehr armseligen Gestalt.

3 und 4 Nihil . . . uitiosum est. Nam facta c. animus non uidetur Vp Ep G. Nihil . . . fucias quod uitiosum est fecisse VBh IX, 102, VBd V, 106. Die Quelle ist, wie dies schon Bünemann (in seiner Ausgabe des Lactantius p. 346) bemerkt hat, Lact. Div. Inst. III, 15 Atqui nihil interest, quo animo facias, quod fecisse uitiosum est, quia facta cernuntur, animus non uidetur. Or. 674 R. 728 ist somit kein ursprünglicher Vers. Eben so bildet Lact. Div. Inst. VI, 23 Nulla igitur laus est non facere, quod facere non possis die Quelle für den folgenden Spruch. Man bemerke hiebei noch, wie häufig Sentenzen, die mit einander nichts gemein haben, durch ein enim, autem u. dgl. äusserlich verbunden wurden.

5 Quid homini est inimicissimum? homo VE (alter homo Vp Ep). Vgl. Auson. Sept. sap. sent. 1, 2 Pernicies homini quae maxima? Solus homo alter. — Stob. Flor. 2, 43 Ἀνάχαρσις ὁ Σκύθης ἐρωτηθεὶς ὑπό τινος τί ἐστι πολέμιον ἀνθρώποις; „αὐτοὶ" ἔφη „ἑαυτοῖς".

6 Feras libenter β.

7 Expecta.

8 Numquam multis.

9 tamen incumbe.

10 uelud α.

11 Tristitiam si fieri potest ne admiseris et si minus admiseris ne ostenderis α.

6 Uiriliter feras quae n. est etc. Vp Ep (Ep₂ dolor enim) G F (wo doloribus enim). Fer quod necesse est Rufin. 111. Ähnlich ist auch Sent. Varr. (ed. Ch. Chappuis, Paris 1856) I, 5 Duplex est malum, cum, quod necesse est, moleste ferimus. — Eine andere Sentenz ist die in P Libenter fac quod necesse est, vgl. Aus. S. s. s. 4 Faxis ut libeat quod est necesse. — Für den Schluss vergleiche noch Cuiuis dolori remedium est patientia Or. 149, R. 106.

7 Expecta quo nunquam poeniteas VE₂ (E₁ quod). Haase schreibt Expetas, wahrscheinlicher ist Wölfflin's Exhibeas. Ähnlich klingt Caue ne quicquid incipias quod post poeniteat F (Or. 119, R. 86). Periander bei Diog. Laert. I, 97 πρᾶττε ἀμεταμέλητα.

8 Non . . . sed quibuslibet stude Vp (sed quibus st. Ep.). Nec quam multis sed quibus placeas cogita Mart. Dum. de form. hon. uit. 2, 11. Numquam quam multis placeas sed quibus stude Fabric. 210 ¹). — Vgl. Or. 403, R. 668. — Für den Gedanken vgl. man noch Att. Epin. fr. 5 Probis probatum potius quam multis fore, Aus. S. s. s. 2, 2 Bono probari malo quam multis malis.

9 tamen V, vgl. n. 74 und 104. — Vgl. Isocr. ad Dem. §. 41.

10 mors iuncta VE, ultimus intueatur V, u. iudicetur E. Omnes enim uitam . . . Omnis itaque dies u. u. ordinandus est Vp Ep (Ep₂ streicht enim und itaque) F. Multos . . . omnis itaque . . . ordinandus est VBh IX, 102. Omnis dies uelut ultimus putandus est Fabric. 233. — Der erstere Theil, ein vollständiger Tetrameter, vgl. Or. 845, R. 535, muss offenbar Multos uitam etc. lauten, da Omnes gar nicht passend ist und offenbar nur dem folgenden Omnis seinen Ursprung verdankt (eine Nachahmung finden wir bei Columb. Epist. II Differentibus mors incerta subrepit); der letztere Theil stammt aus Sen. Epist. 12, 8 itaque sic ordinandus est dies omnis tamquam cogat agmen (vgl. de breu. uit. 7, 9), wesshalb Or. 528 R. 680 zu beseitigen ist. Es sind hier wieder zwei Sätze, die ursprünglich nichts mit einander zu thun hatten, zu einem Ganzen verbunden.

11 si poteris P. — Tristitiam si potes ne admiseris Vp Ep (caue ne adm. F G). — Die Sentenz scheint zum Theile aus der Bibel zu stammen, vgl. Eccles. 30, 22 Tristitiam non des animae tuae, 38, 21 Ne dederis in tristitia cor tuum, sed repelle eam a te. Der Schluss erinnert an Periander bei Stob. Flor. III, 79, η: Δυστυχῶν κρύπτε, ἵνα μὴ τοὺς ἐχϑροὺς εὐφράνῃς.

---

¹) Wir wollen auch die von Fabricius, angeblich aus einer Handschrift mitgetheilten Sentenzen nicht ausschliessen, obwohl dieselben offenbar nur Versuche sind, einzelne prosaische Sätze, die unter den sententiae Syri vorkommen, in Verse zu bringen.

12 Amicos secreto.

14 om „ipsi“ α. — ipsa β.

15 Ut liquentiosa mancipiaris animi imperio coherce α.—coherceas β. — libidinemque.

16 uelis esse αβ. — alio β.

17 Ridiculum enim est α.

18 stultius est quam uia deficiente uiaticum augere α. — uiaticum augere β.

19 non putet te forcius esse nasci quam uiuere α, non te pudet (m. 2 pigeat) fortius nasci quam uiuere (m. 2 fortius uiuere quam nasci) β.

12 Amicos secreto VE. Amicum secreto amone palam lauda P. Amicos admone secreto palam lauda VBd VI, 88. Secreto admone amicos palam lauda Vp Ep G. — Vgl. Or. 705 R. 459. — Ähnlich ist Aus. S. s. s. 5, 4 Clam coarguas propinquum, quem palam laudaueris, Fabr. 44 Castiga amicum clanculum lauda palam.

13 Eben so VBh IX, 102. Uerba . . . accipienda sunt Vp Ep F G. — Sent. Varr. 22 Non refert quis sed quid dicat, Sen. Epist. 12, 11 Ut isti, qui in uerba iurant, nec quid dicatur aestimant, sed a quo.

14 om. „ipsi“ VE. — tibi ipsi Vp Ep VBh IX, 102. — om. „ipsi ante omnes“ F G. — Honoratiorem te puta, si tibi, quod opus est, ante omnes persuaseris P.

· 15 Vgl. 117 om. „imperio“ . . . coherce V, et libidinem VE. — Ut nocenti mancipia acri ingenio compescere linguam uentrem libidinem P. — Vielleicht ist zu schreiben acri animi imperio.

16 om. „ipsi“ . . . ab alio VE. Quod tacitum esse uis nemini dixeris. Quia non poteris ab alio silentium exigere, si tibi ipse non praestas Vp Ep (so auch F G, wo exigere silentium, und VBd V, 92, wo uis nulli und ipsi steht). Quod tacitum uis esse, nemini dixeris: a quo enim silentium exigis, quod tibi ipsi non praestiteris P. Quod esse tacitum uis id nulli dixeris Fabric. 294. Für den ersten Theil vgl. Aus. S. s. s. 7, 3 Quod facturus eris, dicere sustuleris, Sen. Hipp. 873 Alium silere quod uoles primus sile. Der zweite Satz in der Fassung, wie sie die proverbia Senecae geben, ist offenbar Lact. Div. Inst. VI, 23 nachgebildet: Iniquum enim est, ut id exigas, quod praestare ipse non possis.

17 om. „suam“ VE VBd V, 135. — om. „aliquem“ et „suam“ Vp Ep. — Vgl. Or. 858, R. 805.

18 auaricie scelus V. uiaticum quaerere uel augere V (uiaticum augere E). — om. „quod dici solet“ . . . uiaticum augere VBh IX, 102. Monstro similis est auaritia unica Vp Ep G. — Die Quelle ist Cic. Cat. mai. 18, 66 Auaritia uero senilis quid sibi uelit non intellego. Potest enim quidquam esse absurdius quam quo uiae minus restat, eo plus uiatici quaerere.

19 non pudeat te fortius nasci quam uiuere VE (E₂ non pudet). Der erstere Theil scheint aus Ecclesiastes V, 14 zu stammen: Sicut egressus est nudus de

20 om. „amicum" α.—omnia sic loqui αβ.—om. „seruandus – ego".

21 = 22 Quid interest non habearis α, Quid interest (m. 2 Quis sis i.) non quod h. β.

22 = 21 non ledere ledentem α, neglegere (m. 2 non ledere) ledentem β.

23 si non te turba deriserit αβ. — felix es αβ.

24 contempnere contempni (om. „ab eisdem").

26 om. „tamen".

utero matris suae, sic reuertetur; der letztere geht auf die Sentenz Or. 729 R. 748 zurück, wo aber Sordidius multo nascimur quam uiuimus geschrieben werden muss; man vgl. Or. 466, R. 654 Nemo ita pauper uiuit, quam natus est, welche Sentenz aus Sen. de prov. 6, 6 Nemo tam pauper uiuit quam natus est stammt (Min. Fel. Oct. 36 nemo tam pauper potest esse quam natus est). Darnach wird man auch in unserem Spruche: „Nonne te pudet sordidius nasci quam uiuere?" herstellen müssen.

20 Quid dulcius quam habere amicum cum (cum quo Ep F G) omnia nudeas. Quem (cui Ep₂) sic credis (credes Ep₂, credas F G) ut te (tibi Ep₂) cui sic loquaris quasi tecum Vp Ep F G (welche beiden noch hinzufügen: Quanti tales amicos habere uoluerunt, cum ipsi tales esse non possent). Mit F G stimmt VBd VI, 83 überein, nur dass er ut tecum und et ipsi ... possunt liest. — In E₁, cod. Steph. sind die Worte: „Seruandus ... ego" hinzugefügt, wobei Erasmus die Bemerkung macht: Haec in quodam exemplari reperi, sed mihi uidentur a quopiam adiecta e glossemate". Man sieht, wie späterhin diese Sentenzen erweitert und verflacht wurden.

21 = 22 Quid sis interest quod non habeas V, Quid sis interest non quid (quid non E₁) habeas E. Quis sis interest non quis habearis Vp Ep. Quid sis interest non quid habearis VBd VI, 67 Gr. Quid ipse sis interest non quid habearis F G (vgl. Or. 636, R. 414).

22 = 21 Quam magnarum uirium est negligere laedentem Vp Ep F G (die noch beifügen qui enim uindicat, sentit). Vgl. R. 222 (fr. inc. fab. LXXIII, Sen. Epist. 94, 28) Iniuriarum remedium est obliuio, welcher Spruch auch so verändert vorkommt Magnanimi (Bothe -no) iniuriae remedium obliuio est (est r. obl. Bothe).

23 si non te turba deriserit VE. Nondum felix es si nondum te turba deridet Vp Ep F (om. „te" VBd V, 83), vgl. Or. 838, R. 531. Natürlich ist deriserit zu schreiben.

24 Qui uis...primum concendere noli V. contemnere et contemni E. primum contemni Vp F G (contemnere et contemni Ep). Es scheint zu schreiben contemnere te contemni, vgl. VBd V, 38 spernere se sperni.

25 ut cum Vp F G. Ähnlich ist Ruf. 85 Delibera priusquam agas et antequam agas prouide quale sit quod facturus es.

26 om. „te"...faciet...om. „tamen" et „inuidia" V. om. „ut" et „tuo"...facias...om. „tamen" E. — Id agas ne quis merito tuo te

27 querit.

28 om. „est" $\alpha\beta$. — cultor dei β.

29 abstinebis alieno sanguine, abstinebis alieno matrimonio α. — abstinebis (m. 2 Abstine ab) a. s. β.

31 ministerium α.

32 Non uiues aliter in foro, aliter in solitudine α. — om. „et" β.

33 Nihil petas.

oderit Vp Ep (Ep₂ F tuo te merito ne quis) (vgl. Or. 289, R. 206). Nam si nullos inimicos tibi (tibi parit Ep₂) iniuria multos tamen inuidia Vp Ep. Nam etsi . . . tibi facit i. nonnullos tamen facit inuidia G und VBd V, 83 (der aber multos tamen liest). In anderer Form lautet diese Sentenz: Quamuis agas id ut ne . . . oderit erunt tamen qui semper (Ep₂ semper qui) oderint Vp Ep F G (wo quaerunt tamen semper qui oderint steht). Quamuis agas ut ne quis tuo merito te oderit erunt tamen semper qui te oderint VBd V, 135. — Die beiden Sentenzen sind getrennt zu schreiben oderit. Etsi etc.

27 quaerit Vp Ep, vgl. Or. 866, R. 810.

28 cultor dei V E. Non aspicias quam plenas quisque manus deo sed quam puras admoueat. Non enim aliter nisi optimus animus pulcherrimus dei cultus est Vp Ep G. Non . . . plenas sed quam puras quis deo manus afferat admoueat. Non enim etc. VBd V, 31. Non aspicias quam plenas quisque deo manus notes sed quam puras admoueat. Non aliter pulcherrimus dei cultus est animus nisi fuerit optimus F. — Es ist offenbar cultus zu schreiben und et vor pulcherrimus zu streichen, vgl. Sent. Pyth. bei Joann. Damasc. IX, p. 640 θυσία τῷ θεῷ γνώμη ἀγαθή; ähnlich ist Lact. Div. Inst. VI, 24 Quisquis igitur his omnibus praeceptis caelestibus obtemperauerit, hic cultor est ueri dei, cuius sacrificia sunt mansuetudo animi et uita innocens et actus boni.

29 Die Sentenz scheint im Sang. α richtig überliefert zu sein. Ähnlich ist Lact. Div. Inst. V, 10 a. E. Quo modo enim sanguine abstinebunt . . . quo modo pudicitiam tuebuntur?

30 om. „amicis fidem" VE. Praestabis p. p., c. dilectionem, praestabis amicis fidem, omnibus aequitatem Vp Ep F G. Pietatem parentibus praesta, indulgentiam amicis, operam ciuibus, fidem etiam hostibus P. Ähnlich ist Isocr. ad Dem. §. 16 τοὺς μὲν θεοὺς φοβοῦ, τοὺς δὲ γονεῖς τίμα, τοὺς δὲ φίλους αἰσχύνου, τοῖς δὲ νόμοις πείθου, Solon bei Stob. Flor. 3, 79 φίλους εὐσέβει, γονεῖς αἰδοῦ. Die Worte „amicis fidem" sind nicht zu verdächtigen.

31 Respue crudelitatem et matrem crudelitatis iram Vp Ep F G VBd V, 136 (vgl. 133 Ira crudelitatis mater est).

32 Non aliter uiuas . . . om. „et" V E Vp Ep F (der Non uiuas aliter liest), vgl. Or. 839, R. 791.

33 Nihil p. V E. Nihil petas quod negaturus es (sis VBd V, 54) Nihil negabis quod petiturus es Vp Ep und auch F G (aber in umgekehrter Ordnung und am Schlusse petiturus eris).

34 Pacem cum omnibus habebis, bellum cum uiciis $\alpha\beta$.

35 in quod $\alpha\beta$ (in id quod β m. 2). — in id etiam ceteros putet furire α („in idem ceteros" sed in ras. β).

36 non melioribus uult $\alpha\beta$. — pluribus displicere α.

37 Si uis α. — effice te ut $\alpha\beta$.

38 Bonum est non laudari sed esse laudabilem.

39 est uitare quod non potes praeterire α. — uitare non potes β.

40 fehlt in α. — om. „autem" β.

41 homines. $\bar{R}$ bene enim α. — mereor his sed α, mereor ego (m. 2 m. his) β.

34 Pacem cum hominibus habebis cum uitiis bellum VE. Pacem cum omnibus (hominibus Ep₃ F G) habebis bellum cum uitiis Vp Ep F G. Pacem habeto cum hominibus cum uitiis bellum VBh IX, 102. Cum hominibus pacem bella cum uitiis habe Fabr. 45. — Vgl. R. 682. — Sen. de ira 2, 28 Magna pars hominum est quae non peccatis irascitur sed peccantibus.

35 in quod E, in id putet etiam ceteros f. VE, ut in quo ipse insanit in idem putet omnes furire VBh IX, 102 VBd V, 114. — Omnis affectus habet ut in hoc quod (ut in eo in quo G) ipse insanit ceteros furere putet F (in idem putet ceteros furere G). Die Stelle aus dem conc. Turon. II, c. 14 haben wir schon früher angeführt. — Vgl. Or. 327, R 228 Insanus omnis furere credit ceteros.

36 non melioribus uult V E. Aus. S. s. s. 2, 2 Bono probari malo quam multis malis.

37 auch Vp Ep VBd VI, 67 (wo affice prius steht). Uis omnibus esse notus? noris neminem F. — Vgl. Or. 782, R. 356.

38 Bonum est non laudari et esse laudabilem V E. Quam magnum est non laudari et esse laudabilem Vp Ep VBd VI, 69, vgl. Or. 601. R. 396. Die Sangg. haben die ursprüngliche Form des Spruches richtig erhalten.

39 om. „Morieris" V E. non poteris V (non potes E). Stultum est timere quod uitari non potest Vp Ep F (wo mutari steht); vgl. Or. 739, R. 752. Die Sentenz stammt, wie die folgenden 40, 41, 43, aus dem Buche de remediis fortuitorum (2, 3).

40 Male obtuentur (opinentur E) de te . . . Malis displicere est l. V E. Opinantur de te homines male, sed mali. Displicere enim malis laudabile est (Malis enim displicere laudabile est VBd VI, 67 P S) V.p Ep. Opinantur. . .mali. Omnibus enim displicere malis laudari est F G. Ausserdem kommt noch einzeln der Spruch vor Malis displicere laudari est Vp Ep G. — Vgl. de rem. fort. 7, 1 Male de te opinantur homines. Sed mali . . . nunc malis displicere laudari est. Ähnlich ist Plaut. Bacch. 118 Mali sunt homines qui bonis dicunt male.

41 nesciunt non quod merearis sed quod solent ipsi V E. — Vgl. de rem. fort. 7, 2 Male de te loquuntur. Bene enim nesciunt loqui; faciunt non quod mereor sed quod solent. Ähnlich ist Stob. Flor. 19, 5 Πλάτων λοιδορούμενος ὑπό τινος λέγε, ἔφη, κακῶς, ἐπεὶ καλῶς οὐκ ἔμαθες.

42 loquuntur male β. — loquuntur sed inmerito quod loquuntur R̄ non molestum mecum est („est" auch β) sed . . . si enim inmerito innocenciae meae (so auch β) α. In α folgt dann noch: Male de te loquuntur homines R̄ gaudeo si mentiuntur doleo si uera dicunt. Male de te loquuntur homines R̄ dum me lazerant se maculant.

43 Noli patriam inquirere; ibi enim est patria tua ubi bene tibi fuerit. illud . . . non in patria sed in homine est et non in loco α. — per quod est bene . . . non in loco („est add. m. 2) sed in homine β.

44 om. „est" α. — animo magno dispicies αβ.

45 maximae.

46 is qui β.

47 deo nisi deum α.

48 Honestum est β.

42 male V E, om. „si m. non q. loquuntur" V, non quod V, innocenciae meae V, uera obiecturos V E.

43 in patria tua; patria tua est ubicumque bene es V E. Vgl. de rem. fort. 8, 2 Non eris in patria. Patria est, ubicunque bene es. Illud autem per quod bene est, in homine, non in loco est. — Patria est. ubicunque bene uixeris Vp Ep G. Patria tua est ubi uixeris bene F, vgl. Or. 343, R. 685, fr. inc. trag. 49 (Cic. Tusc. V, 37, 108) patria est ubicumque est bene. Πατρίς ἐστι πᾶσ' ἵν' ἂν πράττῃ τις εὖ Aristoph. Plut. 1151.

44 om. „est in rebus humanis" V E. — Nihil est magnum in r. h. nisi animus despicientis VBd V, 73. — nisi animus magna despiciens Vp Ep F G. Diese Leseart verdient unbedingt den Vorzug; vgl. Lact. Div. Inst. VI, 11 Magni et excelsi animi est despicere et calcare mortalia.

45 maximae V E Vp Ep F G P. — Natürlich ist maximae zu schreiben.

46 habet is qui V E. habet is qui nimium Vp (minimum Ep). Plurimum habet is qui minime cupit VBd VI, 77 (der aber 76 den gewöhnlichen Text gibt). — Vgl. inc. fab. fr. 65 Is minimo eget mortalis qui minimum cupit (Sen. Epist. 108, 11, Or. 343, R. 242. Wölfflin Caec. Balb. p. 23). Quis plurimum habet? is qui minimum cupit Or. 655, R. 721. Quis dives? qui nil cupiat. Quis pauper? auarus Aus. S. s. s. 1, 3 (s. auch n. 57).

47 om. „deo" . . . imitari deum Vp Ep. — Vgl. Or. 633, R. 712. Die Quelle ist Sen. de benef. III, 15, 4 Qui dat beneficia, deos imitatur. Die Umwandlung des deos in deum ist bemerkenswerth, wenn man sich erinnert, wie häufig christliche Schriftsteller in Citaten ein diis, Joue u. dgl. in „deo" u. ä. verwandelt haben.

48 Ähnlich ist Sen. Ep. 3, 2 post amicitiam credendum est, ante amicitiam iudicandum.

49 Itaque semper ab alio incipiat dissensio, a te uero reconciliatio VBd V, 133, VI, 88. Dissensio ab alio, a te sit conciliatio Fabr. 49. — Vgl. Stob

50 aliorum (m. 2 amicorum) β. — immo succurre cuiuiae αβ.

51 res obtime parant aduersae autem certissimę (aduersae cer-
tissimos β) probant αβ.

52 itaque loquax inimicus minus offendit quam tacitus α. —
Hiezu fügen noch beide codd.: Cuius enim ira se denudat, illius
quaerit ad nocendum occasionem.

53 intellegi α.

54 Agnosce amat quod non uult ostendere α. — In β ist dieser
Spruch am unteren Rande von zweiter Hand beigefügt.

55 accipientibus prodest quam dantibus.

56 et spes ipsa α.

58 imperare te α.

59 Nullum magis conscium p. t. α, conscium magis p. t. β. —
alium enim β. — om. „autem“ α.

Flor. 84, 19 Ἀρίστιππος ἔφησε πρὸς τὸν ἀδελφόν· μέμνησο ὅτι τῆς μὲν διαστά-
σεως σὺ ἦρξω, τῆς δὲ διαλύσεως ἐγώ.

50 immo potius Vp Ep F G VBd VI, 88. — Vgl. Isocr. ad Dem. §. 25 οὕτως
ἄριστα χρήσει τοῖς φίλοις, ἐὰν μὴ προσμένῃς τὰς παρ' ἐκείνων δεήσεις, ἀλλ' αὐτε-
πάγγελτος αὐτοῖς ἐν τοῖς καιροῖς βοηθῇς.

51 Amicos res optimae (opimae Ep) parant aduersae probant Vp Ep G. —
res optime parant P. — Die Leseart des Sang. α ist richtig. — Vgl. Or. 821,
R. 785. — Aus. S. s. s. 2, 6 und 7 Plures amicos re secunda compara, Paucos
amicos rebus aduersis proba.

52 Perniciosiora sunt P. Peiora . . . aperta. Propterea te loquax inimicus tutiorem quam taciturnus ostendit Vp Ep (inimicus minus quam taciturnus
offendit Ep₂ F G). In F findet sich noch der Spruch „Ira quae tegitur nocet“.

53 om. V. Der Satz erinnert seiner Fassung nach an die sententiae Varronis, eben so 130.

54 Agnosce V. Ignosci amat qui quod odit ostendit E. Übrigens bekennen wir
aufrichtig, dass uns diese und die vorhergehende Sentenz ziemlich dunkel
erscheinen. Dem Sinne und theilweise auch der Überlieferung entspräche: Mira
ratio, quae uult praedicari, quod non uult ostendere. Doch bleibt hier alles unsicher.

55 Eben so in Vp Ep G. Ein ähnlicher Gedanke bei Sen. Ben. 4, 15, 1.
Man bemerke den Ausdruck eleemosyna = beneficium.

56 Ex spe praemii s. f. l. Vp Ep F. Et spes praemii solatium est laboris
Gr. Vgl. Or. 210, R. 720.

57 Vgl. n. 46. Sen. Epist. 2, 6 Non qui parum habet, sed qui plus cupit
pauper est. Ep 108, 9 Desunt inopiae multa auaritiae omnia, vgl. Or. 325, R. 121.

58 Vp Ep F, vgl. Or. 549, R. 687. Pecuniae imperare non seruire conuenit
Fabr. 264.

59 Nullum peccatorum t. conscium . . . quam te ipsum: alium enim effugere potes, te nunquam VBh IX, 102. — alios poteris P. — Vgl. Aus. S. s. s. 7, 1

60 sibi ipsi diues uidetur α. — sibi (m. 2 adJ. „aliquid“) uidetur.

62 felicitatem submitte α.

63 In αβ steht blos Infelicis innocentia.

64 Nequicia ipsa est poena sui α. — pena sui β.

66 continebis si e. cogitaberis.

68 Inhonesti.

Turpe quid ausurus te sine teste time; vgl. codd. P. bei Wölfflin Caes. Balb.
n. 65, p. 42 Conscientiam quam famam intende; famam enim saepe poteris fallere, conscientiam numquam.

60 uidetur diues Vp Ep F VBd VI, 76, vgl. Or. 652, R. 720. Es ist jedenfalls „uidetur diues“ zu schreiben.

61 Multos timere debet quem multi timent Vp Ep VBd V, 136, Joann.
Saresb. VIII, 14 Or. 444. — Res uera est qui a multis timetur multos timet Vp
Ep F G VBd V, 74. — Vgl. Dec. Lab. fr. inc. 3 Necesse est multos timeat quem
multi timent (Sen. de ira II, 11, 3), Aus. S. s. s. 4, 5 Multis terribilis caueto
multos. Anton Serm. περὶ βασιλέως: ὁ πολλοῖς φοβερὸς ὢν πολλοὺς φοβείσϑω.

62 In felicitate se erigere est felicitatem submittere Vp Ep, vgl. Or. 745,
R. 755. Cleobul. b. Stob. Flor. III, 79 α: εὐποροῦντα μὴ ὑπερήφανον εἶναι, ἀπο-
ροῦντα μὴ ταπεινοῦσϑαι.

63 Infelicis innocentia (wie αβ) V, Uera felicitas innocentia est E. In felice
felicitas est innocentia Vp Ep (verbunden mit 64), vgl. Or. 305, R. 155. Man
muss schreiben Uera felicitas infelici est innocentia; vgl. Sen. Controv. III, 16
(p. 207 ed. Bip.) Magnum est praesidium in periculis innocentia.

64 pena sui est Vp Ep F G (verbunden mit 65) VBd V, 106 (om. „ipsa“).
Vgl. Sen. Epist. 81, 22, 97, 14 Prima illa et maxima peccantium est poena pec-
casse . . . sceleris in scelere supplicium est, Plaut. Most. 537 Nihil est mise-
rius quam animus hominis conscius.

65 Nam mala . . . numquam Vp Ep F, vgl. Or. 872, R. 813. — Numquam
secura est praua conscientia Or. 518, R. 343. — Bei Seneca finden sich mehrere
ähnliche Stellen, die als Quelle für den Spruch gelten können: Ep. 105, 8 Tutum
aliqua res in mala conscientia praestat, nulla securum, Ep. 97, 13 Tuta scelera
esse possunt, secura non possunt, Hipp. 161—163 Quid poena praesens, con-
sciae mentis pauor, animusque culpa plenus et semet timens? Scelus aliqua
tutum, nulla securum tulit.

66 Die Leseart der Sangg. verdient offenbar den Vorzug.

67 om. „oportet“ V. Ähnlich Sen. de ben. 2, 11 qui dedit beneficium
taceat, narret qui accepit. Aus. S. s. s. 6, 4 und 5 Tu bene si quid facias, non
meminisse fas est. Quae benefacta accipias, perpetuo memento. codd. P. bei
Wölfflin Caec. Balb. n. 32, p. 40 Acceptum beneficium aeternae memoriae infi-
gendum. Menand. Monost. 749 χάριν λαβὼν μέμνησο καὶ δοὺς ἐπιλάϑου. — Vgl.
Or. 73, R. 48.

68 Inhonesta res est suos uincere : satis est potuisse punire Vp Ep G. —
Vgl. n. 83.

69 penarum est β.

70 amicicias moderate exerce.

71 Uanitatis similiter depone.

72 Imago ergo animi α.

74 silencii temperamentum.

75 miscetur β.

76 Neminem cito laudaueris αβ. — te cum his αβ.

77 Quia uitium omnia credere et uitium est n. c. α. — uitium est nihil c. β.

78 Nach „abutendum" fügen beide codd. hinzu: ut ne a superioribus condemneris (condemnaris β) nec ab inferioribus timearis.

69 Vgl. n. 68.

70 Der cod. P gibt diese und die folgende Sentenz dem Sinne nach richtig: Inimicitiam tarde suscipe, moderate exerce, fideliter pone. „Amicitias" wie „Uanitates" sind sinnlose Einschiebsel, similiter eine Corruptel des ursprünglichen fideliter; aber inimicitias ist ohne Zweifel beizubehalten.

71 Vgl. n. 70. Uanitates similiter depone V.

72 und 73 Imago animi sermo est; qualis est uir talis oratio Vp Ep G, vgl. Or. 862, R. 808. — Für den ersten Theil vgl. Sol. bei Diog. Laert. I, 58 ὁ μὲν λόγος εἴδωλον τῶν ἔργων, für den zweiten Sen. Epist. 114, 1 Talis hominibus fuit oratio qualis uita.

74 silentii temperamentum V E. Tene semper uocis et silentii temperamentum Vp Ep VBd V, 92, 170, VI, 29 (wo sich damit n. 9 verbunden findet: in hoc tamen incumbe, ut libentius audias quam loquaris; ebenso G, wo aber et in hoc incumbas steht), vgl. Or. 861, R. 807. Die richtige Leseart ist offenbar temperamentum.

75 miscetur Vp Ep, vgl. Or. 622, R. 710. Aequo animo qui malis miscetur est malus Fabr. 16.

76 om. „cito" . . . cum diis V E. Neminem cito accusaueris cito laudaueris Vp Ep F Gr. Neminem cito accusaueris uel laudaueris VBd, V, 92 (laud. uel acc. V, 170). Neminem cito accusaueris neminem cito uituperaberis: semper tecum alterutrum facis testimonium dare P, vgl. Or. 832, R. 786.

77 Utrumque uitium est nulli credere et omnibus Fabr. 362.

78 Utendum est diuitiis et non abutendum ut nec inde (om. „inde" Ep₃) a superioribus contemnaris nec ab inferioribus timearis Vp Ep G. Es sind hier offenbar zwei Sentenzen, die mit einander nichts zu thun haben, verschmolzen. Denn dass die letztere Sentenz selbständig ist, zeigt Aus. S. s. s. 6, 1 Nolo minor me timeat despiciatque maior.

79 om. V. — Nullum p. esse locum s. t. Vp Ep F, locum esse Gr. VBd VI, 35 (der aber V, 92 und 170 Nullum sine teste locum esse putaueris liest). — Vgl. Or. 510, R. 674. — Ähnliches bei Lact. Div. Inst. VI, 24.

80 Excusacionem uicium est quaerere sed relinque omnia ad deum αβ (wo sed [deo m. 2] derelinque omnia steht). — Dann fügen beide noch hinzu: Datam uitam quocienscumque dubitaueris sit eripienda a te, quoniam data eripi potest erepta reddi non potest.

81 subecit.

82 Est enim difficile α (Est enim difficillimum β).

83 Bene irascitur iniquus α (Bene inique irascitur), q. s. irascitur si in dolore α (sine dolore β).

84 licens tibi d. α.

85 Magnarum etiam rerum α. — adfuerit αβ.

86 und 87. Nobilitas animi generositas sensus. Nobilitas hominis generosus animus α. In β steht blos: Nobilitas enim hominis generosus animus.

88 qui senectutem αβ. — quam qui in otium uenit et tunc labor incipiat αβ (letzterer et tunc incipiat laborare).

80 om. V. — Excusationem quaerere uitium (cet. om.) E. — Excusationem q. u. est: omnia ad deum relinque Vp Ep G. — Excusationem quaerere uitiis suis est omnia deo delegare P, was Wölfflin für verständlich hält, während ich darin keinen Sinn entdecken kann. Mir scheinen vielmehr die beiden Sentenzen von einander ganz unabhängig zu sein: Excusationem quaerere uitium est und omnia ad deum relinque (vgl. Ruf. 266 Omnem magis causam refer ad deum). Was den Beisatz in den Sangg. anbetrifft, so scheint er allerdings eine Sentenz zu enthalten, aber in so zerrütteter Gestalt, dass der Sinn gar nicht erkennbar ist; man vgl. noch Fabr. 63 Eripere uitam nemo non homini potest, angeblich aus Seneca's Thyestes, während die Stelle vielmehr aus Phoen. 152 entnommen ist.

81 om. V. — Putandus est recte fortior qui cupiditates tamquam hostes subicit Vp Ep (quam qui hostes VBd VI, 25). — Vgl. Or. 808, R. 510.

82 om. V. — Est difficillimum opus se i. u. P. Anton. περὶ ἀγάπης καὶ εἰρήνης als Spruch des Demokritos: τὸ νικᾶν αὐτὸν ἑαυτὸν πασῶν νικῶν πρώτη καὶ ἀρίστη.

83 om. V. — Vgl. n. 67.

84 Talem diligentiam exhibe in amiciciis comparandis, ut ne incipias amare, quem deinceps possis odisse Vp (ut incipias Ep, ne inc. Ep₂ und so F G, wo noch amicis steht).

85 Bonarum magnarumque rerum etiamsi successus non adfuit h. est i. e. P S.

86 und 87 „hominis" scheint die richtigere Leseart.

88 qui senectutem ad locum quam in otium et tunc V. — Die letzten Worte scheinen doch kein blosser Zusatz zu sein; vielleicht lautete die Sentenz ursprünglich: H. est quem senectus ad otium retulit quam qui, cum eum in otio inuenerit, tunc incipit laborare. — Für den Gedanken vgl. Sen. Epist. 23, 11.

89 Turpe praebet spectaculum aeger animus β (in α fehlt „praebet").

90 Numquam tristis eris si quociens (eris si β) tibi ipsi incommodo uixeris αβ (von zweiter Hand hat β Numq. t. facies sit tibi etc.).

92 om. „cum" αβ.

93 Quomodo potentiam tuebor optime (cet. om.) α, Quomodo potentiam optime tuebor (m. 2 optinebo inpotentia) quam occasionis („potentia" ante „occasionis" s. l. add. m. 2) β.

94 Tenet locum proximum innocenciae confessio: ubi confessio irae ibi remissio α.

95 Seueritas abnio (in uitio m. 2 β) est, quia proximus iustitiae locus seueritas αβ.

96 Bonus iudex est qui dispensare potest non tantum α (in β, wo von zweiter Hand geschrieben wird: „Bonus iudex est qui nouit dispensare non tam quod damnandum sit sed quatinus", ist die ursprüngliche Hand durch eine Rasur ganz zerstört).

97 s. n. 95.

98 Quietissime agerent α. — duo haec uerba αβ. — a natura rerum tollerentur α, natura rerum omnium tollerentur β.

Quidam uero tunc incipiunt (uiuere) cum desinendum est; 13,17 Quid est turpius quam senex uiuere incipiens? vgl. Or. 481, R. 661.

89 praebet spectaculum Vp Ep G VBd V, 107 (der noch aeger animus liest) F (wo turbae steht). Vgl. Or. 47, R. 556.

91 Homo sum quum deuitabo secularium rerum V.

92 om. „cum" V. — „cum" ist jedenfalls zu streichen.

93 „impotentia occasionis" ist sinnlos; vielleicht potentia occasionis, so dass zwischen potentia und potentiam eine Art Wortspiel stattfindet.

94 Proximum ad innocentiam tenet locum uerecundia et peccati confessio Vp Ep (uerecunda peccati Ep₂), uerecunda confessio F G. Vgl. Or. 851, R. 799.

95 Die Sangg. verbinden vielleicht richtig diese Sentenz mit n. 97, obwohl die Herstellung des Textes unmöglich ist.

96 Bonus iudex est qui nouit dispensare quod dandum est et quatinus Vp Ep G. Man bemerke, wie die zweite Hand im Sang. β mit den Lesearten der prov. Sen. übereinstimmt.

97 Vgl. Or. 103, R. 107 Bono iustitiae proxima est seueritas.

98 a natura V E. — Quietissime uiuerent homines in terris si duo uerba tollerentur, sc. meum et tuum Vp, Ep, si duo uerba de medio tollerentur meum sc. et tuum VBd V, 135, VI, 77, si duo uerba tollerent meum et t. F; vgl. Or. 638, R. 715. Aristides II, p. 331 τὸ γὰρ οὐ τὸ σὸν τοῦτο ἀλλ' ἐμὸν ἀρχὴ πάσης φιλονειχίας.

99 timet quam timendus est α.

100 amici tui α.

101 und 102 irritat. — indiget pecunia si tibi est cuius usura morbus.

103 esse diues $\alpha\beta$. — om. „et felix" α.

105 antea tibi ipsimet dicito quam aliis α, antequam aliis tibi dicito β.

106 alter semper insanit, alter interdum irascitur $\alpha\beta$.

107 frueris bonis α.

99 Q. p. t. quam timidus est Vp Ep VBd VI, 77, vgl. Or. 616, R. 406. Man könnte nun allerdings „timendus" vertheidigen, mit Rücksicht auf die „malesuada fames", aber „timidus" verdient entschieden den Vorzug, vgl. Lact. Div. Inst. VI, 17 Nemo dubitat quin timidi et imbecilli sit animi aut dolorem metuere aut egestatem aut exilium (Sen. Epist. 14, 3).

100 VBh IX, 102 Uires tuas magis amici beneficiis quam inimici iniuriis sentiant, was doch einen Sinn gibt, während die gewöhnliche Leseart rein sinalos ist. Aber nicht mit Unrecht vermuthet Orelli, dass dies nur eine Verbesserung einer alten heidnischen Sentenz ist, die uns die prov. Sen. und sent. Syri erhalten haben: Uires tuas amici beneficiis, inimici iniuriis sentiant Vp Ep F G, vgl. Xen. Comm. II, 3, 14 καὶ μὴν πλείστου γε δοκεῖ ἀνὴρ ἐπαίνου ἄξιος εἶναι, ὃς ἂν φθάνῃ τοὺς μὲν πολεμίους κακῶς ποιῶν, τοὺς δὲ φίλους εὐεργετῶν.

101 und 102 irritat ideo semper indiges pecunia si tibi est cui ius usura morbi V, irritat. Homo semper indigens pecunia scit cum eius moribus conuenire E, vgl. Or. 58, R. 560 (Or. 59, R. 37). Ruf. 138 Inexplebilis est omnis cupiditas; propter ea et semper indiget. Die folgenden Worte bilden eine selbständige Sentenz, deren Sinn wahrscheinlich kein anderer ist, als dass sich der Gebrauch des Geldes nach dem Charakter des jedesmaligen Besitzers richte, also etwa: Pecunia si tibi est, eius usura conueniet moribus tuis.

103 Für den Gedanken vgl. Sen. Epist. 14, 18 Nemo sollicito bono fruitur, Aus. S. s. s. 4, 2 Plus est sollicitus magis beatus.

104 Vgl. n. 9, Stob. Flor. 36, 19.

105 om. „dixeris" V.

106 alter non semper irascitur E_3. Inter iratum et insanum nihil nisi dies instat. Alter enim semper insanit alter dum irascitur P 8069 und 4841. Plut. apophth. Cat. mai. 16 Τὸν ὀργιζόμενον ἐνόμιζε τοῦ μαινομένου χρόνῳ διαφέρειν (vgl. Stob. Flor. 20, 68). Philemon bei Stob. Flor. 20, 4 μαινόμεθα πάντες ὁπόταν ὀργιζώμεθα, Sen. de ira 1, 1, 2 Quidam itaque ex sapientibus uiris iram dixerunt breuem insaniam. — Es ist jedenfalls zu schreiben alter semper insanit alter dum irascitur.

107 om. „quae uituperaueris" V. — Facillime bonam existimationem mereberis si ea uitaueris quae uituperaberis P. — Vielleicht „bona fama frueris"; denn „bonis frueris" ist doch nicht recht verständlich.

4 *

108 alios αβ. — te ipsum maxime ucrere αβ. — nam sine aliis saepe esse p. αβ.

109 pudeat te αβ.

111 tibi autem numquam α.

112 adicias αβ.

113 Stultum est autem α. — om. „quasi" αβ. — adsiduus αβ.

114 Nach parcit fügen beide codd. hinzu: Si factum est quid times quod certum est.

115 sibi ipsi conuicium f. α β (conuicia m. 2 β).

108 Cum alios tum te maxime uerere. Sine aliis saepe, sine te numquam esse potes P 8069, Cum alios tu maxime uerere etc. P 4841. Plut. apophth. Cat. mai. 9 μάλιστα δὲ ἐνόμιζε δεῖν ἕκαστον αὐτὸν αἰδεῖσθαι· μηδένα γὰρ ἑαυτοῦ μηδέποτε χωρὶς εἶναι (Stob. Flor. 31, 11). — Richtig ist Cum alios tum te ipsum maxime uerere.

109 Si bene te institueris pudeat te fieri deteriorem Vp Ep F G (wo „te" fehlt) P (wo pudebit te deteriorem fieri). — Es ist wohl zu schreiben pudeat te deteriorem fieri.

110 Quod persuaderis diuturnum est quod aegeris in occasione est P.

111 Alteri semper ignosce tibi numquam P 8069 (Alteri saepe P 4841). Alteri saepe ignoscito tibi numquam F (vgl. Wölfflin Caec. Balb. p. 18) VBd V, 68 Seneca in libro de moribus: alteri semper ignoscito tibi ipsi numquam. — Vgl. Or. 293, R. 208. — Aus. S. s. s. 3, 4 Ignoscas aliis multa, nihil tibi (Fabr. 107 sed nihil tibi). — Plut. Cat. mai. 8 extr. καὶ συγγνώμην ἔφη διδόναι πᾶσι τοῖς ἁμαρτάνουσι πλὴν αὑτοῦ (Plut. apophth. Cat. mai. 8). — Was die ähnliche Sentenz in den prov. Sen. und sent. Syri „Optimum est semper ignoscere, tamquam si ipse pecces quotidie" anbetrifft, so stammt sie aus Plin. Epist. VIII, 22, 2 Atque ego optimum et emendatissimum existimo qui ceteris ita ignoscit tamquam ipse cotidie peccet.

112 quantum ex uoluntate detraxeris P. Anton. et Maxim. περὶ βίου καὶ ἀρετῆς als Spruch des Demonax: τοσοῦτον εἰς ἀρετὴν προσθήσεις ὅσον ἂν ὑφέλῃς τῶν ἡδονῶν.

113 adsiduus ist richtig.

114 Bonis nocet qui malis placet P. Bonis nocet qui parcit malis Vp Gr., Bonis nocet quisquis pepercerit malis Ep; vgl .Or. 101, R. 564, Aus. S. s. s. 3, 5 Parcit quisque malis perdere uult bonos, Stob. Flor. 46. 112 Οἱ μὴ κολάζοντες τοὺς κακοὺς βούλονται ἀδικεῖσθαι τοὺς ἀγαθούς (vgl. 25).—Der Zusatz in den beiden Sangg. ist zu schreiben Si fatum est quid times q. c. est, womit man Aus. S. s. s. 5, 6 vergleichen möge: Certa si decreta sors est, quid cauere proderit?

115 conuitium E. Plerique cum stultis male dicunt ipsi sibi conuitium faciunt Vp Ep F G VBd V, 172; vgl. Or. 849, R. 797. Multi dum malis maledicunt sibi conuitium faciunt P. — Richtig ist aliis und conuicium. Vgl. Philemon

116 „est" m. 2 β. — quam quod obicitur in obiciente cognosce passionem $\alpha\beta$.

117 mancipiaris animi imperio α. — redige $\alpha\beta$. — linguam uentrem libidinemque α. — Cupiditatemque obprime β (α blos obprime). — paululum remitte cupiditatem α.

119 amorem libidinum et pecuniae α. — causa sui α. Darauf folgen einige mir ganz unverständliche Sätze: Dignus tibi sit coram quo pie uiuere peccare autem pudeat te (β om. „pie uiuere" et „autem"). Adolescens si feminis adornaueris iniuriam facere cogitas, si uiris adornaueris accipere tibi non est quod (accipere non quidem β) insolenter felicitatem fatearis (fateris β) quod non fuisse tibi inspira (fuisset tibi inspiratum β).

120 pudor rerum per uerba dediscitur.

122 innocentia in uita ab eo recedit cum quo diu fuit β.

124 Merito enim damnati pena est damnatio, inmerito damnati calamitas.

bei Stob. Flor. 19, 2 ὁ λοιδορῶν γάρ, ἂν ὁ λοιδορούμενος μὴ προσποιῆται, λοιδορεῖται λοιδορῶν.

116 geben Vp Ep F G verbunden mit dem vorausgehenden Spruche in folgender Form: Perturpe enim est quod obicitur in obiciente cognosci. — Nichil autem est turpius quam quod obicitur in obicientem agnoseere P.

117 Vgl. n. 15, welche Sentenz hier ungeschickt wiederholt ist. — redige V. — In P steht Morbos cupiditatem si opprimere non potueris paululum remitte, wornach man schliessen kann, dass dieser Spruch einmal mit n. 101 und 102 verbunden war.

118 Saepe quae ratione non poterant sancta sunt tempore P.

119 pecuniae uel libidinis amorem Vp Ep G. Qui propter amorem pecuniae moritur etc. P.

120 pudor rerum Vp Ep. Mit dem gew. Texte stimmen F G VBd V, 170. Richtig ist pudor rerum und dediscitur.

121 dominus spectetur P, spectetur dominus S.

122 Consuetudinaria res est innocentia inuitabilia ab eo cedit cum quo diu fuerit P (wodurch der Beisatz im Sang. β bestätigt wird). Der Sinn des Spruches bleibt mir unerklärlich.

123 und 124 Merito pena damnata est damnatio immerito est damnari V, poena est damnatio imerito damnata est calamitas E (damnatio immerita damnantis est calamitas E_2). Die Sentenz 124 ist in den Sangg. richtig erhalten.

125 Die Sentenz kann in der vorliegenden Form nicht richtig sein.

126 Uideri uis ab hominibus annon numquam b. h. longa simulacio est αβ (der „est" weglässt).

127 Quod de alienis mentibus iudicas, ex tuis iudices.

128 pauci sunt αβ. — fragilis est αβ.

129 om. „quae" αβ.

130 scribens . . . om. „quod" αβ.

131 ostendit satis p. aduersus alienos sibi defuisse.

132 Nach loqui folgt: Non quicquid inprobi meruerint (merentur β) id probi debent dicere. Longaeuitas bonis optabilis est.

133 steht in αβ nach n. 136, wobei noch die Wortstellung in contemptum pauperi eine andere ist.

126 om. „longa est" V. — Es scheinen hier zwei Sentenzen, von deren ersterer nur ein Theil übrig ist, ungeschickt verschmolzen zu sein. Für den Schluss vergleiche man Ruf. 314 Nulla simulatio multo tempore latebit maxime in fine und dessen Quelle Demophili sent. n. 23 (Or. I, 40) ἴσθι ὡς οὐδεμία προσποίησις πολλῷ χρόνῳ λανθάνει.

127 Der Satz ist mir weder in der Form, wie sie die Sangg., noch in der, wie sie die alten Ausgaben bieten, verständlich.

128 om. „sunt" et „tenax" V. — Re uera memoria beneficiorum fragilis est iniuriarum tenax Vp Ep F G VBd V, 54, 135 (wo iniuriae steht). Multi beneficiis obligandi sed pauci iniuriis offendendi. Nam memoria beneficiorum fragilis est iniuriae tenax P. — Natürlich ist „fragilis" zu schreiben.

129 blande . . . om. „quae" VE. Obiurgationi s. a. blande admisce Vp Ep, O. semper blanditiae aliquid admisce G. Obi. s. a. admisce blanditiae VBd V, 69. Obiurgationibus blandi quid semper admisce; familiarius enim et altius penetrant quae molli uia uadant. Insectatio ipsa moderata sit; nemo enim se mutat qui desperauit P.

130 scribens aliquid dicturus es V E. Quoties scribis aliquid aediturus scito te morum tuorum populo cyrographum dare P (wo der Eingang richtig überliefert ist).

131 om. „fuisse sui" V E. Qui seruus crudelis est ostendit in aliis uoluntatem non deesse sed potestatem Vp Ep (seruis Ep₂, seruis und non uoluntatem sibi deesse F). Ostendit in aliis quidem non uoluntatem sibi deesse sed potestatem qui ob hoc iniuriam facit quia potest VBd VI, 17. Qui in seruo crudelis est satis ostendit aduersus alium potestatem sibi deesse non uoluntatem P. — Richtig ist „potestatem aduersus alios sibi defuisse".

132 om. „et" VBd V, 92 (wo loqui nescit), 170, VI, 29, F P; vgl. Or. 752, R. 757, Wölfflin Caec. Balb. p. 86, Aus. S. s. s. 2, 1 Loqui ignorabit qui tacere nesciet. Was die Sentenz Non quicquid etc. anbetrifft, so findet sie sich auch im cod. P. Non quicquid inprobi audire meruerint debent probi dicere.

133 auch VBh IX, 102. effugere contentum P.

134 Ähnliches bei Sen. Epist. 43, 5.

135 om „In" $\alpha\beta$. — om. „est" α. — effugere $\alpha\beta$.

136 amicos multos.

137 felicitas est.

138 Arcum intentio frangit animum remissio.

139 scelere scelus α.

140 est uir α. — produxit affectu $\alpha\beta$. — ut non tantum non uelit peccare sed non possit α. — In cod. β ist der Spruch angefügt: Satius est libertis superstitem esse quam libertatis.

141 peius est α. — hi autem $\alpha\beta$.

142 se esse α. — Num diues . . . om. „suis" α. — se gloriabitur β. — arripit $\alpha\beta$.

143 om. „se" β. — gloriabitur $\alpha\beta$. — esse misericordiae tuae α. — socios t. b. ingemiscet α. — beatitudinis. Explicit β.

135 est effugere V. Nach dem vorausgehenden conscientia kann man wohl eher an A malis h. als an In malis h. denken.

136 Nulla p. est domus quae multos capit amicos. Nam ut illam fortuna anguste amicitia ampliauit P. — N. p. d. quae multos recipit amicos Vp Ep Gr.; F G (wo aber Non est p. d. steht), vgl. Or. 840, R. 792.

137 Scire uti felicitatem felicitas maxima est P. — „felicitate" gibt unstreitig einen besseren Sinn als „paupertate".

138 nimium V, om. „nimia" E. — Arcum intentio frangit animum remissio P, vgl. Or. 53, R. 730. Die Sangg. und cod. P geben die richtige Leseart, wie aus der Parallelstelle bei Plut. an seni sit g. r. 16 hervorgeht τόξον μὲν γάρ, ὥς φασιν, ἐπιτεινόμενον ῥήγνυται, ψυχὴ δὲ ἀνιεμένη.

139 uindicandum est Vp Ep VB V, 136. Non uindicandum scelere si possis scelus Fabr. 202. — Offenbar ist uindicandum das Richtigere, vgl. Sen. Thyest. 1104 scelere quis pensat scelus.

140 Vgl. Democr. sent. n. 27 (Or. I, 27) ἀγαθὸν οὐ τὸ μὴ ἀδικέειν, ἀλλὰ τὸ μηδὲ ἐθέλειν, Philemon bei Stob. Flor. 9, 22. — Was den in β beigefügten Spruch anbetrifft, so lautete er wohl: Satius est liberis superstitem esse quam libertati.

141 Regibus est peius multo quam seruientibus. Re uera quia illi singulos isti uniuersos timent Vp Ep (R. peius est multo quam ipsis seruientibus quia singulos isti illi uniuersos timent F), vgl. Or. 856, R. 803.

142 effecit egritudo V, aegritudo effecit E. — operibus V. — om. „spem" V. — affecta E_2.

143 ingemiscit im Sang. α ist die richtige Leseart. Übrigens gehört diese Sentenz zu dem oben erwähnten zweiten Theile, der jedenfalls erst später an unsere Sammlung angefügt wurde.

Wir wollen nun die Resultate, welche sich aus den bisherigen
Erörterungen ergeben, kurz und übersichtlich zusammenstellen.
Was zuerst das Verhältniss unserer Sammlung zu den sogenannten
proverbia Senecae, dem cod. Frisingensis und dem Florilegium im
cod. Parisinus 4841 anbetrifft, so haben alle diese Sammlungen eine
grosse Anzahl von Sentenzen gemein und müssen daher auf eine und
dieselbe Quelle zurückgehen. Vergleicht man den liber Senecae mit
dem cod. Frising., so ergibt sich, dass der erstere seinem grösseren
Theile nach auch in jener Handschrift enthalten ist; denn von den
143 Sentenzen unserer Sammlung fehlen in dem Frising. nur 62,
nämlich 4, 5, 7, 11, 15 (117), 18, 29, 36, 41, 42, 48, 49, 53, 54,
57, 59, 66—71, 77, 80, 83, 85—88, 91—93, 95, 96, 101, 102,
104, 105, 107, 108, 110—113, 118, 119, 121—127, 129,
130, 133—135, 137, 139, 142, 143, wobei wir freilich keine
Rücksicht darauf nehmen, ob die anderen Sentenzen auch ihrem
ganzen Umfange nach im Frising. vorkommen [1]). Noch grösser ist
die Anzahl von Sätzen, welche der liber Senecae mit den proverbia
Senecae gemein hat, indem in der letzteren Sammlung nur 58 Sprüche
fehlen, nämlich 4, 7, 15 (117), 19, 29, 35, 36, 41, 42, 48, 49,
53—55, 57, 59, 66, 67, 70, 71, 77, 83, 85—88, 91—93, 95, 97,
101, 102, 104, 105, 107, 108, 110—113, 118, 121—127, 130,
132—135, 137, 142, 143. Im cod. Paris. finden wir folgende Sentenzen aus unserer Sammlung 12, 14—16, 70, 71, 82, 106—112,
114—122, 128—133, 136—138, im Ganzen also 31. Übrigens
bemerke man, dass, während der Frising. und die proverbia Senecae
mehr Sentenzen aus der ersten Hälfte unserer Sammlung enthalten,
im cod. Paris. meistens Sprüche aus der zweiten Hälfte vorkommen.

Diese Sentenzen erscheinen nun in den genannten Florilegien
gewöhnlich nicht in gleicher Gestalt; vielmehr ist der Text, was die
Fassung und den Umfang anbetrifft, an sehr vielen Stellen verschieden. So hat, um nur einige Beispiele anzuführen, n. 10 unsere
Sammlung die richtige Leseart Multos bewahrt, während Fris. und

---

[1]) Ich kann natürlich über den Frising. nur nach den Angaben von Gruter und Sar-
tori (in der ed. Patavina 1769) urtheilen, da ich eine neue Collation dieser Handschrift nicht besitze. Für den Zweck der vorliegenden Schrift ist dies von
geringem Belange, da es sich hier blos um einige allgemeine Grundzüge, keineswegs aber um eine erschöpfende Untersuchung handelt, die ich, wie schon früher
bemerkt wurde, gerne Anderen überlasse.

proverb. unpassend Omnes lesen; dagegen haben wieder diese
n. 44 (nisi animus magna despiciens), 99 (quam timidus est) die
echte Überlieferung erhalten. Die Sentenz 80 erscheint in dem
liber Senecae und den proverb. in der richtigen Form Excusationem
quaerere uitium est. Omnia relinque ad deum, im Paris. ist sie bis
zur Unkenntlichkeit entstellt (Excusationem quaerere uitiis suis est
omnia deo delegare). Andererseits wäre es ohne Hilfe des Paris.
nicht möglich gewesen, aus n. 70 und 71 einen Sinn zu gewinnen,
da dieser Spruch in den Handschriften des liber Senecae durch die
Interpolationen amicitias und uanitates rein unverständlich geworden
ist. Dass auch der Umfang der einzelnen Sprüche in den verschiedenen Sammlungen verschieden ist, mögen folgende Beispiele
beweisen: n. 11 lautet in unserem florilegium Tristitiam si potes
non admiseris, si minus non ostenderis, im Frising. und den proverb.
findet sich nur der erste Theil; n. 28 hat unsere Sammlung blos
Optimus ergo animus (et) pulcherrimus dei cultor (cultus) est, im
Frising. und den prouerb. geht noch ein ziemlich langer Satz voraus; n. 136 fügt der Paris. noch die Worte hinzu Nam ut illam
fortuna anguste (vielleicht angustam fecit ita) amicitia ampliauit
u. dgl. Überhaupt sind die Sentenzen in den einzelnen Sammlungen
sehr willkürlich behandelt; da findet man Wörter ausgelassen, hier
andere hinzugefügt, da ist die Satzbildung, hier die Wortstellung
verändert. Endlich sind fast alle Handschriften dieser Florilegien,
wenn auch nicht selten von hohem Alter, doch von geringem Werthe,
da sie meistens von ganz unwissenden Leuten geschrieben sind und
daher eine Masse der albernsten Fehler enthalten. Man sieht, dass
wir hier mit der Überlieferung ziemlich schlecht daran sind und es
mitunter kaum möglich ist, die ursprüngliche Form nur annähernd
herzustellen.

Wenn wir weiterhin nach den Quellen fragen, aus denen unsere
Sammlung geflossen ist, so lässt sich darüber nach den vorausgehenden Erörterungen Folgendes bemerken. Wörtliche Entlehnungen
aus Schriftstellern lassen sich nur in geringer Zahl nachweisen; so
sind n. 40, 41 und 43 dem Buche de remediis fortuitorum[1]), n. 3

---

[1]) Ob dieses Buch in der Form, wie es uns gegenwärtig vorliegt, dem Seneca
angehört, bleibt sehr zweifelhaft, und nicht mit Unrecht bemerkt Bernhardy S. 725,
dass der alte Kern in dieser Schrift geringer anzuschlagen sei als es Haase thue. Wenn

und 4 aus Lactantius (Divinae institutiones), n. 18 aus Cicero (Cato
maior) entnommen. Viel häufiger finden sich entschiedene Nach-
bildungen von Sätzen aus Schriften des Seneca, besonders den
Epistulae morales, wie n. 1, 47, 48, 64, 65, 72, 88, oder von Stellen aus dem genannten Hauptwerke des Lactantius, wie 1, 29, 49,
99. Sehr gross ist die Anzahl von dicta philosophorum, die aus
griechischen Originalstellen übersetzt oder ihnen nachgebildet sind;
so gehen auf sententiae septem sapientium folgende Nummern
zurück: 5, 7, 8, 11, 30, 36, 46, 51, 62, 67, 72, 78, 111, 114,
132, auf Aussprüche des Demokritos n. 82 und 140, des Demonax
n. 112; Pythagoreischen Ursprunges sind n. 28 und 126, ferner
die Sentenzen, welche in mehr oder weniger gleicher Form in dem
Enchiridion oder dem Annulus aureus des Rufinus vorkommen, nämlich 6, 25, 80, 101, 126. Noch sei bemerkt, dass für n. 138 ein
griechisches Sprichwort bei Plutarchos, für 9 und 50 Stellen aus
Isokrates an Demonikos die Quelle bilden; n. 19 ist uns sonst als
Ausspruch des Aristippos, n. 106, 108 und 111 als Apophthegmata
des älteren Cato überliefert; an zwei Stellen bemerkt man auch
Anklänge an die Bibel, nämlich n. 11 und 19. Endlich müssen auch
hie und da metrische Excerpte benützt sein; um nur ein Beispiel
anzuführen, lassen sich in n. 10 und 23 vollständige trochäische
Tetrameter nicht verkennen. Da aber hier sehr schwer etwas
Sicheres festzustellen ist, so begnügen wir uns mit dieser einfachen
Andeutung.

Interessant ist es hiebei zu sehen, wie die Sammler mit dem
ihnen vorliegenden Materiale umgingen. Nicht genug, dass sie den
Text nach Belieben änderten, wobei es hauptsächlich darauf abgesehen war, für die Sentenzen eine starke Pointe, z. B. eine witzige
Antithese zu gewinnen, so erlaubten sie sich sogar, zwei Sätze zu
einem Ganzen zu verbinden und so eine neue Sentenz zu schaffen.
So geht z. B. der erste Theil von n. 10 wahrscheinlich auf einen

---

man die Handschriften genauer vergleichen wird, so dürfte sich wohl herausstellen, dass der Umfang des Buches bald grösser, bald kleiner überliefert ist.
Dies ersieht man auch, wie übrigens schon Haase selbst bemerkt hat (p. XXI),
aus unserer Sammlung, wo sich n. 42 mitten unter Sätzen aus der Schrift de
remediis fortuitorum eine Sentenz findet, die der Form nach den anderen völlig
gleich und doch nicht in jenem Buche vorkommt. Und diese Sentenz zählt wieder
im Sang. α um zwei Sätze mehr als in den anderen Handschriften.

Vers, einen trochäischen Tetrameter, zurück, der andere Theil ist
aus einem Briefe des Seneca entnommen. Die gleich folgende Sentenz scheint zum Theile einem Spruche der Bibel, zum Theile einer
Gnome des Periandros nachgebildet zu sein, und ähnliches gilt von
n. 26, 80 u. a. [1]). Hie und da hat wohl der Sammler auch eigene
Sätze beigefügt oder die ganze Sentenz neu gemacht, indem er blos
irgend einen Gedanken woher entlehnte. Und so mag denn in
manchen dieser Sprüche das Körnchen Alterthum, welches sie enthalten, sehr unbedeutend sein. Das sind also, so weit wir forschen
konnten, die Quellen für diese Sammlung und das Verfahren, das
man bei der Zusammenstellung befolgte, und damit schwindet auch
jede Hoffnung, dass uns in einigen dieser Sentenzen Bruchstücke
aus verlorenen Werken des Seneca erhalten sein könnten.

Wo ist nun die gemeinschaftliche Quelle für die genannten
Sammlungen zu suchen? Ich vermuthe, dass im IV. oder V. Jahrhunderte mehrere grössere Florilegien vorhanden waren, in welchen
die einzelnen Sentenzen nach einem ethischen Schema ähnlich, wie
in dem Anthologion des Stobaios oder den Parallelen des Joannes
Damaskenos, angeordnet waren. Davon bieten auch jene Stücke im
cod. Frising., die Wölfflin in seinem angeblichen Caecilius Balbus
p. 18 ff. mitgetheilt hat, noch immer deutliche Spuren[2]). Diese
Florilegien enthielten Excerpte aus heidnischen und christlichen
Autoren, wie dies ebenso bei den genannten Parallelen des Joannes
der Fall ist[3]). Daneben gab es auch eine Sammlung von einzelnen jambischen und trochäischen Versen, die nach griechischen

---

[1]) Davon muss man natürlich das Verfahren der Abschreiber wohl unterscheiden, die
sehr häufig zwei anf einander folgende Sentenzen durch ein enim, autem, uero
mit einander in Verbindung brachten, ohne dabei den Sinn irgendwie in Betracht
zu ziehen, z. B. n. 3 und 4, wo die Handschriften nulla enim oder nulla autem
bieten, die beiden Sätze aber ganz verschiedene und auch dem Gedanken nach
nicht zusammengehörige Stellen des Lactantius enthalten.

[2]) Auch in unserer Sammlung stehen häufig Sentenzen neben einander, die denselben
oder doch einen ähnlichen Gedanken enthalten, z. B. 44—46, 50 und 51, 63—65,
81 und 82 u. dgl.

[3]) So sind auch in der Sammlung im Frising. und den Proverb. Senecae mehrere
christliche Sentenzen zu finden, z. B. Qui succurrere perituro potest cum non
succurrit occidit (Vp Ep F), was aus Lact. Div. Inst. VI, 11 genommen ist, Adulter
est uxoris amator acrior Ör. 8, R. 546, das mit Ruf. 222 Adulter est in suam uxorem
omnis impudicus amator ardentior zusammenstimmt, wenngleich auch diese Sentenz zuletzt auf Sen. de const. sap. 7, 4 zurückgehen mag, u. dgl. m.

Vorbildern angelegt und entweder nach einem ähnlichen Schema
oder ohne alle Rücksicht darauf rein alphabetisch angeordnet war.
Dieselbe war hauptsächlich aus Publius Syrus gezogen, dann aber
mit Versen anderer Komiker, besonders des Terentius, und auch
Tragiker, wie des Seneca, versetzt. Dass eine solche schon zu den
Zeiten des Hieronymus vorhanden war und in den Schulen gebraucht
wurde, geht aus der bekannten Stelle in dem Briefe an Laeta CVII
(I, 679 ed. Vallars.) hervor [1]). Überhaupt scheinen damals solche
moralische Sentenzensammlungen in Schwung gekommen zu sein;
denn aus dieser Zeit haben wir ja auch den mehrfach erwähnten
Annulus aureus, die christliche Bearbeitung einer Pythagoreischen
Spruchsammlung von Rufinus, dem berühmten Gegner des Hieronymus [2]).

Von diesen Florilegien sind uns nun Trümmer und Excerpte
aller Art erhalten [3]), wobei die Überlieferung auf die willkürlichste
Weise behandelt wurde. Man erweiterte und verkürzte nach Belieben, man ersetzte die classische Form durch die platte und verwa-
schene Sprache der späteren Zeit, man ging endlich mit den Namen,
die den einzelnen Sprüchen beigefügt waren, ganz willkürlich um,
weil es eben blosse Namen waren und man die meisten Philosophen
und anderen Schriftsteller gar nicht kannte. War schon frühzeitig,
wie man dies aus Plutarch's Apophthegmata ersehen kann, die Tra-
dition in's Schwanken gerathen und wurden schon damals einzelne
Aussprüche bald diesem, bald jenem beigelegt, was musste erst in
den späteren Zeiten geschehen? Nebstdem dass bei vielen Sentenzen

---

[1]) Legi quondam in scholis puer: 'aegre reprehendas quod sinas consuescere'
(Or. 9, R. 7).

[2]) Vgl. Orelli Opusc. Graec. vet. sent. I, p. XIV ff., p. 572 ff.

[3]) So findet sich auch in dem früher (Anm. 20) erwähnten Sang. 899 ein Bruchstück
einer solchen Sammlung, die den proverbia Senecae ähnlich, aber etwas kürzer
gewesen zu sein scheint, p. 108: „Prestabis parentibus pietatem cognatis dilectionem. Prestabis amicis fidem omnibus aequitatem. Pacem cum omnibus habebis bella
cum uitiis. Peiora sunt tecta odia quam aperta. Propterea te loquax inimicus minus
quam taciturnus offendit. Perturpe est enim quod obiicitur in obiiciente cognosci.
Semper dissensio ab alio incipiat a te reconciliatio. Succurre paupertati amicorum
immo potius occurres. Talem diligentiam exhibe in amicitiis tuis comparandis ne
incipias amare quem deinceps possis odire. Tu primum exhibe te bonum et sic
quaere alterum similem tui. Turpius nihil est quam cum eo bellum gerere cum
quo familiariter uixeris. Uires tuas amici beneficiis inimici iniuriis sentiant. Res
magnae clementiae est indulgendo corrigere peccata quam iudicando.

jede Bezeichnung verloren ging, wurden die unbekannten Namen
häufig durch bekannte ersetzt, wobei gewisse stereotype Namen,
wie Socrates, Seneca u. dgl., den Vorzug erhielten. So wird es denn
begreiflich, wie unter deren Namen Sentenzen erscheinen, die doch
von ihnen unmöglich herrühren können [1]). Aus diesen Florilegien
oder aus Excerpten derselben sammelte man nun etwa im VI. Jahrhunderte die Sprüche, welche einzelnen Autoren angehörten, und
so entstanden die Sammlungen, die uns gegenwärtig unter dem
Namen des Seneca, des Cato, des Varro vorliegen. Alle diese enthalten einzelne Sätze, die wirklich jenen Schriftstellern angehören,
aber die grosse Masse ist ein buntes Gemisch, das aus den ver-
schiedenartigsten Quellen geflossen ist. Was die Form anbetrifft,
so hatte sie schon bei der Aufnahme in die Florilegien und beim
Excerpiren derselben gelitten; nun wurde sie erst recht in der
willkürlichsten Weise behandelt.

Von dem liber Senecae wissen wir, wie bereits im Eingange
dieses Abschnittes bemerkt wurde, dass er schon im VI. Jahrhunderte, und zwar in derselben oder einer sehr ähnlichen Gestalt, wie
er uns gegenwärtig vorliegt, vorhanden war. Die christlichen Anklänge, die sich hie und da in den Sentenzen finden [2]), können uns
nicht befremden. Schon frühzeitig hatte man bemerkt, dass manche
seiner Aussprüche mit Worten der Bibel eine auffallende Ähnlichkeit

---

[1]) Ein hübsches Pröbchen, das übrigens nicht ohne einen gewissen Humor zusammengestellt ist, gibt der in der vorhergehenden Anmerkung genannte Sang. 899, p. 132:

Dicta philosophorum.

	Bonum est mulierem non tangere (Nov. Test. I Cor. 7, 1).
Dixit et Menandrus	Bonum est eis si permanserint ut ego (Nov. Test. I Cor., 7, 8).
Aratus	Puto hoc esse bonum propter instantem necessitatem (vgl. Vet. Test. Ecclesiast. 38, 1).
Turnus	O decus Italiae uirgo (Verg. Aen. XI, 508).
Ermon	Mulierum decipere consilia (Ähnliches Stob. Flor. 73, 59).
Terentius	Quid est hoc omnes socrus oderunt nurus (Hec. II, 1 4).
Comicus	Nihil est dictum quod non sit dictum prius (Eun. prol. 41).
Don	Uarius et mutabilis mundus per feminam.
Socrates	Sciebam futurum ut ista tonitrua imber sequeretur (Diog. Laert. II, 36).
Et alius	Et hic soccus quem cernitis uobis nouus et elegans. Sed nemo scit praeter me ubi me premit (Plut. Γαμ. παραγγ. p. 141, a bei Stob. Flor. 74, 45).

[2]) Vgl. auch die Anmerkungen zu n. 47 und 100.

zeigten, in welcher Beziehung wir nur auf die merkwürdige Stelle
bei Lact. Div. Inst. I, 5 a. E. verweisen. Dies gab dann Veranlassung
zu jenem bekannten Falsificate eines Briefwechsels zwischen dem
Philosophen und dem Apostel Paulus, welches Machwerk Hieronymus
gläubig als echt annahm und auf Grundlage dessen dem Seneca einen
Platz in dem Catalogus sanctorum einräumte. Da nun Nero, wie
natürlich, als der erste und ärgste Verfolger der Christen betrachtet
wurde (vgl. de mort. persec. c. 2) und Seneca ein Opfer von dessen
Grausamkeit geworden war, erschien der Philosoph ganz und gar
unter dem Bilde eines christlichen Märtyrers. Und daher trug man
auch kein Bedenken, ihm christliche Sentenzen in den Mund zu
legen. Dieser liber Senecae hat nun auch bewirkt, dass die Sammlung der Monosticha in vielen Handschriften den Titel Proverbia
Senecae erhielt. Was die angeblichen sententiae Catonis im
Paris. 4841 (vgl. Phil. IX, 679 ff.) anbetrifft, so sind sie, wie dies
schon Jordan, Rhein. Mus. XIV, S. 261 ff., richtig erkannt hat, ein
ähnliches Sammelsurium wie der liber Senecae. Und dasselbe gilt
von den sententiae Varronis, die neuerdings Ch. Chappuis in seiner
Ausgabe [1]) p. 38 ff. als echt zu erweisen gesucht hat. Jedenfalls
aber ist es gefehlt, diese Sammlungen tief in's Mittelalter zu versetzen, wie dies z. B. Bernhardy S. 339 zu wollen scheint, da dieselben vielmehr am Eingange desselben entstanden sind.

Ein anderes Geschick als diese Florilegien erfuhr die Sammlung von Monosticha, der wir früher gedacht haben, indem nämlich
dieselbe mannigfach interpolirt und erweitert wurde. Zuerst versi-
ficirte man, freilich so gut als dies anging, eine Reihe von dicta
philosophorum, Sprüchwörter u. dgl., übersetzte Verse aus Menan-
der's Monosticha [2]) und ähnlichen Florilegien, und ordnete diese alle
der alphabetischen Reihenfolge gemäss in die Sammlung ein.

---

[1]) Sentences de M. Terentius Varron et liste de ses ouvrages d'après différents manuscrits par Charles Chappuis. Paris, 1856. — Alles Grundes entbehrt die Hypothese
von Mercklin im Phil. II, S. 482, der als den Verfasser jener Sentenzensammlung
einen obscuren Dichter und Grammatiker Namens Varro aus dem Karolingischen
Zeitalter ansehen will. Übrigens sei hier noch bemerkt, dass mit dem Citate aus
dem Liber moralitatum elegantissimus bei Oehler (M. Ter. Varr. Sat. Menipp. reliq.
p. 9) „Uarro in sententiis libro septimo“, wenn überhaupt etwas darauf zu geben
ist, wohl nicht das siebente Buch einer Sentenzensammlung des Varro, sondern
vielmehr eines grösseren Florilegium bezeichnet ist.

[2]) Vgl. Ribbeck unter n. 10, 20, 48 u. ö.

Späterhin wurden noch mehr prosaische Sentenzen aufgenommen, wobei man, um dieselben in den Monosticha unterzubringen, ein doppeltes Verfahren einschlug. Entweder löste man sie nämlich, wenn sie etwas grösser waren, in einzelne Zeilen auf und stellte dann an den Anfang jeder Zeile ein Wort mit dem gleichen Anfangsbuchstaben oder man hob aus denselben einen Satz heraus und beseitigte das übrige. Um diesen Zeilen die gleiche Länge mit den Versen zu geben, scheint man die Sylben abgezählt zu haben, da man damals, was die Messung der Jamben und Trochäen anbetrifft, entweder gar keine oder nur sehr ungenaue Kenntnisse besass. Um dies durch ein Beispiel zu erklären, wollen wir die Form einiger Sentenzen im liber Senecae und den Γνῶμαι μονόστιχοι in Betracht ziehen. Der erste Spruch in der angeblichen Schrift des Seneca lautet: Omne peccatum actio est. actio autem omnis uoluntaria est tam honesta quam turpis: ergo uoluntarium est omne peccatum. Tollite excusationes: nemo peccat inuitus; in den proverbia Senecae ist er in die folgenden vier Zeilen zerlegt:

> Omne peccatum est actio
> Omnis actio est uoluntaria tam turpis quam honesta.
> Omne ergo peccatum uoluntarium est.
> Omitte excusationem: nemo peccat inuitus,

von denen sich die letzte auch im Frising. findet. Ebenso ist die zweite Sentenz im Frising. und den proverb. Senecae in zwei Zeilen mit gleichen Anfangsbuchstaben getheilt, nämlich:

> Utilis educatio et disciplina mores facit.
> Unde bona consuetudo excutere debet quae mala instruxit.

Von dem anderen Verfahren gibt n. 18 Zeugniss, wo aus der Stelle des Cicero nur die Worte Monstro similis est auaritia unica (Corruptel statt senilis) ausgewählt und als Sentenz unter M eingereiht wurde, oder n. 94, wo nur der erste Theil Proximum ad innocentiam tenet locum uerecunda (peccati) confessio in die Monosticha aufgenommen ist. Da nun auch die wirklichen Verse bei der Überlieferung durch Umstellungen der Wörter nach der gewöhnlichen Wortfolge, durch Einschiebungen, Auslassungen u. dgl. vielfach entstellt sind, so ist es natürlich oft sehr schwer zu entscheiden, ob eine Sentenz ursprünglich als Vers abgefasst war oder nicht.

Es ist klar, dass es unter solchen Verhältnissen die Hauptsache bleibt, das handschriftliche Materiale für diese Untersuchungen mit der möglichsten Genauigkeit und Vollständigkeit herbeizuschaffen. Man wird dann wenigstens der Form, in welcher diese Sammlungen im VI. oder VII. Jahrhunderte vorlagen, näher kommen und dadurch auch einen Einblick in die früheren Zeiten gewinnen. Darum möge hier noch am Schlusse das Bruchstück im cod. Vindobonensis n. 368, saec. X oder XI, auf welches auch Wölfflin, Rhein. Mus. XVI, S. 616, aufmerksam macht, mitgetheilt werden. In dieser Handschrift findet sich nämlich am Ende f. 91 ein Blatt, das auf beiden Seiten beschrieben ist und das Fragment einer ähnlichen Sammlung, wie im cod. Frisingensis, nämlich die Buchstaben A—C enthält. Darnach kann man wohl mit Wahrscheinlichkeit vermuthen, dass der Codex einmal die ganze Sammlung umfasste, deren grösserer Theil aber leider mit den letzten Blättern verloren ging. Wir geben nun die Abschrift dieses Bruchstückes, indem wir zur leichteren Übersicht den einzelnen Versen die Nummern der Ribbeck'schen Ausgabe beifügen.

fol. 91, a   Alienum est quicquid optando euenit.   Syri inc. fab. 4.

     Animus qui scit uereri scit tuta ingredi.   32.

     Amor animi qui arbitrio sumitur, non ponitur.   24.

     Ad tristem partem strennua suspitio.   6.

 5 Aspicere oportet quod possis perdere.   120.

     Alienum homini ingenuo acerba est seruitus.   10.

     Amans iratus multa mentitur sibi.   11.

     Amans quid cupiat scit quid sapiat non uidet.   13.

     Ad calamitatem quilibet rumor ualet.   4.

10 Ab amante lacrimis redimes iracundiam.   2.

     Auarum facile cupias ubi non sis idem.   36.

     Auarus nisi cum moritur nil recte facit.   39.

     Auarus dampno potius quam sapiens dolet.   561.

     Animo dolenti nihil oportet credere.   29.

15 Amare iuueni fructus est, crimen seni.   17.

     Amoris uulnus idem qui sanat facit.   26.

     Aleator quantum in arte est, tanto est nequior.   502.

     Auidum esse oportet neminem nisi senem.   41.

     Amantium ira amoris integratio est.   Ter. Andr. 555.

20 Amans sicut fax agitando magis ardescit.   12.

Amori imperabit sapiens, stultus seruiet. 30.

Ab alio expectes alteri quod feceris. 1.

Auxilia humana firmus consensus facit. 43.

Aut amat aut odit mulier nihil est certum. 42.

²³ Ames parentem, si aequus est; si aliter feras. 18.

Amici uitia nisi feras facis tua. 21.

Absentem ledit cum ebrio qui litigat. 3.

Auarus ipse miseriae çausa est suae. 38.

Amans quod suspicatur uigilans somniat. 14.

³⁰ Amor extorqueri non pote sed elabi pote. 25.

Aperte mala cum est mulier, tum demum est bona. 34.

Amare sapere uix a deo conceditur. 16.

Astute crines cum celantur aetas indicatur. 559.

Auaro quid mali optes nisi ut uiuat diu. 35.

³⁵ Ad penitendum properat cito qui iudicat. 5.

Amor otiosae causa sollicitudinis. 554.

Animo uirum pudicae, non oculo eligunt. 31.

Amantis ius iurandum paenam non habet. 15.

Amor ut lacrima ab oculis oritur, in pectus cadit. 28.

⁴⁰ Amicum an nomen habeas aperit calamitas. 22.

Amori finem tempus, non animus facit. 553.

Bis est gratum, quod opus est, si ultro sit datum. 61.

Bonarum rerum nimia consuetudo pessima est. 70.

Bona nemini ora est, ut non alicui mala. 69.

⁴⁵ Beneficia plura recipit qui scit reddere. 47.

Bonus animus lesus multo grauius irascitur. 78.

Beneficium dando accepit qui digno dederit. 50.

Bonus animus numquam errandi obsequium accommodat.
63 (vgl. n. 54).

Beneficium sepe dare est docere reddere. 54.

⁵⁰ Bonitatis uerba imitari malicia maior est. 73.

Bonum quod est supprimitur, nequaquam extinguitur. 77.

Beneficium qui dare nescit iniuste petit. 51.

Bis mori est alterius arbitrio mori. 60.

Bis peccas cum peccō obsequium accommodas. 63
(vgl. n. 48).

⁵⁵ Bona mors est homini uitae quae extinguit mala. 68.

Blandicia, non imperio fit dulcis uenus. 65.

Beneficium qui dedisse se dicit petit. **53.**

Beniuoli conuinctio animi maxima est cognatio. **503.**

Bona opinio hominum tutior pecunia. (Orelli 96.)

60 Bis uincit qui se in uictoria uincit. **64.**

fol. 91, b. Benignus etiam dandi causam cogitat. **59.**

Bene dormit qui non sentit quod male dormiat. **45.**

Bona fama in tenebris proprium splendorem obtinet. **67.**

Bona cogitata sic excedunt non occidunt. **44.**

65 Bona imperancia pecunia est. **562.**

Breue amans est ipsa memoria iracundiae. **79.**

Bona comparat praesidia misericordia. **66.**

Breuis ipsa uita, sed malis fit longior. **80.**

Beneficia donari aut mali aut stulti putant. **46.**

70 Bis uixit is, qui potuit cum uoluit mori. **87.**

Bis interimitur qui suis armis perit. **62.**

Bonum est fugienda aspicere in alieno malo. **76.**

Bene perdit nummos iuditium qui dat nocens. **56.**

Bona quae ueniunt nisi sustineantur cadunt ut opprimant. **563.**

75 Bonum ad uirum cito moritur iracundia. **565.**

Bona est turpitudo quae periclum uindicat. **71.**

Beneficium dignis ubi des, omnes obliges. · **52.**

Bonum est fugienda aspicere in alieno malo. **76.**

Bene perdas gaudium, ubi dolor pariter perit. **55.**

80 Bene audire alterum patrimonium est. (Vgl. Orelli 283.)

Consueta uita ferri non reprendimus. **92.**

Crudelis in re aduersa obiurgatio. **99.**

Cui semper dederis ubi neges rapere imperes. **105.**

Cuius mortem amici expectant, uitam ciues oderunt. **779.**

85 Citius uenit periclum, cum contempnitur. **88.**

Cuiuis dolori est remedium patiencia. **106.**

Cum uitia prosunt, peccat qui recte facit. **110.**

Contumelia amici nullius inuenit linguae preces. **504.**

Contempni est grauius quam stulticia percuti. **574.**

90 Comes facundus in uia pro uehiculo est. **91.**

Crudelem medicum intemperans eger facit. 98 (vgl. n. 100).

Contra inprudentem stulta est nimia ingenuitas. **94.**

Consiliis iuniorum multi se docti explicant. **573.**

Cui omnes bene dicunt, possidet populi bona. **103.**

95 Crudelis lacrimis pascitur, non frangitur. 100.
Caret periculo, qui etiam, cum est tutus, cauet. 82.
Cicatrix conscientiae pro uulnere est. 87.
Caue amicum credas, nisi quem probaueris. 85.
Cauendi nulla est dimittenda occasio. 567.
100 Crudelem medicum intemperans facti. 98 (vgl. n. 91).
Cum inimico nemo tute in gratiam redit. 109.
Casta ad uirum matrona parendo imperat. 83.
Consilio melius uincas quam iracundia. · 572.
Cottidie dampnatur qui semper timet. 95.
105 Cito inproborum laeta ad pernitiem cadunt. 90.
Crimen relinquit uitae qui mortem appetit. 97.
Cogas amantem irasci, amare si uelis. 569.
Crudelis est, non fortis, qui infantem necat. 575.
Caue ne quicquid incipias quod post peniteat. 86.
110 Cui nolis sepe irasci, irascaris semel. 101.
Caeci sunt oculi, cum alius (corr. animus) res alias facit. 81.
Cum amas, non sapias, aut cum sapias, non ames. 107.
Cunctis potest accedere, quod cuius potest. Syr. inc. fab. 3.
Contra felicem uix deus uires (am Ende eine rasura). 93.

SITZUNG VOM 7. OCTOBER 1863.

Die Geschichte des Königslandes Tsu.

(Vorgelegt in der Sitzung vom 22. Juli 1863.)

Von dem w. M. Dr. August Pfizmaier.

Das Königsland Tsu, welches zu den Zeiten seiner grössten Macht die heutigen Landschaften Hu-pe, Hu-nan (beide vormals Hu-kuang genannt), Ngan-hoei, Kiang-su (beide vormals Kiang-nan genannt), ferner den grössten Theil von Kiang-si, einen Theil von Sse-tschuen und Ho-nan umfasste, war durch König Tsching von Tscheu, der Hiung-yï, den Nachkommen eines sehr alten Fürstengeschlechtes mit dem Lande belehnte, gegründet worden.

Die Bewohner von Tsu waren ursprünglich südliche Fremd-länder, von denen jedoch die meisten sehr frühzeitig die Sprache und die Sitten des Mittellandes angenommen hatten. Die Spuren der fremdländischen Sprache lassen sich übrigens in den von der Geschichte bewahrten Namen häufig erkennen. So erscheinen die Wörter, durch welche die Namen der frühesten Landesfürsten ausgedrückt werden, gewöhnlich als blosse Laute ohne eigentliche (mit Hilfe des Mittel-ländischen bestimmbare) Bedeutung. In den Namen der ersten Häupter des Hauses, später auch der Königssöhne, findet sich als ergänzender Bestandtheil das Wort 熊 Hiung, welches im Mittelländischen für „Bär" gebraucht wird, in der Sprache von Tsu aber wahrscheinlich „Fürst" bedeutet. Die Könige, denen der Name nach dem Tode nicht beigelegt wird, führen die Benennung 敖 Ngao. Bekannt sind aus der Sprache von Tsu die Wörter 穀 Kö und 菟 於 U-thu, das erstere für 乳 Jeu „säugen", das letztere für 虎 Hu „Tiger".

Die Bewohner von Tsu galten für wankelmüthige und unruhige
Geister und wurden besonders eines Hanges zu Empörungen beschuldigt. In der That hatten alle in späterer Zeit vorkommenden
folgenschweren Empörungen ihren Ursprung auf dem Gebiete des
ehemaligen Tsu und waren Tschin-sching, Hiang-yü und Lieu-pang,
der letztere der Gründer des Hauses Han, Eingeborene von Tsu. Den
Kriegern des Landes ward, vielleicht mit einigem Unrecht, Mangel
an Ausdauer und Geneigtheit zur Flucht vorgeworfen.

Nachdem Hiung-thung, der achtzehnte Landesfürst von Tsu,
(704 vor unserer Zeitrechnung) die Königsbenennung angenommen,
erweiterte das Land seine Marken nach allen Richtungen, eroberte
namentlich die in seinem Norden gelegenen kleineren Fürstenthümer,
unternahm Strafangriffe und erhob zuletzt selbst Ansprüche auf die
Führerschaft, das höchste von den damaligen berühmten Machthabern
angestrebte Ziel.

Durch die erwähnten kleinen Fürstenthümer von dem im Norden
zu ähnlicher Grösse gelangten Tsin geschieden, ward Tsu in seinem
Streben nach Führerschaft mit diesem Fürstenlande in Kämpfe verwickelt, in denen es mehrmals siegte, öfters auch, ohne davon
in seinem Innern berührt zu werden, denkwürdige Niederlagen
erlitt.

Als Tsin, durch die Häuser seiner eigenen Grossen beengt, den
Gedanken an Führerschaft aufgab, ward Tsu durch das in seinem Südosten plötzlich erstarkte Königsland U bald auf gefährliche Weise
bedroht, zuletzt bis zur Vernichtung geschlagen und nach dem Verlust der Hauptstadt dahin gebracht, dass es nur noch durch ein von
Thsin, einem in seinem Nordwesten gelegenen Lande, abgesendetes
Kriegsheer gerettet wurde.

Nach dem unerwarteten Untergange von U wurde dasselbe
Thsin, welcher einst als Retter erschienen, der furchtbarste Gegner
von Tsu. Im Nordwesten durch hohe Gebirge getrennt, drang Thsin
theils durch den daselbst befindlichen Durchweg Wu, theils von
Westen längs der Südseite des gelbes Flusses durch die von Tsu
neu erworbenen Fürstenthümer in das Gebiet dieses Landes und entriss demselben, abwechselnd Krieg führend und Bündniss schlies-
send, unablässig jedoch List mit Gewalt vereinend, binnen Kurzem
ausedgebnet Länderstrecken, so dass ungefähr die Hälfte des bisherigen Gebietes von Tsu allmählich an Thsin verloren ging.

In dem Masse jedoch, als Thsin von Westen vorrückte, war Tsu bemüht, durch neue Erwerbungen im Osten sich für das Verlorene zu entschädigen. So verleibte es nach der Zertrümmerung von Yue das bisher im Besitze dieses Königslandes befindliche Gebiet des ehemaligen U dem eigenen Lande ein, bemächtigte sich im fernen Nordosten des Fürstenthumes Khiü und eroberte, durch Thsin bereits dem Untergange nahe gebracht, noch das Erbe Tscheu-kung's, das alte Fürstenland Lu.

Unterdessen hatte Thsin ungeachtet der Bünde und der fortgesetzten Angriffe, welche gegen dieses Land zu Stande kamen, sämmtliche neben ihm bestehenden Königsländer in schneller Aufeinanderfolge zu Boden geworfen. Die beinahe gleichzeitige Vernichtung, der dieselben zuletzt anheimfielen, ereilte Tsu, und zwar nach einem Angriffe der Heerführer Wang-tsien und Mung-wu von Thsin (223 vor uns. Zeitr.), schon in vierter Reihe. Es fanden nämlich von den noch übrigen Königsländern in dem Zeitraume von acht Jahren zuerst Han, hierauf Tschao, Wei, Tsu, das von Tschao gegründete Nebenland Tai, Yen und zuletzt Tsi ihren Untergang.

Die Ursache des Unglückes von Tsu, muss, obgleich dies theilweise auch bei anderen Königsländern der Fall, hier ganz vorzüglich in der Gesinnungslosigkeit seiner letzten Könige gesucht werden. Die Leichtigkeit, mit der diese Könige von ihren Freunden sich lossagten, hierauf mit dem Feinde, so oft derselbe auch gegen sie den Kampf der Vernichtung geführt, immer wieder Bündniss und Freundschaft schlossen, ist sonst ohne Beispiel und liess die Möglichkeiten, welche Gleichheit der Macht, grösserer Umfang des Landes, Unabhängigkeitssinn der Bewohner für den Fortbestand boten, nicht aufkommen.

Die alten Bücher sind voll von Nachrichten über Menschen und Verhältnisse von Tsu, die jedoch nicht Alles, was in dieser Hinsicht vorgefunden wird, zur Geschichte gehört, so hat der Verfasser, der überdies schon in früheren Abhandlungen viele Einzelheiten und kleine Begebenheiten zur Kenntniss gebracht, die Nachrichten von den geschichtlichen, grösstentheils noch unbekannten Ereignissen nach der Reihung und Vorlage des Sse-ki ausgearbeitet und das nicht immer leichte Verständniss derselben auf diese Weise vermittelt.

Mehrere in dieser Abhandlung nicht enthaltene Einzelheiten und Nachrichten von kleineren Ereignissen finden sich in den von dem Verfasser veröffentlichten Erläuterungen aus der Geschichte Tscho-schi's, nach Jahren der Fürsten von Lu gereiht, ferner in den Abhandlungen: „Zur Geschichte des Entsatzes von Han-tan" und „der Redner Tschang-I und einige seiner Zeitgenossen".

Die Könige von Tsu leiteten ihren Ursprung von 頊顓 Tsch'huen-hiŭ, einem der fünf Allhalter, dessen Name 陽高 Kao-yang. Kao-yang selbst war der Sohn 意昌 Tschang-I's, der seinerseits ein Sohn des gelben Allhalters. Kao-yang, der Enkel des gelben Allhalters, hatte einen Sohn, Namens 偁 Tsch'hing. Tsch'hing hatte einen Sohn, Namens 章卷 Khiuen-tschang. Khiuen-tschang hatte einen Sohn, Namens 黎重 Tschung-li. Der Allhalter 譽 Khao, genannt 辛高 Kao-sin, begründete seine Lenkung durch die Eigenschaften des Feuers. Tschung-li wohnte für den Allhalter in dem Rechtecke des Feuers, wobei er sich die grössten Verdienste erwarb und fähig war, mit dem Glanze die Welt zu erleuchten. Der Allhalter Khao ernannte ihn daher durch einen höchsten Befehl zum 融祝 Tsch'hŭ-yung, d. i. grossem Lichte [1]).

Als das Geschlecht 工共 Kung-kung sich empörte, ward Tschung-li zu dessen Bestrafung ausgesandt. Da er hiermit nicht zu Stande kam, liess der Allhalter an dem siebenundzwanzigsten Tage des sechzigtheiligen Kreises Tschung-li hinrichten und ernannte dessen jüngeren Bruder 吳吅 U-hoei zum Nachfolger in dem Hause. Auf Befehl des Allhalters Khao wohnte U-hoei wieder in dem Rechtecke des Feuers und versah die Stelle des Tsch'hŭ-yung. Der Sohn U-hoei's war 陸終 Lŏ-tschung.

Lŏ-tschung hatte sechs Söhne, von denen angegeben wird, dass sie sämmtlich auf schwere und ungewöhnliche Weise, durch „Berstung und Spaltung" geboren wurden.

Der älteste dieser Söhne war 昆吾 Kuen-ngu. Von demselben wird angegeben, dass dessen Name 樊 Fan, der Geschlechtsname 巳 Khi. Kuen-ngu sei eigentlich der Name des Landes, welches dem späteren 衛 Wei entspricht.

---

[1]) Nach Anderen bedeuten diese Worte „das erste, anfängliche Licht".

Der zweite dieser Söhne war 胡參 Tsan-hu. Hierbei wird ebenfalls angegeben, dass Tsan-hu der Name eines Gebietes, welches das spätere 韓 Han.

Der dritte dieser Söhne war 祖彭 Peng-tsu. Von demselben wird angegeben, dass dessen Name 翦 Tsien, der Geschlechtsname das hier gesetzte Peng. Er wäre mit 彭太 Thai-peng belehnt worden, und auch Peng-tsu sei der Name eines Gebietes, das spätere oft genannte Peng-tsching.

Der vierte dieser Söhne war 人會 Hoei-jin. Bei demselben wird angegeben, dass Hoei-jin der Name eines Landes, das spätere 鄭 Tsching.

Der fünfte dieser Söhne war 姓曹 Tsao-sing. Hier wird ebenfalls angegeben, dass Tsao-sing der Name des Landes, welches das spätere 邾 Tschü.

Der sechste Sohn Lŏ-tschung's war 連季 Ki-lien. Derselbe führte den Geschlechtsnamen 芈 Mi, und von ihm stammen in nächster Reihe die Könige von Tsu.

Das Geschlecht Kuen-ngu war zu den Zeiten der Hia zu der Würde von Lehensfürsten gelangt und wurde zu den Zeiten des Königs Khie durch König Thang vernichtet. Das Geschlecht Peng-tsu war zu den Zeiten der Yin zu der Würde von Lehensfürsten gelangt und wurde gegen das Ende des Zeitalters der Yin vernichtet.

Der Sohn Ki-lien's war 沮附 Fu-tsu. Der Sohn Fu-tsu's war 熊穴 Hiue-hiung. Nach dem Tode Hiue-hiung's gerieth das Geschlecht Ki-lien in Vergessenheit. Einige Mitglieder desselben befanden sich in dem Mittellande, andere unter den Fremdländern, wesshalb deren Geschlechtsalter nicht einzeln angeführt werden konnten.

Zu den Zeiten des Königs Wen von Tscheu lebte unter den Nachkommen Ki-lien's ein Mann, Namens 熊鬻 Tschŏ-hiung. Derselbe, auch Tschŏ-hiung-tse und Tschŏ-tse genannt, diente dem Könige Wen, dessen Lehrer er nach einer Angabe gewesen. Tschŏ-hiung starb frühzeitig und hinterliess einen Sohn, Namens 麗熊

Hiung-li. Der Sohn Hiung-li's war 狂熊 Hiung-kuang. Der Sohn Hiung-kuang's war 繹熊 Hiung-yĭ.

Hiung-yĭ lebte zu den Zeiten des Königs Sching von Tscheu. Zu den Zeiten dieses Königs wurden die Nachkommen derjenigen Würdenträger, welche sich einst um die Könige Wen und Wu verdient gemacht, hervorgezogen, wobei auch Hiung-yĭ mit dem Gebiete der südlichen Fremdländer von 楚 Tsu belehnt wurde. Die Felder seines Lehens waren solche, wie sie den Lehensfürsten vierten und fünften Ranges zukamen. Hiung-yĭ selbst erhielt den Geschlechtsnamen des besonderen Seitengeschlechtes 羋 Mi und hatte seinen Wohnsitz in 陽丹 Tan-yang [1]). Hiung-yĭ, Lehensfürst vierten Ranges von Tsu, widmete gleichzeitig mit Pe-khin, Fürsten von Lu, mit Meu, dem Sohne Khang-scho's von Wei, mit Sĭ, Fürsten von Tsin, und mit Liŭ-khĭ, dem Sohne Thai-kung's von Tsi, seine Dienste dem Könige Sching von Tscheu.

Auf Hiung-yĭ folgte dessen Sohn 艾熊 Hiung-I. Der Sohn Hiung-I's war 黮熊 Hiung-than. Der Sohn Hiung-than's war 勝熊 Hiung-sching. Diese beiden Söhne folgten ihren Vätern als Fürsten von Tsu. Der Sohn Hiung-sching indessen hatte zum Nachfolger seinen jüngeren Bruder 楊熊 Hiung-yang. Der Sohn Hiung-yang's war 渠熊 Hiung-khiü, der seinerseits drei Söhne hatte.

Zu den Zeiten des Königs 夷 J von Tscheu war das Haus des Königs unansehnlich, von den Lehensfürsten erschienen mehrere nicht an dem Hofe und schritten gegenseitig zu Angriffen. Hiungkhiü gewann in hohem Masse die Zufriedenheit des Volkes zwischen dem grossen Strome und dem Han. Er sammelte daher eine Kriegsmacht und richtete einen Angriff gegen die Gebiete 庸 Yung [2]),

---

1) Tan-yang befand sich in dem heutigen Nebenkreise Tsch'hĭ-kiang, Kreis King-tscheu in Hu-kuang.

2) Yung ist das spätere Schang-yung (das obere Yung) und das heutige Tsch'ho-san, Kreis Yün-yang in Hu-kuang.

揚 Yang [1]) und 粵 Yue [2]), wobei er auch bis 鄂 Ngŏ [3]) gelangte.

Hiung-kbiŭ sagte jetzt: Wir sind südliche und östliche Fremdländer. Wir haben nichts zu thun mit den Ehrennamen und den
Namen nach dem Tode, die gelten in dem Mittellande. — Hierauf
erhob er seinen ältesten Sohn 康 Khang zum Könige von 亶句
Keu-tan [4]). Sein zweiter Sohn 紅 Hung wurde König von Ngŏ.
Sein dritter und jüngster Sohn 疵執 Tschĕ-thse wurde König
von 章越 Yue-tschang. Die drei zuletzt genannten Länder befanden sich sämmtlich in der Gegend des grossen Flusses und auf
dem Gebiete der Fremdländer von Tsu.

Als endlich König Li von Tscheu seiner Zeit Gewaltthätigkeit
und Unterdrückung übte, fürchtete Hiung-khiŭ, dass dieser König
das Land von Tsu angreifen werde. Er entfernte daher auch die in
dem Lande ernannten Könige und setzte seinen ältesten Sohn, der
jetzt unter dem Namen 康毋熊 Hiung - wu - khang [5]) angeführt wird, zum Nachfolger ein. Wu-khang starb indessen frühzeitig.
Nach dem Tode Hiung - khiŭ's ward dessen zweiter Sohn
紅摯熊 Hiung-tsch'hĕ-hung, der früher blos Hung genannt
wird, zum Fürsten von Tsu eingesetzt. Tsch'hĕ-hung ward durch
seinen jüngeren Bruder getödtet, der seine eigene Einsetzung
bewerkstelligte und jetzt unter dem Namen 延熊 Hiung-yen [6])
angeführt wird.

Auf Hiung-yen folgte dessen Sohn 勇熊 Hiung - yung. Im
sechsten Jahre des Fürsten Hiung-yung (842 vor uns. Zeitr.) er-
regten die Bewohner von Tscheu einen Aufruhr und überfielen den
König Li. Derselbe verliess das Land und floh nach Tsch'hi.

Hiung-yung starb im zehnten Jahre seiner Lenkung (838 vor
uns. Zeitr.) und hatte zum Nachfolger seinen jüngeren Bruder

---

[1]) Yang entspricht dem heutigen Yang-tscheu in Kiang-nan.

[2]) Unter der Benennung Yue wurde alles Land im Süden von Tsu verstanden.

[3]) Ngŏ entspricht dem heutigen Wu-tschang in Hu-kuang.

[4]) Keu-tan ist das spätere Kiang-ling und das heutige King-tscheu in Hu-kuang.

[5]) Zur Aufhellung der Verschiedenheit der Namen, mit welchen die Söhne Hiung-khiu's
belegt werden, ist der Verfasser nicht im Stande, etwas anzugeben, eben so wenig
über die wahre Bedeutung dieser und anderer jedenfalls fremdländischen Namen.

[6]) Früher wurde derselbe Tsch'hĕ-thse genannt.

嚴 熊 Hiung-yen. Hiung-yeng starb im zehnten Jahre seiner Lenkung (828 vor uns. Zeitr.) und hinterliess vier Söhne. Der älteste dieser Söhne hiess 霜 伯 Pe-schuang, der im Alter nächstfolgende 雪 仲 Tschung - siue, der dritte 堪 叔 Scho-khan, der jüngste 徇 季 Ki-siün. Nach dem Tode Hiung-yen's wurde dessen ältester Sohn Pe - schuang zum Fürsten eingesetzt und erhielt den Namen 霜 熊 Hiung-schuang. Das erste Jahr dieses Fürsten (827 vor uns. Zeitr.) ist auch das erste des Königs Siuen von Tscheu.

Hiung-schuang starb im sechsten Jahre seiner Lenkung (822 vor uns. Zeitr.), und dessen drei jüngere Brüder stritten sich um die Einsetzung. In diesem Streite fand Tschung-siue den Tod, Scho-khan ging der Gefahr aus dem Wege, indem er das Land verliess und sich auf dem Gebiete 濮 Pŏ [1]) aufhielt. Der zurückgebliebene jüngste Bruder Ki-siün ward hierauf eingesetzt und erhielt den Namen 徇 熊 Hiung-siün. In das sechzehnte Jahr Hiung-siün's (806 vor uns. Zeitr.) fällt die Gründung des Fürstenlandes Tsching und die Einsetzung des Fürsten Hoan von Tsching.

Hiung - siün starb im zweiundzwanzigsten Jahre seiner Len-kung (800 vor uns. Zeitr.) und hatte zum Nachfolger seinen Sohn 咢 熊 Hiung-ngŏ. Als Hiung-ngŏ im neunten Jahre seiner Lenkung (791 vor uns. Zeitr.) starb, folgte ihm dessen Sohn 儀 熊 Hiung-I, genannt 敖 若 Jŏ-ngao. Im zwanzigsten Jahre Jŏ-ngao's (771 vor uns. Zeitr.) ward König Yeu von Tscheu durch die „westlichen Hunde-Fremdländer" getödtet, und Tscheu verlegte seinen Wohnsitz nach Osten. Zugleich ward Siang, Fürst von Thsin, zum Lehensfürsten der Reihe ernannt.

Jŏ-ngao starb im siebenundzwanzigsten Jahre seiner Lenkung (764 vor uns. Zeitr.) und hatte zum Nachfolger seinen Sohn 坎 熊 Hiung-khaṅ, genannt 敖 霄 Siao -ngao. Als Siao-ngao im sechsten Jahre seiner Lenkung (758 vor uns. Zeitr.) starb, folgte ihm dessen Sohn 胸 熊 Hiung - schün, genannt 冒 蚡 Fen-mao. Im dreizehnten Jahre Fen-mao's (745 vor uns. Zeitr.) ward Sching-sse von Tsin mit der Stadt Khio-wo belehnt und dadurch der

---

1) Im Süden des heutigen Kien-ning in Fŏ-kien.

Grund zu der späteren Zerrüttung des Landes gelegt. Fen-mao,
auch Fen-mao-tse, d. i. Fen-mao, Lehensfürst vierten Ranges
genannt, ward im siebenzehnten Jahre seiner Lenkung (741 vor
uns. Zeitr.) durch seinen jüngeren Bruder 逼 熊 Hiung-thung
getödtet. Hiung-thung, der hierauf seine eigene Einsetzung zum
Fürsten bewirkte, heisst in der Geschichte König 武 Wu von
Tsu.

Im siebenzehnten Jahre des Königs Wu (724 vor uns. Zeitr.)
tödtete Tschuang, Fürst von Khio-wo, den Gebieter des Landes, den
Fürsten Hiao von Tsin. Im neunzehnten Jahre des Königs Wu (722
vor uns. Zeitr.) empörte sich Tuan, der jüngere Bruder des Fürsten
Tschuang von Tsching. Im einundzwanzigsten Jahre des Königs
Wu (720 vor uns. Zeitr.) plünderte Tsching die Felder des Himmelssohnes. Im zweiundzwanzigsten Jahre des Königs Wu (719 vor
uns. Zeitr.) tödtete Tscheu-yü von Wei seinen Gebieter, den Fürsten
Hoan. Im neunundzwanzigsten Jahre des Königs Wu (712 vor uns.
Zeitr.) tödtete Hoei von Lu seinen Gebieter, den Fürsten Yin.
Im einunddreissigsten Jahre des Königs Wu (710 vor uns. Zeitr.)
tödtete Hoa-tŭ, der grosse Hausdiener von Sung, seinen Gebieter,
den Fürsten Schang.

Im fünfunddreissigsten Jahre des Königs Wu (706 vor uns.
Zeitr.) bekriegte Tsu das Fürstenland 隨 Sui [1]. Dieses Land, dessen Fürsten den Geschlechtsnamen des Himmelssohnes führten, meldete: Wir haben nichts verbrochen. — Der König von Tsu, jetzt
noch Fürst Hiung-thung genannt, erwiederte: Wir sind die Fremdländer des Südens und Ostens. Jetzt sind die Fürsten der Lehen
sämmtlich abgefallen und unternehmen gegeneinander Streifzüge.
Einige unter ihnen tödteten sich gegenseitig. Wir sind im Besitze ab-
genützter Panzer und wünschen uns anzusehen die Lenkung des mittleren Landes. Ich wünsche, dass das Haus des Königs mich ehre durch
eine höhere Benennung. — Die Machthaber von Sui baten demnach
in Tscheu, dass dem Fürsten von Tsu eine höhere Benennung verliehen werde. In dem Hause des Königs gab man dieser Bitte kein
Gehör, worauf die Abgesandten zurückkehrten und Tsu die Meldung
brachten.

---

[1] Das heutige gleichnamige Sui des Kreises Te-ngan in Hu-kuang.

Hiung-thung von Tsu zürnte über die Erfolglosigkeit seiner Bitte und sagte endlich: Mein Vorfahr Tschö-hiung war der Lehrer des Königs Wen. Er ist frühzeitig gestorben. König Sching erhob den mir vorangegangenen Fürsten, und er hiess ihn mit den Feldern eines Lehensfürsten vierten und fünften Ranges wohnen in Tsu. Die Fremdländer des Südens und Ostens drängen sich insgesammt herbei, um sich zu unterwerfen, aber der König ertheilt mir keine weitere Rangstufe. Ich werde mich selbst durch eine Benennung ehren. — Demgemäss setzte sich Hiung-thung im siebenunddreissigsten Jahre seiner Lenkung (704 vor uns. Zeitr.) zum Könige ein und erhielt die Benennung König Wu. Nachdem er noch mit den Machthabern von Sui einen Vertrag geschlossen, zog er aus diesem Lande ab. Um dieselbe Zeit machte auch Tsu zum ersten Male Fortschritte auf dem Gebiete von 漢 Pŏ, in dessen Besitz er sich behauptete.

Im einundfünfzigsten Jahre des Königs Wu (690 vor uns. Zeitr.) berief Tscheu den Fürsten von Sui an den Hof und hielt ihm vor, dass er die Einsetzung des Fürsten von Tsu zum Könige veranlasst habe. Tsu nahm es seinerseits übel, dass Sui, indem er der Vorladung nach Tscheu Folge leistete, den Vertrag gebrochen und schritt zum Angriff auf Sui. König Wu, der sich zu seinem Heere begeben hatte, starb jedoch auf dem Wege nach Sui, worauf die Kriegsmacht von Tsu das Unternehmen aufgab.

Auf König Wu folgte dessen Sohn 貲 熊 Hiung-thse, genannt König 文 Wen. Dieser König zog von Tan-yang weg und machte 郢 Ying [1]) zur Hauptstadt des Landes.

Im zweiten Jahre seiner Lenkung (688 vor uns. Zeitr.) zog König Wen an der Spitze einer Kriegsmacht gegen das Fürstenland 申 Schin [2]) und nahm seinen Weg über 鄧 Teng [3]), dessen Fürsten von dem Geschlechte 曼 Man. Die Machthaber von Teng

---

[1]) Ying befand sich zehn Weglängen nördlich von dem späteren Kiang-ling, welches seinerseits das heutige King-tscheu in Hu-kuang.

[2]) Schin befand sich in der Gegend der Hauptstadt des heutigen Kreises Nan-yang in Ho-nan.

[3]) Teng befand sich im Nordosten der Hauptstadt des heutigen Kreises Nan-yang in Hu-kuang.

wünsehten, dass ihr Land, aus welchem die Gemablinn des früheren
Königs Wu von Tsu stammte, in Tsu einverleibt werde und sagten:
Der König von Tsu kann uns leicht wegnehmen. — Der Fürst von
Teng verweigerte jedoch seine Zustimmung.

Im sechsten Jahre des Königs Wen (684 vor uns. Zeitr.)
machte ein Kriegsherr von Tsu einen Angriff auf Tsai, nahm den
Fürsten dieses Landes gefangen und führte ihn nach Tsu, woselbst
man ihn wieder freiliess[1]). Tsu bewältigte und beleidigte um diese
Zeit die zwischen dem grossen Strome und dem Han gelegenen
kleinen Fürstenländer, welche sich sämmtlich vor ihm fürchteten.

Im eilften Jahre des Königs Wen (679 vor uns. Zeitr.) trat
Hoan, Fürst von Tsi, zum ersten Male als Obergewaltiger auf. Um
dieselbe Zeit erschien auch Tsu zum ersten Male als grosses
Fürstenland. Im folgenden Jahre (678 vor uns. Zeitr.) unternahm
Tsu einen Angriff auf Teng und vernichtete es.

König Wen starb im dreizehnten Jahre seiner Lenkung
(677 vor uns. Zeitr.) und hatte zum Nachfolger seinen Sohn
蟜熊 Hiung-ken, genannt 敖杜 Tu-ngao. Im fünften Jahre
seiner Lenkung (672 vor uns. Zeitr.) trachtete dieser König seinem
jüngeren Bruder 惲熊 Hiung-wen nach dem Leben. Hiung-wen
floh nach Sui, mit dessen Hilfe er Tu-ngao überfiel und tödtete.
Hiung-wen nahm hierauf von der Würde seines Bruders Besitz
und heisst in der Geschichte König 成 Sching.

König Sching, der eben eingesetzt worden, war bemüht, Wohlthaten zu verbreiten und Gnade zu spenden, während er gleichzeitig die alten Verhältnisse der Freundschaft mit den Lehensfürsten
wieder anzuknüpfen suchte. Im ersten Jahre seiner Lenkung
(671 vor uns. Zeitr.) schickte er eine Gesandtschaft mit Ehren-
geschenken an den Himmelssohn. Der Himmelssohn übersandte ihm
das Fleisch der Darbringung aus dem Ahnenheiligthume der Tscheu
und liess dabei dem Könige von Tsu die folgende Weisung zukom-
men: Halte nieder deine südlichen Gegenden, den Aufstand der
östlichen Fremdländer und von Yue. Mache keine Einfälle in das

---

[1]) So die in der Geschichte von Tsu enthalteneAngabe, aus welcher wohl hervorgeht, dass
	man dem Fürsten von Tsai die Freiheit schenkte, nicht aber, dass man ihm die Rück-
	kehr in sein Land erlaubte. Nach der Geschichte von Tsai starb der Fürst von Tsai
	in Tsu, nachdem er daselbst neun Jahre zurückgehalten worden war.

mittlere Land. — Um diese Zeit hatte Tsu bereits einen Umfang
von zehntausend Weglängen.

Im sechzehnten Jahre des Königs Sching (656 vor uns. Zeitr.)
drang Hoan, Fürst von Tsi, an der Spitze der Heere der Lehensfürsten in Tsu und erreichte das Gebiet 陘 Hing [1]. Sching, König
von Tsu, schickte den Heerführer 完 屈 Khie-hoan mit einer
Kriegsmacht gegen den vorrückenden Feind. Khie-hoan beschwor
alsbald einen Friedensvertrag mit dem Fürsten Hoan. Dieser Fürst
stellte Tsu darüber zur Rede, dass dieses den dem Könige von
Tscheu schuldigen Zoll nicht einsende. Tsu verstand sich zur Dar-
reichung dieses Zolles, worauf das Heer von Tsi das Land verliess.

Im achtzehnten Jahre seiner Lenkung (654 vor uns. Zeitr.) zog
König Sching mit einem Kriegsheere nach Norden und bekriegte
das Fürstenland 許 Hiü [2]. Der Landesfürst von Hiü erschien mit
entblössten Schultern und entschuldigte sich wegen seiner Verbrechen, worauf er von Tsu freigelassen wurde. Nach dem „Frühling
und Herbst" belagerten die Lehensfürsten, den Fürsten Hoan von
Tsi an der Spitze, eben die neuerbaute Feste von Tsching, als sie
erfuhren, dass der König von Tsu die Hauptstadt von Hiü belagere.
Sie eilten auf diese Kunde allsogleich dem bedrängten Hiü zu Hilfe.

Im dreiundzwanzigsten Jahre des Königs Sching (649 vor uns.
Zeitr.) bekriegte Tsu das Fürstenland 黄 Hoang [3], weil dasselbe
ihm nicht den gebührenden Zoll gebracht hatte. Bei einer früheren
Versammlung der Lehensfürsten war Hoan, Fürst von Tsi, gesonnen,
auch mit den Fürstenländern Hoang und 江 Kiang den Vertrag zu
beschwören. Kuan-tschung bemerkte dagegen: Kiang und Hoang
sind fern von Tsi und nahe bei Tsu. Es sind Länder, welche für
Tsu von Nutzen sind. Wenn es sie angreift und wir nicht im Stande
sind, ihnen zu Hilfe zu kommen, so können wir uns durch nichts
voranstellen den Fürsten der Lehen. — Fürst Hoan liess diese Worte
unbeachtet und beschwor mit den beiden genannten Fürstenländern
den Vertrag. Als Tsu nach Kuan-tschung's Tode Kiang und Hoang

---

[1] In der Geschichte von Tsu steht irriger Weise Hing-san, welches kein Gebiet von
Tsu, sondern der Name eines Berges südlich von dem heutigen Tsching-tscheu
in Ho-nan.

[2] Hiü ist die Gegend des heutigen Hiü-tscheu in Ho-nan.

[3] Hoang ist die Gegend des heutigen Hoang-tscheu in Hu-kuang.

angriff, konnte ihnen Fürst Hoan zum Bedauern der Weisheits-
freunde keine Hilfe bringen. Im nächstfolgenden Jahre (648 vor
uns. Zeitr.) vernichtete Tsu das Fürstenland Hoang. Im sechsundzwanzigsten Jahre des Königs Sching vernichtete Tsu wieder das
Fürstenland 英 Ying [1]).

Im dreiunddreissigsten Jahre des Königs Sching (639 vor
uns. Zeitr.) vermass sich Siang, der Fürst des kleinen und wenig
mächtigen Sung, die Obergewalt anzusprechen und die Lehensfürsten zur Beschwörung eines Vertrages zu versammeln. Er liess
die Aufforderung zum Besuche der Versammlung auch an Tsu ergehen. Der König von Tsu zürnte und sprach: Er hat mich aufge-
fordert zu erscheinen. Ich werde in Freundschaft hinziehen, auf
ihn eindringen und ihn beschämen. — Der König reiste hierauf nach
盂 Yü, einem Gebiete von Tsching, wo die Versammlung stattfand. Daselbst liess er den Fürsten Siang durch eine in den Hinterhalt gelegte Kriegsschaar festnehmen und verfügte dessen Freilassung erst, nachdem der Fürst von Lu sich für den durch diese
That beschimpften Gefangenen verwendet hatte.

Im vierunddreissigsten Jahre des Königs Sching (638 vor uns.
Zeitr.) wandte sich Wen, Fürst von Tsching, nach Süden und erschien an dem Hofe von Tsu, während es sich für ihn als Lehensfürsten gebührt hätte, nach Westen zu reisen und an dem Hofe von
Tscheu zu erscheinen. In demselben Jahre bekriegte Sching, König
von Tsu, im Norden das Fürstenland Sung und schlug dessen Heer
an den Ufern des Flusses 泓 Hung. Siang, Fürst von Sung, ward
in dieser Schlacht durch einen Pfeilschuss verwundet und starb an
seiner Wunde in dem nächstfolgenden Jahre.

Im fünfunddreissigsten Jahre des Königs Sching (637 vor
uns. Zeitr.) reiste Tschung-ni, Fürstensohn von Tsin, durch Tsu.
König Sching behandelte seinen Gast nach den für einen Lehensfürsten geltenden Gebräuchen und liess ihn auf ehrenvolle Weise
nach Thsin geleiten.

Im neununddreissigsten Jahre des Königs Sching (633 vor uns.
Zeitr.) wandte sich Hi, Fürst von Lu, an Tsu mit der Bitte, dass

---

[1]) Ying soll gleiche Lage mit dem Fürstenlande Liao gehabt haben. Das letztere befand
sich in der Gegend des heutigen Ku-schi, welches in bedeutender Entfernung süd-
östlich von Ju-ning in Ho-nan.

gegen Tsi, wo der Sohn des Fürsten Hiao nach dem Ableben seines
Vaters getödtet worden, ein Angriff bewerkstelligt werde. Tsu entsandte den Fürsten von 申 Schin mit einer Kriegsmacht zum Angriff auf Tsi. Der genannte Heerführer eroberte die Stadt 榖 Kŏ [1]),
welche man 雍 Yung, einem Sohne des Fürsten Hoan von Tsi,
zum Wohnsitz anwies. Auch die übrigen in ihrer Bewerbung um
die Nachfolge unglücklichen sieben Söhne des Fürsten Hoan von
Tsi kamen als Flüchtlinge nach Tsu, wo ein jeder derselben zu einem
höchsten Grossen des Landes ernannt wurde.

In demselben Jahre vernichtete Tsu das Fürstenland 夔
Kuei [2]), welches fortan den Landesgöttern keine Gaben darbrachte.
Den Anlass zu dieser Vernichtung gab der Umstand, dass die Fürsten
von Kuei die Nachkommen Hiung-tsch'hě's, Sohnes [3]) des Fürsten
Hiung-khiŭ von Tsu, daher so wie Tsu den Tsch'hŭ-yung (das
grosse Licht) und Tschŏ-hiung zum Stammvater hatten.

Im Sommer des Jahres unternahm Tsu einen Kriegszug nach
Sung. Dieses Fürstenland begehrte Hilfe von Tsin. Als Tsin zur
Rettung von Sung auszog, gab König Sching das Unternehmen auf
und kehrte in sein Land zurück. 玉子 Tse-yŏ, Heerführer von
Tsu, bat um die Erlaubniss, eine Schlacht geben zu dürfen. König
Sching erwiederte: Tschung-ni war ausgewandert und befand sich
in der Fremde lange Zeit. Zuletzt ward es ihm möglich, zurückzukehren in sein Land. Somit hat der Himmel ihm die Wege eröffnet:
wir können gegen ihn nicht aufkommen. — Als Tse-yŏ seine
Bitte beharrlich wiederholte, überliess ihm der König ein wenig
zahlreiches Heer und entfernte sich. Tsin schlug hierauf wirklich
den Heerführer Tse-yŏ in der Schlacht von Sching-pŏ. König Sching
entbrannte in Zorn gegen Tse-yŏ, der sich sofort das Leben nahm.

König Sching war ursprünglich gesonnen, seinen Sohn 臣商
Schang-tschin zum Nachfolger einzusetzen, und er sprach hierüber

---

[1]) Das ehemalige Kŏ-sching in dem späteren Thsi-pe, welches seinerseits das heutige
Thsi-ning in Schan-tung.

[2]) Kuei lag in der Gegend der Hauptstadt des heutigen Kuei-tscheu in Sse-tschuen, an
der Nordseite des Berges Wu-san und an der Stelle, wo sich das Dorf 歸秭

Thse-kuei befindet.

[3]) Der Ausleger Fŏ-khien sagt Enkels.

mit dem Landesgehilfen 上 子 Tse-schang. Dieser sagte: Du,
o Gebieter, bist noch nicht alt und hast auch viele Begünstigte im
Innern. Wenn du ihn absetzest, so entsteht Aufruhr. Die Erhebung
in dem Lande Tsu wird gewöhnlich zu Theil den Jüngsten. Zudem
hat Schang-tschin das Auge einer Wespe und die Stimme eines wilden
Hundes: er ist ein hartherziger Mensch. Er darf nicht eingesetzt
werden. — Der König gab diesen Worten kein Gehör und setzte
Schang-tschin zum Nachfolger ein. Später wollte der König wieder
einen andern Sohn, Namens 職 Tschĕ einsetzen und den Nachfolger Schang-tschin absetzen. Schang-tschin hörte dies, hatte aber
noch keine Gewissheit, ob es sich wirklich so verhalte. Er entdeckte
daher die Sache seinem Zugesellten 崇 潘 Fan-thsung und fragte
ihn, wie er sich Gewissheit verschaffen könne. Fan-thsung rieth
ihm, der begünstigten jüngeren Schwester des Königs, der an den
Fürsten von Kiang vermählten 半 江 Kiang-mi, den Empfang zu
bereiten und ihr dabei ohne Achtung zu begegnen, indem Kiang-mi, .
in die Geheimnisse des Königs eingeweiht, in der Aufwallung des
Zornes sicher die Wahrheit sagen würde.

Schang-tschin befolgte den Rath seines Zugesellten. Kiang-mi
war über das unehrerbietige Benehmen des Nachfolgers entrüstet
und rief: Es ist ganz billig, dass der König dich tödten will und
einsetzen Tschĕ! — Schang-tschin hinterbrachte dem Zugesellten
Fan-thsung diese Worte und bemerkte dazu: Es ist zuverlässig! —
Fan-thsung fragte den Nachfolger: Bist du fähig, ihm [1]) zu dienen?
— Schang-tschin antwortete: Ich bin es nicht fähig. — Fan-thsung
fragte: Bist du fähig, auszuwandern und dich zu entfernen? —
Schang-tschin antwortete: Ich bin es nicht fähig. — Der Zugestellte
fragte wieder: Bist du fähig eine grosse That zu verrichten? —
Der Nachfolger antwortete: Ich bin es fähig.

Im zehnten Monate des sechsundvierzigsten Jahres des Königs
Sching (626 vor uns. Zeitr.), zur Zeit des Winters, bewerkstelligte Schang-tschin mit den für das Gebäude des Nachfolgers bestimmten Leibwachen die Einschliessung seines königlichen Vaters.
König Sching bat, dass er Bärentatzen essen und hierauf sterben
dürfe. Da nämlich Bärentatzen sich schwer sieden lassen, so hoffte

---

1) Dem Königssohne Tschĕ.

er, dass endlich Jemand von aussen ihm zu Hilfe kommen werde.
Die Bitte ward ihm abgeschlagen. An dem vierundvierzigsten Tage
des sechzigtheiligen Kreises erhängte sich König Sching. Dessen
Nachfolger war Schang-tschin, genannt König 穆 Mŏ. Dieser König
schenkte gleich nach seiner Erhebung das Gebäude, welches er als
der zur Nachfolge bestimmte Sohn besessen, dem Zugestellten
Fan-tbsung. Ausserdem übertrug er diesem das Amt eines grossen
Lehrers und die Führung der Geschäfte des Landes.

Im dritten Jahre des Königs Mŏ (623 vor uns. Zeitr.) vernichtete Tsu das Fürstenland 江 Kiang [1]). Im vierten Jahre des
Königs Mŏ (622 vor uns. Zeitr.) vernichtete Tsu die Fürstenländer
六 Lŏ [2]) und 蓼 Liao [3]). Die Fürsten dieser zwei Länder waren
die Nachkommen Kao-thao's, Landesgehilfen des Königs Yü. Im
achten Jahre des Königs Mŏ (618 vor uns. Zeitr.) bekriegte Tsu
das Fürstenland Tschin, weil dieses sich der Macht von Tsin unterworfen hatte.

König Mŏ starb im zwölften Jahre seiner Lenkung (614 vor
uns. Zeitr.) und hatte zum Nachfolger seinen Sohn 侶 Liü, genannt König 莊 Tschuang. Dieser König hatte sich bereits drei
Jahre in seiner Würde befunden, ohne irgend eine Verfügung getroffen zu haben. Er liess Tag und Nacht Klangspiel aufführen und
verkündete in dem Lande als Befehl: Wer es wagt, Vorstellungen
zu machen, stirbt, ohne Verzeihung zu finden. — Indessen trat
舉 伍 U-khiü bei dem Könige ein, um diesem Vorstellungen zu machen. König Tschuang sass zwischen den Glocken und Trommeln, während er mit dem linken Arme eine Nebengemahlinn aus Tsching, mit
dem rechten Arme ein Mädchen aus Yue umschlungen hielt. U-khiü
sprach: Es ist mein Wunsch, ein Räthsel vorzutragen. Es gibt einen
Vogel, der sitzt auf der Erdhöhe. Er ist drei Jahre nicht geflogen,
hat drei Jahre seine Stimme nicht hören lassen. Was für ein Vogel
ist dies? — König Tschuang erwiederte: Wenn er drei Jahre nicht
geflogen ist und dann fliegt, so erhebt er sich zu dem Himmel

---

[1]) Kiang befand sich in dem ehemaligen Unterkreise Ngau-yang, Kreis Ju-ning (früher
Ju-nan) in Ho-nan.

[2]) Lŏ ist das heutige Lö-ngan, Kreis Liü-tscheu in Kiang-nan.

[3]) Liao ist das heutige Ku-schi, Kreis Ju-ning in Ho-nan .

Wenn er drei Jahre seine Stimme nicht hat hören lassen und die Stimme dann hören lässt, so erfüllt er die Menschen mit Schrecken. U-khiŭ kann sich zurückziehen, ich habe es schon errathen.

Nach einigen Monaten schwelgte der König massloser als früher. Der grosse Würdenträger 從蘇 Su-thsung trat bei dem Könige ein, in der Absicht, ihm Vorstellungen zu machen. Der König fragte ihn: Hast du den Befehl nicht gehört? — Su-thsung antwortete: Tödten sich selbst und dadurch erleuchten den Gebieter, ist das Verlangen des Dieners. — Der König machte sofort dem Schwelgen und dem Klangspiel ein Ende und gab in Sachen der Lenkung Gehör. Er liess einige hundert Menschen hinrichten, während einige hundert Andere bei ihm Zutritt erhielten. Zugleich betraute er U-khiŭ und Su-thsung mit den Geschäften der Lenkung, was bei den Bewohnern des Landes grosses Wohlgefallen erweckte. Noch in demselben Jahre, dem dritten seiner Lenkung (611 vor uns. Zeitr.) vernichtete König Tschuang das Fürstenland 庸 Yung [1]).

Im sechsten Jahre des Königs Tschuang (608 vor uns. Zeitr.) bekriegte Tsu das Fürstenland Sung, weil dieses sich von ihm losgesagt hatte. In diesem Feldzuge erbeutete Tsu fünfhundert Kriegswagen.

Im achten Jahre seiner Lenkung (606 vor uns. Zeitr.) bekriegte König Tschuang die westlichen Fremdländer von 渾陸 Lŏ-hoen, welche sich im Südwesten des Flusses Lŏ angesiedelt hatten. Auf diesem Zuge erreichte er den Fluss Lŏ, an welchen die Hauptstadt des Himmelssohnes gelegen, und hielt eine Heerschau an den Marken des Landes Tscheu. Ting, König von Tscheu, entsandte den Königsenkel 滿 Muau mit dem Auftrage, den König von Tsu zu bewillkommnen. König Tschuang fragte diesen Abgesandten um die Schwere der neun Dreifüsse, wodurch er zu verstehen gab, dass er in Tscheu einfallen und die Dreifüsse, durch deren Besitz die Gewalt über die Welt verbürgt wird, wegnehmen wolle. Der Königsenkel Muau antwortete: Es handelt sich um die Tugend, es handelt sich nicht um die Dreifüsse. — König Tschuang sagte hierauf: Verschanze dich nicht hinter den neun Dreifüssen. Die abgebrochenen

---

[1]) Das heutige Tschü-san, Kreis Yün-yang in Hu-kuang. Zu den Zeiten der Thsin führte dieses Gebiet den Namen Schaug-yung, „das obere Yung“.

Schnäbel an den Haken der Speere des Landes Tsu sind hinreichend, um aus ihnen die neun Dreifüsse zu verfertigen.

Auf diese Worte entgegnete der Königsenkel Muan: Leider!
Du, o Gebieter und König, hast es vergessen! Einst zur Zeit der
vollen Blüthe der Yü und Hia kamen die Vertreter der fernen
Gegenden herbei. Die als Zoll das Erz brachten, waren die Hüter
der neun Landstriche. Man goss die Dreifüsse und versah sie mit
Abbildungen der lebendigen Wesen. Die hundert lebendigen Wesen,
man war gegen sie auf der Huth, man bewirkte, dass das Volk kannte
die Verräther unter den Geistern. Khie hatte eine zerrüttete Tugend,
und die Dreifüsse wurden übergeführt zu den Yin. Es vergingen
Jahre sechshundert. Tsch'eu von Yin war grausam, übte Be-
drückung, und die Dreifüsse wurden übergeführt nach Tscheu. Bei
der Tugend lieblichem Licht mögen sie immerhin klein sein, sie
sind gewiss schwer [1]). Bei Verrath, Verderbtheit, Finsterniss und
Zerrüttung mögen sie immerhin gross sein, sie sind gewiss leicht [2]).
Einst gab König Sching den Dreifüssen eine bleibende Stelle in
Kiä-jö [3]). Indem er die Schildkrötenschale brennen liess hinsichtlich
der Geschlechtsalter, erhielt er deren dreissig. Indem er die Schildkrötenschale brennen liess hinsichtlich der Jahre, erhielt er deren
siebenhundert. Dies ward durch den Himmel befohlen. Ist die Tugend
der Tscheu auch geschwunden, der Befehl des Himmels ist noch
nicht verändert. Nach der Schwere der neun Dreifüsse kann man
noch nicht fragen. — Der König von Tsu kehrte hierauf in sein Land
zurück.

Im neunten Jahre seiner Lenkung (605 vor uns. Zeitr.) ernannte König Tschuang das auch unter dem Namen 越 子 Tse-
yue bekannte Haupt des Geschlechtes 敖 若 Jö-ngao zum Landesgehilfen. Jemand verleumdete das Geschlecht Jö-ngao bei dem
Könige, worauf dieser Landesgehilfe, um nicht hingerichtet zu
werden, dem Könige durch einen Überfall zuvorkam. Der König
führte jedoch einen raschen Schlag gegen den Würdenträger des

---

[1]) Sie können nicht weggeführt werden.

[2]) Sie können von ihrer Stelle geschafft werden.

[3]) Im Westen der Hauptstadt des heutigen Kreises Ho-nan befand sich der Feldweg von
郎 郊 Kiä - jö. An diesen Ort überführte König Wu von Tscheu die neun
Dreifüsse, und König Schang gab ihnen später daselbst eine bleibende Stelle.

Geschlechtes Jŏ-ngao, der mit seinen Verwandtschaften hingerichtet wurde. Im dreizehnten Jahre des Königs Tschuang (601 vor uns. Zeitr.) vernichtete Tsu das Fürstenland 舒 Schü [1]).

Im sechzehnten Jahre seiner Lenkung (598 vor uns. Zeitr.) unternahm König Tschuang an der Spitze der Lehensfürsten einen Angriff auf Tschin, woselbst 舒徵夏 Hia - tsch'hing - schü den Fürsten des Landes getödtet hatte. König Tschuang liess Hia-tsch'hing-schü hinrichten und machte Tschin, nachdem er es gänzlich zertrümmert,. zu einem Kreise von Tsu. Sämmtliche Würdenträger kamen hierauf, um dem Könige Glück zu wünschen. 時叔申 Schin-scho-schi, der eben aus Tsi, wohin er als Gesandter geschickt worden, zurückgekehrt war, erschien ebenfalls, wünschte aber dem Könige kein Glück. Von dem Könige desshalb befragt, antwortete er: Ein gemeines Sprichwort lautet: Der Führer der Kuh betritt die Felder der Menschen. Der Besitzer des Feldes nimmt ihm die Kuh weg. — Das Feld betreten, ist nicht recht. Aber ihm die Kuh wegnehmen, ist dies nicht auch zu arg? Zudem hast du, o König, aus Anlass der Unthaten von Tschin dich gestellt an die Spitze der Fürsten der Lehen und es angegriffen gerechter Weise. Wenn du es aber angreifst und Begehren hast, es zu einem Kreise zu machen, wie könntest du da wieder Befehle erlassen an die Welt? — König Tschuang setzte hierauf den Nachfolger von Tschin wieder zum Fürsten des Landes ein.

Im Frühlinge des siebenzehnten Jahres seiner Lenkung (597 vor uns. Zeitr.) schritt König Tschuang zur Belagerung der Hauptstadt des mit Tsin verbündeten Tsching. Nach drei Monaten hatte er die Stadt überwältigt und hielt seinen Einzug durch das Thor 門皇 Hoang-men. Daselbst kam ihm der Fürst von Tsching, der sich an die für einen Diener und Knecht geltenden Gebräuche hielt, mit entblössten Schultern und an einem Stricke ein Schaf führend, entgegen und sprach: Ich der Verwaiste verleugnete den Himmel und war nicht fähig, dir, o Gebieter, zu dienen. Du, o Gebieter, trugest in dem Busen den Zorn und gelangtest zu der niedrigen Stadt. Dies ist meine, des Verwaisten Schuld. Darf ich es wagen, nicht unbedingt dem Befehle zu gehorchen? Wenn du uns

---

[1]) Schü befand sich östlich von dem heutigen Lŏ-ngan, Kreis Liŭ-tscheu in Kiang-nan.

als Gäste versetzest an das südliche Meer, wenn du uns als Diener
und Mägde verschenkst an die Fürsten der Lehen, auch dann
werden wir unbedingt dem Befehle gehorchen. Wenn du, o Gebieter,
nicht vergissest der Könige Li und Siuen, der Fürsten Hoan und
Wu [1]), wenn du nicht unterbrichst die Darbringung für die Götter
ihres Landes, wenn du bewirkst, dass wir uns anders besinnen und
dienen dir, o Gebieter, so wäre dies mein, des Verwaisten Verlangen,
aber ich wage nicht, es zu hoffen. Ich wagte es, vor dir darzulegen
mein Inneres und mein Herz.

Die Würdenträger von Tsu riethen dem Könige, mit dem
Fürsten von Tsching keinen Frieden zu schliessen. Allein König
Tschuang sprach: Der Landesfürst ist fähig, sich vor den Menschen
zu demüthigen, er ist gewiss fähig, durch die Treue sein Volk zu
verwenden. Kann die Nachfolge jemals unterbrochen werden? —
Der König ergriff mit eigener Hand eine Fahne, winkte dem Heere
zur Rechten und zur Linken und führte seine Krieger weiter. Nachdem er sich dreissig Weglängen von der Stadt entfernt hatte,
bezog er einen Standort und gewährte Tsching den Frieden.
厓潘 Fan-wang, ein Grosser von Tsu, begab sich hierauf in die
Stadt, wo er mit dem Fürsten von Tsching den Vertrag beschwor,
während 辰子 Tse-liang, der jüngere Bruder des Fürsten von
Tsching, die Stadt verliess und sich als Geissel stellte.

Im sechsten Monate des Jahres kam endlich Tsin dem Fürstenlande Tsching, nachdem dieses mit Tsu bereits seinen Frieden geschlossen, zu Hilfe und wagte gegen Tsu die Schlacht. Tsu brachte
dem Heere von Tsin auf dem Gebiete des gelben Flusses eine grosse
Niederlage bei und seine Kriegsmacht trat erst den Rückzug an,
nachdem sie bis 雍衡 Heng-yung, welches noch ein Gebiet von
Tsching, vorgedrungen.

Im neunzehnten Jahre seiner Lenkung (595 vor uns. Zeitr.)
schritt König Tschuang zur Belagerung der Hauptstadt von Sung,
was aus dem Grunde geschah, weil dieses Fürstenland den Gesandten
von Tsu getödtet hatte. Im fünften Monate des folgenden Jahres

---

[1]) Die Fürsten von Tsching stammten von den Königen Li und Siuen von Tscheu. Hoan
und Wu waren die zwei ersten Landesfürsten von Tsching und durch ihre Weisheit
berühmt. Fürst Hoan von Tsching war der Sohn des Königs Li und der jüngere
Bruder des Königs Siuen.

(594 vor uns. Zeitr.) und im neunten Monate der Belagerung waren in der Feste sämmtliche Lebensmittel zu Ende gegangen. Die Bewohner tauschten unter sich die Kinder und verzehrten sie. Da ihnen das Brennholz fehlte, brachen sie die Gebeine der Todten und heizten mit ihnen die Kessel. In der Nacht verliess 元 摯 Hoa-yuen, Heerführer von Sung, heimlich die Stadt und verbarg sich in dem Zelte 反 子 Tse-fan's, Heerführers von Tsu. Indem er diesen Heerführer überraschte, schilderte er ihm die Lage der Stadt, und setzte hinzu, dass Sung eher zu Grunde gehen als einen Frieden unter den Mauern der Hauptstadt schliessen würde. Tse-fan schloss hierauf mit Hoa-yuen einen vorläufigen Vertrag. Als König Tschuang diesen Vorfall hörte, nannte er Hoa-yuen einen Weisheitsfreund, zog sein Heer dreissig Weglängen zurück und schloss mit Sung Friede.

König Tschuang starb im dreiundzwanzigsten Jahre seiner Lenkung (591 vor uns. Zeitr.) und hatte zum Nachfolger seinen Sohn 審 Schin, genannt König 共 Kung. Im sechzehnten Jahre dieses Königs (575 vor uns. Zeitr.) unternahm Tsin einen Kriegszug gegen Tsching. Dieses Fürstenland begehrte Hilfe von Tsu. König Kung eilte mit einem Heere dem bedrängten Tsching zu Hilfe und kämpfte gegen Tsin die Schlacht von 陵 鄢 Yen-ling, in der das Heer von Tsu vollständig geschlagen wurde. König Kung ward von einem Pfeile in das Auge getroffen.

Nach verlorener Schlacht beschied König Kung den Heerführer Tse-fan zu sich. Dieser Heerführer war dem Weine ergeben. Als ihm jetzt sein Begleiter 穀 陽 豎 Schü-yang-kŏ Wein vorsetzte, betrank er sich, worüber sich der König in dem Masse erzürnte, dass er Tse-fan erschoss[1]). Die Kriegsmacht von Tsu zog sich hierauf in das eigene Land zurück.

König Kung starb im einunddreissigsten Jahre seiner Lenkung (560 vor uns. Zeitr.) und hatte zum Nachfolger seinen Sohn 招 Tschao, genannt König 康 Khang.

König Khang starb im fünfzehnten Jahre seiner Lenkung (545 vor uns. Zeitr.) und hatte zum Nachfolger seinen Sohn 員 Yün, genannt 敖 郟 Kiä-ngao. Die begünstigten jüngeren Brüder

---

[1]) Nach der Geschichte von Tsin nahm sich Tse-fan das Leben, nachdem ihm der König einen Verweis gegeben.

des Königs Khang waren die Fürstensöhne 圍 Wei, 比 子 Tse-pi, 晳 子 Tse-sĭ und 疾棄 Khi-tsĭ. Im dritten Jahre seiner Len-kung (542 vor uns. Zeitr.) ernannte Kiă-ngao seinen Oheim, den jüngeren Bruder des Königs Khang, den erwähnten Fürstensohn Wei zum Ling-yün (Landesgehilfen) und setzte ihn über das Kriegswesen.

Im vierten Jahre Kiă-ngao's (541 vor uns. Zeitr.) begab sich Wei als Gesandter nach Tsching. Auf dem Wege zu diesem Fürsten-lande hörte er, dass der König leicht erkrankt sei, was ihn bestimmte, unverzüglich zurückzukehren. Im zwölften Monate des Jahres und an dem sechsundvierzigsten Tage des sechzigtheiligen Kreises trat Wei bei dem Könige ein, um sich nach dessen Befinden zu er-kundigen. Bei dieser Gelegenheit erwürgte er den König mit der Schnur seiner Mütze, zugleich tödtete er auch 莫 Mŏ und 夏平 Ping-hia, die beiden Söhne des Königs.

Nach dieser That schickte Wei einen Gesandten nach Tsching, damit derselbe schleunigst die Nachricht von dem Tode des Königs überbringe. U-khiŭ fragte den Gesandten, wen er als Nachfolger anzumelden habe. Der Gesandte antwortete: Den unbedeutende̍n [1]) grossen Würdenträger Wei. — U-khiŭ hiess den Gesandten diese Worte verändern und sagen: Wei, der Sohn des Königs Kung, ist der Älteste. — Nach den Gebräuchen meldet nämlich der Gesandte an den fremden Höfen den Tod eines Fürsten und nennt den Nach-folger, er wird aber nicht aus Anlass einer unrechtmässigen Besitz-nahme oder eines Fürstenmordes zu den Lehensfürsten geschickt. Tse-pi, der zweite Sohn des Königs Kung, floh nach Tsin, während Wei zur Würde des Königs erhoben wurde. Derselbe heisst in der Geschichte König 靈 Ling.

Im sechsten Monate des dritten Jahres des Königs Ling (538 vor uns. Zeitr.) schickte Tsu einen Gesandten nach Tsin mit der Meldung, dass Tsu die Absicht habe, eine Versammlung der Lehensfürsten zu veranstalten. Tsin, welches sich durch einen frü-heren Vertrag das ausschliessliche Recht zur Einberufung der Lehensfürsten des Nordens erworben hatte, machte keine Einwen-

---

1) „Unbedeutend" ist die Benennung, welche die Lehensfürsten sich selbst beilegen.

dungen, worauf die Lehensfürsten in grosser Anzahl sich auf dem Gebiete 申 Schin in Tsu versammelten.

U-khiŭ sagte zu dem Könige: Einst hatte Khi von Hia[1]) den Empfang von Kiŭn-tai[2]). Thang von Schang hatte den Befehl von King-pŏ[3]). König Wu von Tscheu hatte das Übereinkommen von Meng-tsin[4]). König Sching hatte die Frühlingsjagd von Khi-yang[5]). König Khang hatte den Hof des Gebäudes von Fung[6]). König Mŏ hatte die Versammlung des Berges Thu[7]). Hoan von Tsi hatte den Feldzug von Schao-ling[8]). Wen von Tsin hatte den beschworenen Vertrag von Tsien-tu. Nach welchem von diesen wirst du, o Gebieter, dich richten? — König Ling antwortete: Ich richte mich nach dem Fürsten Hoan[9]).

Bei dieser Versammlung erschien auch der berühmte Fürstensohn Tse-tschan von Tsching, ein Zeitgenosse Khung-tse's, im Namen seines erkrankten Gebieters, des Fürsten Kien. Die Fürstenländer Tsin, Sung[10]), Lu und Wei hatten sich von der Versammlung

---

[1]) 啓 Khi, der Sohn des Königs Yü, war der zweite König des Hauses Hia.

[2]) Im Süden des späteren Yang-thï, welches das heutigd Yü-tscheu, Kreis Khai-fung in Ho-nan, befindet sich die Erdtreppe von 臺鈞 Kiŭn-tai.

[3]) 亳景 King-pö entspricht dem einfachen 亳 Pö, der Hauptstadt der Könige des Hauses Schang. 景 King ist der Name des Berges, an welchem diese Hauptstadt gelegen war.

[4]) Dieses Übereinkommen wird in der „Geschichte des Hauses Thai-kung" erwähnt.

[5]) 陽岐 Khi-yang, wörtlich „der Norden des Berges Khi", ist das heutige Fu-fung, Kreis Fung-thsiang in Schen-si.

[6]) 豊 Fung ist die ursprüngliche Hauptstadt von Tscheu. König Khang versammelte die Lehensfürsten an dem Hofe, den er in dem genannten Gebäude hielt.

[7]) Der Berg 塗 Thu liegt in der Gegend des heutigen Fung-yang in Kiang-nan.

[8]) Hoan, Fürst von Tsi, hatte (656 vor uns. Zeitr) mit Khie-hoan, Heerführer von Tsu und Bevollmächtigten des Königs Sching, eine Zusammenkunft in Schao-ling, dem Gebiete, bis zu welchem das Heer von Tsi vorgedrungen.

[9]) Nach den Gebräuchen, welche bei der Zusammenkunft von Schao-ling beobachtet wurden.

[10]) Wie der „Frühling und Herbst" berichtet, schickte Sung den zur Nachfolge bestimmten Fürstensohn 佐 Tso.

ausgeschlossen, wobei die Fürsten von Lu und Wei sich krank melden liessen [1]).

Nachdem der Vertrag beschworen worden, zeigte sich König Ling hochmüthig. U-khiü ermahnte ihn mit den Worten: Khie hielt die Versammlung von Yeu-jing [2]): Yeu-min [3]) fiel von ihm ab Tsch'heu hielt die Versammlung der Berge von Li [4]): die Fremdländer des Ostens fielen von ihm ab. König Yeu bewerkstelligte den Vertrag des Thai-schï [5]): die westlichen und die nördlichen Fremdländer fielen von ihm ab. Mögest du, o Gebieter, wachen über dein Ende.

Im siebenten Monate des Jahres richtete Tsu mit der Kriegsmacht der versammelten Lehensfürsten einen Angriff gegen U und belagerte 方朱 Tschü-fang, die Hauptstadt des Gebietes, auf welchem Khing-fung, der Mitschuldige an der Tödtung des Fürsten Tschuang von Tsi, sich aufhielt. Im achten Monate des Jahres hatte der König von Tsu die Stadt überwunden. Er machte Khing-fung zum Gefangenen und vertilgte dessen Seitengeschlecht, während er ihn selbst in den Reihen des Heeres umherführen und die Ausrufer die Worte verkünden liess: Möge Niemand nachahmen Khing-fung von Tsi. Er tödtete seinen Gebieter und schwächte dessen Waise, indess er einen Vertrag beschwor mit sämmtlichen Grossen. — Khing-fung entgegnete: Keiner ist gleich Wei, dem unechten Sohne des Königs Kung von Tsu. Er tödtete seinen Gebieter Yün, den Sohn seines älteren Bruders, und setzte sich an dessen Stelle. — König Ling gab hierauf seinem jüngsten Bruder Khi-tsï den Befehl, Khing-fung zu tödten.

---

[1]) In dem „Frühling und Herbst" erscheint auch Tsi nicht unter den Betheiligten.

[2]) 仍有 Yeu-jing, ein Fürstenland zu den Zeiten der Hia.

[3]) 繻有 Yeu-min, ebenfalls ein Fürstenland zu den Zeiten der Hia. In dieser und der vorhergehenden Verbindung ist das Wort 有 bei dem Namen unwesentlich. Dasselbe bedeutet „das Vorhandene", ähnlich wie die neun Landstriche auch „die neun Vorhandenen" genannt werden.

[4]) 黎 Li war ein Fürstenland der östlichen Fremdländer.

[5]) Der Berg 室太 Thai-schï, wörtlich: das grosse innere Haus, führt seinen Namen von den in seinem Innern befindlichen Felsenhöhlen.

Im siebenten Jahre seiner Lenkung (534 vor uns. Zeitr.) bezog König Ling die von ihm erbaute Erdstufe 華 章 Tschang-hoa [1]). Er erliess einen Befehl, dass man alle Menschen, welche aus irgend einem Grunde ihren Gebietern oder Vorgesetzten entflohen, in dieses Gebäude aufnehme und daselbst als Gäste behandle.

Im achten Jahre des Königs Ling (533 vor uns. Zeitr.) stellte sich der Fürstensohn Khi-tsï im Auftrage des Königs an die Spitze einer Kriegsmacht und vernichtete das Fürstenland Tschin.

Im zehnten Jahre seiner Lenkung (531 vor uns. Zeitr.) beschied König Ling den Fürsten von Tsai zu sich, betäubte ihn durch Getränk und tödtete ihn. Im Auftrage des Königs belagerte hierauf Khi-tsï die Hauptstadt von Tsai und vernichtete nach einiger Zeit auch dieses Fürstenland. Khi-tsï, dem das eroberte Tsai zum Wohnsitz angewiesen wurde, erhielt die Benennung eines Fürsten von Tschin und Tsai.

Im eilften Jahre des Königs Ling (530 vor uns. Zeitr.) bekriegte Tsu das fremdländische Fürstenland 徐 Siü, wodurch man U Furcht einzuflössen gedachte. Während das Heer die Hauptstadt von Siü belagerte, bezog König Ling in 谿 乾 Kien-khi, einem Gebiete an den östlichen Marken von Tsu, ein Standlager und wartete auf den Ausgang des Unternehmens.

Durch seine Erfolge zu dem Glauben verleitet, dass künftig nichts für ihn unerreichbar sein werde, sagte der König zu seinen in Kien-khi versammelten Grossen: Tsi, Tsin, Lu und Wei erhielten, als sie belehnt wurden, kostbare Geräthe, wir allein erhielten nichts. Wenn ich jetzt einen Gesandten schicke nach Tscheu und begehre die neun Dreifüsse als meinen Antheil, wird man mir sie geben?

父 析 Sï-fu, ein grosser von Tsu, antwortete: Man wird sie geben dir, o Gebieter und König. Einst hatte sich unser früherer König Hiung-yï zurückgezogen und lebte in den Gebirgen von King. Auf einem Wagen von Baumästen, in zerrissenen Kleidern weilte er zwischen Gräsern und Gestrüppe. Er wandelte über Gräser, setzte über Gewässer auf den Bergen und in Wäldern, indess er thätig war in dem Dienste des Himmelssohnes. Nur die Bogen von Pfirsichholz und die Pfeile von Hagedorn liess er sich angelegen sein zu

---

[1]) Diese Erdstufe soll sich innerhalb der Mauern des heutigen Hoa-yung, Kreis Yö-tscheu in Hu-kuang, befunden haben.

reichen für die Sache des Königs [1]). Tsi war der Mutterbruder des
Königs [2]). Tsin sammt Lu und Wei waren die jüngeren Mutterbrüder
von Königen [3]). Tsu blieb aus diesem Grunde ohne Betheilung, aber
jenen kam sie zu Gute. Jetzt hat Tscheu mit den Fürstenländern der
vier Gegenden sich unterworfen und dient dir, o Gebieter und König,
es wird unbedingt nach dem Befehle sich richten. Wer könnte es
wagen, vorzuenthalten die Dreifüsse?

König Ling fuhr fort: Einst hatte mein erhabener Vorfahr, der
ältere Oheim Kuen-ngu, seinen Wohnsitz in dem alten Hiü [4]). Jetzt
gelüstet es die Menschen von Tsching nach seinen Feldern, und sie
geben sie mir nicht heraus. Wenn ich sie jetzt begehren wollte,
würden sie mir sie herausgeben? — Sï-fu antwortete: Tscheu enthält nicht vor die Dreifüsse: wie sollte es Tsching wagen, vorzuenthalten die Felder?

König Ling fragte noch Folgendes: Einst hielten sich die
Lehensfürsten von uns fern und fürchteten Tsin. Jetzt habe ich stark
befestigen lassen Tschin, Tsai und Pŭ-keng [5]). Als Zoll bringen sie

---

1) Die beiden hier genannten Gegenstände schützen von unglücklichen Zufällen.

2) Liŭ-khĭ, der zweite Landesfürst von Tsi, war der Mutterbruder des Königs Sching
von Tscheu.

3) Thang-scho, der Stammvater der Fürsten von Tsin, war der jüngere Mutterbruder
des Königs Sching. Tscheu-kung, der Stammvater der Fürsten von Lu, und Khang-
schŏ, der Stammvater der Fürsten von Wei, waren die jüngeren Mutterbrüder des
Königs Wu.

4) Lŏ-tschung hatte sechs Söhne, unter welchen Kuen-ngu der älteste, Ki-lien der
jüngste. Der letztere war der nächste Stammvater der Fürsten von Tsu, wesshalb Kuen-ngu der ältere Oheim genannt wird, was er jedoch nur zu dem Sohne
Ki-lien's gewesen. Kuen-ngu, dessen Lehensfürstenthum übrigens schon in den
letzten Zeiten der Hia vernichtet wurde, hatte seinen Wohnsitz auf dem alten
Gebiete des Fürstenlandes Hiü. Das Volk von Hiü war seitdem weiter nach
Süden versetzt worden, und das alte Gebiet dieses Fürstenlandes befand sich
jetzt im Besitze von Tsching.

5) Die Hauptstädte von Tschin und Tsai wurden zu dem Range von besonderen
Hauptstädten des Landes Tsu erhoben. Ausserdem wurden auf dem Gebiete der
genannten Fürstenländer zwei Festen erbaut, deren jede den Namen 羹 不
Pŭ-keng erhielt. Das östliche Pŭ-keng befand sich in 陵 定 Ting-ling,
einem früheren Unterkreise von Ying-tschuen. Das westliche Pŭ-keng befand sich
in dem heutigen Siang-tsching, Kreis Hiü-tscheu in Hoa-nan. Tschin, Tsai und
die beiden Pŭ-keng wurden als vier in Tsu einverleibte Fürstenländer betrachtet.
Khang-hi gibt der Verbindung Pŭ-keng die Aussprache Pŭ-lang und sagt,
dass 羹 Keng in den alten Zeiten mit 郎 Lang verwechselt worden wäre,

sämmtlich tausend Gespanne. Werden die Lehensfürsten mich fürchten? — Sï-fu antwortete: Sie fürchten dich allerdings. — König Ling freute sich hierüber und sagte: Sï-fu spricht vortrefflich von den Sachen des Alterthums [1]).

Ling, König von Tsu, hatte Freude an dem Gebiete Khien-khi und war nicht fähig, dasselbe zu verlassen. Die Bewohner des gesammten Landes Tsu wurden durch die Dienste, welche sie auf diesem Gebiete verrichten mussten, gequält.

Zur Zeit als König Ling mit seiner Kriegsmacht sich zu der Versammlung von Schin begab, beschimpfte er 過壽常 Tschang-scheu-kuo, einen Grossen von Yue, und tödtete 起觀 Khuan-khi, einen Grossen von Tsai. 從觀 Kuan-tsung, der Sohn Kuan-khi's, verliess das Land und lebte in U. Daselbst ermunterte er den König von U zu einem Angriffe auf Tsu, wobei Tschang-scheu-kuo, der Grosse von Yue, den Zwischenträger machen und einen Aufruhr in Tsu erregen sollte. Dieser Zwischenträger von U liess im Namen des Fürstensohnes Khi-tsï einen erdichteten Befehl ergehen, demgemäss der Fürstensohn Tse-pi, der sich in Tsin befand, nach Tsai beschieden wurde. Kuan-tsung, der mit Hilfe einer Kriegsmacht von U und Yue in Tsai einzufallen gedachte, bewog den Fürstensohn Tse-pi, sich Khi-tsï vorzustellen und mit diesem auf dem Gebiete 鄧 Teng einen Vertrag zu beschwören.

Im Frühlinge des zwölften Jahres des Königs Ling (529 vor uns. Zeitr.) drangen die Verbündeten sofort in Tsu, tödteten 祿 Lŏ, den zur Nachfolge bestimmten Sohn des Königs Ling, und erhoben Tse-pi zum Könige. Der Fürstensohn Tse-sï wurde der Ling-yün, der Fürstensohn Khi-tsï wurde der Vorsteher der Pferde.

Nachdem man vorerst das königliche Gebäude beseitigt, folgte Kuan-tsung dem gegen Kien-khi ziehenden Heere und erliess an die Bevölkerung von Tsu einen Befehl, der lautete: Das Land hat

---

gibt jedoch über die Bedeutung des letzteren in dieser Verbindung keinen Aufschluss.

[1]) Nach der Geschichte Tso-khieu-ming's hatte der später vorkommende Tse-lï diese Unterredung mit dem Könige und ward desswegen von Sï-fu zur Rede gestellt. Als hierauf der König wieder in der Versammlung erschien, fand Tse-lï Gelegenheit, ein Gedicht anzuführen, welches den König in die grösste Bestürzung versetzte.

bereits einen König. Die sich ihm früher zuwenden, gelangen
wieder in den Besitz ihrer Würden, Städte, Felder und Häuser. Die
es später thun, werden versetzt. — Die gesammte Bevölkerung von
Tsu fiel jetzt von dem Könige Ling ab und wandte sich dem neuen
Könige zu.

Als König Ling den Tod seines zur Nachfolge bestimmten
Sohnes Lŏ erfuhr, warf er sich von dem Wagen herab und rief:
Lieben die Menschen ebenfalls ihre Söhne dermassen? — Ein
Diener antwortete: Sehr dermassen. — Der König sprach: Ich habe
getödtet Söhne der Menschen schon viele. Konnte ich anders, als es
so weit bringen?

丹 鄭 Tsching-tan, der auch unter dem Namen 革 子
Tse-kĕ bekannte Landesgehilfe der Rechten, glaubte, sich erst
überzeugen zu müssen, wen das Volk zum Könige wolle, und er
sagte in diesem Sinne zu seinem Gebieter: Ich bitte, zu warten in
den fernen Umgebungen, damit wir hören die Menschen des Landes. — Der König erwiederte: Die Menge ist entrüstet, wir können
uns nicht entgegenstellen. — Tsching-tan sagte wieder: Lasst uns
vorläufig treten in einen grossen Landkreis und bitten um ein
Kriegsheer bei den Fürsten der Lehen. — Der König erwiederte:
Alle sind bereits abgefallen. — Tsching-tan sagte noch: Lasst uns
vorläufig fliehen zu den Fürsten der Lehen, damit wir hören die
Meinung der grossen Fürstenländer. — Der König erwiederte: Das
grosse Glück kommt nicht zweimal, ich würde nur Schande davon tragen.

Der König bestieg hierauf ein Schiff und war Willens, sich nach
鄢 Yen [1]), einer andern Hauptstadt von Tsu, zu begeben. Der
Landesgehilfe der Rechten erkannte, dass der König seinen Rath
nicht befolgen werde, und er besorgte, mit seinem Gebieter zugleich
sterben zu müssen. Er verliess daher ebenfalls den König und begab
sich auf die Flucht.

König Ling irrte jetzt einsam in den Gebirgen umher, und
keiner der Landleute getraute sich, ihn aufzunehmen. Auf seiner
Wanderung begegnete der König endlich seinem ehemaligen „lau-

---

[1]) Das hier gemeinte Yen ist das heutige I-tsching, Kreis Siang-yang in Hu-kuang.
Dasselbe liegt an dem Flusse Han.

teren Menschen" [1]) Er sagte zu diesem: Suche für mich Speise.
Ich habe bereits drei Tage keine Nahrung zu mir genommen. —
Der „lautere Mensch" erwiederte: Der neue König hat ein Gesetz
erlassen, dass derjenige, der es wagen sollte, dem Könige Nahrung
zu reichen oder ihn zu begleiten, ein Verbrechen begeht, das
bestraft wird durch die Ausrottung der drei Verwandtschaften.
Ausserdem wäre auch nirgends Speise zu bekommen. — Der König
legte hierauf sein Haupt auf den Schenkel des „lauteren Menschen"
und schlief ein. Der „lautere Mensch" liess indessen das Haupt des
Königs vorsichtig auf den Erdboden gleiten und entfloh. Als der
König erwachte und seinen Begleiter nicht mehr sah, empfand er
wieder Hunger, war aber nicht im Stande, sich zu erheben.

Der die Stelle eines 尹羋 Mi-yün (Zurechtstellers des Geschlechtes Mi) bekleidende 宇無申 Schin-wu-yü hatte einst die
königliche Fahne, deren sich König Ling noch als Fürstensohn und
zu Lebzeiten des Königs Kiä-ngao unbefugter Weise bediente, zerschnitten und einen seiner Leute in dem königlichen Gebäude
Tschang-hoa, wo allen Flüchtlingen eine Zufluchtsstätte gewährt
wurde, festgenommen, ohne dass der König, der diese Handlungen
erfuhr, ihn jemals zur Strafe gezogen hätte. 亥申 Schin-kiai,
der Sohn Schin-wu-yü's, sagte jetzt: Mein Vater hat zweimal zu-
widergehandelt dem Befehle des Königs, aber der König liess ihn
nicht hinrichten. Welche Gnade ist wohl grösser? — Er suchte
sofort den König auf und fand ihn in den Umgebungen des Sumpfes
釐 Li. Der König war von Hunger erschöpft, und Schin-kiai erbot
sich, ihm die Rückkehr zu ermöglichen.

Im fünften Monate des Jahres, zur Zeit des Sommers und an
dem fünfzigsten Tage des sechzigtheiligen Kreises erhängte sich
König Ling in dem Hause Schin-kiai's. Schin-kiai ehrte den König,
indem er ihm zwei Töchter zu Genossinnen in dem Tode gab und sie
zugleich mit ihm begraben liess.

---

[1]) 人銷 Kiuen-jin „der lautere Mensch" ist dasselbe, was in späteren Zeiten
消中 Tschung-kiuen „der Lautere des Inneren" genannt wurde. Über dieses
Amt wurde keine andere Aufhellung gefunden, als die schon aus dem Wortlaute
hervorgehende, nämlich, dass der „Lautere des Inneren" in dem Inneren wohnt
und ein Mensch der Lauterkeit und des Heiles ist.

Um diese Zeit hatte man in dem Lande Tsu, obgleich Tse-pi zum Könige eingesetzt worden, grosse Furcht, dass König Ling zurückkehren könne. Auch von dem Tode dieses Königs hatte man keine Nachricht erhalten, und Kuan-tsung sagte daher zu dem neuen Könige Pi: Wenn du Khi-tsï nicht tödtest, wird dir, obgleich du das Land gewonnen hast, Unglück zu Theil werden. — Der König erwiederte: Ich bringe dies nicht über mich. — Kuan-tsung sprach: Die Menschen werden es über sich bringen gegenüber dir, o König. — Der König gab indessen kein Gehör, und Kuan-tsung entfernte sich von ihm.

Nach der Rückkehr Khi-tsï's wurden die Bewohner der Hauptstadt allnächtlich aufgeschreckt und riefen: König Ling ist eingetreten! — In der Nacht des zweiundfünfzigsten Tages des sechzigtheiligen Kreises entsandte Khi-tsï eine Anzahl Bootsleute, welche von den Ufern des Stromes daher liefen und den Ruf erhoben: König Ling ist angekommen! — In Folge dieses Rufes bemächtigte sich der Bewohner noch grösserer Schrecken. Ausserdem liess Khi-tsï dem neuen Könige Pi und dessen Landesgehilfen Tse-sï durch 然成曼 Man-sching-jen melden: Der König ist angekommen. Die Menschen des Landes werden euch, o Gebieter, tödten, der Vorsteher der Pferde [1]) wir sofort ankommen. Möget ihr, o Gebieter, bei Zeiten Rath schaffen und keine Schande davontragen. Die Menge ist erzürnt gleich Wasser und Feuer, es ist nicht möglich, Hilfe zu bringen. — Der neue König und Tse-sï tödteten auf diese Nachricht sich selbst.

An dem dreiundfünfzigsten Tage des sechzigtheiligen Kreises wurde Khi-tsï zum Könige eingesetzt. Derselbe veränderte seinen Namen und nannte sich 居熊 Hiung-khiü. Der Name, den er in der Geschichte führt, ist König 平 Ping.

König Ping, der durch Hinterlist zwei Könige getödtet und seine eigene Einsetzung bewerkstelligt hatte, fürchtete, dass die Bewohner des Landes und die Lehensfürsten von ihm abfallen könnten. Er erwies daher dem Volke Wohlthaten, stellte die Fürstenländer Tschin und Tsai wieder her und bewirkte die Einsetzung ihrer alten Gebieter. Zugleich gab er an Tsching das früher eroberte

---

[1]) D. i. Khi-tsï.

Land zurück, während er in dem eigenen Lande erhaltend und
schonend vorging und die Lenkung einrichtete. U wurde von ihm
angewiesen, aus Anlass der Wirren in Tsu fünf Anführer gefangen zu
nehmen und mit ihnen abzuziehen. Zu Kuan-tsung sagte König Ping,
er werde ihm bewilligen, was er wünsche. Kuan-tsung äusserte der
Wunsch, 尹卜 Pŏ-yün (Leiter des Brennens der Schildkrötenschale) zu werden, worauf ihm der König dieses Amt, mit welchem
der Rang eines Grossen des Landes verbunden, übertrug.

Der frühere König Khang hatte fünf Söhne von Nebengemah-
linnen und wusste nicht, welchen dieser Söhne er zum Nachfolger
einsetzen solle. Er veranstaltete daher eine Darbringung für die
Götter des Gesichtskreises von Tsu und bat die Götter, eine Entscheidung zu treffen. Er hiess sie den Göttern des Landes vorstehen
und vergrub mit seiner Nebengemahlinn 姬巴 Pa - I heimlich
eine Rundscheibe in dem Inneren des Hauses. Hierauf beschied er
die fünf Söhne zu sich, damit sie in das Innere eintreten und beten.

Der Sohn Tschao, der spätere König Khang, hatte die Rundscheibe mit einem Fusse überschritten. Der Sohn Wei, der spätere
König Ling, kam ihr, als er betend zu Boden sank, mit dem Ell-
bogen nahe. Die Söhne Tse-pi und Tse-sï blieben von ihr entfernt.
Der Sohn Khi-tsï, der spätere König Ping, damals noch ein Kind,
ward auf dem Arme hereingetragen und drückte, als er sich zu
Boden neigte, das ein wenig herausragende Band der Rundscheibe.

Demgemäss ward König Khang als der Älteste zum Nachfolger
eingesetzt. Dessen Sohn ward jedoch seiner Würde verlustig. Der
Sohn Wei folgte als König Ling und wurde zuletzt gezwungen, sich
das Leben zu nehmen. Tse-pi war König durch zehn Tage, während
Tse-sï niemals zum Könige eingesetzt wurde und mit Tse-pi zugleich den Tod fand. Die vier älteren Söhne waren sämmtlich ohne
Nachkommen gestorben. Blos Khi-tsï, der allein noch übrig geblieben,
gelangte als König Ping zur höchsten Würde und setzte die Darbringung für die Götter des Landes Tsu fort, was als übereinstimmend mit der durch die erwähnte Rundscheibe vorgestellten
göttlichen Beglaubigungsmarke betrachtet ward.

Als Tse-pi sich von Tsin nach seiner Heimath wandte, richtete
Han-siuen-tse von Tsin an Scho-hiang die Frage: Wird Tse-pi
etwas ausrichten? — Scho-hiang antwortete: Er wird es nicht zu
Stande bringen. — Han-siuen-tse entgegnete: Die gemeinschaftlich

hassen, suchen einander gleichwie die Kaufleute des Verkaufs-
raumes. Warum sollte er es nicht zu Stande bringen?

Scho-hiang gab die folgende Antwort: Wo Niemand ist, mit
dem man gemeinschaftlich liebt, mit wem sollte man gemeinschaftlich
hassen? Bei der Besitznahme des Landes gibt es fünf Schwierigkeiten. Der Gunst theilhaftig werden, aber keine Menschen besitzen,
ist das Eine. Die Menschen besitzen, aber keine Leiter des Unternehmens, ist das zweite. Leiter des Unternehmens besitzen, aber
nicht berathen sein, ist das dritte. Berathen sein, aber kein Volk
besitzen, ist das vierte. Das Volk besitzen, aber keine Tugend, ist
das fünfte.

Tse-pi befand sich in Tsin dreizehn Jahre. Seine Begleiter aus
Tsin und Tsu, man hörte nicht, dass es unter ihnen einen von durch-
dringendem Verstande gegeben hätte. Dies lässt sich nennen: keine
Menschen besitzen. Sein Seitengeschlecht ist erloschen, seine nahen
Verwandten sind abgefallen. Dies lässt sich nennen: keine Leiter
des Unternehmens besitzen. Der Gegner hat keine Blösse gegeben [1])
und er setzt sich in Bewegung. Dies lässt sich nennen: nicht berathen
sein. Er wurde an der Halfter gezogen sein ganzes Leben [2]). Dies
lässt sich nennen: kein Volk besitzen. Als er in der Fremde lebte,
bekundete man für ihn keine Liebe. Dies lässt sich nennen: keine
Tugend besitzen.

Der König war grausam und hatte keine Scheu. Tse-pi watete
durch die fünf Schwierigkeiten und tödtete seinen Gebieter: wer
könnte auf diese Weise etwas ausrichten? Derjenige, der das Land
von Tsu besitzt, ist Khi-tsï! Er ist Landesfürst in Tschin und Tsai.
Was jenseits des Fang-tsching [3]), ist ihm zugetheilt. Härte und
Bosheit kommen nicht zum Vorschein. Raub und Mord bergen sich
in Dunkelheit. Besondere Wünsche treten nicht in den Weg. Das
Volk hat keine Gedanken des Hasses. Die vorangegangenen Geister
haben ihn ernannt. Das Volk des Landes vertraut ihm. Wenn über
das Geschlecht Mi Zerrüttung kam, musste der Jüngste wirklich
eingesetzt werden. So ist es Gewohnheit in Tsu.

---

[1]) König Ling war noch am Leben, und Tse-pi zog auf's Gerathewohl aus, um von
dem Lande Besitz zu nehmen.

[2]) Tse-si war durch sein ganzes Leben ein Gast in Tsin.

[3]) Der Berg Fang-tsching bildete die Markscheide von Tsu im Norden und befand
sich nördlich von dem heutigen Yü-tscheu, Kreis Nan-yang in Ho-nan.

Was das Amt Tse-pi's betrifft, so ist er der Landesgehilfe der Rechten. Trägt man Rechnung seinem vornehmen Stand und seiner Begünstigung, so ist er der unechte Sohn. Was die Ernennung durch die Götter betrifft, so ist er ebenfalls davon entfernt. Dem Volke ist an ihm nichts gelegen: auf welche Weise sollte er eingesetzt werden?

Han-siuen-tse bemerkte hierauf: War dies nicht auch der Fall bei den Fürsten Hoan von Tsi und Wen von Tsin?

Schŏ-hiang erwiederte: Hoan, Fürst von Tsi, war der Sohn der Gemahlinn Wei-I. Er stand in der Gunst des Fürsten Hi. Er hatte Pao-scho-ya [1]), Pin-siŭ-wu [2]) und Sï-peng zu seinen Stützen. Er hatte die Länder Khiü und Wei zu Leitern des Unternehmens nach aussen. Er hatte die Geschlechter Kao und Kue zu Leitern des Unternehmens im Innern. Er folgte dem Guten wie ein fliessendes Gewässer. Er spendete Gnade ohne zu ermüden. Wenn er das Land besass, war dies nicht auch billig?

Unser ehemaliger Fürst Wen war der Sohn der Gemahlinn Hu-ki [3]). Er stand in der Gunst des Fürsten Hien. Er liebte das Lernen ohne zu ermüden. In einem Alter von siebenzehn Jahren besass er fünf hervorragende Männer. Er hatte Tse-yü und Tse-fan, die früheren Grossen des Landes, an der Stelle des Bauches und Herzens. Er hatte Wei-tsch'heu und Ku-tho zu Armen und Schenkeln. Er hatte die Länder Tsi, Sung, Thsin und Tsu zu Leitern des Unternehmens nach aussen. Er hatte die Geschlechter Luan, Khie, Hu und Sien zu Leitern des Unternehmens im Innern. Er befand sich in der Fremde neunzehn Jahre, und er beharrte bei seinem Vorhaben um so fester. Die Fürsten Hoei und Hoai hatten zurückgesetzt ihr Volk, das Volk folgte ihm und hielt zu ihm. Wenn daher Fürst Wen das Land besass, war dies nicht auch billig?

Tse-pi hat nichts gethan für sein Volk, er hat auch keine Stütze nach aussen. Er entfernte sich von Tsin, und Tsin gab ihm nicht

---

[1]) Pao-scho führte den Kindesnamen 牙 Ya.

[2]) 無須賓 Pin-siŭ-wu wird in der Geschichte des Hauses Thai-kung nicht erwähnt.

[3]) 季狐 Hu-ki, die Mutter Tschung-ni's, war eine Tochter der nördlichen Fremdländer.

das Geleite. Er kehrte zurück nach Tsu, und Tsu zog ihm nicht entgegen. Wie könnte er wohl das Land besitzen? — Die obigen Worte Scho-hiang's gingen in Erfüllung, indem Tse-pi wirklich kein gutes Ende nahm und Khi-tsï endlich zum Könige eingesetzt ward.

Im zweiten Jahre seiner Lenkung (527 vor uns. Zeitr.) schickte König Ping den grossen Würdenträger 忌 無 費 Fei-wu-ki nach Thsin, damit derselbe die Vermählung des zur Nachfolge bestimmten Sohnes 建 Kien mit einer Tochter dieses Fürstenhauses zu Stande bringe. Die für den Nachfolger von Tsu bestimmte Gattinn, welche von ungewöhnlicher Schönheit war, befand sich auf dem Wege und war noch nicht angekommen, als Fei-wu-ki früher in Tsu eintraf und dem Könige Ping sagte: Die Tochter von Thsin ist schön. Du kannst dich selbst mit ihr vermählen und für den Nachfolger eine andere Gattinn suchen. — Der König gab diesen Worten Gehör. Er vermählte sich selbst mit der Tochter von Thsin und erhielt von ihr einen Sohn, Namens 珍 熊 Hiung-tschin. Für den Nachfolger Kien wurde eine andere Gemahlinn bestimmt.

Um diese Zeit war 奢 伍 U-sche, ein Sohn U-khiü's, der grosse Zugesellte des Nachfolgers. Fei-wu-ki war der kleine Zugesellte, stand aber nicht in der Gunst des Nachfolgers, den er beständig verleumdete und bei dem Könige zu verdächtigen suchte. Der Nachfolger Kien war damals fünfzehn Jahre alt. Seine Mutter, eine Tochter von Tsai, stand bei dem Könige nicht in Gunst, und der König ward seinem Sohne, den er von sich ferne hielt, immer mehr entfremdet.

Im sechsten Jahre seiner Lenkung (523 vor uns. Zeitr.) wies König Ping seinem zur Nachfolge bestimmten Sohne Kien die an den nördlichen Marken von Tsu gelegenen Stadt 父 城 Tsching-fu[1]) zum Wohnsitze an, indem er ihm zugleich den Auftrag gab, die Markungen des Landes zu bewachen. Fei-wu-ki verleumdete überdies bei Tag und bei Nacht den Nachfolger bei dem Könige, indem er sprach: Seit ich die Tochter von Thsin eingeführt, ist der Nachfolger von Hass erfüllt. Ist er auch fähig, es nicht auf den König abzusehen? Der König ist für sich selbst wenig auf der Hut.

---

1) Das heutige Siang-tsching, südlich von Hiü-tscheu in Ho-nan.

Zudem hat der Nachfolger seinen Wohnsitz in Tsching-fu, er hat ausschliesslich im Besitz die Kriegsmacht und unterhält nach aussen Verbindungen mit den Fürsten der Lehen. Es ist vor Allem sein Wunsch, in das Land zu dringen.

König Ping beschied U-sche, den Zugesellten des Nachfolgers, zu sich und stellte ihn zur Rede. U-sche sagte zu dem Könige: Wie kannst du, o König, dir helfen? Durch einen kleinen Diener entfernst du von dir deine Knochen und dein Fleisch. — Fei-wu-ki hingegen sagte zu dem Könige: Wenn man jetzt keine Verfügung trifft, wird man es später bereuen. — Der König liess hierauf U-sche in ein Gefängniss setzen und beschied dessen zwei Söhne zu sich, indem er ihnen sagen liess, dass sie durch ihr Erscheinen ihren Vater von dem Tode retten könnten. Zugleich befahl er dem Vorsteher der Pferde 揚 奮 Fen-yang, den Nachfolger Kien vorzuladen, wobei der König die Absicht hatte, diesen seinen Sohn hinrichten zu lassen. Als der Nachfolger dies erfuhr, verliess er das Land und floh nach Sung.

Fei-wu-ki sagte ferner zu dem Könige: U-sche hat zwei Söhne. Wenn man sie nicht tödtet, werden sie ein Gegenstand der Sorge für das Land von Tsu. Warum bescheidet man sie unter dem Vorwande, dass sie ihren Vater retten sollen, nicht hierher? Sie werden gewiss kommen. — Der König liess hierauf U-sche durch einen Abgesandten sagen: Wenn du deine zwei Söhne stellst, so wirst du leben. Bist du dies nicht im Stande, so wirst du sterben. — U-sche erwiederte: Schang wird kommen, Siü [1]) wird nicht kommen. — Als der König um die Ursache dieses Ausspruches fragen liess, antwortete U-sche: Schang ist ein Mensch, der uneigennützig, entschlossen bis zum Tode, wohlwollend, älternliebend und menschlich. Sobald er hört, dass man ihn vorladet und freilassen will seinen Vater, wird er gewiss kommen und nicht Rücksicht nehmen auf den Tod. Siü ist ein Mensch, der verständig ist und liebt die Entwürfe. Er ist muthig und strebt nach Verdiensten. Wenn er weiss, dass er nach seiner Ankunft sterben muss, wird er gewiss nicht kommen. Somit ist derjenige, der ein Gegenstand des Kummers für das Land von Tsu, gewiss dieser Sohn.

---

[1]) U-schang und U-siü, die beiden Söhne U-sche's.

Der König schickte jetzt einen Abgesandten an 尚 伍
U-schang und 胥 伍 U-siü [1]), die beiden Söhne U-sche's. Derselbe forderte sie auf, sich in Tsu zu stellen, und wiederholte ihnen
des Königs eigene Worte: Wenn ihr kommt, lasse ich euren Vater
frei. —U-schang sagte hierauf zu seinem Bruder U-siü: Hören, dass
der Vater freigelassen wird und nicht hinzueilen, ist keine Älternn-
liebe. Wenn der Vater gemordet wird, ihn nicht rächen, ist keine
Berathung. Ermessen die Fähigkeiten und sich der Sache unter-
ziehen, ist Verstand. Mögest du dich auf den Weg begeben, ich
kehre heim, um zu sterben. — Sofort kehrte U-schang nach Tsu
zurück.

U-siü hingegen spannte seinen Bogen, legte den Pfeil auf die
Senne und ging zu dem Abgesandten hinaus, zu dem er sagte: Wenn
der Vater sich eines Verbrechens schuldig gemacht hat, wozu beruft man seine Söhne? — Als er sich anschickte, den Pfeil abzu-
schiessen, lief der Abgesandte nach seiner Behausung zurück, U-siü
jedoch verliess das Land und floh nach U. Auf die Kunde von diesen
Vorfällen rief U-sche: Siü ist in die Fremde gegangen, das Land
Tsu ist in Gefahr! — Die Machthaber von Tsu tödteten hierauf U-
sche sammt U-schang.

Im zehnten Jahre des Königs Ping (519 vor uns. Zeitr.) hatte
die Mutter des Nachfolgers Kien von Tsu ihren Aufenthalt in
巢 居 Khiü-tbsao [2]) genommen, und eröffnete der Macht von U
die Wege. U entsandte den Fürstensohn Kuang zum Angriffe auf
Tsu. Dieser Heerführer schlug die Streitkräfte von Tsu in Tschin
und Tsai, nahm die Mutter des Nachfolgers Kien mit sich und trat
den Rückzug an. Tsu wurde durch diesen Handstreich in Furcht
versetzt und befestigte seine Hauptstadt Ying.

梁 皐 Pi-liang, eine Stadt an den Marken von U, hatte mit den
jungen Leuten von 離 鍾 Tschung-li, einer Stadt an den Marken
von Tsu, einen Streit um die Maulbeerbäume der Gegend. Die betheiligten Häuser auf beiden Seiten waren erbittert und griffen sich
gegenseitig an, wobei die in den Streit verwickelten Bewohner von

---

[1]) Derselbe wird sonst auch unter dem Namen 胥 子 伍 U-tse-siü angeführt.

[2]) Das heutige Thsao, Kreis Siü-tscheu in Kiang-nan.

Pi-liang vertilgt wurden. Die Grossen von Pi-liang entsandten in ihrem Unwillen die bewaffnete Macht der Stadt und überfielen die Stadt Tschung-li. Als dies der König von Tsu erfuhr, gerieth er in Zorn und liess Streitkräfte seines Landes ausrücken, welche die Stadt Pi-liang vernichteten. Auf die Kunde dieses Ereignisses gerieth der König von U seinerseits in den heftigsten Zorn. Er entsandte eine Kriegsmacht und befahl dem Fürstensohne Kuang, mit Hilfe des Hauses der Mutter des Nachfolgers Kien einen Angriff gegen Tsu auszuführen. In diesem Feldzuge vernichtete U die Städte Tschung-li und Khiü-thsao, das Land Tsu hingegen ängstigte sich und fuhr in der Befestigung seiner Hauptstadt Ying fort.

König Ping starb im dreizehnten Jahre seiner Lenkung (516 vor uns. Zeitr.) Der Heerführer 常 子 Tse-tschang gab seine Meinung mit den Worten kund: Der zur Nachfolge bestimmte Sohn Tschin ist unmündig. Überdies hätte seine Mutter früher an den zur Nachfolge bestimmten Sohn Kien vermählt werden sollen. — Er wollte somit den Landesgehilfen 西 子 Tse-si, einen unechten jüngeren Bruder des Königs Ping, zum Könige einsetzen. Tse-si hatte jedoch einen gerechten Sinn und sagte: Das Land hat beständige Vorbilder. Wenn eine andere Einsetzung stattfindet, so entsteht Empörung. Spricht man nur davon, so erfolgt die Hinrichtung. — Tse-tschang wurde auf diese Weise selbst mit Strafe bedroht, und man bewirkte zuletzt die Einsetzung des Sohnes Tschin. Derselbe heisst in der Geschichte König 昭 Tschao.

Die Mehrzahl des Volkes von Tsu war Fei-wu-ki abgeneigt. Derselbe hatte durch seine Verleumdung den zur Nachfolge bestimmten Sohne Kien in die Verbannung getrieben und U-sche, so wie dessen Sohn U-schang zum Tode gebracht. Unter anderem war auch die Hinrichtung 宛 郐 Khie-yuen's, des Landesgehilfen der Linken, durch ihn bewirkt worden. Dem Stammhause Khie-yuen's war der Geschlechtsname 伯 Pe eigenthümlich, und von diesem führte 囍 伯 Pe-pei, der Sohn Khie-yuen's, seinen Namen. Sowohl der genannte Pe-pei als 胥 子 Tse-siü [1]), der Sohn U-sche's, waren nach U geflohen. Die Kriegsmacht von U war mehrmals in

---

[1]) Tse-siü, abgekürzt Siü, ist der Jünglingsname U-tse-siü's, der oben U-siü genannt wurde. Derselbe heisst sonst auch 員 伍 U-yün.

Tsu eingefallen, Umstände, welche den Hass der Bewohner dieses Landes gegen Fei-wu-ki auf das Höchste steigerten. Gleich im ersten Jahre des Königs Tschao (515 vor uns. Zeitr.) liess daher Tse-tschang, jetzt Landesgehilfe von Tsu, den Verleumder Fei-wu-ki hinrichten, wodurch die Menge des Volkes zufrieden gestellt ward.

Im vierten Jahre des Königs Tschao (512 vor uns. Zeitr.) erschienen drei Fürstensöhne [1]) von U als Flüchtlinge in Tsu. Der König von Tsu belehnte sie mit Land, um dadurch eine Schutzwehr gegen U zu gewinnen. Im fünften Jahre des Königs Tschao (511 vor uns. Zeitr.) unternahm U einen Kriegszug gegen Tsu und eroberte die Städte 六 Lŏ und 潛 Tsien. Im siebenten Jahre des Königs Tschao (509 vor uns. Zeitr.) entsandte Tsu den Landesgehilfen Tse-tschang zum Angriffe auf U. Die Kriegsmacht von Tsu erlitt eine grosse Niederlage in 章 豫 Yü-tschang [2]).

Im Winter des zehnten Jahres des Königs Tschao (506 vor uns. Zeitr.) richteten Kŏ-liŭ, König von U, U-tse-siŭ und Pe-pei, verbunden mit den Fürstenländern Thang und Tsai, einen Angriff gegen Tsu, dessen Kriegsmacht eine grosse Niederlage erlitt. Das Heer von U drang unaufgehalten in Ying, die Hauptstadt von Tsu, und schändete daselbst, durch U-tse-siŭ bewogen, das Grab des Königs Ping.

Beim Anzuge des Heeres von U hatte Tsu den Heerführer Tse-tschang an der Spitze einer Kriegsmacht gegen den Feind ausgeschickt. Dieser Heerführer hatte zu beiden Ufern des Flusses Han Stellung genommen, ward jedoch, als U zum Angriffe schritt, geschlagen. Tse-tschang verliess hierauf sein Heer und floh nach Tsching, während auch das Heer von Tsu sich auf die Flucht begab. U benützte seinen Sieg und verfolgte die Fliehenden. Nachdem noch fünf Schlachten geschlagen worden, erreichte U endlich die Hauptstadt Ying. Im eilften Monate des Jahres und an dem sechzehnten Tage des sechzigtheiligen Kreises floh König Tschao aus seiner Hauptstadt. An dem siebenzehnten Tage des sechzigtheiligen Kreises hielt das Heer von U seinen Einzug in Ying.

König Tschao gelangte auf seiner Flucht nach 夢 雲 Yün-mung [3]). Daselbst wurde er von den Bewohnern, welche ihren

---

[1]) Nach der Geschichte von U waren es blos zwei Fürstensöhne.
[2]) Das heutige Nan-tschang in Kiang-si.
[3]) Die Gegend des heutigen gleichnamigen Yün-mung, Kreis Te-ngan in Hu-kuang.

König nicht kannten, durch einen Pfeilschuss verwundet und floh nach 鄖 Yün. 懷 Hoai, der jüngere Bruder des Fürsten [1]) von Yün, machte den Vorschlag, den König zu tödten, indem er sprach: König Ping hat getödtet unseren Vater [2]). Wenn wir jetzt tödten dessen Sohn, sollte dies nicht auch erlaubt sein? — Der Fürst von Yün hielt seinen jüngeren Bruder von dem Vorhaben ab, da er jedoch fürchtete, dass dieser dessen ungeachtet den König Tschao tödten könne, verliess er mit dem Könige die Stadt und floh nach Sui.

Als der König von U erfuhr, wohin sich der König Tschao begeben habe, rückte er sofort vorwärts, führte einen raschen Angriff gegen Sui und liess den Bewohnern sagen: Die Söhne und Enkel von Tscheu, welche belehnt wurden zwischen dem Strome und dem Han, Tsu hat sie sämmtlich vernichtet. Jetzt hat der Himmel zurechtgeführt ihr Inneres und die Strafe verhängt über Tsu, doch ihr, o Gebieter, haltet den König noch bei euch verborgen. Was hat das Haus von Tscheu verschuldet? — Hierbei verlangte der König von U, dass die Bewohner von Sui den König Tschao festnehmen und ihn herausgeben, damit er ihn tödten könne.

綦子 Tse-khi, ein Würdenträger aus der Begleitung des Königs, versteckte seinen Gebieter sorgfältig, gab sich hierauf selbst für den König aus und sagte zu den Bewohner von Sui, dass man ihn an U übergeben möge. Die Bewohner von Sui brannten die Schildkrötenschale, um zu erfahren, ob man den König Tschao an U herausgeben solle. Das Ergebniss war ungünstig. Sofort liessen sie sich bei dem Könige von U entschuldigen und ihm sagen: König Tschao ist hinweggezogen und befindet sich nicht in Sui. — U bat, dass man sein Heer einrücken lasse, damit es den König selbst suchen könne. Sui ging auf diesen Vorschlag nicht ein, worauf das Heer von U die Belagerung aufhob und von Sui abzog.

Als König Tschao sich aus Ying entfernte, hatte er 胥包申 Schin-pao-siü als Gesandten nach Thsin mit dem

---

[1]) Der Fürst von Yün war eigentlich der Statthalter, der, wie dies in Tsu bei den einverleibten Fürstenländern gewöhnlich, mit der Fürstenbenennung belegt wurde.

[2]) Der Vater des Fürsten von Yün ist der im letzten Jahre des Königs Ling erwähnte Man-sching-jen, den König Ping im zehnten Jahre seiner Lenkung (531 vor uns. Zeitr.) tödten liess.

Auftrage geschickt, dieses Land um Hilfe zu bitten. Thsin entsandte ein Heer von fünfhundert Kriegswagen zur Rettung von Tsu. Auch Tsu sammelte die Überbleibsel seiner zerstreuten Kriegsmacht und unternahm in Gemeinschaft mit Thsin einen raschen Angriff auf U. Im sechsten Monate des eilften Jahres des Königs Tschao (505 vor uns. Zeitr.) schlugen die Verbündeten die Macht von U auf dem Gebiete 稷 Tsï in Tsu.

In U veränderte sich unterdessen die Lage. Als 概夫 Fu-kai, der jüngere Bruder des Königs von U, sah, dass die Kriegsmacht von U Einbussen und Niederlagen erlitt, verliess er das Heer und kehrte nach U zurück, wo er sich zum Könige aufwarf. Auf die Nachricht von diesem Ereignisse führte König Kŏ-liü sein Heer aus Tsu zurück und griff Fu-kai ungesäumt an. Fu-kai wurde geschlagen und floh nach Tsu, wo ihn König Tschao mit dem Gebiete 谿堂 Thang-khi belehnte und ihm von diesem Gebiete den Ehrennamen eines Grossen des Geschlechtes Thang-khi verlieh.

Um dieselbe Zeit vernichtete Tschao, König von Tsu, das Fürstenland 唐 Thang [1]. Im neunten Monate des oben genannten Jahres hielt König Tschao wieder seinen Einzug in Ying.

Im zwölften Jahre des Königs Tschao (504 vor uns. Zeitr.) unternahm U einen neuen Angriff auf Tsu und eroberte das an dem östlichen Ufer des Sees Po-yang gelegene 番 Po [2]. Tsu, nochmals in Furcht versetzt, gab seine bisherige Hauptstadt Ying auf und erwählte die sehr weit im Norden gelegene Stadt 郡 Jŏ [3], welche früher der Sitz eines Fürstenthums, zu seiner Hauptstadt.

Im sechzehnten Jahre des Königs Tschao (500 vor uns. Zeitr.) wurde Khung-tse Landesgehilfe in Lu. Im zwanzigsten Jahre des Königs Tschao (496 vor uns. Zeitr.) vernichtete Tsu das Fürstenland 頓 Tün [4]. In demselben Jahre unternahm Kŏ-liü, König von

---

[1] Das hier gemeinte Thang lag im Südosten des heutigen Khio-san, Kreis Ju-ning in Ho-nan, in einer Gegend, wo sich das Dorf 唐上 Schang-thang befindet.

[2] Das heutige Po-yang, welches in unmittelbarer Nähe der Hauptstadt des heutigen Kreises Jao-tscheu in Kiang-si.

[3] Diese Stadt lag im Westen des heutigen I-tsching, Kreis Siang-yang in Hu-kuang.

[4] Dasselbe entsprach dem späteren Nan-tün, d. i. dem südlichen Tün, in Ju-nan, einer Landschaft zu den Zeiten der Han.

U, einen Angriff gegen Yue. Keu-tsien, König von Yue, stellte sich der Macht von U entgegen und schlug sie entscheidend auf dem Gebiete Tsui-li. Kŏ-liŭ, König von U, ward verwundet und starb auf dem Rückzuge. Seit dieser Zeit warf U seinen Hass auf das Land Yue im Südosten und machte im Westen keine Angriffe mehr auf Tsu. Im folgenden Jahre, dem einundzwanzigsten des Königs Tschao (495 vor uns. Zeitr.), vernichtete Tsu das Fürstenland 胡 Hu [1]).

Im Frühlinge des siebenundzwanzigsten Jahres des Königs Tschao (489 vor uns. Zeitr.) unternahm U einen Angriff auf Tschin. König Tschao kam diesem Fürstenlande zu Hilfe und lagerte in Tsching-fu. Im zehnten Monate des Jahres erkrankte König Tschao bei dem Heere. Um dieselbe Zeit erschienen in Tsu hellrothe Wolken in der Gestalt von Vögeln, die, während sie flogen, von beiden Seiten die Sonne einschlossen. König Tschao fragte den grossen Vermerker von Tscheu um die Bedeutung dieser Wolken. Der grosse Vermerker antwortete: Sie bringen Verderben dem Könige von Tsu; aber man kann das Unglück übertragen auf die Heerführer und die Landesgehilfen. — Als die Heerführer und Landesgehilfen diesen Ausspruch hörten, baten sie um die Erlaubniss, die Götter in diesem Sinne anflehen zu dürfen. König Tschao entgegnete: Die Heerführer und Landesgehilfen sind meine Schenkel und Arme. Wenn ich jetzt das Unglück auf sie übertrage, wird es wohl jemals von meinem Leibe sich entfernen? — Somit gab er den Worten des Vermerkers kein Gehör.

Ausserdem hatte der König wegen seiner Krankheit die Schildkrötenschale brennen lassen. Der grosse Vermerker erhielt das Ergebniss: Der gelbe Fluss bewerkstelligt die Bezauberung. — Die Grossen des Landes baten um die Erlaubniss, den Gott des gelben Flusses anflehen zu dürfen. König Tschao erwiederte: Seit die mir vorhergegangenen Könige das Lehen empfingen, ging der Gesichtskreis für die Darbringung nicht hinaus über den grossen Strom und den Han. Gegen den gelben Fluss habe ich mich keines Verbrechens schuldig gemacht. — Er erlaubte es nicht, dass man dem gelben Flusse Gaben darbringe. Als Khung-tse, der sich damals

---

[1]) Hu lag im Nordwesten des späteren Kreises Ju-nan, an einer Stelle, wo sich Hu-tsching „die Feste von Hu“ befand.

in Tschin befand, diese Äusserungen des Königs hörte, sagte er: Tschao, König von Tsu, ist vollständig bewandert auf dem grossen Wege! Dass er seines Landes nicht verlustig wurde, ist billig.

Als die Krankheit des Königs Tschao überhand nahm, berief er sämmtliche Fürstensöhne und die Grossen des Landes zu sich und sagte zu ihnen: Ich der Verwaiste bin ohne glänzende Gaben. Ich habe zweimal Schande gebracht über das Kriegsheer des Landes Tsu [1]). Dass es mir jetzt gegönnt ward, zu beschliessen die Lebenszeit des Himmels, dies ist für mich, den Verwaisten, ein Glück. — Er verzichtete sodann auf die Königswürde zu Gunsten seines jüngeren Bruders, des Fürstensohnes 申 Schin [2]). Dieser Fürstensohn verweigerte die Annahme. Der König verzichtete hierauf zu Gunsten seines zweiten jüngeren Bruders, des Fürstensohnes 結 Ke. Derselbe verweigerte ebenfalls die Annahme. Zuletzt verzichtete der König noch zu Gunsten seines nächsten jüngeren Bruders, des Fürstensohnes 閭 Liü. Derselbe weigerte sich fünfmal, bis er endlich einwilligte, König zu werden.

Am siebenundzwanzigsten Tage des sechzigtheiligen Kreises, als er eben den Kampf mit U aufzunehmen gedachte, starb König Tschao bei seinem Heere. Tse-liü sagte jetzt: Der König war schwer erkrankt. Er setzte zurück seinen Sohn und verzichtete zu Gunsten sämmtlicher Diener. Dass ich es dem Könige zusagte, es geschah, um Freiheit zu lassen dem Willen des Königs. Jetzt ist der Gebieter und König gestorben: wie könnte ich es wagen, zu vergessen auf den Willen des Gebieters und Königs? — Tse-liü legte hierauf im Einverständnisse mit Tse-si und Tse-khi das Heer in den Hinterhalt, sperrte den Weg ab, damit kein Bote von aussen auf ihm verkehren könne, und zog dem Fürstensohne 章 Tschang, dem Sohne des Königs Tschao und einer Tochter aus Yue, entgegen. Derselbe wurde sofort zum Könige erhoben und heisst in der Geschichte König 惠 Hoei. Erst nach erfolgter Einsetzung des neuen Königs kehrte man mit dem Kriegsheere zurück und begrub den König Tschao.

---

[1]) Das erste Mal in der Schlacht an den Ufern des Flusses Han, wo das Heer von Tsu geschlagen wurde, das zweite Mal in dem gegenwärtigen Feldzuge, wo der König den Kampf mit U nicht aufnahm.

[2]) Der Fürstensohn Schin ist der früher vorgekommene Tse-si.

Im zweiten Jahre des Königs Hoei (487 vor uns. Zeitr.) berief Tse-si den in U weilenden 勝 Sching, den Sohn Kien's, des ehemaligen zur Nachfolge bestimmten Sohnes des Königs Ping, nach Tsu zurück, wo er ihn zu einem Grossen von 巢 Thsao mit der Ehrenbenennung eines Fürsten von 白 Pe erhob. Der Fürst von Pe liebte die Waffen und zeigte sich gegen die Kriegsmänner unterwürfig, indem er sich mit deren Hilfe an seinen Feinden zu rächen gedachte.

Im sechsten Jahre des Königs Hoei (483 vor uns. Zeitr.) bat der Fürst von Pe den Landesgehilfen Tse-si um eine Kriegsmacht, mit der er das Fürstenland Tsching angreifen wollte. Kien, der Vater des Fürsten von Pe, war nämlich zur Zeit als er sich als Flüchtling in Tsching befand, von den Machthabern des Landes getödtet worden, während der Fürst von Pe sich durch die Flucht nach U rettete. Durch Tse-si aus U zurückberufen, war der Fürst von Pe wegen dieses Ereignisses von Hass gegen Tsching erfüllt, und er wollte es aus diesem Grunde angreifen. Tse-si gab zu dem Angriffe seine Zustimmung, indessen waren die für diese Unternehmung bestimmten Streitkräfte noch nicht ausgerückt.

Im achten Jahre des Königs Hoei (481 vor uns. Zeitr.) richtete Tsin einen Angriff gegen Tsching. Dieses Fürstenland begehrte von Tsu Hilfe. Tsu hiess Tse-si die verlangte Hilfe bringen. Derselbe erhielt von Tsching eine Belohnung für die geleisteten Dienste und zog hierauf ab. Sching, Fürst von Pe, zürnte über dieses Beginnen. Sofort bewerkstelligte er mit den „kühnen und starken Kriegsmännern des Todes", unter ihnen 乞 石 Schĭ-khe, den Überfall und tödtete den Landesgehilfen Tse-si sammt Tse-khi an dem Hofe. Hierauf bedrohte er auch den König Hoei und setzte ihn in das „hohe Versammlungshaus" von Tsu, wo er ihn zu tödten beabsichtigte. 固 屈 Khie-ku, ein Begleiter des Königs, nahm jedoch seinen Gebieter auf den Rücken und floh mit ihm in das Gebäude der Gemahlinn des Königs Tschao, welche die oben genannte Tochter von Yue und Mutter des Königs Hoei. Der Fürst von Pe selbst bewirkte seine eigene Erhebung an der Stelle des Königs Hoei.

Nachdem der Fürst von Pe ungefähr einen Monat König gewesen, brachte der Fürst von 葉 Schĕ dem Lande Tsu Hilfe. Die

Leute des Königs Hoei von Tsu richteten in Gemeinschaft mit der anrückenden Kriegsmacht der Befreier einen Angriff gegen den Fürsten von Pe und tödteten ihn. König Hoei ward hierauf in seine Würde wieder eingesetzt. Dies ereignete sich im zehnten Jahre dieses Königs (479 vor uns. Zeitr.). In demselben Jahre vernichtete Tsu das Fürstenland Tschin und bildete aus ihm einen Landkreis.

Im dreizehnten Jahre des Königs Hoei (476 vor uns. Zeitr.) übte Fu-tschai, König von U, den Druck der Gewalt auf die Länder Tsin und Tsi und unternahm auch einen Kriegszug gegen Tsu. Im sechzehnten Jahre des Königs Hoei (473 vor uns. Zeitr.) vernichtete Yue das Königsland U. Im zweiundvierzigsten Jahre des Königs Hoei (447 vor uns. Zeitr.) vernichtete Tsu das Fürstenland Tsai. Im vierundvierzigsten Jahre des Königs Hoei (445 vor uns. Zeitr.) vernichtete Tsu wieder das Fürstenland 杞 Khi und verglich sich mit Thsin. Um diese Zeit hatte Yue, nachdem es das Königsland U vernichtet, die Obergewalt angesprochen, war aber nicht fähig, die Länder im Norden des grossen Stromes und des Hoai einem Zustande bleibender Beruhigung zuzuführen. Tsu machte daher ungehindert Übergriffe im Osten und erweiterte sein Gebiet bis zu den Gegenden des Flusses 泗 Sse.

König Hoei starb im siebenundfünfzigsten Jahre seiner Lenkung (432 vor uns. Zeitr.) und hatte zum Nachfolger seinen Sohn 中 Tschuug, genannt König 簡 Kien. Dieser König richtete im ersten Jahre seiner Lenkung (431 vor uns. Zeitr.) einen Angriff gegen das weit im Nordosten gelegene Fürstenland 莒 Kbiü [1]) und vernichtete dasselbe. Im achten Jahre des Königs Kien (424 vor uns. Zeitr.) nahmen Wen, Fürst von Wei, ferner Han-wu-tse und Tschao-hoan-tse zum ersten Male die Benennung von Lehensfürsten an.

König Kien starb im einundzwanzigsten Jahre seiner Lenkung (408 vor uns. Zeitr.) und hatte zum Nachfolger seinen Sohn 當 Tang, genannt König 聲 Sching. Dieser König wurde im sechsten Jahre seiner Lenkung (402 vor uns. Zeitr.) durch Räuber getödtet, worauf dessen Sohn 疑 熊 Hiung-I zum Könige eingesetzt ward. Derselbe heisst in der Geschichte König 悼 Tao.

---

1) Khiü ist das heutige Khlü-tscheu, Kreis Thsing-tscheu in San-tung.

Im zweiten Jahre des Königs Tao (400 vor uns. Zeitr.) richteten die Heere der drei Fürstenländer von Tsin einen Angriff gegen Tsu und traten, nachdem sie bis 丘乘 Sching-khieu [1]) vorgedrungen, den Rückzug an. Im vierten Jahre des Königs Tao (398 vor uns. Zeitr.) schlug Tsu das Heer von Tsching und belagerte die Hauptstadt dieses Landes. Der Fürst von Tsching tödtete aus Anlass dieses Ereignisses seinen Landesgehilfen 陽子 Tse-yang.

Im neunten Jahre des Königs Tao (393 vor uns. Zeitr.) bekriegte Tsu das Fürstenland Han und eroberte 棶負 Fu-tsi [2]). Im eilften Jahre des Königs Tao (391 vor uns. Zeitr.) richteten die drei Fürstenländer von Tsin einen Angriff gegen Tsu, dessen Macht auf den Gebieten 梁大 Ta-liang [3]) und 關楡 Yü-kuan geschlagen wurde. Tsu übersandte reiche Geschenke an Thsin und brachte auf diese Weise den Frieden zu Stande.

König Tao starb im einundzwanzigsten Jahre seiner Lenkung (381 vor uns. Zeitr.) und hatte zum Nachfolger seinen Sohn 臧 Tsang, genannt König 肅 Sŭ. Im vierten Jahre dieses Königs (377 vor uns. Zeitr.) unternahm das im Nordwesten gelegene fremdländische Fürstenland 蜀 Schŏ einen Angriff auf Tsu und eroberte das Gebiet 方茲 Thse-fang. Tsu befestigte hierauf 關扞 Han-kuan, d. i. den deckenden Durchweg [4]) und schützte sich dadurch gegen Schŏ. Im zehnten Jahre des Königs Sŭ (371 vor uns. Zeitr.) eroberte Wei, eines der drei Fürstenländer von Tsin, das zu dem Königslande Tsu gehörende Gebiet 陽魯 Lu-yang [5]).

König Sŭ starb im eilften Jahre seiner Lenkung (370 vor uns. Zeitr.). Da er keinen Sohn hinterliess, wurde sein jüngerer Bruder 夫艮熊 Hiung-liang-fu zum Nachfolger eingesetzt. Derselbe

---

[1]) Die Lage dieser Gegend ist unbekannt. Die zeitberechnenden Blätter des See-ki nennen 丘桑 Sang-khieu, welches ebenfalls unbekannt.

[2]) Von ungewisser Lage.

[3]) Die Gegend des heutigen Khai-fung in Ho-nan.

[4]) Han-kuan „der deckende Durchweg" liegt nächst der Hauptstadt des heutigen Kreises Kuei-tscheu in Sse-tschuen.

[5]) Das heutige Lü-san, Kreis Ju-tscheu in Ho-nan.

heisst in der Geschichte König 宣 Siuen. Im sechsten Jahre dieses Königs (364 vor uns. Zeitr.) beglückwünschte der Himmelssohn aus dem Hause Tscheu den Fürsten Hien von Thsin aus Anlass des Sieges, welchen dieser in Schĭ-men über die Fürstenländer von Tsin davon getragen. Um diese Zeit war Thsin wieder erstarkt, und auch die drei Fürstenländer von Tsin hatten sich vergrössert, während Hoei, König von Wei, und Wei, König von Tsi, auf dem Gipfel ihrer Macht standen.

Im dreissigsten Jahre des Königs Siuen (340 vor uns. Zeitr.) belehnte Thsin den auf die Geschicke dieses Landes einflussreichen Wei-yang mit dem Gebiete Schang, und erlaubte sich zugleich im Süden Übergriffe gegen Tsu. In demselben Jahre starb König Siuen und hatte zum Nachfolger seinen Sohn 商 熊 Hiung-schang, genannt König 威 Wei.

Im sechsten Jahre des Königs Wei (334 vor uns. Zeitr.) übersandte Hien, König von Tscheu, das Fleisch der Darbringung aus dem Ahnenheiligthume der Könige Wen und Wu an den König Hoei von Thsin.

Im siebenten Jahre des Königs Wei (333 vor uns. Zeitr.) betrog 嬰 田 Tien-ying von Tsi, der Vater des Landesfürsten von Meng-tschang, das Königsland Tsu. Derselbe beredete nämlich 彊 無 Wu-khiang, König von Yue, der Tsi angegriffen hatte, von diesem Fürstenlande abzustehen und seine Waffen gegen Tsu zu kehren. Wei, König von Tsu, schlug indessen die Macht von Yue vollständig, tödtete den König Wu-khiang und eroberte das gesammte Gebiet des früheren in Yue einverleibten Königslandes U, während Yue selbst sich auflöste und in eine Menge kleiner Fürstenthümer zersplittert ward. Der König von Tsu richtete jetzt einen Angriff gegen Tsi, schlug dessen Heer auf dem Gebiete 州 徐 Siü-tscheu, wo im vorhergehenden Jahre die Landesfürsten von Tsi und Wei gegenseitig ihre Königswürde anerkannt hatten, und forderte von Tsi, dass es Tien-ying vertreibe.

Tien-ying, der besorgte, dass dieser Forderung Folge gegeben werden könne, schickte 丑 張 Tsch'hang,-tsch'heu als Gesandten nach Tsu. Derselbe machte vor dem Könige von Tsu die folgende lügenhafte Auseinandersetzung: Dass du, o König, gesiegt

hast in dem Kampfe von Siü-tscheu, es geschah, weil Tien-fen-tse [1])
nicht verwendet wurde. Tien-fen-tse hat Verdienste um das Land,
und die hundert Geschlechter halten ihn für verwendbar.
Tien-ying ist auf ihn nicht gut zu sprechen, und er verwendete
Schin-ki [2]). Was Schin-ki betrifft, so sind die grossen Würdenträger
ihm nicht zugethan, die hundert Geschlechter halten ihn nicht für
verwendbar. Desswegen hast du, o König, ihn besiegt. Jetzt ver-
treibst du, o König, Ying-tse [3]). Wenn Ying-tse vertrieben ist, wird
Fen-tse [4]) gewiss verwendet werden. Er wird von Neuem festhalten
seine Kriegsmänner und Streiter und treffen auf dich, o König.
Dies wird für dich, o König, nicht vortheilhaft sein. — Der König
von Tsu stand hierauf von der Vertreibung Tien-ying's ab.

König Wei starb im eilften Jahre seiner Lenkung (329 vor
uns. Zeitr.) und hatte zum Nachfolger seinen Sohn 槐熊
Hiung-hoai, genannt König 懷 Hoai. Als das Königsland Wei erfuhr, dass Tsu sich in der Trauer um seinen verstorbenen König
befinde, griff es das Gebiet dieses Landes an und eroberte 山陘
Hing-san.

Im ersten Jahre des Königs Hoai (328 vor unserer Zeitr.)
wurde der in späterer Zeit für Tsu verderbliche 儀張
Tsch'hang-I Landesgehilfe des Königs Hoei von Thsin. Im vierten
Jahre des Königs Hoai (325 vor uns. Zeitr.) legte sich Hoei,
König von Thsin, bisher Lehensfürst von Thsin genannt, die
Königsbenennung bei.

Im sechsten Jahre des Königs Hoai (323 vor uns. Zeitr.) schickte
Tsu den die Stelle einer „Säule des Landes" bekleidenden 陽昭
Tschao-yang mit einer Kriegsmacht gegen das Königsland Wei.
Dieser Heerführer schlug die Streitkräfte von Wei auf dem Gebiete
陵襄 Siang-ling [5]) und gewann acht Städte. Nach dieser
Waffenthat rückte er das Lager weiter und schritt zum Angriffe
auf Tsi, dessen König desshalb in Besorgniss gerieth. Um dieselbe

---

[1]) 子盼田 Tien-fen-tse.
[2]) 紀申 Schin-ki.
[3]) D. i. Tien-ying.
[4]) D. i. Tien-fen-tse.
[5]) Das heutige Feu-san, Kreis Ping-yang in Schan-si.

Zeit traf es sich, dass 軫 陳 Tschin-tschin im Auftrage des Königslandes Thsin als Gesandter nach Tsi geschickt wurde. Der König fragte Tschin-tschin, wie bei der Verlegenheit, in welche das Land durch den Angriff Tschao-yang's gebracht worden, zu helfen sei? Tschin-tschin antwortete: Sei, o König, ohne Sorge. Ich bitte, dass ich diesen von dem Kriege abstehen machen dürfe.

Tschin-tschin begab sich jetzt in das feindliche Lager, wo er Tschao-yang besuchte und zu ihm sagte: Ich möchte erfahren, wodurch man nach dem Gesetze von Tsu demjenigen, der schlägt ein Kriegsheer und tödtet dessen Anführer, Ehre bezeigt. — Tschao-yang erwiederte: Sein Amt ist dasjenige einer höchsten Säule des Landes. Er wird belehnt mit der höchsten Lehenstufe und hält in der Hand die Rundscheibe. — Tschin-tschin fragte: Wird Jemandem noch eine grössere Ehre erwiesen als diese? — Tschao-yang antwortete: Es gibt die Stelle des Ling-yün.

Tschin-tschin fuhr fort: Jetzt bist du, o Gebieter, bereits Ling-yün. Dies ist unter den Stellen der Häupter des Landes die höchste. Ich bitte, hier ein Gleichniss anführen zu dürfen. Es war ein Mensch, der schickte seinen Hausgenossen eine Kanne Weines. Die Hausgenossen sagten zu einander: Wenn mehrere Menschen dies trinken, so ist dies für alle zusammen nicht hinreichend. Wir bitten, dass wir sofort auf die Erde malen eine Schlange. Derjenige, der mit der Schlange zuerst fertig ist, möge ihn allein trinken. — Ein Mensch sprach: Ich bin mit der Schlange zuerst fertig. — Er erhob den Wein, stand auf und sprach: Ich bin fähig, ihr Füsse zu machen. — Als er ihr Füsse machte und zuletzt fertig ward, entrissen ihm die Menschen den Wein und tranken ihn, indem sie sprachen: Eine Schlange hat sicherlich keine Füsse. Jetzt hast du ihr Füsse gemacht, sie ist daher keine Schlange.

Jetzt bist du, o Gebieter, der Landesgehilfe in Tsu und hast ausgeführt den Überfall von Wei. Du hast geschlagen ein Kriegsheer, getödtet dessen Anführer. Unter den Verdiensten gibt es kein grösseres. Zu der höchsten unter den Stellen der Häupter lässt sich nichts hinzugeben. Jetzt führst du überdies die Kriegsmacht weiter und überfällst Tsi. Wenn du Tsi überfällst und es besiegst, so wird deinem Amte und deiner Lehensstufe nichts hinzugegeben über das, was sie gegenwärtig sind. Wenn du es überfällst und nicht besiegst, so wirst du selbst sterben, deine Lehensstufe wird entzogen und du erleidest Einbusse in Tsu. Dies ist der Sinn des Wortes: der Schlange Füsse machen. Das Beste ist, du führst die die Kriegsmacht aus dem Lande und verpflichtest dir dadurch zu Danke Tsi. Dies ist die Kunst, das Volle zu erfassen. — Tschao-yang zollte diesen Worten seinen Beifall und führte das Heer aus Tsi zurück.

In dem oben erwähnten Jahre legten auch die Lehensfürsten von Yen und Han sich die Königsbenennung bei. Im Auftrage von Tschin hatte Tsch'hang-I jetzt eine Zusammenkunft mit den Landesgehilfen von Tsu, Tsi und Wei auf dem Gebiete 桑 諮 Nie-sang, woselbst von den Betheiligten ein Vertrag beschworen wurde.

Im eilften Jahre des Königs Hoai (318 vor uns. Zeitr.) brachte es 秦 蘇 Su-thsin, ein Eingeborener von Tscheu, zu Wege, dass die sechs Königsländer im Osten der Berge: Wei, Han, Tschao, Tsu, Yen und Tsi zu einem gemeinschaftlichen Angriffe auf Thsin ein Bündniss schlossen. Hoai, König von Tsu, war der Älteste des Bündnisses. Die Verbündeten erreichten den Durchweg Han-kö, als Thsin seine Kriegsmacht zum Angriffe hervorschickte. Sofort räumten die Heere der sechs Königsländer das Feld und zogen in die Heimat ab, wobei Tsi allein den Rückzug deckte.

Im zwölften Jahre des Königs Hoai (317 vor uns. Zeitr.) schlug Min, König von Tsi, die Heere von Tschao und Wei, während Thsin seinerseits das Königsland Tsi angriff, dessen Kriegsmacht schlug und mit ihm um den Vorrang stritt.

Im sechzehnten Jahre des Königs Hoai (313 vor. uns. Zeitr.) gedachte Thsin, das Königsland Tsi anzugreifen. Tsi war jedoch mit Tsu eng verbündet, was den König Hoei von Thsin mit Besorgniss erfüllte. Er verkündete daher offen, dass Tsch'hang-I seines Amtes als Landesgehilfe entlassen sei. Im Auftrage des Königs von Thsin reiste jedoch Tsch'hang-I nach Süden, begab sich zu dem Könige von Tsu und sagte zu diesem: Unter demjenigen, was dem Könige unserer niedrigen Städte überaus gefällt, geht ihm nichts über dich, o grosser König. Unter demjenigen, bei welchem es selbst mir überaus erwünscht wäre, zu werden der Fussknecht der Überdachung des Thores, geht mir ebenfalls nichts über dich, o grosser König. Unter demjenigen, was dem Könige unserer niedrigen Städte überaus verhasst ist, geht ihm nichts über den König von Tsi. Unter demjenigen, was selbst mir überaus verhasst ist, geht ebenfalls nichts über den König von Tsi. Doch du, o grosser König, bist mit ihm in gutem Einvernehmen. Aus diesem Grunde ist es dem Könige unserer niedrigen Städte nicht möglich zu dienen dir, o König, und du bewirkst, dass es auch mir nicht möglich ist, zu werden der Fussknecht der Überdachung des Thores. Mögest du, o König, um meinetwillen verschliessen den Durchweg und dich lossagen von Tsi. Mögest du jetzt schicken einen Gesandten, damit er mir folge nach Westen und in Empfang nehme das vormals Thsin zu Theil gewordene Land von Schang und Yü [1]), Gebiet von Tsu, in einem Umfange von sechshundert Weglängen. Wenn dies geschieht, so ist Tsi geschwächt. Man schwächt im Norden Tsi, verpflichtet sich im Westen zu Danke Thsin, bekommt zu eigen Schang und Yü und wird dadurch bereichert. Auf diese Weise bedarf es einer einzigen Berechnung, und ein dreifacher Vortheil kommt herbei.

König Hoai war über diese Vorschläge im höchsten Masse erfreut. Er legte die Abdrucksmarke eines Landesgehilfen in die Hände Tsch'hang-I's, liess diesem zu Ehren täglich Wein aufstellen, und sagte überall ganz offen: Ich habe mein Land Schang und Yü wieder erhalten.

Sämmtliche Würdenträger wünschten dem Könige zu seiner Erwerbung Glück. Tschin-tschin allein bezeigte seine Trauer. Von dem Könige um die Ursache dieses Benehmens befragt, antwortete Tschin-tschin: Dass Thsin auf dich, o König, Werth legt, es ist desswegen, weil du, o König, Tsi auf deiner Seite hast. Jetzt konnte das Land noch nicht erlangt werden, aber das Bündniss mit Tsi wird früher zerrissen, hierdurch wird Tsu vereinzelt. Dieses Thsin, warum sollte es noch Werth legen auf ein vereinzeltes Land? Es wird gewiss verachten Tsu. Gesetzt ferner, man gibt früher heraus das Land und löst dann erst das Bündniss mit Tsi, so findet Thsin hierbei nicht seine Rechnung. Zerreisst man früher das Bündniss mit Tsi und begehrt dann erst das Land, so wird man gewiss betrogen durch Tsch'hang-I. Wird man betrogen durch Tsch'hang-I, so bist du, o König, gewiss darüber entrüstet. Bist du darüber entrüstet, so wird dies im Westen erregen die Besorgniss von Thsin,

---

[1]) 商 Schang und 於 Yü waren zwei alte feste Städte. Das erstere befand sich in dem heutigen gleichnamigen Schang, Kreis Si-nan in Schen-si. Das letztere lag zweihundert Weglängen weiter westlich.

im Norden lösen das Bündniss mit Tsi. Hat man im Westen erregt die Besorgniss von Thsin, im Osten gelöst das Bündniss mit Tsi, so wird die Kriegsmacht der beiden Länder gewiss heranrücken. Desswegen bezeige ich meine Trauer.

Der König von Tsu liess diese Warnung unbeachtet. Er schickte mit Tsch'hang-I einen Heerführer mit dem Auftrage, im Westen das ummarkte Land in Empfang zu nehmen. Bei der Ankunft in Thsin stellte sich Tsch'hang-I betrunken und fiel aus dem Wagen. Indem er hierauf eine Krankheit vorschützte, ging er drei Monate nicht aus dem Hause, wesshalb die Übergabe des Landes nicht erfolgen konnte.

Der König von Tsu sagte jetzt: Glaubt denn Tsch'hang-I, dass es mir mit der Lossagung von Tsi noch immer nicht Ernst? — Sofort entsandte er einen muthigen Kriegsmann, Namens 遺 宋 Sung-I nach Norden mit dem Auftrage, den König von Tsi zu beschimpfen [1]). Der König von Tsi gerieth hierüber in heftigen Zorn, zerbrach die Abdrucksmarke von Tsu und verband sich mit Thsin. Nachdem das Bündniss zwischen Thsin und Tsi zu Stande gekommen, erhob sich endlich Tsch'hang-I, erschien an dem Hofe und sagte zu dem Heerführer von Tsu: Warum hast du das Land, welches reicht von . . . . . bis . . . . . [2]), von Osten nach Westen und von Süden nach Norden sechs Weglängen, nicht in Empfang genommen? — Der Heerführer von Tsu erwiederte: Dasjenige, hinsichtlich dessen mir der Befehl zu Theil ward, sind sechshundert Weglängen, ich habe nichts gehört von sechs Weglängen. — Er kehrte sofort zurück und meldete, was er gehört, dem Könige Hoai.

König Hoai war auf das Höchste entrüstet. Er brachte sofort ein Kriegsheer zusammen und gedachte, Thsin anzugreifen. Tschintschin sagte jetzt zu dem Könige: Thsin angreifen, ist keine gute Berathung. Das Beste ist, ihm bei dieser Gelegenheit zum Geschenk machen eine namhafte Stadt und mit ihm angreifen Tsi. Auf diese

---

[1]) Die Worte, mit welchen das Sse-ki in dem Leben Tsch'hang-I's über diese Aufreizung des Königs von Tsi berichtet, geben folgenden wesentlich verschiedenen Sinn: Der König entsandte sofort einen muthigen Kriegsmann mit dem Auftrage, in Sung einzutreffen, daselbst die Abdrucksmarke des Landes Sung zu entlehnen, hierauf sich nach Norden zu begeben und den König von Tsi zu schmähen.

[2]) Der Name wird in diesen Worten verschwiegen.

Weise verlieren wir etwas an Thsin und erhalten dafür den Ersatz von Tsi. Unser Land kann dann noch immer unversehrt bleiben. Jetzt hast du, o König, dich losgesagt von Tsi und stellst wegen des Betruges zur Rede Thsin: hierdurch vereinigen wir Thsin und Tsi zu einem Bunde und heissen herbeikommen die Streitkräfte der Welt. Das Land wird gewiss grossen Schaden erleiden.

Der König von Tsu verwarf diesen Rath. Er löste das Bündniss mit Thsin und entsandte eine Kriegsmacht, welche im Westen vorrückte und gegen Thsin den Angriff unternahm. Thsin entsandte ebenfalls eine Kriegsmacht, mit der es einen raschen Schlag gegen Tsu ausführte. Im Frühlinge des siebenzehnten Jahres des Königs Hoai (312 vor uns. Zeitr.) erfolgte die Schlacht zwischen den Heeren von Thsin und Tsu auf dem Gebiete 丹 陽 Tan-yang. Thsin brachte dem Heere von Tsu eine grosse Niederlage bei und schlug achtzigtausend gepanzerten Kriegsmännern von Tsu die Häupter ab. 匃 屈 Khie-kiai, oberster Heerführer von ʻTsu, 丑 侯 逢 Fung-heu-tschʻheu, zweiter Heerführer von Tsu, nebst vielen anderen Heerführern dieses Landes, im Ganzen siebenzig an der Zahl, wurden gefangen. Thsin eroberte sofort den grossen Landstrich von 中 漢 Han-tschung.

Hoai, König von Tsu, entsandte in seinem Zorne alle Streitkräfte des Landes und machte einen neuen Einfall in Thsin. In dem Kampfe, der auf dem Gebiete 田 藍 Lan-tien [1]) stattfand, erlitt das Heer von Tsu abermals eine grosse Niederlage. Als den Mächten Han und Wei die Verlegenheit des Landes Tsu bekannt wurde, wandten sie sich nach Süden und machten einen Einfall in Tsu, wobei sie bis 鄧 Teng vordrangen. Auf die Kunde von diesem Einfall trat Tsu mit seinen Streitkräften den Rückzug an.

Im achtzehnten Jahre des Königs Hoai (311 vor uns. Zeitr.) schickte Thsin einen Gesandten nach Tsu mit dem Erbieten, den Freundschaftsbund mit Tsu zu erneuern und gegen Zurückgabe der Hälfte des eroberten Landes Han-tschung Friede zu schliessen. Der König von Tsu erwiederte: Es ist mein Wunsch, Tschʻhang-I zu erlangen. Es ist nicht mein Wunsch, das Land zu erlangen.

---

[1]) Das heutige gleichnamige Lan-tien, Kreis Si-ngan in Schen-si.

Als Tsch'hang-I diese Äusserung des Königs Hoai hörte, bat er um die Erlaubniss, sich nach Tsu begeben zu dürfen. Der König von Thsin sagte zu ihm: Tsu wird an dir deinen Zorn auslassen wollen. Wie wirst du dir helfen? — Tsch'hang-I erwiederte: Ich stehe auf gutem Fusse mit Lǐ-schang, einem Manne aus der Umgebung des Königs. Lǐ-schang hatte ferner Gelegenheit, einen Dienst erweisen zu können Tsching-sieu, der begünstigten Gemahlinn des Königs. Was Tsching-sieu sagt, wird ohne Ausnahme befolgt. Auch habe ich bei meiner früheren Gesandtschaft nicht gehalten Tsu das Versprechen hinsichtlich des Landes von Schang und Yü. Jetzt haben Thsin und Tsu gegenseitig grosse Kämpfe geführt und einander Böses zugefügt. Ich habe nicht von Angesicht mich entschuldigt in Tsu, und ich bin nicht losgesprochen. Auch bist du, o grosser König, am Leben, Tsu wird es wahrscheinlicher Weise nicht wagen, mich anzunehmen. Wenn es in Wahrheit mich tödtet und ich dadurch von Vortheil bin für das Land, so wäre dies der Gegenstand meiner Wünsche.

Tsch'hang-I reiste sofort als Gesandter nach Tsu. Als er daselbst ankam, wurde er von dem Könige Hoai nicht empfangen. Dieser gab vielmehr Befehl, den Gesandten in ein Gefängniss zu setzen und war willens, ihn tödten zu lassen. Tsch'hang-I hatte geheime Beziehungen zu 尚 靳 Lǐ-schang. Dieser legte für Tsch'hang-I bei dem Könige Hoai Fürbitte ein und sagte: Du hast festnehmen lassen Tsch'hang I, der König von Thsin wird gewiss zürnen. Wenn die Welt sehen wird, dass Tsu entbehrt die Stütze von Thsin, wird sie dich, o König, gewiss verachten.

Ausserdem begab sich Lǐ-schang noch zu Tsching-sieu, der Gemahlinn des Königs, und sagte zu ihr: Der König von Thsin hat grosse Liebe zu Tsch'hang-I, doch der König will ihn tödten lassen. Jetzt will Tsch'hang-I durch ein Geschenk von sechs Kreisen des Landes Schang-yung [1]) gewinnen Tsu, eine Schöne zur Gemahlinn verschaffen dem Könige von Tsu und die vortrefflichen Sängerinnen des

---

[1]) 庸 上 Schang-yung entsprach zu den Zeiten der Han dem heutigen Schï-thsiuen, Kreis Hing-ngan in Schen-si. Dasselbe war Gebiet des öfters genannten Han-tschung. Das ehemalige Fürstenland Yung, welches seiner Zeit ebenfalls Schang-yung „das obere Yung“ genannt wurde und auch in der Geschichte von Tsu vorkommt, lag weiter östlich und schon in dem heutigen Hu-kuang.

königlichen Gebäudes ihr geben zu Begleiterinnen. Der König von
Tsu legt Werth auf das Land, die Tochter von Thsin wird ihm gewiss theuer sein, und du, o Königinn, wirst gewiss verstossen
werden. Du, o Königinn, musst es durch deine Worte dahin bringen,
dass Tsch'hang-I in Freiheit gesetzt wird. — Tsching-sieu sprach
endlich mit dem Könige wegen Tsch'hang-I, dessen Freilassung sie
bewirkte.

Nachdem Tsch'hang-I in Freiheit gesetzt worden, begegnete ihm
König Hoai freundschaftlich, und Tsch'hang-I ergriff diese Gelegenheit, um den König von Tsu zu bereden, sich von dem Bunde der
gegen Thsin vereinigten Länder zu trennen und mit Thsin ein Bündniss der Freundschaft zu schliessen. Zugleich gab man sich gegenseitig das Versprechen einer Vermählung von Königstöchtern.

Tsch'hang-I war bereits wieder abgereist, als 原 屈 Khie-
yuen, der als Gesandter nach Tsi gegangen war, aus diesem Lande
nach Tsu zurückkehrte. Khie-yuen machte dem Könige Vorstellungen
wegen dessen bisheriger Handlungsweise und rieth ihm, Tsch'hang-I
hinrichten zu lassen. Den König Hoai reute es, dass er den Gesandten
von Thsin entlassen, und er schickte Leute zu dessen Verfolgung
aus, welche ihn jedoch nicht mehr einholten. In demselben Jahre,
in welchem Tsch'hang-I zum zweiten Male nach Tsu gekommen,
starb König Hoei von Thsin.

Im zwanzigsten Jahre des Königs Hoai (309 vor uns. Zeitr.)
wollte sich Min, König von Tsi, zum Führer der gegen Thsin verbündeten Länder aufwerfen. Er sah mit Missbehagen, dass Tsu
sich mit Thsin vereinigt, und er schickte daher durch einen Gesandten an den König von Tsu das folgende Schreiben: Mir, dem
unbedeutenden Menschen, thut es leid, dass Tsu nichts hält auf
einen ehrenvollen Namen. Jetzt ist Hoei, König von Thsin, gestorben
und König Wu ward eingesetzt. Tsch'hang-I ist enteilt nach Wei,
Ngŏ-li-tsĭ und der Fürstenenkel Yen [1]) werden verwendet, aber
Tsu widmet seine Dienste Thsin. Ngŏ-li-tsĭ hat freundschaftliche
Beziehungen zu Han, und der Fürstenenkel Yen hat freundschaftliche
Beziehungen zu Wei. Tsu wird dienen Thsin, Han und Wei werden
sich fürchten, sie werden mit Hilfe dieser zwei Menschen anstreben

---

1) Der Fürstenenkel Yen ist Si-scheu, der in der Abhandlung: „Der Redner Tschang-I
und einige seiner Zeitgenossen" vorgekommen.

die Vereinigung mit Thsin, und dann werden Yen und Tschao es
ebenfalls für angemessen halten, zu dienen Thsin. Wenn die vier
Königsländer im Wetteifer dienen Thsin, dann ist Tsu auch schon
eine Landschaft oder ein Landkreis. Warum vereinst du, o König,
nicht mit mir, dem unbedeutenden Menschen, die Kraft, ziehst heran
Han, Wei, Yen und Tschao, trittst mit ihnen in den Bund und ehrst
das innere Haus der Tscheu, so dass du zurechtstellst die Waffen,
Ruhe verschaffst dem Volke und bewirkst, dass in der Welt Niemand es wagt, sich nicht zu freuen?

Gibst du mir Gehör, so ist dein Name, o König, begründet.
Du, o König, stellst dich an die Spitze der Fürsten der Lehen, be-
kriegst im Vereine mit ihnen und zertrümmerst Thsin ganz gewiss.
Du, o König, eroberst den Durchweg Wu, das Land von Schŏ und
Hán, machst dir zu eigen die Schätze von U und Yue und nimmst
ausschliesslich in Besitz den Ertrag des grossen Stromes und des
Meeres. Han und Wei werden dir abtreten Schang-thang, im Westen
drängst du dich nach Han-kŏ, und dann ist die Kraft von Tsu hundertmal zehntausendfach. Auch wurdest du, o König, betrogen durch
Tsch'hang-I, du verlorst Land in Han-tschung, deine Kriegsmacht
wurde zermalmt in Lan-tien, in der Welt war Niemand, der nicht
statt deiner, o König, in dem Busen nährte den Zorn. Jetzt aber
willst du, den Übrigen vorangehend, dienen Thsin: ich wünsche,
dass du, o grosser König, dies reiflich erwägest.

Der König von Tsu war schon früher gesonnen, sich mit Thsin
zu verbünden. Als er jetzt in das Schreiben des Königs von Tsi
Einsicht nahm, war er unentschlossen, was er thun solle, und er
brachte daher den Gegenstand in den Rath seiner Würdenträger.
Unter den Würdenträgern waren einige für das Bündniss mit Thsin,
andere verlangten, dass man den Vorschlägen des Königs von Tsi
Gehör gebe.

雎 昭 Tschao-hoei äusserte als seine Meinung Folgendes:
Wenn du, o König, auch im Osten erobert hast Land von Yue, es
ist dies nicht hinreichend, zu tilgen die Schande. Du musst überdies erobern Land von Thsin, dann erst wäre es hinreichend, zu
tilgen die Schande gegenüber den Fürsten der Lehen. Du, o König,
thust am besten, wenn du dich innig befreundest mit Tsi und Han

und dabei hochschätzest Ngŏ-li-tsĭ [1]). Ist dies der Fall, so erlangst
du, o König, die Hochschätzung von Tsin und Han und trachtest
dabei nach Land.

Thsin hat zertrümmert die Streitkräfte von Han in I-yang, dass
aber Han gleichsam von Neuem huldigt Thsin, es ist desswegen,
weil die Grabstätten der früheren Könige sich befinden in Ping-yang,
indess Wu-sui [2]), das im Besitze von Thsin, von ihnen entfernt
siebenzig Weglängen. Aus dieser Ursache hat es übergrosse Ehrfurcht vor Thsin. Ist dieses nicht, so überfällt Thsin das Land der
drei Rinnsäle, Tschao überfällt Schang-thang, Tsu überfällt das Land
ausserhalb des Flusses, und Han geht gewiss zu Grunde. Wenn Tsu
Hilfe bringt Han, ist es nicht im Stande zu bewirken, dass Han
nicht zu Grunde geht.

Gleichwohl ist das Land, welches Han Fortbestand gibt, Tsu.
Han hat erlangt Wu-sui von Thsin [3]), es macht den Fluss und die
Berge zu seinen Versperrungen. Diese Wohlthaten hat es Nieman-
den so sehr zu verdanken wie Tsu. Ich halte dafür, dass derjenige,
der dienen wird dir, o König, gewiss Tsĭ [4]). Dass Tsi auf Han vertraut, es ist desswegen, weil Mei [5]), Fürstensohn von Han, der Landesgehilfe in Tsi. Han hat bereits erlangt Wu-sui von Thsin, du, o König,
bist mit ihm innig befreundet. Du lässest dabei durch Tsi und Han
hochschätzen Ngŏ-li-tsĭ. Wenn Tsĭ erlangt hat die Hochschätzung
von Tsi und Han, wird sein Gebieter es nicht wagen, zurückzusetzen
Tsĭ. Jetzt hätte er noch überdies die Hochschätzung von Tsu: Ngŏ-
li-tse wird es gewiss zur Sprache bringen in Thsin, dass man wieder
herausgebe das eroberte Land von Tsu.

---

1) Ngŏ-li-tsĭ war von mütterlicher Seite mit Han verwandt.

2) 遂 武 Wu-sui, welches in der angegebenen Entfernung westlich von Ping-
yang lag, ist von dem gleichnamigen Wu-sui, welches das heutige Wu-khiang,
Kreis Schin-tscheu in Pe-tschĭ-li, verschieden.

3) Nach den zeitberechnenden Blättern des Sse-ki entriss Thsin im zweiundzwanzigsten Jahre des Königs Hoai (307 vor uns. Zeitr.) die Feste I-yang von Han und
eroberte das Gebiet Wu-sui. Im drei und zwanzigsten Jahre des Königs Hoai
(306 vor uns. Zeitr.) gab Thsin das Gebiet Wu-sui an Han zurück. Ein Ausleger
bemerkt daher, dass die Berathung, in welcher diese Begebenheiten zur Sprache
kamen, nicht in dem zwanzigsten Jahre des Königs Hoai stattgefunden haben könne.

4) D. i. Ngŏ-li-tsĭ, dessen Namen eigentlich „Tsĭ von dem Dorfe Ngŏ-li" bedeutet.

5) 昧 Mei.

König Hoai war mit den Ansichten Tschao-hoei's einverstanden. In Folge dessen verbündete sich Tsu nicht mit Thsin, sondern mit Tsi und trat in ein Verhältniss der Freundschaft zu Han.

Im vierundzwanzigsten Jahre des Königs Hoai (305 vor uns. Zeitr.) sagte sich Tsu wieder von Tsi los und verband sich mit Thsin. Tschao, König von Thsin, der erst unlängst eingesetzt worden, suchte Tsu durch reiche Geschenke zu gewinnen, worauf Tsu eine Tochter von Thsin durch ein grosses Gefolge abholen liess. Im folgenden Jahre, dem fünfundzwanzigsten seiner Lenkung (304 vor uns. Zeitr.), reiste König Hoai in Selbstheit nach Thsin und beschwor mit Tschao, Könige von Thsin, einen Vertrag auf dem Gebiete 棘黃 Hoang-ke. Thsin gab hierauf das Gebiet 庸上 Schang-yung an Tsu zurück.

Im sechsundzwanzigsten Jahre des Königs Hoai (303 vor uns. Zeitr.) richteten Tsi, Wei und Han einen gemeinschaftlichen Angriff gegen Tsu aus dem Grunde, weil dieses Königsland sich von dem Bunde mit ihnen losgesagt und sich an Thsin geschlossen hatte. König Hoai schickte seinen zur Nachfolge bestimmten Sohn als Geissel nach Thsin und bat dieses Land um Hilfe. Thsin entsandte den gastenden Erlauchten 逼 Thung an der Spitze einer Kriegsmacht zur Rettung von Tsu, worauf die Heere der drei Königsländer sich zurückzogen und das Gebiet von Tsu räumten.

Im siebenundzwanzigsten Jahre des Königs Hoai (302 vor uns. Zeitr.) hatte ein Grosser von Thsin in einer eigenen Angelegenheit einen Streit mit dem in Thsin als Geissel lebenden Nachfolger von Tsu. Der Königssohn von Tsu tödtete seinen Gegner, ward hierauf flüchtig und kehrte in seine Heimat zurück. Wegen dieses Vorfalles richtete Thsin im folgenden Jahre, dem achtundzwanzigsten des Königs Hoai (301 vor uns. Zeitr.) in Gemeinschaft mit Tsi, Han und Wei einen heftigen Angriff gegen Tsu, schlug dessen Heer in einer Schlacht, in welcher 昧唐 Thang-mi, Heerführer von Tsu, fiel, eroberte 丘重 Tsch'hung-khieu und zog sich endlich zurück.

Im neunundzwanzigsten Jahre des Königs Hoai (300 vor uns. Zeitr.) erneuerte Thsin den Angriff auf Tsu und brachte diesem Lande eine grosse Niederlage bei. In dem entscheidenden Kampfe fanden zwanzigtausend Krieger von Tsu, unter ihnen der Heerführer

缺景 King-kiue den Tod. Die Feste 城 襄 Siang-tsching [1]) ging an Thsin verloren. König Hoai, in Furcht versetzt, schickte seinen zur Nachfolge bestimmten Sohn als Geissel nach Tsi und trachtete sich mit diesem Lande zu versöhnen.

Im dreissigsten Jahre des Königs Hoai (299 vor uns. Zeitr.) unternahm Thsin nochmals einen Angriff auf Tsu und eroberte acht feste Städte dieses Landes. Hierauf übersandte König Tschao von Thsin dem Könige von Tsu das folgende Schreiben: Anfänglich traf ich, der unbedeutende Mensch, mit dir, o König, das Übereinkommen, dass wir zu einander seien jüngere und ältere Brüder. Wir beschworen den Vertrag in Hoang-ke, der zur Nachfolge bestimmte Sohn wurde Geissel, und ich war auf das Höchste erfreut. Der Nachfolger beleidigte und tödtete einen meiner einflussreichen Diener. Er entschuldigte sich nicht, sondern begab sich auf die Flucht und verliess das Land. Ich, der unbedeutend e Mensch, konnte in Wahrheit nicht bewältigen meinen Zorn, ich hiess Streitkräfte dringen in deine Landmarken, o Gebieter und König. Jetzt höre ich, dass du, o Gebieter und König, den Nachfolger als Geissel geschickt hast nach Tsi und dass du trachtest, dich zu versöhnen. Jetzt habe ich, der unbedeutende Mensch, mit Tsu das Zusammentreffen an den Markungen, an den Abrainungen der Scholle, desswegen bewerkstelligten wir die Verschwägerung, und dass wir uns gegenseitig anschliessen und einander befreundet sind, ist schon lange Zeit. Da aber jetzt Thsin und Tsu nicht erfreut sind, so haben sie nichts zu gebieten den Fürsten der Lehen. Ich der unbedeutende Mensch, möchte mit dir, o Gebieter und König, zusammentreffen in dem Durchwege Wu, und, nachdem ich mit dir einen Vertrag beschworen, mich wieder entfernen. Dies ist mein, des unbedeutenden Menschen, Verlangen. Ich wage es, dies zu Ohren zu bringen dem untersten Leiter der Geschäfte.

Nachdem König Hoai von Tsu dieses Schreiben des Königs von Thsin gelesen, war er von Besorgniss erfüllt. Für den Fall, dass er die Reise antreten wollte, fürchtete er, betrogen zu werden. Wollte er hingegen die Reise unterlassen, so fürchtete er wieder den Zorn von Thsin. Tschao-hoei widerrieth dem Könige die Reise, indem

---

[1]) Die Stadt heisst heutzulage wieder Siang-tsching und befindet sich in Hiü-tscheu, Landschaft Ho-nan.

er sagte: Mögest du, o König, ja nicht gehen, vielmehr eine Kriegsmacht aussenden und dich einfach schützen. Thsin hat den Sinn der Tiger und Wölfe, man darf ihm nicht vertrauen. Es hat die Absicht, sich einzuverleiben die Länder der Fürsten der Lehen. — 蘭 子 Tse-lan, der Sohn des Königs Hoai, rieth dagegen zur Reise und sagte: Wie kann man nur die Freude von Thsin verderben?

König Hoai reiste hierauf zur Zusammenkunft mit dem Könige Tschao von Tschin. Dieser König gab hinterlistiger Weise einem seiner Heerführer Befehl, eine Kriegsmacht in den Durchweg Wu zu legen und sich selbst für den König von Thsin auszugeben. Als der König von Tsu eintraf, schloss der Heerführer den Durchweg Wu ab und zog mit dem Könige in westlicher Richtung nach Hien-yang, der Hauptstadt von Thsin. Daselbst hiess man den König von Tsu gleich einem Diener des Geheges an dem in dem Gebäude der „schimmernden Erdstufe" befindlichen Hofe des Königs von Thsin erschienen und behandelte ihn mit keiner übermässigen Artigkeit. König Hoai gerieth hierüber in heftigen Zorn, und es reute ihn, dass er die Worte Tschao-hoei's nicht beachtet hatte.

Thsin hielt bei diesem Anlasse den König von Tsu zurück und bewog ihn zu dem Versprechen, die Landschaften 巫 Wu und 中 黔 Khien-tschung abzutreten. Der König von Tsu war Willens, den bezüglichen Vertrag zu beschwören, aber Thsin wollte vorher in den Besitz des Landes gelangen. Hierüber zürnte der König von Tsu und sagte: Thsin hat mich betrogen und es zwingt mich überdies, ihm das Land zu versprechen! — Er wollte von einer Abtretung von Land nichts mehr wissen, und Thsin hielt ihn aus diesem Grunde wieder zurück.

Den grossen Würdenträgern von Tsu bereitete die Abwesenheit des Königs viele Sorge. In einer Berathung, welche sie hielten, sagten sie zu einander: Unser König befindet sich in Thsin und kann nicht zurückkehren. Er gab das Versprechen hinsichtlich der Abtretung von Land, aber der zur Nachfolge bestimmte Sohn wurde als Geissel gestellt nach Tsi. Wenn Tsi und Thsin sich in ihren Anschlägen vereinigen, so hat Tsu aufgehört, ein Königsland zu sein. — Man war demnach willens, den andern in dem Lande anwesenden Sohn des Königs einzusetzen. Tschao-hoei wendete dagegen ein: Der König hat mit dem Nachfolger in Gemeinschaft

Mühsal erduldet bei den Fürsten der Lehen. Wollte man aber noch
zuwider handeln dem Befehle des Königs und einsetzen dessen nicht-
bèrechtigten Sohn, so wäre dies nicht billig.

Tschao-hoei eilte hierauf nach Tsi, um daselbst die unwahre
Meldung zu machen, dass in Tsu ein neuer König eingesetzt wor-
den. König Min von Tsi sagte zu seinem Landesgehilfen: Wir
müssen zurückhalten den Nachfolger und begehren von Tsu das
Land im Norden des Hoai. — Der Landesgehilfe von Tsi erwiederte:
Dies kann nicht geschehen. In Ying hat man einen König eingesetzt.
Unter diesen Umständen hielten wir in den Armen einen unnützen
Geissel und übten Ungerechtigkeit in der Welt. — Einige traten
dieser Meinung entgegen, indem sie dem Könige einen ganz anderen Rath gaben und sagten: Dem ist nicht so. In Ying hat man
einen König eingesetzt. Wir müssen demnach mit dem neuen Könige
feilschen und sagen: Gibst du uns die unteren Länder des Ostens,
so werden wir für dich, o König, den Nachfolger tödten. Thust du
dies nicht, so werden wir mit den drei Königsländern in Gemeinschaft ihn einsetzen. — Auf diese Weise können die Länder des
Ostens gewiss erlangt werden.

Der König von Tsi theilte zuletzt die Ansichten seines Landesgehilfen und liess den Nachfolger von Tsu heimkehren. In Tsu angekommen, ward der Nachfolger, dessen Name 横 Hung, sofort
zum Könige eingesetzt. Derselbe heisst in der Geschichte König
襄 頃 Khing-siang. Tsu meldete hierauf nach Thsin: Dank den
heiligen Wesenheiten unserer Landesgötter hat das Land bereits
einen König.

Thsin, welches den König Hoai zum Versprechen von Gebiets-
abtretungen bewogen hatte, konnte das Land noch immer nicht erhalten, während Tsu den Versuchen von Thsin durch die Einsetzung
eines neuen Königs entgegenwirkte. Über diese Täuschung ergrimmt,
liess Tschao, König von Thsin, im ersten Jahre des Königs Khing-
siang (298 vor uns. Zeitr.) eine Kriegsmacht aus dem Durchwege
Wu heraustreten und Tsu angreifen, dessen Heer eine grosse
Niederlage erlitt. Thsin schlug fünfzigtausend Kriegern von Tsu
die Häupter ab und eroberte das Gebiet 析 Sï [1]) nebst fünfzehn
festen Städten, worauf es den Rückzug antrat.

---

[1]) Der Kreis Sï befand sich in der späteren Landschaft Hang-nung. Die letztere,
das heutige Hoa-tscheu in Ling-pao enthalten, umfasste das Gebiet des gleich-

Im zweiten Jahre des Königs Khing-siang (297 vor uns. Zeitr.) entfloh der in Thsin zurückgehaltene König Hoai aus seinem Aufenthaltsorte und gedachte in sein Land zurückzukehren. Thsin, welches die Absicht des Königs erkannte, verlegte ihm den Weg nach Tsu. König Hoai, für seine Sicherheit besorgt, floh auf Seitenwegen nach Tschao, wo er verlangte, dass man ihm zur Heimkehr behilflich sei. Der mit dem Namen „der vorgesetzte Vater" belegte eigentliche König von Tschao befand sich jedoch in Tai, während dessen Sohn König Hoei, der erst kürzlich zu seiner Würde erhoben worden und die Geschäfte des Königs führte, Bedenken hatte und sich nicht getraute, den König von Tsu in sein Land zurückzubringen. König Hoai wollte hierauf nach Wei entfliehen, als jedoch die zu seiner Verfolgung ausgeschickten Leute aus Thsin eintrafen, übergab ihn Tschao an Thsin und liess es geschehen, dass der König wieder nach Thsin zurückgeleitet wurde. Unmittelbar nach seiner Ankunft in diesem Lande verfiel König Hoai in eine schwere Krankheit.

Im dritten Jahre des Königs Khing-siang (296 vor uns. Zeitr.) starb König Hoai in Thsin. Dieses Land schickte den Leichnam sammt dem Trauergefolge nach Tsu zurück. Die Bewohner von Tsu bedauerten den König und waren schmerzlich bewegt wie bei dem Tode ihrer nahen Verwandten. Die Lehensfürsten gaben bei diesem Ereignisse Thsin Unrecht, und Thsin und Tsu sagten sich entschieden von einander los.

Im sechsten Jahre des Königs Khing-siang (293 vor uns. Zeitr.) richtete Pe-khi, Heerführer von Thsin, einen Angriff gegen das mit Wei verbündete Han in I-kiue und erfocht einen grossen Sieg, wobei die Krieger von Thsin vierundzwanzigmal zehntauseud feindliche Häupter abschlugen. Thsin schickte hierauf an den König von Tsu das folgende herausfordernde Schreiben: Tsu hat sich losgesagt von Thsin. Thsin wird sich sofort stellen an die Spitze der Fürsten der Lehen, angreifen Tsu und mit ihm streiten um den Befehl eines Morgens. Wir wünschen, dass du, o König, ausrüstest Kriegsmänner und Streiter, damit wir uns einmal erfreuen können des Kampfes. — Dem Könige Khing-siang von Tsu bereitete dieses Schreiben viele Sorge, und er ging mit dem Gedanken um, sich

namigen Flusses Hung-nung, der sich in den gelben Fluss unterhalb der grossen Krümmung desselben ergiesst

mit Thsin wieder auszusöhnen. Im siebenten Jahre des Königs Khing-siang (292 vor uns. Zeitr.) liess Tsu eine Tochter des Hauses Thsin durch ein Gefolge abholen, worauf der Friede zwischen Thsin und Tsu nochmals zu Stande kam.

Im eilften Jahre des Königs Khing-siang (288 vor uns. Zeitr.) legten die Könige von Tsi und Thsin sich die Benennung von All-haltern bei, entsagten jedoch schon nach einem Monate der Würde von Allhaltern und nannten sich wir zuvor Könige. Im vierzehnten Jahre seiner Lenkung (285 vor uns. Zeitr.) hatte König Khing-siang von Tsu eine freundschaftliche Zusammenkunft mit Tschao, König von Thsin, auf dem Gebiete 宛 Yuen, wo beide unter sich ein enges Bündniss schlossen.

Im fünfzehnten Jahre seiner Lenkung (284 vor uns. Zeitr.) betheiligte sich König Khing-siang an dem von Thsin, den drei Königsländern des früheren Tsin, ferner von Yen unternommenen grossen Angriffe auf Tsi und eroberte das Land im Norden des Flusses Hoai. Im sechzehnten Jahre seiner Lenkung (283 vor uns. Zeitr.) hatte König Khing-siang eine zweite freundschaftliche Zu-sammenkunft mit dem Könige Tschao von Thsin auf dem Gebiete 鄢 Yen. Noch in dem Herbste desselben Jahres hatte er eine dritte Zusammenkunft mit diesem Könige auf dem Gebiete 穰 Jang.

Tsu hatte in der letzten Zeit, obwohl mit Aufgebung eines Theiles seiner Unabhängigkeit, die äussersten ihm von aussen dro-henden Gefahren zu vermeiden gewusst, als König Khing-siang im achtzehnten Jahre seiner Lenkung (281 vor uns. Zeitr.) durch die zwar neuhaften, aber im Hinblick auf die Verhältnisse sinnlosen und mehr als unüberlegten Reden eines unbekannten Mannes sich bewegen liess, sein Verhalten zu Thsin gänzlich zu ändern.

In Tsu war ein Mann, der mit einem schwachen Bogen und einer dünnen an den Pfeil befestigten Schnur geschickt nach den heimziehenden wilden Gänsen zu schiessen verstand. König Khing-siang, der von diesem Manne hörte, beschied ihn zu sich und rich-tete an ihn einige Fragen über dessen Kunst. Der Jägersmann gab sogleich die folgende, von dem Gegenstande weit abspringende Antwort: Ich, der kleine Diener, schiesse gerne kleine wilde Gänse und Enten des Netzes. Das Absenden von kleinen Pfeilen, wie verdiente es, dass es sei deine Art und Weise, o grosser König? Nennt man ferner die Grösse von Tsu, so ist dasjenige, was es durch deine Weisheit, o grosser König, mit Wurfpfeilen erhascht, nicht gerade dieses.

Einst erhaschten die drei Könige mit Wurfpfeilen den Weg und die Tugend. Die fünf Obergewaltigen erhaschten mit Wurfpfeilen die kämpfenden Fürstenländer. Desswegen sind Thsin, Wei, Yen und Tschao kleine wilde Gänse. Tsi, Lu, Han und Uei [1]) sind grünköpfige Vögel. Tseu [2]), Pi [3]), Tan [4]) und Pei [5]) sind Enten des Netzes. Was das Übrige in den auswärtigen Gebieten betrifft, so verdient es nicht, dass man nach ihm die Pfeile entsendet. Siehst du aber die sechs Paar Vögel [6]), auf welche Weise wirst du, o König, dich ihrer bemächtigen?

Warum machst du, o König, nicht die höchstweisen Männer zu einem Bogen, die muthigen Kriegsmänner zu einer Pfeilschnur? Wenn du dann den Bogen spannst und schiessest, können diese sechs Paare erlangt, hierauf eingesackt und in den Wagen geschafft werden. Die Freude, welche du dann hättest, wäre nicht blos die Freude eines Morgens und Abends. Die Beute, welche du machtest, wäre nicht blos der Gewinn von Enten und wilden Gänsen.

Du spannst den Bogen am Morgen und schiessest nach dem Süden von Ta-liang in Wei, du erreichst dessen rechten Arm und heftest geraden Weges das Geschoss an Han, dann sind die Wege des mittleren Landes zerrissen und die Landschaft des oberen Tsai ist zusammengestürzt. Auf der Rückkehr schiessest du nach

---

[1]) Das Fürstenland 衛 Wei, dessen Namen der Verfasser hier zum Unterschiede von 魏 Wei durch „Uei" wiedergibt.

[2]) Tseu ist gleichbedeutend mit Tschü, einem durch seine Kleinheit bekannten Nachbarlande von Lu.

[3]) 費 Pi, die Lehenstadt des Geschlechtes Ki von Lu, wird in der Geschichte unter den selbstständigen Fürstenländern nicht angeführt.

[4]) 郯 Tan, ein altes Fürstenland, wird in der Geschichte mehrmals erwähnt.

[5]) Das besonders in der späteren Geschichte oft genannte Gebiet 邦 Pei war kein selbstständiges Fürstenland.

[6]) Die sechs Paar Vögel sind die oben genannten zwölf Länder: Thsin, Wei. Yen, Tschao, Tsi, Lu, Han, Uei, Tseu, Pi, Tan und Pei.

dem Osten von Yü[1]), lösest das linke Armgelenk von Wei und lässest nach aussen den Pfeil schlagen gegen Ting-tao, dann ist der Osten von Wei nach aussen zurückgesetzt und das grosse Sung ist in dem Augenblicke mit den zwei Landschaften aufgehoben. Wenn ferner Wei abgeschnitten hat seine zwei Arme, so stürzt es kopfüber und ist verloren. Wenn du vor die Brust schlägst das Land Tan, so kann Ta-liang gewonnen und behauptet werden.

Du, o König, schlingst die Pfeilschnur auf der Erdstufe der Luftblume, tränkst die Pferde in dem westlichen Flusse, stellst zurecht Ta-liang in Wei. Dies ist die Freude eines einmaligen Aufbruches.

Wenn du, o König, das Erhaschen mit Wurfpfeilen wirklich liebst und dessen nicht satt bist, so nimmst du hervor den kostbaren Bogen, befestigst den Stein an die neue Pfeilschnur, schiessest den geschnäbelten Vogel[2]) an dem östlichen Meer, kehrst zurück über Kai[3]) und machst die lange Mauer[4]) zur Schutzwehr des Zielers. Am Morgen schiessest du nach dem östlichen Khiü, am Abend brichst du auf von der Erdhöhe[5]) Pei, in der Nacht erreichst du Tse-me, blickst zurück und stützest dich auf die querlaufenden Wege, dann ist das Land im Osten der langen Mauer zusammengerafft und das Land im Norden des Thai-san ist weggenommen. Im Westen verknüpfest du die Marken mit Tschao, aber im Norden dringst du hindurch nach Yen. Wenn die drei Königsländer breiten die Flügel, so kann der Anschluss, ohne dass du zu warten brauchtest auf das Übereinkommen, zu Stande gebracht werden.

Du lustwandelst im Norden und wirfst das Auge auf Liao-tung in Yen, aber im Süden besteigst du die Höhen und blickst in die

---

1) Ein Gebiet Namens 幸 Yü gab es sowohl in Tschin-lieu als Lö-yang, Kreisen von Ho-nan.

2) Ein Vogel mit einem grossen Schnabel. Unter diesem Ausdrucke soll, wie Einige meinen, Tsi verstanden werden.

3) 葢 Kai war die sogenannte „untere Stadt" von Tsi und befand sich in der späteren Landschaft Thai-san.

4) Die lange Mauer von Tsi begann in dem späteren Kreise 盧 Lu, dem heutigen Tschang-thsing in Thsi-nan, und erstreckte sich bis an das Meer.

5) Die Erdhöhen 浿 Pei befand sich nordwestlich von der Hauptstadt des heutigen Unterkreises Lin-thse, Kreis Tsing-tscheu in San-tung.

Ferne von dem Kuei-ki in Yue. Dies ist die Freude des nochmaligen
Aufbruches. Diese zwölf Lehensfürsten auf dem Gebiete des Sse,
mit der Linken schlingst du um sie die Schnur, mit der Rechten
streichst du über sie, so kannst du an einem einzigen Morgen mit
ihnen fertig werden.

Jetzt hat Thsin zertrümmert Han und sich dadurch bereitet lang-
wierigen Kummer. Es hat gewonnen eine Reihe von festen Städten
und wagt es nicht, sie zu vertheidigen. Es hat angegriffen Wei und
keine Thaten verrichtet. Wenn es einen Schlag führt gegen Tschao
und Rücksicht nimmt auf das eigene Leiden, so ist die muthige Kraft
von Thsin und Wei gebrochen. Das alte Gebiet von Tsu, die Länder
Han-tschung, Sï und Lï ¹) können gewonnen und wieder besessen
werden.

Du, o König, nimmst hervor den kostbaren Bogen, befestigst
den Stein an eine neue Pfeilschnur, setzest über zu den Versperrungen von Min ²) und wartest auf die Ermüdung von Thsin. Das
Land im Osten der Berge, das Land innerhalb des Flusses können
dann gewonnen und zu einem Ganzen vereinigt werden. Indess du
tröstest das Volk, Erholung verschaffst der Menge, hast du südwärts
gekehrt das Angesicht und nennst dich König.

In diesem Sinne wird gesagt: Thsin ist ein grosser Vogel, der
den Rücken gedeckt hat durch das, was innerhalb der Meere, wo
er sich aufhält, der das Angesicht gekehrt hat nach Osten, indess er
dasteht. Mit dem linken Arme stützt er sich auf den Westen und
Süden von Tschao. Den rechten Arm legt er auf Yen und Ying in Tsu.
Er schlägt vor die Brust Han und Wei, er dreht zurück das Haupt
nach dem mittleren Lande. Da ihm, wo er sich aufhält, die Gestalt
von Vortheil, hat er bei seiner Kraft den Nutzen des Bodens. Er
erhebt plötzlich die Flügel, schlägt mit den Fittigen, hat im Umfange dreitausend Weglängen. Somit kann man es hinsichtlich
Thsin noch nicht dahin bringen, dass man es allein herbeiwinkt
und nächtlich mit dem Pfeile erlegt.

---

¹) 麗 Lï war ein Gebiet des heutigen zu Teng-tscheu gehörenden Nei-hiang,
in Ho-nan.

²) 鄳 Min ist nach Einigen 冥 Ming, d. i. das heutige Kiang-hia, in unmittelbarer Nähe der Hauptstadt des Kreises Wu-ts chang in Hu-kuang.

Der Jägersmann soll diese Antwort gegeben haben, um den Zorn des Königs rege zu machen. König Siang beschied ihn indessen ein zweites Mal zu sich und sprach mit ihm, bei welcher Gelegenheit der Jägersmann Folgendes vorbrachte: Der frühere König wurde durch Thsin betrogen und starb als Gast in der Fremde. Der Hass, der hierdurch erregt ward, wird durch nichts übertroffen. Wenn jetzt der gewöhnliche Mann einen Hass auf etwas wirft, so kann er sich noch immer rächen an einer Macht von zehntausend Wagen. Dies war der Fall bei dem Fürsten von Pe und bei Tse-siü. Aber das Land von Tsu hat im Umfange fünftausend Weglängen. Diejenigen, die umgürtet mit Panzern, sind hundertmal zehntausend. Sie sind noch immer hinreichend, um Sprünge zu machen in der Mitte der Wildniss. Dass sie jedoch unthätig sitzen und in Verzweiflung gerathen, ich vermesse mich, dafür zu halten, dass du, o grosser König, dies nicht solltest über dich nehmen.

Durch diese Worte bewogen, schickte König Khing-siang Gesandte an die Lehensfürsten und erneuerte den Anschluss an dieselben, indem er mit ihrer Hilfe Thsin anzugreifen gedachte. Als Thsin dies erfuhr, entsandte es eine Kriegsmacht, welche zum Angriffe auf Tsu heranrückte. Tsu war gesonnen, sich mit Tsi und Han zu vereinigen und dem von Thsin drohenden Angriffe zuvorzukommen. Früher wollte es sich jedoch bei Tscheu Raths erholen. Nan, König von Tscheu, schickte den Fürsten von 武 Wu, einen Urenkel des Königs Ting, als Gesandten nach Tsu. Derselbe sagte zu Tschao-hoei[1]), Landesgehilfen von Tsu: Dass die drei Fürstenländer losgetrennt hätten das Land der fernen Umgebungen von Tscheu, um bequem auf Wagen verladen zu können, dass sie nach Süden geschafft hätten die Geräthe, um zu ehren Tsu, ich halte dafür, dass dem nicht so ist. Dadurch, dass man tödtet den gemeinschaftlichen Vorsteher[2]), zum Diener macht den Gebieter, werden die grossen Fürstenländer nicht befreundet. Indem man durch die Mehrheit einschüchtert die Minderheit, werden die kleinen Fürsten-

---

[1]) Tschao-hoei wird sonst auch 子 昭 Tschao-tse genannt.

[2]) 王 共 Kung-tschü „der gemeinschaftliche Vorsteher" wird hier der König von Thsin genannt, weil Tscheu um diese Zeit bereits dem Hofe von Thsin gehuldigt hatte.

länder nicht anhänglich. Wenn die grossen Fürstenländer nicht befreundet, die kleinen Fürstenländer nicht anhänglich, kann man nicht zu Wege bringen die Wirklichkeit des Namens. Wenn die Wirklichkeit des Namens nicht erlangt wird, hat man keinen genügenden Grund, Leid anzuthun dem Volke. Die Angabe, dass man sich bei Tscheu Raths erholt, macht man nicht zum Feldruf.

Tschao-tse erwiederte: Dass wir uns bei Tscheu Raths erholen, davon wollen wir abstehen. Aber dessen ungeachtet möchte ich wissen, warum man sich bei Tscheu nicht Raths erholen kann.

Der Fürst von Wu gab Folgendes zur Antwort: Wenn das Kriegsheer nicht fünfmal so stark, stürmt man keine Feste. Ist es nicht zehnmal so stark, so schreitet man nicht zur Belagerung. Dass dieses einzige Tscheu zwanzigmal so stark, ist dem Fürsten von Tsin [1]) bewusst. Han wurde mit einer Menge von zwanzigmal zehntausend Streitern beschämt unter den Mauern von Tsin [2]). Die auserlesenen Kriegsmänner starben, die mittelmässigen Kriegsmänner wurden verwundet, und Tsin ward nicht weggenommen. Der Fürst hatte seine Kraft nicht angestrengt, und Han hatte sich Raths erholt bei Tscheu. Dies ist der Welt bewusst.

Sich Hass zuziehen bei den beiden Tscheu, um zu befriedigen den Sinn von Tseu und Lu, so dass zerrissen wird das Bündniss mit Tsi und der Ruf verloren geht in der Welt, dies sind Dinge, welche gefährlich. Dass, indem man in Gefahr bringt die beiden Tscheu, um zu vergrössern das Land der drei Rinnsäle und die Gebiete jenseits des Fang-tsching [3]), Han nothwendig schwach werden sollte, woher könnte man wissen, dass dem so ist?

Von dem Lande des westlichen Tscheu sind die zerrissenen Stellen lang, die ausgebesserten Stellen sind kurz, es hat im Umfange nicht mehr als hundert Weglängen. Dem Namen nach ist es die Welt, wenn aber der gemeinschaftliche Vorsteher zerstückeln

---

[1]) Das frühere Tsin war damals längst in die drei Königsländer Wei, Han und Tschao getheilt. Der Himmelssohn als solcher kennt nur einen Fürsten von Tsin, der unter den obwaltenden Umständen ein blosser Begriff ist.

[2]) Das mit Wei verbündete Han, welches in Thsin einzufallen gedachte, erlitt durch Pe-khi, Heerführer von Thsin, eine Niederlage auf dem Gebiete I-kiue in dem früheren Tsin, und beide Länder verloren zweihundert vierzigtausend Streiter, denen die Sieger die Häupter abschlugen.

[3]) Fang-tsching ist gleichbedeutend mit Tsching-fang, einem Gebirge im äussersten Norden von Tsu.

wollte dessen Gebiet, so wäre dies nicht hinreichend, um fetter zu machen sein Land. Erhielte er dessen Heeresmenge, so wäre dies nicht hinreichend, um zu verstärken seine Kriegsmacht. Ohne dass er ihn zu überfallen braucht, hätte er schon dem Namen nach getödtet seinen Gebieter.

Dass aber unter den mit den Angelegenheiten gern sich befassenden Gebietern, unter den an der Lenkung Freude findenden Dienern, indess sie hervorschickten die Losung und Gebrauch machten von den Waffen, es noch keinen gegeben, dem nicht Tscheu gegolten hätte als der Anfang und das Ende, woher kommt dies? Sie sahen, dass die Geräthe der Darbringung noch vorhanden. Sie wünschten, dass die Geräthe anlangen und dass es nicht gebe die Zerrüttung durch den Mord der Gebieter. Jetzt sähe Han, dass die Geräthe sich befinden in Tsu, ich fürchte, dass die Welt der Geräthe willen ein Feind werden wird zu Tsu.

Ich bitte, hier einen Vergleich anstellen zu dürfen. Wenn das Fleisch des Tigers verfault und seine Haut von Nutzen für den Leib, so fallen die Menschen noch immer über ihn her. Wollte man den Büffel inmitten der Sümpfe kleiden in die Haut des Tigers, so würden Menschen über ihn herfallen gewiss zehntausendmal mehr als über den Tiger. Zerstückelte man das Gebiet von Tsu, so würde dies hinreichen, um fett zu machen das Fürstenland. Schaffte man ab den Namen von Tsu, so würde dies hinreichen, um zu ehren den Vorsteher.

Jetzt wirst du den Wunsch haben zu strafen den die Welt verderbenden allgemeinen Vorsteher, zu weilen bei den durch die drei Zeitalter einander hinterlassenen Geräthen, zu verschlingen die drei Dreifüsse mit hohlen Füssen, die sechs Dreifüsse mit Flügeln [1]), um zu erhöhen die Vorsteher des Zeitalters. Wenn dies keine Habgier ist, was ist es sonst?

Das Buch von Tscheu sagt: Du willst dich erheben ohne Vorgänger. — Wenn daher die Geräthe nach Süden wandern, so kommt die Kriegsmacht angezogen.

In Folge der von Tscheu ertheilten Antwort hielt es Tsu für gerathen, von seinem Vorhaben abzustehen, und der Feldzug

---

[1]) D. i. im Ganzen die neun Dreifüsse. Der Theil, der hier an dem Dreifusse der Flügel genannt wird, heisst sonst auch das Ohr.

gegen Thsin fand nicht Statt. Im neunzehnten Jahre des Königs
Khing-siang (280 vor uns. Zeitr.) unternahm indessen Thsin einen
Angriff auf Tsu, dessen Kriegsheer geschlagen wurde. Tsu trat
Schang-yung und das Land im Norden des Flusses Han an Thsin ab.
    Im zwanzigsten Jahre des Königs Khing-siang (279 vor uns.
Zeitr.) entriss Pe-khi, Heerführer von Thsin, dem Königslande Tsu
das Gebiet 陵 西 Si-ling [1]). In dem einundzwanzigsten Jahre des
Königs Khing-siang (278 vor uns. Zeitr.) entriss Pe-khi dem Königs-
lande Tsu dessen Hauptstadt Ying und verbrannte 陵 夷 I-ling [2])
sammt den daselbst befindlichen Grabstätten der Könige von Tsu.
Die Kriegsmacht des Königs Khing-siang zerstreute sich und wagte
keinen weiteren Kampf. Der König selbst floh aus der Nähe seiner
Hauptstadt und besetzte die im Nordosten gelegene Feste von
Tschin. Im zweiundzwanzigsten Jahre des Königs Khing-siang (277
vor uns. Zeitr.) eroberte Thsin nochmals die Landschaften Wu und
Khien-tschung.
    Im dreiundzwanzigsten Jahre seiner Lenkung (276 vor uns.
Zeitr.) sammelte König Khing-siang die Streitkräfte seines östlichen
Gebietes bis zu einer Stärke von hunderttausend Kriegern. Mit dieser
Macht zog er wieder gegen Westen, eroberte fünfzehn an dem Ufer
des grossen Stromes gelegene, einst durch Thsin entrissene Städte
zurück und bildete aus ihnen eine Landschaft, die er gegen Thsin
vertheidigte.
    Im siebenundzwanzigsten Jahre seiner Lenkung (272 vor
uns. Zeitr.) entsandte König Khing-siang dreissigtausend Krieger
seines Landes, welche sich als Hilfsmacht bei dem Angriffe der drei
Königsländer des früheren Tsin auf Yen betheiligten. Zugleich
schloss er wieder Friede mit Thsin und stellte diesem Lande seinen
zur Nachfolge bestimmten Sohn als Geisel. Der König ernannte
歇 黃 Hoang-hŏ, den Genossen seiner Umgebung zur Linken,
zum Gesellschafter des Nachfolgers in Thsin.
    Im sechsunddreissigsten Jahre seiner Lenkung (263 vor uns.
Zeitr.) erkrankte König Khing-siang, auf welche Nachricht der zur
Nachfolge bestimmte Sohn aus Thsin entfloh und nach Tsu zurück-

---

[1]) Dasselbe ist ein Theil des heutigen Kiang-hia nächst Wu-tschang in Hu-kuang.
[2]) Die Hauptstadt des heutigen Kreises I-tschang in Hu-kuang.

kehrte. König Khing-siang starb im Herbste desselben Jahres und hatte zum Nachfolger seinen bisher als Geisel in Thsin zurückgehaltenen Sohn 元 熊 Hiung-yuen. Derselbe heisst in der Geschichte König 烈 考 Khao-lie. Dieser König ernannte Hoang-hŏ, den Genossen der Umgebung der Linken, zum Landesgehilfen, belehnte ihn mit dem Gebiete des Landes U und verlieh ihm den Ehrennamen eines Landesfürsten von 申 春 Tschün-schin.

Im ersten Jahre seiner Lenkung (262 vor uns. Zeitr.) überliess König Khao-lie das Gebiet 州 Tscheu [1]) an Thsin und schloss mit diesem Lande Frieden. Tsu, welches bereits seine westlichen Gebietstheile sammt der alten Hauptstadt verloren hatte, war um diese Zeit in bedeutende Schwäche versunken.

Im sechsten Jahre des Königs Khao-lie (257 vor uns. Zeitr.) schritt Thsin zur Belagerung von Han-tan, der Hauptstadt von Tschao. Dieses Königsland begehrte Hilfe von Tsu, welches den Heerführer 陽 景 King-yang zur Rettung von Tschao aussandte. Im siebenten Jahre des Königs Khao-lie (256 vor uns. Zeitr.) erreichten das Heer von Tsu und die ebenfalls ausgesandte Hilfsmacht von Wei die im Süden von Han-tan gelegene Stadt 中 新 Sintschung [2]), wo sie mit dem Heere von Thsin zusammentrafen und dasselbe schlugen. Thsin war gezwungen, sich von Han-tan zurückzuziehen.

Tsu suchte übrigens in dem Masse, als es im Westen vor Thsin zurückwich, sich durch Aneignung von Land im Osten und Norden zu entschädigen. Als augenfällige Bestrebungen in diesem Sinne sind schon früher die Einverleibungen des ehemaligen U, des Landes im Norden des Hoai und des Fürstenlandes Khiü vorgekommen. Im achten Jahre des Königs Khao-lie (255 vor uns. Zeitr.) unternahm Tsu einen Angriff auf Lu, eroberte das Land und belehnte dessen Fürsten mit Khiü.

Im zwölften Jahre des Königs Khao-lie (251 vor uns. Zeitr.) starb König Tschao von Thsin. Der König von Tsu entsandte den

---

[1]) Dasselbe wird für das spätere 陵 州 Tscheu-ling gehalten, welches sich östlich von dem heutigen Kien-li, Kreis King-tscheu in Hu-kuang, befand. ◦

[2]) Diese Stadt befand sich in der Nähe der Hauptstadt des heutigen Kreises Tschang-te in Ho-nan.

Landesfürsten von Tschün-schin mit dem Auftrage, in Thsin um
den Verstorbenen zu klagen und den Geistern Gaben zu reichen.

Im vierzehnten Jahre des Königs Khao-lie (249 vor uns. Zeitr.)
vernichtete Tsu vollständig das Fürstenland Lu, indem es Khing,
den letzten Fürsten dieses Landes, nach 邑 下 Hia-yĭ übersiedeln
hiess und ihn zu einem Hausgenossen des Königs von Tsu herab-
setzte.

Im sechzehnten Jahre des Königs Khao-lie (247 vor uns.
Zeitr.) starb Tschuang-siang, König von Thsin, und hatte zum Nachfolger seinen Sohn 政 趙 Tschao-tsching, den späteren Allhalter
des Anfangs. Im zweiundzwanzigsten Jahre des Königs Khao-lie
(241 vor uns. Zeitr.) unternahm Tsu in Gemeinschaft mit vier anderen Königsländern einen neuen Angriff auf Thsin. Dieser Angriff
blieb erfolglos und endete mit dem Rückzuge der verbündeten Heere
aus Thsin. Der König von Tsu verlegte hierauf seinen Wohnsitz
nach dem im Osten gelegenen 春 壽 Scheu-tschün[1]), welches
zur Hauptstadt des Landes bestimmt wurde und ebenfalls den Namen
Ying erhielt.

König Khao-lie starb im fünfundzwanzigsten Jahre seiner Lenkung (238 vor uns. Zeitr.) und hatte zum Nachfolger seinen Sohn
悍 Han, genannt König 幽 Yeu. Aus Anlass dieses Ereignisses
ward der Landesfürst von Tschün-schin durch seinen Hausgenossen
園 李 Li-yuen getödtet. Im dritten Jahre des Königs Yeu (235
vor uns. Zeitr.) richteten Thsin und Wei einen Angriff gegen Tsu
und starb Liŭ-pŭ-wei, Landesgehilfe von Thsin. Im neunten Jahre
des Königs Yeu (229 vor uns. Zeitr.) vernichtete Thsin das Königsland Han.

König Yeu starb im zehnten Jahre seiner Lenkung (228 vor
uns. Zeitr.) und hatte zum Nachfolger seinen leiblichen jüngeren
Bruder 猶 Yeu. Derselbe heisst in der Geschichte König 哀
Ngai. Dieser König war erst zwei Monate eingesetzt, als die Genossen
seines unberechtigten älteren Bruders 芻 負 Fu-thsu ihn überfielen und tödteten, worauf der genannte Sohn Fu-thsu zum Könige
erhoben ward. In demselben Jahre, als sich dies ereignete, machte
Thsin den König Tsien von Tschao zum Gefangenen.

---

[1]) Das heutige Scheu-tscheu, Kreis Fung-yang in Kiang-nan.

Im ersten Jahre des Königs Fu-thsu (227 vor uns. Zeitr.) schickte Tan, Königssohn von Yen, den Kriegsmann King-kho als Gesandten nach Thsin mit dem Auftrage, den König dieses Landes zu erstechen. Im zweiten Jahre des Königs Fu-thsu (226 vor uns. Zeitr.) entsandte Thsin den Heerführer 賁王 Wang-pün zum Angriffe auf Tsu. Dieser Heerführer brachte der Kriegsmacht von Tsu eine grosse Niederlage bei und eroberte zehn feste Städte dieses Landes. Im dritten Jahre des Königs Fu-thsu (225 vor uns. Zeitr.) vernichtete Thsin das Königsland Wei.

Im vierten Jahre des Königs Fu-thsu (224 vor uns. Zeitr.) schlug 翦王 Wang-thsien, Heerführer von Thsin, das Heer von Tsu auf dem Gebiete 蘄 Khi, während 燕項 Hiang-yen, der Oberbefehlshaber des Heeres von Tsu, in dem Kampfe fiel. Im fünften Jahre des Königs Fu-thsu (223 vor uns. Zeitr.) eroberten Wang-thsien und 武蒙 Mung-wu, Heerführer von Thsin, das gesammte noch übrige Gebiet von Tsu, nahmen den König Fu-thsu gefangen und vernichteten das Königsland Tsu, welches in eine Landschaft von Thsin mit dem Namen „Landschaft Tsu" verwandelt wurde.

SITZUNG VOM 21. OCTOBER 1863.

––––––

Herr v. Karajan zeigt als Referent der historischen Commission an, dass derselben die nachstehenden Aufsätze zugesandt worden seien.

a) Regesta documentorum quae ut Germaniae universae austriaci imperii praesertim historiam illustrant. Ex codicibus manuscriptis Bibliothecae palatinae D. Marci Venet. contulit Josephus Valentinelli. Pas prima, a remotiori aevo ad Maximilianum I.

b) Auszug aus Maximilian's II. Copeybuch vom Jahre 1465. Mitgetheilt von Herrn Professor Ritter v. Perger.

––––––

Die Geten und ihre Nachbarn.

(Vorgelegt in der Sitzung vom 10. Juni. 1863.)

Von **Dr. E. Roesler.**

Die treffliche Geschichtschreibung des westlichen Europa hat sich von jeher der Aufhellung und Darstellung der Begebenheiten und Zeiten in jenen Ländern zugewendet, in welchen die Cultur bedeutungsvolle Phasen durchlief, in welchen Fortschritt und Entwickelung der Gesellschaft das höchste menschliche Interesse in Anspruch nehmen können. Der Mensch ist dem Menschen das anziehendste Object; aber nur der Mensch des Fortschrittes. Und so blieb billig die Geschichte gewisser östlicher Gegenden in Europa minder beachtet und entbehrte der emsigen Mühe wiederholter Unter-

suchungen, weil sie jenen einzigen Reiz vorschreitender Entwickelung,
sowie die dramatische Bewegung, welche grosse Leidenschaften und
bedeutsame Ideenconflicte auszeichnet, selten oder niemals vor Augen
stellt. Sie entbehrt wohl nicht des Wechsels und der Veränderung,
aber es gibt Veränderungen, welche uns gleichgiltig sind, weil sie
der Geist nicht bestimmte, weil sie nur der Namen Last vermehren,
ohne der Einsicht ein neues Licht zu entzünden, und der Phantasie
neuen Schwung zu gewähren. Von diesem wenig lehrreichen Charakter ist vieles in der Geschichte der unteren Donauländer. Land
und Geschichte sind Verwandte. Die Steppe vermisst die Anmuth
mannigfaltiger Vegetation, ihre Geschichte individuelle Gestaltung,
sie ist endlos einförmig wie der Boden. Die Physiognomie der Landschaft besteht in dem Mangel alles Physiognomischen, jenes kleinen
Details der Umgebung, das von Ort zu Ort ein anderes ist und von
der Unendlichkeit möglicher Verbindungen von Wald und Berg,
Fels und Wasser, und dem ganzen unbeschreiblichen Vielerlei des
Reliefs abhängt. In solcher Leere des Umkreises, wo die schwei-
fenden Vorstellungen keine Grenzen, die irrende Phantasie keine
Ruhepuncte, das Gedächtniss keine Stätten findet, an die es sich
hefte, fehlt auch die historische Sage, und Klio liebt die Pfade
nicht, welche diese ihre Mutter nicht früher weihte. Nicht ohne
tiefere Bedeutung sterben die Helden des deutschen Liedes im Etzel-
lande und die Sage verstummt über ihren Leichen im fremden, öden
Boden. Zwar unterbrechen bewegtere, lebensfähigere Gestal-
tungen den erwähnten Typus des Landes; Hoch- und Bergland sind
in dem Donaubecken noch mächtig repräsentirt; Asien ragt
nur nach Europa herein, noch ist es nicht Asien selbst. Derart hat
das Gebirge das Loos der Fläche gemildert, die Herrschaft der
Steppe eingeschränkt, und ihm geschichtliche Bedeutung verliehen.
Dennoch ist dem Westen Europas gegenüber sein Osten wenig in
Gleichgewicht. Nur zu häufig haftet ihm ein barbarisches Wesen
an, im Alterthum wie im Mittelalter. In unserem Erdtheile geht das
Licht im Westen auf und im Osten unter. Besonders dunkel aber
erscheinen die Zustände des unteren Donaubeckens und seiner Berg-
umgebungen nördlich und südlich während des Alterthums, dessen
Schicksale ja meist um das weite Mittelmeer sich entwickeln, und
das mit dem Südländer angebornen Art den Norden perhorres-
cirte und seinen Fuss nur mit Zagen selbst in solche Länder setzte,

die wir als mitteleuropäische einem viel nördlicheren und doch jetzt
so wohnlichen Norden entgegenstellen. So datiren unsere kargen
Geschichtsvorstellungen auf dem angedeuteten Gebiete höchstens
ein halbes Jahrtausend vor unserer Zeitrechnung [1])

Herodot's reiche Umfrage an den pontischen Gestaden liess
ihn auch über die unbekannten, unbesuchten Hinterländer der
unteren Donau einige Berichte gewinnen. Damals wohnten an
dem Flusse Maris, in dem man mit grösster Wahrscheinlichkeit
die Máros Siebenbürgens wiedererkennt, die Agathyrsen [2]). Ihr
Haar ist dunkel, stahlblau [3]); sie unterwarfen Gesicht und Leiber
einer Tättowirung [4]), die für sie besonderen Werth haben musste, da

---

[1]) Das Unbedachte und Kritiklose früherer Darstellungen, welche die Hyperboräer
nach Siebenbürgen setzen, findet man erwähnt und gegeisselt bei Schuller, Siebenbürgen vor Herodot, und in dessen Zeitalter: Archiv für Kunde österr. Geschichts-
quellen, XIV. Bd. S. 97 ff.

[2]) Herodot IV, 48. Vgl. Heeren, Idee II, 275. Mannert, Geographie IV, 113 und
Schuller a. a. O. Ukert (Geographie III, 602) spricht seine Ungewissheit aus, ob
Herodot die Agathyrsen sich in Siebenbürgen dachte. „Ob er ihr Land als ein Berg-
land ansah, ist zweifelhaft." Völlig anderer, keineswegs beifallswürdiger Ansicht ist
Reichard in Kleine geogr. Schriften, Güns 1836, der den Maris Herodot's für die
March erklärt.

Herodot lässt die Máros in die Donau fliessen (συμμίσγεται τῷ Ἴστρῳ).
Ebenso in viel unterrichteter Zeit noch Strabo (VII, 304, ῥεῖ Μάρισος ποταμὸς
εἰς τὸν Δανούιον). Hingegen wird die Theiss von beiden nicht erwähnt. Ich möchte
daher in dieser Angabe nicht Unwissenheit erblicken, sondern bin zur Vermuthung
geneigt, dass man im Alterthume die Máros wirklich lange für den Hauptfluss, und
denjenigen Theil des Flusslaufes zwischen Szegedin und Titel, welcher später und
jetzt den Namen Theiss führt, damals für die Fortsetzung der Máros hielt. Sträubt
man sich gegen diese Annahme etwa wegen der auffälligen Krümmung, welche der
Strom bei Szegedin macht und deutlich die Theiss als das Hauptgewässer, die Máros
als den einfallenden Nebenfluss erscheinen lasse? Begegnen uns Neueren denn nicht
ähnliche geographische Verkennungen. Man denke z. B. an Saône und Rhone,
Moldau und Elbe. In beiden Fällen übernimmt der geringfügigere Nebenfluss,
welcher unter rechtem Winkel einmündet und fernab floss von der Hauptrichtung
des Flussthales, von da an die Hauptrolle und gibt den Gewässern den ferneren
Namen, obwohl er augenscheinlich seine Richtung und Selbstständigkeit einbüsst.
— Und die Wasser der Theiss folgen sogar eine Zeit lang dem heftigen Stosse der
Márosfluthen und theilen ihre Richtung nach Westen, bis sie doch das Übergewicht
erlangen — ein Umstand, der vielleicht den Schein ein wenig begünstigte.

[3]) Plin. hist. nat. IV, 26, 88 caeruleo capillo Agathyrsi.

[4]) P. Mela II, 1. Agathyrsi ora artusque pingunt, ut quisque maioribus praestat, ita
magis vel minus; ceterum iisdem omnes notis et sic ut ablui nequeant. Virgil. Aen.
IV, 146 und Priscian. Perieg. v. 302 picti Agathyrsi und Ammian XXXI, 2, 14:
Gelonis Agathyrsi collimitant; interstincti colore caeruleo corpora simul et crines:
et humiles quidem minutis atque raris, nobiles vero latis fucatis et densioribus, noti.

deren unverlöschbare Lineamente, nach Rang und Alter stufenweise
sich mehrend, wie ein inseparabler Stammbaum oder unverlierbarer
Pass dienten. Üppig war ihr Leben, und gerne erschienen sie in
Goldschmuck[5]); kostbare Steine waren ihnen bekannt. Ihre Ge-
setze fassten sie in Lieder und überlieferten sie durch Gesang[6]).
In der Geschichte erscheinen sie nur einmal bei einem bedeutenden
Ereignisse; darauf fristen sie wesenlos ein blosses Namenleben in
den dürren Compendien einiger Geographen.

König Darius I. richtete die furchtbaren Waffen der ersten
Monarchie jener Zeit auch gegen das Volk der Scythen, die selbst
in ihrer weiten Ferne dem mächtigen Arme des Persers nicht unerreichbar schienen. Gegen seine schreckhaften Rüstungen sucht
der Scythe Schutz in einer Allianz mit verwandten und benachbarten Stämmen. Die Könige der Taurier, der Agathyrsen, der Neurer,
der Androphagen, der Geloner u. s. w. kommen zu solchem Zwecke
zu einer Berathung zusammen[7]). Lauter verschollene Namen und
deren Physiognomien nur hie und da Herodot mit einigen skizzen-
haften Strichen seines ethnographischen Pinsels für uns zu zeichnen
unternimmt. Wir copiren ihm jene nicht, sondern treten in das
Rathzelt der Wilden und Halbwilden. Da erfahren diese aus scythi-
schem Munde, welcher Feind ihren unwirthlichen Grenzen nahe,
wie er das grosse Werk, zwei gewaltige Brücken zu schlagen, ausgeführt, und viele Völker schon unter seine Füsse getreten. Man
stellte ihnen vor, dass die Gefahr, welche den Scythen drohe, die
Gefahr persischer Unterjochung, auch über ihren Häuptern schwebe.
„Unsere Unterwerfung", ruft der Scythe, „wird dem Perser nicht
genügen. Dafür habt ihr darin einen gründlichen Beweis. Wenn
der Perser gegen uns allein zu Felde zöge, so müsste er mit Ver-
schonung aller Übrigen auf unser Land losgehen und würde es
auch in Worten kundthun, er rücke gegen die Scythen, gegen die

---

[5]) Herod. IV, 184 Ἀγάθυρσοι δὲ ἁβρότατοι ἄνδρες εἰσὶ καὶ χρυσοφόροι τὰ μάλιστα
Vgl. Dionysius Perieg. v. 317 und ihm folgt Priscian. Perieg. 309 Hos adamanta
legunt iuxta fortes Agathyrsi.

[6]) Aristotel, Problem. XIX, 28 Διὰ τί νόμοι καλοῦνται οὓς ἄδουσιν; ἢ ὅτι πρὶν
ἐπίστασθαι γράμματα ᾖδον τοὺς νόμους, ὅπως μὴ ἐπιλάθωνται, ὥσπερ ἐν
Ἀγαθύρσοις ἔτι εἰώθασι.

[7]) Herod. IV, 102.

Übrigen aber nicht. Nun hat er aber kaum unser Festland betreten
und schon knechtet er Alle, die ihm in den Weg kommen, hat alle
Thracier in Unterwürfigkeit gebracht und auch unseren Nachbarn,
den Geten, so gethan" [8]). Das scythische Interesse konnte nicht
besser vertreten werden, als durch diese Rede, welche die Lage
der Dinge verständig in's Licht setzte. Auch leuchtete dieses mehreren der Versammelten ein und sie entschlossen sich zu dem
gewünschten Vertheidigungsbunde. Aber Andere, darunter der
Agathyrsenkönig, meinten mit der Neutralität eben so sicher zu
fahren, warfen den Scythen den Vorwurf an den Kopf, durch frühere Beleidigungen gegen die Perser den drohenden Krieg sich
selbst zugezogen zu haben, erklärten es für Unrecht, als Nicht-
beleidigte sich in einen Krieg zu stürzen und proclamirten den Entschluss, zu warten, bis der Perser sie angriffe [9]).

Für die Agathyrsen rechtfertigte sich diese Politik durch die
Bergummauerung ihres Landes; diese mochte der Hauptantrieb
sein, sich auch ohne Krieg furchtlos für sicher zu halten; ob ihre
Parteigenossen auch so feste Gewähren für sich hätten anführen
können, ist nicht zu untersuchen. Bekannt ist, welch' glückliche
Defensive das nomadische Scythenvolk ergriff, als es sich des Armes
so vieler Bundesvölker beraubt sah: Verwüstung des Landes durch
eigene schonungslose Hand und steter Rückzug waren ihre starken,
dem Terrain ihrer endlosen Ebenen vorzüglich angepassten Schutz-
waffen. Als sie auf diesem Rückzuge mit ihren gleichfalls aufge-
scheuchten Bundesfreunden an's agathyrsische Gebiet kamen und
Miene machten, ihre Flucht auch auf dieses zu spielen, hielten die
Agathyrsen ihre Neutralität bewaffnet aufrecht. Ein Herold verkündete den Anrückenden den Entschluss, die Scythen durchaus
nicht in ihre Grenzen einlassen zu wollen, und die That folgte auf
dem Fusse. Sie marschirten an die Grenzen, auf Alles gefasst. Die
flüchtigen Nomaden vermieden den unter ihren Umständen doppelt
gefährlichen Kampf und zogen seitwärts [10]). Auch die Perser be-
traten ihr Land nicht.

Der Erzähler der mitgetheilten Vorgänge gibt den Agathyrsen,
diesem ältesten Bewohnerstamme Siebenbürgens, gleiche Abstam-

---

[8]) Herod. IV, 118.
[9]) Herod. IV, 119.
[10]) Herod. IV, 125.

mung mit den Scythen, einem mongolischen Volke, und er berichtet Sitten von ihnen, die auffallend nichtscythisch sind.

Merkwürdig ist die Mythe, welche uns diese Verwandtschaft der Agathyrsen und Scythen lebendig verkörpert [11]). Herakles, jener wandernde Proteus dreier Welttheile, erscheint auch im Scythenlande und reicht einem Weibe, oder besser gesagt, einem unförmlichen Misch- und Zwitterwesen von Weib und Schlange auf ihre Aufforderung zu kurzem Ehebunde die Hand. Wohl that er es nur durch die Nothwendigkeit gezwungen, denn seine Pferde waren ihm, während er schlief, verschwunden und jenes nordische Phantom, das sie bei Seite gebracht hatte, versprach sie ihm nur unter der genannten Bedingung wiederzugeben. Dieser Zwangehe entsprangen drei Söhne. Doch als Herakles die entbehrten Pferde wieder hatte, nahm er schnell Abschied und hinterliess dem Zwitter, das die Herrschaft über weite Landschaften besass, den Auftrag: Wenn die Knaben gross sind, so thue also: Wer von ihnen diesen Bogen also spannen und mit diesem Gürtel sich auf diese Art gürten kann, den lass wohnen in diesem Lande; wer aber diesen Thaten nicht gewachsen ist, den schicke aus ihm fort. Nachdem er den gewaltigen Bogen und Gürtel übergeben, zog er von dannen. Die Mutter aber benannte ihre Söhne, den einen Agathyrsos, den andern Gelonos und den jüngsten Skythes; und später that sie nach Herakles Befehle. Die beiden älteren aber waren nicht im Stande, die verlangten Werke auszuführen, und mussten das Land verlassen, der jüngste vollbrachte vaterwürdig das Geheissene und bekam die Herrschaft im Lande. Von diesem Skythes aber stammen die scythischen Könige ab. Diese Sage beweist, dass den pontischen Griechen, welche sie erzählten [12]), vielleicht auch in's Leben riefen, Agathyrsen und Scythen als verwandt galten; doch ob sie es in der That waren? Die Ersteren hatten Weibergemeinschaft, damit alle als Brüder und Schwestern einander sich betrachteten und neid- und hasslos ihr Dasein führten [13]). Diese Sitte steht in grellem Ab-

---

[11]) Herod. IV, 9, 10.

[12]) Herod. IV, 8. Σκύθαι μὲν ὧδε ὑπὲρ σφέων τε αὐτῶν καὶ τῆς χώρης τῆς κατύπερθε λέγουσιν. Ἑλλήνων δὲ οἱ τὸν Πόντον οἰκέοντες ὧδε.

[13]) Herod. IV, 104.

stich zur scythischen strengen Abschliessung der Frauen [14]). Auch
der Goldreichthum, dessen sich die Agathyrsen erfreuen, könnte
als ein Gewinn ihrer Arbeit in den siebenbürgischen Bergen und
Flüssen betrachtet werden [15]) und deutete dann auf Sesshaftigkeit
der Bewohner; aber die scythischen Nachbaren waren Nomaden:
gewiss einiger Anlass die Agathyrsen nicht so leicht in den Kreis
der scythischen Nomadenstämme einzuschliessen [16]). Auch führt sie
Herodot unter diesen ausdrücklich niemals auf [17]).

Wenn aber die Frage sich darauf richtet, ihre Nationalität sonst
zu bestimmen, so beginnt das weite Reich mannigfaltiger Hypothesen.
Herodot's Bemerkung, dass dieses Volk in vielem thracische Sitten
zeige, ist schätzbar, und ein oft ergriffener Halt für Neuere gewesen [18]). Aber genügt dieser? Niebuhr hat sich ihm anvertraut
und erklärt die Agathyrsen für die Daker selbst [19]). Ein anderer
meint, „die Agathyrsen könnten als einer jener keltischen Stämme
angesehen werden, welche bei dem Vordringen der Kelten gegen
Westen zurückgeblieben wären, um in einem an Producten aller
Naturreiche gesegneten Lande ungefähr zu derselben Zeit eine
selbständige und für ihre nächste scythische Umgebung ziemlich
auffallende Culturstufe zu erreichen, in die auch die Blüthe der keltischen Macht in Gallien gesetzt wird [20]). Die Vermuthung ist an-
nehmbar, aber wer gibt ihr Begründung? Der Name des räthsel-
haften Volkes verschwindet aus der Geschichte, in die sie kaum sich
eingeschlichen, und keine Fackel leuchtet uns auf deren ferneren
Pfaden. Sie sind hier, sie sind dort [21]). Fünf Jahrhunderte später,

---

[14]) Neumann, die Hellenen im Skythenlande I, 299. Pallas berichtet von den Mongolen,
dass die meisten Mädchen bei ihnen vor ihrer Verheirathung wohl vertrauliche Verhältnisse unterhalten, aber strenger Aufsicht in der Ehe anheimfielen.

[15]) Humboldt, Central-Asien I, 249.

[16]) Neumann a. a. O. I, 202 ist derselben Ansicht. Dessgleichen, von ihm unabhängig,
Friedr. Müller im siebenbürg. Archiv 1848, S. 361. — Anders Grimm, Geschichte
der deutschen Sprache, 122.

[17]) Neumann a. a. O.

[18]) Herod. IV, 104 τὰ δ'ἄλλα νόμαια Θρήϊξι προσκεχωρήκασι.

[19]) Kleine Schriften I, 377.

[20]) Fried. Müller a. a. O.

[21]) Mela (II, 1) verweist sie in das Innere Scythiens, ebenso Plinius; (h. n. IV, 26)
Ammian setzt sie an die Mäotis (XXII, 8, 30 und XXXI, 2, 14), Vibius (34) nennt
sie allgemein europäische Scythen. Tzetzes (Chil. VIII, 222) endlich verlegt sie
zwischen den Aparktias und Boreas, welche ich nicht für geographische Wirklich-

als sie an der Máros wohnten, finden wir ihre Spuren nördlich der Karpathen [22]), an einem zweifelhaften Flusse Chesynos [23]). Nichts in unserem kargen Notizenvorrath berechtigt uns dazu, an dieser Wanderung nach Norden, sei sie nun freiwillig oder unfreiwillig erfolgt, zu zweifeln. Aber wann und aus welchen Ursachen geschah sie? Nirgend finden wir die wünschenswerthe Gewissheit, die uns von der schweren Luft der Hypothesen befreite [24]).

Wenn uns die bergigen Landschaften Siebenbürgens im Besitze eines Volkes erschienen, über dessen Zustände und Verbreitung wir nur so ungenügende Aufschlüsse zu geben vermochten, so

---

keiten, sondern für unbestimmte Angaben der Lage im hohen Norden halten kann. Auffällig ist gegenüber diesen und anderen Bemerkungen die Notiz bei Suidas s. v. Ἀγάθυρσοι. ἔθνος ἐνδοτέρω τοῦ Αἵμου.

[22]) Ptolem. III, 5. Εἶτα Κάρβωνες ἀρκτικώτατοι. Ὧν ἀνατολικώτεροι Καρεῶται. καὶ Σάλοι. ὑφ᾽ οὓς Ἀγάθυρσοι.

[23]) Marcian. Heracleens. in Müller fragm. histor. Graec. I, 559 Παροικοῦσι τὸν Χέσυνον ποταμὸν οἱ Ἀγάθυρσοί τὸ ἔθνος τῆς ἐν Εὐρώπῃ Σαρματίας ὄντες. Mannert Geogr. IV, 255 hält ihn für die Düna.

[24]) Šafařík lässt sie um das Jahr 332 durch die keltischen Bastarner aus ihren Wohnsitzen vertrieben (Slav. Alterthümer, deutsch von Ährenfeld I, 473—476). Vergl. dagegen Mannert a. a. O. Nichts kann unsicherer sein und mehr der überzeugenden Kraft entbehren als Etymologien verstümmelter und transformirter Wörter aus untergegangenen Sprachen. Und wie Herodot barbarische Namen veränderte, zeigt an den scythischen Neumann (die Hellenen im Scythenlande). Der scythische Königsname Idan-thyrsos theilt die zweite Hälfte mit Aga-thyrsos, und dem scythischen Namen Sparga-peithes steht auf agathyrsischer Seite der ähnliche Aria-peithes gegenüber (Herod. IV, 78). Versuche nun wer will seinen Scharfsinn an der Chemie dieser Sprachreste. Vgl. Zeuss 278. Echt griechisch ist die Art der Auslegung des Wortes Agathyrsen ἀπὸ Ἀγαθύρσου τοῦ Ἡρακλέους ἢ ὡς Πείσανδρος ἀπὸ τῶν θύρσων τοῦ Διονύσου. Suidas a. a. O. Aber noch viel drolliger erscheint mir die Vermuthung jenes modernen Reisenden (Paget), der dieselben für Stammväter der Schotten hält — wegen Ähnlichkeit der romänischen Tracht im Hátszeger Thale mit der schottischen! Vgl. übrigens noch Ukert, Geographie III, 2. — Grimm, Geschichte d. d. Sprache 122. — Schuller a. a. O. S. 99, Anmerkung 4 und S. 106. Auch dieser Forscher ist geneigt, die Agathyrsen für Kelten zu erklären. „Wir haben in dem Sinne der alten Geographie Siebenbürgen zum Keltenlande zu rechnen und die Agathyrsen für einen östlichen Zweig des weit über Europa ausgebreiteten Keltenstammes zu halten. Denn daraus, dass Herodot ihnen thracische Gebräuche zuschreibt, kann schlechterdings nicht geschlossen werden, dass er sie für Thraker gehalten habe. So haben ja nach ihm die Androphagen scythische Sitten, aber eine eigene Sprache". Der Verfasser hätte zur Unterstützung seiner Hypothese eine seltsame Erwähnung bei Stephanus herbeiziehen können: Τραυσοί, πόλις Κελτῶν. Ἔθνος, οὓς οἱ Ἕλληνες Ἀγαθύρσους ὀνομάζουσι.

10 *

erfahren wir, dass in dem Tieflande, welches jenen Gebirgswällen
ost- und südwärts vorgelagert ist, das Nachbarvolk der Scythen seine
beweglichen Wohnsitze aufschlug und den Reichthum seiner Heerden
weidete. Wenigstens gehen alle Anzeichen dahin [25]), dass die
Sigynnen, ein Zweig jenes vielgenannten Volksstammes der alten
Geschichte, dessen Kern nördlich des mäotischen Sees zu suchen ist,
auch in der walachischen Ebene sein nomadisches Treiben führte,
welche von jeher solche Lebensweise sehr begünstigte [26]).

Gewiss bildeten dann die engen Donaupforten bei dem jetzigen
Orsova die westliche Grenze. Gegen Südost scheint der Fluss kein
Hemmniss gegeh weiteres Schweifen gewesen zu sein; die schma-
leren Mündungsarme der Donau leiteten in das Delta, dessen Charakter dem Hirtenleben auch nicht abhold ist [27]), und selbst jene in
alter und neuer Zeit verrufene Landschaft zwischen der nordwärts
fliessenden Donau und dem Meere, welche jetzt Dobrudscha heisst,
war von scythischen Wanderhorden durchzogen und von dem ein-
förmigen Geschrei ihrer Heerden wild belebt. Ging man etwas westlicher in der Gegend zwischen den Flüssen Isker und Jantra über
die Donau, so traf man am rechten Ufer, landeinwärts, schon eines
der zahlreichen thracischen Völker und deren ruhmreichstes, die
Geten [28]).

Das Alterthum kannte nur sehr wenig unsere modernen Ent-
deckungsreisen in unbekannte oder zu wenig erschlossene Theile

---

[25]) Dahin zähle ich vor Allem die Angabe bei Herodot IV, 100 ἤδη ὦν ἀπό μὲν Ἴστρου
τὰ κατύπερθε ἐς τὴν μεσόγαιαν φέροντα ἀποκληίεται ἡ Σκυθικὴ ὑπό πρώτων
Ἀγαθύρσων, μετὰ δὲ Νευρῶν u. s. w.

[26]) Herod. V, 9 τὰ πέρην ἤδη τοῦ Ἴστρου ἐρῆμος χώρη φαίνεται ἐοῦσα καὶ ἄπειρος. μού-
νους δὲ δύναμαι πυθέσθαι οἰκέοντας πέρην τοῦ Ἴστρου ἀνθρώπους, τοῖσι οὔνομα
εἶναι Σιγύννας, ἐσθῆτι δὲ χρεωμένους Μηδικῇ. Vgl. Zeuss die Deutschen und ihre
Nachbarstämme S. 276 „die Skythen erscheinen — westlich über den Pontus Euxinus
nach Europa his in die Flächen der Mitteldonau und an die Mündungen dieses Stromes verbreitet" und S. 279 „Herodot gedenkt der Sigynnen an der Nordseite der
Thracier, und die im Norden des Isters bis zu den Enetern reichend, für die Bewohner der ungrischen Ebenen zu halten sind". Das Letztere bleibt doch sehr zweifelhaft. Ähnlich äussert sich übrigens Schuller, Siebenbürgen vor Herodot, in
Sitzungsber. d. kais. Akad. d. Wissensch. Bd. X, S. 101, Anm. 5.

[27]) Neumann, die Hellenen im Scythenlande.

[28]) „Schon zeigen über dem Pontus, im Lande der Bewegung, in welchem die weidenden
Völker in wiederholten Strömungen auf- und abfluthen, eine neue Völkerstellung
die nächsten Nachrichten nach Herodot. — Sigynnen verschwinden; Agathyrsen
kennt Ptolemäus hoch im Norden." Zeuss 279.

der Welt. Kriege haben damals fast ausschliesslich den Umkreis der Länderkunde erweitert und der unsicheren Ethnographie Begründung und neuen Besitz zugeführt. Alexander's und Cäsar's Waffen waren grössere Hilfsmittel für die Geographie, als die Fahrten aller Skylaxe und Nechos. Auch die Geten und die Mehrzahl ihrer thracischen Verwandten treten unter dem Glanze der Waffen in den beengten Horizont der Geschichte, und diese, die sich um den glücklichen Zustand ihrer Freiheit nicht bekümmerte, verzeichnete mit Antheil ihre Unterdrückung. Wir haben des Darius und seines scythischen Krieges schon einmal gedenken müssen; hier ein Wort mehr. Des Grosskönigs Wunsch, den scythischen Norden zu unterjochen, führte ihn nach Europa, in der Absicht den Kreis weltumfassender persischer Ruhmesthaten über den unbekannten Erdtheil auszubreiten, dessen folgenreiche Entwickelung und spätere Bedeutung die stolzen Asiaten weit entfernt waren, zu ahnen. Aber schon der ersten Begegnung Asiens mit Europa auf europäischem Boden entsprang Unglück für jenes und mahnte es mit drohendem Finger, Schranken zu achten, und die Kräfte des Kleinen nicht zu unterschätzen. Unter den Motiven [29]) des persischen Königs zu diesem grossen Feldzuge des Jahres 515 v. Chr. [30]) ist aber neben Ehrgeiz und Nachahmung des erlauchten Stifters der Monarchie, Cyrus, auch das Interesse des Reiches, das er wahrzunehmen suchte, hervorgehoben worden. Denn die vielfältigen Nomadenstämme, welche den Raum zwischen der Donaumündung und dem Aralsee durchzogen, haben zu aller Zeit eine stehende Gefahr für den Norden der vorderasiatischen Länder gebildet und der Hass, welchen die Perser als

---

[29]) W. Bessell legt besonderen Nachdruck auf die Handelsinteressen des persischen Reiches, welche dieser Kriegszug habe vertreten sollen (de rebus Geticis, Gotting. 1854, S. 6). Religiöse Gründe vermuthet Osiander. (Stuttgart 1822.) S. Bähr's Herodot II, 712: Darium ad talia audenda proclivem forsan fuisse, tum ut ipse, novae stirpis regiae conditor re aliqua praeclare gesta nomen suum posteris proderet, tum ne in civitate, quae armorum vi coaluisset, milites otio languescerent, deinde ut Zoroastris legibus obtemperaret, quae bellum adversus Nomadas, profanos indicatos gerendum enixe commendabant. Denique ne Scythae in posterum suis essent infesti, eos aut domare aut vastata eorum ditione terrorem genti iniicere, Darius in animo habuisse videtur. Dagegen sieht darin nur ungemessenen Ehrgeiz und Eroberungsdurst Duncker II, 574.

[30]) Über das Jahr des Feldzuges s. Duncker, Geschichte des Alterthums a. a. O. und Grote, Gesch. Griechenlands II, 573.

eifrige Verehrer Zarathustra's gegen den Unglauben und Schmutz
dieser Saken hegten, wurde durch die immerwährenden Grenzstrei-
tereien und Plünderzüge wach erhalten und vermehrt. Hervorragend
erschien in dem verwirrten Schwarme dieser durch ihre Sitten ähnlichen Hordenvölker das scythische, dessen Name ungenaue Beobach-
ter häufig auch auf deren Gesammtheit übertrugen.

Als die 70 asiatischen Myriaden, bei deren Zählung etwas orientalische Phantasie gewaltet haben mag, nach Europa übergesetzt
hatten, unterwarfen sich sogleich die thracischen Völkerschaften,
welche schwach und einzeln, wie sie der Feind traf, in jedem Widerstande gegen solche Überlegenheit ihren Untergang erblickten. Doch
nicht so die Geten. Ihre Freiheitsliebe und Todesverachtung verwarf
jedes Bedenken, das zwischen Rettung und Verderben, Unterwerfung
und Kampf klügelnd abwog, und sie stellten sich den Persern entgegen. Aber ihr Widerstand wurde gebrochen und sie mussten dem
Heere, das ohnehin schon an seiner Grösse krankte, Zuzug leisten.
Der Berichter dieses Kampfes nennt ihn unbesonnen [31], und da er
das eigenthümliche Terrain jener Gegenden nicht kannte, ist dieser
Tadel natürlich; denn wer nur die Geringfügigkeit des sich verthei-
digenden Volkes gegenüber den Massenkräften der orientalischen
Armee in Anschlag bringt, wird in denselben einstimmen müssen.
Aber das getische Land, das Bulgarien der Jetztzeit, starrt von Bergen, deren Pässe unzugänglich werden, sobald die Einwohner sie
mit vereinter Kraft dem Feinde verschliessen. Die vorzüglichsten
unter diesen Bergen steigen senkrechter gegen Himmel, als die
steilsten Alpenhörner und wenige enge Pässe durchschneiden die
wilden Regionen. Wenn der persische König wie es wahrscheinlich
ist [32], durch den Pass von Aïdos oder Schumla über den Balkan zu
den Geten vordrang, so genügt die Schilderung desselben [33], um
den längeren Widerstand selbst einer kleineren Schaar gegenüber
grossen Heeren nicht für unbesonnen und hoffnungslos zu halten.
„Nachdem der Reisende aus dem schönen Kessel, in dem Aïdos im
Süden des Emineh-Balkan liegt, an den Fuss der umringenden Berg-
mauer gelangt ist, sieht er plötzlich wie durch Zauber eine tiefe

---

[31] Herodot IV, 83.
[32] Robert, die Slaven der Türkei II, 168.
[33] Robert a. a. O. S. 187.

Spalte geöffnet, aus welcher der Bujuk-Kamenci hervorstürzt. Ein
Felspfad schlängelt sich längs diesem tobenden Wasser; die Seiten-
wände dieser Schlucht sind senkrecht und lassen nur einen schmalen
Streifen des Himmels hereinscheinen; oben sind sie mit Fichten-
gehölz bewachsen, welches, aus der Tiefe gesehen, sich wie Gras-
halme ausnimmt; dies ist der Pass. Tritt man in die Schlucht, so
scheint es anfangs, als sollte man sich in den innersten Schooss der
Erde versenken; nach und nach aber steigt man empor und gelangt
endlich auf die freundliche Hochebene von Lopenitza. Nun geht es
wieder bergabwärts. Der Bujuk-Kamenci kommt, nachdem er sich
unterirdisch durch den Berg hindurch gearbeitet hat, wieder zum
Vorschein und begleitet den Reisenden, den er mit seinen schäumenden Gewässern bespritzt. Diese neun französische Meilen lange
Schlucht ist im Hintergrunde durch einen noch ungleich steileren
und unzugänglicheren Berg geschlossen." Nach der Unterjochung
des tapferen Volkes zog Darius durch die Dobrudscha an den Ister
oder die Donau, über welche griechische Mechanik die erste Schiff-
brücke schlug. Damals war ausser dem untersten Laufe dieser mächtigste Strom Mitteleuropas Griechen wie Orientalen noch unbekannt,
300 Jahre später nennt ihn Apollonius von Rhodus noch ein Horn
des Okeanos [34]) und die Fabeln über seine Quellen verschwinden
gänzlich erst vor dem Schimmer der römischen Waffen, die an
seinen Ufern ihren Wohnsitz nehmen. Der Übergang fand Statt unweit
seiner Zertheilung in die drei Mündungsarme, am sogenannten Halse
des Ister und nun flutheten zum ersten Male grosse völkerähnliche
Heeresmengen durch das moldauische Tiefland, welches später so
häufig zum Verderben des civilisirten Südens Völkerwogen in der
entgegengesetzten Richtung hindurchbrausen liess. Nun aber zogen
sich die Scythen stets zurück, eine Wüste zwischen sich und den
persischen König legend, und schritten mit dieser unblutigen Defen-

---

[34]) Die älteste Benennung dieses Hauptstromes von Mittel-Europa ist Ματὸας. Stephan.
Byzant s. v. Δάνουβις und Eustathius ad Dionys. Perieges. 494. Die späteren Namen
sind Ἴστρος, meist nur für den unteren Lauf in Anwendung, Δάνουβις, Δανούσις
(Stephan) Δανούιος (Strabo 304)`Danuvius, Danubius. Welche Unwissenheit die
älteren Griechen über diesen Fluss hatten, zeigen die Scholien zu Apollonius Rhodius.
Aristoteles lässt ihn auf dem Gebirge Pyrene entspringen. Hist. Anim. VIII, 13.
Meteor. I, 13.

sive viel sicherer und planmässiger vor, als neuerer Zeit bei ähnlicher Gefahr ihre Erben in jenen Gegenden [35]). Im dritten Monat
kehrte der König von dem fruchtlosen Vordringen auf demselben
Wege nach seinem Reiche zurück. Um der grössten Bedrängniss zu
entkommen, hatte er seine Kranken im Stiche lassen müssen und
verdankte seine Rettung doch nur dem unpatriotischen Eigennutze
jonischer Städtetyrannen. Seine Campagne ist lehrreich, denn sie
scheiterte an dem Mangel sicherer Kenntnisse und richtiger Vorstellungen über die Beschaffenheit des Terrains jener bedrohten Landschaften und an der Fehlerhaftigkeit des ohne Bedacht darauf ge-
fassten Planes. Um den Schimpf des missglückten Unternehmens zu vergrössern, sah man die Scythen ihre Verfolgung der Perser bis in den
thracischen Chersonesus ausdehnen. Sie war zugleich eine Befreiung
der unterjochten thracischen Völkerschaften, darunter der Geten [36]).
Wohl liess der König später, um mit einigen Scheintrophäen die
Augen seiner Völker zu täuschen, einige schwache thraeische Stämme
überfallen und Tausende nach Asien in Gefangenschaft schleppen [37]),
doch traf dieses Loos nur südbalkanische Gegenden; die Geten
waren frei von den Persern und blieben es [38]).

---

[35]) Dieser Marsch einer ungeheuren Armee auf gut Glück, im Stolze gewissen Sieges in
  ein grosses, aber dünn bevölkertes Land, der fast gänzliche Untergang derselben,
  die eilfertige, fluchtartige Heimkehr des anführenden Monarchen, die Verfolgung,
  welche nun ihrerseits die erbitterten Feinde in die neuen Eroberungen des verhass-
  ten Gegners hineintragen, ihr dadurch bewirkter Abfall — alles zeigt viele Ähnlichkeit mit der grossen Katastrophe von 1812, als die Russen nach der Vernichtung des
  französischen Heeres in die zum Aufstande bereiten preussischen Länder nachrückten
  und diese mit in den Krieg zogen.

[36]) Keine fernere Nachricht lässt eine Abhängigkeit nordthracischer Völkerschaften von
. Persien vermuthen.

[37]) Herod. V, 15. Man sieht, dass man solche Lügentriumphe schon lange vor den römischen Imperatoren zu halten verstand, unter welchen zuerst namentlich Domitian
  diese Schande auf sich lud (Tacit. Agricola 39).

[38] Man vgl. über den ganzen Feldzug die Darstellung Duncker's A. G. II, 567.

Die geographischen Ländernamen unterscheiden sich durch die
historische Entwickelung, die sie nehmen. Während die einen aus dem
engen Kreise, in dem sie anfangs gelten, zu immer grösserem Umfange
der Bedeutung sich erheben, sinken andere zu stets sich verringernder
Wichtigkeit herab. Ein Beispiel solch' aufsteigender Art ist der Name
Italien. Von der engsten Geltung auf der südlichsten Landzunge der
apenninischen Halbinsel dehnt er sich allmählich über deren ganzen
langgestreckten Körper und über anliegende festländische Gebiete
aus. Ein solches Beispiel ist auch Afrika, welches von einer kleinen
Provinz zuerst gebraucht, den ehrenvollen Rang erwirbt, einen
ganzen Welttheil zu bezeichnen. Diesem gerade entgegengesetzt
ist und bietet eine Benennung von absteigender Bedeutung: Thracien.
Mit der idealen Grösse eines unbestimmt begrenzten Welttheils
beginnt es sein frühes Dasein [39]) in der Erdbeschreibung und bedeutet schliesslich eine enge, geringfügige Provinz. Dazwischen
liegen mancherlei vermittelnde Stufen, auf welchen es jetzt den
Raum zwischen den transilvanischen Alpen und der Propontis und
dem ägäischen Meere umfasst, dann auf die Länder im Süden der
Donau beschränkt wird. In dem letzteren Umfange lernen wir Thracien
zur Zeit des persisch-scythischen Krieges und in der nachfolgenden
Periode kennen. Die Bergzüge, welche in der Richtung der Meridiane
streichend, den Hämus unter einem Winkel schneiden, sind seine
veränderliche Grenze gegen Illyrien und Macedonien; das Land
umfasst die Gesammtheit der Völker, welchen Sprache und gemeinsame Sitten den Namen der Thracier schon frühzeitig erwarben [40]).
Die mächtige Bergschränke des Balkan aber trennt die nördlichen
Gaue und des späteren Bulgariens und ihre Ansiedler von den südthra-
kischen, deren Berührung mit Griechen und Macedoniern häufiger
war. Die Scheidung in vielerlei freie, zusammenhanglose Völkerschaften, die in diesem Süden der Entstehung einer mächtigen,
dauerhaften Nationalität im Wege steht, setzt sich auch in den
nordhämischen Gegenden fort; überall Vereinzelung, Zersplitterung,
im besten Falle friedliches Nebeneinanderleben. Und wenn auch der
eine oder der andere Volkszweig zuweilen mächtiger erscheint, die
anderen bleibend zu einem Bunde oder einem Staate zu sammeln

[39]) Vgl. Forbiger, Alte Geogr. III, 1072.
[40]) Herod. V, 3 νόμοισι δὲ οὗτοι παραπλησίοισι πάντες χρέωνται κατὰ πάντα.
Vgl. Forbiger, Alte Geogr. III, 1076.

und zu einigen, gelingt ihm doch nicht. So stehen sie auch auswärtigen Feinden gegenüber isolirt, entgehen trotz vielem Kriegsmuthe
schweren Niederlagen nicht und auch nicht dem endlichen Lose
solcher Völkerbröckchen, niedergeworfen, zertreten in einem grösseren Ganzen zu verschwinden.

Unter den zahlreichen Namen [41]) dieser Clane im Norden des
Hämus heben sich hervor die Dardaner, an und jenseits Illyriens
Grenze, die Mysier, deren Name in Asien wie in Europa auf Länder
übertragen, längere Dauer gewinnt, die Krobyzen im Süden der
Geten, die Terizen u. A. Von den Letzteren wie vielen Anderen
möchte es scheinen, dass sie nur die Namen kleiner getischer Gaue
waren, so die Ötensier, Obulensier, Demensier, Piarensier u. s. w. [42a]).

---

[41]) Herod. V, 3 οὐνόματα πολλὰ ἔχουσι κατὰ χώρας ἔκαστοι.

[42 a]) Dardaner Δαρδάνιοι erwähnt bei Strabo S. 316; er nennt sie ein wildes illyrisches
Volk, das mistgedeckte, unterirdische Wohnungen hatte, Musik übrigens sehr
liebte. Vgl. Ptolem. 3, 9. — Caesar de B. C. 3, 4. — Plin. III, 26, 29. — Justin XI,
1, 6. — Livius an vielen Orten.
    Mysier. Schon Homer gedenkt der Μυσῶν ἀγχεμάχων (Ilias XIII, 5).
Strabo S. 295; Ptolem. 3, 9, 2. Vgl. Forbiger Geogr. II, 122. S. unten Anmerkungen 106—120.
    Krobyzen. Zur Bestimmung ihrer Wohnsitze dienen folgende Angaben:
Herod. IV, 49 ἐκ δὲ τοῦ Αἵμου τῶν κορυφέων τρεῖς ἄλλοι μεγάλοι ῥέοντες πρὸς
βορῆν ἄνεμον ἐσβάλλουσι ἐς αὐτὸν, Ἄτλας καὶ Αὔρας καὶ Τίβισις. διὰ δὲ
Θρηίκης καὶ Θρηίκων τῶν Κροβύζων ῥέοντες Ἄθρυς καὶ Νόης καὶ Ἀρτάνης
ἐκδιδοῦσι ἐς τὸν Ἴστρον. Leider sind die Namen dieser Flüsse schwer zu bestimmen.
Vgl. die streitenden Ansichten der modernen Geographen Ukert, Mannert, Forbiger u. s. w. Strabo 318. ὑπεροικοῦσι δ᾽οὗτοί τε καὶ Κρόβυζοι καὶ οἱ Τρωγλο-
δύται λεγόμενοι τῶν περὶ Κάλλατιν καὶ Τομία καὶ Ἴστρον τόπων. Damit stimmen
überein Scymnus Fragm. 1—3. Αὕτη (Ὀδησσός)Κροβύζους Θρᾶκας ἐν κύκλῳ ἔχει.
v. 10. Διονυσόπολιν Ἐν μεθορίοις δὲ τῆς Κροβύζων καὶ Σκύθων und Steph.
Byz. Κρ. ἔθνος πρὸς νότου ἀνέμου τοῦ Ἴστρου. Ἑκαταῖος Εὐρώπῃ ἐξ ὧν
Κροβυζικὴ ἡ γῆ. Irrthümlich ist darum die Notiz bei Plin. IV, 12, 26, der dieses
Völkchen zwischen Donau und Borysthenes in scythisches Gebiet versetzt. Vergl.
darüber auch Neumann, die Hellenen im Scythenlande. Suidas s. v. Ζάμολξις
schreibt ihnen gleichfalls den die Geten auszeichnenden Unsterblichkeitsglauben
zu, und darum ist Müllenhoff (Encyklopädie von Ersch. und Gruber: Geten) geneigt,
sie für einen getischen Stamm zu halten. Es erscheint hiebei wie an vielen Orten
im Verlaufe gleich schwer und bedenklich, beizustimmen oder abzuweisen.
Terizen (Τριζοί, Müller, fragment. hist. graec. III, 149, 150). An der Küste des
schwarzen Meeres, am Cap Gülgrad begegnet später noch eine feste Stadt Tirizis.
(ἐν δὲ ταύτῃ τῇ παραλίᾳ ἐστὶν ἡ Τίριζις ἄκρα, χωρίον ἐρυμνόν, ᾧ ποτε καὶ
Λυσίμαχος ἐχρήσατο γαζοφυλακίῳ Strabo 319). Auch ein Vorgebirge Tiriza

An der Seeküste des gastlichen Pontus hatten um diese Zeit [42b])
auch schon die Griechen ihre Niederlassungen gegründet und wenn
gleich keine derselben den Ruhm und Glanz so mancher hellenischen
Stadt am südwestlichen, südlichen und Nordufer desselben Meeres
erreichte, so wird doch die Thatsache, dass Jahrhunderte lang griechische Cultur ihre Fittiche über jenem jetzt schon lange unfreund-
lichen Gestade weilen liess, mit freudiger Theilnahme verzeichnet.
Aber keine edlen Bauten, keine Kunstschätze geheimnissvoller Grabhügel durchbrechen die Nacht, in der jene Orte versunken liegen,
und beleuchten uns die Scene ihres Lebens [43]). Namen, und wieder
nur Namen, die einzigen armen Zeugen! So ist es auch nicht möglich, das Maass ihres bildenden Einflusses auf das rohere Binnenland
zu bestimmen. Da, wo jetzt Varna in seinen Ruinen am traurigen
Ruhme der Schlachten zehrt, lag Odessos [44]), des vierhafigen

wird genannt (Müller zu Arrian Peripl. Pont. §. 35). Vgl. Müllenhoff in Ersch.
und Gruber's Encykl. s. v. Geten, S. 448.

Skyrmiaden oder Skymniaden nach Herodot (IV, 93) nicht den Geten bei-
zuzählen, welches die Worte bei Stephan. Byz. vermuthen liessen: Σκυμνιάδαι,
ἔθνος σὺν Γέταις. Εὔδοξος τετάρτῃ γῆς περιόδῳ Σκυμνιάδαι καὶ Γέται.
Wahrscheinlich ist ein Schreibfehler im Spiele. Vgl. Bessell a. a. O. S. 21. Nipsäer
(Νιψαῖοι), Herod. IV, 93, Steph. Byz. Νίψα πόλις Θράκης. ὁ πολίτης Νιψαῖος
Ἡρόδοτος τετάρτῃ.

Noch werden zahlreiche unbekannte Völkerschaften erwähnt als Troglodytae
(Ptol. III, 10; Strabo 318); gewiss nicht der Originalname, sondern entweder
Übersetzung eines thracischen Wortes, oder Bezeichnung nach der Lebensweise
in den zahlreichen Höhlen des zerklüfteten Landes; die Τριχορνήνσιοι (Ptolem.
III. 9, 2) an der Grenze Illyriens, Πιχήνσιοι (ebenda), Οἰτήνσιοι, Ὀβουλήνσιοι,
Δημήνσιοι, Πιαρήνσιοι (Ptolem. III, 10, 9), Timachi (Ptolem. III, 26, 29) am
Timachus (J. Timok), die Celegeri (Plin. III, 26, 29) und noch eine Reihe Namen,
von denen es in Zweifel bleibt, ob sie alle dem nordhämischen Gebiete angehören
(Hecatäus fragm. 141—152), Desili (s. auch Stephan), Datylepti, Disorae (auch
bei Stephan.), Bantii, Trisplae, Entribae (auch bei Stephan).

[42b]) Von der Stadt Kalatis wird es bezeugt, dass sie zur Zeit des Königs Amyntas
(I?) von Macedonien (540—498) gegründet wurde; von den übrigen lässt sich
ein ähnliches Datum vermuthen.

[43]) Wenigstens sind die Überreste und Erinnerungen an diese Städte erst aus einer
Epoche, welche diese Darstellung nicht mehr berührt. Die zahlreichen Münzen
der römischen Kaiserzeit, welche das kaiserliche Antikencabinet in Wien aufbewahrt, sieh verzeichnet von Jos. Arneth in den Sitzungsberichten der kais.
Akademie d. Wissensch. Bd. IX, 1852, S. 888—916.

[44]) Odessos (Ὀδησσός), die südlichste von den nordhämischen Griechenstädten am
schwarzen Meere, eine Colonie der Milesier. Scymnus Chius fragm. 1 — 3.
Ὀδεσσὸν οἱ Μιλήσιοι - Κτίζουσιν — Αὔτη Κροβύζους Θρᾷκας ἐν κύκλῳ ἔχει.
O. Μιλησίων ἄποικος Strabo 319. — Stephanus Byz. s. v. O., πόλις ἐν τῇ Πόντῳ,

Milet's Tochter, umwohnt von den Krobyzen; nördlicher die Gründung
des pontischen Heraklea, Kalatis [45]), eine mächtige Stadt, die mit
dem starken Byzanz Krieg führt und Philipp II. zu widerstehen vermag, bis ihr die Macedonier in der Diadochenzeit den Verfall bringen. Davon gegen Norden stand wieder eine milesische Colonie,
Tomis oder Tomi [46]), dem in der Periode seines kläglichen Ver-
falles die jammernden Verse eines lateinischen Dichters eine neid-
lose Unsterblichkeit erwarben. Unweit des Isterstromes, von dem
es den Namen annimmt, erscheint als ein nicht unbedeutender See-
platz Istros oder Istropolis [47]). Auch ihn gründeten Milesier. Die

πολίτης 'Οδησσίτης. ἐχρημάτιζον δὲ 'Ηρακλείδης ἱστόριόγράφος καὶ Δημή-
τριος, ὁ περί τῆς πατρίδος γράψας. Diodor XX, am Ende. Über die von da stam-
menden Münzen s. Adnotation. Holstenii ad Stephan. Byz. Leiden 1684 und Arneth
a. a. O. Es ist das heutige Varna. S. Böckh Corpus inscript. graec. II, 79. Nordwärts folgen dann die minder bedeutenden Orte Krunoi, Bizone und Apollonia
(Strabo 319). Nach diesem gelangte man längs der Küste zu:

[45]) Kalatis oder Kallatis (Κάλλατις) eine Pflanzstadt des pontischen Heraclea. (Nach
Memnon c. 22 und Strabo 542 Etymolog. magn. Κάλλατις πόλις ἐστι κτισθεῖσα
ὑπὸ ἡρακλεωτῶν. ὠνόμασται δὲ ἀπὸ τῆς παρακειμένης λίμνης.) Sie ist lange
Zeit die mächtigste Küstenstadt zwischen Ister und Haenus, führt Handelskriege
mit Byzanz, leistet Philipp II. von Macedonien Widerstand (Memnon c. 22. —
Diodor XIX, 73 und XX, 25). Lysimachus erobert sie, und von da an scheint sie
zu verfallen. Vgl. Stephan. Byz. u. Holstenii adnott.; Arneth a. a. O.; Mannert,
Geogr. VII, 129.

[46]) Nördlich von dem letzteren 280 Stadien lag Tomi (Τόμις bei Strabo, Tomis bei
Ovid, Tomi bei Plin., Τόμοι bei Ptolem., auf Inschriften und Münzen Τομεύς),
das spätere Constantiana, jetzt Küstenge, nicht Tomisvar, für das man es lange
erklärte. S. Sitzungsberichte der kais. Akademie d. Wissensch. 1852, Bd. IX, S. 884.
Von milesischer Gründung, war sie noch zu Strabo's Zeit ein kleinerer Ort
(πολίχνιον VII, 319), den die Kallatianer zu ihren Handelszwecken auszubeuten
strebten, wurde aber in der späteren römischen Zeit bedeutender. Als Hauptstadt
der Provinz Scythia muss sie, nach der vortrefflichen Arbeit ihrer Münzen zu
schliessen, blühend gewesen sein und sie scheint sich auch als ersten Ort am Pontus
betrachtet zu haben. S. Holstenii adnott. ad Stephan. Byz. Apud Pyrrhum Ligorium
in Gordiani nummo circum figuram stolatam capite turrito, sinistra hastam, dextra
cornu Copiae ferentem legitur: Τομεως. ΜΗΤΡΟ. ΠΟΝΤΟΥ. Eadem inscriptio
occurrit quoque in Anton. Pii nummo circum gryphen, item in M. Aurelii. Similiter
in Aelii Pertinacis apud franc. Gotofredum circum Castorem et Pollucem accum-
bentes: ΤΟΜΕΩΣ ΜΕΤΡΟΠ. ΠΟΝΤΟΥ. Item in alio Gordiani apud eundem circum Victoriam sedentem.

[47]) Fünfhundert Stadien von der südlichsten Donaumündung, der sogenannten heiligen
und ebensoweit nördlich von Tomi lag Istros. ("Ιστρος Strabo, Ptolem. u. a.
Histrus, Istropolis bei Mela, Plin. IV, 11; Histriopolis auf der Tab. Peut. 'Ιστρία
bei Arrian und in Anonymi periplus (Geogr. graeci minor. Tom. I, 12). S. Stephan

meisten dieser Städte vereinigten sich in einem Bunde zu einem stärkeren Ganzen und Odessos ward als der Vorort einer Pentapolis an dieser Barbarenküste geehrt [47a]).

Seit den Tagen des Darius liegt wieder dichter Nebel über den Landschaften der Geten und lässt während des darauffolgenden 5. Jahrhunderts nur einmal einen Blick durch eine gelichtete Stelle dringen. Dieser zeigt die Geten im Heeresgefolge eines rasch zu Macht erwachsenen Stammes im südbalkanischen Thracien, der Odrysen. König Teres ist der Gründer der neuen Herrschaft, die unter seinem thatkräftigen Sohne Sitalkes vom Nestus bis zur Donau reicht, in einer Ausdehnung, die ein Zeitgenosse auf eilf Tagereisen schätzt [48]). Diesem Fürsten dienten alle streitbaren Nachbarvölker, die säbeltragenden Thracier der rauhen Berge, wie die berittenen Bogenschützen der grasigen Donausteppen. Unter ihnen sandten die Geten das grösste Contingent wehrhafter Reiter. Das Reich des Sitalkes gewährt das Bild eines Barbarenreiches, wie der Osten Europas sie am öftesten sah. Ein kriegerischer Völkerstamm hat plötzlich weithin Ansehen erlangt und lässt sich von den Unterworfenen reichlichen Tribut zahlen. Eine halbe Million Geldes lief in den besten Zeiten in den königlichen Schatz ein; ebensoviel betrugen die goldenen und silbernen Geschenke; immer flossen Reich-

---

Byz. s. v. ΙΣΤΡΙΑ und ΙΣΤΡΙΗ auf Münzen.) Eine Niederlassung der Milesier (Herod. II, 33) scheint sie im Wechsel der Zeiten auch verschiedene Grösse gehabt zu haben. Memnon (c. 22) nennt sie nicht unbedeutend, Strabo (p. 319 Ἴστρος πολίχνον — Μιλησίων κτίσμα) nur ein Städtchen. Vgl. Mannert, Geogr. VII, 126, Tschukke Eutrop. Anmerk. S. 85, Katancsich Istri accolae S. 10. Ich muss an dieser Stelle einer Bemerkung Bessel's entgegen treten, welcher Herodot die Verwechslung von Odessos und Istros in die Schuhe schiebt. (De rebus Geticis S. 22.) Er bezieht sich hiebei auf die Worte desselben (IV, 78): ἐξ Ἰστριηνῆς δὲ γυναικὸς οὗτος (König Scylas aus dem Scythenlande) γίνεται καὶ οὐδαμῶς ἐγχωρίης. Die istrianische Frau wird, obgleich Istros im Scythenlande liegt, doch mit Recht keine Einheimische, d. h. eine Scythinn genannt, weil dem Griechen die hellenische Herkunft und nicht die zufällige geographische Lage des Ortes im Scythengebiete beachtenswerth erscheinen muss.

[47a]) Zu Folge der zu Odessos oder Varna gefundenen Inschrift (Böckh II, 79): Ἀγαθῇ τύχῃ, Ἡρόσοδον. Φαρνάγου, ἄρξαντα τῆς πόλεως καὶ ἄρξαντα τοῦ κοινοῦ τῆς πεντα πόλεως, καὶ τειμηθέντα ὑπὸ τοῦ κοινοῦ τῆς πενταπόλεως.

Zu dieser Pentapolis, deren Hauptort Odessos gewesen zu sein scheint, gehörten noch Tomi, Mesambria, Apollonia und Istria, wenn wir der Inschrift 2053 c. S. 996 vertrauen. Vgl. auch Arneth. a. a. O.

[48]) Thukyd. II, 97, 98.

thümer an kostbaren Zeugen und Geräthen und Luxuswaaren zu. Und davon schwelgte nicht nur der König und sein Hof; auch seinen Vasallen und dem Adel des Landes kam dieser Segen zu Gute; denn da galt allgemein der Satz: seliger ist nehmen als geben. Um ein Geschenk zu bitten, schämte sich Niemand; jeder Dienst musste vergolten werden, und die Belohnung dem Dienste vorausgehen, der ihr auch dann noch zu folgen oft versäumte. Zog man in das Feld, wo man, wie es solchem Reichthum und Ansehen ziemt, zumeist zu Pferde erschien, so liebte man es, ein grosses Gefolge zins- und heerbannpflichtiger Leute um sich zu schaaren; denn solches gab dem Auftreten Furchtbarkeit. Dieser Sitalkes überzog im J. 429 den macedonischen König Perdikkas mit Krieg und erwies damit den Athenern [49]), deren Herrschaft an der macedonischen Küste durch denselben Monarchen bedroht war, einen angenehmen Dienst. Ihre Gesandten begleiteten auch den Barbarenfürsten auf dem Marsche. Macedonien wurde überflutet, Thessalien in Aufregung, Angst und Schrecken gesetzt, entfernte Völker am Strymon fürchteten [50]). Trotzdem zerrann die Expedition und hinterliess keine andere Wirkung als Hunderte verbrannter, geplünderter Orte und Landstrecken. Denn wenn die Athener eine Verminderung der macedonischen Macht wünschten, so fürchteten sie in eben demselben Grade die Zunahme einer anderen, welche ihren Seestädten in Thracien gleichfalls gefährlich werden konnte. Bei diesem Mangel an Vertrauen in die Odrysen zogen sie vor, ruhig zuzuwarten, und ihre Hilfe zu versprechen, ohne sie zu gewähren, und begnügten sich mit dem momentanen Drucke, den die räuberische Diversion ihres Bundesgenossen auf Macedonien übte.

Zwischen den Jahren 410 und 405 gerieth das Reich der Odrysen wieder in Verfall und die Heerpflichtigkeit der Geten erreichte zugleich mit der Abhängigkeit so vieler unterthäniger Stämme ein Ende [51]).

Nicht lange Zeit und das Blatt hat sich gewendet; die Streiche, welche die Odrysen gegen Macedonien geführt hatten, werden von

---

[49]) Thukyd. II, 29.
[50]) Thukyd. II, 100, 101.
[51]) Vgl. über den Odrysenstaat und Krieg Bessell de rebus Geticis S. 7—14. Ob ein unglücklicher Krieg gegen die Scythen den Sturz der Odrysenherrschaft herbeiführte, wage ich trotz den Andeutungen, die Bessell dafür zusammenstellt, nicht zu versichern.

diesem vergolten, die Eroberungsanschläge, zu deren Ausführung ihre ungeschulte Kriegskunst nicht hingereicht hatte, von einer macedonischen Feldherrnhand gegen die Odrysen in's Werk gesetzt. Den Anlass boten [52]) die Bestrebungen des Odrysenkönigs Kersobleptes, die wichtigen Städte des thracischen Chersonesus, deren keine consolidirte Macht in Thracien entbehren kann, in seine Hände zu bekommen. Hierin trafen seine Absichten mit denen des grossen Philipp II., des Sohnes des Amyntas zusammen. Auch dieser musste zum Binnenlande das Meer gewinnen und seinem Vergrösserungsdrange waren Athener und Odrysen ein gleiches Hinderniss. Grosse Heeresmassen rücken beiderseits zu Felde (342 v. Chr.). Die Thracier unterliegen in mehreren Treffen. Tributpflichtigkeit ist ihr Loos; ihm sollen feste Plätze an passenden Orten angelegt, Dauer verschaffen. Damit das Gewicht so bedeutender Ereignisse, als die Unterjochung eines grossen stammverwandten Volkes und ihrer einstigen Gebieter war, nicht auf sie falle, scheinen sich die Geten beeilt zu haben, in ein freundliches Verhältniss zu kommen. Ihre Gesandten erschienen vor ihm, auf der Cither spielend, wie es heimischer Brauch war, brachten viele Geschenke und ihr König Kothelas trug ihm ein Bündniss und seine Tochter zur Ehe an. Philipp entschloss sich zu beiden und so wurde neben der stolzen Olympias eine Getinn seine Frau [53]).

Nachmals kamen die Geten während Philipp's Regierung noch einmal mit den Macedoniern in Berührung. Auch Odessos' Mauern nahte sich die macedonische Armee und belagerte sie [54]). Die Geten sahen sich durch so nahe Nachbarschaft des mächtigen, um sich greifenden Staates bedroht, aber im Vertrauen auf ihr gutes Verhältniss zu Philipp sandten sie wieder ihre Friedensapostel, die weissgekleideten, citherspielenden Priestergesandten in's macedonische Lager und erwarteten den Abschluss oder die Bestäti-

---

[52]) Diodor XVI, 71.

[53]) Ich stelle, Müllenhoff folgend (a. a. O. S. 451), die zerstreuten Nachrichten in den Zusammenhang, welchen der Text bietet. S. Fragm. hist. graec. bei Athenneus S. 557. Stephan Byz. s. v. Γετία: ἔστι καὶ Ͽηλυκῶς Γέτης, οὕτω γὰρ ἐκαλεῖτο ἡ γυνὴ τοῦ Φιλίππου τοῦ Ἀμύντου. Satyri fragm. in Müller fr. h. gr. III, 161. Dagegen zu vergleichen der späte und unkritische Jordanes (de reb. Get. c. 10).

[54]) Strabo 331, fr. 48: Ὀδρύσας δὲ καλοῦσιν ἔνιοι τοὺς ἀπὸ Ἕβρου καὶ Κυψέλων μέχρι Ὀδησσοῦ τῆς παραλίας ὑπεροικοῦντας.

gung eines sie befriedigenden Vertrages [55]). „Die Freundschaft
der Geten musste Philipp nicht nur bei der Eroberung Thraciens,
sondern auch jetzt nach der Unterwerfung des Landes von beson-
derem Werthe sein, da der Hauptpass des Hämus sich noch in den
Händen dieses Volkes befand und dies zugleich als Bollwerk gegen
den Norden dienen konnte", denn eine bedenkliche Nachbarschaft
war um die Geten versammelt. Die Scythen waren an der Donaumündung mächtiger geworden, die Triballer im Westen begannen ge-
fahrdrohend sich zu regen. Den ersteren erwuchs zunächst ein Feind
an dem mächtigen König von Istros oder Istriana [56]). Dessen Umsich-
greifen schien dem Scythenkönige Atheas [57]) so bedenklich, dass er
sich zu unbesonnenen Versprechungen gegen Philipp von Macedonien verleiten liess, im Falle ihm dieser Hilfe sende. Der Tod
des Istrianerfürsten befreite Atheas jedoch bald von aller Furcht,
aber auch von dem Vorsatze, jene Versprechungen wahr zu machen.
Dieser Atheas gibt uns das Bild eines echten scythischen Nomaden.
Hört er griechische Flötenspieler, so schwört er, das Wiehern seines
Pferdes klinge ihm süsser. Stolz athmen seine kurzen Worte und
Befehle. Den Byzantiern schreibt er einmal: „Der König der Scythen,
Atheas, an das Volk der Byzantier: Schädiget nicht meine Zölle,
sonst werden meine Rosse aus euren Brunnen trinken". Die Scherze
der königlichen Unterhaltung unterscheiden sie nicht von den Dienern

---

[55]) Ich schliesse mich in der Annahme einer zweimaligen Berührung der Geten mit
     den Macedoniern unter Philipp II. abermals Müllenhoff an, ohne mich der Ansicht
     zu verschliessen, dass die Ereignisse auch näher zusammenhängen könnten. Die
     Quellen versiegen wieder einmal zu sehr.

[56]) Wahrscheinlich hatte sich damals ein Tyrann an die Spitze des sonst freien Gemein-
     wesens gestellt.

[57]) Strabo 307: Ἀτέας δὲ δοκεῖ τῶν πλείστων ἄρξαι τῶν ταύτῃ βαρβάρων ὁ πρὸς
     Φίλιππον πολεμήσας τὸν Ἀμύντου. Justin IX, 2, Frontin. strategem. 2, 4, 4t.
     Lukian. in longaev. c. 10. Dagegen kann die Notiz Justin. XXXVII, 3, welche das
     Gegentheil besagt, nicht in's Gewicht fallen. Vielleicht sind die Worte: Philippum
     Macedonum regem fugientem ceperant (scil. Scythae) eine eilfertige Verwechslung
     mit Lysimachus. Diodor. Sic. XVI, Ἰλλυρίους δὲ καὶ Παίονας καὶ Θρᾷκας καὶ
     Σκύθας καὶ πάντα πλησιόχωρα τούτοις ἔθνη καταπολεμήσας (sc. Philipp.)
     ist ein Resumé, welches das Gewisse der gesammten Ereignisse umfasst.
          Vgl. über diese schwierigen Puncte Bessell a. a. O. 14—23, der mit grossem
     Fleisse die Widersprüche der Schriftsteller verglich und dem es bei dieser eindrin-
     genden Untersuchung dennoch nicht gelang, befriedigende Ergebnisse zu gewinnen.
     Dass Philippus die Scythen nicht jenseits der Donau bekriegte, wird aber dadurch
     klar. Vgl. Müllenhoff a. a. O. Über Ateas vgl. Plutarch. non posse suaviter vivi sec.
     epic. p. 1095 F und an seni sit ger. republ. p. 792 C. Clemens Strom. V, 240.

seiner Ställe. Philipp liess sich aber von dem gewissenlosen Scythen
nicht verspotten und fand in einer Expedition in's Scythenland einen will-
kommenen Vorwand, die verfehlte Belagerung von Byzanz mit Ehren
abzubrechen. Der Feldzug war vom Glücke begleitet und grosse Beute
an Vieh der Gewinn aus dem schätzelosen Lande; allein der Heimweg
war unglücklich und entriss sie wieder. Wie die pyrenäischen Gebirgs-
völker dem siegreichen Frankenkönige einst Beute und Ruhm eines
gelungenen Kriegszuges raubten, so thaten die Triballer dem macedonischen Heere. Sie verlangten für dessen Durchzug einen Zoll aus
einem Theile der Kriegsbeute; dessen Verweigerung entzündete
einen Kampf, in dem Philipp selbst verwundet und der ganze Raub
verloren wurde.

Um dieselbe Zeit mag es gewesen sein, dass durch den Druck,
welchen die Triballer auf ihre ganze Nachbarschaft übten, auch die
Geten zu Wanderungen auf das nördliche Donauufer veranlasst wurden; denn in den nächsten Ereignissen, welche sie treffen, finden
wir ihrer auf dem jenseitigen Uferboden erwähnt und bis auf Philipp
scheinen sie ausschliesslich auf der bulgarischen Seite geblieben
zu sein [58]).

Bevor Alexander, Philipp's Sohn, genannt der Grosse, seinem
Erobererdrange folgte und den Feldzug gegen das persische Asien
unternahm, musste er die von räuberisch-ruhelosen Völkerschaften
bedrohte Nordgegend seines Reiches in Schutz nehmen und den
Barbaren jenen Schrecken einflössen, der sie verhindern mochte,
seine Abwesenheit und die Entfernung des Kernes der macedonischen Armee zum Schaden des Landes zu missbrauchen.

Der Frühling des J. 334 sah den kühnen Jüngling im Waffen-
schmucke durch die gebirgigen Landschaften ziehen, die zwischen
Amphipolis (j. Emboli) an der ägäischen Küste und dem westlichen
Balkan liegen. Er überschritt den Nestus (j. Karasu), zog an dessen
linkem Ufer aufwärts, und stand nach zehntägigem Marsche am Hämus. Doch seine Höhen und Pässe waren von den wilden Gebirgs-
bewohnern besetzt und das weitere Vorrücken musste erkämpft
werden. Besondere Gefahr konnten ihre Wagen den Angreifern
bringen. Sie benützten diese sowohl als Object, an welche sich die
Vertheidigung lehnte, als auch zum Angriffe, indem sie sie die steilen

---

[58]) Getae Istrum mature transgressi. Böckh a. a. O. II, 82.

Abhänge hinab auf die schmalen Pfade rollen liessen, um Tod und
Verwirrung den Reihen der verwegenen Passstürmer zu bereiten.
Alexander's Umsicht vereitelte die gefährliche Wirkung dieses rohen
Artilleriemanövers, und da die Vertheidiger der Bergpässe überhaupt
leicht und schlecht bewaffnet waren, hielten sie auch dem Anfalle
der schwerbewaffneten Phalanx nicht Stand und suchten in aufge-
löster Flucht ihr Heil [59]). Alle ihre Habe und viele Weiber und
Kinder wurden erbeutet und nahmen den Weg zu den Seestädten
Macedoniens. Der Pfad über das Gebirge war offen und die Mace-
donier zogen durch den Pass, der jetzt von Tatar-Basardschik über
Ichtiman an den obern Lauf des Isker (Oskios) nach Sofia führt [60]).
Zur Linken mussten ihnen die 7000 Fuss aufsteigenden Höhen des Wi-
tosch liegen. Alexander stand im Gebiete der Triballer, die vom
Isker westwärts bis in die Gegend des Amselfeldes wohnten [61]). Ihr
König bekam zeitig genug Kunde von dem nahenden Heere und
rettete Weiber und Kinder der gesammten Unterthanen auf eine
Insel der drei Tagereisen entfernten Donau, welche Peuke genannt
wird. Bald entwich auch er selbst dahin mit seinen Leuten und vielen
nachbarlichen Thraciern, die sich anschlossen. Die Masse der tri-
ballischen Männer zog sich dagegen rückwärts dem Flusse Lyginos
zu, von welchem Alexander Tags zuvor aufgebrochen war. Allein
kaum hatte er Kunde erhalten von der Richtung, welche sie genommen, als auch er wieder umwandte, um sie aufzusuchen. Er erreichte
sie, während sie sich gerade lagerten. Die Überraschten stellten sich
vor einem Walde auf, der am rechten Ufer des genannten Flusses
sich hinzog. Alexander liess nun die Triballer mit seinen Leicht-
bewaffneten aus ihrer gedeckten Position auf das freie Feld hervor-
locken. Sie kamen; im Fernkampfe der Geschosse bestanden sie
auch recht gut. Doch dem Sarissenandrange der Infanterie und dem
Choc der Reiterei, die sie zu umzingeln suchte, widerstanden sie
nicht. Waldeinwärts liefen sie in verwirrter Flucht und unter den
Schutz der dichten Gehölze am Ufer des Flusses, darin von der einbrechenden Nacht begünstigt. Dennoch war ihr Verlust sehr gross

---

[59]) Arrian, Exped. Alex. I, 1.

[60]) Der Zusammenhang macht dies deutlich und ich theile hier Müllenhoff's Ansicht.

[61]) Θρᾶκες οἱ πρόσχωροι τοῖς Τριβαλλοῖς. Arrian a. a. O. c. 2. „Die Vermuthung,
dass die Triballer weiter gegen Osten vorgerückt seien, bestätigt sich hier.“ Müllenhoff a. a. O. Ich kann nicht einsehen, auf welche Weise. Vgl. Abel, Makedonien von
König Philipp S. 73. Lejean, ethnographische Karte der Türkei.

und ihre Kraft gebrochen. Nach drei Märschen stand Alexander auch
an der Donau, angesichts der Feinde, welche auf ihrer Insel Schutz
suchten. Hieher hatte er von Byzanz aus über das schwarze Meer
und flussaufwärts einige Kriegsschiffe kommen lassen und machte
einen Landungsversuch an jener Strominsel. Allein dieses natürliche
Bollwerk erwies sich zu fest, die Ufer waren meist steil und von
reissenden Wogen umrauscht; der Schiffe zu wenige; wo man an-
zulegen trotzdem versuchte, erschienen die Feinde kampfbereit [62]).

[62]) Arrian, Exped. Alex. I, 2, 3. Strabo 301. Die Localität dieses Feldzuges zu bestimmen,
leidet an den grössten Schwierigkeiten, und diese entspringen zum besten Theile aus
der Erwähnung der Insel Peuke. Diese war nach allen Nachrichten des Alterthums
eine der durch Mündungsarme der Donau gebildeten grossen Inseln, und zwar umflossen von den südlichern Mündungen, dem Sacrum und Naracum ostium, zufolge
Apollon. Rhodius IV, 309: Ἴστρῳ γάρ τις νῆσος ἔργεται οὔνομα Πεύκη —
τριγλώχιν, εὖρος μὲν ἐς αἰγιαλοὺς ἀνέχουσα — στεινὸν δ' αὖτ' ἀγκῶνα ποτὶ
ῥόον. ἀμφὶ δὲ δοιαὶ — σχίζονται προχοαί. τὴν μὲν καλέουσι Νάρηκος. — τὴν
δ' ὑπὸ τῇ νεάτῃ Καλὸν στόμα, und der Scholiast.: Ἐρατοσθένης ἐν ἣ Γεωγραφικῶν
νῆσον εἶναι τῷ Ἴστρῳ φησὶ τρίγωνον, ἴσην Ῥόδῳ, ἣν Πεύκον λέγει διὰ τὸ
πολλὰς ἔχειν πεύκας. Dessgleichen Dionys. Perieg. 301. πενταπόροις προχοῇσιν
ἑλισσόμενος περὶ Πεύκην u. s. w. Man hält sie für die heutige Insel Piczina oder
St. Georg zwischen Babadag und Ismail, obgleich sich kein sicheres Urtheil fällen
lässt, da theils die Alten nur eine sehr mangelhafte Kenntniss dieser Gegenden
hatten, theils die Donaumündungen selbst im Laufe der Zeit grosse Veränderungen
erlitten haben. Pauly, Realencyklopädie des class. Alterthums. Ant. Πεύκη und
G. Wex, Darstellung der physischen Schifffahrtshindernisse an der Ausmündung des
Donaustromes in's schwarze Meer, in Österreich. Ingenieurzeitung 1857, S. 223 ff.

Mit der Lage und Beschaffenheit dieser Peuke kann aber die arrianische Erzählung nicht in Einklang gebracht werden, und zwar erstens darum, weil die Peuke
Arrian's Steilufer hat und von reissendem Wasser umflossen heisst (καὶ τῆς νήσου τὰ
πολλὰ ἀπότομα ἐς προσβολήν, καὶ τὸ ῥεῦμα τοῦ ποταμοῦ τὸ παρ' αὐτὴν,
οἷα δὴ ἐς στενὸν συγκεκλεισμένον, ὀξὺ καὶ ἄπορον προσφέρεσθαι), die Peuke
an der Mündung des Ister aber nicht so erscheint. Versetzen wir uns darum auf
den Boden derselben. Müllenhoff a. a. O. spricht von „einer" im Delta liegenden wohlbekannten grossen Insel. Dies ist aber sehr ungenau. Die Donau theilt
sich jetzt oberhalb Tultscha in zwei Arme. Der linke fliesst in ostnordöstlicher
Richtung, spaltet sich häufig und endet ohne Nutzen für die Schifffahrt in der
fünffach zertheilten Kiliamündung. Der rechte, südlicher strömende Arm spaltet
sich sogleich wieder in zwei Hauptäste, davon der nördliche jetzt Sulinacanal,
der südliche St. Georgscanal heisst. Zwischen jenem erstgenannten Kiliaarme und
dem Sulinacanal liegt dem Meere näher die Insel Kilia und Leti, westlicher aber
im Dreieck der Gabelung, durch den schmalen Seitenarm Papadia geschieden, die
Insel Tschetal. Zwischen dem mittleren oder Sulinacanale und dem Georgsarme
breitet sich gleichfalls eine Insel aus, die des heil. Georg. Aus dem südlichsten
oder Georgsarme trennt sich noch eine schmalere, 5 Meilen lange Wasserader
ab, die sich in den hofartigen Ramsinsee ergiesst. Dieser ist seicht und lachen-
ähnlich und hängt durch einige Öffnungen, worunter die Portitza die meiste

Dieses missglückte Unternehmen brachte den Geten Unglück;
das Fehlschlagen der Absicht auf die Triballer sollte an ihnen ge-

Bedeutung hat, mit dem Meere zusammen. Die letzterwähnte Wasserader schliesst
mit dem mehrgenannten Georgscanale die Insel Dranow ein, welche ich, obgleich
sie nicht strenge hieher gehört, doch unter dem Deltainseln aufführe, weil die
Alten die Ausflüsse des Ramsinsees zu den Mündungen des Stromes selbst
zählten und daher auch die zwischenliegende insulare Gegend in's Delta einbe-
zogen. Es sind also wenigstens vier Inseln, die wir heute in dem etwa über
40 Quadratmeilen ausgedehnten Mündungsgebiete unterscheiden. Und den Alten
waren noch mehr bekannt. P. Mela II, 7: sex sunt insulae inter Istri ostia: ex
his Peuce notissima et maxima. Unpassend ist es also, nur von einer zu reden.
Doch dies war es nicht, was ich sagen wollte. Wie Beschreibungen und Karten
veranschaulichen, ist das ganze Donaudelta eine von vielen Rinnsalen durchschnit-
tene Morastfläche, mit seichten Rohrsümpfen an deren unbestimmten Ufern. Die
einzigen etwas steileren Gelände liegen südlich vom Delta, also auf keiner Insel,
ragen bei Tultscha als Felsenriffe in den Fluss und begleiten ihn weiterhin durch
zwei Meilen mit niedrigem Rande. Im eigentlichen Delta aber und an dessen
Inseln ist nirgend eine Steilküste, die dem Landen aus diesem Grunde wehren
würde. Namentlich ist der Sulinacanal durch seine Umgebung von dunstschwan-
geren, luftverpesteten Sumpfmooren berüchtigt, und es tauchen auf seiner letzten
untersten Strecke die Ufer kaum 6 Zoll über den Wasserspiegel hervor. Höher
und trockener sind wohl die beiderseitigen Uferränder des St. Georgsarmes, aber
da auch sie an den höchsten Stellen nur etwa 10 Fuss erreichen, nirgends von jenen
arrianischen Hindernissen umgürtet. Wie es nun solchen im Niveau des Meeres liegenden Gestaden und Gebreiten entspricht, ist im Deltaraume das Wasser nirgend
eingezwängt und die Schifffahrt nirgend durch reissendes Fliessen gefährdet. So
strömt z. B. das Sulinawasser nicht schneller als 1—1½ Fuss in einer Secunde. Die
Gefahren, welche Alexander der Grosse also an dem Terrain der Peuke gefunden
haben müsste, wären nicht die von Arrian erzählten gewesen, sondern höchstens
widrige Winde, wie sie in der dortigen Gegend einen Theil des Jahres hindurch
wehen, stellenweise Untiefen und die aus den vielen und scharfen Krümmungen ent-
springenden Misslichkeiten. S. Wex a. a. O. Klöden, Handbuch der Erdkunde II,
S. 830. Neumann, Hellenen im Scythenl. S. 21. Zweitens finden sich aber Bedenken
in den Entfernungen, die Arrian's Erzählung unbeachtet lässt. Die Triballer wohnten
im östlichen Theile von Serbien und dem angrenzenden Bulgarien. Zu Thukydides'
Zeit war der Fluss Oskios (Isker) die östliche Grenzmarke, und es lässt sich nicht
nachweisen, dass sie sich bis auf Alexander weiter nach Osten gewandt hätten.
Müllenhoff, der dies versichert, begründet seine Ansicht nicht. Wenn nun auch der
Fluss Lyginos, an dem die Schlacht mit den Triballern vorfiel, nicht der Isker ist, wie
einige wollten, sondern sogar westlich von diesem zu suchen wäre, so war für Alexander's Heer ein Weg von wenigstens 40 Meilen zurückzulegen, und diesen soll es in
drei Tagen vollendet haben. Man sehe von der Unmöglichkeit eines solchen Marsches
unter den günstigsten Terrainbedingungen ab und werfe einen Blick auf jenes Land,
über welches hin das Heer ziehen sollte. Es ist zwar vorherrschend eben, doch die
zahlreichen, vom Balkan herabrieselnden und schäumenden Gewässer werden nach
der Schneeschmelze (der Krieg soll aber im Frühling stattgefunden haben) zu
grossen Hemmnissen des Verkehrs. Dann sind alle Wege grundlos, welche über
die Lehmschicht führen und grössere Strecken werden nur noch zu Pferde und
mit grossen Beschwerden zurückgelegt. (Klöden II, 1143.) Überdies verlangte

rächt werden. **Sie waren ihrer 4000 Mann zu Pferd und 10.000 zu Fuss auf dem linken Donauufer gelagert** [63]), um Zeugen des macedonischen Kampfes zu sein und einem Angriffe auf ihr Land zu begegnen. Aber sie wähnten die Gefahr nicht gross, so lange der brückenlose Strom vor ihnen lag, und als die gefürchteten Schiffe der Macedonier gar von der Eroberung Peuke's abstehen mussten, besorgten sie um so weniger etwas Schlimmes. Alexandern jedoch reizte gerade die Kühnheit der That, und er beschloss eine Landung auf dem nördlichen Ufer. Die Anwohner der Donau bedienten sich zum Fischfange, zur Freibeuterei und zu wechselseitigen Besuchen zahlreicher roher Nachen, die man ihrer Verfertigung entsprechend Einbäume nannte [64]). Diese versammelte Alexander in grösster

---

das Locale einen Durchzug durch die öden, wasserlosen Gegenden der Dobrudscha. Und Alles in drei Tagen! — Nach alledem bleibt nichts anderes übrig, als zu erklären, Arrian und mit ihm Strabo habe sich diessmal in der Geographie geirrt und den Namen Peuke gesetzt, wo er eine andere, höher gelegene Insel hätte nennen sollen, und ein für allemal den Schauplatz dieses Donaukrieges von seiner Mündung mehr an den Oberlauf zu verlegen, ein Auskunftsmittel, welches auch Grote ergriff. (Gesch. Griechenland's VI, 437, der deutschen Übersetzung.) Die Undeutlichkeit der ganzen Arrianischen Beschreibung lässt es aber nicht zu, sich mit Anspruch auf Plausibilität für eine andere der vielen Donauinseln zu entscheiden, wie Barbier de Bocage und Bessell S. 28 gethan. Eine zweite Insel Peuke anzunehmen, erlauben die alten Nachrichten nicht, welche keine andere als die im Deltalande überliefern. Der Name übrigens, den die Griechen von πεύκη Fichte ableiten, kommt aber auch sonst vor. So Liv. XL., 5 eunt per saltum, quem incolae Callipeucen appellant. Man kann dazu unsern Ortsnamen Schönlinde vergleichen. Ich ergreife die Gelegenheit, zugleich einen Irrthum Strabo's zu berichten. Er gibt den Weg von der Donaumündung bis zu jenem Halse oder Trennungspuncte der Stromarme auf drei Meilen an. (VII, 305.) ἀνάπλους ἐπὶ τὴν Πεύκην σταδίων ἑκατὸν εἴκοσι. In Wahrheit ist aber der Kiliafluss 15, die Sulina 11, der Georgsarm 12 Meilen lang.

[63]) Ἔνθα δὴ Ἀλέξανδρος ἀπαγαγὼν τὰς ναῦς, ἔγνω διαβαίνειν τὸν Ἴστρον, ἐπὶ τοὺς Γέτας τοὺς πέραν τοῦ Ἴστρου ᾠκισμένους. Wenn der strategischen Beschreibung Arrian's nicht jene gerügten Mängel geographischer Irrthümer anhafteten, liesse sich aus dieser Stelle, welche es sicher stellt, dass die Geten wenigstens hauptsächlich schon am l i n k e n Donauufer wohnhaft waren, noch aus dem Umstande, dass dem Alexander auf dem Marsche vom Isker bis an die Donaumündungen keine Geten begegnen, dieser Schluss bestärken. Denn da hätte er ja durch einst getisches Gebiet hindurch müssen, und würden sich ihm denn die muthigen Geten nicht ebenso entgegengestellt haben, wie sie es am linken Uferlande thaten? Doch Arrian darf diessmal nicht zu sehr auf Berücksichtigung Ansprüche erheben. Vgl. übrigens die abweichende Ansicht Müllenhoff's S. 452.

[64]) Diese μονόξυλα, zu jeder Zeit auf dem Strome üblich, erwähnt in so viel späteren Tagen J. Cinnamus p. 114. λεμβάδιόν τι ἀναβὰς ὁποῖα πρὸ ταῖς ἀκταῖς ἐνταῦθα διασαλεύει αὐτόξυλα.

Menge, liess auch seine griechischen Schiffe besteigen und schiffte
auf beiden Transportmitteln 1500 Reiter und 4000 Schwergerüstete
ein. Bei Nacht fuhr die dreiste Flottille über. Ein weithin am andern
Ufer sich erstreckendes Getreidefeld entzog die Landung der Aufmerksamkeit der Geten. Als der Morgen graute, mussten die Hopliten
mit quer vorgehaltener Sarisse das Getreide vor sich niederdrücken
und so gelangte man aus der Saat' in das unbebaute Blachfeld. Hin-
terher zog die Reiterei. Alsdann formirte man sich zum Angriff, den
Alexander wie immer voll persönlichen Muthes auf dem rechten
Flügel an der Spitze der Cavallerie selbst leitete. Das Erstaunen, die
Überraschung der Geten war gross. Als nun noch die geschlossene
Phalanx gegen sie marschirte, der Sturm der Schwadron unwider-
stehlich auf sie herantobte, flohen sie in hellen Haufen in ihre nächst-
gelegene Stadt.

Doch wie konnte diese, die schlecht befestigt sein mochte,
gegen eine feindliche Belagerung schützen, und Alexander rückte
hinter den Flüchtigen nach, eben so gross in Kühnheit als in Vor-
sicht. Da nahmen die Geten ihre Weiber und Kinder auf die Pferde
und jagten in die Steppe, wohin, eingedenk der Schrecken des Hun-
gers, welche Darius erfahren hatte, der künftige Besieger von Darius'
Nachfolgern nicht mehr nachzog. Doch die geräumte Stadt wurde
von den Macedoniern zerstört, die Beute fortgeschafft und nach blutigen Werken zu solchen der Frömmigkeit übergegangen. Die Drei-
heit, Zeus des Erretters, Herakles und des Flussgottes Ister, dessen
Macht und Güte der König erfahren, erhielt ein verdientes Dankopfer.
Auch Alexander entbehrte der Anerkennung nicht. Nachdem er unge-
fährdet wieder den Rückzug über das Wasser genommen, erschienen
Gesandte der Triballer und anderer Völker, schlossen mit ihm Frieden und gaben ihm Pfänder ihrer künftigen Treue. Unter ihnen war
keine Nation wichtiger und merkwürdiger als die Kelten, welche nicht
lange früher ihren stürmischen Einzug in die Geschichte Ost-Europa's
gehalten hatten und nun aus ihren Sitzen an der Ostküste des adriati-
schen Meeres und nordwärts von ihm, dem grossen Könige Friedens-
hände reichend und Bündniss begehrend, nahten. Er wies sie, die von
Westen her das thracische Völkergewühle der Halbinsel in gefährliche Unruhe versetzen konnten, als nützliche Helfer nicht von sich [65]).

---

[65]) Arrian I, 4. Vgl. Müllenhoff 453, dessen scharfsinnig kühne Combination ich aber
    nicht annehmen kann. Wie verschiedenartige Auffassungen überhaupt über diesen

Thracische Reiter und triballische Bundesgenossen begleiteten nun den Eroberer in den Osten [66]).

Doch war durch Alexander's Waffen ferneren Bewegungen auf thracischem Boden noch nicht die Sehne zerschnitten. Der Aufstand Memnon's, eines von Alexander in Thracien eingesetzten Strategen, gab dem Lande von neuem Anlass zu Kämpfen. Dieser nämlich rief die Barbaren zum Abfalle von den Macedoniern auf und wenn er sich auch bald wieder vor dem Nahen des kräftigen Antipater unterwarf, so war doch eine bedeutende Gährung nachgeblieben. Die Entzündung liess nicht lange auf sich warten: ein unvorgesehenes Ereigniss beschleunigt sie. Zopyrion, ein macedonischer Befehlshaber in dem östlichen am Pontus gelegenen Thracien, ertrug die Musse seines Dienstes, zu dem ihn Alexander bestimmt hatte, nur mit Widerstreben; darum versammelte er ein Heer von 30.000 Mann, überfiel die Geten (auf dem rechten Donauufer?) ging aber durch plötzliche Stürme und die Hand der Feinde mit se·nem ganzen Heere unter. Auf die jubelnd empfangene Kunde von diesem Schlage, rief

---

Alexander'schen Feldzug im Schwange gehen, zeige folgende Anführung aus des gelehrten Hahn's Reise nach Saloniki. Denkschriften der kais. Akad. d. Wissensch. S. 221: „Von Amphipolis aus zieht Alexander in der Absicht quer durch das südliche Thracien bis zu dessen Nordwinkel, wo die Balkankette in das schwarze Meer abfällt, forcirt deren Küstenpässe und kommt zu dem Lyginus, dem heutigen Pravati (?), der bei Varna mündet, von dem aus er in drei Tagmärschen den Isker vermuthlich in der Gegend von Rustschuk erreicht. Nach einem vergeblichen Versuche, eine der dortigen Donauinseln zu nehmen, auf welche sich die Triballer geflüchtet, setzte er etwas oberhalb über den Ister und zerstörte die an dessen nördlichem Ufer gelegene Getenstadt, welche wohl in der Nachbarschaft des heutigen Dschurdschevo zu suchen ist". Hahn citirt dazu die verwandte Ansicht von A. Jochmus in On a journey in to the Balkan in 1847, S. 46: Nature has so strongly marked the best amongst the many difficult passes of the Haemus, that at the distance of thousand years the three great commanders (Darius, Alexander, Diebitsch) are found to have operated by the same lines. Die gleichzeitige Erscheinung byzantinischer Schiffe auf dem Ister, betrachtet Hahn nicht als eine Zufälligkeit, sondern sieht hierin einen Beleg für die Planmässigkeit dieses Feldzuges und setzt ihre Aufgabe namentlich in die Verproviantirung des Landheeres während seines Marsches längs der Küste und am Strome.

Sehr originell ist auch die kritische Prüfung Bessell's S. 23—29. Doch steht den wiederholten Versicherungen zum Trotz die Ansicht, der Ister der alten Quellen sei der kleine Fluss Panysus, im auffallendsten Widerspruche mit allem historischen Zusammenhange während aller Geschichte und würde die seltsamsten Consequenzen zu ziehen erlauben.

[66]) Curtius IX. 3. — Diodor XVII, 17.

Seuthes die Odrysen zur erwünschten Empörung und Macedoniens
Herrschaft in Thracien ward bis zum Grund erschüttert (um 326) [67]).

Unter den Nachfolgern der getheilten Monarchie Alexander's
des Grossen erhielt Lysimachus ausser einem bedeutenden Theile
Kleinasiens auch die thracischen Besitzungen des macedonischen
Reiches [68]) (323). Aber ihre Bewohner standen noch immer in
Waffen und erfreuten sich der errungenen Unabhängigkeit. Lysi-

---

[67]) Diodor Sic. XVII, 62, 5; 63, 1. Vgl. Droysen, Geschichte des Hellenismus S. 273.
Müllenhoff a. a. O. 453. — Justin XII, 2: Zopyrion praefectus Ponti ab Alexandro
magno relictus, otiosum se ratus, si nihil et ipse gessisset, adunato XXX milium
exercitu Scythis bellum intulit caesusque cum omnibus copiis poenas temere inlati
belli genti innoxiae luit. Dazu Pomp. Trog. Prolog. XII Zopyrion in Ponto cum
exercitu periit. und Justin XXXVII, 3. Scythas invictos antea, qui Zopyriona,
Alexandri magni ducem, cum XXX milibus armatorum deleverant. . . . Ich gebe
mich gar keiner Sicherheit darüber hin, dass die im Texte vorgeführte Verbindung der Nachrichten die richtige sei. Aber wer die dürftigen Überlieferungen
prüft, dürfte wenigstens keine Argumente für eine wesentlich abweichende Darstellung aus ihnen entnehmen. Mit den Urtheilen Bessell's (S. 29—31) sehe ich
mich wieder im Widerspruche. Erstens aber widerspreche ich der Behauptung,
dass man aus den kurzen, flüchtigen Zeilen über die obigen Ereignisse den
Schluss darauf ziehen könne, dass die Geten noch sammt und sonders auf dem
r e c h t e n Donauufer gewohnt hätten. Besässen wir keine anderen Angaben, als
diese, so würde über die Localität zu entscheiden uns gar nicht erlaubt sein.
Aber unterstützt durch Arrian werden obige Nachrichten natürlicher auf die
Ansiedelungen der Geten am linken Ufer bezogen. Ebensowenig kann ich zugeben,
dass man aus den Worten des Curtius Rufus: Zopyrio Thraciae praepositus heraus-
lese, dass unter Thracien nur das Land südlich vom Hämus verstanden werde.
Und wie locker die Verhältnisse der nordhämischen Völkerschaften zur macedoni-
schen Monarchie aussehen, wie unsicher auch ihr Gehorsam sein mochte, seit den
Siegen Alexander's über Triballer und Geten, konnte ein macedonischer König
Thraciens Grenze nicht an den Hämus bannen und die sonstige geographische
Ausdehnung dieses Wortes spricht auch nicht zu Gunsten derselben Ansicht.
Positiv entgegen steht aber die Vertauschung von Pontus, Scythia und Thracia
in den Nachrichten bei Justin; so XII, 1, 4 bellum Zopyrionis praefecti ejus (scil.
Alexandri) in Scythia. Bessell sucht dagegen die gewöhnliche Interpunction umzu-
stossen und setzt willkürlich ein Comma zwischen ejus und in Scythia. So kann
ich auch nichts „Albernes" in der Darstellung Justin's finden, wenn er der Handlungsweise Zopyrion's unruhigen Ehrgeiz zu Grunde legt. Hingegen nenne ich die
Vermuthung Bessell's plausibel, welche die chronologischen Schwierigkeiten zu
ebnen trachtet, indem sie die Statthalterschaften Zopyrion's und Memnon's in
den westlichen und östlichen Gegenden Thraciens in denselben Zeitraum setzt.
[68]) Curtius X, 10, Lysimachus Thraciam appositasque Thraciae Ponticas gentes obti-
nere cussi.

machus' Thätigkeitslust und Eroberungseifer zögerte nicht lange,
sie ihnen wieder zu entreissen. Die Absicht, die ihn dabei leitete,
war ausser dem Wunsche, den früheren Besitzstand der Macedonier
in Thracien herzustellen, auch die, durch Unterwerfung der vielen
kriegerischen Binnenstämme sich Aushebungsbezirke reich an tapferen Soldaten zur Ergänzung seiner Heere zu verschaffen. Lysimachus
zog zuerst gegen den mächtigsten Stamm des Gebirges, die Odrysen, welche an König Seuthes ein thatkräftiges Haupt besassen.
Dieser trat ihm mit 20.000 Mann Fussvolk und 8000 Reitern entgegen, und obwohl das Heer nur 6000 Mann stark war, worunter
2000 Reiter, nahm der alte Marschall Alexander's die Schlacht an.
Sie war hartnäckig, der Verlust auf beiden Seiten gross und der Sieg
unentschieden. Doch in Ansehung seiner mehr als vierfachen Min-
derzahl musste dieser Ausgang dem Lysimachus, der um sich zu verstärken zurückging, den guten Erfolg der Zukunft verbürgen [69]).

Der weitere Verlauf des Bergkrieges mit den Thraciern ist
unseren Augen entzogen. Allein der Umstand, dass Lysimachus der
Betheiligung an allen grossen Fragen der damaligen bewegungs-
reichen asiatisch-europäischen Politik sich enthielt, spricht wohl
dafür, dass er alle Kräfte an diese blutige Aufgabe wandte. Der
ungemeine Unabhängigkeitstrieb, der jedem griechischen Gemein-
wesen eigen war, fehlte auch in den pontischen Seerepubliken
der Westküste nicht. Seit den Tagen Philipp's oder Alexander's aber
versicherte sich Macedonien ihres Gehorsams durch eingelegte Be-
satzungen ebenso wie es dies im eigentlichen Hellas seit der Schlacht
von Chäronea that. Doch jetzt mag die Gelegenheit günstig erschienen
sein, das macedonische Joch abzuwerfen und die Städte vertrauten
nur allzurasch ihren Kräften des Widerstandes. An der Spitze der
feindlichen Erhebung stand Kallatis [70]). Es verjagte des Lysimachus
Truppen aus der Stadt, leistete den übrigen Nachbarstädten Odessos,
Istropolis u. A. Beistand zu demselben Werke der Befreiung, und
schloss ein enges Vertheidigungsbündniss zur Bewahrung der wieder-
erlangten jungen Freiheit sowohl mit diesen alten Bundesschwester-
städten als auch mit den Thracierstämmen des innern Landes und
den Scythenhorden des Nordens. Man darf in dieser griechisch-

---

[69]) Arrian bei Phot. cod. 92, 10. — Diodor XVIII, 14. — Pausan. I, 9, 7. — Vgl. Droysen,
Gesch. des Hellenism. I, 326. — Müllenhoff a. a. O. 454.

[70]) Diodor XIX, 73.

barbarischen Völkerallianz auch die Geten als Theilnehmer ver-
muthen. So glaubten die pontischen Hellenen der zu erwartenden
Rache des Lysimachus trotzen zu können. Dieser erfuhr kaum den
Abfall, als er sich schnell erhob, den Hämus überstieg und vor
Odessos, der nächsten dieser Freistädte lagerte. Die auswärtige
Hilfe, der man vertraut hatte, erschien nicht; die erschreckten
Bürger zogen vor durch Unterhandlungen mit Lysimachus sich
wieder zu vergleichen, und ihre Unterwerfung zu erneuern.
Kallatis, das nun dem nördlichen Marsche der Macedonier zunächst
am Wege lag, wagte der König nicht sogleich anzugreifen. War
es auch der Herd der ganzen Empörung, so muss es doch sehr
stark gewesen sein, und während einer langen Belagerung ge-
wannen die Verbündeten Zeit eine überlegene Macht gegen die
Belagerer zu führen. Darum wandte sich das macedonische Heer
zuerst gegen die schwächeren Städte im Norden, um den stolzen
Vorort zu isoliren. Es gelang auch die Stadt Istriana wieder zur Un-
terthänigkeit zu bringen. Nun aber hatten die Thracier und Scythen
ihre Rüstungen beendet und rückten mit der vertragsmässigen Hilfe
zu Felde. Lysimachus wusste jedoch die Gefahr eines Doppelangriffs
zu zerstreuen. Er mochte den Thraciern für ihre im Falle einer Niederlage wehrlosen Gaue Besorgniss einflössen, oder durch den
Glanz militärischer Erscheinung imponiren, oder ihren Eigennutz
wecken; sie wurden bundesbrüchig und liessen die gemeinsame Sache
im Stich. Darauf wurden die Scythen in einem blutigen Treffen geschlagen und bis an die Grenze ihrer Weide- und Wanderbezirke
verfolgt. Jetzt zogen sich die verderblichen Heereswolken über
Kallatis zusammen, und Lysimachus gelobte es sich, an den Rädels-
führern in der Stadt strenge Rache zu nehmen [71]. Ihre Bürger waren
jedoch inzwischen nicht säumig gewesen, eine stärkere Coalition zum
Schutze ihres hart bedrohten Daseins herbeizurufen. Antigonus erblickte sein Interesse in ihrem gefährdet und sandte unter der Anführung zweier Generale eine zahlreiche Macht zu Wasser und zu Lande.
Auch Seuthes, der Odryse, trat von Neuem in Waffen. Der Plan
dieser nach einem Ziele wirkenden Feinde ging dahin, durch bei-
derseitiges Vorrücken von Süden wie von Norden Lysimachus während der Blockade von Kallatis in die Mitte zu nehmen und zu er-

---

[71] Diodor XX, 25.

drücken. In dieser Absicht landete der General Pausanias sein Heer an der sogenannten heiligen Mündung, jetzt Georgsmündung der Donau, der andere Lykon an der thracischen Küste, um Seuthes die Hand zu reichen. Auf diese Art musste Lysimachus von den Hilfsquellen im eigenen Lande abgeschnitten werden und durfte das Ärgste fürchten. Hier galt es durch äusserste Schnelligkeit jedes Heer einzeln anzugreifen. Rasch warf sich also Lysimachus in den Hämus, dessen wichtige Passwege Seuthes schon besetzte. Nicht ohne grossen Verlust der Seinigen gelang es, den Sieg über den gefährlichen Thracierfürsten zu erringen. Kaum war er mit ihm fertig, als er schon vor Pausanias wieder im Norden erschien, diesen auf ungünstiges Terrain drängte und dort völlig schlug. Pausanias selbst fiel; viele der gefangenen Söldner reihte Lysimachus in seine Compagnien ein. Das Schicksal der zweiten antigonischen Heerabtheilung ist unbekannt, glich aber wahrscheinlich dem der Bundesgenossen. So war auch die zweite Allianz niedergeworfen und das Schicksal von Kallatis konnte durch die Tapferkeit seiner Vertheidiger noch verzögert, aber nicht aufgehalten werden [72]). Während dieser Belagerung stieg der Hunger so sehr, dass ein grosser Theil der Unglücklichen dem unrettbaren Orte entfloh. Tausend von ihnen nahm Eumelos, der Fürst des kimmerischen Bosporos bei sich auf, gewährte ihnen ein Asyl, gab ihnen eine Stadt zur Bewohnung und theilte Land aus unter die armen Vertriebenen. Auch der Flüchtlinge aus anderen Städten, deren Mauern die Macedonier brachen, nahm er sich edelwohlthätig an. Von nun an welkte der Hellenismus am westlichen Gestade des Pontus.

Lysimachus vergass den Geten die Hilfeleistung nicht, die sie den Griechen zu bringen bereit gewesen und nachdem er das übrige Thracien unterworfen, jene Griechenstädte seinem Reiche angeschlossen, gegen seinen grossen Feind, Antigonus, durch ein Bündniss mit Seleucus von Syrien und Ptolemäus von Ägypten sich gestärkt hatte, eröffnete er auch gegen sie den Krieg. Als Getenkönig wird damals Dromichaites genannt. ein Mann, der eines Gegners wie Lysimachus völlig würdig schien. Diesen aber verliess diesmal sein oft erprobtes Glück. In einer Schlacht geriet sein jugendlicher Sohn Agathokles, der hier sein militärisches Tirocinium begann, in die

---

[72]) Diodor XX, 22, 23.

Gefangenschaft der Sieger, ihn rettete nur eilige Flucht. Nun hätte
er eines grossen Sieges bedurft, um seinen Sohn um geringeren
Preis auslösen zu können. Doch auch die folgenden Treffen waren
nachtheilig für die Macedonier, und den Frieden, den der Monarch
mit den Geten unterhandelte, musste er unter ungünstigen Bedingungen abschliessen. Ihr Inhalt ist nicht bekannt; nur verlor er für
den freiwerdenden Sohn eine Tochter, die er dem Barbarenkönige
in die Ehe zu geben sich genöthigt sah [73]).

Einige Jahre darauf (292) finden wir Lysimachus wieder in einem
Kriege mit Dromichaites, in welchem er den Schimpf des vorigen Feldzuges zu rächen gedachte. Der greise König drang mit seinem Heere
rasch über die Donau vor, bis in die öden Strecken, die zwischen
diesem Flusse und dem Dniester liegen und jetzt Bessarabien heissen.
Durst und Hunger fingen an die Soldaten zu quälen, für deren
Versorgung jene Gegenden nur Unzureichendes boten. Als die Geten
endlich gegen die Erschöpften anrückten, waren diese keines grossen
Widerstandes mehr fähig und König und Heer mussten sich kriegs-
gefangen ergeben. Die getischen Schaaren forderten laut die öffentliche Hinrichtung des gefangenen Herrschers, denn es müsse ihnen
freistehen, an ihren Feinden geziemende Rache zu nehmen. Aber
anders, klüger und edler dachte der König Dromichaites. Er empfing
den in's Unglück Gefallenen freundlich, umarmte und küsste den Er-
staunten, nannte ihn Vater und führte ihn in die Stadt Helis. Die blut-
gierigen Unterthanen aber beschwichtigte er mit Vorstellungen: es
sei dem getischen Lande nützlicher, Milde statt der Strenge zu wäh-
len, denn nach Lysimachus' Ermordung würden andere und vielleicht
mächtigere Fürsten der Macedonier die Ansprüche des Todten und
die Sühne seines Blutes aufnehmen; seine Freilassung aber werde
jene Forderungen für immer erlöschen und sie des Friedens geniessen
machen.

Die Menge gab den königlichen Gründen nach. Nun liess Dromichaites unter den Gefangenen die Freunde des macedonischen
Monarchen aufsuchen und zu dem Trauernden führen. Dann vereinigte er sie mit den vornehmsten Geten bei einem Gastmahl. Die
Teppiche, die man in der Beute gefunden hatte, lagen da zu Sitzen

---

[73]) Die Berichte sind wieder trümmerhaft und widerspruchvoll auf uns gekommen.
S. Diodor XXI, 18. — Pausan. I, 9, 7. — Müllenhoff a. a. O.

gebreitet für Lysimachus und sein Gefolge, auf Strohsitzen nahmen die Geten und ihr König Platz. Auch gab es zweierlei Speisen: köstliche Gerichte in reichlicher Auswahl auf Silbertischen und wieder schlichte Gemüse- und Fleischkost auf hölzernem Brette. Die ersteren genossen die Fremden, die Sieger die anderen. Diese tranken den Wein aus Horn- und Holzgefässen, den Macedoniern reichte man ihn in silbernen und goldenen Bechern. Inmitten des Zechens füllte Dromichaites das grösste Horn, wandte sich zu Lysimachus, nannte ihn wieder Vater und fragte ihn, welches Mahl ihm königlicher dünke, das der Macedonier oder das thracische. Als dieser zur Antwort gab: das macedonische, sprach der Barbarenfürst: „Was trieb dich denn also an, alle diese Bequemlichkeit und dies herrliche Leben und dein blühendes Reich zu verlassen, und Leute, die als Wilde leben, und ein rauhes, an milden Früchten armes Land zu besuchen und den Gesetzen der Natur zum Trotz deine Truppen unter einen Himmelsstrich zu führen, wo es ein fremdes Heer im Freien nicht aushalten kann."

In der Lage, in welcher sich Lysimachus fand, konnten diese Worte eines gewissen Eindrucks auf ihn nicht verfehlen und er gestand, er habe mit diesem Feldzuge einen Fehler gemacht, aber für die Zukunft wolle er des Getenkönigs Freund und Bundesgenosse zu sein trachten und beweisen, dass er nicht weniger dankbar sein könne, als sein Wohlthäter edel. So gab Lysimachus auch die von den Geten begehrten festen Orte, die er ihnen einst abgenommen haben soll, zurück und der Barbarenfürst setzte ihm das Diadem wieder auf und entliess ihn in seine Staaten [74]). Ob der königliche Greis mehr die Bitterkeit der Niederlage und den Schimpf der Gefangenschaft oder die grossherzige Gesinnung des Dromichaites empfand, bleibt ungewiss. Andere Angelegenheiten zogen ihn nach anderen Orten und

---

[74]) Diodor XXI, 20, 21, 22. Trog. Pompej. Prolog. XVI. Ut Lysimachus in Ponto captus ac missus ab Dromichaete. Justin. XVI, 1, Lysimachus quoque cum bello Dromichaetis, regis Thracum, premeretur, ne eodem tempore adversus eum dimicare necesse haberet, tradita ei altera parte Macedoniae, quae Antipatro genero eius obvenerat, pacem cum eo fecit. Polyaen VII, 25. — Strabo VII, 302. — Pausan. 305, 22, 5, 6. — Memnon in fragm. histor. graec. III, 231, 5. — Vgl. die Kritik Bessell's S. 31—36, welche die Schwierigkeiten der Berichte mehr vergrössert als ebnet. Er verwirft wieder die Feldzüge jenseits der Donau und liefert eine Darstellung, die nichts mehr mit den übermässig getadelten Alten gemein hat.

bis zu seinem Tode (J. 281) ist kein die Geten berührendes Ereigniss zu berichten [75]).

Den Gefahren, welche die Macedonier über die Unabhängigkeit der Geten gebracht hatten, waren diese in mannigfachem Glückwechsel tapfer, klug und edelmüthig widerstanden, denn keiner der Nachfolger des Lysimachus besass mehr die Macht, erobernd gegen sie aufzutreten. Aber wie dieses Volk in Gegenden gelagert war, wo der Anstoss nie endender Völkerwanderungen von jeher auf das Härteste traf, ereilte die jüngst Geretteten ein neues, unwiderstehlicheres Schicksal. Schon zu Alexander's des Grossen Zeit hörten wir von Kelten am Nordgestade des Adriameeres, damals des jonischen oder illyrischen Busens. Noch waren sie dort ein neues Volk [76]). Seither hatten sie sich von den öden Alpenhöhen aus ostwärts ausgedehnt und waren in immerwährendem lawinenartigem Vorrücken. Was konnte sie zurückhalten, nachdem die Schrecken eines wilden Hochgebirges und die Gefahren seiner Übergänge ihnen ein Leichtes gewesen! Sie gelangten in den Besitz Pannoniens, eines vortrefflichen Terrains für ihre Sauheerden [77]); sie schlugen schon Sitze an der Save; dem Ungestüm ihrer furchtbaren Angriffsweise war der Erfolg treu. Bald entging auch Thracien ihrem Anfalle nicht [78]) (J. 281). Endlich im J. 280 brach auch über die unglückliche griechische Halbinsel, welche seit den Tagen des grossen macedonischen Philipp so vielen Jammer schon erlebt hatte, der wilde Menschensturm los. Von mehreren Häuptlingen geführt, ergoss sich ein ungeheures Heer, dessen Anzahl das Entsetzen noch übertrieben hat [79]),

---

[75]) Es bleibt höchst unsicher, ob die Worte Justin's XVI, 3: Inde Thraciae bellum intulerat sich auf die Geten beziehen, wie Müllenhoff will (S. 455), der diese neue Bekriegung zwischen die Jahre 286 (die Eroberung Macedoniens durch Lysimachus) und 281 einreiht. Ebenso sehe ich in den daran geschlossenen Muthmassungen desselben kritischen Forschers keinen festen Boden.

[76]) Arrian. Exped. Alex. I, 4.

[77]) Justin. XXIV, 4 portio Illyricos sinus ducibus avibus per strages barbarorum penetravit et in Pannonia consedit: gens aspera, audax, bellicosa, quae — — Alpium invicta iuga et frigore intractabilia loca transscendit. Ibi domitis Pannoniis per multos annos cum finitimis varia bella gesserunt.

[78]) Zu Folge Pausanias X, 19, 4.

[79]) Justin XXIV, 4, 1 und 6. Hortante deinde successu divisis agminibus alii Graeciam, alii Macedoniam omnia ferro prosternentes petivere, tantusque terror Gallici nominis erat, ut etiam reges non lacessiti ultro pacem ingenti pecunia mercarentur.

über Macedonien, wo der König Ptolemäus im vergeblichen Widerstande fiel [80]), warf sich nun nach Griechenland, und fand, wie hellenische Religiosität beeifert versicherte, erst vor dem heiligen Delphi die Grenze ihrer Verheerungen. Die Schaaren, welche an diesem Zuge nicht Theil genommen und so dem Loose der Vernichtung an den erschütterten Gipfeln des Parnass entgangen waren, wandten sich in geschwächter Zahl nach Thracien und Asien. Viele kehrten auch zurück in die Heimat, zu deren Schutze ein Heer von 18.000 Männern war zurückgelassen worden. Diese aber hatten die zugetheilte Rolle unthätigen Harrens unerträglich gefunden, ihr verwegen ruheloser Sinn verlockte sie zu Ungehorsam und kriegerischem Auszuge. Sie überfielen die Triballer und Geten [81]), und brachten ihnen eine Niederlage bei. Später soll jedoch diese Abtheilung in ihrer Unvorsichtigkeit dem Könige Antigonus Gonatas von Macedonien erlegen sein. Drei Jahre nachher schlugen die Kelten, aus den anderen Ländern der grossen Halbinsel glücklich hinausgedrängt, unter Führung des Comontorius bleibende Sitze in Thracien auf, und bedrohten von hier die zwei nachbarlichen Continente. Ihr Räuberstand am Fusse des Hämus, wird nach der Hauptstadt Tyle genannt [82]).

Schwer muss der Druck dieser unwiderstehlichen Nachbarschaft [83]) wie auf allen thracischen Stämmen, so auf den Geten gelegen sein; die Einigkeit, die ihnen vielleicht geholfen hätte, verschmähten

---

[80]) Diodor XXII, 8: ὑπὸ Γαλατῶν Πτολεμαῖος ὁ βασιλεὺς ἐσφάγη καὶ πᾶσα ἡ Μακεδονικὴ δύναμις κατεκόπη καὶ διεφθάρη. Justin a. a. O.

[81]) Müllenhoff a. a. O. bezieht die Niederlage der Geten bei Justin. XXV, 1 auf die Gallier von Tyle; anders Schmidt in: „Das olbische Psephisma im Rhein. Mus. 1836, S. 273 ff.“, der aber gegen den Sieg des Antigonus als eine Fabel eifert. Gewiss hat seine Untersuchung sich das Verdienst erworben, die Widersprüche der alten Geschichtschreiber in der Erzählung der Galliereinfälle in helles Licht zu stellen.

[82]) Polyb. IV, 46, αὐτοῦ δὲ κατέμειναν διὰ τὸ φιλοχωρῆσαι τοῖς περὶ τὸ Βυζάντιον τόποις. οἳ καὶ κρατήσαντες τῶν Θρακῶν, καὶ κατασκευασάμενοι βασίλειον τὴν Τύλην εἰς ὁλοσχερῆ κίνδυνον ἦγον τοὺς Βυζαντίους.

[83]) Schmidt, Olb. Psephisma a. a. O.: „Wären nur die südlichen Thracier ihnen unterthan gewesen, sie würden sicher eine andere Wahl getroffen und nicht ihre Hauptstadt an die entfernteste Kante ihres Reiches hingebaut haben, wo sie in diesem Falle nicht nur von anderen feindlichen Völkern im Norden begrenzt worden wären, sondern auch den im Süden unterworfenen Völkerschaften und Städten, wie Byzanz thörichter Weise durch die weite Entfernung um so leichtere Gelegenheit geboten haben würden, sich von dem drückenden Joche frei zu machen“.

sie und zogen es vor, der Tyrannei auszuweichen oder sie stumm zu
erdulden. Häufig sehen wir von jetzt an thracische Söldner im Dienste
der ewig sich befehdenden Könige von Syrien [84]) und getische Edle
sind Anführer fremder Heere [85]).

Doch aller keltische Staatsbau hatte von jeher etwas Lockeres,
Haltloses, und entging nicht frühem Verfalle [86]); auch die Herrschaft in
Thracien verfiel im Innern und widerstand bald nicht weiter dem
nationalen Befreiungsdrange der Thracier [87]) (um 213). Durch die
Gallier von Tyle scheinen auch die letzten Trümmer des längst ge-
schwächten getischen Gemeinwesens im Süden der Donau für immer,
sicher aber während der Dauer jenes Reiches verschwunden zu sein.
Hingegen im Norden desselben war des Volkes Kraft in diesem Zeitraume noch aufrecht geblieben und mochte in den weiten Weide-
steppen der jetzigen Walachei, auch Reste jener südlichen Bevölkerung um sich sammeln, welche das Leben unter keltischem
Schwerte verabscheuten. Doch auch hier genossen die Geten nicht
lange eines ruhigen Bestandes; ein neuer Menschenschlag warf sich
an ihre Seite und bedrängte sie mit ursprünglicher Wildheit, die
Bastarner [88]). Vom galizisch-polnischen Plateau her breiteten sie
sich gegen die Mitte des zweiten Jahrhunderts v. Chr. in südöstlicher Richtung aus, erschienen an den Donaumündungen, und ihre
Herrschaft umspannte weithin im Norden und Osten den hohen kranz-

---

[84]) Athenäus XIII, p. 593. — Polyb. V, 65. — Vgl. Schmidt a. a. O. S. 579. — Müllenhoff a. a. O. S. 456.

[85]) Polyän. IV, 16. — Vgl. Schmidt a. a. O. S. 486, 487.

[86]) Mommsen, Röm. Gesch. III, 212 ff.

[87]) Polyb. IV, 46. — Schmidt a. a. O. S. 595.

[88]) Zeuss, Die Deutschen und ihre Nachbarn S. 129: „Die Bastarner sind das erste
deutsche Volk, welches auf dem Schauplatze der Geschichte auftritt, in der ersten
Hälfte des zweiten Jahrhunderts v. Chr." „Auf dem nördlichen Ufer der Donau lag
ihre Heimat", d. h. ihre erste im Tageslichte der Geschichte liegende Niederlassung.
Und auch nur dieses beweisen die angeführten Stellen aus Livius XL, 58: cetera
multitudo retro, qua venerant, transdanubianam regionem repetiit. l. XLI, 19:
Bastarnae patrias sedes sepetere statuerunt; itaque ad Istrum regressi non sine
ingenti laetitia flumen alta concretum acie obfenderunt, quae nullum onus recusare
videretur. Ankömmlinge in der Nähe des Pontus nennt sie noch der Vers des Scymnus
(v. 50 fr.): Οὗτοι δὲ Θρᾷκες, Βαστάρναι τ'ἐπήλυδες.

„Die Sitze der Bastarnen erstreckten sich von den Ligiern an der Ostseite des
karpathischen Gebirgszuges bis zu den Donaumündungen." Von der Rückseite der
nördlichsten Dacier, der dem Reiche des Vannius benachbarten Gebirgsdacier, nennt
sie Plin. IV, 12 adversa Bastarnae tenent aliique inde Germani.

förmigen Gebirgswall der Karpathen und verschaffte ihm den Namen
der bastarnischen Alpen [89]). Sie waren lauter Männer, die nicht Ackerbau, nicht Schifffahrt verstanden und nicht als Hirten von ihren Her-
den, sondern einzig und allein vom Kriege lebten. Ihr Wuchs war
hoch, ihre Gewandtheit erstaunlich; aber auch ihr Hochmuth, ihr
Prahlen, ihnen gemein mit den Kelten, hatten eben so sehr einen
weiten verdienten Ruf [90]). Mit diesen Bastarnern mussten die Geten
manchen harten und nicht immer glücklichen Kampf bestehen. Von
ihrem Ehrgefühle darin erzählt man uns ein redendes Beispiel. Der
König Oroles verurtheilte diejenigen, welche in einem Gefechte mit
den Bastarnern waren geschlagen worden, dazu, dass sie alle Dienste,
die sie bisher von den Weibern zu empfangen gewöhnt waren, von
jetzt an selbst verrichteten, auch in ihrem Bette den Kopf an die
Stelle legten, wo sie sonst die Füsse hatten, und dies so lange, bis
ihre Kriegerehre durch eine rühmliche That gereinigt wäre [91]).

Wie lange diese Bekriegungen und das Wechselspiel von Sieg
und Niederlage währten, endlich erfuhr das Getenvolk eine Schwä-
chung und Einschränkung seiner Herrschaft und es bildete sich in
den Räumen bis zum Dniester hin immer mehr eine seltsame Mischung
der verschiedensten Volkselemente, ein Bild wie von zahlreichen
durcheinander geworfenen Gesteinschichten. Geten und Scythen,
Sarmathen und Bastarner und andere unbestimmte Horden und Völker-
wellen wogten und hausten hier neben und durcheinander. Bald
tritt dieser, bald jener Stamm mächtiger, gebietender auf, und leiht
wohl auch der weniger kundigen Ferne gegenüber dem ganzen
Gewühle für eine Spanne seinen Namen. In gemeinsamer Lebensweise

---

[89]) Alpes Bastarnicae nach der Peutinger'schen Tafel, welche Blastarni daneben setzt.
Auch die Bezeichnung bei Ptolemäus, τὰ Πευχῖνα ὄρη, Πεύχη ὄρος, wird dasselbe
sagen, da die Peucini ein bastarnischer Stamm, oder sie selbst mit einem anderen
Namen sind. Tacit. Germ. 46. Über ihre Verwandtschaft mit einem der grossen
Hauptvölker gehen die Aussagen der Alten sehr auseinander. Für Deutsche erklären sie Strabo (VII, 306), Plin. (IV, 14), Tacit. (Germ. 46); für Gallier
Polybius (XXVI, 9), Livius (XL, 58, XLI, 18, XLIV, 26). Plutarch (Aem. Paul. 9,
12, 13) und Diodor; für Scythen Dio Cass. (LI, 23). Natürlich sind nun auch
die Ansichten der Neueren getheilt. Vgl. Grimm, Gesch. d. d. Spr. 458. — Zeuss,
a. a. O. — Diefenbach, Celt. 2, 211, 229.

[90]) Plutarch, Aem. Paul. c. 9 und 12. — Livius XL, 5.

[91]) Justin. XXXII. 3, 16. Ich merke hiebei an, dass hier zum ersten Male der Dacier
Erwähnung geschieht, also jedenfalls von norddonauischen Gegenden die Rede ist,
muss aber die Ansicht Müllenhoff's verwerfen, der diese Notiz Justin's auf die
Geten am Hämus bezieht a. a. O. 456.

verwischten sich viele der bisherigen Volksunterschiede und ehemalige Gesittung gab sich dem allgemeinen Zuge zur Verwilderung hin. So mochte es auch den Geten ergehen.

Die Bastarner aber folgen auch hierin keltisch-germanischem Gebrauche, dass sie in häufiger Aussendung grösserer Heermengen den Krieg in entferntere Gegenden tragen. Im Dienste eines fremden Herrschers zu marschiren, ist ihnen ein erwünschtes Los. Eine ihrer Heerfahrten auf thracischem Boden beschäftigt unser Interesse. Nach dem unglücklichen Kriege, welchen der ehrgeizige Philipp von Macedonien gegen die Römer geführt hatte (200 — 197), sann er fortwährend auf eine Erneuerung desselben unter günstigeren Umständen; im Stillen rüstete und plante er unausgesetzt und warb auch unter den Barbaren Söldnertruppen. So besprach er mit den Bastarnern eine grosse Unternehmung voll drohender Gefahr für Rom. Seit lange waren die Dardaner (im heutigen Serbien) eine häufige Geissel und stete Bedrohung für Macedonien gewesen. Diese lästigen Räubernachbarn durch eine andere der raubenden Volkshorden zu schwächen oder gänzlich zu vertilgen, gemäss einer klugen Politik, welche auf dieser Halbinsel das kaiserliche Byzanz später mit so manchem Erfolge geübt hat, war die nächste Absicht König Philipp's. Die Bastarner sollten über die Donau herüberkommen, die Dardaner angreifen und vernichten. Wäre dies gethan, sollten sie, indess ihre Weiber und Kinder in dem eroberten Dardanien zurückblieben, auf dem gebirgigen Landwege mitten durch andere wilde Völkerreihen (darunter die Skordisker) sich auf Oberitalien und in den Kampf mit den Römern stürzen. Und von diesem hoffte Philipp in jedem Falle und bei jedem Ausgange Vortheil für Macedonien. Siegten die Bastarner über die Römer, so siegten sie zumeist für ihn; dann war für ihn der grosse Augenblick zu erneutem glücklicheren Losbrechen erschienen; wurden sie aber geschlagen und aufgerieben, so fiel ihm die von zwei Feinden befreite Landschaft Dardanien zu. Er gewann die bastarnischen Häuptlinge durch Geschenke, versprach der Menge Zufuhr und ungehinderten Marsch durch die Gaue der am Wege liegenden thracischen Völker und — der wilde Völkersturm brauste in's Land. Alles ging gut, bis die Nachricht vom Tode Philipp's eintraf, welcher unerwartet in der Fülle seiner Entwürfe aus dem Leben geschieden war (179 v. Chr.). Nun fehlte das mächtige Haupt, die umsichtige Seele; die Schwierigkeiten traten mehr und mehr hervor.

Die Bastarner überhoben sich, wollten nicht Zucht und Ordnung halten; Raub- und Gewaltthaten gegen die Thracier reizten diese zur Vergeltung; es entspannen sich erbitterte Gefechte. Sie mochten zum Vortheil der übermächtigen Bastarner sein. Da vereinigen sich die Verzweifelnden insgesammt, verlassen Haus und Feld und besetzen die Berge. Bei dem Angriffe auf eine der Anhöhen, sie hiess Donuca, erleidet das bastarnische Heer, während zugleich ein unerhörter Wolkenbruch niedergeht, ungeheure Verluste. Denn die Verwirrung, welche das tosende und krachende Gewitter hervorruft, ist grenzenlos, die Verfolgung für die wegkundigen Eingebornen leicht und voll blutiger Erfolge. Aber die Kraft der Bastarnen war noch immer gross genug, die Dardaner in ihrem Lande in Bedrängniss zu bringen. Diese setzten hartnäckigen Widerstand entgegen, und endlich verzagten die Bastarner, trotz der Bundesgenossenschaft, die sie an den rohen Skordiskern gefunden hatten, dennoch an dem Ausgange ihrer Unternehmung und beschlossen den Rückzug. Allein der heimkehrende Schwarm fand seinen Tod in der Donau, deren Eisdecke unter der Last einbrach [92]). König Perseus, der Erbe des macedonischen Thrones und des Römerhasses, doch nicht zugleich der Eigenschaften seines Vaters, warb in dem bald wirklich ausbrechenden Kriege mit Rom einen anderen grossen Keltenschwarm, unter dem Führer Clondicus. Es ist nicht unwahrscheinlich, dass auch Geten demselben sich anschlossen, da der ganze Zug einmal auch ein getischer genannt wird [93]). Doch verlief er gleichfalls ohne Erfolge. Des Perseus Habgier marktete und mäkelte an dem gedungenen Solde und die Barbaren zogen entrüstet über die Donau zurück. Die macedonische Monarchie aber erlag bald darauf an dem Tage von Pydna dem Glücke der römischen Waffen zum zweiten Male und erlitt ihre Auflösung. Durch diese nicht lange darauf auch als Provinz eingerichtete neue Erwerbung, trat die römische Herrschaft in unmittelbare Berührung mit Thracien. Doch achtete man dessen zu Rom soviel als möglich nicht und kümmerte sich nicht im Geringsten um den Hader seiner Völker; selbst gelegentliche Grenzverletzungen von ihrer Seite nahm man nicht so strenge. Das Regiment Roms in

---

[92]) Livius XL, 5, 57, 58, XLI, 19, die Berichte sind unvollständig, doch reichen sie, den Zusammenhang erkennen zu lassen, aus.

[93]) Appian. de reb. Maced. XVI. Εἰς δὲ Γέτας ἔπεμπε τοὺς ὑπὲρ Ἴστρον. — Γετῶν δὲ τὸν Ἴστρον περασάντων. Vgl. Mommsen, Röm. Gesch. I, 745.

dieser Zeit war im Allgemeinen schwach und schlaff und beschied sich mit dem allergeringsten Maasse von Thätigkeit nach aussen. Es bedurfte erst eines äusseren Anstosses, um seine Energie in diesen Landschaften zu stacheln und zu beleben [94]). Und dieser erfolgte im Jahre 114. Da nämlich brach wieder einer jener wilden Verheerungszüge auf, wie sie unsesshafte und ruhfeindliche Völker zum Verderben der Culturländer unternehmen. Ein Gemenge thracischer Völkerschaften drang hier bis Thessalien, dort bis Dalmatien vor; da setzte das Meer ihren Schritten, nicht aber ihren Wünschen Grenzen; sie schleuderten Speere in die rollenden Fluthen hinaus, sei es aus Ärger über das für sie unwegsame und beuteleere Element, oder um durch einen prahlerischen Act ihre Herrschaft auch über dieses anzutreten und zu erklären [95]). Unter jenen raubenden Horden erweckten durch grässliche viehische Grausamkeiten am meisten Furcht und Entsetzen die bergbewohnenden Skordisker; vor Allem widrig erscheinen ihre Gewaltthaten am weiblichen Geschlechte [96]). Diese Wüthenden überfielen den Consul G. Porcius Cato und hieben sein Heer nieder. Er hielt es nicht für zu schimpflich, einem solchen Tage zu entfliehen. Siegjubelnd ergossen sich die Barbaren jetzt nach allen Seiten, wurden aber dennoch vom Praetor M. Didius, das römische Gebiet zu verheeren, abgehalten. Seit den Momenten dieser grossen Gefahr ging man zum nothwendigen Angriff über. Zuerst M. Drusus (112). Er hinderte jeden feindlichen Übergang über die Donau, welche damals zum ersten Male die römischen Feldzeichen an ihren Ufern sah, unter deren Schutze allein die Cultur in diesen

---

[94]) Vgl. Mommsen, R. G. II, 167.

[95]) Derselbe Umstand findet sich auch anderwärts häufig berichtet. Der König Autharis ritt bei Rhegium in's Meer hinaus und rief, indem er mit seinem Speere an eine mitten in der Brandung stehende Säule schlug: Bis hieher das Reich der Langobarden. Von Okba, dem Feldherrn des Chalifen Muawija, erzählt man, dass, als die Küste seinem Vordringen Schranken setzte, er in das Meer hinausritt, bis das Wasser seinem Pferde bis an den Hals reichte. Nun kehrte er mit dem Ausrufe um, dass nur der atlantische Ocean ihm Grenzen setzen könne. Kaiser Otto der Grosse soll nach der Eroberung Jütlands den Speer in's Meer versandt haben zum Zeichen seiner Oberherrschaft auch über dieses. Der lithauische Fürst Witowt hat, nachdem er die Nogajer bis zum Dnjepr zurückgetrieben, und als er bis zum Lakul Ovidului vorgedrungen war, sich mit seinem Pferde von einem vorspringenden Felsen in die Meeresfluth gestürzt und ist eine halbe Meile weit geschwommen, um anzudeuten, dass er in den Besitz der Gestade des Pontus getreten. (Vgl. Ermann, Forschungen zur Gesch. d. südl. Russlands V, 197.)

[96]) Flor. I, 38, partus gravidarum mulierum extorquere tormentis.

durch tausendfache Räubereien geschändeten Ländern erblühen
konnte. M. Minucius übertraf und krönte die Erfolge seines Vor-
gängers durch einen vernichtenden Sieg über die Skordisker, deren
Rolle nun ausgespielt erscheint **⁹⁷**). So versinken von da an auch
die Triballer in Vergessenheit **⁹⁸**).

Die folgende Periode von dreissig Jahren weiss von häufigen
und wie es scheint blutigen Kämpfen an der macedonisch-thracischen
Grenze, welche durch Einbrüche der ungebändigten Thracier entstanden und noch oft genug zu ihrem Vortheile ausschlugen. Ihre
einförmige Schilderung ist uns durch die Verluste genauerer Nachrichten erspart. In dem gefährlichsten asiatischen Kriege, den Rom
zu führen hatte, in dem mit dem pontischen Könige Mithridates waren
thracische Stämme seine Bundesgenossen und mussten so die Waffen
seiner Gegner von Neuem wider sich reizen **⁹⁹**). Im J. 76 musste
Appius Claudius Pulcher gegen den Einbruch neuer Ankömmlinge
im Süden der Donau, die Sarmaten, zu Felde ziehen ¹⁰⁰), und
nach seinem frühen Tode drang C. Scribonius Curio durch die Gebiete der Dardaner bis Dacien vor (74); aber das Dunkel der tiefen
Wälder soll ihn von weiterem Vordringen abgeschreckt haben ¹⁰¹).
Im nächsten Jahre erhielt M. Lucullus den Oberbefehl in Macedonien, wandte sich gegen die Besser, die Verehrer des Dionysos in
dem wilden Rhodopegebirge, schlug sie und eroberte ihre Stadt

---

⁹⁷) Ich folge hier der plausibeln Bemerkung Mommsen's (Röm. G. II, 169), dass bei
Florus a. a. O. statt Margus (Morava) Hebrus verschrieben sein müsse. Über diese
Kämpfe sehe man noch Livius epit. 63, 65, Frontin. Strateg. II, 4, 3 und Onom. Tull. VIII.

⁹⁸) Sie treten im Jahre 109 zum letzten Male hervor. Eutrop. IV, 27. — Strabo 313—315,
317, 318.

⁹⁹) Einfälle der Dardaner, Mäder, Sinter im J. 104. S. Livius epit. 70 C. Sentius praetor
adversus Thracas infeliciter pugnavit. Cic. in Pison. c. 34. Denseletis, quae natio
semper obediens huic imperio, etiam in illa omnium barbarorum defectione Macedoniam C. Sentio praetore tutata est. . . Und in den Jahren 89—85. Livius epit. 74,
76, 81, 82, 83. — Eutrop. V, 7. — Appian. Mithrid. c. 13, 15, 41, 55, 57, 69. —
Plutarch, Sulla c. 23.

¹⁰⁰) Flor. I, 38, Appius in Sarmatas usque pervenit. Eutrop. VI, 2, Ad Macedoniam missus
est Appius Claudius. Post consulatum levia proelia habuit contra varias gentes, quae
Rhodopam proviuciam incolebant, atque ibi morbo mortuus est. Prägnant sagt Livius
epit. 91 : Ap. Claud. proconsul Thracas pluribus proeliis vicit.

¹⁰¹) Florus a. a. O. Curio Daciam tenus venit, sed tenebras saltuum expavit. Livius epit.
92, 95. Curio proconsul Dardanos in Thracia domuit. Fälschlich lässt Francke zur
Geschichte Trajan's den Curio zuerst an die Donau gelangen. Triumph. a. 681
(v. Chr. 73) de Thracibus et Dardaneis.

Uscadama. Von hier marschirte er an den Hämus, nahm das feste
Cabyle, erreichte die Donau und eroberte oder verband sich die
griechischen Städte an der Westküste des schwarzen Meeres [102]).
Während Asien von den ungleich grösseren Waffenthaten seines
berühmteren Bruders bewegt wurde, brach er dem römischen Wesen
die erste Bahn in einem wegen seiner Rauheit und Uncultur wenig
geschätzten Lande und sicherte die Ruhe der nachbarlichen Provinz
Macedonien. Auf diesem bedeutenden Feldzuge erwähnt ein Geschichtschreiber am südlichen Donauufer ein bisher unbekanntes Volk, die
Moesier, nach griechischer Lautung Mysier [103]). Nichts zeigt mehr die
Zerstücktheit und Lückenhaftigkeit unserer Kenntnisse über die Völker-
verhältnisse jener Zeit, als dass wir mitten in einer historischen Epoche
die Entstehung eines neuen Volksnamens von vielhundertjährigem
Gebrauche nicht zu beobachten vermögen. Unsere Theilnahme begleitet schon durch fünf Jahrhunderte die Schicksale der unteren
Donaulandschaften, aber das unsichere Halbdunkel, in dem wir am
Anfang vergeblich nach scharfen Umrissen spähten, liegt ungemin-
dert noch jetzt darüber. Wir erfahren in jener Zeit von keiner gewalt-
samen Veränderung im Süden des Ister, und man könnte die Vermuthung ergreifen, dass ein bisher unansehnlicher Gauname Thraciens
sich zu Ansehen gehoben und in den Vordergrund gestellt habe.
Nicht zu tadeln wäre eine andere Ansicht, dass die Moesier ein Misch-
volk seien aus allerhand Resten durch freiwillige und gezwungene
Wanderungen und die Zuchtlosigkeit eines raubenden Lebens ver-
wilderter Leute. Doch beachten wir noch Einiges, und eilen nicht mit
dem Urtheile.

Nirgend berühren sich Europas und Asiens vielgekrümmte Gestade näher und inniger, als wo die Berglande Thraciens den gesegneten Gefilden Kleinasiens gegenüberliegen. Daher hat Herrschaft

---

[102]) Livius epit. 97 zu stark: M. Lucullus Thracas subegit. Appian. de reb. Illyr. 30. —
Eutrop. VI, 10. — Orosius VI, 3. — Mit grosser Übertreibung lässt Florus a. a. O.
den Lucullus den Krieg bis an das asowische Meer spielen. Im Jahre 682 (71 v. Chr.)
Triumph. de Besseis in Orelli Onomasticon VIII.

[103]) Appian. Illyr. 30: Μυσοὺς δὲ Μάρχος μὲν Λεύχολλος — χατέδραμε χαὶ ἐς τὸν
ποταμὸν ἐμβαλών, ἔνϑα εἰσὶν Ἑλληνίδες ἓξ πόλεις, Μυσοῖς πάροιχοι. Dazu
Servius ad Aeneid. VII, 604. Getarum fera gens etiam apud maiores fuit; nam ipsi
sunt Mysi quos Sallustius a Lucullo dicit esse superatos. Vgl. überdies Strabo 295.
— Ptolem. III, 8. — Plin. III, 29; IV, 18. — Müllenhoff a. a. O.

und Volk die engverschwisterten Ufer stets zu einem Ganzen zu verbinden gestrebt. Nie fehlte es zwischen ihnen an Austausch, Verkehr, Vermittlung. Griechen waren und sind noch wohnhaft an den Gegenufern, die den Hellespont beengen. Die Osmanen herrschen hüben wie drüben, in Brussa wie in Gallipoli. Die Persermonarchie des Darius verlangte nach Thraciens Küsten, Alexander der Grosse ging über den Granicus, als ihm sein Vater die Seestädte der Propontis hinterliess. Von Nikomedia in Bithynien beherrschte man Europa, vom thracischen Byzanz Asien. Aber der unausgesetzte Zusammenhang reicht noch weiter zurück. Schon durch die Dämmerungen der vorgriechischen Geschichte brechen Lichter, die ihn bezeugen. Thracien heisst mit Recht die grosse Burg der Kriege [104]); sie gehen häufig von da aus, und Asien erfährt die nächsten Schläge. Die zahlreiche thracische Bevölkerung [105]) in dem mässig fruchtbaren Lande war schon in früher Periode in wandernder Bewegung und über den Nordwesten Natoliens trieben ihre lauten Wellen hin [106]). In vortrojanischen Tagen kamen thracische Teukrer und Mysier bis zum Flusse Peneus in Griechenland [107]); die Päonier am Strymon sind teukrische Colonisten [108]), an demselben Strymon, wo auch das Volk der Strymonier Sitze hatte. Diese Strymonier zogen nach Asien, da sie von den Teukrern und Mysiern fortgetrieben wurden und hiessen dort Bithyner [109]). Die Mysier aber sind zuverlässig ein thracischer

---

104) Appian de reb. Maced. IX, 1: Θράκην μέγα ὁρμητήριον.

105) Herodot. V, 3: Θρηΐκων δὲ ἔθνος μέγιστόν ἐστι μετὰ γε Ἰνδοὺς πάντων ἀνθρώπων.

106) Vgl. Zeitschrift der deutschen morgenländischen Gesellschaft. Bd. X, S.364 ff. Lassen über die alten kleinasiatischen Sprachen, der aber mehr einer Auswanderung der Thracier aus Asien, als einer Einwanderung dahin das Wort redet, ohne jedoch viel Beweisendes vorzubringen. Denn sein vornehmstes Argument können beide Ansichten für sich in Anspruch nehmen. „Für die Einwanderung der Thraker aus Asien lässt sich geltend machen, dass an der nordwestlichen Küste Kleinasiens zwischen der Ausfahrt aus der Propontis in das schwarze Meer bei der Stadt Byzantion und Herakleia ein Θράκη ἐν τῇ Ἀσίᾳ von Xenophon erwähnt wird." Das Vorkommen des Namens Thrake in Asien ist damit wohl constatirt, doch nicht mehr; die Thracier können darum ebensowohl Asiaten als Europäer sein; ja die Folge der citirten Notiz ist dem Gegentheile dessen günstig, was der gelehrte Sprachkenner beweisen möchte. „Die Bewohner werden von Xenophon die thrakischen Bithyner genannt."

107) Herodot VII, 20.

108) Herodot V, 13.

109) Herodot VII, 76.

Stamm gewesen. Homer kennt und benennt sie so [110]). Die fabeln-
den Genealogien bestätigen es. Thynus und Mysus heissen Söhne
der Arganthone, einer thracischen Frau; dann wieder ist Thynus
zugleich mit Bithynus ein Sprosse des Odrysus, des Stammvaters
eines unbezweifelt grossen thracischen Volkszweiges [111]). Frühe
müssen die Mysier, Thynern und Bithynern und Phrygiern nach Asien
nachgewandert sein [112]). Epoche wie Gründe der Wanderung bleiben
unbekannt. Noch haftet eine zeitlang ihr Name an der berühmten
Strasse des Bosporus: er heisst mysischer Sund [113]). Dann verschwindet er in Europa. Aber ethnographische Spuren hie und dort
reden noch von der Verwandtschaft Mysiens und Thraciens. In Phry-
gien ist eine Stadt Artake und Artaci heisst eine Völkerschaft Thraciens. Die Einwohner einer thracischen Gegend heissen Astiker, und
Astakier die einer Stadt Bithyniens [114]). Den Phrygiern in Asien
stehen Briger in Thracien gegenüber, und Bryken ist ein anderer
thracischer Volksname [115]). Auch die Sage lässt die alte Gemeinsamkeit nicht sogleich fallen. Sie meldet von einem lydischen Könige
Alyattes, der bei Sardes eines Tages ein Weib sah, dessen vielfache
Beschäftigung ihm auffiel. Auf dem Kopfe trug sie freischwebend
ein Gefäss voll Wasser und um ihren Gürtel war ein Halfterband
befestigt, an welchem ein Pferd ihr nachschritt. Indessen lenkten
ihre Hände unablässig Rocken und Spindel und wurden nicht müde

---

[110]) Homer II. XIII, 4. — Strabo 295. — Vgl. Bessell de reb. Get. S. 59.

[111]) Arrian fragm. hist. graec. III, 593, 594: Μυσοὶ δὲ ἐπὶ τῷ Μυσῷ ὠνομάσθησαν
— ἢ ἀπὸ τοῦ φυτοῦ τῆς μυσῆς ἢ τοῦ μυσοῦ (ἀμφοτέρως γὰρ λέγεται) ὅπερ
τὴν ὀξύην δηλοῖ κατὰ τὴν γλῶσσαν τῶν Λυδῶν, ὡς καὶ ὁ γεωγράφος
(Strabo 572) φησίν. — Οὐ μόνον Εὐρωπαῖοι Μυσοὶ ἀλλὰ καὶ Ἀσιανοὶ u. s. w.

[112]) Strab. XII, 541, 3: Οἱ μὲν οὖν Βιθυνοὶ διότι πρότερον Μυσοὶ ὄντες μετωνο-
μάσθησαν οὕτως ἀπὸ τῶν Θρᾳκῶν τῶν ἐποικησάντων, Βιθυνῶν τε καὶ Θυνῶν,
ὁμολογεῖται παρὰ τῶν πλείστων, καὶ σημεῖα τίθενται τοῦ μὲν τῶν Βιθρνῶν
ἔθρους τὸ μέχρι νῦν ἐν τῇ Θρᾴκῃ λέγεσθαί τινας Βιθυνούς, τοῦ δὲ τῶν Θυνῶν
τὴν Θυνιάδα ἀκτὴν τὴν πρὸς Ἀπολλωνίᾳ καὶ Σαλμυδησσῷ.

[113]) Strabo XII, 565: Διονύσιος ὁ τὰς κτίσεις συγγράψας ὅς τὰ κατὰ Χαλκηδόνα καὶ
Βυζάντιον στενὰ ἃ νῦν Θράκιος Βόσπορος καλεῖται, πρότερόν φησι Μύσιον
Βόσπορον προσαγορεύεσθαι und Arrian. fragm. III, 593, 35: πορθμός ὁ κατὰ
Χαλκηδότα καὶ Βυζάντιον. ὅ ποτε Μύσιος.

[114]) Steph. Byz. s. h. v.

[115]) Herodot. VII, 73. — Strabo VII, 295 οἱ Φρύγες Βρίγες εἰσί und X. 471 οἱ Φρύγες
Θρᾳκῶν ἄ'ποικοί εἰσιν. Steph. Byz. s. v. Βεβρύκαι. Nach Hesychios unter dem
Worte Βρίγες bedeutet ihr Name frei.

zu spinnen. So thätig zog sie ihres Weges. Hochverwundert betrachtet sie der König und er fragt, woher sie sei. Und sie nennt sich eine Mysierin aus einer kleinen Stadt Thraciens und bescheidet den Herrscher, dass ihre Landsleute sämmtlich so fleissig seien. Das gefällt dem Alyattes über die Massen und er sendet an den thracischen König Kotys, ihm jene Leute zu überlassen. Er erhält sie und sie kommen, Männer, Weiber und Kinder zur Ansiedelung nach Asien [116]).

Wir hörten der mysische Name sei in Europa verschwunden. Sicher begegnen wir ihm wieder im ersten Jahrhunderte n. Chr. bei den Römern in der Form Moesi an dem Südufer der unteren Donau, weit von jenen Ursitzen der asiatischen Mysier, und Strabo belehrt uns, dass die 50.000 Dacier, welche von Aelius Catus auf die rechte Stromseite verpflanzt wurden, seither die Benennung Mysier führten [117]). Diese Behauptung bestätigen auch die klaren Worte des Cassius Dio „die Dacier wohnen auf beiden Ufern des Ister“ und „der Theil derselben auf dem rechten Ufer und gegen die Triballer hin, heisst auch Mysier, nur nicht bei den Einheimischen selbst“ [118]).

Wir entnehmen daraus, dass der Name Moesier, der uns so lange unbekannt und unbezeugt geblieben war, sich forterhalten, dass es noch Moesier gab, welche jene fremden Ansiedler, die das Schicksal unter sie verschlagen hatte, wohl von sich unterschieden. Wie dies aber möglich geworden, dass die Bezeichnung eines so alten und ansehnlichen Volkes für so lange Zeit sich völlig verlor, erfahren wir aus einer gelegentlichen Äusserung des Cassius Dio. „Einige von den mysischen und getischen Stämmen hätten im Verlaufe der Zeit ihren Namen geändert“, also specielle Namen geführt. So hatte denn der moesische Volksname an Umfang eingebüsst, und erst die Römer setzten ihn wieder in seine alten Rechte ein, weil ihnen in dem Gewirre vielfacher Benennungen, die sie im Lande antrafen, bei der Ähnlichkeit und Gemeinsamkeit der gesammten Volksart die Nützlichkeit eines generellen Namens einleuchten mochte: ja es umfasste ihre politische Bezeichnung Moesia bald

---

[116]) Nicolaus Damascen. in fragm. hist. graec. III, 413.

[117]) Strabo 303: καὶ νῦν οἰκοῦσιν αὐτόθι Μοισοὶ καλούμενοι.

[118]) Dio Cass. LI, 22: καὶ Μυσοὶ, πλὴν παρὰ τοῖς ἐπιχωρίοις ὀνομάζονται.

auch einige nichtmoesische Stämme Thraciens, wie die Triballer und Dardaner [119]).

Übrigens fielen die Moesier den Römern durch Trotz und Wildheit auf. Sie müssen öfter Aufstände gewagt haben. Vor Beginn einer Schlacht rief ein moesischer Anführer die römische Linie an mit den Worten: Wer seid ihr? Sie entgegnete ihm: „Wir sind die Römer, die Herren der Völker." „Ihr werdet es sein, wenn ihr uns besieget" schallte es zurück. Vor dem Kampfe opferten sie Pferde und thaten das Gelübde, nach dem Siege die feindlichen Anführer opfern und von ihrem Fleische essen zu wollen. Nicht weniger grausam jedoch erwiesen sich die Römer; alle Rache häuften sie auf die unglücklichen Gefangenen: sie hieben ihnen die Arme ab und liessen sie dann verschmachten. Dadurch scheinen die römischen Waffen solchen Schreck bei dem Volke hervorgerufen zu haben, dass sie bald in das Verhältniss von Bundesgenossen traten [120]). Doch bot auch dieses bei der bekannten Gewissenlosigkeit römischer Statthalter in diesem Zeitraume nicht die gewünschte Sicherheit. Notorisch war die Schwäche und Charakterlosigkeit des Consuls G. Antonius, des Collegen Cicero's in jenem berüchtigten Jahre der Verschwörung Catilina's. Seinem finanziellen Ruine sollte die einträgliche Provinz Macedonien, wohin er im J. 62 abging, aufhelfen. Er hoffte durch Kriege in der Nachbarschaft seine Absicht noch besser zu fördern. So fiel er die Dardaner an; trieb Beute fort. Doch als sie zur Abwehr ausrückten, entfloh er, liess seine Soldaten im Stich, welche geschlagen wurden und unter Verlust des Gewonnenen zurückkehrten. Nun ging es gegen die moesischen Bundesgenossen. Sie aber riefen die Bastarner von jenseits der Donau, lieferten ihm bei Istros eine Schlacht, und trieben ihn gleichfalls in die Flucht [121]). (J. 60 v. Chr.)

---

[119]) De reb. Illyr. c. 6. S. oben. In demselben Sinne erscheint die Äusserung Sallust's: (fragm. ed. Gerlach I, 258) Getae sunt Mysi, quos Sallustius a Lucullo dicit esse superatos. Darüber sehe man Plin. h. n. III, 26. 29. — Ptolem. III, 9, 10. — Appian, Illyr. c. 29. — Müllenhoff a. a. O. — Artikel Thracien in Pauly's Encyklopädie. Vgl. über das Ganze auch Bessell a. a. O. 58—62.

[120]) Flor. II, 26. Seine rhetorisch gefärbte Anekdote wird mit dem Feldzuge des M. Crassus im Jahre 30 n. Chr. in Verbindung gesetzt: höchst unzeitgemäss, nachdem die Römer so vielfache Berührungen mit den Moesiern gehabt hatten.

[121]) Dio Cass. 48, 10. Livius epit. 103 C. Antonius proconsul in Thracia parum prospere

Um dieselbe Zeit erfährt die römische Welt den Namen eines neuen Donauvolkes, dessen Art den Typus eines Barbarenstaates nicht verleugnet, aber durch kräftiges Auftreten weithin tiefen Eindruck hervorruft und bei unverkennbarer Verwandtschaft mit den Geten doch diese an Cultur übertrifft. Es sind die Dacier. Während die Geten, nachdem sie ihre Wohnsitze im Süd-Donaulande verloren, auch die Sesshaftigkeit aufgegeben haben und in dem trüben Völkerbrodel und Wirrsal im walachischen Tieflande zum Range eines in Gemeinschaft mit anderen sarmatischen, germanischen und scythischen Stämmen raubenden und heerenden Schwarmes herabgesunken sind, tritt uns die dacische Nation zuerst vor Augen, sesshaft, mächtig durch die königliche Leitung eines bedeutenden Mannes und durch die starken Hebel eines tiefwurzelnden Glaubens, und erinnert so an die glücklichere Periode der Geten am Beginne ihrer Geschichte.

Zuweilen werden Inseln durch verborgene Kräfte aus dem Meere emporgehoben, sinken wieder unter, erheben sich dann wohl auch wieder zu bleibendem Bestande. So war unter den Agathyrsen, die wie Nebelbilder vor uns verschwammen, das siebenbürgische Hochland in unseren Horizont gerückt. Lange war es mit jenen versunken und vergessen, nun taucht es von Neuem auf, der Hauptsitz des dacischen Volkes.

VERZEICHNISS

DER EINGEGANGENEN DRUCKSCHRIFTEN.

(OCTOBER 1863.)

Academy, The American, of Arts and Sciences : Memoirs. N. S. Vol. VIII, Part 2. Cambridge & Boston, 1863 ; 4⁰. — Proceedings. Vol. V, Pag. 385 — 457. (Schluss.) Vol. VI, pag. 1—96. 8⁰.

Accademia, Reale, delle scienze di Torino : Memorie. Serie 2ᵈᵃ, Tomo XX. Torino, 1863 ; 4⁰.

Akademie der Wissenschaften, Königl. Preuss., zu Berlin: Monatsbericht. Juni & Juli 1863. Berlin; 8⁰.

— der Wissenschaften, Königl. Bayer., zu München: Sitzungsberichte. 1863, I. Heft 3. München ; 8⁰. — Abhandlungen der math.-physik. Classe. IX. Band, 3. Abtheilung. München, 1863 ; 4⁰. — Cornelius, Über die deutschen Einheitsbestrebungen im 16. Jahrhundert. München, 1862; 4⁰. — Liebig, Freih. v., Rede gehalten in der öffentl. Sitzung der k. b. Ak. d. W. am 28. März 1863 zur Feier ihres 104. Stiftungstages. München, 1863; 4⁰. — Martius, C. F. Phil. v., Denkrede auf Joh. Andreas Wagner. München, 1862; 4⁰. — Seidel, Ludwig, Resultate photometrischer Messungen an 208 der vorzüglichsten Fixsterne. Mit 1 Steintafel. (Abhandlungen der k. b. Ak. d. W. IX. Bd., 3. Abth.) München, 1862; 4⁰. — Wagner, Andreas, Monographie der fossilen Fische aus den lithographischen Schiefern Bayerns. II. Abtheilung. (Abhandlungen der k. b. Ak. d. W. IX. Bd., 3. Abth.) München, 1863; 4⁰.

American Journal of Science and Arts. Vol. XXXVI, No. 106. New Haven, 1863; 8⁰.

A n d r e w , John A. , Address to the Legislature of Massachussetts, January 9, 1863. Boston, 1863; 8⁰.

A n z e i g e r für Kunde der deutschen Vorzeit. N. F. X. Jahrgang, Nr. 6. Nürnberg, 1863; 4⁰.

B a s e l , Universität : Akademische Gelegenheitsschriften aus dem Jahre 1862—1863. 4⁰ & 8⁰.

B r e s l a u , Universität: Akademische Gelegenheitsschriften aus dem Jahre 1862/63. 4⁰ & 8⁰.

D o c u m e n t s inédits sur l'histoire de France : Cartulaire de l'Abbaye de Redon en Bretagne. Par M. Aurélien d e C o u r s o n. Paris, 1863; 4⁰. — Négociations, lettres et pièces relatives à la conférence de Loudun. Par M. B o u c h i t t é. Paris, 1862; 4⁰.

E l l e r o , Pietro, Giornale per l'abolizione della pena di morte. VII. Bologna, 1863; 8⁰.

F e r d i n a n d e u m für Tirol und Vorarlberg : Zeitschrift. III. Folge, XI. Heft. Innsbruck, 1863; 8⁰. — Rechnungs-Ausweis und Personalstand am 1. Jänner 1863. 8⁰,

G e s e l l s c h a f t , allgemeine geschichtsforschende, der Schweiz : Schweizerisches Urkundenregister. I. Bd., 1. Hft. Bern, 1863; 8⁰. — Anzeiger für schweizerische Geschichte und Alterthums-kunde. VIII. Jahrgang, No. 2, — 4. 8⁰.

— geschichtforschende, von Graubünden: Mittheilungen. *(Rätia.)* I. Jahrgang. Cur, 1863; 8⁰.

— der Wissenschaften, Oberlausitzische : Neues Lausitzisches Magazin. XL. Bd., 2. Hälfte. Görlitz, 1863; 8⁰.

G r a h a m , J. D., Report on Mason and Dixon's Line. Chicago, 1862; 8⁰.

H a m m e l i t z. III. Jahrgang, Nr. 23—33. Odessa, 1863; 4⁰.

H a n s s e n , G., Die Gehöferschaften (Erbgenossenschaften) im Regierungsbezirk Trier. (Abhandlungen der K. Preuss. Ak. d. W. zu Berlin, 1863.) 4⁰.

H e l s i n g f o r s , Universität: Akademische Gelegenheitsschriften aus dem Jahre 1862—1863. 4⁰ & 8⁰.

H o c h e g g e r , F., Das System der Bifurcation (Zweitheilung des mittleren Unterrichtes) in seiner geschichtlichen Entwickelung. (Zeitschr. f. d. österr. Gymn. 1863, Heft VII.) Wien, 1863; 8⁰.

Istituto, R., Lombardo di scienze, lettere ed arti: Atti. Vol. III,
  Fasc. 11—14. Milano, 1863; 4º. — Memorie. Vol. IX. (III. della
  Serie II.) Fasc. 3. Milano, 1863; 4º.

— I. R., Veneto, di scienze, lettere ed arti: Atti. Tomo VIIIº,
  Serie 3ª, Disp. 8ª e 9ª. Venezia, 1862—1863; 8º.

Jena, Universität: Akademische Gelegenheitsschriften aus dem
  ersten Halbjahre 1863. 4º & 8º.

Kennedy, Jos. C. G., Preliminary Report on the eighth Census.
  1860. Washington, 1862; 8º.

Köhler, Antwort auf die Einwürfe gegen die Untersuchung über
  den Sard, den Onyx und den Sardonyx der Alten. Leipzig,
  1802; 12º. — Zwei Aufschriften der Stadt Olbia. St. Petersburg, 1822; 8º. — Geschichte der Ehre der Bildsäule bei den
  Griechen. (Aus den Denkschr. der k. Akad. der Wissenschaften
  zu München für 1816 und 1817.) München, 1818; 4º. —
  Masken, ihr Ursprung und neue Auslegung einiger der merk-
  würdigsten auf alten Denkmälern, die bis jetzt unerkannt und
  unentdeckt geblieben waren. Mit 1 Kupfertafel. St. Petersburg,
  1853; 4º. — Erläuterung eines von Peter Paul Rubens an
  Nicolas Claude Fabri de Peiresc gerichteten Dank-
  schreibens. Mit 1 Kupfertafel. St. Petersburg, 1835; 4º.

Lepsius, Richard, Das ursprüngliche Zendalphabet. Mit 3 Tafeln.
  Idem. Über das Lautsystem der persischen Keilschrift. (Abhandlungen der K. Preuss. Ak. d. W. 1862.) Berlin, 1863;
  4º.

Mission de Ghadamés (Septembre, Octobre, Novembre & Decem-
  bre 1862). Rapports officiels et documents à l'appui. Alger,
  1863; 8º.

Mittheilungen der k. k. Central-Commission zur Erforschung
  und Erhaltung der Baudenkmale. VIII. Jahrgang, Nr. 8—10.
  Wien, 1863; 4º.

— aus J. Perthes' geographischer Anstalt. Jahrgang 1863,
  VII. — IX. Heft. Gotha; 4º.

— aus dem Gebiete der Statistik. X. Jahrgang, II. Heft. Wien,
  1863; Kl. 4º.

Monumentos arquitectónicos de España. Cuaderno XIII—XVIII.
  Madrid; Fol.

Musée public de Moscou : Copies photographiées des miniatures des manuscrits grecs conservés à la bibliothèque synodale, autrefois patriarcale de Moscou. 1ʳᵉ Livraison. Moscou, 1862; Folio.

Pest, Universität: Akademische Gelegenheitsschriften aus dem Jahre 1862 — 1863. 4⁰ & 8⁰.

Pimentel, Francesco, Cuardo descriptivo y comparativo de las lenguas indigenas de Mexico. Tome Iʳᵒ. Mexico, 1862; 8⁰.

Programme und Jahresberichte der Gymnasien zu Bistritz, Brixen, Iglau, Böhmisch-Leipa, Leutschau, Neuhaus, Pilsen, Prag, Schässburg; des akademischen Gymnasiums, des Gymnasiums zu den Schotten und der k. k. Theresianischen Akademie in Wien und des Obergymnasiums zu Zengg ; dann der Ober-Realschule zu Klagenfurt, für das Schuljahr 1862 — 1863. 4⁰ & 8⁰.

Ritschl, Friedr., *Priscae latinitatis epigraphicae Supplementum I., II., III. Bonnae, 1862 & 1863; 4⁰.*

Schmidl, A. Adolf, Das Bihar-Gebirge an der Grenze von Ungarn und Siebenbürgen. (Mit Unterstützung der k. Akademie der Wissenschaften in Wien.) Wien, 1863; 8⁰.

Schuller, J. K., Magister Hissmann in Göttingen. (Archiv des Vereins für siebenb. Landeskunde VI. Bd., 2. Hft.) Kronstadt, 1863; 8⁰.

Society, of Antiquaries of London : Archaeologia : or Miscellaneous Tracts relating to Antiquity. Vol. XXXIX. London, 1863; 4⁰. List. On the 23ʳᵈ April, 1863; 8⁰.

— The Anthropological, of London: The Anthropological Review. No. 2. London, 1863 ; 8⁰.

— The Asiatic, of Bengal: Journal. N. S. Nr. 1. 1863. Calcutta, 1863; 8⁰.

— The Royal Geographical, of London: Proceedings. Vol. VII, No. 4 & 5. London, 1863; 8⁰.

— The Royal, of London : Philosophical Transactions. Vol. 152. London, 1823; 4⁰. — Proceedings. Vol. XII, No. 51—56. London, 1862— 1863; 8⁰. — The Royal Society. 1ˢᵗ December 1862.

Tafeln zur Statistik der österreichischen Monarchie. N. F. IV. Bd., 1. & 4. Heft. Wien, 1862; Folio.

Trendelenburg, Adolf, Friedrich der Grosse und sein Gross-
kanzler Samuel von **Cocceji**. (Abhandlungen der K. Preuss.
Ak. d. W. zu Berlin, 1863.) 4⁰.

Tryon, George W., Publications of Isaac **Lea** on recent Con-
chology. January 1, 1861; 8⁰.

Upsala, Universität: Akademische Gelegenheitsschriften aus dem
Jahre 1862—1863. 4⁰ & 8⁰.

Verein, historischer, der fünf Orte Lucern, Uri, Schwyz, Unter-
walden und Zug: Mittheilungen. Der Geschichtsfreund. XIX.
Bd. Einsiedeln, New-York und Cincinnati, 1863; 8⁰.

— für Kunst und Alterthum in Ulm und Oberschwaben: Verhandlungen. XIII. Veröffentlichung. (XII. Bericht. Der grösseren
Hefte 8. Folge.) Ulm, 1860; 4⁰.

Weinhold, Karl, Alemannische Grammatik. Berlin, 1863; 8⁰.

SITZUNGSBERICHTE

DER

KAISERLICHEN AKADEMIE DER WISSENSCHAFTEN.

PHILOSOPHISCH-HISTORISCHE CLASSE.

XLIV. BAND. II. HEFT.

JAHRGANG 1863. — NOVEMBER.

SITZUNG VOM 4. NOVEMBER 1863.

Der Classe werden vorgelegt:

a) Ein Dankschreiben des Herrn Professor Šempera für die erwirkte Unterstützung der k. Akademie von 300 fl. ö. W. zur Herausgabe der von ihm verfassten: „Grundzüge einer böhmisch-slavischen Dialektologie“;

b) Ein Manuscript des Herrn Matthias K o c h, enthaltend einen Theil der von ihm verfassten „Geschichte des deutschen Reiches unter der Regierung K. Ferdinand's III.“, mit dem Ersuchen, die Herausgabe dieses Werkes zu unterstützen.

Keu-tsien, König von Yue, und dessen Haus.

(Vorgelegt in der Sitzung vom 14. October 1863.)

Von dem w. M. Dr. August Pfizmaier.

In seiner Abhandlung über die Geschichte des Königslandes U hat der Verfasser auch dem Königslande Yue, insoweit es für das Verständniss der Beziehungen zu U nothwendig war, eine Stelle gewidmet. Die Geschichte des für U so verhängnissvollen Yue wurde jedoch in der gedachten Arbeit bei dem Zeitraume, in welchem die Vernichtung des erstgenannten Königslandes erfolgte, abgebrochen.

Die gegenwärtige Abhandlung, in welcher die Nachrichten über Yue in ihrem Zusammenhange wiedergegeben werden, ergänzt die in der Geschichte von U enthaltene Erzählung der Ereignisse, indem sie dasjenige, was bis zum Untergange des Landes (333 vor uns. Zeitr.) noch verzeichnet wird, in den von den Quellen gebotenen kurzen Umrissen aufnimmt.

14*

Die Geschichte kennt im Ganzen acht Könige von Yue, unter welchen Keu-tsien, der Gründer der Macht dieses Landes, der zweite. Nach Keu-tsien machte sich nur noch Wu-khiang, der letzte König von Yue, durch Thaten bemerkbar, wesshalb die Geschichte Keu-tsien's und seines Hauses eigentlich sich auf zwei Könige beschränkt. Ausserdem werden die Schicksale des berühmten Fan-li, Landesgehilfen von Yue, welche derselbe nach seiner Auswanderung erlebte, in einem Anhange erzählt.

Der Vorfahr des Königs Keu-tsien von Yue war einer der Nachkommen des Königs Yü von Hia und ein unberechtigter Sohn 康少 Schao-khang's, des sechsten Königs des Hauses Hia. Derselbe wurde mit dem Gebiete des Berges 稽會 Kuei-ki belehnt und hatte die Verpflichtung, die Darbringung für den König Yü, der auf dem genannten Berge gestorben und begraben worden, aufrecht zu halten. Die Bewohner des Landes bemalten ihren Leib mit Farben, schnitten sich das Haupthaar ab und hatten ihre Städte in der Wildniss, indem sie sich durch Strauchwerk und Unkraut Wege bahnten.

Auf den Sohn Schao-khang's folgten in dem Lehen Kuei-ki ungefähr zwanzig Fürsten, deren Namen in der Geschichte ebenfalls nicht angegeben werden. Der erste Landesfürst, dessen Name in der Geschichte angegeben wird, ist 帝允 Yün-tsch'hang. Derselbe legte sich die Königsbenennung bei und führte mit Kö-liü, König von U, mehrmals erbitterte Kämpfe. So ward Yue im fünften Jahre des Königs Kö-liü (510 vor uns. Zeitr.) durch U angegriffen und geschlagen. Als U im zehnten Jahre des Königs Kö-liü (505 vor uns. Zeitr.) die Hauptstadt von Tsu erobert hatte und gegen ein von Thsin zur Rettung dieses Landes ausgesandtes Hilfsheer in den Kampf verwickelt war, richtete Yue einen Angriff gegen die südlichen Marken von U, was, in Verbindung mit noch einigen anderen Umständen, die Räumung des Gebietes von Tsu durch U zur Folge hatte.

König Yün-tsch'hang starb im achtzehnten Jahre des Königs Kö-liü von U (495 vor uns. Zeitr.) und hatte zum Nachfolger seinen Sohn 踐句 Keu-tsien. Derselbe nannte sich König von 越 Yue. Im ersten Jahre des Königs Keu-tsien (496 vor uns. Zeitr.) beschloss König Kö-liü von U, der den Tod des Königs

Yün-tsch'hang erfahren, einen Angriff auf Yue. Die Heere beider
Länder begegneten einander auf dem Gebiete 李 橋 Tsui-li [1]).
Der König von Yue liess den Feind durch drei Schaaren todes-
muthiger Krieger zum Kampfe herausfordern. Als diese Krieger
den Schlachtreihen von U gegenüberstanden, schnitten sie sich
unter lautem Rufen den Hals ab. Das Heer von U betrachtete die
Dahinsterbenden und lockerte seine bisher undurchdringlichen
Schlachtreihen. Yue drang bei dieser Gelegenheit gegen das Heer
von U, welches im raschen Angriffe geschlagen wurde. König
Kŏ-liŭ von U erhielt eine Wunde durch einen Wurfspiess.

Während das Heer von U sich zurückzog, starb König Kŏ-
liŭ an seiner in der Schlacht von Tsui-li erhaltenen Wunde. Vor
seinem Tode ermahnte er seinen Sohn und Nachfolger Fu-tschai,
niemals auf Yue zu vergessen und den Tod des Vaters an Keu-tsien
zu rächen.

Im dritten Jahre seiner Lenkung (494 vor uns. Zeitr.) erfuhr
König Keu-tsien, dass Fu-tschai, der neue König von U, seine
Krieger Tag und Nacht in den Waffen übe und sich an Yue zu
rächen gedenke. Keu-tsien wollte daher dem Lande U, welches
seine Streitkräfte noch nicht ausgesandt hatte, durch einen Kriegszug und Angriff zuvorzukommen. 蠡 范 Fan-li, der Landesgehilfe von Yue, widerrieth dies, indem er sprach: Es kann nicht
geschehen. Ich habe gehört: Die Waffen sind Werkzeuge des Unheils, der Kampf steht im Gegensatz zu der Tugend, der Streit ist
die letzte der Angelegenheiten. Im Geheimen zu Rathe gehen über
das, was im Gegensatz steht zu der Tugend, Freude finden an dem
Gebrauche der Werkzeuge des Unheils, sich versuchen in dem, was
das Letzte, der höchste Allhalter verbietet dies, und es ausüben, ist
nicht von Nutzen. — Der König von Yue erwiederte: Ich habe es
bereits beschlossen.

Keu-tsien liess sofort sein Kriegsheer aufbrechen. Als der
König von U dies erfuhr, entsandte er alle seine auserlesenen
Streitkräfte zum raschen Angriffe auf Yue, welches auf dem Gebiete

---

[1]) Im Süden der Hauptstadt des heutigen Unterkreises Kia-hing, der in nächster
Nähe der Hauptstadt des gleichnamigen Kreises Kia-hing in Tschĕ-kiang, befindet
sich die Feste Tsui-li.

椒 夫 Fu-tsiao [1]) eine grosse Niederlage erlitt. Der König von Yue rettete sich mit fünftausend Kriegern, welche ihm nach seiner Niederlage verblieben waren, auf den Berg Kuei-ki. Daselbst wurde er von dem Könige von U, der ihn verfolgte, eingeschlossen.

In dieser Lage sprach Keu-tsien zu Fan-li : Weil ich dir nicht Gehör gegeben habe, ist es so weit mit mir gekommen. Was wird sich jetzt thun lassen? — Fan-li erwiederte : Wer das Volle erfasst, richtet sich nach dem Himmel [2]). Wer das Schiefe gerade stellt, richtet sich nach dem Menschen [3]). Wer die Angelegenheiten durch die Zeit beschränkt, hält sich an die Erde [4]). Mögest du mit demüthigen Worten und grossen Ehrenbezeigungen alles überlassen. Wird dies nicht zugestanden, so werde der Leib mit in den Kauf gegeben [5]).

Keu-tsien willigte in diesen Vorschlag und befahl dem grossen Würdenträger 種 Tsch'hung, sich auf den Weg zu machen und mit U Frieden zu schliessen. Der genannte Würdenträger ging auf den Knien einher und sprach mit zu Boden gesenktem Haupte zu dem Könige von U : Keu-tsien, der in der Verbannung lebende Diener des Gebieters und Königs, heisst mich, den beigesellten Diener Tsch'hung, es wagen, die Meldung zu bringen dem untersten Leiter der Geschäfte. Keu-tsien bittet, dass er selbst ein Diener werden dürfe, seine Gattinn eine Magd. — Der König von U wollte den Frieden gewähren, aber U-tse-siü, der als Flüchtling in U lebende Sohn eines Grossen von Tsu [6]), wendete dagegen ein : Der Himmel macht Yue an U zum Geschenk. Man möge es nicht bewilligen. — Der König von U schlug daher das Friedensgesuch des Königs von Yue ab.

---

[1]) Das Gebiet Fu-tsiao befand sich in dem heutigen Unterkreise U nächst der Hauptstadt des Kreises Su-tscheu in Kiang-nan. Dasselbe ist eigentlich das in dem grossen See (Thai-hu) gelegene Eiland Tsiao-san.

[2]) Voll sein, aber nicht aus den Ufern treten, ist dem grossen Wege angemessen.

[3]) Bescheidenheit und Niedrigkeit ist dem Wege des Menschen angemessen.

[4]) Wenn die Zeit noch nicht gekommen, können Entstehung und Wachsthum nicht erzwungen werden Wenn die Angelegenheit nicht zur Reife gediehen, kann die Ausführung nicht erzwungen werden.

[5]) Der König möge seine Geräthe, sein Land und sein Haus und, wenn es nöthig sein sollte, auch sich selbst dem Feinde überlassen.

[6]) Die Ereignisse, welche die Flucht U-tse-siü's aus Tsu veranlassten, sind in der „Geschichte des Königslandes Tsu" erzählt worden.

Als der grosse Würdenträger Tsch'hung zurückkehrte und dem
Könige von Yue über den Erfolg seiner Sendung berichtete, wollte
Keu-tsien sein Weib und seine Kinder tödten, seine kostbaren
Geräthschaften verbrennen und sich in den Kampf stürzen, um zu
sterben. Von diesem Vorhaben hielt ihn der grosse Würdenträger
Tsch'hung zurück, indem er sprach: Poei, der grosser Hausdiener
von U [1]), ist habsüchtig, man kann ihn verlocken durch den Nutzen.
Ich bitte, unbemerkt mich auf den Weg begeben und mit ihm spre-
chen zu dürfen.

Der grosse Würdenträger Tsch'hung überreichte jetzt im Auf-
trage des Königs Keu-tsien dem grossen Hausdiener Poei von U auf
unbemerkte Weise eine Anzahl kostbarer Geräthe. Poei nahm das
Geschenk an und verschaffte Tsch'hung eine Zusammenkunft mit dem
Könige von U. Tsch'hung sprach mit zu Boden gesenktem Haupte:
Es ist meine Bitte, dass du, o grosser König, verzeihest Keu-tsien's
Verbrechen. Er überbringt dir alle seine kostbaren Geräthe. Ist er
aber so unglücklich, dass er keine Verzeihung erhält, so wird
Keu-tsien tödten seine Gattinn und seine Kinder, verbrennen seine
kostbaren Geräthe und mit sämmtlichen fünftausend Kriegern sich
stürzen in den Kampf. Dies wird ganz gewiss eintreffen.

Poei sagte hierauf zu dem Könige von U: Yue unterwirft sich
und wird unser Diener. Wenn wir ihm Verzeihung angedeihen lassen
wollten, wäre dies der Nutzen des Landes. — Der König von U
war Willens, die Bitte zu gewähren. Dagegen machte U-tse-siü
wieder Vorstellungen und sprach: Wenn wir jetzt Yue nicht vernichten, so werden wir es später bereuen. Keu-tsien ist ein weiser
Gebieter, Tsch'hung und Li sind vortreffliche Diener. Wenn sie in
ihr Land zurückkehren, werden sie Unruhen erregen. — Der König
von U gab diesen Worten kein Gehör und entschloss sich endlich,
Yue zu verzeihen. Das Heer von U stellte sofort die Feindseligkeiten
ein und zog in die Heimat ab.

Zur Zeit, als Keu-tsien sich in einer hoffnungslosen Lage auf
dem Kuei-ki befand, klagte er und rief: Ich beschliesse hier mein
Leben! — Tsch'hung beruhigte ihn, indem er auf andere Fürsten,
welche sich ebenfalls in bedrängter Lage befanden, hinwies und

---

[1]) Der grosse Hausdiener Poei, auch Pe-poei genannt, war ebenfalls ein Flüchtling
aus Tsu und ist in der „Geschichte des Königslandes Tsu" vorgekommen.

sagte: Thang ward mit Stricken gebunden auf der Erdstufe der Hia.
König Wen ward in ein Gefängniss gesetzt in Yeu-li. Tschung-ni
von Tsin floh zu den nördlichen Fremdländern. Siao-pe von Tsi
floh nach Khiü. Sie alle wurden zuletzt Könige oder Obergewaltige.
Betrachtet man die Sache von dieser Seite, warum sollte daraus
nicht eilends das Glück entstehen?

Nachdem U endlich von Yue abgelassen, kehrte König Keu-tsien
in sein Land zurück. Daselbst quälten ihn jedoch schmerzliche
Erinnerungen. Um seinen Unwillen zu nähren, liess er in seinem
Wohnzimmer an verschiedenen Orten Gallenblasen aufstellen und
blickte bei jeder Gelegenheit, er mochte sitzen oder liegen, zu den
Gallenblasen empor. Ebenso liess er seine Speisen und Getränke mit
Galle vermengen und rief immer: Vergissest du denn die Schande
des Kuei-ki? — Dabei bearbeitete er in Selbstheit die Felder,
befasste sich, was sonst nur eine Beschäftigung der Weiber, mit
Weben, verwendete für seine Speisen kein Fleisch, und schätzte bei
seinen Kleidern keinen Farbenschmuck. Er zeigte sich demüthig
gegen weise Männer, empfing die Gäste mit den grössten Ehrenbezeigungen, unterstützte die Armen und trauerte um die Verstorbenen. Im Allgemeinen theilte er mit den Geschlechtern des Volkes
alle Beschwerden.

Zugleich wollte der König den Würdenträger Fan-li mit der
Lenkung des Landes betrauen. Dieser Würdenträger bemerkte
dagegen: In Sachen der Angriffswaffen und Panzer vermag Tsch'hung
nicht so viel wie ich. Wo es sich darum handelt, zu beruhigen Land
und Haus, zu befreunden und anhänglich zu machen die hundert
Geschlechter, vermag ich nicht so viel wie Tsch'hung. — Hierauf
wurde der grosse Würdenträger Tsch'hung mit der Lenkung des
gesammten Landes betraut, während Fan-li und der grosse Würdenträger 稽 柘 Tsi-ki den Abschluss des Friedens bewerkstelligten
und sich als Geisseln nach U begaben. Nach zwei Jahren schickte
indessen U den Würdenträger Fan-li nach Yue zurück.

König Keu-tsien war bereits sieben Jahre vor dem Kuei-ki
heimgekehrt, die Kriegsmänner und das Volk, mit aller Rücksicht
behandelt, verlangten, dass man sie verwende und an U Rache nehme.
同 逢 Fung-thung, ein Grosser des Landes, war jedoch der
Meinung, dass ein Vorgehen gegen U noch nicht an der Zeit sei,
und er sagte in diesem Sinne zu dem Könige: Das Land war unlängst

erst zerflossen und zu Grunde gegangen. Wenn es jetzt wieder
anwächst, sich ausbessert, rüstet und den Nutzen vorbereitet, so
wird U gewiss in Furcht gerathen. Geräth es in Furcht, so wird das
Unheil gewiss uns nahen. Wenn ferner Raubvögel angreifen, so
bergen sie ihre Gestalt. Jetzt hat U mit seinen Streitkräften über-
zogen Tsi und Tsin, es wird auf das Äusserste gehasst von Tsu und
Yue. Dem Namen nach hat es eine hohe Stellung in der Welt, in
Wirklichkeit verursacht es Schaden dem Hause der Tscheu. Seiner
Tugenden sind wenige, aber seiner Kriegsthaten sind viele: es wird
gewiss das Mass überschreiten und hochmüthig werden. Die beste
Berathung für Yue ist: sich verbinden mit Tsi, sich befreunden mit
Tsu, sich anschliessen an Tsin, und U überaus ehren. Sobald die
Absichten von U weitgehend, wird es für leicht halten einen Kampf.
Auf diese Weise legen wir uns an seine Wagschale. Wenn die drei
Fürstenthümer es angreifen und Yue beiträgt, es zu erniedrigen,
kann es überwältigt werden.

König Keu-tsien hiess diese Rathschläge Fung-thung's gut.
Zwei Jahre später (485 vor uns. Zeitr.) war der König von U
gesonnen, das Fürstenland Tsi anzugreifen. Tse-siü widerrieth
dies dem Könige, indem er sprach: Es ist noch nicht ausführbar.
Ich habe gehört: Keu-tsien schätzt bei den Speisen nicht den
Geschmack, er theilt mit den hundert Geschlechtern Mühsal und
Freude. So lange dieser Mensch nicht gestorben, ist er ein Gegenstand der Besorgniss für das Land. U ist behaftet mit Yue wie
mit einer Krankheit des Bauches und des Herzens. Tsi ist für U ein
Ausschlag der Haut. Ich würde wünschen, dass du, o König, loslas-
sest Tsi und dich früher befassest mit Yue.

Der König von U liess diese Warnung unbeachtet. Er richtete
sofort einen Angriff gegen Tsi, schlug dessen Heer in 陵艾 I-ling
und kehrte mit den Heerführern der Geschlechter 高 Kao und 國
Kue [1]) von Tsi als Gefangenen in die Heimat zurück. Der König
stellte nach diesem Erfolge Tse-siü zur Rede. Dieser erwiederte:
Du, o König, hast keine Ursache, dich zu freuen. — Der König war
über diese Worte erzürnt. Tse-siü wollte sich hierauf selbst tödten,

---

[1]) Sonst wird nur der Heerführer 書 國 Kue-schu von Tsi genannt.

wurde jedoch von dem Könige, der diese Absicht seines Dieners erfuhr, zurückgehalten.

In Yue sagte unterdessen der grosse Würdenträger Tsch'hung zu Keu-tsien: Ich sehe, dass die Lenkung des Königs von U bereits hochmüthig. Ich bitte, dass wir mit ihm einen Versuch machen, indem wir von ihm Getreide entlehnen und dadurch Aufschluss über seine Angelegenheiten erhalten. — Yue stellte hierauf an U die Bitte um Verabfolgung von Getreide. Der König von U war Willens, die Bitte zu gewähren, wogegen jedoch Tse-siü Vorstellungen machte. Dessenungeachtet überliess endlich U das verlangte Getreide an Yue, worüber dieses Land im Stillen sich freute.

Aus Anlass dieses Zugeständnisses sagte Tse-siü zu dem Könige zu U: Du, o König, hast meinen Vorstellungen kein Gehör gegeben. Nach drei Jahren ist U ein Erdhügel! — Der grosse Hausdiener Poei war schon mehrmals mit Tse-siü wegen des Verhaltens gegen Yue in Streit gerathen. Als er jetzt den obigen Ausspruch Tse-siü's hörte, verleumdete er diesen bei dem Könige, indem er sprach: U-yün [1]) ist scheinbar redlich, aber in Wirklichkeit ist er ein hartherziger Mensch. Auf seinen Vater und älteren Bruder wurde von ihm keine Rücksicht genommen, wie könnte er Rücksicht nehmen auf dich, o König? Du, o König, wolltest vordem angreifen Tsi. Yue machte dagegen Vorstellungen mit Gewalt, und du hattest, nachdem er dies gethan, kriegerisches Verdienst. In Folge dessen ist er wieder aufgebracht gegen dich, o König. Wenn du, o König, dich nicht vorsiehst gegen U-yün, wird dieser gewiss Unheil stiften.

Der grosse Hausdiener Poei verleumdete übrigens Tse-siü bei dem Könige im Einverständnisse mit dem oben vorgekommenen Fung-thung von Yue, dem an der Entfernung Tse-siü's gelegen war. Der König von U liess anfänglich diese Reden unbeachtet und schickte Tse-siü als Gesandten nach Tsi. Nach kurzer Zeit erfuhr man jedoch, dass Tse-siü seinen Sohn unter den Schutz des Geschlechtes Pao von Tsi gestellt habe. Diese Nachricht versetzte den König in den heftigsten Zorn, und er rief: U-yün betrügt mich also wirklich und will sich empören!

---

[1]) U-tse-siü wird, wie in der „Geschichte des Königslandes Tsu" angegeben worden, auch U-yün genannt.

Sofort schickte der König an Tse-siü durch einen Abgesandten ein Schwert von Stahl und zugleich den Befehl, sich mit diesem Schwerte zu tödten. Tse-siü lachte bei Empfang dieser Botschaft und brach in folgende an den König von U gerichtete Worte aus: Ich hiess deinen Vater die Obergewalt üben, ich habe ausserdem dich eingesetzt. Du warst anfänglich Willens, zu theilen das Land U und die Hälfte mir zu geben. Ich aber habe es nicht angenommen. Jetzt verhängst du wieder aus Anlass der Verleumdung über mich die Hinrichtung. Wie kläglich! wie kläglich! Ein einziger Mensch ist sicher nicht im Stande, sich allein einzusetzen. — Zu dem Abgesandten sagte er noch: Du musst meine Augen nehmen und sie aufstellen vor dem östlichen Thore von U, damit ich sehen könne den Einzug der Kriegsmacht von Yue. — Nachdem Tse-siü sich das Leben genommen, betraute U den grossen Hausdiener Poei mit den Geschäften der Lenkung.

Drei Jahre nach dem hier erzählten Ereignisse (483 vor uns. Zeitr.) beschied König Keu-tsien den Landesgehilfen Fan-li zu sich und sagte zu ihm: U hat bereits getödtet Tse-siü. Diejenigen, die einander den Weg zeigen als Wohldiener, sind die Mehrheit. Ist es jetzt möglich? — Fan-li erwiederte: Es ist noch nicht möglich.

Im Frühlinge des nächstfolgenden Jahres (482 vor uns. Zeitr.) veranstaltete der König von U in dem fernen Norden eine Versammlung der Lehensfürsten auf dem Gebiete Hoang-tsch'hi in Wei. Die auserlesenen Streitkräfte von U waren dem Könige an den Ort der Zusammenkunft gefolgt und nur die alten und knabenhaften Kriegsleute mit dem zur Nachfolge bestimmten Sohne zur Vertheidigung des Landes zurückgeblieben. König Keu-tsien fragte jetzt nochmals Fan-li, und dieser erwiederte, dass der Angriff auf U stattfinden könne.

Yue entsandte hierauf alle Gattungen von Kriegern, nämlich zweitausend 流 習 Sï-lieu „an den Fortzug Gewöhnte", vierzigtausend 士 教 Hiao-sse „gelernte Kriegsmänner", sechstausend 子 君 Kiün-tse „Söhne des Gebieters" [1]), eintausend

---

1) Nach Einigen eine Benennung im Sinne von „Weisen und Vortrefflichen", nach Anderen Kriegsmänner, welche der Gebieter gleich Söhnen ernährte.

御 諸 Tschü-yü „königliche Leibwachen“, und begann den Angriff auf U. Die Kriegsmacht dieses Landes wurde geschlagen und
der zur Nachfolge bestimmte Sohn des Königs von U durch die
Feinde getödtet.

U wandte sich an seinen König um Hilfe. Dieser König, der
eben die Lehensfürsten in Hoang-tsch'hi um sich versammelt hatte,
fürchtete, dass die Welt seine Niederlage erfahren könne und verheimlichte das Vorgefallene. Sobald der Vertrag von Hoang-tsch'hi
beschworen worden, schickte der König von U eine Gesandtschaft
mit dem Auftrage, dem Könige von Yue die grössten Ehren zu
erweisen und um den Abschluss des Friedens zu bitten. Yue erkannte,
dass es für den Augenblick U noch nicht vernichten könne und verstand sich dazu, mit diesem Lande Frieden zu schliessen.

Vier Jahre später (478 vor uns. Zeitr.) unternahm Yue nochmals einen Angriff auf U. Die vorzüglichen Männer und das Volk
dieses Landes waren ohne Thatkraft, das leichte und schwere
Kriegsvolk hatte theils in Tsi, theils in Tsin den Tod gefunden.
Die Macht von Yue brachte daher U eine grosse Niederlage bei,
verblieb sofort in dem Lande und schritt zuletzt (475 vor uns.
Zeitr.) zur Belagerung von dessen Hauptstadt. Nach drei Jahren
(473 vor uns. Zeitr.) war das neu gesammelte Heer von U geschlagen
und König Fu-tschai durch Yue auf dem Berge 蘇 姑 Ku-su
eingeschlossen.

Der König von U schickte den Fürstenenkel 雄 Hiung, einen
Grossen seines Landes, in das Lager von Yue. Dieser Abgesandte
ging mit entblössten Schultern auf den Knieen vorwärts und bat den
König Keu-tsien mit folgenden Worten um Frieden: Dein verwaister
Diener Fu-tschai wagt es, darzulegen den Bauch und das Herz. In ver-
gangenen Tagen hatte er sich eines Verbrechens schuldig gemacht
vor dem Kuei-ki. Fu-tschai wagte es nicht, zuwider zu handeln dem
Befehle, es ward ihm möglich, mit dem Gebieter und König Frieden
zu schliessen, und er kehrte zurück. Jetzt hat der Gebieter und
König erhoben den kostbaren Fuss und straft den verwaisten Diener.
Der verwaiste Diener gehorcht unbedingt dem Befehle. In seinen
Gedanken trägt er sich ebenfalls mit dem Wunsche, dass du in ähn-
licher Weise, wie es vor dem Kuei-ki geschehen, verzeihest die
Verbrechen des verwaisten Dieners.

Keu-tsien brachte es nicht über sich, weiter zu gehen und war geneigt, den Frieden zu gewähren. Fan-li widerrieth dies mit folgenden Worten: Zur Zeit des Ereignisses des Kuei-ki hat der Himmel Yue als ein Geschenk bestimmt für U, aber U nahm das Geschenk nicht an. Wenn jetzt der Himmel U zum Geschenk bestimmt für Yue, kann Yue zuwiderhandeln dem Willen des Himmels? Wenn ferner für den Gebieter und König frühzeitig abgeschafft wurden die Feierlichkeiten an dem Hofe, geschah dies nicht wegen U? Etwas, worüber man zu Rathe gegangen durch zweiundzwanzig Jahre, eines Morgens aufgeben, ist dies wohl thunlich? Wenn ferner der Himmel gibt und man nicht nimmt, so ist uns hinwieder Unglück bestimmt. Beim Zimmern des Hackenstieles ist das Vorbild nicht fern. Hast du, o Gebieter, vergessen die Gefahr des Kuei-ki?

König Keu-tsien erwiederte: Ich möchte deinen Worten Gehör geben, aber ich ertrage nicht diesen Abgesandten. — Fan-li liess jetzt die Krieger unter Trommelschlag vorrücken und rief: Der König hat die Lenkung übertragen mir, dem Führer der Geschäfte. Der Abgesandte möge sich entfernen. Thut er dies nicht, so werde ich eines Verbrechens schuldig. — Der Abgesandte von U verliess endlich weinend das Lager.

Keu-tsien hatte Mitleid mit dem Abgesandten, und er liess dem Könige von U sagen: Ich bestimme dir, o König, einen Wohnsitz in Yung-tung ¹) und ernenne dich zum Gebieter von hundert Häusern. — König Fu-tschai entschuldigte sich und sagte: Ich bin bereits alt und nicht im Stande, zu dienen dem Gebieter und König. — Hierauf tödtete er sich selbst. Von dem Gedanken erfasst, dass er in der Unterwelt mit Tse-siü zusammentreffen werde, verhüllte er im Sterben sein Angesicht und sprach: Ich bin nicht fähig, Tse-siü von Angesicht zu sehen. — Keu-tsien sorgte hierauf für die Bestattung des Königs Fu-tschai und liess den grossen Hausdiener Poei von U hinrichten.

Nachdem König Keu-tsien das Land von U in Besitz genommen, zog er mit seiner Kriegsmacht nach Norden, übersetzte den Fluss Hoai und versammelte um sich die Lehensfürsten, unter ihnen Tsi

---

¹) 東 甬 Yung-tung hiess ein Eiland des Meeres, östlich von dem früheren Kreise Keu-tschang, dem heutigen Ning-po, gelegen.

und Tsin, in 州 徐 Siū-tscheu. Zugleich brachte er den gebührenden Zoll an Tscheu. Yuen, König von Tscheu, beschenkte dafür
den König Keu-tsien mit dem Fleische der Darbringung aus dem
Ahnenheiligthume der Tscheu und ernannte ihn durch einen höchsten
Befehl zum Obergewaltigen der Lehensfürsten.

Keu-tsien verliess hierauf die nördlichen Gegenden und zog
wieder nach dem Lande im Süden des Hoai, indem er das Gebiet
dieses Flusses an Tsu überliess. Ausserdem gab er das durch U
eroberte Gebiet von Sung dem rechtmässigen Besitzer zurück und
schenkte Lu das im Osten des Flusses Sse gelegene Land, dessen
Umfang hundert Weglängen betrug. Um dieselbe Zeit durchzog die
Kriegsmacht von U die östlichen Gebiete des grossen Stromes und
des Hoai von einem Ende zum anderen, wobei sämmtliche Lehensfürsten jener Gegenden dem Könige Kieu-tsien Glück wünschten
und ihm die Benennung „obergewaltiger König" beilegten.

Nach den hier erzählten Erfolgen des Königs Keu-tsien entfernte sich Fan-li aus Yue und begab sich nach Tsi. Von diesem
Lande schickte er an den grossen Würdenträger Tsch'hung das folgende Schreiben: Wenn die fliegenden Vögel vertilgt sind, werden
die trefflichen Bogen geborgen. Wenn die listigen Hasen todt sind,
werden die schnellfüssigen Hunde gesotten. Der König von Yue ist
ein Mensch mit einem langen Halse und dem Schnabel eines Raben.
Man kann mit ihm theilen Sorge und Beschwerde, man kann mit ihm
nicht theilen die Freude. Warum entfernst du dich nicht aus dem
Lande?

Nachdem Tsch'hung dieses Schreiben gelesen, meldete er sich
krank und erschien nicht mehr an dem Hofe. Indess gab es Jeman-
den, der Tsch'hung verleumdete, als ob dieser die Absicht habe,
Aufruhr zu erregen. Der König von Yue schenkte Tsch'hung ein
Schwert und liess ihm Folgendes sagen: Du hast mich gelehrt sieben
Künste des Angriffes auf U. Ich habe Gebrauch gemacht von deren
dreien und geschlagen U. Deren vier wohnen dir inne. Mögest du
in meinem Namen dich gesellen zu den früheren Königen und die
Künste versuchen. — Hiedurch ward dem grossen Würdenträger
Tsch'hung bedeutet, dass er sich zu den Vorfahren des Königs in
die Unterwelt zu begeben habe. Tsch'hung tödtete sich sofort mit
dem ihm übersendeten Schwerte.

Auf König Keu-tsien folgten in Yue sechs Könige, von denen, mit Ausnahme des letzten, in der Geschichte nur die Namen angegeben werden. Nach dem Tode Keu-tsien's ward dessen Sohn 與 鼶 Tschĭ-yū zum Könige von Yue eingesetzt. Auf König Tschĭ-yū folgte dessen Sohn König 壽 不 Pŭ-scheu. Der Nachfolger des Königs Pŭ-scheu war dessen Sohn König 翁 Ung. Auf König Ung folgte dessen Sohn König 翳 I. Auf König I folgte dessen Sohn König 侯 之 Tschi-heu. Als König Tschi-heu starb, folgte ihm dessen Sohn 彊 無 Wu-khiang. Zu den Zeiten dieses Königs liess Yue ein Kriegsheer ausrücken und bekriegte im Norden Tsi, im Süden Tsu, indem es um die Macht in dem Mittellande stritt. Zuerst hatte Yue einen Angriff gegen das in seinem Norden liegende Tsi gerichtet, was sich in den ersten Lenkungsjahren des Königs Wei von Tsu [1]) ereignete. Wei [2]), König von Tsi, schickte einen Gesandten [3]) nach Yue mit dem Auftrage, dieses Land zu bereden, dass es von Tsi ablasse, hingegen Tsu angreife.

Der Gesandte von Tsi sagte folgendes zu dem Könige von Yue: Wenn Yue nicht angreift Tsu, so hat es von den grossen Dingen nicht die Königsgewalt, von den kleinen Dingen nicht die Obergewalt. Erwägt man, warum Yue nicht angreift Tsu, es ist, weil es nicht gewonnen hat Tsin [4]). Han und Wei setzen zuversichtlich keinen Überfall in's Werk gegen Tsu. Wenn Han den Überfall in's Werk setzt gegen Tsu, zu Boden wirft dessen Kriegsheer, tödtet den Heerführer, so sind Schĕ [5]) und Yang-thĭ [6]) in Gefahr. Wenn Wei ebenfalls zu Boden wirft dessen Kriegsheer, tödtet den Heerführer, so sind Tschin und Sohangtsai [7]) in Unruhe versetzt. Wenn daher die zwei Länder von Tsin

---

[1]) Das erste Lenkungsjahr dieses Königs ist das Jahr 339 vor unserer Zeitrechnung.

[2]) Die damaligen Könige von Tsu und Tsi führen beide den Namen Wei.

[3]) Dieser Gesandte war nach einer anderen Nachricht Tien-ying, der Vater des berühmten Landesfürsten von Meng-tschang.

[4]) Die aus dem früheren Tsin entstandenen drei Königsländer, hier vorzugsweise Han und Wei.

[5]) Das heutige gleichnamige 葉 Schĕ, Kreis Nan-yang in Ho-nan.

[6]) 翟 陽 Yang-thĭ ist das heutige Yü-tscheu, Kreis Khai-fung in Ho-nan.

[7]) D. i. das obere Tsai.

dienen Yue, so kommt es nicht so weit, dass sie zu Boden werfen Kriegsheere, tödten die Heerführer, eine Kraftanstrengung, gross genug, dass ein Pferd schwitze, wird nicht ersichtlich. Was ist es, was du so hoch schätzest bei der Gewinnung von Tsin?

Der König von Yue erwiederte: Was ich begehre von Tsin, ist nicht einmal, dass es abstumpfe die Klingen, zusammentreffe mit den Angriffswaffen, um wie viel weniger, dass es unternehme den Angriff auf Festen, die Belagerung von Städten! Es ist mein Wunsch, dass Wei seine Schaaren sammle unter den Mauern von Ta-liang. Es ist mein Wunsch, dass Tsi die Waffen versuche in Nan-yang, auf dem Gebiete von Khiü und dabei die Schaaren sammle an den Marken von Tschang [1]) und Tan [2]). Dann gehört, was jenseits des Fang-tsching [3]), nicht zu dem Süden [4]), was zwischen dem Hoai und dem Sse, nicht zu dem Osten [5]), Schang und Yü [6]), Sï [7]), Lï [8]), das Gebiet von Sung und Hu [9]), was zur Linken des Weges nach Hia [10]), genügen nicht, um gerüstet zu sein gegen Thsin. Der Süden des Stromes, das Flussgebiet des Sse genügen nicht, um zu erwarten Yue. In diesem Falle setzen auch Tsi, Thsin, Han und Wei ihre Absicht durch gegen Tsu. Hierdurch würden die beiden Tsin, ohne zu kämpfen, das Land theilen, ohne das Feld zu bebauen, würden sie ernten. Wenn dieses nicht geschieht und sie die Klingen abstumpfen in dem Lande zwischen dem Flusse und den Bergen, indessen Tsi und Thsin gebrauchen dasjenige, womit man erwartet,

---

[1]) 常 Tschang ist 邑 常 Tschang-yï, welches das heutige Yü-tai, Kreis Thsi-ning in San-tung.

[2]) Tan ist das bekannte ehemalige Fürstenthum.

[3]) Fang-tsching ist das öfters erwähnte Gebirge im Norden von Tsu.

[4]) Die im Süden des Fang-tsching gelegenen Länder verbleiben nicht mehr bei Tsu.

[5]) Das Gebiet zwischen den Flüssen Hoai und Sse, welches im Osten von Tsu gelegen, würde nicht zu diesem Lande gehören.

[6]) Das Gebiet Schang und Yü ist in der „Geschichte des Königslandes Tsu" vorgekommen.

[7]) 析 Sï ist das heutige Sï-tschuen, Kreis Nan-yang in Ho-nan.

[8]) 酈 Lï ist das heutige Nei-hiang, Kreis Nan-yang in Ho-nan.

[9]) Das ehemalige Fürstenland 胡 Hu, welches sich in der Gegend des späteren Ju-yin, des heutigen Ying-tscheu, in Ho-nan befand.

[10]) Unter 夏 Hia ist das spätere Kiang-hia, welches in unmittelbarer Nähe der Hauptstadt des heutigen Wu-tschang in Hu-kuang gelegen, zu verstehen.

auf diese Weise würden sie sich verfehlen in ihrer Berathung, und wie könnte ich dadurch als König walten?

Gegen diese Darlegung bemerkte der Gesandte von Tsi: Es liesse sich von Glück sagen, wenn Yue nicht zu Grunde geht. Ich achte es nicht besonders, wenn man Gebrauch macht von dem Verstande gleichwie das Auge sieht die Spitzen der Haare, aber nicht sieht die eigenen Wimpern. Jetzt kennst du, o König, worin Tsin sich verfehlt hat in der Berathung, aber du kennst nicht die Missgriffe von Yue. Dies ist eine Überlegung des Auges. Was du, o König, zu erwarten hast von Tsin, ist nicht eine Kraftanstrengung, gross genug, dass ein Pferd schwitze, du kannst auch nicht mit dem seinigen vereinigen das Kriegsheer und in ein gemeinsames Bündniss treten. Du kannst von ihm erwarten, dass es theile die Menge von Tsu. Aber die Menge von Tsu ist bereits getheilt: was erwartest du also von Tsin?

Der König von Yue fragte: Was ist bei der Sache zu thun? — Der Gesandte von Tsi antwortete: Die drei Grossen von Tsu breiten neun Kriegsheere und belagern im Norden Khio-wo. In der Mitte kommt es so weit, dass nichts ist. Die Durchwege, die man ihnen leiht, befinden sich auf einer Strecke von dreitausend siebenhundert Weglängen. Das Heer King-thsui's [1]) sammelt sich im Norden vor Lu, Tsi und Nan-yang. Gibt es wohl eine Theilung, die grösser wäre als diese? Auch ist, was du, o König, begehrst, folgendes: du willst handgemein werden lassen Tsin und Tsu. Aber Tsin und Tsu werden nicht handgemein, die Kriegsmacht von Yue kommt nicht zum Aufbruch. Dies heisst kennen die Zahlen zwei und fünf, aber nicht kennen die Zahl zehn. Um diese Zeit unternimmt man nicht den Angriff auf Tsu. Hieraus erkenne ich, dass Yue von den grossen Dingen nicht hat die Königsgewalt, von den kleinen Dingen nicht hat die Obergewalt. Fö-tsch'heu-pang [2]) und Tschang-scha sind das

---

[1]) 翠 景 King-thsui war ein Heerführer von Tsu.

[2]) Eine Stadt Namens 龐 雕 復 Fö-tsch'heu-pang konnte von dem Verfasser ungeachtet längeren Suchens nicht aufgefunden werden. Es gab jedoch eine Stadt Namens 陽 復 Fö-yang, welche das heutige Thung-pe, Kreis Nan-yang in Ho-nan. Bei dem Worte 龐 Pang wird auch die Lesart 寵 Tsch'hung angeführt, woraus hervorgeht, dass der Name nicht zu bestimmen und schon den Auslegern dunkel gewesen.

'Getreide für Tsu. King [1]) und Tschĭ-ling [2]) sind die Rohstoffe für Tsu. Yue lässt hinüberblicken die Kriegsmacht und eröffnet den Verkehr nirgends. Diese vier Städte, welche ihm den Durchweg leihen, bringen ihm keinen Zoll, sie widmen ihre Dienste Ying [3]). Ich habe es gehört: Wenn man sein Absehen auf die Königsgewalt richtet und nicht als König waltet, so kann man'in seiner Erniedrigung die Obergewalt üben. Wenn man aber demungeachtet nicht die Obergewalt übt, so ist der Weg der Könige verfehlt. Desswegen ist mein Wunsch, dass du, o grosser König, im Umwenden den Angriff unternehmest gegen Tsu.

In Folge dieser Vorstellung liess Yue von Tsi ab und unternahm einen Kriegszug gegen Tsu. Wei, König von Tsu, liess seine Streitkräfte ausrücken und richtete seinerseits einen Angriff gegen Yue, dem er eine grosse Niederlage beibrachte. In diesem Kampfe fiel Wu-khiang, König von Yue. Der König von Tsu eroberte hierauf das gesammte Land des früheren U bis Tschĕ-kiang. Zugleich richtete Tsu im Norden einen Angriff gegen Tsi, dem man vorwarf, dass es Tsu durch die Absendung des Gesandten an Yue betrogen habe. Die Macht von Tsi wurde auf dem Gebiete 州徐 Siŭ-tscheu geschlagen, was sich im sechsunddreissigsten Jahre des Königs Hien von Tscheu (333 vor uns. Zeitr.) ereignete.

Das Königsland Yue wurde in Folge der hier erzählten Begebenheiten zersplittert. Die Söhne der königlichen Seitengeschlechter stritten mit einander um den Besitz des Landes, wobei einige sich zu Königen, andere zu Gebietern aufwarfen. Diese kleinen Landesfürsten wohnten südlich von dem grossen Strome an den Ufern des Meeres und huldigten Tsu, an dessen Hofe sie erschienen.

Sieben Geschlechtsalter später, stand 摇 Yao, Landesfürst von Min, den Lehensfürsten, welche sich gegen das Haus Thsin erhoben, helfend zur Seite. Der Allhalter Kao von Han ernannte daher Yao wieder zum Könige von Yue, womit er die Nachfolge in diesem Lande erneuerte. Die späteren Gebieter des östlichen Yue und die

---

[1]) D. i. 陵竟 King-ling, das heutige 陵景 King-ling,' Kreis Nganlŏ in Hu-kuang.

[2]) Eine Stadt Namens 陵澤 Tschĭ-ling konnte von dem Verfasser ebenfalls nicht aufgefunden werden.

[3]) Die Hauptstadt von Tsu.

Gebieter von Min waren die Nachkommen des genannten Königs Yao.

Über die ferneren Schicksale Fan-li's liegen noch ausführliche Nachrichten vor. Dieser Mann, der im Dienste des Königs Keu-tsien von Yue die Beschwerden ertrug, alle Kraft anstrengte und mit diesem seinen Gebieter durch mehr als zwanzig Jahre sich in weitgehende Berathungen einliess, bis er endlich U vernichtete, die Schande des Kuei-ki tilgte, hierauf im Norden mit der Kriegsmacht den Fluss Hoai übersetzte, Tsi und Tsin überwachte, dem Mittellande Befehle gab und das Haus der Tscheu ehrte, ward, nachdem Keu-tsien hierdurch zur Obergewalt gelangte, mit den Namen eines obersten Heerführers belegt.

Nach Yue zurückgekehrt, war Fan-li der Meinung, dass es schwer sei, unter dem Gedenkbau eines grossen Namens lange zu verweilen, dass ferner Keu-tsien ein Mensch sei, mit dem man wohl Sorge und Ungemach theilen, aber nicht leicht in gemächlichen Verhältnissen leben könne. Er verfasste daher ein Schreiben, worin er Keu-tsien um den Abschied bat und sagte: Ich habe gehört: Wenn der Gebieter Kummer hat, so gibt sich der Diener Mühe. Wenn der Gebieter Schande hat, so gibt sich der Diener den Tod. Einst hattest du, o Gebieter und König, Schande auf dem Kuei-ki. Dass ich nicht starb, geschah wegen dieser Sache. Nachdem du jetzt getilgt hast die Schmach, bitte ich, mich begeben zu dürfen zur Hinrichtung wegen des Kuei-ki.

König Keu-tsien liess Fan-li sagen: Ich der Verwaiste werde mit dir theilen das Land und es behaupten. Geschieht dieses nicht, so werde ich über dich die Hinrichtung verhängen. — Fan-li antwortete: Der Gebieter erlässt die Befehle, der Diener thut seinen Willen. — Sofort packte er seine leichten Kostbarkeiten, die Perlen und Edelsteine, bestieg mit seinen ihm besonders zugethanen Knechten und Anhängern ein Schiff und segelte auf dem Meere fort, um niemals wieder zurückzukehren. König Keu-tsien errichtete auf dem Berge Kuei-ki eine Gedenkplatte, indem er die Gegend an der Stelle einer Stadt seinem Diener Fan-li als Eigenthum bestimmte.

Nachdem Fan-li auf dem Meere eine Strecke zurückgelegt, landete er in Tsi. Daselbst veränderte er seinen Namen und nannte sich 皮子夷鴟 Tschi-I-tse-pi. Indem er sich in einer dem Ufer des Meeres nahe gelegenen Gegend mit Ackerbau beschäftigte,

15*

unterzog er sich mit dem Aufwande aller Kraft den Beschwerden dieses von ihm gewählten Berufes. Nach nicht langer Zeit hatten er und sein Sohn Erzeugnisse des Bodens im Werthe von tausendmal zehntausend Geldstücken zu Stande gebracht.

Als die Kunde von der Weisheit Fan-li's zu den Machthabern von Tsi gelangte, boten sie ihm die Stelle eines Landesgehilfen an. Fan-li beklagte diesen Ausgang der Dinge und rief: Wenn ich mich in dem Hause befinde, erwerbe ich tausend Gewichte. Wenn ich mich in dem Amte befinde, bringe ich es zu einem Erlauchten und Landesgehilfen. Dies ist die höchste Gipfelung der leinenen Kleider. Für die Dauer theilhaftig werden eines geehrten Namens, ist von schlimmer Vorbedeutung. — Sofort schickte er die Abdrucksmarke des Landesgehilfen zurück und vertheilte seine sämmtlichen Güter unter seine Bekannten, Freunde und Hausgenossen. Indem er hierauf seine Kleinodien zu sich nahm, verliess er auf Seitenwegen das Land und liess sich zuletzt in 陶 Tao [1]), damals einem Gebiete von Tsu, nieder.

Fan-li war der Meinung, dass in dieser Welt der gegenseitige Austausch, der Verkehr auf den Wegen des Seins und Nichtseins das Leben bedinge, und dass man durch Benützung dieser Umstände Reichthümer erwerben könne. Er nannte sich jetzt 朱 Tschü, Fürst von Tao, und beschränkte wieder seine Lebensweise. Gemeinschaftlich mit seinem Sohne befasste er sich mit Ackerbau und Viehzucht, riss öfters seine Wohnstätte nieder, wartete die Zeit ab, bewirkte schnelle Umsprünge des Gegenstandes und verfolgte Vortheile, die in der Verzehnfachung eines Einzigen bestanden. Nach kurzer Zeit hatte er sich ein Besitzthum im Werthe von zehntausendmal zehntausend Geldstücken erworben. In der Welt erwähnte man rühmend den Fürsten Tschü von Tao.

Während der Fürst Tschü sich in Tao befand, wurde ihm der jüngste Sohn geboren. Als dieser jüngste Sohn das männliche Alter erreicht hatte, tödtete der mittlere Sohn des Fürsten Tschü in Tsu einen Menschen und ward in dem genannten Lande in ein Gefängniss gesetzt. Der Fürst Tschü sagte: Einen Menschen tödten und dafür den Tod erleiden, ist das gewöhnliche Gesetz. Ich habe je-

---

[1]) Tao ist das heutige Ting-tao, Kreis Yen-tscheu in San-tung.

doch gehört: Der Sohn eines Besitzers von tausend Gewichten stirbt
nicht auf dem Verkaufsraume. — Sofort trug er seinem jüngsten
Sohne auf, sich auf den Weg zu begeben und sich nach dem gefangenen Bruder umzusehen. Zugleich packte er tausend Gewichte
Goldes in einen Bündel, legte diesen in ein Behältniss von Wollstoff
und lud das Ganze auf einen mit einem einzigen Rinde bespannten
Wagen.

Als der jüngste Sohn abgesendet werden sollte, nahte der
älteste Sohn des Fürsten Tschü mit dringenden Bitten und äusserte
den Wunsch, selbst die Reise anzutreten. Der Fürst Tschü erhörte
diese Bitte nicht. Der älteste Sohn sagte hierauf: Wenn es in einem
Hause einen ältesten Sohn gibt, so heisst dieser: der Überwacher des
Hauses. Jetzt hat der jüngere Bruder sich eines Verbrechens schuldig
gemacht, der gereifte Mann wird nicht ausgesendet, sondern man
schickt den jüngsten Bruder. Dies ist so viel, als ich bin ein Ent-
arteter. — Dieser Sohn empfand die Zurücksetzung so stark, dass
er sich das Leben nehmen wollte. Die Mutter der Söhne sagte desshalb zu dem Fürsten Tschü: Indem man jetzt entsendet den jüngsten
Sohn, ist es noch nicht gewiss, ob er im Stande sein wird, dem
mittleren Sohne das Leben zu retten. Wenn man aber früher ohne
Nutzen zu Grunde gehen lässt den ältesten Sohn, wie könnte man
dies wieder gut machen?

Der Fürst Tschü wusste sich nicht zu helfen und schickte seinen
ältesten Sohn. Vorher verfasste er ein Schreiben für seinen alten
Freund 生 莊 Tschuang - seng in Tsu. Er verschloss dieses
Schreiben mit einer Abdrucksmarke und übergab es seinem ältesten
Sohne mit den Worten: Sobald du angekommen sein wirst, über-
reiche die tausend Gewichte in der Behausung Tschuang-seng's.
Gehorche in Allem, was dieser veranstaltet. Nimm dich in Acht,
dass du nicht mit ihm in der Angelegenheit streitest.

Der älteste Sohn hatte die Reise angetreten und war ebenfalls
zu seinem eigenen Gebrauche mit einigen hundert Gewichten Goldes
versehen. Als er in der Hauptstadt von Tsu ankam, fand er das
Haus Tschuang-seng's in einer der Vorstädte und in einer Gegend,
wo sich der Fuss durch Wicken und Unkraut Bahn brechen musste,
um zu dem Thore zu gelangen. Es war ein äusserst ärmlicher
Wohnsitz. Gleichwohl zog der älteste Sohn des Fürsten Tschü das
Schreiben hervor und überreichte die tausend Gewichte Goldes, wie

ihm sein Vater aufgetragen. Tschuang-seng bedeutete ihm hierauf:
Du kannst schleunigst abreisen. Nimm dich in Acht, dass du ja
nicht verweilest. Sobald dein jüngerer Bruder in Freiheit gesetzt
ist, frage nicht, aus welcher Ursache dies geschehen.

Der älteste Sohn hatte sich bereits entfernt, ging aber nicht
mehr zu Tschuang-seng, sondern blieb heimlich in der Hauptstadt
zurück und schickte das von ihm mitgenommene eigene Gut als ein
Geschenk an einen angesehenen Mann von Tsu, der zu den Geschäften verwendet wurde.

Tschuang-seng war, obgleich er in einer elenden Gasse
wohnte, seiner Uneigennützigkeit und Rechtlichkeit willen in dem
Lande berühmt, und alle Menschen, von dem Könige von Tsu bis
zu den Niedrigsten, verehrten ihn wie ihren Lehrer. Als der Fürst
Tschü ihm das Gold überreichen liess, war Tschuang-seng keineswegs gesonnen, es anzunehmen. Er wollte vorerst die Angelegenheit zum Abschluss bringen und hierauf das Gold wieder zurück-
geben. Er betrachtete dasselbe nur als ein Unterpfand des Ver-
trauens. Als daher das Gold ankam, sagte er zu seiner Gattinn: Dies
ist das Gold des Fürsten Tschü. Es hat damit dieselbe Bewandtniss
wie mit einer Krankheit: es darf nicht über Nacht bleiben. — Diesen
Worten fügte er die ernstliche Ermahnung bei, das Gold später
wieder zurückzuschicken und es nicht zu berühren. Aber der älteste
Sohn des Fürsten Tschü kannte nicht die Absicht Tschuang-seng's
und glaubte, dass derselbe durchaus nichts Ungewöhnliches thun
werde.

Unterdessen begab sich Tschuang-seng zu einer passenden
Zeit zu dem Könige von Tsu und sagte zu diesem, dass ein gewisses
Sternbild an einem gewissen Tage dem Lande Tsu Schaden zufügen
werde. Der König von Tsu mass diesen Worten vollen Glauben bei
und fragte, was sich unter den gegenwärtigen Umständen thun
lasse. Tschuang-seng antwortete: Durch Wohlthaten allein kann
man das Unglück entfernen. — Der König von Tsu sprach: Sei
hierüber beruhigt. Ich, der unbedeutende Mensch, werde sie üben.
— Sofort schickte der König einen Abgesandten und liess das Vorrathshaus der dreierlei Geldstücke [1]) mit einer Abdrucksmarke verschliessen.

---

[1]) Zu den Zeiten der Häuser Hia, Schang und Tscheu gab es drei Gattungen eheruen
Gutes, nämlich rothes, weisses und gelbes. Unter diesen war das gelbe Gut (Gold)

Bei der Kunde von dieser Verfügung des Königs erschrack der oben erwähnte angesehene Mann von Tsu, und er meldete sofort dem ältesten Sohne des Fürsten Tschü: Der König wird begnadigen. — Der Sohn fragte: Wie geht dieses zu? — Der angesehene Mann von Tsu sprach: So oft der König begnadigen will, verschliesst er immer das Vorrathshaus der dreierlei Geldstücke mit einer Abdrucksmarke. Gestern Abends schickte der König einen Abgesandten und liess es verschliessen [1]).

Der älteste Sohn des Fürsten Tschü glaubte, dass, wenn eine allgemeine Begnadigung stattfinde, sein jüngerer Bruder zuversichtlich in Freiheit gesetzt werden würde. Es war ihm leid um die tausend Gewichte Goldes, welche er nutzlos weggeworfen, da, nach seiner Meinung, Tschuang-seng nichts gethan habe. Er begab sich daher nochmals zu Tschuang-seng. Dieser erschrack bei dem Anblicke des Besuchers und rief: Bist du denn nicht abgereist? — Der älteste Sohn erwiederte: Allerdings bin ich es noch nicht. Anfänglich widmete ich meine Dienste dem jüngeren Bruder. Der jüngere Bruder ermisst jetzt, dass er begnadigt wird. Desswegen sage ich dir Lebewohl und reise ab. — Tschuang-seng merkte, dass es der Wunsch des Fremdlings sei, wieder in den Besitz des Goldes zu gelangen. Er sagte daher: Tritt in das innere Haus und nimm das Gold. — Der älteste Sohn trat sofort in das innere Haus, nahm das Gold und entfernte sich damit. Er empfand über diesen Ausgang der Sache nur Freude und schätzte sich glücklich.

Tschuang-seng schämte sich, dass er von einem Kinde betrogen worden. Er ging sofort zu dem Könige von Tsu und sagte zu diesem: Ich sprach vorhin von einem gewissen Sterne. Du, o König,

---

das vorzüglichste, hingegen das rothe (d. i. kupferne Geldstücke) das geringste.

1) Zu diesem Verfahren veranlasste den König die Sorge um seine Güter. Es wurde nämlich der Fall vorhergesehen, dass Jemand die Absicht des Königs, alle Verbrecher zu begnadigen, früher erfahren und die Güter entwenden könne. Indem der König das Vorrathshaus der dreierlei Geldstücke mit einer Abdrucksmarke verschliessen liess, wollte er einer Beraubung dieses Hauses vorbauen. Ein Fall von Missbrauch unter ähnlichen Verhältnissen ereignete sich, wie erzählt wird, zu den Zeiten des Allhalters Ling aus dem Hause der späteren Han. Ein gewisser Lehensfürst, der erfahren hatte, dass eine allgemeine Begnadigung stattfinden solle, verleitete seinen Sohn, einen Menschen zu tödten. Der Sohn dieses Lehensfürsten wurde zwar festgenommen, aber nach sieben Tagen wieder in Freiheit gesetzt.

sagtest, dass du durch Erweisen von Wohlthaten wollest das Böse
vergelten. Als ich aber von hier wegging, erzählte man allgemein
auf den Wegen, dass der Sohn des Fürsten Tschü, eines reichen
Mannes aus Tao, einen Menschen getödtet habe und gefangen gesetzt worden in Tsu. Dessen Haus habe in grossen Mengen erfasst
Gold und Silber und bestochen die Umgebung des Königs. Wenn
du daher, o König, nicht im Stande bist, dich zu erbarmen des
Landes Tsu und Begnadigung zu verkünden, so ist dies wegen des
Sohnes des Fürsten Tschü.

Der König von Tsu ward über diese Nachricht sehr zornig und
rief: Bin ich auch nur ohne Tugend, wie könnte ich um des Sohnes
des Fürsten Tschü willen Gnade üben? — Sofort befahl er, dass
über den Sohn des Fürsten Tschü das Todesurtheil gefällt werde.
Am folgenden Tage, nachdem das Urtheil bereits vollzogen, verkündete er allgemeine Begnadigung und hiess den ältesten Sohn
des Fürsten Tschü endlich mit dem Leichname des jüngeren Bruders in die Heimat zurückkehren.

Als der Leichnam in Tao ankam, äusserten die Mutter des Hin-
gerichteten und sämmtliche Bewohner der Stadt ihr Bedauern. Der
Fürst Tschü allein bewahrte seine Ruhe und sprach: Ich wusste
mit Bestimmtheit, dass er seinen jüngeren Bruder tödten werde. Es
ist nicht etwa der Fall, dass jener seinen jüngeren Bruder nicht
liebte, ich nahm Rücksicht darauf, dass es etwas gibt, was er nicht
über sich bringen kann. Er hat nämlich in seiner Jugend gemeinschaftlich mit mir gesehen leidenvolle Tage und ertragen die Beschwerden des Lebens. Desswegen fiel es ihm schwer, die Güter
hinwegzuwerfen. Was den jüngsten Bruder betrifft, so sah er schon
bei seiner Geburt meine Reichthümer. Er bestieg feste Wagen,
sprengte einher auf vortrefflichen Pferden und verfolgte den listigen
Hasen. Wie konnte er wissen, woher die Güter gekommen? Desswegen fällt es ihm leicht, sie hinwegzuwerfen, er hätte damit nicht
gegeizt. Dass ich in früheren Tagen absenden wollte den jüngsten
Sohn, es war allen Ernstes desswegen, weil dieser im Stande, die
Güter hinwegzuwerfen. Aber der älteste war dies nicht im Stande,
desshalb hat er zuletzt getödtet seinen jüngeren Bruder. Dies ist die
Folgerichtigkeit der Dinge, man braucht sich darüber nicht zu
grämen. Ich habe Tag und Nacht mit Zuversicht erwartet die Ankunft seines Leichnams.

Von Fan-li wird gerühmt, dass er dreimal[1]) seinen Wohnsitz verändert und sich jedesmal in der Welt einen Namen gemacht habe, was mehr sei, als wenn er vorläufig das Land verlassen und nichts weiter gethan hätte. Überall, wo er sich niedergelassen, habe er unzweifelhaft seinen Ruhm begründet. Fan-li starb zuletzt hochbetagt in Tao und erhielt in den Erzählungen des Zeitalters den Namen: Fürst Tschü von Tao[2]).

---

[1]) Nach der vorliegenden Erzählung ist Fan-li nur zweimal ausgewandert, das erste Mal nach Tsi, das zweite Mal nach Tao. Bei der Erwähnung einer dreimaligen Auswanderung scheint sein früheres Verweilen in Tsi als Gesandter oder auch seine Einschiffung auf dem Meere mit in Rechnung gebracht worden zu sein.

[2]) „Fürst" ist übrigens eine Ehrenbenennung, welche in Tsu, wie heutiges Tages überall, jedem angesehenen Manne beigelegt wurde.

SITZUNG VOM 11. NOVEMBER 1863.

Die Conjugation des neupersischen Verbums.

Sprachvergleichend dargestellt

von **Dr. Friedrich Müller,**

Docent der allgemeinen Sprachwissenschaft an der Wiener Universität.

(Vorgelegt in der Sitzung vom 7. October 1863.)

Ebenso wie ein genaues und richtiges Verständniss des Verbums einer oder der anderen von den romanischen Sprachen oder des Neuhochdeutschen ohne Kenntniss im ersteren Falle des Latein, im letzteren des Altdeutschen oder Gothischen nicht erlangt werden kann, ebenso ist auch ein einigermassen tieferes Eindringen in den Bau des neupersischen Verbums ohne Kenntnisse des Altbaktrischen und Altpersischen nicht möglich. Das Neupersische ist mit den romanischen Sprachen, dem Neuhochdeutschen, dem Englischen eine Sprache, die zur leichten und sicheren Gedankendarstellung sich vorzüglich eignet, aber trotzdem oder vielmehr eben desswegen von den Formen, mit denen sie dies thut, kein klares Bewusstsein hat. Sie gleicht der Frucht, die uns labt und erquickt, mit der aber der Naturforscher nicht viel anzufangen weiss, wenn er nicht zugleich der Blüthe habhaft zu werden in der glücklichen Lage ist.

Überblicken wir die verschiedenen Formen des neupersischen Verbums, so finden wir, dass die meisten derselben zusammengesetzter Natur sind, und zwar mittelst einiger, immer als solche unveränderter Elemente und selbst noch im Neupersischen als solche gefühlter Verba gebildet werden. Scheiden wir von den ersteren alle jene Bestandtheile ab, die dazu dienen um ein Verbum als solches zu bilden, wie die Personalsuffixe etc., so gewinnen wir nur zwei Formen, von denen die eine auf *-ta, -da* ausgeht, während die andere bald die der ersten Form zu Grunde liegende Bildung ohne dieses *-ta, -da* entweder unverändert oder in den Endlauten verändert, bald eine von der Bildung, welche der ersten Form zu Grunde liegt, abgeleitete, durch Anfügung eines oder des andern Buchstabens vermehrte Form darstellt. Diese beiden Formen und ihr Verhältniss zu einander lassen sich aber mit den Mitteln, die das Neupersische darbietet, nicht genügend erklären; um dies thun zu können, muss man tiefer zurückgehen und dieselben im Altpersischen oder Altbaktrischen aufsuchen.

Was die erstere Form in *-ta, -da* anlangt, so gehört sie in die Kategorie der Participialbildungen, und zwar entspricht sie dem altindogermanischen Particip. perf. pass. in *-ta*, das aber schon im Altbaktrischen sich im Sinne eines Particip. perf. medii und selbst activi nachweisen lässt. Es stimmt diese Bildung mit dem lateinischen Participium perf. pass. in *-tus, -ta, -tum* überein und spielt, gleichwie dieses in der Conjugation des romanischen, ebenso in der des neupersischen Verbums eine bedeutende Rolle [1]). Ursprünglich lautete diese Form durchgehends in *-ta* aus, wie sie sich auch noch im Pehlewî findet [2]); später aber wurde der Laut *t* nach Vocalen, Liquiden und Nasalen in *d* herabgesetzt, so dass wir im Neupersischen zwei Formen *-ta* und *-da* (wovon letztere überall in den eben angegebenen Fällen) davon vorfinden.

Nebst diesem aber nehmen wir an dieser Form *ta* auf neupersischem Gebiete noch eine andere Veränderung wahr. Wir finden nämlich dieses Element bald in der eben angegebenen Gestalt mit den an dasselbe tretenden und es zum Verbalausdrucke stempelnden Pronominalelementen zusammenschmelzen, bald aber durch ein echteränisches Suffix *-ka* (neup. nach Abfall des auslautenden *a* und

---

[1]) Schon im Altbaktrischen und Altpersischen wird diese Form ohne alles bestimmte Zeitwort als Tempus finitum gebraucht. (Vgl. S p i e g e l, Keilinschriften S. 169.)

[2]) Vergl. Pehlewî דאתנן (*dâtann*) = neupers. دادن (*dâdan*); Pehlewî מורתנן (*murtann*) = neupers. مردن (*murdan*); Pehlewî כנתנן (*kuntann*) = neup. کردن (*kardan*).

fortgesetzte Aspiration des *k* zu *h* verflüchtigt) erweitert [1]) sich
lose mit einem dazu tretenden Hilfsworte zusammenschliessen. Diese
anscheinend nur rein lautliche Differenz hat aber im Conjugations-
system eine tiefere Bedeutung. Sie dient dazu, um im letzteren
Falle die participiale Bedeutung als die ein Vollendetes, Abge-
schlossenes Darstellende festzuhalten, während im ersteren Falle
durch den unmittelbaren Zusammenschluss des Particips mit dem
Pronominalsuffixe nur der Begriff des im Participium liegenden
Zeitmomentes zum Ausdruck gebracht wird.

An diese alte Participialform in -*ta* lehnt sich in Betreff der
gleichartigen Verbindung desselben mit dem Verbaltheile der Infinitiv an, der in -*tan*, -*dan* (letzteres unter denselben Bedingungen
wie die Participialformen -*da*, -*dah*) auslautet. Da diese Form in
den Wörterbüchern als Grundform angegeben wird, und als solche
eine gewisse Wichtigkeit in praktischer Beziehung erlangt hat, so
wollen wir dieselbe, obschon sie strenge genommen gar nicht in
den Bereich der Conjugation gehört, gleich hier anschliessen. Die
Bildung *tan* hat im Altbaktrischen, das wir zumeist bei Vergleichung
der neueren Sprache mit der alten herbeiziehen, kein entsprechendes Urbild, wohl aber in dem uns freilich nur bruchstückweise in
den Keilinschriften erhaltenen Altpersischen.

Dort entspricht nämlich unserem -*tan* die an mehreren Stellen
vorkommende Endung -*tanaiy* [2]), wahrscheinlich nichts anderes als
der Local einer Bildung in -*tana*, die zwar nicht in der Bedeutung
eines Infinitivs, wohl aber eines Adjectivs, sowohl im Altindischen
als im Lateinischen sich nachweisen lässt. Dass aber der Infinitiv
seiner inneren Sprachform nach nichts anderes als der Casus eines
Nomens ist, braucht wohl nach den von mehreren Seiten darüber
gepflogenen Untersuchungen und gemachten Bemerkungen hier
nicht ausführlicher dargethan zu werden.

---

[1]) Z. B.: كُزيدكَان (*guzida-g-án*) electi, von كُزيده (*guzidah*) = altbaktr.
ؤپۇ|ؤۋ (*vi + ci + tô*); مُردكَان (*murda-g-án*) „die Todten“, von مُرد (*mur-
dah*) = altb. ؟ئ(أؤ (*meretô*).

[2]) Vgl. *éartanaiy = kar-tanaiy* = neup. كردن (*kar-dan*); *thaçtanaiy* von *thah*,
sprechen.

Was nun die zweite Form, die der Conjugation zu Grunde liegt, anlangt, so fällt sie, wie wir oben bereits andeuteten, in vielen Fällen mit dem nach Ablösung der Zeichen -ta, -da übrigbleibenden Wurzelelemente, entweder unverändert, oder mit einigen am Ende stattfindenden Consonanten-Veränderungen zusammen; — in anderen Fällen dagegen bietet sie mehr, in anderen weniger. — Wir können also nach diesem weder die zweite Form noch die nach Abzug des Participzeichens -ta oder der Infinitivendung -tan aus der ersten entstandene für die der Verbalconjugation zu Grunde gelegte Wurzel nehmen, sondern diese muss tiefer liegen. Zur näheren Erklärung des wahren Sachverhaltes müssen wir etwas weiter ausholen.

Die Conjugation des indogermanischen Verbums, als dessen Typus wir das altindische, altbaktrische, altgriechische hinstellen wollen, liegt, wie jener des semitischen Verbums, ein Gegensatz zu Grunde, nämlich der der vollendeten, abgeschlossenen, und der nicht vollendeten, sich entwickelnden Handlung. Zur Darstellung der ersteren gebraucht die Sprache die Wurzel unmittelbar, während sie im letzteren Falle an der Wurzel gewisse lautliche Veränderungen, die eine Erweiterung der Form zum Zwecke haben, vornimmt. Alle Formen, in denen es darauf ankommt, die Handlung in ihrer Entwicklung zu zeigen (Präsens, Imperfectum, sammt den damit zusammenhängenden Modis, wie Imperativ, Conjunctiv, Optativ), gehen auf die letztere Form zurück, während die erstere überall dort, wo die Handlung als solche schlechthin, mithin vom Standpuncte des aussagenden Subjectes als bereits abgeschlossen bezeichnet werden soll, angewendet wird. Dahin gehören auch natürlich die Participien der Vergangenheit.

Für die letztere Gruppe der Verbalformen hat nun das Neupersische das von uns eben beschriebene Participium in -ta, das in Verbindung mit Hilfsverben alle jene Zeiten und Arten bildet, zu deren Darstellung der älteren Sprache noch einfache Formen zu Gebote standen. Für die erstere Gruppe besitzt es aber nicht eine überall unveränderlich eintretende Form, sondern hat nur Trümmer der der älteren Conjugation zu Grunde gelegenen Bildungen aufzuweisen. — Diese zeigte in diesem Puncte gleich der altindischen eine grosse Mannigfaltigkeit. — Es waren ebenso wie dort in Rücksicht der sogenannten Specialtempora zehn Classen vollkommen ausgebildet vorhanden. Aber ebenso wie wir in der späteren Periode der indischen und griechischen Sprache ein Überhandnehmen der vocalischen (bindevocalischen) besonders abgeleiteten (denominativen) Verbalclassen gegenüber den in der älteren Periode der Sprache noch zahlreicher vertretenen consonantischen (bindevocallosen) wahrnehmen können, ebenso sind wir berechtigt, nach dem im Neupersischen vorhandenen Inventare ein Ähnliches auf dem eränischen Gebiete zu vermuthen. Denn wir finden hier von starker, sowohl älterer consonantischer als vocalischer Flexion eine begrenzte Anzahl von Fällen; das übrige Gebiet ist ganz von der die Sprache beherrschenden abgeleiteten (zehnten) Conjugation in Besitz genommen. — Die regelmässigen (organischen) Verba sind nicht zahlreich vertreten, die unregelmässigen (anorganischen) dagegen erscheinen in grosser Anzahl vorhanden. Freilich erscheinen die ersteren als die nach bestimmten Lautgesetzen in den beiden Formen geänderten und nicht eben zahlreichen, dem Neuperser als die unregelmässigen, während die letzteren als die nach einem ganz einfachen mechanischen Gesetze gebildeten und zahlreichen — natürlich! weil sie die Majorität für sich haben — als die regelmässigen sich darstellen. So für den Neuperser; keineswegs aber für den Sprachforscher.

Indem wir nun im folgenden zur Darlegung der Classen des Verbums übergehen, werden wir dabei die zur Bildung der Conjugationsformen nothwendigen Elemente: das Participium perfecti oder statt desselben den Infinitiv und den Präsensstamm in jedem einzelnen Falle darlegen.

Wir theilen die Verba dabei in zwei Gruppen, von denen die erste alle jene Verba umfasst, die nach der älteren Conjugation gehen, während in die zweite Gruppe alle jene Verba fallen, die nach der jüngeren Conjugation abgewandelt werden. An die erste Gruppe schliessen sich auch jene wenigen Fälle, wo in der einen Form eine Zusammensetzung der Verbalwurzel mit dem Verbum substantivum stattfindet oder wo der Flexion in den zwei Formen (Stamm des Particip. perf. und Präsensstamm) zwei verschiedene Wurzeln zu Grunde liegen.

Was nun die erste Gruppe betrifft, so fallen in dieselbe die alten zehn Classen, wobei aber im Neupersischen der Unterschied

zwischen Classe I, IV, VI (VII) und X aufgehoben erscheint, indem
alle vier in eine einzige zusammenfallen; ebenso stellt sich Classe
V, VIII, IX als eine einzige dar, indem die hier besonders den
Gegensatz bewirkende vocalische Differenz *u* (Classe V und VIII)
und *a* (Classe IX) verschwunden ist. — Die zweite Classe, schon
im Altindischen und Altbaktrischen ohnehin nicht mehr zahlreich
vertreten, erscheint hier gar nicht; die dritte Classe dagegen bietet
noch nennenswerthe Überbleibsel dar.

   Ehe wir jedoch zur Darstellung dieser Verbalclassen übergehen,
erscheint uns noch ein Punct einer näheren Erörterung werth, nämlich der in Betreff der einfachen oder zusammengesetzten Natur
der neupersischen Verba.

   Nicht alle Verba, die dem Neuperser als einfach erscheinen,
sind es in der Wirklichkeit. Viele von denselben sind mit Präpositionen, die als solche zwar nicht mehr im Neupersischen, wohl
aber in der älteren Sprache gefühlt werden, zusammengesetzt.

   Wir geben im Nachfolgenden eine Übersicht vorzüglich derjenigen unter ihnen, die auf dem Gebiete des Neupersischen gar
nicht mehr zu erkennen sind, also auch bisher in den Grammatiken
eine nicht genügende Erklärung gefunden haben.

   â = altbaktr. ·· (*á*), altind. *á*, z. B. اوردن (*á-wurdan*)
„herbeitragen" = چیز + ·· (*á + bĕrĕ*), altind. *á + bhṛ*; امدن
(*á-madan*) „herzukommen" = altind. *á + gam*.

   af = altbaktr. ·وکو (*aiwi*), altind. *abhi*, z. B. افروخـتن (*afrôkhtan*) „anzünden", ·وکو· ·وکو (*aiwi . raoćayeiti*) „er
zündet an".

   ô, u = altbaktr. ·وکو (*aiwi*), altind. *abhi*, z. B. افتادن (*u-ftá-
dan*) „niederfallen", Pârsî وکو (*ôftádan*), altbaktr. وکو· وکو
(*aiwi + pat*).

   an = altbaktr. وکو (*hám*), altind. *sam*, z. B. اناشـتن (*an-
bâśtan*) „sammeln, füllen" = چیز· وکو (*hám + bĕrĕ*), vergl. arm.
 համբարել (*ham-barĕl*).

   par = altbaktr. ·وکو (*pairi*), altind. *pari* oder altpers. *pará*?
z. B. پرداخـتن (*par-dákhtan*) „vollenden, beschäftigt sei··· p.
pará + tać? altb. وکو· ·وکو (*pairi + tać*), پروردن (*par·   ·n*)
„fortbringen, ernähren" = چیز· ·وکو (*pairi + bĕrĕ*).

pai = altbaktr. ‏پیتی‎ *(paiti)*, griech. ποτί, z. B. ‏پیمودن‎ *(pai-mûdan)* „zumessen“, ‏پیتی+ما‎ *(paiti+mâ)*, ‏پیوستن‎ *(pai-wastan)* „anbinden“ = ‏رسپیتو‎ · ‏پیتی‎ *(paiti+band)*. Eine vollständigere Form des Suffixes *paiti* liegt noch im Neupers. im Verbum ‏پذیرفتن‎ *(padi-raftan)* „annehmen“ eigentlich „entgegengehen“ vor.

far = altbaktr. ‏فرا‎ *(fra)*, altind. *pra*, z. B. ‏فرمودن‎ *(far-mûdan)* „befehlen“ = ‏فرا+ما‎ *(fra+mâ)*.

gu = altbaktr. ‏وی‎ *(vî)*, altind. *vi*, z. B. ‏گستردن‎ *(gu-stardun)* „ausstreuen“ = altbaktr. ‏وی‎ . ‏چترے‎ *(vî + çtĕrĕ)*, ‏گزیدن‎ *(gu-zîdan)* „auswählen“ = altb. ‏وی+چی‎ *(vî+ći)*, ‏گداختن‎ *(gu-dâkhtan)* „schmelzen“ = altbaktr. ‏وی+تچ‎ *(vî+tać)*.

ni = altbaktr. ‏نی‎ *(ni)*, altind. *ni*, z. B. ‏نهادن‎ *(ni-hâdan)* „niederlegen“ = ‏نی+دها‎ *(ni+dhâ)*, ‏نشستن‎ *(ni-šastan)* „niedersitzen“ = altbaktr. *ni+shad (had)*, altind. *sad*. — ‏نوشتن‎ *(ni-vištan)* schreiben, altpers. *ni+pis*.

na, nu = altbaktr. ‏انو‎ *(anu)*, altind. *anu*, z. B. ‏نمودن‎ *(nu-mûdan* auch *na-mudan)* „zeigen“, Pârsî ‏نمودن‎ *(namûdan)*, altbaktr. ‏انو+ما‎ *(anu+mâ)*.

1. Starke Conjugation.

a) Classe III. ‏دادن‎ *(dâ-dan)* „geben, stellen“, praes. ‏دهم‎ *(dih-am)*, Pârsî ‏دهن‎ *(da-dhan)* ‏دهم‎ *(dah-am)* = altb. ‏دذامی‎ *(dadhâmi)* vereinigt die beiden altindischen *dadâmi* und *dadhâmi*, griech. δίδωμι und τίθημι in sich.

‏استادن‎ *(istâ-dan)* „stehen“, praes. ‏استم‎ *(ist-am)*, vergl. altb. ‏هیستامی‎ *(histâmi)* „ich stehe“, ‏هیستئیتی‎ *(histaiti)* „er steht“, altind. *tishṭati*; neup. *istâ-dan*, wofür auch oft ‏ستادن‎ *(sitâ-dan)* vorkommt, steht wohl für *stâ-dan*, während *ist-am* für *hist-am*.

b) Classe. V, VIII, IX. ‏افریدن‎ *(âfirî-dan)* „lobpreisen, schaffen“, praes. ‏افریم‎ *(âfirîn-am)*, vgl. altbaktr. ‏افری‎ *(âfrinâmi)* Cl. IX.

‏چیدن‎ *(ći-dan)* „sammeln“, praes. ‏چینم‎ *(ćin-am)*, vgl. altind. *ćinômi*. Cl. V.

كزيدن (guzî-dan) „aussammeln, auswählen", praes. كزينم (guzîn-am) = altbaktr. وَيـ (vî + éi).

ريدن (rî-dan) „alvum exonerare", praes. رينم (rîn-am), vgl. altbaktr. اِرِ (iri-ta) Vend. V.

شنودن (šunû-dan) „hören", praes. شنوم (sinaw-am), vgl. altind. çrnômi Cl. V. Der Verlust des r ist ebenso zu erklären wie im كنم (kun-am), altpersisch ak'unaus etc. gegenüber altbaktr. كَرِناوَمِ (kĕrĕnaomi). Was den Übergang des Präsenszeichens in den Infinitiv und das Particip. perfecti betrifft, darüber vergleiche man Pehlewî כנתנן (kun-tann) = neup. كردن (kar-dan) praes. كنم (kunam).

كردن (kar-dan) „machen, thun", praes. كنم (kun-am), vgl. altp. a-k'u-mâ, ak'unavam etc. und altbaktr. كَرِناوَمِ (kĕrĕnaomi) Cl. V.

c) Classe I, IV, VI (VII), X, بردن (bur-dan) „tragen", praes. برم (bar-am), Pârsî بُردن (burdan), بَرِت (barĕt) „er trägt", altbaktr. بَرَيتِ (baraiti), vgl. altind. bhr Cl. I., griech. φερ-, latein. fer-.

اوردن (âwur-dan) „herbeitragen", praes. اورم (âwar-am), altbaktr. اَبَرِ (â + bĕrĕ).

پروردن (parwar-dan) „aufziehen, ernähren", praes. پرورم (parwar-am) = altbaktr. پَيرِبَرِ (pairi + bĕrĕ).

خواندن (khϝân-dan) „rufen", praes. خوانم (khϝân-am), vgl. altind. svan Cl. I.

خوردن (khϝar-dan) „essen, trinken", praes. خورم (khϝar-am), vgl. altbaktr. قَرَيتِ (qaraiti) „er isst". Cl. I.

كستردن (gustar-dan) „ausstreuen", praes. كسترم (gustar-am), altbaktr. وَيـ ضتَرِ (vî + çtĕrĕ). Cl. V und IX, weicht also im Neupersischen ab.

كندن (kan-dan) „graben", praes. كنم (kan-am), altbaktr. كَن (kan). Cl. II. Altind. khan. Cl. II.

كشتن (kuš-tan) „tödten", praes. كشم (kuš-am), altb. كُشَيتِ (kushaiti) „er tödtet". Cl. I, VI.

ماندن (mân-dan) „bleiben", praes. مانم (mân-am), vgl. griech. μένειν, latein. manere.

Veränderungen durch Verlängerung oder Verkürzung.

In einigen Fällen tritt in einer oder der anderen Form eine Veränderung ein, die entweder in Längung des Vocales oder in Abwerfung eines Consonanten oder Vocales oder in der Vereinigung beider Erscheinungen besteht, z. B.

پذيرفتن (padiraf-tan) „empfangen", praes. بذيرم (padi-ram) statt padirawam von paiti + hrap (= altind. srp).

خريدن (khirî-dan) „kaufen", praes. خرم (khir-am), vgl. altbaktr. خرف (khrf), altind. krî.

زدن (za-dan) „schlagen", praes. زنم (zan-am), altbaktr. زن (zan). Cl. I und II. Altind. han. Cl. II.

گرفتن (girif-tan) „ergreifen", praes. گيرم (gîr-am), Pârsî گرفتن (gërëftan) — گيرم (girëm) altbaktr. گرو (gërëw). Cl. IX, I und IX vereinigt und Cl. X. Altind. grbh, goth. greipan.

مردن (mur-dan) „sterben", praes. ميرم (mîr-am). Pârsî ميرت (mîrët) „er stirbt" = altbaktr. ميره (mërë). Cl. IV. Altind. mr.

Manchmal liegt dem Infinitiv und Particip. perf. die mit dem langen Vocal nach aussen gedehnte Wurzel zu Grunde, während die Form des Präsens die einfache auf einen Consonanten ausgehende zeigt, z. B.

افتادن (uftâ-dan) „niederfallen", praes. افتم (uft-am) vgl. altbaktr. پت (pat) I. und besonders griechisch: πί-πτω = πι-πέτω und πέ-πτω-χα.

Veränderungen durch Anwendung bestimmter Lautgesetze.

Bei den auf einen Guttural (respective Palatal), Dental oder Labial auslautenden Stämmen, denen das Infinitivzeichen und also auch das Zeichen des Particip. perfect. unmittelbar angehängt wird, waltet das Lautgesetz ob, dass vor dem *t* nur die stummen Aspiraten der entsprechenden Lautgruppe eintreten können. Es wird dann also der Guttural (Palatal) in *kh*, der Dental in *s*, der Labial in *f* verändert. Vor den vocalisch anlautenden Personalsuffixen im Präsens etc. dagegen müssen die entsprechenden Laute herabgesetzt werden; es tritt im ersteren Falle ز (seltener ش, ج ,چ), im zweiten (n) d, h, y, im dritten b, v ein.

a) Verba, die auf einen Guttural (Palatal) ausgehen.

افروختن *(afrókh-tan)* „anzünden", praes. فروزم *(afróz-am)*, Pehlewî אפרוחתנן ,אפרוד, Pârsî بکاﻭﺭﺝ *(awarózět)*, altbaktr. کبﻭﺩﻟﺩﻣﺗﻟﺩﺍ *(aiwi-raočayéiti)*. Causal (Cl. X) von *ruč* „leuchten".

افراختن *(afrákh-tan)* „erheben", auch افراشتن *(afraš-tan)*, praes. افرازم *(afráz-am)*.

آميختن *(ámékh-tan)* „mischen", praes. آميزم *(áméz-am)* von μιγ-, nach Classe X.

آموختن *(ámókh-tan)* „lernen", praes, آموزم *(ámóz-am)*, vgl. litauisch *mokįtis* lernen, *mókslas* Wissenschaft, vielleicht altind. *muč*. Cl. X.

آويختن *(áwékh-tan)* „aufhängen", praes. آويزم *(áwéz-am)*.

باختن *(bákh-tan)* „spielen", praes. بازم *(báz-am)*.

بيختن *(békh-tan)* „sieben", praes. بيزم *(béz-am)*, vergl. altind. *vič*.

پختن *(pukh-tan)* „kochen", praes. پزم *(paz-am)*, vgl. altb. کبﻣﺭﺩ *(pačaiti)* „er kocht". Cl. I.

تاختن *(tákh-tan)* „eilen", praes. تازم *(táz-am)*, vgl. altb. ﻣﺭﺩ *(tač)*. Cl. VI.

دوختن *(dókh-tan)* „zusammennähen", praes. دوزم *(dóz-am)*.

ريختن *(rékh-tan)* „giessen", praes. ريزم *(réz-am)* vgl. Pârsî کبﻟﻡﺭﺝ *(rězět)* „er giesst aus", altb. کبﻟﻡﺭﺩﺍ *(raečayéiti)* von *rič*. Cl. X.

ساختن *(sákh-tan)* „bereiten, schaffen", praes. سازم *(sáz-am)*, von *čač* nach Cl. X.

سختن *(sakh-tan)* „wägen", sonst auch سنجيدن *(sanǵ-ídan)* praesens سنجم *(sanǵ-am)*.

سوختن (sókh-tan) „verbrennen", praes. سوزم (sóz-am), vgl.
سوچ (çuć). Cl. I und X.

گداختن (gudákh-tan) „schmelzen", praes. گدازم (gudáz-am).
altb. ۰۰۰۰ + ۰۰ (vî+tać), vgl. Vend. II. ۰۰۰۰۰۰۰۰۰۰ „Schmel-
zung des Schnees".

گریختن (girékh-tan) „fliehen", praes. گریزم (giréz-am).

Folgende Verba machen von der im Präsens beliebten Herabsetzung der Consonanten eine Ausnahme.

بیختن (pékh-tan) „drehen", sonst auch بیچیدن (péć-ídan),
praesens بیچم (péć-am).

دوختن (dókh-tan) „melken", praes. دوشم (dóš-am), vgl.
altind. duh = dugh.

فروختن (furókh-tan) „verkaufen", praes. فروشم (furóš-am).

شناختن (šinákh-tan) „erkennen", praes. شناسم (šinás-am).
Pârsî ۰۰۰۰۰ (snáżéṭ) „er erkennt", vgl. altpers. khnáçátiy
Behistân-Inschrift I, 52. In den drei letzten Fällen ist ش, س
auf der Stufe des armenischen g (vgl. meine Beiträge zur Lautlehre
der armenischen Sprache II, S. 5) stehend zu betrachten.

In خاستن (khás-tan) „aufstehen", praes. خیزم (khéz-am),
vgl. altb. ۰۰۰۰۰۰۰۰۰ ۰۰۰۰, scheint das س vor t, statt خ wegen
des vorhergehenden خ eingetreten zu sein.

گسیختن (gusékh-tan) „brechen", praes. گسلم (gusil-am) ist
wahrscheinlich = vî + çrģ eine Erweiterung von çr̄. — Während
im Infinitiv etc. das ģ unversehrt erhalten wurde und r ausfiel,
behauptete sich hinwiederum im Präsens das r unter Abfall des
auslautenden ģ.

هشتن (hiš-tan) „lassen, herablassen", praes. هلم (hil-am) ist
offenbar altbaktr. ۰۰۰۰ (hérëz), altind. srģ. Der Infinitiv etc.
bewahrt das ģ als ش, während das Präsens etc. das r als ل
geschützt hat.

b) **Verba, die auf einen Dental ausgehen.**

بستن *(bas-tan)* „binden" = *bad-tan*, praes. بندم *(band-am)*, vergl. altb. *band* und altind. *badh* nach Cl. VI.

شكستن *(šikas-tan)* „brechen" = *šikad-tan*, praes.: شكنم *(šikan-am)* = *šikand-am*, von altb. ‍ـو﷯♦ﬞﬞ♦‍ *(skĕnd)*, altind. *ćhid*, nach Cl. VII., griech. σχιδ-, latein. *scind-o*.

نشستن *(nišas-tan)* „niedersitzen" = *nišad-tan*, praes. نشينم *(nišin-am)* = *nišind-am*, mit Verlängerung des Vocals wie in ميرم *(mír-am)*, altb. *had*, *ni-shad*. Cl. VI.

خواستن *(khƒds-tan)* „wünschen" = *khƒád-tan*, praes. خواهم *(khƒáh-am)*, vergl. altind. *svád-*.

جستن *(ǵas-tan)* „springen", praes. جهم *(ǵah-am)*, vgl. altb. ‍ﬞﬞﬞﬞ♦ﬞ‍ Vend. II. [1]).

اراستن *(áras-tan)* „bereiten, zieren" = *áràd-tan*, ارايم *(áráy-am)*, vgl. altind. *rádh*.

پيراستن *(pairás-tan)* „schmücken" = *pairád-tan*, praes. پيرايم *(pairáy-am)*, vgl. armen. ɋɑɯɪɸɯɡɩ *(pat-rast)* = پيراسته *(pai-rástah)*.

جستن *(ǵus-tan)* „wünschen" = *ǵud-tan*, praes. جويم *(ǵóy-am)*, vgl. altpers. *ǵad*.

رستن *(rus-tan)* „wachsen" = *rud-tan*, praes. رويم *(róy-am)*, vgl. altb. ‍ﬞﬞﬞﬞ1 *(raoday-)* und altind. *rudh*.

شستن *(šus-tan)* „waschen" = *šud-tan*, praes. شويم *(šóy-am)*, vgl. altb. ‍ﬞﬞﬞﬞ♦ *(khshud)*.

گريستن *(gris-tan)* „weinen, klagen" = *girid-tan*, praes. گريم *(giriy-am)*, vgl. altb. ‍ﬞﬞﬞﬞ *(gĕrĕdh)* und ‍ﬞﬞﬞﬞ *(gĕrĕz)*, Erweiterung von *gr̃*.

---

[1] س vor *t* = altem *h* (*s*), wie im altpersischen *thaç-tanaiy*, Infinitiv von *thah* (altind. *çams*).

c) Verba, die auf einen Labial ausgehen.

اشفتن (âšuf-tan) oder اشوفتن (âšôf-tan) „beunruhigt sein, zürnen", praes. اشوم (âšôb-am), vgl. altb. *khshufç* und altind. *kshubh*.

تافتن (tâf-tan) „anzünden", praes. تابم (tâb-am), vgl. altb. ܬܐܦ̈ܝܬܝ (âtâpayêiti) und altind. *tap*.

سفتن (suftan) „bohren", praes. سنبم (sunb-am), vgl. altb. ܨܝܦ (çif).

شتافتن (šitâf-tan) „eilen", praes. شتابم (šitâb-am).

فریفتن (firêft-an) „täuschen, betrügen", praes. فریبم (firêb-am), vgl. altind. *rip-u* „Feind".

کوفتن (kôf-tan) „schlagen", praes. کوبم (kôb-am), vgl. arm. ܟܘܦ̈ܠ (kophêl).

بافتن (yâftan) „erlangen", praes. یابم (yâb-am), im Pârsî ܝܐܦ̈ܬܐܢ (ayâftan), von altb. ܐܝܘܝ (aiwi+ap), latein. *ad-ip-iscor*.

رفتن (raf-tan) „gehen", praes. روم (raw-am), Pârsî ܪܦ̈ܬܐܢ (raf-tan), ܪܘܬ (rawat) „er geht", wahrscheinlich altind. *srp.* — griech. ἕρπ-.

In درودن (darû-dan) „mähen", praes. دروم (diraw-am) vgl. griech. δρέπ-ω, δρέπ-ανον, ist das *w* aus dem Praesens in den Infinitiv etc. hinübergenommen und in den entsprechenden Halbvocal aufgelöst.

In einigen Fällen geht das *f* des Infinitivs etc. auch in das Praesens etc. über.

بافتن (bâf-tan) „weben", praes. بافم (bâf-am), vgl. altind. *vap-*, unser „weben" und griech. ὑφ-αίνω.

کافتن (kâf-tan) „graben", praes. کافم (kâf-am), vgl. altslav. КОПАТИ und griech. κόπ-τω.

شکافتن (šikâf-tan) „spalten", praes. شکافم (šikâf-am), vgl. griech. σκάπ-τω.

کفتن (guf-tan) „sprechen", praes. کویم (gôy-am), altpers. *gub*, wirft den Labial im Praesens ganz aus.

Verba, die auf r ausgehen.

Diejenigen Verba, welche auf *r* auslauten, verändern dieses vor dem *t* des Infinitivs und Participium perfecti in *š*, z. B.:

داشتن (*dâš-tan*) „halten“, Pârsî رسيم (*daç-tan*) = dar-tan, praes. دارم (*ddr-am*), Pârsî هرىم (*darĕt*) „er hält“, vergl. وىچ (*dĕrĕ*), altind. *dhr*.

انباشتن (*anbâš-tan*) „füllen“ = anbar-tan, praesens انارم (*anbâr-am*), von altb. *hâm* + *bĕrĕ*, vgl. armen. Ꮐᣟᣟᣟᣟ (*ham-barĕl*).

گذشتن (*gudaš-tan*) „überschreiten, verlassen“ = gudar-tan, praes. گذرم (*gudar-am*), von altb. ولى (*vî* + *tĕrĕ*).

گماشتن (*gumâš-tan*) „übergeben“ = gumar-tan, praes. گمارم (*gumâr-am*), vgl. armen. Ꮐᣟᣟᣟᣟᣟ (*gumarĕl*).

نگاشتن (*nigâš-tan*) „zeichnen, malen“ = nigâr-tan, praes. نگارم (*nigâr-am*), vgl. arm. Ꮐᣟᣟᣟ (*nkar*) „Bild“.

Verba, die auf *â*, *û* ausgehen.

Eine eigene Classe bilden die Verba mit auslautendem *â* oder *û*, die im Neupersischen in eine einzige Conjugation zusammenfallen. Der Infinitiv und das mit demselben zusammenhängende Participium perfecti verwenden das *û*, das Praesens das *â* zu seinen Bildungen. Auf Ursprünglichkeit weder des einen noch des anderen Lautes, kann keine Bildung ausschliesslichen Anspruch erheben.

امودن (*âmû-dan*) auch امادن (*âmâ-dan*) „bereiten“, praes. امام (*âmâyam*), vergl. altb. ܡܐ (*mâ*) und altpers. *âmâtâ, amahy*.

افزودن (*afzû-dan*) „vermehrt werden, wachsen“, praes. افزایم (*afzâyam*), vgl. Pehlewî אפזותנן (*afzûtann*).

ازمودن (*âzmû-dan*) „versuchen, prüfen“, praesens ازمایم (*âzmâyam*), wahrscheinlich altb. ܡܐ ܗܪܣܥ (*haća* + *mâ*).

پیمودن (*paimû-dan*) „messen, zeigen“, praes. پیمایم (*paimâyam*) = altb. ܡܐ ܦܝܣܥ (*paiti* + *mâ*).

فرمودن (*farmû-dan*) „befehlen“, praes. فرمایم (*faramâyam*), Pârsî ضرمايم (*framâyam*), von altb. ܡܐ+ܓܪ (*fra* + *mâ*).

نمودن *(namú-dan* auch *numú-dan)* „zeigen", Pârsî ‏١ﻭﻭﻳﮑ‎
(namúdan), praes. نام *(namáyam)*, Pârsî ‏ﻡﻉﻭﻳﮑ‎ *(namáyam)*
wahrscheinlich altb. ‏ﻡﮫ ٠ﻳﻡ‎ *(anu+má)*.

ستودن *(sutú-dan)* „loben, preisen", praes. ستام *(sitáyam)*,
Pârsî ‏ﻡﮫﻭﻳﮑ‎ *(çtáyam)*, altb. ‏ﻡﻭﮫ‎ *(çtu)*, altind. *stu*.

سرودن *(surú-dan)* „singen", praes. سرام *(sardyam)*, altb.
‏ﻡﻝﺍﺱﻭﺱﻭﻳﺭﮫﻭ‎ *(çrávayéiti)*, Causal von *çru*.

Dieser Gegensatz zwischen dem *ú* des Perfects und dem *á* des
Präsens hat sich auch bei einigen in *r* auslautenden Denominativ-
verben geltend gemacht, wo er gewiss nur in differenzirender Bedeutung zu fassen ist.

ازردن *(á-zur-dan)* „beleidigen", praes. ازارم *(á-zár-am)*,
von altind. *ghr (har)*.

افشردن *(afšur-dan)* „zerquetschen", praes. افشارم *(afšár-am)*,
vgl. altind. *sphar, sphur,* als Causal gefasst.

سپردن *(supur-dan)* „übergeben", praes. سپارم *(sipár-am)*.

شمردن *(šumur-dan)* „zählen", praes. شمارم *(šumár-am)*,
vergl. Pehlewî ‏אושמורתנן‎ *(óšmurtann)* und neup. شمار *(šumár)*
„Zahl", von altind. *smr*.

Verba, die im Infinitiv etc. mit هستن zusammengesetzt sind.

An die starken Verba sind auch jene anzuschliessen, welche
im Infinitiv und Participium perfecti die Verbalwurzel mit dem
Hilfszeitworte هستن *(hastan)* zusammensetzen, während das Präsens etc. einfach, ganz regelmässig conjugirt wird [1], z. B.

---

[1] Diese Bildungen finden sich besonders in den neupersischen Dialekten häufig; sie
ähneln in gewisser Beziehung den in anderen Sprachen mit „thun" zusammengesetzten Zeitwörtern. Folgende Fälle aus dem Mâzandarânî mögen hier Platz
finden:

بشمرد = بَشْمَارَسَّه ,بسپرد = بَسْپَارَسَّه ,بخواند = بَخَوانَسَّه,

نماند = نَمُونَسَّه ,بمالیدند = بَمَالَّسَّه ,بخندید = بَخَنَسَّه,

بفهمید = بَفَهْمَسَّه ,بفرمود = بَفْرَمَسَّه ,بکند = بَکَنَسَّه,

In allen diesen Fällen ist die Endung اسه = neup. است durch rückwärtsge-
hende Assimilation entstanden.

زيستن (zístan) „leben", Pârsî ڮۥۦۥۥۥۯ (ziv-astan), eigentl.
ziv-hastan „lebend sein", praes. زيم (ziy-am), von altb. zív-, altind
gív-.

شايستن (šâyistan) „sich geziemen", praes. شايد (šây-ad),
vgl. altb. ۥۑۥۥۦ (khshi).

دانستن (dânistan) „wissen", praes. دانم (dân-am), von altb.
دا (dâ), vgl. griech. δε- δαώς, nach Cl. IX.

مانستن (mânistan) „gleichen", praes. مانم (mân-am), vgl.
altb. ۧۥۥۥۤۥۥ (mânayèn).

توانستن (tuwânistan), „vermögen", praes. توانم (tuwân-am),
vgl. altb. ۥۥ (tu).

Verba, in denen zwei Stämme gemischt vorliegen.

Ferner sind jene wenigen Fälle hieher zu beziehen, in denen,
gleichwie beim altindischen paç- und drç-, beim griechischen
ἔρχομαι und ἤλθον, beim lateinischen fero und tuli zwei grund-
verschiedene Wurzeln zusammengeflossen sind.

امدن (áma-dan) „ankommen", praes. أم (áyam), Pârsî
ۤۥۥ (áyaṭ) „er kommt an". — Dem Infinitiv liegt die Wurzel gam,
(gma) mit der Präposition á zu Grunde, wobei g vor m ebenso
ausgefallen ist, wie in ۥۤۥۦۥۧۤۥۥ۟ (hanǵamana) = ۥۤۥۦۥۧۤۥۥ۟
(hanǵaghmana). — Das Präsens etc. geht auf die Wurzel i
„gehen" zurück.

ديدن (dí-dan) „sehen", vgl. Pârsî ۥۥ (dít) „er hat gesehen"
= ديد, praes. بينم (bín-am), vgl. Pârsî ۤۥۥۑ (vínèṭ), altb. ۥۥۥۥۤۥۥۥ
(vaenaiti). — Auf die dem Infinitiv etc. zu Grunde liegende Wurzel
dí geht altbaktr. ۥۥۥۥۦۥۥ (dôithra) „Auge", armen. ۥۥ (dêm), neup.
ديم (dím) „Antlitz", zurück.

II. Schwache Conjugation.

Ein viel weiteres Gebiet als die bisher beschriebene Conjugation, welche die Zeichen des Infinitivs und Participium perfecti
(-tan, -dan; -ta, -da) unmittelbar an den Verbalstamm anschliesst, und die wir deshalb die starke genannt haben, nimmt
eine andere ein, welche zwischen den Verbalstamm und die oben
angegebenen Zeichen ein í einschiebt, die man daher mit Recht die
schwache nennen kann. — Das Zeichen dieser Conjugation -í- entstammt unserer Ansicht nach dem Charakter der altindischen zehnten
Conjugation -aya- und es ist diese Classe mit den griechischen
Verben in -άω, -έω, -όω in Parallele zu stellen. — Freilich ist die
Bedeutung dieses Zeichens im Neupersischen nicht immer dieselbe
wie im Altindischen, wenn gleich ein gewisser Zusammenhang
beiderseits sich nicht in Abrede stellen, ja sogar die Bedeutung, wie
sie im Neupersischen sich darstellt, sich aus der im Altindischen
herrschenden recht gut ableiten lässt. — Jedoch die Bildung als
solche ist eine specifisch neupersische und ist mit der alten Causal-
und Denominativbildung im Altbaktrischen nicht ganz zu vergleichen.
Denn manches Verbum, welches im Altbaktrischen sich als zur
zehnten Classe gehörend deutlich verräth, tritt dennoch im Neupersischen stark conjugirt auf, während andererseits Verba, die
im Altbaktrischen oder Altpersischen stark flectirt auftreten, im
Neupersischen nur in der schwachen Form sich nachweisen lassen.
So geht افروختن (afrôkhtan) „anzünden", im Altbaktrischen اوکس
اسدکرپایسیه (aiwi. raočayéiti) „er zündet an", wörtlich: „er macht
erglänzen", nach der zehnten Conjugation, während es im Neupersischen stark conjugirt wird. Ebenso سوختن (sôkhtan) „verbrennen", altb. سدپرکس (çaočay-), ریختن (rêkhtan) „ausgiessen",
altb. اسدپرکس (raečay-) etc. Andererseits aber sind ترسیدن (tar-
sîdan) „sich fürchten", رسیدن (rasîdan) „wohin gelangen", im
Altbaktrischen und Altpersischen starke Verba: erstens = ترسک
(térĕç), part. perf. ترستک (tarsta) = neup. ترسیده (tarsîdah),
letzteres = raç, vgl. araçam etc., während sie im Neupersischen
nur schwach conjugirt werden.

Vom Standpuncte des Neupersischen können wir in dieser Conjugationsform mit Fug und Recht nichts anders erblicken, als den Ausdruck jener Neigung der Sprache nach Vereinfachung und Uniformirung der Bildungen, wie sie auch besonders in der Declination der Substantiva, bei denen wir die sogenannte Pronominaldeclination immer mehr und mehr überhandnehmen seben, sich geltend macht. — Dies können wir schon daraus entnehmen, dass es mehrere Verba gibt, welche bald nach der starken, bald nach der schwachen Conjugation gebildet werden können, z. B. سختن *(sakh-tan)* und سنجدن *(sang-i-dan)* — تاختن *(tákh-tan)* und تازيدن *(táz-i-dan)* — بيختن *(pékh-tan)* und بيجدن *(péć-i-dan)* — هشتن *(hiš-tan)* und هشيدن *(hiš-i-dan)* — نوشتن *(nóš-tan)* und نوشيدن *(nóš-i-dan)* — خفتن *(khuftan)* und خوابيدن *(khᶠáb-i-dan)*, — نكاشتن *(nigáš-tan)* und نكاريدن *(nigár-i-dan)* etc.

Diese Conjugation bringt unstreitig eine gewisse mechanische Regelmässigkeit in den Bau des neupersischen Zeitwortes; auf den Namen einer organischen, im tieferen Wesen der Sprache begründeten, kann sie aber keineswegs Anspruch machen.

Neben dieser Bedeutung birgt diese Conjugationsform noch eine andere in sich, nämlich die der denominativen. In dieser Beziehung entspricht sie den altbaktrischen und altindischen Formen in -*aya*. Sie fällt in Hinsicht ihrer Bildungen theils schon in eine ältere Sprachperiode; meistens ist sie aber neueren, oft sogar ganz neuen Ursprungs.

Obgleich eine Aufzählung der hieher gehörigen Verba eigentlich nicht nothwendig erscheint, da einestheils die Zahl derselben ziemlich unbeschränkt ist — es lässt sich von jedem im Gebrauch befindlichen arabischen Infinitiv nach Analogie unserer *mediiren, studiren* etc., leicht ein Verbum bilden — anderestheils die Flexion des Verbums keinen Lautgesetzen unterworfen ist, so will ich dennoch die wichtigsten Formen, und zwar besonders jene, die aus dem alten Sprachschatze mit Sicherheit erklärt werden können, hersetzen.

امرزيدن *(ámurzídan)* „vergehen", praes. امرزم *(ámurz-am)*, altbaktr. *á+mĕrĕz-* und vergl. griech. ὀ-μόργ-νυμι.

بخشیدن (bakhšidan) „schenken“, praes. بخشم (bakhš-am), altb. رخشیس (bakhsh) und armen. բաշխել (baškhĕl).

پرسیدن (pursidan) „fragen“, praes. پرسم (purs-am), altb. ꝑԷՇ (pĕrĕç). vgl. armen. հարցանել (harz-anĕl).

ترسیدن (tarsidan) „sich fürchten“, praes. ترسم (tars-am), vergl. altb. ꝑՇ (tĕrĕç).

چریدن (čaridan) „weiden“, praes. چرم (čar-am), altbaktr. ꝑ·ɣ (čar).

چمیدن (čamidan) „spazieren, stolz einhergehen“, praes. چم (čam-am), vgl. armen. ճեմel (čĕmĕl).

خرامیدن (khirâmidan) „umherstolzieren, stolz einher-schreiten“, praes. خرام (khirâm-am), altind. kram.

خروشیدن (khurôšidan) „aufschreien“, praes. خروشم (khurô-š-am), altbaktr. khruç, altind. kruç.

دریدن (darridan) „zerreissen“, praes. درم (darr-am), altb. واꝑ (dĕrĕ), altind. dr̥.

رسیدن (rasidan) „anlangen, wohin kommen“, praes. رسم (ras-am), altpers. raç.

کشیدن (kašidan) „ziehen“, praes. کشم (kaš-am), altb. واꝑ (kĕrĕsh), altind. krsh.

ورزیدن (warzidan) „thun“, praes. ورزم (warz-am), altb. واꝑ (vĕrĕz), arm. գործel (gorç-ĕl) und griech. Ϝέργ-.

Ziemlich häufig sind auch die Denominativverba, sowohl die von echt persischen, als auch die von arabischen Substantivformen abgeleiteten.

a) Von persischen Formen abgeleitete Verba.

ارزیدن (arzidan) „werth sein“, von ارزان (arz-ân), altb. واꝑ (arĕza), von altind. arh (argh).

بوئیدن (bôidan) „duften“, praes. بوم (bôy-am), vgl. altb. رخꝑ (baodha), neup. بوی (bôi) Geruch.

باریدن (bâridan) „regnen“, praes. بارم (bâr-am) von بار (bâr), ältere Form für باران (bârân) „Regen“, altb. واꝑ (vâra), altind. vâri.

بائيدن (*páidan*) „fussen“, praes. پايم (*páy-am*), von باى (*pai*), altb. ‌ (*pádka*).

پريدن (*parídan*) „fliegen“, praes. پرم (*par-am*), von پر (*par*) „Flügel“, altb. ‌ (*ptara*), vgl. griech. πτερόν.

خوابيدن (*khFábidaN*) „schlafen“, praes. خوابم (*khFáb-am*), von خواب (*khFáb*), altb. ‌ (*qafna*).

دزديدن (*duzdídan*) „stehlen“, praes. دزدم (*duzd-am*) von دزد (*duzd*) „Dieb“, altb. ‌ (*duždáo*).

رنجيدن (*ranǵidan*) „zürnen“, praes. رنجم (*ranǵ-am*) von رنج (*ranǵ*) „Ärger“, von *raǵ*.

كوشيدن (*góšidan*) „hören“, praes. كوشم (*góš-am*) von كوش (*góš*) „Ohr“, altb. ‌ (*gaoska*).

ناميدن (*námídan*) „nennen“, praes. نام (*nám-am*), von نام (*nám*) „Name“, altind. *náma*.

فراموشيدن (*faramóšidan*) „vergessen“, praes. فراموشم (*fará-móš-am*), von فراموش (*faramóš*) „Vergessenheit“, altb. *framarsta*.

b) Von arabischen Formen abgeleitete Verba.

رقصيدن (*raqsídan*) „tanzen“, praes. رقصم (*raqs-am*), von رقص (*raqs*) „das Tanzen“.

طلبيدن (*talabídan*) „suchen“, praes. طلبم (*talab-am*), von طلب (*talab*) „das Suchen“.

فهميدن (*fahmídan*) „verstehen“, praes. فهم (*fahm-am*), von فهم (*fahm*), „das Verstehen“.

Nebst diesen zwei im Vorhergehenden von uns besprochenen Formen, nämlich des Präsensstammes und des Particip. perf. pass., deren Verhältniss zu einander wir hiemit erschöpfend dargethan zu haben glauben, hat die Sprache aus der älteren Periode noch die Personalsuffixe überkommen, deren Einfachheit zu dem übrigen Typus der Sprache vollkommen passt. Es ist nur eine Form derselben vorhanden, während bekanntlich die ältere Sprache derselben mehrere, je nach den verschiedenen Zeiten und Arten kannte. Diese verschiedenen Formen, einer einzigen älteren entsprossen, sind bekanntlich später durch Verlust des vocalischen

Auslautes, wieder zu einer einzigen zusammen geschmolzen. Die tiefere Erklärung sowohl der Urform als der verschiedenen aus ihr entstandenen Suffixgruppen gehört in die vergleichende Grammatik der indogermanischen Sprachen und wir können sie hier füglich um so mehr übergehen, als wir davon bereits anderwärts gesprochen haben. — Die Personalsuffixe des Neupersischen sind:

مَ (am)	مِ (im)
یَ (é)	بدِ (éd)
دَ (ad)	ندَ (and).

Dieselben lauten im Pârsî:

ـم (am)	ئم (ěm)	Pehlewî: ײם, z. B. ורגים (warǵ-im)
ο (é)	ڃ (ět)	
ئ (ět)	ئ (ěnt).	

Von diesen Formen entsprechen am (ěm) é, ad (ět), and (ěnt) den altbaktrischen âmi, ahi, aiti, enti (ainti). In den Formen im, éd (ét) stecken offenbar die alten Suffixe mahi und tha aber mit vorhergehendem Causalcharakter — aya —, der hier ganz unorganisch ist, sich aber, wie aus dem Pehlewî erhellt, schon frühzeitig festgesetzt haben muss.

Mit Hilfe dieser Personalelemente und der oben entwickelten zwei Formen des Präsensstammes und des Participium perfecti werden nun die neupersischen Verbalformen gebildet. — Die Suffixe schliessen sich stets unverändert in der oben angegebenen Form an die Stämme, nur mit der kleinen Ausnahme, dass dem Aorist, der auf das Participium perfecti zurückgeht, in der dritten Person singular. der volle Ausdruck der Persönlichkeit mangelt, hier also das Zeichen der dritten Person ganz weggelassen wird [1]).

---

[1]) Wie auch im Altindischen in der dritten Person Singul. Dual. und Plural. das Futurum periphrast.; z. B. dâtâ, dâtârau, dâtâras. Ebenso fehlt dem semitischen Verbum in jener Form, die ein Abgeschlossensein der Handlung bezeichnet, in der dritten Person die äussere Bezeichnung der Persönlichkeit, z. B. arab. قَتَل (qatala), قَتَلوا (qatalû).

Praesens.

Singular.

I. کُن *(kun-am)*, Pârsî ⟨⟩ *(kun-ĕm)*, altb. ⟨⟩ *(kĕrĕnaomi)*.

II. پرسی *(purs-ê)*, Pârsî ⟨⟩ *(purs-ê)*, altb. ⟨⟩ *(pĕrĕçahi)*.

III. پرسد *(purs-ad)*, Pârsî ⟨⟩ *(purs-ĕḍ)*, altb. ⟨⟩ *(pĕrĕçaiti)*.

Plural.

I. ورزِم *(warz-îm)*, Pehlewî ורזים *(warġ-îm)*, altb. ⟨⟩
(vĕrĕzyâmahi).

II. پرسید *(purs-êd)*, Pârsî ⟨⟩ *(purs-èḍ)*, altb. ⟨⟩ *(pĕrĕ-*
çatha).

III. پرسند *(purs-and)*, Pârsî ⟨⟩ *(purs-ĕnḍ)*, altb. ⟨⟩
(pĕrĕçainti).

Aorist.

Singular.

I. گرفتم *(girift-am)*, Pârsî ⟨⟩ *(girift-am)*, vgl. altb. ⟨⟩
(gĕrĕptô) und ⟨⟩ *(ahmi)*.

II. گرفتی *(girift-ê)*.

III. کرد *(kard)*, Pârsî ⟨⟩ *(kard)*, vgl. altb. ⟨⟩ *(kĕrĕtô)*.

Plural.

I. گرفتیم *(girift-îm)*.

II. گرفتید *(girift-êd)*.

III. گرفتند *(girift-and)*.

Solche einfache Bildungen, wie die eben angegebenen beiden,
bilden aber unter den Verbalformen des Neupersischen die Minder-
zahl; die bei weitem grössere Zahl derselben wird durch Zuhilfenahme
gewisser Elemente gebildet. — Diese Hilfselemente, die zur Bildung
der verschiedenen Formen des Verbums herbeigezogen werden
müssen, sind:

I. Das Verbum substantivum zur Bildung jener Zeiten, die eine
vollendete Handlung bezeichnen, deren Vollendung sich in die
Gegenwart erstreckt.

II. Das Verbum بودن *(bûdan)* zur Bildung jener Zeiten, die eine vollendete Handlung bezeichnen, deren Vollendung sich in die Vergangenheit erstreckt. — Das alte Futurum dieser Wurzel *baviš-* = neup. باش *(bâš)* dient zur Bildung der Conjunctivformen.

III. Das Verbum خواستن *(khⅠâstan)* zur Bildung der zukünftigen Zeit.

IV. Das Verbum شدن *(šudan)* zur Bildung des Passivums. Nebstdem gebraucht das Neupersische noch einige Partikeln, wie ب *(bi)*, می *(mê)*, هی *(hamê)*, um gewisse Modificationen der Handlung zur Anschauung zu bringen.

Was nun diese Elemente im Besonderen betrifft, so möge darüber Folgendes hier Platz finden.

Das Verbum substantivum ist die durch alle indogermanischen Sprachen mehr oder weniger verbreitete Wurzel *as* (griech. ἐσ-, latein. *es)*, deren *s* auf eränischem Sprachgebiete nach einem hier geltenden Lautgesetze in *h* übergehen musste. — Die Flexion dieses Verbums lautet im Neupersischen also:

ام *(am)*	ایم *(îm)*
ای *(ê)*	اند *(êd)* vgl. Pârsî ⁧ᵉⁱᵗⁱᵗ⁧ *(hèṭ)*
است *(ast)*	اند *(ånd)*.

ام ist das altpersische *amiy*, altb. ⁧ᵉ⁧ *(ahmi)*; ای *(ê)*, است *(ast)* entsprechen altpers. *ahy*, altb. ⁧ᵒ⁧ *(ahi)* und altpers. *açtiy*, altb. ⁧ᵉ⁧ *(açti)*. Ebenso finden wir die Form اند *(and)*, Pârsî ⁧ᵉⁱᵗ⁧ *(hěnṭ)*, in dem altpersischen *haṅtiy*, altbaktr. ⁧ᵉⁱᵗ⁧ *(hěnti)* wieder. Unorganisch sind (siehe oben) ام, اند, gegenüber dem altpers. *amahy* (für *ahmahy)*, altb. ⁧ᵒ⁧ *(hmahi)* und altb. ⁧ᵉ⁧ *(çta)*, (für *as-tha)*.

Das Verbum بودن *(bû-dan)* entspricht der alten indogermanischen Wurzel *bû*, altind. *bhû*, altbaktr. ⁧ᵘ⁧ *(bú)*, griech. φυ- latein. *fŭ-*, die sich innerhalb des Kreises der modernen eränischen Sprachen noch im Ossetischen als ⁧ᴊᴀʏʜ⁧ nachweisen lässt. — Das Präsens davon بوم *(bav-am)*, altb. ⁧ᵇᵃᵛᵃᵐⁱ⁧ *(bavâmi)* ist aber nicht so häufig im Gebrauch als die vom Particip. perfecti abgeleiteten

Formen (Aorist-Perfect, — Plusquamperfect) und die aus seinem alten Futurstamm *baviš* = باش *(bдš)* entstandenen Bildungen. Im Übrigen weicht seine Flexion von den anderen Verben nicht ab.

Was das Verbum خواستن *(khғástan)* anlangt, das zur Bildung des Futurums dient, so ist nichts Wesentliches darüber zu bemerken. Seine Flexion — der Präsensstamm lautet خواه *(khғáh)* — hat nichts Wesentliches. Die Anwendung dieses Verbums zu diesem Zwecke darf nicht befremden; bekanntlich steckt auch im alten Charakter des Futurums *sya* eine Wurzel, die ursprünglich „angehen, wünschen" bedeutet.

Das Verbum شدن *(šudan)* das in seinen verschiedenen Formen zur Umschreibung des Passivs dient, bedeutet ursprünglich „gehen". In dieser Bedeutung finden wir es im Pârsî (Spiegel, Pârsîgramm. S. 85) und auch in den älteren Stücken der neupersischen Literatur, ebenso im Ossetischen als цаун. Wurzelhaft fällt es mit dem Altbaktrischen ᚴᚢ *(shu)* und dem altpersischen *siyu*, die beide „gehen" bedeuten, zusammen. — Was nun die Art und Weise der Anwendung dieses Verbums zur Umschreibung des Passivs anlangt, so fällt sie mit der des Hindûstânî, Bangâlî und anderer moderner indischen Sprachen zusammen; ja selbst der alten indogermanischen Passivbildung mittelst *ya* liegt nichts anderes, als der Begriff „in einen Zustand hineingehen" zu Grunde.

Die Partikel ب *(bi)* (aoristische Bedeutung ohne Nebenbegriff einer bestimmten Zeit) finden wir im Pârsî in der Form ب *(ba)* und ـبی *(bè)* wieder. Letztere Form scheint die organische zu sein; denn einestheils lässt sich aus ihr ب *(bi)* durch Verkürzung des *è* in *i* erklären, andererseits fällt durch sie auf Formen wie بیامد *(biy-ámad)*, بیاید *(biy-áyad)* Licht, während bei der anderen Form *ba* sich beiderseits bedeutende Schwierigkeiten entgegenstellen [1]).

Die Partikel می *(mê)*, همی *(hamê)* — ein Zeichen der Dauer — finden wir im Pârsî in der Form ᚼᚢ *(hamè)* wieder. Wurzelhaft fällt sie mit dem altindischen *sma* zusammen, obwohl sie dem Ge-

---

[1]) Andererseits bietet aber wieder das Ossetische die Formen ба, бæ, би, die vollkommen dem Pârsî ب *(ba)* entsprechen.

brauche nach von demselben abweicht. Während dieselbe nur in der einen Form ‌می im Pârsî immer dem Verbum vorhergehen muss, kann die Form هی im Neupersischen — in der Poesie — demselben auch folgen.

Wenn das Verbum mit einer Präposition zusammengesetzt ist, oder demselben die Negation vorangeht, treten diese Partikeln zwischen das Verbum und das vorausgehende Element. Bei der Negation finden sich jedoch auch Ausnahmsfälle.

An diese Partikeln ist noch das Affix ی (*é*) anzuschliessen, das an das Particip. perfecti (der Aoristform) in der ersten und dritten Person Singular und dritten Person Plural angeschlossen, eine Form der Erzählung bilden hilft. Es heisst dieses Zeichen desswegen bei den persischen Grammatikern یاء حكایت (*Yâ* der Erzählung), vgl. Sâdî's Bôstân I. 403, den Commentar in Graff's Ausgabe. Ob es mit der Partikel ی oder هی zusammenhängt — wie behauptet wird — wage ich nicht zu entscheiden; jedoch ist mir das Gegentheil wahrscheinlicher.

Mittelst dieser Elemente nun wird das neupersische Verbum aufgebaut, dessen Bildungsprincip und Paradigma ich im Folgenden darlegen will.

A. Activum.

I. Dauerform der Gegenwart. (Präsens).

Mittelst Präsensstammes unter Vortritt der Partikel ی oder هی.

می پرسم (*mé purs-am*)   می پرسیم (*mé purs-ím*)

می پرسی (*mé purs-é*)   می پرسید (*mé purs-éd*)

می پرسد (*mé purs-ad*)   می پرسند (*mé purs-and*)

oder:

هی پرسم (*hamé purs-am*)   هی پرسیم (*hamé purs-ím*)

هی پرسی (*hamé purs-é*)   هی پرسید (*hamé purs-éd*)

هی پرسد (*hamé purs-ad*)   هی پرسند (*hamé purs-and*)

oder:

می پرسم *(purs-am hamé)*　　　پرسیم می *(purs-ím hamé)*

می پرسی *(purs-é hamé)*　　　پرسید می *(purs-éd hamé)*

می پرسد *(purs-ad hamé)*　　　پرسند می *(purs-and hamé)*.

Die Formen می پرسم , می پرسم etc. können auch als ein Wort
همیپرسم , میپرسم etc. geschrieben werden.

II. Unbestimmte Form der Gegenwart. (Aorist der
Gegenwart.) Mittelst Präsensstammes unter Vortritt des Partikel ب.

بپرسم *(bi-purs-am)*　　　بپرسیم *(bi-purs-ím)*

بپرسی *(bi-purs-é)*　　　بپرسید *(bi-purs-éd)*

بپرسد *(bi-purs-ad)*　　　بپرسند *(bi-purs-and)*.

In der Poesie kann auch diese Form durch Nachsetzung von
می verstärkt werden. Es wird dadurch eine sich öfter wieder-
holende Handlung zur Anschauung gebracht, z. B. بخندد می
(bi-khandad hamé) „er lächelt“, d. h. er lächelt einem zu, so oft
er sich z. B. gegen einen wendet.

III. Dauerform der Vergangenheit. (Imperfectum.)
Mittelst des Participiums perfecti unter Vortritt der Partikel می
oder همی.

می پرسیدم *(mé pursíd-am)*　　　می پرسیدیم *(mé pursíd-ím)*

می پرسیدی *(mé pursíd-é)*　　　می پرسیدید *(mé pursíd-éd)*

می پرسید *(mé pursíd)*　　　می پرسیدند *(mé pursíd-and)*

oder:

همی پرسیدم *(hamé pursíd-am)* etc.

oder:

پرسیدم همی *(pursíd-am hamé)* etc.

Form der Erzählung.

پرسیدمی *(pursídam-é)*

پرسیدی *(pursíd-é)*　　　پرسیدندی *(pursídand-é)*.

IV. Unbestimmte Form der Vergangenheit. (Aorist.)
Mittelst des Participium perfecti entweder ohne oder unter Vortritt
der Partikel ب.

پرسیدم (pursid-am)	پرسیدیم (pursid-ím)
پرسیدی (pursid-é)	پرسیدید (pursid-éd)
پرسید (pursid)	پرسیدند (pursid-and)

oder:

بپرسیدم (bi-pursid-am)	بپرسیدیم (bi-pursid im)
بپرسیدی (bi-pursid-é)	بپرسیدید (bi-pursid-éd)
بپرسید (bi-pursid)	بپرسیدند (bi-pursid-and).

V. Form der Vollendung in der Gegenwart. (Perfectum.) Mittelst des Participium perfecti in der mittelst des
Suffixes *ka* erweiterten Form und des Präsens des Verbum substantivum:

پرسیده ام (pursidah am)	پرسیده ایم (pursidah ím)
پرسیده ای (pursidah é)[1]	پرسیده اید (pursidah éd)
پرسیده است (pursidah ast)	پرسیده اند (pursidah and).

Neben dieser Form besteht noch eine zweite, die stets mit
dem Verbum substantivum und dem Verbum هستن (hastan) zusammengesetzt ist und hierin der Pârsîform mit ایستادن (éçtâdan)
entspricht. (Spiegel, S. 89.) Sie kommt aber selten vor.

VI. Form der Vollendung in der Vergangenheit.
(Plusquamperfectum.) Mittelst des Participium perfecti in der mittelst des Suffixes *ka* erweiterten Form, und des Aorists des Verbum بودن.

پرسیده بودم (pursidah-búdam)	پرسیده بودیم (pursidah búdim)
پرسیده بودی (pursidah búdé)	پرسیده بودید (pursidah búdéd)
پرسیده بود (pursidah búd)	پرسیده بودند (pursidah búdand).

Die Formen بودم etc. können auch besonders in der Poesie
بدم etc. geschrieben werden.

---

1) Gewöhnl. پرسیده.

VII. **Form der Vollendung in der Zukunft. (Futurum exactum.)** Mittelst des Participium perfecti in der mittelst des Suffixes *ka* erweiterten Form und des alten Futurums von بودن.

پرسیده باشم *(pursídah báśam)*	پرسیده باشیم *(pursídah báśím)*
پرسیده باشی *(pursídah báśé)*	پرسیده باشید *(pursídah báśéd)*
پرسیده باشد *(pursidah báśad)*	پرسیده باشند *(pursídah báśand)*.

VIII. **Bestimmte Form der Zukunft.** Mittelst der Präsensform des Verbum خواستن und des abgekürzten Infinitivs des bestimmten Zeitwortes.

خواهم پرسید *(khϝáham pursíd)*	خواهیم پرسید *(khϝáhím pursíd)*
خواهی پرسید *(khϝáhé pursid)*	خواهید پرسید *(khϝáhéd pursíd)*
خواهد پرسید *(khϝáhad pursíd)*	خواهنده پرسید *(khϝáhand pursíd)*.

IX. **Unbestimmte Form der Zukunft. (Aoristisches Futurum.)** Fällt mit der unbestimmten Form der Gegenwart zusammen.

Was nun den Subjunctiv betrifft, so fällt er im Präsens und Futurum mit dem Indicativ zusammen und ist dabei nur aus den betreffenden Partikeln ersichtlich; dasselbe gilt auch vom Perfectum; jedoch findet sich hier noch eine zweite Form. die darin besteht, dass man der ersten und dritten Person Singular und der dritten Person Plural ein *é* anhängt, z. B.

پرسیدمی *(pursídam-é)*	پرسیدم *(pursídím)*
پرسیدی *(pursídé)*	پرسید ید *(pursídéd)*
پرسیدی *(pursíd-é)*	پرسید ندی *(pursídand-é)*.

Der Imperativ kann im Neupersischen nur vom Präsensstamme gebildet werden [1]).

Da das Neupersische die ältere starke Flexion eingebüsst hat, so begreift sich leicht, dass der zweiten Person Singular — gleich wie im Altbaktrischen bei den Verben, die nach der sogenannten

---

[1]) Dass der Imperativ die Wurzel selbst ist, ist ein zwar alter Irrthum, der aber in unserer Zeit, in der die allgemeine Sprachwissenschaft als eine Wissenschaft bereits anerkannt ist, nicht mehr wiederholt werden sollte.

Bindevocal-Conjugation gehen — der Ausdruck der Person abgeht.
— Die zweite Person des Plural fällt mit derselben Person des
Indicativs zusammen.

Nebstdem treffen wir eine dritte Person des Imperativ an, die
im optativen Sinne gebraucht wird. Diese Form gehört streng
genommen nicht zum Imperativ, sondern ist der Überrest jener
älteren Conjunctivbildung, wie sie im Altindischen, Altbaktrischen,
Griechischen auftritt, als deren wesentliches Kennzeichen der Laut *a*
vor den Personalzeichen angesehen wird.

Von den Verben, die auf *â-dan* ausgehen, findet sich diese
Form nicht vor, wahrscheinlich um nicht mit der dritten Person
Singular des Aorists verwechselt zu werden.

Die Formen des Imperativs stellen sich also dar:

پرس *(purs)*   پرسيد *(pursêd)*

پرساد *(pursâd)* = altb. ‏⋯‏‎ *(pĕrĕçâiti)*.

Was nun die Formen des Passivs anlangt, so werden sie mittelst des immer unveränderten Participium perfecti — das hier die
passive Bedeutung beibehalten hat [1] — und der Zeitformen des
Verbum شدن gebildet. Die Conjugation ist von der activen Formel
nicht verschieden; man darf nur nach Analogie der Activformen
solche von شدن dem Participium perfecti anhängen, so hat man
die entsprechende passive Conjugation gebildet.

B. Passivum.

I. Dauerform der Gegenwart. (Präsens.)

پرسيده مى شوم *(pursídah mê šaw-am)*   پرسيده مى شويم *(pursídah mê šaw-ím)*

پرسيده مى شوى *(pursídah mê šaw-ê)*   پرسيده مى شويد *(pursídah mê šaw-êd)*

پرسيده مى شود *(pursídah mê šaw-ad)*   پرسيده مى شوند *(pursídah mê šaw-and)*

---

[1] Dies geht besonders aus dem Pârsî hervor, wo zur Bildung des Passivs einfach
‏⋯‏‎ *(èstâdan)*, wörtl. „stehen" = neup. استادن *(istâdan)*, dann wie in
den romanischen Sprachen = „sein" (vgl. französ. *être*, span. *estar*, latein. *stare*)

oder:

پرسیده همی شوم (pursídah hamé šaw-am) پرسیده همی شوم (pursídah hamé šaw-ím)

پرسیده همی شوی (pursídah hamé šaw-é) پرسیده همی شوید (pursídah hamé šaw-éd)

پرسیده همی شود (pursídah hamé šaw-ad) پرسیده همی شوند (pursídah hame šaw-and).

II. Unbestimmte Form der Gegenwart.

پرسیده بشوم (pursídah bi-šaw-am) پرسیده بشویم (pursídah bi-šaw-ím)

پرسیده بشوی (pursídah bi-šaw-é) پرسیده بشوید (purdísah bi-šaw-éd)

پرسیده بشود (pursídah bi-šaw-ad) پرسیده بشوند (pursídah bi-šaw-and).

III. Dauerform der Vergangenheit.

پرسیده می شدم (pursídah mé šud-am) پرسیده می شدیم (pursídah mé šudím)

پرسیده می شدی (pursídah mé šud-é) پرسیده می شدید (pursídah mé šudéd)

پرسیده می شد (pursídah mé šud) پرسیده می شدند (pursídah mé šudand)

oder:

پرسیده همی شدم (pursídah hamé šudam) etc.

IV. Unbestimmte Form der Vergangenheit.

پرسیده شدم (pursídah šudam) پرسیده شدم (pursídah šudím)

پرسیده شدی (pursídah šudé) پرسیده شد بد (pursídah šudéd)

پرسیده شد (pursídah šud) پرسیده شد ند (pursídah šudand)

oder:

پرسیده بشدم (pursídah bi-šudam) etc.

---

gebraucht wird. Dasselbe wird aber auch zur Bildung des Perfects im Activ verwendet. Diese beide Formen unterscheiden sich also nur durch die active oder passive Bedeutung des Participium perfecti.

V. Form der Vollendung in der Gegenwart.

برسیده شده ام *(pursídah šudah am)*   برسیده شده اٖم *(pursídah šu-dah ím)*

برسیده شده ای *(pursídah šudah é)* [1]   برسیده شده اند *(pursídah šu-dah éd)*

برسیده‌شده‌است *(pursídah šudah ast)*   برسیده شده اند *(pursídah šu-dah and).*

VI. Form der Vollendung in der Vergangenheit.

برسیده شده بودم *(pursídah šudah búdam)*   برسیده سده بودیم *(pursí-dah šudah búdím)*

برسیده شده بودی *(pursídah sudah búdé)*   برسیده سده بودید *(pursí-dah šudah búdéd)*

برسیده شده بود *(pursídah šudah búd)*   برسیدن شده بودند *(pursí-dah šudah búdand).*

VII. Bestimmte Form der Zukunft.

برسیده خواهم شد *(pursídah khᴘáham šud)*   برسیده خواهیم شد *(pursí-dah khᴘáhím šud)*

برسیده خواهی شد *(pursídah khᴘáhé šud)*   برسیده خواهید شد *(pursí-dah khᴘáhéd šud)*

برسیده خواهد شد *(pursídah khᴘdhad šud)*   برسیده خواهند شد *(pursí-dah khᴘáhand šud).*

Subjunctiv.

برسیده شده باشم *(pursídah šudah básam)*   برسیده شده باشیم *(pursí-dah šudah báším)*

برسیده شده باشی *(pursídah šudah bášé)*   برسیده شده باشید *(pursí-dah šudah bášéd)*

برسیده شده باشد *(pursídah šudah bášad)*   برسیده شده باشند *(pursí-dah šudah bášand).*

Zum Schlusse sei noch der Participien gedacht. Obwohl das Participium strenge genommen nicht in den Bereich des Verbums fällt, so will ich dennoch, nachdem das Participium perfecti als ein

---

[1] Gewöhnl. برسیده شده

der Conjugation des neupersischen Verbums zu Grunde liegendes
wesentliches Element besprochen worden, auch jenes des Präsens
hersetzen.

Das Participium praesentis, dessen Bildung auf den sogenannten Präsensstamm zurückgeht, kommt in drei verschiedenen Formen
vor, deren Suffixe *andah*, *án* und *á* lauten. Davon entspricht
اند ه - (*andah*), Pehlewî נרך - (*andak*), dem alten Participialsuffixe
-*ant*, altb. ﮋﻯﭗ (*ĕnţ*), das aber später in ein vocalisches Thema,
vermehrt mit dem echt-eránischen Suffixe -*ka* (gleich dem Particip.
perf. s. oben), verwandelt erscheint [1]. Die zweite Bildung in *án*
ist ursprünglich medialer Natur; denn sie entspricht dem alten *ána*,
das dem *mána*, griech. -μενο gleich gilt, und vorzüglich bei den
Verben II, III, V, VIII, IX. Classe angewendet erscheint. Im Neupersischen ist es aber dem Gebrauche und der Bedeutung nach von
andah gar nicht verschieden, und rein activ. — Das dritte Zeichen *á*,
im Pehlewî אך (*ák*) [2]), scheint ursprünglich nichts anders als eine
einfache Adjectivbildung zu sein.

Beispiele:

برسنده (*purs-andah*), plur. برسندگان (*purs-andag-án*)

برسان (*purs-án*) برسا (*pursá*).

Von der ersten und zweiten Form des Participiums kann durch
Anfügung des Verbum substantivum eine Dauerform der Gegenwart gebildet werden, die sich von der gewöhnlichen dadurch unterscheidet, dass durch dieselbe mehr ein Zustand bezeichnet wird,
während diese mehr die Handlung als solche hervorhebt. So

---

[1]) Im Pârsî ﮋﻯﭗﮕ (*dihĕnţ*) = neupers. د هند ه (*dihandah*), ﮋﻯﭗﺍﺳﺍﻭ (*várĕnţ*)
= neup. بارند ه (*bárandah*). Auch im Neupersischen haben wir von dieser
älteren Bildung noch einige Formen, z. B. چرند (*ćarand*) „weidend“, برند
(*parand*) „fliegend“. (Vullers 174.)

[2]) Vgl. Pehlewî דאנאך (*dánák*) „weise“ = neup. د انا (*dáná*); וינאך (*wĕnák*)
„sehend“ = neup. سنا (*biná*). Höchst wahrscheinlich haben wir in dem y, das
im Neupersischen im Plural dieser Formen zwischen das Wort und das Pluralzeichen geschoben wird, z. B. د انابان (*dáná-y-án*), Pârsî ﮋﺳﺍﻣﺍﻭ (*dáná-
g-án*), بينابان (*biná-y-án*), ein Überbleibsel dieses *k*, das hier zu *g* oder *ǵ*
werden musste. Der Übergang von *g* oder *ǵ* in *y* lässt sich aber im Neupersischen wohl belegen. Vgl. meine Beiträge zur Lautlehre d. neupersischen Sprache.
I. S. 22.

برسنده ام *(pursandah am)*

برسنده ای *(pursandah ê)* etc., gewöhnlicher برسندهٔ

oder:

برسانم *(pursân-am)*

برسانی *(pursân-ê)* etc.

Von der zweiten Form des Participiums in *ân* werden im Neupersischen die Causalverba gebildet und zwar mittelst des alten
Zeichens dieser Kategorie *-aya* = neup. *i*, welches aber auch wie
bei vielen alten Verben, die ehemals nach der X. Classe gingen,
ganz schwinden kann. So erhalten wir Causalverben in *ân-i-dan*
und *ân-dan*, z. B. مردن *(mur-dan)* „sterben", میران *(mír-ân)*
„sterbend", davon میرانیدن *(mír-ân-i-dan)* „sterbend machen" =
„tödten" oder میراندن *(mír-ân-dan)*; خوردن *(khFardan)* „essen",
خوران *(khFar-ân)* „essend", davon خورانیدن *(khFar-ân-i-dan)*
„essend machen" = „speisen", oder حوراندن *(khFar-ân-dan)*.
Die Verba in *ân-i-dan* werden schwach flectirt, während die in
ân-dan unter die starken Verben unter lit. *e* zu beziehen sind.

––––––––

Versuch einer Darstellung der deutschen Mundarten des ungrischen Berglandes mit Sprachproben und Erläuterungen.

Von Director K. J. Schröer.

(Vorgelegt in der Sitzung vom 20. Mai 1863.)

EINLEITUNG.

Eine Arbeit wie der vorliegende Versuch einer Schilderung der deutschen Mundarten des ungrischen Berglandes, kann dem nicht entgehn, zumal in unsern Tagen, in einem Lande, wie mein engeres Vaterland Ungern ist, von der politischen Seite angesehn zu werden. Und wie es denn auch thatsächlich der Fall ist, daß meinen Arbeiten, das deutsche Volksthum in Ungern betreffend [1]), diese Seite des Gegenstandes allerdings nicht so fern gelegen ist, so sei es einmal auch gestattet, es auszusprechen, daß allerdings eine aufrichtige Neigung zum deutschen Volke, daß der Stolz ihm anzugehören, daß das Gefühl, daß wir Deutsche in Ungern ein wolerworbenes uraltes Recht ansprechen

---

[1]) Z. B. Beitrag zur deutschen Mythologie aus dem Volksleben der Deutschen in Ungern. Presburg, 1855. — Ein Weihnachtsspiel aus Kremnitz. Weimar. Jahrbuch, III. Bd. 391—419, 1855. — Deutsche Weihnachtsspiele aus Ungern. Wien, Braumüller 1858. — Wörterbuch der Heanzen-Mundart in Frommann's Zeitschrift „die deutschen Mundarten" VI. Bd., 1859. — Beitrag zu einem Wörterbuche der deutschen Mundarten des ungrischen Berglandes. Wien, 1858 (Sitzungsberichte der Akademie der Wissensch. philos. Classe, XXV. und XXVII. Bd.). — Nachtrag dazu. Wien, 1859. (Daselbst Bd. XXXI.) — Presburger Sprachproben. Frommann a. a. O. V. Bd. 1858 u. a. m. Deutsche Sprachproben aus verschiedenen Gegenden Ungerns in Firmenich's Germaniens Völkerstimmen III. Bd., 8. Lieferung, S. 623 — 635.

dürfen, als Vollbürger im Lande angesehen zu werden, daß diese
Gefühle und Gedanken mich überall und so auch hier leiteten.

Sie haben mich geleitet die Spuren deutschen Lebens in meinem Vaterlande mit Liebe zu verfolgen, und ich glaube, daß mir
dies von den Edlen im Lande, die gleiches Recht für Alle wahrhaft
wollen, nicht verdacht werden wird, umsomehr als ich für Leistun-
gen und Vorzüge unserer madjarischen und slavischen Brüder deshalb
nicht stumpf geblieben bin, worüber gedruckte Zeugnisse vorliegen.

Dies in Bezug auf meine Stellung zu der vorliegenden Arbeit hervorzuheben, veranlaßt mich auch noch der Umstand, daß mir
die Bedenken sehr wol bekannt sind, die von Seiten der geach-
tetsten Gelehrten auf dem Gebiete deutscher Sprachwissenschaft
gegenüber den Mundartforschern, die von lebenden Mundarten aus-
gehn, in den meisten Fällen mit Recht gehegt werden. Über neuere deutsche Mundarten schreiben wollen, ohne ihre Entwickelung zu kennen, ohne die Geschichte der germanischen Sprachen vor Augen zu halten und fleißig zu Rate zu ziehen, das ist
allerdings ein Unternehmen von mindestens zweifelhaftem Wert.
Die Armut an älteren Sprachdenkmalen[1]) der deutschen

---

[1]) Armut an älteren Sprachdenkmalen der deutschen Mundarten des ungrischen Berglandes. Die wenigen Sprachdenkmale
älterer Zeit, die mir zugänglich sind, sind meist schlechte Abdrücke. Wie unzuver-
lässig Fejér's cod. dipl. ist, ist bekannt. Orts- und Personennamen sind daselbst
oft ohne weiteres in neuungrischer Schreibung gegeben, die in dem betreffenden
Zeitalter gar nicht denkbar ist. Die Abdrücke des Schemnitzer Stadt- und Berg-
rechts (durch Wenzel und Kachelmann, siehe das Wortverzeichnis Seite 293) sind
auch nur Abdrücke zweier verschiedener späterer und schlechter Handschriften, die
einander wol vielfach ergänzen, aber nicht gestatten, den Wortlaut der Urschrift
des 13. Jahrhunderts mit Sicherheit zu erschließen. Dasselbe ist zu sagen von der
Zipser willekur, die in Wagner's Anal. Scep. und in Michnay-Lichner's
Ofner Stadtrecht abgedruckt sind. — Die schöne Bestätigungsurkunde der
Zipser Freiheiten von 1312, widerbestätigt 1328, welche Wagner Anal. Scep. I,
196—200 deutsch mittheilt, ist, wenn sie auch ursprünglich latein abgefaßt
war (seltsam ist, daß nur der deutsche Text erhalten ist!), immer auch ein älteres
Denkmal der Zipser Sprache. Wagner scheint freilich eine schlechte Abschrift, etwa
des 18. Jahrhunderts, vor Augen gehabt zu haben, dennoch verrät sich in einigen
Formen seines Abdruckes 1. daß die Urschrift des deutschen Textes aus der Zips
stammt, 2. daß sie gewiss vor dem 17. Jahrhundert, wahrscheinlich vor der Refor-
mation abgefaßt ist.

Ersteres zeigt die Stelle: derselbig grow, der zur zeit gesatzt
wird das hernente zwenpfenig (Hormayer emendiert daß heineme
zwen pfening). Die Urschrift hatte etwa: derselbic grôwe (= mhd.
grâve) der zur (= zuor-ze der) zît gesazt wirt daz her neme

Mundarten des ungrischen Berglandes nun, dazu die Unzugänglich-

z w é n p f e n n i n c und der Abschreiber verstand das Zipsische h e r für e r nicht
mehr. D i n s t l i b p r i s t e r g u t t (d. i. d i n s t l ì b p r i s t e r g ù t) für
hochdeutsch d i e n s t l i e b p r i e s t e r g u o t sind dem Md. der Zipser Sprache
angemessene Abweichungen von der hochdeutschen Schreibung. Ebenso die Form
e i g e n a n n t e n für é g e n a n t e n.

Das Wort d e r h a t t e r t, die Weichbildgrenze, Grenze einer Gespanschaft,
ist vollends bezeichnend für die Mundart der Zips, es kömmt in dieser Form gerade
nur im ungrischen Bergland und etwa in Siebenbürgen vor (in Presburg, Pest heißt
es schon h o t t e r, s. wtbch 59a).

Zweitens sind Formen wie b ë t e (in der Bedeutung bitte) und g ë b e für
Gabe nach Luther kaum mehr nachzuweisen. In der Rechtssprache kömmt b e t h e
und b e d e wol bis in unsere Zeit vor, ebenso in der Bedeutung für Rosenkranz,
Betschnur bei Hoffmannswaldau und heute noch in österr. Mundart; aber für b i t t e
nicht. G ë b e scheint nach dem 16. Jahrhundert von der gleichfalls alten Form
g á b e völlig verdrängt worden zu sein. Ebenso alterthümlich klingt a n' (à n a l
e i n s ô e z [n ô t?] g e h i u t e t), außer, ohne. Ebenso die Schreibung S l a k e n-
d o r f f (neben Schperendorff, Schtadt) w e l l g n: wollen. G r ô w e w ô g d ô z u
Gräfe wâge darzuo; das altnd. i n w o n e r neben nhd. e i n w o n e r u. s. f.

Nicht wegen der in derselben zugesicherten Rechte, sondern zur Hebung des
erloschenen Selbstgefühls dieser edlen Stämme, wäre die Auffindung älterer Handschriften und die Herausgabe derselben mit einem geläuterten Text höchst wünschenswert. Es sind wahre Adelsbriefe der Deutschen des ungrischen Berglandes. — Das
Schemnitzer Recht klingt s t e l l e n w e i s e ziemlich unverdorben und läßt sich mit
ganz geringen Berichtigungen der Schreibung herstellen (w i r g e s w o r n e
v o n d e r S e b n i z v o n b e s u n d i r l î c h e r b e v e l u n g [= bevelhunge]
u n d e g u n s t d e s a l l e r d u r c h l ù c h t i g i s t e n f u r s t e n u n d e h e r r e n
B ê l à k u n i g s z u H u n g e r n etc., s ô w i r e i g e n l i c h b e t r a c h t e n d e
g e s a g t h a b e n d i u g e m e i n e n s t a t r e c h t n û z i m t u n s u n d i s t
n ô t z û b e s c h e i d e n u n d e z û s e z z e n d i u b e r c r e c h t, d e r e i g e n-
s c h a f t n á c h i r m e w e s e n w i r h e r n á c h e r z e l n w o l l e n. s ô d e r
b e r c u n d e s t o l l e s o l l g e m e z z e n w e r d e n n á c h l á c h t e r u n d e
l ê h e n e t c.).

Der Z i p s e r w i l l e k u r ist auch noch in der Sprache ziemlich wo
erhalten, nur ist an den Vocalen soviel durch das Abschreiben geändert, daß
die ursprüngliche Form nicht immer zu ermitteln ist (Der schöne Eingang wäre
etwa zu schreiben 1. d a z u n s Z i p s e r k e i n m a n (heute sagt man in Kesmark selbst k é i n m a n d) z u l a d e n h á t k e i n h o v e i n k e i n e r l e i s a c h e n,
von ê r s t e n a n h a b w i r d i e g n á d e u n d d a z r e c h t v o n a l l e n k u n i g e n v o n H u n g e r e n
Von a n b e g i n n e d a z u n s Z i p s e r k e i n m a n oder n î m a n t u m b k e i n e r l e i s a c h z û h o v e
h á t z u l a d e n, s o n d e r e r s o l s î n r e c h t s û c h e n v o r d e s k u n i g e s g r ô v e n (g r â v e n,
g r ê v e n? jetzt: g r é u v e n) der burcgräf ist in deme Zipse und vor deme lant grôven
und vor den richteren und vor den eldisten dî dem rechten gesworn haben;
einem izîlchen m a n n e e i n r e c h t e z r e c h t z u t û n â n f é l d e (d. i.
v a e l - d e Jeroschin: s u n d i r v ê l) n á c h u n s e r e m l a n t r e c h t a l s
w i r h a b e n v o n a l t e r s a l s d e r Z i p s g e s t i f t i s t u n d a l s u n s
d î k u n i g e v o n a l t e r s u n d b i z h e r b e g e n ô t (begenâdet) h a b e n.

Die Sprache kömmt nahe der Jeroschins, aber nicht durchaus. Das l für E
in: r e g i n, t e m p i l, b a n d i n u. s. f. Siehe Pfeiffer's Jer. LIX war hier wol

keit dieser Sprachinseln [1]), hätte mich daher wol abschrecken
können, die Darstellung derselben überhaupt zu versuchen, da vor-

nie so häufig (wenn es auch zuweilen auftritt in: besundir-; eldisten , durchlûch-
tigisten , was aber eher die bewahrte alte Form des Superl., als ein I für E ist).
Die Niederlausitzer Mundart hat diese I für E noch heute, wie bei Jeroschin
(siehe Bronisch Mundart in der Niederlausitz. Neues Lausitz. Magazin Bd. XXXIX,
Seite III); in unserer Mundart findet sich jetzt keine Spur davon.

Am erhebendsten müste aber klingen jene Bestätigungsurkunde von 1312,
wenn die Worte des Königs in der alten Zipser Sprache erhalten wären, wo ihre
alten Rechte erneuert werden „d â r u m b e (so etwa klang der Text) d a z w i r
h a b e n e r k a n t i r t r û w e u n d e d î n s t d î s i u n s v o n u n s e r k i n t -
h e i t g û t w i l l i c e r w î s e t h a b e n , b e i d e z d ê m û t e c l î c h e n u n d
b e g i r l î c h e n i n s t r î t e n , d î w i r h e t e n w i d e r M a t ê u m v o n
T r e n t s c h î n u n d e D e m ê t r i u m u n d w i d e r O m o d ê u s a u n û f d e m
f e l d e b î R o z g o n u n t d î s e l b e n Z i p s e r , u n s e r g e t r û e n , m e n -
l i c h s t r i t e n u n d s c h ô n e t e n n i c h t i r g û t e r (= g ü e t e r) n o c h
e i g e n e r p e r s ô n s o n d e r s i c h v o r u n s e r k u n i g l î c h e r m a j e s t â t
d â r g e b e n h a b e n i n f e r t i g k e i t u n d b l û t v o r g î z e n b i z i n d e n
t ô d. s ô w e l l e n w i r (s î v o r) i r g e t r û e n d î n s t u n d b l û t v o r -
g î z e n u n d v o r (d. i. für) d e n t ô d i r f r û n d e m i t b e h e g e l i k e i t
b e g â b e n , — w î w o l d a z s i m ê r w i r d i c w ê r e n , s ô s i n t w i r
d o c h b e r e i t (d. i. obwol es zu wenig ist, so wollen wir doch mindestens)
d î e i g e u a n t e n f r î e t e n v o r g û t z u h a b e n u n d z u b e s t ê t i g e n
â n h i n d e r n u s k u n e c l î c h e r r e c h t e n u n d a n d e r etc.“
Diese Urkunde ist abgedruckt Wagner Anal. Scep. I, 196 ff., daraus wieder
abgedruckt in Fejér's cod. dipl. VIII, 1, in Schlözer's Gesch. der Deutschen in
Siebenbürgen, Seite 305 ff. Hormayr hat sie ohne Quellenangabe mitgetheilt im
Taschenbuch von 1827. Durch eine nicht immer emendierende, sondern oft bloß
irreleitende barbarische Schreibung (z. B. t z i n s Wagner hat z i e n s) täuscht
Hormayr, so daß man glauben könnte, er habe eine Handschrift benutzen können.
Zum Glück hat der Abschreiber oder Setzer (bei Hormayr) vor den Worten k ô p e -
r e u m i t s a m b t h d e r s c h t a t W y l k o s t o r f f ein k) stehen gelaßen,
womit b e i W a g n e r eine Anmerkung citiert ist, was hier nun die künstlich
verhüllte Quelle verrät! Vieles ließe sich wol noch gewinnen in Stadt- und
Parochial-Archiven (Deutsches aus dem 14., 15., 16. Jahrhundert; älteres wol kaum,
jüngeres ist weniger belangreich, weil da alle Eigenthümlichkeiten meist schon
verwischt sind) der Zipser, Scharoscher, Abaujwârer, Gömörer, Liptauer, Barscher, Neitrer und Thurôczer Gespanschaften; aber kaum zu erwarten ist ein so
glücklicher Zufall, daß Männer, die zu Auszügen geschickt und geneigt wären,
in den einzelnen Orten je sich finden, oder durch jahrelange Bereisung der
Orte die Arbeit vornehmen werden.

[1]) D i e U n z u g ä n g l i c h k e i t d e r d e u t s c h e n S p r a c h i n s e l n. Darüber
habe ich mich ausgesprochen im Nachtrag zum Wörterbuch der deutschen Mund-
arten des ungrischen Berglandes Seite 8 (250). Ich bin seither noch um eine
Erfahrung reicher geworden. Wo es mir gelang Männer zu gewinnen, die sich
zu Aufzeichnung von Sprachproben einer Mundart, in der sie aufgewachsen waren,
bereit zeigten und in der Darstellung der Laute von mir unterrichten ließen,
machten sich nach meiner Abreise Einflüße geltend, die sie abhielten, ihrem Vor-

auszusehen war, daß dieselbe in einer Vollkommenheit wie Schmeller's Arbeiten über die baierischen Mundarten, Weinhold's Arbeiten über die Schlesiens, einerseits selbst wie Schmeller's Arbeiten über die Mundarten der deutschen Sprachinseln Italiens und Schleicher's Darstellung der Mundart von Sonneberg, mir nicht möglich sein wird[1]). Das unter den in den Anmerkungen dargelegten Umständen noch Mögliche zu versuchen, dazu konnte mich nur der Gedanke an die geschichtliche Bedeutung dieser Ansiedelungen ermutigen, an den Ruhm und die Ehre des deutschen Namens in diesen Gegenden, den wir ihnen danken, und den sie auch heute noch verdienen: ein Zeugnis zu geben von ihrem ungebrochenen und ungetrübten volksthümlichen Leben, daß sie im Ungerland bewahrt und entwickelt haben, und noch bewahren und entwickeln; wenn auch ihr Bewustsein darüber erloschen, ihr Selbstgefühl ge-

---

sprechen, mir ihre Aufzeichnungen zuzustellen, nachzukommen. Davon machten eine rühmliche Ausnahme: nur der Lehrer Jos. Richter in Deutschpraben und Professor Dr. Erasmus Schwab in Kaschau, die durch Zusendung von Sprachproben sowol, als durch stets bereitwillige schriftliche Beantwortung aller meiner Fragen und Bedenken mich zu aufrichtigem Danke verpflichteten.

Einen glücklichen Zufall muß ich es nennen, daß der in der Zips wolbekannte Dichter in Zipser Mundart Ernst Lindner, der für Echtheit mundartlicher Ausdrucksweise und Richtigkeit der Darstellung der Laute ein seltenes feines Gefühl und große Sicherheit besitzt, ein Wiener geworden ist und mir mit seinem Rat immer bereit zur Seite stand, wofür ich ihm nicht weniger als den obengenannten Herren zu danken habe. — Ich muß hier nochmals hervorheben, daß d a s D e u t s c h   d e s   u n g r i s c h e n   B e r g l a n d e s   k e i n e s w e g s   d a s D e u t s c h   d e r   D e u t s c h e n   i n   U n g e r n überhaupt ist. Die deutschen Gebiete und Sprachinseln Ungerns von Presburg bis Ödenburg, Wieselburg, Steinamanger, Güns, in und um Pest-Ofen, in den Gespanschaften: Tolna, Baranja, Bartsch und im Banate sprechen insgesammt O b e r d e u t s c h. Siehe meine Weihnachtsspiele aus Ungern, Seite 4, 6, 7, 204. Fromann V, 501 ff. VI, 21, 179, 330 ff. 521. M i t t e l d e u t s c h e Mundarten, wie im ungrischen Berglande, hört man nur in Siebenbürgen. Zu dieser Bemerkung veranlaßt mich unser herrliches Wörterbuch der Brüder Grimm. Wilhelm hat im zweiten Bande meinen Beitrag zu einem Wörterbuch des ungrischen Berglandes fleißig angeführt. Er bezeichnet die Mundart aber so, daß es misverstanden werden kann z. B. II, 1752: „d e u t s c h - u n g a r i s c h", 1760 zweimal, 1767 einmal „Schröer d e u t s c h - u n g a r i s c h e s Wörterbuch", 1767 zweimal „Schröer ungarisch-deutsches Wörterbuch", 1731 sogar einmal „in D e u t s c h - U n g a r n". Nur 1567 finde ich „i m   u n g a r i - s c h e n   B e r g l a n d".

[1]) Was nämlich die Menge gut niedergeschriebener Sprachproben aus der lebenden Mundart betrifft. Ich habe bei einer jeden der Mitgetheilten in dieser Hinsicht das Nötige angemerkt.

brochen ist. Hoffentlich wird das Mitgetheilte doch auch in anderer Hinsicht nicht resultatlos erscheinen.

Was sich im Ganzen aus meinen Untersuchungen ergeben hat, ist **erstens**, daß die Deutschen des ungrischen Berglandes als Eine Familie zu betrachten sind, insofern als sie Einen Dialekt sprechen, **der in verschiedene Mundarten zerfällt**, unter den Dialekten **eine selbständige Stelle einnimmt** (wie der der Siebenbürger Deutschen, der auch in Mundarten zerfällt) und zu den **mitteldeutschen Dialekten** gezählt werden muß.

Zweitens, daß dieser Dialekt durch gewisse Hauptzüge und eine Anzahl von Wörtern, dem der Siebenbürger Sachsen näher steht als irgend einem andern. Dieses Gemeinsame deutet auf einen gemeinsamen Ursprung hin, und es liegt die Vermutung nahe, in demselben ein Zeugnis für die Sprache der ersten ursprünglichen Ansiedler zu vermuten, die im ungrischen Berglande durch den Einfall der Tataren so sehr zu leiden hatten. Es ist weiter unten wiederholt von diesem Puncte die Rede und sei hier nur erwähnt, daß das Gefühl der Zusammengehörigkeit der Zipser und Siebenbürger „Sachsen", ein Verkehr zwischen beiden (der zwischen ihnen und anderen deutschen Colonien im Lande, die zum Theil ebenso nahe und näher wohnen, nicht besteht) zu allen Zeiten wahrzunehmen und noch heute nicht ganz erloschen ist.

Dieser Zusammenhang, der sich auch in alten Sagen ausspricht (s. Friedr. Müller's siebenbürg. Sagen Nr. 274, 291), läßt sich nicht aus den Einwanderungen nach dem Tatareneinfall, aus näher gelegenen Gegenden Mitteldeutschland's, erklären. Das mundartlich Gemeinsame weist in die Gegend zwischen Aachen und das Siebengebirge an den Rhein, wo die Siebenbürger Sachsen zu Hause sind. Einzelnes ist aber Niederländisch (in der Siebenbürger und Zipser Sprache) und dieß läßt vermuten, daß wenn dort und da schon frühzeitig Teutonici und Flandrenses genannt werden, unter letztern Niederländer, unter erstern Rheinländer aus der bezeichneten Gegend zu verstehen sind. Die Auswanderungen jener Zeit giengen eben von der Mitte des Rheines bis an seine Mündung aus. — Dieses Gemeinsame zwischen Zipsern und Siebenbürgern (das zum Theil auch noch einzelne deutsche Orte Galiziens und österr. Schlesiens zu theilen scheinen) ist derart, daß diejenigen, die für Sprachen ein feines geübtes Ohr haben, z. B. den Schemnitzer oder den Zipser,

wenn diese die Schriftsprache reden, für Siebenbürger Sachsen
halten oder umgekehrt. Daß dieß von anderen Deutschen Ungerns
nicht gilt, ist schon oben aus einer Anmerkung zu ersehen. Ausdrücklich muß ich hier hervorheben, daß es auch von den md. Mundarten
Deutschlands nicht durchaus gilt. Am meisten nähert sich dieser
ganz eigenen Aussprache der Schriftsprache, die aus jener bezeichneten Gegend am Rhein. Sonst hat sich der Zipser Dialekt von
dem Aachener bereits sehr weit entfernt, indem ihm das Sieben-
bürgersächsisch noch sehr nahe steht (s. Wtb. 22 [232]). Der
Stand der Vocale und Consonanten des Zipser Dialekts steht seit
dem Ende des XIII. Jahrhunderts (soviel sich aus den vorhandenen
Sprachdenkmälern entnehmen läßt), der Sprache Jeroschin's, unter
den neueren Mundarten der Schlesiens, der Lausitz und Obersach-
sens (die, wie oben bemerkt, jene Eigenheiten der Aussprache der
Schriftsprache nicht durchaus theilen), die Gründener und Häudörfler Mundart der Mundart von Franken und Türingen näher, als
dem Siebenbürger Dialekt. Nur der äußere Umriß, die Physiognomie des Dialekts, die Art, wie die Sprachwerkzeuge gebraucht
werden, sowie eine Anzahl von besonderen Ausdrücken, verbinden
wie gesagt Siebenbürger, Zipser und Aachener näher; ich halte diese
Merkmale für älteste, trümmerhafte Zeugen ursprünglich gemeinsamer Herkunft.

Wenn man nun die Deutschen des ungrischen Berglandes als
Einen Stamm ansehen darf, der in allen den vielen Sprachinseln, in
die er zerstreut ist, noch etwas hinüber genommen hat, das von den
ursprünglichen Ansiedlern herrührt, der dort und da durch spätere
Zuwanderungen wol verschiedene Färbungen annahm, immer aber
noch wie ein zusammengehöriges Volk zu betrachten ist, das für das
ungrische Bergland von gröster, ja von maßgebender Bedeutung
ist, dann gewinnt das Gesammtbild dieser Deutschen ein ganz anderes
Ansehen als bisher, wo immer nur von 26.000 Krickerhäuern (Häudörflern, Handerburzen), von 50.000 Zipsern, von 6000 Metzen-
seifern und 5000 Dopschauern die Rede war. Ihr Zusammenhang
war nicht nur nicht nachgewiesen, er ward selbst schon mehrfach
in Abrede gestellt.

Daß auch die Kaschauer in Abaujwar, die Zebener, Eperiesser
und Bartfelder in Scharosch, die Rosenauer, Eltscher, Großrauschen-
bacher (Nagy-Röczer) in Gömör, die Bewohner der ungrischen Berg-

städte Schemnitz, Neusol zum großen Theil (in sofern sie eben noch
Deutsche sind), bis auf Kleinigkeiten den echten Zipser National-
charakter zeigen, wie dies thatsächlich der Fall ist, finde ich nirgend angemerkt.

Zu den sogenannten Häudörflern oder Krickerhäuern sind nun
auch die Pilsener und Lorenzer in der Honter Gespanschaft hinzu-
gekommen. Im Barscher Comitat: Paulisch, Hochwies, Prochetzbäu
(von denen man bisher nur die slavischen Namen kannte), ferner
Blaufuß, Berg, Kremnitz. In der Turzer (Thurócz) Gespanschaft
die beiden Stuben, die beiden Turz und Münichwies. In der Neitrer
Gespanschaft die Zeche und Betelsdorf; Fundstollen war nur unter
dem Namen Chvoinicze bekannt und galt für slavisch. Es dürfte
sich nun herausstellen, daß die Deutschen des ungrischen Berglandes nicht 87.000 sporadisch vertheilte deutsche Ansiedelungen
verschiedenen Ursprungs sind, sondern ein zusammenhängender
Stamm von etwa 150.000 Seelen, der die wichtigsten Puncte des
ganzen Gebietes inne hat. Hätte die Adelsherrschaft im Lande, die
das Gemeindeleben und die politische Bedeutung der Städte und
Märkte erdrückt hat, das nationale Selbstgefühl der Deutschen hier
nicht endlich völlig geknickt, es müste um den Wolstand und das
Gedeihen dieser Gegenden besser stehen. Man muß es ihnen nicht
zu sehr verargen, daß sie sich insgesammt zur madjarischen Nation
hinneigen. Wenn man in einem Lande, das von verschiedenen Natio-
nalitäten bewohnt ist, lebt, wo die politische Mündigkeit nur Einem
Stamme zusteht, so wird wol die immer gedankenlose Menge sich
diesem Stamme zuwenden und sich wo möglich ihm anschließen,
um politisch mündig zu werden. Ansehen und Stellung ist davon abhängig, wer kann erwarten, daß ein Volk dem auf die Länge wider-
steht? Die nah verwanten Siebenbürger Sachsen haben gezeigt,
wie befähigt der Deutsche ist für Selbstverwaltung und wie er sein
Volksthum hochhält, Jahrhunderte hindurch, wenn ihm dabei sein
politisches Leben gewahrt bleibt.

Es ist hier am Platze die Frage zu berühren, ob die Entnationalisierung dieser Deutschen zu befürchten ist?

Sowie das Privilegium Andreanum der Siebenbürger Sachsen
vom Jahre 1224 sagt unus sit populus und auf Sachsenboden nur
einem Deutschen das Bürgerrecht gestattet (s. Schlözer
a. a. O. S. 656), so fühlten die Schemnitzer „Sachsen“ sich noch

im XIV. Jahrhundert mit den deutschen Orten b i s an d i e T h e i s s als Ein Volk (siehe Wortverzeichnis aus Schemnitz un ter Tische) und v e r b o t Bela IV. 1254 den Zipsern von der terra S u m u g h etwas an einen andern als an freie Deutsche zu verkaufen, 1255 den Neusolern: jura civitatis extra G e r m a n o s g e n u i n o s i l l o s adire nemini permittentur. Bis 1611 konnte ein Nichtdeutscher beim Magistrat in Karpfen nicht angestellt werden (s. Wtb. 67) [1]). Karpfen ist heutzutage fast ganz slavisch, die Ausschließungsgesetze anderer Nationen sind längst nicht mehr in Ausübung und der Zusammenhang der deutschen Sprachinseln des ungrischen Berglandes lebt nur in der Sprache, in einzelnen Gebräuchen und Überlieferungen.

In Karpfen waren es eigenthümliche Verhältnisse, die die Entnationalisierung nach sich zogen. Der Landadel flüchtete sich in den Unruhen des XVII. Jahrhunderts in solcher Zahl in die befestigte Stadt, daß er alle Bürger aus den Magistratsämtern verdrängte, wodurch die Stadt bald ein fremdes Ansehen gewann und die Nationalität der Bürger jeden Anhalt verlor. Unter solchen Umständen geht denn auch (unter Mitwirkung von Kirche und Schule) das nationale Leben einer Gemeinde bald unter.

Wo solche außergewöhnliche Einflüsse nicht beitragen, behauptet sich oft eine einzelne Gemeinde, wenn sie nicht gar zu klein ist, unter den widerwärtigsten Verhältnissen erstaunlich lange. Lorenzen (Vámosch Mikola), ein Marktflecken im Honter Comitat, von etwa 900 Seelen, hat das umwohnende madjarische Element, wahrscheinlich erst in diesem Jahrhunderte (s. die Sprachprobe von da) fast völlig madjarisiert. Nur die Alten sprechen „in der Beichte" noch deutsch [2]). Das unweit gelegene Pilsen, das schon weit über tausend Seelen zählt, ist noch, obwol ganz von Madjaren umgeben, ganz deutsch, und wird es wol bleiben. Die meisten Pilsener sprechen wol recht geläufig ungrisch, übersetzen ihre Namen in's Ungrische, sprechen aber ihre Mundart und singen ihre deutschen Volkslieder ohne einen Hauch fremden Einflusses. Hier ist denn auch der Gottes-

---

[1]) Es darf diese aus dem Selbsterhaltungstrieb hervorgegangene Ausschließlichkeit nicht allzusehr befremden, sie kömmt bei Colonisten sehr häufig vor. Wachten ja selbst die Sekler ängstlich darüber, daß ja kein ungrischer Edelmann unter ihnen Fuß faßte (s. Schlözer 712).

[2]) Ein Fremder kann wochenlang daselbst weilen, und wird kein deutsches Wort hören; freilich wenn man bekannter wird, entdeckt man, daß ein sehr großer Theil der Bevölkerung die alte Mundart noch recht gut spricht.

dienst und die Predigt (bei Protestanten und Katholiken) noch deutsch. Schlimmer ergeht es den armen Münichwiesern.

Im Wörterbuch der deutschen Mundarten des ungrischen Berg- landes Seite 4 [214] und 125 [231] ist aus einem lateinischen Werke von 1808 und den vaterländischen Blättern Einiges über sie mitge- theilt. Daß ihr Deutsch so unverständlich ist[1]), und daß sie den hoch- deutsch Redenden nicht verstehn, wie daselbst angegeben wird, ist unwahr. Daß sie aber slovakisch zu beichten genötigt werden und daß die wenigsten verstehen, was sie slovakisch vorbringen müßen, ist buchstäblich so wie damals, auch heute noch wahr, und an Ort und Stelle die allgemeine Klage.

Als ich im August 1858 von Kloster (Znio Vâralja) aus nach Münichwies kam, versammelte der Notar von Kloster die Ältesten des Ortes (der nun über 1700 Seelen zählen soll) und veranlaßte sie, sich über ihre Lage auszusprechen. Der Ort ist, wie andere „Häudörfer" auch, auf gebirgigem, steinichtem Boden angelegt; die vereinzelt stehenden dunklen Blockhäuser dehnen sich, in Wald und Fels zum Theile rechts und links an dem Bache Vritza, unüber- sehbar lang aus. Die Äcker sind meist auf Anhöhen angelegt, wenig ergibig und außerordentlich schwer zu pflegen. Die Erde muß zum Theile hinaufgetragen werden in Bütten, und dann kömmt oft ein Wolkenbruch und schwemmt die Kartoffeln sammt der Erde und allem Erntesegen wieder herunter. „Unsere Weiber sind unsere Rösslein", klagten sie, „sie müßen den Pflug ziehen". Einige Greise versicherten, daß sie, so alt sie geworden, doch nie Fleisch ge- gessen haben. Selbst die Hühner (und Eier), die sie ziehen, tragen sie zu Markte, aus allzugroßer Armut. Die Männer gehn im Som- mer zum großen Theil in's Ausland und überlassen die Feldwirt- schaft den Weibern. Sie handeln mit Heilkräutern, die sie auf den Bergen sammeln und gelten für Heilkünstler, wie die Aberanten oder Laboranten in Schlesien (s. Nachtr. 31. Handerburz). Der große Ort gehört dem Fundus studiorum, und doch haben sich die Armen zu

---

[1]) Dort wird ihre Mundart eine sehr widrig klingende und sehr faul gesun- gene Sprache genannt. Ähnliche Urtheile hört man überall im Lande über Dop- schauer, Krickerhäuer, Pilsener, Gründener u. s. f., so daß man sich eine ganz un- günstige Vorstellung von diesen Deutschen macht. Man ist daher nicht wenig über- rascht, wenn man die Orte besucht, und von dem Fleiß, der Reinlichkeit, der Freund- lichkeit dieser Leute und ihrer Mundart, die jedenfalls viel feiner klingt, als bair.- österreichisch, ganz eingenommen wird.

beklagen, daß sie, wie sie versicherten seit 80 Jahren, ihre Kinder in die slavische Volksschule des benachbarten Ortes schicken müßen, wo der Lehrer kein Wort deutsch zu ihnen spricht. Der Unterricht geht für sie dadurch fast ganz verloren, denn sie lernen ihre Muttersprache weder lesen noch schreiben; slavisch lernen die Männer wol im Verkehr, die Mädchen erlernen es gar nicht. Was sie lernen ist die slavische Beichtformel und slavische Gebete, die sie nicht verstehen: selbst der Pfarrer ihres Ortes verkehrt mit ihnen nur slavisch, betet und predigt slavisch. Die Folge davon ist, daß sie in allen religiösen und sittlichen Begriffen vollständig verwildert sind. Treu und gutmütig sind sie noch immer; ad furandum ineptissimi, sagt Belius von ihnen, g r u n d e h r l i c h , aber ihr ganzes Wesen macht den Eindruck eines auf der Kindheitsstufe zurückgebliebenen Stammes, wie etwa die Wilden auf den Freundschaftsinseln.

Vor städtisch gekleideten Menschen fallen sie, wenn sie etwas bitten, auf die Knie, streicheln einem die Wangen, wollen einen küssen u. dgl. Dabei besteht aber in 'den geschlechtlichen Beziehungen (um den gelindesten Ausdruck zu gebrauchen) eine ganz unerhörte Naivetät unter den Weibern, die eben nur aus der gänzlichen Verwahrlosung der Volkserziehung zu erklären ist, da doch z. B. bei Krickerhäuern im Puncte der Keuschheit eine Reinheit der Sitte herrscht, die kaum ihres gleichen finden dürfte. So war es in Münichwies 1858. Es besuchten mich im Herbste dieses Jahres noch drei Münichwieser in Presburg, die mich ersuchten, bei der Statthalterei für sie Schritte zu thun, daß sie eine deutsche Schule bekommen. Es geschahen deshalb auch, soviel ich weiß, Nachfragen an maßgebender Stelle, und da wurde denn erwiedert: das Deutsch, das dort gesprochen werde, sei so schlecht, daß es leichter ist, mit den Münichwiesern slavisch zu verkehren; übrigens sei, wie ein beifolgendes Namensverzeichnis ausweise, die Bevölkerung der Mehrzahl nach slavisch. Das Namensverzeichnis gestattete allerdings eine solche Vermutung, aber die Behörden und Pfarrämter schreiben eben seit vielen Jahren den Namen Kråbesz: R å k , Neupauer: Nowisedliak u. s. f. und die Träger der Namen k ö n n e n nicht schreiben. Auch dieser Umstand wurde amtlich constatiert; so viel ich weiß aber mit sehr geringem Erfolge für das Wol der Münichwieser. Entnationalisieren konnte man sie wol nicht, und wahrscheinlich wird das auch künftig nicht gelingen, aber man entzieht sie der Theilnahme an ihrer nationalen Cultur und richtet sie sittlich zu Grunde.

Dies ist ein vereinzelt herausgehobener Fall, den ich vorbringen zu müßen glaubte, damit man es begreiflich finde, wie die Nationalität ganzer Orte verleugnet und verborgen bleiben kann (Münichwies heißt bei Korabinsky ganz kurz „ein slovakisches Dorf"), und weil die Folgen solcher und ähnlicher Verhältnisse, wenn auch nicht immer so grell, in Bezug auf alle Deutschen in Ungern doch im Wesen dieselben sind.

Wenn man selbst zugeben wollte, daß es wünschenswert wäre, daß die Deutschen in Ungern sich entnationalisieren, dort Slaven, da Madjaren, dort Walachen werden; so müste doch früher die Frage beantwortet werden, ob dies wahrhaft und nicht nur zum Schein durchzuführen ist.

Ersteres muß aber entschieden verneint werden; es ist nicht durchzuführen, auch wenn es die Deutschen selbst wollen. Eine deutsche Gemeinde von einigermaßen größerem Umfange kann, wenn nicht besondere Umstände einwirken (wie oben bei Karpfen), nicht entnationalisiert werden. Man kann beinahe sagen, daß alle unsere Kinder der Wolhabenden in den deutschen Städten vor der Schulzeit durch madjarische Kindsmägde madjarisch erzogen werden; wie sie aber in die Schule kommen, wo die Lehrer doch in der Regel dem Madjarischen günstig sind, verlernen sie wieder in der umflutenden deutschen Bevölkerung das Ungrische vollständig und reden Deutsch. Das habe ich als Lehrer an tausenden von Beispielen beobachtet.

Kann aber die Entnationalisierung nicht durchgeführt werden, dann ist es ein doppelt schweres Vergehen gegen unsere Deutschen, wenn sie dem Culturelemente entfremdet werden, das ihnen naturgemäß alle geistige Nahrung zuführen müste; sie versinken haltlos in sittliche Verwahrlosung und sind schlimmer daran, als Nationen, die der deutschen Cultur ferner stehn.

Ich wage es nicht mich noch weiter von meinem Gegenstande zu entfernen, sonst könnte ich noch eine andere Seite des Bildes, das uns eben vor Augen stand, hervorheben und eine Reihe von wahrhaft erhebenden Charakterzügen vorführen, durch die die übrigen Häudörfler, wenn auch fast Halbwilde, sich von ihrer Umgebung unterscheiden. Ihre geistige Begabung, das Talent zur

Selbstverwaltung, das sich in ihrem Gemeindeleben zeigt, ihr außer-
ordentlicher Fleiß, ihre Besonnenheit und Biederkeit, weisen auf die
großen Eigenschaften ihres Stammes hin, wenn sie auch kaum mehr
wissen, daß sie Deutsche sind.

Ein Kärtchen, das die Lage der Häudörfer veranschaulicht,
mit großer Genauigkeit von meinem Freunde Prof. Dr. Kornhuber
gezeichnet, lege ich bei.

Was nun die in dem Nachfolgenden geschilderten Mundarten
anlangt, verdient besonders hervorgehoben zu werden: das lebendig
schaffende Sprachgefühl, das sich in vielen Wortbildungen und
Sprachformen zeigt, die bei diesen Deutschen in ihrer Abgeschie-
denheit entstanden sind. Von fremdem Einfluß ist dabei nur an einzelnen Orten ganz Weniges zu verzeichnen und selbst da ist Vor-
sicht geraten, denn, wie auch Weinhold erfahren, es zeigt sich
bei genauerer Untersuchung das Fremdscheinende oft als ganz
echt. So war ich anfangs versucht das in Gölnitz übliche — râsen für
mal (zwei, drei râsen) für das slovakische râz, der Schlag zu
halten, das ebenso gebraucht wird in jeden râz, dwa râz. Da es aber
im Sing. ein râs, im Plur. zwei râsen heißt, da mhd. EI in Gölnitz Â lautet (also reise: râs) da nl. ene, twe rees einmal, zweimal ist (und entschieden Niederländisches zeigt die Mundart viel), da
in Baiern auch auf dê râs dieses Mal bedeutet, so zeigt sich, daß hier
die Reise zu verstehen ist; wie mhd. diu vart[1]), hundert vart,
schwed. ên gang auch für mal angewendet wird. So war ich
versucht, die Interjection léut! ecce in Schmölnitz aus dem madjarischen lât, er sieht, zu deuten; doch haben es die Deutschen in
Ghiazza auch (s. Firmenich III., 434 lauts! seht) es ist das
oberpfälzische léu léuts schau, schaut, das auf lugen zurückzuführen ist. Auch das Pronomen kockê, das ich für slavisch hielt,
und das zu kockebêr, kockebitter erweitert wird, hat sich in
Gott gebe, Gott gebe wer qualis cunque aufgelöst. Fremd sind
nur einige Flüche und Schimpfworte hier und da und in der Zips
einige Deminutivenduogen. Sonst ist es merkwürdig, wie die eigenen Wortbildungen, die sich hier finden, doch ganz in den Spuren
germanischer Sprachen gehn, namentlich oft an Altnordisches er-

---

[1]) Noch erhalten in Gotschee, wo es der Mundart angemessen, wurt lautet, nicht
von „mhd. wurt — Ereignis", wie es Herr Prof. Elze ableiten wollte.

innern, mit dem ein unmittelbarer Zusammenhang freilich ebensowenig, als mit dem neuern Schwedischen anzunehmen ist.

Hiezu nur einige Beispiele.

Um die abgeschliffenen Formen zur Bezeichnung des Genitivs
zu ersetzen, scheint das Genitiv S der Masculina auch auf die Feminina übergegangen, z. B. der nachprenns Schmölniz nàch-
perns Käsmark. Da·kûs, der Kuh. Es ist dies S aber nicht das Genitiv S; der vorausgesetzte Artikel beim Masculinum in Mzsf. zeigt,
daß das Substantiv im Dativ steht: en vâtas, da mota, en
kênds dem Vater sein, der Mutter sein, dem Kind sein. Dies bestätigt noch mehr die in Prb. übliche Form: s'kêndsn hànd, s'guten wraindsen, s'gutn kêndsn, wo sich SN als Contraction
aus sein zeigt, obwol hier wieder der Artikel im Genitiv vorgesetzt
ist, nicht wie in Mzsf. und im Österreichischen: dem Kind seine
Hand, sondern des Kind seine Hand, eine Form, die an das
Altnord. erinnert, wo das Demonstrativ inn in itt an das Subst.
suffigiert wird in kônungsins des Königs, s. Grimm Gr. IV. 374 f.
So heißt in Krh. des Morgens wrûs, in Prb. s frîs. — Merkwürdiger noch sind die Genitive des Plurals, wo ein S an die Dativendung angehängt wird. En vætans, en motans, en kendans,
der Väter, der Mütter, der Kinder. En männans, en küens, en ròs-
sans der Männer, der Kühe, der Rosse in Mzsf. Der Dativ des Artikels
der hat, wie es scheint, im Masculinum noch etwas von der ahd. Form
bewahrt: mo knecht, mo hros, dem Knecht, dem Ross, wol gekürzt aus ahd. demo. So in Krh. So hat der Accus. von er in der
Zips, scheint es, die alte Endung 'nan aus ahd. inan. Ich hab nan
gesehen, habe ihn gesehen. Diese Form ist nun freilich auch (wie
so oft in Mundarten der Accus.) in den Dativ vorgedrungen. —

Wo die Dativendung fehlt, ersetzt die Mundart in Praben
den Mangel, indem sie ein a vorsetzt, das ursprünglich aus den entsprungen ist, das dann auch für dem steht. A main kend, meinem
Kinde, a nîmet, Niemandem. Völlig vergessen ist der Ursprung dieses Artikels aber, und er ist zu einem vorgesetzten Casuszeichen
geworden, im Femininum: a der kû, der Kuh. — Der Genitiv von
wer ist wêns, bêns, wessen, und erinnert wieder an das schwedische
dens, dessen. Von sie ist der Genitiv: înens; man hört daher auch
wênsthalb, weshalb, înensthalb, ihrethalben u. dgl. Jener hat in
Krh. jessen in Prb. jassen.

Diese Genitivformen, die in der österreichisch-baierischen Mundart völlig fehlen, beurkunden in ihrer Zusammensetzung zum Theil das Streben, die durch Zuwanderung eingedrungenen österr. Dativformen, die den Genitiv ersetzen sollen, mit den Genitivformen zu vermählen. Am wenigsten und wenigstens verschmilzt in embênegstens; der länge und längs in derlängs u. dgl.

Einen merkwürdigen Zusatz erhält der Accusativ mich, dich in Schmölnitz, wo man hört: michen, dichen. Ebenso zur Declination stellen läßt sich daher eine den accusativischen Adverbien mit N nachgebildete Adverbform, EN:

<blockquote>
überallen, überall,

woheren, woher,

frailichtan, freilich,

hîheren, von hier,

verstêhlichen (auch verstéinlich, ver-

stêlndich, Ksm: vaschtêling) verstohlen, in Schmölnitz.
</blockquote>

Eine noch seltsamere Erscheinung, die zur Conjugation überleitet, ist folgende. — Die Einschaltung eines S nach Conjunctionen vor der II. Person des Verbums: obds gêst, wâns dwilst, Fromm. Zeitsch. VI. 39, 47, 271, 7, V., 126, 24, 315, III., 107, 176, 15, 18$_0$, 3, 192, 89, 240, III. u. ö. könnte als ein ursprünglich genitivisches es oder des aufgefaßt werden (wenns dwilst wie: wenn dessen du willst, sowie sein sen zum Flickwort geworden ist: hin wil ich sen gân u. dgl. s. Fromm. VI. 187). Aber dagegen spricht, daß diese Einschaltung nur in der II. Pers. Sing. vorkömmt, noch mehr, daß in der II. Pers. Plur. statt dessen ein T eingeschaltet wird: öbsda, ob du; öbter ob ihr (so in Türingen Schleicher, Sonneberg 51).

In Baiern an der Nab hat sogar die III. Pers. Plur. in diesen Fällen die Einschaltung N Schmell. §. 722, und damit bestätigt sich denn, daß das noch unerloschen schaffende Sprachgefühl im Deutschen die Personalendungen der Zeitwörter lostrennt und anderen Wörtern anhängt. — Vgl. auch Schmell. §. 723. Die Zipser Mundart hat nun diese Formen in seltener Vollständigkeit:

éib ich géi, ob ich gehe u. s. f.

éibst de géist

éib er géit

éib ber géin

éib ter géit

éibn se géin;

ebenso mit d a ß, w e n n, w a i l, w î, w û u. s. w. aber auch mit dem Relativ: w ê r s t de bist, wer der said, w å s e n se sain u. dgl. m.

Wo eine Form ganz bis zur Unkenntlichkeit sich abstumpft, keimen neue Sprachformen hervor. In Geidel, Praben, wo das R in w a r, w a r e n ganz unhörbar ist, bildet sich für w i r w a r e n: b i e b a u d e n, b i e w a n d e n; in Schmölnitz: e c h b à a, d e b à a s t, der b à a t; b i e b à a t e n, d e r b à a t, di b à a t e n.

Merkwürdige Formen des Adjectivs entstehen, indem die Participendung E N D mit der Adjectivendung I C an Substantiva und Adjectiva angehängt werden z. B. nicht nur aus Zeitwörtern: b ü c k e n - d e n g, wütendigen, Krh., k o c h e n d i c h Käsmark, sondern auch d i e r é i s e l n d i j e n w a n g e n, d. i. die röselendigen, rosigen Wangen Ksm. Ja sogar k l e i n w i n z e n d i c h und k l e i n u t s c h e n d i c h für kleinwinzig u. dgl. m., Bildungen, die an Ähnliches in Schlesien, Franken, Türingen mahnen.

Ungewöhnlich vielfältige Formen hat das Pronomen angenommen.

Aliquis, aliquid heißt: e w ê r, e w å s in den Gründen a b é r, a b å s, d. i. ein wer, ein was. Mit dem österreichischen h a l t verschmolzen, wird es zum Adjectiv mit einer höhnischen Bedeutung, wie: ein Elender! etwas Elendes! und lautet: h à l t a b é a. h à l t a b å s, h á l t e w ê r, h á l t e w å s. Qualis lautet b i t t e r, b ë t t e r, w i t t e r, w ë t t e r, b i t t e n e r, aus w i e t â n e r, e b i t t e r, ein wietâner, ein welcher. — Mit h a l t in obiger Bedeutung: h a l t e b i t t e n e r oder h à l t e b i t t e r, h a l t e i n w i e t â n e r!

Dazu kömmt in Krh. k o k ê, g o c k ê, wie immer, in der Zips g o t t c h e aus Gott gebe zusammengesetzt: g o c k e b ê r, g o c k e b å s, quiscunque, quidcunque, aliquis aliquid. Mit b i t t e n e r dürfte auch ein g o c k e b i t t e n e r nicht fehlen.

Daneben ist für w a s f ü r e i n in Ltsch. zu hören w å s p e r e. In Ksm. notierte ich sogar ein d e r w a s p r i j e, qualis. In den Gründen bàfean, zusammengezogen bàffa, bàffan, worin man kaum mehr die Form was für ein erkennt.

Für welcher scheint sich aber auch aus dem Stamme von wer, was, wie, ein (in der Schriftsprache gleichsam) wêiger erhalten zu haben, das in Prb. bêga in Schml. bêcha klingt.

Daneben steht ein sêcher, gleichsam ein sôiger, ein solcher in Schmöl. und in Krh. ein dôger, diser, davon in Metzenseifen der dêge, diser u. s. f. — Daß es an einem sĕttener, sĕtter, solcher nicht fehlt, wird man schon vermuten.

So verdient Erwähnung das aus altem sôsam'a entsprungene zum, ebenso wie, Krh. zimt Prb. —

Reichhaltig ist besonders die Zipsersprache im engeren Sinne an Deminutivendungen. Das nd. — KE findet sich nur mehr vereinzelt (rosînken, stîrke, jêrke, bæke u. dgl.). Dafür sehr häufig — CHEN. Meist wird (und oft unrichtig) die Pluralendung — ER eingeschoben: schätzerchen, kĕnderchen, kälberchen, kierchen (Kühe), maiderchen, Ketterchen, Käthchen.

Die Femininendung — INNE, in Ksm. — ĕnne in: maidĕnnchen, Kettĕnnchen; dazu auch noch Plur. maidĕnnerchen. — ELEIN in Jéiselainchen! Jesuleinchen; — EL äigelchen (zuweilen Plur. äiglerchen), bĕsselchen, bißchen. Diese Fälle von Deminutivendungen, die der Zipser fortwährend gebraucht, werden noch vermehrt durch die zwischengeschobenen aus dem Slavischen eingedrungenen Endungen: iz, usch, utsch und ull: schätzusch, Kettusch, maidusch; schätzuschchen, Kettuschchen, maiduschchen, bĕssuschchen, bĕschutschchen, ja selbst bĕschutsch-ke-l-chen (mit vierfacher Deminution) bißchen. Kettizchen, Kettizuschchen, Kettullchen u. s. f. — Sogar das Adjectiv wird ergriffen: winzuschich, e winzuschijes, winzig, ein winziges und das schon angeführte kleinutschen-dich.

Aufmerksamkeit verdienen die Übereinstimmungen mit dem sog. „Cimbrischen", die weiter unten nachgewiesen sind. Eine merkwürdige Übereinstimmung der Mundart von Gottschee und der Niederlausitz wird in der Anmerkung, unten S. 275, gezeigt.

Auf alles Einzelne, z. B. die eigenthümlichen Erscheinungen des Consonantismus B für W, W für F, U (im Anlaut selbst) für L, die dem Altnord. ähnlichen IAR für ER, gehe ich hier nicht ein, weil darüber in der Lautlehre ausführlich gesprochen wird.

In diesen vorläufigen Bemerkungen soll einstweilen nur hingedeutet werden auf den Reichthum eigenthümlicher interessanter Bildungen, die diesen Dialekt kennzeichnen; andererseits werden aber auch schon diese wenigen Beispiele zeigen, wie verschiedenartig die Mundarten des Dialektes auseinandergehn (man vergleiche bàffan Schmölnitz, mit wàsprich Käsmark. Ewêr Käsmark mit abêr Schmölnitz. Gockê Krickerhäu mit gottche Zips), indem doch gemeinsame Zusammensetzungen zu Grunde liegen und dieselben Eigenheiten des Gebrauchs der Wörter durch alle Mundarten des Dialekts hindurchgehn.

I. DIE ZIPSER MUNDART.

Unter Zipsersprache kann man zweierlei verstehn:

1. das mundartliche Deutsch, das in der Zipser Gespanschaft*) überhaupt gesprochen wird, und dies ist die Zipsersprache oder der Zipser D i a l e k t im weitern Sinn, zu dem ich auch die anderen Mundarten des ungrischen Berglandes zähle; und

2. die Sprache der älteren Ansiedlungen in der Zips, deren Niederlassungen vor dem Einfall der Tataren stattgefunden haben, und die sich noch immer ausnahmsweise als die eigentlichen Z i p s e r S a c h s e n betrachten, im Gegensatz zu den G r ü n d e n e r n, die sich nach dem Tatareneinfall, wol von den ungrischen Bergstädten her, in der Gespanschaft angesiedelt haben, mit den andern vielfach vermischt und verschwägert sind, im Ganzen auch wol denselben D i a l e k t sprechen, dies jedoch mit einigen kennzeichnenden Verschiedenheiten, welche sie mit den meisten der Krickerhäuerorte theilen (s. unten die Einleitung zu den Sprachproben in G r ü n d e n e r Mundart). Dies ist nun in Hinblick auf die Gründener Sprache die Z i p s e r M u n d a r t im engern Sinne**).

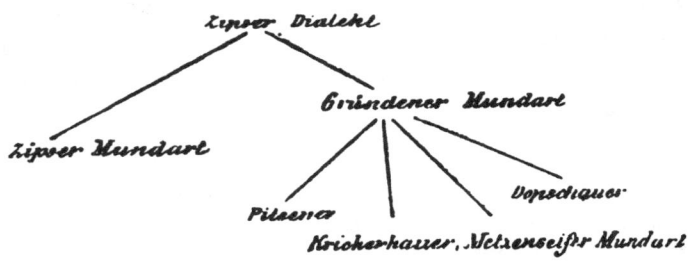

Die ungrischen Bergstädte sind der Sage nach — und ich glaube, daß die Sage hier recht hat — gleichzeitig mit der Zips und wol auch von demselben deutschen Stamme gegründet, der die Zips bevölkert hat, woraus die uralten steten Beziehungen zwischen den Bergstädten und der Zips und die Übereinstimmung der Mundarten zu erklären sind. Die eingetretene Verschiedenheit im Einzelnen kömmt wol gröstentheils auf Rechnung späterer Zuwanderungen, besonders in die Bergstädte aus auswärtigen und österreichischen bergbauenden Orten, wie sie der Bergbau durch Wanderungen der Häuer mit sich bringt.

Diese Zipser Mundart im engeren Sinne nun wird der allgegemeinen Meinung nach am schönsten in den Städten Leutschau (in der Leutsch)*) und Kesmark (Kéisenmark)*) gesprochen; dort hat sie nämlich die derberen Formen mehr abgelegt und sich der Schriftsprache genähert, obwol der Charakter der Mundart immer noch zu erkennen ist, wie die Sprachprobe Wtb. 115 und das unten folgende Zipserlied zeigen mögen. Neudorf (madjarisch Igló, vgl. Iglau in Mähren), das südlich zwischen Leutschau und Wagendrüssel liegt, scheint schon von der Gründener Mundart angezogen zu haben und auch, wie diese, von österreichischem Einfluß nicht frei zu sein. Nördlich zwischen Kesmark und Pudlein in Bela beginnt eine derbere Mundart, die, wenn sie gesprochen wird, auf den Dörfern westlich am Fuße der Hochkarpaten, nämlich in Rochus, Walddorf (Leszna), Großlomnitz und Großschlagendorf, den Spottnamen des Garstvogeldialekts erhält s. Wtb. 53*, der sich in den benachbarten Städten des Oberlandes: Matsdorf, Felk, Georgenberg (Szombathely), Michelsdorf (Strázsa), Deutschendorf (Poprad) wieder etwas mildert.

---

landes einen Dialekt, als eine Gruppe von Mundarten, die im Ganzen mit keiner andern so viel gemein haben als unter einander. Wenn zwischen den Ausdrücken Dialekt und Mundart immer genauer unterschieden würde, so möchte ich die Mundarten des ungrischen Berglandes Zipserdialekt nennen und unter demselben auch Gründener, Metzenseifer, Dopschauer und Pilsener verstehn.

*) Die Form Leutschau ist nur in der Schriftsprache üblich und der zweite Theil des Namens weder als au (mhd. ouwe) noch als schau (mhd. schouwe) aufzufassen; die urkundliche Form ist Leucha (früher vielleicht Liucha).

Kesmark ward als Kaisersmarkt und Käsmarkt gedeutet; dagegen spricht die volksübliche Form Kéisenmark, die mehr auf einen Personennamen hindeutet der in dem ersten Theil des Wortes enthalten scheint.

Eine eigene Gruppe, auch mundartlich, bilden wieder nordöstlich die Orte des Niederlandes Bauschendorf (Bussócz), Hollomnitz (Hollolomnitz „Holumz"), Toporz und Pudlein.

Ganz eigenthümlich erscheint an der äußersten nordöstlichen Grenze der Gespanschaft die Mundart von Hopfgart oder Hopgaard, s. die Sprachprobe Seite 43. — Es wäre zu wünschen, daß uns die deutschen Sporaden im benachbarten Galizien näher bekannt wären, die zu dem schlesischen (dem Kuhländchen in Mähren, dem deutsch-böhmischen etc.) die Brücke bilden müßen, wie die pannonischen „Wasserkroaten", in so ferne sie Deutsch sprechen*), von den Krickerhäuern, Deutsch-Pilsenern (s. die Sprachproben von da) hinüberleiten zu den Kärntnern, Krainern, Gottschêwern**) und den VII und XIII comuni Italiens.

----

*) Die „Wasserkrobaten", die inmitten der großen deutschen Sprachinsel in den Wieselburger, Oedenburger, Eisenburger Gespanschaften etc. wohnen, siehe Czoernig Ethnographie II, 162, sind zum Theil ganz deutsch, zum Theil sprechen sie deutsch und croatisch, aber ersteres ohne fremden Accent, viel besser als die Slovaken, die beidsprachig sind. Ihre Mundart erinnert an das Deutsche in Krain. W im Anlaut wird B wie in Krain, den VII Comuni, in Krickerhäu und in den Gründen. S. Wtb. 102 ff. Selbst einzelne Ausdrücke der Wassercroaten stimmen überein: péten (beten) in der Bedeutung lesen. Vgl. Nchtrg. 17, soll wie in Münichwies, — dem Krickerhäuerorte im Thuroczer Comitate — bei ihnen gebräuchlich sein. — ich hab (will) für werde als Hilfszeitwort ist ganz so üblich in Krickerhäu, wie bei den Wassercroaten. Bei näherer Bekanntschaft mit letzteren dürfte sich wol noch mehr ergeben.

**) Die Gotschêwer Mundart hat manche merkwürdige alte Formen und Ausdrücke bewahrt, was sich schon aus den geringen Aufzeichnungen erkennen läßt, die bekannt sind (zuletzt aus dem Aufsatze Gotschee und die Gotschewer von Theod. Elze III. Jahresheft des Vereins des krain. Landesmuseums 1861. — Klun im Anzeiger für Kunde der deutschen Vorzeit 1854. Nr. 3 in Frommann's Zeitschrift: die deutschen Mundarten 1855, im Laibacher Taschenkalender für 1855, in Brockhaus Blättern f. literar. Unterhaltung 1859. Nr. 44 [Überarbeitung von C. Ullepitsch's — „Jean Laurent" — Aufsatz „das Herzogthum Gotschee" im illyr. Blatte s. 153 ff.]. — Elze und Klun kannten nicht die Aufsätze von Richter und Rudesh in Max Schottkys „Vorzeit und Gegenwart" 1823. I. Bd., 3. Heft, Seite 257—278 das Herzogthum Gotschee mit Sprachproben etc., den ich in dem Nachfolgenden gleichfalls benutze).

Ich hebe hervor die volle Form des Doppellautes IU in der Flexion des Adjectiv und Pronomen (nom. fem. sing. nom. acc. neutr. plur.), die wol in au übergegangen ist und wahrscheinlich AI gesprochen wird:

schôniu, kaltiu, kurziu, liehtiu, wîsiu, siu, diu lauten in Gottschee:

scheaneu, kalteu, kurzeu, liechteu, waiszeu, scheu, deu.

In der in manchem übereinstimmenden Sprache in den VII Comuni ist sogar die reine Aussprache dieses EU noch erhalten in zbeu mhd. zwiu (da-

Über den Ursprung der Zipser Colonien ist wenig zu ermitteln. Die Angabe der Chronisten, daß nach den ungrischen Bergstädten

---

selbst wird das EU, sowie auch in Krickerhäu, ausgesprochen wie A Ü — ähnlich. wie in Franken, zwischen Uffenheim und Iphofen am Schwamberg. Frommans Zeitschr. VI. 161, Nachtrag Seite 23 f.)

Daß dieser Doppellaut das mhd. — IU ist und nicht ein nhd. — EI, welches aus mhd. — Î, wie ich anfänglich vermutete, als mir zuerst nur die Form schai sie auffiel, die wol aus mhd. ei entspringen konnte (ich entdecke eben daß Fr. Stark in Pfeiffer's Germania VI, 490 das mundartliche sai für sei, d. i. sie im Böhmerwalde gleichfalls aus einem alten sî erklärt, was aber kaum anders als das gothschewische schai zu beurtheilen sein wird, zumal nähere Verwantschaft der Mundart von Gottschee mit der des Böhmerwaldes und beider mit der Oberpfalz nachgewiesen werden kann) das beweisen die obigen Beispiele. In der österreichischen Mundart hat sich — I ungebrochen erhalten und das — U ist abgefallen: schéni, kâldi, kurzi, liachti, weiszi, si, di (im Plur. sé dé aus dem Neutr. welches in späteren Schriften auch seu, deu geschrieben vorkömmt. di' heißt im Sing. auch dé, wie ahd. zuweilen deo, si im sing. immer si).

Die Form — EU ist in Gotschee aber vom Nom. fem. auch auf den Acc. und im Plur. vom Neutr. auf alle drei Geschlechter übergegangen, wie im Österreichischen das — J.

Alt ist ferner das Gotschéwische: kidi (= kid ich? quidu ih) sage ich hait (= kît) sagt er, Rudesh a. a. O. Seite 267.

Alterthümlich sind die Adjectivbildungen auf — EIN. für mhd. — ÎN, was sonst mhd. — EN, N geworden ist.   schilbrain = silbern
                                                                 schaidain = sîdîn;

ja sogar rôschain: von Rosen, wie mhd. bluomîn, von Blumen, erscheint in der Zusammensetzung rôschain gurt, wo mhd. der gen. pl. steht rôsen garte (vgl. übrigens ein rosîn farbes kleid meine Weihnachtsspiele Seite 46). — Ein fehlerhafter Gebrauch dieser Bildungssilbe ist es, wenn sie nicht unmittelbar an die Wurzel, sondern an ein der Wurzel angehängtes L hinzutritt, welches nicht einmal als Deminution zu erklären ist:

schaiblain rund mhd. schîbeleht (gleichsam schîbel-în).

teiglain (mhd. tegelîch) täglich (gleichsam tägel-în).

Ob hier eine adjectivische Weiterbildung des Adverb. tegelîchen — (tegelf-[che]n) mit einem Ausfall des CHE, anzunehmen ist, gestattet die mangelhafte Kenntnis der Mundart noch nicht auszusprechen.

Höchst merkwürdig scheinen aber Zeitwortbildungen mit dem Bildungsvocal — AI. oder EI., — die an die III. Classe der schwachen Verba im got. und ahd. erinnern (wo namentlich Notker im Conjunct. Formen, wie: habeiêst u. dgl. aufweist).

Beispiele:

stengait, er steht. hevait în, er hebt an. derchôreit, erhöret. giangait, er geht (oder er gieng?). weckait, er wecket. steckoit, stackait er stecket. fassait, faßt. fallait, fällt. ließait, läßt (ließ?). gerigait, gefalten.

Ob die alten Formen des Conjunct. II. Pers. sing. und I. II. III. Pers. pl. (—és, — émes, — és, — én) hier übergegangen sind in den Indic. (analog dem

sowol als nach Siebenbürgen und in die Zips unter Geysa II. um 1141 und 1143 diese Deutschen eingewandert sind (Magazin für Geschichte und Staatsrecht der österreichischen Monarchie, Seite 229, Czoernig Ethnogr. II, 211, 224) ist mindestens ein Beweis, daß ein ursprünglicher Zusammenhang zwischen den Zipser, Bergstädter und Siebenbürger Colonisten schon frühzeitig angenommen ward (vgl. auch Schlözer, Geschichte der Deutschen in Siebenbürgen, Seite 277), ein Zusammenhang, der noch heute durch die Mundarten und Wechselbeziehungen dieser Deutschen untereinander beurkundet wird.

Dies fällt besonders auf, wenn man mit dem regen Verkehr dieser Colonisten untereinander (der auch mit Österreichisch-Schlesien und den deutschen Colonien Galiziens besteht) das Verhältnis vergleicht, in welchem sie zu den andern deutschen Sprachinseln Ungerns stehn.

Die Hochdeutschen von Großmarosch in der Honter Gespanschaft sind den Mitteldeutschen von Pilsen (Német Börzsöny) in der-

---

Mundartlichen i c h s e i: ich bin und andern ähnlichen Erscheinungen) und dann das ganze Zeitwort ergriffen haben, dieß muß wol bis jetzt noch unentschieden bleiben. Daß EI für Ê würde wol auf Rechnung der Gotschéwer Mundart kommen. Wichtig ist, daß in Gotschee diese seltene Form starke und schwache Zeitwörter ergriffen hat, so daß auch erstere häufig schwach conjugiert werden; meines Wissens kömmt sie außer Gotschee nur in zwei Mundarten vor, in der Zipser und der Niederlausitzer Mundart (s. Wtb. 31. Nachtr. 16 und Bronisch laus. Magazin XXXIX, Seite 188 f.), wo sie sich aber auf Zeitwörter beschränkt, die e n t l e h n t s i n d.

Die oben angeführten Aufzeichnungen aus Gotschee sind nun freilich sehr ungenau. Rudesh schreibt einmal s c h i n g e t, singet, ein andermal s c h i n g a i t, s t a k e t und s t a k a i t, g i a t und g i a n g a i t, was wol auf Ungenauigkeiten beruht. Daß obige Form auch die II. schw. Conjugation der ahd. Verba angenommen, und dann noch weiter um sich griff, ist nicht unmöglich, heißt ja doch auch (ahd? s e l b ô s t) selbst: s c h a u b a i s t.

Es wäre wol wünschenswert, wenn gute Aufzeichnungen von Sprachproben, so lange es noch Zeit ist, gemacht würden. Es dürfte diese Mundart nach dem was bisher bekannt ist, mehr sprachgeschichtlich lehrreiche Erscheinungen aufweisen als irgend eine andere.

Aus den vorhandenen Aufzeichnungen wird nicht einmal ersichtlich, ob die anlautenden W alle B, ob die F, V wie W ausgesprochen werden oder nicht, weil dasselbe Wort einmal so, einmal so geschrieben wird. W u r t, mal, das Elze von ahd. w u r t ableitet, ist gewiss nichts anderes als mhd. d i u v a r t (alle vart = allemal immer), denn A wird U und V, F wahrscheinlich W. So heißt in den Gründen r â s: mal d. i. Reise. was obigem mhd. v a r t, dem schwedischen g a n g, dem nd. nl. ê n e r e i s. t w ê r e i s völlig entspricht. Siehe oben Seite 265 die Anmerkung.

selben Gespanschaft (obwol nicht einmal drei Meilen weit von ihnen entfernt) so fremd, als ob sie in einem andern Lande lebten und einer andern Nation angehörten, hingegen zwischen andern Gemeinden unserer mitteldeutschen Colonien, die oft 20 — 40 Meilen von einander getrennt sind, über dazwischen wohnende Millionen anderer Nationen weg, das Gefühl der Zusammengehörigkeit oft in überraschender Weise anzutreffen ist, wenn in Münichwies z. B. die Meinung herrscht, nur in Siebenbürgen finde man Leute desselben Stammes, wie in Münichwies; das Namenbuch wird darüber weitere Aufklärungen bringen. Hier hebe ich nur als Beispiel hervor, wie gewisse Ausdrücke, die in den ungrischen Bergstädten, in den Krickerhäuerorten, in der Zips in den Gründen und in Siebenbürgen verstanden werden, in den Städten mit oberdeutscher Bevölkerung Ungerns (Pest, Ofen, Presburg, Ödenburg, Rust u. a.) ebenso wenig bekannt sind, als sonst wo in Deutschland*)

Ich wähle unten in der Anmerkung nur solche auffallende Wörter heraus, die diesen Mundarten besonders eigenthümlich sind, die aber nun auch zu sichern Zeugen für die nahen Beziehungen dieser Colonien werden, zu Zeugen, die die uralten Sagen von der ursprünglichen Zusammengehörigkeit derselben und ihrer gleichzeitigen Einwanderung als geschichtliche Thatsachen erscheinen lassen.

Zwei Hauptanhaltspuncte hatte das deutsche Element des ungrischen Berglandes: die Zips (im engern Sinn mit Ausschluß der Gründe) und die ungrischen Bergstädte. Von diesen Mittelpuncten aus verbreitete sich das deutsche Element in den benachbarten Gespanschaften und entwickelte, nicht ohne Einfluß späterer deutscher Zuwanderungen, Eigenthümlichkeiten der Sitte und Sprache.

---

*) Solche Ausdrücke sind z. B. sich bedrén = Platz haben (in Siebenbürgen, den ungrischen Bergstädten, der Zips und den Gründen üblich); die handlech honklich, ein den Zipsern und Siebenbürger Sachsen eigenthümliches Gebäck, s. Wtb. 58; garz gårz ich ranzig und garzen im Halse brennen (Zips, Siebenbürgen Wtb. 33); das lebert, laewet, låwend, eine art Suppe (Krickerhäu, Zips, Siebenbürgen, Nachtr. 38) matzen, mazen, Wtbch. 80, 82: küssen (Deutsch Pilsen, Krickerhäu, Siebenbürgen) das mérauge, ein grundloser Bergsee (in Krickerhäu, der Zips, Siebenbürgen, Nachtr. 44); die scheibe der Holzteller (Krickerhäu, Zips, Siebenbürgen, Nachtr. 35); zoppern, verwirren, zerzausen ebenso s. Wtbch. 106. b. — der Hundsrück Berg bei Hermannstadt und Pilsen, Wtb. 61, — der türpel die Schwelle (Nachtr. 22) u. a.

Erstens solche, die die Zipser und Bergstädter miteinander gemein haben und die auch bei den Siebenbürger „Sachsen" gefunden werden und als Zeugnisse für die ältere Ansiedlung angesehn werden müßen, dann solche, die beide Theile von einander unterscheiden (die wol erst nach dem Tatareneinfall aufgetaucht sind), nach denen die bergbauenden Gründner in der Zips den ungrischen Bergstädten näher stehn als den ursprünglichen Zipsern.

Was der Vergleich der Mundarten vor allem wahrscheinlich macht, ist, daß die ersten Ansiedelungen in den Bergstädten, der Zips und Siebenbürgen, gleichzeitig geschehn und einer Strömung von Auswanderern zuzuschreiben sind, die vom Rheine her sich bis in slavische Gebiete hinein ausbreiteten (in Obersachsen, der Lausitz, Schlesien, Polen, im ungrischen Bergland und Siebenbürgen). Diese Strömung erhielt vielleicht ihren ersten Anstoß von den Flandern und Holländern, ergriff aber die Rheingegenden bis Köln und Aachen, das Siebengebirge und den Hundsrück. Ob die Kreuzzüge oder Überschwemmungen diese Auswanderlust veranlaßt und ihr die Richtung gegeben? daß sie im 12. und 13. Jahrhunderte vorhanden war, ist bekannt. Und die Auswanderer waren F l a n d r e n s e s und T e u t o n i c i (in Siebenbürgen und Ungern), und das ist gewiss wörtlich zu nehmen: die sprachlichen Eigenheiten, die alle unsere Colonien gemein haben, weisen auf die Gegend zwischen Köln und Aachen, aber z u m T h e i l auch ganz bestimmt in niederländisches Sprachgebiet hinauf; die Einwanderer aus ersteren Gegenden waren die Teutonici, die aus letzterem die Flandrenses.

Sprachproben.

Zĕpserlîd*).

Anmerkung. Drei Strophen davon sind mit der Singweise in Steindruck herausgekommen, in Pest bei Rószavölgyi & Comp. In dieser Ausgabe steht über der Begleitung „schéin pomeelich (schön langsam)." Vgl. Wtb. 32.

1. E jêder léubt[2]) sain vâterland,
drom léub ichs mer hált[1]) éuch[3]).
und. ĕss es aich noch nĕch[2]) bekant
sà kenders àn der spréuch[3]).

2. Ich bĕn aus Zĕpsen, ja ferwâr
schauts[4]) mich e méul nor ån:
dås ĕss e lāndchen! îs håts[4]) gâr
noch kéin begrĕff dervon[5]).

3. Mĕt wéinich[6]) geld lĕbt man sich déu
sêr gutt dås ĕss bestimt;
drom ĕss der ârme mán rĕcht fréu
wenn ĕn di Zĕps er kimt[7]).

4. Grulln[8]) sain bai uns di schwâre meng,
es fressen se di schwain,
di äppelbāim véul äppel häng[9])
wenn se geréuden sain.

5. Ĕrps, dschucken[10]) und éuch hâselnĕsz
gĕts vîl bai mainer séil!
und 's allerbeste bräitel ĕss
ĕm[11]) e pâr kraizer féil.

6. Éuch es[12]) gesäif ĕss bai uns gutt,
wain trĕnkt der Zĕpser gĕren,
drom hàt er éuch gâr hĕtzich blutt
und spîlt sêr laicht en[12]) hĕren.

7. Of putz gĕt[13]) er gâr wéinich aus
doch kéift[14]) er sich dervar,
wenn er nor kàn sain wirtschaftshaus
und denkt: ich bĕn kéin narr.

8. Éuch äcker kéift er sich derzú
zu hån vors haus sain bréut
der[15]) rackert[16]) âne rast und rû
fercht[17]) sich vor kéiner néut.

---

*) Dieses Lied ist in der Zips allgemein bekannt und handschriftlich verbreitet. Ich schrieb es in Kesmark nach verschiedenen Abschriften mit Feststellung der Schreibung nach der Aussprache nieder; es hat vorwiegend den Charakter der Leutschauer Mundart.

9. Di maiderchen hån éuch gelért [18])
di wirtschaft, und dås rêcht
géin gêrn zun waschtréug und zun hêrd
und kochen går nêch schlêcht.

10. Und hêpsch sain se derbai, o herr!
es làcht éin s herz ên laib,
drom wenn ich hairåt, nem ich mer
nor aus der Zêps e waib.

11. Zwår sain se déu bis dåto nêch
séu åpgedråit wi hî
doch låß du éine nor en stêch
di schenkts der sicher nî.

12. Di gaffen nêch néu jeden mann
der vôr en fenster zîht
vîl lîber schaun se ên di fann
daß die ênbrenn [19]) nêch verbrît [20]).

13. On sonntách zîhn se sich schéin ån
und géin wi sichs gebîrt
schéin ên di kîrch, denn déu nor hån
se's méiste profitîrt.

14. Di eltern wi di kênder sain,
glaubt mers, bai uns rêcht from,
und dås gewêss nêch nor zun schain
und doch derbai nêch tom.

15. Der Zêpser êss en êrlich blutt
du kànst nen [21]) kîn [22]) vertraun
wàs er versprêcht dàs helt er éuch
und of sain wort kànst baun.

16. En Zêpsen wird e fremder nî
wi hî bai aich geschnîrt [23])
déu wirt er nî eséu wi hî
geprellt und ångeschmîrt [24])

17. Hát hî e frêmder méi kéin geld
sà jågen se nen [21]) weck;
ganz anders êss di Zêps bestellt
man hêlft nen [21]) aus en dreck.

18. Drom blaibts [4]) mer weck mêd aiern Wîn,
hî wêr ich nîmals fréu;
zerêck êns Zêpsen [25]) wêll ich zîhn,
und éinst éuch stêrben dêu.

---

[1]) hált: halte ioh, glaube ich. S. Gr. gr. III. 240, 590, 593. Müllenhoff sum
Quickborn S. 296. Schmell. II, 184. Fromm. I, 274.

[2]) nêch, néch. uécht, nicht, in Sm. StoD. Mzsf. Leutschau. net. nét, nd.
Krh. Prb. Wageudrüßel.

³) O, OU und A der ältern Sprache (mhd.) wird óu, wobei das E scharf betont wird. Vgl. darüber die Anmerkung unten in der Lautlehre unter A. 9) und 12).

⁴) Is ihr, findet sich in Leutschau, Igló (Neudorf), Smöln. (s. Kallbe 19); in Käsm. nicht. Vgl. Nachtrag 34ᵇ Wtb. 132.

⁵) dervon aus darvon, davon; ebenso dervar, davor, derzů, dazu, derbai, dabei. S. die Anmerkung zu der Sprachprobe aus Deutsch-Proben. 6.

⁶) Die Silbe -ig im Ausgang der Beiwörter klingt hier -ich: hëtzich, hitzig, wéinich etc. in den Gründen. (Smöln. Mzsf.) ik, ek (wie mhd.). Wenn bei Verlängerung des Wortes ein Vocal darauf folgt, erweicht sich das CH zu J hetzije u. s. f.

⁷) kimt = kümt, kaum das mundartlich oberdeutsche kimt für kömt (md. Form für hd. kůmt, mhd. kümet ahd. kumit). Ich bemerke dies ausdrücklich, weil das in Ofen, Pest, Ödenburg, Presburg übliche ich kim, pl. wir këmen, wol davon zu unterscheiden ist. Bestimt sollte bestëmt heißen und ist hier nur des Reimes halber nach der Schriftsprache mit I geschrieben.

⁸) grull f. („die grulle") die Kartoffel. Die Form grulli, wie Wtb. 56 nach Genersich angegeben ist, scheint, mindestens gegenwärtig, nicht mehr vorzukommen; wol aus gerull, gerüll: geröll, aus der Bergmannssprache entlehnt; das Adject. grull bröcklicht, körnicht, das Stalder I, 479 unter grieselet anführt, mag verwant sein.

⁹) Im Friesischen verliert der Infin. sein N nur wo er (z. B. von den Verbis sollen, wollen etc.) abhängig ist; es ist darauf zu achten, ob in Mundarten, wo das N des Infin. wegfällt Ausnahmen gestattet sind. Über das Friesische s. Ehrentraut im Fries. Archiv I, 28 f. 32. Vgl. daselbst 290, Wan T unt N unt R — sint von den Franken ferr — an manges wortes ende — sagt Hug von Trimberg. Vgl. Hahn mhd. gr. I, 76, wo ferner Beispiele stehen. Hier fällt EN der 1. und 3. Pers. Plur. eben so ab, wie im Infinitiv.

¹⁰) dschucken eßbare Erdnüsse (Latyrus tuberosus?) vgl. das tschöggli in der Schweiz=Eberwurz „deren junge Blumenboden gegessen werden". Stalder I, 320. Wol aus artischoke; die weiße Eberwurz heißt auch wilde Artischocke.

¹¹) em für üm: um. Vgl Nachtrag 49ᵃ.

¹²) 'es das; 'en den. Schlesisch 's, 'r, 'n für das, der, den. S. Weinh. Dial. 140.

¹³) Mhd. gît gibt wurde gekürzt in git gët; so schon oben str. 5, ². Vgl. Wtb. 53ᵇ.

¹⁴) kéifen in Dpsch. kéfen (so auch schles.) ist die md. Form käufen (mhd. keufen ahd. theoretisch: choufjan, neben mhd. koufen ahd. choufôn).

¹⁵) Sowie er oft für der finden wir in der Zips häufig der für das pers. geschl. Pron. er.

¹⁶) rackern hat sonst das Refl. sich; über das Wort s. Schmell. III. 38 f. zu nd. racker, Abtrittfeger, verwant rechen.

¹⁷) ferchten (=md. förchten) fürchten.

¹⁸) léren gilt für lernen und lehren auch in Mzsf. Prb. Lrz. Krh., wie nd. und nl. leeren, was von da auch in md. Mundarten übergegangen ist. S. Nachtr. 39ᵃ, sowie in die Schweiz auch. S. Stalder II. 164. In der bair-österr. Mundart wird im Gegentheil wieder lernen für lehren und lernen gebraucht. S. Schm. II. 490. In den Marienlegenden (Stuttgard 1846) steht (25, 18) léren für lernen, umgekehrt lernen f. léren in Seb. Brant's narrenschiff mehrmals, altd. Blätter I, 304. Hätzlerin II, 85, so citiert. mhd. Wtb. I. 966ᵇ.

¹⁹) einbrennen bedeutet farinam butyro tostam cibo admiscere. S. Gr. Wtb. III. 157, daher österr. bair. einbrenn f. Dies Gemisch von Mehl und Fett, das der Speise beigemengt wird. S. Schm. I. 260. Das da ein — mhd. in — entspricht, müste die Mundart, in der Obiges abgefaßt ist, eigentlich einbrenn sagen.

²⁰) brŭen ist im ungr. Bergland brennen und hat dieses fast ganz verdrängt. s. Nachtr. 4ᵇ. kéulenbrier m. Kolenbrenner.

²¹) **n e n** steht eigentlich für den Accus. aus mhd. **i n e n** (Hahn gr. I. 109), ahd.
i n a n, wird aber nun in der Zips für Dativ und Accus. verwendet. s. Wtb. 49.

²²) **k u e n** ist auch in den Gründen häufig für **k e c k** und als Adverb für **i m m e r-
h i n** gebräuchlich. Der österr. Mundart fehlt das Wort.

²³) **s c h n ü r e n** übervortheilen, auch in Baiern. Schm. III. 495.

²⁴) **a n s c h m î r e n**, betriegen, bair. **a n s c h m i r e n**, ebenso. Schm. III. 474.
Vgl. Gr. Wtb. I. 446.

²⁵) **D i e Z i p s** (ehedem **d e r Z i p s**) oder **d a s Z i p s e r l a n d**, **d a s Z i p s e n**
sagt jetzt der Sprachgebrauch; **a u s d e r Z i p s**, aus Zipsen, nach Zipsen,
i n d i e Z i p s; vulgärer klingt, wenn man, wie oben, sagt **i m Z ê p s e n**; s.
Wtb. 107. — Im Meisnerland erhielten flandrische Ansiedler 1154 eine villa Coryn
et pro justitia quae **c i p** vocatur 30 nummas persolvunt. s. Haltaus, 212: **c i p**
annona, **c i p k o r n**: tres modios tritici & avenae vocant. — Haltaus leitet das
Wort von dem slovenischen **z e p i s h** ab, doch dürften die Flandrer das Wort
kaum von den Slovenen haben; eher wäre lat. **c i p p u s** anzuschlagen, so hieß
unter andern auch im Ma. eine Art hölzernen Beckens für Opferspenden. **z i p-
p e r n** Ertrag abwerfen, mhd. Wtb. III. 902, wäre wol unter **Z i p z i p k o r n**
daselbst 901ª. einzutragen gewesen. Vgl. Gr. R. A. 100: **z i p p e n** eßbares.
Frisch **z i p p e** und **z i b b e**. In der Altenburger Mundart scheint dies Meisnersche
Cipkorn fortzuleben in den Wörtern **s i p p e n**, Viertelscheffel, **s i p p m a ß**
Ullrich Volksklänge in Altenburger Mundart. Zwickau 1861, Seite 193. Ob damit
nun der Name der Zips verwant ist, das ist wol noch nicht erwiesen. Anonymus
Belæ notarius nennt Cap. XXXII **n u r e i n e s i l v a m Z e p u s**.

Leutschau (aus der Leutsch)[*]).

D'er álde héufhund¹).

E pauer²) hàt en tràin³) hund gehàt, dêr hàt Sultan gehéis-
zen³). dêr wàr alt gewôren⁴); séu, dáß er nischt méi⁷) nêeh hàt
gekênt⁵) derwêschen. dà êss der pàuer éinméul mêt sainer fráun⁶)
gestánden und hàt gesägt: „en älten Sultân derschláz ich môrgen⁴);
der êss zu nischt méi nêch nûtz.“ der fráun häts êm hund léid
getéun und so hàt se gesägt: „der hàt uns séu lánge jàr⁴) gedînt
dáß ber nen kênn es gnàdenbréuű gén,“ — „éi wàs“, hat der mán
gesägt, du bêst nêch rêeht geschaid! der hàt kéin zant méi ên mául²)
und kéin dîb färcht⁸) sich nêch méi vor nen, wenn er uns gedînt
hàt, so hàt er sain guttes fressen dervar gekrígt. jêz téugt er nischt
méi und kàn ôbgéin. der hund dêr nêch wait dervôn êss gelégen,
êss derschrocken, dász môrgen sàin letzter tàg sain sol. der hàt
en gutten fraind gehàt; dôs wàr der wulf. zû dên êss er éubends ên
wald ráußer²) gegáng⁹) und hàt nen derzäilt wàs for e¹⁰) schécksàl
nen bevôrstéit. „màch der kéine⁸) sôrgen“, sägt der wulf, „ich

---

[*]) Diese Leutschauer Sprachprobe ist wol aus Leutschau und mir als „durchaus zuverlässig“
zugesant, doch hält sich dieselbe nicht überall streng in der Mundart; vgl. Anm. 1 u. ff.

wéiß[2]) en gutten réut. môrgen frî géit dain herr mët sainer fráun
ëns hai und di nemm îr kléines kënd mët. dàs léigen se bai der
ôrbt[11]) hënder di heck en schátten. déu léig dich derzû, àls wennst
dé's wollst bewachen. dann wê[12]) ich ausen wàld kom und es kënd
stêln, du must mer néuspreng mët aln kräften, àls wennst's mer
ôbjàgen wollst. ich losz es fálln und du brêngst s wider. dann gláu-
ben se dász du's hàst gerëtt und sain vîl zu dánkbôr der ewàs[13])
zu tûn[14]). ën géigentéil, du kimst ën vëllije gnâd und es wët[12])
der nischt nëch féiln. der ônschléug hàt en hund gefalln und
wî se nen hàn ausgedòcht, séu hôn se nen éuch ausgefîrt. der pauer
kraischt[15]) wi er en wulf mët sain kënd durchs feld léufen sîht,
wî's ôber der àlte Sultân wider zerëckgebrôcht hàt, dà wàrer fréu,
hàt nen gestréichelt und gesàgt: dîr soll[16]) nischt béises nëch
widerfôren, du sollst[16]) es gnádenbréud hàn séu langst dé lêbst;
dernàchend hàt er zu sainer frau gesàgt: géi glaich enhéim und koch
en àlten Sultân e kulasche, di bráuch[17]) er nëch ze knospern[18])
und main tfîl schenk ich nen éuch zun lâger. von jëz ân[19]) hàts
der àlte Sultân séu gutt gehàt wî er sichs nur hàt gekënt wint-
schen. der wulf hàt nen besûcht und hàt sich gefrait dàsz es nen
séu gutt gelûng ëss. — „harch[20]), lándsmán", sôgt er, „du wëst[12])
doch e éug zudrëcken, wenn ich dain hêrrn e fett schéuf wegholn
komm? es wirt éin haitzutàg schwêr sich durchzuschléun." —
'Nein', hàt nen der hund geantwôrt: 'main hêrrn bënn ich trâi; dòs
kàn ich nëch zùgên'. der wulf ëndess hàt geméint dász dàs kéin
ërnst ëss und ëss ën der nòcht gekom en gutten bëssen abzu-
hôln; ober der trâie Sultân hàt en hêrrn álls ângezáigt, séu dász nen
dêr ën der schaier ofgepasst und nen grailich di hâr gekämt hàt.

Kinderspruch.

Wenn der brúder Mëchel wët enhéim kom
sáckt der sol e bëszchen z' uns kom;
kimt er éuch nor schon e bëszchen
gëbernen e handvoll nëszchen.

---

[1]) Der Hof heißt in Kesmark héub und Hofhund: heubhund. S. Nachtr. 32b.
Die Schreibung héuf mit f in Ltsch. ist nur eine Concession an die Schriftsprache,
wie dergleichen Erscheinungen in den Städten der Zips sehr häufig sind.

[2]) â für mhd. û, iu und ou, wie es hier vorkömmt, hört man in Kesmark nicht; dort
klingt Mhd. û ganz rein au und mhd. ou beinahe ôu oder éu S. Wörterb.
29a und From. VI. 2491.

[3]) Mhd. ei ist in der Zips éi (in Krh. wie österr. ä) hingegen Mhd. î klingt ai;
s. Wörterb. 48b, 65a.

4) Die Dehnung des o, die auch im Schlesischen (und im Md. frühzeitig) vorkömmt, scheint nd. Ursprungs. S. darüber Weinh. dial. 51.

5) gekënnt (= gekönnt) für gekÜnnt, s. Nachtr. 35ᵃ unter kann und vgl. Zipsl Anm. 7 und 17.

6) fråen dat. sing. frauen, die alte schwache Biegung, die sich aber auch noch bei Goethe findet; über den Vocal å = ou. S. oben Anm. 2.

7) mê und méi schon mhd. gekürzt mê (aus mêr) ist in der Zips häufig. Dieser Wegfall des R findet sich außer im Mhd. auch noch im Altfries. (mâ neben mâr) und angelsächs (mâ).

8) fårcht fürchtet; ä für ö, so wie in var für vor: es scheint hier ein altes forahtan (für forahtj-an) forchten, erhalten, das Mhd. schon vürhten lautete. Spätere Beispiele eines praes. vorhte scheinen md. oder altertümlich. S. Diemer 305, 5. Ludw. Kreuzf. 5835. vorte Rother 2014. Diut. III. 106. Gr. gr. IV, 35. Mhd. Wtb. III. 386.

9) gegân gegangen, ist eine Zusammenziehung, die auch Mhd. vorkömmt. Gr. gr. I². 945. Frommann zu Herbort 6774, Seite 280, und was dort weiter citiert ist. Diemer 20 u. a. Mhd. Wtb. I. 463ᵃ.

10) wasfore, qualis, aus was für ein.

11) öerbt f. arbeit. Vgl. Lausitzisch: arbten, arbeiten, Anton III, 4. schlesisch Arbt, arbeit, Weinh. dial. 33.

12) wê wêst wêt werde, wirst, wird. S. Wtb. 104. Nachtr. 49.

13) ewås, etwas, ein was (mit dem Ton auf der zweiten Silbe), in Schmöln. ebås (0—‘) vgl. håldebêr, håldebås, halt ein wer, halt ein was, håldebittener halt ein wie taner. Nachtr. 18. 33.

14) kraischen für Schreien, hier allgemein. S. Wtb. 73ᵃ·

15) sell (söll) soll. Die Mehrzahlform süllen scheint auf den Selbstlaut der Einzahl gewirkt zu haben, das anfangs süll und daraus dieser Mundart gemäß söll, sell ward.

16) bréuch braucht. Dieser Abfall des T der III. pers. ist hier häufig. Es findet sich in Rheinfränk. Mundart. Fromm. III., 272: hilf = hilft.

17) knospern, im schlesischen knaspern, knispern und knuspern Weinh. 44.

18) von jêr ån, von jener (Zeit) an; seit jeher.

19) nurt nur; eine Erweiterung der bekanntlich aus ne wâre entsprungenen Form (Gr. gr. III. 245. 726. Lachmann zu N. b. s. 363). In Frankfurt norzt.

20) harch, horche.

Einiges aus Kesmark*).

alst alles. wû alst kléin ëss, wo alles klein ist. alst für als führt Grimm im Wtb. I. 262 als hennebergisch und hessich an, einmal wird es auch bei Luther gebraucht. Für alles daselbst 246.

bedrang, beengt, nhd. und mhd. kömmt sonst in ähnlichem Sinne nur gedrange, gedrang vor.

beß, besser. ich réut der beß, ich rate dir besser. Vgl. mnl. bet agls. bet.

— chen, Deminutivendung, siehe — ke.

---

*) Aus Kesmark haben wir schon Wtb. 115 eine längere Sprachprobe: Der karfunkelturm von E. Lindner kennen gelernt.

der, er. dî, sie. — densthalben (neben desthalben) deshalb.
 vgl. înensthalben, wensthalben. — der wásprije,
 quis qualis, di wasprije f. was fürige.

derentkéigen, hingegen. Vgl. hèrentgegen Schmell. II, 21.

einwer, einwas, einwie, einwô, einwenn, siehe ewêr.

— en fällt immer weg in Fällen, wie: nem se, nehmen sie, nem-
 ber, nehmen wir, eß ber, essen wir. Vgl. Zpsl. 9.

— endic, eine Erweiterung des Part. Präs., hier sehr beliebt. Vgl.
 Nachtr. 19 unter bûkendeng (= wûetendigen) in Kesmark
 wird gesprochen: — endich bei Verlängerung des Wortes —
 endijer. z. B. kochendich, kochend. di réiselndijen
 wangen (roselendigen) die rosigen Wangen. Sogar: kléin-
 winzendich, kleinwinzig und kléinutschendich, s. utsch.

etwû, irgendwo, s. it jeder und ewêr (o—').

ewêr, irgend einer (= ein wĕr); ewâs (o—') irgend etwas, ewî,
 irgend wie; ewû îrgéndwo, ewenn, irgend wenn ewêter
 (ein wietaner), irgend welcher. ewasperer, ewasprijer,
 irgend was für einer, neben ewâs vorer, siehe was. — So wird
 ein vorgesetzt in éjéder, ein jeder; epâr, ein paar, einige u. s. f.

fĕmb, fĕmbe, fünf zuweilen nur fĕm; aber fĕmweckich fünfeckig.

gréuße, f. (=die grôße), die Großmutter. Vgl. grôschn, grosel,
 grulla, gruvâter. Nachtr. 30. Schles. grula, niederhessisch
 grätuteke Gr. Gr. III, 677.

hûgern, hecken, kauern. Vgl. darüber Wtb. 61ᵇ. dî zitzerchen
 (Brüste) hûgern in dem mûeder.

j — erscheint euphonisch für CH in durjen, durch den.

— ic, — ec, die Adjectivendung (in Sm. wie mhd.) klingt in Kesmark
 —ich, bei Verlängerungen ijer, — ije, — ijes, Vgl. — endic.

jéderer, jedwĕder, jedwĕderer, jeder s. itjédrer.

înensthalben, ihrethalben (Plural.)

itjédrer, jeder.

kaum, wenigstens.

— ke, die Deminutivendung. Vgl. Wtb. 68ᵇ stîrke, jérke, rosînken.
 Sonst — chen, siehe Wtb. 44ᵇ 76 83. Nachtr. 20ᵇ. Deminutiva
 mit — chen, wie bĕßchen, schetzchen, finden sich selten
 rein. Meist wird eine andere Silbe zwischen geschoben. z. B. die
 Pluralendung — ER: schetzerchen, kénderchen, kelber
 chen, kî-erchen (Kühe), maiderchen, Ketterchen (Käth-

chen); die Femininendung — inne, in Käsmark — önne: mai-
dënachen, Kettënchen (Käthchen); die Deminutivendung —
elein: J'éiselainchen (Jesuléinchen); — el: äigelchen,
bësselchen, bißchen; — eler: aiglerchen; oberdeutsche
Formen, wie: schetzelain, Kettelain sind seltener, wenn
auch nicht unerhört. Diese Fülle von Deminutivendungen wird
noch vermehrt durch slavische Endungen, die eingedrungen sind,
wie — iz, — utsch, — usch und ull. Man hört schätzusch,
Kettusch, maidusch; schätzuschchen, Kettuschchen, maiduschchen, bëßuschchen, bëßutschchen,
ja sogar bëssutschkelchen, was immer noch soviel bedeutet
als bißchen; Kettizchen, Kettizusch, Kettulle, Ket-
tulchen. Sogar das Adjectiv wird ergriffen: winz-usch-
ich, e winzuschijer winzig, ein winziger; kleinutschen-
dich, siehe -endic.
kéinmand, niemand. Schon in der Zipser willekur §. 1 : keinman.
mainstwegen, meinetwegen.
manchter, manichter, mancher.
nischt, nichts; nëch, nicht. Vgl. Zpsl. 2.
ôb, éib, ob.
pîs-chen n. kätzchen. Es hat geschmeckt, so kann er izt von
pîs-chen sichs maul lecken lossen géin. nd. s. Wtb. 42.
sai: bin. saiwî schlecht, wie immer (aus es seí wie immer);
hî sëtzt sichs nëch saiwî, hier sitzt sichs nicht schlecht.
saiwêr quiscunque, saiwås, quidcunque.
-sche, der nachbarsche stols, der beamtensche garten.
sëter, selcher, silcher, (-sülcher), sotaner, solcher.
séu gêrn: so gerne (wie im schlesischen), österreichisch a sôl d. h.
was weiß ich! si sägens nor séu gêrn, sie sagen es nur im
Scherz, es ist ihnen nicht Ernst.
sich, in hî sëtzt sichs nëch saiwî (s. d.), hî mecht sichs.
hier macht es sich, ist es angenehm.
téile, d. i. einige von vielen. of Michéile héizen téile, of
Galle héizen alle.
tschwëschen, zwischen.
tûglich, spr. tiglich, sehr. Das Gesicht glüht tiglich.
-utsch, Deminutivendung, siehe unter - ke.
verpûṣt, verstaubt. Vgl. pûṣicht. Wtb. 42.

was, für der, die, das, wird eigenthümlich gebraucht, indem er, sie,
es dem darauffolgenden Subject noch ergänzend nachfolgt: der
mann wås ich nen déu sê, der mann den ich (ihn) da sehe.
di frau wås ich se déu sê, die Frau, die ich (sie) da
sehe. es kĕnd, wås ich's déu sê, das Kind, das ich (es) da
sehe; wås er, wås se, wås es, erscheint auch so häufig für
demonstratives der, die, das, Genitiv; wås sain, wås îr, Dativ:
wås nen, wåser; Accus. wås nen, wås se; ich, der-wird ausgedrückt mit ich wås ich, und so fort: du, der - du wåstda,
er wås er, bir wåsber (wir, die), ir wås der, si wåsen se.
wåsperer, wåspere, wasperes, qualis, wasvore, was für ein.
wås voréiner, was für einer, ewåsperer, ewåsprijer,
der wasprije.
wĕter wietaner.
westhalb und wensthalb, weshalb.

Eigenthümliche Ausdrucksweise.

au hî wĕt für ach, hier wird — au géin se! für gehn sie nur! au
guttchen! gut, gut! au juichen! ach! — Dies au ist nicht auch;
es entspricht eher dem schlesischen ock bei Jeroschin og. — Hast du
mich lieb? Antwort: und hå ich dĕch nĕch? für: und wie sehr! —
Als Beispiel der Vorliebe für Deminutiva stehe hier eine Strophe
eines „studentenlîdes" von E. Lindner.

> vil beß als bai aich schĕnnerchen (schinder)
> aus aiern lausijen hefterchen
> lêr bir bai di maidĕnnerchen
> all aire wissenschäfterchen.

Klein - Lomnitz*) im Niederland.

Der botréugene[1]) Taibel.

Wi di bauern s'fald[12]) bosæt hàn[2]), ëss der Taibel geschwĕud
zu sê gân[3]), au[4]) hat gesågt: di hálbe walt[12]) êss maine, ant ich
wëll éuch[5]) von der arnt[12]) main téil krîgen. di bauern wåren àber
geschaid, bà[6]) si hàn en di undere halft[12]) zu gân[12]) vorschprô-
chen; àber der Taibel hàt di éubere halft[12]) gewollt. — si hàu nont
mûren êns gánze fald gesåt. ant wî di téilung hàt sollen sain hàn

---

*) Von der nachfolgenden Sprachprobe, die mir ebenso eingesandt ist, gilt dasselbe,
was Seite 279 zu der aus Leutschau bemerkt wurde.

se di mûren vár [9]) sich behalden ant en Taibel sain di gâlen [12])
blatter [12]) übrich geblîben. wîs ofs ándere jàa êss kom, hàt der Taibel
en véulen [5]) zorn gesâgt: „itzern [10]) wêll ich di undere halft hàn!"
— dà hàn di bauern wéizen [11]) ant korn gesât. ant wi zum andern
méul [5]) di téilung [11]) hàt sain [11]) solln, hàn sich di bauern di ârn
genumm ant en Taibel sain di stoppeln îbrich geblîben mêt wêtten
(wie tânen, Nachtr. 18) er di hall [12]) gehéizt hàt.

---

[1]) Unser b e — ahd. p i lautete daneben auch im 8., 9., 10. Jahrhundert zuweilen
b a-, p a-, p o-, Graff. III, 5. Aber „selbst Nhd. läßt sich in älteren Urkunden
zuweilen noch b o- für b e blicken". Grimm. Wtb. I. 1202. Es wäre den Gegenden nachzuforschen, wo es am längsten haftete. In Krh. p o- ebenso „cimbr."
Wtb. 33.

[2]) Bemerkenswert ist, daß wir hier die zusammengezogene Form h a(be)n (Mhd.
h à n han Mhd. Wtb. I. 595. Hahn gr. I, 75.) finden, bei welcher das B wie im
mhd. und in den md. und alemann. Mundarten ganz ausfällt (s. z. B. Weinhold dial.
129. Stalder I, 47 u. a. Schmell. §. 954), indem wir in den Gründen das ostlechische b à m (= h à b n) antreffen, welches das B nicht ausgeworfen, sondern
mit dem N verschmelzt hat (Schm. §. 954).

[3]) g à n, ist das mhd. g e g à n (für das sonst übliche g e g a n g e n) s. Fromm. zu
Herbort vers 6774 andere stellen mhd. Wtb. I, 463.

[4]) a n t und, nähert sich der ältesten ahd. Form a n t i. Da in Klein-Lomnitz a sehr
oft für e und ê steht (s. unten Anm. 12) kann es auch für e n t (ahd. e n t i, i n t i)
stehn. Dem hochd. u n t a, später u n d e, u n t, u n d steht es jedesfalls fern und
näher dem Altfries. a n d e, a n d Angelsächs. engl. a n d, Altsächs. e n d i mnl. e n.

[5]) Das é u unserer Mundart, dessen Aussprache manchmal einem o u nahe kömmt,
steht für mhd. o u (é u c h) für â (m é u l) und für unorganisch verlängertes o
(zu ô: v é u l, é u b e r e, b e t r é u g e n). Vgl. Wtb. 29 (wo es ä u geschrieben
ist). Nachtr. 43ª.

[6]) b à: denn s. die kalibe Anmkg. 100. Vereinzelt steht hier schon ein B für W,
das in den Gründen so allgemein um sich gegriffen hat.

[7]) S. oben [5]).

[8]) n o n t: nur s. die kalibe Anmkg. 13.

[9]) Vgl. die Zündrute, Anmkg. 5.

[10]) mhd. i e z u n t, i e z e n t aus iezuo, ieze in Nürnberg e i z, e i z e t. Fromm. I.
131, Gr. gr. III, 120, 217. I; 528 wird hier zu i t z e r n. In der österr. Mundart (auch in und um Presburg) hört man die bemerkenswerten Formen,
h í a z a, h í a z, h í a z t und h í a z t e n (Vgl. goth. h i t a: ἄρτι Gr. III. 120.
Angels. g e t a?) Fromann I, 290, 10, II. 140 V. 505 u. s. w.

[11]) Das é i ist zu sprechen wie es geschrieben ist (also nicht — a i) es nähert sich
dem ê in Schlesien, Obersachsen, md. nd. Gr. gr. I³, 258, 284. Weinh. dial. 34
Schm. §. 14—151. Daneben entspricht a i mhd. î (was westlich des Lech fast
umgekehrt der Fall ist) s. Wtb. 65ª.

[12]) a für e, ä zeigen hier die Wörter h a l l, a r n t, h a l f t, b l a t t e r (Hölle,
Ernte, Hälfte, Blätter). Dies altursprüngliche a hat aber auch a für ê neben sich.
f a l d, w a l t g a l e n, g à n (f ê l d, w ê l t, g ê l b e n, g ê b e n). Vgl. Weinh.
dial. 22. f.

bàsgàge, f. Baßgeige.

houi n. Heu. In Waldorf hui. Nachtr. 33. nnl. hooi.

Morgentag m. Marientag.

rèen: regnen.

schwàdern: plaudern.

tuck: schau; sonst kuck, auch hennebergisch tuck s. Fromm. II. 448.

Kniesen im Niederland (eingesant).

Gib a ditchen [1]) ĕn di bromme [2]), dánn wâber [3]) alle zwiine (zwei männer) mĕt fuijain [4]).

Gimra bĕszchen stenke [5]), dánn wâber [3]) ens Seneblâ [6]) mĕt schlàttern [7]).

Frau néupern (nôpern), hait [8]) mer aire findelinde [9]) durch de floite [10]); laiht mer aire tippetappe [11]) ant (en) schĭß zinûben! [12]),

---

[1]) ditchen n.: Groschen, Deutchen, nd. dütjen, s. Wtb. 44 und Gr. Wtb. II. 1767.

[2]) bromme f. Baßgeige, Brummbaß. Vielleicht schon mhd. Gr. Weistämer II. 164: brumme. Bei W. Scherffer († 1674) aus Oberschlesien: die große bromme From. IV, 165, in Krickerhäu, Kremnitz bromm. Nachtr. 19b.

[3]) So wie in Krh. und Dpsch. ist der Stammlaut von wärden A. geworden (wie schles. Weinh. dial. 124); ech wâ, wîr (Krh. ba Dpsch. bærr), wir wâren (ban) = werden, s. Nchtr. 49b ber wir, auch schles. Weinh. dial. 75.

[4]) fui-ja-en: tanzen? Vgl. allenfalls madjar. fuj, er bläst, woher al. fugàk: Wind, fugara große Pfeife der Schafhirten. Jungmann I. 536.

[5]) stenke n. etwa für stämpchen, ein kleines Maß von Triakbarem („ein Pfiff") Nachtr. 48b.

[6]) „Neu-Lublau."

[7]) schlàttern, im Kote waten. Vgl. ahd. slôte f. der, Schlamm. Graff VI, 792 in Baiern schlott, schlutt, schluet f. der Schlamm, schlötten, schlottern, damit zu schaffen haben. Vgl. Nachtr. 46: schlieten.

[8]) haien, werfen. Vgl. geheien. Schm. II, 132.

[9]) findelind d. h. Der Haspel. Andere Ausdrücke dafür, wie: gippe f. terrefere f. tod m. sind schon Wtb. 44 angeführt.

[10]) floite f. Bodenwand, etwa die Fallthüre oder die Öffnung der Decke zum Dachbodenraum. Vgl. schles. fleute f. viereckige Wolltafel. Weinh. 223.

[11]) Vgl. Wtb. 44.

[12]) Schieße zum ofen (d. i. in den Ofen) n. in Schlesien die schosse. Weinh. 87. Ofenschüppe zum Broteinschießen.

Pudlein im Niederland*).

Nischt[4]) und a wås[1]).

S'wåren[0]) améul[2]) zwê brîder[4]), von dann[0]) håt[3]) einer[7]) něch[4]) gewollt orpen[5]), wail[7]) nen's[0]) geld něch[4]) glaich[7]) ěn's[4]) maul[2]) gefléugen[2]) ěss[4]), dar[8]) håt[0]) en[4]) ein[7]) stöck[4]) gesågt: wû[13]) nischt[4]) ěss[4]), kán[0]) éuch[2]) nischt[4]) derzûkomm[10]). er ěss[4]) sain[7]) gánz[0]) låben[8]) láng[0]) der orme[0]) brůder Wunischtes geblíben[4]), wail's'nen[0]) něch[4]) ěn[4]) kopp gån[10]) ěss[4]), mět[4]) kléin[7]) an[11]) ånfång[0]) zu måchen[0]), ěm[4]) båld[0]) a[11]) grêszer derspår ness[0]) zusàm[0]) zubrěng[10]). a séu[2]) håt der jěngere[4]) něch gedåcht[0]) dar håt vorstandiger[13]) àls[0]) der aldere[8]) gerédt; „wås něch ěss, das kan wåren. dar håt mět kléin ångefån[10]) und[14]) håt dås běszchen wås er vom våter gekrickt[15]) håt, schéin[16]) hingelêgt und aufgehoben, und durch sain spårsam låben genug vil zusàm-gebråcht. n' ånfang ěss es pomahlich gån àber dar[17]) håt sich àn sain sprěchwôrt[18]) gehalden[19]), wàs něch ěss, kán wåren! und dås håt nen fort en der orpt nai bostarkt[20]). hernåchen[21]) ěss es baßer gån und durch sain flaisz håters a séu wait gebråcht daß er a raicher màn ês woren und håt die kěnder von sain brůder[14]) Wunischtes, dar salber nischt zu baiszen und zu knågen[21]) gehåt, dernårt.

---

*) Eingesant wie die Sprachprobe aus Leutschau s. d. Anmerk. *) Seite 28[.

1) a wås: etwas. In den Gründen abås, abéa, ein was, etwas, einwer, etwer (irgend wer), haltabås haltein was; halt abéa, halt ein wer; haltabitter, haltabittener, halt einwietaner, d. i. ein übelgetaner, beschaffener. Nachtr. 18. Wtb. 104, 55. Zur kalíbe Anmkg. 48. Vgl. From. VI, 265, 13: a wei — ein wie?

2) mhd. ou ist éu: éuch (ouch); hingegen û: au maul (mûl); ebenso â, ô: a méul, a séu einmal [einso?] also; bemerkenswert ist, daß bei den Wörtern der Ton auf der zweiten Silbe ruht, wie auch bei a wås, abéa Anmkg. 1; für urspr. kurzes o: gefléugen.

3) håt, gedåcht sollten héut, gedéucht heißen und sind Ausnahmen, denn mhd. â ist éu. Alle übrigen a werden zu à, å; reines a steht nur wo ä, e, ě stehen sollte (zuweilen auch für ei in a: ei n).

4) ě steht hier überall für i oder ü; außerdem nur in vor. und Bildungsilben, oder, einsilbigen Wörtern, die nicht hoch betont sind (der aldere; aber: dar hat); eine Ausnahme macht beredt, das fast wie beridt klingt und gelêgt,

5) orpen orme — àrpen àrme. Vgl. Anmerk. 3.

6) nen: ihn und ihm; urspr. wol nur für ihn und aus mhd. inan, inas zu erklären? — Auch in Kesmark s. Wtb. 49ª,

7) mhd. î immer AI, hingegen EI: Ei. S. Sprachprobe aus Kleinlomnitz. Anmerk. 11

⁸) ŏ ĭ e ae betonter Stammsilben werden zu a bei Verlängerung (in mehrsilbigen Wörtern, wo nicht Position die Kürze veranlaßt) à vgl. Anmkg. 3.

⁹) Vgl. Anmkg. 3.

¹⁰) der zûkom, zusàmzubrēng für darzukommen, zusammenzubringen, neben belîben scheint zu zeigen, daß das en nur nach position bildenden Consonanten (auch kommen, indem es nhd. nicht zu kômen wurde, gehört hieher. Vgl. kann Wtb. 29ᵃ) wegfällt. Doch würde ich àngefàn und gàn für angefangen, gegangen nicht durch den Wegfall des gen erklären, sondern aus den md. Formen gevân. Bei Jeroschin 105ᵃ s. mhd. Wtb. III. 202 und gegàn s. Sprachpr. aus Klein-Lomnitz Anmkg. 3.

¹¹) Vgl. Anmkg. 3.

¹²) em für ŭm: um s. Nachtr. 49. — i steht nur vor Position (nischt nēch) und für üe: brîder: in tonlosen Silben: — lich — sich.

¹³) û für à ist md. Weinh. dial. 57, 13. vor — für älteres vur — (mhd. ver—) ist allgemein md Weinh. dial. 51, 6.

¹⁴) u — û bleibt hier unverändert: und, durch, brûder in den Gründen wird es meist o in Knh. éo.

¹⁵) k für g sonst in Krh. kegen, in der Zips kucken, in den Gründen verlàken (gegen, gucken, läugnen).

¹⁶) ô wird ê, éi: grêszer schéin.

¹⁷) dar, der, häufig für er auch in den Gründen.

¹⁸) wŏrt auch schles. md. wol schon bei Herbort s. vers 2584 Weinh. dial. 52.

¹⁹) Vgl. oben der aldere; die Erweichung des d nach l auch schles. Weinh. dial. 65. vgl. Gr. gr. l², 393 f. 409.

²⁰) Zu bo vgl. die Sprachpr. aus Klein-Lomnitz Anmkg. 1.

²¹) knagen: nagen, ist nd. Auch in Aachen. Müller Weitz 115. Schwed. gnaga, ahd. ginagen. Graff II, 1014, mhd. md. genagen, gnagen, mhd. Wtb. II, 296. Weig. Schmitth. II, 239.

Schelte:

Nain kriminaid! du verflûchter kerl, nain zentnerschwârer doner sol dich derschléun. 's krēmpchen! di ân (?) sol dich schitteln, schmaisen, warfen! brēch hals und gebein! solst krepiern wi a hund! Du Kropok, Supok (Pole)!

du léinerner Jéisop (Joseph)! sagt man zu einem matten Jüngling.

Hànsel, schmück de gâle ai di màngel (Hüfte) daß sé louschte (links) wēt anzîhn. S. unten „einzelne Ausdrücke".

Namen:

Âde Adolf.

Hànsel, Honsel Johannes.

Jax, Jakobus.

Jéisop, Joseph.

Kettchen, Käthchen.

Lûde, Ludwig.

Einzelne Ausdrücke:

bawî; wie denn nicht! ja wol! ba jâ: ja, aus was wie, was ja, wie mhd. waz dâr, mnl. wattar, mundartlich wa mê, wa gilts (schweizerisch). Fromman V, 403, VI. 90.

belemmert: betrunken. Vgl. belempern Wtb. 77ª.

beschaigelt: betrunken.

éuter f. Eidechse. Vgl. hennebergisch: ederess, f. Fromm. VI, 472. Daneben die alten Nebenformen audex f. in Bern: eutachs n. Fromm. VI, 474 f. vocab. von 1420 audechse. ags. âdhëxe.

femmel, m. Blindschleiche, blënder femmel!

héup m. Hof. So auch in Ksm. Nchtr. 32ᵇ das f (= nd. f) wird zu p auch in schepp, schäb: schief, im Westerwald. Schmidt 173.

„kàckelake f. Fichtenrinde.“ kockalatsche, kockelouzen, Tannenzapfen. Kesm.

kolende f. So nennt man das Zeichen CMB (Caspar, Melchior, Balthasar), welches die um Weihnachten und Dreikönig singend umherziehenden, milde Gaben einsammelnden Chorschüler (auch im Gefolge des Schulmeisters) an den Thüren zurücklassen. Eine Sitte die aus einer Zeit herrühren mag, wo sie als die ausnahmsweise Schreibkundigen betrachtet wurden, die mit diesem segenverleihenden, gespennsterbannenden Zeichen sich für erhaltene Gaben dankbar zeigten. Im Slavischen heißt bekanntlich koleda die Sitte dieses Umzuges selbst und hier berührt sich das Wort mit slav. kolo Rad, radförmiger Kuchen (Sonnenscheibe?). Palkowitsch erklärt das slovakische koleda: Neujahrsgabe, Kalende, Neujahrsumgang der Pfarrer, Dankovszky das madjarische koleda: benedictio domorum circa festum trium regum. Sonst madj. koledâl er bettelt, sammelt.

louschte links. Vgl. Wtb. 78ᵇ luetsch und madj. lusta, träge.

màngel, mongel f. Hüfte; zu mhd. anke f. gelenk?

more m. der Alp, slovakisch mura f. bei Palkowitsch incubus.

papulle f. Wange. zu pappen, essen, Nachtr. 16ᵇ schon lat. pappare die sl. Endung -ulle auch in pitschulle. Wtb. 36ᵇ. Weinh. 10: bitschole.

parchen m. kleiner Garten längs der Stadtmauer; eigentlich Umzäumung, Pferch, Park in Schlesien, s. Wtb. 32.

parschke f. die Schnauze.

scherze f. Brotanschnitt. Vgl. Schmell. III. 405.

schlamperchen f. Messerchen.

sein: ich sai (bin) s. auch Mzff. du bĕst, er ĕss, wir sain saider, se sain, ich sai gewâst, gewâsen.

scharre, tscharre f. die Rassel. Vgl. tscharrom, rasple. Wtb. 46ª zu ahd. skirran, skerren, scharren Gr. gr. II. 39 er 428, Graff VI, 538 (daselbst auch skĕrra f. strigilis). Schm. III. 386, 389.

werden: ich wa, du wĕst, er wĕt, wir wan, er wat, se wan.

wulperchen n. Heidelbeere. Vgl. Schm. IV, 53. Wtb. 105ᵇ in Aachen.

wolber Weitz. 263.

Zahlen:	16 sachzen
2 zweine, zwû, zwâ	10 zân
5 fĕnf, fĕnbe	11 ĕlf, elbe
6 sex	12 zwêlf, zwelbe.

Aus der Béll (Bela).

An der Grenze zwischen Niederland und dem Garstvogeldialekt.

Béilerstĕckel*).

Nàch vorrichtter¹) orbt ês a Béiler ên wald' gån²), êm zu sån³) wàs er am àndern tâg zu tûn hàt. Wî er eséu⁴) géit hàt er offem béum (bóum) Gôterchen⁵) gesén³). dar⁶) hàt itzern⁷) nêch gewost wàs das fár véigel sain⁸) und hàt se fár hailige⁸)

---

*) Die Beler sind die Schildbürger der Zips. Ähnlich sind die Böeler, Dittebüller in Schleswig verspottet. S. Müllenhoff, s. 91 f. Ein Stadtnotär in Käsmark, Namens Thomas Gosler aus Holstein (um 1627), konnte diese Schleswig'schen Scherze kennen und den benachbarten Béilern, durch die Ähnlichkeit des Namens verleitet, angeheftet haben. Übrigens wird auch die Geschichte aus der Eiflergegend Firmenich III., 243, von dem Stier, der das Gras auf dem Backofen (in Bela auf dem Thurme) abfressen soll, mit einem Strick um den Hals hinaufgezogen und erwürgt wird, von den Belern erzählt. Über Erzählungen ähnlicher Art von Schiltbürgern Krähwinklern u. a. s. Gödecke Grundriß Seite 424. f. — Das Obige ist wol aus Bela, jedoch nicht mit der erforderlichen Strenge mundartlich gehalten; die Schriftsprache hat überall eingewirkt, ich unterstreiche die bedenklichsten Formen.

gehàlden. der jäckt⁷) ên di Béil und hàts flucks en magistrât derzäilt dász en wald hailige véigel off en béum ir nest hån. di Béiler
han glaich⁸) a léiter⁵) genom¹⁰) ùnd sain êndâm⁶) se di léiter
derléings getrågen hàn, in wald gån. Wi se àber zon wald kom,
hàn se se nêch gekont wattersch trågen, bà¹¹) de béim hàn vorge-
hàlden. Die hacken izt àlle béim aus und hån aséu⁴) schîr en ganzen
wald vornîcht¹). Of di lazt¹²) sain se baim béum ånkom wu di
véigel wåren und hån di léiter àn béum ofgestellt; åber si wår vil
zu kûrz. izt han se di léiter of di sait gelêgt und sain einànder off de
köpp gestàn¹³) biß der éiberste es nest derréicht båt. wi der
éibere schund di hand néu's¹⁴) ausgestrackt håt, kraischt er far
lauter fraid: „ich hà¹⁵) se schund!" und der nîderste, em se am
boschwêndsten¹⁶) zu sån, ês hervorgsprong eips¹⁷) wår ês, dász er se
schund hàt. wi der underste waggesprong ês, sain àlle éiner offen
andern geflùgen und nond¹⁸) der éiberste hàt sich àn a zwonke
derwoscht²⁰) und ês hâhn²¹) geblîben. Dász se nen ràpper krîgen,
schmêssen se béil ant²²) ax off nen un hån nen gànz zuhàckt. doch
ês er hernâcher runte gefalln, wail man nen di hànd mêt a béil ab-
gehàckt hàt. si hån nen genum und éuch di léiter und sain mêt nen
gån ên di stàt Béil.

---

1) vor — ver — s. die Anmerkung 13 zur Pudleiner Sprachprobe.

2) gån, gegangen. S. Leutschauer Sprachpr. Anm. 9. Kleinlomn. Anm. 3.

3) såhn, sehn, mit unhörbarem H mhd. sêhen; hingegen weiter unten part. praet.
gesên, wo gleichfalls das H unhörbar ist (in der öst. Mund. segn, gsegn) aber
Ê für A (ein Fehler des Aufzeichners?) was aus mhd. gesên (ja selbst gesîn
Wackern. I. 775, 7 ein mnd. Bruchstück des 13. Jhs.) zu erklären wäre.

4) eséu und weiter unten aséu. Dies ist nun schon deutlich eine Ungenauigkeit des
Aufzeichners (obwol mir die Aufzeichnung als „durchaus zuverlässig" zugeschickt
wurde). In Mzsf. sagt man asou oder aséu in Krh. asû Smln. asô. Plsn. esôde
Wtb. 97 zu mhd. iesâ? s. Schm. III. 176: pfälz. uese.

5) Göterchen. Dies soll in B. Benennung einerLerchenart sein (?), wodurch obiges
doppelsinnig wird. Schmeller führt II, 82 aus p. Abraham auf: götl f. elster. Ich
kenne nur den öster. Namen àlsterkàdl f. Elster, was eine deutende Umstellung der Laute von ahd. àkalastra scheint.

6) dar (dër) er, s. Zpsl. Anm. 15, Pdl. 17. A für E weiter unten in êndâm. vgl.
Kleinlomn. 12. Wtb. 48.

7) itzern, vgl. Kleinlomn. Anm. 9.

8) sain sind, glaich, léiter, héilige (mhd. sîn [conjunct. Form für indic.]
gîîch, leiter, heilec), so hätte der Aufzeichner wol, nach Analogie s. Leutsch.
Anm. 3 schreiben sollen; er schrieb aber laiter, hailige, was ich zu ändern
mir erlaubte.

9) **j ä c k t**, jagt. Jagen biegt in solchen Mundarten, welche vom nd. oder vom md. beeinflußt sind, stark: **d u j ü g s t** etc. **i c h j u g**, nd. **i c h j ö c k** nl. **j o e g** (spr. **j û g**) hingegen ahd. **j a g ô t a** mhd. **j a g e t e**, **j a g t e** etc.

10) **g e n o m**, Wegfall des — **E N**, s. Zpl. Anm. 9. Pdl. Anm. 10.

11) **b à** (aus mhd. **w à**, wo) denn Smk. Anm. 100. Kleinlomn. 6.

12) **o f d i l a z t** (= auf die letzt) für zuletzt. **d i e l e t z e** ist mhd. Ende, Abschied; **z e i n e r l e t z e** geben, s. Schm. II. 529, könnte auf lat. **l a e t i t i a** ahd. **l e z z n**, goth. **l a t j a n** zu erwägen sind erinnern, wenn auch hier eher vgl. Schm. II. 518, 531: **l e t i t z e l**, **l i t z e l** etc. — **A u f d i e l e t z t e** (sc. **Z e i t**) gilt jetzt auch in anderen Mundarten (neund. **u p e t l e s t**), sowie überhaupt **l e t z t** statt **l e t s t** für **l e s t** (aus **l e[z i]s t**) auch im Oberdeutschen durch das md. aus dem nd. eingedrungen ist.

13) **g e s t à n**, gestanden für gestiegen, vgl. Wolfram: **s i h a b t e n s î n e n s t e g - r e i f : s u s m u o s e r v o n d e m o r s e s t ê n** (= steigen).

14) **n é u**, nach, Wegfall des H und CH ist schon besprochen. Nachtr. 30[b].

15) **h à**, ich habe. Österreichisch läßt das B nie weg : **h à b**, hingegen schweizerisch **h à**. Stald. I. 47. mhd. (d. h. alemannisch) **i c h h à n**, md. findet sich bei Herbort sogar (3 Mal reimend) **h à** für den Conjunct., s. Fromann zu Herb. 3755. Gr. gr. I². 966.

16) **b o s c h w e n d** geschwind. **b o — p o —** für **b e** findet sich auch sonst. S. Kleinlomn. Anm. 1. Hier steht es für **g e**.

17) **ö p** ob, schlesisch **é b**. Weinh. dial. 37 scheint für **ü b** ahd. **u b i** (Versetzung von **i b u** Dativ von **i b a** Zweifel) zu stehen.

18) **n o n d**, nur, auch in Kleinlomn. Stss. Smln. Mzsf. Smk. 87, 99.

19) **z w o n k e** f. der ast. Etwa = **z w e i s e l** der Bedeutung nach.

20) **d e r w o s c h t**, erwischt. Die Nebenform **w ü s c h e**, **w u s c h e**, kömmt schon mhd. vor mhd. Wtb. III. 764.

21) **h à h n** hangen. Das H unhörbar, vgl. 3, mhd. **h à h e n** ahd. **h à h a n**.

Garstvogelsprache.

Katt rack har as lapp [1]**), ëch gâ der a schmatz.**

hàber hàber hàber éuch gald, àber hàber kéin hàber, hàber éuch kein gald.

---

1) **l a p p**, Neutr. in Käsm. **l ä p p** (nicht **l ë p p**), Neutr. **L i p p e** ist aus dem nd. eingedrungen für hd. **l e f z e**. Altfries. **l i p p a** ist masc. vergl. schwed. **l ä p**, masc.

Iopgaard.

A. Sonklar von Innstädten theilt eine mundartliche Sprachprobe von da mit in seinen „Reiseskizzen aus den Alpen und Karpathen" Seite 146 ff.

„En Metëu [2]) hot dedjînt [1]) [4]) Mischkes Mechëu [2]) baim Goudainernen [3]); dou hot dedjînt ouch éine ous Kjîsmark [4]) fer [5]) a kechen, die hot dehéißen Kjattusch [4]). En ånfàng (oonfong) hon se sich nond [6]) a sû ån deuuckt [7]), [2]) dann hon se cins zù s ondere de uacht [2]). of die uatzt [2]) hon se sich ouch dewout. Ame [8]) a sû lange [2]) as se dô wôr, wôr sn a sû gut, a sû frülich. Wie se ofs neue jôr ës anhéim degang, wôrem asû bang a sû uéid [2])! ën wënter hot er zu êr nëch dekunt komm. ën sommer hot er sich nafza [9]) ofdemacht end ës deuufen [2]) bis ëns [10]) Kjîsmark zu êr. ën der nacht um éube, zwéube [2]) êser zu êr dekom. Kâm [11]) hot er mit êr deret, hot er schun demust héim gîn [12]) etc."

Das die Mundart „verdorben und mit slavischen Articulationen durchsetzt" sei, wie Sonklar a. a. O. angibt, das scheint nach dieser Probe nicht richtig.

Sonklar hebt noch hervor, als besonders bemerkenswert, die „butterweiche" Aussprache des R, die ich Nachtr. 43 zu schildern suchte.

---

1) de für ge zeigt eine kindliche Sprache, wie Siebenbürgisch zuweilen tlinkig, tinzig für klinzig, tlidchen für Kleidchen. Fromm, V. 368. Heunebergisch tlê klein, tlâdle, Kleidchen, tlippertlê, klipperklein, tann, kann. Fromm. II. 497. Ferner tuck, guck, vgl. oben S. 288, troß, treif, groß, greif, daselbst 498. Auch in Obersachsen hört man tleich, gleich. Ähnlich tl und tn für gl und gn am Mittelmain, Obeßisar, Oberinn, Rottal, Ilz, Schmell. §. 475. In Häußler's Sprachkarte finde ich noch bemerkt, daß man im Leitmeritzer Kreise d für g höre. — degang zeigt, daß das anlautende g in der Stammsylbe bleibt; das Nachtrag 43 b angeführte de = dang scheint demnach unrichtig.

2) Das L scheint überall im An-, In- und Auslaut zum Vocal U geworden. Mecheu Michel, gaud, wout, Gold, wollt, deuuckt, uatzt, uacht, gelugt, letzt, lacht; dies sind Beispiele, so auffallend, daß man die Verwandlung aller L für möglich hält. sû lange sieht unwahrscheinlich aus neben di uatzt; es soll wol auch sû uange heißen. frülich für früuich könnte bei alledem stehn, da hier das L den Anlaut einer tonlosen Bildungssilbe bildet und in diesem Falle vielleicht weniger der Erweichung unterliegt. — Der Übergang des L in U erscheint bei Niederländern (Grenznachbarn der Franzosen) und Südslaven (Grenznachbarn der Italiener) im In- und Auslaut. Gr. G. D. S. Seite 319 f. im schlesischen Weinb. Dial. 66. Fromm. II. 500. Im Anlaut ist die Erscheinung wol

unerhört und erinnert nur an halbwegs Ähnliches im Schwedischen, wo lj u s = jus klingt, also L im Anlaut wegfällt, oder j a t z t in D. Praben = h e r z, wo das h vom Vocal verschlungen wird.

3) g o u d a i n e r n e, der Pfarrer, halte ich für ein erweitertes g o l d a i n e mhd. der g u l d i n e, der goldene. Durch mundartlichen Misbrauch ist an die nicht mehr verstandene Adjectivendung — a i n, eine weitere (und zwar gleichfalls aus einem verirrten Sprachgefühl entsprossene) adjectivische Endung — e r n angehängt worden (wie in b e i n e r n, s t e i n e r n) und so entstand dies g o l d e n e r n e. Vielleicht ergibt sich für die, die mit den Localverhältnissen von Hopgaard näher bekannt sind, eine Erklärung, wie es gekommen, daß dort der Pfarrer der goldene genannt wird. Vgl. d i u g u l d i n n ő n e, d i u g u l d i n m ë s s e Schmell. II., 34.

4) K j i s m a r k, d e d j i n t, K j a t t u s c h, zeigen eine Art der Präjotierung, die auf die an das altnordische erinnernden Gesetze, die den Nachtr. 33 f. angeführten Fällen zu Grunde liegen, nicht zurückzuführen sind.

5) f e r a, für eine = statt einer, findet sich auch sonst in der Zips.

6) n o n t, nur, findet sich auch in Bela, Kl. Lomnitz und in den Gründen. S. Schmöln kalîbe. Anm. 87.99.

7) l u c k e n, lugen, ist in der Zips und in den Gründen allgemein. S. Wtb. 78b.

8) a m e, aber — a b e r n e? Vgl. f r a i l i c h t a n.

9) n a f f z a, hernach, wie o f f a. aus anfangen. Nachtr. 43a aus: anzufangen.

10) K e s m a r k ist Neutrum.

11) k â m, kaum hat österreichisch. Vocalstand.

12) g i n, gehen, so auch schles. Weinh. Dial. 43 md. Schmell. §. 208.

II. DIE GRÜNDENER MUNDART.

Die vorzüglich bergbautreibenden Gegenden der Zips werden daselbst die Gründe*), als Landschaft mit einem gemeinsamen Namen in den Gründen bezeichnet, s. Wtb. 56ᵇ; von letzterem Dativ das Substantiv der Gründener, d. i. der in den Gründen wohnende. Die Mundart des Gründener unterscheidet sich merklich von der der übrigen Zips (des Zipser Oberlandes, des Garstvogeldialekts, des Zipser Niederlandes und der Städte Leutschau, Neudorf und Umgebung), wenn auch nicht so wesentlich als bisher angenommen wurde **).

Es sei daher gestattet, die Mundart der in Klammer bezeichneten Gegenden zum Unterschiede von der in den Gründen gesprochenen, ausnahmsweise die Zipser Mundart (nicht Zipser Dialekt, so nenne ich lieber mit einem Gesammtnamen alle Mundarten des ungrischen Berglandes) zu nennen, so wie der Sprachgebrauch in der Zips auch gründnerisch und zipserisch unterscheidet. Ein Zipser belehrte mich: „die Wagendrüsseler sind Gründner, sprechen aber wegen ihres Verkehres mit der Zips mehr zipserisch. Krompach, nahe zu Wallendorf, spricht schon ganz zipserisch. Das echte gründnerisch findet sich in den Orten: Schmölnitz, Schwedler, Stooß, Einsidel, Gölnitz; aber auch in Metzenseifen und Dopschau, die zwar benachbart sind (die Stooßer besuchen die Märkte von Metzenseifen), aber nicht mehr zur Zips gehören***).

---

*) Der Grund, das Seitenthal an Hauptthälern, ist ein auch im Salzburgischen üblicher Ausdruck. Schmell. II. 115; in der Schweiz wird grund und grat als Gegensatz gebraucht, wie Berg und Thal. Stalder I. 485. In der Zips heißen die Seitenthäler an der Kunnert (1299 noch latein. Conrada germanice Chunnerth. Wagn. I. 318, 394) oder Kundert (madjar. Hernád), dem gegen Kaschau zu fließenden Fluße: die Gründe.

**) S. Wtbch. 15, wo aus der Ethnogr. der österreich. Monarchie von Freih. v. Czoernig die Ansicht angeführt ist, daß die Zipser westfälisches Niederdeutsch, die Gründner Oberdeutsch sprechen; Beider Sprachen aber sind Mitteldeutsch.

***) „Die Gründener Mundart wird namentlich in den berghauenden Orten (der Zips) gesprochen, die zu dem Schmölnitzer Oberamt gehören, das sind Schmölnitz, Einsidel, Gölnitz, Krumpach, Wagendrüßel, Metzenseifen." Korabinsky 680.

Das Gründener Deutsch wird dem Zipser besonders auffällig durch die Verwandlung des W in B (durchaus im Anlaut) und durch ein stärkeres Beigemisch von österreichischer Mundart, der hier im Durchschnitt nahezu ein Drittel des Wortvorrats und anderer mundartlicher Erscheinungen zufällt. Dies letztere, so wie die Verwandlung des W in B haben die Gründener mit den Krickerhäuerorten gemein; die auffallende Verwandlung des F in W bei den Krickerhäuern kennen die Gründener nicht. Die Verwantschaft der Gründener und Krickerhäuerorte erklärt sich daraus, daß beide von den Bergstädten aus bevölkert sind; das W für F hat vielleicht eine Zuwanderung (aus Krain?) zugebracht, die nach den Gründen nicht gekommen ist.

Wenn man den Stand der Vocale ins Auge faßt, so theilen sich die Gründener Mundarten in solche, in denen das A vorherrscht (Metzenseifen) und die der Sprache des Ortes Krickerhäu selbst näher stehn, und in solche, in denen das E vorherrscht (Dopschau) [*]) und der Sprache des Krickerhäuer Ortes Deutsch-Praben und der Zips näher stehn. Die Siebenbürger Sachsen wollen finden, daß die Mundart des Burzenlandes in Siebenbürgen der Zipser Mundart am nächsten steht; das lasse ich dahin gestellt sein, bemerke nur, daß die starke Neigung, das W in B zu verwandeln, die Mundart im Burzenlande der Gründener und Krickerhäuer Mundart näher bringt.

Sonst sind die Laute der Siebenbürger Sachsen von denen der Mundarten des ungrischen Berglandes heutzutage wol schon sehr verschieden. Ich möchte die ersteren in Rücksicht auf ihre ungetrübte Eigenthümlichkeit mit starkem ungefälschtem Wein vergleichen, wogegen die letzteren zum Theil mit anderm Wein stark gemischt, zum Theil gewässert erscheinen. Das gemeinsame beruht auf Eigenthümlichkeiten des Ausdruckes und auf jener eigenen Färbung der Sprache, die sich noch zeigt, wenn Zipser, Gründner, Bergstädter (Schemnitzer, Kremnitzer), Krickerhäuer (auch deutsche Galizier, österreichische Schlesier) die Schriftsprache reden.

Ein näherer Zusammenhang zwischen Dopschau und Deutsch-Pilsen ist Nachtr. 49 vermutet worden. Vgl. Czörnig a. a. O. II., 200.

---

[*]) Dopschau scheint 1326 von Bania (Schemnitz) aus colonisiert und mit Karpfener Recht begabt worden zu sein. Wagner Anal. Scep. I. 448 f.

Die Colonisierung der Gründe geschah wol von den Bergstädten her, im XIV. Jahrhundert. 1332 erbaute König Robert Schmölnitz, urkundlich S m u l n u c h - b a n i a *). Der erste Theil des Namens rührt von dem Flüßchen her, das schon 1243 S u m u l n u k, so wie die Gölnitz (das Flüßchen) G y l n u c h, G u l n u c h, Gulnych heißt. Fejér IV. I. 290. XI, 403 f. ubi Sumulnuk cadit in Gulnuch. Einsidel (Eremitae) ward 1338 den Schmölnitzern geschenkt; desgleichen Stëllbach 1353 (es heißt 1344 noch s. Wagner Anal. Scep. I. 204, in vulgari lassyu patak in theutonico Stilbach = d. i. der stille Bach); W a g e n d r ü ß e l (W a g e n d r u z e l) und t e r r a M i l l b a c h hatten von Ladislaus IV. dem Kumanen (1272— 1290) die Z i p s e r F r e i h e i t e n erhalten, wie aus einer spätern Bestätigungsurkunde von 1358 (Fej. IX. 11. 678 f.) hervorgeht.

Gölnitz (Gylnuchbania; zum Jahr 1280 findet sich bei Reynaldus **) G v i y l n y c h b a n a Wagn. I, 193) genoß für sich und s i e b e n umliegende Orte ein Privilegium von Ludwig dem Großen. Fejér IX, IV. 564.

Metzenseifen wird zuerst 1376 genannt. Czörnig II. 198, dann 1399, Fejér X. II. 652 f., wo es M e c z e n z e f f und M e c z e n - z e f f e n heißt. Letzteres enthält wol die rechte Form, und ist zu lesen M e t z e n s ê f e n für M e t z e n s î f e n (die Form s î f e kommt in unseren Gegenden auch noch vor, z. B. 1284: a rivo qui c o c h e n - s î f e dicitur s. Kalchelmann II. 150).

[A n m e r k u n g über das slavische Wort b a ň e, madjarisch b á n y a.

Das Wort b á n y a bedeutet madjarisch: die Grube, besonders das Bergwerk, und wenn nun die deutschen Bergorte Schmölnitz, Gölnitz, Kremnitz, Schemnitz u. s. w. Szomolnok b á n y a, Gölniczb á n y a, Körmöcz b á n y a, Selmecz b á n y a heißen, so scheint das ganz natürlich, als ob man im Deutschen sagte: Bergwerk an dem Flüßchen Schmölnitz, Gölnitz, Schemnitz etc. oder Kremnitzgrube, Schmölnitzgrube u. s. w.

Anders stellt sich die Sache, wenn man nach dem Ursprung des Wortes fragt, das zunächst slavisch b a ň e heißt, in allen slavischen Mundarten verschiedenartige Gefäße bezeichnet, und —

---

*) 1338; Smulnuch- und Sumulnuch-banya und Gylnuch-banya. Wagner Anal. Scep. 203.

**) In einer Urkunde von 1284 heißt es ähnlich Hekul civis Q u i l n i c h b a n i â ("Gwylniczbania"), was die Form Q u i l n i c h (Quëllûnaha?) bestätigt.

nach einer gütigen Belehrung des Herrn Professors Miklosich —
nicht slavisch, sondern auf das deutsche Wort wanne lat. vannus zurückzuführen ist. Bergwerk bedeutet es nur in Ungern,
und diese auffallende Erscheinung trifft nun mit einer zweiten
zusammen, die eine die andere stützen. Schemnitz, der älteste
Bergort Ungerns, hieß vor dem Einfall der Tataren wahrscheinlich
nur Wania (nach ungrischer Aussprache vergröbert Bania)*),
wenigstens ist nur dieser Name für die älteste Zeit beglaubigt. Der
Name Sebnitz (bei Kachelmann I. 3. 76: 1352 civitas de Sebenich
vocata. 1408 auz der Schebnitz), Schemnitz, ist wol durch neue
Einwanderer nach der Verwüstung der Stadt durch die Tataren
aufgekommen; vgl. z. B. Sebnitz an der Sebnitz im Meissnerlande.

Wenn nun ein neugegründeter Bergort einen Namen erhält,
der mit dem Namen Wania oder Bania zusammengesetzt ist — wie
Schmölnitz: Smulnuch bania — und im madjarischen ist das bei den
Namen vieler Bergorte der Fall — so heißt das so viel, daß der Ort
ein anderes Schemnitz genannt wird, wie Auswanderer den Namen
ihrer Heimat oft auf eine neue Ansiedlung übertragen; der bei
Schmölnitz, Gölnitz beigesetzte Name (Smulnuch, Gulnuch) be-
zeichnet ohnehin ursprünglich bloß das Flüßchen, an dem das neue
Wania gegründet ist. Smulnuch-bania wäre also ein Wania an der
Schmölnitz, wie man sagt Halle an der Saale, Frankfurt am Main,
Neustadt an der Orla.

---

*) „prisca aetate Bana (nomen urbis est), cives Banenses adpellabantur, dum Sebe-
nicia primum, Schemnizium postea." Bel notit. IV. 565 f. Er citiert darauf eine
Urkunde von 1275, wo die Stadt Wana, die Bewohner Banenses heißen. Auf
einer alten Mauerinschrift in Schemnitz heißt es: Schebnitz, die zuvor Bana
geheißen. Bel. a. a. O. Germanorum ore Wana sagt Bel in Bezug auf die Verschiedenheit des Anlauts. In einer Urkunde Bela des IV. (1235—1270) Fejér IV,
III, 546 (aus dem Original abgedruckt) heißt es Wania. In einer
von 1217 Fejér III. 1. 205, freilich wieder Bana (wenn der Abdruck verläßlich
ist; die neue ungr. Wortform hat so vielfach Fejér's Abdrücke beeinflußt).
1239 erscheint Girardus plebanus de Banya, Wagner Anal. Scep. I. 293.
Madjarisch B für deutsches W kömmt sonst auch vor: bognår, Wagner
(mhd. wagenære, ahd. waganâri); baj goth. vai wehe; bilikum: willkom;
bindjò („bingyó") wintrûbe; büköny, wicke u. a. Die rein ahd. Form Wania
um 1250 müste allerdings befremden, wenn man in Ungern nicht annehmen
dürfte, daß solche Formen im Ungrischen, Slavischen, Lateinischen oft länger
fortleben, als in der Ursprache, vgl. Conrada germanice Chunerth um das Jahr
1299, oben Seite 297. So lebt das mittelhochdeutsche hâhære der henker, im
madjarischen hóhér (geschrieben hóhér), das mhd. tûbe, die Taube, in
dem Lockruf mit dem der Magyar die Taube ruft: tûbi! u. dgl. m., heute noch fort.

Ich glaube kaum, daß je ein anderer ungrischer Bergort **Wania** oder ungrisch **Bania ohne Zusatz** genannt wurde*); dies ist **ausschließlich der alte Name von Schemnitz**, worin mir allein schon der Beweis für die Richtigkeit meiner Annahme zu liegen scheint. — Und so muß denn wol angenommen werden, daß dieser Name, den viele ungrischen Bergorte in ungrischer Sprache mit einem die Örtlichkeit bezeichnenden Zusatz annehmen, endlich für den Begriff eines Bergwerkes überhaupt verwendet wurde. Im Slovakischen lehnte sich das Wort an das vorhandene Fremdwort baňe an, das eine **Wanne** bedeutete, nun aber in Ungern zur Bedeutung „Grube", „Bergwerk" modificiert wurde. Der alte Name **Wania** scheint aber ein deutsches Wort, und findet sich in alter Zeit in denselben Gegenden am Rhein, wo die ersten Ansiedler der Bergstädte, der Zips und Siebenbürgens her sind, als Bestandtheil von Ortsnamen. — Die ahd. Form **Wania, Wanja** erscheint in dem Namen **Wanienhûsen** (um das Jahr 776, siehe Förstemann Ortsnamen 1473 f. aus Monum. boica), dessen Örtlichkeit ich wol nicht angeben kann, aber das spätere **Wanna** findet sich 1072 in zwei Ortsnamen auf dem Hundsrück, in **Wannenbach** und **Wannen-wîlâri**, s. Förstemann a. a. O. (neben vielen **Wanesbach, Wanesheim, Wanesdorf, Weningoa,** die ich aber von den mit **wanja, wanna** zusammengesetzten Namen trennen möchte), was eher zu der Ablautreihe got. **vinja** pascuum, agls. **vunjan** habitare, altnord. **van** defectus u. s. w. anzureihen sein wird, als zu **wanne,** lat. **vannus**.]

Leider ist Schemnitz, die alte Wanja, der Hauptort unter den ungrischen Bergstädten, sehr zurückgegangen in neuerer Zeit und fristet beinahe nur ein künstliches Leben, das gröstentheils durch nicht eingeborne Beamte, Professoren, Akademiker u. s. w. hervorgerufen wird. Die eingebornen Gewerken sind lange nicht mehr maßgebend, die umwohnenden Slaven drängen in die Stadt herein und repräsentieren das Volksleben in den unteren Classen. Von der Schemnitzer Sprache, die uns so wichtig sein müste, wenn sie in alter ursprünglicher Fülle einer selbständigen Mundart als die Stammmutter der Gründener Mundarten noch lebte, läßt sich nicht viel sagen. Daß Trümmer davon in der Mundart der Kremnitzer, „Häudörfler" und Gründener leben, ist gewiss.

---

*) Siehe das nachfolgende Wortverzeichnis unter **Wania**

Es sind diese Ortschaften meist von den Bergstädten aus colonisiert, und ist ihre Sprache auch wirklich mit der der Bergstädte so übereinstimmend, daß letztere eben nur vereinzelt enthält, was erstere vollständig und im Zusammenhang nachweisen.

Statt zusammenhängender Proben der lebenden Schemnitzer Sprache möge daher nachfolgendes Wortverzeichnis aus Schemnitzer Schriften meist älterer Zeit dienen. Es sind Wörter aus dem Schemnitzer Stadt- und Bergrecht (nach den beiden gedruckten Ausgaben, die das Quellenverzeichnis angibt); ferner einzelnes aus dem Schemnitzer Stadtarchiv von Kachelmann in seiner Geschichte der Bergstädte mitgetheilt. Dieser begabte und belesene Mann konnte mit seinem Werke leider nicht durchdringen, weil es ihm nicht möglich war, den reichen Stoff, den er gesammelt (und für sich wol auch beherrscht), so zu verarbeiten, daß auch anderen damit gedient ist. Wie er aber lebt und webt in seinen Schemnitzer Urkunden und in seiner Bergmannssprache, so muste auch sein Stil — an dem sonst nicht leicht Jemand Geschmack finden dürfte — recht erhältig werden für den, der die Schemnitzer Sprechweise sucht. Ich habe daher auch Eigenthümlichkeiten seiner Ausdrucksweise verzeichnet. — In Korabinsky's geographischem Wörterbuche von Ungern ist unter Schmölnitz ein ausführlicher Aufsatz über den dortigen Bergbau enthalten, der so die Schmölnitzer Bergmannssprache wiedergibt, daß man über seinen localen Ursprung nicht zweifeln darf; er findet sich hier gleichfalls citiert. — Manches erinnerte mich wieder an die Zipser willekur, und wenn ich daraus nun einige bemerkenswerte Stellen eingereiht habe, so steht überall diė Quelle dabei und ist nicht zu besorgen, daß sie, indem sie streng genommen nicht bergstädtisch sind, Verwirrung bereiten.

Es wird in diesem Wortverzeichnis bedeutsam erscheinen, wenn unter dem Artikel Tische, der Theissfluß (der lat. Tiscia heißt, nicht Tibiscus = Temesch s. d. W.), sich ergibt, daß der Schemnitzer Stadtrichter einen Mörder verbannen konnte aus allen Bergstädten bis an die Theiss; was demnach auf einen innigen Zusammenhang der ungrischen Bergstädte hindeutet. Wie das in das Slavische übergegangene Wort handel, d. i. Bergbau, von jeher als ein den Deutschen bezeichnendes Wort in diesen Gegenden angesehen ward. Wie die unter åchvart, gotteswec, reinfart (rînvart) üblich gewesenen Wallfahrten nach Köln und Aachen

einen alten Zug nach der ursprünglichen Heimat verraten, wie
aber auch eine Erinnerung an das Meer, dem die ersten Ansiedler
der Bergstädte, der Zips und Siebenbürgens einst am Rheine sich
näher fühlten, noch durchschimmert. Siehe m e r. Wie eine in
Siebenbürgen und hier bemerkbare Beimischung von niederlän-
dischem Elemente (Flandrenses et Teutonici) sich noch verrät in
der hin und wieder auftauchenden Schreibung des Z im Anlaut und
Inlaut für S (zo: sô, zol: soll, waze: base) u. a., wie sich aus
dem älteren Deutsch des ungrischen Berglandes auch madjarische
Wörter erklären, s. höuer, reif, zeche, wie auch das madjarische zum Theil auf das Deutsche zurückgewirkt hat, s. birsche;
wie Eigenthümlichkeiten der älteren Rechtssprache der Bergstädte,
mit denen der Zipser Rechtssprache übereinstimmen, s. camper-
wunde; wie endlich die gegenwärtigen Mundarten des ungrischen Berglandes viele ihrer Eigenheiten auch in der älteren
Sprache dieser Gegenden zeigen, siehe envor, voründern,
kegen (unter gegen), glöuben, keufen, keinman, leuken,
laege, lâhter, leinaker, lêhen, schicht, schramm, sîfe,
snürche, sûmendic u. a.

Wortverzeichnis

aus der ungrischen Bergmannssprache älterer und neuerer Zeit*).

Abkürzungen: anal. scepus. = Analecta Scepusii sacri et
profani collegit Carol. Wagner Vienna 1774. 3 Bände. — Cod.
germ. mon. = Codex germanicus monacensis. Auszüge aus
Münchner Codd. von der Hand Schmeller's, die ich benutzen konnte. —
Kchlm. = Geschichte der ungrischen Bergstädte von Johann Kachelmann, 2 Bände, Schemnitz 1853, 1855. — Korabinsky = Korabinsky
geographisch-historischer Lexikon von Ungern. Presburg 1786. —

*) Die mhd. (eigentlich mittelmitteldeutschen!) Quellen entnommenen Wörter sind
in mhd., die nur in nhd. Quellen vorkommenden in nhd. Schreibung aufgeführt.
Die ersteren fehlen der Mehrzahl nach im mhd. Wörterbuch; die wenigen
Wörter, die schon dort angeführt sind, wurden hier als bezeichnend für die Mundart
aufgenommen. — Das Mære vom Feldbauer das Pfeiffer Germania I, 346—356
mittheilte, gehört der Mundart nach zu unseren Mundarten und ist vielleicht in den
ungrischen Bergstädten entstanden, vgl. Vers 60—61: daz man beginnet dâ von
sagen zuo Vriberc unt zuo Ungern.

M. v. F. = M æ r e v o m F e l d b a u e r s. die Anmerkung der vorhergehenden Seite. — Nachtr. = Nachtrag zum Wörterbuch der deutschen Mundarten des ungrischen Berglandes von K. J. Schröer. Wien
1859. Gerold. — Ofner Stadtr. = Ofner Stadtrecht von 1244 — 1421
herausgegeben von Michnay und Lichner. Presburg 1844. — Schemn.
str. = Schemnitzer Stadtrecht, abgedruckt bei Kachelmann a. a. O.
und durch Wenzel in den Wiener Jahrbüchern der Literatur, Band
104. — Schemn. br. = Schemnitzer Bergrecht, ebendaselbst. —
Schwartner de scultet. = M. Schwartner's de scultetiis. Budae 1815.
— vocab. 1420 = Latein. deutsches vocabular von 1420, herausg.
von Schröer Presburg 1859. — Wenzel, siehe Schemn. str. — Wtb. =
Mein Beitrag zu einem Wörterbuch der Mundarten des ungrischen
Berglandes. — Z. w. oder Zips. willek. = Zipser willekur in der
schon angeführten Ausgabe des Ofner Stadtrechts abgedruckt.

    Außerdem werden die Sammlungen bergmänn. Ausdrücke von
Gätzschmann. Freiberg 1859 und von Scheuchenstuel, Wien 1856,
citiert.

---

abtreiben. Blei durch Feuer vom Silber scheiden. „m ö g e n s i e
    d a s B l e i f ü r g e s c h l a g e n, g e s c h i d e n, a n g e f r i s c h t
    u n d a b g e t r i e b e n h a b e n". Kachelm. II. 171.
àchvart f. Bußfahrt nach Aachen als Strafe. S. Nachtr. 15ᵃ; im
    Schemnitzer Stadtbuche zum Jahre 1377 erwähnt. Der ev. Pfarrer
    Peter Bornemisza (schrieb vor 1582 seine énekek: Gesänge)
    sagt: „m i t f u t u n k R ó m á b a, b ó l d o g a s z o n y h o z C o l o-
    n i á b a"
    „was laufen wir nach Rom, zur lieben Frauen nach K ö l n ?
    „o n n a t a n a g y A′g b a — — ?
    „von da in das große A a c h e n — — ?
        Als ob selbst in der protestantischen Welt die Sitte solcher
    b ĕ t e v a r t e n und b u o z v a r t e n noch angedauert hätte; obige
    Worte, in einer Zeit, die der Trennung der Kirche so nahe steht,
    können übrigens wol direct auf das katholische Publicum ge-
    meint sein. Der à c h v a r t e n gedenkt auch Schmell. I., 566 unter
    k i r c h f a r t.
aneval. m. Was einem erblich zufällt. W e l c h e r f r o u w e n w e i s e n
    v o n i r e m m a n n e b l i b e n u n d e r o d e r s i e v o r e n d e r t
    s i c h w i d e r u n d d i e w e i s e n a l s ô j u n c w a e r e n u n d u n-

vornunftic sind, daz sie iren anfal nicht verwesen
mügen. Zips. willek. 17.

anfrischen. Die glätte s. d. zu Blei machen, siehe abtreiben.

anhërre m. Der großvater (Zips willek. 9) in D. Pilsen noch ânhe,
m. s. Wtb. 30ᵇ voc. 1420: abauus der anherre.

aneloufen, einen: ihn überfallen. Anlöufer, der einen Anfall ausübt.
— Wer den andern anloufet — daz sich der wert und
den anlöufer ze tôde slecht und bewaeret daz man
in angeloffen hât. Schemn. str. 27.

âne wërden, verkaufen. „daz tarf er nit verkoufen noch ân-
werten ân sîner hûs frouwen willen. Schemn. str. 2. Vgl.
Schmell. IV, 146.

aschhert stm. der Aschenherd zum Abtreiben (s. d.) des Silbers
s. Gr. Wtb. I, 583. So lese ich in M. v. F. Vers 239: asch-
herde für ascherde.

aufschneiden. „Die Bergrechnung pflegte auf lachter - langen
Stäben einer der Aufseher aufzuschneiden“, daher „der Aufschnei-
der.“ Kachelm. II. 171.

auslängen, ein Erzlager der Länge nach ausbeuten. Kachelm. II. 172.

ausrichten, ein Bergwerk öffnen, für den Betrieb herrichten, das
Lager in seinem Umfang bloßlegen. Kachelm. II. 170.

belegung f. Zutheilung von Arbeitskräften für ein Grubenwerk. ein-
männische belegung. Kchlm. II. 175.

bereden sich: rechtfertigen. Wil sich der beklagte des bereden. Sch. str. 39.

berghandel, m. Bergwerk, Bergbauarbeit. „(Gott) der auf berg-
läuftige (s. d.) Weise rede und allerlei Gezähe (s. d.) und
Arbeit des schmelzens, treibens (s. getribe) waschens
und vieler anderer Berghändel gedenke.“ Kchlm. II. 171.

bergläuftig, in der Bergmannssprache üblich; s. Berghandel.

bestân: betreten, verurtheilen, mit etwas verfallen. Sô ist er bestanden mit der hant (seine Hand ist der Strafe verfallen, er
verliert die Hand) oder er lôse sie mit zêhen marc. Sch·
str. 39. Der den frid brichet — der ist bestanden mit
sînem hals. Sch. str. 33.

beûzen (bê ûzan, bûzan, bûzen ahd. mhd. — Kein. nh. deutsches
baußen Gr. gr. III, 263) außerhalb. In dem lande oder
beûzenlande. Zips. willek. 36. Vgl. béuben oberhalb. Ksm.

b i r s c h e f. Gebür, Geldbuße: D ë r s o l d e m r i c h t e r d r í m a r c
b i r s c h e (als Strafe) g e b e n. Z. will. 30. — Madjarisch b i r e r
trägt, vermag, reicht aus, besitzt, könnte das deutsche ih b i r:
trage (mhd. s i n h e r z e t u g e n d e b i r t ungrisch: a' s z i v e
e r é n y n y e l b i r) sein. Davon das ungrische b i r ó der Richter
(Gerichthalter), b i r ó s a g, das Richteramt. Obiges b i r s c h e
d ü r f t e die b í r ó i s c h e g a b e, die dem Richter verfallene Gabe
sein. Neben mhd. b i r e c, b ë r h a f t, fruchtbar, wäre nicht un-
denkbar ein b ë r s c h a f t f. das Erträgnis, ein Besitz, der etwas
abwirft, was sich an obiges Wort anlehnte in dem Ausdruck b i r-
s c h e f t und h i r s c h e f t (mhd. h ê r s c h a f t, Herrschaft) im
Ofner Stadtr. 244: ein Richter mag richten in Sachen, d i e s i n
b i r s c h e f t und h i r s c h e f t nichten a n g ê t, und d e r e r
n i t r i c h t e r i s t.

b l ù t r u n s t f., eine Wunde, aus der Blut rinnt; s. k a m p e r w u n d e.
Jac. A y r e r sagt, d a ß m a n f ü r j e d e b l u o t r u n s t 50 p f u n d
z u z a l e n h a t. Grimm. Wtbch. II. 189.

b r e c h e n, der Richter soll schwören, d a z r e c h t e g e r i c h t w e d e r
d u r c h e i d n o c h d u r c h l i s t n o c h d u r c h f o r c h t n o c h
d u r c h g â p z u b r e c h e n. Sch. str. 7.

b r ó t e l i n c m., so viel als g e b r ô t, s. mhd. Wtb. I. 264 unter b r ô t e,
der eines Andern Brot ißt, ist sein b r ö t l i n g. Zips. will. 15.

b r u c h m., eine mit Schutt gefüllte, durch Einsturz veranlaßte Öffnung
im Bergbau. S. g a n z.

b r ü e j e n transit. Einen auf dem Scheiterhaufen verbrennen. Einen
falschen Spieler s o l l m a n b r ü e n. Zips will. 51. Charakteri-
stisch für die Mundart. Siehe darüber Nachtrag 19ᵇ. p r ù n und
Wtb. 40.

b r u n s t f., Feuersbrunst. W ë r i n p r u n s t s t i l t d a z d â 6 p f e n-
n i n c w ë r t i s t, d e n s o l m a n h e n g e n. Sch. br. 19.

b u ß h ä u e r m., Häuer, der aus Strafe um geringeren Lohn schwerere
Arbeit verrichtet. — p o s s h ä u e r. Kchlm. I, 77.

d a r r e n m., das Glühen der Erzgemische in Darröfen beim s e i g e r n
(s. d.) in Kupferhütten. Kchlm. II, 171.

d à s i c: b e s c h i r m u n c d e n d â s i g e n d i e n u l e b e n. Schemn.
str. I. Einleitung *).

---

*) Wenn Kachelmann's Vorlage auch nur dem 16. Jahrh. angehören sollte, so ist
diese Form doch immer nahezu unglaublich s. Gr. gr. II, 295, 391. Gr. Wtb .

dristunt, dreimal, dreistunt pfant fordern an dreien tagen.
Z. w. 24.

doben, da oben, vorhin als unser recht doben spricht Z. w.
54.

dröuwen, drohen, sô îman droite. Z. w. 49. Daz er im gedroit
hât. Z. w. 50. Dieses oi = öu erinnerten Jeroschin s. Pfeiffer's Ausgabe LXII. Williram. s. Gr. gr. I³, 114. Jetzt in Ksm. dràin.

E im Auslaute; statt sun filius hat die Zipser willekur die md. Form
sone. Artikel 14, u. ö. Ähnliches bei Jeroschin bemerkt Pfeiffer
LVIII.

edel, von der Ergibigkeit des Erzes. Die Gänge streichen oft
eine ziemliche Strecke unedel fort. Schmöln. Korabinsky 680.

engenzen, die genze anbrechen. Österreichisch: angenzen;
baierisch: ungenzen. Schm. II, 59. ein perc der nie engen-
zet ist. Sch. br. 3.

envor, zuvor, einem iglichen kinde entfor als vil herûz
geben, als — Z. w. II.

einbrechen, von Stein und Erzadern. Quarz macht den Anfang
der in den Gang einbrechenden Erzlager. Korabinsky. 680.

ertag m., s. tag.

êrlich, gesund, integer, in der unter gerüerlich angeführten Stelle.

erzhäuer m., die Erzhäuer werden auf die Strossen (s. d.) angelegt.
Korabinsky 681. s. gedinghäuer.

erzkrâm m., siehe krâm. Der königliche Erzkrâm hieß
ehemals das Amt in Schmölnitz, wo der Häuer
sein Erz ablieferte. Korabinsky 680.

ēz, es, noch 1378: iz (ys), Kchlm. I, 76.

ezzund, von Gütern, deren Aufbewahrung Kosten verursacht. Al
ezzunde pfant sol man halten an den dritten tac.
Sch. str. 40. Über die Endung -und siehe -und.

— et in geschwistert (s. d.). Eine besonders in der bair. österr.
Mundart im XIV. und XV. Jahrhundert vorkommende Form. Vgl.

809. Ursprünglich stand dafür wol dâic. Wenzel hat: den dagen (dâ-igen)
die no lebenn, was auch bemerkenswerth ist, da auch diese Form in dieser
Zeit sonst nicht vorkömmt. Wenzel setzt seine Hs. in den Anfang des
XIV. Jahrh.

Daz si zu einem chnaben nicht mẻr persòn nemen
zu gevatreiten dann zwên man u. ain froun und zu
den maidlein zwô fraun und ain man, geschwistert
die ẻrst sipp, geschwistreit chind die ander sipp.
— Cod. germ. mon. 757. fol. 19.

vaelde, fẻlde f., der Fehl. Z. w. 1. vgl. **gebrủde** und bei **Jero-**
schin, **ermde** u. dgl.

vallen, niederfallen, sich senkrecht vertiefen s. **marescheide.**
— „rechtfallende Klüfte, im Gegensatze zu den wider-
sinnigen sind diejenigen, die das eigentliche **Streichen** und
Verflächen behalten." „Man hat angemerkt, daß eine rechtfallende Kluft den Gang in's **Ligende,** eine widersinnige Kluft aber
den Gang in's Hangende wirft." Korabinsky 680.

varund guot, bewegliches Gut. **Noch sol keiner unser ampt-**
liute keinem gewalt an sinem guot farund oder
unfarunde begên. Sch. str. Einltg. siehe **-und.**

feine f. (mhd. **fine**) das fein oder reinmachen des Kupfers. Die
garfeine oder **kupferfeine** Kor. 680 s. **gar.**

ver-, siehe unter **vor-.**

verflächen n. Die Ausdehnung eines Erzlagers in einer gewissen
Richtung, wie **das streichen.** Kchlm. II., 175. s. **fallen.**

verschießen, schwv. verkeilen, befestigen. **Das ligende, han-**
gende und die first mit schwarten (s. d.) **verschießet**
Kchlm. II., 170. vgl. **schießer.**

verzelen, verbannen. **Wẻr umb einen tòtslac verzelet wirt,**
dẻr sol ân alle widerred ûz der stat sin ein jàr. Sch. str.
31. **Hensel Grall auz der Hodrusch vorschriben und**
verzalt ist von hinnen und von allen pergwerch piz an
die Teische von eim frevellichen tòtslac, des er be-
gangen hât, in der Hodrusch an einem frommen man
Hans Scherer genaut. Schemn. Stadtbuch 1418 Kchlm. I. 76 f·

ferte f. für **tagevart, frist.** Über die in den nom. vorgedrungene
Umlautform des Dativ, Genitiv, siehe Schmell. §. 808. — **Ab sîne**
widersacher wollen die ferte (Tagsatzung) in dem
ersten jâr haben, sô sol er des geldes in daz ander
jâr tac (Frist) haben. Z. w. 52.

fezzer. f. Fessel (ahd. **fezura**), scheint neben **vezzel, fezil,** die im
md. besonders übliche Form (bei Jeroschim, im Passional), daher

fezzeren, fesseln. fezzeren oder unter ein bût stürzen. Z. w. 51. Vocab. 1420 compes ein wessir.

feuersetzen. n. quarzhartes Gestein wird durch großes Feuer ge-
wältigt und mürbe gemacht; das nennt man das Feuersetzen.
Kchlm. II. 171.

fimmeln und federn pl. Beides sind Keile zum Abtreiben klüftigen
Gesteines. Kchlm. II. 172.

fin. fein, ital., span. fino, aus lat. finitus; ist ursprünglich soviel als
gar, vollendet; so noch in der Bergsprache. s. gar und feine.

first f. und furst, die Decke eines Ganges. Sch. br. II. fwrsten,
fyrsten Sch. br. 20 bei Kchlm. first br. 11 bei Wenzel.

flach in: der flache ganc, der horizontale Gang. s. marescheide.

flößen: es flószet das Klein den Gang ins Ligende. Korabinsky. 680.

folger, in der Folge? daz man tac bit folger in zu zîhen,
daß man Frist bittet in der Folge in zu zeihen. Z. w. 20.

volleist f. Hilfe. Sch. str. 39.

vor- steht in diesen Mundarten sehr häufig für ver-. s. Nachtr. 36 unter
wo prûn.

vorendern, sich 1) Heuraten. Zips. willek. 4. 6. 7. ff. Noch üblich. —
Vgl. Wtb. 30[b]. Ist aber daz diu hûs frouwe sich vorenen-
dert, Sch. str. 1. 2) vom Christenthum sich abwenden: wer
einem menschen sînen sun oder tochter verræt daz
er verkoufet wirt oder vorendert wirt ân sîner fri-
unde willen. Sch. str. 27.

vorrichten, sîn gelt zurückzahlen. Z. w. 19.

vorschrîben, verbannen. Z. w. 14. Vgl. das Beispiel unter verzelen.

freihof m. „ein Freihof sollte ein Lehen (s. d.) breit sein; bald
gehörten dazu 28, bald 40 Joche und zu einem aratrum 120
Joche." Kchlm. II. 164.

freilehen, n. Abgabenfreies Lehen, s. lehen; ein verliehenes Gut
laneus maß 12 ruten (s. d.) Kchlm. II. 164.

fride m. In den Redensarten zuo dem gemainen frummen und
fride str. 4 mit frid und gemach str. 1.

friunge f. Freiung, Freiheit ein Bergwerk nicht zu bauen, ohne das
Recht darauf zu verlieren. Schemn. br. 13. Siehe schurf.

fürbazer statt vurbaz, ferner; dër mac ouch fürbazer niman
umbe die sache beklagen. Sch. str. 37. Vgl. folger.

ganc, m. Erzhältige Schichte, welche ein Gebirg durchzieht. Schemn. br. 3.

gang m. im Bergwerk. In Schmölnitz zählt man 3 Gänge: 1. der mittlere, 2. der äußerste liegende, 3. der äußerste hangende Gang. Korabinsky 680.

gangart f. „Die Gangart dieser Gänge ist ein dunkelgrauer Thon, der öfters mit Quarz, sehr selten aber mit Spat vermengt ist". Kora- -binsky 680.

ganz f., siehe **genze**.

gar f., der letzte Schmelzprocess des Kupfers: „die ganze Gar, die Garfeine". „Das Kupfer wird auf dem Garhammer auf die ganze Gar getrieben, auf die Garfeine ge- spließen" etc. Korab. 684.

gar gemacht, vom Silber und Blei rein geschieden und **fein** (s. d.) gemacht.

gebrûde (?) n. Einmaliges brauen, gebräude. Das kein man mêr hoppen koufen sol — wenn ze-einem gebreut. Z. willek. 69.

gedinge, n. Vertragsmäßige Arbeitsleistung. „Die Häuer sind Gedinghäuer und Erzhäuer; die Gedinghäuer arbeiten auf Stollen oder Strecken, wo keine Erze brechen." Kor. 681. Siehe **hôuwer, erzhäuer**.

gefälle n. Der Abfall, kleine Stücke im Bergbau, abgehauene Mine- ralien. Kchlm. II, 175.

kegen, gegen. Eine Form, die mundartl. md. lange vorgehalten hat und zum Theil noch zu spüren ist; in Ksm. jetzt noch **keigen**. S. Nachtr. 35ᵇ.

gehôcht, (gehôhet, gehôhet) vornehm. Kein landrichter noch gehôchter man. Schemn. str. I.

gëlden, Schulden zahlen. Ab ez quæme daz einer — schuldic wær und — niht gelden wolt. Z. willek. 28.

gelott n. (geloete) Gewicht. Welich mensch — mit unrech- ter mâz funden wirt, sie si treue oder feucht oder mit unrechter wâc oder gelott. Schemn. br. 5.

geniezen, für genesen, in der Rede: des kindes genesen (das, so wie nhd., auch schon mhd. vorkömmt): biz an die zît (sol die frouwe kein morgengôbe haben) daz si got be- raet daz si des kindes genîzet. Z. w. 13.

g e n z e f. oder g a n z e z n. Das ganze eines Erzlagers; die ganze zusammenhängende Stein- oder Erdschicht des Ganges. E i n e r
k a e m d u r c h g a n z e z e i n l â h t e r, es schürfte einer in der
g e n z e eine lachter tief fort. E z s o l n o c h k a n k e i n e r d e m
a n d e r n s î n e n s c h a c h t o d e r s t o l l e n a b l o u f e n (s. louf)
z u o h e i l i g e n z î t e n n a c h t i c l i c h o d e r t a g e l i c h e z s î
d u r c h g a n z o d e r d u r c h p r u c h. (Es soll keiner des anderen
Bergwerk sich aneignen, etwa zu einer Zeit, wo nicht gearbeitet
wird; d u r c h g a n z, indem er weiter baut, d u r c h b r u c h, indem
er von einer Seite herein durchbricht.)

g e p e l m. Hebewerkzeug, göpel. o u c h w ô d e r s t i c k t u n d e r-
t r u n k e n z e c h e n s i n t d i e k e i n r a d n o c h g e p e l g e-
w e l d i g e n k a n. Schem. br. 6.

g e r i n n e n. Wasserleitung im Bergbau, Fluder. B e i m S c h ü r f e n,
Röschen, Gerinn und Gestäng (s. d.) legen. Kchlm. 172.

g e r ö l l n. „Lockere abgerundete Steine.“ Scheuchenstuel; in der
Zips g e r ë l n. in gröberer Aussprache auch wol g r u l l, woher
die Kartoffel: „d i e g r u l l e“, ihren Zipsernamen zu haben
scheint. S. Wtb. 56ʰ.

g e r ü e r l i c h, beweglich. In der Rechtssprache e i n g e r ü e r l i c h g l i t.
W e r d e m a n d e r n e i n g e r ü e r l i c h g l i d v o r s n î d e t o d e r
a b s l e c h t o d e r a b w i r f t a l s: e i n ô r e o d e r n a s e n (!)
o d e r e i n h a n t o d e r e i n f i n g e r o d e r e i n f û z o d e r e i n
a n d e r ê r l i c h g l i d. Schemn. str. 38. Die Überschrift des folgenden Paragraphs zeigt, daß von Muskellähmung eines beweglichen
Gliedes die Rede ist; wenn auch auffällt, daß dabei auch die Nase
in Betracht kömmt. Der nächste Paragraph ist überschrieben:
m ê r v o n l e m e (Lähmungen). Jetzt g e r î r i c h beweglich Ksm.

g e s c h e f t e n. Das Testament. G e s c h e f t t u o n v o n s î n e m f r i e n
g u o t. Testament machen. Schemn. str. 1.

g e s c h i c k, das Gefälle (s. d.) ein Stück. Kchlm. II., 175.

g e s e t z t, verpfändet. S i l b e r i n i u („sylbereyne“) pfant, h i u s e r
(hewser), h u t t e n, m u l e n u n d a n d e r e r b d i e g e s e z t
w e r d e n, d i e s o l m a n h a l d e n j â r u n d t a c. Str. 40.

g e s t ä n g e n. Die Sole des Stollen ist in Zwischenräumen (S p u r e n)
mit Balken gedielt; diese Balken bilden das Gestänge. Kchlm. II. 172.

g e s c h w i s t e r t n. Die Geschwisterschaft Zips. willek. 5. 9. u. s.
baierisch : G e s c h w i s t r e i t, g e s c h w i s t e r g i t. Schmell.

I:, 129 Schmell. gramm. §§. 1032. Götteit 1429. göttet
1453. Schm. II. 85. S. — et.

getriben. Damit in brüchigem Gebirge der Bau nicht einstürzt, baut
man mit Getribe, d.i. indem man Holzpfähle vorschiebt. Kchlm.
II. 170.

gewerke m. In den ungrischen Bergstädten heute und schon vordem,
der Grubenbesitzer, Mitlehner, concultor. Daz sollen die gewerken dem perkmaister kunt tuon. br. 5. verleigen
(verlîhen) wir den erbern leuten Jakusch Hensel
mit dem erz, Hensel Pheffel mit irem gewerchen
zwei lêhen. — ob ieman quaeme zuo den vorgenanten
gewerchen. Urkunde von 1378 bei Kchlm. I., 75.

gezöuwe n. jetzt gezäh, d. i. gezé (für gezäu) Werkzeug, s.
berghandel.

gippe f. Der Haspel. Vgl. nl. gijp f. der Kloben woran die Seegel
befestigt werden.

glätte f. Bleioxyd, zur Töpferglasur. Kor.

gleißner m. der auf seiner Tagesarbeit auf den Halden (s. d.) das
glimmernde und glitzende oder gleißende sammelt. Kchlm. II.
174. Zu mhd. glizen, also glizenaere verschieden von
gleisner, mhd. glîchsenære, gelîchesaere.

glöuben, glauben md. mundartlich auch bei Luther gleuben; in der
Zips jetzt gléiben, in Schlesien glében, vgl. léb, loube, gezé ge-
zäue, Wtb. 106 keufe kaufen u. a. leuken, lougen etc.;
— mit zwên êrbarn mannen den ze gleuben ist. Z. w. 4.

glimmer n. Katzensilber, Glimmer. „Die Gebirge zu Schmölnitz bestehn aus einem blaulichten mit Glimmer
gemischten Tohnschiefer." Korab. 680. glimmericht,
s. glimmicht.

glimmicht. — „Die in glimmerichten Schiefer einge-
sprengten Erze werden hier glimmichte Erze ge-
nennet und brauchen zur Abschwefelung weniger
Zeit." Korab. 680.

gottes gewalt. Wassers not, „Wassersnot, eigentl. Überfluß, hieß
Gottesgewalt (bei den Schemnitzer Bergleuten)." Kchlm. II. 171.

gottes wec m. Wallfahrt. Welich mensch willen hât zuo
ziehen ûf gotes wec, als gen Rôm, zuo St. Jacob gen
Compostel in gottes fert etc., vgl. âchvart; mer.

graupe f. Ein größeres Erzkorn, Erzstück. „Sollte ich aus der ungrischen Vorzeit ein leidliches Gräuplein Erz aufgeklaubt haben." Kchlm. II. 174.

halde f. Das vor der Grube am tage aufgehäufte Gestein; ein Haufe von zertrümmertem Gestein, sonst **halde** f. Bergabhang. — In österreichischer Mundart (Presburg) ist **halde** der Weideplatz und die weidende Schaar: a **hàld gäns, antn, schàf** eine Schaar, Gänse, Enten, Schaafe. Daher **hàlder**, der Hirte. Dies Wort ist von obigem zu trennen und mhd. **halte** f. pastura, **haltaere**, m. pastor zu got. **haldan** hüten, weiden. — Hier „Hügel, auf welche die Bergleute ihre nicht scheidwirdigen Erze stürzen". Korabinsky 682. s. d. f. Wort. **Haldenwäscherei** f. waschwerk, das sich mit nochmaliger Prüfung verworfener Stufen abgibt. Kor. 682. Zu mhd. **halde** abhang, verwant mhd. **hald, holt, hulde.**

handel m. Eine Bergwerksunternehmung. S. Schmell. II. 207, Gätzschmann Sammlg. bergmänn. Ausdrücke Seite 15. **berghandel** = grube, zeche. Vgl. Scheuchenstuel s. 122. — In diesem Sinne findet sich das Wort in den ungrischen Bergstädten allgemein und ist auch in das Slovakische übergegangen. — „Der Handel bestand im Dingen (s. gedinge) mit den Bergarbeitern und anderseits mit den Goldverlegern und Abnehmern, der unter die Gewerken getheilten Erze." Kchlm. II. 132. Der slavische Name des Wortes **Krickerbäu** n. ist **Handlowa**; ja **handelkowati** heißt: unverständlich deutsch reden. Palkowitsch 352. Vgl. auch **Handerburz** m. Nachtrag 31b.

hangunde. n. Im Bergbau das oberhalb befindliche. Im Schemn. br. Siehe **-und** und **marescheide.**

hant f. Die Hand. Ze stunden unde ze hant anwesend, vorhanden; in hant, in: wie oft daz geschicht, daz in éinem geslecht ze stunden und ze hant zwên prüeder oder éin geschwistert ist und inhant, in dem andern geslecht geswistert 12 sient. Zips. will. 5. — mit der hant antworten in manus et potestatem tradere. Ab ez quaeme daz einer einem ein marc schuldic waer ader mêr und er im nicht gelden (s. d.) wolt und im nicht pfant hete ze setzen sô sol man in (den schuldner) im (dem Gläubiger) mit der hant antworten. Zips. willek. 28.

hattert m. Die Grenze eines Ortes, einer Gespanschaft. Ich finde es schon in der Zips gebraucht 1312. In der Zipser willekur (1370): in welches dorfes hattert daz geschehe 45. madjar. határ, slow. chotár, zu ahd. kataro gatter? S. Wtbch. 59ᵃ.

häuer, s. höuwer.

heimsûcher (-suocher) m. Der in ein Haus einbricht; daz man einen îglîchen heimsûcher enthoubten sol. Schemn. str. 29.

heischen, ûz heischen, fordern. Z. w. 30: wenn zwên mit einander zu krig werden und einer dem andern ûf sîn hûs gêt und in ûzheischt mit frevelem mût und er im zu swach ist.

hekel n. (?). Eine Waffe, ein Messer (zu mhd. hacke, heckelîn?) von hekelen und mezzern. wir wollen ouch daz ze einem rechte haben daz kein man in steten noch in merkten noch in dörfern nit hekel tragen sol, wenn driu (drei) viertel einer ellen lanc und ab îman ein leng.er mezzer tragen wolt, wenn die rechte mâz ist, daz sol im der richter mit bürger-hilfe nemen. Z. w. 35.

heiszgrâtig, leichtflüßig. Speisige (reiche) und heißgrätige Erze. Kchlm. II, 172. S. marc.

helbelinc m. Halber Pfenning. Z. w. 2.

her, er. Schemn. stdtb. 1418. Siehe Nachtr. 33ᵃ. Auf den Dörfern in der Zipz: har.

hoppe m. Der Hopfen. Z. w. 69. Hopgaard heißt das letzte Zipser Dorf gegen Schàrosch zu. Korabinsky schreibt Hobgarten, hobgart. In einer Urkunde von 1315 übergibt comes Nicolaus haeres de Lublow dem Nicolao de Petrivilla sculteto silvam ex-stirpandam villam quoque quæ Hophegarten nuncupatur cum 60 laneis collocandam. Schwartner de scultetiis pag. 149. s. Vgl. Hobgard 1352. Wagn. I, 450.

höuwer m. Der Häuer, Bergarbeiter. Im Schemn. br. bei Wenzel hewer (bei Kchlm. haier), daher madjarisch hewér (geschrie-ben hevér), der Bergknappe, was aus der deutschen älteren Form höuwaere entsprungen scheint, wie madj. hôhér, der nenker aus mhd. hâhaere. Slowakisch hawýr Háuer steht der Form ohne Umlaut (houwer) näher.

„Die Häuer sind Gedinghäuer und Erzhäuer.“
Siehe gedinghäuer, erzhäuer.

jâr unde tac, d. i. ein Jahr, 6 Wochen und 3 Tage. Schemn.
stadtbr. Einleitung. Vgl. Grim R A. 222.

kamperwunde, für Kämpferwunde. Z. w. 54. daz von einer kamz
perwunden (den zwênen grôfen gefellet) 5 mark und von
einer blûtrunst 12 groschen. Z. w. 90. In Schemn. 1392: cam-
pirwunde Nachtr. 35ᵃ. Also in der Zips und in den Bergstädten
üblich. Kampferwundt. Ofner Stadtr., s. das folgende Wort.

keinman, niemand, jeszt kéinmand, oben S. 285.

kempe m. Der Kämpe, Kampfheld, sonst mhd. kempfe. wenn daz
zwêne miteinander fechten umb einen tôten oder
umb ein kamperwunden, sô sol der kempe sînen
schilt und sînen kolben haben. Z. w. 54.

kerwe f. der Kerbstock? M. v. F. 141. Vgl. aufschneiden und
Wtb. 69ᵃ. Schmell. 11, 326 : ein kärm oder reitholz voc. 1419.

keufen, kaufen (sonst mhd. koufen). vorkeufen, verkaufen. Z. w. 6.

kilhouwe, f. Keilhaue im Bergbau, s. kratze. „Keilhaue, Werkzeug
für weniger hartes Gestein.“ Korabinsky 681.

kirchenbruchel m. Der Kirchenräuber. Ein iglîcher kirchen-
pruchel der dô stilt in einer kirchen. Schemn. str. 21.

kisstock m. Schwefelkieslager. S. nester.

klein n. pl. kleine „Ablösung oder Veränderung der Steinlagen,
welche durch eine andere stunde (s. d.) auf den Gang herein-
kömmt, heißt man hier (in Schmölnitz) Klein. Über diese
Kleine hat man durch langwierige Beobachtung von der dadurch
erfolgten Verrückung der Gänge folgende Regeln gemacht.
Wenn ein Klein von morgen kömmt, flößet es den Gang in's
Ligende : kömmt solcher von Abend, so rücket er den Gang
in's Hangende, folgendes ist der verschobene oder wol gar
verlorne Gang daselbst aufzusuchen“. Korabinsky 680.

kluft f. Schmaler Gang im Bergwerk. „Zwischen diesen Gängen
reißen sich einige Klüfte ab. — Klüfte, die in disem
Gebirge streichen“. Korabinsky. 680 f.

knaurig, knorrig, hart. „Die knorrigen Gänge, woran kein
Stahl haftete“. Kchlm. vgl. Nachtr. 36ᵇ. Form und Bedeutung
steht näher dem ahd. kniurîg, fest, stark, als dem schriftdeut-
schen knorrig; vgl. die Formen knor, knjurn, knaura, Nachtr. 36ᵇ.

kolung f. Holzkohlenerzeugung. „Die hiesige Kolung (in Schmölnitz) wird von einem Weidamt verwaltet." Kor. 684.

„krage f. Hacke, Haue." Mhd. Wörterb. I, 873 ist kein deutsches Wort. Die dort citierte Stelle ist verschrieben oder verlesen. s. kratze.

krâm m. Eine Hütte für Gerät u. dgl. Zeugkram, für Erze, Erzkram. Kchlm. II. 168. kramzerung für bergmännische Ergetzlichkeit. Kchlm. II. 168.

krampe f., bergmännisches Werkzeug. Kratzen (s. d.) und Krampen. Kchlm. II. 172.

kratze f. Eine Harke im Bergbau. Waz er mit einer kratze (so bei Kachelmann, nicht krage, wie Wenzel liest) oder kilhouwen under sich gehouwen mac. Schemn. br. 5.

kriuze n. Sich auf dem Kreuz entschuldigen = mit einem Eide. Des beraet sich ein man al eine ûf dem criuze. Es bedarf keiner Zeugen, ein Mann ganz allein kann mit einem Eide seine Unschuld beweisen. Daz der heimsûcher sich entschuldigen wil ûf dem kriuze. Schemn. str. 28, 31.

kutten, aufkutten: sammeln. Ob im Ligenden oder Hangenden ich was aufgekuttet. Kchlm. II, 175. in Schemnitz kömmt im Stadtbuche anno 1381 eine Kutnerin und son vor.

laege (lêg) schraeg. S. die Stelle unter marescheide. Über das Wort, das auch jetzt in der Zips üblich ist, s. Wtbch. 76ᵇ.

lâhter n. bergmännische Klafter. Sô der berc und stollen sol gemezzen werden nâch lâhter und lêhen (s. d.) sô ist zu wizzen daz daz berclâhter behelt unser stat ellen 3; und 7 lâhter behalden ein lêhen bei Schmell. II. 59: „vierthalb bergklafter ist ain lehen gering um sich, est ist perg, wasser, luft und auch ganz." Die länge des Vocals wird bestätigt durch die Aussprache in der Zips, wo es mundartlich lǟuchter heisst. Siehe lǟuchter.

lân n. oder lânaker m. Ein zu einem Hause gehöriger Acker. S. lêhen.

lǟuchter n. Lachter, s. lâhter. Daher lǟuchtern, mit ausgespannten Armen messen, aber auch ausholen, auslangen, z. B. zum Wurf, in der Zips.

lêhen n. Siben lâhter behalden ein lêhen. Schemn. br. Einleitung. Das Wort lebt noch im Volksmunde, wo man in Praben

unter „das lähn" den zum Hause gehörigen Acker versteht.
Schwartner de scultetiis Seite 33 spricht sich weitläufig über das
in die lateinische Rechtssprache übergegangene Wort laneus
aus, und sagt unter anderm: „agri certe, qui areæ seu curiae
adscriptus aliquando fuerit, apud Scepusios adhuc
(hodie) usque cognomen Lanacker, retentum est, quem
passim etiam, originis obliti, Leinacker nonnulli, rectius hof-
acker nuncupant." Zawacki in flosculis legum Polonorum
(Schwartner l. c. 35) de mensura lanei franconici: quilibet
laneus debet habere in longitudinem jugera 30, in latitudine
unum jugerum alias Morg. jugerus unus habet — tres zonas
alias Sznury. zona — virgas decem etc. — Lêhenschaft f. ein
verliehenes Gut. s. ort. freilêhen n. ein verliehenes Gut, in der
ungrischen Rechtssprache laneus, „maß 12 ruten (s. d.) "Kchlm.
II. 164. Vgl. hier Meitzen Urkunden schles. Dörfer S. 59 f.

leinacker m., siehe lêhen. In der Oberzips, um Kesmark, auch um
Leutschau gibt es Felder, die früher von der Pflicht, zeitweilig
brach zu liegen, frei waren; sie heißen leinfelder, was irrthümlich von lein abgeleitet wird, weil daselbst lein gebaut
werden kann. Es sind lêhenfelder, lêhenäcker in Praben:
lân s. d.

leuken, leugnen (vgl. Wackern. Leseb. II. 14, 7.) wie keufen
s. d. leukent 3. pers., leugnet. Z. w. 94. leukenung Z. w. 91.
Noch jetzt K für G: leuken lâken; s. Schmöln. Kal. 89.

ligund n. Das liegende. In daz hangund ein lêhen und in
daz ligund ein lêhen. Siehe -und. Das Liegende im
Gegensatz zu das Hangende (s. d.) Korabinsky 680.

lichtloch n. Ein Loch zur Beförderung des Luftwechsels im Bergbau. Schemn. br. 5.

liechtwîhe f. ûf unser frouwen tac der lichtwie ist jähr-
lich Richterwahl. Schemn. str. 7. Der Tag scheint in md. Gegenden besonders wichtig. S. mhd. W. III 618. Meitzen a. a. O. 210.

lîtgebe m. der Schenk. „leykeb" str. 22. lît, noch jetzt erhalten in
Compositis, so wie mhd. lîthûs lîtkouf etc., s. Nachtr. 38ᵇ.

lôn m. In lidlôn m. Miete für ein Pfand. Alle pfant wie diu
geheizen sint, die ân lidlôn gesezt werden, diu sol
man halden also lanc biz einer mac ungezzen sîn.
Schemn. str. 40.

lôsunge f. Erlös, Abgabe. Kchlm. II, 168: „Mit den Bürgern
schooßen oder Steuer und Losung tragen." — Losunga
exactio in Schemnitz 1373. S. Nachtrag 39ᵇ und unter schößen.

lotte f. „Durch eine hölzerne Lotte oder Rinne wird (in Schmölnitz)
der Ofen angezündet." Kor. 683. Vgl. Nachtr. 39ᵇ lot; hölzerne lotten Kor. 684.

loup m. Erlaubnis. Mit des richters loube. Z. w. 24. daz erz
mit loube habe, mit des Grafen Zustimmung daselbst 87. —
Das Geschlecht ist zwar nicht gewiss, ich denke aber an urloup
und weniger an das stf. laube mhd. Wtb. I. 1 017ᵃ, wofür nur
Eine Belegstelle angeführt ist.

manschaft f. Lehendienst. Ab einer manschaft tût Z. w. 53.

marescheide f. Grenze zwischen Schurfberechtigten im Bergbau.
Die flache marescheide, eine Grenze zwischen dem obern
und untern Stockwerk eines Baues. Wô ein schacht nider-
fellet (senkrecht sich vertieft) ûf einen flachen ganc (auf
ein wagrechtes Erzlager), wie wol daz er nutz bringet (wenn
er auch erzhältig ist) und kumbt ein ander ûf daz hangund (ein zweiter schürft oberhalb), und kumbt er und
untertiufet den und wichet im ein lêhen als recht
ist, daz bringet die flache marescheide; sô hât der
richtschacht die sol und der lêg (Iaege, der seitwärts
kommende) die first. Schemn. br. 11.

markscheidestempel. m. Pflock zur Bezeichnung der marescheide. Schemn. br. 12.

mâze f. („mas, maas, mos") 1. Ein Längenmaß (in Wieliczka 35
Decimalzoll); 2. ein zum Bergbau verliehenes, zugemessenes
Gebiet. Ob das Erz der Maas wert sei (der behördlichen
Zumessung). Kchlm. II. 168. wer pûwet — und iez fund
erz, die der môz wert sint. Schemn. br. 3.

mer n. Das Meer ist bei den sog. „Häudörflern um Kremnitz", den
Kuneschhäuern, Krickerhäuern etc. derart im Volksmunde, als ob
sie eine Erinnerung bewahrten, einst dem Meere näher gewohnt
zu haben. Einen Weg in den dritten Ort, also einen weitern Weg,
nennen sie über's Meer. Kchlm. I, 75. Im Schemn. str. Art. 3:
kan ein hûsfrouwe iren man wol hindern zu ziehen
ûf gots wec, als gen Rôme etc. ân (nur nicht) über
mer al eine als dâ ist gen Jêrusalêm. Den Erdapfel, als

weithergebracht, nannten sie meerappel, siehe Nachtr. 41ᵃ.
Das Ungeheuer bolwesch, dessen urspr. Bedeutung man in
Krickerhäu nicht mehr zu kennen scheint (da doch der mit der
Mundart vertraute Pfarrer Korez mit mir sich vergeblich bemühte,
das Wort zu deuten). S. Nachtr. 19ᵃ, ist nichts anders als bàl-
wĕsch, das ist Walfisch. Doch gehören diese Erinnerungen
an das Meer zu jenen ursprünglichen Eigenheiten der Häudörfler,
die nicht eine spätere Einwanderung zugebracht hat: sie haben
sie mit den Zipsern und Siebenbürger Sachsen gemein; alle nennen einen Bergsee, ein tiefes Wasser: meer-
auge. S. Nachtr. 41ᵃ. Aus der mir geläufigen österreichischen
Mundart Presburgs ist mir das Wort meer gar nicht erinnerlich,
außer in der allgemein verbreiteten Zusammensetzung meer-
ferkel (miafäᵈl) Meerschweinchen.

morg, der Morgen, jugerum, in polnischer Rechtssprache, siehe unter
    lėhen. Vgl. Meitzen a. a. O. 49.

muoten, mûten, ein gefundenes Erzlager anmelden; den Besitz an-
    sprechen. Mutung f. Aufsuchung, Anmeldung. Kehlm. II, 168. Sol
    auch nichts anderes mûten noch begĕren. Schemn. str. 13.
    Das gemutete, begehrte. Kehlm. II, 171.

vormûten, vermuten. Wȯ er sich vormût dȯ sîn habesȋ.
    Z. w. 33.

nâchvart f. eine nachträglich zu bestimmende Tagsatzung. Wil der
    zinser daz pfant nicht loesen sȯ sol er (der Pfänder)
    mit des richters wizzen und der gesworen daz
    pfant verkummern und in ûf die nâchvart wîsen.
    Schemn. str. 36. Vgl. fart, unter ferte.

nester von Kis: „Schwefelkieslager in Schmölnitz, auch Kiesstöcke
    genannt.“ Kor. 681.

nȯt f. sechs ėhafte nȯt können als Entschuldigungsgrund für
    ein Versäumnis vor Gericht gelten. Der Artikel 37 im Schemn.
    str. ist in Wenzel's Ausgabe ganz unverständlich; nach Kachel-
    mann's Ausgabe läßt er sich herstellen: ez sint ouch sechs
    ėhafte nȯt, dȧ mit einer sînes rechtens nicht ver-
    liuset („verlewset, verleuret“), der zu gesezten recht-
    tagen vor dem richter zum rechte nicht komben
    mac. Die rechtlich anerkannten Verhinderungsgründe werden
    nun aufgezählt: 1. Verhinderung durch den Landesherrn; 2. durch

Feuer, Wasser; 3. Krieg; 4. Gefängnis, Raub; 5. Krankheit; 6. Todesfälle.

nôt twengen, notzüchtigen, wer ein meit oder ein wip nôt zwengt. Schemn. str. 23.

nôtic, in not. Z. w. 31 noch üblich, s. Wtb. 84[b].

oeme m. Oheim. (Sonst ôheim, oeheim, hoeme, mhd. Wtbch. II, 435). Z. w. 63.

ort n. ein iglicher gemezzener berc (ein Bergwerk in der Hand eines Besitzers) — sol von recht zum minsten 3 schecht haben und in iglichem lêhen 3 orter (sieben lêhen im Umfang muß er haben, und jedes lêhen drei Endpuncte, die den Besitz begrenzen) — und in iglicher lêhenschaft ein ort (hier scheint unter Lêhenschaft der ganze Besitz gemeint, der einen Endpunct haben muß).

peuschel m. Großer Hammer. Kchlm. II. 172 zu mhd. bûsch m. Schlag.

Polka f. Apollonia s. Palkowitsch sl. Wtb. Polka Polče. ich hête im sente Polken almuosen geben. M. v. F. 245, wird vielleicht aus einer Legende von dieser Heiligen zu deuten sein.

puchen, klein machen. Kchlm. II, 171.

quarz m. Steinart. „Quarz nimmt und bringt Erz", Sprichwort in Schmölnitz. Korabinsky 680 s. einbrechen.

redekorp m. ein Sieb zum „rättern" oder reitern der Erze, Rättersieb. M. v. F. 385. braucht nicht in rederkorp emendiert zu werden; vgl. mhd. redebiutel, redesip mhd. Wtb. II, 696. Schm. III, 52.

reif m. Ein Längenmaß. daz gewant reifen, Tuch abmessen, Zips. willek. 40 vgl. „ein stück leinwand zum reiftragen damit der reifer dessen lenge mezze." Schmell. III, 60. Daher madj. rêf (réf), Nebenform. röf, die Elle.

reifen, abmessen, vom Tuch, Kleiderstoff, waz man gewant in disem lant macht daz sol auch gereift werden. Zps. w. 40. S. das vorige Wort.

rheinfarten, nach Aachen oder Köln in den Protokollen der ungr. Städte erwähnt. S. Ofner Stadtrecht ed. Michnay et Lichner. Seite 185, Anmerkg. und âchvart.

abreißen, sich.: „Zwischen disen Gängen reißen sich einige Klüfte ab, die aber nicht von besonderer Ergibigkeit sind". Korab. 680.

r e i t g a b e l f. „Beim Seifen des Goldes die Reitgabel führen." —
Kchlm. II, 171; r e i t- wahrscheinlich = r e d e - in r e d e k o r p
s. d.

r e n n e n. Das Eisen rennen, „das ist in Rennfeuern schmelzen." Kchlm.
II. 171.

r i c h t s c h a c h t m. Senkrechter Schacht. Schemn. br. 11.

r ò s c h, grob, vom Gestein; r ö s c h e n, aufgraben Kchlm. II, 171.

r ö s t e n, in: K u p f e r r ò s t e n, am Feuer entschwefeln. Kchlm. II, 171.

r û t e f. in der Rechtssprache v i r g a. Sechzehn Ellen und eine
Spanne. Kchlm. II, 164, s. l ê h e n und Nachtr. 44ᵇ, siehe auch
f r e i l e h e n.

S wird im Anlaut zuweilen nach nl. Schreibung (die sich auch bei Madjaren und Slowaken findet) mit Z geschrieben: die z o l, die
s o l e. Schemn. br. 11. S. Wtbch. 89. 107. Nachtr. 50 und mein
Vocab. von 1420, Seite 61.

s a c h e n, eine Sache - einen Rechtsstreit - vor Gericht bringen.
w ò d a z q u a e m e d a z l i u t e m i t e i n a n d e r z e s a c h e n
h e t e n. Z. w. 55.

s a g e r æ r e m. sacrarium. In der Zips ehedem Wahlversammlungsort.
Z. w. 58.

s a l b für s e l b in s a l b s e c h s t e. Z. w. 55. s a l b d r i t t. Z. w. 19.

s a u f. Versudelte Z e u g e (Erze), taubes Gestein. Kchlm. II, 172.

s c h a c h t m. pl. s c h e c h t, eine vom t a g e aus senkrecht gehende
Schürfung. A l l e p e r c w e r c h, e z s i e n s c h e c h t o d e r s t o l -
l e n. Schemn. br. 2. r i c h t s c h a c h t s. unter R.

s c h a f f e n swv. 1) Vermache d. i. legiere, wie im Münchner und
Brünner Stadtrecht mhd. Wtb. II, 73ᵃ. I s t d a z e i n f r e m d e r
s t i r b e t, u n d v o n s i n e m g û t nichts s c h a f f e t Schemn. str.
1. Waz der mit s i n e m g û t s c h a f f e t v o r ê r s a m e n u n d u n v o r -
s p r o c h e n e n l i u t e n. str. 1.-2) verfügen, verordnen, befehlen.
w a z d i e g e s w o r n e n s e t z e n u n d s c h a f f e n. Schemn. str.
4. Diese alte Bedeutung des schwachen Verb s c h a f f e n, die
in der österr. Mundart noch lebt, findet sich auch bei Goethe,
Faust, Hexenküche, fragt die Hexe: N u n s a g t i h r H e r r e n,
w a s i h r s c h a f f t (was ihr befehlt)! Mephistopheles: e i n
g u t e s G l a s v o n d e m b e k a n n t e n S a f t!

s c h a r u n g f. „Das Zusammenlaufen zweier Gänge im Streichen unter
einem spitzen Winkel: s c h a r e n." Gätschmann 64. — Dies

erklärt den von Kehlm. II, 163 gebrauchten Tropus: Haben sich
ihre (der ungr. Ritterschaft) Gänge (die Familienlinien) besonders mit den deutschen zu guten ungr. Scharungen gepart
und reiche Nebentrümmer abgesetzt." — Ueberschar f. br. 3,
s. mhd. Wtb. II, 153.

scheidgadem n. Das Scheidhaus, wo das taube von dem erzhäl-
tigen Gestein ausgeschieden wird. Schemn. br. 17.

scheidwirdiges erz, welches ausgeschieden zu werden verdient
und nicht bloß auf die Waschhalde gestürzt wird. Kor. 681.

schibellich, rund, im Umkreis, in Pls. tschaibet, scheibicht
krumm, Wtbch. 46. sô hât ein ieder man recht zu pûwen
— ûfzuslahen schîbellîche lêhen, d. i. ein Lehen im
Umkreis. Schemn. br. 3. Das mhd. Wtbch. schreibt schibelec.
Die Ausgaben haben scheyblich.

schicht f. 1) Das Tagewerk, schicht machen, vollenden. schicht-
ler, Taglöhner im Bergwerk. Nachtr. 45. Wtbch. 92. Vgl. Gätzschmann, Scheuchenstuel. — 2) Die Gewerken (s. d.) eines
Bergwerks werden getheilt in 4 Schichten; so im Schemn.
br. 15: ist oder daz die drî schicht dar kumen und
die vierde nicht oder 5 achtel nicht, die vierde
schicht oder die 5 achtel mügen nit gehindern,
die andern mügen si verlîhen, wem sie wellen. Nach
Gätzschmann ist die schicht der achte Theil einer Eigenlöhner-
grube, soviel als 16 Kuxe; was zu obiger Stelle insofern stimmt,
als auch Achtel angenommen werden, in die das Ganze vertheilt
ist, freilich ein Achtel der Gewerken.

schießer m. Pochstempel. Gätschm. schreibt schüsser. Kehlm.
pochschießer. Verschießen schwv. einstampfen, mit
schießern, Stempeln, Brettern zudecken. Kehlm. Gätzschmann schreibt verschiesen.

schimmertât f. Der blinkende Schein, Schein der That, etwas
(ein Schimmer) das die That verrät. S. Wtbch. 43ᵃ. Gr. Rechts-
altert. 637 f. fint man darüber schimmertôt pî im,
man sol in hengen. Z. w. 34.

schlich m. Durch Waschen gereinigtes Erzmehl, Schlamm. Gätschm.
„Das ganz unhältig scheinende wird in den Pochwerken zermalmt und zu Schlich gezogen." Korab. 682.

schnur f., s. snuor.

s c h o l t, sollte, 1408. Schemn. Stadtb. s. Kachelm. l, 76. Vgl.
Wtbch. 94ᵃ. Im Neusoler Stadtarchiv noch 1393: h e r s c h a l l.

s c h ô ß e n, Steuer zahlen. „Mit einem Hause in der Stadt zu Rechte
wohnen und mit den Bürgern s c h o o s s e n oder Steuer und
L o s u n g (s. d.) tragen." Kchlm. II, 168. Dazu vgl. voc. von 1419:
b e s c h o s s e n exactionare; s c h o s s e r, exactor. Schmell. III, 410.

s c h r a m f. Einschnitt in das Gestein mit spitzen Eisen, v e r s c h r a e -
m e n. „Zu Zeiten macht sich der Bergmann einen tiefen Ein-
bruch und v e r s c h r æ m t den Gang." Kor. 681. Vgl. s c h r î m s e n.
Wtbch. 95.

s c h r ô t e n, mit dem Hammer theilen; „Eisenklumpen g e s c h r ö t t e t".
Kchlm. II, 171.

s c h u r f m. Eröffnung des Erdbodens im Bergbau. m ê r h a b e n w i r
g e s e z t d a z e i n s c h u r f f r i u n g (s. d.) h a b e b i z a n d e n
d r i t t e n t a c, u n d w i r t e r d e n n n i c h t g e p û w e t, s ô
m a c m a n i n v e r g e b e n m i t r e c h t e w e r d â k u m b t u n d
i n b e g e r t. Schemn. br. 13.

s c h w a p p e n, schlendern. Schmöln. Vgl. s c h w à p p e l n, trinken, in
Dopsch. Nachtr. 46ᵇ.

s c h w a r t e f. Ein Baumstück mit der Rinde. Kchlm. II, 171.

s c h w e f e l b l ü f. Schwefelblüte. Korab. 683. b l ü e = b l ü t e ist
bairisch-österreichisch. Im Vocab. von 1419 ö p f l p l ü e, rubi-
c u l a. Schmell. I, 233. Gr. Wtbch. führt es auch aus Schriftstellern aus andern Gegenden auf; aus älterer Zeit nicht.

S e b n i t z f. Schemnitz. W i r g e s w o r n e n v o n d e r S e b n i t z.
Schemn. br. im Eingang, nach Kachelmann's Lesart. Wenzel hat
Schebnitz. Ersteres ist wol die ältere Form, wie sie unlang nach
König Bela's Tod (1270), als das Bergrecht abgefaßt ward, lautete.
Eine noch ältere ist W a n í a s. d.

s e i g e f. Jene Einrichtung der Stollensole, durch die die Grubenwässer
ausfließen können. i s t d a z d e r, d e r d e n s t o l l e n p û e t
s î n w a z z e r s e i g e r e c h t u n d b e s c h e i d e n l î c h e û f f ü e -
r e t. Schemn. br. 5.

s e i g e r n, Kupfer mit Blei vom Silber scheiden. Kchlm. II, 171.

s e i g e r w i r d i g, sagt man von silberhältigen Erzen. Kor. 681.

s e i l n. Das Grubenseil zum Emporziehen und Niederlassen von Gegenständen. K u m b t d e r l a e g e s c h a c h t ê d a z i m (dem
Richtschacht d. i. dem, der ihn baut) s î n s e i l n à c h f o l g e n

mac, sô hât der richtschacht (s. d.) sîn müeje und
arbeit verloren. Schemn. br. 11.

sîfe f. Bächlein. Über die Bächlein seifen im ungr. Bergland, siehe
Wtb. 96ᵇ, Nachtr. 45ᵃ. Vom Jahre 1589 sind mir 3 seifen mit
beigesetzter Übersetzung aus Kesmark bekannt, 1. visfalu (d. i.
vizfalu: Wasserdorf): dorfseifen, 2. ydesviz (d. i. édesviz:
Süßwasser): liebseifen und 3. saarpataka (d. i. sárpataka:
Kotbach) krumbseifen. Man sieht zwar, daß die Übersetzung
nicht wörtlich ist, sie stellt aber die Bedeutung des Wortes
seifen über allen Zweifel klar heraus. Die Form sîfe erscheint
noch in einer Urkunde von 1284 in cochensîfe, einem Bache,
der in die Gölnitz mündet. Siehe Kachelm. II, 150. Bárdossy 118,
333 (vielleicht wie chochen, Brunnen, mhd. Wtb. I, 892ᵇ, ein
kockenseifen? Jetzt heißt der Bach, so wie ein daran liegen-
der russnakischer Ort Koischô). Vgl. Wackern. Wtb. unter
sîfe. mhd. Wtb. II, 264.

sinter. „Wenn durch die schiefen Löcher kein Schwefel hervor-
sintert.“ Kor. 683. sinter m., ist sonst die Schlacke ahd.
sintar. Graff. VI, 265. Obiges sintern stimmt in der Bedeutung
eher zu suttern. Schmell. III, 293. sickern. Schmell.
III, 197.

slegel m., der Schlägel des Bergmannes. slegel unde îsen.
Schemn. br. 8: wô zwên stollen zuhouf kumen, mit
durchslegen, die wern sich mit drîen vierteln eines
lâchters, daz einer dem andern wîchen mûz. Dar
nâch houwet (Wenzel huvet) ein iglîcher wider an
und waz er gewinnet mit slegel unde îsen — daz
behelt er mit dem rechten.

snürche f., die Schnur (nurus) Z. w. 8. vgl. Wtb. 95ᵃ: schnu-
rich. Am Unter-Main schnörch. Schm. III, 495.

snuor f., snûr. Ist zunächst die bei Vermessung der marescheide
gebrauchte Schnur; dann ein Längenmaß; latein. ebenso: zona.
in der poln. Rechtssprache hat ein Morgen drei Schnüre
und zehn Ruten. S. lêhen.

sole f., die Bodenfläche in der Grube, sô hât der richtschacht
die zol (nl. Schreibung vgl. S) und der lêg die first.
Schemn. br. 11.

speisig, erzhältig. Speisiges Erz, reiches Erz. S. heißgrätig.

spleißen, st. schwv. spalten. **gespleißt:** das Kupfer gespalten, gesplittert, in Scheiben gerissen. Kchlm. II, 171. „Das Kupfererz wird auf die Garfeine gespließen." Kor. 684. Vgl. die **splisse.** Wtb. 98ᵃ.

spur f., Zwischenräume im Gestänge (s. d.) heißen Spuren. Kchlm. II, 172.

staheln, stählen, gebraucht noch Kchlm. II, 171.

stamelen, stottern, stammeln. **ez waer denn daz er nicht volkomen waer an sîner rede, daz er stamlet.** Z. w. 67.

stechen m., **den häuern nâchstechen,** nachsehen, ob sie ûf irer arbeit sint. So Kchlm. II, 168, als ob er Worte eines alten Schriftstückes citierte. „Von dem in der Grube nicht angetroffenen Häuer sagte man: er sei erstochen". Daselbst; vergl. **aufstechen,** verklagen. Schm. III, 607.

stempel m., s. **marescheid-stempel.**

stolle m., die wagrechte Schürfung. S. **schacht.** pl. die **Stöllen** Kor. 681.

streichen n., 1) die wagrechte Ausdehnung eines Erzlagers. Kchlm. II. 175. Siehe **verflächen.** — 2) **gestrichen solen?** — **welch schûster gestrichen solen zu markte pringet der bestêt an des landes bûze.** Z. w. 72.

striff m., so in beiden (von einander unabhängigen) Ausgaben des Schemn. br. 20: **sô zwên schecht sîen ûf einem ganc und einer quaem durch ganzez ein lâchter, ez waer ûf dem ganc durch firsten (fursten) oder durch striff und quaem dem andern in sîn zech und funde nieman dârinne.** Augenscheinlich ist hier die wagrechte Richtung, das Streichen (s. d.), der Strich gemeint und steht vielleicht auch striff, für strich. Doch findet sich auch in den sette communi ein Subst. Strif: Streifen. Schmeller cimb. Wtb. 175. — Dies ist kaum ein mhd. strîf (denn mhd. î ist cimbr. ai) und diese Mundart steht der unserer Bergstädte sehr nahe. S. Nachtr. 24. Vgl. den Wechsel zwischen ch und f in krachen (= kraften) stärken. Wtb. 73 (wo diese Ableitung nicht hätte angezweifelt werden sollen) u. a.

strosse f., eine Abstufung im Bergbaue, die entsteht, wenn man nicht auf ebener Sohle weiter baut. Vgl. Gätzschmann 78. „Diese Gattung

Arbeiter (die Erzhäuer) wird auf die Strossen angelegt." —
„Zwei solche auf einer Strosse arbeitende Bergleute". Korab.
681. Vgl. nl. strote, Gurgel, stross f., Kehle. Schmeller III,
689. Wozu weiter strutzen, strützel u. s. f. Vgl. Kellerhals.

strûben, starren, emporstehen (von Haaren) mit zustrûbeten (zer-
strawbten, K., zustrowbten W.) hâren. Schemn. str. 23.
Vgl. Ofner str. 284: der einer juncfrouwen nutzigt
(nôtzogt), wirt si von im beschamet balde und von
im kumbt und loufet zu klag mit zu strâbeltem
hâr und mit plûtigem gewant. S. Anmerkg. das. Seite 156.

stunde f., die Richtung nach dem Stundenringe des Bergcompasses,
s. Scheuchenstuel 239. Lehrreich auch Gätzschmann 79. — „Die
Schmölnitzer Gänge streichen in der sechsten Stund nach Morgen
und verflächen sich von Mitternacht gegen Mittag auf ungefähr
75 Grade." Kor. 680. „Diese Ablösung oder Veränderung der
Steinlager, welche durch eine andere Stunde auf den Gang herein-
kommt, heißt man hier Klein." (s. d.) Kor. 680. „Klüfte die
in diesem Gebirge Stund 9 und 21 streichen". s. wider-
sinnig.

stürzen, einen zur Strafe unter ein but stürzen. Z. w. 51.

suochen in sûchstollen m., der Schurf zur Aufsuchung von
erzlagern, wô ein sûchstollén ûfgeslagen wirt in
einem ganzen perc. Schemn. br. 9.

sûmendec, versäumend, vernachläßigend. Über dieses -endec
s. Seite 284. Ist daz ein perc den andern hindert mit
wazzers nôt: daz sullen die gewerken dem gerichte
und dem percmeister drî tage vesteclîche kunt tûn
und als die drî tac end haben und undernemen sie
ez nicht, sô eigent man den sûmendigen (sammen-
digen W., saumenden K.) perc mit recht dem perc
zû, den er gehindert hât. br. 5.

sweer (f. swëher) m., Schwiegervater. Z. w. 9.

T, eingeschaltet in oberthalben und niderthalben. Zips
w. 14.

tac s. jâr. „ertach m." das in älteren Schriften des ung. Berglandes
als ein Ackermaß, gleich Tagwerk, vorkömmt, und noch in der
Zips in Gebrauch ist, wird wol hieher gehören (vgl. mhd. ern
arare und tac). „der ertach wurde zu 1600 ☐ Klafter gerech-

net." Genersich Geschichte der Stadt Kesmark I. Bd., Seite 10.
„Jo. Schmidt kauft einen ertach im fordersten hell" (Name einer
Feldmark.) „per fl. 5 denar 30" wisbůch der Stadt Kesmark von
1554—1619. tagedinc s. tědingen.

tědingen (tagedingen) gerichtlich verhandeln. Wenn eine witwe
vor einem rechten zu tědingen hât. Z. w. 38, vgl. 3.
Wie das Wort noch erhalten ist in Kuneschhäu, s. Nachtr. 21:
tâdeng, in der Zips tâdig und tâdigen Wtb. 42ᵇ f.

Tische f., die Theiß, der Fluß; lat. Tiscia (madj. Tisza, schlow.
Tisa). Auf einen Städtebund der ungrischen Bergstädte deutet
hin eine Bemerkung von 1418 (Schemnitzer Stadtarchiv), wo ein
Mörder von allen Bergwerken piz an die Teische verbannt
wird. Hî ist zu merken daz Hensel Grall auz der Hodrusch (bei Schemnitz) vorschriben und vorzalt ist von
hinnen und von allen perkwerk piz an di Teische,
von eim frevelischen tôtslac, des her pegangen
hôt in der Hodrusch an einem frommen man Hanns
Scherer genant. Kchlm. I, 77. Kachelmann bemerkt dazu:
eine ähnliche Hindeutung auf den Städtebund kömmt vor 1366,
wo zwei koler von Königsberg, die den Hodritzer Ulrich
Tailer beraubten unter Vorsitz des Schemn. Stadtrichters
Hainzmann verurtheilt wurden. Zu bemerken ist: der lat. Name
der Theiß ist Tiscia, nicht Tibiscus. Ersterer Name findet
sich in allen älteren Schriften bis in's 13. Jahrhundert. Erst später
tritt die Verwechslung mit Tibiscus ein, welches der alte Name
der Temesch ist. — Teißholz n. heißt das Holz des Eibenbau-
mes taxus baccata, ungrisch tiszafa (Theiß-Baum). — Der
Name des Ortes Theißholz (magyar. Tiszólcz, slowak. Tisowce
latein. Taxovia) in der Gömörer Gespannschaft, wird von diesem
Baum abgeleitet, der ehedem dort häufig war (Bartholomäides
comit. Gömöriensis II. 711 sagt: prout ex radicibus, hucdum
effodi solitis ac subinde dimidium pedem latis, colligere licet).

tugendhafte n. Der Erzgehalt. — „Galt ihnen Gott allein als der
wahre Erzmacher, der das Edle und Tugendhafte in die Gänge
hineinträpfele." Kachelmann II., 171.

trûge, trocken; mnd. und md. (12. Jahrhundert) setzt Weinhold im
schles. Wtb. 100. Dies trûge mag im 13. Jahrhundert in triuge
übergegangen sein, woraus treuge, wie in md. Schriften des

14. Jahrhundert geschrieben wird. — si sî trj ug (Ausgaben:
trewg treug) oder fiucht Schemn. str. 5. — treugen,
trockenen. Schemn. br. 6. auch jetzt noch s. Wtb. 45ᵇ.

unart f. Die bösen und übelriechenden Dämpfe? „haben beim rösten
(s. d.) der speisigen (s. d.) und heißgrätigen (s. d.) Erze
nur die böse Unart und die giftigen Kise auszudampfen, matt
und taub zu machen und zu tode zu brennen geglaubt.“ Kchlm.
II. 171 f.

-und. Die Bildungssilbe Partic. Praes. -end, hat selbst in den
stark verneudeutschten Ausgaben des Schemn. str. u. br. noch
Formen wie farund oder unfarund. str. l. ezzunde pfant.
str. 40. daz hangunde und daz ligunde, br. 3. Es sind
überall technische Ausdrücke, die eine alterthümlich aussehende
Form festhalten. Eigentlich echt alterthümlich sind diese Formen
nicht, viel eher als beeinflußt anzusehen von dem lat. Gerundium
(das ja auch auf eine ungrische Bildungssilbe des Verbs, so wie auf
die deutsche Bildung -ende für -enne, Dativ des Infinitiv, Einfluß
hatte) mit Erinnerung an verba zweiter schw. conj. wie wei-
nôntêr, plorans (vgl. mhd. mit weinunden ougen. Nib. 2075
hs. A.) s. Hahn mhd. gr. I. Seite 101.

unvorsprochen, sui juris, unbescholten; von Zeugen Schemn. br. I:
alsô vern als sie unvorsprochen liut sîn. Zips. willekur:
wer dô in den 24 steten wirt zu einem richter, der sol
ein unvorsprochen man sîn. Vgl. Ofner str. Seite 169
und 312.

urbar f. Zins br. 16. „urbaren“ = roden. Kchlm. II., 167. „urbede
urbür = bergfrohne. urbürer = zehentner“. Kchlm. II. 167.

V. s. unter F.

W im Anlaut wird B in der Wenzel'schen Ausgabe des Schemnitzer
Stadtrechtes: bar: war 11, 12, 17, 25, 27, 31, 35. belicher:
welicher 13. ßir: wir 22. bo: wô 3, 9 (daneben häufig wer,
wir, wo); vgl. Wtb. 102. Nachtr. 49ᵇ.

Wania der ältere Name der Stadt Schemnitz s. Seite 299 f. und Seite
323 unter Sebnitz. — Die älteste beglaubigte einer Original-
urkunde entnommene Form scheint Wania s. S. 299 f. —
Kachelmann I, 16 leitet den Namen auf den quadischen König
Vannius zurück. Daß das Dorf Steingraben im Eisenburger
Comitat ungrisch nun auch Bánya genannt wird, berührt meine

S. 48 ausgesprochene Ansicht nicht. Bánya ist hier weder Bergwerk noch ein altes W a n i a, sondern nur eine Übersetzung des
deutschen Namens nach dem jetzigen ungr. Sprachgebrauche.

w a z e (spr. wase) f. Die Base. Z. w. 63. mhd. b a s e ahd. b a s a.
Die Form w a s e ist nd. S. brem. Wtb., Schütze holst. idiot.
Richey idiot. hamburgense. Es findet sich auch bei Herbort, s.
Frommann zu 2568. Die obige Schreibung mit Z ist. nl. vgl. oben
s o l e und mein vocab. 1420 S. 61. Dieses Vocabular schreibt
auch: 102 amita d y w a z e. Siehe die Anmerkung dazu S. 58.

w i l l e k u r f., ein i g l i c h e r g a s t h â t f r î willekur, d a z er
sich l æ t b e g r a b e n w ò er w i l. Schemn. str. 1. „Wille-
k u r d e r S a c h s e n i n d e m Z i p s." heißt der Zipser Land-
recht von 1 3 7 0.

w e l l e n. „Mögen sie das Eisen gegraben, gepucht, g e r e n n t (s. d.)
g e w e l l t, g e s c h r œ t e t (s. d.) und g e s t a h e l t (s. d.) — —
haben." Kchlm. II, 1 7 1.

w i d e r s i n n i g e, K l ü f t e: „Klüfte, die in diesem (Schmölnitzer) Gebirge Stunde 9 und 21 streichen, ihr Verflächen aber gegen Morgen oder Mitternacht haben, werden widersinnige Klüfte genannt."
Kor. 680. s. r e c h t f a l l e n d.

w i s b ù c h n. ein Grundbuch, welches den Grundbesitz eines Ortes aus-
weist s. unter t a c.

w i t t e r u n g f. Einen Erzgang „mit der Rute nach Witterung, Geschüben,
Fällen und Geschicken ausrichten." Kchlm. II, 1 7 0.

w i z z e f. Kunde, Wissenschaft. m i t d e s r i c h t e r s w i z z e. Zips.
willek. 28.

Z für S. siehe s o l e (z o l), w a z e. Z ò w o l w i r z l i h e n. Schemnitzer
Urkunde von 1 3 7 8 bei Kchlm. 75.

z e c h e f. Ein Bergwerk, das mehrere gemeinschaftlich besitzen.
D i e Z e c h e heißt auch ein ganzer deutscher, bergbauender Ort
im Neitraer Comitat, der unter dem slavisierten Namen C a c h
oder C z a c h gewöhnlich genannt wird. — u n d a r b e i t i e m a n
i n e i n e m s t o l l e n m i t d e s r a t e s u n d p e r k m e i s t e r s
g u n s t u n d k u m b t a n e i n e n g e m e z z e n p e r k o d e r i n
e i n z e c h. Schemn. br. 5. — E r s t i c k t e z e c h e n, die vom
Wasser angefüllt sind. o u c h w ò d e r s t i c k t u n d e r t r u n k e n
z e c h e n s i n t d i e k e i n r a d n o c h g e p e l g e w e l d i g e n

kan oder gewinnen Schemn. br. 6. Daher madjar. zèh
(czéh) die Zunft, Zeche.

zehouf, zusammen wô zwên stollen zehouf quæmen. Schemn.
br. 8. noch jetzt gebräuchlich vgl. zâf Nachtr. 50ᵃ.

Zips m. nàch unserem lantrecht, als wir haben von
alters, als der Zips gestift ist und als uns die künige
von alters und bizher begenâdet haben. Zipser willekur. 1. Vgl. Seite 281. — Eine Urkunde (Wagner anal. scep. I,
314) von 1327 von Joanes dux Oswiecimensis nennt unter den
ihm untergebenen Orten Zator, Lant, Wadowicz auch einen Ort
Zipsa, was mich daran erinnert, daß Häufler's Sprachkarte im
Wadowiczer Kreise eine der Krickerhäuer verwante Mundart
findet.

zücken, notzüchtigen. ez quæme einer und zücte die witwe
ader juncfrouwen mit gewalt. Z. w. 14. Vgl. strûben.
nôt twengen.

zuc m., der Verzug, Aufschub. der ime den zuc lôzen (lâzen),
wil, des ist er geweldig. Z. w. 19.

zwir, doppelt. Z. w. 37: ab einer ein pfant zwir vorsezte.

Krompach *).

Am Kunnertflusse [Hernád s. Anmerkung *) Seite 297] an der Grenze der
Gründener Sprache.

Von drai raibern.

Ich hàb en ein bûch gelèsen dàsz drai raiber hàn en e wald⁴)
e ⁵) haus gehàt; und von den raiberhaus wàr nêch wait e mîl. en
der mîl hàt gewéunt⁶) e miller und der hàt e tochter gehàt. als dàs
di raiber gehêrt hàn, hàn sich di raiber schéine⁷) klâder⁸) ange-
zéugen⁹) und sain als grûsze herrn en di mîl gekom¹). der miller
und di millern hàn di drai raiber schéin begrîszt und hàn éuch ge-
séugt⁹) di soln déu⁹) nàchten blaiben. di raiber sain éuch déu
nàchten geblîben und hàn sich éuch en di millerstochter verlîbt.
êner⁹) von di drain hàt sich går sêr ën se verlîbt, sô dàsz der (=er)

---

*) Eingesant wie die Leutschauer Sprachprobe Seite 281.

håt geséugt der [7]) wët se hairåten. es ëss éuch séu geschéu und di
zwei hàn sich zusàm gehairåt, nämlich di millerstochter und éiner
von di drain. jez hàn di drai raiber iber di millerstochter geséugt:
si sol sich fertig machen, dåß se mit înen kann [4]) zu sam kastil
(vgl. Wtb. 68) fåren. denn dàs kastil stêt nur ganz ellein und so
wollt [2]) se nëch treffen (würde sie den Weg nicht finden). di millerstochter ëss mët înn wërklich mëtgegån [3]). als se en halben wêg
wåren so hàn se schund mët ir angefån [5]) sêr gréub [6]) zu réiden [7]).
si håt éuch [6]) schund wolln zurëck emkêren, åder si hàn se nëch
gelàssen. und als se schund ganz néu [9]) (nahe) bei der kastil wåren,
so hàn se iber se geséugt [6]); daß si drai raiber sain und hàn er
éuch geséugt: wenn se di gesetz, welche se ir geben hàn, über-
treten wët [7]); so wern se glaich se téut schléun. en andere tag sain
di raiber of di jag (?) gån [8]) und hàn er gesågt: di kann en alle
stub (alle Zimmer) gên, nur en éine nëch. und en dêr stub àber
wåren alle lait, was se hàn schund tôt geschlån.

---

1) Die Mundart, obwol Krompach näher den Gründen liegt, ist sehr nahe der des
Zipser Niederlandes verwant. Vgl. Sprachprobe aus Pudlein überhaupt und hier
namentlich. Anmerk. 10.

2) wollte = würde, vgl. Sprachprobe aus Gölnitz. Anmerk. 2.

3) Siehe Sprachprb. aus Pudlein. Anmerk. 10.

4) Das durch Position geschützte kurze a behält den reinen Klang wie in Käsmark.
Wtb. 29 a in Pudlein ist auch dies a zu å geworden, indem dort das reine a für ä e ē
eingetreten ist ; a vor einfachem Consonanten ist oben überall à oder éu.

. 5) Vgl. Sprachpr. aus Pudlein. Anmerk. 10.

6) Mhd. å a o (vor einf. Cons.) o u wird éu, s. Sprachpr. aus Pudlein. Anmerk. 2.

7) ei für e ist niederrheinisch: reiden. Tundalus 33. 56. Gr. gr. I³, 185 md. nordschles. Rückert Ludw. 161. Weinh. Dial. 45. das ähnliche ei für œ in schéin auch
in Schlesien, Weinh. d. 46, 10.

8) wët, wird in den Gründen, in Dpsch. Kh. u. s. w. bët, bit, sonst in der Zips
wët, wit S. Nacht 49ᵇ Wtb. 104.

9) Mhd. ei ist hier e ē in e: ein, êner: einer; hingegen ei in klåder; ersteres wie
in Krh., letzteres wie in Käsmark. Die Neigung zu e in ellein für allein ist bemerkenswert; fränkisch hennebergisch ellé, siebenbürgisch ellîn. Fromm. V, 271,
8) 7. — VI, 508.

Anmerk. Vollständiger findet sich das Märchen in Hessen Grimm (Hausmär-
chen 40: der Räuberbräutigam), auch in nd. und obd. Gegenden und dänisch. Grimm.
Hausm. III. 40; es ist auch in das Madjarische übergegangen, (bei Stier *) 45) wo das
Räuberhaus. das oben noch Castel heißt, schon ein Palast von drei Stockwerken ist.

*) Ungrische Märchen und Sagen, übersetzt von G. Stier, Berlin 1850.

Wagendrüssel.

Eingesant wie Seite 281.

Dasz verprochene [1]) Hnfaise [2]).

ên [3]) pouer [4]) ês [5]) mît [6]) ßainem [2]) ßôn [5]) Tûmas [4]) ïwers feld
gekân ûn [8]) ûnerm [8]) wê [9]) hàn se e stëck hufaise gefôn [10]). „tå lait
e stëck hûfaise [10]) ûf ter strâsz; hêbs ûf ûn stecks ên.“ hât te vater
gesât. „ei“ hât wêre [11]) te Tûmas gesât „taß êss nêt [5]) ter mû wêrt
sich trûm ze pûcke.“ Te vater hât stêll ûfgehôb [10]) ûn ên te
sack gestôch [10]). êm näxte torf hâts te vàter tem schmid ver-
khâft um drai pfening ûn hât vôr das kelt [7]) khêrsche khâft. alle
zwéi sên waire [11]), âwer ti sûnn hât sêr heiß [2]) geschaint [2]), wait
ûn prêt [2]) wâr khên hous [4]), khên pâm [4]) ûn khên kwel ze ßîn [12]).
Tûmas ês pall [8]) vôr tûrst verschmacht ûn hât kâr nê mê khônne tem
vater nakhûme. jetzt hât te vater ên khêrsch falle làße. Tûmas hûb
se klaich [2]) bekîrich ûf, alz [13]) wî wenn se kûldich [14]) waer ûn hàt
se klaich enz moul gestôch. alz se e phâr schrêtt waire, hât te
vater wêre ên falle gelàß [15]); Tûmas hât se wêre ûf gehûb. ûn sû
hât te vater alle khêrsche falle làße [15]) ûn Tûmas hàt se all ûfgehûb.

Alz awer te khêrsche all wâre und Tûmas ti lezt gekess hâtt [16])
tåmålz hât te vater sich ûmgetrêt un gesât: „kuck, hàste [17]) tich ên-
mål wolle ûms hufaise pûcke, sû häste tich nêt um ti khêrsche hunnert
mål gepréicht [18]) pûcke!“

---

1) verprechen wird auch mhd. für zerbrechen gebraucht, namentlich im
Passional. (mhd. Wtb. I. 246), aber schon in der altfränk. Übersetzung des Isidorus
Hispalensis de nativitate domini heißt es ïsenine grindila (ih) firbrih-
hu : vectes ferreos confringam. Vgl. auch noch gesworneeide — stedeunde
unvirbrochenze haldene. Wackernagel Leseb. I², 724, 19—22.

2) Der Wegfall des N in hufaise, wâre, ist mehr west- als ostlechisch (mehr
alemannisch als bair. österr.) S. Schmell. Gramm. §. 592, Anmerkung; aber auch in
Aachen, Westerwald etc. Der Unterschied zwischen A J und É J (= mhd. Î und
EI): aise, heiß etc. ist schon besprochen. Ltsch. Anm. 3. Kleinlomn. 11,
Bela 6, 8. in wait und prêt (wît unde breit) wird mhd. EI zu È wie nd. md.
schles. Gr. gr. I³, 258, 284, Weinh. dial. 34.

3) wêre, wieder; das auffallende E der Endsilbe läßt sich aus dem mhd. Adv.
widere erklären; waire adv. weiter (witer) erinnert an schwed. vidare, dän.
videre, wo die Neutr. Adjectivform das Adverb ersetzt, als ob got. vidôzô,
ahd. wîtôrâ, mhd. wîtere statt vidôs, wîtôr, wîter stünde. s. Gr.

III., 599. f. Neben diesen Beispielen von angehängten E hat der Aufzeichner des obigen auch ê n e p o u e r, ein Bauer geschrieben. Ich bezweifle die Richtigkeit der Aufzeichnung, stelle diese Lesart aber zu w ê r e und w a i r e, weil sich allerdings auch hier eine Neigung der Mundart zu verraten scheint das Wort vocalisch zu erweitern.

4) Mhd. Ù wird É U oder O U wie in Ltsch. (é u f, é u s, mhd. û f û z) Mzsf. s. Kleinlomn. Anm. 5. Pudl. Anmk. 2. mhd O U wird Â in p â m, wie östr. Bald diesem O U ähnlich, bald wie ein einfaches, dem Ò sich näherndes U klingt das in Wagendr. vorkommende û. Vgl. mnd Ò = U und AU Haupt Ztschr. III, 61.

5) Das È für I kömmt vor in Mundarten des Hausruck, Odenwaldes, Hessens, Türingens, des Eichsfeldes, Altenburgs, Schlesiens Weinh. Dial. 36. schon mittlnd. Haupt. III, 60. h ê r d e n, Hirten, w ê r d i c h würdig (wirdig), w ê r d i g e n, v e h e vieh und v e e (v ê).

6) So wie die Mitlaute in Wagdr. überhaupt verschärft werden: G wird K (ohne H), B wird P, P wird PH u. s. f. So erhält selbst S im Anlaut eine Verschärfung.

7) g e k â n, gegangen, vgl. g e g â n, Kleinlomn. 3. Ltsch. 9.

8) N D, L D werden assimiliert wie im Hennebergischen u. a. md. Mundarten. Vgl. darüber namentlich Stertzing und Frommann, bei Frommann II, 45, 50, 95, 350, 399, 402.

9) w ê, weg, Wegfall des G. Vgl. Weinh. Dial. 84.

10) Über Wegfall des E N vgl. Zpsl. Anm. 9. Pdl. 10. s t ê c h e n st. v. für s t e c k e n schwv. Richey Hamburg. idiot. 290 bemerkt: „s t ê k e n bedeutet stecken und stechen. Daher ist bei Unwissenden, wenn sie hochdeutsch reden, die Vermengung beider Formen sehr gemein.“

11) Vgl. 3.

12) Ù i n, sehen. J für E ist nd. Gr. gr. I. ³ 235. Weinh. Dial. 39. (Schröer lat. deutsch Vocab. s. 61.)

13) L Z für L S. s. Wtb. 89ª.

14) K û l d i c h, goldig; scheint in der ältern Sprache nicht vorzukommen. Das Ü (auch in m û g l i c h, k û n i g, M û n i c h wies) halten unsere Mundarten fest.

15) g e l a Ù, lasse; daß die Participformen l a s s e n und g e l a s s e n nebeneinander vorkommen (wie auch ahd. l â z a n und k i l â z a n) ist nicht auffallend, wol aber, daß die Eine Form (g e l a Ù) hier E N abwirft, die andere nur das N (l a s s e). Vgl. Zpsl. 9. Pudlein. 10.

16) h â t t' hatte, schon mhd. h â t e für habete. Die Prät. Formen im Indic. sind in unseren Mundarten sonst schon gröstentheils den üblichen Umschreibungen, wie im Österreichischen, gewichen.

17) h û s t e (h â s t d e) : hättest du, eine Zusammenziehung, die wie g e s â t, gesagt, auch schlesisch vorkömmt. Weinh. 84, 129, 136. Österreichisch sagt man wol auch h â s t (ohne E) für hättest du, aber g e s a g t, klingt k s à g t, das G fällt nicht aus.

18) g e p r e i c h t (= g e b r ä u c h t) ist eine unserer Mandart eigene Beumlautung, die nd. nl. Ursprungs ist. Vgl. nl. b r u i k e n, spr. b r e u k e n.

Gölnitz.

Zündrute zur Sprengung des Branntweinfasses oder die beiden Nachbarn, ein Branntweintrinker und ein Mäßigkeitsfreund; ein Gespräch in Gölnitzer Mundart auf Kosten des Gölnitzbányaer (Gölnitzer) Mäßigkeitsvereines, herausgegeben von Samuel Fux in Gölnitz. Kaschau, gedruckt bei Karl Werfer 1846.

Motto: da Hannes trinkt es plappabassa [1]) géan
da Měchel bell en plappamàn [1]) pokéan.

Anmerkung. „Das den Wurzellaut bezeichnende kleine r (da[r], géa[r]n) bleibt beim Aussprechen weg." So im Druck. Ich habe es ganz weggelassen, so wie überhaupt die Schreibung durchaus berichtigt, und mit den andern Spachproben mehr in Übereinstimmung gebracht. Außer dem Druck benützte ich auch eine Handschrift, mir durch Güte des Prof. Dr. Bidermann in Kaschau mitgetheilt, die zum Theil richtiger geschrieben ist, als der Druck.

Hannes.

Bàs paukt [2]) da Koritnaky [3]) aus?
ich hàb něch gut gehéat;
miĕ schaints om Pellegràd a huus
duot ĕss es něch vil béat.

Měchel.

Nå, něch sò, iĕ irrt enk séa,   5
ganz andas sågt mai måd:
da publici[r]et a gute léa
fa'n [5]) schenk von kometåt.
de pranntwaintrinka sen geschlägen,
da schenk teff nischt mě póagen   10
und póagt a, teff a nindats klågen,
dàs mecht [4]) den saufan sóagen.

Hannes.

Bàs is dàs fa an naiigkeit
das is doch undahéat (-un-der-hört).

Mĕchel.

Ond doch es dàs fa[5]) onsa lait   15
héat, nàchpa, séa vil béat:
es trinken nĕmmt stark ibahand,
da pranntwain gĕlt izt séa,
de lait versaufen en vastand
ond klågen: es gèt en sehbéa!   20
ja frailich kàns nech andas gên,
benn men[10]) tàgtêglich trinkt,
dàß men[10]) kaum of an fûß kàn stên
ond bî an narr rĕmspringt.
da tåg vagêt, nischt bíat[6]) gemacht   25
de ganze lîbe zait
als bî getrunken ond gelacht
geziffat ond gespait[8]).
Ond gê ens haus, duet findst ka prôt
ond åch ka stûba[9]) mêl;   30
de àamen kĕnda laiden nôt,
da våta schmïet de kêl.
ond kimts zo zåln de portiôn,
då nemmen se en baib
fa den versoffnen pranntwainmàn   35
de klåda noch von laib.
dås ĕss a schand, dàs ĕss a spott!
ja aus an sechen haus
zîht geld, gesondheit, éa ond gott
ond glĕck fa imma aus.   40
sêht, dårom låßt es kometât
en schenk es póagn (fast póang) vasågn.
dàß men[10]) nĕch sóvəl pranntwain sol
mê aus en schenkhaus trågen.

Hannes.

Na, nàchpa, iĕ redt mïe kurjôs,   45
ich méak schon bàs a belt:
iĕ béaft mïe's trinken of de nås;
ich trink nond fa mai geld!
redt iĕ[11]) maintbegen bàs a belt[11]),
enk[11]) gêt dàs gåa nischt ån;   50
ich trink en pranntwain fa mai geld
iĕ sait a kàaga màn!
iĕ reißt's[11]) enk àb von ågen maul
ond sammelt nond es geld;
bàs håt men åch, benn men nĕch trinkt   55
of déara harrgottsbelt[12])?

Mēchel.

Bàs hàt men? ja mai lîba fraind
men hàt doch hî séa vîl!
ïē sait en irrtum, benn a maint
es leben ēss jux ond spîl.   60
Bàs hàt da farra ons gesågt
flux frū en naien jàa?
ich glåb ich hàb enk doch gesèn
en onsra kïech àm koa.

Hannes.

Ich gê gott nēch séa vîl za last,   65
ich halt kïech aeb dahàm;
bàs héa ons gebn bēl, kimt ons fast
von selba àch en tràm.

Mēchel.

Halt ïē von kïechgèn àch nēch vîl,
sà glàbt a doch an gott;   70
béa dàs nēch titt[12], fakennt sai zîl
ond bïed zo schand ond spott!

Hannes.

Na, nàchpa, bàs dàs ånpolangt
ich glåb jà àch àn gott
ond hàb om[14] öftas schon gedankt   75
fa'n (für den) pranntbain ond fa's prot.

Mēchel.

Doch nēch duoch nichtansain ond mî,
dàs hàßt, nēch mit da tàt;
ïē drêt enk ēm en pranntbain hî
bî em de ax[15] es råd.   80
a secha[16] mensch, fabàa[17] déa ēss
of déara belt nischt béat,
da kault[18] sich bî de lechreng nēß
rēm of da kàlen éat.
ond gottes stràf, kimt se auch spaet,   85
de plaibt doch kùmàl aus;
denn béa àm acka unkraut saet
éant tēsteln fa sain haus!

Hannes.

Stràffàllig sai ba alle lait,
de raichen bî de àamen;   90
men sai bî Sålamô geschaid.
gott hàt mēt ons dapàamen.

denn onsa harrgott ēss jà gut
héa hàt ons alle géan
ond bit ons jà ēm Kristi plut   95
nēch aso streng vahéan (verhören).
de schlechtste sai [19]) ich âch nēch hî.
es gibt noch andre knecht,
di raich béan âne plåg ond mî
durch schēnnen [20]); ēss dàs recht?   100
dås hàb pai gott ich nî getån!
ich hùb zbàa oft an rausch,
doch saich [19]) ka ràba, ka Zigån,
ich mach nî a geplausch.
drom glùb ich onsa harrgott kàn   105
den fèla ma vazaihn,
héa nêmt sich onsa gnådig àn
drom giꞵ ich fleiꞵig ein.

Mёchel.

Mïe schaints mēt da religiôn,
di ons Kristus geléat   110
kimt ma pai enk nēch séa gut ån,
ïe kent nēch gut ïen béat.
drom làꞵt a bóat noch mēt enk rèn
vlaich bid enk dàs pokéan:
benn nēch, àft kint a trinken gên   115
ich bê's enk nēch vabéan.
ïe sait a pirga ēn da ståt:
pёlt ïe enk drof bàs ain,
dàꞵ a pai onsan magistràt
kint frai von dёresch [21]) sain?   120

Hannes.

Darîba muꞵ sich jeda från, (s. Schmöln. kal. Anm. 25)
bàs béa das far a màn!   .
dàꞵ men izt nēch mê schlàgn ond hån
àn àamen pirga kån [22]).

Mёchel.

Nēch bàa, de fraiheit ēss vil béat,   ,   125
dås sêt a selbast [23]) ain;
es ēss doch schön, of gottes éad
frai ond nēch knecht zo sain!

Hannes.

Das bёll ich glåbn! mai pirgarecht
geb ich nēch fa vil geld.   130
ond paus, ontatån ond knecht
béa ich nēch fa de belt.

Měchel.

Jě sait za fraihait ausakóan [24]).
ich sêh pai enk ěss noch
něch hoppen ond něch malz valóan,   135
ie dult àm hals ka joch.
drom pitt ich enk, sait aso gut
poantwóat ma di frågen,
doch mēt gelàßnem kàlden plut
àft bĭ ich enk abàs sågen.   140
Benn àna sàgt: du pist mai knecht,
du tefst ka pirga sain,
ond schlågt ond hất enk ảch noch recht,
bàs bent ĭë of dàs ain?

Hannes

Dàs bit sich kùna untastên,   145
dàs băa sai letzte stund;
mên fissen boll [25]) ich of om [26]) gên,
bi of an raidegen hund.

Měchel.

Ont toch ěss àna, glåbt es mĭë,
noch selba làdt a'n ain,   150
déa enk poftlt ont schlaegt, ont ĭë
mißt laiden ont stěll noch sain.
i̇ë làcht ont toch hàb ich hĭ recht,
da prantwain ěss da harr. [27])
ĭë sait sain ontatån, sain knecht   155
sain paua ont sain narr!

Hannes.

Es gêt ma scho n a lichtal [28]) of,
di sach ěss bĭ̇ěklich bàa;
ĭë schlàgt àm någel óantlich rof
ont treft en of a hàa!   160

Měchel.

Graift enk a dĭp en hósenscheb [29])
ont němt es geld enk raus,
bàs tut a den, benn a en fangt
in euerm eignen haus?

Hannes.

Ich pack den kéadel pain genick   165
ont schlågen of de éat;
a secha bund und galgenstrick
es gàa nischt pessas béat.

Mĕchel.

Nà, sêht! da prantbain ĕss déa dîp
ont ïë hàbten noch géan!   170
ann sechen hundsbût [30]) hàbt a lîp?
bàs bit aus enk noch béan?!

Hannes.

Nà enka rên (reden) senn ka geplausch,
ïë redt ma ĕns gebissen,
ich bĕ halt toch en prantbeinrausch   175
noch endlich làssen missen.

Mĕchel.

Benn àna kimt en enka haus
ond schĕlt und flucht of enk,
ond schlaegt enk plŏ, ond bïëft enk raus,
macht ïë den a geschenk?   180

Hannes.

Bàrum denn nĕch? met déara faust
a tichtegs hĕntas (hŏntas) óa,
daß es ĕm hàp om prumt ond saust
enbênegstens a jàa.

Mĕchel.

Ond doch hàt enk en âgen haus   185
da pranntbain schon geschlågen
ond ïë macht enk ann taibel drauß, [31])
da gêt nĕch amàl klågen.
posoffena, ich bàß noch gut,
hapt a enk àngeschlågen,   190
dàß nås ond maul enk ham geplutt,
en enkan haus àm schrågen.
Béa hàt enk denn asŏ gestaucht?

Hannes.

Da prantbain, dàs ĕss bàa!
das hàb ĕch bïëklich nĕch gepraucht,   195
ich trink kàn âch a jàa!

Mĕchel.

Ond gibt enk àna ibas hàp
a hapstĕck [32]) mĕt da hand
dàß a enk bälzt ond kault en stàb
ond gĕl béat bi de band: 200
bàs tut a nàchpa dĕn?

Hannes.

Den hundsbut boll ich of da stell
hï es genĕek vadrên!

Mĕchel.

Mên maul sait ïe a faina màn,
doch benn es kimt za tåt: 205
ta hängen se enk taschen [33]) ån
ond pîgen eng bi ann dråt.
Béa hàt enk denn es håp geschlägen
ond ïe hàbt stěll gehalln [34]) ?
da pranntbain paitelt enk pain krågen   210
bi kàn enk dàs gefalln?

Hannes.

Na, seche rên di gelln [34]) abås [35]),
hî geb ich enk de hand:
vaflucht sai pranntbainflàsch ond glås,
ich sai schon pai vastand!   215

Mĕchel.

Noch àns muß ich enk, nàchpa sågen,
àft kint a baita gên,
ich běll [36]) enk něch mê långa plågen,
ïe schaint mich zu vastên.
mishandelt men enk baib ond kĕnd   220
ond prĕcht es håp enn ain
ond schlaegt se låm ond schlaegt se plĕnd,
hĕdt stěll dapai ïe sain?

Hannes.

Dàs bĕa doch a vafluchte sach!
mai hatz ĕss něch von stàn!   225
den kéadel schlåg ich paitelbåch
ond prĕch om hals ond pàn!

Mĕchel.

Ond doch — ich schbaig — ich běll nischt sågen,
es bĕa enk schïe něch reeht?
benn enk da harr es baib geschlågen   230
bàat imma ïe sai knecht.
ja enka harr hàt se geschlågen,
da prantbain, déa barbar!
ach! bênen [37]) soll di àame klägen,
da èmàn ĕss a narr!   235
of bîfel råsen [38]) habt a schon,
ïe migt es selba sågen,
selbst mĕt geléamt, benn aus da tonn
da spiritus 's baib geschlågen?
Es grainen [39]) hàt enk něch gerïet,   240
ïe habt bî a haiduck [40])
of harrs pofèl en stràch gefïet

dàs mecht [41]) da prantbainkrug! [42])
de àamen kĕnda hàm ka pròt,
de motta hàt ka klåd,   245
da prantbain schlågt se noch halb tôt
dùs ëss a hatzenlåd!

Hannes.

Sà bàa ich lêb, ich schbéa es hait,
ich trink kan prantbain [42]) mê,
dàß ichs getån pàß [42]) of de zait   250
dàs titt [43]) main hatzen bê.
a secha harr ëss gàa nĕch béat
dàß men sai knecht sol sain,
déa ann nischt guttes [44]) baist ond léat,
vadàmt sai da prantbain!   255
ich bàa sai sklàv, [45]) ich bàa ssi knecht,
ich bàa sai ontatån;
de fraihait bàa ma gàa nĕch recht,
bàs hàb ich narr getån?!
da hùt mich alle tàg postòln   260
oft lebaplå [46]) geschlågen;
ich hàb, da taibel sol on hóln!
mët fråden sai joch getrågen.
da hàt mich àam ond krank gemacht
ond baib ond kĕnd geschlågen;   265
ond hett mich en a kuozen zait
åch palt zo gråb getrågen!
da hàt main geist ond main vastànd
of grond ond poden gericht,
sà lang a mich àn saina hànd   270
gefiët, déa pòsebicht!
ich bàa a gotvageßna krist;
bi kån miē got vazaihn?
doch sà bàa got en himmel ëss [47])
ich bëll es nêch mê sain!   275
beck (weg), prantbain, beck! ach dain gerùch,
du bëlda kuffenmàn [48]),
vadînst noch gottes zóan ond flùch
fa dàs bàs du getån!

Mĕchel.

Dàs ëss a màn, déa asò redt,   280
ond bàs a sågt åch hålt!
benn iē danåch åch lêm izt bedt
sait a da groeste held.

denn laichta ëss es mit gebalt
a ganz land zo pokrⁱgen, 285
als bi ann alten pàm en bald
zo krëmmen ond zo pⁱgen.

Hannes.

Ma vóasatz stêt àm Affenstàn ⁴⁹)
on nëch paim Béa ⁵⁰) àm sand.
mai bëlln ëss hat (hart) bi stâhl ond pàn, 290
mai bâchta da vastand.
noch âns kàn ich ma nëch daklâan
borom es kometàt
es prantbain prⁱn ⁵¹) nëch bëll vabéan?
dàs bâa mai gróste fràd! 295

Mëchel.

A guttat ⁵²) bâa es fa de belt,
doch sêht, de gutten héan,
di kinnen âne landtâg dàs
en grondhéan nëch vabéan.
doch glâbt es ⁵³), benn bïe drof postên, 300
mët éanst and mët vastand,
es mus da prantbein untagên
en ganzen Ungerland

Hannes.

Of bêche ⁵⁴) àat?

Mëchel.

bïe trinken kân;
bàs tûn si àft damêt, 305
ausa di trinken en allân;
gebt obacht ⁵⁵) auf mai rêd!

Hannes.

Bî's ima ëss, ich trink kân mê,
hî ëss mai rechte hand,
sà bàa ich lêb ond voa enk stê ! 310

Mëchel.

Got gêb enk den vastand!

---

1) plappan (=plappern) scheint demnach wie blodern, plaudern (s. Gr. Wtb. II, 141) nicht nur blaterare (Gr. Wtb. II, 66), sondern auch wie plätschern, das schallende Anschlagen der Wellen u. dgl. zu bezeichnen, wie in der Schweiz plappen Stald. I, 180, was dann tropisch, wie in Dopschau schwàppeln für saufen (s. nachtr. 47), gebraucht werden mag. Vgl. auch lappern, belappern, schlappern bei Weinh. 50ᵇ 83ᵇ

²) p a u k e n für trommeln ist der in der Zips gewöhnliche Ausdruck. Das Vocab. von 1420 hat tympanum p û e k e; tympanistra p u k e r y n n e; mhd. p û k e und b o u k e. Das Zeitwort p û k e n mhd. Wtb. II, 541; mhd. kommt gleichfalls das Zeitwort t r u m m e l n, t r o m m e l n, noch nicht vor, wenn auch die t r u m b e, t r u m m e l für trommel schon bekannt ist. mhd. Wtb. III, 122.

³) Eine in Gölnitz stadtbekannte Persönlichkeit; Stadthaiduk.

⁴) Ein Stadttheil von Gölnitz.

⁵) f a (= f a r, so Wtb. 101ᵇ oben unter U) der Bedeutung nach f ü r (ahd. f u r i), der Form nach aus v o r entstellt, das mnd. für: v ü r steht und v o r nl. v o o r lautet; auch md. v o r immer für f ü r bei Jeroschin. Pfeiffer's Ausg. 267.

⁶) b i a t aus b i a r t, eine ostlech. Form (= w í a d); so (b i a t b i a r t) müste es auch „cimbrisch" heißen, wenn diese Mundart wirklich von keiner andern, als denen „des benachbarten obern Deutschlands, namentlich Tirols, Baierns und Österreichs" beeinflußt wäre (wie Schmell. „über die sogenannten Cimbern" Seite 703, noch der Ansicht ist. vgl. Wtb. Seite 18 ff.). Cimbrisch sagt man jedoch: a r b e r t = er wird (s. 110. a r b o r t?) wie in md. Mundarten: e r w e r t (e für i durch nd. Einfluß s. Weinh. 31). Unsere Mundarten haben sonst überall, außer Gölnitz, w e t , b i t = wird. s. Wtb. 104.

⁷) g e z i f f e r t ist sonst = g e z i e r t Wtb. 107ᵃ hier scheint z i f f e r n saufen zu bedeuten, etwa = s i f e r n oder s ü f f e l n Schm. III, 205.

⁸) Schwache Form mhd. spîwen ahd. s p û w a n, östr. speiben stv.

⁹) e i n S t ä u b e r? vgl. stibala Nachtr. 48.

¹⁰) m e n für m a n schon Kön. Rother 20, 26. s. Wackern. Les. I (2. Ausg.) 228, 20. 893, 14 931, 19. ebenso nl. m e n : man (neben m a n : mann).

¹¹) i a r b e l t sagt man auch in Krh., in Dopschau ist das Pron. noch iar, das Zeitwort hat schon das ostlechische S (i a r s c h l a t s ihr schlagt), in Käsmark î r s c h l a g t in Ltsch. î s c h l a g t, in Schmöln. î s c h l a g t; Gölnitz ist, wie oben ersichtlich, von beiden Formen rein, dafür hat es den gen. dat. e u k.

¹²) h a r r g o t t s b e l t wird gewöhnlich nur im Zorn, in weltverdrossener Stimmung gesagt, so wie der Ausruf: h e r g o t t s d o n n e r w e t t e r

¹³) S. Nachtr. 49ᵃ Wtb. 47.

¹⁴) o m ihm, auch in Schmölnitz, sonst alttüringisch. Rückert. Ludw. 159.

¹⁵) ä x in Krh. ä x t nachtr. 16ᵇ

¹⁶) Diese Form s e c h a (= s e c h e r) für solcher, die auch im Kuhländchen vorkömmt, wird von Weinh. Dial. 141 f. aus s o g e t â u (Gr. gr. III, Schm. 764) gedeutet Sie kömmt auch in Schmölnitz vor. Zur Seite steht ihm b ê g a, welcher, in Krh. (ähnlich s é g e, solche in Kärnt. From. V, 253 f.). Da daneben in derselben Mundart, das aus sotâner entstandene sittener, sëttener, sëtter (so wie auch wittener, wëtter, welcher) vorkömmt, dürfte die Erklärung aus sölcher (vgl. wécher Schm. IV, 61; oder aus s ô i g e r?) denn doch die richtige sein. Vgl. S. 362, 34.

¹⁷) Vgl. 5.

¹⁸) Ursprünglich k a u l t: kugelt, hier wälxt. S. Wtb. 68ᵇ.

¹⁹) ich sai: ich bin; saich: bin ich. s. Wtb. 96ᵇ. Diese Conjunctivform an der Stelle des Indicativ ist aus dem md. hin und wieder in das md. eingedrungen; so in Luxemburg: e c h s e, ich bin. Firm. I, 537 in der Wetterau II, 106. Zwischen Wetzlar und Gießen: a i c h s e i n (ich bin), d e s e i s t (du bist), e r b e n n (er ist), m e r b e n n (wir sind), d e b i d d (ihr seid), s e b e n n (sie sind) Firm. II, 94. Seltsam ist bei dieser Sprachprobe allerdings daß im Text bist du: b i s t e [nicht s e i s t e] und ist: i s nicht h e n n heißt. So dürfte auch jenes b i e n Wtb. 104 = sind (I. und III. Pers.) zu verstehen sein. Das B für P kann ungenaue Schreibung sein.

²⁰) **schönnen** zeigt NN für ND. Vgl. Nachtr. 42 Wtb. 42ᵦ. 132 auch „cimbr."
winnen CW. 43. sonst md. nd. altnord. s. Fromm II, 44 fff. 350

²¹) Nur der leibeigene Bauer durfte vor 1848 geprügelt werden; die Strafbank heißt
madj. **deresch** (geschr. **deres**), slovak. **dereš**, was übrigens aus dem Madjarischen entlehnt scheint.

²²) Vgl. 21.

²³) **selbst** vgl. Schmölnitz die **kâlîbe**, Anmerkung 94. — Im Österreichischen da
gréßasti (größerste), da **schwiëzasti** (schwärzerste) u. dgl. — Es mag
eine alte Form **sëlpast**, **selpôst** noch halb fortleben in dem aus Misverständnis vom Comparat. ER abgeleiteten ERST.

²⁴) Schwerlich ein der Mundart geläufiges Wort, sonst wäre auch zu erwarten: aus
dakóan (ausderkoren). Dies **der** hat nämlich in der Gründner Mundart das
er völlig verdrängt. Es kömmt wol seit dem XII. Jahrhundert meist in bair.
u. fränk. Mundarten vor. Schm. §. 1059. Wtb. I, 389, Gr. gr. II, 819, 1019, Graff
V, 203. mhd. Wtb. I, 312; Weinhold alemannische Grammatik Seite 279. Die
Stelle aus Tatian: **tho therstigun sîne bruoder** — ut, autem ascen-
derunt fratres ejus — welche die Entstehung dieses Wörtchens zu lehren scheint
Graff. a. a. O. wird wol gelesen werden müßen: **thoth erstigun** etc. Es
findet sich aber im XIII. Jahrhundert nicht nur in den Nibelungen, der Klage,
sondern auch bei Konr. von Wirzburg, Wolfram, deren Mundarten schon zu den
md. Mundarten hinneigen. Im XIV. Jahrhundert bei Jerosch. Pfeiff. Ausg. LXV,
ferner in Schlesien Weinh. Dial. 116. Henneberg, Reinwald I, 21. 184. II, 17 in
Nürnberg und Umgebung. Fromm. I, 123 u. s. f.

²⁵) **boll** (=woll: wollte) läßt sich meist mit **würde** übersetzen; so auch in
Schmölnitz, siehe die **kâlîbe** unter 34.

²⁶) **om**: ihm alttüringisch s. Rückert. Ludw. 159 oben 14.

²⁷) **harr** für **herr** ist md. durch nd. Einfluß s. Gr. gr. 13. 254. Weinh. Dial 23.
Am Mittelmain Schm. 183. Für ausgesprochen oberdeutsch dürfen wir es deshalb
nicht halten, weil es am Oberlech, Inn und am Regen vorkömmt. Schm. §. 183,
wo schon manches aus der Oberpfalz Eingang gefunden hat.

²⁸) Eine solche Wortform (ostlechisch liachtal) sieht für den der Ostlechmundart
Kundigen ungeschickt vornehm aus, als ob ein der Schriftsprache gewohnter
sich bemühte mundartlich zu sprechen. Denn das md. **licht** der Schriftsprache
für **liecht**, passt nicht zu dem AL, das aus den steirisch-tirolisch-bairischen
Alpen stammt. s. Gr. gr. III, 673. Dies AL kennt auch Schlesien. Weinh. Dial.
122. 29.

²⁹) S. Wtb. 91: **schebb**.

³⁰) **hundes but**, urspr. cunnus canis, muß aus dem Oberdeutschen zuerst in das
Krickerhäuische gekommen sein, wo es **hundswût** hieß. vgl. **hundswitisch**.
Wtb. 64. Von da kam es in die Gründe, wo das W wie gewöhnlich in B verwandelt
wurde, als ob es ein Ursprüngliches W wäre. So mag aus Misverständnis das W
zuweilen zu F werden. s. **kâlîbe** 117.

³¹) Ich scheere mich den Teufel drum, mache mir den Teufel oder einen Teufel aus
einer Sache, ich kümmere mich nicht darum; weitverbreitet.

³²) So die Handschrift; der Druck hat **kopstëck**, Kopfstück.

³³) **tasche** f. Backenstreich. s. Wtb. 43ᵃ.

³⁴) **hallen**, **gellen** für halten. gelten, **boll** für wollte sind Assimilationen gleich
NN für ND, s. oben 20. In Krh. hatte ich schon **halln**, **schelln**, **spelln** für
halten, schelten, spalten angemerkt. Nachtr. 31. **spellen** mag mit **spalten** wol
verwant sein, gehört aber zu **spellen**, **spillen** (aus **spilden**? Schm. III, 563).

Schm. III, 560, 562. vgl. im ganzen Weinh. Dial. 65. From. II, 47, 50. (fränkisch henneberg. und Koburg). 96, 16 (nordwestfäl.) 350 f (nordisch).

Wahrscheinlich ein was, sowie abéa, was auch im Gebrauch ist, ein wer. Diese Zusammensetzung fehlt nhd. mhd. ahd. und unsere Mundart führt uns schon wieder in's Altnordische (möglich daß bei größerer Bekanntheit der deutschen Mundarten sich die Brücke vom Nordischen durch das Friesische nd. oder nl. in das md. und in unsere Mundart angeben ließe!) vgl. altnord. einhverr. εἷς τις, schwed. enhvar, dän. euhver; wird verglichen dem gotischen ainhvarjizuh: καϑεἷς Gr. gr. III, 38.

36) bell (= will) für Hilfsztw. werde und boll (wollte) für würde ist in Schmölnitz, Gölnitz u. s. w. gleich üblich, so wie in Deutsch-Pilsen: ich schall (= soll) die Zukunft ausdrückt. Im ahd. findet sich in der Mundart Tatians scal trincan, scal sin für wird trinken, sein; es findet sich auch bei Williram (nicht bei Notker, der auch nicht die Form skal, sondern sol hat). Endlich in muspilli, bei Otfried, Isidor. Gr. gr. IV, 179. Es findet sich frühzeitig im Altsächs. und Angelsächs., so wie jetzt noch im Engl. nd. nl., so auch altnord., schwed,. dän. Gr. gr. IV. 180. In alter Zeit findet sich auch schon willib für werde ich und woldich (mhd.) für würde ich. Gr. gr. IV, 180, 184, 171, mhd Wtb. III, 659 im Schwäbischen Fromm. IV, 100, im nd. (wolle, würde) Fromm. II, 179, 18.

37) benen für wem und wen. Ähnlich den altnordischen suffigierten Pronomen ersetzt unsere Mundart das Casusmerkmal durch ein verkürztes Pronomen z. B. damottas kend, en mottans kenda, der Mutter (sein) ihr Kind, der Mutter (sein) ihre Kinder. weus (wem sein), wessen. Es dürfte daher wol auch wenen aus wen ihm etwa zu erklären sein? Vgl. altn. gen. dagsins u. s. w. nur daß im altn. das suffigierte Pron. ein anderes (inn in it jener) ist. Doch kann hier auch an den alten Accus. huenan erinnert werden; vgl. 'mo = demo in Krh. 'nan = inan in d. Zips.

38) räsen, ein merkwürdiges Zusammentreffen der Laute mit dem slav. ráz, der Schlag und mal in jeden ráz (einmal) etc. Vgl. botta, der Schlag und mal CW 113, könnte verleiten, Entlehnung anzunehmen und doch ist hier die Reise der Gang, die Fahrt, gemeint. ene, twe reis ist nl. einmal, zweimal: auf dé raas bairisch, für dieses mal (im Schwd. wird ähnlich en gang für einmal gebraucht) Schm. III, 127. nd. reis, Fromm. VI, 287. mhd. ein vart, alle vart zweihundert vart für: einmal, allemal, zweihundertmal. mhd. Wtb. III, 252.

39) Also auch hier ist (md.) die Bedeutung weinen geblieben (wie auch nl. grijne vorherrschend diese Bedeutung hat) und die ostlechische. schelten, zanken ist nicht eingedrungen, s. Nachtr. 30ª· In Hamburg: weinen in Westfalen: lachen Richey 80. Vgl. unten S. 362, 37.

40) haiduck m. (mit dem Ton auf der zweiten Silbe): madj. hajdu: ehedem veles, miles expeditus (noch bei Pariz Papai), jetzt: der nach Art eines ungr. Kriegers gekleidete Diener der Stadt oder Comitatsbehörde, Büttel. Das K ist aus dem madj. Plural hervor gegangen. s. Wtb. 68.

41) du machst, er macht, auch an der Nab, Pegnitz, Rezat, am Main, Westlech; östl. vor den Alpen, an der untern Donau, am Inn. Schm. §. 947. vgl. Wtb. 79ª·

4²) Meistens geschrieben prantwein. — S. Wtb. 39ª· po0.

4³) Vgl. Nachtr. 49a. unter U und Wtb. 47.

44) Über die Verkürzung des mhd. UO zu U s. Gr. gr. I (2. Ausg.) 359. Fromm. zu Herbort Vers 425 (die Reime in Pfeiffer's Jeroschin LXI s.) schles. gutt. Weinh, Dial. 55.

45) s c l a v e (mittelhochdeutsch s l a v e): der rechtlose, leibeigene Knecht, kömmt in Mundarten auch auf dem Lande vor. z. B. im Österr. in der Form k s c h l á v (i pi jà nid tai kschlàv! Presburg).

46) l e h e r b l a u könnte sich auch auf die blaue Blume (*anemona hepatica*) beziehen; vgl. leber. Schm. II, 414.

47) „d o c h s o b o a r d u e n h i m l p i s t" Druck; d o c h s o b o a r E a r e n h i m e l e s s" Handschrift; erstere Lesart rettet den Reim, klingt aber gezwungen.

48) k u f e ist in der Zips das Faß, s. Wtb. 74b. Sonst gewöhnlich ein tieferes bottich-artiges Gefäß mhd. k u o f e , - e n, f. Faß, Wanne (ahd. c h u o f a lat. c ú p a) nl. k u i p wird auch zuweilen mit Faß übertragen.

49) Ein Fels.

50) Eine Örtlichkeit.

51) p r í n (= brühen), steht durchaus für b r e n n e n, welches letztere ganz ver-drängt ist, vgl. Nachtr. 19b. Wtb. 40. vgl. ferner nl. d e l u c h t b r o e i t, die Luft ist heiß (brennt) Gr. Wtb. II, 425. So auch in Schlesien. Weinh. 12. In der Bedeutung a b b r ü h e n: mit heißem Wasser übergießen, wol auch oberdeutsch, aber für brennen (trans. und intrans.) wol nur md. (und etwa in gewissen alemannischen Gegenden?) bei Frauenlob, Veldecke und in dem Lobgesang auf Maria nach mhd. Wtb. I, 266. Ich bin nicht in der Lage, die daselbst angeführten Stellen nachzuschlagen. Wenn aber b r ü e j e n für b r e n n e n im Lobgesang vorkömmt, so hätte Pfeiffer auch dies als Beweis anführen dürfen, daß der Lobgesang nicht von Gotfried ist. Hug v. Langenstein aus dem Höwgau hat b r ü e j e n, auch ein paar Mal.

52) G u t t a t = Wolthat. Vgl. Schm. I, 461.

53) Druck: g l a b t ma.

54) In Kärnten heißt sège: solche Fromm. V, 253 f in Krickerhäu bège: welche; hier sèche bèche vgl. oben 16. Schm. IV,61 hat w é c h e r = welcher.

55) „d i e o b a c h t, sehr gangbar st. a c h t. o b a c h t g e b e n" u. s. w. Schm. I, 21. g i b o b a c h t, 'sh a t g l a t t e i s t! Deutsche Weihnachtsspiele aus Ungern s. 83, aber auch nd. in Pommern h o l l g o d e o b a c h t halte gute Aufsicht; in Westfalen: i n o b a c h t n i e m e n = genau beobachten. Kosegarten I, 65.

Gespräche, Schelte u. s. w. aus Gölnitz.

a) pipâ'st du noch nêch?

b) nâ, bà da dóhan, fadrêt ma es hàp.

a) hanta, bàs pist du far a màn? mië scheint, du bolst âch am end noch spain!

b) dàs bol nêch.

a) hanta, bei bâß ob nêch?

b) Ta bétt ba.

a) no ta ëm bàs?

b) ëm a tasch 1), àda bei se gebënnt dei krigtse. — —

a) das mâda (d. i. mâdal) hat schon an junka.

b) àba mië schaints, du hàst âch schon a jungfre.

a) ê, du bolst 2) dàs géin belln bëssen?

b) dàs vastêt sich!

a) ta, ond barom?

b) dáß ich es boll maine schbesta sàgen kinnen, dáß se of ta něch harrn soll.

a) pist schon féitik?

b) chô! (ach ja!)

Scheltworte und dgl.

Vaflùchta hàltabéa, éaregessene kanâli! 's schbéare hatte (harte) kranken sol dich têten! Da Dunna sol dich prâtschlâgen, du hundsgezill*), flux krickst a freß, a tusch (Backenstreich s. Seite 344, 33)! mai hâße zêa ben dich schlâgen!

Scherzrede.

Mai ràta und dai ràta bàan zbê~ mena.

de hàm sich paim buëschkessel ausgekennt!

und bàan gute bainkena!

Einzelne Ausdrücke.

batta: also; no batta, nun also, in Dopschau batr. Wahrscheinlich aus was da, was dar, mhd. waz dâr Fromm. VI, 90.

da, ta: da. Oft als Flickwort für: siehe u. dgl. z. B. ta, nu kommt a, da sieh mal, jetzt kommt der Langerwartete u. dgl. vgl. Gr. Wtb. II, 648, 5.

fâg: scheu, schüchtern. sai něchd asû fâg, sei nicht so schüchtern, vgl. Schmell. I, 514. mhd. veige, ahd. feigi, dem Tode verfallen, nhd. furchtsam. Im Österreichischen mir nicht vorgekommen.

feltscheira m. der Arzt, Feldscheerer, Scheerer. ahd. scerâri: tonsor, Graff VI, 526; im Felde, beim Heere.

fingalain n., der Ring am Finger, mhd. ahd. fingerlîn in derselben Bedeutung.

fóateck n. Schürze, Vortuch. In Schmöln. kal. 18: vóatich.

von für aus in: von die kàn bas béan, aus dir kann etwas werden.

gebämb n. das Eingeweide, „gewämbe"; got. vamba, ahd. wamba, mhd. wambe: Bauch.

---

*) hundsgezill vgl. zoll n. zellel das Excrement von Thieren, Menschen, Schm. IV, 255.

gebulken n. Wolken, ahd. wolchan, vgl. bairisch gewilk, ob der Enns g'wölkat, unter der Enns gwirk, im Kuhländchen geweilker.

hanta: ei! je! siehe! aus hanô und ta: nu da vgl. Schmöln. k. S. 355: hano ta! Nachtr. 16: anô, 42: nô, im Westerwald enno, no. Schmidt 42. ahd. inu, ĕno, altnord. hano etc. -ta, s. oben.

hâp n. Haupt, Kopf. Letzteres kömmt nur in der alten Bedeutung für Kanne vor. S. kop. — drêhâpeck: schwindelig, betrunken, drehhäuptig. vgl. Wtb. 59. Nachtr. 31: haüp in Dopschau: hêp Nachtr. 33. ostlech. happ. Schmell. II, 223. Fromm. VI, 183. in Presburg auch die happen neben das happ, happel.

harren, immer für warten. S. Wtb. 58ᵇ.

hemb n. pendelhemb, Hemd s. Wtb. 34, 59.

hêal n. der Hügel. es hôal êss kauleck, der Hügel ist kugelförmig, rund.

hôch: ich haue, ich hôch dich lebaplô: ich haue dich leberblau. Vgl. Schmöln. kàl. Anmerk. 27: schâcht schaut.

iche: ich, auch schles. Weinh. Dial. 136. Jerosch. 67ᵃ. 162ᵃ.

„jûjàa adv. firne, vorjährig"; in Schlesien jessjärig Weinh. 38ᵃ, vgl. mhd. jĕnsît, jĕnhalp, jenseits. Die Analogie von ahd. hiurû (heuer) aus hiujârû zu der Form jûjâr ließe, wenn die Aufzeichnung richtig ist, eine instrum. Form. jĕnû jârû als Grundlage vermuten.

kâ f. plur. kân, der Schornstein. kânkêrer m. Schornsteinfeger, in der Zips käu, käukêrer, s. Wtb. 68 in Krh. kôch Nachtr. 36 f. in Dopschau kâkéadel m. (kaukehreᵈl = kau-kehrerl) Schornsteinfeger, vgl. kaue f. nd. koje, nl. kooi, siebenbg. kûp, schwed. koja etc. aus cavea (woher auch käfich, ahd. chevja, mhd. kevje, kebje). Die hölzerne Htte über der Schachteinfahrt Schmell. II, 273. Weinh. 42. M. v. F. 142: diu kouwe.

kopp, Kanne. Wie mhd. kopf s. hâp.

laicht, ohne Wert. e laichta mån, ein Mann ohne Bedeutung; vgl. Wtb. 76ᵇ.

genäsch n. obst. nhd. mhd. naschen, ahd. nascôn, zu got. hnasqus, weich? mhd. genesche n. Leckerheit.

okolàren pl., Brillen. lat. oculare.

pauk f. die Trommel, s. Zündrute. Anmk. 2.

puln pl. Bohlen, Dielenbretter s. Gr. Wtb. II, 223.

ofgeraimt: unzufrieden, aufrührerisch, di pïega sain ofgeraimt iba das; sonst bedeutet aufgeräumt so viel als heiter
s. Gr. Wtb. I, 656.

schêl schân: schielen. Vgl. mnd. schël, nnl. scheel, oberdeutsch
schelch.

schlibern, schlîban, sich —: auf dem Eise glitschen. ahd.
sliphan, daher schlipfern, schlipfezen, auf dem Eise
gleiten. Schm. III, 456. rûseln, rîseln, rollen, schabeien
schlaifen, schinzeln, schindern, schlendern, schlottern, schlickern, zescheln, zindelieren, glandern,
bleiern. Fromm. VI, 197, 342. In Aachen kinzele, ißele,
Müll. Weitz. 95, 107. schleichen, schurren, schleistern,
Gangler Luxemburger Sprache 306. nl. ijzelen, slippen, slibberen.

zêa pl. zähren. ahd. zahari, also zêha = zäher mit Ausfall des h.
mai haße zêa ban dich schlâgen: meine heißen
Thränen werden dich schlagen!

zĕckik, zĕckek: an das Saure rührend, d. i. zickend, säuerlich,
s. zicken, anzicken Schmell. IV, 223. Gr. Wtb. I, 526.

Schmĕlnitz ("Schmĕlenz" f.).

De kàlîbe hĕntan roten parg.

a fax en ân ofzug.

geschrim von ana schlappschuhfreule [1]) of der Schmêlenz; en jar tausend acht
hundert ân und vïezich.

Es personâl:

Jakôbe.

Evamarî̈ë, sai baib.

Lênkal, înens tochta.

Hansjirk, deras junka.

Vrône, de nochprĕn. Stefan, i̇ë sûn.

Trêsal

Mantschal } da Lênkals kamerâtĕnnen.

Rôsal

Es tiâter schât asô aus bi es grĕndal hĕntan rôten parg, ganz
hĕnten of da rechten sait sîht men ûba a bîs an steig, bàßa aus da
stât kimmt. of da linken sait stêt Jakôbes haus, vóan ës a grulnland

ond ponem a grûße kalîbe. — Jakôbe kimt durch de straich
hëntan grulnland ond schât sich abivelmâl ĕm; men poméakt daß
a trunken ës, bà da tû··ekelt a pĕßel. —

I (erste pos). *)

Jakôbe:

Also — — — — benn de mich daschlâgst, da bàs ich nech bofan *)
bêg dáß ich sai *) anhâm *) kommen. mĭe schaints ich sai doch a pĕßl drêha-
peck! — nischt dâs! géstan bàat *) jà loun (léun, so auch in Kuneschhâu) !

Also — — — Ich hàb mich ach asô besoffen bi mai kàmeråten; àba
benn mich mai alde bol *) sê asô, di bol *) sich bida beln mĕt ma hàdan.
lîbest gê ich ach nêch rain. àba a pĕßl bol ich mich doch géan nidalêgen.
— A je bàs! ich lêg mich hî va de tĭe of de éad. — da kàn ich ach
flux acht gêm dùs ma ka mensch es grâs vom land stîlt àda de kù zoschlâft
(da kault sich nida). É láncos adta *) (spr. è lànzosch àdtà)! bi tâgt es
nischt, de sunne schaint hî asô hâß, daß se an menschen bald bol zu a grip
prêgeln! (Zu Grieben schmoren vgl. Wtb. 56. Nachtr. 190.)

(da probïet ofzostèn, es bĕl nĕch flux gèn, àft klaubt
da sich doch mĕt nôt auf).

Mai Sex! *) ĕch krîch en de kalîbe; dûet ës es gut kîl. Also — — —
ond du··et fênt mich âch mai alde nêch flux. richtig! itz kimts ma éascht
zu sinn: de Ewemarîe hàt jà gesâgt, ich sol jà acht gêm, benn ich anhâm
komm daß de Lênka nêch bida men Hansjirk sich poret (‿ —); àba ich bàß
schont nêch bàrom! — Also — — (da bĕl en de kalîbe gên — staucht *)
men hàp a bivelmâl an es stĕmpal **) ân, ond àft flîgt ta rain
bi a sack).

II (zweite pos).

(Steffan ond de Vrône kommen den bêg (weg) aus der stât, alle
zwâ en sontechklâdan.)

Vrône.

Ich sàg da mai soun, a bessa baip krîgst nêch bi de Lênkal! asô
àabethaftek, asô just! ond bàs se va schêne klàda hàt! a saiden vóatich, an
kamelotrok ond i··e màadapelz stêt me bi draißig guln. — es haus plaipt
da âch benn de alden stéam ond âch es land. Fabàa! de bûast nêch gschait
benn de se nêch bolst beln.

Steffan.

Da bâs **) bol ich se denn nêch beln!? mĭe gefallt se âch selba, de
ës jà a óantlich mâdel´ ond recht prakesch. **) àba nont **) dàs ânzĭe
(— ‿ ‿) benn der graûland **) nêch bûat **) déa Hansjirk, mĭe schaint da
kimt noch zu se of de frai.

Vrône.

Ano **) frailichtan! àba nêch facht dich nischt mai soun. — iĕ motta
bit sa schon de faxen vatraim, de muß om **) es lâfzedel gêm, àba gut

bolst [9]) doch tûn, benn de bolst [9]) a pêssel aeht gêm. heut ës sontich :
kàn miglich sain daſ a aus da veschpa bida rof kimt.

Steffan.

En da veschpa bàat a nêch, ich hàb überàl mich ëmgeschàt, àba ich
hàb en nindats [16]) nêch gesên. nà, da solet ma na komen, ich bol om [17])
schon baisen bàs dàs ëss!

Vrône.

Gut tist Steffan! benn a àch grêſa ëss bi du, nëch facht dich
nischt vóar om!

Steffan.

Ta bàs? is [19]) gedenkts [19]) schïe ich facht mich? so — (sîht sich
fachtrich ëm) sol a ma na of de passe [20]) komen!

Vrône.

Asô asô, mai soun! plaib na hî, ond laua of om. ich gè anhàm, mich
ussîhn ond àft gêber stante pede alle zbà za nàchprên ond béa bàſ ës nëch
noch heut vatrinken (gêt beg).

III (dritte pos).
(Steffan allân; Jakôbe ën da kàlïbe.)

Jakôbe.

Halt de gosch, baip! du gedenkst schïe ich sai pesoffen? (guckt
aus da kàlïbe) de ës ja nëch hî! es hàt mich schï'e nônt getràmt (legt
sich bida rain).

Steffan.

(hat sich dabail überàln ëmgeschàt, kimmt itzt poſ an de kàlïbe).

Na léut [21])! benn ich en bol atrapïen, ich bol om ja en letzten àn
auslàſen (men sîht en Hansjirk pàmaehlich [22]) hênta'n strai-
chan anvóa [23]) kommen ond kêgen Jakôbes haus gehn). — Mai
àme sèl! duët kimt a. Nà, bu dich àlle taibel soln hôln (vasteckt sich
geschwind hênta de kàlïbe). Ich facht mich bol nischt vor om, àba ich
muſ schân, bàs a tit (da Hansjirk bi'êft an stûn of es dach; of
das kimt de Lênkal rausgejegt ond lêft om ankêgen).

IV (vïerte pos).

Lênkal, Hansjirk, Steffan (vasteckt). Jakôbe (en da kàlïbe).

Lênkal.

Hansjirk bist du? Jesek [24]), asô lang hàb ich schon of da geharrt.

Hansjirk.

Da, benn ich mich nêch hàb getraut zo komen bêgen da gestrïen ba-
tàli. bàs hàt enk denn gefàlt? ich frâ [25]) mich schond de ganze boch am

sonånd [26]), ond bî ich kom, da gêat rēm bi daschlågen; dai motta schåcht [27]) finsta bi a feld voll taibel ond bê ich sai beg ganen pist ma amàl nêch komen es gelåt gêm.

Lênkal.

Ano, héach na, Hansjirk, du båst ach noeh nischt, bàs mai motta mēt ma bida vóa hàt: bēl se ja håm, ich sol den grondgraili··en kéadl, hî da nàchprēns [28]) Stepfko [29]) haireten.

Hansjirk.

Bås? den kromfůßi··en spitzpůp? no, bu dich nainonnainzig taibel soln zoraißen [32])! no harr! kom du mi unta mai hånd: ich schlåg dich nida bî an hund, du haltabéa [31]) du.

(Steffan hàt denn ons benn [30]) iba de kàlfbe anvóa gekuckt; izt hockt a sich ganz nida, daß ma om nêch daplēcken sol).

Lênkal.

Àba ich hab maina mottan flux gesågt: ich bēll en nēch, ond benn se mich of kraut zohackt [32]). ich kàn ach gàa nēch bēssen bås a ēs ainkomen. — ênta bàast du sa recht, ond itze þi déa té··achte Stoff es [33]) von Telkobåne komen, hàt sai motta didege [34]) engati··e kutelfrå, aså lang tuni··et [35]) poß se ach mai motta hàt ongefi··et. Jesus ich håb schond unmiglich [36]) vil gegrînen [37]).

Hansjirk.

Nà, bàs bolst erscht grainen! dàs tef jà nēch sain. Zaiten [38]) ich leb nēch — àda bàs sàgt denn dai vàta?

Lenkål.

Oje, mai våta! das ēs ach a secha nemtudom [39], benn a a saitel prantwain hàt, da kàn mai mota tun bàs i··e hatz [40]) valangt, alle [41]) ich bol in doch noch pitten.

Hansjirk.

Nà da, maintswegen; àda benn dàs nēch bald andas bit, ta bei ich nēch lang komèdi spîln, ich gê zum Steffel ond bei den téachten kéadl schon môres léan.

Lênkal.

Sai motta kimmt ma ēmma dazēln daß a so gut vadînt ond daß se bit gên en vor an Pajatzo pitten [42]), àba maintswêgen soll a åeb bessa vadînen bi dů, Hansjirkusch [43]), ich prauch en doch nēch ond benn a åch justement Pajatzo bid; mai junka [44]) bid a schon nēch sain.

Hansjirk.

Då darom såg ich jà åch nēch vîl, ich båß: du bist mai hatzes Lēnkusch [48]); kom héa, daß ich dich poss [45]).

Lenkȧl.

Ach, Jesseck, main motta bid va gebiss nēch bait sain. de ēs na of es grulnland gangen; gêba a pēßel schân, ob se schon nēch kimt. bà! benn se dich bol sên, da bol se ma bida main text gêm.

Hansjirk.

Nà, da gêba halt (gên beg).

V (fömfte pos).

Jakôbe (hàt schon bi di zbâ noch hi̇ bàaten [46]) dennonsbenn vastêling aus da kàlîbe gekuckt ond zugeschât. izt steckt a es hâp bida raus. — Steffan hàt âch gàa anvàa [47]) geschât, àba bi sich abêa [48]) hàt ēmgedrêt, hàt a sich bida geschbind nida gehoucht. [49]) Izt gênse, iz muß ich mich geschbind vastecken — (springt ainlich [50]) kegn de kàlîbe ond staucht mēt sain hâp grausam sêa stark ån 'en; Jakobe fäat zerêck). Jebem ci [51])! (flîgt fast ēm). Nå, boffan kranken [52])! gê du téachta schalaputa [53]), bà benn ich dich datapp, da mach ich di··e flux es end! bist schi··e posoffen? daß du nēch sîhst.

Stefan.

Saids na stêl, lîba nàchpa, ich bēl na a pēßl acht gêm of de Lênkal.

Jakôbe.

Acht gêm? alsò... ich geb ja àch acht, àba benn dû bolst acht gêm, — da lêg ich mich bida nida.

(lêgt sich bida in de kàlîbe; da Steffan kricht hênter om).

VI. (sexte pos).

(Di zbêne [54]) vaschteckt. àft [55]) komen Lênkal, Rosal, Mantschal ond Lîsal. [56]) men héat schon voun baiten a gelechta ond a gequitsch von di mâdeln)

Lênkal.

Nà, daß eng es gehünd sol holn; izt komen di Einspîgel [57]) on ich hàb desbegn gemust en Hansjirk begschicken!

Rosal (noch von baiten).

Hoho, [58]) Lênkal, bu pist?

Lîsal.

Sîhst jà, du··et stêt se.

Lênkal (gêt înen ankêgen [59]).

Buchéan [60]) komts, màdeln?

Mantschal.

Aus da stât. Mach nont just, Lênkal, ba sain dich koumen riffen; of da maut tanzen se, bi··e gên raus, da solst àch mēt komen.

Lîsal.

Na furtiklain [61]! schïëz da es vóatich [62]) vóa ond mach!

Lênkal.

Ich kàn jà nëch komen, màdeln!

Rosal.

Ta izt! bàrom nëch? gê du klapsche [63])! aus den grëndal [64]) hî hean [65]) ri··et se sich schon gàa nëch.

Mantschal.

De harrt halt schïë of ïën junka. Àba nëch facht tich, du téachte, denn bi··e hàm en pogênt. da leßt dich schen grißen ond du solst dich àch fîdan [66]).

Lênkal (vaschtêliek).

Bî das gehind zigànt! (laut) ta, ich boll jà gên, àba es ëss ka mensch dahâm, de motta is om krautgàaten und da votta pai sainen kàmeràten, mëch hàm se dahâm gelassen pai da kù, bà de tunïët séa, bail ba éascht gestan hàm es kelbal abgetàn.

Rosal.

Bai ba halt a pëßel harrn piß dai motta kimt.

Lîsal.

Chjà, chjà! [67])

Mantscbal.

Maintfegen, [68]) àch ich fràg niscbt danàch!

Lênkal (stöll).

Aubi jai! [69]) iz plaim se jà gàa hî.

Mantscbal.

Ta bàs mach ba dabail? spîl ba tepsche [70]).

Lênkal.

Ich hàb àba kàn alden top.

Mantschal.

Hi stêt jà àna.

Lênkal.

Den làß gên, bà [71]) mët den ràchat da olde harr de moldbïëma [72]).

Rósal.

Sing ba lîda.

Lîsal.

Ach, chjà! bàst Lênkal, de solst mich asó noch dàs lîd léan „ach schönster schatz, verzeih es mir." [73])

Rosàl.

Ache jê! iz [74]) mët dain lîd, das ëss a set zozartes, lîbest sing ba dàs: „da seh ich ein mädchen von ferne stehn, die war so ganz bezaubernd schön" [75]).

Lîsal.

Of dàs kàn ich nëch en tôn [76]).

Mantschal.

Ta dås! „die rosen die blühen im garten" [77])

Alle.

Chjå, chjå!

Mantschal.

Ano, da komts! — setz ba sich dàa, of de pank vor de tïe (de gên, setzen sich schön nida ond fangen an aus helln hals zu gbitschen):

Alle (singen).

Die rosen die blühen im garten,
ja, ja im garten,
und wenn der sommer ankömmt etc. [77]).

VII (simte pos).

De voari͞en. Ewemari̇̈e.

Ewemari̇̈e (kraischt von baiten).

Hồ, Lênkal! Lênkal hồ [58]) (kimt nenta). Bàs sëtzt se hỉ mët ganza komoditêt ond singt sich daß da bald schalt ond du, àama motta, låf rễm, matta dich àb, daß da schi̇̈e gàa es flåsch von pånan fält, si frễgt nischt danåch, si setzt sich hỉ, bỉ a laus en grễnd, daß se sich setzt [78]).

Lênkal.

Hano ta! bàs belts denn dåß ich sol tun? bàs fễlt eng denn scho bida, bås?

Ewemari̇̈e.

Ta bås? du bist mïe noch nuschen [79])? Nà, du grob schbain du! du bolst na gêan hỉ a fraile schbỉln ond ich muß of mai alte tåg heen rof und runta jågen, ồft bàb ich noch far main sauen schbåß den dank untaschỉdliche rễden ze dafåan, daß an menschen flux of da stell boll de gall zeplatzen, daß se âm zeplatzen boll [78])!

Rồsal.

Ane, Ewemarîchen, da sàgts na schon, bàs hàt eng denn aso ofgepràcht.

Ewemari̇̈e.

Je no frễgts mich nễch, mådeln: izt boll enk dàs nễch éagan? ich kom of es krautland, stêt a vamåledaite kû — gott vazaih ma mai sễnd! — mễtten en kraut, beklaubt me de schễnsten hapa ond zetrampelt ma alle flanzen. Ich fang ån aus hellen [80]) hals zu kraischen [81]), datap [82]) an kiem [83]) und bël se raus jågen, kimt mai gute kû, bi a lễv of ma geschossen ond het mich schïe gàa ofgerennt, benn nễch ze main schensten glick bïat da Hansirk vabaigangen ond mich nễch hett von se pofrait.

Lênkal.

Da Hanajirk?

Ewemarî̈e.

Vabàa, es hàt mich àch vaflucbt elektridt [84]) bi ich en hàb daplēckt, àba bail a ēs justament zu didêge [34]) batâli kommen, ta hàb ich doch nischt danâch gefrâgt.

Lîsal.

Na léut! [21]) bêns ēs àch di kû gebest?

Ewemarî̈e.

Bêns? ano hî maine nàchprēns, da Vrônens. Da Hansjirk hàt se jà schon anhâm gefi̇̈et, ich hàb se nēch flux dakent, bà de hàt se éast vabē̆-chen [85]) von Sant Anne [86]) geprâcht. Abe ich bei da Vrônen àch mai eplikaziôn (so) sâgen! de sol of i̇̈e vîh acht gêm. Ich bei mai kù of Johanni schon acht jàa ham, benn se ma onsa harrgot va schân ond unglick pohitt, àba mai lebtâch bàat se kan menschen en sainn lànd, daß se nēch bàat[78]). —

VIII (achte pos).

(De voari̇̈en ond de Vrône.)

Vrône.

Anô, nàchprēnn! da, îs gedenkts schi̇̈e daß mai kù en eakan land es gebest, àda hàt schi̇̈e déa schwatzhapi̇̈e Hansjirk non [87]) gezigânt?

Lênkal.

O jê, nàchprēnn! benn àch da Hansjirk schbatshapick ēs, fabàa da zigânt doch nēch.

Ewemarî e.

(Pomit sich de hàa ze vastecken ond staucht de haup von âna sait of de andere.) Stēll, Lênkal! halt dei nusch! [79]) — Hanta [88]) freilich, mai lîbe nàchprēnn, bàat enkre schbatze en main land; es hat mich àch a pēßel gfuxt! Bàs boll ich éast sâgen? àamut ond krank-heit leßt sich nēch valâken [89]), ich hàb dàs ânzi̇̈e krautgäatnal, ta prauch ich àch main flaiß, daß ich en prauch.

Vrône.

Anô, [88]) nischt dàs, [90]) Ewemarî̈e! es kraut ban jà schon asô onsa kēnda zusammen essen.

Lênkal (vastêling).

Nà, dai téachta Stoff bid sich schon de bajussen [91]) àbtraigen [92]) von dem kraut, bàs ich mēt om bei essen!

Ewemarî̈e.

Benn ach glaich! es muß de lait halt doch éagan, benn i̇̈e saura schbàß asô nottom pottom [93]) gêt.

Vrône.

O jè! desbeng bats noch genug kraut hàm, es bàat om jà àch sô schon 'splàtten nôt.

Ewemarî̈e.

Bås? es plàtten? ich båß schon åch selbast [94]), benn es nôt tit es kraut ze plàtten; ich plàtt es ma schon åch allàn, åne enka kû, daß ich es ma plàtt. —

Vrone.

Anô, desbeng prauchs enk jå nich zu dareiban, nàchprönn; bàs kàn denn ich dafar? gêts, hådats enk mēt da kû!

Ewemarî̈e.

Ta bås!? ich sol mich gên mēt da kû hådan? tå, îs gedenkts schi··e, îs kàns ma komen pofèln mēt bênen daß ich mēch sol hådan? ich kàn mēch hådan mēt bênen daß [95]) ich bēl, daß ich mēch kàn [78]).

Vrôue.

Acb ta! ich fråg jå nischt danåch, hådats enk mēt bênen daß es belt [95])! àda boll enk mai Steffan béan,' déa boll sich schi··e podenken ob a sol enka ån (Eidam) béan àda nêch.

Ewemarî̈e.

Podenken? bås? ta [96]), hab ich en ma gepêten, daß a sol mei Lênkal haireten? de bit schon ann màn krîgen, åch åne deinn kromßßi··en Steffel, båst! —

Vrône (mēt untagestempelten händen).

Bî? bî hàbs îs gesågt? mai Steffan ēs kromßissig? no ich såg enk, enka gelsichti··e tochta kent'sich alle zên finga àblecken, benn se en boll krîgen.

Ewemarî̈e (åch asô).

Benn mai tochta åch gelsichtig båat, ta boll es dich nischt nôt angên [97]), du alde tschattre [98]) du! no benn nont [99]) mai Jakôbe dahàm båat! da boll di··e schon baisen, daß a da boll!

Vrône.

Du gedenkst schi··e ich facht mich va dain màn? déa schûfleck! boll dich nont [99]) mai soun héan, déa boll di··e schon baisen — daß a da boll! (da Jakôbe ond da Steffan hàm dennonsben aus da kàlîbe gekuckt, àna den àndan gestaucht ond gepêmpt, àba daß men se nêch sol sêhn, nont ēma en da kàlîbe. Iz fangen se sich àn ze passain (s. Wtb. 33ª). Of àmàl fàlt de ganze kàlîbe ain, ond di zwêne quitschen zwêschen tànreisan anvoa. Di màdeln fàngen àn ze quitschen ond ze làchen.)

Evemarî̈e.

Nà schå, schå! hî es jà dai Steffan!

Vrône.

Hî zappelt jà åch dai batza [100a]) màn; is baba flux àn ôat sain.

Evemarîe.

Bovan taibel stellst du hî ån, Jakôbe?

Steffan (stêt of).

Seids stēll, bà [100b]) ich hàb na gebelt acht gêm.

24*

Jakôbe.

(Hàt a bivelmàl [101]) probïet afzestên, es àba ĕmma zerĕck ge-
klascht [102]), de Lênka hĕlft om doch of de füß). — Gĕ beg! —
du gedenkst schïe ich sai posoffen? ich sàg da, ich bàß alles. — Nàchprĕnn
(turkelt [Wtb. 48] gegen deVrône) harts, benn îs enk noch àmàl
untastĕts en Steffan êns kraut ze lassen, ond de kû zu de Lênkal of de
frai ze schicken, dà bit da pêsen àabet hàm.

Vrône.

Nà, béa boll sich éascht mĕt den grobian vamêgen. [103])
Steffan, hàst gehéat bi se dich hàt zetĕckelïet?

Steffan.

Ja frailichten! [104]) àba iz bĕl ich înen jà éascht gêm (Gêt ĕmma
nênta zu de Ewemarï'e, fackelt [105]) sa men faisten unta da nås
rêm. Si spuckt sêch en de händ ond gêt ρm kûn ankêgen).

Ewemarï'e:

Komm na, komm du héagelaffene kéadel! [106])

Steffan.

Nà, jebemei! bås komts îs mich zu nåmen [107])? benn ich enk datepp
(stelt sich ĕmma nênta zu se).

Ewemarï'e (baicht pomêlich aus).

Bås? du pist jà nont a seecha pottom [108]) ond gedenkst àch noch ich
acht mich vóa da, du greuland!

Steffan.

Nà, du alt fel, benn ich dich pograif! [109])

IX (nainte pos).

(De voarïen) Hansjirk:

Hohô Stefko (Vergl. zu 29), is baba sich éascht porèn!
(Steffan lâßt sich de kurâsche vagên ond drêt sêch êm)
ta, bist flux sehn.

Ewemarï'e.

Héach [110]), ta bit schon nĕch, daß a nĕch bit [78]).

Jakôbe (tu''ekelt zum Steffan).

Also — — — komm mĕt ma of de passe! [111])

Vrôna.

O jê, mai soun, kom làß di gehinda mĕ frîd, du bist noch genug
baiba krîgen, àch âne di zotzarte [112]) Lênkal.

Steffan.

Nà, ich prauch se jà àmàl nĕch!

Hansjirk.

Nischt dàs, [90]) Stefko, benn de àch nĕch ïe praitcher bist, ïe praut-
fîra kànst doch noch sain.

Lênkal.

O jê, da sol ma na kommen!

Steffan.

Du, du sai na stēll, du schnàtast na âch dâs, bàs de hîna [113]) gâkan; mēt diē hàb ich nischt zu tûn (gêt beg).

Vrône.

Lachts! — ta bû [114]) âch nêch? (gêt beg).

X (zênte pos).

Di voarï ën âne Steffan ond Vrône.

Hansjirk.

Gut hàbts getân Ewemarî̈e; nà déa kéadel schĕckt sich jà gáa nĕch fa enkan ân (Eidam); nêmts lîba mich!

Ewemarî̈e.

Hanta, schâ Hansjirk, ich boll jà âch zbàa nischt danâch fràgen, àda magi mân.

Lênkal.

Jê [115]), da vàta bit schon beln!

Ewemarî̈e.

Du hàst jà âch noch nit de jàa!

Hansjirk.

Of Michéile hàb ich se schond.

Lênkal.

Dabail schafts enk es gedrockte [116]), motta, brouchts àft nĕch alles of âmàl ze kàfen.

Jakôbe.

A jê [115]), alde, ich gedenk, bà gêm se om! kàn âch flux vatrinken sain.

Ewemarî̈e.

Nà da meintfegen [117]), benn es gottes bĕlln ĕs, da soll halt of Michéile enka hochzet sain!

Hansjirk (datapt de Lênkal).

Juhê!

De mâdeln.

Lênka, biē komen da ēm es oppa [118])!

Rôsal.

Mieh must var a krenzeljungfre pitten.

Mantschal.

Âch miehen [119]).

Lîsal.

Und main junka var an hochzetpurscht.

Lênkal.

Chjô, chjô! motta, ond da Eleck muß kommen spîlen.

Jakobe.

Ond a kûf bain baba of de hochzet kàfen.

Ewemar**i**'e.

Maintfêgen, dera kotzi··en [121]) Vrône und i··ea varoekten sonn ze trotz
sol dàs a seche hochzet sain, daß's nont recht bid hàßen: von allen bid
multum sain ond si ban âch ka stĕckutschkal [122]) davon kosten, daß se
nĕch ban.

Jakôbe.

Also . . . vatrinken muß ba jà âch hàm, aldeläß doch praulfain [117])
holen.

Ewemar**i**'e.

Nà, gê halt, Lênkal!

Lênkal (zupat [123]) keng es haus).

Flux, motte! nont es krîgal bei ich holn.

Jakobe (kraischt sa anâch).

Àba auf de maut must gên, bà du··et bàba es rôbeschal [124]).

Ewemar**i**'e.

Ich bei dabail geschbind a stĕckal flàsch prêgeln.

Jakôbe.

Chjô, chjô, Ewemariusch [126])! — nà, da nont furtiklain, mai tochta'
fida [127]) dich! ich boll schond gêan of dai glĕck trinken. Also . . . . .

Ende.

Anmerkung: In der Handschrift des Lustspieles di kálîbe
heißen die Auftritte „erste pos, zweite pos“ etc. Auf eine
schriftliche Anfrage über dies Wort kam zuerst die Auskunft, daß
es soviel bedeute als „Posse“; auf meine wolbegründete Bedenken gegen diese Erklärung wurde mir wieder die Auskunft pos f.
bedeute „Stückchen, bischen, z. B. ech bàa a pos pai
em, ich war ein wenig bei ihm“. Solange jedoch das Wort nicht
weiter beglaubigt ist, möchte dies a pos wol aus a bàs (= ein
was) zu erklären sein. S. unten Seite 393.

Das weibliche die Posse, für Scherz, Spiel kommt nicht vor
Gottsched vor Gr. Wtb. II, 263. Die ältere Form der bosse
bedeutet ursprünglich Schnörkel, bildhauerisches Beiwerk, aus ital.
bozza, und dieses wieder aus ahd. pôzan, tundere. S. Gr. Wtb.
II, 261.

---

1) Darunter versteht man Fräuleins, die sich städtisch, aber vernachläßigt kleiden,
die vornehmer thun, als ihnen gemäß ist.

2) bofra, Zusammenziehung aus was für ein: bofre, was für eine: bofres, bofas,
was für eines: bofran, bofan, was für einen, einem u. s. f.

3) ich sai, ist in Schmölnitz ganz in nd. Weise. ich bin aber auch sonst in der Zips
s. Wtb. 97. Zwischen Wetzlar und Gießen aich sei, de seist, er beuu. pl.

mer benn, de bids, se benn; Firm. II. 94, ähnlich in Gota, der Wetterau. s. Firm II, 106, 127 u. a. Vgl. oben Seite 343, Anm. 19).

4) snhâm: heim, ganz wie in Deutsch-Praben und der Umgebung. s. Nachtrag 31. Fromm. VI. 279

5) bàat: er war, bäat: ich und er wäre..bàaten wir, sie waren vgl. Nchtr. 47: bie banten.

6) bol, bolle, wollte, wird hier überall für würde gebraucht, so wie sol für das Hilfszeitwort der Zukunft (werde). So auch in Nürnberg: dei wollten (die würden) Fromm. VI, 263, 55. vgl. Gr. gr. IV, 181.

7) Er fängt ungrisch zu fluchen an, wörtlich: ei der gekettete gab (es, dich)! Der Gekettete oder mit Ketten Beladene ist wol der Teufel Ipolyi magyar. Myth. 50.

8) Eine weitverbreitete Betheuerungsformel, wol für meiner seel! wenn nicht die Waffe der Sachsen (sahs) oder gar Sahsnôt dahinter steckt, wie Schmell. III, 193, 194 Schleicher Sonneberg 85 vermutet wird.

9) stauchen, stoßen, auch im Westerwald Schmidt 233. Schmeller III, 606 hält es für eine Verstärkung von stauen; in Aachen: stacke. Müller-Weitz 239.

10) der stempen, kurzer pflock u. s. w. Schmell. III, 638, vgl. nl. stamper, Rammblock.

11) Vgl. Wtb. 32. Da, Ta in : da was, was da! bàs, bà da! ist hier sehr häufig.

12) prackesch, wacker, tüchtig. Vgl. engl. brackish, salzig, nl. brakwater Salzwasser und brackisch. Gr. Wtb. II, 291.

13) nont nur, aus einer Erweiterung von niuwan, zusammengezogen. Pfeif. myst. 264, 35 hat niuwant und Herbort Vers 15, 246. ich enmac niuwent eine, wird wol dasselbe sein, obwol Frommann zu 2916 es zu niowiht stellt.

14) graun bedeutet in Deutsch-Praben ekeln Nachtr. 30; in Schlesien der graun: Ekel. Weinh. 29. ebenso in der Lausitz Anton I, 12. Ein Gräuland wird demnach einer sein, der in diesem Sinne Grauen erregt. Vgl. mhd. griuwelinc.

15) Wäre vgl. 5.

16) Ano! Vgl. Seite 355 : bano ta! Seite 348: hanta!

17) om für ihm ist altthüringisch. Dort findet sich om, on, or selbst sohen, dossir für ihm, ihn, ihr, sieben, dieser, Rückert Ludw. 159.

18) nindats = ninderts, Wtb. 66. (unter indert, das schon in der Zipser willekur vorkömmt, daselbst). 115 letzte Zeile.

19) In Krickerhäu: (ie), aüer, aüch und die II. Pers. Plur. des Verb ohne S; in Dopschau: iar aber die II. Pers. pl. des Verb. mit S; in Leutschau schon: is. Wtb. 132 Nachtr. 25ª. Hier haben wir schon (beinahe ganz bair. österr.) is gedenkts (bair. österr. és denkts), nur das ge- verrät die md. Mundart.

20) auf die passe kommen, scheint zurückzuführen auf zu passe kommen Gr. Wtb. I. 1156 unten; vgl. übrigens passain, ringen Wtb. 33ª und 111.

21) Gewöhnlicher Ausruf für: hört! wartet nur! „cimbrisch“ laut s. oben S. 265; in der Oberpfalz lou: ei, sieh doch, louts: seht doch: ebenfalls als Interjection im Gebrauch (Schm. II, 457) und gewiss dasselbe. Es ist die oberpfälz. mundartliche Aussprache von lueg(mhd. luoge!) lueget; was um so deutlicher diese Form als einen Eindringling bezeichnet, da lugen in den Gründen allgemein lucken klingt. Wtb. 78.

22) In Koburger Mundart pumala Fromm. II, 432, schlesisch. Weinh. 72; unsere Formen: pemaehlich (in Stooß), pamélich, pomelich Wtb. 32. Nachtr. 19, lehnen sich (po für bei sahen wir oben in ponem: bei ihm S. 350) näher an mâhlich als an das sl. pomále an; noch deutlicher geschieht dies in den älteren schles. Formen bei mähelichen, allbeimählih, bemählich die Petter's bei Fromm. V, 476 nachgewiesen hat.

²³) **anvor**: hervor, hinvor vgl. **anâch**. Sprachpr. aus D. Praben Anm. 8. Zips. willek. **envor** s. oben S. 307. **anheim** und **asô** gehören wol jedes auf ein anderes Blatt.

²⁴) **Jesu-chen**, das Diminutive nd. **ken** ist zu **k** zusammengeschmolzen, wie im österr. bair. **lein** zu **l**. In D. Pilsen findet sich in **rigi-k-al** (Hügel) ein oberdeutsches (aus den Alpen stammendes) **-al** angehängt; ähnlich hier **Lên-k-al**.

²⁵) **frân**, freuen (=eig. **frauen**) ohne Umlaut, ist im XII. Jahrhundert gewöhnlich: **vrouwe**; im Mittel-mitteldeutschen tritt der Umlaut **öu** oft gar nicht ein.. Athis 15. Gramm. I³, 196. Daher bleibt md. **vrouwen** neben mhd. **vröuwen** s. mhd. Wtb. III, 415. Daher in Prab. **wrâd** (=**froude** für **vröude**) s. Nachtr. 26.

²⁶) Sonnabend. Vgl. Nachtr. 21.

²⁷) Vgl. Schm. §. 501, 504, 486, 686. Schm. Wtb. 302 cimbr. **schaugen** Wtb. 165, 337. Vgl. auch ahd. **skûkar**: speculum, got. **skugqva** εἴσοπτρον. Graff. VII, 522. Ulfilas, Korinth. 13, 12. — In Gölnitz **hâch**: haue.

²⁸) S. die Anmerk. über die Declination oben Seite 264.

²⁹) Sie slavisiert seinen Namen, wol mit Hindeutung auf seine Herkunft; er ist, wie sich weiter ergibt, aus Telke-Bánya, einem ungr. slovak. Orte des Abaujvárer Comitats.

³⁰) Das euphonische S nach N (vor T, D das hier ausgefallen ist), auch schles. Weinh. Dial. 81. Vgl. Schm. gr. S. 148.

³¹) Vgl. Wtb. 104, wo die Form **holdrbear** aus Dopschau angeführt ist: die Erklärung aus **halt ein wer** oder **halter wer** s. d. und Nachtr. 18ᵃ.

³²) **zo=zu**; **zu** für **ze** und **zer** ist alt und md. Mundarten eigen. S. Athis 14. Rückert Ludwig 160, mein Vocab. von 1420 s. 59. Nachtr. 50ᵇ.

³³) **Stoff** eigentlich Christoph, für Tölpel in Schm., in Baiern ebenso: **Steffel**. Schm. III, 619.

³⁴) **didege** s. Nachtr. 21. Im Schemn. Str. oben S. 306 f.: **dâic** (dag). In Tirol **dâig**, dasig From. IV, 337. In Villach (Kärnten) ist **der ségene** und **der doigene**: dieser und jener. Vgl. oben Seite 343, 16.

³⁵) Vgl. Holtei: **und wie ich so turnieren tu und mit mir selber märe in s. schl. ged. gänseblimel**. Das alte **turnieren** fr. tournoyer bedeutet urspr. mit dem Rosse wenden; aber schon Gregorius 1412: **sô turnierte mîn gedanc**. Iwein. 146: **ez turnieret aller mîn sin**. mhd. Wtb. III, 135.

³⁶) Sehr. S. Wtb. 101.

³⁷) Geweint. S. Nachtr. 30. — In Mw. bedeutet es lachen. Vgl. S. 345, 39.

³⁸) **et saidenn**=außer, S. Nachtr. 50.

³⁹) Ungr. = ich weiß nicht, also hier: ein unschlüßiger Mensch.

⁴⁰) In Aachen **hatz**, in Prb. **jatz** s. Nachtr. 34.

⁴¹) Alle, wol slovak. **ale** für **âde**: aber.

⁴²) Bitten, daß man ihn als Bajazzo engagiert, ein etwas unvolksmäßiger Einfall, der übrigens die betreffenden auch mit als curiose Leute bezeichnen soll.

⁴³) Über diese Endung — **usch** s. Wtb. 102.

⁴⁴) Geliebter. S. Nachtr. 34.

⁴⁵) Küsse. Vgl. Wtb. 39.

⁴⁶) Waren. Vgl. oben Anmerk. 5.

⁴⁷) **anvóa** Vgl. oben 23; hingegen **anâch**, S. 378, 29.

⁴⁸) **abéa**, irgend wer, S. 345, 34; in Krh. **kockebér** (Gott gebe wer) s. Nachtr. 29.

⁴⁹) **hauchen** = hocken, spricht für die angezweifelte Verwantschaft zwischen **hocke**, kröte und hocken. In Krh. heißt die Kröte **erdhauch**. S. Nachtr. 24.

⁵⁰) Eilig. So wie unsere vorliegende Mundart die genäselten N meidet und zu deutlichen n herstellt (**anhâm** = eheim, **e~heim**), so geht sie hier noch weiter und

fügt hier nach Doppellaut vor L ein N ein. Vgl. Schm. **罗** 554. Weinh. dial. 70 Gr. G. D. S. 538.

[51]) Geflucht wird häufig slovakisch und ungrisch.

[52]) Das kranken, die kränke. Vgl. Wtb. 73.

[53]) schalaputa; scheint slavisch; vgl. slovakisch: asarapatam. „Narr, Stocknarr, Fatznarr, Hanswurst" Palkowitsch 2331—2332.

[54]) Fast alle Mundarten unterscheiden noch die Geschlechter von zwèn, zwò, zwei, so wie der Unterschied von einzelnen Dichtern bis in unser Jahrhundert herein noch festgehalten (zuweilen wol von Abschreibern und Setzern verwischt) wurde; doch beobachten ihn die Aufschreiber von mundartlichen Sprachproben oft nicht. Vgl. Nachtr. 50.

[55]) Hier erscheint das österr.-bair. àft (Schm. I, 54, Wtb. 30) ganz deutlich in Form und Bedeutung; daneben ist das alemannische Wörtchen offet, offa (in Form und Bedeutung ähnlich) zusammengezogen aus anfangen auch in der Gegend zu finden; s. Nachtr. 43.

[56]) Mädchen erhalten durchaus die Deminutivendung AL; Weiber nennt man Lene, Rose, Mantsche.

[57]) Eulenspigel, einer der etwas unpassendes, ungelegenes tut (zur Form vgl. 50).

[58]) hò, hohò ist ein üblicher Anruf aus der Ferne. In Münichwies hört man das Kindden Vater aus der Ferne rufen: nana hò! Vgl. náá, tschull-ò Nachtr. 42. 23.

[59]) entgegen, s. Weinh. Dial. 82. Vgl. an = in im Wortregister und 23).

[60]) Bu-chéa-n : woher. Zu dem CH für H. vgl. Wtb. 42. b. Zu dem N am Ende vgl. frailichtan 104). Nach Analogie der Adverbia auf en (ahd. un), die vermutlich schw. accus. sind, fërron, nâhun, gësteron (zwar schon lat. hesternus) u. s. w. Gr. gr. III, 96, gebildet. Im Madjarischen werden die meisten Adv. aus Adj. durch an — en gebildet.

[61]) furtiklain, schnell, sogleich aus furt-hin (hinfort)-glain (mhd. gelîme. knapp)? vgl. Schmell. II. 92. CW. 125ᵃ.

[62]) vor-fürtuch, östr. fíata; hingegen schürzen ist nicht österreichisch.

[63]) klapsche f. altes Mütterchen; so wird mir die Bedeutung angegeben. Es könnte wol urspr. die klafferin sein (eine ähnliche Bildung wie tepsche unter Anm. 70), die sich zurückzieht und über andere übel nachredet, wie nl. klappej f. klapspânm, klapstokm. in der Zips klapsaffe m. Wtb. 69. mhd. klappertesche, klapperminne. Das nl. klappen, schwätzen lebt in unsern Mundarten noch. S. Nachtr. 36.

[64]) grundm. ein Thal, namentlich mit Bergbau, s. Wtb. 9. 56⁶. daher gründal n. oben S. 349.

[65]) hiehea-n, vgl. bûchean 60.

[66]) Beeilen. Vgl. Wtb. 50 b. und Gr. Wtb. III, 1893.

[67]) zusammengesetzt aus der Interjection châ! und jâ: ju; châ für hâ ist schon Wtb. 42ᵃ angemerkt. Man hört auch châjâ! ei ja! was türingisch ist, vgl. hâjââ! Schleicher Sonneberg 68.

[68]) F für W. So die Ils; meine schriftl. Nachfragen deshalb blieben erfolglos. Wenn dies F für W wirklich vorkömmt, so könnte es aus einer Zuwanderung von Pilsen oder Krickerhäu erklärt werden, wo F zu W wird, was, im Bestreben diesen Lautwandel zu vermeiden, wie Ähnliches oft geschieht, daher auch das Umgekehrte;zuweilen veranlaßt.

[69]) Vgl. au wie Jeichen Wtb. 31ᵃ. auwî kömmt am nächsten dem Türingischen auwich für auwê S. auweh, auweih. Gr. Wtb. I, 1045. vgl. aubiju und aubi und aubeia (bei Fischart) daselbst 598.

[70]) Das Spiel mit einem gebrochenen Topf. Denselben wirft eines dem andern zu bis er einem in der Hand zerfällt. In dessen Hand er zerbricht, der verfällt einer Strafe.

Wir hatten oben Anm. 63 schon ein ähnliches Wort: die k l a p s c h e, wie dort vermutet ward, von k l a p p e n abgeleitet, wie dieses t e p s c h e von t o p.

71) b ə: wo, als Pron. relat., wird hier, wie schon oben Seite 287, 294 u. ö. in der Bedeutung von d e n n gebraucht s. 100) u. 114).

72) m o l d b u e m: Maulwurf in der Zips m a u l t w u r m, Maulwurm m. s. Wtb. 80.

73) Wol das Lied: „ach schönster chatz verzeih es mir (daß ich so spät bin kommen), das hat gethan die finstre Nacht, die hat mich eingenommen" u. s. w. 7 Strophen; so in Schlesien. Hoffmann und Richter, Seite 97.

74) So wie oben einmal a l l e (für a b e r), wird hier ein slovakischer Ausdruck in die Rede eingeschoben, was das Eindringen von slavischen Elementen in die deutschen Colonien bezeichnet. i d z für i d': geh! die slovakische Form in den Mundarten, die schon dem Polnischen sich nähern.

75) Es ist das Lied das auch in Pilsen gesungen wird. S. Wtb. 89b: „als ich einst im külen tau | im grünen wald im schatten saß | sah ich ein mädchen ferne stehn— sie war ja so „besäubert" schön" etc. Für b e s ä u b e r t habe ich a. a. O. richtig auf b e z a u b e r n d geraten. Dieser Ausdruck bezeugt aber nähern Verkehr zwischen Pilsen und Schmölnitz. In den Fassungen, die Hoffmaun (schles. Volksl. Seite 155) kennt, kömmt er nicht vor; wol aber in S c h w a b e n. Meier, schwäb. Volksl. Seite 237.

76) t ö n wie mhd. dôn für Singweise in Krh. b ɑ i s f. Weise. Wtb. 33a.

77) Das Lied fängt sonst an: „nichts schöners kann mich erfreuen" und ähnlich. Im Voigtland hörte ich es singen mit dem Anfang: „Es blühen drei röslein im garten | soldaten die zogen ins feld | Adé nun mein liebchen, du feine, | ja ja du feine | die mir von herzen gefällt" etc. Vgl. Erlach I, 50. III, 155, 200, IV, 100, 241. Herder Stim. d. Völk. V. Buch 8. Wunderhorn II, 17. Fiedler Volksreime 157. Vgl. S. 179. Meier schwäb. Volkslieder 192. Im Kuhländchen Meinert Seite 146. Vgl. Wunderhorn I, 282. Pröhle. Volksl. Seite 8.

78) Eine Art die Aussage durch Wiederholung zu verstärken, die weiter verbreitet sein muß, denn ich kenne es aus dem Munde älterer Personen in Presburg auch, dessen bair. österr. Mundart doch sonst mit der des ungr. Berglandes nichts gemein hat. In Presburg ist die Wiederholung, die meist eine gehässige Handlung zur Beschämung des Gegners recht deutlich an's Licht ziehn oder sonst etwas Ärgerliches anschaulich machen soll, zuweilen sogar eine dreifache: da p r ɑ t s c h s ɑ s i (=setzt sie sich breit) her, wiara laus in grind und s o p r ɑ t s c h t s ɑ s i, daß s ɑ s i p r ɑ t s c h t u. dgl. Vgl. Fromm. VI, 120 oben, 2. Zeile. — In der hennebergischen Mundart findet ähnliche Redeweise statt: „wenn man fürchtet, der andere habe auf unsere Rede zu wenig Acht gehabt, wiederholt man einen Satz so: „es ist kalt, daß es kalt ist. Es ist ein böser krieg, daß ein böser krieg ist." W. F. H. Reinwald. henneberg. Idiotikon Seite XIII.

79) n u s c h f. Das Maul, Wtb. 85a. Daher n u s c h e n: maulen, sonst auch m a u l a t - s c h e n, m a u l e n z e n. Nachtr. 40.

80) Vgl. Wtb. 59.

81) Vgl. Wtb. 73.

82) ertappt. Vgl. Wtb. 43a.

83) In Prb. k é - e c k der Knüttel. S. Münichwieser Wortverzeichnis S. 435.

84) Ein Ausdruck, der in obiger Bedeutung in Schm. gewöhnlich sein soll, wie mir auf mein schriftlich ausgesprochenes Bedenken erwiedert wurde; doch konnte ich die anderen Formen dieses Wortes, das doch nur ein Particip eines Verbum e l e k - t r i··e n (für elektrisieren?) sein müste, nicht erfahren. So unwahrscheinlich die Volksmäßigkeit des Ausdruckes e l e k t r i e r e n, das unmittelbar von ἤλεκτρον abgeleitet wäre, ist, so weiß ich doch keine andere Deutung.

85) vabëchen: verwichen, für unlängst, ist auch schlesisch: verwichen jôr warsch och asu. Holtei schles. Ged. 3. Ausg. 172. So wie österreichisch; wer kennt nicht das Lied: als i pin vawichen zu mainn déandl gschlichen?

86) St. Anna, ein Dorf bei JooÛ.

87) non: nur; für nûn nun aus mhd. niuwan. Die Form nun schon spät mhd. s. mhd. Wtb. III, 486. Vgl. Aum. 13.

88) hanta aus anô, hanô (Wtb. 83, Nachtr. 16): sieh da! also! ei nun! und: ta (=da), das auch in bata = was da! ei was! (aber nicht in baita: weiter Wtb. 52ᵃ) enthalten ist. Vgl. 96).

89) valâken: verleugnen. S. oben Seite 317. Von ahd. loukana, die Leugnung (von ahd. liokan lügen). Das k hat sich md. erhalten bei Herm. v. Fritzlar louken, Luther (im Osterlied): das wort gots man sie leuken hieÛ, s. Wackernagel Wtb. unter lougenen, louken. Im Westerwald leikeln, Schmidt, 103. In der Oberlausitz, im Oberharz und in Schlesien läukeln, lëkeln, laekeln. Weinh. 52ᵃ.

90) nischt das! für, es macht nichts, thut nichts! ähnlich im Böhmerwald: 'sis ninx! — gib ma d'händ, 'sis ninx, samma guat. Jos. Rank, s. 47 u. 222 (wo dieselbe Geschichte noch einmal erzählt wird).

91) Ungr. bajusz (sl. bagauz, faus, poln. wąs, russ. us), der Schnurbart.

92) abtreigen (=abtreugen, vgl. Weinh. 100ᵃ. treuge altmd. trûg, nl. droog, nd. drœg) nl. afdrôgen nd. ufdrôgen, im mittlern Deutschland, Thüringen etc. für abtrocknen. Gr. Wtb. I, 143 f. — Man sagt ich kann (er kann sich) mir den Mund abwischen, wenn man bei einem Mahle leer ausgeht; in dem Sinne ist oben auch schnurbart abtreugen ironisch gemeint.

93) Entstellt aus dem sl.: o tompotom: von dem, nach diesem d. i. davon ein andermal, wodurch ein Gegenstand auf die Seite geschoben wird.

94) Nicht wie ahd. jungâst, zeizâst (f. jungôst, zeizôst) als ein sëlpâst (f. sëlpôst) aufzufassen, sondern als entstanden aus einem unorganinischen selberst.

95) daÛ für als steht hier wie in Verhältnissätzen nach dem gesteigerten Beiwort: je tiefer daÛ man gräbt u. dgl. Grimm Wtb. II, 824, 18.

96) Wiederholt sind wir schon diesem ta oder da begegnet; hier deutlich an der Stelle des Ausrufes ei! oder ei seht doch! — Es ist doch nur das demonstrat. räumliche Adverb: da, das oft ohne weitere Bedeutung nur als Verstärkung vorkömmt, wie auch bei Frage und Verneinung (wasda? woda? nichts da! ja da!), als Ausdruck des Staunens, Schreckens zur Bezeichnung von etwas Unerwartetem. S. Gr. Wtb. II, 647, 648. Das sl. da: aber, Jungmann I, 323 ist nicht herbeizuziehn. Die Ausdrücke „baita, hata, ta: also" Wtb. 32ᵃ, sind zu erklären aus: was weiter! was da! da! Vgl. oben 88), 114).

97) es gêt mich nôt an (für es geht mich an, betrifft, belangt mich) klingt recht alterthümlich, denn es erinnert an mhd. des gienc in nôt an für: er muste, Not zwang ihn dazu. Das Gegentheil es gêt mich (ihn) nôt an, bedeutet dann: ich bin dazu nicht gezwungen, man hat es mich nicht geheiÛen = „es geht mich nichts an." — Luther sagte: „und was gienge mich not an in eins andern sachen" (=was gehn mich eines andern Sachen an)? S. Gr. Wtb. I, 340.

98) Vgl. engl. chat, chatter: plaudern. chatterer: plauderer. Ferner das geschätter (=gschade): geschwätz; „die schätterhätz oder alster, pica." Schmell. III, 413. schättern, laut lachen, schreien wie die Elster etc. das näher noch steht. Schweizerisch: die tschädere: die Klapper, schwatzhafte Person. tschädern, tschättern, tschudern: von dem Ton einer gesprungenen Flasche,

eines Regengusses, fallender Schlossen. Stalder. Vgl. k u d e r n, g u t t e r n Schmell. II, 87, 283, was auf lat. g u t t a r i u m, schweizerisch g u t t e r e mhd. g u t r ē l, k u t e - r o l f etc. = die Flasche, zurückzuführen ist, sowie wieder obiges t s c h u d e r m. t s c h ä t t e r n mit magyar. c s u t o r a, slov. čutora (serb. čutura), hölzerne Weinflasche, verwant scheint. Vgl. 112).

99) Vgl. oben 87. Die Ansetzung eines t an n i u w a n md., schon Pfeif. myst. 264, 35: n i u w e n t.

100a) Das Adj. h e r z e. s. Wtb. 60a, das mhd. ahd. (h ē r z e, h e r z l) in Zusammen- setzungen (a r m h e r z î u. dgl. angels. auch a l l e i n: h e o r t a) vorkömmt.

100b) b à ist = w o, urspr. Pron. relat., das hier in der Mundart sehr gewöhnlich in die Bedeutung der Conjunction d e n n (n a m, q u u m) übergeht. Vgl. 114), 71).

101) b î f e l (b i v e l, mit dem Ton auf der ersten Silbe), cimbr. b i w e l CWtb. 120, wie viel, a b î f e l: einige, einwieviel; a b î f e l m à l: ein wievielmal = einigemal.

102) k l a s c h e n, wie p l a t s c h e n, k l a t s c h e n, das schallende auffallen einer breiten, besonders einer naßen Fläche bezeichnend. Vgl. englisch t o c l a s h, zusammen- schlagen. In der österr. Mundart bedeutet k l é s c h e n mit der Peitsche knallen, schnalzen. S. meine Weihnachtssp. Seite 83 zu 390. — Schmell. II, 464.

103) Sich mit einem v e r m é g e n (=v e r m ü g e n): sich mit ihm einlassen, m e s s e n' es mit ihm wagen, ihm gewachsen sein, wie ähnlich im md. Passional (ed. Köpke 505, 27): û f d a z e r a n d û t u n g e n s i c h d e s t e b a z v e r m o c h t e: quo magis valeat in scripturis (in diversis linguis) interpretandis.

104) f r a i l i c h t in Prb. w r a i t, Nachtr. 27a erhielt die Erweiterung - a n, analog dem mhd. - e n in - l î c h e n (v r l î c h e n) gebildet oder wahrscheinlicher noch die noch unpassendere mit - e r n. Vgl. Gr. gr. II, 179. Denn - a n in der Endsilbe verlangt in dieser Mundart ein urspr. A oder ein ausgefallenes -ER.

105) f a c k e l n, in der Schweiz: f a c k e n, f u c k e l n = sich hin- und herbewegen; der f ä c k e n, f ä k t e n, der Flügel (nl. v a g t, v a c h t, Wollenflocke, Pelz) Vgl. w ä c h e l n: fächeln; d e r w ä c h e l, der Fächer. Schm. IV, 9 (was Gr. Wtb. I, 773 unter a u f w a c h e l n, wo poln. w a c h l o w á c angeführt ist, übersehen wurde); f a c h e l n, nd. f a k k e l n, zaudern, ist wol unverwant.

106) Stephan ist kein Eingeborner, wie wir schon wissen (s. 29), er ist ein p o t t o m (s. 108); ein „Hergelaufener" sein, ist eines der grösten Verbrechen beim Volk; ihm gegenüber fühlt sich der Eingeborne wie ein erbgesessener Adel. Auch im Hildebrandslied scheint schon r e c c h e o kein Ehrenname.

107) mhd. n a m e n, bair. n ä m e l n: einen Schimpfnamen geben.

108) einer der p o t o m sagt (p o t o m: nachdem, vgl. 93), der sich Zeit läßt, ein Slawe?

109) b e g r e i f e n für e r g r e i f e n, wie in Pls. b e t a p p e n für e r t a p p e n; s. Wtb. 43a, wo b e t a p p a fangen, kriegen heißt.

110) h é a c h (=h ö r c h) eine bemerkenswerte Form für h o r c h e. Vgl. angels. h e a r - c n j a n, engl. h e a r k e n (hören angels. h y r a n, altnord. h e y r a; ahd. h ö r e - c h e n). — Als Interjection scheint es die Bedeutung g i b a c h t! zu haben und wird mit dem h i c h h i c h! um Kremn. s. Nachtr. 33. eins und das- selbe sein.

111) Vgl. Anm. 20.

112) Höchst wahrscheinlich das bairische z ó z e t: lumpicht von z o z e l, z o z e n f. m. =z o t e (womit noch das bair. z a s s e l, Schm. IV, 286 und z o s s e l n 289 zu vergleichen ist). Es wäre demnach z ó z e t = ahd. z a t o h t, zotticht, wo dann das R in z ó t z a r t als unorg. mundartlich, vgl. Nachtr. 10, zu erklären ist; doch vgl. auch ahd. z o t a r j a n und z a t u r r a, z a t a r a, z a t r e, meretrix Graff V, 633; t s c h a t t r e, Plaudertasche oben 98, hat wol nur äußerlich einige Ähnlichkeit.

113) Das Huhn, die Hühner klingt jetzt im Österreichischen sehr vornehm und fremdartig, weil die Einzahl verloren und nur mehr b'éana (aus hüener) üblich ist, das den fehlenden Plural von die henn (= henne), daher hennel, hendel) vertreten muß (ehedem war huon in Österreich wol üblich; so bei Helbling, Neidhart u. a.). In der Zips hingegen hört man hûn, hîncheu, hinner, weniger Henne.

114) ta bû (= da wo): warum? — Hier darf wol an das altsächsische huô: quomodo (für ahd. huiᵉo), mnl. hoe erinnert werden; es erinnert an boléner für belcher (welcher) in Dopschau, im Siebenbürgischen wol: welch s. Wtb. 104 Nachtr. 18. Über ta vgl. 97).

115) jᵉ allein und mit A, O: ajᵉ, ojᵉ, entspricht im Gebrauche nicht dem Jᵉ (Jesus), der Schriftsprache, sondern vielmehr dem ausrufenden jâ, jarîâ. Gr gr. II, 290, 296, wobei zu erinnern daß auch das nachgesetzte jâ in Krh. jᵉ ist. S. Nachtr. 34ᵃ. In der Schweiz steht jâ für ei! und in ähnlicher Bedeutung Stalder II, 71.

116) Darunter ist die blaugedruckte Leinwand mit weißen Blumen zu verstehen, woraus das Bettzeug bereitet wird; ein Hauptgegenstand zur Aussteuer einer Braut.

117) Vgl. oben die Anmerkung 68.

118) Man pflegt in der Kirche bei Hochzeiten etwas zu „opfern", ein Geldstück zu geben.

119) Vgl. freilichtan, Anmerkung 104. So wie die adverbbildende Accusativendung in unserer Mundart zum Überfluß gebräuchlich ist, so hängt sie sich hier auch an den Accusativ an. Vgl. bénen: wen S. 345, 37.

120) Elek ist die ungrische Form des Taufnamens Alexius; es heißt so in Schm. ein Stadtmusikant. Die Benennung mit einem Taufnamen in ungr. Form läßt in ihm einen Zigeuner vermuten.

121) hs. kotzlich für kotzig, s. Wtb. 72ᵇ unter kotzen. Kotzling: der Ungekämmte, daselbst; kotzig: zerrauft, ist auch in Gömör (Eltsch, Groß-Rauschenbach- [Nagy-Röcze] etc.) üblich.

122) -utsch ist eine eingeschobene slavische Deminutivform; vgl. -usch, Wtb. 102.

123) zupat (= zuppert), obwol ahd. zabalôn zapalôn, ostlech. zäpeln, zéperln, zur Seite steht, ist hier doch eine Entlehnung unmittelbar aus dem Slav. anzunehmen. Vgl. cupám: ich stampfe mit den Füßen u. dgl.

124) Zu róbesch, Kerbholz. Vgl. rowasch Wtb. 88. In Prb. gebraucht man dafür den Ausdruck rûte. Nachtr. 44ᵇ f.: hrût.

125) prégeln, praegeln. Vgl. Wtb. 40ᵃ: préseln, pregeln. Nachtr. 19: praegeln: brägeln lat. frigere s. Gr. Wtb. II, 291, 313.

126) Den Ausbruch seiner grösten Zärtlichkeit bezeichnet das Deminutiv, wozu vg Wtb. 102.

127) fördere dich, vgl. Wtb. 50ᵇ Fromm. V, 179, III, 417, 392.

Aus Steeß*).
(In den Gründen näher zu Schmölnitz als zu Gölnitz.)

Der alte Sultan.
(Nach Gr. Kinder- und Hausmärchen 48.)

Es hatt⁴) a paua an traien hund, déa hàt⁴) Sultân gehâßen;
déa êss alt bóan, aßô¹) daß a nischt mê recht hàt packen gekint.
dâ stêt amâl da paua mêt sain baib ônd sâgt: „en alden Sultân schîß
ich móagen tôt, da êss ze nischt mê nôz." en baib bàar es êm en
hund lâd ônd di sâgt; „da hàt ôns sô vil jàa gedînt, dàß bar ôm ²)
es gnâdenprôt gêm kenten." — ê ³), bàs! sâgt da man, du pist nêch
recht geschaid, da hàt kân zant mê ên maul ônd ka râba facht sich
vóar ôm. hàt a ôns gedînt, ta hàt a sai gût fressen davóa gekrigt
iz tâgt a nischt mê, ta kàn a àbfâan. — Da hund, déa nech bait davôn
gelêgen êss hatt dàs alles mêt ângehéat, êss daschrocken ônd bàa trau-
rich dàß móagn sai lezta tâg sain sol. da hatt⁴) àba an guten fraind,
déa bàr da bolf. ze den gêt a zâmd raus ên bald ônd dazêlt bàs ôm far
a schêksal pevóastêt. „mach da ka sóag⁴), sâgt da bolf, „ich bâß an
guten rât. móagn frî gêt dai harr⁵) mêt sain baib êns hai ônd de nêmen
i·ˑe klân kênd mêt. Dàs lêgen se pai da àabet hênta⁶) de hêk⁸) ên ⁹)
schatten. du lêg dich danêm, glaich als benn de's pebachen bolst
bêln. ⁷) àft bai ich aus en bald kômen ônd 'es kênd stêln. du must
ma nâchspringen mêt alla macht, als benn de's ma bida abjâgen
bolst bêln⁷). ich lâß es fallen ônd du prengst es bîda. àft denken se
du hàst es gerett ônd sêud nêch aso undankpàa di ˙e-r-abàs ze tûn.
du kimst góa en vêlliche gnâd ônd es bit da nischt fêlen. — da àn-
schlâg hàt en hund gefalln ônd bî gedâcht aso getân! — Da paua
kraischt bi a en bolf mêt sain kênd duech es feld lâfen sîht; bî es
àba da alde Sultân bida zerêkprengt, ês a frô, straichelt en ônd sâgt:
„di ˙e soll nischt schlechtes bidafâan, du solst es gnâdenprût hàm, a so
lang de lebst!" — àft sâgt a ze sain baib: „lâf anhâm ônd koch en
alden Sultân an prai, den prauch ⁸) a nêch ze paißen ônd main fîl⁹)
schenk ich ôm ³) ach ze sai pett, von nôn ¹⁰) ân hatt' es da Sultân asô gut bi a sich nônt ¹¹) bêntschen ¹²) kont. da bolf pesûcht
en ônd frait sich dàß es asô gut gelung ês: héach ¹³) landsmàn"

---

*) Wie Seite 281 eingesant. Vgl. daselbst dasselbe Stück.

sågt a „du bist doch a åg zudŗêken benn ich dain harr a fett schåf
begtråg̣en kàn? es bi˙˙et ¹⁴) ân haitzetåg schbää sich du˙˙echzeschlå-
gen." — „Nå" sågt d̦ə hund, „main harr sai ich trai, dàs kan ich
nêch zûgêm." Da bolf åba månt dàs bää ka éanst, ônd kimt ên
da nåcht en guten p̣essen abzuhôlen. åba da traie Sultân hatt en
harr alles voråten, asô ¹¹) dàß déa ên da schaia ôfpasst ⁴) ônd en
bolf tichtich es fêl hêlt ¹⁵).

---

¹) aßô, so ; das scharfe S als Inlaut vor dem Vocal der hochbetonten Silbe, das hier mit
ß angedeutet ist (indem der Aufzeichner ein zweites Mal a s ô schreibt) ist bezeichnend. Im Österreichischen sagt man auch aßô mit scharfem S, so wie hier (im
Österreichischen) überhaupt das anlautende S scarf gesprochen wird, nicht wie in
Mitteldeutschland. Diese österreichische Aussprache scheint in Stooß zuweilen her-
vorzutreten, was unserem Aufzeichner, einem Zipser, der das linde S gewohnt ist,
auffällig war.

²) ô m, ihm, ist türingisch. Rückert Leben Ludw. 159. S. oben Seite 361, 17.

³) é ! ah ! Eine Interjection, die Gr. Wtb. III, 35 und auf dem Umschlag der ersten
Lieferung (wo es aus Kaisersberg nachgewiesen ist), für französischen Ursprunges
gehalten wird. Das dürfte noch bezweifelt werden. Es ist auch Österreichisch und
klingt da nicht nur é, å h, sondern auch ä c h, ech, z. B. ä c h, g e b t s m a-r-a u
f r í d ! ä c h, l a s t's m i a u s ! ä c h, w a s g ê t t à s m i å n ! Vgl. mhd. a h í ?

⁴) h a t t e; das Prät., das in unseren Mundarten schon selten ist, hat sich namentlich
von h a b e n erhalten.

⁵) h a r r, Herr, vgl. Bels. Aum. 6.

⁷) p e b a c h e n bolst bêln (bewachen wolltest wollen) für bewachtest. Vgl. Krh.
1. Smk. 6. 18. 30.

⁸) p r a u c h für b r a u c h t : s. Wagendr. Anmerk. 18.

⁹) f í l, siehe das Wortverzeichnis unten unter p f ü l.

¹⁰) n ô n, nun, das U (in nû-n) wird O wie Pdl. spr. Anm. 14; vgl. Wgdr. 4.

¹¹) n ô n t, nur, auch in Smlu. S. Smk. Aum. 87, 99, 8, 34.

¹²) b é n t s c h e n, wünschen; das eingeschaltete T nach N auch ·bei Opitz, Gryphius.
S. Weinh. Dial. 83.

¹³) h ë a c h, horche héachen ist wol dem engl. h e a r k e n den Buchstaben (nicht
der Aussprache) nach ähnlich, aber dieser Form doch ferner als einer anzuneh-
menden Übergangsform hörchen, aus hôrchen, ahd. hôrechen aus hôrjen.

¹⁴) b i ë t, bit, wird; ein Metzenseifener will bemerkt haben, daß erstere Form nur
in besonderen Fällen angewant wird; wahrscheinlich, wo das Wort mehr betont wird.

¹⁵) h é l n, das Fell h. = durchbleuen. Leider vermag ich das Wort aus unseren
Mundarten durch kein zweites Beispiel der Anwendung zu belegen, und so muß es
denn dahin gestellt bleiben, ob es zu hôlen Schm. II, 173 oder etwa zu hel-
ligen zu stellen ist.

Einzelne Ausdrücke aus Stooß.

aftan, hernach. Wtb. 30, Nachtr. 42.

åg; n. Auge, in Ksm.: äug, éug. Das A für O U auch im schles. Oppa-
land, vgl. Weinh. dial. 28.

aldemâsch m. 1. Festmahl, welches den Arbeitern nach Beendigung einer mehrtägigen Arbeit von dem Arbeitgeber geboten wird. 2. Bestätigungstrunk. Altmadjarisch bei Anonym. Belae notar. cap. XVI, XXII. aldamas, aldomas: heidnisches Opfermahl; im XV. Jahrh. (Tatroser cod.) aldomás: sacrificium. siebenb. sächsisch: almesch Wtb. 30ª, vgl. almasium seu mercipotus wînkouf tibi significat. Haupt V, 413, mhd. Wtb. I, 867ᵇ vocabular von 1432 allmasium: leytkauff. Fromm. VI, 291. Dieffenbach glossar: allmasium: almeys; woraus ersichtlich ist, daß die siebenbürgische deutsche Form schon alt ist.

âmes f. Ameise. Wtb. 30. Nachtr. 16.

äntresch: bange, Wtb. 30ᵇ, bair. öster. Form Schm. I, 77.

Andrêsal, Trêsal: Andreas. Wtb. 30ᵇ.

auspauschen: 1. baken (s. Gr. Wtb. I, 1080); 2. wie Wtb. 33ᵇ.

„ausrâten: schaden"? Es ist wol zunächst an râten zu denken, das schon mhd. im üblen Sinne machinari, moliri bedeutet. vgl. râtônte sontes, nocentes Schmell. II. 147, unrât ungeraete, das. 146.

ax, f. Axt in Krh. àx, Nachtr. 16ᵇ, Wtb. 31ª.

babî: wie, warum; aus was wie, s. Wtb. 33.

pankhart m. bankert Wtb. 32: pankhert im XV. Jahrhundert panchart. Weigand-Schmitthenner I, 102, Gr. Wtb. I, 1111, auch in das Slavische übergegangen. Jungmann. III, 23.

parr m. Geräusch, Getöse, parren, poltern, lärmen, Wtb. 32ᵇ. in der Schweiz barren: krachen, brummen. Stald. I, 136, barren, clamare more ursorum. Henisch 192. Gr. Wtb. I, 1127.

pedrên sich: Platz haben. Nachtr. 17ª, Wtb. 33ᵇ.

pêkan = pêk, spielen. Wtb. 34.

bekroscheln sich: neu beleben, erholen, Wtb. 54. Nachtr. 30ᵇ.

peltsch f. plur peltschen: ein weicher kuchen; twàakpeltsch: Quarkkuchen. Wtb. 34. Nachtr. 17. sich a. p. machen, sich besudeln.

belîban, beliebern. Nachtr. 17. Wtb. 77, Gr. Wtb. I, 1449.

pemaehlich: allmählich. Nachtr. 19ª. Vgl. oben Seite 361, 31.

peneschpat: betrunken 84ª.

pênt f. Die pinte. nl. pint f. aus franz. pinte ⅘ preuß. Quart; wol zu pingere und urspr. (pinta) = Zeichen.

pepreipeln: ungehalten über etwas sprechen, brummen. Wtb. 39ᵇ. Fromm. III, 132. II, 464.

peschlêkate Milch, Schlickermilch s. Wtb. 93ª.

peßusch-chen n. bißchen. Wtb. 35ª vgl. -usch. Wtb. 105ª.

bêta n. Wetter, namentlich vom Zustande der Luft im Bergwerk. s. Wtb. 104ᵇ.

pêtschen, zwicken. Wtb. 35ª; auch siebenb. sächsisch.

pfûl, tfûl fîl m. Kopfküssen. Wtb. 35ª.

bi béin, wir werden. Zu diesem Ztw. s. Kesm. Anm. 3. Ltsch. Anm. 12, Nachtr. 49ᵇ.

bibi! weh weh! in der Kindersprache. Wtb. 35ᵇ, auch siebenb. sächsisch; französisch: **bobo!**

piske m. ein Spielzeug, s. Wtb. 36. schlesisch heißt dasselbe **kitschkerle** n. wie mir Dr. Er. Schwab in Kaschau mittheilt.

bistmilch f. s. **Kraste**.

plattich, glatzköpfig. Neugebildetes Adj. aus **platte** f. mhd. **blate**, ahd. **blattâ** pr. πλάτη. Die Endung ig wird demnach in Stooß **ich** (?). Vgl. Zpsl. Anm. 6 in Mzff. **ik, -ek**.

blaumeln: baumeln, taumeln. Wtb. 37ª.

plémpleng m. der Schweinsmagen. Wtb. 37ª.

plentschelmaus f. 1. der (im Spiel) mit verbundenen Augen die Andern fangen soll; 2. das Spiel selbst, sonst **blentschebacke**. Wtb. 31ᵇ; in Presburg: **plindsmaisel**, blindes Mäuslein. **plentscheln**, schielen. Mzsf.

plonda m. in **bàs da plenda, bàs da gaia!** was der Plunder! was der Geier!

pönnen: binden. Wtb. 38ᵇ.

poß: bis, scheint hier nicht üblich, obwol es in Schmölnitz vorkömmt. Wtb. 39ª.

pôß = wärts in **rofpôß, runtapôß** s. Wtb. 39ª.

possen: küssen. Wtb. 39ᵇ.

poetleng m. der Verbuttete s. Wtb. 39ᵇ.

praln: plärren in Mzsf. plarren, in der Schweiz **brallen**. Gr. Wtb. II, 292; hingegen **blarren, blerren**. Wtb. 37ª nl. **blaren**, ahd. **blärren**. Gr. Wtb. II, 66.

prån m. brodem. Wtb. 39ᵇ.

prautcher m. Bräutigam. Wtb. 40.

prêtschen, mit der Pritsche schlagen. Wtb. 40ᵇ.

brinse f. Schafkäse, welcher in hölzernen dösen (s. Gr. **Wtb.**
II, 1310) versendet wird; walachisch brinze caseus friatus;
slov. mähr. poln. brynza, caseus pressus vulgo burenda
Jungmann I, 193. Gr. Gesch. d. d. spr. 1008. Mit Bries hat
dies Wort nichts gemein, obwol J. M. Wagner bei Fromm. IV,
372 es mit so großer Sicherheit annimmt, und sich dabei auf
mich beruft, der ich dergleichen an der angezogenen Stelle nicht
behauptet habe.

pröckeln, wählerisch thun. Vgl. Wtb. 40: brecken.

prudeln: brodeln. Wtb. 40, Weinh. 73. Gr. Wtb. II, 396.

pûse f. Katze. Wtb. 42.

bûtnich, trâgnich, wütend, trächtig; s. Nachtr. 19^b.

dajücht: erzürnt. Vgl. im Westerwalde jucht f. Angst. Schmidt. 76.

teppal n. Töpfchen. Die tirolische Deminutivendung-al (s. Gr. gr.
III, 673), die auch im schles. Gebirge üblich ist (Weinh. Dial.
122) angefügt an eine nd. md. Wortform, in Ksm. teppchen,
siebenbürg. däppen, Wtb. 44^a.

terrefere, Haspel; s. Wtb. 44.

tettan: tändeln, Wtb. 44.

tiëicht: thöricht, Wtb. 44.

dônen pl. Dielen. In der Wetterau: Zimmerdecke, sonst Brett; s. Gr. Wtb.
II, 1220.

Donner! in neun Donner! s. Wtb. 44.

donst m. Gerstenmehl. Wtb. 47.

töacht tun: tändeln, s. Wtb. 44^b.

töran: es wagen, s. Wtb. 44^b.

trauschlich: faltig. Wtb. 45^a.

drieschacker m. ungebauter Acker. Wtb. 45^b. Gr. Wtb. II, 1408.

tschutsche n. der Hund; Kinderspr. Wtb. 47^a; siebenb. tschut-
schû: schön, in Presb. tschetsché: schön; Kindersprache, aus
schönschön?

dûba: oben. S. auch in Prb. denna, dausen = darinnen, daraußen.

tulox m. Ochse. Wtb. 47^b, madjar. tulok, der junge Ochse; Plur.
tulk-ok.

duoch: immer. Wtb. 47^b.

eben: recht; es ist ihm nichts eben. Wtb. 48^b.

ëlts m. Iltis. Wtb. 48^b.

êmich: œmig; s. Wtb. 85.

estrich m. der mit Tohn bestrichene Fußboden. Wtb. 49ᵃ.

vasierlich: wunderlich, seltsam, s. Wtb. 50ᵇ.

freßbretal n. der Teller. Dies Wort auch hier nicht bekannt, s. Nachtr. 27ᵃ, Wtb. 52; sondern dafür schaibla n. vgl. Nachtr. 45ᵇ, Wtb. 91. — „in Schlesien gleichfalls: so asst doch gevatter, asst! ir hàt ja euer sch. noch gàr nich beschissa!" Er. Schwab.

gâben: beschenken; die praut g. vgl. Wtb. 52ᵇ.

gehaien: betriegen. S. Wtb. 59ᵇ. Ich stelle einige Citate aus handschriftlichen Auszügen Schmeller's her, die den Übergang der Bedeutung von hîwen, nubere, coire in: quälen, ärgern, schädigen zeigen: ein juncfrou die man behügen (behugen?) wolt, darüber steht nötigen. Cod. germ. monacens. 630 f. 67. verheit: erzürnt. Cod. germ. m. 713 f. 42, 174 aber: er freit umb mich ein cleine zeit, in éiner stund er mich dreimal verheit! Cod. germ. m. 713 f. 243ᵇ. gange zu swester Seyen, die last sich gerne nacht und tage keien. Cgm. 817 f., 845 f., 116ᵃ. Dagegen im Fluch und in der Scheltrede: du verheiter boswicht und murder! hei daß euch botzleichnam gehei! So Hans Hirsmann (aus Augsburg) 1463 in Karajan's kleinere Quellen zur Geschichte Österreichs, S. 43, 44. In unterennsischer Mundart heißt unkeit so viel als ungeschoren, und dort klingt die Formel gotterkeit: gottunkeit (= gott ungeheit), d. h. ohne Gott zu behelligen. Vgl. Schmell. II, 84. Fromm. III, 504. V, 438. VI, 293 f.

geküen n. Getreidekorn aller Art; s. Wtb. 54.

gluntsch f. Wasserblase. Wtb. 55.

hecht m. der verschlagene, schlaue Mensch. e fainer hecht, ein feiner Kopf; vgl. Schm. II, 148.

héa, der: das Männchen; die sî: das Weibchen. Wtb. 60ᵃ.

himmeln: fluchen, den Himmel anrufen, himmeldonnerwetter u. dgl. sagen. Ähnlich heißt wettern (in Krh. bête'n), donnern (in Krh. dône'n): fluchen; s. Nachtr. 22ᵇ. Ersteres auch im Westerw. Schmidt. 327.

kbitschen: quitschen, weinen.

kraste f. Biestmilch.

kutsch-chen, n. Ferkel; vgl. Wtb. 57. In Presb. gûtsch-fâ'l. gutschifarl n. Vgl. fr. cochon.

lucken: lugen. Wtb. 78ᵇ. Vgl. unten S. 377, 22.

lûdan: lodern. Wtb. 78ᵇ.

luetsch: link. Wtb. 78ᵇ und slurzig. voc. 1420. S. 54.

marexeln: sterben, im Scherz. Wtb. 81ª: mexixeln.

mitschen: weinen.

müakel: wenig; vgl. Wtb. 81ᵇ mínkel, müakel. In ersterem ist enthalten der Stamm von minder: min, an den sich wie an wenig ein adjectivisches K (urspr. -AC) angehängt hat, das dem russ. sche in men'sche (minder) entspricht, dem wieder das Deminutiv EL angehängt ward. Vgl. österr. a wenga'l (=e mínkel). In müakel für mirkel mag die Doppeldeminution 'KEL (wie in Lênkal) s. Schmöln. Sprachproben S. 362, 24) auch unmittelbar einmal an min, dann an minre angehängt worden sein, wobei das N ausfiel und I zu Ü wurde.

näbiker m. Borer. Vgl. Wtb. 84ª nekber. Mzsf. genebegar.

râteln: das Scheitholz am Wagen befestigen. Vgl. râtel (fränk.) reidel (Bair.) m. der Prügel. Schmell. III, 50.

saibéa (d. i. sei wer) m. der Taugenichts, wie haldabéa s. Nachtr.18.

schätzen in beg sch. einen als Schuldner anklagen. Wtb. 103ᵇ. Vgl. anschatzen einen: ihm Hab und Gut gerichtlich versteigern. Schm. III, 420.

schmand m. Milchrahm. nd. s. Wtb. 93ᵇ; in Lief- und Estland schmant m. idiot. der deutsch. Spr. in L. u. E. Riga 1795. S. 208.

segmes n. die Sense, ist nicht ganz aus ahd. segansa, s. Wtb. 97 zu erklären und scheint mes mnl. Messer zu enthalten.

springen: kerzen springen, hoch springen. Wtb. 98ª.

werst-béascht f. Werkstätte. Wtb. 104ᵇ werscht.

wit-bitmån m. Witwer. Wtb. 104ᵇ wiedmann.

wol-bollaia pl. Ostereier. Nachtr. 19ª bóla. wéulei, mólein etc. von wâlei s. Mzsf. Wortverzeichnis.

zâff. Seife. Über Z für S, siehe Nachtr. 50ª, unter Z und Wtb. 89, 107.

zéb f. Zehe. S. Nachtr. 50ᵇ: zeip. luxenburgisch: zéw Gangler 491.

zankes n. Taufschmaus. Dieses Wort, das wir schon aus Dopschau kennen, wo es Wtb. 108: zonkes lautet, und dieselbe Bedeutung hat, ist auch in das slovakische der Gömörer Gespanschaft übergegangen. S. Czörn. Ethnogr. II, 312, wo es ebenfalls Taufschmaus bedeutet. Damit stimmt nun bairisch zanken käs m. Käse, der bei der Taufe namentlich eines Knaben aufgetischt wird, überein.

Schmell. IV, 272. Merkwürdig ist, daß das Geschlecht zu unserm
Worte nicht stimmt, und zankenkäs dürfte möglicherweise
bloß Umdeutung eines nichtverstandenen Wortes sein. Im Westerwald heißt zankeisen. eine Zanksüchtige, in Ulm ein in Milch ge-
backener Kuchen. Schmidt 335, schwäbisch, Schmid 132, und hier
stimmt nun das Geschlecht zu unserm zankes.

Aus Metzenseifen *).

Tûts ¹) pûten ¹).

Es ëss ²) âmûl ¹) ûf ¹) da ³) grûßen ¹) landstrûß ¹) a ⁴)
rîsen ⁵) gebandat ⁶). ûf âmûl ëss a onpekanta ⁷) mån ⁸) kêgen om ⁹)
gesprungen ond ⁷) sàgt ⁶) asû ¹): „stê stëll ²), ka schritt baitra ⁸)".
„bås ⁹)?" sàgt da rîsen ⁵) „dû, dôge ¹⁰) ich ²) zböschen ¹⁰) fingan ²)
zedröcken ¹⁰) kån ⁶), du bëllst mi··e en ¹¹) bêg vasparn ³)? béa ¹²)
pist ²) du, tàß du asû keck rên tèafst ⁶)?"

„ich sai ¹³) da tûd ¹)" sàgt da andra ⁶)" mi··e bidastêt nîmant ond
âch dû must mi··e folgen!" Da rîsen ôba hàt om nüscht ¹⁴) dàa ge-
hoecht ¹⁵) ant ¹⁶) hàt men tûd å gefangen ⁶) zu rangen ¹⁷). es bàa a
langa ⁶) ond pöisa ¹⁸) strait; zalezt àba bàa da rîsen stärka and hàt
en tûd mët ta faust nidageschlàgen, tàß a neben an stân zehâf ¹⁰)
gesunken ëss. Da rîsen ëss sain bêg gangen ond da tûd ëss überba-
bonnen ²⁰) dûet gelêgen. ond hatt ²¹) ka gebalt mê tàß a sich bida
ûfgehûben hätt ²¹). bàs sol drauß bêen ¹³), sàgt hèa ²²), benn ich hî
an (in dem) biokel lîgen plaip? es sti··ept ka mensch mê ûf da belt end
si bit men leuen asû å geföllt bêen tàß se kan platz mê bêen hàn
nêmanda ze stên. Ontadessen ëss a junga mensch dôge bêg gangen,
frêsch ond gesond, hàt a lîd gesungen ond hàt hin ond héa ge-
luckt ²²). bi a en halb ånmächtege deplëckt hàt, hàt a sich saina
dapàamt, hàt ëm ûfgehûm, hàt em aus saine flasch an trunk ain ge-
flöizt ²³) ond hàt gebàat pàß ²⁴) a bida ëss ze kräften kommen.

„bâst du nêcht", sàgt da fremda, bi a sich ûfgericht hàt, „béa
ich sai? ond bên du ûfgeholfen hàst?"

„Náå ²⁵) (zweisilbig)", sagt da jüngling," ich kenn dich nêcht".

„ich sai da tûd" sàgt a, ich vaschôn nîmannen ond ich kån
âch mit di··e kan ausnåm machen. tàß te àba sihst, tàß ich dankbar
sai, ta vasprech ich ti··e taß ich dich nêcht onvahofta übafallen bêa.

---

*) Leider habe ich auch von Metzenseifen, wo die Sprache der Gründner am rein-
sten hervortritt, keine bessere Sprachprobe. Obiges und Seite 378 f. ist eingesant wie
Seite 281.

ich bëll di··e éascht main pûten schëcken, pevóa ich komen ond dich abhûln béa". — „gut'" sàgt da jüngleng," àch abàs ²⁶) gebonnen, tàß ich bàß benn du kömst ond ich bênegstens asû lang vor di··e sicher sai". — da ëss baitra gangen, bóa losteg ond hat sich gut ge- lêtzt ²⁷). àba de jungen jàa ond de gesondheit hàm nêcht lang ge- dauat. es sai~ krankheiten ond schméazen komen di en geplûgt ²⁸) hàm. „Stéam bê ich nêcht" sàgt a ze sich selbst, „denn da tûd bët zaéascht sain pûten schëcken. ich bölt non bëln taß da krankheits pöisen tàg vorûba bâan!" — bi a geméakt hàt taß a gesond ëss, hàt a bida àngefangen losteg ze lêm. en àn tàg hàt en abéa ûf de scholdan geschlàgen ond bi a sich ömgedrêt hàt, ëss da tûd hênta om gestanne ond sàgt asû: „kom ma anàch ²⁹), de stond ëss schon hî ³⁰), du must vàn da belt schân". „Bî?" sàgt da mensch," du bëlst nêcht bóat halln ³¹? hàst du mi·ë nêcht vasprochen daß du mi··e pevóa du komen bist daine pûten schëcken bëlst? ich hà kånn ge- sêhn". — „schbaig" sàgt da tûd „hà ich da nêcht ånn puten ûban an- nan geschëckt? ëss nêcht es frisen ³²) komen ond hàt dich nidage- hoafen? piste nêcht drêhåpeg boan? hat dich nêcht de gicht en allen glîdan gepêtscht ³³)? hàt's da nêcht en óan gesaust? hàm de nêcht de zent bê getån? bàa's ta nêcht tunkel vóan ågen? hàt dich nêcht ûba dàs alles mai laiplicher prûda, da schlûf (schlouf) alle àmnd ån mich erinnert? piste nêcht ën da nàcht gelégen as benn de schon geslóam bâast?" da mensch bûst ³⁴) (boust) àm nüscht ze anpaten, hàt sich en sain geschick dagében ond ëss men tûd mëtgangen.

---

¹) Wenn ein Selbstlaut in einer Mundart consequent in einen und denselben andern verwandelt wird, z. B. jedes o, ô in u, û, so darf man in der Regel erwarten, daß an seinen ursprünglichen Platz (hier also an die Stelle des verdrängten O) ein an- derer getreten ist (hier wird u zu o; s à zu à, å. vgl. Anm. 6, 28) mhd. û à ô o (vor einfachem Mitlaut) wird hier in der Regel û. Dieses û wird aber so eigen- thümlich gedehnt, daß es manchmal wie o u klingt (wo es dann den Übergang des mhd. û in nhd. a u zeigt) und dadurch dem é u in der Zips (s. Pudleiner Sprachpr. Anmerk. 2), das ebenso für mhd. o u, å, o steht, gleichkömmt. Wir sehen hier dem- nach gleichsam im Entstehen diese eigenthümlichen Doppellaute, die im Schlesischen, Altschwäbischen, am Mittelmain, im nd. zu finden sind. Weinh. Dial. 61. f. Gr. gr. 1³, 182. Wackernagel vocab. opt. 5. Schm. §. 322. Haupt Ztsch. III, 61 u. s. f.

²) Das md. nd. e für i (s. darüber Weinhold. Dial. 31 f.) ist hier nur theilweise zu finden, und wird ê in ëss, stéll, réchteg, nêcht (ist, still, richtig, nicht), daneben stiëbt, bida, bi, pist, hin, ich, sich, mië, fingan (stirbt wieder, bist, hin, ich, sich, mir, fingern); s. Sprichwörter.

³) er wird a, vgl. Weinh. Dial. 2. Hieher zu zählen ist auch da für dir das früher zu dër wurde.

4) a ein, in Krompach schon e (s. Krompacher Sprachpr. 8), ebenso klau, klein, nicht nur ostlechisch, sondern auch mitteldeutsch. Weinh. Dial. 28. auch im schles. finden sich in andern Gegenden e für ei. Weinh. Dial. 34.

5) risen m. Riese ahd. riso mhd. rise schwm. vgl. Schm. §. 839 Fromm. V, 312. Die Form des genit. ist in den nom. vorgedrungen.

6) a vor Position: a, vor r und sonst à, auch màn kàn (màn, kàn); aber auch sàgt. Vgl. Anmerk. 28.

7) u wird o (md. nd. Weinh. Dial. 49 f.) lostig, ond u. s. w. aber jungen, gesprungen.

8) weiter gleichsam in weiterer, erweitert, oder ist hier ein weiterher anzunehmen, wie Schm. §. 1012 außerher, aßere.

9) om ihm, auch in Schmölnitz. Türingisch. S. Seite 361, 17.

10) ö für ü geht neben o für u parallel. Weinh. Dial. 54. für i, ein zbösehen, döge. Dieses Wort in Krh. döge. Dies scheint eine Erweiterung des Artikels, etwa wie das Oberpfälzische deie = dieser. Schmell. I. 349. Andere Analogien s. Smk. 34.

11) en, den, in Schles. 'n. Weinh. Dial. 140.

12) béa: wer, gekürzt ba. Österr. wéa. Diese Form scheint eingedrungen, denn werden ist nicht béaden béan, sonde.n béen; mehr nicht méa (wie Östr.), sondern mé.

13) sai bin, siehe die kalibe, Anmerk. 3. Gölnitzer Sprachpr: die Zündrute Anmerk. 19.

14) nüscht, nichts, vgl. Wtb. 84ᵇ. Gr. gr. III, 67. — néch. Wtb. 84ᵃ.

15) gehörcht. gehorcht. Vgl. engl. hearken, angels. hearonjau. Kalibe Anm. 110.

16) ant, und vgl. Sprachprobe aus Kl. Lomnitz Anm. 4.

17) rangen, ringen. Ebenso md. bei Herbort Vers 1472, s. dazu die Anm. Frommanns; nd. rangen. Fromm. V, 159 1. spätmhd. Schm. III, 1087, auch sonst in der Zips, in Münichwies, s. Wtb. 86⁶. Mhd. Wtb.. II, 715.

18) In der Unterscheidung des e und ö, i und ü, ai und eu, stehn die Mundart von Metzenseifen und die von Krickerhäu unter denen des ungr. Berglandes voran; mhd. ö ist ö; ö aber öi, was den Übergang zu dem sonst üblichen ei für ö (in der Zips und Schlesien, Weinh. Dial. 46, 10) bildet.

19) S. Nachtr. 50. zàf, oben S. 330, zehouf.

20) assimiliertes D nach N, wie Nachtr. 42ᵃ.

21) hatt, hatte, woust, wuste sind hier seltene Beispiele des Präterit. die aber bezeugen, daß es früher allgemeiner angewendet wurde.

22) lucken, lugen ahd. luogén mhd. luogen, was zur nhd. Form stimmt. Unser mundartliches lucken steht fast näher dem angelsächs. lôcian, engl. look. Es ist in den Gründen allgemein gebräuchlich; eine seltene Form dieses Wortes wurde zur kalibe, Anmerk. 21 besprochen. Mundartliches k für g sahen wir schon in lāken, leugnen zur kalibe 89, alt leuken, Seite 317.

23) ainflöizen für einflößen (mhd. vlözen, ahd. flôzan), bair. flötzen vor 1513: flétzen. Schmell. I, 595: Es erinnert an das „Cimbrische" z für ß (ja selbst für s) CW. 46, 63 f. 70 in lazen, (mhd. lâzen aßen). Wegen öi, vgl. 18.

24) Vgl. Wtb. 39 poß bis.

25) S. Nachtr. 42: neinà. Vgl. S. 363, 58.

26) abàs etwas. Vgl. die Anmerkg. 35 zur Gölnitzer Sprachprobe die Zündrute.

27) letzen (mhd. letzen, ahd. lezzau, goth. latjan) in der Bedeutung sich ergetzen, das Leben genießen, schon bei Veldecke, dann im Bairischen üblich. mhd. Wtb. I, 943. Schm. II, 529.

28) Das kurze A tonloser Silben, einsilbiger Wörter vor zwei Consonanten, vor CH bleibt A: dankbar, kann, machen, lang; die Betonung bewirkt oft einen Unterschied des Vocals. taß täs (daß das), bàs oder bås. Die mhd. lang gewordenen A: sagen, tragen werden å. mhd. å wird ou, û, z. B. plågen=plougen, plügen, in Ksm. pléugen. Das Wort ausnam scheint (mhd) såme, eine Ausnahme zu machen, es sollte ausnóum, ausnum klingen. Vgl. Anmerkg. 1, 6.

29) anåch ('an-nåch), schlesisch anôch, From. III, 250, vgl. VI, 350, vgl. mhd. hinnåch mhd. Wtb. II, 288⁶. Die Formen 'nauf, 'nab, 'nan u. s. w. (hinauf hinab, hinan) Schmell. II, 199 sind ähnliche Kürzungen, nur daß bei anåch wegen des Anlautes, der das erste N unhörbar machen würde, ein Vocal vorausgehn muste.

30) hî schon mhd. ahd. gekürzt hie aus hiar, md. hî; in der österreichischen Mundart unüblich.

31) halln, halten, ebenso Krh. Im schlesischen håln Weinh. Dial. 65 eine Assimilation gleich dem Wechsel des LD mit LL, ND, mit NN, im Schwedischen hålla = halten u. s. w., so sagt man in Krh. schelln, schelten, vgl. schwd. skällsord: Scheltwort. vgl. Gr. gr. l² 552. 160, 307.

32) es frisen, das Fieber. Das Fieber heißt beim Volke häufig das kalte; 'skalde, hatekranken: Die kalte harte Krankheit in den Gründen; kolde im dänischen, frossa schwedisch; kalte sucht, kalt siechtuom, daz kalt, kaltwê Dieffenb. glossar. 121, magyar. hideg-lelés (spr. hideg léllésch) das kalte Befinden. sl. zymnice (von zyma Kälte). Das friesen = frieren, Kälte empfinden, für Fieber, kömmt vor in dem liber ordinis rerum von 1429, Haupt VI, 394. friezen, Fieber vocab. von 1445. Schmell. I, 619. Die Schreibung mit z beurkundet md. Orthographie, s. mein vocab. von 1420, Seite 60. In Thüringen war das Wort auch schon frühzeitig im Gebrauch. di krankheit di man nennet daz frisen, leben Ludw. ed. Rückert, Seite 96, Zeile 26, jetzt in Sonneberg fröra, schüttelfrost. Schleicher 66; in Baiern scheint nur das mhd. frisel im Gebrauch. Schmell. a. a. O. hingegen in Aachen das frese: Das kalte Fieber. Müll. Weitz, 59. Wtb. 52.

33) pétschen: zwicken, kneipen, Vgl. Wtb. 5ₐ, 46ᵦ.

34) wuste kommt vor in der Crescentia in Prosa altd. Blätter I, Seite 302 (die Handschr., daraus sie entnommen, hat auch häufig z für s u. a. Eigenheiten md Mundart). Ein wôsten: lôsten führt an Hahn mhd. Gram. I, 72 dem entspricht obiges wouste.

Sprichwörter und Redensarten aus Metzenseifen.

(Gleichfalls eingesant.)

1) da kroug gêt asou lang zes (zu das, zu mit Accus.) bassa poß a nêcht¹) en hals brecht¹).

2) je älda de kû desto mê léat se dazú.

3) béade (wer da) bênek (wenig) nêcht acht, êst vîl nêcht béat (wert).

4) mûß êss a grousa mân, kannicht (kann nicht) êss noch a grôûßra (größerer).

5) asbî (alswie == wie) de da (du dir) pêtst (bettest) asou bist, (wirst) de lîgen. ·

6) asbî d'es ta (alswie du es dir) machst asou hàst es.

7) asbî de saest asou bist de ainéaten (Ernten).

8) mêt bêcha (mit welcher) mouß (Maß) du ainmeßt, mêt deara bit (wird) di¨e (dir) ausgemessen.

9) naûe pêsen kéan gût.

10) omsûst (umsonst) [10]) êß da toud.

11) pessa en souma mên rechen,
   ben de pimsen [11]) stêchen,
   asbî en bënta men sâl (Seil)
   „hapts nêch hai fâl?"

12) icklaia denkt saîne ës de schönste.

13) vasprêchen ond haln ês zwâla (zweierlei).

14) stêlle baßa gronnen (grunden) tif,
   bou (daß) da taûbel kan poun (Boden) sîht.

15) nêcht sprêch: hop! poß de nêcht dûban (drübern, d. i. drüber-hin) pist.

16) pêßa a vogel en da hand
   asbî zêne ain land.

17) onkraut vadeipt nêcht.
   da taûbel hàlt (holt) sai laût nêcht.

18) glaich ond glaich gesêllt sich géan.
   asbî da taûbel mên kôlan (mit den Köhlern).

19) åⁿ lachen dakênt men en narn.

20) vîl haûsa vîl praûcha
   vil köppa *) vîl sinn.

21) da vabrûta hütt sich fa's faûa.

22) ben men von bolf sprêcht sêtzt a bëntan zån (Zaun).

23) da hàt féaschtengelt gêm.

24) da singt fart [24]) es alde lîd.

25) duich [25]) schån [25]) (Schaden) bit man gschuid.

26) mêt spêk fângt men maûs.

27) de zîg ze an gäatna machen.

28) da hàt a gut mondstöck.

29) icklaia kop [29]) nåch sain gesinn

30) bî gebonnen asou zeronnen.

31) vîl hond sain håsens toud.

32) de must noch vil knôl[35]) êßen.

33) stêlle baßa raißen tffe grêm (Gräben).

34) ben men en êsel am mark schêkt bits bolwel (wolfeil).

35) vîle köch vasalzen de souppe.

36) baßa ens mêa tràgen.

---

1) I wird in der Stammsilbe Ê: zbêlleng, Zwilling, in den Silben -ig, -ling E: früleng, jüngleng. bênek, mâchtek. — Ebenso bêll, bêllst, stêll, plêkt, schêkt, sprêcht, mêt, wo überall nach dem Auslaut der Stammsilbe ein E abgefallen ist. Aber auch rêchtig, frêsch, têsch, fêsch, êss. gegrêfen, ên, nêcht (frisch, Tisch, Fisch, ist, gegriffen in, nicht; daneben nüscht, nichts). Gegenüber diesen Ê E für I besteht letzteres in: vîl, bida, zîg, lîgen, schrit, ich, sich, sicha, ûfgericht, sîht, mischen, pist, sinn, hin, erinnan (viel, wieder, Ziege, liegen, Schritt, ich, sich, sicher, aufgerichtet, sieht, mischen, bist, Sinn, hin, erinnern). Vor NT wird I zu E: bênta, hênta (Winter, hinter), vor NG NK bleibt I: singt, singen, finga, binkel. Ebenso vor R: di'e, mi'e, stiebt (dir, mir, stirbt) bit (wird). Ausnahme: vadeipt (verdirbt). Auffallend ist Ö für I in: bössen, gebôst, (wissen, gewust, vgl. wüssen bei H. Suso. Wackern. I; 877), und das (altthüringische) O für I in: om (ihm, ihn). S. Seite 361, 17.

10) omsüst, umsonst; süst ahd. sus. Bruder Berthold noch im XIII. Jahrhundert umb sus. Wackern. I², 672, 21; im Schwabenspiegel schon umbesust das. 727. 2. Schmell. III, 288 hat die Form ummesüscht. In der Schweiz umsuss, umsüss, umsust. Stald. II. 420.

11) „pimsen", Binsen (?).

24) immer, vgl. Wtb. 50ª.

35) duich könnte für durich stehn, da in Schmölnitz auch tö-icht, te-icht, für töricht gesagt wird. durich aber ist kaum das ahd. durih (durah, duruh, durch), sondern eher aus dem ostlechischen duri, aus durchhin (Schm. I, 393), das auch in Presburg duri klingt, in der Heanzenmundart in duridáritzer Fromm. VI, 31, erhalten ist, in der Gründener Mundart (da das ostlechische immer etwas Fremdes hat) weiter gebildet.

35) Ausfall des D und T ist hier häufig zu bemerken z. B. lauen, aaben (in Fallersleben arbeien, From. V, 47 und part. geàabet, das -tet des schw. part praet. in T auslautender verba wird überhaupt zu T: gefècht, gehust, gefürchtet, gehustet) schân, knoel etc. (Leuten, arbeiten, Schaden, Knödel) Weinh. Dial. 77. f. Gr. gr. I², 409 f. Schm. §. 445 f. in Aachen bùll, beutel, sàl Sattel u. dgl. Müll. Weitz, 188. und From. V, 46 f. — Auch der Wegfall des D durch Assimilation hinter A findet in Mtzsf. statt: pênnen, geponnen, fênnen, gefonnen, gestannen (binden, gebunden, finden, gefunden, gestanden), vgl. schwd. finna, finden, häufigere Beispiele noch altnord, Gr. I², 306 f. ad. z. B. um Fallersleben. From. V, 47, in Westfalen, From. II, 95, fränk. henueb. From. V, 266 f, II, 45 f. 40 350 f. 399. Auch in Iglau gefunne, gestanne. Fromm. V, 211.

39) Der Kopf heißt sonst hier gewöhnlich hàp und kop ist wie mhd. koph¹), Trinkgefäß²) Schrepfkopf. — Hier steht es für Haupt und hat den pl. köppa (köp = fer) was den, wol durch östr. Einfluß hier aufgekommenen Mehrzahlformen: pàna, stàna, hemba, pàucha (=pàner etc.) Beine, Steine, Hemden, Bäuche, nachgebildet ist.

Das Zahlwort.

âns, eins, âna, âne, einer, eine. âlf, âlbe, eilf, eilfe.

zbâ zwei, zbê, zbêne, zween, zweene, zbû zwo, zbêlf zbêlbe
  zwelf, zbâzek 20.

drai drei, draie, neutr. dreu, draü in draüzen 13; draißek 30.

vîr vier, vîre, vîzen (so) 14, vîzek 40.

fômf 5, fömbe, föüfzen 15, föüfzek 50.

sêx 6, sêxe, sechzen 16, sechzek 60.

sîm 7, sîmne, sîmzen 17, sîmzek 70.

acht 8, êchte, achtzen 18, êchtenzbâzek 28, achtzek 80.

naün 9, naüne, naünzen 19, naünzek 90.

zên 10, zêne. —

zbâzek 20, ânenzbâzek 21, zbênen zbâzek 22 u. s. f.
  êchtenzb. 28.

hundat 100, zbâh. 200 etc. tauend (so) êcht hundat naünen
  föüfzek 1859.

Es ist lohnend diese Zahlwörter mit den Nachtr. 2 mitgetheilten
zu vergleichen. Sie stehn denen des fernen Krickerhäu näher (ja
selbst denen der VII comuni) als denen des näherliegenden Dopschau. Vgl. acht êchte, achtzen êchtenzb.âzek achtzek
(Mzff.) mit àcht echta àchtzegena echtezba~ zek achtzek (Krh.) und àchta àchtzan (àcht und zwenzik àchtzik
Dpsch.) u. a. 1, 11, 3. Nachtr. 24 — Auffallend ist hier der Ausfall
des S in tauend 1000.

Ähnliche Bemerkungen gewähren:

Die Wochentage.

1 mâtek, 2 dënstek, 3 mitboch, 4 dônaschtak, 5 fraitak,
6 sonnampt, 7 sonntek. Der Ausgang -tek (-tag) in 1, 2, 7,
stimmt zu -tik in Knh. Krh. (D. Pilsen -tich in mai-tich) aber auch
zu -tig in Tirol. S. Nachtr. 20 f. — 6. stimmt mehr zu Käsmark,
Dopschau.

Die Jahreszeiten.

sind: frûleng, summa, héabest, bënta.

Grüße u. dgl.

a) zbêl kom pais (pai ons)! Willkommen!

b) schôn dank!

a) plaibts gesond!

b) in gotes nåmen!

    Wenn man einen bei Tische antrifft:

a) got gesêgen's enk (euch)!

b) komt êßt mët ons:

    Bei der Arbeit:

a) saits flaißik?

b) hàbts enk raus gêm? — Habt ihr euch heraus begeben (ins Freie)?

Schelte u. dgl.

tàß dich da Teubel houlet! — Da dônakei^dl bit ganst[1]) nai schlagen! — vafluchta kéa^dl! — vaflucht gehönd! (gehünde) — — daine motte de zbîbelsuppe — — — ! du kälbel! — tàß de verreckest!

Lieblingstaufnamen.

Annemî··e, Annemarie; Demin: Amutsch vgl. Mirel.

Binzel, Vinzentius.

Drêsel, Andreas.

Embrich, Emmerich.

Gusti, Augustus und Gustav.

Hänsel, Johannes.

Jousop, Josephus.

Jûôg, Georg, Görg.

Káràl, Karl, madjar. Kâroly, mlat. Carolus aus ahd. charal.

Klemet, Clementinus.

Lêne, Magdalene, Helene; in Smln. Lênka, Lênkal.

Lôanz, Lorenz.

Loisel, Aloysius.

Mêrtel, Martin.

Mirel, Marie, in Smöln. Mantschal; in Stooß Annemarie: Ammal.

Nâzel, Ignatius.

Oatain, Dorothea. Vgl. „Ortain, Orten: Artis, corrupter weib-
    licher Name", so Genersich, s. Wtb. 85^b.

---

[1]) ganst, sogleich, auch in Krh. s. Nachtrag 28.

Paltsa, Balthasar.

Pàatel, Bartholomäus.

Sôfel, Sophie.

Tômes, Thomas.

Traindel, Katharina, Katrein.

Trêsa, Theresia.

Eine seltsame Mischung md. und oberdeutscher Formen, wie in der ganzen Mundart. Binzel, Pàatel (Bartel), Drêsel, Loisel, Mirel, Nâzel, Traindel stammen aus der Ostlechmundart; die übrigen in dieser Form gewiss nicht. Der Umlaut in Hännsel, Mêrtel (= Märtel), Sôfel sind mit mitteldeutschem Munde gebildet und klingen dem Österreicher vornehm. Ebenso das E der zweiten Silbe in Klemet, Tômes, Lêne am Ende von Annemî··e, das P für F in Jousop; der Mangel des Deminutiv EL in Jûôg (Jürg), Lôanz (Lorenz), Trêsa; die volle Endung in Embrich, Káràl, in Ostlechmundarten kàaˈl; nur Gusti, Paltsa (Baltser) sind zweifelhaft, weil weitverbreitet. Dorothea heißt bair. österr. Durl, Duredê'l, Schm. I, 390; die Form Oatain (Ortein), die das seltene Deminutivsuffix - ein (mhd. - în vgl. magedîn. Nib. 2, 1) zeigt, ist wol auch md.

Es wären demnach von 23 üblichen Taufnamen 7 in österreichisch mundartlicher Form vorhanden, 14 in für uns fremdartiger, 2 in allgemein üblicher Form. In so ziemlich ähnlichem Verhältnis dürfte die Metzenseifer Sprache zwei Drittheile mitteldeutscher Bestandtheile enthalten.

Wortverzeichnis aus Metzenseifen.

àabên, part. geàabet: arbeiten.

abâs: etwas. abéa: irgend einer; aus einwas, einwer. S. 362, 48.

einan (d. i. ernen) ernten. Die Form ernten für ernen scheint erst im 15. Jahrhundert aufgekommen. S. Weigand Schmitthenner I, 305.

ámpaten: antworten.

àn, âns: ein, eines. Artikel: a ann: ein, einem, einen.

ånprôstel n. Amboß.

B s. unter W.

péacheng in tent péacheng: Tintenbeerchen, Heidelbeere.

pêt n. Das Bette, das Bettuch, der Bettlaken.

pratsch f. vulva. In Iglau brôtsch unförmlich dickes Gesicht Fromm. V, 465.

chô chjô! ja, aus cha (ha) und jâ zusammengesetzt. Vgl. Smk. 67.

dàmmerai f. Brotladen. Vgl. die almerai. Wtb. 30. siebenb. (in Schäsburg) ármeroa, franz. armoire.

dajena: jener, aus der jenere.

ding n. In gebiss ding machen (gewiss Ding machen), Verlobung feiern.

drêhâpek: drehhäuptig, verrückt, schwindelig, betrunken.

ê f. Ehe; zer ê gên: heiraten.

ênekel m. Enkel; s. Nachtr. 24ᵇ: enenkel.

-eng die Deminutivsilbe -ing im nd. (mann, männing) Gr. gr. III, 683. im Nordschles. - ang (menschang) Weinh. Dial. 122. In dem Fremdwort: gatjeng aus madj. gatya, Unterhose und péarcheng: beerchen (doppelte Deminution? ch—eng), tapaschûecheng s. d.

fachten part. gefacht: fürchten. fachtrig, furchtsam. Suchenwirt 41, 1475 hat: varcht, Furcht. Ben. Müll. III, 384 oberpfälz. farchti furchtsam. Schm. II, 560.

féascht f. Ferse in Krh. wiascht. Nachtr. 26ª. Ostlechm. fersten Schm. §. 680. — Über diesen Zutritt des T s. Weinh. Dial. 77. Schmell. §. 680 f. Graff V, 283. Hahn mhd. gr. I, 33.

fàazen (schw. v.): pedere. In Prb. gilt noch die ursprünglichere starkeForm wië ze (mhd. virze, varz), wuez m. mhd. vorz. S. Nachtr. 27.

fendan (fendern): schelten, Wtb. 50.

flêgel m. Flegel.

fleichen, sich flüchten. mhd. vlôhen. mhd. Wtb. III, 346. nhd. flôhen (flêhhen, flêhhnen) Schmell. I, 587, schon ahd. gaflôht, Graff III, 768 fugatus.

frailicht, freilich. Über den Zutritt des T vgl. oben zu féascht.

füebet (=Fürwert?) m. Frühling; s. Nachtr. 27ª.

gâkeln = kaukeln Wtb. 68ª.

gåna m. Genserich.

ganst, sogleich, nahebei; s. Nachtr. 28ª.

graegel f. altane; vgl. graegel f. Weinh. 29ª.

grainen, weinen; s. Nachtr. 30ª.

grâtscheln, grätschen, mit zerspreiteten Beinen gehn.

grep f. enges Thal, Graben. grepel n. Prb. in Aachen gräpp, nl. greb, greppel.

grênt m. (Grind) Narbe.

greuland, graûland m. jedes ekelerregende Ding. Mzsf. ekelhafter Mensch. Schmölnitz.

grîf f. plur. grîven; s. Wtb. 56: grieben.

grullen pl. Kartoffeln. Die Form grulli, Wtb. 56ᵇ ist nicht mehr bekannt.

grûnen, aufwachsen; s. Wtb. 57.

gûpel m. Brotanschnitt.

haldabéa, haldabås m. Schimpfname aus: halt einwer (s. abås, abéa), halteinwas. Ebenso sagt man in Stooß: saibéa aus sei wer S. 374. Vgl. Wtb. 57 f. 104, Nachtr. 18ᵃ.

handlich f. Brötchen; s. Wtb. 58. Schon diese Form zeigt, daß das Wort (sieb. hanklich) nicht von anke abzuleiten sei; handlich muß in Siebenbürgen hangdlich, hanklich, honklich und hunklich klingen, umgekehrt wird die Zips ein aus anke entstandenes hanklich nicht in handlich, wie übereinstimmend hier überall gesagt wird, umwandeln.

hî in dahî, déahi, dieser, aus der hier (vgl. mhd. dirre guote fürste hie Barl. 16, 38. u. dgl.) aus dem Demonstr. (hir) hiu (hiz) wie schles. dahoie Weinh. Dial. 141. Vgl. dége.

hûbel m. der Friedhof.

ieklek (irkel-ig), stumpf, in dem Sinne wie irkel Wtb. 66ᵇ.

icklaia, jeglicher. md. iclicher für ieclîcher ahd. éocalîher. Der Ausfall des CH von -lich bei Verlängerung des Wortes ist hier gewöhnlich wie das G von -ig. Bemerkenswert ist hier aber noch das AJ aus der Länge des alten J in —lîch, vgl. mogleich, Wtb. 77ᵇ unter -lich. In der Zips sonst iklicher Wtb. 66.

ischig, îschik: irgend Wtb. 66ᵇ. Daselbst ist schon auf mhd. ichtesiht, ihsit etc. hingewiesen, aber trotzdem S. 134 die Frage aufgeworfen, ob eine Mundart dies ischig aufweise? Fromm. VI, 91 erinnert an md. isset, ischten etc.; wenn eine näher verwante Form mit -ig nicht gefunden wird, so gehört dies Wort wol zu den im Ungerland entstandenen Bildungen.

kàaschten m. der zweizurkige Karst. Vgl. der râfen, der rîsen, Mzsf. S. 377, 5. da doana (pl. dŏana), Reifen, Riese, Dorn.

kbátschen, im Nassen gehn.

kbitschen, quitschen.

keucheln n. Küchlein, nl. kuiken = keuken.

kiemes f. Kirchweihfest. Vgl. Nachtr. 36. schles. kirmst. Weinh. dial. 77.

kneul f. Knödel.

knöüzen, kneten. Vgl. knorz, knorzen Wtb. 71ᵇ.

kobel f. Stute. Wtb. 72ᵃ.

kolainka f. die Nagelschmiede. Vgl. kolung? S. 316.

kolenda f. das K. M. B. (Kaspar, Melchior, Balthasar) schreiben. S. S. 291.

kompen m. Krippe, der Futtertrog; s. Wtb. 72ᵇ.

krebes m. der Krebs, mhd. krёbez; s. nachtr. 37ᵃ.

kroug m. Krug.

kröük (in Stooß krêk), Krücke. Wtb. 73.

küepel m., großer Schuh; Vgl. κρηπίς crepida sl. krpec. s. Nachtr. 36ᵇ.

kuf f. Kufe, Faß s. Wtb. 74ᵇ.

kurter m. Jacke. s. Wtb. 75ᵃ.

kuschchen n. das Ferkel. Wtb. 57ᵃ guschchen. Vgl. frz. cochon. In Presburg lockt man das Schwein: gûtsch, gûtsch, gûtsch! — das gûtschfarl, gutschifarl: Das Ferkel.

laeg lêg, schief; s. Wtb. 76ᵇ.

laibel n. Leibchen, Wams.

lain f. die Berglehne. Sonst gebraucht man dafür im Bergland das Wort leite f. Wtb. 77ᵃ.

längsam, s. lenksama.

låt f. die Truhe, Lade.

lêbet n. *) Eine besondere Art von Suppen; in Mzsf. besonders die metzelsuppe; das Wort scheint gebildet wie kochet n. eine Kochportion, westerwäld. Schmidt 83, und ähnlich gebildete Aachener Wörter s. Wtb. 38. Etwa aus beleveren (in Aachen) nl. lévern: gerinnen: de zupp es belevert. Müll. Weitz. 13. Wtb. 77ᵇ. Nachtr. 38.

---

*) e und ê für i haben unsere Mundarten selbst vor zwei Consonanten: êst nêcht, (ist nicht). Der Geschlechtswandel (fem. für neutr., in der Zips wird es als fem angegeben Wtb. 76) findet sich hier besonders häufig vgl. knöül, kneul f. für der und das Knödel. Das sê für der und die See. Letzteres auch schles. Weiuh. Dial. 134. So die salate, für der Salat. Weinh. Dial. 134. Im sieb.

lechzen, lechen; s. Wtb. 76^b.

leicht, schlecht; s. Wtb. 76^b.

belemmert, betrunken; vgl. Wtb. 77^a lempern.

lenksama (langsamer), später; vgl. Schmell. II, 481 (lank-
sam), spät. siebenbürg. lânzem: spät Fromm. V, 40, 68.

lëtschachen pl. (=litsch -er -chen), Suppen-Mehlspeise; vgl.
letschchen Nachtr. 30^a. In Mähren sind lukše, Nudel; čechisch
lokeš, ein Kuchen. Jungmann II, 347.

lucken, lûken, lugen, vgl. Wtb. 78^b.

mangel f. das Mangelholz, die Mange, Glättrolle für Wäsche, nl.
mangel m. mhd. mange aus μάγγανον.

matten f. Topfe, nl. md. matte, geronnene Milch, im Westerwald
aber matten: Topfe Schmidt 110. Dadurch daß das Subst. nun
in der Mundart gefunden ist, wird die Vermutung Wtb. 80^b
mattige milch, wäre auf geronnene, käsige Milch zu deuten,
bestätigt. Zuletzt wird das Wort 1470 angeführt, lebt jetzt noch
in der Wetterau, Lothringen, s. Dieffenbach's Wörterb. 108.

mëzen, miauen. Vgl. ital. micia und Weigand Schmitth. unter Mieze.

mǒa'l n. Baumrinde.

môre m. der Alp. S. oben S. 291.

mörld, möald f. die Möhre. Walpert Pflanzennamen (Magdeb. 1852)
führt S. 23^a auch die Formen: mörle und möhrte an.

müakel, mürkel, wenig. S. Wtb. 81^b.

unmüglich, sehr.; s. Wtb. 101^b. Bei Bruder Berthold ganz ähnlich.
Schmell. II, 558, mhd. Wtb. II, 10^b.

nââ, nein; s. Nachtr. 42^a.

ND wird zu NN gestanne, zönnen etc.

genebega m. Bohrer.

nemli in, déa nemlia (der nämliche): derselbe vgl. icklaia.

ont dann, hernach; s. Nachtr. 43.

oufzan hernach. Aus anzufangen (å-zfân, durch Versetzung von

---

sächs. ist lâwend, läwend (Haltr. 74, Schuller 20) Neutrum (Mag. I, 274) und
dies ist das richtigere. — lébet wird auch neutral gebraucht z. B. in dem Vers
Wtb. 53: poß se's puonlébet hat omgekiet bis sie das Bohnenlebert
hat umgekehrt. Überall erscheint lébert als eine dickere, beliebte, leber-
artige Suppe. Vgl. nd. libbe, lebbe, libberig Richey 152. — In Siebenbürgen
gibt es en dänn und en däck lâwend. Haltr. 74. Über das sieb. - end für
ert vgl. Nachtr. 10.

Z F)? Vgl. Nachtr. offa, äffet und Fromm. III, 215; ferner
ebezeun henneberg. Reinwald 24. engl. oftsoons.

pachen m. Speckseite; s. Gr. Wtb. I, 1061.

packenöüzel f. die Hutzel, gedörrte oder gebackene Apfelschnitte,
Birne, mhd. hützel f. aus backen (=gebackene)
-hützel?

pasch m. das Schwein. S. Wtb. 33ª.

pêtschen, kneipen; s. Wtb. 35ª.

pi̇̈ed f. plur. pi̇̈en: Birne; vgl. féascht.

pfan-fankoch n. Pfannkuchen.

pfarr-tfarrof, farrouf m. der Pfarrhof, die Pfarrerswohnung,
so auch in Krh.

pimanöß n. Gallapfel. pimanößl n. Vgl. Wtb. 34. Nachtr. 18.

pîsen, „dem Zauber entgegen wirken." = büezen?

plasch f. nachläßiges Frauenzimmer. Vgl. Nachtr. 18.

plentscheln, schielen. Nachtr. 18.

pleu'l m. der Bleuel. Nachtr. 18.

prégeln, wie Nachtr, 19ª praegeln.

prêschen, hetzen. S. Nachtr. 19ᵇ.

prûda m. Bruder. In Metzenseifen bezeichnen prûda und schbesta
alle Verwantschaftsgrade.

prûn, brennen, s. Nachtr. 19ᵇ.

pûn f. der Dachboden. S. Nachtr 19ᵇ.

puescht m. Bursche; s. Nachtr. 20. nl. borst Gr. Wtb. II, 551; im
Böhmerwalde: das burschat, junges Volk beiderlei Geschlechts.
Jos. Rank 246.

râff f. Raufe. In der Zips rêf, s. Wtb. 87 (=kêfen lêb für koufen
loube). Doch hört man in Mzsf. auch rêfzant s. Wtb. 87ᵇ und
westerwäld. zânrêf Schmidt 335.

râflek m. wie in Prb. Nachtr. 43, was man in Presburg feuer-
flecken nennt. — râfleck ist = Rauchfleck, weil dieser
Brotteigkuchen vor dem Brotbacken, bevor das Feuer im Backofen ausgebrannt und herausgenommen ist, im Vordergrund des
Ofens, unter Flammen und Rauch des Hintergrundes, rasch gebacken
wird. Er wird sogleich mit Fett bestrichen und backwarm ver-
zehrt; ungr. lángos lepény, Flammenkuchen.

râgen, starren, verrâgen, erstarren; s. Wtb. 86ᵇ. Nachtr. 43ª.
mhd. rigen, regen, ragen. --- Die Formen ragen und recken

sind in unseren Mundarten sehr üblich und berühren sich in der Bedeutung s. Nachtr. 44: werecken.

rangen, ringen; s. Wtb. 86ᵇ.

rompelen, rumpeln; s. Schmell. III, 90. Hier namentlich ein Spiel: das rumpeln, wobei eines auf dem Walgerholz sitzend hin- und hergezogen wird.

rêm f. (=rĕben) Rippe; s. Nachtr. 44.

reutern n. die Reiter, grobes Sieb. ahd. rîtra, rîtera. Vgl. S. 320: rede-.

rôtsche m. (-rûtscher) was Wtb. 88 retsche in Presb. rîdschat (=rûtschert) Graupe mit Erbsen als Gemüse. Vgl. Schm. III, 172: rûtsch, 57: rödel 141: ruschi 174: retzel, 145: röster zu ahd. rôstjan, torrere, fricare. Graff II, 552.

„varrussan (verrussern), verrottet.“ rost m. aerugo ist schon ahd. rost, schwed. rost, dän. rust, nnl. roest. Vgl. aber auch ahd. rosamo, rosenna, aerugo, lentigo Graff II, 548. rosig: rostig Schm. II, 136.

rûrig, von stinkenden Eiern; s. Nachtr. 45.

sai: bin; ech sai, du pist, der êss, bir sain, sai der, se sain; ech wâr, ech sai gewâst oder gewâsen: bin gewesen.

sack in pendelsack m. für pendelhemb (s. d. Wtb. 34b): ein Hemde, das in der That nur ein oben und unten offener Sack ist, der durch Bänder über den Achseln festgehalten wird.

sappen, treten; s. Nachtr. 45ᵃ. Wtb. 89..

schaip f. der Teller.

schbesta f. s. prûda.

schbalmen f. Schwalbe; vgl. Nachtr. 47ᵃ.

schbutzen, den Durchfall haben. Nachtr. 47ᵃ.

schedel in hâpschedel m. Ein Schlag auf den Kopf; das Wort scheint für den ersten Blick ein sinnloser Pleonasmus: capitis cranium (Hauptschädel); doch genügt eine solche Erklärung bei obiger Bedeutung nicht. Vgl. etwa das schaiten häublein (schaenhaibl), eine Art Kopfbedeckung. Schm. III, 414. Die Namen für Kopfbedeckungen werden oft tropisch für Backenstreich u. dgl. gebraucht. S. Wtb. 67ᵇ unter abkappern, 93, unter schlepal.

schkôzen, laufen (zu sl. skociti, springen?).

26*

schlaunen, sich befinden; wie schlaunts, wie geht es? vgl. Nachtr. 45.

schltban (=schlibern), auf dem Eise zum Vergnügen gleiten. So auch in Gölnitz. vgl. nl. slibberen, glitschen. Vgl. auch „slipperig lubricus“. Vocab. 1420:1539.

schlôtan, tünchen. Zu ahd. slôte f. nhd. schlott, schluet. Graff VI, 792. Schmell. III, 461: Schlamm, Lehm (schwedisch sagt man für Tünchen: hvit limme, weiß leimen), dô (got) in (Adam) zesamine gevuocte, duo bestreich er in mit einer slôte, diu selbe slôte wart ze dere hûte. Graff. a. a. O. In Pilsen bedeutet schlieten (=schlüeten) ausgießen Nachtr. 46ª, namentlich durch ausgießen, besudeln, wie ich es gebrauchen hörte. Schwäb. schweiz. schlôtern, schlodern. Stalder II, 330; in Baiern: schledern Schm. III, 434; in Presburg: das geschleder, schlechtes Getränk, in Schlesien geschläter n. Gesindel s. Weinh. 84ᵇ.

schloufa m. (=schlôfer) Schmetterling, vgl. ahd. slophâri circumcellio; wie man den Schmetterling auch Schwärmer nennt?

schlôûzen (= schlôrzen), schlürfen; vgl. schlotzen, saugen. Schmell. III, 462 und schlutz Nachtr. 46. schweizerisch schlurzen mit Flüssigkeiten sudeln. Stald. II, 333.

schmetten f. Sahne, s. Nachtr. 46ª.

schnakra (schnackerer) n. Messer; vgl. bair. Schnackelmesser „Messer, welches zuschnappt.“ Schm. III, 482. Aber auch dies Wort konnte einst eine Bedeutung haben, die jetzt nicht mehr gefühlt wird; „aus holz geschneckert“ heißt geschnitzt. Schwed. snikra, Tischlerarbeit machen, snikare Tischler (vgl. nl. snipperaar, Schnitzler), schottisch to sneck abhacken. S. Schmell. III, 483. Nachtr. 46ᵇ. schnackal.

schnepp f. der Zipfel, die Spitze am Haupttuch; s. Wtb. 59ª vgl. dän. snip, schwed. snibb, der Zipfel; vgl. Wtb. 94ª unter schnappe.

schôaz m. die Rübe, Möhre.

scholda f. 1. Schulter; s. Wtb. 95ª. — 2. Der Schinken.

spéaken m. Rinderbraten.

spëllrädel n. der Wirtel, Spindelring.

spröizen, spröûzen, spritzen; beschpröûzen: sprengen,

sprenzen s. Wtb. 98ᵃ (letzteres ist nicht gerade als bairisch
zu bezeichnen). ö i, ö ü für ü, wie in kröük, Krücke u. a. sprüt-
zen hat auch Hebel (z. B. in „die Überraschung im Garten"),
Stalder II, 387 f. Schm. III, 592; ahd. spruzza clepsedra (d. i.
hier wohl Trichter? Spritze?) Graff. VI, 400.

schrout m. die Holzwand, der Zaun; s. Wtb. 96ᵃ unter schród.

schüeschait m. das Schürscheit; Holz zum Anschüren des Feuers,
wie mhd. schurîsen, Cod. germ. monac. und vocab. von 1429
bei Schmell. III, 397; md. (1420) schorîsen, mein voc. 809:
emunctorium.

sippan (=sippern), in kleinen Zügen trinken; s. Wtb. 97ᵇ: sip-
peln. Der Marner sagt: supfen schlürfen (supfûz? Wackern.
I, 693, 33), ebenso supfen, supfeln. Schm. III, 278 madj.
szopni, saugen; sippan dürfte daher für süppern (süpfern)
stehn und nicht unmittelbar mit mnl. sîpen, mhd. sîfen Gr. gr.
I³, 414 zusammenhängen.

söüfleng m. der Säufer; s. Wtb. 97ᵇ, söfel Anton YIII, 12: süff-
lich, söffling etc.

tasch f. der Backenstreich; s. Wtb. 43ᵃ.

tapaschüecheng n. die Preiselbeere, Taubenschüherchen? Vgl. -eng.

tbielel m. der Quirler. In der Zips tfirler, twirler, pfirler;
s. Wtb. 35ᵃ, 85ᵇ unter 9.

töll f. vulva vgl. mhd. Wtb. III, 127: tülle 2) „Röhre, womit die
Schneide des Pfeiles am Schafte befestigt wird?" Gr. Wtb. II,
1509 wird die düle: eingedrückte Vertiefung, Loch, für dasselbe Wort gehalten. Schmeller trennt das tüll III, 442 von die
duelen, wozu er aus dem VIII. Jahrh. die Form: tuolla aus
dem IX.—XII. tuillilin anführt. Vgl. Graff V, 397: tuolla
vallicula, tuillil ebenso. Das nhd. dalle, telle f. in D. Pilsen
tellel n. aus ahd. talili, telili, Graff V, 397 wird gleichfalls
mit vallicula übersetzt. Norwegisch ist das verwante dôle:
eine kleine Rinne und kommt unserem obigen Wort in Form und
Bedeutung nahe. Vgl. im Ganzen dalle. Gr. Wtb. II, 699.

trohn f. der Sarg; mhd. truhe ahd. truha: die Truhe; auch schon
in der Schlacht von Ravenna für Sarg s. Wackern. Les. I, 805, 5.
Ebenso ahd. in dieser Bedeutung zuweilen Graff V, 511.

trougschal f. Trogscherlein, der Rest vom Brotteig.

troutschen, fallen.

b e t s c h e i g e l t, betrunken.

t s c h ô g e l e s t a (=s c h â g e l e s t e r) m. die Elster; s. Wtb. 47ᵃ, auch das mnl. e k s t e r, Elster ist masculinum.

t ü e p e l n. die Thürschwelle, sonst m.; s. Nachtr. 22.

d û k a n (d û k e r n), von dem Ton hart auffallender, wiederabspringender Steine. Vgl. nd. das Herz d u c k e t: pocht. Fromm. III, 550. Dies d u c k e n, d û k e n, nl. d u i k e n (vw. mit t a u c h e n) scheint hier erweitert zur Bezeichnung eines wiederholten Pochens·

t u n k e f. 1. Sauce, 2. eine besondere Speise; s. Wtb. 47.

t û t a n (=t û t e r n), tuten; s. Wtb. 48ᵃ. Gr. Wtb. II, 1767.

w a e g e r, b a e g e (b a e g e r), besser. cimbr. b e g o r mhd. w a e g e r, s. Nachtr. 17ᵃ unter b é g a.

b a i s a n. Zeiger an der Uhr, Weiser.

w a l l e r n, b a l l a n, r ö m b a l l a n, Herumwandern; s. Wtb. 103 von mhd. w a l l a e r e, der Waller, Wanderer.

w â t b o u t f. Kleidung; s. Wtb. 103ᵇ.

w e - b é c h a (=b é c h e r), welcher; Nachtr. 17ᵃ.

w e r d e n: ech ba, du b ĕ s t, d e r b ĕ t, b i r b a n, i r b a t, s i b a n.

w â l - b o u l a i a: w â l e i e r, rote Ostereier. Von w a l e n, wälzen (sl. w á l i t) Schm. IV, 52, weil man diese Eier im Spiel wälzt. Vgl. mhd. w â l e n, spielen mhd. Wtb. III, 468ᵃ. die w â l e Farbe zum Eierfärben, ist davon abgeleitet; vgl. Nachtr. 19ᵃ Wtb. 82, 105, in der N. Lausitzt: walen, waleien, walkeien: wälzen, „bezeichnet besonders das Spiel mit Ostereiern" Bronisch in N. Laus. Magaz. XXXIX, 189.

w o r f - b u e f e n, worfen; s. Nachtr. 18. Wtb. 105.

w o r g - w u r g - b u o g e n (=w u r g e n): schlingen, schlucken, wurgen mhd. w o r g e n, intransit. — b ü e g e n (= w ü r g e n), würgen, drosseln, mhd. w ü r g e n. transit. — b u o g e n, intrans. auch in Krh. Nachtr. 20ᵃ mhd. Wtb. III, 742. — Auch in Presb. w ú a g e n intrans. d a w í a g e n trans.

z â f f. Seife, über Z für S im Anlaut s. Wtb. 89, 107, Nachtr. 50. Schmell. §. 658. Eine Verschmelzung mit dem Artikel (d 's â f) darf nicht angenommen werden wegen z ö c h a, z ö t a s. d., wo eine solche Annahme nicht mehr ausreicht.

z a n k e s n. der Taufschmaus, in Dopschau z o n k a s Wtb. 108. Das Wort ist bei den slavisierten Deutschen der Gömörer Gespanschaft auch in slavischer Rede in dieser Bedeutung üblich. Czörnig

Ethnogr. II, 123. In München wird d e r z a n k e n k ä s (auch z a n -
t e n k ä s) ein Käse genannt, der bei Taufen, namentlich von
Knaben, aufgetischt wird. Vielleicht ein Käselaib mit z a n k e n, wie
der o s t ĕ p o k bei den Bergslovaken; z a n k e n k ä s (=zerreisse
den Käs mit den Zähnen) ist kaum anzunehmen. Daß das Wort
hier neutr. ist, brachte mich zuerst auf den Gedanken es aus z u -
s a m m e n g e e s s e (z s a m g 'e s s) zu erklären. Vgl. S. 374.

z ĕ m s f. das Mehlsieb; s. Wtb. 107. Nachtr. 50.

z ê n g s, z ê n g s t, z ê g e n s, z e g e n s t f. die Sense; vgl. Wtb. 97
und oben z â f.

z ó c h a (=z ó c h e r), solcher, aus s o l i c h, s ö l c h. Über den Anlaut S oben zu z â f. Hier ist eine Verschmelzung desselben mit
dem Artikel (d 's ó c h a) nicht anzunehmen, d e r s o l c h e müste
zu d a s ó c h e, d 's ó c h e nicht zu d 's ó c h a (=s ó c h e r) werden;
vgl. z ö t a, wo dasselbe gilt.

z ö p p e n, springen (vgl. s a p p e n, auftreten, mit dem Fuße stoßen.
Wtb. 89, bair. s a p p e n, z a p p e n, langsames Gehn des Pferdes
u. dgl. Schmell. IV, 27, 6, III, 275 f.), wenn z ö p p e n für s ö p -
p e n (in dieser Mundart =s ü p p e n, s ü p f e n) steht (s. z â f),
so erinnert das Wort an den von Wöste Fromm. V, 345 bemerkten
Wechsel der Anlaute H und S (Z), denn s ü p f e n stünde für
h ü p f e n. Vgl. die Beispiele dieses Wechsels in allen Sprachen.
Gr. GDS. 299 *).

z ö t a (=s ö t e r), solcher, sotaner; vgl. s e t t e n e r, s e t t e r, Wtb. 97,
Nachtr. 47ª und oben z â f, z ó c h a.

z w - z b e i n e, z b û, z b â; zweene, zwo, zwei. Vgl. Nachtr. 50ᵇ.

---

*) Daselbst heißt es: „Sanskrit, Latein, deutsche, slavische und irische Sprache
pflegen S zu setzen, wo zendische, persische, griechische und welsche H; im
Deutschen tauchen nur hin und wieder Spuren des H neben S auf." Steht hier
unsere Mundart griechisch und welsch gleich, so wäre dies auch von der Aspiration des R in Krh. zu bemerken gewesen. Wtb. 86.

III. MUNDART VON KRICKERHÄU UND UMGEBUNG.

Jünger als die Niederlassung zu Deutsch-Praben (siehe unten Seite 412) ist die zu Krickerhäu, einem sehr ausgedehnten **Markt-flecken** der Neitraer Gespanschaft, der von den Bewohnern in neuerer Zeit mit Vorliebe „Stadt" genannt wird, obwol er nur **aus** einzeln stehenden stockhohen Blockhäusern besteht, die endlos im Walde **zerstreut liegen.**

Wie der Name schon sagt, ist der Ort ein H ä u, d. i. ein Aushau im Walde, eine mit theilweiser Ausreutung des Waldes entstandene Anpflanzung, wie: Beneschhäu (slav. Maizel), Glaserhäu (Skleno), Hanneschhäu (Honcsay, Lúcska), Käserhäu (Jassenove), Kuneschhäu, Neuhäu (Uj Lehota), Prochetzhäu *) (Prochot), Schmidshäu (Tuzsina), Trexelhäu (Jano Lehota **).

Diese Niederlassungen in gebirgigen steinichten Waldungen sind geschehn, als das offene Land schon bevölkert war; es sind Niederlassungen auf dem Gebiete, z. B. Einer der Bergstädte, die von da aus durch einen Unternehmer, der dafür dort das erbliche Schulzenamt zugesichert erhielt, gegründet und bevölkert wurden.

Ein solcher Unternehmer war 1360 dominus Glazer filius Gerhardi, dem eine populanda silvosa possessio als scultetia hereditaria, von Kremnitz aus verliehen wurde, die nach ihm bald darauf G l a z i r s h a w genannt wurde, s. Nachtrag 32. So soll 1342 durch einen K u n u s (Kuno?) Kuneschhäu gegründet sein, so ist 1364 durch einen G r y k h e r oder K r i k e r: Krickerhäu gegründet, siehe Nachtrag 32. Solche Häu e sind zum größeren Theile auch jene, Nachtrag Seite 6, Anm. 2 angeführten Ortschaften, deren Name es nicht andeutet, z. B. Hochwies, Paulisch, Stuben, Turz u. s. w.

Ihre Mundart ist im Ganzen eine und dieselbe mit der, welche in den „Gründen" der Zips gesprochen wird und welche wol ehemals

---

*) In einer Urkunde von 1449 finde ich unter andern Bürgern von Sillein („Zylina") auch den Namen Nicolaus Propheta, wenn es hier ein Name ist? Schwartner de Scultetiis 156.

**) Das Treselhaj oder Teresiendorf, das neben Trexelhäu in der österr. Ethnographie Czoernig's II, 201 angeführt wird, existiert nicht.

in allen ungrischen Bergstädten gehört wurde, jetzt aber nur mehr in Kremnitz zu Hause ist. Über die Gründener Mundart im engeren Sinne, siehe S. 297 f. die Vorbemerkung zu den Gründener Sprachproben. Was hier hervorzuheben ist, das sind die Abweichungen von der Gründener Mundart, die wir hier antreffen und die theils auf Zuwanderungen aus Böhmen, theils aus Franken, theils aus Tirol, ja selbst auf nähere Verwandtschaft mit den Bewohnern der VII. und XIII. comuni deutlich hinweisen.

Daß die Kremnitzer 1328 die Freiheiten von Kuttenberg verlangten und erhielten, deutet wol auf nähere Beziehungen hin zwischen den Einwohnern beider Orte. Der unseren Deutschen des ungrischen Berglandes um Kremnitz, Praben, Krickerhäu eigene Abschiedsgruß: „Bleibt in Gottesnamen!", der sich meines Wissens nur in der deutschen Mundart Nordböhmens wiederfindet, ist hier hervorzuheben; ich vermute nämlich, daß Kuttenberg im XIV. Jahrhundert jener deutschen Sprachgrenze näher lag als jetzt; jedesfalls dürfte anzunehmen sein, daß die Deutschen in Kuttenberg ähnlich denen an der Grenze des Leitmeritzer und Bunzlauer Kreises gesprochen haben. Vergl. zu dem Gespräch aus Geidel und Münichwies Anm. 7, Seite 433.

So muß Deutsch-Pilsen seinen jetzigen deutschen Namen durch eine starke Zuwanderung aus Pilsen in Böhmen erhalten haben. Es heißt im Jahre 1417 in einer Urkunde: B e r s e n, noch jetzt magyarisch: B ö r z s ö n y. Wenn wir die unleugbare Verwantschaft der Mundart der sette comuni mit der von Deutsch-Pilsen erwägen, so möchten wir diesen Namen von Pergine, zu deutsch Persen in Tirol herleiten, von wo aus deutsche Leute im XII. Jahrhundert in die sette comuni ausgewandert sind. S. Cimbr. Wtb. Seite 33 (90).

Aus Pilsen dürfte außer dem Ortsnamen noch herzuleiten sein die Form s c h o l l e n (= sollen), das den Deutsch-Pilsenern besonders eigen ist*). Daß es in Pilsen in Böhmen, wenn auch jetzt die deutsche Mundart daselbst schon alles Eigenthümliche eingebüßt haben sollte, einmal üblich war, schließe ich aus der Nachbar-

---

*) Im Neusoler Stadtarchiv fand ich bei der Jahrzahl 1393: h e r s c h a l = er soll. Doch war damals die Form mit S C H wol überhaupt häufiger. 1408 finde ich auch im Schemnitzer Archiv noch: s c h o l t' sollte. Jetzt wird man in den Bergstädten überall nur hören: h e r s ü l, s e l oder er sol.

schaft der Oberpfalz, wo das seltene nd. (nicht nl.) s c h o l l e n zu
Hause ist s. Schmell. III, 349.

Aber auch auf die Mundart von Krickerhäu selbst hat eine fränkische Mundart einerseits und jene „cimbrische" Mundart andererseits
deutlich erkennbaren Einfluß gehabt und so mehr oder minder auf
die meisten sogenannten Krickerhäuer Orte (nur etwa Schmidshäu,
Geidel, Münichwies ausgenommen). Sie haben mit der Gründener
Mundart namentlich gemein die Verwandlung des W in B, wodurch am
kennbarsten die letztere von der Zipser Mundart unterschieden wird;
hingegen die Verwandlung des F, V in W, welche den Krickerhäuer
Mundarten eine so eigenthümliche Färbung leiht, kennen die Gründener Mundarten nicht, so wie überhaupt es unter allen deutschen
Mundarten nur in Gotschee*) und in den VII. und XIII. comuni
vorkömmt.

Was nun die Mundart des Ortes Krickerhäu vor allen beson-
ders auszeichnet (und auch in den Gründen nur der Metzenseifer
Mundart eigen ist, die überhaupt der Mundart von Krickerhäu sehr
nahe steht) ist die Unterscheidung von: Ü, Ö und I, E, so wie der
Doppellaute EI und EU (ÄU). Die Aussprache des letzteren wie AÜ
findet sich nur in einem gewissen Theile von Franken, s. Fromm.
VI, 161 und in den VII. comuni cimbr. Wtb. 40, 26; vgl. Fromm.
VI, 249**).

Der Mundart von Krickerhäu stehen nun von den sogenannten
Krickerhäuer Mundarten vor allen sehr nahe (ohne jedoch obigen
Vorzug zu theilen) die Mundarten von: Moraben (Morovno), Neuhäu,
Prochetzhäu, Paulisch und Hochwies. Sie unterscheidet sich von
denen um Deutsch-Praben durch das H R für R ***) (das ł, das wieder
Deutsch-Praben eigen ist, kennen sie nicht), das nur in Kremnitz
wieder vorkömmt und indem sie K i r b e (Kirchweihe) nicht K i r m e s

---

*) Sonst steht die Mundart von Gottschee durch ein alemannisches Beigemisch, das
sich in den Krickerhäuer Mundarten nicht wieder findet, ferner als die der VII.
und VIII. comuni.

**) Ähnliches findet sich in einigen Gegenden Tirols, wo theils alemannischer, theils
fränkischer Einfluß anzunehmen sein mag. S. Fromm. III, 20 f. 97 u. s. f. So
unterscheidet sich auch in Schlesien die tiefe Aussprache des EU in Schweidnitz,
Mittelwalde, Glogau von der sonst in Schlesien üblichen Aussprache. Weinh.
Dial. 63.

***) Über die Gegenden, wo dieses H R herstammt, s. Wtb. 86; doch hätte dort noch
ausdrücklich der Böhmerwald genannt werden sollen.

(Kirchmesse, wie Prb. und die Zips) sagen; jener für janer
u. dgl. m.

Krickerhäu.

1. Naūjàrsbunsch.

(1., 2., 3. nach einer Bauernhandschrift.)

„Bunsch. Bail bie sech beßen ze erinnern dàß bie hàbn zaiten
derlebt ont öbalebt: da hàlige adbentzeit ont àch di gepurt Jesu
Kristi ont hàben derlebt dàs naūa jàa so boll êch aūch nje bön-
schen dàß bie dàs nët nje ētza heten derlebt, àda bie boln hàlt
noch méara jàa könna derleben ont öbaleben mët gute gesond, ond
ànikàt: dàß ba àch böln wo got, ont nàch dem lêben, dàß bi'e
boln könna ai~gê ai da êbiga wraid ont selekàt.

Antwort:

Got schenks ont làß es tàlhàftek béan!

2. Ein andes.

Ech bönsch aeūch (so geschrieben) a dem naūen jàa den lîm
gasond, wrîd ont ànikàt, den segen gottes ont nàch dem zaitlechen
lêben da êbiga wraid ont selekàt.

Antwort.

Got bols geben!

3. Bunsch der kinde.

Jesses Kristes! öm a naūjàa! (um ein Neujahrsgeschenk)
hàt a net wêl (viel) gets (gebt es) àl gàa.“

4. Grüße, Artigkeitsformeln.

Jesses Kristes! — 'n ebekàt!
Got gêb ich gelöck! (Zuruf an Arbeiter)
Gôbolls geben.
Gôgesêgn's ich! (Zuruf an Essende)
Kommt mët halln (mit halten-essen)
Eßt nje in gots nàma! (Ablehnung obiger Einladung)
Etzt podànk ech mëch schon öm àldes!
Nêmt wolîb! — nüscht hàbt mer worübel!
Etza plait en Gots nàma! (Lebt wol! vgl. Seite 395). —
Wogelts Got!

Das Volkslied aus Deutsch-Pilsen,

welches Wtb. 125 mitgetheilt ist in Krickerhäuer Mundart. Vgl.
die Übersetzung in die Mundart von Praben Seite 424.

1. 's gêt a mâdel hâselnöß klaubn
   wrûs schia[1]) am tâ (im Thau).
   bàs hàt se gewonna[2]) neben bêg?
   ann grünn hâselnußstrauch.

2. Ai hâselnuß, ai hâselnuß
   zwê pêst du asu grû~? —
   ēch stê inda am kûlen tâ
   jesbeng[3]) pe~ ēch asu grû~!

3. Ai jonkfrà mai~, ai jonkfrà mai~
   zwê pêst tu asu schô~? —
   ech âß es wlâsch ont trink na bai~
   jesbeng pe~ ēch asu schô~.

4. Ai jonkfrà mai~, ai jongfrà mai~,
   bâ bilst dêch dàa tommeln? —
   ēch ba stolze prûdela
   zo den ba[4]) ēch mēch tommeln.

5. Kêr nje zohröck[5]), kêr nje zohröck,
   de hàst pai em geschlâfen,
   alle dain traū ond alle dain êa
   hàst pai em gelâßen. —

6. Ai hâselnuß, ai hâselnuß,
   net woràcht mi·e mai~ ėa:
   ech hà drai stolze prûdela
   dei ban[4]) dêch à hà~ (abhauen)!

7. Ai hà~ s mēch am[5]) bēnta à
   am wüebeta[6]) ba ēch bida grû~ sai~.
   ont benn a jonkfrà i·ë êa wolāust[7])
   krîgt se's nüscht[8]) mêa! —

8. Ont benn a pàm 's làb wolaūst
   trauen alle äst:
   ai jonkfrà mai~, ai jonkfrà mai~,
   hall du dai~ kränzel wäst! —

9. Bi söll ech's denn ētza wäst hal!n,
   es bill me je nēt plaim:
   ai hätt ech nje a haūbela
   wo samet ont wo said!

---

[1]) frümorgens wird hier übersetzt mit: zeitlich frü, schia = bald, wrûs.
in Prb: 's frîs: Morgens. Schmell. I, 599 führt an ein: das früe = die Frühe,
wovon dies dann ein Genitiv ist.

²) **g e f u n d e n** in Prb. **g e w u n d e n.** Die Assimilation des D, namentlich nach N die zuerst im altnord. auftaucht. Gr. gr. I, 306 f. ist aus dem plattdeutschen hin und wieder in md. Mundarten eingedrungen, in das Türingische (vormals Niederdeutsche) mehr noch als in das Fränkische. Fromm. II, 50. Vom Fränk. jedoch mit andern fränk. Eigenheiten zum Theil in ostlechmundarten Schmell. I, 477, in das Hildesheimische Fromm. II, 44 ff. V, 266, VI, 422. Koburg: II, 50 f. Nürnberg: II, 50. Auch in Iglau in Mähren V, 211. Niederd. überall Fromm. II, 95, 178, 420, V, 46 f. u. s. f.

³) **deshalb,** in Praben: **j a s t h e n g.** Vgl. Nachtr. Seite 34.

⁴) **b a : werde, b a n werden,** vgl. schles. **w å r: werde.** Weinh. Dial. 27, 124. Fränk. henneb. **w å r.** Fromm. V, 269. Türing. **w a a r.** Schleicher Sonneberg 5; in Praben: **b e** vgl. Nachtr. 49. Seltsam daß umgekehrt Krickerhäu (wie schles. Weinh. Dial. 141) **j e n e r,** Prb. **j a n e r hat,** vgl. Nachtr. 34.

⁵) **das HR** findet sich nur hier und in Kremnitz und der nächsten Umgebung. S. darüher Wtb. 86. **z o h r ö c k k ê r e n** klingt jedoch nicht gut mundartlich, besser **o˘k ê r e n** = umkehren.

⁶) der Frühling in Krh. **w ü e b e t e r m.** in Prb. **w i e b e t m.** s. Nachtr. 27.

⁷) verliert, in Prb. **w e r l a i s t** vgl. Nachtr. 39. Schmell. II, 499.

⁸) **n i c h t** und **n i c h t s.** Wtb. 84, Nachtr. 42.

Umgebung von Krickerhäu.

I. Trexelhäu.

V o l k s r e i m e.

1.

A 's pâtres gàaten, a 's pâtres gàaten
sëtzt a wogel tfoifen,
a hàt ka wlûgel, a hàt ka wlûgel,
sîht mer em de soiten.

2.

Der kuckuck sëtzt of em åst,
kimt a regen màcht ne nåß,
kimt a bàama sunneschai˜,
troigen em kukuck de wedelai˜.

3.

Pi¨en ꙡàl, äpel wàl,
muter bad er enk kåfen (Mutter wird ihrer — davon euch kaufen),
hà kan tfenig hà kan tfenig
kàn mer kàne kåfen.

4.

Zwê˜ gescheckta uxen
unt e pucklëchta ku,
dàs schenkt me mai˜ wåte
wån ich heireten tu.

(Wol österreichischen Ursprungs, jedoch auch in Türingen gesungen.
Schleicher Sonneberg 111.)

5.

Mådelain, lustig!
trink průda, 's durscht mich,
mådel hål dai͂ krug 'rain
hål pi··e ont hål bain.

6. (Wiegenlied.)

Schlouf, Maritzel, schlouf!
am gàaten både di hrous,
de schbàazen ont di baißen,
bans Maritzel paißen.

Vgl. Wtb. 123. Andere Liedchen aus Trexelhäu stehen noch Nachtrag
Seite 17 unter béga, Seite 25 unter wats und Seite 30 f. unter H.

Beklagung. (Die Gattinn.)

Ach du mai gôd, ach du mai gôd: bas bar i máchen! ígesel
maina! bà hàst du mich geláßen? ach du mai gôd, kum mich huln
mêtsam main kindan! — Bàa di··e mai haus zu klân? lå měch nět lang
då soen! — à! bà schméazen hastu geliden! — Ach tu mai gôd,
ach, ich kans nicht låßen: máchts gråb of daß ëch åch nai kumm!

Einladung.

Der wette (Vetter) håt mi geschickt en enke êrliche behausung,
her hàt ich wlaißig lå grüßen unt an guten tåg sàgn unt å schön
píten dàß er belt ow a klåns mittàgsmål zûsprechen.

II. Neuhäu.

Die zugesicherten Sprachproben von da sind ausgeblieben.
Obwol näher zu Krickerhäu als Trexelhäu gelegen, so scheint doch
die Mundart von beiden letzteren Orten sich gegenseitig näher zu
stehn, als die von Neuhäu, welche etwa mehr der von der Zeche
und Fundstollen nahe steht. Sie verwandelt nämlich das auslau-
tende L der Deminution in einen Vocal (-a); als Schibboleth gilt:
Krh. Trxh. sagen: saitel, pågel, hingegen Neuhäu; saita, påga (Seitel,
Bäugel). — Vgl. Seite 414.

Paulisch und Hochwies.

Diese benachbarten vereinzelten zwei Orte gehören zwar nicht mehr zur Umgebung von Krickerhäu, gehören jedoch der Mundart nach dahin. Hochwies wurde schon 1390 den patribus St. Pauli eremitae de Elefant im Neitraer Comitat verliehen, denen dann auch Paulisch gehörte. Die Mundart dieser Orte hat (wie die von Trh.) o i für e u (und mhd. î ?) und fällt auf durch die Flickwörtchen glå und mâ~t Nachtr. 29, 40, so wie durch die Deminutivendung -ale wo man sonst ela hört: strĕĉhale, Strichlein, Krh. strĕĉhela u. dgl.

1. Bei der „biersuppe" d. i. beim Vorgang der Frau gesungen.

> Komber gê~, komber gê~:
> dė zait kömt scho zû,
> das lichte stéandalain (stéandale)
> kreicht schon in den bald nain.
> Komber gê~, komber gê~!
> de zait kömt scho zû.

2. Brautlied.

> Hrous, präutel, hrous (vgl. Wtb. 122)
> aus deina muta haus,
> wia daina muta tia
> bäxt a beda do¨en (ein Wetterdorn ?),
> wia daina schwigamutta tia
> bäxt a schô~s hrôsel wia.

Kremnitz und Umgebung.

Kremnitz ist eigentlich der mächtigste Krickerhäuer Ort und hatte auf die Krickerhäuer Orte von jeher den grösten Einfluß. Daß man die Krickerhäuer Mundart nicht Kremnitzer Mundart nennt, ist wol daher zu erklären, daß in einer Stadt wie Kremnitz eine große Anzahl von Bürgern und Honoratioren nach Kräften die Mundart (die zwar immer durchschlägt) verleugnet, indem man in den hinterwäldlerischen Blockhäusern der „Stadt" Krickerhäu nur die reine Mundart hört. Kremnitz erhielt 1328 die Freiheiten von Kuttenberg; Alt- und Neu-Stuben, Ober- und Unter-Turz und Glaserhäu gehören zu dem dominio Häuensi und jure perenni zu Kremnitz,

von wo aus sie wie Kuneschhäu, Blaufuß, Berg, Deutsch-Litte und
Hanneschbäu wol colonisiert worden sind.

Kremnitz.

Die Mundart von Kremnitz ist schwer zu charakterisieren, weil
der Mittelstand bemüht ist, die Schriftsprache zu sprechen und die
ärmere Classe stets mit einem bedeutenden Contingent aus allen
Krickerhäuer Orten und auch weiterher derart untermischt ist, daß
nur der Eingeborne bei einer Conversation der Leute des Soler
Grundes oder im Legendel das echt Kremnitzsische (das manche
wieder in verschiedene Mundarten eintheilen) zu erkennen ver-
mag*). Als besonders bezeichnend hebe ich hervor, daß die Kremnitzer Mundart mehr als die aller andern Krickerhäuer Orte vom
Österreichischen beeinflußt ist, was sich schon dadurch bezeichnend
kundgibt, daß weder der niederrheinische noch der fränkische Ausdruck für das Kirchweihfest (Kirmes, Kirchmesse, Kirbe, Kirchweihe, s. Nachtr. 36), wie sie in der Zips, in den Gründen, in allen
Krickerhäuer Orten üblich sind, in Kremnitz angewendet wird, sondern statt dessen das österreichisch-bairische: kirichtàg.

Die Einladung zu dem Kremnitzer Weihnachtspiel (s. weimar.
Jahrbuch III, 391—419) klingt im Munde eines Kremnitzers wie
folgt:

1. Hoi~t bolln be a komoidi agetîre von grausàme tihrànnische
kînig Hehrôdes (manche sprechen auch Heréodes). Dês stick is géot,
di prôb (préob) ist âch géot ausgafälln. De hêan zâln nâch pulfbn,
klân fretzal dàs hàlbete.

Der Spruch aus Kesmark Nachtr. s. 20 klingt in Kremnitz:

Krem.　a stiënal bi a piënal
Ksm.　e stiënchen wi e biënchen
　　　　a aigal bî a vègal
　　　　e äigelchen wi e veigelchen (vögelchen)
　　　　a naesal bi a haesal (nase-hase)
　　　　e näischen wi e häischen
　　　　a mailal bi a vaigal
　　　　e mäilchen wi e veilchen.

---

*) Man hört Einen dem Andern nachrufen: spi z kerl (= Spitzbube)! worauf uns
der Kremnitzer gleich belehrt: der ist aus der Litte (Deutsch-Litta); oder ein Anderer ruft: plùtschalmala! (Blutschelm, ein ähnlicher Schimpfname) „der
ist aus Glaserhäu"!

Kremnitz und Kuneschhäu.

Kremnitz: di plûme plîn, de himmel is plåb, des grås is grî˜, de schêne gàatn, bàs pedaitt denn dàs?

Kuneschhäu: di pléoma ploin. de himmel is pléob, des gréos is groin. de schoine gauetn (géoatn), bàs pedoitt denn dês?

Kuneschhäu.

Volksreime.

1.

Ist àlls å˜s, ìst àlls å˜s,
hà-l-i geld àbe hà-l-i kå˜s!
hà-l-i geld sà trink ĕch bai˜
hà-l-i kå˜s sà lå ĕchs sai˜.

2.

Droi binte, droi summe, droi äppel afn pàm
itze kumme di àlden sàldåten anhùm.

3.

Stréodel, néodel àß i gain,
soin su làngi zéoten;
po main schätzel schléof i gain
is me nit vebéoten.

4.

Schoini, grîni hàdelpi̍ë,
schoini, grîni finken:
jungi màdel tànzen gain,
aldi boibe hinken.

Erzählende Volkslieder.

1. Der vorlaute geselle.

1. Es bàren droi jonggesellen
se hrîden bà se bellen
se essen ont trinken, poß auf ain hàlbe nàcht
poß de frau bi̍ëten den keller zumàcht.

2. Der aine bàr sêr trunken
her nichts veschboigen kunde:
„gestern àbends hàt mich ain màdloin àngehredt
'aß ĕch sol poi am schläfen in seinem pett.“

3. Dàs màdel under (hinder?) der bànde
es hòrt soine àgene schànde:
„hilf mir der loibe gòd zu moin jungfraunstand,
da'ch krîg den gòtwolåsen purschten under main hànd!“

4. Abends kommt er gebreden
   voas schlåfkämmerloin getreden,
   er klopft so lois an mit sein goldnen hring:
   „schlåfet åder wåchet moin auserbålt kind?“
5. „Ich schléofe nicht, ich wache,
   heroin ich dich nicht lasse,
   gè du nur woiter bo du hergerëden („getreten“) pist,
   kan schon ån dich schléofen
   åch benn du po mir nicht pist.
6. Vor der tür stèn droi hôche linden
   dort kanst du dich aufhängen *)
   dort pinde doin hross an den lindenbaum
   dort kanst du schlåfen åne traum.“
7. — — — — — — — —

   — — — — — — — —

   „hätt ich moi˜ plippelplappel goschen stěll geschbigen
   so hätt ich poi moin schatz in federpett könne ligen!“

Anmerkung zu den Volksliedern.

Es überrascht, wenn man erwägt, wie diese Krickerhäuer Orte,
die so unbekannt sind, daß von manchem bisher weder der richtige
Name des Ortes, noch die Nationalität der Bewohner constatiert war,
von denen daher Deutschland keine Ahnung haben kann (sind sie ja
für uns Presburger selbst wie ein Märchen, von denen nur einige
Irrthümer, die Mundart und Gebräuche betreffend, im Umlauf sind):
daß diese Orte doch einen so regen Verkehr mit Deutschland unterhalten, wie dies aus den Volksliedern ersichtlich ist.

· Wenn man z. B. die Münichwieser in ihrer urthümlichen Kleidung von braunem Kotzentuch, die wie Samojeden aussehn, und
die man dem Aussehn nach nimmermehr für Deutsche halten möchte,
die vor einem Vornehmern bald auf die Kniee fallen, bald wieder
ihm mit beiden Händen in's Gesicht greifen, um ihm die Wangen
zu streicheln oder ihn wie ein Kind zu liebkosen, wenn man diese
Hinterwäldler betrachtet, so kommen sie einem vor wie ein Völk-
lein, das seit Jahrhunderten verschollen ist, und auf einer einsa-
men Insel etwa, ohne Verkehr mit dem Mutterlande, fortbesteht.
Aber wie die Pflanzen- und Thierwelt auf wunderbare Weise über
Meere hinweg sich ausbreitet und allmählich die einsamsten Inseln

---

*) Soll wol ursprünglich heißen: dort kanst du dein ross anbinden.

belebt, so werden Sagen, Märchen und Volkslieder hin- und her-
getragen und dringen bis in diese vereinsamten Orte, so daß auch
diejenigen, die kaum mehr wissen, daß sie Deutsche sind, die
durch Kirche und Schule ihrem Volke methodisch entfremdet werden (s. Nachtrag Seite 17 unter pêten) doch noch durch ein
geistiges Band an den geistigen Gütern des Stammvolkes theil-
nehmen und an dasselbe geknüpft sind. Es ist wol gewiss, daß ein
großer Theil von Sagen, Märchen und Liedern von unseren Ansiedlern schon mitgebracht wurde, wenn man aber nur im Vorbeige-
hen dieselben näher betrachtet, so wird man sich der Täuschung
nicht hingeben, daß diese Kleinode des schaffenden Volksgeistes,
wie sie hier sich darbieten, sich etwa 5 oder 7 Jahrhunderte, von
dem Stammlande unbeeinflußt, ursprünglich erhalten oder selbständig umgestaltet haben. Die Volkslieder, die als älteren Ursprungs nachweisbar sind, erscheinen hier mit Veränderungen der
ursprünglichen Gestalt, die erst nach dem XVI. Jahrhundert eingetreten sind und zwar mit denselben Veränderungen, die sie auch
anderwärts erlitten haben. Dies ist alles natürlich nur im Allgemeinen bemerkt und soll nicht in Abrede stellen, daß im Einzelnen
allerdings manches Altertümliche, so wie in der Mundart, so auch
in der Volksdichtung sich hier reiner erhalten hat als draußen
mitten im Strome der modernen Welt.

Die Vermittler des Verkehrs mit dem Auslande sind leicht zu
erraten. Erstens führt der Bergbau aus ober-, mittel- und selbst
niederdeutschen Gegenden fortwährend neue Elemente herbei, dann
ziehen in vielen Krickerhäuer Orten die Männer auf Arbeit aus,
manche selbst als Heilkünstler nach Deutschland, s. Nachtrag
Seite 31, handerburz. — Einzelne Mädchen dienen wol auch,
und nicht nur in den Bergstätten, sondern selbst in Pest, Ofen und
Presburg, wo sie manche österreichisch-bairische Volksweisen
kennen lernen und mit in die Heimat zurückbringen.

Zu dieser Bemerkung veranlaßt mich obiges Volkslied, das im
Kuhländchen Meinert 86 f. in Franken Ditfurt II, 51, in Türingen
Schleicher, Sonneberg 122, in Schlesien Hoffmann und Richter 135
(wo noch andere Fundorte angegeben sind) und merkwürdiger
Weise am übereinstimmendsten mit obiger Fassung in Schwaben
Meier 324, gefunden wird. Im Ganzen hat unsre Lesart aus Kunesch-
häu manches Beachtenswerte.

So findet sich das Wtb. Seite 39 mitgetheilte Lied pranpe
(Brombeere) in Türingen, Schade 44 f. am Siebengebirge, Simrock
311, in Sonneberg Schleicher 124, in Schlesien Hoffmann 204, in
Schwaben Meier 304. Das Lied von der Hasel, Wtb. 120 f.,
worüber sich Seite 126 weiterer Nachweis findet, steht etwas ver-
ändert auch bei Schleicher Seite 113. Die Nachtigal, Wtb. 127,
findet sich auch in Simrock's Sammlung S. 222, in Schwaben
Meier S. 88. Das Lied vom Mädchen, das ins Mühlenrad
fiel, findet sich, sowie in Deutsch-Pilsen, so auch in Dessau,
Schlesien u. s. w., s. Wtb. Seite 128. Ferner im Odenwald Wolf's
Zeitschrift für Myth. I, 99. in Franken, Ditfurt II, 38. Heimliche
Liebe Wtb. 131 in Schlesien (s. weiteren Nachweis a. a. O.),
außerdem in Thüringen Schade Seite 65; in Franken, Ditfurt II,
Seite 72. Das sehr verstümmelte Scheidelied Wtb. 91*, findet
sich, mit dem Anfang: ietzund reis ich weg von hier (alias
morgen r. i. w. v. h.) Wunderhorn III, 31. Wolf's Halle der Völker
II, 169 f. Kretschmer I, 501. Erk. IV, 46 f. Hoffmaun schles. Volksl.
S. 241 f., Meier schwäb. Volksl. S. 135. Ditfurt fränk. Volksl. II, 98.

Andere Volkslieder kommen vor in Schmölnitz s. kàlíbe, die
Anmerkungen 13, 75, 77, Seite 354, 364.

Der dramatische Wechselgesang Kampf des Sommers mit
dem Winter, der in Kuneschhäu noch gesungen wird, ist schon
Nachtrag 47 ff. mitgetheilt und besprochen.

Schneiderlied.

Der schnoider, der maister, zíht soin hembloin voran,
Die katze di schoißt ěm e schoine spits daran.
Ei wunderschoines tîr!
Der schnoider ist ain díb.
Der schnoider, der maister, fangt mit den mädchen an,
zu scherzen von herzen. —
Der schnoider, der maister
der fleckeldíb, so heißt er,
der zipp zipp zipp, der hopp hopp hopp
der meck meck meck meck mê!

Wird mehrmals wiederholt, indem nur in der ersten Zeile
immer ein anderes Kleidungsstück genannt wird, als: sain hose-
lain, di steiwel (Stiefel), das loibl (Leibchen), der brock,
der hût.

Beklagungen.

Die Mutter.

Péob, loibe, peob moina (schlägt mit der Hand auf den Sarg)!
loibs kend, moi˜s, heazige soil moine!
            oder
Tu heazige tochta, moi mådel!
Tu loibs keind! tu loibs keind!

Die Gattinn.

Du loiba, moi˜mån! bi kimst den déo (dou) mi˙ė etza wi˙ė.
Du kimst mer etza àlles ándes wi··e bi fô a! — Benn déo (dou)
pist vom léon komma bà je doi sàck noi lêa! bà je inda a kolâtschen
obe a morbân (kuchen, sl. mrván) dinne! o tu loibe moi mån!

Einzelnes.

Die Mundart von Kuneschhäu ist sehr reich an Doppellauten
und Diphthongen, die schwer durch die Schrift wieder zu geben
sind, z. B. (namentlich a â, o ô vor r) béoef m. Sensenstielhand-
habe, Wurf, Werb, Warb, Schmell. IV, 139, 151. béowen:
worfen, Getreide durch Emporwerfen reinigen. In Prb. bjofen in
Krh. buofen, s. Nachtrag 18. wéoen fahren, géoeten m. Garten, jéoa n. Jahr, kéoen n. Korn, éoen Ohren. Diese Erscheinung erinnert an das au im Alemannischen, in Franken und Schlesien. Gr. I², 182. Wackernagel vocabul. optim. Seite 5. Schmell.
§. 113. Weinhold Dial. 61. — i, î, ie, üe, ů, ŏ, ê klingt oi:
poin Biene, doine dienen, moimel Mühmchen, in Krh. můmel, s.
Nachtr. 42, in Kremnitz sogar (ganz österreichisch) måm f. moid-
boch Mittwoch; mhd. ie wird ei in deinstag Dienstag; mhd.
uo und ô wird éo (vergl. ahd. ao für ô): hréo m. Ruhe (gib an
hréo! Laß mich in Ruhe!), téon thun, géot gut, kéo Kuh,
péona Bohne, léon Lohn; mhd. ei = å: bâß (weiß), pån
(bein), wlâsch, wlâsche (Fleisch, Fleischer); daneben baiß
(mhd. wîz), pain (mhd. pîn); mhd. ou ist â; âch (auch), åg
(Auge), hâ, hâen (Häu, hauen), glâb (Glaube); daneben paun
(bůen), mauer (mûre), vergl. Wtb. 29.

O wird ŭ kumm, summe, komme (hier kann das u auch alt
und echt sein wie im östr.) Sommer. Er wird ai, in gain gerne; EN
wird A plûma Blumen.

Besondere Ausdrücke.

plôden (plodern) mingere vgl. Nachtr. 18. drîmern poltern. Kremnitz; in Kuneschhäu: droimen s. Nachtr. 23. Das dort
übersehene R der zweiten Silbe, das, da ich nur die Infinitivform
gehört hatte, mir entgangen war, erscheint: net droimer es ô
poltere nicht! — tschâlen mingere vgl. tschulolô Nachtr. 23,
wozu noch pullo oder tullo machen, mingere, zu vgl. ist.
Weinh. Dial. 73, das gleichfalls jenes Nachtr. 23 besprochene ô
enthält. kneien (knerren) sich: drücken, quetschen, wehethun;
baim trâgen hâb ich mich knéât, auch in Kremnitz s.
Nachtr. 36.

Deutsch-Pilsen (Börssöny) und Lorenzen (Vámos Mikola).

Der ältere Name von Deutsch-Pilsen war wol Bersen (siehe
oben Seite 395) was hier vielleicht eine Beziehung zu Pergine,
Persen in Tirol andeutet, von wo aus im XII. Jahrhundert deutsche
Leute in die VII comuni ausgewandert sind; denn die Mundart
von Pilsen besitzt Eigenheiten, die entschieden auf eine Verwantschaft mit jenen Deutschen in Italien hinweist, s. z. B. Nachtr. 21.
— Andere Eigenheiten hat die Mundart von Pilsen mit der des entfernten Dopschau gemein (s. Nachtr. 49), was ich daraus erklären
möchte, daß Karpfener, welche zum Theil nach Dopschau übersie-
delt sind, zum Betrieb des Bergbaues auch nach Pilsen gekommen
sein mögen, s. Wtb. Seite 126. — Eine Zuwanderung aus Pilsen
in Böhmen mag diesen letzteren Namen aufgebracht haben. In der
Mundartprobe ist eine Sage über die Entstehung von Pilsen mitgetheilt, die aber wenig Aufklärung gibt. Ich konnte hier und in Lorenzen nur Weniges aufzeichnen und schied mit Bedauern von dem
Orte, wo viel zu sammeln wäre, und das Volk in seinem Wesen
sehr viel Anziehendes hat.

Deutsch-Pilsen.

Die im Folgenden vorkommenden Idiotismen sind bereits im
Nachtr. zum Wtb. verzeichnet und erklärt.

Nach einem Gespräche 1858 aufgezeichnet.

Moine alde hurzelpank (Schnitzbank) is zschlitzt, bir meisen
se bide noi machen. Das brett is noch gott, sel is a backers bret,
nur das rössel is geprôchen; dei zung is auch gott. — Benns so
weil bit reignen, so schullen bir dei binterarbet herwôrnêm, dei
wrucht bit al ausbaxen bewor sei ausgetreten ist. Bir haben kane
schoien nech in Pilsen; ligt alles noch own wäld. — In binte
schullen se nach Pilsen komen. benn di dërnle spinnen dà gêben
dei froinde zâf und komen zâf und erzälen wo dei webénschenna
prinzen und prinzessënen und singen gaistloch und beltloch und dei
knâwen und knecht hören zu und bir alden hôren bald auch zu. —
Im faschang [1]) halden dei jungen loite g o t t e n t a g. Da meisen zbê
oder droi knecht, dei gott dudelsack tfoifn können mit inen durch
den ort gên und dà singen se und sain lustig. — Dei dernle trâgen
bei uns zbai hemben, das oin ist das mîdal, sel ist nur bi e loibal
mit ärmal und auch so kurz. dàs anner ist dàs underhemb. — Dei
ärmal sain gestickt mit bôken, dàs hoißen bir bi ̈emal (Würmlein;
Zierat von roter Wolle gestickt) ode di grôßen hoißen pâm (Zierat
in Form von einem Baume).

Unsere pergwerk haben droi hoier eröffnet, dei soin wo boit
hêrgekom. Der oin hat gehoißen: Wlåschke àbe Fleischer; de
annere Keveperg; der dritte Pilsner. Dei haben gold und silber
gewunne. — Es bil nicht aufhörn zu reignen und banns nicht reigent,
so sîvert es doch stêts furt. — hanô! bit nu das hoi baxen und das
gauschàch (s. Nachtr. 28)!

Di Pilsener sinn Sachsen und sinn gar bait her gekomn. auf
dem rîgikal [2]) bei Lorenzen bàs bir noch den Wrauhof hoißen, dort
ist zuêrscht Pilsen gestanne. Da sîht man noch aldes gemoier. Dàs
hàt alles einer wrau gehört, darum hoißt es Wrauhof.

Môte, Môte! bir habn wisch bekommen won Gânach (madjari-
scher Ort in der Nähe); — weimwzên stück backere wischal! bir

---

[1]) F a s c h a n g (eben so zuweilen auch mhd. Schmitthenner Weigand I, 324) gilt
hier für die gauze Faschingszeit von hl. drei König bis Aschermittwoch, der g o t t e
tag ist wol der Tag vor diesem, der eigentliche Carnevalsjubel vor den Festen.

[2]) Der Hügel heißt in Praben rëge l m. deminutiv rëgala n., in Pilsen rigikal
eine Doppelverkleinerung mit K und AL, die merkwürdig ist. Es erinnert an die
alten Formen huonichlîn, tûbicîn, hanchli (Tatian altmitteldeutsch)
Schmell. §. 883. Gr. gr. III, 681, aber das -AL stammt von den Alpen. Gr. gr.
III, 673.

schulln sei packen; dei äipelsupp häft sich mir nicht (d. i. sättigt mich nicht; der Bursche hatte zum Mittagmal Äpfelsuppe gegessen, war aber noch hungrig).

In Lorenzen heißen se di suppe lébet und die bàssersuppe: bassergeschnjell, und gereibenes gérschtel in der suppe: lemmelwetzel. Du schollst die supp nicht ausschlîten! harr harr! ich bil dich mucken. ich bil dich nidepaschen! Wlugs bil ich dich betappen! Der herr wåte ist grob, dàs dérnal ist lîdeloch. bir sprechen pilsnerusch, bail bir nur so schléchta menschen sind.

Kinderlied.

Moin hennal
ist mir estickt
am kaldenberg
im nuβkenal.

Hat gewiβ Bezug zu einem Märchen. Vgl. das hessische Märchen: Der Tod des Hühnchens Grimm Hausmärchen Nr. 60 und weiterer Nachweis III, Seite 128 ff. Das Märchen vom Hähnchen und Hühnchen. Firmenich Germ. Völkerstimmen III, 269, wo das Hühnchen auf einem hohen Berge an einem Kern erstickt. Diese Fassung ist aus Hergershausen im Kreise Offenbach am Main.

Bemerkung über die Pilsener Mundart.

Es lassen sich die verschiedenartigen Bestandtheile der Deutsch-Pilsner Mundart deutlich erkennen. W für F und B für W hat dieselbe wie die von Praben und Krickerhäu mit dem „cimbrischen" gemein. Die Endung -usch für -isch, die sich sonst nur in Dopschau findet, stimmt gleichfalls überein mit „cimbrisch" os, — us für — isch. CW. Seite 143 und 152 (wozu der Wechsel zwischen U und I im md. und nd gegenwärtig am Main, in Anhalt, oberdeutsch in Steiermark zu vergleichen ist. Gr. gr. I², 257. Rückert Ludw. 160. Weinh. Dial. 57 etc). Ganz eigen der Deutsch-Pilsener Mundart (unter denen des ungrischen Berglandes) ist die Substantivendung — àch in gauschàch, àtàch, Gànàch (vgl. Nachtr. 28), die wol zunächst mit anderem Übereinstimmenden aus dem „cimbrischen" sein wird CW. 105. Sie findet sich ebenso in Kärnthen, Steiermark und Tirol. Aus den Alpen stammt wol auch — làch für — lich, das im St. Gallischen — lech, im Turgäu — lach gesprochen wird. Stalder I, 30. In diese Kategorie gehören

die Pilsener Ausdrücke pas chen: niederwerfen Wtb. 33. mucken
schlagen Wtb. 82. liderloch: kränklich 78 in Kärnten. Fromm.
III, 312, Altbaiern, Franken, Schm. II, 440. harren: warten. CW.
128 (im österr. baier. nicht üblich). Hieher gehört Airàchtag
(Dienstag), Tfinztag Donnerstag Nachtr. 21. — Hingegen aus
Pilsen in Böhmen, aus der Oberpfalz mag stammen: schollen
sollen, das Pilsen besonders eigen ist. Ebenso deutet auf md. nd.
Einfluß das Pilsenische gott: gut; môte: Mutter; backer:
wacker. Das tf für pf im Anlaut hat Pilsen, so wie vieles andere, mit
den Krickerhäuer, Gründener und Zipser Mundarten gemein.

Lorenzen (madjarisch Vámos Mikola).

Ein völlig madjarisierter Ort; Niemand spricht mehr deutsch,
außer die Alten, und die nur in der Beichte. Das Folgende ist einem
Gespräche mit einem fünfzigjährigen Weibe nachgeschrieben, die
jedoch, weil sie lesen und schreiben konnte, „besser" als mundartlich zu sprechen bemüht war.

Of der boin [1]) ist das hoi, in der wôrderstûb ist wâte un mûte,
in der hinnerstûb sin dei kinner un in der kåmer ist das puongau-
schäch und krumpîral. — ëtze tragen dei dërnle schnîrl ôf den
zëppala bi dei ungrischen dërnlen, àbe rôte schu tragen se nicht
mêr. bir baiwer tragen oin midal ëbers hemb. bi das alde normal-
buch ist wepôten born, da haben dei kinner auch nicht mêr doitsch
kalêrt. main sun hàbt noch a pissal kalêrt. ich ber auch pumêlech
ald. der stûl ist noch wo main wâte. zànt äßen ber krautlêbet àbe
prêsenlêbet [2]). prêsen krumpir äßen ber gêrn. ëch hàb es mit
maine ån gasên un mit moine ûen gahêrt. de tia ist gaschlossen àde
das tua ist offen. ëch pin wimwzeg jàr und ëch pin dei praut un de
mûte von mainen man, sel ist de hauswrâ.

Anmerkung. So nahe Lorenzen zu Deutsch-Pilsen liegt, so
weit beide von den anderen Krickerhäuer Orten entfernt sind (siehe
das Kärtchen), so hatte Lorenzen mit den letzteren doch manches
gemein, was Pilsen nicht hat, z. B. lêbet und die III. pers. sing.
her hàbt; vgl. Nachtrag 31ᵃ, 38ᵃ.

---

[1]) Bühne für Dachboden ist der gewöhnliche Ausdruck in allen Mundarten des ungr.
Berglandes.

[2]) Das Zeitwort prêsen und prêseln in der Zips praegeln: schmoren und
einbrennen, das ist: farinam butyro tostam cibo admiscere. Gr. Wtb. III, 357 unter

Mundart von Deutsch-Praben

(So wird der Ortsname an Ort und Stelle, z. B. auf dem Weg-
weiser zwischen Schmidshäu und Deutsch-Praben u. dgl. geschrieben; Bel, Korabinsky schrieben Praben; urkundlich ist die älteste
Form Prouna; amtlich ist die madjarische Form des Namens
Német üblich, Próna slovakisch Německé Prawno), und der
nächsten Umgebung.

Diesem freundlichen, schönen Marktflecken von städtischem
Ansehen (mit nahe an 3000 rein deutschen Einwohnern), in der
Neitraer Gespanschaft gelegen, steht jenseits der nahen Grenze
der Túrotzer Gespanschaft, ein Windisch- oder Ungrisch-Praben
zur Seite, das noch zu Bels Zeiten zur Hälfte deutsch war. Siehe
dessen notitia Hungariae II, 362. Er scheint den Ort gleichfalls
für ursprünglich deutsch zu halten, mindestens findet er den Beisatz Windisch nur aus der Notwendigkeit, es von dem andern
gleichnamigen Orte zu unterscheiden, gerechtfertigt.

Die Umgebung von Windisch-Praben ist ganz slavisch, indem
die von Deutsch-Praben deutsch ist, was zur Slavisierung des ersteren und zur Benennung von beiden der Grund sein mag. Für eine
mit den ersten Anbauern der Zips, der Bergstätte und des sächsi-
schen Siebenbürgens gleichzeitige Ansiedelung in Windisch-Praben,
vom Rheine her, sprechen die alten Ortsnamen von Rudno und Borz-
dorf oder Borczfalva, zwei Orte, die nachweislich schon im XIII.
Jahrhundert (und daher wol auch von ihrer Gründung an) zur terra
Prouna, wie das Gebiet (s. Bel a. a. O.) von Windisch-Praben in
älteren Urkunden genannt wird, gehört haben. Ich denke bei Borz-
dorf nämlich an die Villa Burz bei Lacombl. Urk. 1. Bd., S. 88
Note. Bourcy zwischen Luxemburg und Lüttich; Bourzen südlich von Lüttich (dasselbe?); Bourcithum, Burcium (jetzt entstellt Burtscheit) bei Aachen, Förstemann II, 236. Ferner an die
terra Borza in Siebenbürgen (a. 1211 als es Andreas II. den
cruciferis de hospitali S. Mariae verliehen): das Burzen-Land
(bei Peter von Dusburg territorium Wurza, wonach bei Jeroschin
153: ein gebît in Ungirlande Wurtzå).

---

einbrennen[2]). Dies Beigemisch heißt österreichisch - bairisch: die Einbrenn. Damit wird in Ermangelung von Fleischbrühe, Enbrennsuppe bereitet; aber auch Zugemüse, wie Kartoffeln, Kohl u. s. f.

Rudno erinnert an das siebenbürgische alte Rodna und Ro-
denau am Rhein, siehe Kachelmann Geschichte der ungr. Bergstädte II, 53.

Die ältesten Urkunden, in denen jedoch von der ursprünglichen Ansiedlung auf der terra Prouna, wo Deutsch- und
Windisch-Praben entstanden sind, kaum mehr eine Kunde enthalten war, sind zum Theil in Deutsch-Praben verbrannt, zum Theil
verloren. Wir wissen nur, daß Ladislaus Cuman us (1272—1290)
Windisch-Praben dem Grafen Rechk verliehen habe, welches Lehen
der Familie 1293 auf's Neue mit einem königlichen Diplom bestätigt wurde. Bel not. Hung. II, 362*). Schedius Zeitschr. für Ungern
II, 43. Feßler Gesch. von Ungern II, 707.

Ebenso daß Deutsch-Praben von demselben Könige Privilegien erhielt, die Andreas III. gleichfalls (was bemerkenswert ist) 1293 erneuerte. S. Korabinsky Lexikon Seite 577. Hespe-
rus von 1817. II, 361. Daraus geht hervor, daß Deutsch-Praben
schon damals mit Privilegien begabt, wol schon damals auch die
bedeutendere Ansiedlung war, vielleicht der Stammort. Daß der
Name Prouna aus dem slavischen právně herzuleiten sei, bezweifle ich, so sehr auch der jetzige slavische Name Prawno sich
jener slavischen Wortgestalt (die auf die deutsche Form wie sie
geschrieben wird: Praben, Proben, Einfluß hatte) nähert;
mundartlich klingt er jetzt noch Praun, Próun*).

Jedesfalls ist Deutsch-Praben die älteste aller deutschen Ansiedelungen im Neitraer Comitat, die noch bis zu unseren Tagen
deutsch geblieben sind **). Es ist auch seiner Lage und Anlage
nach eine Uransiedlung, aus einer Zeit, wo noch die schönsten Gegenden zum Theil unbevölkert waren, ganz verschieden

---

*) Die Schreibung P r o u n â kann 1293 österreichisch-mundartlich für B r û n a h a,
Brûnâ stehn, was nhd. B r a u n e, in der Prabener Mundart P r a u n klingen muß.
Ob die Örtlichkeit den Namen Braunwasser rechtfertigt, und zwar für die Zeit, als
der Name gegeben wurde, vermag ich nicht zu entscheiden, obwol es nicht unwahrscheinlich ist; an einem Flüßchen, Lehmboden, einem in der Wiese verlaufen-
den Bach fehlt es nicht.

**) Neitra selbst mag früher schon deutsche Einwohner neben Slaven gehabt haben, von
noch älteren Quaden zu schweigen. In einer Urkunde von 1256 (abgedruckt Bel not.,
H. IV, 385) werden bei Ghymes: summitates montium qui Berch vocantur, erwähnt
u. dgl. Vgl. Nemes-Pergh, ein Dorf der Neitraer Gespanschaft.

von den Häuen, die auf steinigem Boden in den Wäldern im XIV.
und XV. Jahrhunderte angelegt wurden, als schon alles ebene Land
vergeben war, s. Krickerhäu. Wenn nun auch von diesen späteren
Colonien nahverwanten Stammes nicht unbeeinflußt, so erhielt
Deutsch-Praben doch mit dieser Verschiedenheit seiner Entstehung
auch manches Eigenthümliche in der Mundart, wodurch es d e r
der fernen Zips näher steht, als z. B. des nahen Krickerhäu.

Die deutschen Orte, welche in unmittelbarer Nähe Deutsch-
Praben umgeben, sind: F u n d s t o l l e n, S c h m i e d s h ä u, G e i-
d e l, B e n e s c h h ä u, B e t e l s d o r f und d i e Z e c h e; siehe das
beigegebene Kärtchen. Sie gehören der Mundart nach paarweise
zusammen, wie folgt:

S c h m i d s h ä u (Neutrum) und G e i d e l (Femin.). In beiden
Orten verwandelt sich ausnahmsweise F nicht in W, ebenso in
M ü n i c h w i e s, dessen Mundart der von G e i d e l, welcher Ort
benachbart ist, sehr nahe kömmt. G e i d e l zeichnet sich aus durch
sein á für à. Siehe Nachtr. 28. Schmidshäu, G e i d e l haben auch
m ê n t i k Montag, siehe Nachtr. 21ª. Schmidshäu hatte 1393 Karpfener Recht, Bel IV, 441 f. wie Dopschau, mit dem es das F gemein hat.

B e n e s c h h ä u (Neutr.) und B e t e l s d o r f (Neutr.), deren
Gründung mit der von Krickerhäu älteren Datums sein soll, als die
von Schmidshäu. Czoernig Ethnogr. II, 190. Dehnung des kurzen E
(bênn wenn, u. dgl.) und Assimilierung des D nach N (wie in Krickerhäu und in den Gründen) bezeichnen diese Mundart.

F u n d s t o l l e n (die, plur.) und d i e Z e c h e (Fem.). Ein
Diplom für Poruba von 1473 (das die Bewohner T e u t o n i c o s
nennt) und ein ähnliches gleichzeitig für d i e Z e c h e, auf denselben
Namen ausgestellt Bel. IV, 440, bezeugen, daß diese Orte die jüngsten der Ansiedlungen um D e u t s c h - P r a b e n sind. Ihre Mundart
steht nahe zu der von Deutsch-Praben; das ä𝑙, das Deutsch-Praben
besonders eigen ist, wird hier völlig zum Vocal à, wie in Neuhäu,
s. Seite 400, eine Eigenheit, die in der örtlich so sehr entfernten H o p g a a r d e r Mundart noch weiter ausgebildet ist, s. d. oben
Seite 295.

Märchen aus Deutsch-Praben.

Mitgetheilt durch Joseph Richter, Schullehrer daselbst.

1. De a‘ʔde krôscha.

Amààʔ bàa' a krôscha (Großchen, Großmutter) unt jâ ~ krôscha hàt gahåt zwa kënder: a pîbala unt a mådala unt hàt si sa an
en kàsten ai ~ gaspert unt hàt sa mët nußkjen gawittet (mit Nuß-
kernen gefüttert). âmààʔ hàt sa gasågt: „reckt rauß 's wë ~ gala
(Fingerlein), ë bë schâ ~ o-r-e schu ~ (ich werde schauen ob ihr
schon) pasch ³) sait". unt hàn sa rauß gareckt a heåʔzala, si hàt
ader bëder gasågt: „'s wë ~ gala reckt rauß!" unt hàn sa 's ënn
ågaschnëtten unt hàt sa sa rausgalàn unt hàt gasågt: „a sait schu~
pasch" unt hàt sa an ûwn ai ~ gahâzt unt hàt sa a baegnala (Wä-
gelein) ganumma unt hàt gasågt: „sëtzt ûf, ë ber e (ich werd'
euch) ruf unt nà wi ën." (auf und abfahren). unt hàn sa gasågt: .
„sëtzt i ë ûf, ààʔda krôscha, bi ë bëu c ruf unt nà wiën!" unt ëst sa
ufgasessen unt hàn sa sa ruf und nà gawi ët unt hàn sa an ûwn nai. —
unt bi hêa anhâm kumma ëst, i ë mà ~, hàt ar ëm gawôdet zum essen.
unt hàn sa-r-ëm gê wo der krôscha da hànd unt hàt a sa gessen unt
hàt ar gasågt: „das ëst guts, get mer nô!" unt hàn sa-r-ëm nô gê;
po'-r-e ⁴) schu ~ da ganza kroscha hatt gawressen. unt bat ar ëm
's baib gawôdet unt hàn sa ân stomp ⁵) å ~ gazogen unt hàn's em dàa ⁶)
gê. unt bi-r- a sa hàt be‘ʔn ëmschlinga ëst sa-r-ëm ëmgewà‘ʔn unt
sai ~ jâ ~ ⁷) zwâ kënder galâfen unt hàt héar enn gabo‘ʔt anâ ⁸). da
kënder sai ~ ëbe's basser galâfen unt bi héa ëbe'n stêg hàt gaboàʔt,
ëst a nai gawà‘ʔn. Vgl. Grimm. Hausmärchen III, 25 (Nr. 15).
Mythol. 598. Bis in's Einzelne übereinstimmend wird das Märchen erzählt bei den Siebenbürger Sachsen mit unwesentlichen
Veränderungen. S. Müller siebenbürg. Sagen, Seite 5. ?

---

¹) Vergl. über das *l* in Praben Nachtr. 37 und From. VI, 250. Dieses *l* kömmt vor
in der rhönfränkisch hennebergischen Mundart (wo es auch herstammen wird)
From. VI, 420, in nördlichen Gegenden Schlesiens, Weinh. Dial. 65, im siebenbürg.-sächsischen. Fromm. IV, 401, 5, in Gotschee. Fromm. IV, 396. Auch in
Westlech-Mundarten findet sich jedoch: feåld, geåld u. dgl. Schmell. gr. §. 533;
vgl. noch die Übergänge des L in l und J Schmell. gr. §. 522—525.

²) Vgl. gróscha Nachtrag 30 und gráutecke: Großchen an der Diemel in
Niederhessen. Gr. Gr. III, 677. Das sch wird hier gesprochen wie franz. j in
jamais = slav. ź, madj. zs.

³) pa s ch: fett, s. Nachtrag 17, in der Schweiz heißt b ä s c h er: kurz und dick. Stalder I, 139. Vielleicht hieher das unklare: t r i s t a n — von dem r u k k e (des Hirsches) s c h r i e t: den p a n z e n und de n pa s (das Fett?).

⁴) po' - r - e: bis er, poß für: bis, usque s. Wörtb. 39. Es kömmt im Luxemburgischen vor in der Form baß, ebenso im Schlesischen und in der Mundart Nordböhmens Weinh. Dial. 24; zu trennen scheint mir die Form was, wos: bis Schmell. IV, 169. Wegfall des auslautenden ß (abgesehn von dem allgemein verbreiteten län für läxen) findet sich im Hennebergischen, aber auch, und sehr häufig, in Ostlech-Dialekten s. Fromm. III, 107, 108, 129. Schmell. §. 662. — Die Einschaltung des euphonischen R, hier sehr häufig, scheint ostlechischen Ursprungs. Schmell. §. 635. Weinh. Dial. 66. Fromm. III, 392, 35, 391: 1, 187, 29, 173, 132, 99, 44, 6, 45, 26 I, 290; 2. Vgl. Gr. Gesch. der d. Spr. 312.

⁵) stomp m. (vgl. holländ. stomp f.) der Stumpf, truncus arboris, ahd. stump h. m. basis? Graff VI, 685, adject. mancus das. Das Wort wechselt in Form und Bedeutung mit strunk (vgl. truncus) und strumpf, vgl. Wtb. 100; strempchen, Nachtr. 48: stümpchen. Weinh. Wtb. 95: strumpf: stumpf. Schmell. · III, 460. stumpf: strumpf etc. 686: strumpf u. s. f. Vgl. Strutten = stute, Kuländchen. Meinert. 374.

⁶) Diese Anwendung des alten d a r, in Pr. so häufig, s. Nachtrag 21, findet sich namentlich im Westerwald. Schmidt 44: g è d a r (gehe hin); g è s te etz d a r (gehst du jetzt hin)? — Im Süden der Donau nicht, aber häufig im Norden (Oberpfalz): gê dar, lauf dar, thu es d a r Schmell. I, 388.

⁷) Das Pronomen j ë n e r, j ë n e, j ë n e z, das in der bair. Mundart gar nicht vorkömmt, s. Schmell. II, 268 ist hier sehr häufig; s. Nachtr. 34. Ja es vertritt sogar den Artikel, wie oben. Im Schlesischen ist die Ausdehnung von jerr, jene, j e ß nicht selten und kömmt jenn òbend für gestern Abend vor. Weinh. dial. 141. Im Kuländchen leben die Formen j e r r, j e ä n e, j e ß Meinert 403. — A für Ë unterscheidet hier die Mundart von Pr. von der von Krickerhäu, s. Nachtr. 34. Es findet sich dies A für Ë in T ü r i n g e n Schleicher, Sonneberg. Seite 5, im Oberharz, Meissen, Erzgebirge, Voigtland, der Lausitz, Schlesien. Weinh. Dial. 23. Im Hennebergischen Fromm. V, 266. Am M i t t e l m a i n, theilweise auch im N a b - und R h ö n g e b i e t, Schmell. §. 183. Die Fälle, wo es am Regen zwischen dem Lech und Inn gehört wird. Schm. a. a. O. dürften zu jenen Erscheinungen gehören, welche eine Beimischung aus Mitteldeutschland verraten. Die ältesten Beispiele eines A für Ë sind mnd. bare: ursus, start: cauda, hart: cor. Gr. gr. I³, 254.

⁸) a n å. nach, mit dem Ton auf der zweiten Silbe: so auch in Dopschau z. B. a n å s c h n a i b e l n nachsprechen. Nachtr. 46 unter s c h n a i b e l n. Es ist eine Zusammensetzung wie a n h e i m, nach Hause. Fromm. VI, 249 f., wo ich es aus i n h e i m deutete, wofür ich mhd. e n h e i m und Gr. gr. III, 154 hätte anführen sollen. Schmell. I, 60 löst es auf in a n - h e i m (was bei der Urverwantschaft von i n und a n, die in diesen Formen noch durchzuschimmern scheint, eben nicht weit gefehlt ist), und führt es an in der Form e h e i m aus der Oberpfalz I, 60. II, 193. Ebenso in der Zips, Wth. 48, a h e i m 59. a n å schlesisch: anåch, Fromm. III, 250, 54, aus h i n n a c h. S. oben Seite 378, 29.

2. Das Mickaschelmackaschel[1]).

Amàł bàa (war) a Mickaschełmackascheł unt ëst âf an pâm
gastêgen, hat ëm seäłn [2]) kję̧stn (Kirschen) flëcken unt hàt's
ëm's paichala zutrennt unt ëst gànga zum schuster und hàt's ëm
gewôdet (gefordert) a draeteł unt hàt der schuster gesàgt: „ge
mer pją̧stn (Borsten), bê der draeteł ge". unt ëst gànga zo
der sau: „sau, sau, ge mer pją̧stn, ë pją̧sten schuster gê, schuster
mia draetel gê, ë mia mai Mickaschełmackascheł paichala zu nae~".
da sau hàt gasàgt. „ge mer mengseł!" unt der Mickascheł ëst
gànga zo der mëlnerënn: „mëlnerënn, mëllnerënn, ge mer mengseł,
ë mengseł sau gê, sau mia pją̧sten ge, e pją̧sten schuster gê,
schuster mia draeteł gê, e mia mai Mickaschełmackaschełpaichala
zunae~". unt hàt da mëllnerënn gasàgt: „ge mër basser". unt ëst
gànga zum bàssermâ: „bàssermà~, bàssermà~, ge mer bàsser, ë
bàsser mëlnerënn gê, mëlnerënn ma etc. etc. unt hàt der bàssermâ~
gasàgt: „ge mer mëlë" (milch). unt ëst gànga zo der ku. „ku ku, ge
mer mëlë, ë mëlë etc. etc." unt hàt da ku gasàgt: „ge mer gràs." unt
ëst gànga zom gràs und hàts geflëckt. unt hàt's a der [3]) ku gê. da
ku hàt ëm mëlë gê, da mëlë hàts ëm bàssermà~ gê, der bàssermà~
hat ëm bàsser gê, s'bàsser hàt' sa der mëlnerënn gê, mëlnerënn
hàt ëm mengseł gê, s'mengseł hàt's a der sau gê, da sau hat ëm
pjaschten gê, da pjaschten hàts am schuster gê, der schuster hàt
ëm draeteł gê unt hàt's em sai Mickaschełmackascheł paichala zu
ganaeł.

Vgl. Grimm. Hausmärchen Nr. 30 Anmk. III, 57. Kuhn &
Schwartz nordd. Sagen, Seite 358 f. vgl. Seite 509. Firmen. Völ-
kerstimm. II, 62. Fiedler Volksreime 32. Hoffmann schles. Volksl.
Seite 83 f. Wunderhorn 3, Anhang 49 f. Erdélyi magy. népmesék etc.

---

[1]) Dieser Name wurde mir in Praben, als der eines Kobolds bezeichnet, Jungmann
bemerkt zu der čechischen Namensform Mikes: Nix, Niclas, was hier in Betracht
kommen mag.

[2]) seeln (= söln für süln, in Pilsen: schollen) ersetzt in diesen Mundarten
oft werden als Hilfszeitwort des Futurums; es hat auch hier etwas vom Futurum, für: war im Begriff.

[3]) a der ku: der ku; a der mëlnerënn, der Müllnerin. Vgl. dera, dere u. s. w.
(= ahd. dero) schweizerisch Fromm. V, 258. Nürnberg. Fromm. IV, 121, ober-
bair. From. III. 175. Koburg II. 432.

3. Da tòta kechënn.

Âmààł bàa a schuäłmâster und a pâter unt hàt jâner schuäłmâster
gehàt asû weäł kënder unt nischt hàt er ënn gahàt zum essen zum gê.
unt da pâter hàt gawittet (gefüttert) zbâ schbai~ unt jâ schbai~ banten
schu asu séa wâst (feist) unt ëst ëm der schułmâster â~s gànge
derstecken po der nàcht. unt 'sfrîs, bi da mâd ëst gànga witten, ëst
sa nai galâfen unt hàt sa gasâgt: „herr, a schbai~ ëst es (ist uns) wo-
reckt." unt hàt héa gasâgt: „seł nå ëst gànga a Zigân [2]), gê gaschbênd, riff na, der sěł s'em nêma. unt af jâ~s ëst der schułmâster
kuma unt hàt héa gawrêgt: „bâ es?" (was ists?) unt hàt héa's ëm gasâgt.
unt hàt der schułmâster gasâgt: „łîber kinte''s (könnet ihr es) je mie
gê!" unt hat der pâter gesâgt: „get a sa gaschbênd unt rifft sa zurěck unt
nêmt i'ë se~(sen f. sein). unt hàt der schułmaster gasâgt: „kockê [3]),
beł es nit essen, mai kënder be'ns schu eßn!" unt hàt héa's' ëm
ganumma unt ëst er anhâm gànga damët. unt hàt da kechënn gasâgt
zum pâter: „der sëlet era a glàserêna àłmrai làßn màchen unt si
bôł djat nai sëtzen unt sëletn sa zuschłîßen unt sëletn sa zum schułmâster'nëm tràgen und sëletn sâgen: dà-l-e bôł ûfmjaken unt er sële nischt
ri'ën (anrühren): dut dënna [4]) hätt er séa taiera picheł unt er sëllet
ûf mjaken da s'em nit bełn [5]) da mais wreßn. Unt hàt ëm der schułmâster's zàmt [6]) là ân wlâscher riffn unt hàt er ëm schê là màchen [7]) jâ
schbai~, bjescht hàt er em là machen und àldes gut, zim [8]) beon e
hätt' asû a schbai gaschlàcht. — unt da kechënn hàt djat dënna â der
àłmrai gahéet (gehorcht); sî hàt gadàcht da sa bà bołn [9]) reden wo jam
schbai~; àder si hàn nischt garét. — bi sa wjateg bantn [10]), unt [11])
hàn sa-r-ënn bjescht gapràtn unt hàn sa geßn àlla. unt hàt da
kechënn a włûch [12]) gepëßen djat dënna unt hàt si se kràzt unt hat
der schułmaster gasâgt: „get gaschbênd jâ zunder, dà sai~ mais!"
— unt hàn sa-r- ëm gê. unt hàt héa jân zunder â~gazunden unt
hàt a na nai~ gareckt unt ëst da kechënn dastěckt unt hàn sa da
àłmrai anhâm ganumma unt bi sa sa hån ûfgamacht da àłmrai: unt [13]*)
ëst da kechënn lûter rausgawałn. unt hàt da pâter geschbênd gaschěckt
an schułmâster riffen. bi der schułmâster ëst kuma unt [13]) hàt der pâter
gasâgt: „nu, nje [13]) stëll, herr schułmâster, a [14]) nîmet nischt sàgt! e
ber e (ich werde euch) schu gê hundet wjateł gatrâd; tit ma sa nja bû
werpotî'ën! [15]) unt hàt sa der schułmâster ganuma unt hàt sa of sain

ёben [16]) gatràgen. unt bi-r-e schu hatt's gatràd gahàt, unt hàt er da
kechёnn po der nàcht wom ёben rà ganumma unt hàt sa zu [2]) pàtes
oxen dàa gastellt. Bi der knecht s'frìs ёst gànga witen, ёst er nai-
galàfen zum pàter unt hàt gasàgt: „e kà je nёt witen, djat stёt unser
kechёnn!" unt hàt der pàter an schułmàster làßn riffn unt hàt gasàgt:
„bi hàt a sa denn werpottł ̈ёt? dausn stёt sa bёder pen oxn!" — unt hàt
der schułmàster gasàgt: „e hà se je a's bàsser nai gabjoffn unt ёtza ёssa
schu bёder dà! wrait [17]) bёl sa no da-r-e me (daß ihr mir) ja oxn sёłt
gê ?!" — Unt hàt der pàter gasàgt: „sёł, nemt se wjat zom taixel! unt
werpottł ̈ёt ma sa!" Unt hàt he (da schułmàster) sa bёder own ёben ge-
tràgn. po da nàcht hàt a sa bёder rô ganuma. unt sai nàkber hàt gahàt
a der scheu~ bàz. — unt hàt a sa a (hat er sie in) ja scheu~ naigatràgn.
an sàck unt a kéedł (ein Brotkärlein, Sümperlein) hàt ar a (hat er ihr)
a da bànd gê. — Bi da nàkber sfrìs ёst a da scheu~ gànga unt hàt
a baib pom bàz stê.gasê~, hàt er gasàgt: „ahâ, àłda zauk [18])! hà
de schu ёtza, inda hàst mer an bàz gastołn, ёtza hà de hàł doch
schu amâł gawànga!" unt bàtara âs gê (und hat er ihr eines, einen
Schlag, gegeben); ёssa ёmgawàłn; unt ёst er derschrocken unt hàt
gasàgt: „ach du mai got! ёtza hà-l-e da kechёun derschlàgen, ba
bёł e (was werde — will — ich) ёtza màchen?" unt ёst héa gànga
zum schułmàster: „e ber e gê hundet gёłda unt âch hundet wietł
bàz, tit se nje bû werpottł ёn!" unt hàt héa se bёder own ёben ga-
tràgn unt po da nàcht hàt a sa ganuma unt hàt sa an ân sàck ai ̃
gasàckt unt hàt a's ёm of da àxełn ganuma unt ёst a gànga mёt
ara. unt ёst er kuma zu anem déenerstrauch. a jam strauch hàt
gastànden a sàck wûł spёk, bà da ràber hattn gastołn. unt de
kechёnn am sàck hàt a djat dàagastełt bu der spёk hàt gastanden.
unt bi da ràba sai ̃ anhâm kuma, hàn sa an sàck ausgaschёttełt unt
stàts an spёk ёst da kechёnn rausgawàäłn. unt hàn sa gasàgt: „bà
seł ber ёtza mёt da kechёnn màchen?" unt ̇hàn sa a plёndes rôs an
a baegnala ai ̃gaspannt unt hàn sa da kechёnn ûfgasetzt unt da
gàßł hàn sa-r-a a da hànd gê unt âch's làtsał. unt seł bàa just jàam-
reck. unt hàn sa jas plёnda rôs làßn mёt ara gê ̃; jas rôs ёst gawàan
zbёschen da tёpp unt ja baiber, bà [20]) da tёpp hàu werkâft hàn gaschrîn: ale mladá pani, nёch nám tolko škody né narobjá!
— unt jas rôs ёst hàåł gawàan zbёschen ja gànzen tёpp unt hàn sa
gaschrîn :
    či nĕved'á slovensky?

Unt hàn sa deutsch gaschri'en: „àder junga wrå, nët màchen
sa-r-es a [21]) sûweł schåden!" — Unt hàn's 'ara åns gê. unt ëssa umgawååłn. unt bàa sa bëder tût. unt hàn sa sa ganuma unt hàn sa sa
pograben.

---

[1]) à s u, so. In der Nähe des Siebengebirges: a s u Firmenich I, 511, 3 im Fichtelgebirge
(Sechsämter Mundart) ; a s û a Fromm. V, 133, II, 26. In den VII comuni a s ô cimbr.
Wtb. 172. Fromm. IV, 241, 5. Oberösterr. a s o Fromm. VI, 44, 11, II, 92. 47 schlesisch. as û: Weinh. 7 Fromm. III, 250, 44 in Leipzig ä s u. Firm. II, 258, 8 in Koblenz, an der Eifel : e s u, I, 524, I, 502. In Siebenbürgen e s i Fromm. V, 509. In der
Oberpfalz u. s. a ~ s e Schmell. III, 183 = anse, ich glaube, weil die Form, die ich auf
ahd. é o s ô: sicut, velut Gr. gr. III, 226 zurückführen möchte (vgl. wio wesan
thaz i o s ô: wie mag das sein „esô"? Graff VI, 15) zuweilen mit einem e i m s o
(in dem Mundartlichen ein so ein guter, a so a guter u. dgl.) verwechselt wird. —

[2]) Z i g å n, Z i g û n, der Zigeuner, im ungr. Bergl. und bei den Sieb. Sachsen (in sächs.
Regen Z i g u, in Schässburg Zëgùn) steht für Z i g å n gleich mhd. Polån (der Pole),
dem russ. poln. sl. c i g a n, madj. c z i g á n y (sprich z i g å nj' zweisilbig. nj=franz.
gne). Sonst würde unser Z i g e u n e r wol ein altes Z i g i u n e vermuten lassen.
Die Zigeuner kommeu aber erst 1417 in's Land (erhielten auch 1423 ein Privilegium
vom König Sigmund. Fejér cod. dipl. X. VI, 432) als die Deutschen im ungr. Bergl.
und in Siebbg. schon da waren; wären sie später eingewandert, so würden sie, wie
· die Oberdeutschen an der österr. Grenze, die mit Deutschland stets in ungestörtem
Zusammenhange waren, oder die später eingewanderten Deutschen im Lande,
Z i g e u n e r sagen. —

[3]) kokê ist zusammengezogen aus g o t t g e b e, s. Nachtr. s. 29. Gr. gr. III, 74, 772
und bedeutet: nur, manchmal, mit dem Pronomen wer (k o c k e b ê r) bedeutet es
q u i c u n q u e. Hier scheint k o c k ê r (Zusammenziehung aus k o c k e b ê r) und
Wegfall des R (der in dieser Mundart so häufig vorkommt) anzunehmen zu sein.
  Also k o c k ê r Jemand, irgend einer, k o c k ê — n i t (wie oben) Niemand.

[4]) d ë n n a: drinnen. Die Zusammenziehung aus då-inne für das gewöhnlichere d a-
r i n n e kommt vor in der f r ä n k i s c h-h e n n e b e r g i s c h e n Mundart Fromm.
III, 404, 11. II und im a l e m a n n i s c h e n. Fromm. IV, 543, II, 4. vgl. d ô b e, d a u ß e
(fränk. Henneb.) Fr. II, 172. Wolfram scheint der Form d å i n n e, d i n n e, für
d r i n n e den Vorzug gegeben zu haben. Parz. 232, 437, 438, 465. In Sonneberg
sind beide Formen üblich. Schleicher 59. —

[5]) b e l n: wollen, drückt hier das Futurum aus.

[6]) s z å m t. Abends in Krickerhäu zåmt. S. Nachtr. 15. —

[7]) s c h ê ~ l å m a c h e n: schön lassen machen, heißt hier wol soviel als überbrühen, von Borsten säubern und aus weiden, d. i. zum eigentlichen Zerschneiden
herrichten.

[8]) z i m als, in Krh. z u m ebenso wie, Nachtr. 50ᵇ.

[9]) wollen, als Hilfszeitwort des Futurums. S. 5.

[10]) bauten waren, s. Nachtr. 47ᵃ.

[11]) u n t: dann. Nachtr. 49; es ist schwer zu unterscheiden, wo es u n d und wo es
d a n n bedeutet; entschieden in letzter Bedeutung steht es noch einmal unten bei
der Ziffer 11ᵇ.

[12]) w l û c h, Floh, mhd. vlôch (vgl. lat. p u l e x, čechisch b l u c h a, b l e c h a,
b l c h a; russ. b l o c h a; poln. p l c h a, madj. b o l h a: mit f l i e h e n kaum verwant, gewiss davon nicht unmittelbar abzuleiten); in der Zips weiblich wie im
altnord. und mhd. bei Boner s. Wtb. 51.

13) n e r: nur; sonst in Prabe. n j e.

14) a n í m e t: Niemandem, scheint aus d e m n i e m a n d entstanden zu sein, indem dafür (wie so oft in Mundarten) d e n n i e m a n d, 'e n n i e m a n d, a n i e m a n d
wurde (a für 'an, d e n ist s c h l e s i s c h. Weinh. Dial. 140). Schwerer (wenn
nicht durch Vermittlung d i e s e s Vorganges) zu erklären ist, das in dem ersten
Märchen, Anmerkg 3, angeführte a d e r k u, a d e r m ö l n e r ö n, der Kuh, der
Müllnerin.

15) w e r p o t í ë n (= verpóti-en das letzte͏̈ E kaum hörbar. ◡-'-◡), verbergen, ist
zunächst aus dem čechischen p o t a g j m, ich verheimliche von t a g i t i, verhehlen,
ableugnen, mndj: t a g a d n i (lat. tegere?); Lat. t a c e r e ahd. d a g é n stimmt
wol nur in der Bedeutung dazu.

16) e b e n (= ö b e r n) f. Dachboden, vgl. Schmell. I, 13. d i e o b e r n: der obere
Lagerplatz für Heu und Getreide in der Scheune.

17) w r a i t wrailet, ist mir einst in Praben mit f r e i l i c h erklärt worden. s. Nachtr.
Seite 26. Hier bedeutet es : vielleicht, wofür die Aachener Mundart v e r l i t s hat
Müller Weitz Seite 253.

18) k é e d l n. die Brotform von Holz (aus Einem Stück wie die Mulde), die man, wenn
sie von Stroh geflochten ist, in Österreich S i m p e r l, in Baiern S u m p e r, S ü m m-
m e r, B a c h s u m p e r (ahd. s u m b e r) nennt. Schm. III, 249. Ich halte kéedl für
ein Deminut. von mhd. k a r (nhd. c h a r, goth. k a s) in b i n e n k a r, k ä s e k a r
u. s. w. und erlaubte mir daher in der Übersetzung die Bildung B r o t k ä r l e i n
(slov. wird k é e d l in der Umgebung von Proben mit w a h a n [urspr. Wagschale],
bei Bösing mit o p á l k a [urspr. Futterschwinge] übersetzt).

19) z a u k f. Hündinn, ist ober- und mitteldeutsch neben z a u p e s. Wtb. 106. Es
kömmt wol allenthalben auch als Scheltwort vor Weinh. 107. Es mag hier und
in Schlesien ein bair.-österr. Eindringling sein, da in Franken, am Rhein, im Rhöngebiet, in der Pfalz, in Hessen , in Türingen (Schleicher 272), die dem nd. nl. t e e f,
dän. t a e v e, nähere Form z a u p e üblich ist (dem alemann. bair. z a u k e steht alt,
nord. schwed. norw. t i k näher).

20) b à kann hier für b à s (w a s, als relat. pron. für alle drei Geschlechter) und für
b à (w o; wie w a s in Mundarten häufig pron. relat. für alle drei Geschlechter)
genommen werden. Vgl. Schmell. IV, 5, Grimm. gr. III, 183.

21) a a u w ë l= österr. a s ȏ v ü l ist kaum in ein so viel aufzulösen, und mit dem oben
1) besprochenen a a u (s. d) zusammengesetzt.

Rednerisches.

1. Das Abdanken nach einem Leichenbegängnis eines
Kindes (vom Vater gesprochen).

J͏̈ e 1) líben watten (Gevattern)! i͏̈ e líben nàgbern unt alla guta
wraind! i͏̈ e werwànten unt pokànten, bà-l-i͏̈ e a main kȅnd hàt
héⁱfen 's letzta ̂ea galátt gê. be bi͏̈ e sich nit kenna pozo'ln, so
bit's got am hȅme 2) pozoȁln!

2. Spruch des Todtengräbers von Deutsch-Praben (aus
seinem Munde von mir selbst aufgezeichnet).

Baił bi͏̈ e 3) bȅssen da bi͏̈ e stȇäblȅcha lait sain unt gôt hàt of
disen menschen di krankhet geschȅckt unt si hàt nischt 4) à ganúma
sonden 5) wà làg zo làg inda stjácka zù ganúma! sà hàt's gatauet

28 *

poß Kristus der herr mět saina hĕ⸲lf ĕss komma unt hàt na gewĭ‥t
a da êbiga wraid unt seligkait! — J‘ë lĭben wàtten, i‘ë lĭben nàgben
unt alla guta wraind! i‘ë werwànten unt pokànten, di i‘ë a dam åga-
stuobn hàt hĕ⸲lfen as lezta êägalátt gê: aså bi bi‥'s àner am ànden
of der bełt nit kinna ådinn, so hoffen bi‘ë po gôt unsen lûn zo win-
den¹). — unt baił bi‘ë bĕßen dà ber sindiga lait sain of der be⸲łt,
sà mechtĕch pêten, es meg sain gaschên bĕssentlĕch àder ûbĕssent-
lĕch aß er mecht ben hà polådigt: sa pêt ĕch ĕn nåma saina djoch⁸) ta
wimw⁹) bunden Jesu Kristi, wom e⸲łtsten pàß am jingsten, wom
klensten pàß ofs grêsta: êr bo⸲łt asô gut sai~ unt's ĕm werzaihn.

---

¹) i‘ë, ihr. wird einsilbig gesprochen, aber so, daß das E, welches hier eine Erweichung des R ist, gehört wird.

²) h ĕ m e, Himmel; die Aussprache des äl (h ĕ m e ä L) wird vor Consonanten oft so
zart (vocalisch), daß man es gar nicht hört.

³) b i‘ë, wir, wird gesprochen, wie i‘ë s. ¹).

⁴) n i s c h t, nicht und nichts; in Krickerhäu n ü s c h t; im Westerwalde n i s c h t,
n e u s c h t; im Rhöngebiet n i s c h t; ebenso in der Zips. Nur scheinbar slavisch.
s. Wtb. 84, zu vergl. ist i s c h t, i s c h t ik, etwas. Nachtr. 34 in Siebenbürgen ä s t,
das. in der Zips ischik. Wtb. 66.

⁵) s o n d e n, sondern; das völlig ausgefallene R vor N, T, das hier überall in den
Nebensilben auftritt (g a t a u e t gedauert: u n s e n, unsern; n à g b e n, nachbern
w i t e n, füttern) bewirkt nur eine deutlichere Aussprache des vorhergenden e. In
betonten Stammsilben wird er, ä r r zu j a (s t j a c k a; g j a t e n stärker gärten:
t j a f f: darf, mundartlich d ä r f; b j a f f e n; j a t z; n j e: werfen, Herz, nur mundartl. n e r.
Im Auslaut wird R bei Stammsilben E: i‘ë, b i‘ë (ihr, wir), bei tonlosen Nebensilben er
fast = a: b e r (wir), w e r (ver), -a r (- er). Zu erwähnen ist noch êa (ehren)
und êe in sterblich (wol als Wörter, die sonst nicht üblich sind, in der Mundart
anzusehn). Aber auch f o r t ist w j a t (von mhd. v ü r ahd. f u r i eine älternhd. Form
f ü r t, die in unserer Mundart f e r t = w j a t wurde); neben dem d u t: dort (ahd.
d a r a-o t, darot, aber schon frühzeitig d e r e t, wie gegenwärtig md. d e r t,
alemann. d ö r t) auffallend ist. Kuneschhäu hat auch d j u t und folgt damit mehr den
mundartl. Formen. djoscht, bjoscht (Durst Wurst) verlangen ein mundartl.
dorst, worst; Vgl. 8), w e r d e wird nicht b j a d sondern h e; wird =: b i t;
s. Nachtr. 33, 49.

⁶) l û n, lohn; in Kuneschhäu l é o n (got. altn. l a u n angelsächs. l e á n, ahd. l ô n),
w i n d e n, sonst auch (in Prab.) w ê n d e n: finden. Dagegen in Betelsdorf und
Beneschhäu (auch in Krh.) und in den Gründen w ê n n a s. Wtb. 42⁶, Nachtr. 42.

⁷) p ê t e n, bitten, fällt hier in der Form mit b e t e n (ahd. p ë t ò n pitjan; cf. got.
bidan, bidjan) zusammen.

⁸) d j o c h, durch (ahd. d u r a h, d u r i h, d u r u h neben d ë r h). Nicht von diesem
ahd. d ë r h, sondern einem mundartlichen d o r c h (zu erwarten wäre d ö r c h aus
ahd. durih mhd. d ü r c h z. B. in der md. Crescentia Wack. Leseb. I, 993, 2. wie
d j a r r aus dörr, d ü r r e) entstand dies d j o c h. Die alte Bedeutung, wegen,
um, willen kömmt auch sonst mundartl. vor, Schmell. I, 393.

⁹) w i m w: fünf, in Krh. w ö m w: s. Nachtr. 24.

Aus dem Leben; alltägliche Redeweise.

Von einem Deutsch-Prabener aus der Mundart von Lorenzen (S. 411) übersetzt.

Own hæsta'ł ёst s hæ. a der wёden stûb ёst wåter unt muter.
a der hёnden stûb sain da kinder unt a der kåmer ёst's wiso'łn
kraitech unt krumpen. — etza trågen de mådeł (må"ł) schnied'ł
own zёppala bi de ungrёschen mådeł; åder rûte schûh trågen sa nёt
méa; bi`ё baiber trågen a mîdala oben hemb. — bi's å"łda normał-
picheł ёst werpôten buen, se'ł hån de kinder å nёt méa daitsch ga-
lêert¹). Mai sun hat nồ grimpåł (pёssåł) galêert. e be å pumêlet
à"łt. — der stû"ł est nồ wo main wåter. — 's z'åbend²) (s'zåmt)
åßen bi`ё krautlêbet³) åber prêsensuppen; gaprêsena⁴) krumpen
åßen bi`ё gêen.

e hà's mёt main ågen gasên unt mёt main ûen gahêet.

e pe wufzek jàa unt e pe de praut, unt de muter wo main må⁓,
dega est de housfrå. mai rôs est stàek àde schu⁓ à"łt.

Volksreime.

1.

Schlåf, Sefala. schlåf,
dai wåter ёst a gråf,
dai mùter ёst a edełfrà
si gёt net gêen zum Sefala schà;
schlåf, Sefala, schlåf. Vgl. Wtb. 123.

---

¹) Gelernt und gelehrt ist in diesen Mundarten: gelehrt. In der bair.-österr.
Mundart wird umgekehrt lernen für discere und docere gebraucht. Schmell. II,
488. Hingegen lёren für lernen im nl., von da es in die md. Mundarten übergegangen ist. Vgl. Schmell. a. a. O. (an der Pegnitz etc.); im Westerwald. kelồhrt
(gelernt). Schmidt 347, in Aachen: liere (lernen und lehren), Müll. Weitz. 141.
— lёren für lёrnen im mhd. (in den Marienlegenden, Stuttgart 1846); lёrnen
für lёren (im Liederbuche der Hätzlerin u. s. w.), s. mhd. Wtb. I, 966.

²) In der Mundart von Krickerhäu wird des Morgens mit frîs (= frühs) übersetzt; in Praben mit Vorsetzung des Artikels (des) mit: 'sfrîs. Ähnlich heißt des
Abends in Krickerhäu zåbend (wohl nicht aus des [ds = z] entstanden, sonst
müste es zåbends heißen), d. i. zu Abend, in Prb. 'szåbend.

³) lêbet (= lebert, s. Nachtr. 38) ist eine Art Suppe, die beliebert (s. Gr.
Wtb. I, 1449) ist, vgl. dänisch levret, geronnen, klümprig. S. S. 386.

⁴) In Aachen bedeutet brösele: durch einanderkochen. Müll. Weitz. 26, bei Schmell.
I, 263. bröseln: brodeln, gelinde kochen. Daselbst ist brüseln: sengen.

2.

Schlåf, kobitzeł, schlåf,
am gåeten bån da rôs
da schbatzn unt da baißen
ben mai Sefala paißen
schlåf, kobitzeł, schlåf! Vgl. Wtb. 123.

3.

Am Weihnachtsabend von armen Kindern in Praben vor den Fenstern gesungen.

Jesulain siß
'sfraist mēch a da wíß
e kå nět làng stê⁓
e mû zum nàchber gê⁓

4.

Unser Měcheł
mět der sěcheł
gêt am bàełd
holz hån;
håt an åm knjuen
gêt anhùm muen,
legt sěch of da uwnpànk
læt an wuez
poß am Tuez (Turz, Ortschaft).

5.

Wetter Měcheł
komt mět der wêdeł (Fiedel),
làt da sàten klinga
unt da pûben springa
unt da mâdn tànzen
ham schêna bànzen [1])!

Übersetzungen.

1. Das Volkslied aus Deutsch-Pilsen, welches Wörterbuch Seite 125 f. mitgetheilt ist, übersetzt in Deutsch-Prabener Mundart. Vgl. dasselbe in Krickerhäuer Mundart Seite 398.

Vielleicht eine Erweiterung von brüejen; auf andere ähnliche Formen ist verwie·sen Nachtr. 19. Hier heißt présen (= brösen für brüsen?), einbrennen, d. i. farinam butyro tostam cibo admiscere, vgl. Gr. Wtb. III, 157. So wird die Suppe (in Ermanglung von Fleischbrühe) „eingebrennt", so Gemüse, Kartoffeln u. s. w.

[1]) bànzen plur. Hier die weiblichen Brüste, wird in Praben auch für wanst und wamme gebraucht. Die Wanze für der wanst (ahd. wanast) deutet wol auf einen Einfluß des italienischen pancia (aus lat. pantex S. Diez I, 302).

1. 's gêt a mâdel hàsełnëß klauben
    's wrîs schi··e am tû (im Tau);
    bàs hàt se gawunden am bêg?
    ann grinn (einen grünen) hàsełnëßstrauch.

2. Ai hàselnuß, ai hàselnuß
    zbê (weshalb?) pëst tu asu grî~ ?
    E stê inda am kiłen tâ (im kühlen Tau)
    jà~stbeng (desshalb, jeneswegen) pën ich asu grî~.

3. Ai jonkfrà mai~, ai jonkfrà mai~,
    zbê pëst tu asu schê~?
    Ech àß es wlàsch unt trënk na bai~
    jà~stbeng pën ëch asu schê~.

4. Ai jonkfrà mai~, ai jonkfrà mai~,
    bu bëłst dëch dàa tumełn? (wo willst d. i. wirst du hineilen)
    Ech hà stołza prîdala
    zu dên be (werde) ëch mëch tumełn.

5. Kêr nje ô~, kêr nje ô ~ (kehr nur um)!
    tu hàst painem (bei ihm) geschłâfen
    àł dai~ tròi unt àł dain êa (Ehre).
    hàst tu painem galàßen!

6. Ai hàsełnuß ai hàsełnuß,
    nit woràcht (verachte) mer main êa:
    ech hà drai stołza prîdala
    di bën (werden) dëch à hà~ (abhaun)!

7. Ai hàens mëch am (im) binter â
    am (im) wiebet (fürwärt=Frühling) bë (werde) ëch bide grî~ sai~
    unt benn a jonkfrà ir êa werlaist (verleust, verliert)
    krigt se's nimer mêa!

8. Unt benn a pâm s'łàb (Laub) werlaist
    so trauen (trauern) àlle äst;
    ai jonkfrà mai~, ai jonkfrà mai~,
    hàł[1] (halte) tu dain krenzeł wàst (fest)!

9. Bi sêl ëchs denn wàst hałn
    es bëł me je nët plai~;
    ai hàtt ëch nje e haibeł
    won samet unt won said!

---

[1] Sowol in Krickerhäu als auch in Praben gilt für halten: hałn. Da die Assimilation des l in Praben sonst nicht vorkömmt. ist vielleicht anzunehmen, das Wort
hałôn, holôn habe die Stelle von halten eingenommen, wie mhd. behołn,
zuweilen die von behalten.

2. Der Deutsch-Unger.

Dieses Gedicht ist in der Presburger Zeitung vom 5. Februar 1860 in Presburger Mundart erschienen und von J. Richter in Deutsch-Praben in die dortige Mundart übertragen worden. Obwol die Presburger Mundart mit denen des ungrischen Berglandes nichts gemein hat (sie ist wie die von Pest, Ofen, Ödenburg, Güns u. s. w. die bairisch-österreichische), so setze ich zum Vergleich das Originalgedicht in berichtigter Schreibung bei; dies um so lieber, als der Vergleich beider Mundarten durchaus lehrreich ist:

1. Bi̇ë sai~ je Ungen, 's ĕst je bàa
   mia sann jà Ungern, 's is jà wàa
   unt sai~s schu su we²l hundet jàa
   und sanns scho so vül hundet jàa;
   nje rĕden tû ber jàs ĕst gabĕss
   ner rĕden tammer, dĕs is gwis
   bi uns der schnâbel gabàksen ĕst
   wia-r- uns da schnâbel gwàksen îs.

2. E denk der sàch gàr we²lmà²l nàch:
   i teng' ta sàch gàa vülmàl nàch
   ungrĕsch ĕst gabĕss a schêna sprâch:
   ungrisch îs gwîs a schêni sprâch:
   benn àder àner af me schë²lt
   wann àwar àna auv mi schült
   bail e a Schbâb pe: bi̇ë (werde)-l-e (ich) beßld!
   wail i a Schwâb pin: wir i wüld.

3. Mordelement: e pe a Schbâb!
   Muad öllament: i pin a Schwâb!
   glâbt mes dà-le nî zigå ~ t hà ~,
   glaupts mias dà˄ î's nia glaugent hâb
   unt be àch nî zigàn' glâbt mer dàs
   und wia's nia launga glaubts ma dàs
   bĕßet, mai se²l net we bàs?
   wust, mainn söl a nîd ßa wàs!

4. Bi̇ë hàn uns dà schu gaźebet gnug
   Mia hàm uns dà scho gàawat kmui
   zu dem sàgt i̇ë wrailet nischt dazu
   dà sàgts ĕs fralli nix dazu.

_____

1) zigón m. zigónĕnn f. der Zigeuner, die Zigeunerinn, vgl. das 3. Märchen: die tote köchin, Anmerkung 2. — Daher zigo~en = zigàen: lügen, wie ungrisch cigánykod: er betrügt, slov. cigáńit: lügen. Ich glaube, daß eben dieser Ausdruck für leugnen wol nicht glücklich gewählt ist.

gèt an an bai ~ gjaten²) seht's à ~
gèts in ån wai ~ chat schauts (engs) å ~
bà unser àner màchen kà ~ !
wås unser åna màcha kå ~ !

5. Wrègt béa di schlëssa gamauet hàt
   fràgts wea di kschlessa gmauat håd
   béa gapaut hàt pà⁵? ida stàt?
   we'a paut håd bàld (d. i. beinahe) àn iadi ståd
   — deráeget sai ~ mist er net — am gànzen lànd
   — hàab sai méasts net — in gànzen lànd
   da daitscha wlaiß, da daitscha hànd!
   da taitschi flais, di taitschi hànd!

6. Da tëschler, schlosser, zëmmelait
   ti tischla, schlossa, zimmalaid,
   da bai ~ gjatner sai ~ daitscha lait
   ti haua sann àlls taitschi laid
   bu de he sîhst ider hàmpreger
   wo'st (wo du) hî ~ schaust iada hàndwerksmå ~
   redt daitsch, bai-r-es (weil er es) am pesten kà ~
   redt taitsch, wall a's àm pesten kå ~.

7. Bëst er be de³) da pesten pieher màcht
   wists wer ti pesten piacha màcht,
   bea's krëstentum hàt a's lànd gapràcht?
   wéas kristentum ins lànd håd pràcht
   wo bèm er àch's àbècè hàt galê t?
   vo wem's ús àbacè (——~—) hàbts gléant?
   wo uns, drëm hâber's (dessen, dafür) lob werdînt
   vo-n-uns drum hàm ma lôb vatéant.

8. E hà an màdjàr ember géen
   i hàb in (den) màdjer emba géan
   su geen bi main àgenstee'n;
   so géan — als wia main augenstern;
   me kränkts nët benn er ëber uns làcht
   mi kränkts nîd wann ar îwar uns làcht
   su làng dà-r-e uns net weràcht.
   so làng àls éar uns nîd veràcht

9. Su làng's nët hâßt: werwluchter Schbåb
   so lang's nîd hâßt: vafluchta Schwåb.

---

²) Sonst hörte ich im Sing. gàaten, Plur. gjaten.
³) be de wer da, in Metzenseifen béa de s. daselbst.

ētza²) bjefst dai wåten an stån afs gråb!
hiatzt²) wiafst dain vådan an stå~ aufs gråb!
ba³) da éa å~ graift ponam sötten bòet
wàs d'éa à~ graift pai så ann wàat
da gaschîts⁴) am (dem) menschen je asu jat (ja so hart)
dà gschiachts in (dem, einem) menschen gleiwel (gleichwol) hàat.

10. Mai wåter ēst schu làng nēt méa
mai vådar ist scho làng nid méa
héa spi'ēts nēt, trēst na unser herr;
éa gschpiats nîd, tresten unsa héa!
àder håleg ēst mer, jå's ēst bàa
àwa hålich îs mia, dês is wàa
an ēm åch ids⁵) hea^dł hàa⁶)
an éam å an iads hå^dl hàa.

11. Sai gabànt, sai gasê, sai rêd, sai gàng
sai gwánt, sai gschau, sai rêd, sain gàng
wergēss e mai lebtag nēt
vagîs i nid mai leben làng
unt bēnsch mer àf der beɩłt nischt méa
und winsch mar af da wöld nix méa
às zu rêden: just asù bi héa
àls z'rēden: just aso wia éa.

12. ia bełt, e seł me wi'ër em schema?
ès wölts dàs î mi saina schàmm
seł wertauschen sain daitschen nàma?
vatauschen sol sain taitschen nàmm?
werlåken béa mai wåter bàa
verlaugna wéa mai våda wàa?
a màdjàr béen? barum nēt gáa!
a mådja wéan? warum nîd gàa!

13. Benn a màdjàr ember sagt:
wann ia (je, mit vocalischem Anlaut) a mådjarember sagt:

---

²) ētza: jetzo für md. itzu ahd. mhd. iezuo etc.
³) ba: was. Die Ableitung des ba in bawie (was wir) aus dem slav. Wtb. 33 ist aufzugeben.
⁴) Bezeichnend für beide Mundarten sind die Formen: gaschîts, gschiachts.
⁵) Ahd. iowēdarēr, iowēdariu, iowēdaraz, wird schon mhd. zu ieder, dafür md. îder, ider (Jerosch. hat noch iqueder aus dem vollständigeren ahd. éokawēdar), österr. gewöhnlich ani×der (ein jeder; wobei i rein vocalisch ist). Die Ableitungssilbe er (ahd. ar) fällt ganz aus, so daß iowēdaraz zu ids, iads wird.
⁶) Jedes Hårlein seiner Haare.

„ick bin âin dâitscher" benn ber wregt:
„ick bin ûin dâ'tscher", wàmmàn (wenn man ihn) fràgt,
sa sàg ech gabĕss: der ĕst werrĕckt
so sàch i gwîs: dear is varruckt
unt hàt schai͂ts mer an narr werschlĕckt!
und håd schai͂ts mia an nàan g'schluckt!

14. Unt asû denk e hàʒt a (in) main sĕ͂
und so teng î hàld in main sinn
benn e werlåken bà-l-e pĕ͂
wànn i valaugen wàs i pin
su geschîts mer recht benn ider làcht
so gschiachts ma recht wànn iada làcht
unt me af da letzt no gàa weràcht
und mî af d'letzt no gàa varàcht

15. An Unger pĕ-l-e, jàs ĕst râ͂ (rein, klar),
An Unger pin i, dès is rai͂,
låt me a daitscher Unger sai͂;
låsts mi a taitscher Unger sai͂;
sai je Schlàwácken û am (im) lànd
sann jå Schlàwácken û im lànd
unt jàs ĕst no inda ka s'chànd
und dès is imma nô ka schànd.

16. Sai àlla Ungen, sĕst je båa
sann (wir sind) àlli Ungern, s'îs ja' wàa
unt sai's schu su wĕeʒ hundet jàa
und sann's scho so vül hundet jàa,
hàn àlla schu mem Tjek garåft
hàm àlli scho min Tîaken (mit dem Tûrken) grafft
hàn uns jàstbeng (trotz dem „jeneswegen") no nî werkåft
hàm uns glaiwel (gleichwol) no nîa vakafft.

17. Màdjàr, Schlàwáck, gĕt da hànd
Mådjàr, Schlàwáck, gebts (héa) di hànd
hà ͬʒ be nje zuhåf då om lànd:
bàld ma néa zsàmm (pråv) tà in lànd:
legt mer maina rêd nĕt ĕbeʒ aus,
legts ma mai rêd nîd îwel aus,
's plait zbĕschen uns, ba sai͂ je zhaus!
s plaibt untar uns, mia sann ja zaus.

Umgebung von Deutsch - Praben.

Beneschhäu.

Beklagungen.

1. Die Mutter beklagt ihr Kind.

Ach engala mains, kinn mains!
du schêna plûm maina!
àlla plûm sain ufgaplût!
unt nje tû pist mi··e zugaplût!
ach tu mai͂ gôt, mai͂ gôt, mai͂ gôt!

Vgl. Nachtrag 18 unter plûmela, wo ein ganz Ähnliches aus Krickerhäu mitgetheilt ist, woraus auch ersichtlich wird, wie sich gewisse stehende Redeblumen typisch fortpflanzen.

2. Desgleichen.

Ach Pàlla mai~s! tràijatzëgs kënd mai~s! bî sël e de wergeßen? ach, benn e pë wo bû anhâm kumma hàt e~s glai gasàgt: „ach, muter maina! bû bàät er denn? bû sait er denn rem gànga?" ach Pàlla mains, tu laichter [1] nàma mainer, bà mi··e asû laicht bàa zum nenna! Ach ê~s hàt se mer je genug gebént, wà àner sait of da annara, pàß of da letzta stund unt e hà-r-em nët kina belfen, pàß da himelvàter ess kuma unt da himelmuter! ach ê~s hàt hàal sain kraiz met gedold getràgen! Bî sël e me wàn em raißen! bî sël e me wàn em schaiden? ach Pàlla mains, du guts kënd mai~s! ba e de nimer bê wergeßen. Benn e bê anhâm kuma bël e mai~Pàlla sichen, àder njent wënna! ach du tràijatzëga plûm maina; bà du mi··e asû schi··e pëst werplît!

Diese Beklagung steht schon abgedruckt in Frommann's Zeitschrift VI, 248 (mit Anmerkungen von mir). Wegen einiger verwirrender Schreibfehler, die daselbst abgedruckt sind, habe ich das Stück berichtigt hier aufge nommen.

---

[1] leicht scheint hier für geläufig, wolbekannt, traut, gebraucht zu werden. Vgl. zu dem Ganzen meine Anmerkungen bei Frommann VI, 250.

3. Desgleichen.

Jegala, Jegala mains!

E hà der biwel màl gasàgt: du selst ti wi··em rimlàfen hitten, unt tu hàst mi nit gewolgt! És hàt biwelmal djochs lôch [1]) beln krichen, unt 's bàarem inda zo klâ: àder dàs bit em ětza schû ganug grôß sai~!

Ach Jegala mai~, Jegala main! da' de po gôt mai wi··epitta! bist sai~! — — —

E bê anhâm kome; e bê sên an âns binkel an àndes binkel; an drittes binkel; an wi··etes binkel unt bê mai Jegala njent mera sê~

Schmidshäu.

Volksreime.

1. Schnitterlied.

Da hàst gasàgt, da bolst me něma
bem ber ben hà~ géûscht gaschněten,
géâscht gaschněten ûf gapunden;
da hast gaschněten ûf gapunden,
hàst me do net ganumma.

2. Wiegenlied.

Hutschi kěnd, hutschi kěnd
dâ de nět der bolf fěnd
benn er de boll fěnden
bol e de verschlěnken (verschlěnden?).

3. Desgleichen.

hutschi baia làngâ
der tûd sětzt a der stangâ
hàt a baiß kitala àn
héa běl mai kěnd hà~.

Geidel und Münichwies.

Gespräch eines Münichwiesers mit einem Geidler.

M. Wû wàater dje, vetter Ándrâsch?

G. Dà wár ěch njer am Klûster am vîmak (am Viehmarkt im Kloster slov. Klaštor, madjar. Znio Várallya, Marktflecken nahe bei Münichwies).

---

1) Etwa das Loch in der Mauer eines Hofes zum Abfluß des Unrates, oder dgl. Die trauernde Mutter ist von der directen Anrede des Toten in II. Person, nach einer

M. Hàt er ischt gakàſt?

G. Jû, mai lîba vetter Màz!

M. Wi tàier hàt er gazàlt di oxen?

G. Mai lîber frai~d, di kosten vĕl, jas wolt e mer àmàl nĕt weln glàben dà di via (zweisilbig) hundet gĕlda kosten.

M. Unner derschlà me! jàs ist ju sêa tàier! ĕ ha am vergángen wĕnter am Daitschpraun em zwà hundet unt vjetzĕg gĕlda oxen gakàft; àder jàs wanten hàl oxen! ka sĕttana bàt er gawëss nô nĕt gasà~.

G. E frêg nĕt vĕl dernàch, witte oxen das sai~, wenn es njer oxen sai, dà ber [1]) wĕt kinna ácken.

M. Ban uns braucht ber hàl da oxen wĕneng [2]) zum sfeld ba- àabeten (ba - o * beten ⌣́⌣⌣), às nje ischt zum derhandeln. — Wëst es dô, veter Ándràsch, ban uns wit sfeld nje gahackt.

G. Anu, wâs e's dô, wîs bàn aich gêt! — aubî [3]), áder jàs mù schu à a schlĕmma àabet sai, da ganzen äcker hacken.

M. Anu glà! [4]) — umi jéu!! [5]) — jàs ĕst nĕtte àabet, dàs bold am wol grau~! [6]).

Pause, indem sie sich nun erzählend an die Umstehenden wendet, in die III. Person übergegangen.

[1]) Das unpersönliche Fürwort m a n hatte schon mhd. neben m a n die Formen m e n, m i n, m e mhd. Wtb. II, 31. Aber auch w a n und (bei Boner) w e n mhd. Wtb. III, 31ᵇ. Grimm gr. III, 8. Schmeller gr. Seite 124, Anmerkg. hält das mundartliche m e r (= m a n) für etwa entstellt aus dem Pron. wer. So könnte auch obiges d á b e r (= daß man) auf eine Übergangsform d a ß w e r zurückweisen. Eß erinnert an schles. b e r = wir. Weinh. Dial. 75.

[2]) wĕnĕng für wenig, ist mitteldeutsch (Jeroschin. w ĕ n i n c andere md. Schriften s. mhd. Wtb. III, 559); so wie g e n u n g für genug am Mittelrhein (15 Jahrh.) bei H. Sachs ; Rosenplut u. s. w. Goethe.

[3]) mhd, o u w î, o u w ĕ; o w î, o w ĕ (ahd. a u! Graff I, 1150) ist nhd. o w ĕh a u w ê h und a u w e i h geworden. Um Kremnitz hört man häufig a u b o i! In der Zips a u w î (In auwî Jeichen ! Wtb. 65). Es ist hier überall sowol Ausruf des Schmerzes als auch der Verwunderung. Auffallend ist, daß mhd. J nicht, wie sonst in diesen Mund- arten, zu A I geworden ist.

[4]) Vgl. Nachtr. 16, 29.

[5]) u m i, als Interj. vor j é u (= jà) ist schwer zu deuten ; etwa entstellt aus ahd. a h m i c h! heu me! mhd. a c h m i c h! Gr. III, 297. o i m ĕ daselbst 296 wird kaum je populär gewesen sein.

[6]) Schmell. II, 97, findet g r a u e n im Dialekt weniger üblich. Stalder führt das Wort nicht auf. Es scheint auch schon in früherer Zeit m e h r bei md. Schriftstellern üblich. Vgl. mhd. Wtb. I, 584. In unseren Mundarten bedeutet es E k e l c m p f i n d e n, grauen, Abscheu fühlen ; vgl. Nachtr. 30.

G. Blait an gotts nàma ⁷), vetter Måz!

M Géit scho â an gotts nàma!

Idiotismen aus der Gegend Prabens.

petersëllëg m. Petersilie, österreichisch (auch in Pest, Presburg):
  pêdasöl m.

bjaffen, werfen, so wie stjacka: stärker, jatz: Herz. Denn ER wird
  gewöhnlich in betonten Silben zu JA, UR zu JO: djoscht: Durst
  djoch: durch; bjoscht: Wurst u. s. f.

plêden, plaudern. Vgl. kêffen Wtb. 68ᵇ, obwol mhd. nur blôdern,
  plôdern, kein ploudern bekannt ist. Es steht für plôdern
  plôdern und stammt aus Tirol s. Fromm. III, 323.

Brês, das Dorf Brjesztya im Turotzer Comitat. Der Name Brestenhäu Nachtr. 6 kömmt nur in Büchern vor. Der Name ist
  vielleicht gleichen Ursprungs mit dem von Bersen (Börzsöny)
  und dem von Briesen.

dege', dieser (kurzes E, reines G nicht J oder CH). Damit ist zu vgl.
  das oberpfälzische: dêi, plur. dêie Schmell. I, 349.

djoscht m. Durst. Prb. s. oben bjaffen.

drêmel plur. Kopfputz der Frauen aus feiner Leinwand (mhd.
  drümel); nicht so vornehm als die kokal s. d.

tschibala n. kosewort für kleine Hunde. Prb.

fert wjatt, fort, hinweg, vgl. bjaffen.

fink, wink m. Der Finke.

Wundscheln plur. Fundstollen, Chvognice, ein deutscher Ort bei
  Praben; Wundschler m. der Fundstollner.

gâlet, gôlet f. Gallerte (bair. österr. gewöhnlich sulze), besonders
  dick geronnene Thierstoffe (Schweinsknöchelchen u. s. w.), mhd.
  galreide, roman. galatina.

grain, grai~, der gewöhnlichste Ausdruck für weinen, vgl. raunzen,
  zànna und Nachtr. 30.

---

⁷) Das Lebewol ist hier überall gleich : bleibt in Gottes Namen! Vgl. Wtb. Seite
  122. Es ist diese Grußformel in der obersächsischen Mundart, an der Grenze des
  Leitmeritzer und Bunzlauer Kreises Nord-Böhmens zu Hause. S. Firmenich II, 376⁶:
  bleibt ai gotts nom. Ich vermag nicht zu entscheiden, ob diese Grußformel
  aus dem slavischen (čech.) zustáwejte spánem Bohem! übersetzt und
  herübergenommen ist. Vgl. S. 395.

gürtel (spr. gjateł) m. rote Gürtel trugen ehedem die jungen Meister als Sargträger und Fackelträger bei Leichenbegängnissen; vor 50 Jahren die Magistratsräte in Praben.

Hêbeg, Hedvig, Hadwiga, deutsches Dorf in Turotz.

hörnlein, héänala n. das Hörnchen; in Pest, Ofen, Ödenburg, Presburg, Wien u. s. w.: Kipfel.

kéäblkraut n. Kerbel, scandix cerefolium Linné.

kibalatzala n. das Füllen. Prb. vgl. Wtb. 72: kobal.

kokal n. die Silberhaube, Goldhaube der vornehmen Frauen in Praben. Manche hat deren mehrere, obwol sie ziemlich kostspielig sind, doch dauern sie auch mehr als ein Menschenleben aus. Vor 50 Jahren war wol die Mode solcher Goldhauben noch eine weitverbreitete (da gab es welche unter den Namen Linzer, Presburger Hauben u. dgl.). Obiges Wort ist wol = gugel, mhd. gugele, kugel, kogel, ahd. chugela, mlat. cuculla.

lân n. Gesammtname der Äcker, welche zu den Häusern von Deutsch-Praben gehören. Ursprünglich = lêhen, ahd. lêhan; vgl. jâner für jener in Praben u. dgl. m. In der Urkunde, welche auf die Gründung von Dopschau bezogen wird, heißt es (1326) possessio quae more teutonico laan dicitur magnum — dann: duas laanas terrae. Wagner I, 448 f. Vgl. oben S. 316.

raunzen, weinen; selten gebraucht, aus dem österreichischen eingedrungen. Vgl. raunzen. Schmell. III, 98.

sauram m. Sauerampfer, ahd. ampfero, mhd. sûrampfer; sauram ist wol gekürzt aus sûrampfer.

scheckermělich f. und schleckermělich f. Schlickermilch Prb. vgl. Wtb. 93 unter schlěckern.

sel, dort, damals. Prb. vgl. Wtb. 97: sel, selb.

spéäber m. Sperber. Prb.

strětzeł n. geflochtenes Backwerk; in Pest, Ofen, Presburg, Wien. strizel; vgl. Wtb. 100: strützel.

weisen, pobaisen, bezaubern. Da gewisse fahrende Heilkünstler, die 1827 in der Zips noch in Ehren standen, die Weisen genannt wurden s. Wtb. 103*, so mag dies Wort damit zusammenhängen.

wêcher bége' (langes ê der Stammsilbe, reines g; vgl. oben dege') welcher; vgl. wéche' Schmell. IV, 61.

zannen, zànna, weinen; nur selten in Gebrauch. Prb. in Münichwies = lachen. Vgl. Wtb. 106.

zeller m. Sellerie; in Presburg, Wien: zŏlla'; bair. zellerer.
Schmell. IV, 250.

Diesen Orten aus der Umgebung von Deutsch-Praben schließen
sich außer Münichwies noch andere drei Orte der Turotzer Gespanschaft
an: Käserhäu (Jassenowe), Brestenhäu (Brjesztya) und Hedwig
(Hadviga). Die Mundarten dieser Orte verhalten sich zu den obenange-
führten ganz wie es ihre geographische Lage vorzeichnet. Käserhäu
hat die Mundart von Beneschhäu; Hedwig und Brestenhäu
stehen näher der Mundart von Geidel; so wurde ich in Deutsch-Praben
belehrt.

Aus Münichwiesen:

backen, backen. Die Aussprache des B unterscheidet die Münich-
    wieser selbst von den Geidlern; denn auch hier sagt man packen.
bêten, lesen; s. Nachtrag 17, wo fälschlich pêten steht.
pritschinkala n. Schublade, slovakisch zu přečin, přečinka,
    přjhrádka Jungmann III, 458.
büchs, böcks f. die Büchse, d. h. das Feuergewehr, die Flinte.
de dje, denn (?), dar (?): wu wàat er dje, in obigem Gespräch.
flê͂, weinen, auch schles. flennen, österr. bair. flêna, mhd. vlennen.
frê f. Frau; vgl. kêfen, kaufen. Wtb. 68.
gâ, geben.
gâscht f. Gerste.
grôb, groß, iar schulmâster, ia sait a grôber ké-eck
    (zweisilbig: ihr, Schulmeister, ihr seid ein großer Knüttel:
    tropisch für großer Mann). So sagte man in Mw. zu dem hoch
    gewachsenen Schullehrer J. Richter aus D. Praben; vgl. Nachtr. 30.
hô, angehängt, wie mhd. â-s. nana.
kéeck m. 1. der Knüttel, Prügel, 2. großgewachsener Mann, aus
    slav. kygjk Dem. von kyg, keg: die Keule, der Prügel u. s. w.
    Jungmann II, 244 f.
ku dâ hâ, ë sël ischt mët der kausen: komm da her, ich
    werde („soll") etwas mit dir reden!
lês f. die Schrift, Lectüre; was man lesen kann. Vgl. oben bêten.
nana m. der Vater; grûnana: Großvater; nanahô! so hört man
    Kinder aus der Ferne den Vater rufen. Über das Wort vgl. Wtb. 83.

sàlgàt m. der Soldat.

schotten f. trinkbare Schafmolke. In Baiern ist **schotten**: Quark; in der Schweiz eine Nachmolke Schmell. III, 416. Ferneres über den Ausdruck s. Grimm. Gesch. d. deutschen Sprache 1007 f.

zànna, lachen, daß man die Zähne sieht, ahd. **zannên**, die Zähne zeigen. Graff. V, 673; österreichisch ist **zàna** weinen; so Pest, Ofen, Ödenburg, Presburg, Wien. Vgl. oben S. 433: **grain**.

Abkürzungen.

Bnh. Beneschhäus. S. 414. 430.
Dpsch. Dopschau. S. Wtb. 120.
Gdl. Geidel. S. 414. 431 f.
Gln. Gölnitz. S. 299.
Gln. zdr. Gölnitzer Zundrute; ein Gespräch in Versen in den Sprachproben. S. 334.
Glsh. Glaserhäu. S. 394. 402.
Hw. Hochwies. S. 401.
Knh. Kuneschhäu. S. 394. 403 f.
Kns. Kniesen. S. 288.
Kremn. Kremnitz. 401 f.
Krh. Krickerhäu. S. 394 ff.
Ksm. Kesmark. S. 283.
Lrz. Lorenzen. S. 409.
Ltsch. Leutschau. S. 281.
Mw. Münichwies. S. 262. 404. 414. 435.

Mzsf. Metzenseifen. S. 375 ff.
Nachtr. Nachtrag zum Wtb. der Mundarten des ungr. Berglandes. S. 253.
Pdl. Pudlein. S. 289.
Pls. Pilsen. S. 408.
Plsch. Paulisch. S. 401.
Prb. Praben. S. 412 ff.
Schemn. Schemnitz. S. 299.
Smh. Schmidshäu. S. 414.
Sm. Smk. Schmölnitzer kàltbe, Lustspiel 'aus Sm. in den Sprachproben. S. 299. 349.
Stss. Stooß. S. 368.
Trh. Trexelhäu. S. 399.
Wgdr. Wagendrüssel. S. 332.
Wtb. Wörterbuch der deutschen Mundarten des ung. Berglandes s. S. 253.
Zps. Zips. Zpsl. das Zipserlied. S. 278.

Berichtigungen.

Zu Seite 254, Zeile 18 v. u. statt Seite 293 lies: 303.
„ „ 255 „ 14 „ „ Bartsch lies: Baatsch.
„ „ 303 „ 16 „ „ ungr. Bergmannssprache lies: deutschungrische B.
„ „ 306 birsche S. Wtb. 36.

SITZUNG VOM 18. NOVEMBER 1863.

Der Präsident der Classe Herr v. Karajan theilt eine Note des hohen Curatoriums mit, worin angezeigt wird: „Dass bis zum 1. Jänner k. J. das Curatorium der Savigny-Stiftung zu Berlin seine Wirksamkeit damit beginnen könne, dass es der kais. Akademie der Wissenschaften in Wien die Zinsen des Stiftungsvermögens für das laufende Jahr zur Verfügung stellt.

Vorgelegt:

Der Codex Salisburgensis S. Petri. IX. 32.

Ein Beitrag zur Geschichte der vorgratianischen Rechtsquellen.

Von dem w. M. Hofrath **Phillips.**

Einleitung.

§. 1.

1. Beschreibung der Handschrift.

Die Pergamenthandschrift, welche die Bibliothek des Benedictinerstiftes von St. Peter zu Salzburg unter der Signatur IX. 32 (ehemals X. 28) aufbewahrt, enthält eine nicht unbeträchtliche Anzahl kirchenrechtlicher Quellen aus der vorgratianischen Zeit. Unter diesen ist die jüngste das Concilium von Erfurt vom Jahre 932. Der Codex selbst gehört, wenn nicht dem Ausgange des zehnten, so doch spätestens dem Anfange des eilften Jahrhunderts an und ist von verschiedenen Händen, durchweg sehr leserlich und deutlich geschrieben. Der Umfang der Handschrift ist nicht unbedeutend; sie zählt achtundzwanzig Quaternionen zu acht Blättern in einem kleinen Folioformat. Die Quaternionen sind, jeder an seinem Ende, mit I — XV, und dann in einer neuen Reihenfolge, hieran anschliessend, mit I — XIII beziffert. Abgesehen von andern Gründen, kann man sich schon aus jener Doppelreihe von Quaternionen davon überzeugen, dass hier zwei ursprünglich für sich bestehende Codices mit einander zu einem Ganzen vereinigt worden sind. Leider fehlen in der ersten jener Reihen zwei Blätter, nämlich das vierte und fünfte des dritten Quaternio, wodurch eine erhebliche Lücke entsteht. Auch in der zweiten Reihe zählt ein Quaternio, nämlich der zehnte, statt acht nur sechs Blätter; auf den ersten Anblick scheint hier Nichts an dem Inhalte zu fehlen, eine nähere Betrachtung belehrt jedoch von dem Gegentheil. Es beläuft sich demnach die Gesammtzahl aller Blätter auf 220 (statt 224); es sollen jedoch im Nachfolgenden die fehlenden Blätter: 20, 21, 195 und 197 mitgezählt und die Rückseite der einzelnen Blätter durch Hinzufügung des Buchstabens a bezeichnet werden. Fast hat es den Anschein, als ob man in der Zerlegung der Handschrift in mehrere Codices noch weiter gehen und annehmen dürfe, dass auch der erste jener beiden Bestandtheile aus der Vereinigung zweier verschiedenen Handschriften hervorgegangen sei; dies müsste dann aber vor der Bezifferung der Quaternionen stattgefunden haben. Es wird sich weiter unten Gelegenheit bieten, auf diesen Gegenstand zurückzukommen. Noch möge bemerkt werden, dass die Handschrift bisher noch nicht benützt worden ist, ausser dass in neuester Zeit Hinschius in seiner Ausgabe des Pseudo-Isidor [1]), auf Grund einer Mittheilung Kunstmann's darauf Rücksicht nimmt; es beschränkt sich dies jedoch auf die darin enthaltenen Capitula Angilramni. — Verzweifelnd und über die monatlange vergebliche Arbeit betrübt, hatte vor etwa sechzig Jahren der fleissige Ordensmann, welcher damals den Katalog der Handschriften des Klosters von St. Peter verfertigte, den Codex bei Seite gelegt, dessen Autor und Inhalt ihm räthselhaft geblieben waren. Sehr viel Zeit, ebenfalls Monate, habe auch ich auf diese Handschrift verwendet, und wenn es auch nicht gelang, jedes Räthsel, welches dieselbe bietet, zu lösen, so konnte doch, da der Wissenschaft jetzt weit bessere Hilfsmittel geboten sind, als damals, viel Interessantes ermittelt werden.

---

[1]) Diese konnte hier noch nicht benützt werden.

§. 2.
Titel der Handschrift.

In neuerer Zeit, wohl erst vor wenigen Decennien, ist diese Salzburger Handschrift auf einem auf dem Rücken des Einbandes geklebten Papierstreifen mit dem Titel:

Cresconii Opera

versehen worden; jedenfalls nicht zutreffend, da Cresconius zwar verschiedene Werke geschrieben hat, von diesen aber nur seine Concordia Canonum auf unsere Zeit gekommen und auch nur diese in unserer Handschrift enthalten ist. Ausserdem führt der Codex eine vermuthlich aus dem fünfzehnten Jahrhunderte herrührende nur mit Mühe zu entziffernde Aufschrift; sie ist ebenfalls auf einem Papierstreifen auf die Vorderseite des Einbandes geklebt und lautet:

Decreta presulum romanorum conciliorumque generalium atque specialium flosculi Cresconii ferrendique laudanda opuscula.

Diese Bezeichnung der Handschrift ist aber nur ein Auszug des Inhaltes ihres Titelblattes, auf welchem mit rother Tinte geschrieben steht:

Hic libellus continet flosculos ex decretis ceu vernantibus pratis presulum romanorum conciliorumque generalium nec non et specialium apostolica auctoritate roboratorum vel etiam quorundam orthodoxorum patrum dictis defloratos ob varia huius quoque temporis incommoda humane imbecillitati imminentia quid cuique in ecclesiasticis sit agendum faciendumve negotiis designantes; non minus quoque cresconii ferrendique ut dicunt laudanda continens opuscula ad commoditatem legentium utilitatemque minus intelligentium pariter inscripta.

§. 3.
Kurze Übersicht des Inhaltes.

Ausser der Concordia Canonum des Cresconius enthält die Handschrift von St. Peter noch eine Anzahl anderer kirchenrechtlicher Quellen, aus denen hier zunächst folgende hervorgehoben werden mögen: Eine Sammlung spanischer und gallischer, beziehungsweise fränkischer Concilienschlüsse; mehrere Briefe des Rhabanus Maurus und verschiedene Auszüge aus Werken einzelner Kirchenväter und aus päpstlichen Decretalen; eine andere Sammlung von ausschliesslich gallischen (fränkischen) Concilienschlüssen; der Pittaciolus des Hinkmar von Laon, in welchen aber noch verschiedene andere Stücke eingeschaltet sind; hieran wird dann noch eine grosse Menge anderer Canones, im Ganzen ziemlich unsystematisch an-

gereiht. Darunter befinden sich mehrere die Ehescheidungs-
sache Lothar's II. und die Angelegenheit der beiden Erzbischöfe
Günther von Cöln und Theutgaud von Trier betreffende Stücke,
viele Capitula Angilramni, nicht minder werden auch hier, wie an
anderen Stellen der Handschrift, manche Canones der Concilien von
Melun (845), Rouen (?) und Tibur (895) mitgetheilt, die sich in den
bisher bekannten Sammlungen nicht vorfinden; unsere Handschrift
tritt hierin, wie in manchen anderen Puncten, dem Cod. Darmst., welchen Wasserschleben (Beiträge zu den vorgratianischen Rechtsquellen) benützt hat, sehr nahe. Dem letzten Canon der Handschrift,
den sie einem toletanischen Concilium entnommen hat, geht merkwürdiger Weise eine Anleitung zum Gebrauche der Runenschrift
voraus. Den Schluss des Ganzen bildet die bekannte Regula formatarum: „Graeca elementa literarum etc.," während schon auf
der Rückseite des Titelblattes sich eine Formata des Bischofs Ruod-
bert von Metz an den Erzbischof Wilibert von Cöln findet; da jener
seinen bischöflichen Stuhl von 883 — 905 einnahm, dieser das
Amt des Metropoliten von 870 — 889 bekleidete, so muss diese
Formata zwischen 883 und 889 verfasst sein.

Die nachstehende Erörterung der verschiedenen Bestandtheile
dieser wichtigen Handschrift wird es im Einzelnen mit folgenden
Stücken zu thun haben:

§. 4—7. I. Die Concordia Canonum des Cresconius (fol. 2—94).

§. 8—14. II. Sammlung von Canones spanischer und gallischer
Concilien (fol. 95—120).

§. 15. Anhang. Excerptum Bedae (fol. 120ᵃ).

§. 16—19. III. Liber Canonum (aus Rhabanus Maurus; fol.
121—153).

§. 20. Anhang. Ein Can. Tribur. u. Epist. Joann. X. (fol. 153ᵃ).

§. 21. IV. Sieben Excerpte aus Augustinus und Gregorius
(fol. 154—156).

§. 22. V. Zwei oder drei Canones Triburienses (fol. 156).

§. 23. VI. Canones Synodi Romanorum ad Gallos episcopos
(fol. 157—161ᵃ).

§. 24 – 25. VII. Diversae sententiae Canonum (fol. 161ᵃ—170).

§. 26. VIII. Praecepta S. Clementis Episcopi (fol. 170—171ᵃ).

§. 27. IX. Excerpte aus Isidor (fol. 171ᵃ—172ᵃ).

§. 28. X. Ex decretis Vigilii papae (fol. 172ᵃ).

§. 29. XI. Der Pittaciolus des Hinkmar von Laon (fol. 172ᵃ
bis 194ᵃ).

§. 30—32. XII. Ex dictis sanctorum Patrum etc. (fol. 194ᵃ
bis 198). — 27 Capitel (Capit. Addit. I; fol. 198—204ᵃ).

§. 33. XIII. Conventus Ticinensis (fol. 204ᵃ—208).

§. 34—36. XIV. Capitula Angilramni (fol. 208—212).

§. 37. XV. Eine Decretale Hadrian's II. (fol. 213).

§. 38—45. XVI. Eine Sammlung von 61 Capiteln (fol. 213
bis 224).

§. 46 XVII. Ein Runenalphabet (fol. 223ᵃ).

I. Die Concordia Canonum des Cresconius.

(fol. 2—94.)

§. 4.

1. Ferrandus und Cresconius — Breviatis und Concordia
Canonum.

Auf Veranlassung eines afrikanischen Bischofs, welcher in unserer Handschrift Liberius, sonst meistens Liberinus genannt
wird, verfasste Cresconius oder Crisconius, dessen Amts-
bruder, etwa um das Jahr 690 sein als „Concordia Canonum" be-
zeichnetes Werk. Diesem war in der Hälfte des sechsten Jahrhunderts
eine Arbeit des Diakons Fulgentius Ferrandus oder Ferrendus
(wie er hier genannt wird): Breviatio Canonum oder Breviarium
canonicum vorangegangen. Dem zuerst genannten Bischofe schien
diese aus dem Grunde ungenügend zu sein [1]), weil darin die Texte
der citirten Concilien nicht auch mitgetheilt waren. In der That hat
Ferrandus nur ein nach Materien geordnetes Verzeichniss geliefert.
Ein solches hat Cresconius seiner Concordia ebenfalls vorangestellt;
dasselbe gehört aber als Inhaltsverzeichniss zu dieser und ist, wie
auch unsere Handschrift zur Genüge zeigt, nicht als ein selbstän-
diges Werk von ihr zu unterscheiden. In dem vorliegenden Cod.
Salisb. zählt jene 301 nicht 300 Titel; ersteres ist das Richtige,
indem sich deutlich wahrnehmen lässt, dass nach der gewöhnlichen

---

1) Cod. Salisb. fol. 3. — Quamobrem antefati viri laude praelata necessarium duxi
profectui subserviens parvulorum iuxta vestrum imperium cuncta ecclesiastica ut
dictum est, constituta quae ad nostram noticiam pervenerunt in hoc opere sub
titulorum serie praenotare et ea condiscere valentibus et volentibus dubitationis
ambagem auferre, ut eorum plena instructio non ex difficultate scriptoris sed ex
dissidia iam dependat lectoris.

Zählung der Titel 288 unserer Handschrift nicht mitgerechnet, sondern dem Titel 287 angehängt wird. Leider fehlen in dieser, wie
oben bemerkt wurde [1]), zwei Blätter, auf welchen ausser einem
Stücke des dritten Titels, der vierte bis neunte und der Anfang des
zehnten Titels sich befanden [2]).

§. 5.

2. Varianten des Codex Salisburgensis.

Bekanntlich hat Cresconius Nichts mehr gethan, als die Sammlungen des Dionysius Exiguus systematisch verarbeitet. An mehreren Stellen, an welchen der Text des Cresconius bei Justeau sich
von Dionysius entfernt, hat unsere Handschrift meistens die Dionysi-
sche Lesart [3]), doch weicht sie auch hin und wieder von beiden ab;
so hat sie im Titel 18 in dem Decret Leo's (Epist. 14. ad Anastas.
cap. 9. De clericis transfugis [4]); s. Migne Tom. LIV, col. 674),
welches den Bischöfen verbietet, fremde Kleriker zu weihen, die
viel bessere Lesart allicere für abjicere. Es zeigt sich dasselbe auch
bei den Briefen anderer Päpste, in welcher Hinsicht Tit. 60. Ex
decretis Papae Innocentii. tit. 57 (Epist. 17. cap. 4; vergl. Cap.
Veniam. 5. C. 35. Q. 9), noch als Beispiel dienen möge. Dagegen
stimmt unser Codex wieder mit Dionysius darin überein, dass er in
Tit. 109 die in dem gedruckten Texte nur von dem Herausgeber
eingeschalteten Worte aus dem Conc. Sard. c. 11 (requirat et
illud etc.) ebenfalls wiedergibt; andererseits hat er in Tit. 195 mit
jenem Texte in dem zunächst an die Bischöfe Campanien's, Picenum's
und Tuscien's gerichteten Briefe Leo's des Grossen, ebenfalls die
Überschrift: et per universas provincias constitutis (episcopis).

§. 6.

3. Eingeschaltete Capitel.

Bemerkenswerth sind aber auch einige Einschaltungen, die
sich in unserm Codex im Gegensatze zu der gedruckten Ausgabe
vorfinden:

1. Unmittelbar nach dem gewöhnlichen Titel des Cresconius
(Hic habetur Concordia Canonum Conciliorum infra scriptorum prae-

---

[1]) S. oben S. 437.

[2]) Bibliotheca juris canonici. Tom. I. App. p. XXXIII. Ein Wiederabdruck findet sich
bei Migne, Patrolog. Cursus complet. Tom. LXXXVIII. col. 829 sqq.

[3]) Z. B. in Tit. 3 Decr. Siric. statt nec saltu hat die Handschrift mit Dionysius: nec
statim saltu.

[4]) Vergl. Can. Alienum. 1. C. 19. Q. 2.

sulum etc.) lässt unser Codex folgen: Responsio Athanasii Alexandrini Episcopi de sua fide. Patrem et filium et spiritum sanctum deitate potestate magnitudine. Natura unum esse confiteor. Nec aliquid in hoc trinitate novum extraneumve ac si antea non fuerit postea vero adiectum sit assero, sed ut dicimus eam naturae uniusque substantiae credo. Hieran schliessen sich folgende Distychen:

> Concilium sacrum venerandi culmina iuris
> Condidit et nobis congrua frena dedit
> Ut bene fundatus iusto moderamine possit
> Intemerate gerens clericus ordo regi
> Pontifices summi veterum praecepta sequentes
> Planius haec monitis exposuere suis.
> Hinc fidei nostrae se pandit semita et omnes
> Errorum dampnant dogmata sancta vias
> Quisque dei famulus fuerit christique sacerdos
> Hoc sale conditis dulcia mella fluit.

2. Im Tit. 2. folgt auf das Decret. papae Coelestini ein Capitel unter der Inscription: De electione episcopi ex Decr. Leonis c. 36, und zwar die Worte: *Metropolitano vero defuncto* bis *ex diaconis optimus eligatur.* Dasselbe kommt auch bei Dionysius vor [1]).

3. Hieran reiht sich eine kurze Stelle aus dem Briefe des heiligen Hieronymus an den Nepotianus (Epist. 52. cap. 6. Migne, Tom. XXII. col. 533): Gloria episcopi pauperum opibus (al. inopiae) providere, ignominia sacerdotis propriis studere divitiis (vergl. Can. Gloria. 71. C. 12. Q. 2); an diese schliessen sich dann die bekannten Worte an: noverint se episcopos esse, non dominos. Scitum est illud oratoris dominici: cur ego te habeam ut principem, cum tu me non habeas ut senatorem.

4. Im Tit. 3 folgt auf die erste Decretale des Papstes Gelasius, welche mit dem Worte „devotio" endet, ein ebenfalls bei Dionysius befindliches Capitel [2]), welches die Überschrift hat: De electione sacerdotis ex decretis Leonis Papae, cap. 49, und zwar die Worte: *Miramur* (D i o n. *Mirantes*) *tantum apud vos* bis *si quod requiritur in corpore, non invenitur in capite,* und dann mit Auslassung eines beträchtlichen Stückes: *Unde si qui episcopi* bis *immerito praestiterunt* [3]). Das nunmehr folgende Capitel hat trotz dieser Einschaltung die Überschrift: Ex decretis papae ejusdem tit. 4, was sich jedoch nicht auf Leo, sondern auf Gelasius bezieht, wodurch die Interpolation um so kenntlicher gemacht wird.

---

[1]) M i g n e. Tom. LXVII. col. 294. [2]) M i g n e l. c. col. 298. [3]) M i g n e l. c. col. 305.

5. Im Tit. 96 folgt auf das dem Conc. Antioch. entnommene
Capitel die Epistola Leonis Papae de privilegio chorepiscoporum
sive presbyterorum; ad universos Germaniae atque Galliae ecclesiarum episcopos. Es ist dies der bekannte unechte Brief Leo's[1],
der hier nur in einigen unerheblichen Puncten vom Pseudo-Isidor[2]
abweicht; wichtig ist nur folgende Verschiedenheit: Pseudo-Isidor
hat seinem Briefe bei den Worten: nec plebem utique exhortari
einen Bestandtheil des echten Briefes Leo's über die Causa Lupicini,
beginnend mit den Worten: in eos specialius et propensius commo-
vendi, angehängt; dagegen lässt der Cod. Salisb. nach einer
kleinen Umänderung jener Worte in: nec plebem exhortari firmiter
sancitum est, Nachstehendes folgen: Unde in epistola Anacleti
Papae sic scriptum reperitur. Episcopi apostolorum, presbyteri vero
LXXta discipulorum locum tenent et amplius quia isti duo ordines
sacerdotum nec nobis collati sunt, nec apostoli docuerunt. Diese
Worte finden sich in dem pseudo-isidorischen Briefe Anaclet's
Benedictus Deus wieder[3], ohne dass darin die Chorbischöfe,
obschon sie angedeutet sind, genannt werden. Immerhin bleibt es
auffallend, dass die einzige aus dem Pseudo-Isidor entnommene
Interpolation sich auf die Chorbischöfe bezieht, gegen welche gerade um die Mitte des neunten Jahrhunderts der allgemeine Angriff
gerichtet wurde; doch möge bei dieser Gelegenheit daran erinnert
werden, dass jener unechte Brief Leo's schon älter ist als der
Pseudo-Isidor.

§ 7.

4. Der Cod. Salisb. enthält kein Werk des Ferrandus.

Während auf dem Titelblatte des Codex die Werke des Cresconius und des Ferrandus erwähnt werden, heisst es auf fol. 94a
am Ende: Explicit liber concordiae canonum Cresconii ad Liberium,
ohne dass von Ferrandus irgend weiter die Rede wäre. Es ist kaum
anzunehmen, dass de Abschreiber das Inhaltsverzeichniss des Cresconius für die Breviatio Canonum des Ferrandus gehalten habe; er
würde dann auch den letzteren zuerst genannt haben. Es entsteht
daher die Vermuthung, dass der Codex ursprünglich nach der Concordia des Cresconius auch noch die Arbeit des Ferrandus enthalten
habe. Soviel ist mindestens als gewiss anzunehmen, dass zwischen

---

[1] Migne. Tom. LV. col 757. [2] Migne. T CXXX. col. 880. [3] Migne l c. col. 76.

dem Schlusse des Buches des Cresconius und dem nunmehr nachfolgenden zweiten Bestandtheile der Handschrift eine Lücke ist.

II. Sammlung von Canones spanischer und gallischer, beziehungsweise fränkischer Concilien.

(fol. 95—120.)

§. 8.

1. Lücke in der Handschrift. — Die Buchstaben De R. S.

Ohne alle Überschrift reiht sich in unserer Handschrift mit fol. 95 an Cresconius eine andere Canonensammlung an; nur am Rande befinden sich die Buchstaben De R. S. Die Sammlung beginnt mit folgendem Capitel: Si quis de uno pago vel episcopatu etc. Das erwähnte Blatt lässt, indem es stark abgegriffen und viel gelber als die vorhergehenden und die nachfolgenden ist, eben aus diesen Spuren vermuthen, dass es eine Zeit lang selbst das erste und äusserste (aber wegen jenes Anfanges doch wiederum ursprünglich nicht das erste) einer von dem den Cresconius enthaltenden Codex verschiedenen Handschrift gewesen ist. Es liegt daher die Vermuthung nahe, dass schon die erste Abtheilung des Codex Salisb. aus zwei ursprünglich verschiedenen Codices zusammengesetzt sei. Der zweite Codex würde dann bis fol. 120 gereicht haben; die Rückseite dieses Blattes ist wie die Vorderseite von fol. 95 gelber und abgegriffener als die andern. Man hat daher hier eine Sammlung vor sich, die in Folge des Verlustes ihres Anfanges unvollständig ist. Über die Bedeutung der Buchstaben De R. S. lässt sich nur eine Vermuthung aufstellen. Der Verfasser des etwa vor sechzig Jahre angefertigten Handschriftenkatalogs von St. Peter hat an De ReScriptis gedacht; eher noch könnte man auf De rebus sacris oder synodalibus verfallen; viel wahrscheinlicher aber ist es, dass hier der Gedanke an eine Romana Synodus vorgeschwebt hat.

§. 9.

2. Eintheilung der Sammlung.

Nicht blos zur leichteren Übersicht ist hier diese Sammlung, die im Ganzen 190 Capitel zählt, in drei Theile zu zerlegen, sondern sie besteht wirklich aus drei wesentlich von einander zu unterscheidenden Bestandtheilen. Diese sind:

A. Cap. 1—14,

B. Cap. 15—140,

C. Cap. 141—190.

Von diesen dreien Bestandtheilen entsprechen sich der erste
und dritte viel mehr unter einander, als jeder von beiden dem zweiten; darin unterscheiden sie sich aber wiederum einer vom andern,
dass in dem ersten Abschnitte die Capitel (mit Ausschluss des ersten)
nach der Quelle bezeichnet werden, aus welcher sie geschöpft sind,
während dem Abschnitte C nur Eine Überschrift vorausgeht; der
Abschnitt B enthält mit Ausnahme einer Interpolation keinen Canon,
der jünger als das zehnte Concilium von Toledo (636) wäre, während in A und C sich zum grossen Theile nur Canones des neunten
Jahrhunderts finden.

§. 10.

A. Der erste Theil der Sammlung.

Die vierzehn Capitel des Abschnittes A sind folgende:

1. Das erste Capitel hat kein Rubrum, welches, wenn sich
nicht die Buchstaben De R. S. hierauf beziehen, am Ende des muth-
masslich verloren gegangenen Blattes gestanden haben möchte.

fol. 95   Si quis de uno pago vel episcopatu in alium pagum vel episcopatum adveniens incestuose polluerit vel aliud aliquid scelus
commiserit, potestatem habeat episcopus, cuius illa parroechia est,
peccantem coercere ad poenitentiam. Es ist dies in etwas veränder-
ter Gestalt der Canon, welchen Wasserschleben, „Beiträge zur
Geschichte der vorgratianischen Rechtsquellen“ S. 179. Nr. 23 aus
einem Darmstädter Codex mitgetheilt hat. Darnach gehört er als
eines der früher nicht bekannten Capitel der Synode von Tribur vom
Jahre 895 an. Es ist daher um so mehr zu bedauern, dass der Anfang dieser Sammlung verloren gegangen ist, indem man sonst vielleicht noch Einiges hätte finden können, was zur Erläuterung der
Conciliengeschichte des neunten Jahrhunderts gedient hätte.

2. Concilio Ancyrano Titulo XXXIII.

Convenit in ecclesiastico sicut et in humano haec tria observari iudicio, id est ut accusatores et defensores et iudices propriis
sint contenti negociis; ut ne accusatores vel defensores ordine con-
fuso iudicum aut iudices accusatorum et defensorum quaerant agere
vicem. Ideo sciat populus synodico ad hoc obligatus sacramento
divinorum canonicorumque praeceptorum transgressores se prodere
et accusare debere, non ex sententia divinorum voluminum reos

diiudicare aut eis poenitentiam imponere, quod tantum in ecclesiasticis negociis specialiter sacerdotum constat esse officium, quibus datum est nosse mysterium regni Dei. Qui etiam quo moderamine reos repelles vel poenitentes debeant tractare, cognitione sacrorum canonum decretorumque patrum sunt imbuti; Quique soli ligandi atque solvendi divinitus concessa auctoritate in sancta ecclesia iudiciariae dignitatis eminent gubernaculo. Nec mirum in hoc mundo sacerdotes haberi iudices, cum dominus apostolis, quorum nunc sacerdotes obtinent locum, in futuro quoque seculo iudices esse promittat, ubi dicit: In regeneratione cum sederit filius hominis in sede maiestatis suae sedebitis et vos super sedes XII iudicantes XII tribus israel. Unde seculares modulo suo sint contenti et suorum sacerdotum tantum se esse cognoscant auditores, nec de sibi incertis praesumant fieri iudices.

Es ist ersichtlich, dass dies Capitel nicht dem Concilium von Ancyra angehören kann; doch ist es bisher nicht gelungen, seinen Ursprung zu ermitteln.

3. De incestuosis.

Dieses Capitel, welches mit den Worten: episcopi incestuosos puriter investigare studeant anfängt, gehört zum Theil dem Conc. Mogunt. ann. 813. cap. 13 (Hardouin, Concil. Tom. IV. col. 1016), zum Theil dem Conc. Turon. ann: 813. cap. 41 (ebend. col. 1028) an. Vergl. Conc. Wormat. ann. 868. col. 79 (Hardouin, Concil. Tom. V. col. 748). Capit. Lib. V. cap. 151 und Additio III. cap. 92.

4. Ex cap. CXI.

Statutum est, ut quae cum controversiae etc. Dieses seinem Ursprunge nach nicht nachweisbare Capitel findet sich bei Regino, de synodal. caus. Lib. II. c. 111, wo es den Capitularien zugetheilt wird. Dasselbe weist mit seinem Citat auf den Zusammenhang dieser Sammlung mit Regino, wie denn auch

5. De ecclesiastico iuditio CXIII,

schon in seinem Rubrum mit Regino II. 113. übereinstimmt. Dasselbe ist einem Briefe Nikolaus II. vom Jahre 867 (s. Migne, Tom. CXIX. col. 1142. Jaffé, Regesta Rom. Pontif. n. 2174) entnommen.

6. Ex epistola Alexandri papae.

Si quis autem legationem vestram — quia eorum bona avertit; ein pseudo-isidorisches Capitel; s. Migne, Tom. CXXX. col. 97.

7. Item sanctus Johannes Constantinopolitanus.

Haeretici facie tristes etc., ein kurzes Capitel von drei Zeilen, welches mit dem folgenden in Verbindung steht.

8. De haeresi et scismate.

fol. 96   Haeresis graece etc. Diese Anfangsworte sind indirect aus Hieron. Comm. in Epist. ad. Titum. cap. 3 (Migne, Tom. XXVI. col. 597) entlehnt; direct gehört aber die ganze Stelle Isid. Etymol. Lib. VIII. cap. 3. an (s. Migne, Tom. LXXXII. col. 296).

9. Ohne Rubrum.

Daemonas a Graecis dictos ajunt etc. ist eben daher Lib. VIII. cap. 11 entnommen (s. Migne l. c. col. 315).

10. Ohne Rubrum.

De eo, quod non spoliandae sunt ecclesiae, quamvis mali sint principes earum. Hieronymus ait: quamvis mali sint principes semet ipsos destruunt, Dei vero ecclesia sine culpa manet. Romana synodus dicit: nemo audeat nudare ecclesiam, qualis fuerit princeps ejus. Idem in libro 1. etc. Dieser Idem ist aber nicht der heilige Hieronymus, sondern Augustinus, aus dessen Werk de civitate Dei Lib. L cap. 18 (Migne, Tom. XLI. col. 32), die nachfolgende Stelle von den Worten: An vero si aliqua femina mente corrupta — etiam corpore intacto hergenommen ist. Hierauf folgen dann die Worte: Idem contra eos, qui variis modis sua nitantur excusare peccata, und abermals eine Stelle aus Augustin. de continentia cap. 4, n. 13 sq. (Migne, Tom. XL. col. 357), beginnend mit den Worten: namque cum dixisset (wo in der Handschrift David supplirt wird) bis — jedoch mit einigen Auslassungen — furore blasphemi.

11. Ex decretis Alexandri papae.

Dominum extraneo parrocchiano dare nolentes de omnibus, quae in terra humano sudore laborantur, tam ab illo, cui iniustitiam faciunt quam a proprio episcopo ecclesiastica priventur communione, quo usque dare cogantur. Dieses Capitel findet sich nicht im Pseudo-Isidor.

12. Ex decretali Johannis papae.

De pervasoribus quippe rerum ecclesiasticarum, quos sacri canones spiritu Dei conditi et totius mundi reverentia consecrati et decreta pontificum sedis apostolicae sub anathemate usque ad regularem satisfactionem esse debere constituerunt, sed et de raptoribus fol. 97 quos apostolus Christo in se loquente regnum Dei non possidere testatur et cum huiusmodi omni veraciter christiano nec cibum sumere praecipit, quamdiu in ipso crimine permanent, per virtutem Christi et iudicio sancti spiritus decernimus, ut si easden res, quas quique usurpatores iniusti pervaserunt ecclesiis suis regulari satisfactione non restituerint, a communione corporis et sanguinis Christi usque ad restitutionem rerum ecclesiasticarum et satisfactionem alieni habeantur, et sacri episcopalis ministerii et excommunicationis ecclesiasticae contemptores secundum evangelicam et apostolicam auctoritatem ab episcopis quorum res interest commoniti, si regulariter satisfacientes non resipuerint, anathematis vinculo innodati usque ad satisfactionem permaneant; et si in ipsa pertinacia permanentes obierint, nemo corpora illorum cum hymnis et psalmis sepeliat, nec memoria illorum ad sacrum altare inter fideles mortuos habeatur, Dicente apostolo et evangelista Johanne: Est peccatum ad mortem, pro illo non dico, ut quis oret. Peccatum enim ad mortem et perseverantia in peccato usque ad mortem et sacri antiquorum patrum canones, de his qui sibi mortem volontariae inferunt et qui pro suis sceleribus puniuntur, sancto inspirante spiritu decreverunt, ut cum hymnis et psalmis eorum corpora non deferantur ad sepulturam. Quorum decreta sequentes ea quae praemisimus de pervasoribus et raptoribus rerum et facultatum ecclesiasticarum, si non resipuerint iudicio spiritus sancti decernimus sicut beatus decrevit Gregorius dicens: Quia tales christiani non sunt, quosque et ego et omnes catholici episcopi, immo universalis ecclesia anathematizat.

13. Concilio Agatensi. Titulo LXXIII.

Quicunque episcopalem parvi penderit bannum praecipue sacerdotum iudicio quacunque ex causa factum; per quem se cognoverit aut ab ecclesia eliminatum aut observatione ieiunii obnoxium, sciat in huiusmodi praesumptione non episcopum sed dominum sperni dicentem: Qui vos spernit, me spernit. Non enim huismodi temeritas fol. 97a levi plectenda est poenitentia, etiamsi imponentis videatur iniusta esse sententia, cui propter dominum tamen obtemperari debetur. Nec leve quicquam aut contemptibile videri oportet, quod episcoporum promulgatur sententia, quorum linguae claves coeli facti sunt. Quibus etiam dominus dicit: Non enim vos estis, qui loquimini, sed spiritus patris vestri, qui loquitur in vobis. Unde eiusdem sancti spiritus iudicio sancimus, post secundam vel tertiam huiusmodi temeritatis correptionem anathematis gladio feriendum. Quod etiam evangelica auctoritate iustum rectumque esse roboratur, ubi dicitur: Quicunque non receperit vos, neque audierit sermones vestros, exeuntes de domo vel de civitate, excutite pulverem de pedibus vestris. Amen dico vobis: Tollerabilius erit Sodomorum et Gomorreorum in die iudicii quam civitati illi.

Dass dieses Capitel nicht dem Concilium von Agde (506) angehören kann, ersieht man schon aus seinen ersten Worten; der Ausdruck bannus episcopalis möchte schwerlich vor dem Ausgange des achten Jahrhunderts üblich gewesen sein. Es erinnert dieses Capitel an Conc. Tribur. ann. 895. cap. 8 (Hardouin, Concilia Tom. VI. P. I. col. 441) und an Regin. II. 425, wo für eine ähnliche Stelle des heil. Fructuosus, der im Jahre 665 verstorbene Erzbischof von Braga, als Verfasser angegeben wird; der auch hier vorkommende Ausdruck bannus episcopalis möchte diese Autorschaft zweifelhaft machen.

14. De iniuria clericorum. Concilio Agatensi. cap. XXIII.

Si quis inreverens etc. Auch dieses Capitel ist kein Beschluss des Conciliums von Agde, sondern findet sich mit einer Variation am Schlusse wörtlich wieder in Conc. Trib. cit. cap. 20. col. 445. In unserer Handschrift lautet nach den Worten iustitiaeque consentire detrectaverit, der Schluss also: iusto anathemate mucrone apostolici sermonis abscidatur, quo ait: Tradite huiusmodi satanae in interitum carnis, ut spiritus salvus fiat in die domini. Et iterum; cum huiusmodi non cibum sumere.

fol. 98

B. Der zweite Theil der Sammlung.

§. 11.

1. Die hier benützten gallischen und spanischen Concilien.

Mit dem nunmehr folgenden fünfzehnten Capitel betritt man einen ganz andern Boden. Es beginnt eine Reihenfolge von 126

Capiteln, welche mit ganz geringen Ausnahmen aus gallischen und spanischen Concilienschlüssen genommen sind. Keineswegs sind hier aber alle Concilien, die sich in der Hispana oder beim Pseudo-Isidor finden, sondern nur folgende benützt:

1. Gallische: Arles I (314),
   Orange I (441),
   Vaison I (442),
   Arles II (443),
   Agde (506),
   Orleans I (511),
   Orleans II (III; 533),
   Auvergne I (535),
   Orleans V (549).

2. Spanische: Elvira (305),
   Toledo I (398),
   Tarragona (516),
   Lerida (523),
   Toledo II (531),
   Braga I (563),
   Braga II (572) nebst den Cap. Martini,
   Toledo III (589),
   Sevilla II (628),
   Toledo IV (633),
   Toledo VI (638),
   Toledo VII (646),
   Toledo IX (655),
   Toledo X (656).

§. 12.

2. Zusammenhang mit der Collectio Dacheriana und mit Regino.

An dem Rande unseres Codex sind die meisten der einzelnen zu diesem Theile der Sammlung gehörenden Capitel mit Zahlen versehen, welche, indem sie zuerst von XIII — CXXI zwar mit vielen Unterbrechungen fortlaufen, noch zweimal in einer neuen Reihe beginnen; so folgt auf jene Marginalzahl CXXI wiederum als nächste II, und dann, nachdem diese ebenfalls vielfach unterbrochene Reihe bis CXVII fortgesetzt wird, eine neue mit XXXII, welche mit CLVII endet. Diese Marginalzahlen geben aber einen

wichtigen Fingerzeig; sie lassen nämlich erkennen, dass diese
Capitel, mit Ausschluss der letzten sechs, sämmtlich der aus dre
Büchern bestehenden Collectio Dacheriana (s. D'Achery Spicilegium.
edid. Mansi. Tom. I. p. 506 ff.) geschöpft sind, unsere Sammlung
also ein Excerpt aus dieser ist. Jene hat auch Regino benützt, jedoch
stimmen die Lesarten des Cod. Salisb., so wie auch die Capitel-
zahlen beinahe vollständig mit der Coll. Dacher. zusammen, was bei
jenem nicht der Fall ist.

Folgende Tabelle möge zur Übersicht des Ganzen dienen:

	Capit.	Codex Salisb.	Orig.	Num. marg.	Collect. Dacher.	Regino
	1 (15)	Conc. Arel. 26	II. 25	.	I. 7	I. 319. 320
	2 (16)	— Tolet. 8	VI. 8	.	— 8	
	3 (17)	— Helib. 23	38	.		
	4 (18)	— Agat. 17	15	.	— 10	— 294
	5 (19)	— Arel.	II. 22	13	— 13	— 307
	6 (20)	— Vasens. 2	I. 2	.	— 23	— 115
fol. 99	7 (21)	— Tolet. 7	VI. 7	.	— 24	— 324
	8 (22)	— Elib. 13	22	.	— 31	
	9 (23)	— Agat.	60	.	— 32	
	10 (24)	— Araus. 6	I. 1	38	— 38	
	11 (25)	— Elib. 57	54	60	— 60	II. 151
fol. 100	12 (26)	— Aurel. 2	I. 2	72	— 72	
	13 (27)	— Elib. 8	8	75	— 75	— 101
	14 (28)	— — 9	9	76	— 76	— 102
	15 (29)	— Agat. 76	25	77	— 77	— 110
	16 (30)	— Elib. 4	14	79	— 79	— 150
	17 (31)	— Tolet. 17	I. 17	81	— 81	— 99
	18 (32)	— Elib. 47	47	82	— 82	— 136
	19 (33)	— — 48	69	83	— 83	— 137
	20 (34)	— — 12	12	85	— 85	— 141
	21 (35)	— — 20	70	86	— 86	— 139
	22 (36)	— — 27	78	87	— 87	— 140
fol. 101	23 (37)	— Brac. 64	Cap. Mart. 76	88	— 88	
	24 (38)	— Ilerd. 4	4	90	— 90	— 184
	25 (39)	— Tolet. 5	II. 5	91	— 91	— 185
fol. 102	26 (40)	— Agat. 62	61	92	— 92	— 186
	27 (41)	— Brac. 20	Cap. Mart. 71	94	— 95	— 355
	28 (42)	— — 71	— — 72	95	— 96	— 373
	29 (43)	— — 72	— — 74	96	— 97	— 374
	30 (44)	— — 73	— — 75	97	— 98	— 375

Capit.	Codex Salisb.	Orig.	Num. marg.	Collect. Dacher.	Regino.	
31 (45)	Conc. Elib. 5	5	102	I. 103	II. 58	
32 (46)	— — 6	6	103	— 104	— 82	
33 (47)	— Brac. 16	I. 16	104	— 105	— 91	
34 (48)	— Agat. 35	37	105	— 106	— 12 i. f. II. 394	
35 (49)	— — 63	62	106	— 107	— 26	
36 (50)	— Aurel. 3	I. 3	.	— 108	App. I. 14	
37 (51)	— Agat. 31	31	110	— 110	II. 381	fol. 103
38 (52)	— Ilerd. 7	7	111	— 111	— 327	
39 (53)	— Agat. 3	Conc. Gangr.	113	— 113		
40 (54)	— Elib. 35	35	114	— 114		
41 (55)	— Tolet. 31	IV. 32	115	— 115	— 296	
42 (56)	— Aurel. 20	I. 25	116	— 116	— 392	
43 (57)	— Elib. 21	21	117	— 117	— 393	
44 (58)	— Agat. 20	18	118	— 118	— 391	
45 (59)	— — 73	63	119	— 119	— 394	
46 (60)	— Brac. 81	Cap. Mart. 83	120	— 120		
47 (61)	— Tolet. 3	X. 3	121	— 121		fol. 104
48 (62)	— Elib.	73	2	II. 2		
49 (63)	— Vas. 8	I. 7	19	— 19		
50 (64)	— Arel. 24	II. 24	20	— 20	— 344	
51 (65)	— Tolet. 40	VI. 11	22	— 22	App. I. 58	
52 (66)	— Elib. 74	74	25	— 25		
53 (67)	— Tarrac. 4	4	26	— 26	I. 396	
54 (68)	— — 10	10	27	— 27		fol. 105
55 (69)	— Tolet. 31	IV. 31	29	— 29		
56 (70)	— Aurel. 31	III. 32	42	— 42		
57 (71)	— Tolet. 28	IV. 28	51	— 51		
58 (72)	— Tarrac. 13	13	52	— 52		
59 (73)	— Arel. 18	II. 18	53	— 53		
60 (74)	— Vas. 6	I. 4	59	— 59	II. 387	
61 (75)	— Agat. 4	4	60	— 60	— 389	fol. 106
62 (76)	— Tolet. 11	I. 11	61	— 61	— 36	
63 (77)	— Agat. 35	35	62	— 62		
64 (78)	— Aurel. 13	I. 17	67	— 67		
65 (79)	— Tolet. 19	III. 19	69	— 69		
66 (80)	— Brac.	II. 1	71	— 71		
67 (81)	— —	II. 2	72	— 72		fol. 107
68 (82)	— Tolet.	VII. 4	.	— 73	. 8	
69 (83)	— Aurel. 11	I. 15	76	— 76		
70 (84)	— Tolet. 89	IX. 1	.	— 89	— 362	fol. 108
71 (85)	— Agat. 46	45	90	— —	— 363	

	Capit.	Codex Salisb.	Orig.	Num. marg.	Collect. Dacher.	Regino
	72 (86)	Conc. Agat. 47	46	91	II. 89	I. 364
	73 (87)	— — 56	51	92	— —	— 366
	74 (88)	— — 57	56	93	— —	— 367
	75 (89)	— Tolet. 67	IV. 67	94	— — i. f.	— 368
	76 (90)	— — 68	— 68	95	— 90	— 369
fol. 109	77 (91)	— — 72	— 72	96	— 91	— 370
	78 (92)	— Aurel. 21	I. 26	100	— 95	
	79 (93)	— Tolet. 15	III. 15	101	— 96	App. I. 11
	80 (94)	— — 23	— 23	102	— 97	I. 392
	81 (95)	— Elib. 76	77	111	— 106	— 270
	82 (96)	— Ilerd. 8	9	112	— 107	— 271
	83 (97)	— Araus. 19	I. 14	117	— 112	
	84 (98)	— Elib. 24	24	32	III. 32	
	85 (99)	— Tolet. 4	IV. 54	33	— 33	
	86 (100)	— — 73	— 73	34	— 34	— 406
fol. 110	87 (101)	— Tarrac. 2	2	46	— 46	I. 229
	88 (102)	— Agat. 2	2	48	— 48	
	89 (103)	— — 6	5	49	— 49	— 101
	90 (104)	— Tolet. 5	I. 5	50	— 50	— 184
	91 (105)	— Ilerd. 11	11	52	— 52	— 170
	92 (106)	— Agat. 9	8	53	— 53	
	93 (107)	— Elib. 18	19	54	— 54	— 230
	94 (108)	— Agat. 27	26	55	— 55	II. 390
	95 (109)	— Tolet. 24	IV. 24	.	— 56	
fol. 111	96 (110)	— Agat. 42	41	57	— 57	I. 135
	97 (111)	— — 40	39	58	— 58	— 335
	98 (112)	— Tolet. 31	IV. 29	59	— 59	
	99 (113)	— —	— 45	61	— 61	
	100 (114)	— — 47	— 46	66	— 66	— 270
	101 (115)	— Brac. 64	Cap. Mart. 65	72	— 72	
	102 (116)	— Tolet. 7	X. 6	73	— 73	App. III. 3
fol. 112	103 (117)	Ex ep. Mart. 23	Cap. Mart. 23	73	— 74	
	104 (118)	— — 44	— 43	76	— 76	
	105 (119)	Conc. Anguirit. 9	Ancyr. 9	78	— 78	
	106 (120)	— Agat. 56	55	87	— 87	I. 178
	107 (121)	— Araus. 2	I. 2	90	— 90	— 79
	108 (122)	— Vas. 3	I. 3	91	— 91	— 78
	109 (123)	— Hispal. 5	II. 5	92	— 92	
fol. 113	110 (124)	— — 7	— 7	93	— 93	
	111 (125)	— Brac. 17	II. 17	96	— 96	
	112 (126)	— Agat. 45	44		— 97	

Capit.	Codex Salisb.	Orig.	Num. marg.	Collect. Dacher.	Regino	
113 (127)	Conc. Brac. 1	Cap. Mart. 1	.	III. 108	I.　7	
114 (128)	Epist. Leon.	Ep. L. ad				
		Diosc. c. i.	.	— 127		
115 (129)	Conc. Aurel. 13	I. 16		— 129		fol. 114
116 (130)	—　　— 20	— 31	.	— 136		
117 (131)	—　　— 20	Conc.Carth.IV.				
		20	.	— 137		
118 (132)	— Aurel. 6	I. 7	.	— 153		
119 (133)	— Agat. 53	52	.	— 156	— 439	
120 (134)	—　　— 38	38	157	— 157	— 441	
121 (135)	— Aurel.	V. 13				
122 (136)	—　　— 15	— 15				
123 (137)	—　　— 16	— 16				
124 (138)	—　　— 17	— 17	.	. . .	App. III. 41	
125 (139)	—　　— 18	— 20	.	. . .	— I. 18	fol. 115
126 (140)	Huic Concilio in-	Arvern I. 5 u.				
	terfuerunt epis-	Aurel. III. 12				
	copi LXXV.	· i. f.				

Über das Verhältniss unserer Sammlung zur Collectio Dacheriana sind noch einige Worte hinzuzufügen. Die Absicht des Verfassers jener Sammlung war offenbar dahin gerichtet, aus der Collectio Dacheriana die gallischen und spanischen Concilienschlüsse zu excerpiren und sie als ein Ganzes hinzustellen. Es ist daher wohl als blosses Versehen anzunehmen, wenn dennoch einige orientalische Canones, nämlich Cap. 39 (53), welches dem Concilium von Gangra und Cap. 105 (119), welches dem von Ancyra angehört, und dann eine Stelle aus einem Briefe Leo's des Grossen an den Dioscurus in Cap. 114 (128) mit hinübergenommen worden sind. Daneben findet sich auch ein Canon des Conc. Carth. IV. als einer des Conc. Aurel. I. vor; dies beruht darauf, dass in der Coll. Dacheriana dieser Canon als „ex Concilio quo supra" entnommen bezeichnet wird, womit aber nicht das unmittelbar vorausgehende Concilium von Orleans, sondern die ganze Reihenfolge der vorhergehenden carthaginensischen Canones gemeint ist. Dagegen ist Cap. 112 (126) von dem Verfasser richtig dem Conc. Agath. zugeschrieben, während es in der Coll. Dacher. dem gedachten Concilium von Carthago beigezählt wird. Von denjenigen Canones der Coll. Dacher., welche nach dem Princip des Ver-

fassers in seine Sammlung hineingehört hätten, sind zwei, wohl
auch nur aus Versehen, ausgelassen, nämlich: Conc. Araus. I. 4
(Coll. Dacher. I. 26) und Excerpta Martini c. 26 (III. 5). Dagegen
fehlt in der Coll. Dacher. ausser den sechs letzten Capiteln der
Sammlung des Cod. Salisb. auch noch das Cap. 3 (17), welches aus
dem Conc. Elib. entnommen ist. — Was die Lesearten anbetrifft,
so weicht bisweilen unsere Sammlung von der Coll. Dacher. ab; es
würde zu weit führen, alle diese Varianten anzuführen; als Beispiel
möge das Concilium von Agde (506) dienen.

Conc. Agath.	ex rec. Bruns.		Coll. Dacher.	Codex Salisb.
Cap. 2	communionem			excommunicationem
— 3		necatores		negatores
		quousque		quorumque
— 15	Juvenibus etiam			Juvenibus autem
— 18	Natale			Natalem
— 25	consortium culpa			consortium nulla culpa
	episcopos comprovinciales			episcopum provincialem
	sancto populi coetu			sancti populi coetu
— 26		reddat-privetur		reddant-priventur
	Hi etiam			Hi autem
		sollicitatis traditoribus		sollicitati a traditoribus
— 31	diutina			diuturna
— 35	privantur			priventur. Symmachus [1]) etc.
— 38	par sententiae forma			praesentis sententiae forma
	plura			plurima
— 39	saltibus			saltationibus
		mysteriis		ministeriis
— 41	subdendum			dandum

u. s. w.

§. 13.

3. Eingeschaltete Stücke.

Der Verfasser unserer Sammlung hat aus der Collectio Dacheriana auch mehrere in diese eingeschaltete Stücke mit hinübergenommen. Hierher gehört:

1. In Cap. 60 (74) ist nach dem Vorgange von Coll. Dacher.
II. 9 in das Conc. Vas. I. c. 4 eine Stelle aus August. Exposit. in
Joann. Tract. 50 (Migne, Tom. XXXIV. col. 1758) aufgenommen.

2. In Cap. 63 (77) ist dem Conc. Agath. can. 35 eine
Stelle aus Symmach. Epist. 9 (10) ad Caesarium (Migne,
Tom. LXII. col. 66. Igitur quemadmodum — ecclesiastica disciplina)
angehängt. S. Collect. Dacher. II. 62.

3. Der Zusatz, welchen die Coll. Dacher. III. 92, zu dem
Conc. Hisp. cap. 5, die Chorbischöfe betreffend, hat, findet sich
ebenfalls wieder in dem Cap. 109 (123) unserer Sammlung.

Ausserdem hat diese in Cap. 25 (39) bei dem Conc. Tolet.
II. 5 ganz im Gegensatze zu Regin. II. 185. der diese Stelle bedeutend abkürzt, noch einen Zusatz von beträchtlichem Umfange,
der von der wegen zu naher Verwandtschaft nichtigen Ehe handelt;
die Coll. Dacher. (I. 91) hat diesen Zusatz nicht. Auf die dem Concilium von Toledo angehörigen Worte folgt zunächst:

Tam diu enim ut christiana religio et auctoritas sanctae ecclesiae sancit coniugia inter proprinquos vitanda sunt, quamdiu necessi-
tudinum nomina perseverant, quia nunquam convenit christianis ut
duae aut tres necessitudines, sicut beatus ait augustinus in uno
homine fiant; auctoritate quippe sanctae ecclesiae, quam ab apostolis
sibi traditam creditur observare et mundanae legis censura, nec non
et ipsius naturae honestissimo ordine perdocetur, proprinquitatis
coniugia usque in septimum gradum differenda et tunc, ut idem
beatus augustinus in libro de civitate Dei dicit, ne ipsa proprinquitas
longius abeat et esse desistat, hanc matrimonio vinculo rursus obli-
gari et quodammodo fugientem revocari.

Diese Stelle findet sich im Conc. Duziac. II. ann. 873 praef.
(Hardouin, Concil. Tom. VI. P. I. col. 146) mit geringen Verschiedenheiten wieder; unter Anderm wird hier hinter „creditur
observari" noch eingeschaltet: cui refragari fas non est, und
statt „usque in septimum gradum" gelesen: usque ultra septimum
gradum.

An obige Stelle schliesst sich dann weiter an:

Beatus quoque papa gregorius in decretalibus suis inter cetera
eos, qui de propria de cognatione uxores ducunt, apostolico anathemate percellit dicens: Si quis de propria cognatione aut quam
cognatus habuit duxerit uxorem, anathema sit. At si quis obiicere
uoluerit aliter beatum gregorium de gradibus propinquitatis A. an-
glorum episcopo scripsisse, nouerit illum non ut auctoritati ecclesiasticae contra iret, sed pocius ut eidem rudi populo consuleret,

id fecisse; filii etiam, qui et (leg. ex) tali coniugio nascuntur in hereditatem secundum mundanae legis censuram non admittuntur.

§. 14.

C. Der dritte Theil der Sammlung. (Cap. 145 – 190.)

(fol. 115—120.)

Die fünfzig Capitel des dritten Theiles unserer Sammlung haben keine besonderen Überschriften, sondern werden nur durch die grossen rothen Initialen kenntlich gemacht. Nur dem ersten Capitel geht die allgemeine Überschrift voraus:

Ex Concilio Romano tempore Karoli Imperatoris et Leonis papae.

Die hier zusammengestellten Capitel werden bis auf die beiden letzten, sämmtlich auch bei Regino angetroffen, und zwar in drei sich an einander anschliessenden Reihen, nämlich: 1—26; 27—33 und 34—48. Die Capitel der ersten Reihe sind mit wenigen Ausnahmen aus dem Conc. Meld. ann. 845. Nachstehende Tabelle gewährt eine Übersicht:

Codex Salisb.	Fons.	Regino.
Cap. 1 (141)	Conc. Meld. 34	I. 1 cf. Greg. IX. Decr. Lib. I. Tit. 2. c. 1
— 2 (142)	— — 28	— 4
— 3 (143)	— — —	— 5
— 4 (144)	— — 63	— 24
— 5 (145)	— Mogunt. a. 813. c. 41	— 30
— 6 (146)	Capit. in Theod. villa a. 805. c. 8 . .	— 31
— 7 (147)	Conc. Meld. 62	— 51
— 8 (148)	— — 45 und Conc. Aquisgr. ann. 816. c. 18	— 75 (77)
— 9 (149)	Cap. incertum cf. Conc. Meld. 36 .	(— 84)
— 10 (150)	Conc. Meld. 72	— 124
— 11 (151)	— — 37	— 177
— 12 (152)	— — 49	— 235
— 13 (153)	— — 43	— 240
— 14 (154)	— — 75	— 248—250
— 15 (155)	— — 30	— 264

fol. 116

Codex Salisb.	F o n s.	R e g i n o	
Cap. 16 (156)	Hincm. Capit. 3	I. 274 (wo Conc. Meld. citirt wird).	
— 17 (157)	Conc. Meld. 52	— 401	
— 18 (158)	— — 64	— 428	
— 19 (159)	— — 68	II. 156	fol. 117
— 20 (160)	— — 69	— 237	
— 21 (161)	— — 74	— 264	
— 22 (162)	— — 61	— 288	
— 23 (163)	— — 60	— 289	
— 24 (164)	Karlom. Cap. ad Vermer. a. 884. c. 5	— 290	
— 25 (165)	— — — — — c. 6	— 291. 292	
— 26 (166)	Synod. Pist. ann. 862. c. 4	— 294	
— 27 (167)	Capit. I. 94	I. 13	fol. 118
— 28 (168)	Synod. ep. S. Medard. c. 53	— 14	
— 29 (169)	Conc. Wormat. a. 829. c. 10 . . .	— 19	
— 30 (170)	Capit. a. 829. App. (Pertz, M. G. H. III. 335)	— 22	
— 31 (171)	Conc. Wormat. a. 829. c. 3	— 40	
— 32 (172)	— — — — —7	— 49	
— 33 (173)	Capit. Aquisgr. a. 809. c. 10 . . .	— 74	
— 34 (174)	Conc. Tribur. (Wasserschleben, Beitr. S. 116) cf. c. 9. C. 10. Q. 1	I. 12	
— 35 (175)	Conc. Wormat. a. 868. c. 3	— 23	
— 36 (176)	Cap. inc. (Conc. Rem.? cf. c. 45. D. 1. d. cons.)	— 68	
— 37 (177)	— — (Conc. Rem.? cf. c. 45. D. 1. d. cons.)	— 69	fol. 119
— 38 (178)	— — (Conc. Turon.?)	- 71	
— 39 (179)	— — (Conc. Aurel.?)	— 72	
— 40 (180)	— — (Conc. Rem.?)	— 81	
— 41 (181)	Hincm. Capit. 11	— 82	
— 42 (182)	Conc. Mogunt. a. 803. c. 43	(— 121)	
— 43 (183)	Cap. inc.	— 132	
— 44 (184)	Conc. Wormat. a. 829. IV. 8. (Pertz l. c. p. 342. cf. Reg. Chrodeg. 77); Hardouin, Concil. IV. 1208; Conc. Paris. VI. c. 48; (ibid. col. 1325.)	— 193	
— 45 (185)	— Rotom. ann. 878. c. 2	— 202	

Codex Salisb.	F o n s.	R e g i n o
Cap. 46 (186)	Hincm. Capit. 14 cf. can. 7. D. 44; c. 35. D. 5. d. cons.	— 216
— 47 (187)	Hincm. Capit. 18	— 222
— 48 (188)	Capit. I. 140	— 242
— 49 (189)	Conc. Tribur. a. 895. c. 32. (Wasserschleben a. a. O. S. 184.)	
— 50 (190)	— Aquisgr. ann. 789	

fol. 120

Anhang. Excerptum Bedae.

(fol. 120a.)

§. 15.

Auf der Rückseite von fol. 120 findet sich von einer von der bisherigen durchaus verschiedenen Hand unter der Überschrift Excerptum Bedae presbyteri de canonibus das sehr bekannte Capitel De remediis peccatorum, und zwar im Ganzen ziemlich übereinstimmend mit dem Abdrucke bei Wasserschleben (Die Bussordnungen der abendländischen Kirche, S. 220). Die erheblichsten Varianten sind fast sämmtlich die nämlichen, welche der Codex Andagin. bei Martene, Amplissima Collectio Tom. VII. col. 37 bietet:

Wasserschleben:	Codex Salisb..
lin. 1 ex	de
— 3 compations	compatientis
— 5. notata	annotata
— 7 discernet	discernat
— — et haec	et secundum haec
— 8 est	fuerit
judicet	diiudicet
— 10. psalmos	vel psalmos
— 13 corrigens	corrigere
cuncta	universa
— 14 judicis	iudicii.

Es bildet dies Excerpt gleichsam den Übergang zu den nunmehr folgenden Stücken.

III. Liber Canonum.

(fol. 121—154.)

§. 16.

Übersicht.

Mit dem bekannten Briefe des Rhabanus Maurus an den Bischof Heribald von Auxerre (ad Heribaldum Alcedronensis ecclesiae episcopum) beginnt die zweite (oder dritte) Abtheilung [1] des Cod. Salisb. An diesen Brief reihen sich dann mehrere andere Schriftstücke an, und endlich heisst es auf der Rückseite von fol. 153: Finit Liber Canonum feliciter Dei gratia. Die Hauptbestandtheile dieser Sammlung sind folgende:

1. Epistola Rhabani archiepiscopi ed Heribaldum Alcedronensis ecclesiae episcopum (fol. 121—138).

2. Incipiunt alia capitula sequentis operis (fol. 138—146), unter denen sich ebenfalls Mehreres von Rhabanus befindet. Dasselbe gilt auch von dem folgenden Stücke.

3. Incipiunt capitula sequentis operis (fol. 146—149).

4. Sermo beati Gregorii ad consacerdotem (fol. 149). Vergl. Greg. M. Opera. Append. ad epist. n. 6 (Migne, Tom. LXXVII. col. 1339).

5. Incipit epistola sancti Hormisdae papae ad universas provincias (fol. 150—151).

6. Qualiter synodus sit (fit?) ab episcopo cum presbyteris (fol. 151 i. f. bis fol. 153) nebst den dazu gehörigen Capitula solis presbyteris apta.

Auf diese folgen dann die oben angeführten Worte: Finit Liber Canonum, in Betreff deren es allerdings zweifelhaft bleiben mag, ob sie sich auf die letzteren oder auf alle sechs vorausgehenden Stücke beziehen. Die drei ersteren desselben enthalten vorzugsweise Busscanones und sind zum grössten Theile dem Werke des Rhabanus entnommen; unter den übrigen ist vornehmlich der Ordo synodi von Interesse.

----

[1] S. oben §. 1, S. 438.

§. 17.

1—3. Die Busscanones.
(fol. 121—149.)

Hinsichtlich des Briefes des Rhabanus an den Heribald, welcher
bei Harzheim, Concil. Germ. Tom. II. p. 190 sqq. und Migne,
Tom. CX. col. 467 sqq. abgedruckt ist, wäre nur noch zu bemerken, dass in unserm Codex das Cap. 33. De Eucharistia, welches
mit den Worten: „Quod autem interrogastis, utrum Eucharistia
postquam consumitur et in secessum emittitur" beginnt (Harzheim,
l. c. p. 210), gänzlich ausradirt ist.

Das zweite Werk, dem wie jenem ein Verzeichniss der Capitel
vorangestellt ist, umfasst deren zwölf, und zwar:

Cap. 1—7. Epistola Rabani archiepiscopi ad Reginaldum episcopum (Migne, CX. col. 1187—1196).

fol. 141   Cap. 8. Epistola Rabani archiepiscopi ed Humbertum episcopum
(Migne l. c. col. 1083—1096).

Cap. 9. Epistola Nicolai papae ad Carolum archiepiscopum
sanctae Maguntiacensis Ecclesiae. S. Jaffé, Regesta Roman. Pontif.
fol. 143 n. 2046. Wasserschleben, Beiträge S. 165. gibt einen Abdruck dieses Briefes, den derselbe für verdächtig hält, aus einem
Darmstädter Codex, mit welchem überhaupt dieser Bestandtheil des
Cod. Salisb. vielseitig übereinstimmt. (Vergl. Wasserschleben
a. a. O. S. 13.) Die Varianten unserer Handschrift sind folgende:

Cod. Darmst. bei Wasserschleben:	Cod. Salisb.
S. 166 lin. 7 possitis	quaesitae
— 12 vesperam	vesperum
— 16 sacrarum	sacrorum
— 18 et	ac
— 26 erratis	erratibus
— 29 corruantur	obruantur
homicidae post	homicidae autem post
— 32 triennii	quinquennii
S. 167 — 1 matrimonii	matrimonio
— 1 tempus sacro	tempus a sacro
— 4 abstinant autem a	abstineat a
— 7 vero	ergo
— 8 aliorumque per trium	aliorumque trium
— 9 curricula	circula
— 11 concubitu	concubitum
— 19 praesulatu	praesulatui

Cod. Darmst. bei W a s s e r s c h l e b e n:	God. Salisb.
S. 167 lin. 20 perfecti usque	perfectiusque
— 21 jurante	iuvante
— 22 studemus-procuremus	studebimus-procurabimus.

Cap. 10. De his, qui sacramento se obligant, ne ad pacem fol. 146
redeant; entnommen aus C o n c. I l e r d. ann. 523. cap. 7. Vergl.
R h a b a n i, Poenit. Lib. ad Otgar. c. 20 (M i g n e, l. c. col. 1414).

Cap. 11. De muliere, quae infantem suum incaute oppresserit.
Vergl. Conc. Magunt. ann. 852 (851), cap. 9. bei P e r t z, Monum.
Germ. hist. Tom. III. p. 411.

Cap. 12. De incestis. Si quis incestum occulte commiserit et
sacerdoti occulte confessionem egerit, indicetur ei remedium canonicum. S. B u r c h a r d. W o r m. Decret. Lib. XIX. c. 36 (ex dictis
August; s. M i g n e, Tom. CXL. col. 987).

Das dritte Werk besteht aus siebzehn Capiteln, die sich zum
Theile aus dem von Rhabanus für Otgar verfassten Pönitentiale, zum
Theile aus Mainzer und Wormser Concilienschlüssen nachweisen
lassen, nämlich:

Cap. 1. De illis, qui noxia sacramenta conficiunt; s. R h a b a n i
Poenit. cap. 21 (M i g n e, Tom. CXII. col. 1415).

Cap. 2—4. Ebendaselbst cap. 22. col. 1416.   fol. 147

Cap. 5. cap. 36. col. 1422.

Cap. 6. cap. 23. n. 4 u. 5. col. 1417.

Cap. 7. C o n c. M a g u n t. ann. 852. c. 11 (P e r t z, l. c.
p. 412) bis zu den Worten: „de carne tantum abstineat" mit einigen
unerheblichen Varianten.

Cap. 8. „Si maritus uxorem" etc. Vergl. R e g i n o II. 73. wo
dies Capitel ebenfalls einem Mainzer Concilium zugeschrieben wird.

Cap. 9. „Si quis episcopus" etc. Vergl. C o n c. A g a t h.
ann. 506, c. 55. C o n c. M a g u n t. cit. c. 6. p. 410. — R e g i n o
I. 178.

Cap. 10. „Ut ad mensam episcopi" etc. S. R h a b a n i Poenit. fol. 148
c. 28. col. 1419.

Cap. 11. De avaritia; s. ebend. c. 32. col. 1420.

Cap. 12. Si quis clericus postquam se Deo voverit, iterum ad
saecularem habitum sicut canis ad vomitum reversus fuerit aut
uxorem duxerit, ambo X annos poeniteant; tres ex ipsis in pane et
aqua et numquam postea in coniugium copulentur. Quod si noluerint,

tunc sancta synodus et sedes apostolica separat eos a communione
et convivio catholicorum. Similiter et mulier postquam se Deo
voverit, si tale scelus admiserit, pari sententiae subiacebit.

Cap. 13. „In Concilio Hilerdensi" etc.; s. Rhaban. l. c. cap. 31.
col. 1420.

Cap. 14. „Qui sacerdotem" etc.; s. Conc. Wormat. ann. 868.
c. 26 (Hardouin, Concil. Tom. V, col. 741).

Cap. 15. „In Concilio Toletanensi" etc.; s. Rhaban. l. c. cap.
30. col. 1420.

Cap. 16. „Saepe contingit" etc.; s. Conc. Wormat. cit.
cap. 29. — Regino II. 17. — Vergl. Can. 50. D. 50.

Cap. 17. „Nobis igitur ratio" etc.; s. Conc. Wormat. cit.
cap. 43. col. 743.

§. 18.

4. Gregorii Sermo. 5. Hormisdae Epistola nebst Anhang.
(fol. 149—151.)

fol. 149   Während die oben §. 16, S. 461 angegebene Rede des heiligen
Gregorius keiner weiteren Erwähnung bedarf, ist wenigstens mit
fol. 150 einigen Worten des Briefes des Papstes Hormisdas zu erwähnen.
Derselbe beginnt mit den Worten „Ecce manifestissime" und findet
sich bei Mansi, Concil. Tom. VIII. 527. abgedruckt. Man hat
schon längst an seiner Echtheit gezweifelt, wesshalb ihn auch
Jaffé, Regesta Romanorum Pontificum p. 934, unter die Literae
spuriae sub Nr. CCVII gestellt hat. S. noch Can. Si quis dia-
conus. 29. D. 50 und dazu die Note von Richter. An den Brief des
Hormisdas schliesst unser Codex noch einige andere Sätze an,
fol. 151 nämlich:

A Deo data continentia, sed petite et accipite. Tunc autem
tribuitur, quando Dominus gemitu interno pulsatur. Praelata est
virginitas nuptiarum foedere; hoc enim bonum, illud optimum;
coniugium concessum est, virginitas admonita tantum non iussa;
sed a Deo tantum admonita, quia nimis excelsa. Geminum bonum
est, quia in hoc mundo solicitudinem saeculo amittit et in futuro
aeternum castitatis premium percipiat. Virginitas felicior est in vita
aeterna, Isaia testante [1]): Haec dicit Dominus eunuchis: „Dabo eis

---

[1]) Is. LVI. 5.

domum in muris meis, locum et nomen melius a filiis et filiabus, nomen sempiternum dabo eis, quod non peribit". Hoc dubium, quod qui perseverant ac virgines, angelis Dei efficiantur aequales, omne tamen peccatum per poenitentiam recipit sanitatem, Virginitas autem si labitur, nullatenus repparatur. Nam quamvis poenitendo fructum recipit, incorruptionem vero nullatenus recipit pristinam. Virgo carne non mente nullum premium habet in repromissione. Unde et insipientibus virginibus salvator in iudicium veniens dicit [1]: „Amen dico vobis, nescio vos". Ubi enim iudicans mentem corruptam invenerit carnis procul dubio incorruptionem damnabit. Nihil prodest incorruptio carnis, ubi non est integritas mentis. Nihil valet mundus esse corpore, qui pollutus est mente.

§. 19.

6. Qualiter synodus sit ab episcopo cum presbyteris.
(fol. 151 i. f. bis 153a.)

Dieser Ordo synodi, an welchen sich noch zwanzig „Capitula solis presbyteris apta" anreihen, bietet manche Eigenthümlichkeiten dar, welche noch eine anderweitige Berücksichtigung verdienen. Jener Ordo, welcher bisher noch nicht gedruckt zu sein scheint, ist vielleicht derselbe, dessen Floss in seinem Prospectus eines Supplementum Conciliorum Germaniae p. 3 als in einem Darmstädter Codex enthalten gedenkt. Derselbe lautet:

Qualiter Synodus sit ab episcopo cum presbiteris. Presbiteri cum ad synodum evocati conveniunt, primo post fraternam episcopi salutationem legendum erit in consessu sacerdotali initium fol. 152 .et pars aliqua libri curae pastoralis, aut certe omelia de evangelio: „designavit Dominus [2]" et faciendus ad eos sermo, quo eis ostendatur pondus et periculum simul officii dignitas sacerdotalis et demonstrandum erit quoque ipsius vocabulum, unde et scilicet qua ex causa presbiteri vel sacerdotis appellatio constet. Deinde ponendi erunt per distinctiones archipresbiterorum magistri et inquisitores, qui separatim cum archipresbiteris vel cardinalibus urbis ipsius presbiteris [p] residentes vicanorum et reliquorum presbiterorum scientiam cognoscere studeant, quique per distincta capitula qualiter quisque officium suum implere valeat percontentur ita tamen ipsi

---

[1] Matth. XXV. 12.
[2] Luc. X. 1.

qui minoribus president archipresbiteri coram episcopo vel eius missq rationem sui officii faciant et ita demum cum probati fuerint alios inquisitione rationabili examinent. Episcopus vero dum presbiteri requiruntur, in loco congruo cum archidiaconibus et reliquo clero residens, de vita presbyterorum ac fama tractent de singulis, quantum erit possibile, cuius sint apud suos opinionis inquirens. Inter haec etiam concurrentes undecumque vel presbiterorum inter se sive adversus laicos, vel laicorum adversus presbiteros reclamationes et excusationes causasque examinandas episcopus audiet, ut sive de homicidis sive de incestis sive de quibuslibet criminosis sibi relatis aptam sententiam ferat et presbiteros, qui accusati erunt canonice requirens emendet. De illis vero qui a magistris de propria scientia requiruntur, si qui inventi erunt nimis in sui officii scientia ignari et indocti, aut certo tempore aut spatio in urbe et apud doctores residere compellat, donec melius instruantur, aut si ita videbitur, ab officio cessare precipiat. Postquam fuerit ea examinatio habita et de singulis episcopo fuerit intimatum, cuncti qui aderunt sacerdotes libros et vestimenta, missalia reliquumque instrumentum sui ministerii episcopo praesentabunt, ut in hac maxime parte quid probandum, quid corrigendum improbandumque sit, poscit agnosci. Hoc sane observandum erit ut cotidie sub praesentia episcopi presbiteris ipsis post diei ortum convenientibus, sermo aliquis aut lectio congruens fiat et ita demum ad quaelibet examinanda inquisitio fol.152a studiosa praecedat. Postquam fuerint omnia haec ordinabiliter adimpleta et causae singulae terminate, benedictione ab episcopo postulata et accepta, in propria sua recedant, nisi forte necesse erit, aliquos pro sui emendatione in urbe retineri. I. Requirantur etiam de psalmis quomodo eos memoriter teneant. II. De lectionario, qualiter epistolas vel evangelicam legant. III. De canone missae secretae utrum memoriter teneant et si illam intellegant. IIII. De cantu antiphonarii quantum vel qualiter canere sciant. V. De baptisterio quam bene et districte facere noverint. VI. De poenitentiali qualiter illum impleant et qualem sequantur, utrum eum, qui in canonibus est, an illum quem bedae nomine titulant. VII. De computo, qualiter feriam, Lunam et terminos Paschae septuagesimae, quadragesimae, rogationum et pentecostes mensiumque initia et praecipuas festivitates in anno. VIII. Qualiter populum doceant diebus dominicis et in sanctorum festivitatibus.

Item Capitula solis presbiteris apta.

I. Sicut sancta synodus Nicena interdicit, nullus unquam presbiter in domo sua habitare secum permittat mulierem extraneam, praeter matrem et sororem atque amitam vel materteram vel etiam ad secretum cubiculi ire permittat. Quodsi fecerit post haec, sciat se ab honore presbiteratus deponi, quia hoc frequenter secundum canonicam institutionem prohibentur et pleniter a presbiteris observatum non fuit. Ideoque precipimus ut qui gradus honoris sui retinere vult, omnibus modis a familiaritate extranearum mulierum se abstinere studeat, ut nulla occasio pateat inimico suggerendi peccatum et famam malam a populo nullus eorum incurrat.

II. Ut nullus presbiter derelicta sua ecclesia sanguinem minuere praesumat ad domum quamlibet ullius feminae vel Deo dicatae vel laicae, sed ad domum ecclesiae suae unusquisque suam opportunitatem agat, ut ibidem in ecclesia semper inveniatur expetentibus aliquam ministerii ejus causam.

III. Sicut dudum jam interdiximus et sancti canones prohibent, nullus presbiter arma portare audeat.

IV. Ut nullus presbiter tabernas ingredi audeat ad bibendum, nec se commisceat in tali conventu saecularibus hominibus, ubi turpia verba audiat aut loquatur, aut contentiones ibi aliquas audiat aut intersit sicut sepe contingere solet.

V. Ut nullus presbiter pro baptizandi causa et communionem tribuendi aliquid precium exactare faciat, nec in minimo nec in maximo, quia gratis accepimus, gratis dare debemus, quia nec vendere debent donum Dei et gratiam Dei quae gratis datur. Quod fol. 153 si fecerit et ad nostram notitiam pervenerit, sciat se post haec a gradu ordinis sui periclytari.

VI. Ut presbiteri vocati ad convivium a quolibet fidelium contentiones inter se non habeant de ulla re nisi caritatis et sobrietatis verba, et Deo placabilia et continentiam honestam, ut decet sacerdotes.

VII. Ut nullus presbiter super alium basilicam suam petat et nullus presbiter aliam ecclesiam accipere audeat infra parroechiam nostram ad missam celebrandam, nisi illam, ubi ordinatus est, absque licentia et permissione episcopi.

VIII. Ut unusquisque presbiter omni hora sive die sive nocte ad officium suum explendum paratus sit, ut si fortuitu aliquis infirmus

ad baptizandum venerit, pleniter implere possit officium suum, ut
ab ebrietate se caveat, ut propter ebrietatem non valeat adimplere
officium suum neque titubet in eo.

VIIII. Unusquisque secundum possibilitatem suam cercare faciat
de ornatu ecclesiae, scilicet in patena et calice, planeta et alba,
missale, lectionario, martyrologio, poenitentiali, psalterio vel aliis
libris quos potuerit, cruce, capsa velut diximus secundum possibilitatem suam.

X. Ut qui homicidium confessi fuerint, iubeat eos presbiter
abstinere XL diebus ab ecclesia et communione antequam ab episcopo reconcilientur aut episcopus eos presbiteris reconciliari
iusserit.

XI. Ut omnis presbiter cura et sollicitudine agat, ne aliquis in
infirmitate positus ad extremum veniens sine viatico de hoc seculo
exeat ad quod ipse accedere potuerit. Quod si exinde neglegens
fuerit, periculo sui honoris subiacebit.

XII. Ut unusquisque presbiter in sua ecclesia admonitionem
aliquam et exhortationem faciat ad populum, ut unusquisque se
corrigat ab iniquitate et transeat ad meliora, sicut scriptum est:
Declina a malo et fac bonum.

XIII. Ut in sacratione corporis et sanguinis Domini semper aqua
misceatur in calice.

XIIII. Ut nullus presbiter suam pecuniam ad usuram donet, nec
a quoquam plus recipiat, quam commodaverit.

XV. Ut unusquisque presbiter si venerit ad infirmum et ille iam
privatus fuerit officio loquendi, si testes assunt qui eum audierunt
dicere, quod confessionem suam voluisset facere, omnia circa eum
expleat secundum ministerium suum, sicut circa penitentem adimplere debet [1]).

XVI. Ut presbiter negotiator non sit, nec per ullum turpe lucrum
pecunias congreget.

XVII. Ut nullus presbiter alicubi fideiussor existat.

XVIII. Ut nullus presbiter ullum clericum accipere praesumat
de aliena parrocchia.

XVIIII. Ut presbiteri, quando ad infirmum accedunt, cum oleo
consecrato veniant, et oleo sancto unguant eum in nomine Domini

---

[1]) Vergl. Leon. Epist. 106. — Regino I. 112.

et orent pro ipso et oratio fidei, sicut scriptum est, salvet infirmum et allevet eum dominus et si in peccatis fuerit dimittentur ei.

XX. Ut presbiter sine chrismate et oleo sacrato sicubi non proficiscatur, neque sine sacro sacrificio ut ubicunque contigerit suum ministerium circa infirmos implere possit, et ipsum oleum et crisma atque sacrificium cum omni custodia et reverentia atque religione custodiat, ne per ebrietatem aut per aliquid neglectum suum inhonoratum fiat sacrum illud supradictum.

§. 20.

Anhang.

(fol. 153a.)

Auf das letzte jener zwanzig Capitel folgt die oben erwähnte Bemerkung „Finit Liber Canonum“ u. s. w. Von derselben Hand werden aber noch zwei Capitel angehängt, nämlich ein Canon des Conc. Tribur. und ein Brief Papst Johann's X. Jener lautet:

Quia secundum canonicam diffinitionem ecclesiasticis iusiurationibus implicitis cura accusandi et proclamandi [scelera [1])] committitur quae infra omnem parroechiam illam cuius dioecesanei sunt perpetrantur, summa diligentia observandum est, ut nullus divinae legis transgressor licet alterius conditionis vel parroechiae sit in synodica stipulatione reticeatur. — Das Capitel macht sich hier nicht ausdrücklich als einen Canon des gedachten Conciliums kenntlich; dasselbe kommt aber nachher noch einmal vor [2]), wo es ausdrücklich als solches bezeichnet wird.

Der Brief des Papstes Johann X. ist an Hermann, den Erzbischof von Cöln gerichtet; es ist derselbe, welchen Floss (Leonis P. VIII. Privilegium de investituris Ottoni I. imperatori concessum p. 107) aus einem Trier'schen Codex herausgegeben hat, doch sind im Cod. Salisb. die ersten Sätze „Littere fraternitatis“ bis „iurgia inessent“ weggeblieben, so dass der Brief hier mit den Worten: „De hoc, quod consulendum“ etc. beginnt. Zum Schlusse ist noch beigefügt: Deo gratias semper. Accusator unius eiusdemque rei iudex esse non potest in ecclesiastico iuditio, worauf dann eine mehr als handbreite Lücke folgt, die wohl dazu bestimmt war, den ange-

---

[1]) Dieses Wort ist in der Handschrift ausgelassen.

[2]) S. §. 22, S. 471.

fangenen Gegenstand fortzusetzen, und in der That findet sich
jener Satz auf fol. 154 mit seiner Fortsetzung als ein Tribur'scher
Canon wieder.

IV. Sieben Excerpte aus Augustinus und Gregorius.
(fol. 154 — 157.)

§. 21.

Ganz am Ende der Vorderseite des fol. 154 findet sich nach der
oben bemerkbar gemachten Lücke das Rubrum: Sermo sancti
Augustini de hoc quod propheta dicit: immundum non tetigeritis.
Cap. XXVIII. Die betreffende Stelle ist aus Augustin. Sermo 89.
c. 20 (Migne, Tom. XXXVIII. col. 551) entnommen. Mit ihr beginnt
auch wiederum eine ganz andere Hand an dem Codex thätig zu sein.
Diesem ersten Excerpte folgen noch mehrere andere nach, nämlich:

fol. 155   2. Augustinus in epistola ad Vincentium vel ad Bonefacium
(Epist. 103. cap. 3; Migne, Tom. XXXIII. col. 322).

3. Gregorius in libro moralium VI. (Gregor. in libro moral.
VI. c. 45; bei Migne, Tom. LXXV. col. 726).

4. Idem in libro IX. (Lib. IX. cap. 34. col. 899).

fol. 156   5. Idem in libro XX. (Lib. XX. cap. 5; Migne, Tom. LXXVI.
col. 143; s. Can. Disciplina. D. 45).

6. Idem in libro XXVIII. (Lib. XXVIII. cap. 7. col. 485).

7. Idem in libro pastorali (Lib. pastor. P. III. cap. 25, admon. 29;
Migne, Tom. LXXVII. col. 97).

V. Canones der Synode von Tribur vom Jahre 895.
(fol. 157.)

§. 22.

Von der nämlichen Hand, wie die oben erwähnten Excerpte,
folgen auf dieselben drei Canones, und zwar:

fol. 157   1. Unter dem Rubrum: In Triburiensi Concilio. cap. XXII.
zunächst[1]): Accusator unius eiusdemque rei iudex esse non potest
in ecclesiastico negotio non propter sacerdotium iudicium sed
accusatorum testimonium saeculares exleges fieri poterunt. — Auch
Wasserschleben, Beiträge S. 178, hat einen Canon „ex Concilio Tribur. cap. XXII.“, der aber von einem andern Gegenstande

---

1) S. oben §. 20, S. 469.

handelt; die Vermuthung des Herausgebers (ebend. Note 3), dass dieser letzterę Canon eigentlich die Ziffer XII. führen sollte, wird durch dieses Rubrum bestätigt.

2. Item de eodem Concilio. cap. XXIII.

Dies ist das oben [1]) angegebene Cap. Quia secundum canonicam diffinitionem; das dort fehlende Wort „scelera" findet sich hier.

3. Decretum Leonis Papae.

Quicunque ergo clerici vel laici contumacia, quod absit inflati sacri pontificalis banni praesentialiter praesumtuosi transgressores exstiterint, placuit ut sacri (l. sacra) synodus decrevit, ut tales sub ipsa inobedientiae hora ad potestatem episcopi spirituali anathematis gladio feriantur, veluti proprii oris sententia condemnati, teste evangelista, qui ait: „ex ore tuo te iudico" [2]).

Es kann kaum einem Zweifel unterliegen, dass dieser Canon kein Leoninischer ist; er gehört wohl ebenfalls zu den Protokollen der Synode von Tribur.

VI. Canones Synodi Romanorum ad Gallos episcopos, nebst Anhängen.

(fol. 157—161a.)

§. 23.

Diese römische Synode, deren Canones nunmehr der Cod. Salisb. folgen lässt, ist die unter Papst Siricius im Jahre 384 gehaltene; sie ertheilte auf verschiedene Anfragen gallischer Bischöfe die Antwort. Abgedruckt findet sie sich bei Coustant, Epistolae Romanorum Pontificum, Tom. I. col. 685 sqq. und bei Bruns, Bibliotheca eccles. Tom. II. p. 274. Nach richtiger Eintheilung besteht diese Synode aus sieben Capiteln, deren Überschriften in dem Cod. Salisb. mit denen des Cod. regius übereinstimmen (s. Bruns. l. c. p. 275. not. 3). Auf einige Varianten möge noch aufmerksam gemacht werden; die Lesarten des Cod. Salisb. sind an den nach dem Texte bei Coustant zu bezeichnenden Stellen folgende:

Coustant:	Cod. Salisb.
Cap. 1. col. 606. lin. 8: . .	laboris sollicitudine ut quae
— — — — — 10: . .	precibus investiganda notiora. Quae vero
— — — 687. lin. 9: . .	et quod non erat manifestum in sensu
— — — — — 13: . .	idem reveletur rogando

---

[1]) S. S. 20, S. 33.

[2]) S. Luc. XIX. 469.

col. 688. lin. 4: traditiones. — lin. 12. wird die Leseart furtim bestätigt. — lin. 34: coelitus praecepti non servaverit morem, properante libidinis caecitate. — lin. ult.: quod für quos. — col. 689. lin. 8: si continuisset. — lin. 32: Im Cod. Salisb. fängt das Cap. 2 bei den Worten „De episcopis" an; wahrscheinlich aber sollte es schon statt: „Id de sacerdotibus" heissen: „II. De sacerdotibus." — col. 691. lin. 17: Quamobrem mihi cum huismodi hominibus für: Quamobrem, mihi carissimi, huiusmodi hóminibus. — lin. 35: immunem esse potuisse. — col. 693, lin. 14: commissum für commissuri. — col. 695. lin. 87: hier ist dem Schreiber des Cod. Salisb. ein arges Versehen begegnet, indem er eine weiter unten hingehörige Stelle, die er nachmals auslässt, ohne allen gehörigen Zusammenhang bei den Worten denuo sociantes (woraus er „denuo societates" macht) anreiht und dann den ganzen Rest, das Cap. 5 n. 13 weglässt.

Angehängt sind hier noch folgende Stücke:

J.161a

1. Non licet presbytero super uno altare etc., entnommen aus Conc. Antissiod. can. 19. (Bruns. l. c. Tom. II. p. 239.)

2. Ex decretis Vigilii papae. Si motum fuerit altare etc. — Vergl. Egbert, Excerpt. 139. u. Can. 19. D. 1. d. cons., wo dieser Canon dem Papste Hyginus zugeschrieben wird.

3. Ex epistola Damasi papae ad Paulinum episcopum Tesalonicensem; dieser Paulinus ist nicht Bischof von Thessalonich, sondern vielmehr von Antiochien; die betreffende Stelle findet sich wieder bei Coustant l. c. Epist. Damas. ep. 5 n. 3. col. 513.

4. Augustinus dicit: Ille episcopatum desideret etc. S. Augustin. De Civit. Dei Lib. XIX. cap. 19. (Migne, Tom. XLI. col. 647.)

5. Gregorius dicit: Semper in sacerdotali pectore cum rigore etc. s. Gregor. Homil. in Evang. 17. cap. 12. (Migne, Tom. LXXVI. col. 1145.)

6. Ex decretis Gelasii: Si viduae sub nulla benedictione velatae etc., ist die Überschrift des Decret. Gelas. 23 in der Hispana (s. Migne, Tom. LXXXIV. col. 804). Am Rande ist ebenfalls die Zahl XXIII angegeben.

Die Worte „Explicit Synodus Romanorum", welche schon vor dem ersten Anhange hätten stehen sollen, finden sich vor dem Decret des Gelasius.

VII. Diversae sententiae Canonum.

(fol. 161a — 170.)

§. 24.

1. Die Collectio Herovalliana als Quelle dieser Sammlung.

Die oben sub II. B. geschilderte Sammlung [1]) enthielt gallische und spanische Concilienschlüsse; hier folgt eine andere, die mit ganz wenigen Ausnahmen nur gallische, und zwar 125 Canones umfasst. Diese sind aus folgenden achtzehn Synoden entnommen: Arles I (314), Valence (374), Orange (441), Arles II (443), Agde (506), Orleans I (511), Epaon (517), Lyon I (517), Vaison II (529), Orleans II (531), Auvergne I (533), Orleans III (538), Arles V (554), Lyon II (567), Macon I (581), Lyon III (583), Macon II (585) und Autun (670). Ausnahmsweise kommen aber auch hier einige orientalische Canones (s. unten §. 25. Cap. 18 und 118) und neun Capitel aus den Statuta ecclesiae antiqua theils als afrikanische, theils als Canones der Synode von Agde vor (s. unten §. 25; Cap. 20—23; 67, 68 und 93—95). Es lässt sich daher auch wohl hier vermuthen [2]), dass eine andere Sammlung zu Grunde liege, aus welcher der Verfasser dieser Diversae sententiae Canonum seiner eigentlichen Absicht nach nur gallische Canones excerpiren wollte, daneben aber dann doch auch noch einige andere aufgenommen hat. Die Entlehnung dieser Sammlung aus einer andern wird auch dadurch kenntlich gemacht, dass der Cod. Salisb. hier, wie bei jener aus der Coll. Dacheriana entnommenen Sammlung mehrere Marginalzahlen hat, die sich aber immer nur an solchen Stellen finden, wo in dem Texte Titelüberschriften vorkommen; es ist offenbar, dass der Verfasser nicht alle solche Inscriptionen, die sich auf die betreffenden Capitel bezogen, mitgetheilt hat, sondern ohne Auswahl nur einige; man gelangt auf diesem Wege zu dem Resultate, dass diese Sammlung in 36 Titel zu zertheilen wäre und zunächst aus einer andern geschöpft ist, welche deren 52 oder 53 zählt. Ausserdem findet sich hier die Eigenthümlichkeit, dass die einzelnen Canones der verschiedenen Concilien

---

[1]) S. §. 11 u. ff. S. 450.

[2]) Vergl. §. 12, S. 455.

nicht mit Canon oder Caput, sondern mit dem griechischen Worte Hera [1]) bezeichnet werden. Es steht daher zu vermuthen, dass dies in der Quelle, aus welcher hier geschöpft wurde, auch der Fall war. Durch diesen Umstand wird die Aufmerksamkeit auf den von Jakob Petit in seiner Ausgabe (Lut. Paris 1677. 4. p. 97—276) des Theod. Cantuar. veranstalteten Abdruck der Collectio Herovalliana gelenkt, der bei Migne, Tom. XCIX. col. 989—1086 wiedergegeben ist; eine nähere Beschreibung dieser Sammlung von den Ballerini findet sich bei Gallandi, Sylloge, Tom. I. p. 611 sqq. Aus dieser Sammlung ist auch der Cod. Vindob. Jur. can. 81, welchen Theiner, Disquisitiones p. 143 beschrieben hat, geschöpft, und man könnte glauben, der genannte Codex habe unserer Sammlung zum Grunde gelegen; allein dies ist unwahrscheinlich, weil die Marginalzahlen von der Titelzahl im Cod. Vindob. und ebenso die Titelüberschriften abweichen, so wie auch die genannte Handschrift 64 Titel hat, während die Zahl des Cod. Salisb. sich auf 36 beschränkt. Es ist also anzunehmen, dass unserer Sammlung die 92 Titel zählende Collectio des Dominus d'Hérouval nicht unmittelbar, sondern indirect durch eine andere aus ihr geschöpfte Sammlung, die aber nicht die des Cod. Vindob. Nr. 81 ist, zum Grunde liegt, wobei noch zu bemerken ist, dass der Verfasser der im Cod. Salisb. befindlichen Sammlung eine beträchtliche Zahl der in der Coll. Herovalliana enthaltenen gallischen Canones nicht aufgenommen hat.

Unsere Sammlung schliesst mit den Worten: Finita sunt statuta canonum ex diversis conciliorum libris excerpta.

§. 25.

2. Tabellarische Übersicht.

Die nachfolgende Tabelle vergleicht die Sammlung des Cod. Salisb. mit der Collectio Herovalliana und dem Codex Vindob. Nr. 81; aus diesem lassen sich die in jener feblenden Titelüberschriften ergänzen; die 36 Titel unserer Sammlung sind mit den Ziffern (I)—(XXXVI) bezeichnet, zugleich auch die Marginalzahlen in einer besonderen Columne angegeben.

---

[1]) Cod. Vindob. jur. can. LXXXI. erklärt: Hera i. e. domina.

fol. 162

Num. marg.	Cod. Vind.	Collect. Herovall.	Orig. ex edit. Bruns.	Cod. Salisb.
	III.	VI. Quales ad sacros ordines venire non possunt	·	(I)
	IV.	VII. Quales vel qualiter ad sacros ordines accedant et ubi ordinentur	·	(II)
	— 7		3	Cap. 1 Conc. Epaon. 3
	22	— 4	II. 54	— 2 — Arel. 33
	VI. 1	XIV. De presbyteris, qui diversis ecclesiis ministrant	I. 17	— 3 — — 17
	XI.	— 2	·	(III)
	2	XV. Ut de uno loco ad alium non transeat episcopus etc.	38 i. f.	— 4 — Agat. 36
	3	— 2	9	— 5 — Epaon. 8
	XII.	XVI. D. p. e.	·	(IV)
	— 2	— 1	II. 55	— 6 — Arel. 35
	XIII.	XVII. De formatis peregrinorum et clericis sine literis ambulantibus	·	(V) De peregrinis episcopis et clericis
	— 1		I. 19	Cap. 7 Conc. Arel. 18
	XIV.	— 6	·	(VI)
	6	— 7	38	— 8 — Agat. 35
	7	— 8	6	— 9 — Epaon. 6
	8		III. 15	— 10 — Aurel. 17

Cod. Salisb.	Orig. ex edit. Bruns.	Collect. Herovall.	Cod. Vind.	Num. marg.
(VII)	..	XVIII. Qualiter vel pro quibusvis culpis quisque degradetur	XV.	XV.
Cap. 11 Conc. Epaon. 22	22	— 3	— 6	
— 12 — Aurel. 6	I. 9	— 4	— 7	
— 13 — — 7	III. 7	— 5	— 8	
— 14 — — 8	— 8	— 6	— 9	
— 15 — — 2	— 2	— 7	— 10	
— 16 — — 7	— 7 init.	— 8	— 11	
— 17 — — 16	— 15	— 9	— 12	
— 18 — Anquir. 20	Ancyr. 20	— 11	— 14	
— 19 — Valent. 3	Stat. eccles. ant. 57	— 12	— 15	
— 20 — African. 14	— — 56	— 13	— 16	
— 21 — — 23	— — 68 i. f.	— 14	— 17	
— 22 — — 84	— — 69	— 15	— 18	
— 23 — — 85	V. 7	— 16	— 19	
— 24 — Arel. 7	..	— 17	— 20¹)	
(VIII)	Aurel. I. 6	XIX. De expulso ab ecclesia	XVI.	
— 25 — — 4	— — 12	— 2	— 7	
— 26 — — 8 (9?)	— II. 20	— 3	— 8	
— 27 — — 23	28	— 4	— 9	
— 28 — Epaon. 26	V. 4	— 5	— 10	
— 29 — Arel. 4	II. 49	— 6	— 11	
— 30 — — 28	..	— 7	— 12	
(IX) De ordine ecclesiastico et officio missae	27	XX.	XVII.	
Cap. 31 Conc. Epaon. 26		— 1	1	XV.

fol. 163

XVI.	XVII.		XX.		XXI.	
XVIII.	XIX.	XX.	XXII.	XXIII.		
— 1	— 1	— 2	— 4	— 1	— 1	— 1
	— 2	— 4	— 11	— 2	— 2	— 2
				— 3	— 3	— 3
				— 4	— 4	— 4
				— 5	— 5	— 5
				— 6	— 6	— 6
				— 7	— 7	

	XXI.	XXII.	XXIII. De baptismo	XXVI.	XXVII.
(X) De reliquiis sanctorum et oratoriis villaribus					
Cap. 32 Conc. Epaon. 25	· ·	25			
(XI) De altaribus non consecrandis nisi lapideis					
Cap. 33 Conc. Epaon. 25		— 1	26		
— 34 — Agat. 14			14		
— 35 Conc. Matisc. 3			— 1 II. 3		
— 36 — Araus.			— 8 L. 2		
(XII) De Pascha et die dominico et reliquis festivitatibus					
Cap. 37 Conc. Arel. 1				— 1 I. 1	
— 38 — Aurel. 22				— 2 L. 15	
— 39 — Matisc. 2				— 3 II. 2	
— 40 — — 1				— 4 — 1	
— 41 — Aurel. 31				— 5 III. 28	
— 42 — — 22				— 6 I. 26	
— 43 — — 27				— 7 — 31	
(XIII) De Quadragesimo ieiunio et laetaniis					
Cap. 44 Conc. Aurel. 21					— 1 I. 24
— 45 — Agat. 12					— 2 12
— 46 — Matisc. 8					— 3 I. 9
— 47 — Aurel. 24					— 4 I. 27
— 48 — — 25					— 5 — 28
— 49 — Lugd. 6					— 6 II. 6

fol. 164

1) Hat hier am Schlusse den Brief des Papstes Hormisdas: Ecce manifestissime; s. oben §. 18, S. 464.

Num. marg.	Cod. Vind.	Collect. Herovall.	Orig. ex edit Bruns.	Cod. Salisb.
XXII.	XXIV.	. . .	. .	(XIV) Ut festivitates praeclarae nonnisi in civitatibus-teneantur Cap. 50 Conc. Agat. 51
	1		21	
	XXV.	XXIX. De hoc quod offertur in altare	. :	(XV) — 51 — Matisc. 4
	5	— 1	II. 4	
	XXVI.	XXX. De communione	. :	(XVI)
	4	— 2	18	— 52 — Agat. 13
	5	— 3	II. 6	— 53 — Matisc. 6
	XXVII.	XXXI.	. :	(XVII) De praedicatione Cap. 54 Conc. Arelat. 1
	1	— 1	Conc. Vas. II. 2	
	XXVIII.	XXXII. De hospitalitate	. .	— 55 Conc. Matisc. 11
	2	— 3	II. 11	
	XXIX.	XXXIII.	. :	(XVIII) De decimis Cap. 56 Conc. Matisc. 5
	1	— 1	II. 5	
	XXX.	XXXIV. De viduis, pupillis etc.	. :	(XIX)
	4	— 4	II. 6	— 57 — 12
	5	— 5	I. 16	— 58 — Aurel. 12
	6	— 6	III. 6	— 59 — Lugd. 5
	XXXI.	XXXV. Qualiter res ecclesiae episcopus dispenset	. .	(XX)
	3	— 1	I. 14	— 60 — Aurel. 10
	4	— 2	— 15	— 61 — 11
	5	— 3	— 17	— 62 — 14
XXX.	XXXII.	XXXVI.	. .	(XXI) Ut res quae sacerdos clericis dederit, successor eius non auferat Cap. 63 Conc. Lugd. 5
	1	— 1	II. 5	

fol. 165

fol. 166

(XXII) De rebus quae ecclesiis dantur

Cap. 64 Conc. Aurel. 5	III. 5	XXXVII. —1	XXXI.
— 65 — Agat. 5	6	—2	
— 66 — Epaon. 13	14	—3	XXXII.

(XXIII) De rebus ecclesie abstractis aut contradictis

Cap. 67 Conc. Afric. 50	Stat. eccl. ant. 32	XXXVIII.	XXXIII. 1
— 68 — — 86	— — 95	—1	2
— 69 — Aurel. 25	III. 23	—2	3
— 70 — — 13	— 12	—3	XXXIV. 1
— 71 — — 25	— 22	—4	2
— 72 — Lugd. 2	II. 2	—5	3
— 73 — Matisc. 4	I. 4	—6	4
— 74 — Epaon. 7	8	—7	5
— 75 — — 16	17	—8	6
— 76 — — 17	18	—9	7
— 77 — Agat. 4	4	—10	8
— 78 — — 22	33	—11	9
		—12	10
			11
			12

(XXIV)

— 79 — — 31	32	XXXIX. De causantibus et judicibus	XXXV. 9
— 80 — Aurel. 35	III. 32	—8	10
— 81 — Matisc. 10	II. 10	—9	11
— 82 — — 8	I. 7	—10	12
— 83 — — 18	—18	—11	13
— 84 — Agat. 7	8	—12	XXXVI. 8
			XXXVI.

(XXV)

— 85 — Arelat. 14	II. 14	XLI. De clericis usurariis, ebriosis etc.	9
Cap. 86 Conc. Matisc. 10	I. 10	—5	10
— 87 — — 11	—11		11

fol. 167

Num. marg.	Cod. Vind.	Collect. Herovall.	Orig. ex edit. Bruns.	Cod. Salisb.
XXXIX.	XXXVII.	XLIII. Ut non habitet clericus cum extraneis mulieribus	. .	(XXVI) Cap. 88 — Arelat. 3
	4	— 3	II. 4	— 89 — Agat. 11
	5	— 4	11	— 90 — Matisc. 3
	6	— 5	I. 3	— 91 — Arel. 4
	7	— 6	III. 4	
	XL.	XLIV. De episcopis vel regulis clericorum et vestibus eorum.	39	(XXVII) — 92 — Agat. 39
			Stat. eccl. ant. 51	— 93 — 75
			— — 70	— 94 — 80
			— — 53	— 95 — 45
	— 20	— 37	Agath. 20	— 96 — 20
	— 21	— 38	I. 5	— 97 — Matisc. 5
	XLI.	XLV.	. .	(XXVIII) De venationibus Cap. 98 Conc. Matisc. 13
	— 1	— 1	II. 13	— 99 — Epaon. 4
	— 2	— 2	4	
	XLIII.	L. De sortibus et auguriis	. .	(XXIX) — 100 — Agat. 40
	— 3	— 3	42	— 101 — Arel. 20
	— 4	— 4	Aurel. I. 30	
	XLIV.	LI. De clericis, monachis vel abbatibus	.	(XXX) — 102 — Augustod. 1
		— 10	1	— 103 — 7
		— 11	8	— 104 — 6
	XLVI. 2	— 12	6	— 105 — 5
		— 13	5	

fol. 168

XLIX.

fol.	Cap.	Source			
fol. 169	Cap. 106 — — 10	10	LI. 14	XLVII.	
	— 107 — — 15	15	— 15	4	
	(XXXI)		LII. De Deo sacratis puellis et monasteriis earum	5	
	— 108 — Epaon. 21	20	— 4	L	
	— 109 — — 39	38	— 5	2. De discordantibus	
	— 110 Conc. Matisc. 17	I. 17	LVI. De falsariis, perjuriis etc.	LI. 5	
	— 111 — Agat. 30	31	— 2	LII.	
	(XXXII) De expositis		— 14	1	
	Cap. 112 Conc. Arel. 31	II. 51	LVII.	LIII.	
	(XXXIII) De libertis		— 1	1	
	Cap. 113 Conc. Agat. 27	29	LVIII.	2	
	— 114 — Araus. 6	I. 7	— 1	3	
	— 115 — Epaon. 7	8	— 2	LIV. 3	
	— 116 — — 38	39	— 3	4	
	— 117 — Araus. 5	I. 5 u. 6	— 12	LV.	
	(XXXIV) De iudaeis		— 13	1	
	Cap. 118 Conc. Lugd. 33	Laodic. 29	LIX.	3	
	— 119 — Matisc. 13	I. 13	— 1	4	
	— 120 — — 16	I. 16	— 2	LIX.	
	(XXXV)		— 4	1	
fol. 170	— 121 — Arvern. 3	I. 3	LXVI. De exsequiis mortuorum	2	
	— 122 — — 6	— 6	— 2	LXII.	
	(XXXVI)		— 3	5	
	Cap. 123 Conc. Matisc. 4	II. 4 i. f.	LXIX. De his qui contra canon. faciunt	6	
	— 124 — — 5	— 5 —	— 5	7	
	— 125 — Lugd.	I. 6	— 6		
			— 7		

VIII. Praecepta sancti Clementis Episcopi.
(fol. 170—171a.)

§. 26.

Dieser Brief, dessen Überschrift sich ganz unmittelbar an die oben §. 24, S. 474 angegebenen Schlussworte der zuvor betrachteten Sammlung anreiht, beginnt mit den Worten: „Quoniam sicut a beato Petro apostolo accepimus". S. Pseudo - Isidor bei Migne, Tom. CXXX. col. 37.

IX. Excerpte aus Isidor.
(fol. 171a—172a.)

§. 27.

Die einzelnen hier aufgenommenen Stücke sind folgende:

1. De dilectione Tullii Ciceronis Lelius; s. Isidor. Sentent. Lib. III. c. 28 (Migne, Tom. LXXIII. col. 702).

fol. 172   2. De fictis amicitiis Fannius; s. Isid. l. c. cap. 29. col. 702.

3. De amicitia munere orta; s. Isid. l. c. cap. 30. col. 703.

X. Ex decreto papae Vigilii cap. 31.
(fol. 172a.)

§. 28.

Diese dem Papste Vigilius zugeschriebene Decretale gehört offenbar einer späteren Zeit an. Sie lautet:

Scire oportet eos, qui synodalia iudicia canonice facta falsificant vel negant ratione convictos excommunicatorum sententia esse plectendos, id est, ut VII XLmas in pane et sale et aqua sibi impositas ieiunent, quia re vera contemptores decretorum synodalium ab omnibus sunt conciliis anathematizati et ideo aequum est, contemptores et raptores sacrae scripturae tot XLmas ieiunare, quot pro septena negligentia induciarum legitime constitutarum in sua absolutione excommunicati praecipiuntur observare.

XI. Der Pittaciolus des Hinkmar von Laon.
(fol. 172a—194a.)

§. 29.

Bekanntlich besteht der Pittaciolus des Hinkmar von Laon oder vielmehr das Pittaciolum, wie Hinkmar von Rheims seinen Neffen corrigirt (s. Hincm. Rem. Responsio metrica bei Migne, Tom. CXXVI. col. 287), aus einer Zusammenstellung einer beträchtlichen Anzahl falscher und einiger echter Decretalen. Die Päpste, unter deren Namen jene falschen Decretalen aufgeführt sind, werden darin auch nach ihrer Entfernung von Petrus bezeichnet; es tritt jedoch in unserm Codex eine Divergenz von dem gedruckten Texte hinsichtlich einiger Zahlen hervor, indem Alexander I. nicht als der fünfte, (Migne, Tom. CXXIV. col. 1101), sondern als der siebente, Sixtus I. nicht als der sechste, sondern als der achte Papst von Petrus bezeichnet wird; hingegen ist Hyginus gleichmässig der zehnte, worauf dann Anicetus im Cod. Salisb. als der zwölfte, in dem gedruckten Texte als der dreizehnte, Victor I. wiederum in beiden als der fünfzehnte Papst erscheint; weitere Verschiedenheiten kommen in dieser Beziehung nicht vor. Wegen der weiter unten [1]) zu besprechenden Capitula Angilramni möge bemerkt werden, dass der Cod. Salisb. in der auf der Rückseite von fol. 180*a* gegebenen Inscription mit dem gedruckten Texte (Migne, l. c. col. 1006) übereinstimmt (Ex grecis et latinis canonibus et synodis Romanis atque decretis presulum ac principum Romanorum a papa Adriano Ingilranno Mediomatricae Urbis episcopo prolatis, quando pro sui negotii causa agebatur). Ebenso heisst es fol. 186: Item ex Grecis et Latinis superius praetaxatis (Migne, l. c. col. 1014: Item ex Grecis et Latinis canonibus) und auf fol. 190*a*: Item ex supra scriptis capitulis (Migne, l. c. col. 1020). Die beiden Sätze, welche den Schluss des Pittaciolum bilden, finden sich nicht an der Stelle, wo sie im gedruckten Texte stehen, sondern erst nach einer Menge anderer eingeschalteter Stücke, indem es nach diesen auf fol. 204*a* heisst: Ecce hic evidentissime ostenditur etc.“ und „Haec succincte quidem excerpsi etc.“

XII. Mehrere in das Pittaciolum eingeschaltete Stücke.
(fol. 194*a*—198.)
§. 30.
1. Aufzählung derselben.

Auf das letzte Excerpt des Hinkmar von Laon folgt in dem Cod. fol.194*a* Salisb. die nachstehende Überschrift: Ex dictis sanctorum patrum

---

[1]) S. §. 34—36.

sanctaeque apostolicae sedis pontificum ab Adriano papa Carolo
Caesari Magno solemniter directa sub die tertia decima Kalendarum
Octobrium. Am Rande daneben finden sich die Buchstaben D. A. P.,
welche vielleicht „Dicta Adriani Papae" bedeuten sollen. Sehr auf-
fallend ist die Übereinstimmung des Datums, welches sich in allen
Inscriptionen der Capitula Angilramni wiederfindet. Ohne weiteres
Rubrum, ausser dass auf dem Rande die Bezeichnung Cap. 1 ange-
geben ist, folgt nunmehr:

1. Nachstehendes Capitel: „Quia ex iussione Domini et meritis
beati Petri apostoli singularis sanctae apostolicae sedis congregan-
dorum conciliorum auctoritas data est sanctorum canonum veneran-
dorumque patrum decretis privata ac multiplex tradita est potestas,
super quibuslibet criminibus audiendis vel discernendis ligandis sive
solvendis in cunctis pie quaerentibus vel vim patientibus summa.
Quicquid igitur aliter praesumptum in orbe a quibuslibet sine ipsius
decreto vel consensu fuerit, in vanum deducatur quod egerint, nec
inter ecclesiastica iura ullomodo reputabuntur, neque ullas habebit
vires quicquid obviaverit, quoniam eadem sedes testante veritatis voce
ab initio primatum obtinuit, Domino largiente, qui ait [1]): „Tu es
Petrus et super hanc petram aedificabo ecclesiam meam." Quisquis
ergo contra statuta praesumpserit, gradus sui periculo convictus
merito subiacebit. — Man erkennt hierin leicht das dritte Angilramnische Capitel (Hardouin, Concil. Tom. III, col. 2063), welches sich
auch in der Addit. IV. cap. 24 der Capitularien wiederfindet. Vergl.
darüber noch Wasserschleben, Beiträge zur Geschichte der
falschen Decretalen. S. 15.

fol. 196   2. Hierauf folgt das Rubrum: Gregorius Romanus Ponti-
fex ad Johannem Defensorem de restitutione Laurentii
episcopi, welches Capitel entnommen ist aus Greg. M. Epist.
Lib. XIII. ep. 45 (Migne, Tom. LXXVII. col. 1294), nur mit dem
Unterschiede, dass in dem gedruckten Texte, wie überhaupt in den
Werken Gregor's des Grossen, von keinem restituirten Bischofe Laurentius, sondern von zweien anderen, Januarius und Stephan, welche
sich in dieser Lage befanden, die Rede ist; auf letzteren bezieht sich:

3. Das Rubrum: Item ad eundem similiter de repa-
ratione Stephani episcopi. (Greg. M. ep. cit. col. 1295.) ·

---

[1]) Matth. XVI. 17.

4. **Inquisitio atque definitio ac renunciatio praedicti defensoris et causis praedictorum;** dieses Capitel
stimmt mit der Sententia Joannis defensoris bei **Migne**, l. c. col. 1300
überein.

5. **Ex Concilio Carthaginiensi cap. XL;** s. Cod. Canon. fol. 198
Eccl. Afric. cap. 17 bei **B**runs, Bibliotheca ecclesiastica, Tom. I.
p. 162. Dieses Capitel handelt davon, dass Mauritania Sitifensis,
von Numidien losgetrennt, ihren eigenen Primas haben solle.

6. **Granthemio subdiacono cap. XL;** soll heissen: **Gre-**
gorius Anthemio subdiacono. S. **Greg. M. Epist. Lib. IX. ep. 50**
(**Migne** l. c. col. 982), wo von dem Processe des Bischofs Bene-
natus von Misenum die Rede ist, in welchem der Papst die endgiltige
Entscheidung übernahm.

7. **Ex decretis sancti Anastasii Papae, quod eos,
quos post damnationem suam vel baptizavit vel ordi-
navit Acacius nulla portio laesionis attingat. cap. VII;**
s. **Dionys. Exig.** bei **Migne**, Tom. LXVII. col. 313. — **Regino**,
Append. III. 16. — Can. **Secundum. 8. D. 19.** Die Ziffer VII., mit
welcher dies Capitel bezeichnet ist, bezieht sich nicht darauf, dass
dieser Abschnitt der siebente dieser Zusammenstellung, sondern
darauf, dass dieses unter den Decreten des Papstes Anastasius das
siebente ist. Hieran schliesst sich

8. ohne alles Rubrum mit dem Capitel „Hoc admonendum vel
denunciandum" diejenige Sammlung an, welche sich in C a p i t.
Additio II wiederfindet. Sie besteht hier aus 27 Capiteln und hat
auch in ununterbrochener Reihenfolge die Marginalziffern I—XXVII,
bei der letzten ebenfalls am Rande auch das Rubrum De usura;
sie enthält jedoch auch manche andere Capitel, während einige der
Additio II fehlen. Auf jenes Capitel De usura folgen dann die oben
angegebenen Schlusssätze des Pittaciolum.

§. 31.

2. Zwei Lücken in der Handschrift.

Es hat nach unserer Handschrift den Anschein, als ob alle diese
vorhin aufgezählten Stücke noch Bestandtheile des Pittaciolum des
Hinkmar von Laon seien, und in der That würde man auch die ersten
sieben Abschnitte dazu zählen dürfen, wogegen der Inhalt der
Additio secunda in gar keiner Beziehung zu dem Rechtsstreite je in es

Bischofs steht. Es muss daher der Schreiber der Handschrift sich hier eines Versehens schuldig gemacht haben ; eines solchen darf man denselben wohl um so mehr zeihen, als sich hier ohnedies noch eine anderweitige grosse und bedauerliche Verwirrung nachweisen lässät. Das vierte jener Stücke, die Inquisitio atque definitio des Defensor Johannes geht von der Rückseite des einen auf das nächste Blatt hinüber, und bei diesem Übergange ist auch der Zusammenhang vollkommen hergestellt; wenn man aber näher zusieht, gewahrt man, wie auf dem vierten Blatte des zehnten (fünfundzwanzigsten) Quaternio nur Eine zu jenem Stücke gehörige Zeile steht, mit welcher mitten im Satze gänzlich abgebrochen wird, so dass sich von der eigentlichen Sentenz des Defensors nicht eine Sylbe findet. Untersucht man die Handschrift näher, so entdeckt man eine unverkennbare Spur, dass hier ein Blatt (fol. 197) herausgeschnitten ist [1]), und dass der Abschreiber, der vielleicht sich verschrieben hatte und zu träge war, nochmals ein grösseres Stück abzuschreiben, sich damit geholfen hat, das Blatt zu vernichten und nur nothdürftig den Zusammenhang mit dem früheren herzustellen. Einen eben solchen Ausschnitt kann man aber schon vor dem voraufgehenden Blatte bemerken, wo der Zusammenhang doch wenigstens in soweit hergestellt ist, als das Capitel „Quia ex iussione" zu Ende geschrieben ist, worauf dann jener Brief Gregor's des Grossen an den Defensor Johannes folgt; vor diesem befindet sich aber ein †, welches anzudeuten scheint, als habe eine Lücke ausgefüllt werden sollen, was aber nicht geschehen ist. Das ausgeschnittene Blatt (fol. 195) bat aber allem Anscheine nach viel mehr enthalten, da auf jene Marginalziffer Cap. I neben dem Cap. Quia ex iussione keine andere mehr folgt, das Cap. VII bei dem Decrete des Anastasius sich hierauf aber nicht bezieht.

§. 32.

3. Verhältniss der Sammlung von 27 Capiteln zu Capit. Additio II.

Das Verhältniss der mit dem Capitel „Hoc admonendum" beginnenden Sammlung zu der Additio II wird am Leichtesten durch folgende Tabelle veranschaulicht.

---

[1]) S. oben §. 1, S. 438.

	Codex Salisburgensis	Addit. II.	Fons. Conc. Worm. a. 829. — bei Pertz Tom. III.
fol.198a	Cap. 1 Hoc admonendum	1 / 2 Ut extra	1 — p. 341
fol. 199	— 2 De eo etiam instruendos . . .	3	
	— 3 Quid sit abrenuntiare	4	
	— 4 Ut episcopi	5 Inter nos	c. 5
	— 5 Ut presbyteri	6	6
	— 6 De presbyteris	7	7 — p. 342
	— 7 Vinum etiam notis	8	8
	— 8 Inter caetera	9	9
fol. 200	— 9 Illud etiam	10 Saepe namque	10
	— 10 Quia ergo	11	11
	— 11 Similiter et de puellis . . .	12	12
	— 12 Deprehendrinus	13	13
	— 13 Nihilominus etiam . . .	14	14
	— 14 De nobilibus feminis . . .	15	15 — p. 343
	— 15 Ut inlicitus accessus . . .	16	16
fol. 201	— 16 De ecclesiis destructis . . .	17	17
	— 17 Item de ecclesiis emendandis . .	18	18
	— 18 Praeterea volumus, ut praecepta ecclesiarum	19 Quia etiam	19 — p. 350
			3 — p. 360
			Hloth. Capit. a. 832. c. 1.

Codex Salisburgensis	Addit. II.	Fons.
Cap. 19 Ut nullus laicorum presbyterum vagantem	. . . .	Vergl. Capit. Langob. ann. 803. c. 13. Pertz p. 110.
— 20 Statuimus, ut si quis oblationes ecclesiarum	20	Conc. Wormat. ann. 829. c. 20. — p. 343 – 345.
— 21 Statuimus, ut nullus ex ordine sacerdotali	21	Stat. Rhispac. c. 15.
— 22 De cartis, quae a quibusdam personis falsae appellantur	22	Leg. Luitpr. c. 34
— 23 In sacris canonibus praefixum est, ut decimae . . .	(23 bis zu den Worten: corrigenda esse consuevistis (al. censuistis)	Capit. Langob. s. 803. c. 19. — p. 111
— 24 De decimis, ut dentur . . .		Ludov. II. Conc. Ticin. II. a. 855. c. 11. — p. 432
— 25 Item censuimus atque praecipimus, ut nullus praesumat commatrem suam		Ludov. II. Conc. Ticin. III. ann. 855. c. 5. — p. 435
— 26 De incantationibus et auguriis	. . .	— p. 78
— 27 De usura. Quia ergo in multis modis	.	fol. 201

XIII. Conventus Ticinensis.

(fol. 204a—208.)

§. 33.

Ohne alle Überschrift reiht sich an die angegebenen Schlussworte des Pittaciolum jener Bericht über eine Synode zu Pavia an,
welcher bei Harzheim, Conc. Germ. Tom. II. p. 327 und bei
Mansi, Concil. Tom. XV. p. 759 abgedruckt ist; in seinem Prospectus des Supplements zu den Conc. Germ. p. 9. verheisst Floss
bei dem Jahre 868 aus einem Darmstädter Codex einen verbesserten
Abdruck, sowohl der Synodus Ticinensis, als auch der Epistola
synodica PP. Ticinensium ad Nicolaum P. I. Wir haben schon bei
einer andern Gelegenheit auf eine Übereinstimmung unserer Handschrift mit jenem Cod. Darmst. hingewiesen [1]) und mag einstweilen,
bevor aus diesem der Abdruck vor sich geht, wenigstens jene
Synodus Ticinensis nach dem Cod. Salisb. hier ihre Stelle finden:

„Nuper circa septuagissimam sive sexagesimam sanctae quadragesimae collecta est synodus multorum episcoporum iussu piissimi
imperatoris hludovici in urbe ticinensi, quae etiam papia nuncupatur, in concilio inter alia pia negotia, quae ibi sunt tractata, ventilata
est etiam fratrum Teotgaudi atque Guntarii causa, ubi et a domino
apostolico innotuit, quod erga ipsos fratres suam per ecclesiasticam
pietatem benivolentiam salubriter vellet exhibere, Guntario sane
in eodem concilio in sua et praedicti fratris causa assistente. Qui
tamen cum licentia et consilio ipsius pontificis a roma regressus ad
synodum ipsam devenit. Quem fraterna caritas admodum compatiendo
mox recepit et in suum conventum introduxit consolationis et spei
hortamenta afflicto et humiliato ,fratri proponens. Epistolas sacer
conventus praedictorum pro causa sanctissimo praesuli direxit con-
ferens etiam haec capitula atque retractans quae subsecuntur".

Bekanntlich erregt diese Synode von Pavia hinsichtlich ihrer
Echtheit manche Bedenklichkeiten; schon früher hatte darauf
Binterim, deutsche Concilien Bd. 3. S. 127 u. ff. aufmerksam
gemacht, und in neuester Zeit ist von Hefele, Conciliengeschichte
Bd. 4, S. 293 u. ff. dieser Gegenstand ausführlicher besprochen
worden; die Synode kann nicht in der Faste des Jahres 867

---

[1]) S. oben §. 3, S. 439.

gehalten sein, weil Nicolaus I. noch am 30. und 31. October desselben Jahres die Sentenz über die Bischöfe Theutgaud und Gun-
thar aussprach und sowohl den König Ludwig den Deutschen, als
auch die Erzbischöfe und Bischöfe seines Reiches ermahnt, sich
nicht weiter für jene zu verwenden (Jaffé, Regesta Rom. Pontif.
n. 2184 u. 2185); sie kann aber auch nicht in der Faste des
Jahres 868 gehalten sein, weil Nicolaus I. am 13. November 867
gestorben ist. Will man aber auch von der Fastenzeit absehen und
die Synode in den November 867 selbst verlegen, so steht entgegen, dass jene beiden Bischöfe erst nach dem 31. October 867
nach Rom kamen, Günther mithin auch wiederum unmittelbar mit
Genehmigung des Papstes nach Pavia gereist sein müsste; man gewinnt
auch nicht viel, wenn man noch einige Tage zugeben wollte, welche
die Nachricht vom Tode des Papstes Nicolaus gebraucht hätte, um
nach Pavia zu gelangen.

　　Der Brief der zu Pavia versammelten Bischöfe, welcher im
Cod. Salisb. zunächst nur Cap. I. zur Überschrift hat, ohne dass
eine weitere Bezifferung folgte, beginnt mit der Erörterung des in
den Anfangsworten ausgedrückten Thema's; diese lauten: Sanc-
tissimi pontifices romani multos episcoporum seu reliquorum clericorum, qui pro suis culpis erant abiecti suoque gradu privati, post
dignam satisfactionem cum fraterna et coepiscopali unanimitate
pristinis saepe officiis reformasse noscuntur. Es folgen dann mehrere Auszüge aus den Briefen der Päpste Leo I., Hilarus und Gregor I.,
denen ein Stück „ex historia ecclesiastica“ beigemischt ist; der
letzte Brief ist: Gregorius Sabiano episcopo Labertino (soll heissen
Sabiniano ep. Jadertino).

fol. 201

fol. 204

XIV. Capitula Angilramni.
(fol. 208—212.)
§. 34.

1. **Sammlung von zweiundzwanzig Capiteln.** (fol. 208—209a.)

　　Auf den Brief der angeblich zu Pavia versammelten Väter
folgen unter der Überschrift:

Haec capitula ex sacris canonibus ad adiutorium Christianorum sunt
excerpta

zweiundzwanzig derjenigen Capitel, welche sonst in der Reihenfolge
der sogenannten Capitula Angilramni aufgeführt werden. Mit Aus-

schluss des ersten ist jedes von ihnen mit einer Marginalziffer versehen, welche nach dem Gebrauche des Cod. Salisb. auf eine andere Sammlung, aus welcher sie entnommen sind, hinzuweisen scheint [1]). Nachstehende Tabelle gibt eine Übersicht:

Codex Salisburgensis	Cap. Angilr. ex edit. Hardouin Conc. Tom. III. col. 2061 sqq.	Variae lectiones	Num. marg.
Cap. 1 Constitutiones	39	decrevit christianus ordo, ut	
— 2 Omnis qui falsa	41	. .	XXXVIII.
— 3 Ut laici contemptores . .	48. 49	. .	XLIV.
— 4 Qui in alterius fama . .	50	fama. — confinxerint. — et qui primus.	XLV.
— 5 Si quis iratus	51	teneatur	XLVI.
— 6 Qui crimen obicit	52	ut ibi causa	XLVII.
— 7 Ut qui non probaverit . .	52	. .	XLVIII.
— 8 Caveant iudices ecclesiae	53	. .	XLVIIII.
— 9 Eius qui frequenter . . .	54	percipiat	L
— 10 Si quis contra suam professionem . . . . . . ,	61		IIII.
— 11 Si quis episcopum . . .	62	. .	V.
— 12 Accusationes adversus episcopos	71	. .	XII.
— 13 Fecit hos gradus s. silvester	72 cf. Capit. I. 133	. .	XIII.
— 14 Testimonium laici . . .	73	. .	XIIII.
— 15 Non licet imperatori . .	76	. .	XVI.
— 16 Placuit ut nullus servus .	21	qui culpis suis. — criminantur	XVIII.
— 17 Placuit ut nullus episcoporum	22	episcoporum	XVIIII.
— 18 Primo semper vita et persona	15	. .	XII.
— 19 Hi qui non sunt bonae conversationis	16	fides, vita et libertas	XIII.
— 20 Hi qui in aliquibus . . .	17	. .	XIIII.
— 21 Appellantem non debet .	36	. .	XXXIIII.
— 22 Placuit ut eiectos	13	Pl. ut eiectos atque	X.

fol. 208a

---

1) Vergl. oben §. 12 und §. 24.

§. 35.

2. Sammlung von zweiundvierzig Capiteln.
(fol. 209a—212.)

Auf jene zweiundzwanzig Capitel folgt nunmehr die übliche Inscription der Capitula Angilramni:

Ex Grecis et Latinis canonibus et synodis Romanis atque decretis praesulum ac principum Romanorum haec capitula sparsim collecta sunt et Angilramno Mediomatricae urbis episcopo Romae a beato papa Adriano tradita sub die XIII Kalendarum Octobrium indictione nona quando pro sui negotii causa agebatur.

Unter dieser Überschrift werden zweiundvierzig Capitel begriffen, welche mit Ausschluss des letzten mit Marginalzahlen versehen sind. Zur Vergleichung möge folgende Tabelle dienen [1]):

	Codex Salisburgensis	Cap. Angilr. ex edit Hard. Conc. III. 2061 sqq.	Num. marg.
fol. 209a	Cap. 1 Dei ordinatione	1	I.
	— 2 Placuit, ut si quaecumque	2. 3	II.
fol. 210	— 3 Placuit, ut semper	4	III.
	— 4 Sancta synodus Romana	5	IIII.
	— 5 Si quis putaverit	6	V.
	— 6 Accusationis ordinem	7	VI.
	— 7 Si quis clericus	8	VII.
	— 8 Salvo romanae ecclesiae	9	VIII.
fol. 211	— 9 Ultra provinciae terminos	10—12	VIIII.
	— 10 Peregrina iudicia	19	XVI.
	— 11 Si quis episcopos	24	XXI.
	— 12 Sunt nonnulli	27	XXIIII.
	— 13 Si clericus vel laicus	28	XXV.
	— 14 Placuit eorum accusandi	31	XXVIII.
	— 15 Placuit ut accusato	32	XXVIIII.
	— 16 Non est credendum	33	XXX.
	— 17 Si quis iudicem	34	XXXI.
	— 18 Clericus sive laicus	35	XXXII.
	— 19 Liceat etiam in causis	37	XXXIV.
	— 20 In criminalibus causis	38	XXXV.

---

1) Die Varianten bedürfen hier keiner näheren Bezeichnung, da Herr Prof. Hinschius in Halle diesen Theil unserer Handschrift bei seiner Ausgabe des Pseudo-Isidor, womit auch die der Capitula Angilramni verbunden ist, benützt hat.

Codex Salisburgensis	Cap. Angilr. ex edit. Hard. Conc. III. 2061 sqq.	Num. marg.
Cap. 21 In clericorum causa	40	XXXVII.
— 22 Omnis qui falsa	41	XXXVIII.
— 23 Ut provincialis synodus	42	XXXVIIII.
— 24 De his, qui in accusatione	43	XL.
— 25 Si quando in causa capitali	44	XLI.
— 26 Placuit, ut a quibuscunque	45	XLII.
— 27 Si quis metropolitanus	46. 47	XLIII.
— 28 De accusationibus episcoporum . .	55. 56	LI.
— 29 Judex criminosum	57	I.
— 30 Irritam esse iniustam	58. 59	II.
— 31 Pulsatus ante suum iudicem . . .	60	III.
— 32 Hi qui iuventi fuerint	63	VI.
— 33 Ut nullus episcopus	64	VII.
— 34 Ut si quis quemlibet exspoliaverit .	65	VIII.
— 35 Ut nullus clericus	66	VIIII.
— 36 Homicidae, malefici	67	X.
— 37 Qui crimen intendit	68—70	XI.
— 38 Nemo clericum quemlibet	74. 75	XV.
— 39 Providendum est	77	XVII.
— 40 Iniustum iudicium	78	XVIII.
— 41 Sic odit Deus eos	79	XVIIII.
— 42 Item generali decreto	80	

fol. 212

§. 36.

3. Verhältniss der beiden Sammlungen zu einander.

Die beiden voranstehenden Sammlungen ergänzen sich gegenseitig, nur ein Capitel, „Omnis qui falsa", könnte in der ersten
Sammlung als Cap. 2, oder in der zweiten als Cap. 38 fehlen. Beide
zusammen bringen nicht vollständig die in den bisher gedruckten
Texten vorhandenen Capitel; es fehlen nämlich nach der gewöhn-
lichen Zählung die Cap. 14. 18. 20. 23. 25. 26. 29. und 30.
Aus den beigefügten Marginalziffern ist ersichtlich, dass beide
Sammlungen gemeinsam geschöpft sind aus einem Originale, welches
die Capitula Angilramni in zwei Büchern gab. Von diesen beiden
Büchern umfasste das erste die ersten 56 Capitel des gedruckten
Textes bei Hardouin und Mansi in 51 Capiteln, das zweite die
24 übrigen in 20 Capiteln. Selbst nach den höchst verdienstlichen,

bis auf die Gegenwart fortgesetzten Untersuchungen Wasserschleben's über die Angilramnischen Capitel ist doch noch sehr Vieles in Betreff derselben räthselhaft geblieben; vielleicht gelingt es dem neuesten Herausgeber dieser Capitel, Herrn Professor Hinschius in Halle, manchen dunkeln Punct aufzuhellen. Schon oben wurde auf den auffälligen Umstand aufmerksam gemacht, dass in unserer Handschrift das Datum der Übergabe der Canones an Karl den Grossen (natürlich nicht die oben §. 48 angegebenen) und der Capitel an Angilramnus identificirt wird. Ausserdem möchte zu bemerken sein, dass gegen die Annahme, das Cap. 5, Sancta Romana synodus, sei ein späteres Einschiebsel, die Überschrift der Capitel zu sprechen scheint, die sich ausdrücklich auf die römische Synode bezieht. Was endlich die Verschiedenheit betrifft, dass einige Handschriften diese Capitel nicht von Hadrian I. dem Angilramnus, sondern von diesem dem Papste übergeben lassen, so ist in den Cod. Salisb. eine Nachricht aufgenommen, welche durch die Parallele, welche sie zwischen Hadrian I. und Hadrian II. zieht, wenigstens beweist, dass der Verfasser dieser Notiz, der unter Hadrian II. lebte, der Überzeugung war, Hadrian I. habe die Capitel an Angilramnus übergeben.

XV. Eine Decretale Hadrian's II.

(fol. 213.)

§. 37.

Die eben angegebene, auf die Capitula Angilramni in unserer Handschrift folgende Notiz, welche sich nach einer gefälligen Mittheilung des Herrn Professors Hinschius in dem Cod. Corbej. mbr. 4. und Cod. Trevir. 1362 ebenfalls im Anschlusse an Angilramnische Capitel findet, lautet also:

Sed et praesentis dominus papa adrianus temporis istius eiusdemque adriani tam nominis quam merito sui praecessoris aptus executor et persecutor haec exempla nuper ad Salamonem Ducem Brittanorum destinata sui suorumque officii non immemor observanda mandavit et cunctis imitanda exercuit pro loco, quo ait etc. Der Cod. Corbej. gibt diesen Passus folgendermassen wieder: Sed et praesens domnus papa Adrianus haec exempla nuper ad Salamonem

ducem Britannorum destinavit sui suorumque officii non immemor
observanda mandavit et cunctis imitanda exercuit, worauf dann Auszüge aus den pseudo-isidorischen Decretalen folgen. Der Cod. Trev.
liest: Sed ex praesenti dominus — — aptus executor et prosecutor
haec ex epistola sua ad S. Br. d. destinata — — observanda mandavit ac mandata nobis obsequenda propinavit et cunctis etc. —
In diesem Codex, wie auch in unserm Salzburger folgt nunmehr die
Decretale selbst oder vielmehr ein Bruchstück aus derselben; sie
lautet in letzterem:

Sacerdotes vero vobis vicinarum dioceseon super se alios
deplorant superpositos sacerdotes britannicos; si tamen sacerdotes
et non magis pervasores et sacrilegos tales dixerim, qui etiam si
quaedam habent negotia, non ad concilia episcoporum occurrere
permittuntur, sed contra sacros canones et venerandas leges ad
saecularium (Cod. Trev. saecularia) tribunalia pertrahuntur, nec
suscipiunt episcopale instrumentum (Cod. Trev. institutum), sed
illatum contra regulas populare incurrunt iudicium et ipsis morte
praeventis rapitur, si quid remanserat subsidium. ludicantur etiam
episcopi a lectoribus (Cod. Trev.: latoribus) et laicis hominibus,
quos oportuit canonicis legibus (Cod. Trev.: quos non oportuit, nisi
canonicis legibus) et metropolitanis aut nobis praesentibus saltim
examinari, dicente Domino per prophetam [1]): „Nolite tangere chri-
stos meos et in prophetis meis nolite malignari" et iterum [2]): „Qui
vos tangit, quasi qui tangat pupillam oculi mei".

Es ist dies vielleicht der Brief Hadrian's II., auf welchen sich
dieser Papst in seinem Schreiben an Gerard von Tours (Martene,
Thesaurus Tom. III. Col. 865; s. Jaffé, Regesta Romanorum Pontif.
n. 2203) bezieht; da dieses vom 8. März 868 datirt ist, so müsste
das Schreiben an Salamon in die Zeit zwischen November 867 und
März 868 fallen.

---

1) Psalm. CIV. 15.
2) Zachar. II. 8.

XVI. Sammlung von einundsechzig Capiteln.

(fol. 213—225.)

§. 38.

1. Tabellarische Übersicht.

Unter Vorbehalt einer sorgfältigen Sichtung mögen die nunmehr noch erübrigenden Bestandtheile des Cod. Salisb., mit Ausschluss eines gar nicht hieher gehörigen Stückes auf der Rückseite fol. 223, einstweilen tabellarisch, und zwar im Vergleiche mit Regino, zusammengestellt werden.

	Codex Salisburgensis	Regino
fol. 213	Cap. 1 „Si cui utriusque sexus nobili personae"	
	— 2 „Si quis episcopus cum presbytero"	
	— 2 „Item si maior cum inferiore"	
	— 4 De accusatis vel accusatoribus	App. I. 21
	— 5 Ex Concilio ad S. Medardum de eadem re . . .	— — 22
fol. 214	— 6 De eadem re. Ex lege Romana	— — 23
	— 7 Item unde supra	— — 24
	— 8 Item de eadem re	— — 25
	— 9 De eadem re	— — 26
	— 10 Ut femina de adulterio inculpata si eum marito debet inire certamen legale suae potestati debet restitui ex epistola Nic.	II. 115
	— 11 De lege Romana. Constantinus imp. dicit	—. 116
	— 12 Ex Concilio quod factum fuit ad Vermeriam temporibus Pippini regis	— 117
	— 13 Ex eodem	— 118
	— 14 De eodem	— 119
	— 15 De eodem	— 120
	— 16 De eodem	— 121
fol. 215	— 17 Ex lege Romana	— 122
	— 18 Ut supra (Conc. Verm.)	— 123
	— 19 De eodem	— 124
	— 20 Ex decreto apad Compendium. Cap.	— 125
	— 21 Ex eodem	— 126
	— 22 Ex eodem	— 127
	— 23 Ex lege Romana	— 128
	— 24 Ex eodem	— 129

Codex Salisburgensis		Regino	
Cap. 25 Ex Concilio Lamnetensi		II. 130	
— 26 De eo quod in Concilio synodali propinqui invicem accusare debeant. Ex lege Theodosiana. lib. VIII.		I. 143	
— 27 Concilio Meldensi. Tit. LXXX. „Scelerosi“.			fol. 216
— 28 — Rodomacensi. Tit. XXXV. „Ubi in uno episcopio“.			
— 29 — Vermariensi. Cap. XXII. „Quicunque pro contemptu banni episcopalis“.			fol. 217
— 30 — Mamnetensi. Cap. XXI. „Homicidae ab introitu“.			
— 31 De decimis. Conc. Meldensi. Cap. XVIII. „Tempore autumni“.	Num. marg.		
— 32 „Sicut enim episcopus“	XXIV.	I. 257	
— 33 „Dictum est nobis“	XXV.	II. 265	
— 34 „Si servus absente“	XXVI.	I. 404	
— 35 „Omnibus ministris“	XXVII.	— 405	
— 36 „Si laici clericos“	XXVIII.	— 407	
— 37 „De servorum ordinatione	XXVIIII.	— 408	fol. 218
„De rebus“		— 409	
„Ceterum“		— 410	
„De ecclesiarum vero“		— 411	
„Similiter“		— 412	
„Auctoritas“		— 413	
„Qui debitum“	. .	— 414	fol. 219
— 38 „Instruendi“	XXXVI.	— 415	
— 39 „Non solum autem“	XXXVII.	— 416	
— 40 „Hoc etiam volumus	XXXVIII.	— 417	
— 41 „Imperator Constantinus“	XXXVIIII.	— 418	
— 42 De poenitentia homicidarum. Ex Concilio Triburiensi		II. 6	fol 220
— 43 Quid in primo anno observare debeat		— 7	
— 44 Quid in duobus aliis annis debeat observari . . .		— 8	
— 45 Quid in reliquis quatuor annis debeat observare .		— 9	
— 46 Ex Concilio Ancirano. „Qui voluntarie homicidium“		— 10	
— 47 Ex Concilio Pariensi. „Si quis homicidium sponte“		— 11	
— 48 Ex Concilio Mamnetensi. „Itaque censuimus“ . .		— 12	
— 49 In Triburensi Concilio. De novalium decimis			
— 50 Cap. XVII. „Si quis autem in affinitate“.			
— 51 De his, qui duabus sororibus nupserint		cf. II. 228	
— 52 Cap. XLIIII. Si quis cum qualibet fornicatus fuerit		cf. — 208	
— 53 De banno episcopali Concilii Niceni. Cap. VII.			fol. 221

	Codex Salisburgensis	Regino
	Cap. 54 De eo, si frater fratris uxorem violaverit. Conc. Tolet. cap. VI.	cf. II. 246
fol. 222	— 55 De incestuosis	
	— 56 In nomine Domini incipit epistola ducis et regis Karalmanni.	
	— 57 De usuris. Omnis enim homo.	
	— 58 Kal. Jul. anno domini incarnat. DCCCCXXXII. „Quando synodus in erfesfurt".	
fol. 223	— 59 Concilio Heliberit. tit. LXXV.	
	— 60 Ex Concilio Toletano. tit. XI.	II. 299
fol. 224	— 61 Incipit regula formatarum	I. 449

Aus dieser Tabelle ist zunächst ersichtlich, dass die hier zusammengestellten Capitel sich zum grossen Theile bei Regino wiederfinden, namentlich Cap. 4 — 9 (App. I. 21—26), Cap. 10 bis 25 (Reg. II. 115—130), Cap. 26 (Reg. I. 143), Cap. 32 (I. 257), Cap. 33 (II. 265), Cap. 34—41 (I. 404. 405. 407—418) und Cap. 42—48 (II. 6—12). Aus den Marginalziffern lässt sich weiter schliessen, dass mit Ausschluss des zuletzt erwähnten Abschnittes (Cap. 42—48) die mit Regino übereinstimmenden Capiteln aus einer Sammlung entnommen sind, die diese gerade in der Reihenfolge, in welcher man sie im Cod. Salisb. findet, enthielt. Das Cap. 32 wird nämlich in margine als Cap. XXIV. bezeichnet, diesem gehen 23 Capitel voran, welche mit Regino zusammenstimmen. Auf den ersten Anblick scheint es, als ob die Marginalziffern nicht zu einander passen, indem Cap. 37 als Cap. XXVIIII, Cap. 38 aber als Cap. XXXVI bezeichnet wird; allein die Sammlung, aus welcher der Cod. Salisb. schöpfte, hat wie Regino die in der Tabelle angegebenen einzelnen Bestandtheile des Cap. 37 als selbstständige Capitel mitgezählt („De rebus" ist Cap. XXX u. s. w.). Ob diese Sammlung mehr als 39 Capitel gehabt hat und ob vielleicht Cap. 42—48 des Cod. Salisb. in ihr mit den Zahlen XL—XLVI enthalten war, muss dahingestellt bleiben. Da für die Kritik aller von Regino aufgenommenen Capitel Wasserschleben vollständig Genüge gethan hat, so kann von diesen hier Umgang genommen werden. Es erübrigt daher nur noch einiges Nähere über die Cap. 1—3, 27—31 und 49—61, zum Theil aber auch diese Capitel selbst mitzutheilen.

§. 39.

2. Die Capitel 1—3.

(fol. 213.)

Ohne irgend ein Rubrum schliessen sich diese Capitel an die Decretale Hadrian's II. an, mit welcher sie wohl schwerlich in einem Zusammenhange stehen. Sie scheinen nicht gedruckt zu sein und lauten folgendermassen:

1. Si cui utriusque sexus nobili personae aliquid crimen obiicitur, quo se purgare desiderat, testes non quoslibet ac coniuratores se adhibere cognoscat, sed consanguinitate proximos ac fidei vitaeque probitate praeditos. Verus si quidem testis tribus probatur causis: sexu, conditione scilicet et vita, si vir non femina, si liber non servus. Nam saepe servus metu dominantis testimonium supprimit veritatis. Vita vero, si innocens et integer actu. Nam si vita bona defuerit, fide carebit. Non enim potest iustitia cum scelerato habere societatem. Huiusmodi ergo XII esse oportet, nec aetate inferiores quam duodennes. Testimonium enim pueri non admittatur, sicut nec mulieris propter levitatem et procacitatem eius naturae.

2. Si quis episcopus cum presbytero diacono vel subiectis gradibus quodcunque ventilandum putaverit, antequam cognitores adfuerint, iustum est, ut non ipsius sessio episcopi inter iudices habeatur, cuius pro tempore agitatur sententia, sed antiqua servetur regula, quia sic scriptum est: „Si contendi iudicio servo meo" et terum: „sive servi sive liberi, in Christo unum sumus".

3. Item si maior cum inferiori negotium habuerit stantes uterque dent vel accipiant. Item placuit, ut si quis senior cum inferiori ante primatem causam suae sententiae adfirmare voluerit, litigans omnino omnino non sedeat; quia si honore praecellit, altercandi quoque aequale debet habere stadium.

§. 40.

3. Die Capitel 27—31.

(fol. 216—217a.)

Diese fünf Capitel unterbrechen die Reihenfolge der mit Regino zusammenstimmenden Capitel. Zwei derselben werden dem Concilium von Meaux, die drei übrigen den Concilien von Rouen, Vermery und Nantes zugeschrieben; sie werden aber sämmtlich in den vorhandenen Acten dieser Concilien nicht angetroffen.

Concilio Meldensi. Tit. LXXX.

Scelerosi et in capitalibus viciis quae animae inferunt mortem obstinati et incorrigibiles et sanctorum canonum statutis rebelles in synodicis sunt accusandi conciliis. Quod praecipue ab illis fieri oportet, qui eis sunt carnis affinitate proprinquiores. Qui a cognatis praecepto dominico ita sunt diligendi, ut eorum non diligantur errores, et dum in eo amandi sint quod sunt execrandi tamen in eo quod male faciunt. Huismodi enim sicut ethnicos et publicanos Dominus praecipit abhominari. Domino autem indignus iudicatur a quocumque ipse in consanguinitatis amore postponitur, illo attestante, qui ait [1]: „Qui amat patrem aut matrem aut fratres aut sorores aut uxorem aut filios plusquam me, non est me dignus". Ne quis crudele aut inhumanum estimet proximos delinquentes accusando persequi, intellegat quod ipsa veritas dicat [2]: „Si scandalizat te oculus aut manus vel pes tuus, erue eos et proice abs te". Eruendus et abscindendus est ante satisfactionem a communione unius cuiusquam christiani hominis, qui Christi reluctatur mandatis, non solum extranei verum etiam cognationis propinquissim. Propter quod se Dominus venisse testatur [3]: „Veni enim separare hominem adversus patrem et filiam adversus matrem suam" etc. Cum quibus etiam apostolus nec cibum sumere mandat et iterum [4]: „tradite huiusmodi satanae et in interitum carnis, ut spiritus salvus fiat in die Domini". Sed haec secundum apostolum non odio sed eorum amore agenda sunt, saltim ut coacti ad viam redeant et salvi fiant. Unde in Levitico [5] dicitur: „Nec oderis fratrem tuam in corde tuo, sed publice argue

eum, nec habeas super illo peccatum". Cuiuscunque autem increpationis instantia proximus a pravitate sua resipuerit et perversae conversationi renunciaverit, quam magnae sit mercedis et retributionis audiat Jacobum apostolum dicentem [6]: „Qui converti fecerit peccatorem ab errore viae suae, salvabit animam eius a morte et operit multitudinem peccatorum". Quapropter sancimus nolentes sacramento constringi, ut peccantes proximos quos amant periurii timore celare

---

[1] Matth. X. 37.
[2] Matth. XVIII. 8. 9.
[3] Matth. X. 35.
[4] 1 Cor. V. 5.
[5] Levit. XIX. 17.
[6] Jacob. V. 20.

non praesumant. Nec sit quisquam in episcopatu laicus testimonio admittendus, qui non sit huiusmodi sacramentis implicatus: „Ex hac hora deinceps, quidquid contra divinam et christianam legem in diocesi praesentis temporis episcopi commissum veraciter scio aut a veracibus divulgatum comperero, Quando ab ipso in synodo aut parroechiali conventu vel a suo archidiacono aut archipresbytero in illorum ministerio interrogatus fuero non gratia alicuius vel odio id me celatarum, ut ita me Deus et ista sanctorum adiuvent patrocinia".

Der hier mitgetheilte Eid der Sendzeugen ist von dem bei Regino II. 2 vorgeschriebenen verschieden. Regino entlehnt seine Eidesformel nach seiner Angabe einem Concilium von Rouen. Sie gehört sicherlich wie Dove, Untersuchungen über die Sendgerichte (Zeitschrift für deutsches Recht. Bd. 19, S. 344), wohl mit Recht hervorhebt, nicht in das siebente, sondern mindestens in das neunte. Sehr merkwürdig ist nun Cap. 28 unserer Sammlung, welches ebenfalls dem Concilium von Rouen zugeschrieben wird; dasselbe stimmt in einzelnen Bestandtheilen mit dem von Amann (Praestantiorum aliquot Codicum MSS. qui Friburgi servantur ad jurisprudentiam spectantium Trib. 1837 Notitia. Fasc. II. p. 63 sqq.) zuerst herausgegebenen und neuerdings von Dove a. a. O. S. 382 als „Sendrecht der Main- und Rednitzwenden" erläuterten Monumente [1]) überein, welches sich in einer Handschrift findet, die nicht jünger ist, als das dritte Jahrzehnt des eilften Jahrhunderts. Im Cod. Salisb. lautet nun das dem Concilium von Rouen zugeschriebene Capitel also

Concilio Rodomacensi. Cap. XXXV.

Ubi in uno episcopio sub unius pastoris censura multorum populorum nationes diversas et linguas et tribus synodalibus contigerit permisceri conventibus, licet secundum ius humanum legum differentiam discrepent, decreto tamen Niceni concilii sancitum est, ut nequaquam ab catholicae matris ecclesiae privilegiorum diversa quispiam consuetudine discordet. Sicut enim una fides, unum baptisma, unusque omnibus Christicolis Deus est, ita etiam evan-

---

[1]) Dieses findet sich nunmehr aus einem ehemals Eichstätter Codex auch in den Monum. Germ. hist. Tom. XV. 486 als siebzehnte Additio zu der Lex Baiuvariorum. Der Abdruck bei Amann l. c., ist hier unbemerkt geblieben, denn die Variante „lege salica" statt „lege sancta" wäre als die unstreitig richtige Lesart hervorgehoben worden.

gelicorum canonicorumque cunctos uniformis praeceptorum con-
nectat observantia. Quod ut examussim fieri possit, laicos omnes,
qui christiano nomine censentur et praecipue quos generis nobilitas
cuiuscunque nationis sint idoneos testimonio probaverit, statuimus
in episcopalibus conciliis iurare universaliter compelli, quatenus
quaecunque evangelicis atque canonicis dogmatibus mandatisque in
episcopio unde oriundi sunt, contraire atque obviare persenserint,
quando a suo episcopo vel ab eius ecclesiasticis ministris synodice
fuerint ammoniti publice in medium proferre nullaque ex industria
cognita vel comperta celare. Quod si quis . . . .

Da mit den zuletzt erwähnten Worten die Übereinstimmung
unseres Capitels mit dem Sendrechte bei Amann und Dove beginnt,
so möge auf die in diesem voraufgehenden Bestimmungen auch
einige Rücksicht genommen werden. Dasselbe fängt mit dem Satze
an: Statutum est, qualiter sclavi et caeterae nationes, qui nec pacto
nec lege salica utuntur, post perceptam baptismi gratiam constrin-
gendi sint, ut divinis sacerdotumque suorum obtemperent praeceptis.
Hierauf folgt dann jenes Capitel, „Quia secundum canonicam diffinitionem“, welches oben als dem Conc. Tribur. ann. 895 angehörig
bezeichnet worden ist [1]). Hieran schliessen sich dann die im Cod.
Salisb. mit den zuvor angegebenen Worten beginnenden Sätze an:

Quod si quis cuiuscunque sit nationis (Cod. Frib. sit gentis,
fol. 217 nationis) vel linguae contempto Dei omnipotentis timore, ita inreverens deprehensus fuerit post huiusmodi sacramentum ut iurata per
quodcunque ingenium sive excusationem aut dissimulationem notitiae
violare praesumat a cuiuscunque nationis vel linguae viris tantum
nobilibus et numero testimonio congruentibus periurii (Cod. Frib.
periurii vel alicuius criminis) impetitus fuerit noxa, penitus [2]) quia
unius legis et gentis non sunt [3]) obiectione remota aut vindicta periurii
subiaceat, aut se ex impetita suspicione igniti ferri iudicio expurget.
Quod si quis temeritatis obstinatia in neutro sanctae ecclesiae satis-
facere voluerit, a liminibus et communione eiusdem sanctae Dei
ecclesiae habeatur exclusus (Cod. Frib. disclusus) et exlex, quousque
resipiscendo canonicis obtemperaverit statutis (Cod. Frib. institutis).

---

[1]) S. g. 20. S. 33. Sollte also vielleicht ein Zusammenhang dieses ganzen Stückes
mit dem Conc. Tribur. anzunehmen sein?

[2]) Pertz: fuerit: noxae penitus.

[3]) Pertz liest für non sunt: censentur.

Hiermit schliesst in dem Cod. Salisb. das Capitel, während in dem Freiburger noch mehrere andere Anordnungen, z. B. über die Beobachtung der Festtage und der Fasten folgen.

Concilio Vermariensi. Cap. XX. II.

Quicunque per contemptum banni episcopalis ab ecclesia eliminantur et ex hac distinctione poenitentiae subiciuntur XLmam in pane, sale et aqua ita ieiunent ante foras ecclesiae, nudis pedibus, aneis induti, communione privati, sicut solent homicidae. quando eiunant. Similiter omnes qui publica impetitione periurii deprehenduntur aut qui legitimo matrimonio copulati adulteria post semel actam poenitentiam iterant, vel qui de periurio vel adulterio criminati non ex bona conscientia sed spe maleficii, quo se expurgent, iudicium appellant eodem ordine poeniteant.

Concilio Mamnetensi. Cap. XXI.

Homicidae ab introitu ecclesiae et a mensa et ab osculo christianorum se abstineant, quousque prima XLma in pane, sale et aqua secundum canonicam diffinitionem ieiunent, tunc ad mensam et ad oscula admittantur et post triennium in V feria coenae Domini ab episcopo cum benedictione introducti demum sanctae matri ecclesiae reconcilientur.

De decimis. Concilio Meldensi. Cap. XVIII.

Tempore autunni post collectionem frugum sic moderentu iudutiae a presbyteris in suis barrochiis, ut ultimae sint in die festivitatis sancti Martini et quicunque illas neglexerit indutias et non fol.217a dederit vel quod iuste dedisset sacramento probare noluerit aecclesiastica communione usque ad satisfactionem privetur.

§. 41.
4. Die Capitel 49—55.
(fol. 220a—221a.)

Diese sieben Capitel sind, wenn sie sich auch theilweise anders bezeichnen, bis auf eines (Cap. 51) sämmtlich dem Conc. Tribur. ann. 895 entnommen, und zwar finden sich Cap. 49 und 50 in Cap. 14 der gedachten Synode wieder; Cap. 52 ist = 43; Cap. 53 = 8; Cap. 54 = 41 und Cap. 55 = Cap. 44 und 45, doch ist an letzterer Stelle im Cod. Salisb. das Conc. Neocaes. cap. 2 nur citirt, nicht wörtlich mitgetheilt. Was das Cap. 51 anbetrifft, so gehört dieses seinem Ursprunge nach dem Conc. Wormat. ann. 861. can. 33 (Hardouin, Conc. Tom. V. col. 742) an. Es sind dies übrigens die nämlichen Canones, welche bei Wasserschleben, Beiträge zu den vorgratianischen Rechtsquellen, S. 21, aus dem Darmstädter Codex (Harzheim's Katalog N. 118) unter den Nummern 22—25 zusammengestellt werden.

§. 42.
5. Die Capitel 56 und 57.
(fol. 221a—222.)

Das Capitel 56 ist das „Capitulare Karalmanni" vom Jahre 742, welches in den Monum. Germ. hist. Tom. III. p. 16. sqq. abgedruckt ist. Unser Codex hat manche Varianten (zum Theile auch Auslassungen und andere Wortstellungen) und namentlich in dem ersten und zweiten Capitel deren so viele, dass es kürzer ist, den vollständigen Text zu geben.

In nomine domini. Incipit epistola ducis et regis Karalmanni. Ego Karalmannus, dux et princeps Francorum cum consilio servorum Dei et optimatum meorum, qui in regno meo sunt, episcopi scilice et presbiteri et alii, concilium et synodum pro timore Christi congregavi cum bonifacio archiepiscopo et purchardo episcopo, et aliis pluribus episcopis, ut mihi concilium darent, quomodo lex Dei et ecclesiastica religio recuperaretur, quae in diebus principum priorum dissipata corruit, et qualiter populus christianus ad salutem animae pervenire possit, ut per falsos sacerdotes deceptus non pereat et constituimus super eos Bonifacium archiepiscopum, qui missus est sancti Petri et statuimus per singulos annos synodum congregare, ut nobis praesentibus canonum decreta et ecclesice iura restaurentur et religio christiana emendetur. Et pecunias fraudatas ecclesiarum ecclesiis reddidimus et falsos presbiteros et adulteros, fornicatores diaconos et clericos de ministeriis ecclesiarum abstulimus et degradavimus et ad poenitentiam coegimus. — (Cap. 2.) Servis Dei per omnia armaturam portare prohibuimus et in hostem ire, nisi illos, qui pro hostili necessitate pergant pro missis celebrandis et sanctorum patrociniis deportandis et confitentibus poenitentiam imponendo. Nec non et illas venationes et silvaticas vagationes cum canibus omnibus servis Dei interdiximus, ut accipitres et falcones non habeant. (Cap. 3.) Ut unusquisque presbiter in sua parrochia habitet etc.

M. G. H. p. III. p. 17. lin. 10: ad confirmandum populum. — lin. 12. quaerat et [Cap. 4] supervenientes et ignotos episcopos fol. 222 vel presbiteros ante probationem in ecclesiasticum ministerium non admittant. (Cap. 5.) Ut. — lin. 18. habeat. — lin. 22. confessorum Domini et suos sanctos. — lin. 23. nicdfires. — (Cap. 6) lin. 25. Post hanc synodum quisquis. — lin. 26. fuerit, in. — lin. 27. presbiter fuit. — lin. 28. permaneat. Ante flagellatus. — lin. 30. vertente anno. — (Cap. 7) lin. 32. Ut presbiteri. — lin. 34. Benedicti vivere. — Zum Schlusse folgt noch (gleichsam als achtes Capitel) Adulteria et incesta matrimonia quae non sunt legitima prohibeantur et emendentur episcoporum iudicio et mancipia christiana paganis non tradantur, woran sich dann weiter ein Capitel anreiht, welches auf diesen Verkauf sich zu beziehen scheint, aber die Rubrik „De usuris" hat; dasselbe lautet:

Omnis enim homo, qui alium in corpore persequitur prius ipse in corde persecutionem sustinere cognoscitur. Nam si etiam ille quem persequitur aliquid de substantia sua tulerit, maiorem (!) sibi ipse dispendium facit. Quia nemo habet iniustum lucrum sine iusto damno; et ibi damnum, lucrum in arca, damnum in conscientia. Tulit vestem et perdidit fidem, adquirit pecuniam et perdit iustitiam. Sed hoc homines faciunt, quia diem novissimum attendere nolunt. Si enim diem mortis suae cogitare iugiter vellent animum suum ab omni cupiditate et malitia cohiberent. Haec omnia iudicio episcoporum emendentur.

§. 43.

6. Das Capitel 58.

(fol. 222a – 223.)

Dieses Capitel enthält das Erfurter Concilium vom Jahre 932; dasselbe findet sich abgedruckt bei Pertz, Monum. Germ. hist. Tom. IV. p. 18 und in den „Quellen zur bayerischen und deutschen Geschichte", Bd. 1. S. 410. Der Cod. Salisb. stimmt mit dem zuletzt erwähnten Texte überein, fügt aber noch einige recht merkwürdige Bestimmungen hinzu. Zunächst bestätigt er das Datum der Synode; die Varianten sind im Ganzen nicht erheblich, und zwar mit Beziehung auf den genannten Abdruck folgende: p. 410. lin. 6. pro sua religione. lin. 13. utrum für quique; ferner: Tum in tertia die. — lin. 22. In eodem statutum est concilio. — p. 411. lin. 4. „nequeat persolvere" für „non habeat". Auf die Worte: „Dominus pro eo reddat" folgt dann: et unusquisque in dominico die ante eandem feriam prout valeat eleemosynis se redimat. Item ut nullus ab initio XL usque ad octavam paschae ruadiare nec ad mallum cogatur ire, nisi causa reconciliationis aut magnae necessitatis. Similiter et septem dies ante natalem domini et sancti Johannis baptistae decretum est fieri. Item in eodem statutum est concilio, ut nullus qui homicidium aut periurium convincitur perpetrasse ante inter christianos habeat communionem, quam ad veram veniat satisfactionem. Item ut missae, quae inrationabiliter a quibusdam et canuntur et ordinantur, ut pute missa s. michahelis, quae canitur causa victoriae, ut penitus relinquantur, nisi ad eandem ad quam primitus inventae sunt constitutionem. Similiter et de candtelis, quas quaedam in modum crucis in terra ponentes accendunt, u super candelabra positae incendantur ammonitum est. Item ut nullus sacerdotum mulieres secum in una domo sub nomine simul habitandi liceat habere vel saltem matrem aut sororem, ne forte inde occasio aliarum oriatur introducendi mulierum. Sollte die hier erwähnte Messe zu Ehren des heiligen Michael, dessen Banner Heinrich I. sich im Jahre darauf in der Schlacht bei Merseburg vorantragen liess, in Beziehung auf den über die Ungern zu erflehenden Sieg stehen? Oder liegt darin eine Hindeutung auf den in mittelalterlichen Dichtungen geschilderten Kampf des heil. Michael und des Teufels um die ausfahrende Seele? (s. Grimm, Mythologie. S. 796).

(fol. 223 im Rand)

§. 44.

7. Die Capitel 59 und 60.

(fol. 223—223a.)

Unter diesen beiden Capiteln wird das erstere dem Concilium von Elvira, das letztere einer toletanischen Synode zugeschrieben. Beide werden aber nicht unter den erwähnten Concilienschlüssen angetroffen, und wie das letztere gewiss, so gehört auch wohl das erstere dem neunten Jahrhunderte an; auch findet sich in dem Verzeichnisse der vorgratianischen Canones bei Theiner kein

Capitel, welches mit den Worten dieses Canons beginnt. Dasselbe
lautet:

De ecclesiis ab episcopo non consecratis et tamen earum
possessoribus ut sint consecratae contendentibus, non saeculares
personae sed sacerdotes, ministri scilicet altaris et ecclesiae et
illius consecrationis cooperatores et solemnis diei et officii actores
id probent et adprime hi, qui ex illa vicinia parroecchias tenent,
ubi ecclesia est de cuius ambigitur consecratione. Hi ergo cum
ceteris omnibus in synodali concilio ab episcopo pro suo sunt con-
testandi sacerdotio, si illorum temporibus vel antecessorum suorum
sciant illius ecclesiae dedicationem die vel officio umquam fuisse
celebrem. Quod si affirmando in hoc concordant, non fiat iniuria
aecclesiae legitimae vel suo defensori. Sin autem in arbitrio sit
episcopi claudere seu operire eam.

Der vermeintliche Canon eines Conc. Tolet. gehört dem Conc.
Laur. ann. 843. cap. 1. (Conc. Meld. ann. 845. cap. 13; bei
Hardouin, Concilia. Tom. IV. col. 1485) an; schon oben ist auf
die Aufnahme dieses Canons bei Regino verwiesen.

§. 45.

8. Das Capitel 61.

(fol. 224.)

Das letzte Blatt enthält die Regula Formatarum, ziemlich
übereinstimmend mit der bei Regino. I. 449. Die Varianten des
Cod. Salisb. sind mit Beziehung auf Wasserschleben's Ausgabe
des Regino folgende:

lin. 1: numeris. — lin. 5: Nicea. — lin. 8: ast für id est, ut.
in. 11: numeros. — lin. 12: numerum. — lin. 14: fehlen die
Worte: accipientis tertia. — lin. 16: est id temporis. — atque his.
lin. 18: fehlt das Wort collecta. — lin. 20: numeros, quis. —
lin. 21: significatur. Amen. Die übrigen Worte, welche Regino
noch hat, fehlen. Zum Schlusse die Worte Explicit . . . . . . feliciter
Amen; aus den unleserlich gewordenen Schriftzeichen lässt sich
aus den schwachen Andeutungen noch etwa herausbringen: can. u.
men. Mit dieser Regula formatarum möge die Formata auf der
Rückseite des Titelblattes in Zusammenhang gestellt werden; sie
entspricht mit Änderung der Namen so ziemlich der Formata bei
Regino. I. 450. Sie lautet:

LXXX. CCCC. I. LXXX. C. CCCC. V. CCC. I. XL. VIII. L.
Π. Υ. Α. Π. P. Υ. Ε. T. A. M. H. N.
DCCCC. D. LX. V.

⋀   ⲫ   Ƶ   E. Indictione VI. ICCCCLV.

Reverentissimo cultuque almifluae religionis sincerissimo vuilli-
berto sanctae Agripinae sedis episcopo Ruotbertus reverendae
mettensis ecclesiae ac plebis ipsius humilis famulus, in Christo
pastorum principe mansuram cum gaudio prosperitatis et perpetui-
tatis gloriam etc. Die im Folgenden vorkommenden Varianten sind mit
Bezug auf Wasserschleben's Ausgabe des Regino a. a. O. nachstehende: lin. 8: paternitatem. — lin. 10: cuidam diacono nostro
Stephano für „presbytero etc." — lin. 12: canonice für ecclesia-
stice. — lin. 13: diaconatus für presbyteratus. — lin. 16: zwischen
die Worte „liceat illumque" schaltet der Cod. Salisb. ein: et ut eum
si morum probitas et doctrinae dignitas suppetit ad presbyteratus
ordinem promoveatis fideliter annuimus. — lin. 21 fehlen die Worte
von „interventu" bis „commissum" est. — lin. 23: diu conservare
dignetur incolomem. Zum Schlusse folgen dann wieder genau die
obigen Zahlen und Buchstaben.

XVII. Ein Runenalphabet.
(fol. 223 Rückseite.)

§. 46.

Zwischen die beiden zuvor [1]) näher angegebenen Capitel 59
und 60 ist ein Runenalphabet, nebst einer Anweisung dasselbe zur
Geheimschrift zu gebrauchen, von der nämlichen Hand geschrieben,
eingeschaltet. Man könnte wohl dafür halten, dass es sich hier an
völlig ungehöriger Stelle befinde, wenn nicht etwa es ebenfalls zum
Gebrauche bei den Formaten empfohlen werden soll, was aber doch
immer unwahrscheinlich sein möchte. Nicht nur stimmt das Alphabet
mit dem ersten des bei Wilh. Grimm, Über deutsche Runen,
S. 106 u. ff. beschriebenen des Cod. Sangall. 270, p. 52 überein,
sondern ein Theil des dasselbe begleitenden Textes ist dem Inhalte
nach den Bemerkungen entsprechend, welche in dem gedachten
Codex auf die beiden Alphabete folgen und bei Grimm a. a. O. S. 110

---

1) §. 44.

in der Note abgedruckt sind. Die betreffende Stelle im Cod. Salisb. lautet wie folgt:

Notum sit omni litterarum, quae runae dicantur, scientiam habere uolenti, quia in quattuor versus vel ordines dividuntur. Primus ordo continet litteras VIII. Secundus itidem VIII. Tertius similiter VIII. Quartus quattuor. Primo ordini hae deputantur (s. das Facsimile). De his litteris tres sequestrantur quibus singulis totum quod velis scribere potes, id est [is et?] lago et hagal; quod per i solam scribitur, Isruna vocatur, quod per lagu lagoruna, quod per hagal hagalruna. Ergo si per i vel l scribere volueris, primum breviori i vel l ordinem notabis, longioribus vero litteram, quod si per hagal scribere volueris, in sinistra parte quotus sit ordo, In dextera, quota sit littera notabis et ob facillitatem scribendi partem eiusdem litterae ablatam vel mutatam scito. Est et strophruna, quae solis punctis constat, quae hac ratione scribitur, ut superius ordo inferius litterae designentur, et ut facillius intellegatur, quod dicitur, promptum ponamus exemplum. Amen. Wegen des Weiteren s. das Facsimile. — Der Cod. Sangal. nennt die zuletzt erwähnte Rune Stofruna und fügt in Betreff derselben hinzu: sed aliquando mixtim illas faciunt, ut supra sint puncti, qui litteram significant et subter ordo versus. Die nämliche Handschrift hat noch den Zusatz: Clofruna (offenbar Klopfrune) dicuntur, quae pulsu efficitur distinctis personis et litteris, ita ut primum incipiatur a personis postea a litteris.

Der Cod. Salisb. gibt das Beispiel, wodurch er über den Gebrauch der Geheimschrift belehren will, nicht an, sondern man erlangt nur aus den gebrauchten Runen und Strichen dazu, dass das dazu dienende Wort „racco" ist. Der Cod. Sangall. hingegen sagt zuvor, dass er an dem Worte „corvi" die Geheimschrift deutlich machen wolle; Grimm a. a. O. S. 112 ist nun der Meinung, dass der Verfasser jener Erklärung sich auf das erste der vorstehenden Alphabete bezogen habe; allein dazu passt das Beispiel nicht und das Wort corvi kommt nur dann heraus, wenn man, wie er es thut, annimmt, dass in dem Beispiele selbst mehrere Fehler gemacht worden seien. Daher hat Lauth (das germanische Runen-Fudark, S. 66) die Vermuthung aufgestellt, jene Erläuterung der Geheimschrift beziehe sich nicht auf das Sanct-Galler Alphabet, sondern auf das in dem Pariser Codex des Isidorus befindliche, bei dessen Anwendung denn auch wirklich das Wort corvi ermittelt wird. Dieses

Isidorische Alphabet (s. Grimm a. a. O. S. 137 und Tab. II.)
stimmt aber in seiner Eintheilung (3mal 8 + 4) zu dem im Cod.
Salisb. enthaltenen. Das durch diesen vermittelte Wort racco liegt
indessen dennoch von dem „Raben" des Cod. Sangall. nicht so
ferne, sobald man berücksichtigt, dass krack (unser: Krähe;
s. Schmeller, Bayerisches Wörterbuch, Bd. 2. S. 380), womit
Graculus zu vergleichen, ebenfalls diesen Vogel bedeutet.

Was nun die einzelnen Runen anbetrifft, so gibt der Cod.
Salisb. ausser den drei zuvor genannten leider keine Namen, sondern
nur die betreffenden lateinischen Buchstaben, mit denen sie sich
decken. Hinsichtlich der Zeichen ist die Übereinstimmung unsere.
Cod. Salisb. mit dem Cod. Sangall. offenbar grösser, als mit dem
Isidorischen Alphabet, wenn auch mit jenem kein vollkommenes
Zusammentreffen stattfindet. Wenn Cod. Salisb. die siebente Rune
scheinbar mit s bezeichnet, so ist dies doch nur ein verschobenes g
und die Rune „gebo" aus dem Zeichen deutlich erkennbar. Die Rune
hagal des Cod Salisb. weicht von der der beiden andern Codices
bedeutend ab; sie kommt der eines andern Cod. Sangall. 878 (bei
Grimm, Tab. II) um vieles näher. Die dreizehnte Rune (inc) wird
in unserm Codex, gleich hagal, als h erklärt; es ist wohl ih gemeint
Cod. Sang. 270. hat k). Die vorletzte Rune gibt unser Cod. Salisb.
mit q wieder, worüber Lauth. a. a. O. S. 63 zu vergleichen ist.

NACHTRAG.

Die S. 449 angegebene Decretale Johann's VIII. gehört dem
Conc. Tricass. II. ann. 878. an. (S. Hardouin, Concil. Tom. VI.
P. I. col. 195.)

Die Heerführer Li-khuang und Li-ling.

Von dem w. M. Dr. August Pfizmaier.

(Vorgelegt in der Sitzung am 14. October 1863.)

Unter den auswärtigen Ereignissen des die Lenkung des Allhalters Hiao-wu von Han umfassenden langjährigen Zeitraumes
(140 — 87 vor uns. Zeitr.) nehmen die Kriege gegen den im ganzen
Norden des Mittellandes waltenden Volksstamm der Hiung-nu's eine
hervorragende Stelle ein. Obgleich auf weit vorgeschobene Marken
im Nordwesten gestützt und durch sehr ausgedehnte Eroberungen
im Westen die Hiung-nu's gleichsam überflügelnd, kämpfte Han
damals im Norden meistentheils noch unglücklich und sämmtliche
Angriffe, welche mit grossen Mengen von Streitkräften, unter ihnen
als neue Erscheinung viele Zehntausende von Reitern, gegen die
Hiung-nu's in's Werk gesetzt wurden, endeten mit verlustvollem
Rückzuge.

Die zwei Heerführer, welche der Gegenstand dieser Abhandlung, konnten zwar, da sie nur verhältnissmässig kleine Heeres-
abtheilungen befehligten, dieses anfängliche Missgeschick der Waffen von Han nicht verhüten, allein aus der Erzählung ihrer oft
kühnen und ungewöhnlichen Thaten lässt sich ein tiefer Einblick in
die jenen Ländern eigenthümliche Kriegführung, zum Theil auch in
das Leben und öffentliche Wesen des keineswegs in dem Masse,
wie sonst vermuthet werden dürfte, rohen und unmenschlichen
Hiung-nu-Stammes gewinnen.

Beide Männer erfuhren übrigens die äusserste Widerwärtigkeit
des Schicksals. Li-khuang, im Leben von allen seinen Kriegern
geliebt, im Tode von allen Bewohnern des Landes beweint,

verirrte sich auf einem Zuge durch die Wüsten und starb, um nicht
den Gerichten Rede stehen zu müssen, durch seine eigene Hand.
Li-ling, der Enkel Li-khuang's, ergab sich nach langen und vergeblichen Kämpfen den Hiung-nu's, von denen er jedoch, da die Umstände eine Rückkehr nach Han nicht gestatteten, in vorzüglichen
Ehren gehalten und zu einer der höchsten Würden des Landes,
mit welcher selbst die Königsbenennung verbunden war, befördert
wurde.

Li - khuang.

廣李 Li-khuang war in 紀成 Tsching-ki [1]), einer
Stadt der ehemaligen Landschaft 西隴 Lung-si, geboren. Sein
Vorfahr war 信李 Li-sin, der zu den Zeiten von Thsin als
Befehlshaber einer Heeresabtheilung den Nachfolger Tan von Yen
verfolgte und einholte. Li-khuang hatte von den vorhergegangenen
Geschlechtsaltern seines Hauses die Kunst des Pfeilschiessens
ererbt.

Im vierzehnten Jahre des Allhalters Hiao-wen (166 vor uns.
Zeitr.) machten die Hiung-nu's einen starken Einfall durch den
Durchweg 蕭 Siao [2]). Li-khuang folgte mit den trefflichen Leuten
seines Hauses dem Heere von Han und betheiligte sich an dem
Angriffe auf Hu. Durch seine Geschicklichkeit im Pfeilschiessen
gelang es ihm, viele angesehene Feinde zu tödten. Für diese Dienste
wurde er zum Leibwächter ernannt, in welcher Eigenschaft er
gewöhnlich zur Seite des Himmelssohnes einherritt. Er begleitete
den Allhalter mehrmals zu Schiessübungen und auf Jagden, wobei
er reissende Thiere erlegte. Der Allhalter Wen sagte von ihm: Es
ist schade, dass Khuang nicht zu der angemessenen Zeit geboren
wurde. Gesetzt, er lebte in dem Zeitalter Kao-tsu, so wäre ein
Lehenfürstenthum von zehntausend Thüren für ihn kaum werth der
Erwähnung.

---

[1]) Tsching-ki ist das heutige Thsin-tscheu, Kreis Kung-tschang in Kan-sü.

[2]) Der Durchweg Siao befand sich nördlich von der oberen Landschaft (Schang-
kiün), welche ihrerseits der nördliche Theil des heutigen Schen-si zunächst
Yen-ngan und Sui-te.

Bei dem Lenkung-antritte des Allhalters King (156 vor uns.
Zeitr.) wurde Li-khuang zum Anführer der berittenen Leibwachen
ernannt. Zur Zeit des Abfalles von U und Tsu (154 vor uns. Zeitr.)
begleitete er in der Eigenschaft eines Tu-wei der tapferen Reiter
den „grossen Beruhiger" Tscheu-ya-fu und kämpfte unter den
Mauern vor Tschang-yï, wodurch er seinen Namen berühmt machte.
Nach seiner Rückkehr erhielt jedoch Li-khuang keine Belohnung,
was aus dem Grunde geschah, weil der König von Liang ihm die
Abdrucksmarke eines Heerführers eingehändigt hatte.

Li-khuang ward jetzt Statthalter von Schang-kŏ [1]) und bestand
als solcher zu wiederholten Malen Kämpfe mit den Hiung-nu's. Der
mit den Angelegenheiten der Nebenländer betraute 邪昆孫公
Kung-sün-hoen-ye sprach zu dem Himmelssohne unter Thränen von
dem Werthe Li-khuang's, indem er besorgte, dass man diesen Mann
verlieren könne. Er sagte nämlich: Die Fähigkeiten und der Geist
Li-khuang's sind in der Welt ohne Gleichen. Gestützt auf seine
eigene Kraft, hat er mehrmals mit den Gefangenen [2]) gerungen. Ich
fürchte, dass wir ihn verlieren werden. — Der Himmelssohn
ernannte hierauf Li-khuang zum Statthalter der im Nordwesten
gelegenen oberen Landschaft.

Um diese Zeit machten die Hiung-nu's einen Einfall in die
obere Landschaft. Der Himmelssohn entsandte die angesehenen
Männer des Inneren mit dem Auftrage, sich Li-khuang anzuschliessen. Zugleich gab er Befehl, die eingeübten Kriegsscharen vorwärts zu führen und die Hiung-nu's rasch anzugreifen.

Die angesehenen Männer des Inneren, welche das Heer begleiteten, befanden sich in den Vorderreihen an der Spitze einiger
Zehende von Reitern, als sie dreier Hiung-nu's ansichtig wurden,
mit denen sie sich in einen Kampf einliessen. Die drei Hiung-nu's
verwundeten indessen die angesehenen Männer des Inneren durch
Pfeilschüsse und tödteten deren Reiter, worauf die angesehenen
Männer des Inneren, welche nahe daran waren, gänzlich aufgerieben
zu werden, wieder zu Li-khuang zurückflohen.

---

[1]) Das heutige Schün-thien in Pe-tschï-li.
[2]) Unter den „Gefangenen", einem häufig vorkommenden Ausdrucke, werden die
Hiung-nu's verstanden.

Li-khuang sagte: Dies sind gewiss Adlerschützen [1]). — Sofort setzte er sich, von hundert Reitern begleitet, zu Pferde und verfolgte die drei feindlichen Männer. Die drei Männer entfernten sich, während ihre Pferde im Schritt gingen. Nachdem sie mehrere Zehende von Weglängen fortgezogen, befahl Li-khuang seiner Reiterschaar, den rechten und linken Flügel auszubreiten. Er selbst schoss hierauf nach den drei Männern, von denen er zwei tödtete und den dritten lebend gefangen nahm. Derselbe war wirklich ein Adlerschütze der Hiung-nu's.

Nachdem man den Gefangenen gebunden und eine Anhöhe erstiegen hatte, gewahrte man in der Ferne eine Schaar von mehreren tausend berittenen Hiung-nu's. Als diese die kleine Schaar Li-khuang's erblickten, hielten sie dieselbe für Reiter, welche dazu bestimmt seien, den Feind in einen Hinterhalt zu locken. Sie ritten erschrocken eine Anhöhe hinan und stellten sich in Schlachtreihen.

Die hundert Reiter Li-khuang's wurden von grosser Furcht befallen und hatten den Wunsch, eiligst nach dem Lager zurückzusprengen. Li-khuang sagte zu ihnen: Wir sind entfernt von dem grossen Heere mehrere Zehende von Weglängen. Wenn wir jetzt auf diese Weise entfliehen, werden die Hiung-nu's uns nachsetzen, gegen uns die Pfeile entsenden und uns auf der Stelle aufreiben. Wenn wir aber verweilen, werden die Hiung-nu's uns gewiss halten für eine verlockende Schar des grossen Heeres und uns nicht angreifen.

Li-khuang befahl hierauf: Vorwärts! — Noch zwei Weglängen von den Reihen der Hiung-nu's entfernt, liess er halten und befahl wieder: Steigt alle von den Pferden und nehmt die Sättel herab! — Die Reiter bemerkten dagegen: Der Gefangenen sind viele. Wenn wir auf diese Weise die Sättel herabnehmen und augenblicklich bedrängt werden, was würden wir beginnen? — Li-khuang sagte zu ihnen: Die Gefangenen glauben, dass wir entfliehen werden. Wenn wir jetzt die Sättel herabnehmen und zeigen, dass wir uns nicht entfernen, bewirken wir dadurch, dass fest erscheint dieser Entschluss.

Ein auf einem weissen Pferde reitender Anführer der Hiung-nu's sprengte jetzt hervor, um seine Krieger zusammenzuhalten.

---

[1]) Die besten Schützen wurden beauftragt, den grossen schwarzen Adler zu schiessen.

Li-khuang stieg mit zehn Reitern zu Pferde, erschoss in schnellem Laufe den auf dem weissen Pferde reitenden Anführer und kehrte wieder in die Mitte seiner hundert Reiter zurück. Dieselben nahmen die Sättel herab, liessen die Pferde frei herumgehen und legten sich nieder.

Unterdessen war der Abend gekommen, die Hiung-nu's staunten fortwährend über das Benehmen ihrer Feinde und wagten keinen Angriff. Um Mitternacht endlich waren die Krieger von Hu in der Meinung bestärkt, dass Han ein seitwärts in dem Hinterhalte liegendes Heer habe, welches sie bei nächtlicher Weile aufzuheben gedenke. Diese Meinung bestimmte sie, sofort abzuziehen. Bei Tagesanbruch kehrte auch Li-khuang zu seinem grossen Heere zurück. Daselbst war man in Unkenntniss darüber, wohin sich der Führer begeben, wesshalb man ihm nicht nachgezogen war.

Später ward Li-khuang als Statthalter nach Lung-si, nach Pe-ti, nach Yen-men und endlich nach Yün-tschung versetzt. Nach dem Lenkungsantritte des Allhalters Hiao-wu (140 vor uns. Zeitr.) ward Li-khuang von der Umgebung dieses Himmelssohnes als ein berühmter Heerführer namhaft gemacht und in Folge dessen in die Hauptstadt in der Eigenschaft eines 尉衞 Wei-wei (Beruhigers der Leibwache) des Wohnsitzes 央末 Wei-yang berufen. Um dieselbe Zeit war auch 識不程 Tsching-pŭ-tschĭ der Wei-wei des Wohnsitzes 樂長 Tschang-lŏ. Beide Männer nahmen (134 vor uns. Zeitr.) als Statthalter der Markungen und als Heerführer eine Aufstellung im Norden und schritten zum Angriffe auf das Land Hu.

Auf diesen Zügen bildete Li-khuang seine Reihen ohne Abtheilungen und Bruchtheile [1]). Er begab sich an die Orte, wo gutes

---

1) Die Befehlshaber der Heere bewerkstelligten die Führung vermittelst der Abtheilungen und Bruchtheile. Der oberste Heerführer besass für sein Lager fünf Abtheilungen, deren jeder ein „Hiao-wei der Abtheilung" vorstand. Den 部 Pu „Abtheilungen" untergereiht waren die 曲 Khio „Bruchtheile", deren jedem ein 候軍 Kiŭn-heu „Späher des Heeres" vorstand. Li-khuang liebte in der Kriegführung die Beschränkungen und Veränderungen, er verschmähte es daher, in seinen Feldzügen Abtheilungen und Bruchtheile aufzustellen.

Wasser und Gras zu finden war. Daselbst pflegte er Halt zu machen
und dem Heere Ruhe zu gönnen, ein Vorgehen, in Folge dessen
jeder Einzelne sich behaglich fühlte. Dem Schutze seinen Wachen
vertrauend, liess er kein „Schwertnössel" [1]) schlagen. In seinem
Versammlungshause der Zelte [2]) bediente man sich wenig des
Buchstabenschmuckes und der Aufsätze. Dessen ungeachtet ermass
und erspähte er auch in der Ferne und hatte noch kein Missgeschick
erfahren.

Tsching-pŭ-tschĭ hingegen hielt sich streng an die Abtheilungen und Bruchtheile, hatte auf seinen Zügen die Genossenschaften
von fünf Männern und umwallte das Lager. Er liess ferner das
„Schwertnössel" schlagen und seine Angestellten verfertigten die
beschriebenen Rohrplatten des Heeres. Sein Heer fühlte sich bis
zum Anbruch des Tages nicht behaglich. Tsching-pŭ-tschĭ pflegte
daher zu sagen: Der Heerführer von dem Geschlechte Li treibt aus
die Spitze die Beschränkungen und Veränderungen. Gleichwohl,
wenn die Gefangenen gegen ihn anstürmen, weiss er ihnen dief
nicht zu wehren, und seine Kriegsmänner sind dabei leichtfertig
und freudig, indess sie füľ ihn sterben. Mein Kriegsheer ist zwar
belästigt und gequält, aber die Gefangenen können auch nicht gegen
mich anstürmen.

Um diese Zeit waren sowohl Li-khuang als Tsching-pŭ-tschĭ
berühmte Heerführer in den an den Marken gelegenen Landschaften
von Han. Allein die Hiung-nu's fürchteten vorzugsweise Li-khuang
und viele Kriegsmänner und gemeine Streiter folgten ihm mit Freuden
während sie gegen Tsching-pŭ-tschĭ Widerwillen empfanden. Der
letztere hatte zu den Zeiten des Allhalters Hiao-king mehrmals auf
gerade Weise Vorstellungen gemacht und war zu einem Grossen der
„grossen Mitte" ernannt worden. Derselbe war übrigens ein
uneigennütziger Mann, der sich mit Eifer auf die geschriebenen
Gesetze verlegte.

---

[1]) Das 斗 刀 Tiao-teu „Schwertnössel" war eine mit einer Handhabe ver-
sehene kupferne Pfanne, welche ein Nössel fasste. Am Tage wurden in ihm
Speisen gekocht, in der Nacht wurde es von den Reihen der Krieger in den
Händen gehalten und geschlagen. Ein solches Werkzeug befand sich später in
dem Rüsthause von Yung-yang.

[2]) Die Krieger haben in einem Feldzuge keinen bestimmten Wohnsitz, wesshalb das
Befehlshaberamt des Heerführers sich mitten unter den Zelten befinde

Im folgenden Jahre (133 vor uns. Zeitr.) wollte Han auf den Rath 恢 王 Wang-khuei's den Schen-yü in eine Falle locken, indem es ihm die Zugänge der Stadt Ma-yï eröffnete. Han legte ein von Han-ngan-kue, Li-khuang und Wang-khuei befehligtes Heer seitwärts von Ma-yï in den Hinterhalt. Der Schen-yü merkte jedoch den Anschlag und hielt sich fern, worauf die ganze Heeresmenge von Han, welche dreihundert tausend Krieger zählte, unverrichteter Dinge abziehen musste. Durch den Ausgang dieses Unternehmens wurde Wang-khuei, der Urheber des Anschlages, eines Verbrechens schuldig und tödtete sich selbst.

Vier Jahre später (130 vor uns. Zeitr.) befehligte Li-khuang in seiner Eigenschaft als Beruhiger der Leibwachen ein Kriegsheer, mit welchem er von der Landschaft Yen-men auszog und die Hiung-nu's angriff. Der Feind war jedoch an Zahl überlegen, das Heer von Han wurde geschlagen und Li-khuang gerieth lebend in die Gefangenschaft der Hiung-nu's. Der Schen-yü, zu welchem der Ruf von der Weisheit Li-khuang's gedrungen war, hatte nämlich seinen Kriegern aufgetragen: Wenn ihr Li-khuang in eure Gewalt bekommt, so müsst ihr ihn lebendig zur Stelle bringen.

Als die Reiter von Hu den Heerführer Li-khuang fingen, war die-ser verwundet. Man legte ihn daher zwischen zwei Pferde, indem man den Raum mit Werg ausfüllte und ihm ein Lager bereitete. Nach-dem man ungefähr zehn Weglängen geritten, stellte sich Li-khuang todt. Indem er in diesem Zustande seitwärts blickte, gewahrte er, dass ein Kind neben ihm ein vortreffliches Pferd ritt. Augenblicklich schwang er sich auf das Pferd des Kindes von Hu. Hierauf nahm er das Kind in die Arme, hieb das Pferd und sprengte in südlicher Richtung mehrere Weglängen fort, bis er die Überbleibsel seines Heeres erreichte. Mehrere hundert Hiung-nu-Reiter verfolgten ihn. Li-khuang ergriff im Laufe den Bogen des Kindes und erlegte fort-während die ihn verfolgenden Reiter mit Pfeilschüssen, wodurch ihm das Entkommen möglich wurde.

Als Li-khuang nach Han zurückkehrte, ward er daselbst den Gerichten übergeben. Die Gerichtsbeamten rechneten es ihm zum Verbrechen an, dass er bedeutende Verluste erlitten, viele Fehler begangen und von den Feinden lebendig gefangen worden. Als er jedoch, seiner Schuld gemäss, enthauptet werden sollte, ward es ihm vergönnt, sich von der Strafe loszukaufen, wobei er zum gemeinen Menschen herabgesetzt wurde.

Li-khuang verweilte jetzt durch einige Jahre bei dem Enkel des ehemaligen Fürsten von Ying-yin [1]) in einer abgeschiedenen Wildniss nächst Lan-tien, wo er sich in dem südlichen Gebirge mit Pfeilschiessen und Jagen beschäftigte. Daselbst begab er sich einst, von einem einzigen Reiter begleitet, in der Nacht zu einem inmitten der Felder wohnenden Manne, in dessen Gesellschaft er Wein trank. Auf dem Rückwege gelangte er zu dem Einkehrhause von Pa-ling. Der „Beruhiger" (Befehlshaber) von Pa-ling, der sich im Zustande der Trunkenheit befand, schrie Li-khuang an und gebot ihm, still zu stehen. Der Li-khuang begleitende Reiter sagte: Es ist der ehemalige Heerführer von dem Geschlechte Li. — Der „Beruhiger" erwiederte: Die gegenwärtigen Heerführer, welche in Ansehen stehen, dürfen nicht in der Nacht herumwandeln. Was ist hier die Ursache? — Hiermit hielt er Li-khuang an und liess ihn in dem Einkehrhause übernachten.

Nach einiger Zeit drangen die Hiung-nu's in die Landschaft Liao-tung, tödteten den Statthalter und schlugen den Heerführer von dem Geschlechte Han. Dieser Heerführer, der bekannte Han-ngan-kue, wurde später nach 平 北 右 Yeu-pe-ping [2]) versetzt, wo er starb. Der Himmelssohn berief jetzt Li-khuang zu sich und ernannte ihn (128 vor uns. Zeitr.) zum Statthalter von Yeu-pe-ping. Li-khuang erbat sich, dass der „Beruhiger" von Pa-ling mit ihm zugleich abgesendet werde. Bei dem Heere angelangt, liess jedoch Li-khuang den „Beruhiger" enthaupten und richtete hierauf an den Himmelssohn ein Schreiben, worin er die Sache auseinandersetzte und sich wegen seines Verbrechens entschuldigte.

Der Himmelssohn gab Li-khuang die folgende Antwort: Der Heerführer entspricht den Nägeln und den Zähnen des Landes. In der Kriegskunst des Vorstehers der Pferde wird gesagt: Wenn er den Wagen besteigt, stützt er sich nicht auf das Querholz [3]). Wenn

---

[1]) Der bekannte Hoan-ying, Fürst von Ying-yin.

[2]) Yeu-pe-ping (d. i. das Pe-ping der Rechten) ist das heutige Tsün-hoa, Kreis Schün-thien in Pe-tschi-li.

[3]) Das an dem Vordertheile des Wagens befindliche Querholz. Wenn derjenige, der in dem Wagen sitzt, Jemanden seine Ehrfurcht bezeigen will, so steht er auf, bückt sich und stützt sich dabei auf das Querholz.

er die Trauer zu begehen hat, trägt er nicht die gebührende
Kleidung. Er hält zusammen die wandernden Schaaren, beruhigt
das Kriegsheer und unternimmt Eroberungszüge gegen diejenigen,
die sich nicht unterwerfen. Er besitzt den an der Spitze von drei
Kriegsheeren stehenden Geist, die den kämpfenden Kriegsmännern
gemeinschaftliche Kraft. Wenn daher sein Zorn Ausdruck bekommt,
so ist ein Land im Umfange von tausend Weglängen erschreckt.
Wenn seine Macht Erschütterung bewirkt, so fallen die zehntausend
Dinge zu Boden. Somit bricht der Klang seines Namens plötzlich
hervor unter den Fremdländern des Ostens und Nordens, seine
Macht und Grösse versetzen in Furcht die benachbarten Fürstenländer. — Üben die Vergeltung, beseitigen den Schaden, verletzen
und verderben, entfernen und tödten, dies ward von mir, dem Him
melssohne, anheimgestellt dir, o Heerführer. Dass du abnehmest die
Mütze, barfuss einherschreitest, zu Boden neigest die Stirn und bit-
test wegen deines Verbrechens, wie könnte dies liegen in meiner,
des Himmelssohnes, Absicht? Mögest du, o Heerführer, dich stellen
an die Spitze des Heeres, nach Osten gerichtet die Schwangbäume,
rastlos umherziehen in Pe-tan [1]) und dir Bahn brechen zu dem vollkommenen Herbste von Yeu-pe-ping [2]).

Während Li-khuang sich in der Landschaft befand, nannten
ihn die Hiung-nu's den fliegenden Heerführer von Han. Sie mieden
ihn und überschritten durch mehrere Jahre nicht die Markungen.

Von Li-khuang wird erzählt, dass er, als er eines Tages auf
die Jagd gegangen war, zwischen den Gräsern einen Stein erblickte,
den er für einen Tiger hielt und nach welchem er schoss. Er traf
ihn, und die Pfeilspitze versenkte sich in dem Stein. Als er nachsah,
fand er, dass es nur ein Stein sei. An einen anderen Tage schoss
er nochmals nach jenem Steine, war aber durchaus nicht im Stande,
den Pfeil eindringen zu machen.

Wenn Li-khuang erfuhr, dass in einer der Landschaften, wo
er wohnte, sich ein Tiger befinde, schoss er diesen gewöhnlich

---

1) 檀白 Pe-tan ist der Name eines zu Yeu-pe-ping gehörenden Kreises.

2) Im vollkommenen Herbste sind die Pferde wohlgenährt, und es ist zu fürchten,
dass die Hiung-nu's Raubzüge unternehmen. Der Himmelssohn heisst daher seinen
Heerführer sich Bahn brechen und das Unglück abwehren.

selbst. So schoss er auch während seines Aufenthaltes in Yeu-pe-ping einst einen Tiger. Der Tiger sprang auf ihn und verwundete ihn, was ihn jedoch nicht abhielt, auch diesen Tiger zu erschiessen.

Als 建石 Schĭ-kien, der Befehlshaber der Leibwache, starb, ward Li-khuang an den Hof berufen und mit der Stelle des Verstorbenen bekleidet. Im sechsten Jahre des Zeitraumes Yuen-sŏ (123 vor uns. Zeitr.) trat Li-khuang wieder als Heerführer auf, indem er mit dem obersten Heerführer Wei-tsing und Anderen von 襄定 Ting-siang[1] auszog. Alle übrigen Heerführer bekamen viele angesehene Hiung-nu's in ihre Gewalt und erwarben sich dadurch Anspruch auf die Belehnung mit Fürstenthümern. Das von Li-khuang befehligte Heer allein verrichtete keine Thaten.

Drei Jahre später stellte sich Li-khuang in seiner Eigenschaft als Befehlshaber der Leibwache an die Spitze von viertausend Reitern und brach von Yeu-pe-ping auf. 騫張 Tsch'hang-khien, Fürst von 郣博 Pŏ-wạng, war an der Spitze von zehntausend Reitern mit Li-khuang zugleich, jedoch auf einem verschiedenen Wege, ausgezogen. Nach einem Zuge von einigen hundert Weglängen erschien der „weise König der Linken" [2] an der Spitze von vierzigtausend Hiung-nu-Reitern und umringte das Heer Li-khuang's. Sämmtliche Kriegsmänner dieses Heeres befiel Furcht. Li-khuang ertheilte seinem Sohne 敢 Kan den Auftrag, aufzubrechen und gegen den Feind loszusprengen. Der Sohn Kan, von einigen Zehenden von Reitern begleitet, bohrte sich gerades Weges in die Reiterschaaren von Hu, drang zu beiden Seiten wieder heraus und kehrte zu dem Heere zurück, wo er seinem Vater meldete: Mit den Gefangenen von Hu ist leicht auszukommen! — Die Kriegsmänner des Heeres von Han fanden sich bei diesem Worte beruhigt.

Li-khuang stellte jetzt sein Heer in eine runde Schlachtreihung, welche überall nach auswärts gekehrt war. Die Macht von Hu schritt indessen rasch zum Angriffe, ein Regen von Pfeilen überschüttete die Krieger von Han, von denen bald mehr als die Hälfte

---

[1] Das heutige gleichnamige Ting-siang, nordöstlich von Hin-tscheu, Kreis Thai-yuen in Schan-si.

[2] Der höchste Würdenträger der Hiung-nu's, der gewöhnlich der zur Nachfolge bestimmte Sohn des Schen-yü selbst.

den Tod fand, während bei den Übriggebliebenen der Vorrath der Pfeile beinahe gänzlich erschöpft war. Li-khuang befahl seinen Kriegern, die gespannten Bogen mit aufgelegtem Pfeile, ohne zu schiessen, in den Händen zu halten. Er selbst handhabte eine grosse gelbe Armbrust und erschoss einen niederen feindlichen Heerführer nebst mehreren Anderen. Der Angriff der Hiung-nu's begann allmählich nachzulassen.

Als der Abend kam, hatten die Anführer und Kriegsmänner von Han in ihrem Entsetzen nicht mehr das Aussehen von Menschen. Li-khuang hingegen befand sich in seiner gewohnten Gemüthsstimmung. Er suchte die Tüchtigkeit seines Heeres zu vermehren, indem er die Abtheilungen umwandelte und die Reihen zurechtstellte. In dem Heere beugte sich alles vor seinem Muthe. Am folgenden Tage ward nochmals mit Anstrengung gekämpft, und da gleichzeitig auch das Heer des Fürsten von Pŏ-wang eintraf, theilten sich die Schaaren der Hiung-nu's und zogen ab. Das Heer von Han war indessen so erschöpft, dass es den Feind nicht verfolgen konnte.

Das von Li-khuang befehligte Heer, welches mit genauer Noth dem Untergange entronnen, war in diesem Augenblicke kampfunfähig und kehrte nach Han zurück. Daselbst wurde gegen den Fürsten von Pŏ-wang, weil er zu spät eingetroffen, das Gesetz angewendet. Als er jedoch den Tod erleiden sollte, erhielt er die Begünstigung, sich loskaufen zu dürfen und wurde zu einem gemeinen Menschen herabgesetzt. Bei Li-khuang ward in Betracht gezogen, dass er von den Hiung-nu's besiegt worden und dieselben auch besiegt habe, daher Verdienst und Verschulden sich bei ihm das Gleichgewicht halten. Es wurde ihm somit keine Belohnung zuerkannt.

In früherer Zeit war Li-khuang zugleich mit seinem Neffen 蔡李 Li-tsai Leibwächter gewesen, in welcher Eigenschaft beide dem Allhalter Hiao-wen dienten. Zur Zeit des Allhalters Hiao-king hatte Li-tsai vielfältige Verdienste und gelangte zu der Stufe eines Angestellten der zweitausend Scheffel. In dem Zeitraume Yuen-sŏ ward er von dem Allhalter Hiao-wu zum Heerführer „der leichten Wagen" ernannt. In dieser Eigenschaft begleitete er den obersten Heerführer bei dem Angriffe auf den „weisen König der Rechten", wobei er sich durch seine Kriegsthaten Anspruch auf

ein Lehen erwarb und demgemäss zum Fürsten von 夂 樂 Lŏ-
ngan ernannt wurde. Im zweiten Jahre des Zeitraumes Yuen-scheu
(121 vor uns. Zeitr.) endlich ward Li-tsai an die Stelle des mit
Tode abgegangenen Kung-sün-hung zum Landesgehilfen erhoben.

Li-tsai stand hinsichtlich seiner Fähigkeiten auf einer niederen
Stufe, und auch sein Ruf kam demjenigen Li-khuang's bei weitem
nicht gleich. Dessen ungeachtet erhielt Li-khuang weder eine
Lehensstufe noch eine Stadt, und auch in dem Amte brachte er es
nicht höher als bis zu einem der drei Erlauchten, während die
Angestellten und Kriegsmänner seines Heeres manchmal Stellen
von Lehensfürsten in Empfang nahmen.

Li-khuang hatte einst eine Unterredung mit 朔王 Wang-sŏ,
einem Manne, dessen Geschäft es war, durch Beobachtung des Wet-
ters Glück und Unglück zu bestimmen. Zu diesem sagte er: Seit
Han Angriffe ausführt gegen die Hiung-nu's, ereignete es sich noch
niemals, dass ich nicht dabei gewesen. Aber die Fähigkeiten und
Gaben sämmtlicher unnützer Beruhiger des Vordaches erreichen
nicht einmal die Mittelmässigkeit, und diejenigen, welche wegen
ihrer Thaten bei dem Kriegsheere in Empfang genommen haben
Fürstenthümer, sind mehrere Zehende. Ich war keineswegs ein
Nachzügler, dass ich aber dessen ungeachtet immer ohne das Verdienst eines Fusses oder Zolles, dem gemäss ich hätte belehnt werden können mit einer Stadt, warum ist dies? Wie sollte, was man
an mir beobachtet [1]), nicht entsprechen einem Lehensfürsten? Es
wird zuverlässig das Schicksal sein.

Wang-sŏ fragte: Wenn du, o Heerführer, nachdenkst, sollte
es da etwas geben, das du zu bereuen hättest?

Li-khuang erwiederte: Als ich Statthalter von Lung-si war,
empörte sich einst Kiang [2]). Ich verleitete das Land, sich zu ergeben. Die sich ergaben, waren achthundert Menschen, und ich tödtete sie durch Trug an einem einzigen Tage. Bis zu dem gegenwärtigen Augenblick bereue ich nur dieses Einzige.

---

[1]) Damals pflegte man häufig die Gestalt eines Menschen zu beobachten und demgemäss dessen Schicksal zu bestimmen.

[2]) 羌 Kiang war ein von westlichen Fremdländern bewohntes Land.

Wang-sŏ sprach: Kein Unheil ist grösser, als diejenigen tödten, welche sich ergeben haben. Dies ist die Ursache, wesshalb du, o Heerführer, kein Fürstenthum erlangst.

Li-khuang war durch vierzig Jahre abwechselnd Statthalter von sieben verschiedenen Landschaften gewesen. So oft er während dieser Zeit Belohnungen oder Geschenke erhielt, vertheilte er sie ohne Weiteres an die unter seiner Fahne dienenden Krieger. Ebenso hatte er Speise und Trank mit seinen Kriegsmännern gemein. Obgleich er einen Gehalt von zweitausend Scheffeln bezog, besass er in seinem Hause kein erspartes Gut, und dabei sprach er auch niemals von Erwerb und Wirthschaft. Li-khuang war ein Mann von hoher Gestalt und mit nachlässig hängenden Armen [1]), so dass die Geschicklichkeit im Pfeilschiessen bei ihm auch etwas Angeborenes war. In dieser Kunst konnten ihm selbst seine Söhne und Enkel, so wie andere Menschen, welche sich auf dieselbe besonders verlegten, nicht gleichkommen.

Li-khuang war ferner ein Mann von schwerfälliger Rede und wenig Worten. Wenn er sich in Gesellschaft befand, zeichnete er auf den Boden die Schlachtreihungen des Heeres. Wenn Leute sich bei ihm zum Trinken versammelten, suchte er die Weite und Enge des Kreises seiner Gäste dadurch zu bestimmen, dass er mit Pfeilen schiessen hiess, indem er nie ein anderes Spiel veranstaltete als das Pfeilschiessen. Dabei hielt er das Weingefäss in der Hand und gab denjenigen, welche nicht als Sieger hervorgingen, zu trinken.

Wenn er seine Kriegsmacht an Orten befehligte, welche wenig oder gar kein Mittel zum Unterhalte boten, und man zufällig auf fliessendes Wasser stiess, näherte er sich diesem Wasser nicht eher, als bis alle seine Krieger getrunken hatten. Ebenso kostete er früher keine Speise, als bis die Seinigen Mahlzeit gehalten hatten. Dabei war er grossmüthig, nachsichtig und quälte die Leute nicht mit Kleinigkeiten. Er gewann dadurch die Liebe seiner Kriegsmänner, welche sich mit Freuden von ihm verwenden liessen.

---

[1]) Dem für diesen Ausdruck gebrauchten Worte 爰 Yuen wird von Einigen die Bedeutung 猨 Yuen „der langarmige Affe" beigelegt und dabei angenommen, dass die Arme Li-khuang's gleich denjenigen dieses Affen mit den Schultern in Verbindung gestanden wären.

Bei dem Pfeilschiessen hatte er eine besondere Gewohnheit. Wenn er nämlich sah, dass der Gegner sich nicht in einer Nähe von einigen Zehenden von Schritten befand, glaubte er, dass er ihn nicht treffen werde und er schoss den Pfeil nicht ab. Wenn er aber den Pfeil abschoss, so stürzte der Gegner in dem nächsten Augenblicke nach dem Geräusche der Sehne. Dieses Verfahren war indessen Schuld, dass er als Heerführer mehrmals in Verlegenheit gerieth und Schande erlitt. Aus gleicher Ursache soll er auch, wenn er reissende Thiere schoss, öfters Wunden davongetragen haben.

Im vierten Jahre des Zeitraumes Yuen-scheu (119 vor uns. Zeitr.) unternahmen Wei-tsing, der oberste Heerführer, und Hö-khiū-ping, der Heerführer der raschen Reiter, einen grossen Angriff gegen die Hiung-nu's. Li-khuang stellte zu wiederholten Malen die Bitte, an diesem Feldzuge Theil nehmen zu dürfen, was ihm je doch der Himmelssohn, der ihn für zu alt hielt, nicht bewilligte. Erst nach längerer Zeit willfahrte ihm der Himmelssohn, indem er ihn zum vordersten Heerführer ernannte.

Als der erste Heerführer Wei-tsing aus den Versperrungen zog, fing er einige Hiung-nu's, von denen er den Aufenthaltsort des Schen-yü erfuhr. Er eilte sofort mit einer auserlesenen Kriegsmacht diesem Orte zu und befahl Khuang-li, mit dem Heere des Heerführers der Rechten vereint, auf den östlichen Wegen auszurücken. Der östlichen Wege waren indessen wenige, dieselben waren überdies voll Windungen und von ungewöhnlicher Länge. Ein grosses Heer fand auf seinem Zuge daselbst wenig Wasser und Gras, die Beschaffenheit des Bodens war demnach eine solche, dass sich auf ihm keine Schaaren ansammeln konnten.

Li-khuang weigerte sich, dem Befehle zu gehorchen und sprach: Ich bin unter den Abtheilungen der vorderste Heerführer und jetzt heisst der oberste Heerführer mich wegziehen und ausrücken auf den östlichen Wegen. Auch habe ich geknüpft das Haar und befinde mich mit den Hiung-nu's im Kampfe, es ist mir jetzt einmal vergönnt mit dem Schen-yü zusammenzutreffen. Es ist mein Wunsch, zu verbleiben an meiner Stelle als Vorderster und mich früher dem Tode auszusetzen wegen des Schen-yü. — Der oberste Heerführer hatte im Geheimen von dem Himmelssohne Weisungen erhalten. Er war der Meinung, dass Li-khuang als ein bejahrter Mann vereinzelt stehe und man es bei ihm nicht auf ein Zusammentreffen mit dem Schen-yü

ankommen lassen dürfe, indem zu befürchten sei, dass ein solcher
Heerführer nicht erreichen werde, was er wünsche.

Um diese Zeit war 敖 孫 公 Kiung-sün-ngao eben erst
seines Fürstenthumes verlustig geworden und bekleidete die Stelle
eines mittleren Heerführers. Der oberste Heerführer, der im Begriffe
war, mit dem Schen-yü zusammenzutreffen, wollte zudem, dass Kung-
sün-ngao hieran theilnehme, wesshalb er Li-khuang wegschickte.
Li-khuang, der dies erfuhr, beharrte bei seiner Weigerung, der
oberste Heerführer gab ihm jedoch kein Gehör und hiess den ältesten Vermerker ein Schreiben mit einer Abdrucksmarke verschliessen,
dasselbe Li-khuang einhändigen und diesen nach dem Hauptviertel
der Zelte führen. Daselbst sprach Wei-tsing: Begib dich schleunigst
zu deiner Abtheilung nach dem Wortlaute des Schreibens.

Li-khuang erhob sich sofort und ging weg, ohne sich bei dem
obersten Heerführer zu entschuldigen, während seine Züge heftigen
Zorn ausdrückten. Er begab sich hierauf zu seiner Abtheilung, liess
seine Kriegsmacht vorrücken und zog, nachdem er sein Heer mit
demjenigen 其 食 趙 Tschao-I-khi's, des Heerführers der
Rechten, vereinigt, auf den östlichen Wegen aus. Er verirrte sich
jedoch auf seinem Wege und blieb hinter dem obersten Heerführer
zurück.

Unterdessen liess sich der oberste Heerführer Wei-tsing mit
dem Schen-yü in einen Kampf ein, in welchem dieser den Streitkräften von Han entkam. Da Wei-tsing den fliehenden Hiung-nu-
König nicht einholen konnte, trat er den Rückzug an. Erst im Süden
beim Zuge durch die Sandwüste[1]) begegnete er den beiden Heerführern. Nachdem Li-khuang sich dem obersten Heerführer vorge-
stellt, kehrte er wieder zu seinem Heere zurück. Wei-tsing übersandte durch den ältesten Vermerker getrockneten Reis und unge-
läuterten Wein für Li-khuang. Dabei liess er diesen und Tschao-I-khi
fragen, auf welche Weise sie den Weg verfehlt hätten. Zugleich
liess er in seinem Namen hinzusetzen: Ich möchte ein Schreiben
emporreichen und dem Himmelssohne melden, dass ich mich verfehlt
habe und dass das Kriegsheer gebrochen.

---

1) Die unter dem Namen Scha-mö bekannte Sandwüste.

Li-khuang hatte dem obersten Heerführer noch nicht geantwortet, als der älteste Vermerker von ihm mit Ungestüm verlangte, dass er sich zu dem Hauptviertel der Zelte begebe und die auf das Ereigniss·bezügliche Schrift überreiche. Li-khuang erwiederte: Sämmtliche Beruhiger des Vordaches sind von Schuld frei geblieben, da geschah es, dass ich mich auf dem Wege verirrte. Ich werde jetzt in Selbstheit das Rohrbret überreichen.

Als Li-khuang zu dem Hauptviertel der Zelte gelangte, sagte er zu den unter seiner Fahne dienenden Kriegern: Ich habe geknüpft das Haar und gekämpft mit den Hiung-nu's grosse und kleine Schlachten mehr als siebenzig an der Zahl. Jetzt war ich so glücklich, mich anschliessen zu dürfen dem grossen Heerführer und auszurücken, um zusammenzutreffen mit den Streitkräften des Schen-yü, aber der grosse Heerführer schickte mich fort und hiess mich ziehen mit meiner Abtheilung auf gewundenen und ausgedehnten Pfaden. Ich verirrte mich überdies auf dem Wege: wie wäre dies nicht die Fügung des Himmels! Auch bin ich über sechzig Jahre alt, ich bin durchaus nicht im Stande, nochmals zu antworten den Angestellten der Messer und Rohrbüschel [1]). — Mit diesen Worten zog er sein Schwert und schnitt sich den Hals ab.

Die vorzüglichen Männer, die Grossen des Landes· und alle Krieger des Heeres beweinten Li-khuang. Als die Kunde von seinem Tode sich unter dem Volke verbreitete, vergossen Alle, sowohl diejenigen, die ihn kannten, als die ihn nicht kannten, Greise und Männer über dieses Ereigniss Thränen. Tschao-I-khi ward jetzt allein vor die Gerichte gestellt. Als er den Tod erleiden sollte, erhielt er jedoch die Begünstigung, sich loskaufen zu dürfen und wurde zum gemeinen Menschen erniedrigt.

Li-khuang hatte drei Söhne, deren Namen 戸當 Thang-hu, 椒 Tsiao und 敢 Kan. Dieselben bekleideten die Stellen von Leibwächtern. Als einst der Himmelssohn mit dem als Schmeichler bekannten 嫣韓 Han-yen ein Spiel spielte, zeigte sich dieser nicht im Geringsten nachgiebig. Li-thang-hu versetzte dem Günstling einen Stoss und veranlasste ihn dadurch zur Flucht. Der

---

1) Damals bediente man sich sowohl der Messer als der Rohrbüschel zum Schreiben.

Himmelssohn traute daher diesem Sohne Li-khuang's Thatkraft zu.
Li-thang-hu starb indessen frühzeitig, und der Himmelssohn ernannte
Li-tsiao, den zweiten Sohn Li-khuang's, zum Statthalter der Land-
schaft Tai. Beide Söhne starben übrigens noch vor ihrem Vater.
Li-kan, der jüngste Sohn Li-khuang's, befand sich zur Zeit, als sein
Vater sich bei dem Heere den Tod gab, in dem Gefolge des Heer-
führers der raschen Reiter.

In dem nächsten Jahre nach Li-khuang's Tode (118 vor uns.
Zeitr.) ward dessen Neffe Li-tsai in seiner Eigenschaft als Landesgehilfe in Anklagestand versetzt. Es war ihm nämlich in Folge einer
höchsten Verkündung ein Grund für einen Grabhügel in Yang-ling
zum Geschenk gemacht worden, dem gemäss ihm zwanzig Morgen
Landes gebührt hätten. Allein Li-tsai eignete sich dreihundert Morgen an, welche er verkaufte und daraus vierzigmal zehntausend Geldstücke löste. Nebstdem hatte er sich einen Morgen des ausserhalb
des göttlichen Weges, d. i. des Grabmales des Allhalters Hiao-king,
zwischen dem Ahnenheiligthume und der Ringmauer gelegenen
Landes angeeignet und auf demselben Grabstätten errichtet. In dem
Augenblicke, als er für diese Verbrechen verhaftet und in Untersuchung gezogen werden sollte, tödtete er sich selbst.

Li-kan, der als Beruhiger des Vordaches dem Heerführer der
raschen Reiter bei dem Angriffe auf den weisen König der Linken,
den höchsten Würdenträger von Hu, gefolgt war, kämpfte mit dem
Aufgebote aller Kraft, erbeutete die Fahne und die Trommel des
weisen Königs der Linken und schlug eine Menge feindliche Häupter ab. Er erhielt für seine Thaten den Rang eines Lehensfürsten
innerhalb des Durchweges, wobei ihm als Stadt der Einkünfte zweihundert Thüren des Volkes zugewiesen wurden. Zugleich wurde er
an der Stelle seines Vaters Li-khuang zum Befehlshaber der Leibwache ernannt.

Bald erwachte jedoch in Li-kan der Groll wegen des Schicksals seines Vaters, den der oberste Heerführer Wei-tsing zum Zorne
gereizt und dadurch in den Tod getrieben hatte. Er benützte daher
die nächste sich darbietende Gelegenheit, um dem obersten Heerführer eine Stichwunde beizubringen. Wei-tsing verheimlichte den
Vorfall und vermied es, sich irgendwie darüber auszusprechen.

. Nach kurzer Zeit begab sich Li-kan in Gesellschaft des
Himmelssohnes nach 雍 Yung und gelangte zuletzt zu dem

Wohngebäude von Kan-tsiuen, wo eine Herbstjagd abgehalten wurde.
Hŏ-khiŭ-ping, der Heerführer der raschen Reiter, empfand grossen
Unwillen darüber, dass Li-kan den obersten Heerführer verwundet
hatte. Dieser Unwille trieb ihn so weit, dass er Li-kan mit einem
Pfeile erschoss. Hŏ-khiŭ-ping war um diese Zeit ein angesehener
Mann, der sich der besonderen Gunst des Himmelssohnes erfreute.
Der Himmelssohn überging daher die That mit Stillschweigen und
liess das Gerücht verbreiten, dass ein anprallender Hirsch Li-kan
getödtet habe. Ein Jahr später (117 vor uns. Zeitr.) starb Hŏ-
khiŭ-ping.

Li-kan hatte eine Tochter, welche zur mittleren Gemahlinn des
Nachfolgers von Han bestimmt und von diesem geliebt und begünstigt
wurde. Ebenso stand auch 禹 Yü, der Sohn Li-kan's, bei dem
Nachfolger in Gunst. Dieser Enkel Li-khuang's war indessen eigen-
nützig, nebstdem aber auch muthig. Eines Tages trank Li-yü in
Gesellschaft eines in dem Inneren aufwartenden angesehenen Mannes Wein. Bei dieser Gelegenheit beleidigte er auf gröbliche Weise
den angesehenen Mann, der aus Furcht nichts erwiederte, jedoch
später bei dem Himmelssohne Beschwerde führte. Der Himmelssohn
berief Li-yü zu sich und hiess ihn zur Strafe einen Tiger erstechen.
Li-yü ward jetzt, an einem Seile hängend, in den Zwinger hinab-
gelassen. Er hatte jedoch noch nicht den Boden erreicht, als der
Himmelssohn den Befehl gab, ihn wieder heraufzuziehen. Li-yü
durchhieb von dem Wickelbande aus, in welchem er sich befand, mit
seinem Schwerte das Seil und wollte den Tiger erstechen. Der
Himmelssohn bekam eine hohe Meinung von der Thatkraft Li-yü's,
er brachte ihm sofort Hilfe und verhinderte ihn an der Ausführung
seines Vorhabens.

Li-thang-hu hatte einen nachgebornen Sohn, Namens 陵
Ling. Dieser bekleidete seiner Zeit eine Heerführersstelle in dem
Feldzuge gegen das Land Hu und ergab sich nach der Niederlage
seiner Streitkräfte den Hiung-nu's. Nach diesem Ereignisse machte
Jemand die Anzeige, dass Li-yü damit umgehe, das Land zu verlassen und sich seinem Vetter Li-ling anzuschliessen. Demgemäss
ward Li-yü in gerichtliche Untersuchung gezogen und erlitt
den Tod.

Li-ling.

陵 李 Li-ling, der Enkel Li-khuang's, führte den Jünglingsnamen 卿 少 Schao-king. In seiner Jugend bekleidete er die
Stelle eines Aufwartenden im Inneren und Beaufsichtigers des
höchsten Wohngebäudes 章 建 Kien-tschang. Er war ein vor-
trefflicher Reiter und Bogenschütze, dabei menschenfreundlich,
bescheiden und unterwürfig gegen die vorzüglichen Männer. Er
erlangte bald einen sehr grossen Ruf, und der Allhalter Wu glaubte
von ihm, dass er den Geist Li-khuang's besitze.

Der Himmelssohn übertrug Li-ling den Befehl über achthundert
Reiter. Mit dieser Schar drang Li-ling im Auftrage seines Gebieters tief in das Land der Hiung-nu's, das er auf einer Strecke von
zweitausend Weglängen durchzog. Seinen Weg über 延 居
Khiü-yen [1] nehmend, erforschte er das Land, ohne irgendwo einen
Feind zu sehen. Nach seiner Rückkehr wurde er zum Beruhiger
der Hauptstadt für die Reiterschaaren ernannt. In dieser Eigenschaft
befehligte er fünftausend tapfere und entschlossene Männer, welche
er in den Landschaften 泉 酒 Tsieu-tsiuen [2] und 掖 張
Tsch'hang-yï [3] im Pfeilschiessen unterwies und zur Deckung gegen
Hu gebrauchte.

Als nach einigen Jahren (104 vor uns. Zeitr.) Han den Heerführer von 師 貳 Ni-sse [4] zum Angriffe auf das grosse Wan
ausschickte, befehligte Li-ling die Streitkräfte von fünf Hiao (Unter-
befehlshabern). Nachdem er diese Macht, welche als Nachhut diente,
bis zu den Versperrungen geführt und mit dem Heere des Ni-sse

---

[1] Ursprünglich ein Sumpf, zu den Zeiten der Han eine feste Stadt der im äussersten Nordwesten auf dem Gebiete der Fremdländer gelegenen Landschaft
Tsch'hang-yï.

[2] Tsieu-tsiuen, westlich von Tsch'hang-yï auf dem Gebiete der Fremdländer gelegen, ist der heutige Kreis Sö-tscheu, nordwestlich von Kan-sü.

[3] Tsch'hang-yï, auf dem Gebiete der Fremdländer gelegen, ist der heutige Kreis
Kan-tscheu, nordwestlich von Kan-sü.

[4] Ni-sse war eine feste Stadt des grossen Wan, welche dieser Heerführer einst
erobert hatte und von der er seinen Ehrennamen erhielt.

vereinigt hatte, kehrte er wieder zurück. Li-ling erhielt jetzt von
dem Himmelssohne ein Schreiben, in Folge dessen er die Angestellten und Kriegsmänner zurückliess, mit fünfhundert leichten Reitern
über Tün-hoang [1]) ausrückte und, nachdem er die salzigen Gewässer [2]) erreicht, dem Ni-sse entgegenzog [3]). Nach der Rückkehr
lagerte das Heer wieder in Tsch'hang-yï.

Im zweiten Jahre des Zeitraumes Thien-han (99 vor uns. Zeitr.)
zog der Heerfüher von Ni-sse mit dreissigtausend Reitern, welche
unter seinem Befehle standen, aus Tsieu-tsiuen und richtete einen
raschen Angriff gegen den weisen König der Rechten auf dem
Gebiete des Thien-san. Der Himmelssohn beschied Li-ling zu sich,
indem er die Absicht hatte, ihn den Befehl über die gedeckten
Wagen in dem Heere des Ni-sse übernehmen zu lassen.

Li-ling erschien vor dem Himmelssohne in der Vorhalle von
臺 武 Wu-tai [4]). Daselbst stiess er mit dem Haupte an den Boden
und trug die folgende Bitte vor: Die zusammengezogene Macht, die
ich befehlige an den Markungen, besteht durchaus aus muthigen
Kriegsmännern von King und Tsu, aus Menschen von wunderbaren
Gaben, Gästen des Schwertes. Sie sind von einer Stärke, dass sie
festhalten einen Tiger. Bei dem Pfeilschiessen wird der Ort, auf
den man deutet, von ihnen getroffen. Es ist mein Wunsch, dass mir
zukomme eine Schlachtreihe, dass ich gelange zu dem Süden der
Berge von Lan-kan [5]) und dadurch theile die Streitkräfte des
Schen-yü. Man heisse mich nicht ausschliesslich zugewendet sein
dem Heere des Ni-sse.

Der Himmelssohn bemerkte: Wie würdet ihr von einander in
Abhängigkeit sein? Ich habe ausgesandt zahlreiche Kriegsheere,
ich habe keine Reiter, die ich dir geben könnte.

---

[1]) Die neue unter den Fremdländern gebildete Landschaft Tün-hoang lag in bedeutender Entfernung westlich von Sö-tscheu.

[2]) Vermuthlich die in den Salzsumpf, d. i. den See Pu-tschang, sich ergiessenden
Gewässer oder dieser selbst.

[3]) Aus anderen Stellen der Geschichte geht hervor, dass der Heerführer von Ni-sse
diesmal gegen das grosse Wan nichts ausrichtete und sich zurückziehen musste.

[4]) Dieselbe befand sich in dem Gebäude Wi-yang.

[5]) 干 蘭 Lan-kan war ein Kreis der Landschaft Lung-si und befand sich auf
dem Gebiete des heutigen Kreises Kung-tschang in Kan-sü.

Li-ling erwiederte: Ich bedarf keiner Reiter. Ich möchte mit den Wenigen den Schlag führen gegen eine Menge und mit Fussgängern fünftausend hinübersetzen zu dem Vorhofe des Schen-yü. — Der Himmelssohn hielt Li-ling für einen thatkräftigen Mann und gewährte ihm die Bitte.

In einer höchsten Verkündung ward jetzt befohlen; dass 德博路 Lu-pŏ-te, der Beruhiger der Hauptstadt für die starken Armbrüste, sich an die Spitze einer Kriegsmacht stellen und dem Heere Li-ling's auf halbem Wege entgegenziehen solle. Lu-pŏ-te war indessen der frühere Heerführer von 波伏 Fŏ-po[1]) und schämte sich auch, Li-ling nachzustehen. Er sträubte sich gegen diese Zumuthung und richtete an den Himmelssohn eine Eingabe, worin er sagte: Im Herbst sind die Pferde der Hiung-nu's wohlgenährt, man kann den Kampf noch nicht aufnehmen. Es ist mein Wunsch, dass man zurückhalte Li-ling. Bis zum Frühlinge würden wir zugleich befehligen Reiter von Tsieu-tsiuen und Tsch'hang-yĭ ein Jeder von uns fünftausend und vereint den Schlag führen gegen den östlichen und westlichen Tsiün-khi[2]). Dann kann der Feind gewiss gefangen werden.

Als dieses Schreiben vorgelegt wurde, ward der Himmelssohn sehr böse, indem er vermuthete, dass Li-ling, seine Zusage bereuend, nicht ausrücken wolle und daher Lu-pŏ-te angeleitet habe, das Schreiben am Hofe einzureichen.

Sofort erfolgte eine für Lu-pŏ-te bestimmte höchste Verkündung, welche lautete: Ich wollte Li-ling Reiter geben, aber er sagte, er wolle mit den Wenigen den Schlag führen gegen eine Menge. Jetzt sind die Feinde eingedrungen in das Gebiet des westlichen

---

[1]) Über die Bedeutung dieser Ehrenbenennung Lu-pŏ-te's konnte bisher nichts aufgefunden werden.

[2]) Das Gebirge 稽浚 Tsiün-khi, bei welchem man ein östliches und ein westliches unterschied, befand sich nördlich von der damaligen Landschaft 威武 Wu-wei, welche ihrerseits dem heutigen Kreise Liang-tschen in Kan-sü entspricht. Zur Zeit dieser Begebenheiten hatte sich die Macht der Hiung-nu's getheilt und hielt die zwei mit dem Namen Tsiün-khi belegten Berge besetzt.

Flusses. Führe vorwärts die Kriegsmacht und eile zu dem westlichen Flusse, verlege den Weg von Keu-ying [1]).

Die höchste Verkündung an Li-ling lautete: Mit dem neunten Monate des Jahres rücke hervor aus der Schutzwehr von Sche-lu [2]) bis zum Süden des östlichen Gebirges Tsiůn-khi und an die Ufer der Flüsse von Lung-lî [3]). Indem du umherziehst, beobachte die Gefangenen. Siehst du für den Augenblick nichts, so folge dem alten Wege Tschao-po-nu's, Fürsten von Tsiŏ-ye [4]), kehre zurück über die Feste von Scheu-kiang [5]) und gönne den Kriegsmännern Ruhe. Durch Aufstellungen von Reitern [6]) gib mir Nachricht. Was hast du in deiner Unterredung mit Pŏ-te gesagt? [7]) Beantworte dies zugleich in dem Schreiben.

Li-ling stellte sich jetzt an die Spitze seiner fünftausend Fussgänger und zog von der Feste Khiů-yen aus. Nachdem er dreissig Tage in nördlicher Richtung fortgezogen, gelangte er zu dem Gebirge Tsiůn-khi, wo er Halt machte und sich verschanzte. Er entwarf hierauf einen Abriss von den Bergen, Flüssen und allem Lande, zu welchem er auf seinem Zuge gekommen, und schickte einen unter

---

[1]) Hu benützte den Weg durch das Gebiet 營鉤 Keu-ying, um Han zu schaden. Lu-pö-te sollte dem Schen-yü diesen Weg verlegen.

[2]) 虜遮 Sche-lu ist der Name einer sogenannten Schutzwehr (鄣 Tschang). Eine solche Schutzwehr befand sich an den Versperrungen und war eine steile, unzugängliche Anhöhe, welche mit Mauerwerk versehen war und auf der man besondere Späher aufstellte. Somit geschützt und gedeckt, erwartete man den Feind.

[3]) 勒龍 Lung-lî war ein Kreis der Landschaft Tün-hoang.

[4]) 奴破趙 Tschao-po-nu, Fürst von 野涅 Tsiŏ-ye, der einer der namhaften Heerführer von Han gewesen, befand sich damals in der Gefangenschaft der Hiung-nu's.

[5]) Die jenseits der Versperrungen gelegene Feste 降受 Scheu-kiang war im ersten Jahre des Zeitraumes Thai-thsu (104 vor uns. Zeitr.) durch Kung-sün-ngao erbaut worden.

[6]) Aufstellungen von Reitern sind Stellreiter, durch welche Sendungen befördert werden.

[7]) Wie bereits angegeben worden, hatte der Himmelssohn den Heerführer Li-ling in Verdacht, dass dieser den Heerführer Lu-pö-te angeleitet habe, an dem Hofe ein Schreiben überreichen zu lassen, in welchem verlangt wurde, dass beide Heerführer erst im Frühlinge nach Westen ausrücken sollen.

seiner Fahne dienenden Krieger, Namens 樂 步 陳 Tschin-
pu-lŏ, in die Heimat zurück mit dem Auftrage, dem Himmelssohne
Nachricht zu geben. Als Tschin-pu-lŏ an den Hof beschieden ward
und vor dem Himmelssohne erschien, sagte er unter anderem: Li-ling
als Anführer befehligt die Kraft von Kriegsmännern des Todes. —
Der Himmelssohn, über die Botschaft hoch erfreut, ernannte Tschin-
pu-lŏ zu einem Leibwächter.

Unterdessen wurde das Heer Li-ling's in dem Augenblicke, als
dasselbe die Berge Tsiün-khi erreicht hatte und dem Schen-yü
gerade gegenüber stand, durch ungefähr dreissigtausend feindliche
Reiter eingeschlossen. Das Heer, welches eine Stellung zwischen
den beiden Bergen eingenommen hatte, baute Verschanzungen aus
grossen Wagen. Li-ling führte die Kriegsmänner vorwärts, trat aus
den Verschanzungen heraus und bildete die Schlachtreihung. Die
Krieger der Vorderreihen hielten in den Händen Speer und Schild,
die Krieger der nachfolgenden Reihen hielten in den Händen Bogen
und Armbrust. Der Befehl an die Krieger lautete: Wenn ihr die
Trommel hört, so lasst euch freien Lauf. Wenn ihr die Schelle hört,
so haltet inne.

Als die Hiung-nu's sahen, dass das Heer von Han nur wenig
zahlreich sei, drangen sie gerade vorwärts und näherten sich den
Verschanzungen. Li-ling begann sofort den Angriff, indem er sich
in ein Handgemenge einliess. Von tausend Armbrüsten wurde zu
gleicher Zeit der Pfeil entsandt, und die Feinde stürzten in dem
nächsten Augenblicke nach dem Geräusch der Sehne. Die Hiung-nu's
flohen zurück und erstiegen die Berge. Das Heer von Han verfolgte
jedoch die Fliehenden und tödtete in raschem Angriffe mehrere tausend Feinde.

Der Schen-yü, über diesen Ausgang des Kampfes in grossen
Schrecken versetzt, rief die Streitkräfte der zu seiner Rechten und
Linken gelegenen Landstriche herbei, worauf mehr als achtzigtausend Reiter das Heer Li-ling's mit Heftigkeit angriffen. Li-ling zog
sich, abwechselnd kämpfend und seine Krieger führend, in südlicher
Richtung zurück und gelangte nach einigen Tagen in ein von hohen
Bergen umschlossenes Thal. Daselbst kämpfte er wieder ununter-
brochen. Diejenigen unter seinen Kriegern, welche von Pfeilen
getroffen waren und drei Wunden erhalten hatten, wurden in Hand-

35 *

wagen gesetzt. Diejenigen, welche zwei Wunden erhalten hatten,
leiteten die Wagen. Diejenigen hingegen, welche nur einmal verwundet worden waren, ergriffen die Waffen und nahmen an dem
Kampfe Theil.

Li-ling sagte jetzt: Der Muth meiner Kriegsmänner ist noch
wenig gebrochen, wie kommt es aber, dass er bei dem Klang der
Trommeln nicht wächst?[1]) Sollte es wohl in dem Heere Weiber
geben? — In der That waren zur Zeit, als das Heer ausrückte, die
an die äussersten Marken versetzten Weiber und Töchter der Räuber des Landes im Osten des Durchweges dem Heere gefolgt und
waren die Gattinnen der Krieger geworden, von denen sie sorgfältig
in den Wagen versteckt wurden. Li-ling stellte jetzt Nachforschun-
gen an und liess sämmtliche Weiber, welche er fand, mit dem
Schwerte enthaupten.

Am folgenden Tage erneuerte er den Kampf, in welchem
dreitausend gefallenen Feinden die Häupter abgeschlagen wurden.
Hierauf führte er die Streitkräfte in südöstlicher Richtung weiter
und fand sich, nachdem er längs dem alten Wege von 龍城
Lung-tsching[2]) durch vier oder fünf Tage dahingezogen war, an
einem grossen Sumpfe, mitten zwischen Schilfrohr und Binsen. Die
Hiung-nu's legten an das Schilfrohr in der Richtung des Windes
Feuer. Li-ling rettete sich dadurch, dass er seinen Leuten Befehl
gab, das Schilfrohr neben ihnen ebenfalls anzuzünden, in Folge
dessen das von den Hiung-nu's gelegte Feuer sich nicht bis zu dem
Heere von Han verbreiten konnte.

Indem das Heer jetzt seinen Zug nach Süden fortsetzte, gelangte
es an den Fuss eines Berges. Der Schen-yü befand sich aber schon
auf der Höhe dieses südlichen Berges und gab seinem Sohne Befehl,
an der Spitze der Reiter Li-ling anzugreifen. Das Heer Li-ling's
kämpfte zu Fusse zwischen den Bäumen des Bergabhanges und

---

[1]) Nach Einigen hat das hier gebrauchte Wort 起 Khi „sich erheben" Bezug auf
die Krieger selbst. In diesem Falle gäbe der Satz den Sinn: „wie kommt es
aber, dass sie sich nicht erheben?" — Die Krieger hätten nämlich, wie sogleich
gesagt werden wird, Weiber bei sich, weshalb sie sich, wenn sie den Klang
der Trommel hören, nicht rechtzeitig erheben.

[2]) Lung-tsching, „die Feste des Lindwurms", ist der Ort, an welchem die Hiung-
nu's dem Himmel Gaben darbrachten.

tödtete wieder mehrere tausend Feinde. In diesem Kampfe schossen die Krieger von Han mit „dicht an einander gereihten Armbrüsten" [1]) nach dem Schen-yü, der von dem Berge herabstieg und entfloh.

An dem Tage dieses Kampfes machte das Heer mehrere Hiung-nu's zu Gefangenen. Von diesen erfuhr man, dass der Schen-yü sich folgendermassen gegen die Seinigen geäussert habe: Dies sind auserlesene Streitkräfte von Han. Indem wir gegen sie losschlagen, können wir sie nicht bewältigen. Wenn sie Tag und Nacht weiter rücken und wir im Süden uns nähern den Versperrungen, sollten wir da nicht eine im Hinterhalte liegende Kriegsmacht treffen? — Die den Namen 戶當 Thang-hu [2]) führenden Würdenträger und die „Ältesten der Gebieter" hätten hierauf Folgendes erwiedert: Der Schen-yü befehligt in Selbstheit mehrere Zehntausende von Reitern und richtet den Angriff gegen einige tausend Menschen von Han. Wenn er nicht im Stande ist, sie zu vernichten, so hat er fernerhin keine Aufträge zu geben den Dienern an den Markungen und er bewirkt, dass Han immer mehr verachtet die Hiung-nu's. Mögen wir wieder mit Anstrengung kämpfen inmitten der Gebirgsthäler, die noch vor uns auf einer Strecke von vierzig bis fünfzig Weglängen. Wenn wir erreichen das flache Land und nicht im Stande gewesen sind, den Feind zu zertrümmern, so mögen wir zurückkehren.

Um diese Zeit gerieth das Heer Li-ling's in immer grössere Bedrängniss. Die Reiter der Hiung-nu's begannen häufig den Kampf, und es erfolgten an Einem Tage mehrere Zehende von Zusammenstössen. Die Krieger von Han tödteten wieder zweitausend Feinde. Die Hiung-nu's, welche sahen, dass sie nichts ausrichten, waren gesonnen, abzuziehen.

Da traf es sich, dass ein in dem Heere Li-ling's dienender „Späher" [3]), dessen Name 敢管 Kuan-kan, von einem Hiao-wei (Beruhi-

---

1) „Dicht an einander gereihte Armbrüste" sind nach Einigen dreissig Armbrüste mit einer gemeinschaftlichen Sehne. Nach einer richtigeren Erläuterung jedoch sind dies dreissig gespannte Stricke mit einem gemeinschaftlichen Arme. Der Gegenstand wäre demnach eine zusammengesetzte Armbrust.

2) Bei den Hiung-nu's gab es einen Thang-hu der Linken und einen Thang-hu der Rechten.

3) Ein „Späher des Heeres" war, wie in den Nachrichten über Li-khuang angegeben worden, einem den „Abtheilungen" des Heeres untergereihten „Bruchtheile" vorgesetzt.

ger des Vordaches) schimpflich behandelt wurde. Der Beleidigte entfloh und ergab sich den Hiung-nu's, zu denen er Folgendes sagte:
Das Heer Li-ling's hat keinen Rückhalt. Die Pfeile, mit denen er
schiesst, sind im Begriffe auszugehen. Blos die Leute unter der Fahne
des Heerführers und die Hiao [1]) des Fürsten von Tsching-ngan, jeder
mit achthundert Menschen, bilden die Vorhut, sie tragen die gelbe
und weisse Farbe auf ihren Fahnen. In dem Augenblicke, wo man
auserlesene Reiter sie mit Pfeilen beschiessen lässt, sind sie sofort
zersprengt.

Der von dem Überläufer Kuan-kan erwähnte Fürst von 安成
Tsching-ngan war 年延韓 Han-yen-nien, ein Eingeborener
von Ying-tschuen. Dessen Vater 秋千韓 Han-thsien-thsieu,
seiner Zeit Landesgehilfe des Königs von Thsi-nan, hatte einen
kühnen Angriff gegen das südliche Yue unternommen und war in
dem Kampfe gefallen. Der Allhalter Wu ernannte hierauf Yen-nien,
den Sohn Han-thsien-thsieu's, zum Lehensfürsten. Dieser Sohn war
dem Heerführer Li-ling in dem gegenwärtigen Feldzuge in der
Eigenschaft eines Hiao-wei gefolgt.

Der Schen-yü hatte grosse Freude, dass Kuan-kan ihm zu Theil
geworden. Er entsandte Reiter, welche das Heer von Han angriffen
und in kurzen Zwischenräumen riefen: Li-ling und Han-yen-nien,
ergebt euch auf der Stelle! — Bald hatte der Feind dem Heere
Li-ling's den Weg verlegt, während er seine ungestümen Angriffe
fortsetzte. Das Heer von Han befand sich in einem Thale, die
Hiung-nu's standen auf den Anhöhen und beschossen das Heer von
allen vier Seiten, so dass die Pfeile gleich einem Regen hernieder-
fielen.

Das Heer von Han, welches unter solchen Umständen seinen
Zug nach Süden fortsetzte, hatte noch nicht den Berg 汗鞮
Ti-han erreicht, und sein Vorrath von Pfeilen, deren es in einem
Tage fünfzigmal zehntausend verschoss, war jetzt gänzlich erschöpft.
Die Kriegsmänner, noch über dreitausend an der Zahl, liessen sofort
die Wagen zurück und hieben blos die Speichen ab, mit denen sie
ihre Hände bewaffneten. Die Angestellten des Heeres hielten in den

---

[1]) Es gab zwei Hiao (niedere Befehlshaber), einen der Linken und einen der
Rechten.

Händen schuhlange Messer. Auf diese Weise gelangte man wieder
zu einem Gebirge und trat in ein enges Thal. Der Schen-yü schnitt
hier dem Heere den Rückzug ab, während die Hiung-nu's zu den
hervorspringenden Ecken der Anhöhen emporstiegen und auf die
Krieger von Han schwere Steine herabwälzten. Unter den Kriegsmännern Li-ling's fanden viele den Tod, und die Übrigen waren
ausser Stande, weiter zu ziehen.

Am späten Abend trat Li-ling, mit einem kurzen Hauskleide
angethan, allein und zu Fusse vor das Lager hinaus. Er bedeutete
den Leuten seiner Umgebung, welche ihn begleiten wollten, zurück-
zubleiben und ihm nicht zu folgen. Dabei sagte er: Ich als ein
einzelner Mann werde den Schen-yü gefangen nehmen. — Nach
langer Zeit kehrte er zurück und rief seufzend: Die Krieger sind
geschlagen, sie sind des Todes!

Einer der Angestellten des Heeres sagte zu ihm: Du, o Heerführer, hast mit Schrecken erfüllt die Hiung-nu's, doch der Befehl
des Himmels ward nicht erlangt. Mögest du später aufsuchen die
Wege und in die Heimat zurückkehren gleich dem Fürsten von
Tsiö-ye[1]), der von den Feinden zum Gefangenen gemacht wurde,
hierauf entfloh und heimkehrte. Der Himmelssohn begegnete ihm
wie einem Gaste, um so mehr wird er dies thun bei dir, o Heerführer. — Li-ling erwiederte: Du hältst mich zurück. Wenn ich
nicht sterbe, bin ich kein tapferer Kriegsmann.

Hierauf hieb man die Fahnen von den Stangen ab und vergrub
sie sammt den kostbaren Gegenständen in die Erde. Li-ling rief
dabei klagend aus: Erlangte ich nur wieder einige Zehende von
Pfeilen, es wäre hinreichend, um zu entkommen. Wenn wir jetzt
ohne Waffen den Kampf erneuern, so sitzen wir mit Tagesanbruch
fest und sind in Bande gelegt. Wenn wir einzeln gleich Vögeln und
wilden Thieren uns zerstreuen, so wird es noch immer Einige geben,
denen es gelingt zu entkommen, heimzukehren und dem Himmelssohne die Meldung zu bringen. — Er befahl hierauf, dass jeder
Krieger seines Heeres zwei Mass[2]) gerösteten Getreides und eine

---

[1]) D. i. Tschao-po-nu, der in der Verkündung des Himmelssohnes an Li-ling erwähnt
worden.

[2]) Eigentlich zwei 升 Sching, ein Betrag, der zehn 合 Hö oder einem
Betrage von zehn Löffeln voll entspricht. Die angegebenen zwei Mass oder
„Sching" sind daher zweihundert Löffel voll geröstete Getreidekörner.

Scholle Eis, welches letztere, da es eben Winter war, zur Stillung
des Durstes diente, mit sich nehme. Als Ort der Vereinigung, wo
man sich gegenseitig erwarten solle, bestimmte er die Schutzwehr
von Sche-lu, dieselbe, von welcher das Heer, dem Befehle des Himmelssohnes gemäss, anfänglich ausgerückt war.

Um Mitternacht schlug man die Trommeln und weckte die
Krieger, wobei man jedoch den Klang der Trommeln dämpfte.
Li-ling und Han-yen-nien stiegen gemeinschaftlich zu Pferde und
verliessen, von ungefähr zehn tapferen Kriegsmännern begleitet, das
Lager. Eine Schaar von mehreren tausend feindlichen Reitern verfolgte sie. Han-yen-nien fiel in dem Kampfe mit diesen Reitern,
Li-ling aber sagte: Ich habe nicht das Antlitz und das Auge, dass
ich die Meldung bringen könnte demjenigen, vor dem ich stehe unter
den Stufen. — Hierauf ergab er sich den Hiung-nu's.

Die Krieger in dem Heere Li-ling's theilten sich und wurden
zerstreut. Diejenigen, welche entkamen und die Versperrungen
erreichten, waren etwas über vierhundert Mann. Der Ort selbst, an
welchem Li-ling die erzählte Niederlage erlitt, war von den Versperrungen ungefähr hundert Weglängen entfernt.

Als sich das Gerücht von dem Unglücke der Waffen von Han
an den Versperrungen der Marken verbreitete, hoffte der Himmelssohn, dass Li-ling wenigstens in dem Kampfe gefallen sei. Er
beschied daher die Mutter und die Gattinn Li-ling's zu sich und trug
einem mit der Beobachtung der äusseren Gestalt des Menschen sich
beschäftigenden Manne auf, sie in Augenschein zu nehmen. Der
Menschenbeobachter entdeckte in den Zügen dieser Angehörigen
des Heerführers nichts, woraus auf die Trauer um einen Todten
geschlossen werden könnte.

Als später die Nachricht eintraf, dass Li-ling sich den Hiung-
nu's ergeben habe, zürnte der Himmelssohn heftig und liess Tschin-
pu-lŏ, denselben, der einst günstige Nachrichten von Li-ling über-
bracht hatte, zur Rede stellen. In Folge dessen nahm sich Tschin-
pu-lŏ das Leben, die übrigen Würdenträger jedoch wälzten alle
Schuld auf Li-ling.

Der Himmelssohn fragte hierauf den „Anführer der grossen
Vermerker", den berühmten Geschichtschreiber Sse-ma-tsien.
Dieser besprach ausführlich die Angelegenheit Li-ling's und sagte
unter anderem: Li-ling ist freundschaftlich, voll Elternliebe und

seinen Kriegsmännern treu. Er raffte sich beständig auf, nahm keine Rücksicht auf sich selbst und eilte hinzu bei der Bedrängniss des Landes und Hauses. Dies hat er im Allgemeinen sich erworben und gesammelt, er hat die Sitten eines Kriegsmannes des Landes. Jetzt ist er bei der Unternehmung einer Sache einmal nicht glücklich gewesen, die mit dem Leibe unversehrt bleibenden, ihre Weiber und Kinder bewahrenden Diener gehen hinter ihm her und treiben durch Gährungsmittel zur Höhe seine Mängel. Es ist dies in Wahrheit schmerzlich!

Auch hat Li-ling ausgehoben Fussgänger nicht volle fünftausend. Mit ihnen hat er betreten in den innersten Tiefen der Streitrosse Land, niedergedrückt ein mehrere Zehntausende zählendes Heer. Die Feinde hatten nicht Zeit, zu Hilfe zu kommen den Sterbenden, zu stützen die Verwundeten. Man schickte in's Feld gänzlich das den Bogen spannende Volk, damit es in Gemeinschaft ihn überfalle und einschliesse. Er stritt im Umwenden auf einer Strecke von tausend Weglängen. Die Pfeile waren zu Ende gegangen, der Weg war abgeschnitten. Die Kriegsmänner spannten leere Bogensehnen, sie stürzten entgegen blossen Klingen, stritten, nach Norden gewandt, mit todesmuthigen Feinden. Indem er gewann der Menschen sterbende Kraft, wird er hierin selbst von den berühmten Heerführern der alten Zeit nicht übertroffen. Zwar gerieth er in Fallen und wurde geschlagen, aber dasjenige, was er zertrümmert hat und geschlagen, verdient ebenfalls, dass es an die Sonne gebracht werde in der Welt. Wenn er nicht gestorben ist, so wird er wohl erlangen wollen etwas, das seine Schuld ausgleicht, damit er es melden könne nach Han.

Der Himmelssohn hatte ursprünglich, nachdem er den Ni-sse ausgesandt und das Haupttheer in's Feld gerückt war, Li-ling nur ungern den Auftrag zur Führung eines Hilfsheeres ertheilt. Als jetzt Li-ling mit dem Schen-yü handgemein wurde und der Ni-sse wenig ausrichtete, liess der Himmelssohn an Sse-ma-tsien, in Betracht, dass dieser durch Lüge und Täuschung den Ni-sse verkleinern gewollt und hinsichtlich Li-ling's ungereimte Dinge gesprochen habe, die Strafe der „Verderbniss" [1]) vollziehen, ein Verfahren, über

---

[1]) Durch diese Strafe wird „der Weg des Menschen abgeschnitten", d. i. das Zeugungsvermögen vernichtet, daher die hier angeführte Benennung.

dessen Schmählichkeit und Ungerechtigkeit die Männer der Wissenschaft, namentlich Puan-ku, der Verfasser des Geschichtswerkes der
früheren Han, laute Worte des Unwillens äusserten.

Nach längerer Zeit reute es den Himmelssohn, dass er Li-ling
ohne Hilfe gelassen. Er suchte jedoch sein Gewissen durch den
Hinblick auf seine früheren Verfügungen zu beruhigen, indem er
sagte: Als Li-ling ausrücken und die Versperrungen überschreiten
sollte, erliess ich eine höchste Verkündung an den Beruhiger der
Hauptstadt für die starken Armbrüste [1]) und hiess ihn entgegenziehen dem Heere. Ich habe gemacht und im Voraus es verkündet. Der
Erfolg war, dass ich hiess einen greisen Heerführer Anlass geben
zur Entstehung von Verrath und Trug [2]). — Hierauf entsandte er
Leute mit dem Auftrage, diejenigen Krieger, welche von dem Heere
Li-ling's noch übrig und glücklich entkommen waren, zu begrüssen
und zu beschenken.

Nachdem Li-ling bereits über ein Jahr sich bei den Hiungnu's befunden, entsandte der Himmelssohn (97 vor uns. Zeit.) den
mit der Benennung eines Heerführers von 枏 因 Yin-yü [3]) belegten 敖 孫 公 Kung-sün-ngao, dem er den Befehl gab, an
der Spitze der Streitkräfte weit in dem Lande der Hiung-nu's vorzudringen und Li-ling abzuholen. Das Heer Kung-sün-ngao's richtete indessen nichts aus. Nach seiner Rückkehr sagte dieser Heerführer: Wir fingen einige Feinde lebendig, welche aussagten, dass
Li-ling lehrt den Schen-yü die Waffen führen und Vorbereitungen
treffen gegen das Heer von Han. Aus diesem Grunde haben wir
nichts erlangt.

Als der Himmelssohn diese Worte erfuhr, verhängte er über das
Haus Li-ling's die Ausrottung der Verwandtschaften. Die Mutter,
die jüngeren Brüder, die Gattinn und die Kinder dieses Heerführers
wurden sämmtlich der Mitschuld geziehen und in der Landschaft
Lung-si hingerichtet. Die Kriegsmänner und Grossen des Landes

---

[1]) Der oben vorgekommene Lu-pö-te.

[2]) Lu-pö-te, der Beruhiger der Hauptstadt für die starken Armbrüste, wäre ein
greiser Heerführer gewesen. Nachdem er von den Versperrungen ausgezogen,
hätte er nicht den Ort seiner Bestimmung erreicht, wesshalb Li-ling den Untergang gefunden habe.

[3]) Yin-yü hiess ein Gebiet des Landes Hu.

schämten sich jetzt des Geschlechtes Li, weil dessen Haupt Li-ling, nach ihrer Meinung unfähig zu sterben, die Angehörigen seines Hauses in Schuld verwickelt hatte.

Später schickte Han einen Gesandten zu den Hiung-nu's. Li-ling sagte zu diesem Gesandten: Ich befehligte im Auftrage von Han Fussgänger fünftausend, ich durchzog nach seiner Breite das Land der Hiung-nu's. Weil man mir keine Hilfe brachte, wurde ich geschlagen. Was habe ich gegen Han verbrochen, dass es die Angehörigen meines Hauses hinrichten liess? — Der Gesandte antwortete: Han hat erfahren, dass Li-schao-king [1]) lehrt die Hiung-nu's die Waffen führen. — Li-ling entgegnete: Dies ist Li-tschü, ich bin es nicht.

Der hier genannte 緒李 Li-tschü war ursprünglich ein in den Diensten von Han stehender jenseits der Versperrungen weilender Beruhiger der Hauptstadt, der seinen Wohnsitz in der Feste von 矦奚 Hi-heu hatte. Von den Hiung-nu's angegriffen, ergab er sich an diese und ward von dem Schen-yü gastlich aufgenommen, bei dem sich sein Sitz gewöhnlich höher in der Reihe als derjenige Li-ling's befand.

Li-ling schmerzte es, dass die Angehörigen seines Hauses um Li-tschü's willen hingerichtet worden. Er liess daher Li-tschü durch ausgesandte Leute erstechen, worauf die grosse Yen-tschi, d. i. die Mutter des Schen-yü, ihrerseits wieder Li-ling zu tödten beabsichtigte. Der Schen-yü verbarg indessen Li-ling in den nördlichen Gegenden seines Landes, von wo dieser erst nach dem Tode der grossen Yen-tschi wieder zurückkehrte.

Der Schen-yü hielt Li-ling für einen tapferen Mann und gab ihm seine Tochter zur Gemahlinn. Zugleich erhob er ihn zum Hiao (Befehlshaber) der Rechten mit der Benennung eines Königs, während 律衞 Wei-liö, ein anderer Flüchtling aus Han, zum Könige der 靈丁 Ting-ling, eines besonderen Stammes der Hiung-nu's, ernannt wurde. Beide Männer standen in Ansehen und wurden zu den Geschäften gezogen.

Der Vater des oben genannten Wei-liö war ursprünglich ein Hiung-nu und befand sich unter den im Dienste von Han stehenden

---

[1]) Schao-king war, wie früher angegeben worden, der Jünglingsname Li-ling's.

und auf dem Gebiete 水 長 Tschang-schui [1]) lagernden Reiter-schaaren seines Volkes. Dessen Sohn Wei-liŏ war in Han geboren und aufgewachsen, wo er zu 年 延 李 Li-yen-nien, dem Beruhiger der Hauptstadt für 律 協 Hiă-liŏ [2]), in freundschaft-lichen Beziehungen stand. Auf die Empfehlung Li-yen-nien's wurde Wei-liŏ als Gesandter zu den Hiung-nu's geschickt. Er war eben von seiner Gesandtschaftsreise zurückgekehrt, als die Angehörigen Li-yen-nien's wegen eines diesem zur Last gelegten Verbrechens in Gesammtheit zur Verantwortung gezogen wurden. Wei-liŏ, der fürchtete, mit seinem Beschützer zugleich hingerichtet zu werden, verliess das Land und kehrte zu den Hiung-nu's zurück, denen er sich ergab. Er wurde bald bei diesem Volke beliebt und befand sich beständig unter den die Umgebung des Schen-yü bildenden Würdenträgern. Wenn während der Abwesenheit Li-ling's wichtige Angelegenheiten verhandelt werden sollten, trat Wei-liŏ in das Innere und nahm an den Berathungen Theil.

Unterdessen starb in Han der Allhalter Hiao-wu, und dessen Sohn, der Allhalter Hiao-tschao, wurde (86 vor uns. Zeitr.) zum Himmelssohne eingesetzt. Der oberste Heerführer Hŏ-kuang und 桀 官 上 Schang-kuan-khie, der Heerführer der Linken, wur-den die Stützen der Lenkung. Diese zwei Männer, welche einst gute Freunde zu Li-ling waren, entsandten 政 立 任 Jin-lĭ-tsching aus Lung-si, einen alten Bekannten Li-ling's, nebst zwei anderen Würdenträgern mit der Weisung, sich gemeinschaftlich zu den Hiung-nu's zu begeben und Li-ling zur Rückkehr einzuladen.

Als diese drei Männer in Hu ankamen, liess der Schen-yü Wein auftragen und betheilte sie als Gesandte von Han mit Geschen-ken. Li-ling und Wei-liŏ waren bei dem Empfange gegenwärtig und um die Sitze der Versammelten beschäftigt. Jin-lĭ-tsching und dessen Gefährten hatten Li-ling zwar gesehen, aber noch nicht

---

[1]) Dieses Gebiet lag im Osten des heutigen Nebenkreises 鄠 Hu, Kreis Si-ngan, in Schen-si.

[2]) Die Benennung Hiă-liŏ scheint von einer Örtlichkeit entlehnt zu sein, über deren Lage von dem Verfasser bisher nichts aufgefunden wurde.

Gelegenheit gefunden, mit ihm ohne Zeugen zu sprechen. Sie machten daher Li-ling durch Blicke aufmerksam, drehten hierauf zu wiederholten Malen den Ring ihres Schwertes und griffen an ihre Füsse, wodurch sie ihm zu verstehen geben wollten, dass er nach Han zurückkehren könne.

Später schafften Li-ling und Wei-liŏ die Rinder und den Wein herbei und bewillkommneten die Gesandten von Han, worauf das allgemeine Trinken stattfinden sollte. Die beiden genannten Männer trugen die Kleidung von Hu und hatten das Haupthaar in Gestalt einer Mörserkeule zusammengebunden. Jin-lĭ-tsching erhob jetzt seine Stimme und sprach: Han hat bereits eine vollständige Verzeihung verkündet. In dem mittleren Lande walten Sicherheit und Freude. Der Gebieter und Hochgestellte ist reich an Frühlingen und Herbsten [1]). Hŏ-tse-meng [2]) und Schang-kuan-schao-scho [3]) werden verwendet zu den Geschäften. — Durch diese Worte wollte der Gesandte, Anderen unbemerkt, die Gedanken Li-ling's aufregen. Dieser schwieg anfänglich und erwiederte nichts. Endlich griff er mit bedeutungsvollem Blicke nach seinem Haupthaar und entgegnete: Ich trage bereits die Kleidung von Hu.

Nach einer Weile erhob sich Wei-liŏ und entfernte sich, um seine Kleider zu wechseln. Jin-lĭ-tsching sagte jetzt zu Li-ling: Es heisst, dass es Schao-king [4]) sehr schlecht geht. Hŏ-tse-meng und Schang-kuan-schao-scho lassen sich nach dir erkundigen. — Li-ling fragte: Wie geht es den Männern von Hŏ un d Schang-kuan? — Jin-lĭ-tsching erwiederte: Sie lassen Schao-king bitten, dass er heimkehre in sein Geburtsland und unbesorgt sei wegen Reichthum und Ehre. — Li-ling entgegnete, indem er Jin-lĭ-tsching bei dessen Jünglingsnamen nannte: Schao-kung [5])! Heimkehren wäre woh leicht, wenn ich aber wieder beschimpft würde, wie könnte ich mir helfen? ·

---

[1]) D. i. der Himmelssohn ist noch jung.

[2]) 孟 子 Tse-meng ist der Jünglingsname Hŏ-kuang's.

[3]) 叔 少 Schao-scho ist der Jünglingsname Schang-kuan-khie's.

[4]) Dies der Jünglingsname Li-ling's.

[5]) 公 少 Schao-kung ist, wie so eben angedeutet wurde, der Jünglingsname Jin-lĭ-tsching's.

Li-ling hatte noch nicht ausgeredet, als Wei-liŏ in die Gesellschaft zurückkehrte. Er hatte die letzten Worte einigermassen gehört und sagte zu Li-ling: Li-schao-king! Der Weise wohnt nicht blos in einem einzigen Lande. Fan-li [1]) wanderte nach allen Seiten umher in der Welt. Yeu-yü [2]) verliess die westlichen Fremdländer und begab sich nach Thsin. Warúm sind jetzt deine Worte so freundschaftlich?

Als der Empfang zu Ende war und man sich entfernte, ging Jin-lĭ-tsching hinter Li-ling her und sagte zu ihm: Bist du es noch Willens? — Li-ling erwiederte: Ein Mann lässt sich nicht zweimal beschimpfen.

Li-ling verblieb ungefähr fünfundzwanzig Jahre bei den Hiung-nu's und starb zuletzt, in dem ersten Jahre des Zeitraumes Yuen-ping (74 vor uns. Zeitr.) an einer Krankheit.

---

[1]) Die Schicksale Fan-li's sind in der Abhandlung: „Keu-tsien, König von Yne, und dessen Haus" ausführlich erzählt worden.

[2]) Yeu-yü, von Geburt ein westlicher Fremdländer, trat in die Dienste des Fürsten Mö von Thsin.

VERZEICHNISS

DER EINGEGANGENEN DRUCKSCHRIFTEN.

(NOVEMBER 1863.)

Académie Impériale des sciences, arts et belles-lettres de Dijon: Mémoires. 2ᵉ Série. Tome X°, Année 1862. Dijon & Paris, 1863; 8º.

— Impériale des sciences, belles-lettres et arts de Lyon: Mémoires. Classe des sciences: Tomes IV°, XI° & XII°. Lyon et Paris, 1854, 1861 & 1862; 8º. — Classe des lettres: N. S. Tomes Iʳ & X°. Paris & Lyon. 1851 & 1861—62; 8º.

Accademia Virgiliana di scienze, belle lettere ed arti, Anno 1863· Mantova. 8º.

Akademie der Wissenschaften, Ungarische zu Pest: Bericht über die Thätigkeit der ungar. gelehrten Gesellschaft im Jahre 1837, nebst Rechenschaftbericht. Ofen, 1838; 8º. — Bericht. I. Jahrg. 1841. Nr. 3, 4 & 5; IV. Jahrg. 1843—1844. No. 1—7; 8º. — Philosophisch-juridisch-historische Classe: Mittheilungen. N. R. Bd. I. 1860; Bd. II. 1861; Bd. III. 1. & 2. Heft. 1862; 8º. — Philologische Classe: Mittheilungen. N. R. I. Bd. 1860; II. Bd. 1861 — 1862; 8º. — *Monumenta Hungariae historica*. I. Abtheilung, Bd. I—IX. Pest, 1857—1862. 8º; II. Abtheil., Bd. I—VI, IX, XV. Pest, 1857—1860 und 1863; 8º. — Historische Monumente der türkisch-ungarischen Zeit. I. Abtheilung. Bd. I. & II. Pest, 1863; 8º. — Ungarisches Magazin für Geschichte (Magyar történelmi tár). Bd. IX—XII. Pest, 1861—1863; 8º. — Leveles tár. Bd. I. Pest, 1861; 8º. — Mittheilungen der philologischen Commission. I. Bd. 1,—3. Heft. 1862; II. Bd. 1. Heft. 1863; 8º. — Altungarische Sprachdenkmäler. Bd. I—III. Pest, 1838, 1840, 1842; Bd. IV. I. Abtheilung, 1846; 4º. — Archäologische Mittheilungen. Bd. I & II. Pest, 1859 & 1861; 8º. Mit 1 Atlas in 4º. — *Codex graecus*

quatuor Evangeliorum. Pestini, 1860; gr. 4º. — Statistische
Mittheilungen. Bd. I. Heft 1 & 2. 1861; Bd. II. Heft 1 & 2.
1861; Bd. III. Heft 1 & 2. 1862; 8º. — Jahrbücher. Bd. X.
Heft 1, 3—14. 1860—1863; 4º. — Budapesti szemle. Heft
41—57. Pest, 1861—1863; 8º. — Historische Preisschriften.
1. & 2. Heft. 1841 & 1842; 8º. — Philologische Preisschriften
1. & 2. Heft. Ofen, 1834 & 1839; 8º. — Philosophische Preisschriften. Heft 1. 1835; 8º. — Juridische Preisschriften.
1. & 2. Heft. Ofen, 1841 & 1844; 8º. — Franz Kazinczy's
Original-Werke. I. & II. Bd. Ofen, 1836 & 1839; kl. 8º. —
Ungar. Provinzial-Wörterbuch. Herausgegeben von der ungar.
gelehrten Gesellschaft. Ofen, 1838; 8º. — Gegő, Alexius,
Von den ungarischen Colonien in der Moldau. Ofen, 1838; 8º.
— Mocsi, Michael, Physiologische und psychologische Be-
trachtungen. Ofen, 1839; 8º. — Erdy, Joh. *Detabulis ceratis
in Transilvania repertis.* Pest, 1856; 8º. — Das System
der ungarischen Sprache. Ofen, 1847; 8º. — Kiss, Karl,
Johann Hunyady's letzter Kriegszug in Bulgarien und Ser-
bien im Jahre 1454 und Belgrads Entsatz im Jahre 1456. Pest,
1857; 8º. — Hunfalvy, Johann. Ladislaus Magyar's süd-
afrikanische Briefe und Tagebuchs-Auszüge. Mit 1 Karte. Pest,
1857; 8º. — *Item.* Ladislaus Magyar's südafrikanische
Reisen in den Jahren 1849—1857. Bd. I. Mit 1 Karte und 8
Tafeln. Pest, 1859; 8º. — Knauz, Leander, Geschichte des
Staatsrathes und der Landtage 1445—1452. Pest, 1859; 8º.
— Abuska. Übersetzt von Arnim Vámbéry. Pest, 1862; 8º.
— Vass, Jos., Das inn- und ausländische Schulwesen unter
den Arpadern. (Gekrönte Preisschrift.) Pest, 1862; 8. —
Teleky, Graf Joseph, Die Zeit der Hunyady in Ungarn.
VI. Bd., 1. Theil. Pest, 1863; 8º. — Mátray, Gabriel,
Melodien ungrischer historischer Gesänge des 16. Jahrhunderts.
Pest, 1859; 4º.

Ambrosoli, Franc., Commemorazione di Camillo Vacani. (Dagli
Atti del R. Ist. Lomb. Vol. III.) 8º.

Anzeiger für Kunde der deutschen Vorzeit. N. F. X. Jahrgang,
Nr. 7 & 9. Nürnberg, 1863; 4º.

Bericht des k. k. Krankenhauses Wieden vom Solar-Jahre 1863.
Wien; 4º.

Conestabile, Giancarlo, Second Spicilegium de quelques monu-
ments écrits ou épigraphes des Etrusques. Paris, 1863 ; 8º.

Czaczkowski, J., Versuch der Vereinigung der Wissenschaften.
Wien, 1863 ; 8º.

Dudik, B., Mährens allgemeine Geschichte. II. Bd. Brünn, 1863. 8º.

Fenicia, Libri quinto e sesto della politica. Napoli, 1863; 8º.

Freiburg, Universität : Akademische Gelegenheitsschriften aus den
Jahren 1861—1863 ; 4º & 8º.

Gachard, Don Carlos et Philippe II. Tomes I & II. Bruxelles,
1863 ; 8º.

Gesellschaft, Schleswig-Holstein-Lauenburgische, für vaterländische Geschichte : Jahrbücher für die Landeskunde der Herzog-
thümer Schleswig, Holstein und Lauenburg. Bd. IV. Heft 1—3.
Kiel, 1861 ; 8º.

— der Wissenschaften zu Leipzig : Joh. Gust. Droysen, Die
Schlacht von Warschau 1656. (Abhandlgn. der philolog.-hist.
Classe. Bd. IV. Nr. 4.) Leipzig, 1863; 4º. — Bericht über die
Verhandlungen der philol.-historischen Classe. Bd. XIV. 1862.
Leipzig ; 8º.

— deutsche morgenländische : Zeitschrift. XVII. Bd., 3. & 4. Heft,
Leipzig, 1863 ; 8º. — Indische Studien. Von Albr. Weber.
VII. Bd. 3. Heft. Berlin, 1863 ; 8º.

Gesetze vom 9. Februar und 2. August über die Gebühren von
Rechtsgeschäften, Urkunden, Schriften und Amtshandlungen
etc. Wien, 1863 ; 4º.

Hamelitz. III. Jahrgang, Nr. 34 & 35. Odessa, 1863; 4º.

Jahresbericht, Neunter, des germanischen Nationalmuseums zu
Nürnberg vom 1. Jänner bis 31. December 1862. Nürnberg,
1863 ; 4º.

Lepsius, C. R., Standard Alphabet for reducing unwritten Languages and foreign graphic Systems to a uniform Ortography in
European Letters. 2ᵈ Edition. London & Berlin, 1863 ; 8º.

Martin (René) d'Angers, Mémoire sur le Calendrier Hébraïque
précédé d'un chapitre sur le Calendrier des Chrétiens etc. Avec.
64 tableaux. Angers, 1863 ; 8º.

Mittheilungen der k. k. Central-Commission zur Erforschung
und Erhaltung der Baudenkmale. VIII. Jahrgang, Nr. 11. Wien,
1863; 4º.

Mittheilungen aus J. Perthes' geographischer Anstalt. Jahrgang 1863, X. Heft. Gotha; 4⁰.

Mommsen, Theodor, Verzeichniss der römischen Provinzen, auf-
gesetzt um 297. Mit einem Anhange von Karl Müllenhoff.
. (Abhandlgn. der k. Preuss. Akad. d. W. zu Berlin 1862.) 4⁰.

Nicolucci, Giustiniano, Di alcune armi ed utensili in pietra e delle
popolazioni ne' tempi antestorici della Penisola Italiana. Napoli,
1863; 4⁰. — Di un antico cranio fenicio. Torino, 1863; 4⁰.

Pichler, Georg Abdon, Salzburgs Landes-Geschichte. VIII. Heft.
Salzburg, 1863; 8⁰.

Radics, P. v., Die Schlacht bei Sissek. Mit 1 Tafel. Laibach,
1861; 4⁰.

Schindler, Karl, Die k. k. Forstlehranstalt zu Mariabrunn. Eine
Festgabe. Wien, 1863; 8⁰.

Schott, Wilhelm, Die estnischen Sagen von Kalewi-Poeg. (Abhandlgn. der K. Preuss. Akad. d. W. 1862.) Berlin, 1863; 4⁰.

Schuller, Joh. Karl, Maria Theresia und Freiherr von Bruckenthal.
thal. (Mit dem Abdruck der Handschrift Maria Theresia's und
Bruckenthals, und dem Portrait des Freiherrn.) Hermannstadt,
1863; 8⁰.

Snellaert, F. A., Alexander's Geesten von Jacob van Maerlant.
II. Deel. Brüssel, 1861; 8⁰.

Stern, M. E., Kochbe Jizchak. 29. Heft. Wien. 1863. 8⁰. — Ozar-
ha-Millin, ein vollständiges kurzgefasstes talmudisch-aramäisch-
chaldäisches Handwörterbuch. Wien, 1863; 8⁰.

Society, The Asiatic, of Bengal: Journal. N. S. Supplementary
Number. (Vol. XXXII.) Calcutta, 1863; 8⁰. — *Bibliotheca
Indica*: Nr. 186—195 und New Series. No. 31—37. Calcutta,
1862 & 1863; 8⁰.

Verein, für Geschichte der Mark Brandenburg: Märkische Forschungen, VIII. Bd. Berlin, 1863; 8⁰.

Viaggio intorno al globo della fregata austriaca Novara,
negli anni 1857, 1858, 1859. Tomo II. Vienna, 1863; gr. 8⁰.

Wolny, Gregor, Kirchliche Topographie von Mähren. I. Abth.
V. Bd. Brünn, 1863; 8⁰.

SITZUNGSBERICHTE

DER

KAISERLICHEN AKADEMIE DER WISSENSCHAFTEN.

PHILOSOPHISCH-HISTORISCHE CLASSE.

XLIV. BAND. III. HEFT.

JAHRGANG 1863. — DECEMBER.

SITZUNG VOM 2. DECEMBER 1863.

Herr Jonathan Friedländer überreicht der Classe seine Ausgabe des germanischen Werkes „Maase Efod“, des spanischen Juden Perifot Duran, mit dem Ersuchen, für den Druck derselben eine Unterstützung von der Akademie erwirken zu wollen.

Beiträge zur Declination des armenischen Nomens.

(Vorgelegt in der Sitzung vom 11. November 1863.)

Von **Dr. Friedrich Müller,**
Docent der allgemeinen Sprachwissenschaft an der Wiener Universität.

Gleichwie die Conjugation des armenischen Verbums jener des neupersischen gegenüber sowohl einen bedeutenderen Umfang an Formen als eine grössere Kraft im Gebrauche derselben aufweist, ebenso bietet auch die Declination des Nomens im Armenischen gegenüber dem Nomen im Neupersischen eine viel grössere Ursprünglichkeit und Fülle der Formen dar. Denn während das Neupersische auf eine und dieselbe Weise mittelst bereits dem sprachlichen Bewusstsein ganz und gar dunkler Elemente, die man mit Fug und Recht Partikeln nennen kann, durch blos mechanische Anfügung derselben an das Nomen Casus und Numerus bildet, und hierin auf der Stufe jener Sprachen steht, die keine eigentliche Flexion besitzen, hat sich das Armenische noch die alten Elemente bewahrt, die, wenn sie gleich von dem Sprachbewusstsein nicht mehr als solche gefühlt werden, dennoch mit dem Nomen innig verschmolzen auftreten und als echte Flexionselemente betrachtet werden können. Aber obschon dieselben in der ältesten Periode der Sprache nur eine waren, und auch an die Themen der verschiedenen Nominalformen sich ohne wesentliche Veränderung der letzteren anschlossen,

haben sie sich in jenem Zustande, in dem wir die armenische Sprache
kennen, differenzirt, und haben auch durch ihre grössere oder
geringere Schwere in den Themen, an welche sie sich anschlossen,
manche Veränderungen hervorgebracht. Dadurch erscheinen sie
eben wie mit den letzteren zusammengewachsen.

Ich will es in der folgenden Skizze versuchen, eine Übersicht
und sprachwissenschaftliche Erklärung der Casus- und Numerus-
Suffixe des armenischen Nomens zu geben und darauf eine Eintheilung
desselben in Declinationen, nach den ursprünglichen Charakter-
lauten der Themen geordnet, zu bieten.

Nominativ.

Der Nominativ des Singular hat im Armenischen kein bestimm-
tes Zeichen. Das ursprüngliche Zeichen dieses Casus (*s* oder beim
Neutrum *m*) ist überall spurlos abgefallen. Die consonantischen
Themen sind nach Abfall des Nominativzeichens in ihrer schwachen Form unverändert geblieben, z. B. աստղ *(astp)* „Stern“ =
vedisch *stár (str)*, griech. ἀστήρ statt ἀστέρ-ς, altb. *(çtárĕ)*,
während die vocalischen Themen ihren thematischen Ausgang verloren haben, z. B. մարդ *(mard)* „Sterblicher“, neup. ـ *(mard)*,
altb. *(mĕsha)* statt *marta*, altind. *mṛta*, griech. βροτό-ς,
արծաթ *(arçath)* „Silber“ = altb. *(ĕrĕzata)*, altind. *raǵata*,
բախտ *(bakht)* „Glück, Zufall“ = altbaktr. *(bakhti)* — տեղ
(tĕpi) „Ort, Stelle“ = einem älteren Thema *tal-ya*, vgl. altind.
tala. — Die Themen in *u* lieben sich mit dem Determinativsuffixe
ra [1] zu beschweren, so մեղր *(mĕpr)* „Honig“ = altb. *(madhu)*,
altind. *madhu*, gr. μέθυ (vgl. Sanskr. *madhu-ra*).

Das Zeichen des Nominativ pluralis ist ք *(ḱ)*, das meist unmittelbar an die Form des Nominativ singularis — nicht an's Thema
und nur bei mehreren consonantischen Stämmen an letzteres — sich
anschliesst, z. B. աստեղք *(astĕp-ḱ)* „die Sterne“, altb. *(çtáraç-ća)* „und die Sterne“, հայրք *(hajr-ḱ)* „die Väter“. altb.
(pitaraç-ća) „und die Väter“, ախտք *(akht-ḱ)* „die
Leiden“, alt. *(akhtayaç-ća)* „und die Leiden“ — մարդք
(mard-ḱ) „die Sterblichen“, altb. *(mĕshdñhaç-ća)*

---

[1] Kommt auch bei ⸰-Themen, jedoch meist mit dem Determinativsuffixe ռ = neup.
án verbunden vor; z. B. ձմեռն *(çmĕrn)* „Winter“, altb. *(zĭma)*, auch
(zĕma), ամառն *(amarn)* „Sommer“, altb. *(háma)*.

„und die Sterblichen". Die Themen in *u* nehmen ein *n* (wie im Altindischen die Neutralthemen in *i* und *u*, z. B. *vâri-n-â, vâri-n-ê, vâri-n-i; tâlu-n-â, tâlu-n-ê, tâlu-n-i*) zwischen Thema und Endung, z. B. ֆանուներ *(ǵanu-n-ḳ)* „die schweren" von ֆանր *(ǵan-r)*, Thema *ǵanu* = altind. *guru* = *garu* (mit Übergang des *r* in *n*).

Was die Erklärung des Pluralzeichens ք anlangt, so entspricht es dem altbaktrischen Suffix *aç* (vor *ća*, sonst *ô*) = altind. *as* (bei consonantischen und *i*- und *u*-Themen) oder *âñhô* = altind. *âsas, âsô* (bei Themen in *a*). Es ist wie sonst Übergang des alten *s* in *h* und Erhärtung des letzteren in ք anzunehmen, für welches Lautgesetz sich in meinen Beiträgen zur neupersischen Sprache (S. 7) hinreichende Fälle verzeichnet finden.

Genitiv.

Das Zeichen des Genitivs singularis war bei den consonantischen Themen und den Themen in *i* und *u* -*as*, bei *a*-Themen aber lautete es -*asya*. Ersteres ist bei den consonantischen nun ganz abgefallen, hat aber seinen Einfluss nachwirkend auf das Thema geltend gemacht, z. B. աստեղ *(astěp)* „des Sternes", gr. ἀστέρ-ος, բեռին *(běrin)* „der Last" = *běran-as*, Genit. v. բեռն *(běrn)* = *běran* (= altind. *bhara* mit dem Determinativsuffixe *ana*, neup. *ân*). Bei den vocalischen Themen auf *i* und *u* hat sich nach Abfall des Genitivzeichens das reine Thema erhalten, z. B. ախտի *(akhti)* „des Leidens", Genit. von ախտ *(akht)*, altb. ⵏⵗⵓ *(akhti)*, մեղու *(měpu)* „des Honigs", Genitiv von մեղր *(měpr)*, altb. ⵗⵗⵓ *(madhu)*.

Was das zweite Zeichen, das bei den Themen in *a* zur Anwendung kommt, nämlich -*asya*, betrifft (das im Armenischen, welches bekanntlich einen grammatischen Geschlechtsunterschied gar nicht kennt, auch auf die Feminina übergegangen ist), so hat sich in manchen Fällen sein *s* als ց noch jetzt erhalten, z. B. տեղվոց *(těpvosh)* „des Ortes", Gen. v. տեղի *(těpi)* = *tal-ya*, vgl. altind. *tala*. կնոց *(knosh)* „des Weibes", Gen. v. կին *(kin)*, vergl. altb. ⵗⵗⵓ *(ghěna)* oder ⵗⵗ *(ghnâ)*, altind. *gnâ*. Sonst ist das *s* gewöhnlich in յ übergegangen, z. B. արդատայ *(trdata-h)*, Gen. v. արդատ *(trdat)*. Τιριδάτης — մարդոյ *(mardo-h)* „des Mannes", Gen. von մարդ *(mard)*, Thema *mardo*, z. B. altind. *mṛta*, griech. βροτό-ς. —

ႦႮႮ (tĕpvo-h) „des Ortes“, Gen. v. *ႦႮႦ* (tĕpi), Thema *tĕpyə*
und (mit Wechsel des y und v) tĕpvo = altind. tala + ya. In
manchen Fällen hat sich *Ⴎ* in *Ⴎ* verdumpft, und es fallen dann diese
Themen mit jenen in u vollständig zusammen, z. B. *ႷႮႦ* (ganζu)
„des Schatzes“ von *ႷႮႦ* (ganζ), altind. ganǵa „Schatzhaus“ und
altpers. γάζα, verglichen mit *ႾႱႮ* (mĕpu) „des Honigs“ von
ႾႱႶ (mĕpr).

Das Zeichen des Genitiv pluralis ist *ჳ*, das bei den consonantischen Themen unmittelbar an die Themaform, seltener mit Hilfe
eines a (z. B. *ႱႮႦႶჳ* (astĕpaჳ) = stellarum), bei den vocalischen aber an das unveränderte Thema antritt, z. B. *ႱႮႦႶ ჳ*
(astĕp-ჳ) „der Sterne“ von *ႱႮႶ* (astp), *ႦႮႦჳ* (bĕran-ჳ) „der
Lasten“ von *ႦႮႦႦ* (bĕrn) = bĕran, *ႱႮႶჳ* (mardo-ჳ) „der Menschen“ von *ႱႮႶ* (mard), *ႷႮႦႮჳ* (ganζu-ჳ) „der Schätze“ von
ႷႮႦ (ganζ), altind. ganǵa. *ႮႶჳ* (akhti-ჳ) „der Leiden“ von
ႮႶ (akht), altb. *ႮႶ* (akhti), *ႦႮႶჳ* (bakhti-ჳ) „der Glücks-
fälle“ von *ႦႮႶ* (bakht), altb. *ႦႮႶ* (bakhti).

Die Themen in u nehmen auch hier ein n zwischen Thema und
Endung an, z. B. *ჂႮႶჳ* (ǵanu-n-ჳ) „der schweren“ von *ჂႮႶ*
(ǵan-r) vom Thema ǵanu = altind. ǵuru = ǵaru.

Was die Erklärung des Pluralsuffixes *ჳ* anlangt, so halte ich es
aus dem s der Endung sâm [1]) entstanden, welches als *ჳ* im Armenischen sich insofern erklärt, als ihm der Vocal é (= altb. *ჱ*) vorher-
ging. Eine Übertragung des Suffixes sâm, das ursprünglich nur dem
Pronomen zukam, im Latein und Griechischen sich aber schon über
die Themen in ă ausgedehnt findet, auf alle Themen im Armenischen
erklärt sich auch hier aus dem Überhand nehmen der Themen in ă,
die bekanntlich innerhalb jederS prache in späteren Perioden immer
mehr und mehr an Terrain gewinnen.

Dativ.

Der Dativ, sowohl Singularis als Pluralis, fällt im Armenischen
im Ganzen mit dem Genitiv zusammen, welcher Vorgang bekanntlich
schon in den Keilinschriften sich ausgeprägt findet [2]) und im Sanskrit
bereits vorbereitet ist, wo oft der Genitiv statt des Dativ eintritt. In

---

[1]) m ist hier ebenso abgefallen, wie in Accus. sing. Nach Abfall dieses ward auch
jener des â nothwendig. Vgl. weiter unten beim Accusativ.
[2]) Vgl. Spiegel, Keilinschriften S. 153.

manchen Fällen bietet der Singular die Form -*um* [1]), z. B. *Ս̄ướηⱮⱮ*
(*mardum*) „dem Menschen" von *Ս̄ướη* (*mard*), worin ich einen
Überrest der alten Pronominalendung *smâi* (= *sma* + *ê*) erblicke.

Ein Übergreifen dieser ursprünglich nur dem Pronomen dritter
Person zukommenden Endung auf das Gebiet des Substantivs erklärt
sich gerade so, wie oben beim Genitiv pluralis die Endung · *sâm* [2]).

Accusativ.

Der Accusativ singularis enthält das Thema in derselben Form
wie der Nominativ [3]), mit dem Präfixe *η* verbunden, während der
Accusativ pluralis *ս* statt des nominativen *ք* mit demselben Präfixe
darbietet, z. B. *η̄ưưưη* (*z-astρ*) „den Stern", *η̄ưưưtη̄ս* (*z-astĕρ-s*)
„die Sterne", *η̄Ս̄ướη* (*z-mard*) „den Menschen", *η̄Ս̄ướη̄ս* (*z-mard-s*)
„die Menschen", *η̄ưⱨưư* (*z-akht*) „das Leiden", *η̄ưⱨưưս* (*z-akht-s*)
„die Leiden", *η̄δ̄ưⱨ̄ρ* (*z-ĝanr*) „den schweren", *η̄δ̄ưⱨ̄tⱨ̄ս* (*z-ĝa-
nu-n-s*) „die schweren".

Das Suffix *ս* des Accusativ pluralis ist offenbar Stellvertreter
des alten Accusativsuffixes *ans* (altb. *-ⱨ ânç*), und scheint das *s*
dem Nominativ gegenüber, der *ք* = älterem *s* bietet, durch das vorhergehende *n* geschützt worden zu sein [4]).

Was das Präfix *η*, das den eigentlichen Charakter der armenischen Accusativformen darstellt, so halte ich es mit der Pehlewî-
partikel *ⱨⱮ* (*ghan*) verwandt, die zur Bildung des Dativs verwendet
und von Spiegel (Huzvâreschgrammatik S. 67) mit dem kurdi-
schen *ghan* (soll wohl *ghal*, d. h. کَل heissen) zusammengestellt
wird. Vgl. die germanische Präposition **gegen**, und die Endung
des germanischen Accusativs *mik*, *thuk*, als Richtungscasus (Dat. und
Accus.) [5]). Freilich sollte man den Lautgesetzen zufolge im Pehlewî
zan erwarten; aber es scheint hier, wie in noch anderen Fällen [6]),
die Verwandlung des alten *g*, resp. *gh* in *z* unterblieben zu sein.

---

1) Gleich dem Ossetischen, z. B. ноɱæн, Dativ von ноɱ = neup. نام (*nâm*)˙
2) Vgl. Bopp, vergleich. Gramm. I, 359.
8) Wonach also das alte Zeichen *m* wie im Griechischen bei den consonantischen
   Themen (παῖδα = παῖδα-μ) abgefallen erscheint; nach Abfall des schliessenden *m* musste auch später wie im Neupersischen etc. der demselben vorhergehende und nun zum Schlussvocal gewordene Vocal abfallen.
4) Vgl. Bopp, vergleich. Gramm. I, 472.
5) Lautlich unmöglich ist die Erklärung Bopp's vergl. Gramm. I, 473.
6) Vgl. altbaktr. *ⱨưⱨⱮⱨ* (*dughdharê*) „Tochter" = altind. *duhitar*, aber armen. *η̄ưⱨ̄ưưⱨ̄ρ*
   (*dustr*) statt *duztr*; *-ⱨⱨⱮ* (*ghêna*) „Weib" = altind. *gnâ* aber neup. زَن (*zan*).

Ablativ.

Zeichen des Ablativs singularis ist das Präfix *ի, յ* und das Suffix *յ*, das bei Themen in *a (=, ո)* unmittelbar an dieselben tritt, während Themen in *i* und *u* durch Erweiterung in Themen in *a* übergehen, wobei dann *i* spurlos abfällt [1]). Dasselbe thun auch die Themen, welche auf einen Consonanten enden, z. B. *ի տրդատայ* (*i-trdata-h*) von *տրդատ* (*trdat*) Τιριδάτης; *ի մարդոյ* (*i-mardo-h*) von *մարդ* (*mard*), gr. βροτό-ς; *ի ծանովէ* (*i-ġanové = i-ġanova-j*) von *ծանր* (*ġanr*), Thema *ġanu*; *ի բախտէ* (*i-bakhté = i-bakhtya-j*) von *բախտ* (*bakht*), Thema *bakhti*; *յաստեղէ* (*y-astépé = y-astépa-j*) von *աստղ* (*astρ*), *ի բերանէ* (*i-béráné = i-bérana-j*) von *բերն* (*bérn*), Thema *béran*.

Merkwürdig ist die Form *ի տեղվոշէ* (*i-tépvoshé = i-tép-vosha-j*), in welcher die Form des Genitiv *տեղվոշ* unorganisch als Thema zu Grunde gelegt erscheint [2]).

Das Ablativsuffix *յ*, das auch im Ossetischen [3]) auftritt, ist offenbar nichts anderes, als das *t* der alten Ablativendung *at* [4]), die im Altbaktrischen noch vollständig (vgl. اریdه, ـ, ـ, ـ, ـ etc.) im Altindischen nur bei den *a*-Themen und auch im älteren Latein (*-ed*, *-ad*, *-od*) sich erhalten hat. Der Übergang des *t* in *յ* ist ebenso wie in den Formen *հայր (hajr)* „Vater" = altb. (*patarě*), *մայր (majr)* „Mutter" = altb. (*mátarě*), *եղբայր (épbajr)* „Bruder" = altb. (*brátarě*), zu erklären [5]).

Der Ablativ pluralis hat keine solche selbstständige Form wie der Ablativ singularis, sondern wird durch die Form des Genitivs ersetzt, z. B. *յաստեղց (y-astép-ç)* oder *յաստեղաց (y-astépa-ç)* „von den Sternen" von *աստղ (astρ)*, *ի մարդոց (i-mardo-ç)* „von

---

[1]) Anders Bopp, vergl. Gramm. I, 359.

[2]) Über diese Erscheinung vergl. meinen Aufsatz: „Das Personal-Pronomen in den modernen éranischen Sprachen" a. m. O.

[3]) Vergl. номæj, Abl. von ном = neup. نام (*nám*); галæj, Abl. von гал = neup. گاو (*gáo*).

[4]) Vgl. Bopp, vergl. Gramm. I, 356.

[5]) Anders Bopp, vergl. Gramm. I, 357, der *է* als Ersatzdehnung für den unterdrückten *t*-Laut erklärt.

den Menschen" von *Supq* (mard), *ի բախտից* (i-bakhti-z) „von den
Glücksfällen" von *բախտ* (bakht), *ի ծանունց* (i-ganu-n-z) „von
den schweren" von *ծանր* (ganr), Thema *ganu*.

Was nun das Zeichen der Ablativformen, nämlich das Präfix *ի*
anlangt, so ist sein Ursprung schwer zu bestimmen, da es uns nicht
vergönnt ist, das Armenische über jenen Zustand hinaus, in welchem
es uns vorliegt, zu verfolgen, und andere Anknüpfungspuncte uns
mangeln. Ich habe starken Verdacht, dass wir in demselben eine
Verwandte der neupersischen *Idâfath*, die bekanntlich dem Relativ-
pronomen *ya* entstammt, zu suchen haben, welche Ansicht durch
den Umstand, dass das Suffix *յ* sowohl dem Genitiv als Ablativ singularis zukommt (wie denn auch im Altindischen beide Casus im
Singular, mit Ausnahme der *a*-Themen, zusammenfallen) und im
Plural ein directer Ersatz des Ablativ durch den Genitiv stattfindet,
bedeutend an Wahrscheinlichkeit zu gewinnen scheint.

Instrumental.

Als Zeichen des Instrumental singularis tritt bei den consonantischen Themen *բ* auf, z. B. *աստեղբ* (asteg-b) „mit dem Sterne"
von *աստղ* (astg), *բարութեամբ* (barutheam-b) „mit der Güte"
von *բարութիւն* (baruthiun). Dasselbe Zeichen nehmen auch die
Themen in *ŭ* und einige in *ă* an, welche gleich den ersteren den
Nominativ singularis mittelst *r* erweitern. Dabei bekommen sie das
Determinativelement *n*, das dann von *բ* in *մ* sich verändern muss,
zwischen Thema und Suffix, z. B. *ծանումբ* (ganu-m-b) „mit dem
schweren" von *ծանր* (ganr), Thema *ganu*; *բարձմբ* (barza-m-b)
„mit dem hohen" von *բարձր* (barzr), vgl. altb. *𐬠𐬆𐬭𐬆𐬰𐬀* (bĕrĕza).
Bei den übrigen vocalischen Themen geht *բ* nach dem Thema-
vocale durch Erweichung in *ւ* oder (nach *u = ă*) in *ք* über, z. B.
տրդատաւ (trdata-v) von *տրդատ* (trdat) Τιριδάτης. *բախտիւ*
(bakhti-v) „durch den Glücksfall" von *բախտ* (bakht), altb. *𐬠𐬀𐬑𐬙𐬌*
(bakhti), *ծանու* (ganu = ganŭ-v) von *ծանր* (ganr), Thema *ganu*,
գանձու (ganzu = ganzu-v) von *գանձ* (ganz), Thema *ganzu* statt
ganzo (γάζα), *մարդով* (mardo-w) von *Supq* (mard), Thema
mardo = marda.

Der Instrumental pluralis wird von jenem des Singularis gebildet, indem man an diesen das Pluralzeichen *ք* anfügt; dabei kann
bei den Formen in *աւք* Zusammenziehung in *օք* stattfinden, welches

Verfahren auch bei den consonantischen Themen, die hier nebst
der auf den Singular zurückgehenden Form in ᷐ᷟ, die Form in ᷐ᷟ
(durch Erweiterung eines consonantischen in ein a-Thema) annehmen, gestattet ist. Bei letzteren sind also drei Formen, nämlich in
᷐ᷟ, ᷐ᷟ und ᷟ möglich.

Beispiele: *astĕp-bǫ́* (astĕp-bǫ́), *astĕp-avǫ́* (astĕp-avǫ́) oder
astĕp-ǫ́ (astĕp-ǫ́) von *astp* (astp), *trdata-vǫ́* (trdata-vǫ́)
von *trdat* (trdat) Τιριδάτης, *mardo-vǫ́* (mardo-wǫ́) von *mard*
(mard), gr. βροτό-ς, *bakhti-vǫ́* (bakhti-vǫ́) von *bakht* (bakht),
altb. *bakhti* (bakhti), *ganζu-ǫ́* (ganζu-ǫ́ = ganζu-vǫ́) von *ganζ*
(ganζ), *ganu-ǫ́* (ganu-ǫ́ = ganu-vǫ́) oder *ganu-m-bǫ́* (ganu-m-bǫ́)
von *ganr* (ganr), Thema *ganu*.

Was die Erklärung des Instrumentalzeichens ᷟ anlangt, so ist
es offenbar aus dem alten Präpositionselemente, altind. *bhi*, altb.
bi, griech. φι- entstanden, und stimmt vollkommen mit der litauisch-
slavischen Endung -*mi*, -мь überein. Das Pluralzeichen ᷐ᷟ, aus ᷟ
und ᷟ zusammengesetzt, entspricht vollkommen dem altindischen
bhis, dem altbaktrischen *bís* und dem litauischen *mis*.

Nachdem ich im Vorhergehenden eine hinreichende Skizze
und Erklärung der armenischen Casus- und Numeruszeichen gegeben zu haben glaube, will ich sie an einigen Formen, im Vergleich
mit älteren Bildungen, der Übersichtlichkeit wegen noch einmal
vorführen.

	Nominativ	Genitiv und Dativ	Accusativ	Ablativ	Instrumental
Singular	*astr* gr. ἀστήρ = ἀστέρ-ς	*mardoj* altind. *mṛta-sya* *taloj* altind. *tala-sya*	*q mard* gr. παῖδα = παῖδα-μ	*i bǝranē* altb. *áthr-aṭ* oss. HOMæj	*astĕp-f* lit. *aki-mì*
Plural	*astĕp-f* griech. ἀστέρ-ες	*astĕpvaç* lat. *stella-rum* = *stellasum*	*qastĕpu* altb. *áthránç-ća*	—	*astĕp-ff* lit. *aki-mìs*

Wie wir gesehen haben, sind die Zeichen der verschiedenen Casusformen im Armenischen überall im Ganzen dieselben; die Declination der Nomina ist also im Grunde nur eine einzige. Die Differenz in der Flexion der verschiedenen Nominalformen ist nicht so sehr durch die Flexionselemente, als vielmehr durch die Themen selbst bedingt. Denn je nachdem diese entweder auf einen Consonanten oder Vocal enden, schliesst sich das Flexionselement verschieden an dieselben an, und untergeht darnach manche lautliche Wandlungen. Es ergeben sich somit zunächst zwei Declinationsgruppen: I. Consonantische, II. vocalische Themen. Beide sind wiederum entweder von Alters her also, oder haben sich erst im Armenischen zu solchen entwickelt. Die vocalischen Themen zerfallen wieder ihrerseits je nach dem Vocale, der am Ende des Thema's auftritt, a, i oder u, in drei Abtheilungen. Da aber der Vocal a im Armenischen, gleichwie im Griechischen, sich differenzirt, d. h. entweder als ա stehen geblieben oder in ո, ե, ու sich gespalten hat, so zerfällt wieder die a-Gruppe ihrerseits in mehrere Unterabtheilungen. Von diesen fallen zwar manche (i, u) mit den anderen ursprünglichen Themen (in ե und ու) zusammen; da es uns aber hier nicht so sehr um eine praktische, sondern zunächst sprachwissenschaftliche Darstellung des armenischen Nomens zu thun ist, so können wir auf diesen Umstand vor der Hand keine Rücksicht nehmen, und glauben am besten auf folgende Weise eine Eintheilung des armenischen Nomens feststellen zu können.

A. Consonantische Themen, und zwar 1. ursprüngliche, 2. aus vocalischen Themen entstandene.

B. Vocalische Themen, und zwar 1. ursprüngliche, a) Thema-Vocal a. α. ա, β. ո, γ. ե, ն rein, ը mit ա gemischt, δ. ու. b) Thema-Vocal i. c) Thema-Vocal u. — 2. aus consonantischen Themen entstandene.

A. Consonantische Themen. Zu den consonantischen Themen gehören vorzüglich zwei Bildungen, nämlich die in ar (aus älteren tar und vat entstanden) und in an. Erstere sind im Vergleich mit letzteren ungleich seltener, indem mehrere von ihnen in vocalische Themen übergegangen sind. Unter letzteren sind zweierlei verschiedene Themen zu begreifen, nämlich einerseits diejenigen, welche schon von Alters her als solche auftreten (altindogermanische Bildungen), andererseits solche, welche erst auf dem Gebiete des Armenischen als solche sich aus vocalischen Themen entwickelt haben (armenische Bildungen). Die consonantischen Themen haben alle das Eigenthümliche, dass bei ihnen der Genitiv und Dativ singularis ohne alle äussere Zeichen auftreten und nur durch die stärkere Form des Thema's charakterisirt werden, während bekanntlich der Nominativ die schwächere Form des Thema's darstellt. Sie schliessen sich, wie Bopp, vgl. Gramm. I, 362, richtig bemerkt, an ähnliche Bildungen im Althochdeutschen ganz genau an.

Beispiele.

I. Themen in r. *ꟼꟼꟼꟼꟼ (dustr)* „Tochter". Gen.-Dat. *ꟼꟼꟼꟼ (dstĕr)*, altb. *ꟼꟼꟼꟼ (dughdharĕ)*, altind. *duhitar*.

ꟼꟼꟼ (astŗ) „Stern", Genitiv-Dativ *ꟼꟼꟼꟼ (astĕŗ)*, griech. ἀστήρ = ἀστέρ-ς.

ꟼꟼꟼ (ḋojr spr. *ḋuir)* „Schwester", Genit.-Dat. *ꟼꟼꟼ (ḋovĕr)*, *ꟼꟼꟼ (ḋevĕr)* oder *ꟼꟼ (ḋĕŗ)*, vergl. altb. *ꟼꟼꟼꟼ (ḋanharĕ)*, altind. *svasar*. Dem Nominativ liegt die Form *ḋanhr*, dem Genit.-Dativ die Form *ḋanhar* (mit Ausfall des *h*) zu Grunde.

ꟼꟼꟼ (majr) „Mutter". Gen.-Dat. *ꟼꟼꟼ (maur)* oder durch Contraction *ꟼꟼ (mór)*, altb. *ꟼꟼꟼꟼ (mátarĕ)*, altind. *mátar*. *ꟼꟼꟼ* geht auf *mátr* (später *máthr, másr, máhr*, vgl. neup. *ꟼꟼ (mihir)* = altb. *ꟼꟼꟼꟼ (mithra)*, altind. *mitra)*, *ꟼꟼꟼ* auf die vollere Form *mátar* (durch *másar, máhar)* zurück. In der kürzesten Form des Thema's *ꟼꟼ (mar)* für Instrumental singul. und plural erscheinen beide *a* in *mátar* in ein ursprünglich langes *ꟼ* zusammengezogen.

ꟼꟼꟼ (hajr) „Vater", Gen.-Dat. *ꟼꟼꟼ (haur)* oder *ꟼꟼ (hór)*, kürzeste Form *ꟼꟼ*, vgl. altb. *ꟼꟼꟼ (patarĕ)*, *ꟼꟼꟼ (pitarĕ)*, griech. πατήρ. Ist ebenso zu erklären wie *ꟼꟼꟼ*. Im Genitiv-Dativ, Ablativ und Instrumental plural. nimmt *ꟼꟼꟼ* zu der kürzesten Form *ꟼꟼ* auch das Determinativelement *n* (wie altind. *tálu, vári)* zu Hilfe, hat also die Formen *ꟼꟼꟼ (har-ʒ)* oder *ꟼꟼꟼꟼ (har-an-ʒ)*, *ꟼꟼꟼ (har-b-ḋ)* oder *ꟼꟼꟼꟼ (har-am-b-ḋ)*.

ꟼꟼꟼꟼ (ĕpbajr) „Bruder", Gen.-Dat. *ꟼꟼꟼꟼ (ĕpbaur)* oder *ꟼꟼꟼ (ĕpbór)*, kürzeste Form *ꟼꟼꟼ (ĕpbar)*, altb. *ꟼꟼꟼꟼ (brátarĕ)*.

Viele von den älteren Themen in r sind in vocalische Themen übergegangen. Es sind dies meist alte Neutral-Themen in *as*,

z. B. զօր (*zôr*) „Kraft, Stärke", altb. ﯼﻮﻭﻉ (*závarě*), բիւր (*biur*)
„zehntausend", altb. ﯼﻮﻭﻉ (*baěvarě*). Von diesen werden wir
weiter unten bei den vocalischen Themen näher handeln.

II. Themen in *n*.

a) ursprüngliche. անուն (*anun*) „Name", Gen.-Dat. անուան
(*anovan*), vgl. altind. *náman*. Der Nominativ geht auf die Form
námn (arm. *anamn = anovn*) zurück, während dem Gen.-Dat. die
ältere Form *náman* (armen. *anaman*) zu Grunde liegt.

հիմն (*himn*) „Grundlage", Gen.-Dat. հիման (*himan*) nach
Bopp, vgl. Gramm. I. 363, wahrscheinlich = altind. *síman* in dem
Sinne „Verbindendes".

շուն (*šun*) „Hund", Gen.-Dat. շան (*šan*), altind. *çvan*. Die
Form շան entspricht vollkommen der schwachen altindischen Form
çun, während շուն dem altindischen *çvan*, latein. *can-is* entspricht.

b) aus *a*-Themen entstandene. դաշն (*dašn*) „Bündniss, Pakt",
Gen.-Dat. դաշին (*dašin*), Instrum. դաշամբ (*dašam-b*), altb. ﯼﻮﻭ
(*dashina*), altind. *dakshiṇa* „rechte Hand". Über die Bedeutung
vergl. meine Beiträge zur Lautlehre der armenischen Sprache.
III. S. 8.

Hieher gehören die mittelst des Determinativsuffixes *n* erweiterten Themen, welches, wie ich bei Kuhn und Schleicher, Beiträge III. bemerkt habe, dem neupersischen *án* entspricht, und aus
einem alt-indogermanischen Suffixe *ana* zu erklären sein dürfte.

ակն (*ak-n*) „Auge", Gen.-Dat. ական (*ak-an*), im Plural auch
ակունք (*ak-un-ḳ*), vgl. altslav. око und latein. *oc-ulus*. Es ist
keineswegs, wie Bopp, vgl. Gramm. I. 362, lehrt, mit einem altindischen *akshan* zusammenzustellen.

ամառն (*ama-r̀-n*) „Sommer", Gen.-Dat. ամառան (*amar̀an*),
vgl. altb. ﻪﻉﻣ (*háma*).

դուռն (*dur̀-n*) „Thür", Gen.-Dat. դրան (*dran*), vgl. altpers. 𒂖 𒀹 𒁹𒂖 𒂖 𒀹𒀹 (*duvard*), altind. *dvara*.

ձիւն (*ziu-n*) „Schnee", Gen.-Dat. ձեան (*žean*), altb. ﯼﻮﻉ
(*zydo*).

ձմեռն (*žmé-r̀-n*) „Winter", Gen.-Dat. ձմեռան (*žmer̀an*), vgl.
altb. ﻪﻉﻉ (*žěma*), ﻉﻉ (*zima*), altind. *hima*.

բեռն (*běr̀-n*) „Last", Gen.-Dat. բեռին (*běr̀in*), Instrum.
բեռամբ (*běr̀am-b*), altind. *bhara*, neup. بار (*bár*).

ոտն *(ot-n)* „Fuss", Gen.-Dat. ոտին *(otin)*, Instrum. ոտամբ *(otam-b)*, altb. पद्ध *(pâdha)*, gr. πούς ποδ-ός.

Eine grosse Anzahl von hieher gehörigen Themen bietet das Suffix -թիւն *(thiun)*, das ich aus *thvan* entstanden ansehe und mit dem alten Suffix vêdisch *tvana*, altb. *thwana*, gr. σύνη = τ(νη, zusammenstelle, z. B. զօրութիւն *(zôruthiun)* „Kraft, Stärke" von զօր *(zôr)*, altb. ज़्वरे *(zdvarê)*, Gen.-Dat. զօրութեան *(zôruthêan)*. Der Form զօրութիւն liegt das Suffix *tun-*, gr. συνη, zu Grunde, während զօրութեան auf die vollere Form des Suffixes *tvan (tavan)* zurückgeht.

B. **Vocalische Themen.** Die vocalischen Themen sind ebenso wie die consonantischen doppelter Art: I. ursprüngliche, II. aus consonantischen Themen entstandene. Sie zerfallen nach dem jeweiligen Vocale, der den Charakter des Thema's bildet, in drei Gruppen, nämlich in Themen in *a, i, u*. Die Themen in *a* haben sich aber wieder ihrerseits, je nachdem der alte *a*-Vocal auftritt, in mehrere Sippen gespalten.

a) **Themen in** *a.*

α) Themen in ա. Unter diese Classe, die den ursprünglichen Charaktervocal rein bewahrt hat, fallen nur Eigennamen, sowohl einheimische als fremde, z. B.

արշակ *(aršak)* 'Αρσάκης, Gen.-Dat. արշակայ *(aršaka-h)*, Instrum. արշակաւ *(aršaka-v)*.

տրդատ *(trdat)* Τιριδάτης, Gen.-Dat. տրդատայ *(trdata-h)*, Instrum. տրդատաւ *(trdata-v)*.

ադամ *(adam)*, אדם *(âdâm)*, Gen.-Dat. ադամայ *(adama-h)*, աբրահամ *(abraham)*, אברהם *(abrâhâm)*, Gen.-Dat. աբրահամայ *(abrahama-h)*.

β) Themen in ո. Diese Themen bilden die bei weitem grösste Anzahl; sie gleichen hierin ganz den Themen in *o* im Griechischen und Latein.

արծաթ *(argath)* „Silber", Gen.-Dat. արծաթոյ *(argatho-h)*, altb. ऎरेज़त *(êrêzata)*.

գայլ *(gajl)* „Wolf", Gen.-Dat. գայլոյ *(gajlo-h)*, altb. वेह्रक *(vêhrka)*.

գիշեր *(gišer)* „Abend, Nacht", Gen.-Dat. գիշերոյ *(gišero-h)*, lit. *vakaras*.

գ-յն *(goin* spr. *guin)* „Beschaffenheit, Art, Weise", Gen.-Dat. գ-ունոյ *(guno-h)*, altb. գաոնա *(gaona).*

գործ *(gorǵ)* „Werk", Gen.-Dat. գործոյ *(gorǵo-h)*, altgriech. Ƒϵ́ργο-ν.

հին *(hin)* „alt", Gen.-Dat. հնոյ *(hno-h)*, altb. հանա *(hana)*, gr. ἔνη.

քուն *(ǵun)* „Schlaf", Gen.-Dat. քնոյ *(ǵno-h)*, altb. քաֆնա *(ǵafna)*, gr. ὕπνο-ς.

Hieher gehören auch jene Themen, die im Nominativ in ի ausgehen und im Genitiv in ոյ, im Instrumental in եաւ lauten. Sie entsprechen den alten Themen in *-ya*, welches im Nominativ, nach Abfall des schliessenden *a*, in ի zusammengezogen erscheint (z. B. արծուի *(arǵovi)* „Adler" = altb. ērēzifya *(ērēzifya)*, altind. *r̥ǵipya*, während es, wie in den eben besprochenen Fällen, im Genitiv als *vo = yo* auftritt.

բարի *(bari)* „gut", Gen.-Dat. բարւոյ *(barvo-h)*, vgl. altind. *bhadra* + Suffix *-ya.*

տեղի *(tĕpi)* „Ort", Gen.-Dat. տեղւոյ *(tĕpvo-h)*, Instrumental տեղեաւ *(tĕpĕa-v)*, altind. *tala* + Suffix *-ya.*

պղնձի *(ppnǰi)* „von Bronze (պղինձ) gemacht", Gen.-Dat. պղնձւոյ *(ppnǰvo-h)* von պղինձ + Suffix *-ya.*

բաբելացի *(babĕlazi)* „babylonisch", Gen.-Dat. բաբելացւոյ *(babĕlazvo-h)* von բաբել + Suffix *-tya*, griech. σιο-. Über *g = s* vgl. meine Beiträge zur Lautlehre der armenischen Sprache II. S. 6.

γ) Themen in ի, und zwar:

א. reine: բուն *(bun)* „Ursprung", Gen.-Dat. բնի *(bni)*, Instrum. բնիւ *(bni-v)*, altb. բունա *(buna).*

գանձ *(ganǰ)* „Schatz", Gen.-Dat. գանձի *(ganǰi)*, Instrum. գանձիւ *(ganǰi-v)*, vgl. altind. *ganǰa* „Schatzhaus", altpers. γάζα.

դէն *(dĕn)* „Glaube, Religion", Gen.-Dat. դենի *(dĕni)*, Instrumental դենիւ *(dĕni-v)*, altb. դաենա *(daena).*

դրօշ *(drôś)* „Fahne", Gen.-Dat. դրօշի *(drôśi)*, Instrum. դրօշիւ *(drôśi-v)*, altb. դրաֆշա *(drafsha).*

զոհ *(zoh)* „Opfer", Gen.-Dat. զոհի *(zohi)*, Instrum. զոհիւ *(zohi-v)*, altb. զաոթրա *(zaothra).*

թագ *(thag)* „Diadem, Krone", Gen.-Dat. թագի *(thagi)*, Instrum. թագիւ *(thagi-v)*, vergl. altpers. *taka-bara* = armen. թագավոր *(thaga-vor).*

հաց *(haẓ)* „Brod", Gen.-Dat. հացի *(haẓi)*, Instrum. հացիւ *(haẓi-v)*, vgl. altphryg. βέϰο-ς.

շնորհ *(šnorḥ)* „Gunst, Dank", Genit.-Dat. շնորհի *(šnorḥi)*, Instrum. շնորհիւ *(šnorḥi-v)*, altb. ✕✕✕✕ *(khshnaothra)*.

վարդ *(ward)* „Rose", Gen.-Dat. վարդի *(wardi)*, Instrum. վարդիւ *(wardi-v)*, vgl. gr. ῥόδο-ν.

տոհմ *(tohm)* „Same, Geschlecht", Gen.-Dat. տոհմի *(tohmi)*, Instrum. տոհմիւ *(tohmi-v)*, altb. ✕✕✕✕ *(taokhma)*.

ⴢ. gemischte: աշխարհ *(aškharḥ)* „Welt", Gen.-Dat. աշխարհի *(aškharḥi)*, Instrum. աշխարհաւ *(aškharha-v)*, altbaktr. ✕✕✕✕ *(khshathra)*.

դատաստան *(datastan)* „Richtplatz, Gerichtshof", Gen.-Dat. դատաստանի *(datastani)*, Instrum. դատաստանաւ *(datastana-v)*, vgl. altb. ✕✕✕✕ *(çtâna)*.

դեւ *(děv)* „böser Geist", Gen.-Dat. դիւի *(divi)*, Instrum. դիւաւ *(diva-v)*, altb. ✕✕✕✕ *(daeva)*.

թագաւոր *(thagavor)* „König", Gen.-Dat. թագաւորի *(thagavori)*, Instrum. թագաւորաւ *(thagavora-v)*, altpers. *takabara*.

մէգ *(még)* „Nebel", Gen.-Dat. միգի *(migi)*, Instrum. միգաւ *(miga-v)*, altb. ✕✕✕✕ *(maegha)*.

նաւասարդ *(navasard)* „Neujahr", Name des ersten Monats im altarmenischen Kalender, Gen.-Dat. նաւասարդի *(navasardi)*, Instrumental նաւասարդաւ *(navasarda-v)*, altb. ✕✕✕✕ *(çarědha)*, vergl. jedoch Joannes Laurentius Lydus. mens. III. 14. νέον σάρδιν τὸ νέον ἔτος ἔτι ϰαὶ νῦν λέγεσϑαι τῷ πλήϑει συνομολογεῖται. εἰσὶ δὲ, οἳ φασι τῇ Λυδῶν ἀρχαίᾳ φωνῇ τὸν ἐνιαυτὸν ϰαλεῖσϑαι σάρδιν.

պատկեր *(patkěr)* „Bildniss", Gen.-Dat. պատկերի *(patkěri)*, Instrum. պատկերաւ *(patkěra-v)*, altpers. *patikara*.

δ) Themen in ու. Viele von den Themen, die hieher gehören, gehen nebstdem noch nach einer andern Declination; sie verrathen theils dadurch, theils durch die Vergleichung mit den älteren Formen, deutlich ihren Ursprung.

արջ *(arsh)* „Bär", Gen.-Dat. արջու *(arshu)*, Instrum. արջու *(arshu)*, auch Gen.-Dat. արջոյ *(arsho-h)*, Instrum. արջով *(arsho-w)*, vgl. osset. арс, altind. *ṛksha*.

գանձ *(ganẓ)* „Schatz", Gen.-Dat. գանձու *(ganẓu)*, Instrum. գանձու *(ganẓu)*, auch Gen.-Dat. գանձի *(ganẓi)*, Instrum. գանձիւ *(ganẓi·v)*, siehe oben altind. *ganǰa*, altpers. γάζα.

ժամ (žam) „Stunde, Zeitabschnitt", Gen.-Dat. *ժամու (žamu)*, Instrum. *ժամու (žamu)*, vgl. altind. *yâma.*

ուղտ (upt) „Kamel", Gen.-Dat. *ուղտու (uptu)*, Instrum. *ուղտու (uptu)*, vgl. altb. *ustra (ustra).*

սար (sar) „Spitze, Haupt", Gen.-Dat. *սարու (saru)*, Instrum. *սարու (saru)*, vgl. altb. *çara (çara).*

վարազ (waraz) „Eber", Gen.-Dat. *վարազու (warazu)*, Instrumental *վարազու (warazu)*, altb. *varâza (varâza).*

b) Themen in *i.*

Die Themen in *i* sind, wie im Altbaktrischen, bedeutend seltener; sie scheinen, wie dort [1]), häufig in Themen in *a* übergegangen zu sein, z. B. *գետ (gĕt)* „Fluss", Gen.-Dat. *գետոյ (gĕto-h)*, Instrum. *գետով (gĕto-w)* = altb. *vaidhi (vaidhi)*, — *ասպետ (aspĕt)* „Reiter", Gen.-Dat. *ասպետի (aspĕti)*, Instrum. *ասպետաւ (aspĕta-v)*, altind. *açvapati*, — *արեւ (arĕv)* „Sonne", Gen.-Dat. und Instrum. *արեւու (arĕvu)*, altind. *ravi.* Es gehören zumeist hieher nur die Themen, welche mittelst des alten Suffixes -*ti*, griech. -σι, gebildet worden sind, z. B.:

ախտ (akht) „Leiden, Krankheit", Gen.-Dat. *ախտի (akhti)*, Instrum. *ախտիւ (akhti-v)*, altb. *akhti (akhti).*

բախտ (bakht) „Glücksfall", Gen.-Dat. *բախտի (bakhti)*, Instrum. *բախտիւ (bakhti-v)*, altb. *bakhti (bakhti).*

ուխտ (ukht) „Wunsch, Anrufung", Gen.-Dat. *ուխտի (ukhti)*, Instrum. *ուխտիւ (ukhti-v)*, setzt ein altb. *ukhti*, altind. *ukti* voraus.

սաստ (sast) „Strafe, Tadel, Gewalt", Gen.-Dat. *սաստի (sasti)*, Instrum. *սաստիւ (sasti-v)*, geht auch im altb. *çâçti*, altind. *çâsti*, zurück.

c) Themen in *u.*

Ebenso selten, wenn nicht noch seltener als die Themen in *i*, sind die ursprünglichen Themen in *u.* In manchen Fällen hat bei ihnen Übergang in eine andere Declination stattgefunden, wie z. B. *դեհ (dĕḥ)* „Seite, Gegend", Gen.-Dat. *դեհի (dĕhi)*, Instrum. *դեհիւ (dĕhi-v)* = altb. *dainhu (dainhu)*, *daĝyu (daĝyu)*; meistens aber haben die alten Themen in *u* sich mit irgend einem Determinativ-

---

[1]) Vergl. *kava (kava)* = altind. *kavi; açta (açta)* = altind. *asthi; vâra (vâra)* = altind. *vâri; hakha (hakha)* = altind. *sakhi.*

suffixe beschwert, das dann häufig (seltener *r*) mit dem Thema in Eins zusammenschmolz, wodurch das Wort in eine andere Declination eintrat, z. B. *ԲԱԶՈՒՄ* (*bazum*) „viel“, Genit.-Dat. *ԲԱԶՄԻ* (*bazmi*), Instrum. *ԲԱԶՄԱՎ* (*bazma-v*), altind. *bahu*. *ԲԱԶՈՒԿ* (*bazuk*) „Arm“, Gen.-Dat. *ԲԱԶԿԻ* (*bazki*), Instrum. *ԲԱԶԿԱՎ* (*bazka-v*), altb. ـزُيـ (*bázu*), altind. *báhu*.

Als unzweifelhafte hieher gehörende Fälle betrachte ich:

ԽՐԱՏ (*khrat*) „Rath, Einsicht“, Gen.-Dat. *ԽՐԱՏՈՒ* (*khratu*), Instrum. *ԽՐԱՏՈՒ* (*khratu*), altb. ꭟ (*khratu*), altind. *kratu*.

ՄԵՂՐ (*mĕpr*) „Honig“, Gen.-Dat. *ՄԵՂՈՒ* (*mĕpu*), Instrum. *ՄԵՂՈՒ* (*mĕpu*), vgl. altb. ꭟ (*madhu*), altind. *madhu*.

Aus consonantischen Themen entstandene vocalische.

Diese Themen sind aus den consonantischen entweder durch Erweiterung mittelst des Suffixes -*a* (wie im Prâkrit, in den neupersischen, den romanischen Sprachen gegenüber dem Altindischen, Altbaktrischen und Latein häufig stattfindet) oder durch Abwerfung des schliessenden Charakterconsonanten (wie im Altbaktrischen ꭟ (*çara*) gegenüber altind. *çiras*, griech. κέρας und ꭟ (*vaeĝa*), Gen. ꭟ (*vaeĝahê*) gegenüber dem Nominat. ꭟ (*vaeĝô*), Thema ꭟ (*vaeĝaṅh*), alt-indogerm. *vêĝas*) entstanden. — Den reichsten Zuwachs hat auch wieder hiebei die Classe der *a*-Themen erhalten.

Beispiele:

ԱՐՇԱՌ (*arshaŕ*) „Ochs“, Gen.-Dat. *ԱՐՇԱՌՈՅ* (*arshaŕo-h*), Instrum. *ԱՐՇԱՌՈՎ* (*arshaŕo-w*), vgl. altind. *vrsha* = *vrshant*.

ԱՄՊ (*amp*) „Wolke“, Gen.-Dat. *ԱՄՊՈՅ* (*ampo-h*), Instrum. *ԱՄՊՈՎ* (*ampo-w*), altind. *ambhas*. Über die Bedeutung vergl. altb. ꭟ (*vára*), neupers. باران (*bárán*) „Regen“ = altind. *vári* „Wasser“.

ԲԱՐՁ (*barʒ*) „Polster“, Gen.-Dat. *ԲԱՐՁԻ* (*barʒi*), Instrum. *ԲԱՐՁԻՎ* (*barʒi-v*), altb. ꭟ (*barĕzis*), altind. *barhis*.

ԲԻՒՐ (*biur*) „zehntausend“ Gen.-Dat. *ԲԻՒՐՈՅ* (*biuro-h*), Instrum. *ԲԻՒՐՈՎ* (*biuro-w*), altb. ꭟ (*baévarĕ*).

երիւար (*ĕrivar*) „Renner, Pferd“, Gen.-Dat. *երիւարի* (*ĕrivari*), Instrum. *երիւարաւ* (*ĕrivara-v*), altb. ادوا (*aurvaṭ*), altind. *arvan = arvant*.

զօր (*zór*) „Kraft, Macht“, Gen.-Dat. *զօրու* (*zóru*), Instrum. *զօրու* (*zóru*), altb. زوار (*zdvarĕ*).

լոյս (*lojs* spr. *luis*) „Licht“, Gen.-Dat. *լուսոյ* (*luso-h*), Instrum. *լուսով* (*luso-w*), altb. رئوچو (*raoćó*), Thema رئوچنه (*raoćanh*).

կերպ (*kĕrp*) „Gestalt, Form“, Gen.-Dat. *կերպի* (*kĕrpi*), Instrum. *կերպիւ* (*kĕrpi-v*), altb. كرفس (*kĕrĕfs*), Accus. كرفم (*kĕrĕp-ĕm*).

հուր (*ḥur*) „Feuer“, Gen.-Dat. *հրոյ* (*ḥro-h*), Instrum. *հրով* (*ḥro-w*), griech. πῦρ, goth. *fiur*.

մարմին (*marmin*) „Körper“, Gen.-Dat. *մարմնոյ* (*marmno-h*), Instrum. *մարմնով* (*marmno-w*), altind. *marman*.

ոյժ (*ojž* spr. *uiž*) „Kraft“, Gen.-Dat. *ուժոյ* (*užo-h*), Instrum. *ուժով* (*užo-w*), altb. اوغو (*aoġó*), Thema اوغنه (*aoġanh*).

SITZUNG VOM 11. NOVEMBER 1863.

Das Personal-Pronomen in den modernen erânischen Sprachen.

Sprachvergleichend dargestellt

von Dr. Friedrich Müller,

Docent der allgemeinen Sprachwissenschaft an der Wiener Universität.

(Vorgelegt in der Sitzung vom 4. November 1863.)

Um die Personal-Pronomina in den modernen erânischen Sprachen (zu denen ich vor allem das Neupersische mit seinen Dialekten, das Armenische und Ossetische rechne) gehörig zu verstehen, ist es nothwendig, die Formen in den verschiedenen Sprachen mit einander zu vergleichen und auf die älteren Bildungen derselben, vor allem die des Altbaktrischen, zurückzugehen. Nur auf diese Weise lassen sich die Formen genügend erklären, und kann die eigenthümliche Entwicklung dieses in allen Sprachen eine sehr wichtige Rolle spielenden Redetheiles begriffen und überschaut werden.

Indem ich im vorliegenden Aufsatze diesen Redetheil in den vornehmsten modernen erânischen Sprachen — dem Persischen, Armenischen, Ossetischen — in Kürze zu erklären mich anschicke, will ich eine Darlegung der Nominativformen vorausgehen lassen und dann zu den übrigen Casus-Bildungen übergehen.

Erste Person.

Das Neupersische bietet für die erste Person Einzahl die Form من (man); das Tâliš sowie die Kurden-Dialekte haben aber nebstdem noch die Form از (az) erhalten. An dieses از lehnen sich die in den beiden anderen modernen erânischen Sprachen

vorkommenden Formen, nämlich armen. *ե* *(ĕs)* [1]), osset. ᴀᴈ, ᴁᴈ
an. Offenbar sind mit Rückblick auf die in den älteren Sprachen vor-
kommenden Bildungen, altbaktr. ⲁⲍⲉⲙ *(azĕm)*, altpers. 𐎭𐎶 *(adam)*, letztere beiden Formen die alterthümlicheren. Sie entsprechen dem in allen indogermanischen Sprachen älterer Bildung
für die erste Person vorkommenden Nominativ, so altind. *aham*
(für *agham*), griech. ἐγών, latein. *ego*, altslav. ᴀᴈ%, der von dem
den anderen Casusbildungen zu Grunde liegenden Thema *ma* verschieden ist.

Was die neupersische Form ‌من *(man)*, dem im Pârsî die
Formen ⲙⲁⲛ *(man)* und ⲙⲉⲛ *(mĕn)* entgegenstehen, so entspricht sie
formell der altbaktrischen Genitivform ⲙⲁⲛⲁ *(mana)* [2]).

Der Plural der ersten Person lautet im Neupersischen ما *(má)*,
in den Dialekten Tatî, Tâliš, Gîlânî und Mâzandarânî auch اما *(emá)*.
Diese Dialektform schliesst sich unmittelbar an die Pârsîform ⲉⲙⲁ
(ĕmá) an. Offenbar haben wir einen Stamm vor uns, der mit
dem den alten Formen, altbaktr. ⲁⲏⲙⲁ *(ahma)* Acc. plur., ⲁⲏⲙⲁⲕⲉⲙ
(ahmákĕm) Gen. plur., ⲁⲏⲙⲁⲓⲃⲩⲁ *(ahmaibyá)* Dat. plur., altpers.
𐎠𐎶 𐎠𐎣𐎶 *(amákham)* zu Grunde liegenden Thema
zusammenhängt. Welche alte Casusform darin verborgen liegt, kann
uns nur das Ossetische zeigen. Dort lautet der Nom. plur. der ersten
Person ᴍᴀx, welches ich bei Kuhn und Schleicher, Beiträge III,
bereits erklärt, so wie dessen Verhältniss zur neupersischen Form
dargelegt habe. Das Armenische bietet *մեք (mĕq)*, welches als
Plural eines Themas *mĕ* sich darstellt. Dieses *mĕ* scheint aber nichts
anderes zu sein, als derselbe Stamm, den wir in dem neupersischen
اما *(emá)*, ما *(má)* und dem ossetischen ᴍᴀx gefunden, und der,
wie wir oben gesehen haben, aus einem älteren *ahma* sich entwickelt hat. Wir haben also *մեք (mĕ-q)* als eine erst in späterer
Zeit entstandene nach Analogie der Nomina gebildete Form, dem
griechischen ἡμεῖς entsprechend, zu betrachten.

---

[1]) Durch alte Lautverschiebung aus *ĕz* entstanden (vergl. meine Beiträge zur Lautlehre der armenischen Sprache. I, 4).

[2]) Das Altindische stellt dem althaktrischen ⲙⲁⲛⲁ *(mana)* die Form *mama* gegenüber, die insofern für uns merkwürdig ist, als im Pârsî neben den Formen
ⲙⲁⲛ, ⲙⲉⲛ die sicher beglaubigte Form ⲅⲩⲅ vorkommt.

Zweite Person.

Für die zweite Person Einzahl hat das Neupersische die Form نُو *(tô)*, im Pârsî ٮٯ *(thô)*, dem entsprechend das Armenische դու *(dú)*, das Ossetische ду, ду, bieten. Letztere Formen sind offenbar beide durch Herabsetzung des *t* zu *d* aus der alten Form, altbaktr. ⲧⳙⲙ *(tŭm)* = *tvĕm*, altpers. 𐎫𐎢𐎺𐎶 *(tuvam)*, altind. *tvam* entstanden, während das neupersische نُو *(tô)*, Pârsî ٮٯ *(thô)*, des schliessenden Diphtongs wegen, auf den im altbaktr. ⲧⲁⲃⲁ *(tava)*, altpers. 𐎬𐎺𐎠 *(tavâ)*, altind. *tava* liegenden Stamm, zurückzuführen sind.

Der Plural lautet analog dem der ersten Person im Verhältniss zu seinem Singular. Das Neupersische bietet dafür die Form شُمَا *(šumâ)*, dialektisch auch شِمَا *(šamâ, šimâ)*, im Pârsî سوما *(sumâ)*, das Ossetische aber смах. Auch dabei zeigt uns das Ossetische den richtigen Weg, die Formen zu erklären. Offenbar haben wir *smakh* als persisch-ossetische Mittelform anzusehen und dasselbe auf den im alten Genitiv ⲩⲩⲩⲁⲕⲉⲙ *(yúshmâkĕm)* vorliegender Stamm, mit Abfall des anlautenden *yú-*, zurückzuführen.

Das Armenische bildet den Plural von der Singularform mittelst des Pluralzeichens ք. Die Form der zweiten Person Vielzahl lautet nämlich դուք *(dú-ḳ)*.

Dritte Person.

Hier treffen wir eine merkwürdige Übereinstimmung aller modernen erânischen Sprachen und eine vollkommene Harmonie mit den alten ihnen zu Grunde liegenden Bildungen vor. Das Neupersische bietet für die dritte Person Einzahl die Form اُو *(ô)*, اُوى *(ôi)*, im Pârsî اٯ *(ôi)*; das Ossetische die Form уj, оj, je (= jeϜ); das Armenische die Form եւ *(ĕv)*, իւ *(iv)* [1]. Offenbar gehören sämmtliche Bildungen zu dem alten Stamme *u*, altbaktr. Nomin. mascul. ⲁⲟⲙ *(aom)* = *avĕm* = *av-am* (wie altind. *ay-am* von *i*), Femin. ⲁⲃⲁ *(ava)*, Neutrum ⲁⲃⲁⲧ *(avaṭ)*, den man, wenn er auch anderwärts sich wahrnehmen lässt (gr. αὐ-τός), als den erânischen Sprachen vorzugsweise zukommend, bezeichnen kann.

---

[1] Nur aus den anderen Casus erschlossen.

Der Plural dieses Stammes ist im Ossetischen und Armenischen ganz regelmässig. Wir finden in ersterer Sprache die Form удон, Pluralform (он = neup. اُن *(án)* bei belebten Wesen) eines aus den Stämmen *u* und *ta* zusammengesetzten Themas [1]), удæтҗæ wahrscheinlich = *udon* + *thae* mit doppelter Pluralbezeichnung *(thae* = neup. ها *(há)* bei unbelebten Wesen, vergl. Orient und Occident, Bd. II.) und jeҗæ = *yev-thae*; im Armenischen իւրեանք *(iuréanq)*, das als Zusammensetzung des Stammes *u* mit sich selbst *(= iur-ĕan-q)* [2]) zu betrachten ist.

Das Neupersische hat für die dritte Person Vielzahl die Form ایشان *(éšán)*, Pârsî ایشان *(esán)*, in dem Niemand das *án* als Pluralzeichen verkennen kann. Was nun, nach Absonderung des *án*, den übriggebliebenen Theil *éša* anbelangt, so ist er nichts anderes als das altbaktrische ܐܝܫܐ *(aêsha)*, das aus den beiden Stämmen *i* und *sa* zusammengesetzt ist, und mit *u* zu den demonstrativen Stämmen dritter Person gehört.

Indem ich nun zur Declination dieser Pronomina übergehe, will ich, der Übersichtlichkeit wegen, jedes derselben in seiner Sprache besonders betrachten.

I. Neupersisch.

Die Flexion des Pronomens stimmt im Neupersischen mit jener des Nomens in Allem vollkommen überein. Jener tiefgreifende, in den alten Sprachen ausgeprägte Gegensatz zwischen Pronominal- und Nominal-Declination ist hier nicht mehr vorhanden.

Genitiv. Als Zeichen des Genitivs gilt die aus dem Relativstamme *ya-* verstümmelte [3]) sogenannte Idafâth (اضافت), welche zwischen das Wort, welches den besessenen Gegenstand, und jenes, welches die besitzende Person ausdrückt, zu stehen kommt, z. B. دست من *(dast-i-man)* „meine Hand", wörtl. die Hand, welche mein, altbaktr. ܙܩܬܐ ܝܐ ܡܢܐ *(zaçtô. yô. mana)*, دست ما *(dast-*

---

[1]) Vergl. griechisch: αὐ-τός und die einfache Form in Dig. уон-ема gegenüber Tag. удон-мæ (Local, exter.).

[2]) Pluralform von *iu-r-tu-n*; s. weiter unten.

[3]) Vergl. S i e g e l, Pârsigramm. S. 52.

i-má) „unsere Hand", wörtl. die Hand, welche unser; دستِ تو

(dast-i-tó) „deine Hand", wörtl. die Hand, welche dein; دستِ شما

(dast-i-šumá) „euere Hand", wörtl. die Hand, welche euer etc.

Mit dieser Fügung stimmen auch die Fügungen der neupersischen Dialekte im Ganzen überein; nun finden sich neben denselben da noch andere ausgeprägt. So hat z. B. das Mâzandarânî neben dieser Form des Genitivs noch eine zweite, welche darin besteht, dass das Pronomen jenem Worte, welches den besessenen Gegenstand ausdrückt, vorgesetzt wird, wofür aber bestimmte Formen, die von den Nominativformen abweichen, ausgeprägt sind. Diese lauten:

	Singular.		Plural.	
I. Person.	مه *(mih)* می *(mí)*		امه *(amih)* اى *(amí)*	
II. Person.	ته *(tih)* نی *(tí)*		شمه *(šimih, šamih)* شی *(šimí, šamí)*	
III. Person.	ونه *(wanih)* ونی *(wani)*		وشونی *(wašúnî)*.	

Z. B.: مه دست *(mih-dest)* „meine Hand", ته دست *(tih-dest)* „deine Hand", شمه دست *(šimih-dest)* „euere Hand" etc.

Das Tâliš bildet den Genitiv durch Zusammensetzung der im Mâzandarânî für den Genitiv ausgeprägten Formen mit den als Relativa gebrauchten Stämmen چه *(čeh)* oder اش *(iš)* = altb. ⵎⵉⵙⵀⴰ *(aesha)*. Die Formen lauten also:

چی *(če-mí)* „mein", wörtl. „welcher mein",

اشته *(iš-teh)* „dein", wörtl. „welcher dein",

چی *(če-i)* „sein", wörtl. „welcher sein" etc.

Endlich wird der Genitiv sowohl in der Schriftsprache als in den Dialekten mittelst der Präposition از *(az)*, اژ *(ež)* = altb. ⵂⴰⵛⴰ *(haca)* „von" umschrieben, z. B. اژ من *(ež-men)* „mein", wörtl. „von mir", اژ شما *(ež-šumá)* „euer", wörtl. „von euch".

Der Genitiv kann aber auch sowohl in der Schriftsprache als in den Dialekten auf eine andere Weise ausgedrückt werden, nämlich durch die sogenannten Pronominalsuffixe.

Diese Pronominalsuffixe, welche an das den besessenen Gegenstand bezeichnende Wort im Sinne des Besitzers angehängt werden, sind im Grunde nichts als verstümmelte enklitische Pronominalformen, und scheinen sich überhaupt erst in späterer Sprachperiode als solche festgesetzt zu haben. Ursprünglich sind sie dem indogermanischen Sprachgenius fremd; für die erânischen Sprachen lässt sich aber ein Ansatz schon in dem durch die Keilinschriften auf uns gekommenen westerânischen Idiom nachweisen. Ich glaube aber nicht zu irren, wenn ich den Hauptantheil an diesen Bildungen den das Persische umgebenden und mit demselben immer in lebhaftem Verkehre stehenden semitischen (aramäischen) Sprachen zuschreibe.

Diese Pronominalsuffixe lauten:

م	*(m)*	مان	*(mân)*
ت	*(t)*	تان	*(tân)*
ش	*(š)*	شان	*(šân).*

Werden diese Suffixe an ein Nomen angehängt, so muss zwischen sie und dasselbe im Singular der Laut *a* treten, der, wo das Thema vocalisch auslautete, offenbar nichts anderes ist, als der alte, nun abgefallene Auslaut der Substantiva (z. B. دست *(dast)* „Hand“ = altb. ⸝⸝⸝ *(zaçta)*, altind. *hasta*), welcher in diesen Fällen unter der Form des kurzen Vocals *ĕ*, weil im Inlaute stehend (vgl. دستم *(dastĕ-m)* „meine Hand“, دستش *(dastĕ-š)* „seine Hand“), sich noch erhalten hat.

Was nun die Suffixformen selbst betrifft, so sind م und ت ganz klar. Sie sind nichts anderes als Verstümmelungen der alten enklitischen Formen, altpers. ⸝⸝⸝ *(maiy)*, altb. ⸝⸝ *(mê)*, ⸝⸝ *(môi)*, und altpers. ⸝⸝⸝ *(taiy)*, altb. ⸝⸝ *(tê)*, ⸝⸝ *(tôi)*. Das Suffix ش ist diesen Fällen analog offenbar aus dem in den Keilinschriften vorkommenden enklitischen ⸝⸝⸝ *(saiy)* entstanden (Genit.-Dativ), das dem altbaktrischen ⸝⸝ *(shê)* entspricht.

Die Pluralformen مان *(mân)*, تان *(tân)*, شان *(šân)* sind auf eine beim Nomen zur Anwendung gekommene Weise vom Singular gebildet, was als Beweis für die oben geäusserte Ansicht von dem späten Ursprunge der Pronominal-Suffixe gelten kann. Dazu kommt noch, dass man die Pluralformen in der Prosa fast gar nicht gebraucht, und dieselben, vermuthlich wegen ihrer Schwere und ihrer reinen Substantivform, als Substantiva angesehen, folglich mit dem ihnen vorhergehenden Worte durch das Genitivzeichen verbunden werden.

Dativ-Accusativ. Als Zeichen des Dativ-Accusativ gilt die Partikel را (rá), eine Abkürzung für رای (rái), vgl. برای und dem altpersischen 𒀹 𒌋 𒀹 𒐐 𒀹 (rád'iy) entstammend. Sie wird dem Worte, zu welchem sie gehört, nachgesetzt. Über die Art ihrer Verbindung ist noch zu bemerken, dass من (man) und تو (tó) vor dem را (rá), das sie sich unmittelbar anfügen, verkürzt werden und in den Formen مرا (mará), ترا (turá) erscheinen. Den übrigen Formen fügt sich die Partikel ebenso wie den Substantiven an.

Wie im Genitiv können auch beim Dativ-Accusativ Suffixe zur Anwendung kommen, welche mit denen des Genitiv formell identisch sind. Sie werden demjenigen Theile, der im Satze als der wesentlichste erscheint, nämlich dem Verbum, angefügt. Dieser nun ziemlich feste Gebrauch ist aber ein relativ später. In den älteren Dialekten, z. B. dem Pârsî, können sie auch an andere Worte, z. B. Partikeln, angehängt werden, ja dies geschieht sogar mit einer gewissen Vorliebe. Spuren dieses Gebrauches, der gegenüber dem Usus der correcten modernen Schriftsprache als Nachlässigkeit erscheint, finden sich noch reichlich in den einzelnen Provinzial-Dialekten vor.

II. Ossetisch.

Wir finden hier manches echte Alterthümliche vor. So ist gewiss der Genitiv Einzahl für die erste Person мæн, ман, für die zweite Person дæу auf die alten Formen altb. ⸱ (mana), altpers. 𒈬𒈾 (maná); altb. ⸱ (tava), zurückzuführen. Neben мæн kommen auch die Formen мæ, ма vor, die aus den enklitischen altbaktr. ⸱ (mê), ⸱ (môi), altpers. 𒈠𒄿𒄿 (maiy) entstanden sind. Dasselbe gilt auch von den Formen der zweiten Person дæ, да, до, die augenscheinlich auf die alten Formen, altb. ⸱ (tê), ⸱ (tôi), altpers. 𒋫𒄿𒄿 (taiy) zurückgehen. Der Genitiv der dritten Person lautet yj, oj, je, ist also formell identisch mit dem Nominativ. Wahrscheinlich sind diese Formen Verkürzungen aus yıj, oıj, jej.

Der Genitiv der Vielzahl lautet für die erste Person махıj, махé, für die zweite Person смахıj, смахé, für die dritte Person удонуj, удæтӻⱱj, уонıj, lauter analog dem Genitiv der Substantivformen angelegte Bildungen.

Merkwürdig sind die enklitischen Formen нæ, на, вæ, ва, welche ganz genau den alten enklitischen Formen, altb. ᛋ (nô), ᛉᛈ (vô), altind. *nas, vas* entsprechen. Als aus letzteren abgeleitet stellen sich die Formen нæхıj, нахé, вæхıj, вахé heraus, nach Analogie von махıj, смахıj von denselben, wahrscheinlich erst in späterer Zeit, gebildet.

Dativ. Der Dativ Einzahl lautet für die erste Person мæнæн, манан, für die zweite Person дæвæн, даван, für die dritte Person умæн, уоман. Die Formen der Vielzahl sind für die erste Person: махæн, махан, für die zweite Person: смахæн, смахан, für die dritte Person: удонæн, уонæн.

Die Formen der ersten und zweiten Person Einzahl sind offenbar auf das im Genitiv hervortretende Thema zurückzuführen [1]).

Neben diesen unorganischen Bildungen finden wir noch andere enklitisch gebrauchte, für die erste Person мæн, ман, мıн, für die zweite Person дæн, дıн, welche auf die Stämme *ma, tva* unmittelbar zurückgehen, während wiederum in den Pluralformen 1. Person нун, нıн, 2. Person вун, вıн, Ableitungen von den Stämmen *na* und *va*, die aus den enklitischen Formen *nas* und *vas* hergenommen sind, vorliegen.

Was die Formen der dritten Person умæн, уоман anlangt, so sind sie in *u-m-aen, uo-m-an* abzutheilen und das in der Mitte stehende *m* als Überrest des bei dritter Person gebrauchten *sma*, altb. *ᛋ (hma)* zu betrachten. Bekanntlich stellt schon das Altpersische dem altbaktrischen *hm* ein einfaches *m* gegenüber, wenn wir nicht schon im Altbaktrischen das Zeichen ᛓ für einfaches, mit einer schwachen Aspiration versehenes *m* anzusehen haben. Was

---

1) Solchen Bildungen werden wir im Verlaufe der Abhandlung noch öfter begegnen; sie kommen auch im Litauischen und Altslavischen vor (vgl. Bopp, vergl. Gramm. II, S. 107).

das Dativzeichen н selbst anlangt, so gehört seine Darlegung und nähere Erklärung nicht hieher, sondern in den Bereich des Nomens, worauf ich in einer speciellen Abhandlung zurückzukommen hoffe.

Local. Der Local für die Einzahl lautet: 1. Person: мæммæ, мамма, 2. Person: дæумæ, даума, доума, дома, 3. Person: умæ, jeмæ, yoма, jeма; für die Vielzahl: 1. Person: махмæ, махма, 2. Person: смахмæ, смахма, 3. Person: удонмæ, уонема. Dabei gehen wieder die Formen der ersten und zweiten Person Einzahl unorganisch auf die Genitivform мæн, ман, дæу zurück. Nebstdem finden wir bei der ersten Person Vielzahl die Formen нæмæ, нама, die wieder auf den von der enklitischen Form *nas* hergenommenen Stamm zurückgehen.

Über das Zeichen des Local мæ, ма vgl. das Nähere unter der Declination des Nomens.

Ablativ. Der Ablativ für die Einzahl lautet 1. Person: мæнæj, манеj, 2. Person: дæвæj, давеj, 3. Person: умæj, yoмаj, yoмеj, омеj; für die Vielzahl: 1. Person: махеj, 2. Person: смахеj, 3. Person: удонеj, yoнеj, онеj. Offenbar gehen dabei wieder die Formen der ersten und zweiten Person Einzahl auf die Genitivformen мæн, ман, дæу zurück, während die Form der dritten Person Einzahl in dem mittleren *m* einen Überrest des alten *sma* darbietet. Was das Zeichen des Ablativ anlangt, so bemerke ich beiläufig, dass die ossetischen Formen hierin mit den armenischen (*ԷՆ, ԷՆՑ* = *ĕ+j+n*, *ĕ+j+nsh*) vollkommen übereinstimmen.

III. Armenisch.

Genitiv. Der Genitiv Einzahl lautet für die erste Person *ԻՄ (im)*, für die zweite Person *ՔՈ (ḱo)*, für die dritte Person *ԻՒՐ (iur)* od. *ԻՒՐԵԱՆ (iurĕan)*. Davon ist *ՔՈ* höchst wahrscheinlich nichts anderes als eine Zusammenziehung der alten Genitivform, altb. *ՏԱՎԱ (tava)* = *tva* = *sva* (vgl. griech. σύ). Dem analog muss auch *ԻՄ (im)* als Genitivform erklärt und kann dem alten Genitiv *mama* (vgl. Pârsî *ՄԱՄ (mam)* oben) gleichgestellt werden. *ԻՄ* steht also statt *mim* mit Aphärese des anlautenden *m*. Schwieriger als diese beiden Formen ist die Form *ԻՒՐ (iur)* zu erklären. Sie scheint gar kein echter ursprünglicher Casus, sondern eine von dem Thema *iv* = altb. *ՏԱՎԱ (ava)* abgeleitete Adjectivbildung zu sein [1]. Dies

---

[1] Vgl. Bopp, vergl. Gramm. II, 118.

darf uns nicht im Geringsten auffallen, da ja auch die Formen altind. *mama*, altb. ⱶⱳⱶ *(mana)*, altind. *tava*, altb. ⱶⱶⱶ *(tava)*,
altind. *asmâkam, yushmâkam*, altb. ⱶⱶⱶ *(ahmâkĕm)*, ⱶⱶⱶ
(yûshmâkĕm) von Hause aus nichts als Adjectivformen sind. Als
echte Genitivform hingegen verräth sich ⱶⱶⱶ *(iurĕan)*, die
einen Nominativ ⱶⱶⱶ *(iu-r-iu-n)* voraussetzt [1]. Letzteren halte
ich für eine Verdoppelung des Themas *u = ava*, ein Vorgang, der
in den Zusammensetzungen zweier Pronominalstämme mit einander,
wovon alle Stammsprachen des indogermanischen Kreises zahlreiche
Belege darbieten, seine Analogien findet.

Der Genitiv der Vielzahl lautet für die erste Person ⱶⱶⱶ *(mĕr)*,
für die zweite ⱶⱶⱶ *(ζĕr)*, für die dritte ⱶⱶⱶ *(iurĕanᴢ)*. Die
beiden ersteren Formen verrathen sich durch ihre Endung und
Flexion als reine Adjectivformen gleich dem ⱶⱶⱶ *(iur)* in der dritten
Person singul. Sie gehen als solche auf die Stämme *ma, ζa* zurück,
von denen ersterer dem alten Stamme der ersten Person plur. *ahma*
(im Armenischen zu *hma, ma* geworden, vergl. die neupersische
Form ⱶ) entspricht, während ich in dem letzteren den Stamm *yû-s*
(in Betreff des *ᴅ = y*, vgl. armen. ⱶⱶⱶ *(ζavar)* „Spelt" = altb.
ⱶⱶⱶ *(yava)*, altind. *yava)* zu suchen geneigt bin [2]. Die Form
ⱶⱶⱶ *(iur-ĕan-ᴢ)* ist ganz klar; sie steht mit dem Genitiv ⱶⱶⱶ
(iurĕan) in genauem Zusammenhange, und erscheint ganz regelrecht nach Art der Nomina flectirt.

Dativ. Im Dativ singul. finden wir die Formen, 1. Person:
ⱶⱶⱶ *(inζ)*, 2. Person: ⱶⱶⱶ *(ǵĕz)*; bei der 3. Person wird der
Dativ durch die Genitivform ersetzt. In Betreff dieser beiden Formen
ist zu bemerken, dass ihnen der Genitiv — als Casus generalis —
als Thema zu Grunde gelegt erscheint *(in-ζ = min-ζ, ǵĕz = ǵĕ-z*,
wobei ⱶ altem *a* gerade so entspricht wie *«*; nebstdem scheint *ᴅ*
statt *ᴢ* durch das vorhergehende ⱶ herbeigeführt worden zu sein).
Als eigentliches Dativzeichen muss *ᴢ, ᴅ* (beide Laute entsprechen
bekanntlich altbaktrischem ⱶ) angesehen werden. Den Werth dieses
Elementes unzweifelhaft festzustellen, ist nicht möglich. Vor der
Hand ziehe ich die germanische Endung *k* und weiter die Pehlewî-

---

[1] z. B. Instrum. ⱶⱶⱶ *(iurĕav)* von einem Thema *iur-iv*.

[2] Vgl. Bopp, vergl. Gramm. II, 119.

Partikel *ւ (ghan)*, welche dort zur Bildung des Dativ verwendet wird, und die ich an anderen Orten dem Accusativ-Präfix gleichgestellt habe, zur Vergleichung herbei [1]).

Der Dativ plural. bietet in Übereinstimmung mit den Singularbildungen die Formen *մեզ (mĕ-z)* und *ձեզ (ʒĕ-z)*, die ganz regelrecht von den Themen *ma (= ahma)* und *ζa (= yû)* mittelst des eben berührten Dativzeichens *z* abgeleitet erscheinen.

Accusativ. Im Accusativ singularis finden wir die Formen, 1. Person: *զիս (zis)* und 2. Person: *զքեզ (zʒĕz)*. Vergleicht man sie mit einander, so wird es sehr wahrscheinlich, dass die erstere Form, nämlich *զիս (zis)*, zunächst als *զինζ (zinζ)*, in letzter Instanz als *զմինζ (z-min-ζ)* zu reconstruiren sei [2]). Der Schwund des *ն* vor *զ* ist ebenso zu erklären wie im Accusativ pluralis *ս = ans*, und was *ս = z* anbelangt, so haben wir eine ähnliche Lautverschiebung wie in *սիրտ (sirt) = zird* (vgl. altb. ⳽⳽⳽⳽⳽⳽ *(zĕrĕdhaĕm)*, altind. *hr̥d*) *դուստր (dustr) = duztr* (vgl. altind. *duhitar*), *սիրել (sirĕl) = zirĕl*, vgl. altind. *ghr̥* etc.

Die Formen *ինζ* und *քեզ* sind aber Dativbildungen und als Accusative nur durch die ihnen vorgesetzte Partikel *z* von denselben unterschieden. Es ist dies ein Beweis für die Richtigkeit meiner oben geäusserten Vermuthung der Verwandtschaft des Suffixes *z, ձ* mit der Accusativpartikel *z*, welche Vermuthung noch mehr an Wahrscheinlichkeit gewinnt, wenn man die Pluralformen, welche *զմեզ (z-mĕz)*, *զձեզ (z-ζĕz)* lauten, und ebenso wie die Singularformen mit den Dativbildungen identisch sind, zur Vergleichung herbeizieht.

Der Accusativ plural der dritten Person *զիւրեանս (z-iurĕan-s)* ist wie die anderen Formen dieses Stammes rein adjectivischer Natur.

Ablativ. Der Ablativ singularis lautet für die erste Person *յինէն (y-inĕn)*, für die zweite *իքէն (i-ʒĕn)*. Sie sind nach Analogie der nominalen Ablativformen als *y-inĕ-n*, *i-ʒĕ-n* zu fassen und das mittlere Glied derselben nach dem bei der Declination des Nomens von mir Dargelegten in *inĕ-j* (d. h. *minĕ-j*) *ʒĕ-j* aufzulösen, *minĕj*.

---

[1]) Bopp's Erklärung (vergl. Gramm. I, 422) ist lautlich unmöglich.

[2]) Bopp scheint (vgl. Gramm. II, 107, Anmerkung) *զիս = զես* zu fassen, was des Parallelismus mit *զքեզ* wegen nicht wahrscheinlich ist.

q̊ěj entsprechen aber vollkommen den alten Ablativformen *mad,*
tvad, nur dass bei der ersten Person statt des Stammes *ma,* der
zur Genitivform *mama* gehörige Stamm zu Grunde gelegt erscheint.

Merkwürdig stimmen damit die Pluralformen, 1. Person: *ի մէնշ*
(i-mênsh), 2. Person: *ի ձէնշ (i-çênsh)* überein. Verglichen mit
den Singularformen sind sie offenbar als *i-mê-nsh, i-çê-nsh* abzutheilen und ihre Mittelglieder als *mě-j, ζ̊ě-j* zu erklären. Davon
entspricht *měj* vollkommen dem alten *ա֊մէ֊ (ahmaṭ),* altind. *asmat,*
während bei *ζ̊ěj* dem *yûshmaṭ* gegenüber das mittlere Element *sma*
fehlend erscheint. Dies darf uns aber gar nicht auffallen, wenn wir
bedenken, dass dieses Element gar nicht zum Stamme des Pronomens
gehört, sondern nur wie in den Formen altind. *ta-sm-in, ta-smái*
(= ta-sma-é) ein Determinativ-Element darstellt.

Es frägt sich nun noch um den Werth jener Elemente, mit
denen die alten Ablativformen beschwert erscheinen, nämlich des
ն und *նզ*.

Bedenkt man, dass im Armenischen oft das Suffix *ն* an alte
Themen tritt, ohne die Bedeutung derselben zu verändern (z. B. *ոտն*
(ot-n) „Fuss“ = altind. *pada; բեռն (běřn)* „Last“ — altind.
bhara; քիրտն (q̊irt-n) „Schweiss“ = gr. *ϝίδρώς* etc.), so ist es
nicht unwahrscheinlich, dass wir auch in dem *ն* des Ablativ ein
ähnliches Suffix vor uns haben. Dabei darf man auch den Umstand
nicht aus den Augen lassen, dass die Casusformen, wie sie von der
älteren Sprache überliefert wurden, der neueren Sprache keineswegs so durchsichtig und der Bedeutung nach klar waren, als sie
uns erscheinen.

Nachdem sich nun das *ն* unorganisch an die Ablativform gehängt
hatte und mit derselben völlig verschmolzen war, so lag es nahe,
die Pluralform jener des Singulars gegenüber mit jenem Zeichen
zu versehen, welches die Formen des Ablativs gewöhnlich kenn-
zeichnete, nämlich dem Zeichen des Genitivs pluralis *g.* Der
Wechsel aber zwischen *զ* und *g* ist kein seltener, wie ich in meinen
Beiträgen zur Lautlehre der armenischen Sprache II. S. 5 dargelegt habe.

Die Form des Ablativ pluralis der dritten Person *յիւրեանց*
(yiurêan-z̧) ist wieder wie die anderen Casusformen ganz nominal
gebildet.

Instrumental. Der Instrumental, sowohl Einzahl als Mehrzahl, bietet eine vollkommene Übereinstimmung sowohl der Pronominalformen unter einander als mit den Nominalformen dar. Er lautet für die erste Person sing. *ինեվ* *(inĕ-v)*, plur. *մեք* *(mĕ-v-q́)* oder *մոք* *(mĕ-ó-q́)* statt *mĕa-v-q́*; für die zweite Person sing. *քեվ* *(q́ĕ-v)*, plur. *ձեք* *(ζĕ-v-q́)* oder *ձոք* *(ζĕ-ó-q́)* statt *ζĕve-v-q́*; für die dritte Person sing. *իւրեվ* *(iurĕ-v)*, *իւրեաւ* *(iurĕa-ṿ)* oder *իւրեամբ* *(iurĕam-b)*, plur. *իւրեամբք* *(iurĕam-b-q)*.

Merkwürdig sind die Singularformen der dritten Person, von denen *իւրեվ* *(iurĕv)* ein Thema *iur* *(= iura)*, *իւրեաւ* *(iurĕaṿ)* ein Thema *iur-iv*, die letztere *իւրեամբ* *(iurĕamb)* aber ein Thema *iur-iu-n* voraussetzen.

SITZUNG VOM 9. DECEMBER 1863.

Die Geschichte einer Gesandtschaft bei den Hiung-nu's.

Von dem w. M. Dr. August Pfizmaier.

(Vorgelegt in der Sitzung vom 4. November 1863.)

In den Nachrichten über den einer Stelle in der Ehrenhalle des Himmelssohnes gewürdigten Su-wu werden die eigenthümlichen, übrigens nicht ganz unverdienten Leiden, welche eine Gesandtschaft von Han bei dem Volke der Hiung-nu's zu erdulden hatte, nebst den zu Grunde liegenden, ziemlich verwickelten Ereignissen umständlich geschildert.

Obwohl eine Behandlung von Gesandten gleich der in Rede stehenden, allem, was zwischen Völkern Sitte ist, zuwiderlaufend, die Merkmale eines vereinzelten niemals wieder vorkommenden Falles an sich trägt, geht doch aus vielen anderen Angaben der Geschichte hervor, dass Ähnliches beinahe zu den Gewöhnlichkeiten gehörte. Han und die Hiung-nu's pflegten zu gewissen Zeiten sämmtliche Gesandten, welche aus dem fremden Lande ankamen, zurückzubehalten, und beide Mächte suchten es durch verschiedene Mittel dahin zu bringen, dass diese Männer sich ihnen ergaben, d. i. zu ihnen übergingen.

In der vorliegenden Abhandlung verfahren die Hiung-nu's mit den Gesandten von Han nicht anders als mit Bewohnern des eigenen Landes, indem sie dieselben wegen des allerdings erwiesenen Verrathes eines Mitgliedes der Gesandtschaft zur Rechenschaft ziehen und zum Tode verurtheilen. Man begnadigt sie jedoch unter der Bedingung, dass sie sich ergeben.

38*

Su-wu indessen, das Haupt der Gesandtschaft, weigert sich beharrlich, zu den Hiung-nu's überzugehen und wird, da keinerlei Qualen ihn in seinem Entschlusse wankend machen, durch neunzehn Jahre in den Gegenden des äussersten Nordens zurückgehalten.

Als merkwürdige Thatsache erscheint es ferner, dass damals sehr viele Eingeborne des Mittellandes, unter ihnen hochgestellte Männer, sich als Flüchtlinge bei den Hiung-nu's befanden, was nur zu Gunsten dieses Volksstammes gedeutet werden kann, während onst auch durch nicht wenige Beispiele dargethan wird, dass das Leben der grossen Würdenträger selbst bei den Hiung-nu's gesicherter war als an dem Hofe von Han.

Manche besondere Aufschlüsse gewährt noch die Erzählung von dem mehrmaligen Zusammentreffen des Gesandten mit dem Heerführer Li-ling, über dessen Kampf, Niederlage und endlichen Übertritt zu den Hiung-nu's in der Abhandlung: „Die Heerführer Li-khuang und Li-ling" ausführlich berichtet wurde.

蘇武 Su-wu, das Haupt der von Han ausgeschickten Gesandtschaft, stammte aus einem Hause, welches bei verschiedenen Anlässen in der Geschichte genannt wird. Sein Vater 蘇建 Su-kien, in 杜陵 Tu-ling nächst Tschang-ngan geboren, betheiligte sich im zweiten Jahre des Zeitraumes Yuen-sŏ (127 vor uns. Zeitr.) in der Eigenschaft eines Hiao-wei (Beruhigers des Vordaches) unter den Befehlen des obersten Heerführers Wei-tsing an einem grossartigen Angriffe gegen die Hiung-nu's und erhielt das Lehen eines Fürsten von 平陵 Ping-ling. In seiner Eigenschaft als Heerführer baute er hierauf zum Schutze der aus dem eroberten Gebiete gebildeten Landschaft Sŏ-fang eine Mauer.

Im fünften Jahre des Zeitraumes Yuen-sŏ (124 vor uns. Zeitr.) wurde er als Beruhiger der Leibwache mit der Stelle eines „wandernden rasch angreifenden" Heerführers bekleidet, und folgte dem obersten Heerführer Wei-tsing bei dessen Auszuge aus Sŏ-fang.

Im nächsten Jahre (123 vor uns. Zeitr.) folgte er wieder als Heerführer der Rechten dem obersten Heerführer Wei-tsing bei

dessen Auszuge aus Ting-siang. Su-kien vereinigte seine Streitkräfte mit denjenigen des „vordersten" Heerführers 信趙
Tschao-sin, Fürsten von 翕 Hï [1]), und begegnete der Macht des
Schen-yü. Tschao-sin wurde geschlagen und ergab sich den Hiung-
nu's. Su-kien verlor sein ganzes Kriegsheer und war unter Allen
der Einzige, der den Feinden entkam. Nach Han zurückgekehrt,
wurde er vor die Gerichte gestellt und verurtheilt. Als er enthauptet
werden sollte, erhielt er die Begünstigung, sich loskaufen zu dürfen
und wurde zum gemeinen Menschen erniedrigt. Später jedoch
wurde er wieder zum Statthalter der Landschaft Tai ernannt und
starb im Besitze dieses seines Amtes.

Su-kien hatte drei Söhne, deren Namen 嘉 Kia, 武 Wu
und 賢 Hien. Von diesen Söhnen bekleidete Su-kia, der älteste,
die Stelle eines Beruhigers der Hauptstadt für die „angebotenen
Wagen." Su-hien, der jüngste, wurde Beruhiger der Hauptstadt
für die Reiterschaaren. Su-wu, der mittlere Sohn, war der berühm-
teste von allen und führte den Jünglingsnamen 卿子 Tse-king.
In seiner Jugend war er zugleich mit seinen Brüdern, denen der
Vater zu Anstellungen verhalf, ein Leibwächter des Himmelssohnes
und brachte es allmählich zu einem Beaufsichtiger des Marstalls
中核 I-tschung.

Um diese Zeit richtete Han ohne Unterbrechung Angriffe gegen
Hu, wobei man mehrmals durch Gesandte mit einander verkehrte
und sich gegenseitig ausspähte. Die Hiung-nu's behielten in verschiedenen Zeiträumen zehn Gesandtschaften von Han, unter ihnen
diejenigen 吉郭 Kö-ke's und 國充路 Lu-tsch'hung-kue s,
in ihrem Lande zurück. Wenn dagegen Gesandte von Seite der
Hiung-nu's ankamen, wurden sie von Han zur Wiedervergeltung
ebenfalls zurückbehalten.

Im ersten Jahre des Zeitraumes Thien-han (100 vor uns.
Zeitr.) war 侯鞮且 Tsiü-ti-heu-Schen-yü, der neue König
der Hiung-nu's, nach dem Tode seines älteren Bruders zur Lenkung

---

[1]) Unter der Benennung 侯翕 Hï-heu „Fürst von Hï" erscheint Tschao-sin
auch in dem Verzeichnisse der Lehensfürsten von Han. Übrigens war Hï-heu auch
der Name einer Würde bei den Hiung-nu's und Tschao-sin, ein geborner Hiung-nu
und Landesgehilfe bei diesem Volke, war in früherer Zeit zu Han übergegangen.

gelangt. Dieser Fürst hatte Grund, einen Kriegszug von Seite der Macht von Han zu scheuen, und er sagte das Wort: Der Himmelssohn von Han ist der Geleiter unserer Männer des Stabes [1]). — Er schickte hierauf Lu-tsch'hung-kue und alle übrigen Gesandten von Han, welche nicht übergegangen waren, zurück. Der Allhalter Hiao-wu belobte diese Handlungsweise und schickte den in der Eigenschaft eines Anführers der Leibwächter des Inneren auftretenden Su-wu mit dem Auftrage, eine Beglaubigungsmarke zu nehmen und diejenigen Gesandten der Hiung-nu's, welche in Han zurückbehalten worden waren, in ihr Land zurückzuhegleiten. Bei dieser Gelegenheit sollte der Gesandte den Schen-yü feierlich begrüssen und dessen gute Gesinnung auf entsprechende Weise anerkennen.

Su-wu begab sich, von dem zweiten Anführer der Leibwächter des Inneren 勝張 Tsch'hang-sching, dem „vorläufigen Gerichtsbeamten" [2]) 惠常 Tschang-hoei und anderen Angestellten, endlich von ungefähr hundert gemietheten Kriegsmännern und Ausspähern des Weges begleitet, auf die Reise. Bei den Hiung-nu's angekommen, legte er die mitgebrachten Geschenke nieder und übersandte sie dem Schen-yü. Unterdessen war dieser Fürst wieder hochmüthiger geworden, was man in Han, da neu hinzutretende Ereignisse hieran Schuld waren, nicht erwartet hatte.

Um dieselbe Zeit, als man in Han die Absicht hatte, die Gesandten der Hiung-nu's durch Su-wu und dessen Gefährten in ihre Heimath begleiten zu lassen, traf es sich, dass der König von 緱 Keu [3]) und der einst zu dem Lager von Tschang-schui [4]) gehörende 常虞 Yü-tschang nebst Anderen mitten in dem Lande der Hiung-nu's sich zu Abfall verschworen.

Der hier genannte König von Keu war der Sohn der älteren Schwester des Königs von 邪昆 Hoen-ye und hatte sich zugleich mit diesem Könige an Han ergeben. Später begleitete er Tschao-

---

[1]) Die ehrwürdigen und hejahrten Männer.

[2]) Ein Angestellter mit dieser Benennung wurde den Gesandtschaften zugetheilt.

[3]) Die sogenannten Könige waren bei den Hiung-nu's nur besonderen Stämmen vorgesetzt.

[4]) Dieses Lager bildeten, wie in der Abhandlung: „Die Heerführer Li-khuang und Li-ling" angegeben worden, die im Dienste von Han stehenden Hiung-nu-Reiter.

po-nu, Fürsten von Tsio-ye [1]), auf dessen Zuge gegen die Hiung-
nu's und verschwand gleich diesem Heerführer mitten in dem Lande
Hu, indem er sich nach der Niederlage seiner Streitkräfte den Feinden ergab. Dieser Mann traf jetzt mit den übergegangenen Kriegern
von Han, an deren Spitze 律 衛 Wei-liŏ [2]) stand, eine Verabre-
dung, der gemäss man die Yen-tschi, Mutter des Schen-yü, durch
Waffengewalt zu bedrohen und nach Han zurückzukehren gedachte.

Als hierauf Su-wu und dessen Gefährten bei den Hiung-nu's
ankamen, wurde die Gesandtschaft bald mit der oben erwähnten
Verschwörung in Verbindung gebracht. Yü-tschang war zur Zeit,
als er sich in Han befand, mit Tsch'hang-sching, dem zweiten Anführer der Leibwächter des Inneren, bekannt gewesen. Er machte
jetzt diesem Mitgliede der Gesandtschaft insgeheim seine Aufwar-
tung und erbot sich, Wei-liŏ gegen eine angemessene Belohnung
auf die Seite zu schaffen. Er sagte dabei: Ich habe gehört, dass der
Himmelssohn von Han auf das Höchste erzürnt ist über Wei-liŏ. Ich
bin im Stande, im Auftrage von Han Armbrüste in den Hinterhalt
zu legen und ihn zu erschiessen. Meine Mutter und jüngeren Brüder
befinden sich in Han. Sie wären glücklich, wenn sie dafür Belohnung
und Geschenke erhielten. — Tsch'hang-sching ging auf diese Vorschläge ein und beschenkte Yü-tschang mit Gütern.

Nach einem Monate begab sich der Schen-yü auf die Jagd,
während dessen Gemahlinn, die Yen-tschi, Söhne und jüngeren
Brüder allein zurückblieben. Diesen Augenblick wählten Yü-tschang
und die übrigen Verschworenen, deren über siebenzig waren, zum
Losschlagen. Einer der Verschworenen entfloh jedoch in der Nacht
und machte die Anzeige. Die Söhne und jüngeren Brüder des
Schen-yü liessen hierauf Bewaffnete ausrücken und kämpften mit
den Verschworenen. In diesem Kampfe fiel der König von Keu mit
seinen sämmtlichen Genossen, Yü-tschang hingegen wurde lebend
festgenommen.

Der Schen-yü hiess Wei-lio sich mit der Untersuchung dieser
Angelegenheit beschäftigen. Als Tsch'hang-sching dies erfuhr,

---

[1]) Tschao-po-nu ist in den Nachrichten über den Heerführer Li-ling mehrmals
erwähnt worden.

[2]) Wei-liŏ, der Sohn eines Hiung-nu und einst Gesandter von Han, war, wie in den
Nachrichten über den Heerführer Li-ling angegeben worden, zu dem Volke, dem
sein Vater entsprossen, übergegangen.

besorgte er, dass seine frühere Unterredung mit Yü-tschang verrathen werden könne, und er theilte Su-wu den Sachverhalt mit. Su-wu sagte: Wenn sich die Sache so verhält, so wird sich dies bis zu uns erstrecken. Wenn wir betroffen werden und dann erst sterben, so würden wir doppelt den Rücken kehren unserem Lande. — Su-wu wollte sich somit tödten, wurde aber von Tsch'hang-sching und Tschang-hoei zurückgehalten.

Unterdessen wurde Tsch'hang-sching wirklich durch Yütschang in den Vorgang hineingezogen. Der Schen-yü, der in Folge dieser Entdeckung in Zorn entbrannte, berief die angesehenen Männer zu einer Berathung, wobei er kundgab, dass er die Gesandten tödten lassen wolle. Der die Stelle eines 誓 秩 伊 I-tschi-tse [1]) der Linken bekleidende Würdenträger rieth zu einem milderen Verfahren, indem er sagte: Wenn sie sich sofort verschworen hätten gegen den Schen-yü, was könnte man noch ferner über sie verhängen? [2]). Das Angemessene ist, sie sämmtlich zur Unterwerfung zu bewegen.

Der Schen-yü gab Wei-lio den Auftrag, Su-wu herbeizuholen, ihm den Befehl hinsichtlich der Unterwerfung mitzutheilen und zu hören, was er hierauf antworten werde. Su-wu äusserte gegen Tschang-hoei und die übrigen Mitglieder der Gesandtschaft: Wenn ich meinen Muth beugen lasse und Schande bringe über den höchsten Befehl, würde ich zwar leben, aber mit welchem Angesicht, mit welchem Auge könnte ich zurückkehren nach Han? — Sofort zog er das in seinem Gürtel hängende Messer und versetzte sich einen Stich. Wei-lio erschrack und hielt Su-wu mit den Armen fest. Er schickte hierauf um einen Arzt, durch den er in die Erde eine Grube graben, dieselbe mit glühenden Kohlen ausfüllen und Su-wu mit dem Angesicht darüber legen liess. Zugleich trat man dem auf dem Boden liegenden so lange auf den Rücken, bis das Blut hervordrang. Su-wu wurde ohnmächtig und begann erst nach einem halben Tage wieder zu athmen. Tschang-hoei und die übrigen Gefährten luden ihn wehklagend in eine Sänfte und kehrten mit ihm in das für die Gesandtschaft bestimmte Lager zurück.

---

[1]) Diese Würde und deren Benennung waren den Hiung-nu's eigenthümlich.

[2]) Wenn man die Gesandten desswegen tödten wollte, weil sie sich gegen Wei-lio verschworen haben, so wäre dies eine zu strenge Strafe.

Der Schen-yü hielt Su-wu dieser Standhaftigkeit willen für einen starken und muthigen Mann. Er schickte zu ihm früh und spät Boten mit dem Auftrage, nachzusehen und sich zu erkundigen, während er Tsch'hang-sching aufgreifen und binden liess.

Als Su-wu wieder hergestellt war, liess ihn der Schen-yü durch einen Abgesandten hinsichtlich dessen, was erfolgen solle, verständigen. Da jetzt das Urtheil über Yü-tschang gefällt wurde, gedachte man, bei diesem Anlasse zugleich Su-wu zur Unterwerfung zu bewegen. Yü-tschang ward demnach durch das Schwert enthauptet. Wei-lio sagte hierauf: Tsch'hang-sching, einer der Gesandten von Han, hat sich verschworen gegen das Leben eines dem Schen-yü nahe stehenden Dieners [1]. Jetzt, da er sterben soll, verlangt der Schen-yü, dass, wenn er sich ergibt, ihm sein Verbrechen verziehen werde. — Ein Hiung-nu erhob das Schwert und wollte gegen Tsch'hang-sching den tödtlichen Streich führen. Der Bedrohte bat in diesem Augenblicke um die Begünstigung, sich ergeben zu dürfen.

Zuletzt wandte sich Wei-lio gegen Su-wu und sagte: Der zweite Anführer der Leibwächter ist eines Verbrechens schuldig. Es gebührt sich, dass du zugleich mit ihm der Schuld geziehen werdest. — Su-wu erwiederte: Ich habe im Grunde an keiner Verschwörung Theil genommen, ich bin auch zu ihm kein naher Angehöriger. Wie kannst du sagen, dass ich zugleich mit ihm der Schuld geziehen werde? — Ein Hiung-nu erhob jetzt das Schwert und mass Su-wu ab. Dieser blieb indessen unbeweglich.

Wei-lio versuchte nun den Weg der Güte und sagte zu Su-wu: Gebieter des Geschlechtes Su! Ich Liŏ bin in früherer Zeit untreu geworden Han und habe mich zugewendet den Hiung-nu's. Ich habe empfangen grosse Wohlthaten und Geschenke. Was meinen Ehrennamen betrifft, so nennt man mich König. Ich halte in den Armen eine Volksmenge von mehreren Zehntausenden, meine Pferde und mein Zuchtvieh breiten sich über die Berge. Dergestalt sind meine Reichthümer und mein Ansehen. Gebieter des Geschlechtes Su! Heute bewirkst du deine Unterwerfung, morgen ist es bei dir eben so bestellt. Solltest du vergebens mit deinem Leibe düngen die Wildniss der Gräser, wer würde von dir wieder etwas erfahren?

---

[1] Hier meint Wei-lio sich selbst.

Als Su-wu nicht antwortete, fuhr Wei-lio fort: Wenn du, o Gebieter, jetzt durch meine Vermittlung dich unterwirfst, so sind ich und du, o Gebieter, zu einander Brüder. Wenn du jetzt auf meinen Rath nicht achtest, dann magst du später immerhin wünschen, mich wieder zu sehen, aber wirst du noch dazu gelangen?

Auf diese Worte ergoss sich Su-wu in Schmähungen gegen Wei-lio und sagte: Du warst ein Diener und ein Sohn unter den Menschen und nahmst nicht Rücksicht auf Wohlthaten und Billigkeit. Du fielst ab von dem Gebieter, kehrtest den Rücken den Angehörigen und ergabst dich den Gefangenen auf dem Boden der Fremdländer. Wozu brauchte ich dich zu sehen? Auch hat der Schen-yü dir Vertrauen geschenkt und heisst dich entscheiden über Leben und Tod der Menschen. Du erfasstest nicht mit leidenschaftslosem Sinne das Richtige, du willst im Gegentheil Zwietracht stiften zwischen den beiden Gebietern und sehen das Schauspiel von Unglück und Niederlagen. Das südliche Yue tödtete die Gesandten von Han: es erfuhr die Niedermetzelung der Bewohner und ward verwandelt in neun Landschaften [1]. Der König von Wan tödtete die Gesandten von Han: sein Haupt wurde ausgehängt vor der nördlichen Thorwarte [2]. Tschao-sien tödtete die Gesandten von Han: es wurde zu seiner Zeit gestraft und vernichtet [3]. Bei den Hiung-nu's allein war dies noch nicht der Fall. Du weisst es, dass ich mich nicht ergeben werde, mit Gewissheit, du willst bewirken, dass die beiden Länder gegenseitig sich angreifen. Das Unglück der Hiung-nu's nimmt bei mir seinen Anfang.

Als Wei-lio sah, dass Su-wu sich durchaus nicht einschüchtern lasse, erstattete er dem Schen-yü Bericht. Es war jetzt noch mehr der Wunsch dieses Fürsten, Su-wu zur Unterwerfung zu bewegen. Er

---

[1] Im fünften Jahre des Zeitraumes Yuen-ting (112 vor uns. Zeitr.) tödtete Liü-kia, Landesgehilfe des südlichen Yue, die Gesandten von Han. Im folgenden Jahre, dem sechsten des Zeitraumes Yuen-ting (111 vor uns. Zeitr.) nahm der Heerführer Lu-pö-te den neuen König Kien-te sammt dessen Landesgehilfen gefangen und bildete aus dem Gebiete des südlichen Yue neun Landschaften von Han.

[2] Im dritten Jahre des Zeitraumes Thai-thsu (102 vor uns. Zeitr.) unternahm der Heerführer Li-khuang-li einen Kriegszug gegen das jenseits des Gebirges Thsung-ling gelegene „grosse Wan" und belagerte die Hauptstadt des Landes, deren Bewohner ihren König tödteten und sich an Han ergaben.

[3] Tschao-sien (Corea) unterwarf sich im dritten Jahre des Zeitraumes Yuen-fung (108 vor uns. Zeitr.) an Han.

liess Su-wu in eine leere, zum Aufbewahren des Getreides bestimmte
Grube setzen und ihm weder Speise noch Trank verabreichen. Da
ereignete es sich, dass es schneite. Su-wu legte sich auf den
Boden der Grube, käute den gefallenen Schnee und verschluckte
ihn gemengt mit Fasern eines groben Wollstoffes. So vergingen
mehrere Tage, ohne dass er gestorben wäre, und die Hiung-nu's
hielten ihn endlich für einen Geist.

Man verurtheilte ihn hierauf zur Ansiedlung in einer menschenleeren Gegend nächst den Ufern des nördlichen Meeres [1]), wo man
hn die Widder mit dem Bedeuten hüten hiess, dass er zurückkehren
könne, wenn die Widder Milch geben würden. Durch das letztere
wollte man ausdrücken, dass er für immer verbannt sei [2]). Tschang-
hoei und die Übrigen ihm im Amte zugetheilten Männer wurden jeder
einzeln an verschiedenen Orten untergebracht.

Als Su-wu in der Gegend des nördlichen Meeres ankam, wurden
ihm keine Lebensmittel mehr zugesandt. Er grub die von den Feld-
ratten bei Seite geschafften Samen der Gräser aus und verzehrte sie.
Als Stab beim Hüten der Schafe bediente er sich des Abschnitts-
rohres von Han. Ob er sich zur Ruhe begab oder aufstand, hielt er
es fest in den Händen, und der an demselben befestigte Kuhschweif
war gänzlich abgefallen.

Nachdem Su-wu auf diese Weise fünf bis sechs Jahre zugebracht, erschien der König von 靬 於 Yü-kien, ein jüngerer
Bruder des Schen-yü, in der Gegend des nördlichen Meeres, um
daselbst mit Wurfpfeilen zu schiessen. Su-wu verstand es, Schnüre
für die Wurfpfeile und Hölzer zum Aufspannen der Bogen und Armbrüste zu verfertigen. Der König von Yü-kien gewann ihn lieb und
beschenkte ihn mit Kleidern und Lebensmitteln. Als der König nach
drei Jahren erkrankte, machte er Su-wu Pferde, Zuchtvieh, grosse
bäuchige Krüge und Filzzelte zum Geschenk. Nach dem bald hierauf
erfolgten Tode des Königs brachen dessen Leute auf und zogen nach
einer andern Gegend. Im nächsten Winter erschienen Bewohner
des Landes Ting-ling und raubten das Hornvieh und die Schafe Su-
wu's. Dieser war jetzt wieder arm und in misslichen Umständen.

---

[1]) Die heutige See Baikal.

[2]) Einen ähnlichen Sinn haben auch die dem Königssohne Tan von Yen in den Mund
gelegten Worte: „Wenn es einen Raben mit einem weissen Haupte gibt", „wenn
einem Pferde Hörner wachsen".

Su-wu war in früherer Zeit gemeinschaftlich mit Li-ling, Heerführer von Han, ein „Aufwartender im Inneren" an dem Hofe des Himmelssohnes gewesen. Das nächste Jahr nach der Gesandtschaftsreise Su-wu's ergab sich Li-ling den Hiung-nu's. Der genannte Heerführer hatte es bisher nicht gewagt, Su-wu aufzusuchen. Erst nach langer Zeit erhielt er von dem Schen-yü den Auftrag, nach den Gegenden des nördlichen Meeres zu reisen, daselbst Su-wu mit Wein zu bewirthen und durch Aufführung von Klangspiel zu erheitern.

Bei der jetzt stattfindenden Zusammenkunft verkündete Li-ling den Zweck seiner Reise und erzählte die Schicksale, von welchen seine und Su-wu's Angehörige in der Heimat betroffen worden. Er sagte zu Su-wu Folgendes: Der Schen-yü hat erfahren, dass zwischen mir und Tse-king [1]) ursprünglich ein Verhältniss der Hochschätzung besteht. Er gab mir daher den Auftrag, hierher zu kommen und mit dir zu sprechen. Du, dem ich stehe zu Füssen, trägst dich mit leeren Gedanken und willst auf Andere warten: du wirst niemals zurückkehren können nach Han. Du erduldest vergebens Mühsal in einem menschenleeren Lande: wo sollen deine Treue und deine Gerechtigkeit zum Vorschein kommen?

In früherer Zeit schaffte Tsch'hang-kiün [2]) herbei die Wagen. Er gelangte im Gefolge nach Yung zu dem Gebäude Yü-yang [3]). Er leitete hinab den Handwagen zwischen den Thorschirmen, stiess gegen eine Säule und brach ein Rad. Beschuldigt grosser Unehrerbietigkeit, stürzte er sich in sein Schwert und durchschnitt sich den Hals. Es wurde verabreicht ein Geschenk von zweihundertmal zehntausend ehernen Stücken, damit man ihn begrabe.

Ju-king [4]) war unter den Begleitern zur Darbringung für die königliche Erde des Landes im Osten des Flusses. Ein Reiter unter den kleinen Dienern wetteiferte mit dem Beipferde des gelben

---

[1]) Tse-king ist, wie früher angegeben worden, der Jünglingsname Su-wu's.

[2]) Kia, der früher genannte ältere Bruder Su-wu's, führte den Jünglingsnamen 君 長 Tsch'hang-kiün.

[3]) 陽 械 Yü-yang war ein Wohngebäude der Himmelssöhne von Han.

[4]) Hien, der früher genannute jüngere Bruder Su-wu's, führte den Jünglingsnamen 卿 孺 Ju-king.

Thores [1]). Er stiess es hinab in den Fluss, wo es ertrank. Der Reiter unter den kleinen Dienern begab sich auf die Flucht. In einer höchsten Verkündung ward Ju-king beauftragt, ihm nachzusetzen und ihn festzunehmen, aber er erreichte ihn nicht. Voll Furcht und Bangen trank er Gift und starb.

In der nächstfolgenden Zeit war die grosse Gemahlinn nicht glücklich [2]). Ich begleitete den Leichenzug und gelangte nach Yang-ling [3]). Die Gattinn Tse-king's war jung, ich hörte, dass sie sich bereits wieder vermält hat. Du hattest nur noch zwei jüngere Schwestern, zwei Töchter und einen Sohn. Jetzt ist es wieder über zehn Jahre. Ob sie noch leben oder gestorben sind, konnte ich nicht erfahren. Das Leben des Menschen ist gleich dem Thau des Morgens. Warum erduldest du so lange diese Mühsal?

Als ich mich ergeben hatte, war ich anfänglich bestürzt und gleichsam wahnsinnig, ich empfand Schmerz darüber, dass ich den Rücken gekehrt hatte Han und dass man überdies meine alte Mutter band in dem bewahrenden Gebäude. Indem Tse-king sich nicht ergeben will, wie könnte er es hierin mir zuvorthun? Auch sind die Frühlinge und Herbste desjenigen, vor dem man steht unter den Stufen, hoch, die Gesetze und Befehle sind ungewöhnlich, die grossen Würdenträger, welche, ohne dass sie etwas verbrochen hätten, sammt ihren Geschlechtern ausgerottet wurden, gehören zu mehreren Zehenden von Häusern, Sicherheit und Gefahr lassen sich nicht erkennen: zu was sollte es Tse-king da noch einmal bringen? Ich wünsche, dass du auf meinen Rath hörest und nichts wieder zu sagen habest.

Su-wu entgegnete hierauf: Mein Vater und dessen Söhne haben weder Verdienste noch Tugenden, diese sind sämmtlich das Werk desjenigen, vor dem ich stehe unter den Stufen. Sie gelangten zu ihren Würden, standen in der Reihe als Heerführer, ihre Rangstufe reicht zu derjenigen der Fürsten der Lehen. Meine Brüder standen in vertrauter Nähe, es war immer ihr Wunsch, mit Leber und Hirn zu bekleben die Erde. Jetzt war es ihnen gegönnt,

---

[1]) Das Beipferd des gelben Thores ist das Beipferd des Himmelssohnes.

[2]) Die Gemahlinn des Himmelssohnes war gestorben.

[3]) 陵陽 Yang-ling befand sich in dem damaligen Kreise Tso-fung-yï nächst Tschang-ngan. Daselbst hatte, wie aus dem Zusammenhange hervorgeht, Su-wu seine Angehörigen zurückgelassen.

sich zu tödten, sie haben es zu Stande gebracht. Wäre ihnen auch
bestimmt gewesen die Axt, oder der Kessel mit siedendem Wasser,
sie hätten in Wahrheit es mit Freuden erduldet. Der Diener dient
dem Gebieter gleichwie der Sohn dient dem Vater. Wenn der Sohn
für den Vater stirbt, so hat er keine Ursache sich zu kränken. Ich
wünsche, dass du nicht wieder davon sprechest.

Li-ling trank durch einige Tage in der Gesellschaft Su-wu's
Wein. Endlich sagte er wieder: Möge Tse-king ein einziges Mal
hören auf meine Worte. — Su-wu entgegnete: Nach dem Loose,
das mir zu Theil geworden, sollte ich schon längst gestorben sein.
Du, o König 1), willst mich gewiss zur Unterwerfung bewegen. Ich
bitte, dass ein Ende gemacht werde der Fröhlichkeit des heutigen
Tages und dass ich mir den Tod anthun dürfe in deiner Gegenwart.

Als Li-ling sah, dass es Su-wu mit seinen Worten vollkommen
Ernst war, rief er wehmüthig: Zu bedauern bist du, gerechter
Kriegsmann! Meine und Wei-lio's Schuld reicht nach oben bis zu dem
Himmel! — Li-ling weinte so heftig, dass die Thränen den Brust-
latz seines Kleides netzten. Hierauf trennte er sich von Su-wu und
reiste ab.

Li-ling widerstrebte es, Su-wu ein Geschenk zu machen, weil
er sich dadurch den Schein gegeben haben würde, als ob er mit den
bei den Hiung-nu's ihm zugefallenen Reichthümern prahlen wolle.
Er beauftragte daher seine Gattinn, Su-wu mit einigen Zehenden
von Rindern und Schafen zu beschenken.

Später kam Li-ling nochmals in die Gegend des nördlichen
Meeres, wo er wieder mit Su-wu sprach. Im Verlaufe des Gesprä-
ches erzählte Li-ling, dass man in einem an den Marken von Han
aus Lehm erbauten Wohnhause einen Einwohner der Landschaft
Yün-tschung gefangen habe. Dieser Mann habe ausgesagt, dass in
der genannten Landschaft viele Menschen, von dem Statthalter bis
herab zu den kleinen Angestellten und dem Volke, in Weiss geklei-
det seien und dass es heisse, der Himmelssohn sei gestorben. Auf
diese Kunde wendete Su-wu das Angesicht nach Süden und klagte
und schrie mit so lauter Stimme, dass er Blut brach, worauf er
früh und spät um den Todten weinte.

---

1) Li-ling bekleidete bei den Hiung-nu's den Rang eines Königs.

In Han ward nach einigen Monaten der Allhalter Hiao-tschao zum Himmelssohne eingesetzt und wieder vergingen mehrere Jahre, als endlich die Hiung-nu's mit Han Friede und Freundschaft schlossen. Han verlangte jetzt Su-wu und dessen Gefährten zurück. Die Hiung-nu's gaben jedoch, die Wahrheit verschweigend, zur Antwort, dass Su-wu bereits gestorben sei.

Nach einiger Zeit schickte Han wieder einen Gesandten zu den Hiung-nu's. Tschang-hoei, ein Gefährte Su-wu's, bat jetzt seine Wächter, dass es ihm gestattet sei, mit ihnen in der Nacht den Gesandten von Han zu besuchen. Bei der Zusammenkunft stellte er die wahre Sachlage dar und gab dem Gesandten die Weisung, dass er zu dem Schen-yü sage, der Himmelssohn habe auf dem Gebiete Schang-lin mit Pfeilen geschossen und daselbst eine wilde Gans erlegt, an deren Fuss ein Stück Leinwand mit einer Schrift gebunden gewesen wäre. Diese Schrift hätte besagt, dass Su-wu und dessen Gefährten sich in gewissen Sumpfgegenden befinden.

Der Gesandte von Han war über diese Mittheilung sehr erfreut und stellte den Schen-yü mit den Worten, die Tschang-hoei ihn zu sagen angewiesen hatte, zur Rede. Der Schen-yü blickte seine Umgebung an und entschuldigte sich, sichtbar erschrocken, gegen den Gesandten von Han, indem er sagte: Su-wu und dessen Gefährten sind wirklich am Leben.

Als Su-wu jetzt die Erlaubniss zur Rückkehr erhielt, bewirthete ihn Li-ling mit Wein und beglückwünschte ihn, wobei er sprach: Jetzt kehrst du, dem ich stehe zu Füssen, zurück in die Heimat. Du hast berühmt gemacht deinen Namen unter den Hiung-nu's, deine Verdienste sind offenkundig in dem Hause der Han. Wären es selbst Thaten, die im Alterthum übertragen wurden auf Rohr und Leinwand, die gemalt wurden auf Roth und Grün, wie könnten sie übertreffen, was Tse-king gethan? So unbedeutend ich bin und muthlos, ich bewirkte, dass Han einstweilen Nachsicht hatte mit meiner Schuld, dass es am Leben liess meine alte Mutter, dass es mir die Möglichke it verschaffte, hinwegraffen zu können die Anhäufung einer grossen Schande. Meine Absicht war ungefähr dasjenige, was das Geschlecht Tsao that bei dem Vertrage von Ko [1]).

---

[1]) Der öfters erwähnte Tsao-mö, Heerführer von Lu, bedrohte bei dem Vertrage von
　　Ko (681 vor uns. Zeitr.) das Leben des Fürsten Hoan von Tsi, und forderte

Dies ist es, was ich Ling in Ewigkeit nicht vergesse. Nachdem man aber aufgegriffen und ausgerottet die Verwandtschaften meines Hauses, nachdem man in dem Zeitalter ein grosses Gemetzel angerichtet, worauf sollte ich da wieder Rücksicht nehmen? Doch dies sind geschehene Dinge! Ich will nur, dass Tse-king kenne meine Gesinnung. Wenn die Menschen verschiedener Markungen einmal von einander scheiden, sind sie für die Dauer getrennt.

Hierauf erhob sich Li-ling und tanzte, während er die folgenden Reime sang:

> Die Fusswege zehntausend Längen!
> Ich hatte gesetzt durch Scha-mu [1]).
> Der Führer von des Gebieters Heere!
> Ich brach hervor bei den Hiung-nu.
> Der Weg war zu Ende, war abgeschnitten,
> Die Pfeile, die Klingen zersprangen.
> Der Krieger Menge ward vertilgt,
> Der Ruhm ist für immer vergangen!
> Die alte Mutter ist todt!
> Wollt' ich auch dankbar sein,
> Wohin könnt' ich gelangen?

Li-ling weinte zu wiederholten Malen und schied endlich von Su-wu.

Der Schen-yü berief jetzt die zu dem Amte Su-wu's gehörenden Männer zusammen. Von diesen waren einige zu den Hiung-nu's übergegangen, andere gestorben, so dass im Ganzen nur neun Mitglieder der Gesandtschaft mit Su-wu nach Han zurückkehrten.

Su-wu traf im sechsten Jahre des Zeitraumes Yuen-schi (81 vor uns. Zeitr.), zur Zeit des Frühlings in der Hauptstadt des Himmelssohnes ein. Eine höchste Verkündung bestimmte, dass Su-wu den Landesgöttern eine grosse Hürde, d. i. eine Gabe von Rindern [2]), darzubringen und sich in dem zu dem Grabmalsgarten

---

auf diese Weise die Zurückgabe des früher von Lu verlorenen Gebietes. Auf ähnliche Weise wollte Li-ling, wahrscheinlich um seine Freilassung zu erlangen, das Leben des Schen-yü bedrohen.

[1]) Die Wüste Scha-mö. In diesen Reimen Li-ling's erhält das Wort 幕 Mö den Laut Mu.

[2]) Zum Unterschiede von einer kleinen 牢 Lao „Hürde“, welche aus Schafen bestand. Für die Landesgötter des Himmelssohnes war eine grosse „Hürde“, für die Landesgötter der Lehensfürsten eine kleine „Hürde“ bestimmt.

des Allhalters Hiao-wu gehörenden Ahnenheiligthume zu melden habe. Zugleich wurde er zum 國屬典 Tien-schŏ-kue, d. i. zu einem mit den Angelegenheiten der unterworfenen Fremdländer betrauten hohen Angestellten, mit dem Gehalte von zweitausend Scheffeln ernannt und erhielt als Geschenk zweihundert Mal zehntausend eherne Geldstücke, ausserdem zweihundert Morgen öffentlicher Felder und ein Wohnhaus. Tschang-hoei, ferner 聖徐 Siü-sching und 根終趙 Tschao-tschung-ken, zwei andere Mitglieder der Gesandtschaft, wurden zu Leibwächten des Inneren ernannt und erhielten jeder ein Geschenk von zweihundert Weben Seidenstoffes.

Die übrigen sechs Mitglieder der Gesandtschaft zogen sich, da sie in Jahren vorgerückt waren, in ihre Häuser zurück und erhielten jeder ein Geschenk von zehnmal zehntausend ehernen Geldstücken. Zugleich blieben sie für die Dauer ihres Lebens jeder Dienstleistung enthoben.

Tschang-hoei bekleidete in späterer Zeit die Stelle eines Heerführers der Rechten und gelangte zu der Würde eines Lehensfürsten der Reihe. Su-wu selbst hatte im Ganzen neunzehn Jahre in dem Lande der Hiung-nu's zugebracht. Derselbe war, nachdem er zum Gesandten bestimmt worden, als ein kräftiger junger Mann ausgezogen. Als er jedoch zurückkehrte, waren sein Bart und sein Haupthaar völlig weiss.

Im ersten Jahre des Zeitraumes Yuen-fung (80 vor uns. Zeitr.), ein Jahr nach der Rückkehr Su-wu's, verschworen sich der Heerführer der Linken 桀官上 Schang-kuan-khie, dessen Sohn, der Heerführer der raschen Reiter 安官上 Schang-kuan-ngan und der oberste vermerkende Grosse 羊弘桑 Sang-hung-yang mit 旦 Tan, König von Yen, und der an den Fürsten von 蓋 Kai vermälten ältesten Tochter des früheren Himmelssohnes gegen die Lenkung von Han, wobei 元 Yuen, der Sohn Su-wu's, mit Schang-kuan-ngan ein geheimes Einverständniss unterhielt. Dies Sohn Su-wu's ward daher in Anklagestand versetzt und tödtete sich selbst.

Vordem hatten Schang-kuan-khie und Schang-kuan-ngan dem obersten Heerführer Hö-kuang die Gewalt streitig gemacht. In Ver-

folgung ihres Zweckes hatten die beiden erstgenannten Männer von
den Fehlern und Missgriffen Hŏ-kuang's mehrmals Verzeichnisse
entworfen, welche sie später dem Könige von Yen übergaben, indem
sie ihn bewogen, in einem an den Himmelssohn zu richtenden
Schreiben das Vorgefallene anzuzeigen. Ausserdem war in ihren
Reden nebst Hŏ-kuang auch Su-wu erwähnt worden. Sie sagten
nämlich: Su-wu war Gesandter bei den Hiung-nu's und hat sich
durch zwanzig Jahre nicht ergeben. Als er zurückkehrte, ernannte
man ihn zum Leiter der Angelegenheiten der abhängigen Länder.
Der älteste Vermerker des obersten Heerführers hat keine Verdienste, hat sich nicht angestrengt, und er wurde ernannt zum ge-
treidesuchenden Beruhiger der Hauptstadt [1]). Hŏ-kuang hat ausschliesslich im Besitz die Macht und handelt nach seinem Willen.

Als nach der Empörung des Königs von Yen die Häupter der
Verschwörung theils hingerichtet, theils unschädlich gemacht worden
waren und man jetzt auch die Untersuchung gegen die Mitschuldigen
einleitete, erinnerte man sich, dass Su-wu zu Schang-kuan-khie und
und Sang-hung-yang von jeher in freundschaftlichen Beziehungen
gestanden und dass der am Leben belassene König von Yen ihn
mehrmals vom Verdachte zu reinigen versucht habe. Der Sohn Su-
wu's hatte überdies an der Verschwörung theilgenommen. Diese
Gründe bestimmten den obersten Richter, in einer Eingabe an den
Himmelssohn die Bitte zu stellen, dass Su-wu verfolgt und aufgegriffen werden dürfe. Hŏ-kuang unterdrückte jedoch diese Eingabe,
worauf Su-wu nur seines Amtes entsetzt wurde.

Als nach einigen Jahren (74 vor uns. Zeitr.) der Allhalter
Hiao-tschao starb, betheiligte sich Su-wu in seiner Eigenschaft als
ehemaliger Angestellter der zehntausend Scheffel an den Berathungen, welche die Einsetzung Ping-ki's, Urenkels des Allhalters Hiao-
wu, zum Zwecke hatten [2]). Nachdem Ping-ki, genannt der Allhalter
Hiao-siuen, zum Himmelssohne erhoben worden, erhielt Su-wu zum
Lohne für seine Dienste den Rang eines Lehensfürsten innerhalb
des Durchweges und bezog die Einkünfte von dreihundert Thüren
des Volkes.

---

[1]) Dieser Würdenträger hatte die Aufsicht über die Getreidevorräthe des Landes.
[2]) Über diese Einsetzung sind in der Abhandlung: „Das Ereigniss des Wurmfrasses
der Beschwörer" viele Einzelnheiten enthalten.

Nach längerer Zeit empfahl 世安張 Tsch'hang-ngan-schi, der Heerführer der Leibwache 1), Su-wu als einen Mann, der in den früheren Angelegenheiten bewandert, nachdem ihm eine Gesandtschaftsstelle verliehen worden, über den höchsten Befehl keine Schande gebracht und zu dessen Gunsten der vorhergegangene Himmelssohn einen Ausspruch hinterlassen habe. Der Allhalter Siuen beschied jetzt Su-wu zu sich und hiess ihn in der Abtheilung der kleinen Diener 2) auf die höchste Verkündung warten. Nachdem Su-wu einige Male vor dem Himmelssohne erschienen, ward er zum Tsao (Verhörsrichter) der Rechten und endlich wieder zum Tien-scho-kue „Leiter der Angelegenheiten der abhängigen Länder" befördert.

Da Su-wu als ein alter Diener von strenger Rechtschaffenheit anerkannt wurde, hiess man bei den Versammlungen, welche an dem Hofe den ersten Tag des Monats stattfanden, die Anwesenden zu ihm emporblicken und gab ihm die Ehrenbenennung eines Mannes, der den Göttern der Erde den Wein darbringt 3). Auf diese Weise stand er bei dem Himmelssohne in ganz vorzüglicher Gunst.

Su-wu vertheilte alle Geschenke und Belohnungen, welche er erhielt, an seinen Bruder und seine alten Bekannten, so dass in seinem Hause keine überflüssigen Güter vorhanden waren. Die an dem Hofe besonders angesehenen Männer: 漢廣許 Hiü-khuang-han, Fürst von 恩平 Ping-ngen, welcher der Vater der ersten Gemahlinn des Himmelssohnes, 故無王 Wang-wu-ku, Fürst von 昌平 Ping-tschang, 武王 Wang-wu, Fürst von 昌樂 Lŏ-tschang, beide die Mutterbrüder des Himmelssohnes, ferner der Heerführer der Wagen und Reiter 增韓 Han-tseng, der Landesgehilfe 柑魏 Wei-siang und der oberste vermerkende Grosse Ping-ke 4) waren gegen ihn ehrerbietig und schätzten ihn hoch.

---

1) Tsch'hang-ngan-schi ward im dritten Jahre des Zeitraumes Ti-tsie (67 vor uns. Zeitr.) zum „Heerführer der Leibwache" ernannt.

2) Die Abtheilung der kleinen Diener gehörte zu dem kleinen Versammlungshause, welches sich seinerseits mit den Abgaben befasste. Die genannte Abtheilung stand dem Himmelssohne nahe, wesshalb Su-wu angewiesen wurde, sich daselbst von Zeit zu Zeit einzufinden und zu warten, bis ihm seine Beförderung verkündet werden würde.

3) Man zeigte dadurch, dass man Su-wu vor allen Übrigen ehre, da bei der Darbringung in den Anbetungsorten der Älteste und Geehrteste die Erde mit Wein besprengt.

4) Ping-ke ist in der Abhandlung: „Das Ereigniss des Wurmfrasses der Beschwörer" Gegenstand eines besonderen Abschnittes.

Su-wu war jetzt ein Greis. Sein einziger Sohn war schon früher in Folge der Ereignisse in Anklagestand versetzt worden und hatte sich getödtet. Der Himmelssohn empfand hierüber Mitleid und äusserte dies einst gegen seine Umgebung, indem er sagte: Su-wu lebte unter der Hiung-nu's lange Zeit. Wie wäre es möglich, dass er einen Sohn habe? — Su-wu liess hierauf dem Himmelssohne durch den Fürsten von Ping-ngen melden, dass vordem, als er zu den Hiung-nu's ausgezogen, ein Weib dieses Volkes ihm einen Sohn, Namens 國 通 Thung-kue, geboren habe. Dieser Sohn habe, nachdem ihm seine Abstammung bekannt geworden, angefragt, ob er nach Han kommen dürfe. Su-wu wünschte daher, dass man durch einen Abgesandten den Hiung-nu's Gold und Seidenstoffe anbiete und diesen Sohn loskaufe. Der Himmelssohn gab hierzu seine Einwilligung. Später kam Thung-kue, der Sohn Su-wu's, in Begleitung des Abgesandten nach Han, wo ihn der Himmelssohn zum Leibwächter ernannte. Zugleich erhielt der Bruderssohn Su-wu's die Stelle eines Tsao (Verhörsrichters) der Rechten.

Su-wu starb, über achtzig Jahre alt, im zweiten Jahre des Zeitraumes Schin-tsio (60 vor uns. Zeitr.) an einer Krankheit.

Im dritten Jahre des Zeitraumes Kan-lu (51 vor uns. Zeitr.) erschien ein Schen-yü (oberster König der Hiung-nu's) zum ersten Male an dem Hofe von Han [1]). Bei dieser Gelegenheit erinnerte sich der Himmelssohn der vortrefflichen Diener, welche ihm einst zur Seite gestanden, und er liess deren Bildnisse in dem gedeckten Gange des Einhorns [2]) anbringen. Über jedem Gemälde, welches einen dieser Würdenträger vorstellte, befand sich eine Gedenkplatte mit dem Namen des Amtes, der Lehensstufe, dem Geschlechtsnamen und dem Kindesnamen desselben.

Das erste dieser Bildnisse war dasjenige des Heerführers Hŏ-kuang, und bei diesem allein war, um ihn besonders zu ehren, der Kindesname Kuang auf der Gedenkplatte weggelassen worden

---

[1]) Dieser Schen-yü war Hu-han-ye, dessen in der Abhandlung: „Tschin-thang, Fürst-Zertrümmerer von Hu“, mehrmahls gedacht wird.

[2]) Der Allhalter Hiao-wu erlegte einst ein Einhorn, ein Thier, dessen Erscheinen seit der ältesten Zeit für besonders glückbringend gehalten wurde. Er erbaute daher den hier genannten Gang, in welchem das erlegte Einhorn abgebildet war.

Es hiess daselbst: Der grosse Vorsteher der Pferde, der grosse Heerführer, Lehensfürst von 陸博 Pŏ-lŏ mit dem Geschlechtsnamen: Seitengeschlecht 霍 Hŏ.

Bei dem nächstfolgenden besagte die Gedenkplatte: Der Heerführer der Leibwache Tsch'hang-ngan-schi [1]), Lehensfürst von 平富 Fu-ping.

Der auf Tsch'hang-ngan-schi folgende Würdenträger hiess: Der Heerführer der Wagen und Reiter Han-tseng [2]), Lehensfürst von 領龍 Lung-nge.

Der auf Han-tseng folgende Würdenträger wurde genannt: Der Heerführer des Nachzuges 國充趙 Tchao-tsch'hung-kue, Lehensfürst von 平營 Ying-ping.

Der zunächst folgende hiess: Der Landesgehilfe Wei-siang [3]), Lehensfürst von 平高 Kao-ping.

Der auf Wei-siang folgende Würdenträger hiess: Der Landesgehilfe Ping-ke, Lehensfürst von 陽博 Pŏ-yang.

Der nächste Würdenträger hiess: Der oberste vermerkende Grosse 年延杜 Tu-yen-nien, Lehensfürst von 平建 Kien-ping.

Auf Tu-yen-nien folgte: Der Zurechtsteller des Stammhauses 德劉 Lieu-te, Lehensfürst von 城陽 Yang-tsching.

Der Lieu-te zunächst folgende Würdenträger wurde genannt: „Das kleine Versammlungshaus" [4]) 賀丘梁 Liang-khieu-ho.

Der nächste Würdenträger hiess: Des Nachfolgers grosser Zugestellter 之望蕭 Siao-wang-tschi.

---

[1]) Derselbe hatte, wie früher angegeben worden, Su-wu bei dem Himmelssohne empfohlen.

[2]) Derselbe wird oben unter den grossen Würdenträgern genannt, welche Su-wu hochschätzten.

[3]) Derselbe war ebenfalls einer der oben erwähnten grossen Würdenträger, welche Su-wu hochschätzten.

[4]) Der mit dem Namen 府少 Schao-fu „das kleine Versammlungshaus" belegte grosse Würdenträger befasste sich, wie bereits angedeutet worden, mit den Abgaben von den Bergen, Meeren, Teichen und Sümpfen.

Der letzte Würdenträger, dessen Bildniss in dem gedeckten
Gange des Einhorns angebracht war, hiess: Der Leiter der Angelegenheiten der abhängigen Länder Su-wu.

Von den eilf hier genannten grossen Würdenträgern wurde
angegeben, dass sie sämmtlich Tugenden und Verdienste besessen,
dass ihr Name in dem gegenwärtigen Zeitalter bekannt geworden
und dass man sie desswegen durch Gedenkplatten verewigt
habe. Sie hätten es deutlich in das Licht gesetzt, dass der
grosse Weg der Könige sich in der Mitte erhoben [1]), sie wären
hierin die Stützen und Helfer des Gebieters gewesen und darin
in Einer Reihe mit 叔方 Fang-scho, 虎召 Schao-hu und
甫山仲 Tschung-san-fu, den drei berühmten Dienern des
Königs Siuen von Tscheu, gestanden.

Man bemerkte übrigens, dass ausser diesen Männern, deren
jedem auch in der Geschichte eine besondere Stelle gewidmet
wird, Würdenträger wie der Landesgehilfe 霸黃 Hoang-pa, der
Beruhiger des Vorhofes Yü-ting-kue [2]), der grosse Vorsteher des
Ackerbaues 邑朱 Tschü-yï, der das Amt eines Aufsehers der
Hauptstadt des Himmelssohnes bekleidende 敝張 Tsch'hang-
tschang, der Fu-fung der Rechten 歸翁尹 Yün-ung-kuei, ferner unter den Gelehrten 勝俟夏 Hia-heu-sching [3]) und Andere
ebenfalls ein gutes Ende genommen und ihren Namen in dem Zeitalter des Allhalters Hiao-siuen berühmt gemacht hätten, dass sie
aber dessenungeachtet sich nicht in der Reihe der in dem gedeckten Gange des Einhorns abgebildeten Diener befänden. Man erkannte
hieraus, dass bei der Aufnahme in die genannte Ehrenhalle eine
Auswahl getroffen worden.

---

[1]) König Siuen von Tscheu bewirkte, dass der grosse Weg der Könige sich in der
Mitte erhob, wobei er von den Würdenträgern Fang-scho, Schao-hu und Tschung-
san-fu unterstützt wurde.

[2]) Yü-ting-kue ist in der Abhandlung: „Tsiuen-pü-J, Su-kuang, Yü-ting-kue und deren
Gesinnungsgenossen" vorgekommen.

[3]) Der unter den eilf Würdenträgern bereits genannte Liang-khieu-ho gehörte ebenfalls zu dem Stande der Gelehrten.

SITZUNG VOM 16. DECEMBER 1863.

Über die Hararî-Sprache im östlichen Afrika.

Von Dr. Friedrich Müller,

Docent der allgemeinen Sprachwissenschaft an der Wiener Universität.

(Vorgelegt in der Sitzung vom 2. December 1863.)

Das Hararî, die Sprache der Stadt Harar (9° 20′ n. Br., 42° 17′ ö. L.) wird von H. Bleek in seinem Werke: *The library of his excellency Sir George Grey.* Cape-town 1858. 8. I. 2. S. 255 mit dem Galla, Dankâlî, Sômâlî zu der Semitic branch, East-African portion der Suffix-Pronominal languages, the sex denoting family, North-African division gerechnet. Wahrscheinlich nach demselben classificirt auch Prof. Lepsius in der zweiten Auflage seines *Standard Alphabet* S. 303 das Hararî mit dem Bišârî, Dankâlî, Sômâlî und Galla unter die äthiopische Classe der hamitischen Sprachen. Auch Richard Burton, dem wir in seinem trefflichen Werke: *First footsteps in East-Africa or an exploration of Harar.* London 1856. p. 511 ff. eine grammatische Skizze und ein Vocabular des Hararî verdanken, hat eingesehen, dass dieses Idiom, abgesehen von den in dasselbe gedrungenen arabischen Elementen, mit noch anderen an dasselbe angrenzenden Idiomen an die semitischen Sprachen angelehnt werden müsse. Er spricht sich darüber S. 513 folgendermassen aus: „The Harari appears, like the Galla, the Dankali, and the Somali, its sisters, to, be a Semitic graft, inserted into an indigenous stock. The pronouns, for instance, and many of the numerals are clearly Arabic, whilst the forms of the verb are African, and not unlike the vulgar tongues of modern India. Again, many of the popular expressions, without which conversation could not be carried on (e. g. *Labbay* „here

I am" in answer to a call), are pure Arabic. We are justified then
in determining this dialect to be, like the Galla, the Dankali, and
the Somali, a semi-Semite." Dass diese Behauptung im Ganzen und
Grossen auf einer richtigen Beobachtung basirt ist, will ich gerne
zugeben; dass sie aber viele Unrichtigkeiten enthält, wird sich im
Laufe der Untersuchung hoffentlich herausstellen. Es wird sich —
um in kurzen Worten das Resultat meiner Untersuchung vorzu-
führen — zeigen, dass das Hararî keineswegs an das Arabische,
sondern an's Geez und die davon abgeleiteten neueren Sprachen
(Amharńa, Tegre) sich anlehnt, das Zeitwort — die Seele der
Sprache — keineswegs afrikanisch, sondern ganz echt semitisch
ist, und man das Hararî mit eben demselben Rechte, als man z. B.
das Amharńa eine semitische Sprache nennt, nicht als halb-semitisch,
sondern als semitisch überhaupt betrachten müsse.

Da das Hararî als modernes Idiom nicht mit den semitischen
Sprachen älterer Bildung, wie Hebräisch, Aramäisch, Altarabisch,
Geez, in eine Linie zu stellen ist, sondern mit den neueren Formen
der semitischen Sprachen, wie Neuarabisch, Amharńa, Tegre etc.,
parallel betrachtet werden muss, so kann man auch folgerichtig die
Bildungen desselben, die sich oft ganz eigenthümlich und unter
bedeutenden fremden Einflüssen entwickelt haben, nicht mit jener
Strenge messen, wie man dies bei jenen der alten Sprachen zu
thun berechtigt ist. Können wir ja auch die neueren indischen
Sprachen sanskritischen Stammes, wie Marâṭhî, Guźarâtî, Pangâbî,
die bei weitem keine so tief greifende Einwirkung von Seite der
sie umgebenden stammfremden Idiome erlitten haben, wie die nach
Afrika verschlagenen semitischen Sprachen, im Verhältniss zum
Sanskrit nicht mit jenem Massstabe messen, wie etwa das Neu-
hochdeutsche im Vergleich zum Gothischen oder die modernen
slavischen Idiome im Verhältniss zur altslavischen Kirchensprache;
denn die Bedingungen, unter denen diese Sprachen sich entwickelten, sind bei jeder andere; daher weichen sie auch in ihrem Typus
— dem Resultate einer langen, wandelbaren Geschichte — bedeutend von einander ab.

Ich will im Vorliegenden zunächst zur Darlegung der Formenlehre übergehen und dann, zur Vervollständigung des Beweises,
eine kurze Untersuchung des Lexikons daran reihen.

I. Nomen.

a) Motion. Das Harari kennt beim Nomen, sowohl Substantivum als Adjectivum, ein grammatisches Geschlecht. — Das Zeichen desselben ist der Consonant *t* mit vorausgehendem *i*, also *it*, das an consonantische Themen unmittelbar antritt, bei vocalischen den Abfall des schliessenden Vocales bedingt, z. B.:

ih „Bruder", arab. اخ *(ach-un)*,	*ih-ît* „Schwester",
wasîf „Sclave",	*wasîf-ît* „Sclavin",
arûs „Bräutigam", arab. عروس *(ârûs-un)*,	*arûs-ît* „Braut",
râgâ „alter Mann",	*râg-ît* „altes Weib",
busší „Hund",	*buss-ît* „Hündin".

Was die Erklärung dieses Motionselementes *it* anlangt, so ist es offenbar aus dem alten Feminincharakter *at*, der in fast allen semitischen Sprachen noch jetzt deutlich zu erkennen ist (so arab. ملكت *[malik-at-un]* „Königinn", gegenüber dem Masculinum ملك) entstanden.

Unter den semitischen Sprachen afrikanischen Zweiges besitzt dieses Zeichen ungeschwächt nur noch das Geez [1]), während die von denselben abgeleiteten Sprachen (Amharña, Tegre) den Gebrauch desselben bei weitem nicht mehr so umfassend kennen. — Wir haben daher das Motionszeichen *it* im Harari als ein Zeichen von Alterthümlichkeit gegenüber den beiden eben genannten Idiomen äthiopischen Stammes anzusehen.

b) Numerus. Als Zeichen des Plurals tritt im Harari *âš* auf. Es wird consonantischen Themen unmittelbar angefügt, während bei vocalischen, die mit dem Vocale des Suffixes gleicher Natur (*a*-Themen) sind, Verschmelzung mit dem Endvocal, bei Themen ungleicher Natur (*i*-, *u*-Themen) Abfall des Endvocals eintritt, z. B.:

wandag „Diener",	Plural.	*wandag-âš,*
aboš „Mann",	„	*aboš-âš,*
gâr „Haus",	„	*gâr-âš,*
gâfâ „Sclave",	„	*gâfâš,*
kabri „Grab",	„	*kabr-âš.*

---

[1]) Vgl. Dillmann, Äthiop. Gramm. S. 216.

Dieses Pluralzeichen *dĕ* ist offenbar nichts anderes als das amhârische Pluralzeichen *ŏt'* (sprich *ŏtsch*) [1]), das dem alten Feminin-Pluralzeichen äthiop. *ât*, hebr. *ôth* entspricht, z. B.:

ቤት፡ *(bêt)* „Haus", Plural. ቤቶች፡ *(bêt-ŏt')*,

ልጅ፡ *(lĕǵ)* „Kind",   „   ልጆች፡ *(lĕǵ-ŏt')* etc.

c) Casus. Das Hararî unterscheidet — nach dem was Burton bietet — formell nebst dem Nominativ drei Casus, nämlich: Genitiv, Dativ, Ablativ.

Als Genitivzeichen finden wir *zo* „sein", das dem Ausdrucke des besessenen Gegenstandes, der dem des Besitzenden stets nachfolgt, angefügt wird; z. B.:

Ahmed imâmah-zo „Ahmed's Turban", wörtl. Ahmed Turban — sein,

Sultân gâr-zo „des Sultan's Haus", wörtl. Sultan Haus — sein.

Manchmal wird das *zo* ganz weggelassen, wodurch die ganze Construction das Aussehen eines Compositums gewinnt, ohne dieses im mindesten zu sein; z. B.:

Sultân gâr „Sultan's Haus",
Amir liǵǵay „Amir's Sohn".

Was die Erklärung des Genitivzeichens *zo* anlangt, so halte ich es aus *za-hu (huwa)* „welcher — sein" zusammengezogen, und es stimmt diese Construction mit der im Äthiopischen gebräuchlichen [2]) vollkommen überein, nur mit dem geringen Unterschiede, dass, während dort die beiden Ausdrücke des Besitzenden und des Besessenen unmittelbar mit einander verbunden werden (z. B. እግዚእ፡ ዘቤት፡ *(ĕgziĕ za-bêt)* „der Herr des Hauses", wörtl. der Herr, welcher (des) Haus(es), wo im Äthiopischen wahrscheinlich Verlust des alten Genitivzeichens *i* anzunehmen ist), im Hararî der Ausdruck des Besitzers nach echt semitischer Art unabhängig an die Spitze der Fügung gestellt und dann durch ein Pronomen an seiner eigentlichen Stelle supplirt wird.

Wir sehen, dass auch in Bezug auf den Genitiv das Hararî sich an's Gëëz anschliesst, gegenüber dem Amharña, das zu diesem

---

[1]) Isenberg, Grammar of the Amharic language S. 38.
[2]) Dillmann, Äthiop. Gramm. S. 258 ff.

Zwecke nicht den Stamm *za*, sondern einen andern, nämlich *ya*, anwendet [1]).

Als Zeichen des Dativs führt Burton (S. 520) *lay* an, vergl. *amir-lay* „dem Amir"; höchst wahrscheinlich haben wir keine stricte Dativform, sondern eine Zusammensetzung mit einer Präposition vor uns, und dürfte das vorliegende *lay* an das amhârische ለይ: *(lâï)* [2]) anzuschliessen sein.

Als Zeichen des Ablativs finde ich bei Burton (ibidem) *bay*, *be*, vergl. *amir-bay* oder *amir-be* „von Amir". Ich getraue mich nicht, das Zeichen sicher zu deuten, da alle wahrscheinlichen Anknüpfungspuncte dazu mangeln. Vermuthlich dürfte es nichts anderes als *bayn* = arab. بين sein; vergl. S. 533: *sandúk bayn hâl* „it is in the box" *nifti bayn gadalú* „he killed him with the knife".

d) **Steigerung des Adjectivums.** Was die Steigerung der Adjective betrifft, so scheint für den Comparativ und Superlativ eine bestimmte Form zu existiren, nämlich eine, welche dem arabischen أفعل entspricht, die sich auch im Gëëz in mehreren Spuren findet, im Amharńa dagegen sich gar nicht nachweisen lässt, z. B.:

yâ-be yi igadrí hâl (oder *igadr ihal?*) „dieses ist grösser als jenes", wörtl. „jenem — von dieses grösser ist".

yi gammí-be igadrí hâl „dieses ist von allen das grösste", wörtl. „dieses allen — von am grössten ist".

Dass aber die Form *igadr* als أفعل zu erklären ist, geht aus dem Vocabular S. 552 *great* . . . . *gidír* hervor. Auch diese Erscheinung ist ein gegenüber dem Amharńa wesentlich hervorzuhebender Punct. ·

II. Pronomen.

Die Formen des persönlichen Pronomens lauten:

Singular.	Plural.
1. *ân*	*inn-ăš* oder *iny-ăš*,
2. *akhâkh*	*akhâkh-ăš*.
3. *huwa*	*hiyy-ăš*.

---

[1] Isenberg S. 40.
[2] Isenberg S. 156.

Von diesen Formen stimmt *ân* mit dem äthiopischen እነ፡ *(ana)*, amhar. እኔ፡ *(ĕné); akhâkh* schliesst sich zwar an keine der gebräuchlichen semitischen Formen unmittelbar an, es ist aber in demselben der Charakter der zweiten Person, besonders wie er in der äthiopischen Conjugation hervortritt *(ka, kí)*, nicht zu verkennen; *huwa* stimmt vollkommen zum arabischen هو, es ist sogar wahrscheinlich demselben entlehnt. Die Plurale sind nach Art reiner Substantive von den Singularen mittelst des Pluralzeichens *dš* gebildet, nur dass bei der dritten Person *hiyy-âš* nicht auf die Pronominalform *huwa*, sondern auf *hiyya* (vgl. weiter unter S. 524 *yi* „dieser“) zurückgegangen ist. — Die possessiven Personalsuffixe sind:

	Singular.	Plural.
1.	*ê*	*zinya,*
2.	*khâ*	*kho,*
3.	*zo, so*	*zinyo,*

z. B.: *gâr-ê* „mein Haus“   *gâr-zinya* „unser Haus“,

gâr-khâ „dein Haus“   *gâr-kho* „euer Haus“,

gâr-zo „sein Haus“   *gâr-zinyo* „ihr Haus“.

Von diesen Suffixen entspricht *ê* vollkommen dem amhârischen *ê* [1]), äthiop. *ĕya* [2]); *khâ* entspricht dem äthiopischen ከ፡ *(ka)*; das Ambarña hat hier das *k* bereits zu *h* abgeschwächt, denn es bietet die Form ህ፡ *(h)*, z. B. ቤትህ፡ *(bêt-h)* „dein Haus“; *zo, so* ist offenbar, wie ich bereits schon beim Genitiv bemerkt habe, in *za + hu* aufzulösen und stimmt, was *hu* anbelangt, zu dem äthiopischen ሁ፡ *(hú)*. Ebenso wie *zo* für *za + hu* steht, stehen auch *zinya* und *zinyo* statt *za + ana* und *za + n + ho*, wobei wieder *ana* und *ho* dem äthiopischen ነ፡ *(na)* und ሆሙ፡ *(hómú)* vollkommen entsprechen. Äusserst merkwürdig ist das Suffix der zweiten Person Vielzahl *kho*, das, verglichen mit dem äthiopischen ክሙ፡ *(kĕmmû)*, arab. كم *(kum)*, ältere Form كمو *(kumú)*, noch deutlich den *ú*-Vocal, der im Äthiopischen zu *ĕ* geschwächt wurde, zeigt. — Die amhârischen Suffixformen (vgl. Isenberg S. 49) stehen den unseren an Alter bedeutend nach.

---

1) Isenberg S. 49.

2) Dillmann S. 278.

III. Verbum.

Der wichtigste und interessanteste Redetheil ist das Verbum, und besonders dieses wird uns den augenscheinlichsten Beweis alterthümlicher Bildung und innigster Verwandtschaft des Hararî mit den Sprachen semitischer Abkunft liefern. Es hat dieser Redetheil im Hararî wie in allen semitischen Sprachen zwei Formen; eine Form, welche das Abgeschlossensein, und eine andere, welche die Dauer der Handlung zur Anschauung bringt. Erstere wird durch Suffixe, letztere durch Präfixe gebildet. Sowohl das Material der beiden letzteren, als auch ihre Verwendung charakterisiren das Hararî als mit dem Gëëz und Amharńa innig verwandt. Diese beiden altsemitischen Bildungen treten aber hier als Gegensätze nicht so rein auf, sondern letztere, die Dauerform, wird stets in Verbindung mit dem Präsens des Verbums „sein" gebraucht, eine Construction, zu der sich bereits im Amharńa Anfänge vorfinden (Isenberg S. 63), und die auch im Saho, Galla etc. sehr gebräuchlich ist.

Ehe ich aber zur Darlegung der Conjugation des Verbums überhaupt übergehe, erscheint es als nothwendig, das Verbum substantivum näher in's Auge zu fassen.

Ebenso wie im Amharńa (vgl. Isenberg S. 64) አለ: *(ala)* = äthiop. ሀሎ: *(haló)* = ሀላወ: *(halawa)* für die Dauerform und ነበረ: *(nabara)*, wörtl. „sitzen, stehen", wie arab. كان = hebr. כון für die Perfectform angewendet wird, ebenso finden wir im Hararî den Stamm *hal* für das Präsens, den Stamm *nâra* [1] für's Perfectum gebraucht.

Die Flexion ist folgende:

Präsens (Dauerform).

Hararî.	Amharńa.	Gëëz.
1. *ân hal-ko*	አለሁ: *(ala-hú)*	ሀሎኩ: *(haló-kú)*
2. *akhâkh hal-khî*	አለህ: *(ala-h)*	ሀሎኪ: *(haló-kí)* fem.
3. *huwa hal*	አለ: *(ala)*	ሀላወ: *(halawa)*
1. *inyâš hal-na*	አለን: *(al-an)*	ሀሎነ: *(haló-na)*
2. *akhâkhâš hal-khû*	አላችሁ: *(alá-t'ĕhú)*	ሀሎክሙ: *(haló-kĕmmú)*
3. *hiyyâš hal-û*	አሉ: *(al-ú)*	ሀላወ: *(halaw-ú)*.

---

1) Aus *nabara* durch Erweichung des *b* im Inlaute entstanden.

Vergleicht man diese Formen unter einander, so hat offenbar das Hararì in der ersten und zweiten Person sowohl Singular als Plural von dem Amharńa dem Gëëz gegenüber mehr Anspruch auf alterthümliche Bildung und Anlage.

Perfectum.

Hararì.	Amharńa.		Gëëz.	
1. *án nár-kho*	ነበርሁ :	*(nabar-hú)*	ነበርኩ :	*(nabar-kú)*
2. *akhákh nár-khí*	ነበርህ :	*(nabar-h)*	ነበርኪ :	*(nabar-kí)* fem.
3. *huwa nára*	ነበረ :	*(nabara)*	ነበረ :	*(nabara)*
1. *inyáš nár-na*	ነበርና :	*(nabar-na)*	ነበርና :	*(nabar-na)*
2. *akhákháš nár-khú*	ነበራችሁ :	*(nabará-t'éhú)*	ነበርክሙ :	*(nabar-kěmmú)*
3. *hiyyáš nár-ú*	ነበሩ :	*(nabar-ú)*	ነበሩ :	*(nabar-ú)*.

Von beiden Formen, sowohl vom Präsens als vom Imperfectum, führt Burton (S. 525 und 526) eine Negativform an, die wie im Amharńa [1]) durch Vorsetzung von *al* und Anfügung des *m* gebildet wird.

Präsens.

1. *án elkhúm* = *el-hal-kho-m*
2. *akhákh elkhím* = *el-hal-khí-m*
3. *huwa elum* = *el-hala-m*
1. *inyáš elnam* = *el-hal-na-m*
2. *akhákháš elkhúm* = *el-hal-khu-m*
3. *hiyyáš elúm* = *el-hal-ú-m*.

Perfectum.

1. *án alnárkhúm* = *al-nár-kho-m*
2. *akhákh alnárkhím* = *al-nár-khí-m*
3. *huwa alnárum* = *al-nára-m*
1. *inyáš alnárnam* = *al-nár-na-m*
2. *akhákháš alnárkhúm* = *al-nár-khú-m*
3. *hiyyáš alnárúm* = *al-nár-ú-m*.

---

[1]) Isenberg S. 153.

Vgl. Amharńa: አልመጣም: *(al-maṭá-m)* „er kam nicht",

ኣልመጣህም: *(al-maṭá-h-ĕm)* „du kamst nicht" etc.

Was nun die Zusammensetzung der Hilfszeitwörter betrifft, von denen zur Bezeichnung_des Präsens *hal* immer, zur Bezeichnung des Perfects *nára* seltener verwendet wird, so ist noch zu bemerken, dass ersteres im Anschlusse an das bestimmte Zeitwort in seinen Schlussvocalen beeinträchtigt wird, insoferne als dieselben in der ersten und zweiten Person sing. abfallen.

Der Stamm *let* „gehen" wird darnach folgendermassen flectirt:

Perfect.

1. *án let-kho*   *inydắ let-na*
2. *akhákh let-khí*   *akhákhdắ let-khú*
3. *huwa leta*   *hiyydắ let-û.*

Negativ.

1. *án al-let-khú-m*   *inydắ al-let-na-m*
2. *akhákh al-let-khí-m*   *akhákhdắ al-let-khú-m*
3. *huwa al-leta-m*   *hiyydắ al-let-û-m.*

Präsens.

1. *án iletakh = i-let-hal-kho*
2. *akhákh tiletakh = ti-let-hal-khí*
3. *huwa yiletal = yi-let-hal*
1. *inydắ niletana = ni-let-hal-na*
2. *akhákhdắ tiletakhú = ti-let(u?)-hal-khú*
3. *hiyydắ yiletalú = yi-let(u?)-hal-û.*

Negativ.

1. *án iletumekh = i-let-um-hal-kho*
2. *akhákh tiletumekh = ti-let-um-hal-khí*
3. *huwa yiletumel = yi-let-um-hal*
1. *inydắ niletumena = ni-let-um-hal-na*
2. *akhákhdắ tiletumekhú = ti-let-û-m-hal-khú*
3. *hiyydắ yiletumelú = yi-let-û-m-hal-û.*

Der Stamm *kání* „werden" wird auf folgende Weise flectirt:

Perfect.

1. *án ɪ-kání nár-kho*   *inydắ ni-kání nár-na*
2. *akhákh ti-kání nár-khí* *akhákhdắ ti-kání nár-khú*
3. *huwa yi-kání nára*   *hiyydắ yi kání nár-û.*

Präsens.

1. *án ikánákh = i-káni-hal-kho*
2. *akhákh tikinákh = ti-káni-hal-khi*
3. *huwa yikánál = yi-káni-hal*

1. *inyáš nikánána = ni-káni-hal-na*
2. *akhákháš tikánákhú = ti-kán(u?)-hal-khú*
3. *hiyyáš yikánálú = yi-kán(u?)-hal-ú.*

Was dieses enge Verwachsen des Hilfszeitwortes *hal* mit der flectirten Form des Verbum finitum betrifft, so steht das Hararî in der Reihe der modernen mit dem semitischen Sprachstamme zusammenhängenden Sprachen nicht allein da; im Gegentheile stimmt diese Bildung — bei sonstigen tiefgreifenden Unterschieden — mit jener des Saho und Galla vollkommen überein. In ersterer Sprache wird nämlich durch Zusammensetzung des Präsens mit dem Stamm *al* eine präsentische Dauerform gebildet, während in letzterem eine Zusammensetzung des Perfects mit dem Stamme *al* (hier unter der Form *ar*) im Sinne eines dauernden Präteritums gebräuchlich ist.

Man vergleiche:

Saho.	Galla.
betoliu = betu-aliu, ich esse	*ademera = ademe-era,* ich ging fort
bettolitu = bettu-alitu	*ademterta = ademte-erta*
betole = beta-ale	*ademera = ademe-era*
bettole? = betta-ale	*ademterti = ademti-erti*
bennolinu = bennu-alinu	*ademnerra = ademne-erra*
	(er-na)
betton-alitin	*ademtanirtu = ademtani-ertu*
beton-alon	*ademaniru = ademani-eru.*

Merkwürdig ist — ganz abweichend von Hararî — die Übereinstimmung zwischen dem Saho und Galla in Betreff der Bildung des Präteritum und Präsens-Futurum, welche beide sich durch nichts als die Suffixe, welche in der ersten Form in *e* (= *a+i*), in der zweiten hingegen in *a* ausgehen, unterscheiden. Man vergleiche:

Präteritum.

Saho.	Galla.
1. *bete*, ich ass	*ademe*, ich ging
2. *bette*	*ademte*
3. m. *bete*	*ademe*
3. f. *bette*	*ademte*
1. *benne*	*ademne*
2. *betten*	*ademtani*
3. *beten*	*ademani.*

Präsens-Futurum.

1. *beta*, ich esse, werde essen	*adema*, ich gehe, werde gehen
2. *betta*	*ademta*
3. m. *beta*	*adema*
3. f. *betta*	*ademti*
1. *benna*	*ademna*
2. *bettan*	*ademtu (= ademtum)*
3. *betan*	*ademu (= ademun),*

ein neuer Beweis, wie das Hararî selbst das Saho, dessen eigenthümliche und ziemlich alte Bildungsform Ewald aufgefallen ist, an Alterthümlichkeit bedeutend übertrifft und also noch mehr Anspruch als dieses hat als Sprache äthiopischen Stammes gleich dem Amharña angesehen zu werden.

Nachdem uns, wie ich hoffe, aus der Formenlehre hinreichend klar geworden ist, wohin wir das Hararî einzutheilen haben, will ich nun zur Untersuchung des Lexikons schreiten und daraus einiges zur Vervollständigung meiner Skizze und Verstärkung des Beweises hervorheben.

Dabei spielen unstreitig die Zahlenausdrücke eine Hauptrolle. Diese sind im Hararî folgende, denen wir der Vergleichung wegen die des Amharña und Gĕĕz gegenüberstellen wollen.

Hararî.	Amharña.		Gĕĕz.	
1 *ahad*	አንድ፥	*(and)*	አሐዱ፥	*(aḥadú)*
2 *kot*	ሁለት፥	*(húlat)*	ክልኤቱ፥	*(kĕľétú)*
3 *šĭšĭ*	ሶስት፥	*(sôst)*	ሠለስቱ፥	*(salastú)*
4 *harad*	አራት፥	*(arát)*	አርባዕቱ፥	*(arbá‘tú)*

5	*hamistí*	አምስት፡	*(aměst)*	ጫምስቱ፡	*(chaměstú)*
6	*saddistí*	ስድስት፡	*(sěděst)*	ስድስቱ፡	*(sěděstú)*
7	*sâtí*	ሰባት፡	*(sabât)*	ሰብዐቱ፡	*(sab'atú)*
8	*sot* oder *sút*	ስምንት፡	*(sěměnt)*	ሰምንቱ፡	*(samantú)*
9	*sehtan*	ዘጠኝ፡	*(zaṭań)*	ትስዐቱ፡	*(tes'atú)*
10	*assir*	አሥር፡	*(asr)*	ዐሠርቱ፡	*(ásartú)*
90	*sehtaná*	ዘጠና፡	*(zaṭaná)*.		

Aus dieser Zusammenstellung sehen wir deutlich, worin das Zahlwort im Hararí mit dem amhárischen übereinstimmt und worin es wiederum von demselben abweicht.

Gemein mit demselben hat es die Zahlenausdrücke für vier und neun, die nicht semitischer Natur sind; dagegen stimmt die Bezeichnung für „eins" und „zwei" mit den äthiopischen *aḥadú*, *kěl'ětú*; ebenso ist die Endung *tí* bei den Zahlenausdrücken für drei, fünf, sechs, sieben nichts anderes als das äthiopische -*tú* und dem amhárischen nackten *t* gegenüber ein Stück Alterthum.

Neben den Zahlenausdrücken finden sich in dem, wenn auch ziemlich mageren Glossare, das Burton S. 536—582 mittheilt, einige Ausdrücke, die bestimmt nur auf eine Sprache äthiopischer Abkunft bezogen werden können.

Solche Ausdrücke sind:

igir „Fuss" = äthiop. እግር፡ *(ěgr)*; — *rahab* „hungrig" = äthiop. ርኅበ፡ *(rěchěba)* „hungrig sein", hebr. רעב; — *warhay* „Mond" = äthiop. ወርኅ፡ *(warch)* „Mond", hebr. ירח; — *assú* „Salz" = äthiop. ጼው፡ *(ẓéw)*; — *uf*, plural. *uf-áš* „Vogel" = äthiop. ዖፍ፡ *('óf)*, hebr. עוף; — *ruhuk* „entfernt" = äthiop. ርኅቀ፡ *(rěḥěqa)* „entfernt sein", hebr. רחק; — *inisti* „Weib, weiblich" = äthiop. አንስት፡ *(anst)*; — *nagáší* „Gouverneur" = äthiop. ንጉሥ፡ *(něgúš)* „König"; *gisti* „Königinn" = äthiop. ንግሥት፡ *(ně-gěst)*; — *hariyya* „Schwein" = äthiop. ሐራውያ፡ *(ḥarăwyâ)* etc.

Ich hoffe, aus dieser Skizze wird Jedermann klar geworden sein, wohin wir das Hararí einzutheilen haben. Offenbar ist es eine echt semitische Sprache, und schliesst sich, nicht wie Bleek, Lepsius und Burton meinen, an das Dankâlí, Ṣômâlí, Galla, sondern unmittelbar mit dem Amharńa an das Gëëz an. — Überhaupt ist man auf dem Gebiete der afrikanischen Linguistik in

Betreff der sogenannten halb-semitischen Sprachen noch nicht ganz
im Klaren. Worin das Wesen und der eigentliche Charakter dieser
Sprachen besteht und wodurch sie sich von den im engeren Sinne
sogenannten semitischen Sprachen unterscheiden, — das werde ich
in einer folgenden Abhandlung [1]) näher zu zeigen versuchen.

---

[1]) L o t t n e r 's Aufsatz in den „*Transactions of the philological society*" (in Lon
don) 1860—61, pag. 20 ff. und 112 ff., behandelt den Gegenstand im Ganzen
recht gut; nichts desto weniger scheint aber diese für die afrikanische Linguistik äusserst wichtige Frage einer nochmaligen, wenn nicht mehrmaligen Erörterung unterzogen werden zu müssen.

VERZEICHNISS

DER EINGEGANGENEN DRUCKSCHRIFTEN.

(DECEMBER 1863.)

Académie Impériale des Sciences de St. Pétersbourg: Mémoires. VII° Série, Tome IV, No. 10—11. St. Pétersbourg, 1862; 4º. — Bulletin. Tome IV, No. 7—9; Tome V, No. 1—2. St. Pétersbourg; 4º.

Accademia Pontificia de' Nuovi Lincei: Atti. Anno VII. Sess. 3ª—5ª. 1854; Anno XV. Sess. 4ª—8ª. 1861—1862; Anno XVI. Sess. 1ª—2ªⁿ. 1862—63. Roma; 4º.

Akademie der Wissenschaften, Königl. Bayerische, zu München: Sitzungsberichte. Jahrg. 1863. I. (Doppel-) Heft 4. München, 1863; 8º.

Almanach der österr. Kriegsmarine für das Jahr 1864; 8º.

Anzeiger für Kunde der deutschen Vorzeit. X. Jahrg. Nr. 10. Nürnberg, 1863; 4º.

d'Avezac, Coup d'oeil historique sur la projection des cartes de géographie. Paris, 1863; 8º.

Gesellschaft, Schlesische, für vaterländische Cultur: 40. Jahres-Bericht. 1862. Breslau, 1863; 8º.

Hamelitz. III. Jahrg. Nr. 36—40. Odessa, 1863; 4º.

Hauchecorne, G., Carte générale des chemins de fer de l'Europe. Bruxelles, 1863. Folio.

Hoffmann, Friedr. Lorenz, Peter Lambeck (Lambecius) als bibliographisch-literarhistorischer Schriftsteller. Nebst biographischen Notizen. Soest, 1864; 8º.

Kiel, Universität: Schriften aus dem Jahre 1862. Band IX. Kiel, 1863; 4º.

Lüttich, Universität: Akademische Gelegenheitsschriften aus den Jahren 1860, 1862 & 1863. 8º & 4º.

Mommsen, Theodor, Zeitzer Ostertafel vom Jahre 447. (Mit 2 Tafeln.) (Abhdlgn. der K. Preuss. Akad. d. W. zu Berlin 1862.) Berlin, 1863; 4⁰.

Museum Francisco-Carolinum: 23. Bericht. Linz, 1863; 8⁰.
— Urkundenbuch des Landes ob der Enns. III. Band. Wien, 1862; 8⁰.

Mussafia, Adolf, Altfranzösische Gedichte aus Venezianischen Handschriften. (Mit Unterstützung der k. Akad. der Wiss. in Wien.) Wien, 1864; 8⁰.

Pertz, G. H., Über die Berliner und die Vaticanischen Blätter der ältesten Handschrift des Virgil. (Abhdlgn. der K. Pr. Akad. d. W. zu Berlin 1863.) Berlin; 4⁰.

Pichler, Georg Abdon, Salzburgs Landes-Geschichte. IX. & X. Heft. Salzburg, 1863; 8⁰.

Programma del Ginnasio Vescovile di Belluno pubblicato alla fine dell' Anno scolastico 1863. Belluno; 8⁰.

Rau, Karl Heinrich, Grundsätze der Volkswirthschaftspolitik. II. Abtheilung. Fünfte vermehrte und verbesserte Ausgabe. Leipzig & Heidelberg, 1863; 8⁰.

Societät der Wissenschaften, finnische, zu Helsingfors: *Acta Tomus VII. Helsingforsiae,* 1863; 4⁰. — Öfversigt. V. 1857 —1863. Helsingfors; 8⁰. — Bidrag till Finlands Naturkännedom, Etnografi och Statistik. 8. & 9. Häftet. Helsingfors, 1863; 8⁰. — Bidrag till Kännedom af Finlands Natur och Folk. 5. & 6. Häftet. Helsingfors, 1862 & 1863; 8⁰. — Förteckning öfver Finska Vetenskaps-Societeten Boksamling. Ar, 1862; 8⁰.

Toldy, Franz, Geschichte der ungrischen Dichtung von den ältesten Zeiten bis auf Alex. Kisfaludy. Aus dem Ungrischen übersetzt von Gustav Steinacker. (Mit dem Bildniss des Verfassers.) Pest, 1863; 8⁰.

Verein, historischer, für Niedersachsen: Zeitschrift. Jahrg. 1862. Hannover, 1863; 8⁰. — 26. Nachricht. Hannover, 1863; 8⁰.
— historischer, für Krain: Mittheilungen. XVII. Jahrg. 1862. Laibach, 1862; 4⁰. — *Marci A. S. Paduano bibliotheca Carnioliae.* Laibach, 1862; 4⁰.

Würzburg, Universität: Akademische Gelegenheitsschriften aus dem Jahre 1862—1863. 8⁰ & 4⁰.

CPSIA information can be obtained
at www.ICGtesting.com
Printed in the USA
LVHW100719210622
721748LV00003B/103